WINKLER DÜNNDRUCK
AUSGABE

JOHANN HEINRICH PESTALOZZI

WERKE

BAND I

Lienhard und Gertrud

*

WINKLER VERLAG MÜNCHEN

Nach dem Text der Erstdrucke herausgegeben
und kommentiert von Gertrude Cepl-Kaufmann
und Manfred Windfuhr. Mit einem Nachwort
von Manfred Windfuhr.

ISBN Leinen 3 538 05271 9   Leder 3 538 05771 0

Vorrede

Leser!
Diese Bogen sind die historische Grundlage eines Versuchs, dem Volk einige ihm wichtige Wahrheiten auf eine Art zu sagen, die ihm in Kopf und ans Herz gehen sollte.

Ich suchte sowohl das gegenwärtige Historische als das folgende Belehrende auf die möglichst sorgfältige Nachahmung der Natur, und auf die einfache Darlegung dessen, was allenthalben schon da ist, zu gründen.

Ich habe mich in dem, was ich hier erzähle, und was ich auf der Bahn eines tätigen Lebens meistens selbst gesehn und gehört habe, so gar gehütet, nicht einmal meine eigene Meinung hinzusetzen, *zu dem, was ich sah und hörte, daß das Volk selber empfindet, urteilt, glaubt, redt und versucht.*

Und nun wird es sich zeigen: Sind meine Erfahrungen wahr, und gebe ich sie, wie ich sie empfangen habe, und wie mein Endzweck ist, so werden sie bei allen denen, welche die Sachen, die ich erzähle, selber täglich vor Augen sehn, Eingang finden. Sind sie aber unrichtig, sind sie das Werk meiner Einbildungen und der Tand meiner eigenen Meinungen, so werden sie, wie andere Sonntagspredigten, am Montag verschwinden.

Ich sage nichts weiter, sondern ich füge nur noch zwei Betrachtungen bei, welche meine Grundsätze über die Art eines weisen Volksunterrichts, ins Licht zu setzen geschickt scheinen.

Die erste ist aus einem Buche unsers seligen Luthers, dessen Feder in jeder Zeile Menschlichkeit, Volkskenntnis und Volksunterricht atmet. Sie lautet also:

„Die heilige Schrift meint es auch darum so gut mit uns, daß sie nicht bloß mit den großen Taten der heiligen Männer rumpelt, sondern uns auch ihre kleinsten Worte an Tag gibt, und so den innern Grund ihres Herzens uns aufschließt."

Die zweite ist aus einem jüdischen Rabbiner, und lautet nach einer lateinischen Übersetzung also:

„Es waren unter den Völkern der Heiden, die rings umher und um das Erbteil Abrahams wohnen, Männer voll Weisheit, die weit und breit auf der Erde ihresgleichen nicht hatten; diese sprachen: Lasset uns zu den Königen und zu ihren Gewaltigen gehn, und sie lehren, die Völker auf Erden glücklich machen.

Und die weisen Männer gingen hinaus, und lernten die Sprache des Hauses der Könige und ihrer Gewaltigen, und redeten mit den Königen und mit ihren Gewaltigen in ihrer Sprache.

Und die Könige und die Gewaltigen lobten die weisen Männer, und gaben ihnen Gold und Seide und Weihrauch, *taten aber gegen die Völker wie vorhin.* Und die weisen Männer wurden von dem Gold und der Seide und dem Weihrauch blind, und sahen nicht mehr, daß die Könige und ihre Gewaltigen unweise und töricht handeln, an allem Volk, das auf Erden lebt.

Aber ein Mann aus unserm Volk beschalt die Weisen der Heiden, gab dem Bettler am Weg seine Hand, führte das Kind des Diebes, und den Sünder, und den Verbannten in seine Hütte, grüßte die Zoller, und die Kriegsknechte, und die Samariter, wie seine Brüder, die aus seinem Stamme sind.

Und sein Tun, und seine Armut, und sein Ausharren in seiner Liebe gegen alle Menschen gewann ihm das Herz des Volks, daß es auf ihn traute, als auf seinen Vater. Und als der Mann aus Israel sah, daß alles Volk auf ihn traute, als auf seinen Vater, lehrte er das Volk, worin sein wahres Wohl bestehe; und das Volk hörte seine Stimme, und die Fürsten hörten die Stimme des Volks."

Das ist die Stelle des Rabbiners, zu der ich kein einiges Wort hinzusetze.

Und jetzt, ehe ihr aus meiner Stille geht, liebe Blätter! an die Orte, wo die Winde blasen, und die Stürme brausen, an die Orte, wo kein Friede ist –

Nur noch dies Wort, liebe Blätter! Möge es euch vor bösen Stürmen bewahren!

Ich habe keinen Teil an allem Streit der Menschen über ihre Meinungen; aber das, was sie fromm und brav und treu und bieder machen, was Liebe Gottes und Liebe des Nächsten in ihr Herz, und was Glück und Segen in ihr Haus bringen kann, das, meine ich, sei, außer allem Streit, uns allen und für uns alle in unsere Herzen gelegt.

Den 25. Hornung 1781

Der Verfasser

⟨ERSTER TEIL⟩

§ 1
Ein herzensguter Mann, der aber doch Weib und Kind höchst unglücklich macht

Es wohnt in Bonnal ein Mäurer.* Er heißt Lienhard – und seine Frau Gertrud. Er hat sieben Kinder und ein gutes Verdienst. – Aber er hat den Fehler, daß er sich im Wirtshaus oft verführen läßt. Wann er da ansitzt, so handelt er wie ein Unsinniger; – und es sind in unserm Dorf schlaue abgefeimte Bursche, die darauf losgehen, und daraus leben, daß sie den Ehrlichern und Einfältigern auflauern, und ihnen bei jedem Anlaß das Geld aus der Tasche locken. Diese kannten den guten Lienhard, und verführten ihn oft beim Trunk noch zum Spiel, und raubten ihm so den Lohn seines Schweißes. Aber allemal, wenn das am Abend geschehen war, reuete es Lienharden am Morgen – und es ging ihm ans Herz, wenn er Gertrud und seine Kinder Brot mangeln sah, daß er zitterte, weinte, seine Augen niederschlug, und seine Tränen verbarg.

Gertrud ist die beste Frau im Dorf – aber sie und ihre blühenden Kinder waren in Gefahr, ihres Vaters und ihrer Hütte beraubt, getrennt, verschupft ins äußerste Elend zu sinken, weil Lienhard den Wein nicht meiden konnte.

Gertrud sah die nahe Gefahr, und war davon in ihrem Innersten durchdrungen. Wenn sie Gras von ihrer Wiese holte, wenn sie Heu von ihrer Bühne nahm, wenn sie die Milch in ihren reinlichen Becken besorgte; ach! Bei allem, bei allem ängstigte sie immer der Gedanke – daß ihre Wiese, ihr Heustock und ihre halbe Hütte ihnen bald werden entrissen werden, und wenn ihre Kinder um sie her stunden, und sich an ihren Schoß drängten, so war ihre Wehmut immer noch größer; allemal flossen dann Tränen über ihre Wangen.

Bis jetzt konnte sie zwar ihr stilles Weinen vor den Kindern verbergen; aber am Mittwochen vor der letzten Ostern – da ihr Mann auch gar zu lang nicht heimkam, war ihr Schmerz zu mächtig, und die Kinder bemerkten ihre Tränen. Ach Mutter! riefen sie alle aus einem Munde, du weinest, und drängten sich enger an ihren Schoß.

---

* Ich muß hier melden, daß in der ganzen Geschichte ein alter angesehener Einwohner von Bonnal redend eingeführt wird.

Angst und Sorge zeigten sich in jeder Gebärde. – Banges Schluchzen, tiefes, niedergeschlagenes Staunen, und stille Tränen umringten die Mutter, und selbst der Säugling auf ihrem Arme verriet ein bisher ihm fremdes Schmerzengefühl. Sein erster Ausdruck von Sorge und von Angst – sein starres Auge, das zum ersten Male ohne Lächeln hart und steif und bang nach ihr blickte – alles dieses brach ihr gänzlich das Herz. Ihre Klagen brachen jetzt in lautem Schreien aus, und alle Kinder und der Säugling weinten mit der Mutter, und es war ein entsetzliches Jammergeschrei, als eben Lienhard die Türe eröffnete.

Gertrud lag mit ihrem Antlitz auf ihrem Bette; hörte das Öffnen der Türe nicht, und sah nicht den kommenden Vater – Auch die Kinder wurden seiner nicht gewahr – Sie sahn nur die jammernde Mutter – und hingen an ihren Armen, an ihrem Hals, und an ihren Kleidern. So fand sie Lienhard.

Gott im Himmel sieht die Tränen der Elenden – und setzt ihrem Jammer ein Ziel.

Gertrud fand in ihren Tränen Gottes Erbarmen! – Gottes Erbarmen führte den Lienhard zu diesem Anblick, der seine Seele durchdrang, – daß seine Glieder bebeten. Todesblässe stieg in sein Antlitz – und schnell und gebrochen konnte er kaum sagen – Herr Jesus! Was ist das? Da erst sah ihn die Mutter, da erst sahn ihn die Kinder, und der laute Ausbruch der Klage verlor sich – O Mutter! Der Vater ist da! riefen die Kinder aus einem Munde; und selbst der Säugling weinte nicht mehr –

So wie wenn ein Waldbach oder eine verheerende Flamme nun nachläßt – so verliert sich auch das wilde Entsetzen, und wird stille, bedächtliche Sorge. –

Gertrud liebte den Lienhard – und seine Gegenwart war ihr auch im tiefsten Jammer Erquickung – und auch Lienharden verließ jetzt das erste bange Entsetzen –

Was ist, Gertrud! sagte er zu ihr, dieser erschreckliche Jammer, in dem ich dich antraf?

O mein Lieber! erwiderte Gertrud – finstre Sorgen umhüllen mein Herz – und wenn du weg bist, so nagt mich mein Kummer noch tiefer –

Gertrud, erwiderte Lienhard, ich weiß, was du weinest – ich Elender!

Da entfernte Gertrud ihre Kinder, und Lienhard hüllte sein Antlitz in ihren Schoß, und konnte nicht reden! –

Auch Gertrud schwieg eine Weile – und lehnte sich in stiller Wehmut an ihren Mann, der immer mehr weinte und schluchzte, und sich ängstigte auf ihrem Schoße.

Indessen sammelte Gertrud alle ihre Stärke, und faßte Mut, nun an ihn zu dringen, daß er seine Kinder nicht ferner diesem Unglück und Elend aussetzte.

Gertrud war fromm – und glaubte an Gott – und ehe sie redete, betete sie still für ihren Mann und für ihre Kinder, und ihr Herz ward sichtbarlich heiterer; da sagte sie:

Lienhard trau auf Gottes Erbarmen, und fasse doch Mut – ganz recht zu tun –

O Gertrud, Gertrud! – sagte Lienhard, und weinte, und seine Tränen flossen in Strömen –

O mein Lieber! Fasse Mut, sagte Gertrud, und glaube an deinen Vater im Himmel, so wird alles wieder besser gehen. Es gehet mir ans Herz, daß ich dich weinen mache. Mein Lieber! – Ich wollte dir gern jeden Kummer verschweigen, – du weißest, an deiner Seite sättigt mich Wasser und Brot, und die stille Mitternachtsstunde ist mir viel und oft frohe Arbeitsstunde, – für dich und meine Kinder. Aber, mein Lieber! Wenn ich dir meine Sorgen verhehlte – daß ich mich noch einst von dir und diesen Lieben trennen müßte – so wär ich nicht Mutter an meinen Kindern – und an dir wär ich nicht treu – O Teurer! Noch sind unsere Kinder voll Dank und Liebe gegen uns – aber, mein Lienhard! wenn wir nicht Eltern bleiben – so wird ihre Liebe und ihre gute Herzlichkeit, auf die ich alles baue, notwendig verlorengehn müssen – und dann denke, o Lieber! Denk auch, wie dir sein müßte, wenn dein Niclas einst keine Hütte mehr hätte! und Knecht sein müßte – Er, der jetzo schon so gern von Freiheit und eigenem Herde redt – Lienhard – wenn er und alle die Lieben – durch unsern Fehler arm gemacht, einst in ihrem Herzen uns nicht mehr dankten – sondern weinten ob uns, ihren Eltern – könntest du leben, Lienhard! und sehen, wie dein Niclas, dein Jonas, wie dein Liseli (Lise) und dein Anneli (Enne)* o Gott! verschupft, an fremden Tischen Brot suchen müßten – ich würde sterben, wenn ich das sehen müßte – so sagte Gertrud – und Tränen flossen von ihren Wangen –

Und Lienhard weinte nicht minder – Was soll ich tun? – Ich Un-

---

* Diese Geschichte ist schweizerisch. Die Szene davon ist in der Schweiz, und ihre Helden sind Schweizer. Man hat deshalben die schweizerischen Namen beibehalten, und so gar schweizerische Provinzialworte, wie z. E. *verschupfen*, welches den Fall bedeutet, da ein Mensch von einem Orte zum andern mit einer Art von Drucke und von Verachtung verstoßen wird.

glücklicher! Was kann ich machen? – ich bin noch elender als du weißest – Gertrud! Gertrud! Dann schwieg er wieder, rang seine Hände und weinte lautes Entsetzen –

O Lieber! Verzage nicht an Gottes Erbarmen – o Teurer! Was es auch sein mag – rede – daß wir uns helfen und raten –

§ 2

Eine Frau, die Entschlüsse nimmt, ausführt, und einen Herrn findet, der ein Vaterherz hat –

O Gertrud, Gertrud! Es bricht mir das Herz, dir mein Elend zu sagen – und deine Sorgen zu vergrößern – und doch muß ich es tun.

Ich bin Hummel, dem Vogt*, noch dreißig Gulden schuldig – und der ist ein Hund, und kein Mensch gegen die, so ihm schuldig sind – Ach! Daß ich ihn in meinem Leben nie gesehn hätte – Wenn ich nicht bei ihm einkehre, so droht er mir mit den Rechten – und wenn ich einkehre, so ist der Lohn meines Schweißes und meiner Arbeit in seinen Klauen. – Das Gertrud, das ist die Quelle unsers Elends. –

O Lieber! sagte hierauf Gertrud, darfst du nicht zu Arner, dem Landesvater, gehen? Du weißt, wie alle Witwen und Waisen sich seiner rühmen – O Lieber, ich denke, er würde dir Rat und Schutz gewähren gegen diesem Mann –

O Gertrud! erwiderte Lienhard – ich kann nicht – ich darf nicht – was wollte ich gegen den Vogt sagen? – der tausenderlei anbringt und kühn ist – und schlau und hundert Helfershelfer und Wege hat, einen armen Mann vor der Obrigkeit zu verschreien, daß man ihn nicht anhört.

Gertrud: O Lieber! Ich habe noch mit keiner Obrigkeit geredt – Aber wenn Not und Elend mich zu ihr führeten, ich weiß, ich würde die Wahrheit gerade gegen jedermann sagen können. – O Teurer! Fürchte dir nicht – denke an mich und deine Kinder, und gehe –

O Gertrud! sagte Lienhard – ich kann nicht – ich darf nicht – ich bin nicht unschuldig – Der Vogt wird sich kaltblütig aufs ganze Dorf berufen – daß ich ein liederlicher Tropf bin – O Gertrud! Ich bin nicht unschuldig – was will ich sagen? Niemand wird ihn für den Kopf stoßen – und aussagen, daß er mich zu allem verleitet hat – O

---

* Vogt ist in der Schweiz, was in Deutschland der Schulz im Dorfe ist.

Gertrud! Könnt ich's! Dörft ich's! Wie gerne wollt ich's! Aber tät ich's und mißlung's, denk, wie würde er sich rächen.

Gertrud: Aber auch wenn du schweigst, richtet er dich unausweichlich zugrunde. Lienhard, denk an deine Kinder und gehe – diese Unruhe unsers Herzen muß enden – gehe oder ich gehe.

Lienhard: – O Gertrud! Ich darf nicht! Darfst du's, ach Gott! Gertrud! Ach Gott! Darfst du's, so gehe schnell hin zu Arner – und sag ihm alles –

Ja, ich will gehen, sagt Gertrud – und schlief keine Stunde in der Nacht – aber sie betete in der schlaflosen Nacht – und ward immer stärker und entschlossener, zu gehen zu Arner, dem Herrn des Orts –

Und am frühen Morgen nahm sie den Säugling, der wie eine Rose blühete, und ging zwo Stunden weit zum Schlosse des Junkers.

Arner saß eben bei seiner Linde, vor der Pforte des Schlosses, als Gertrud sich ihm nahete – Er sah sie – er sahe den Säugling auf ihrem Arme – und Wehmut und Leiden und getrocknete Zähren auf ihrem Antlitz –

Was willst du, meine Tochter? Wer bist du? sagte er so liebreich, daß sie Mut fassete zu reden –

Ich bin Gertrud, sagte sie – das Weib des Mäurer Lienhards von Bonnal.

Du bist ein braves Weib, sagte Arner. Ich habe deine Kinder vor allen andern im Dorf ausgezeichnet – Sie sind sittsamer und bescheidener als alle übrigen Kinder, und sie scheinen besser genährt – und doch, höre ich, seid ihr sehr arm – Was willst du, meine Tochter?

O gnädiger Herr! Mein Mann ist längst dem Vogt Hummel dreißig Gulden schuldig – und das ist ein harter Mann – Er verführt ihn zum Spiel und zu aller Verschwendung – Und da er ihn fürchten muß, so darf er sein Wirtshaus nicht meiden; wenn er schon fast alle Tage sein Verdienst und das Brot seiner Kinder darin zurücklassen muß. Gnädiger Herr! Es sind sieben unerzogene Kinder. Und ohne Hülf und ohne Rat gegen den Vogt ist's unmöglich, daß wir nicht an Bettelstab geraten. Und ich weiß, daß Sie sich der Witwen und der Waisen erbarmen, und darum durfte ich es wagen, zu Ihnen zu gehn, und Ihnen unser Unglück zu sagen. Ich habe aller meiner Kinder Spargeld bei mir – in der Absicht, es Ihnen zu hinterlegen, damit ich Sie bitten dörfe, Verfügungen zu treffen, daß der Vogt meinen Mann, bis er bezahlt sein wird, nicht mehr drängen und plagen dörfe –

Arner hatte längst einen Verdacht auf Hummel – Er erkannte sogleich die Wahrheit dieser Klage, und die Weisheit der Bitte – Er nahm eine Schale Tee, die vor ihm stund, und sagte: Du bist nüchtern, Gertrud? Trink diesen Tee, und gib deinem schönen Kind von dieser Milch.

Errötend stand Gertrud da – Diese Vatergüte ging ihr ans Herz, daß sie ihre Tränen nicht halten konnte –

Und Arner ließ sie jetzt die Taten des Vogts und seiner Mitgesellen und die Not und die Sorgen vieler Jahre erzählen; hörte aufmerksam zu, und einmal fragte er sie – Wie hast du, Gertrud! das Spargeld deiner Kinder retten können in aller dieser Not?

Da antwortete Gertrud – Das war wohl schwer, gnädiger Herr! Aber es mußte mir sein, als ob das Geld nicht mein wäre, als ob es ein Sterbender mir auf seinem Todbette gegeben hätte, daß ich es seinen Kindern aufbehalten sollte. So, fast ganz so sah ich es an – Wenn ich zu Zeiten in der dringendsten Not den Kindern Brot daraus kaufen mußte, so ruhete ich nicht, bis ich mit Nachtarbeit wieder so viel nebenhin erspart und den Kindern wieder erstattet hätte.

War das allemal wieder möglich – Gertrud? fragt Arner –

O gnädiger Herr! Wenn der Mensch sich etwas fest vornimmt – so ist ihm mehr möglich, als man glaubt – und Gott hilft im äußersten Elend – wenn man redlich für Not und Brot arbeitet – Gnädiger Herr! mehr, als Sie es in Ihrer Herrlichkeit glauben und begreifen können.

Arner war durch und durch von der Unschuld und von der Tugend dieses Weibes gerührt – fragte aber immer noch mehr – und sagte: Gertrud, wo hast du dieses Spargeld?

Da legte Gertrud sieben reinliche Päckgen auf Arners Tisch – und bei jedem Päckgen lag ein Zedel, von wem alles wäre – und wenn Gertrud etwas davon genommen hatte – so stand es aufgeschrieben – und wie sie es wieder zugelegt hätte.

Arner las diese Zedel aufmerksam durch –

Gertrud sah's und errötete. Ich habe diese Papiere wegnehmen sollen, gnädiger Herr!

Arner lächelte – und las fort – aber Gertrud stand beschämt da, und sichtbarlich pochte ihr Herz ob diesen Zedeln; – denn sie war bescheiden – und demütig – und grämte sich auch über den mindesten Anschein von Eitelkeit –

Arner sah ihre Unruhe, daß sie die Zedel nicht beiseits gelegt hatte, und er fühlte die reine Höhe der Unschuld, die beschämt dasteht, wenn ihre Tugend und ihre Weisheit bemerkt wird, – und beschloß dem Weib mehr, als es bat, und hoffete, Gnade zu erweisen; dann er fühlte ihren Wert – und daß unter Tausenden kein Weib ihr gleichkäme. Er legte jetzt einem jeden Päckgen etwas bei, und sagte: – Bring deinen Kindern ihr Spargeld wieder, Gertrud! – Und ich lege aus meiner Börse dreißig Gulden beiseits für den Vogt – bis er bezahlt ist. – Gehe nun heim, Gertrud – morgen werde ich ohnedies in dein Dorf kommen; und da werde ich dir Ruhe schaffen vor dem Hummel.

Gertrud konnte vor Freuden nicht reden – Kaum brachte sie stammelnd ein gebrochenes schluchzendes „Gott lohne es Ihnen, gnädiger Herr!" hervor; und nun ging sie mit ihrem Säugling und mit ihrem Trost in ihres Mannes Arme – Sie eilete – betete – und dankte Gott auf dem langen Wege – und weinte Tränen des Danks und der Hoffnung, bis sie in ihrer Hütte war.

Lienhard sah sie kommen – und sah den Trost ihres Herzens – in ihren Augen – Bist du schon wieder da? rief er ihr entgegen – es ist dir wohl gegangen bei Arner –

Wie weißt du's schon, sagte Gertrud? Ich sehe dir's an, du Gute! Du kannst dich nicht verstellen –

Das kann ich nicht, sagte Gertrud, und ich möcht es nicht – wenn ich's auch könnte, dir die gute Botschaft einen Augenblick vorenthalten, Lienhard! Da erzählte sie ihm die Güte des Vater Arners, wie er ihren Worten glaubte – und wie er ihr Hülfe versprach – Denn gab sie den Kindern des Arners Geschenke und küßte ein jedes wärmer und heiterer als es schon lange geschehen war, und sagte ihnen: Betet alle Tage, daß es Arner wohlgehe, Kinder – wie ihr betet, daß es mir und dem Vater wohlgehe! Arner sorgt, daß es allen Leuten im Lande wohlgehe – er sorgt, daß es euch wohlgehe – und wann ihr brav, verständig und arbeitsam sein werdet – so werdet ihr ihm lieb sein, wie ihr mir und dem Vater lieb seid.

Von dieser Zeit an beteten die Kinder des Mäurers, wenn sie am Morgen und am Abend für ihren Vater und Mutter beteten, auch für Arner, den Vater des Landes. –

Gertrud und Lienhard faßten nun neue Entschlüsse für die Ordnung ihres Hauses und für die Bildung ihrer Kinder zu allem Guten – und dieser Tag war ihnen ein seliger Festtag. – Lienhards Mut stärkte sich wieder, und am Abend machte Gertrud ihm ein Essen, das er liebte – und sie freuten sich beide des kommenden Morgens der Hülfe Arners – und der Güte ihres Vaters –

Auch Arner sehnete sich nach dem kommenden Morgen – eine Tat zu tun – wie er tausende tat, um seinem Dasein einen Wert zu geben. –

§ 3
Ein Unmensch erscheint

Und da am gleichen Abend sein Vogt zu ihm kam, nach seinen Befehlen zu fragen, sagte er ihm: – Ich werde morgen selbst nach Bonnal kommen: Ich will einmal den Bau der Kirchen in Ordnung haben – Der Untervogt aber antwortete: Gnädiger Herr! Hat Euer Gnaden Schloßmäurer jetzt Zeit? Nein, erwiderte Arner; aber es ist in deinem Dorf ein Mäurer Lienhard, dem ich dieses Verdienst gern gönne. Warum hast du mir ihn noch nie zu einer Arbeit empfohlen?

Der Vogt bückte sich tief und sagte: Ich hätte den armen Mäurer nicht empfehlen dürfen zu Euer Herrlichkeit Gebäuden.

Arner: Ist er ein braver Mann, Vogt? daß ich auf ihn gehn kann –

Vogt: Ja, Ihr Gnaden können sich auf ihn verlassen, er ist nur gar zu treuherzig.

Arner: Man sagt, er habe ein braves Weib! Ist sie keine Schwätzerin? fragte hierauf Arner mit Nachdruck.

Nein, sagte der Vogt: sie ist wahrlich eine arbeitsame stille Frau.

Gut, sagte Arner! Sei morgen um neun Uhr auf dem Kirchhof – Ich werde dich daselbst antreffen. –

Da ging der Vogt fort; ganz erfreut über diese Rede; denn er dachte bei sich selber, das ist eine neue Milchkuh in meinen Stall, und sann schon auf Ränke, dem Mäurer das Geld, das er bei diesem Bau verdienen möchte, abzulocken; und schnell eilte er heim und nach des Mäurers kleiner Hütte.

Es war schon dunkel, als er mit Ungestüm anpochte.

Lienhard und Gertrud saßen noch beim Tische. Noch stund der Rest ihres Essens vor ihnen. Lienhard aber erkannte die Stimme des neidischen Vogts. Er erschrak und schob das Essen in einen Winkel.

Gertrud ermunterte ihn zwar, daß er sich nicht fürchten, und daß er sich auf Arner vertrauen sollte. Dennoch wurd er todblaß, als er dem Vogt die Türe öffnete. Dieser roch schnell wie ein gieriger Hund das verborgene Nachtessen; tat aber doch freundlich und sagte – nur lächelnd –

Ihr laßt euch recht wohl sein, ihr Leute; so endlich ist's leicht ohne das Wirtshaus zu sein; nicht wahr, Lienhard?

Dieser schlug die Augen nieder und schwieg; aber Gertrud war kühner – und sagte: Was befiehlt dann der Herr Vogt – Es ist ganz sonderbar, daß er einem so schlechten Haus näher, als ans Fenster kommt –

Hummel verbarg seinen Zorn, lächelte, und sagte: Es ist wahr, ich hätte eine so gute Küche hier nicht erwartet; sonst hätte ich vielleicht mehr zugesprochen.

Das erbitterte Gertrud. Vogt! antwortete sie ihm, du riechst unser Nachtessen, und mißgönnst es uns; du solltest dich schämen, einem armen Mann ein Nachtessen, das er liebt und vielleicht im Jahr nicht dreimal hat, zu verbittern. – Es ist nicht so bös gemeint, antwortete der Vogt, immer noch lächelnd. Eine Weile darauf aber setzte er etwas ernsthafter hinzu: Du bist gar zu trotzig, Gertrud; das steht armen Leuten nicht wohl an. Du solltest wohl denken, ihr ginget mich vielleicht auch etwas an; – doch ich will jetzt nicht hievon anfangen. Ich bin deinem Mann immer gut; und wenn ich ihm dienen kann, so tue ich's; davon kann ich Proben geben.

Gertrud: Vogt! – Mein Mann wird alle Tage in deinem Wirtshaus zum Spiel und zum Trunke verführt – und denn muß ich daheim mit meinen Kindern alles mögliche Elend erdulden; das ist der Dienst, den wir von dir zu rühmen haben.

Hummel: Du tust mir Unrecht, Gertrud! Es ist wahr, dein Mann ist etwas liederlich. Ich habe es ihm auch schon gesagt, aber in meinem Wirtshause muß ich in Gottes Namen einem jeden, der's will, Essen und Trinken geben; – das tut ja jedermann –

Gertrud: Ja – aber nicht jedermann drohet einem unglücklichen armen Mann mit den Rechten, wann er nicht alle Jahre seine Schuld wieder doppelt groß macht.

Nun konnte sich der Vogt nicht mehr halten; mit Wut fuhr er den Lienhard an –

Bist du so ein Gesell Lienhard, daß du solches von mir redest? – Muß ich noch in meinen Bart hinein hören, wie ihr Lumpenvolk mich alten Mann um Ehr und guten Namen bringen wollt? – Hab ich nicht jeweilen vor Vorgesetzten mit dir gerechnet? Gut, daß deine Zedel fein alle noch bei mir und in meinen Handen sind – Willt du mir etwan gar meine Anforderung leugnen, Lienhard? –

Es ist ganz nicht die Rede hievon – sagte Lienhard: Gertrud sucht nur, saß ich ferner nicht neue Schulden mache –

Der Vogt besann sich schon wieder, milderte den Ton und sagte: Das ist endlich nicht so gar übel, doch bist du der Mann – sie wird dich nicht wollen in ein Bockshorn hineinschieben –

Gertrud: Nichts weniger, Vogt! Ich möchte ihn gern aus dem Bockshorn, darin er steckt, herausbringen – und das ist dein Buch, Vogt, und seine schönen Zedel –

Hummel: Er hat mich nur zu bezahlen; so ist er augenblicklich aus diesem Bockshorn, wie du's heißest –

Gertrud: Das wird er wohl tun können – wenn er nichts Neues mehr macht –

Hummel: Du bist stolz, Gertrud – es wird sich zeigen – Gelt Gertrud, du willst lieber mit deinem Mann daheim allein bröseln*, als ihm ein Glas Wein bei mir gönnen.

Gertrud: Du bist niederträchtig, Vogt! Aber deine Rede tut mir nicht weh.

Hummel konnte diese Sprache nicht länger aushalten. Er empfand, daß etwas vorgefallen sein mußte, das dieses Weib so kühn machte. Darum durfte er nicht seinen Mut kühlen, und nahm Abschied.

Hast du sonst was zu befehlen, sagte Gertrud.

Nichts, wenn's so gemeint ist, antwortete Hummel.

Wie gemeint? erwiderte Gertrud lächelnd – und sah ihm steif ins Gesicht. Das verwirrte den Vogt noch mehr, daß er sich nicht zu gebärden wußte.

Er ging jetzt – und brummete bei sich selbst die Treppe hinunter, was doch das sein möchte.

Dem Lienhard war zwar nicht wohl bei der Sache; aber dem Vogt noch viel weniger.

§ 4
Er ist bei seinesgleichen;
und da ist's wo man Schelmen kennenlernt –

Es war jetzt fast Mitternacht, und doch war er kaum heim, so sandte er noch zu zweien von Lienhards Nachbaren, daß sie des Augenblicks zu ihm kämen.

Sie waren schon im Bette, als er nach ihnen schickte; aber doch säumeten sie sich nicht. Sie stunden auf und gingen in der finstern Nacht zu ihm hin.

Und er fragte über alles, was Lienhard und Gertrud seit einigen Tagen getan hätten. Da sie ihm aber nicht gleich etwas sagen konnten, das ihm Licht gab, stieß er seine Wut gegen sie aus.

Ihr Hunde! Was man von euch will, ist immer nichts mit euch ausgerichtet. Wofür muß ich immer euer Narr sein? Wenn ihr Holz fre-

---
* euch was zugut tun.

velt, und ganze Fuder raubet – so muß ich nichts wissen – wenn ihr in den Schloßtriften weidet – und alle Zäune wegtraget, so muß ich schweigen.

Du Buller! Mehr als ein Dritteil von deiner Waisenrechnung war falsch – und – ich schwieg – meinst du, das bißchen verschimmelt Heu stelle mich zufrieden? – Es ist noch nicht verjährt –

Und du Krüel! Deine halbe Matte gehört deines Bruders Kindern. Du alter Dieb! – Was habe ich von dir, daß ich dich nicht dem Henker überlasse, dem du gehörst? –

Dieses Gerede machte den Nachbaren bang. Was können wir tun? Was können wir machen – Herr Untervogt – weder Tag noch Nacht ist uns zuviel – zu tun, was du uns heißest.

Ihr Hunde! Ihr könnt nichts, ihr wißt nichts. Ich bin außer mir vor Wut. Ich muß wissen, was des Mäurers Gesindel diese Woche gehabt hat – was hinter diesem Pochen steckt – so wütete er –

Indessen besann sich Krüel. Halt, Vogt – ich glaub, ich könne dienen, erst fällt mir's ein – Gertrud war heute bis Mittag über Feld – und am Abend hat ihr Liseli beim Brunnen den Schloßherrn sehr gerühmt – gewiß war sie im Schloß – am Abend vorher war ein Geheul in ihrer Stube – aber niemand weiß warum. Heute sind sie alle ganz besonders fröhlich.

Der Vogt war nun überzeugt, daß Gertrud im Schloß gewesen wäre. Zorn und Unruhe wüteten nun noch gewaltiger in seiner Seele.

Er stieß greuliche Flüche aus, schimpfte mit abscheulichen Worten auf Arner, der alles Bettelgesindel anhörte, und Lienhard und Gertrud schwur er Rache ernstlich empfinden zu machen. Doch müßt ihr schweigen, Nachbarn – ich will mit dem Gesindel freundlich tun, bis es reif ist. Forschet fleißig nach, was sie tun, und bringt mir Nachricht. Ich will euer Mann sein, wo es nötig sein wird.

Da nahm er noch Buller beiseits, und sagte – Weißt du nichts von den gestohlenen Blumengeschirren? Man sah dich vorgestern über den Grenzen, mit einem geladenen Esel; was hattest du zu führen?

Buller erschrak – ich – – ich – hatte – Nu! nu! sprach der Vogt – sei mir treu! Ich bin dir Mann, wo es die Not erheischt.

Da gingen die Nachbaren fort. Der Morgen aber war schon nahe –

Und Hummel wälzte sich noch eine Stunde auf seinem Lager, staunte, sann auf Rache, knirschte oft im wilden Schlummer mit den Zähnen, und stampfte mit seinen Füßen – bis der helle Tag ihn aus dem Bette trieb.

Er beschloß jetzt noch einmal Lienharden zu sehen, sich zu überwinden und ihm zu sagen, daß er ihn Arnern zum Kirchbau empfohlen hätte. Er raffte alle seine Kräfte zum Heucheln zusammen, und ging zu ihm hin.

Gertrud und Lienhard hatten diese Nacht sanfter geruht, als es ihnen seit langem nicht geschehen war. Und sie beteten am heitern Morgen um den Segen dieses Tages. Sie hofften auf die nahe Hülfe vom Vater Arner. Diese Hoffnung breitete Seelenruhe und ungewohnte wonnevolle Heiterkeit über sie aus.

So fand sie Hummel. Er sah's – und es ging dem Satan ans Herz, daß sein Zorn noch mehr entbrannte; aber er war seiner selbst mächtig, wünschete ihnen freundlich einen guten Morgen, und sagte: Lienhard! Wir waren gestern unfreundlich gegeneinander; das muß nicht so sein. Ich habe dir etwas Gutes zu sagen. Ich kam eben vom gnädigen Herrn; er redete vom Kirchbau, und fragte auch dir nach. Ich sagte, daß du den Bau wohl machen könntest; und ich denke, er werde ihn dir geben. Sieh, so kann man einander dienen, – man muß sich nie so leicht aufbringen lassen.

Lienhard: Er soll ja den Bau dem Schloßmäurer verdungen haben, das hast du längst an der Gemeind gesagt.

Hummel: Ich hab's geglaubt, aber es ist nicht; der Schloßmäurer hat nur ein Kostenverzeichnis gemacht, und du kannst leicht denken, er habe sich selber nicht vergessen. Wenn du ihn nach diesem Überschlag erhaltest, so verdienest du Geld wie Laub. – Lienert – da siehst du jetzt, ob ich's gut mit dir meine –

Der Mäurer war von der Hoffnung des Baus übernommen und dankte ihm herzlich.

Aber Gertrud sah, wie der Vogt vom erstickten Zorn blaß war – und wie hinter seinem Lächeln verbissener Grimm verborgen lag; und sie freuete sich gar nicht. Indessen ging der Vogt weg, und im Gehen sagte er noch: Innert einer Stunde wird Arner kommen, und Lienhards Lise, die an der Seite ihres Vaters stand, sagte zum Vogt: Wir wissen's schon seit gestern.

Hummel erschrak zwar ob diesem Wort, aber er tat doch nicht als ob er's hörte –

Und Gertrud, die wohl sah, daß der Vogt dem Geld, so beim Kirchbau zu verdienen wäre, auflauerte, war hierüber sehr unruhig.

§ 5

Er findet seinen Meister

Indessen kam Arner auf den Kirchhof; und viel Volk aus dem Dorfe sammelte sich um ihn her – den guten Herrn zu sehen.

Seid ihr so müßig, oder ist's Feiertag, daß ihr alle so Zeit habt, hier herumzuschwärmen? sagte der Vogt zu einigen, die ihm zu nahe stunden; denn er verhütete immer, daß niemand vernehme, was er für Befehle erhielte –

Aber Arner bemerkte es, und sagt laut: Vogt! Ich habe es gern, daß meine Kinder auf dem Kirchhof bleiben, und selbst hören, wie ich es mit dem Bau haben will; warum jagst du sie fort?

Tief bis an die Erde krümmte sich Hummel, und rief den Nachbarn alsobald laut: Kommt doch wieder zurück, Ihr Gnaden mag euch wohl dulden –

Arner: Hast du die Schatzung vom Kirchbau gesehen?

Vogt: Ja, gnädiger Herr!

Arner: Glaubst du, Lienhard könne den Bau um diesen Preis gut und dauerhaft machen?

Ja, gnädiger Herr! antwortete der Vogt laut; und sehr leise setzte er hinzu, ich denke, da er im Dorfe wohnt – könnte er es vielleicht noch etwas weniges wohlfeiler übernehmen.

Arner aber antwortete ganz laut. Soviel ich dem Schloßmäurer hätte geben müssen, soviel gebe ich auch diesem. Laß ihn rufen, und sorge, daß alles, was aus dem Wald und aus den Magazinen dem Schloßmäurer zukommen sollte, auch diesem ausgeliefert werde.

Lienhard war eben wenige Minuten ehe Arner ihn rufen ließe, ins obere Dorf gegangen; und Gertrud entschloß sich alsobald mit dem Boten selbst auf den Kirchhof zu gehn, und Arnern ihre Sorgen zu entdecken.

Als aber der Vogt Gertrud und nicht Lienhard mit dem Boten zurückkommen sah, wurde er todblaß –

Arner bemerkt es und fragte ihn; wo fehlt's Herr Untervogt –

Vogt: Nichts, gnädiger Herr! gar nichts, doch ich habe diese Nacht nicht wohl geschlafen –

Man sah dir fast sowas an, sagte Arner, und sah ihm steif in die roten Augen, kehrte sich denn zu Gertrud, grüßte sie freundlich, und sagte: Ist dein Mann nicht da? Doch es ist gleichviel, du mußt ihm nur sagen, daß er zu mir komme. Ich will ihm diesen Kirchenbau anvertrauen –

Gertrud stand eine Weile sprachlos da, und durfte vor so viel Volk fast nicht reden.

Arner: Warum redest du nicht, Gertrud? Ich will deinem Mann den Bau so geben, wie ihn der Schloßmäurer würde übernommen haben. Das sollte dich freuen, Gertrud –

Gertrud hatte sich wieder erholt – und sagte jetzt: Gnädiger Herr! Die Kirche ist so nahe am Wirtshaus –

Alles Volk fing an zu lachen – und da die meisten ihr Lachen vor dem Vogt verbergen wollten, kehrten sie sich von ihm weg gerade gegen Arner.

Der Vogt aber, der wohl sah, daß dieser alles bemerkt hätte, stand jetzt entrüstet auf, stellte sich gegen Gertrud und sprach: Was hast du gegen mein Wirtshaus?

Schnell aber unterbrach Arner den Vogt und sagte: Geht diese Rede dich an, Untervogt! daß du darein redest? Dann wandte er sich wieder zu Gertrud und sagte: Was ist das? Warum steht dir die Kirche zu nahe am Wirtshaus?

Gertrud: Gnädiger Herr! Mein Mann ist beim Wein leicht zu verführen, und wenn er täglich so nahe am Wirtshaus arbeiten muß; ach Gott! Ach Gott! Ich fürchte, er halte die Versuchung nicht aus.

Arner: Kann er denn das Wirtshaus nicht meiden, wenn's ihm so gefährlich ist?

Gertrud: Gnädiger Herr! Bei der heißen Arbeit dürstet man oft, und wenn denn immer Saufgesellschaft vor seinen Augen auf jede Art mit Freundlichkeit und mit Spotten, mit Weinkäufen und mit Wetten ihn zulocken wird; ach Gott? Ach Gott! Wie wird er's aushalten können. Und wenn er denn nur ein wenig wieder Neues schuldig wird: so ist er wieder angebunden. Gnädiger Herr! Wenn Sie doch wüßten, wie ein einziger Abend in solchen Häusern arme Leute ins Joch und in Schlingen bringen kann, wo es fast unmöglich ist, sich wieder herauszuwickeln.

Arner: Ich weiß es, Gertrud – und ich bin entrüstet über das, was du mir gestern sagtest; da vor deinen Augen und vor allem Volk will ich dir zeigen, daß ich arme Leute nicht will drücken und drängen lassen.

Sogleich wandte er sich gegen dem Vogt, und sagte ihm mit einer Stimme voll Ernst und mit einem Blicke, der durch Mark und Beine drang;

Vogt! Ist's wahr, daß die armen Leute in deinem Hause gedrängt, verführt, und vervorteilt werden?

Betäubt und blaß, wie der Tod, antwortete der Vogt: In meinem

Leben, gnädiger Herr! ist mir nie so etwas begegnet; und solang ich lebe und Vogt bin, sagt er, wischt den Schweiß von der Stirne – hustet – räuspert – fängt wieder an – Es ist schrecklich – –

Arner: Du bist unruhig, Vogt! Die Frage ist einfältig. Ist's wahr, daß du arme Leute drängest, in Verwirrungen bringest, und ihnen in deinem Wirtshause Fallstricke legest, die ihre Haushaltungen unglücklich machen?

Vogt: Nein, gewiß nicht, gnädiger Herr! Das ist der Lohn, wenn man Lumpenleuten dient; ich hätte es vorher denken sollen. Man hat allemal einen solchen Dank, anstatt der Bezahlung.

Arner: Mache dir vor die Bezahlung keine Sorge; es ist nur die Frage, ob dieses Weib lüge.

Vogt: Ja gewiß, gnädiger Herr! Ich will es tausendfach beweisen.

Arner: Es ist genug am einfachen, Vogt! Aber nimm dich in acht. Du sagtest gestern, Gertrud sei eine brave, stille, arbeitsame Frau und gar keine Schwätzerin.

Ich weiß nicht – ich – ich – besinne – Sie haben mich – ich habe sie – ich habe sie – dafür angesehen – sagte der keichende Vogt –

Arner: Du bist auf eine Art unruhig, Vogt! daß man jetzt nicht mit dir reden kann; es ist am besten, ich erkundige mich gerade da bei diesen dastehenden Nachbaren. Und sogleich wandte er sich zu zween alten Männern, die still und aufmerksam und ernsthaft dastunden, und sagte ihnen: Ist's wahr, liebe Nachbaren! Werden die Leute in eurem Wirtshaus so zum Bösen verführt und gedrückt? Die Männer sahn sich einer den andern an, und durften nicht reden.

Aber Arner ermunterte sie liebreich. Fürchtet euch nicht. Sagt mir geradezu die reine Wahrheit.

Es ist mehr als zu wahr, gnädiger Herr! Aber was wollen wir arme Leute gegen den Vogt klagen? sagte endlich der ältere, doch so leise, daß es nur Arner verstehn konnte.

Es ist genug, alter Mann! sagte Arner, und wandte sich denn wieder zum Vogt.

Ich bin eigentlich jetzt nicht da, um diese Klage zu untersuchen; aber gewiß ist es, daß ich meine Armen vor aller Bedrückung will sicher haben, und schon längst dachte ich, daß kein Vogt Wirt sein sollte. Ich will aber das bis Montag verschieben – Gertrud! Sage deinem Mann, daß er zu mir komme, und sei du wegen den Wirtshausgefahren seinethalben jetzt nur ruhig.

Da nahm Arner noch einige Geschäfte vor, und als er sie vollendet hatte, ging er noch in den nahen Wald – und es war spät, da er heimfuhr – Auch der Vogt, der ihm in den Wald folgen mußte, kam erst des Nachts wieder heim in sein Dorf.

Als dieser jetzt seinem Hause nahe war, und nur kein Licht in seiner Stube sah, auch keine Menschenstimme darin hörte, ahndete ihm Böses; denn sonst war alle Abende das Haus voll – und alle Fenster von den Lichtern, die auf allen Tischen standen, erheitert, und das Gelärm der Saufenden tönte in der Stille der Nacht immer, daß man's zuunterst an der Gasse noch hörte, obgleich die Gasse lang ist, und des Vogts Haus zuoberst daran steht.

Über dieser ungewöhnlichen Stille war der Vogt sehr erschrocken. Er öffnete mit wilder Ungestümheit die Türe, und sagte: Was ist das? Was ist das? daß kein Mensch hier ist.

Sein Weib heulete in einem Winkel. O Mann! Bist du wieder da. Mein Gott! Was ist vor ein Unglück begegnet! Es ist ein Jubilieren im Dorf von deinen Feinden, und kein Mensch wagt mehr auch nur ein Glas Wein bei uns zu trinken. Alles sagt, du seist aus dem Wald nach Arnburg geführt worden.

Wie ein gefangenes wildes Schwein in seinen Stricken schnaubet, seinen Rachen öffnet, seine Augen rollt, und Wut grunzet; so wütete jetzt Hummel, stampfte und tobte, sann auf Rache gegen Arner, und rasete, über den Edeln. Denn redte er mit sich selbst: So kömmt das Land um seine Rechte. Er will mir das Wirtsrecht rauben, und den Schild in der Herrschaft allein aushängen. Bei Mannsgedenken haben alle Vögte gewirtet. Alle Händel gingen durch unsere Hände. Dieser läuft jetzt allenthalben selbst nach, und frägelt jeden Floh aus, wie ein Dorfschulmeister. Daher trotzet jetzt jeder Bub einen Gerichtsmann und sagt daß er selbst mit Arner reden könne. So kömmt das Gericht um alles Ansehn und wir sitzen und schweigen, wie andere Schurken. Da er so an uns alle alte Landesrechte kränkt und beugt.

So verdrehte der alte Schelm die guten und weisen Taten des edlen Herrn bei sich selbst, schnaubte und sann auf Rache, bis er entschlief.

§ 6
Wahrhafte Bauerngespräche

Am Morgen aber war er frühe auf, und sang und pfiff unter dem Fenster, auf daß man glaube, er sei wegen dem, so gestern vorgefallen war, ganz unbesorgt.

Aber Fritz, sein Nachbar, rief ihm über die Gasse: Hast du schon so frühe Gäste, daß es so lustig geht? und lächelte bei sich selbst.

Sie werden schon kommen, Fritz! – Hopsasa und Heisasa, Zwetschgen sind nicht Feigen, sagt der Vogt, streckt das Brenntsglas zum Fenster hinaus, und ruft: Willst eins Bescheid tun, Fritz?

Es ist mir noch zu früh, antwortete Fritz, ich will warten, bis mehr Gesellschaft da ist.

Du bist immer der alte Schalk, sagte der Vogt; aber glaub's, der gestrige Spaß wird nicht so übel ausschlagen. Es fliegt kein Vögelein so hoch, es läßt sich wieder nieder.

Ich weiß nicht, antwortete Fritz. Der Vogel, den ich meine, hat sich lange nicht heruntergelassen. Aber wir reden vielleicht nicht vom gleichen Vogel. Willst's mithalten, Vogt! Man ruft zur Morgensuppe, und hiemit schob Fritz das Fenster zu.

Das ist kurz abgebunden, murrete der Vogt bei sich selbst, und schüttelte den Kopf, daß Haar und Backen zitterten. Ich werde, denk ich, des Teufels Arbeit haben, bis das gestrige Henkerszeug den Leuten allen wieder aus dem Kopf sein wird. So sagt er zu sich selber, schenkt sich ein – trinkt – sagt denn wieder – Mut gefaßt! Kommt Zeit! Kommt Rat! Heute ist's Samstag, die Kälber lassen sich scheren, ich gehe ins Barthaus, da gibt sich um ein Glas Wein eins nach dem andern. Die Bauern glauben mir immer eher zehen, als dem Pfarrer ein Halbes.

So sagt der Vogt zu sich selber, und dann zur Frau: Füll mir die Saublatter mit Tabak; – aber nicht von meinem, nur vom Stinker, er ist gut für die Pursche. Und wenn des Scherers Bub Wein holt, so gib ihm vom dreimal geschwefelten, und tue in jede Maß ein halb Glas Brennts.

Er ging fort. Aber auf der Gasse, noch nahe beim Hause, besann er sich wieder, kehrte zurück und sagte der Frau: Es könnten Schelme mitsaufen. Ich muß mich in acht nehmen. Schick mir vom gelbgesottenen Wasser, wenn ich La Cote* fordern lasse, und bring das selber. Drauf ging er wieder fort.

Aber ehe er noch im Barthaus war, unter der Linde beim Schulhaus, trifft er Nickel Spitz und Jogli Rubel an. Wohinaus so im Sonnabendhabit, Herr Untervogt! fragte Nickel Spitz –

Vogt: Ich muß den Bart herunter haben –

Nickel: Das ist sonderbar, daß du am Samstagmorgen schon Zeit hast.

---

* La Cotte. Vin de la Côte. – Welsch-Berner-Wein.

Vogt: Es ist wahr, es ist nicht so das Jahr durch –

Nickel: Nein. Einmal seit langem kamst du immer Sonntags zwischen der Morgenpredigt zum Scherer.

Vogt: Ja: ein paarmal.

Nickel: Ja – ein paarmal, die letzten. Da der Pfarrer dir deinen Hund aus der Kirche jagen ließ, seitdem kamst du ihm nicht viel mehr ins Gehege.

Vogt: Du bist ein Narr, Nickel, daß du so was reden magst. Man muß essen und vergessen. Die Hundsjagd ist mir längst aus dem Kopf.

Nickel: Ich möchte mich nicht drauf verlassen, wenn ich Pfarrer wäre.

Vogt: Du bist nicht klug, Nickel. Warum das nicht? Aber kommt in die Stube, es gibt wohl etwan einen Weinkauf oder sonst kurze Zeit –

Nickel: Du würdest dem Scherer aufwarten, wenn er in seinem Haus einen Weinkauf trinken ließe.*

Vogt: Ich bin nicht halb so eigennützig. Man will mir ja das Wirtschaftsrecht ganz nehmen. Aber, Nickel! wir sind noch nicht da; der, den ich meine, hat noch aufs wenigste sechs Wochen und drei Tage Arbeit, eh er's bekömmt –

Nickel: Ich glaub es selbst. Doch ist's immer nicht die beste Ordnung für dich, daß der junge Herr seines Großvaters Glauben changiert hat.

Vogt: Ja, er hat einmal nicht völlig des Großvaters Glauben.

Nickel: Ich traue fast, er sei in keinem Punkt und in keinem Artikel von allen zwölfen mit dem Alten des gleichen Glaubens.

Vogt: Es kann sein. Aber der Alte war mir in seinem Glauben ein anderer Mann.

Nickel: Ich denk's wohl. Der erste Artikel seines Glaubens hieß: Ich glaube an dich, meinen Vogt –

Vogt: Das ist lustig. Aber wie hieß denn der andere?

Nickel: Was weiß ich grad jetzt. Ich denk, er hieß: Ich glaub außer dir, meinem Vogt, keinem Menschen kein Wort.

Vogt: Du solltest Pfarrer werden, Nickel, du würdest den Katechismus nicht bloß erklären; du würdest noch einen aufsetzen.

Nickel: Das würde man mir wohl nicht zulassen. Tät' ich's, ich

---

* Der Vogt, als Wirt, duldete nicht, daß in einem Hause, als in dem seinen, bei keinem Anlaß Wein ausgeschenkt würde.

würde ihn machen so deutsch und so klar, daß ihn die Kinder ohne den Pfarrer verstünden; und denn würde er ja natürlich nichts nütze sein.

Vogt: Wir wollen beim alten bleiben, Nickel! Es ist mir mit dem Katechismus wie mit etwas anderm. Es kömmt nie nichts Bessers hintennach.

Nickel: Das ist so ein Sprüchwort, das manchmal wahr ist, und manchmal nicht. Für dich, scheint's, trifft's diesmal ein mit dem neuen Junker –

Vogt: Es wird erst für andere nachkommen; wenn ihr ordentlich wartet. Und für mich fürchte ich mich nicht so übel vor diesem neuen Herrn. Es findet jeder seinen Meister.

Nickel: Das ist wahr. Doch ist deine alte Zeit mit dem vorigen Sommer* unter dem Boden –

Vogt: Nickel! Ich habe sie doch einmal gehabt; suche sie ein anderer jetzt auch.

Nickel: Das ist wahr, du hast sie gehabt, und sie war recht gut. Aber wie hätt's können fehlen; der Schreiber, der Weibel und der Vikari waren dir schuldig.

Vogt: Man redte mir das nach; aber es war drum nicht wahr.

Nickel: Du magst jetzt auch das sagen; du hattest ja mit ein paaren öffentlich Händel, daß das Geld nicht wieder zurückkommen wollte.

Vogt: Du Narr, du weißt auch gar noch alles!

Nickel: Noch viel mehr, als das, weiß ich noch. Ich weiß noch, wie du mit des Rudis Vater gerölt – und wie ich dich da neben dem Hundstall unter den Strohwellen auf dem Bauch liegend vor des Rudis Fenstern antraf. Sein Anwalt war eben bei ihm; bis um zwei Uhr am Morgen horchtest du auf deinem Bauch, was in der Stube geredt wurde. Ich hatte eben die Nachtwache – und eine ganze Woche war mir der Wein frei bei dir, daß ich schweige.

Vogt: Du bist ein Ketzer; daß du das sagst, es ist kein Wort wahr, und du würdest schön stehen, wenn du's beweisen müßtest.

Nickel: Vom Beweisen ist jetzt nicht die Rede, aber ob's wahr sei, weißt du wohl.

Vogt: Es ist gut, daß du's einsteckst**

---

* Man begrub im vorigen Sommer Arners Großvater – Sein Vater war viele Jahre vorher in einem Treffen in preußischen Diensten gestorben –

** zurücknimmst. –

Nickel: Der Teufel gab dir das in Sinn, unter dem Stroh in tiefer Nacht zu horchen; du hörtest alle Worte, und hattest da gut mit dem Schreiber deine eigene Aussage zu verdrehen.
Vogt: Was du auch redest?
Nickel: Was ich auch rede? Hätte der Schreiber nicht vor der Audienz deine Aussage verändert, so hätte der Rudi seine Matte noch, und der Wüst und der Keibacker hätten den schönen Eid nicht tun müssen.
Vogt: Ja – du verstehest den Handel wie der Schulmeister Hebräisch.
Nickel: Wenn ich ihn nicht verstünde, ich hätte ihn von dir gelernt. Mehr als zwanzigmal lachtest du mit mir ob deinem gehorsamen Diener dem Herrn Schreiber.
Vogt: Ja! Das wohl; aber das, was du sagst, tat er doch nicht. Sonst ist's wahr: er war ein schlauer Teufel. Tröst Gott seine Seele – es wird nun zehn Jahr auf Michaelis, seitdem er unter dem Boden ist.
Nickel: Seitdem er hinabgefahren ist zur Höllen – wolltest du sagen.
Vogt: Das ist nicht recht. Von den Toten unter dem Boden muß man nichts Böses sagen.
Nickel: Du hast recht – sonst würde ich erzählen, wie er bei Nöppis Kindern geschrieben hat.
Vogt: Er wird dir auf dem Todbett gebeichtet haben! daß du alles so wohl weißt.
Nickel: Einmal weiß ich's.
Vogt: Das beste ist, daß ich den Handel gewonnen habe, wenn du wüßtest, daß ich den Handel verloren hätte, denn wär's mir leid.
Nickel: Nein! Ich weiß wohl, daß du den Handel gewonnen hast; aber auch wie!
Vogt: Vielleicht, vielleicht nicht.
Nickel: Behüte Gott alle Menschen, die arm sind vor der Feder.
Vogt: Du hast recht. Es sollten nur Ehrenleute und wohlhabende Männer schreiben dürfen, vor Audienz. Das wär gewiß gut; aber es wäre noch mehr gut, Nickel! Was machen? Man muß eben mit allem zufrieden sein, wie es ist.
Nickel: Vogt! Dein weiser Spruch da mahnet mich an eine Fabel, die ich von einem Pilgrim hörte. Es war einer aus dem Elsaß. Er erzählte vor einem ganzen Tisch Leute: Es habe ein Einsiedler in einem Fabelbuch die ganze Welt abgemalt, und er könne das Buch fast auswendig. Da baten wir ihn, er solle uns auch eine von diesen Fabeln

erzählen, und da erzählte er uns eben die, an die du mich mahnest.

Vogt: Nun was ist sie denn, du Plauderer? –

Nickel: Sie heißt – ich kann sie zum Glück noch –

„Es klagte und jammerte das Schaf, daß der Wolf, der Fuchs, der Hund und der Metzger es so schrecklich quälten – Ein Fuchs, der eben vor dem Stall stund, hörte die Klage – und sagte zum Schaf: Man muß immer zufrieden sein mit der weisen Ordnung, die in der Welt ist – wenn es anders wäre – so würde es gewiß noch schlimmer sein."

„Das läßt sich hören, antwortete das Schaf, wenn der Stall zu ist – aber wenn er offen wäre – so würde es denn doch auch keine Wahrheit für mich sein."

„Es ist freilich gut, daß Wölfe, Füchse und Raubtiere da sein – aber es ist auch gut, daß man die Schafställe ordentlich zumache – und daß die guten schwachen Tiere gute Hirten und Schutzhunde haben, gegen die Raubtiere."

„Behüte mir Gott meine Hütte, setzte der Pilger hinzu. Es gibt eben allenthalben viel Raubtiere und wenig gute Hirten* – Heiliger Gott! du weißest, warum es so ist; wir müssen schweigen. Seine Kameraden setzten hinzu: Ja wir müssen wohl schweigen – und denn – Heilige Mutter Gottes! bitte für uns jetzt und in der Stunde unseres Absterbens, Amen."

Es rührete uns alle, wie die Pilger so herzlich redeten, und wir konnten einmal jetzt nicht den Narren treiben, wie sonst ob ihrem Heilige Mutter Gottes bitte für uns.

Vogt: Ja das H. Mutter Gottes gehört auch zu einer so herzlichen Schafsmeinung, nach welcher aber Wölfe und Füchse und alle Tiere von der Art Hunger krepieren müßten –

Nickel: Es wäre eben auch kein Schade –

Vogt: Weißt du das so gewiß? –

Nickel: Nein. Ich bin ein Narr – sie müßten nicht Hunger krepieren; sie würden noch immer Aase und Gewild finden, und das gehört ihnen, und nicht zahmes Vieh – das mit Mühe und Kosten erzogen und gehütet werden muß.

Vogt: So ließest du sie doch auch nicht ganz Hunger krepieren, das ist noch viel für einen Freund der zahmen Tiere. Aber es friert mich; komm in die Stube.

---

* Das geschahe nicht unter der gegenwärtigen Regierung Ludwigs des XVI.

Nickel: Ich kann nicht; ich muß weiters.

Vogt: Nun so behüt euch Gott, Nachbaren! Auf Wiedersehen – (Er geht ab)

Rubel und Nickel stehen noch eine Weile, und Rubel sagt zum Nickel: Du hast ihm Gesalzenes aufgestellt.

Nickel: Ich wollte, es wäre noch dazu gepfeffert gewesen, daß es ihn bis morgen auf der Zunge brennte.

Rubel: Du würdest vor acht Tagen nicht so mit ihm geredt haben.

Nickel: Und er würde vor acht Tagen nicht also geantwortet haben –

Rubel: Das ist auch wahr. Er ist zahm geworden wie mein Hund, als er das erstemal das Nasband trug.

Nickel: Wann die Maß voll ist, so überläuft sie – das war noch immer bei einem jeden wahr, und wird es auch beim Vogt werden –

Rubel: Behüte Gott einen vor Ämtern. Ich möchte nicht Vogt sein mit seinen zween Höfen –

Nickel: Aber wenn dir jemand einen halben anböte und den Vogtsdienst dazu, was würdest du machen?

Rubel: Du Narr!

Nickel: Du Gescheiter! Was würdest du machen? Gelt, du würdest dem, der dir ihn anböte, geschwind einschlagen, das Tuch mit den zwo Farben um dich wickeln, und denn Vogt sein –

Rubel: Meinst du's so –

Nickel: Ja ich mein's so –

Rubel: Wir schwätzen die Zeit weg – B'hüte Gott, Nickel –

Nickel: B'hüte Gott, Rubel –

§ 7
Er fängt eine Vogtsarbeit an

Da der Vogt jetzt in die Scherstunde kam – grüßte er den Scherer und die Frau und die Nachbaren – ohne Husten und ehe er sich setzte. Sonst hustete und räusperte er sich allemal vorher, und warf denn sein Gott grüß euch erst dar, wenn er ausgespien und sich gesetzt hatte –

Die Bauern antworteten mit Lächeln, und setzten ihre Kappen viel schneller wieder auf den Kopf, als sie sonst taten, wenn der Herr Untervogt sie gegrüßt hatte. Er aber fing alsobald das Gespräch an.

Immer gute Losung, Meister Scherer! sagt er; und so viel Arbeit, daß mich wundert, wie Ihr das alles nur so mit zwo Händen machen könnt.

Der Scherer war sonst ein stiller Mann, der auf solche Worte nicht gern antwortete. Aber der Vogt hatte ihn jetzt etliche Monate hintereinander und das allemal am Sonntag am Morgen zwischen der Predigt mit solchen Stichelreden verdrüßlich gemacht; und wie's denn geht, er wollte einmal jetzt auch antworten, und sagte:

Herr Untervogt! Es sollte Euch nicht wundern, wie man mit zwo Händen viel arbeiten und doch wenig verdienen könne. Aber wie man mit beiden Händen nichts tun, und darbei viel Geld verdienen könne: das sollte Euch wundern.

Vogt: Ja, das ist wahr, Scherer! Du solltest es auch probieren. Die Kunst ist – Man legt die Hände auf eine Art und Gattung zusammen, wie's recht ist – Denn regnet es Geld zum Dach hinein –

Der Scherer wagte noch eins und sagte: Nein, Vogt, man wickelt sie wohl unter den zweifarbigten Mantel, und sagt die drei Worte: *Es ist so*, bei meinem Eid *es ist so* – und bei gutem Anlaß streckt man kräftig drei Finger hinauf, zween hinab – *abrakadabra* – und die Säcke strotzen von Geld –

Das machte den Vogt toll, und er antwortete: Du könntest zaubern, Scherer! Aber das ist nicht anders. Leute von deinem Handwerk müssen notwendig auch Zauber- und Henkerskünste verstehen.

Das war jetzt freilich dem guten Scherer zu rund, und es hat ihn übel gereuet, daß er sich mit dem Vogt eingelassen. Er schwieg auch, ließ den andern reden, und seifte mausstill den Mann ein, der ihm saß.

Der Vogt aber fuhr tüchtig fort, und sagte: Der Scherer ist ein ausgemachter Herr! Er darf unsereinem wohl nicht antworten. Er trägt ja Spitzhosen – Stadtschuhe – und am Sonntag Manschetten. Er hat Hände so zart, wie ein Junker – und Waden, wie ein Stadtschreiber.

Die Bauern liebten den Scherer, hatten das auch schon gehört – und lachten nicht über des Vogts Witz.

Nur der junge Galli, der eben saß, mußte über die Stadtschreiberwaden lachen; denn er kam eben aus der Kanzlei, wo der Spaß mit den Waden just eintraf. Aber der Scherer, dem er sich unter dem Messer bewegte, schnitt ihn in die obere Lippe.

Das machte die Bauern unwillig, daß alle die Köpfe schüttelten.

Und der alte Uli nahm die Tabakspfeife aus dem Munde, und sagte:

Vogt! Es ist gar nicht recht, daß du da dem Scherer Molest machest.

Und da die andern sahn, daß der alte Uli sich nicht scheute, und das laut sagte, murreten sie auch lauter, und sagten:

Der Galli blutet! Ja wir können so dem Scherer nicht ansitzen.

Es ist mir leid, sagte der Vogt, ich will den Schaden wieder gutmachen.

Bub! Hol drei Flaschen Wein vom guten, der heilt Wunden, ohne daß man ihn warm macht.

Sobald der Vogt vom Wein redte, verlor sich das ernste Murren der Bauern. Einige trauten zwar nicht, daß es Ernst gelte.

Aber Lenk, der in einer Ecke saß, löste ihnen das Rätsel auf, und sagte:

Des Vogts Wein hat gestern auf dem Kirchhof so abgeschlagen.

Der Vogt aber nahm jetzt seinen Säckel voll Tabak, und legte ihn auf den Tisch.

Und Christen, der Ständlisänger*, forderte ihm zuerst eine Pfeife voll ab.

Er gab sie. Du stunden immer mehrere herbei; und die Stube war bald voll Rauch vom Stinktabak. Der Vogt aber rauchte vom bessern.

Indessen waren der Scherer und die Nachbaren immer noch still, und machten gar nicht viel Wesens. Das schien dem Meister Urias nicht gut. Er ging die Stube hinauf und hinunter, und drehete den Zeigfinger über die Nase, wie er es immer macht, wenn ihm sein Krummes nicht grad gehen will.

Es ist verteufelt kalt in der Stube, so in der Kälte richte ich nichts aus, sagt er zu sich selber, geht aus der Stube, gibt der Magd einen Kreuzer, daß sie stärker einheize; und es war bald warm in der Stube –

§ 8
Wenn man die Räder schmiert, so geht der Wagen

Indessen kömmt der geschwefelte Wein. Gläser, Gläser her, Meister Scherer; ruft der Vogt. Und Frau und Junge bringen bald Gläsers genug.

Die Nachbaren nähern sich sämtlich den Weinkrügen, und der Vogt schenkt ihnen ein.

* Bänkelsänger.

Jetzt sind der alte Uli und alle Nachbaren wieder zufrieden.

Und des jungen Gallis Wunde ist ja nicht der Rede wert. Wäre der Narr nur still gesessen, so würde ihn der Scherer nicht geschnitten haben.

Nach und nach geht jetzt einem jeden das Maul auf, und lautes Saufgewühl erhebt sich.

Alles lobt wieder den Vogt, und der Mäurer Lienhard ist jetzt am vordern Tisch ein Schlingel, und am hintern ein Bettler.

Da erzählt der eine, wie er sich alle Tage vollsoff, und jetzt den Heiligen mache, und der andere, wie er wohl merke, warum die schöne Gertrud, und nicht der Mäurer, zum jungen Herrn ins Schloß gegangen sei; und wieder ein anderer, wie ihm diese Nacht von der Nase geträumt habe, die der Vogt dem Mäurer nach Verdienen bald drehen werde.

Wie ein garstiger Vogel den Schnabel in Sumpf steckt, und sich von fäulendem Kot nährt, so labete Hummel bei dem Gerede der Nachbaren sein arges Herz.

Doch mischet' er sich sehr bedachtsam und ernsthaft in das verworrene Gewühl dieser Säufer und Schwätzer.

Nachbar Richter! sagt er und reicht ihm das Glas dar, das er annimmt: Ihr waret ja selber bei der letzten Rechnung, und noch ein beeidigter Mann. Ihr wisset, daß mir damals der Mäurer dreißig Gulden schuldig geblieben ist. Nun ist's schon ein halbes Jahr; und er hat mir noch keinen Heller bezahlt. – Ich habe auch ihm das Geld nicht einmal gefordert, und ihm kein böses Wort gegeben, und doch kann es leicht kommen, ich verliere die Schuld bis auf den letzten Heller.

Das versteht sich, schwuren die Bauern. Du wirst keinen Heller mehr von deinem Geld sehen, und schenkten sich ein.

Der Vogt aber nahm aus seinem Sackkalender die Handschrift des Mäurers, legte sie auf den Tisch, und sagte: Da könnet ihr sehen, ob's wahr ist.

Die Bauern beguckten die Handschrift, als ob sie lesen könnten, und sprachen: Das ist ein Schurke, der Mäurer.

Und Christen, der Ständlisänger, der bis jetzt viel und stillschweigend heruntergeschluckt hatte, wischt mit dem Rockärmel das Maul ab, steht auf, hebt sein Glas in die Höhe, und ruft:

Es lebe der Herr Untervogt! Und alle Kalfakter müssen verrecken, so ruft er, trinkt aus, hebt das Glas wieder dem dar, der einschenkt, trinkt wieder aus, und singt:

„Der, der dem andern Gruben gräbt,
Der, der dem andern Stricke legt,
Und wär er wie der Teufel fein;
Und wär er noch so hoch am Brett,
Er fällt, wie man zu sagen pflegt –
Am Ende selbst in Dr . . . hinein –
In Dr . . . hinein –
Juhe,
Mäurer!
Juhe –"

§ 9
Von den Rechten im Land

Nicht so lärmend, Christen! sagte der Vogt; das nützt nichts. Es wäre mit leid, wenn dem Mäurer ein Unglück begegnete. Ich verzeihe es ihm gerne. Er hat's aus Armut getan. Aber das ist schlimm, daß keine Rechte mehr im Land sicher sind.

Die Nachbaren horchten steif, als er von den Rechten im Land redte. Etliche stellten sogar die Gläser beiseits, da sie vom Rechten im Land höreten, und horchten.

Ich bin ein alter Mann, Nachbaren! und mir kann nicht viel dran liegen. Ich habe keine Kinder, und mit mir ist's aus. Aber ihr habt Jungens – Nachbaren! Euch muß an euern Rechten viel gelegen sein.

Ja. Unsere Rechte, riefen die Bauern. Ihr seid unser Vogt. Vergebt kein Haar von unsern Rechten.

Vogt: Ja, Nachbaren! Es ist mit dem Wirtsrecht eine Gemeindsache, und ein teures Recht um das Wirtsrecht; wir müssen uns wehren.

Etliche wenige Bauern schüttelten die Köpfe, und sagten einander leise ins Ohr:

Er hat der Gemeind nie nichts nachgefragt. Jetzt will er die Gemeind in den Kot hineinziehen, in dem er steckt.

Aber die mehrern lärmten immer stärker, stürmten und schwuren und fluchten, daß ihnen grad übermorgen Gemeind sein müsse.

Die Verständigern schwiegen, und sagten nur ganz still untereinander. Wir wollen denn sehen, wenn ihnen der Wein aus dem Kopf sein wird.

Indessen trank der Vogt bedächtlich immer von seinem gesottenen Wasser, und fuhr fort, die erhitzten Nachbaren wegen ihren Landesrechten in Sorgen zu setzen.

Ihr wißt alle, sagt' er zu ihnen, wie unser Altvater Rüppli vor zweihundert Jahren mit dem grausamen Ahnherrn dieses Junkers zu kämpfen hatte –

Dieser alte Rüppli* (mein Großvater hat es mir tausendmal erzählt) hatte zu seinem liebsten Sprüchwort – Wenn die Junker den Bettlern im Dorf höfelen, (gute Worte geben) so helf Gott den Bauern. Sie tun das nur, damit sie die Bauern entzweien, und denn allein Meister sein. Nachbaren! Wir müssen immer nur die Narren im Spiel sein.

Bauern: Nichts ist gewisser. Wir müssen immer nur die Narren im Spiel sein.

Vogt: Ja, Nachbaren! Wenn eure Gerichtsmänner nichts mehr zu bedeuten haben, dann habet ihr's gerade wie die Soldaten, denen der Hinderhut abgeschnitten ist. Der neue Junker ist fein und listig wie der Teufel. Es sähe ihm's kein Mensch an, und gewiß gibt er ohne gute Gründe keinem Menschen kein Wort. Wenn ihr nur das Halbe wüßtet, was ich, ich würde denn nicht nötig haben zu reden. Aber ihr seid doch auch nicht Stocknarren. Ihr werdet wohl etwas merken, und auf eurer Hut sein.

Aebi, mit dem es der Vogt abgeredet, und dem er ein Zeichen gegeben hatte, antwortete ihm:

Meinst du, Vogt! wir merken den Griff nicht. Er will das Wirtsrecht ins Schloß ziehen.

Vogt: Merkt ihr etwas.

Bauern: Ja, bei Gott. Aber wir leiden es nicht. Unsere Kinder sollen ein Wirtshaus haben, das frei ist, wie wir's jetzt haben.

Aebi: Er könnt uns im Schloß die Maß Wein für einen Dukaten verkaufen. Und wir würden Schelmen an unsern Kindern sein.

Vogt: Das ist auch zu viel geredt, Aebi! Auf einen Dukaten kann er die Maß Wein doch nicht bringen.

Aebi: Ja, ja. Schmied und Wagner schlagen auf, daß es ein Grausen ist, und selber das Holz ist zehnmal teurer als vor fünfzig Jahren. Was kannst du sagen, Vogt, so wie alles im Zwang ist, muß alles so

---

* Rüppli war ein ehrwürdiger Altvater von Bonnal, und hatte gegen einen alten Erbherrn von Arnheim sich der Gemeinde treulich angenommen, und Hab und Gut drangesetzt, daß das Dorf nicht einen Tag mehr Frondienste tragen müsse. Aber das Sprüchwort, das ihm Hummel da in den Mund legt, von dem weiß kein Mensch mit Wahrheit, daß es Rüppli in seinem Leben ein einziges Mal gesagt hätte.

steigen. Was kannst du sagen, wie hoch die Maß Wein noch kommen könnte, wenn das Schloß allein ausschenken dürfte. Er ist jetzt schon teufelsteuer wegen dem Umgeld.

Vogt: Es ist so; es ist in allem immer mehr Zwang und Hindernis, und das verteuert alles.

Ja, ja, wenn wir's leiden, sagten die Bauern, lärmten, soffen und drohten. Das Gespräch wurd endlich wildes Gewühl eines tobenden Gesindels, das ich nicht weiter beschreiben kann.

§ 10

Des Scherers Hund sauft Wasser zur Unzeit, und verderbt dem Herrn Untervogt ein Spiel, das recht gut stand

Die meisten waren schon tüchtig besoffen. Christen, der Ständlisänger, der neben dem Vogt saß, am stärksten. Dieser schrie einsmals: Laßt mich hervor. Der Vogt und die Nachbaren stunden auf, und machten ihm Platz. Aber er schwankte über den Tisch, und stieß des Vogts Wasserkrug um. Erschrocken wischt dieser, so geschwind er kann, das verschüttete Wasser vom Tisch ab, damit niemand das Verschüttete auffasse, und den Betrug merke. Aber des Scherers Hund, der unter dem Tische war, war durstig, lappete das verschüttete Wasser vom Boden, und unglücklicherweise sah es ein Nachbar, der wehmütig nach dem guten Wein unter dem Tische hinabguckte, daß Hektor ihn aufleckte. Er rief dem Vogt: Wunder und Zeichen Vogt! Seit wenn saufen die Hunde Wein?

Du Narr! Seit langem, antwortet der Vogt, und winkt ihm mit der Hand und mit dem Kopf, und stoßt ihn mit den Füßen unter dem Tisch, daß er doch schweige. Auch dem Hund gibt er einen Stoß, daß er anderswo hingehe. Aber der verstund den Befehl nicht, denn er gehörte dem Scherer; er gab Laut, murrete, und leckte denn ferner das verschüttete Wasser vom Boden. Der Herr Untervogt aber erblaßte über diesem Saufen des Hunds; denn es guckten immer mehr Nachbaren unter den Tisch. Man stieß bald in allen Ecken die Köpfe zusammen, und zeigte auf den Hund. Des Scherers Frau nahm jetzt sogar die Scherben des verbrochenen Kruges vom Boden auf und an die Nase; und da sie nach Wasser rochen, schüttelte sie mächtig den Kopf, und sagte laut:

„Das ist nicht schön!"

Nach und nach murmelten die Bauern an allen Ecken: Darhinter steckt was.

Und der Scherer sagte dem Vogt unter die Nase: Vogt! Dein schöner Wein ist gesottenes Wasser.

Ist das wahr? riefen die Bauern. Was Teufels ist das, Vogt! Warum saufest du Wasser? –

Betroffen antwortete der Vogt: Es ist mir nicht recht wohl; ich muß mir schonen.

Aber die Bauern glaubten die Antwort nicht – und links und rechts murmelte je länger je mehr alles: *Es geht hier nicht recht zu.*

Überdas klagten jetzt noch einige, es schwindle ihnen von dem Wein, den sie getrunken hätten, und dies sollte von so wenigem nicht sein.

Die zween Vornehmsten aber, die da waren, stunden auf, gaben dem Scherer den Lohn, sprachen: Behüte Gott, Nachbaren, und gingen gegen der Stubentüre.

So einsmals, ihr Herren, warum so einsmals aus der Gesellschaft, rief ihnen der Vogt.

Wir haben sonst zu tun, antworteten die Männer, und gingen fort.

Der Scherer begleitete sie außer der Stube, und sagte zu ihnen: Ich wollte lieber, der Vogt wäre gegangen. Das ist kein Stücklein, bei dem er's gut meint, weder mit dem Wein noch mit dem Wasser.

Wir glauben's auch nicht; sonst würden wir noch da sitzen, antworteten die Männer.

Scherer: Und dieses Saufgewühl kann ich nicht leiden –

Die Männer: Du hast auch keine Ursache – Und du könntest noch in Ungelegenheit kommen. Wenn ich dich wäre, setzte der Ältere hinzu, ich bräche selber ab.

Ich darf nicht wohl, antwortete der Scherer.

Es ist nicht mehr die alte Zeit, und du bist doch in deiner Stube etwan noch Meister, sagten die Männer.

Ich will euch folgen, sagte der Scherer, und ging wieder in die Stube.

Wo fehlt's diesen Herren, Scherer? daß sie so einsmals aufbrechen? fragte der Vogt.

Und der Scherer antwortete: Es ist mir eben wie ihnen; so ein Gewühl ist nicht artig, und mein Haus ist gar nicht dafür.

Vogt: Aha – ist das die Meinung.

Scherer: Ja wahrlich, Herr Untervogt! Ich habe gern eine ruhige Stube.

Dieser Streit aber gefiel den Ehrengästen nicht wohl.

Wir wollen stiller sein, sagte der eine

Wir wollen recht tun, sagte der andere.

Immer gut Freund sein ist Meister, ein dritter.

Vogt! Noch einen Krug – sagte Christen –

Ha, Nachbaren! Ich habe auch eine Stube; wir können den Herrn Scherer gar wohl in Ruhe lassen, sagte der Vogt.

Das wird mir lieb sein, antwortete der Scherer.

Aber die Gemeindsache ist vergessen, und das teure Wirtsrecht, Nachbaren! sagte noch durstig Aebi der ältere.

Mir nach, wer nicht falsch ist, rief drohend der Vogt, murrete Donner und Wetter, blickte wild umher, sagte zu niemand, behüte Gott, und schlug die Tür hinter sich zu, daß die Stube zitterte –

Das ist unverschämt, sagte der Scherer.

Ja es ist unverschämt, sagten viele Bauern.

Das ist nicht richtig, sagte der jüngere Meyer, ich einmal gehe nicht ins Vogts Haus –

Ich auch nicht, antwortete Laüpi.

Nein, der Teufel, ich auch nicht, ich denke an gestern morgen, sagte der Renold. Ich stund zunächst bei ihm und bei Arner, und ich sah wohl, wie es gemeint war.

Die Nachbaren sahn sich einer den andern an, was sie tun wollten; aber die meisten setzten sich wieder und blieben.

Nur Aebi und Christen und noch ein paar Lumpen nahmen des Vogts leere Flaschen ab dem Tische unter den Arm, und gingen ihm nach.

Dieser aber sah jetzt aus seinem Fenster nach der Gasse, die ins Scherers Haus führte, und als ihm lange niemand nachkam: wurd er über sich selber zornig.

Daß ich ein Ochs bin, ein lahmer Ochs. Es ist bald Mittag, und ich habe nichts ausgerichtet. Der Wein ist gesoffen, und jetzt lachen sie mich noch aus. Ich habe mit ihnen gepapperlet, wie ein Kind, das noch säugt, und mich herabgelassen wie einer ihresgleichen. Ja wenn ich's mit diesen Hundskerls im Ernst gut meinte; wenn das, was der Gemeinde nutzlich ist, auch mir lieb und recht wäre, oder wenn ich mich zuletzt, nur äußerlich mehr gestellt hätte, als ob ich's gut mit ihr meine; denn wäre es angegangen. So eine Gemeinde tanzt im Augenblick nach eines Gescheiten Pfeife, wenn sie denkt, daß man es gut meine. Aber die Zeiten waren gar zu gut für mich. Unter dem Alten fragte ich der Gemeind oder einem Geißbock ungefähr gleich viel nach. So lang ich Vogt bin, war's meine Lust und meine Freude sie immer nur zu narren, zu beschimpfen und zu meistern, und eigentlich hab ich gut im Sinn es noch ferner zu tun. Aber darum muß und soll ich sie auch tüchtig drei Schritt vom Leib halten; das Händedrücken, das Herablassen, das mit jedermann Rathalten und Freundlichtun, wie ein aller Leute Schwager, geht nicht mehr an, wenn man einem zu wohl kennt. Unsereiner muß still und allein für sich handeln, nur die Leute brauchen, die er kennt, und die Gemeind, Gemeind sein lassen. Ein Hirt beratet sich nicht mit den Ochsen; und doch war ich heut Narrs genug und wollte es tun.

Indessen kamen die Männer mit den leeren Flaschen.

Seid ihr allein – wollten die Hunde nicht mit? fragte der Vogt – Nein, kein Mensch, antwortete Aebi.

Und der Vogt: Daran liegt viel.

Christen: Ja, recht viel, ich denk's auch.

Vogt: Doch möcht ich gern wissen, was sie jetzt miteinander schwätzen und raten. Christen geh und suche noch mehr Flaschen.

Christen: Es sind keine mehr da.

Vogt: Du Narr, das ist gleichviel. Geh nur und suche. Wenn du nichts findst, so laß dich scheren oder laß zu Ader, und wart und horch auf alles, was sie erzählen: Überbringst du mir vieles, so sauf ich mit dir bis an den Morgen.

Und du Löli, du mußt zu des Mäurers ältern Gesellen – dem Joseph gehn; aber sieh daß dich niemand merke. Du mußt ihm sagen, daß er zu mir komme in der Mittagsstunde.

Noch ein Glas Wein auf den Weg. Mich dürstet – sagt Löli – ich will dann laufen wie ein Jagdhund, und im Blitz wieder da sein.

Gut, sagte der Vogt, und gab ihnen noch einen auf den Weg.

Da gingen diese, und die Vögtin stellte den zween andern auch Wein dar zum Trinken.

§ 11
Wohlüberlegte Schelmenprojekte

Der Vogt aber ging staunend in seine Nebenstube, und ratschlagte mit sich selber, wenn Joseph kommen werde, wie er's anstellen wolle. Falsch ist er, darauf kann ich zählen; und schlau wie der Teufel. Es stehn viel Taler, die er versoffen, auf seines Meisters Rechnung – aber mein Begehren ist rund. Er wird sich fürchten, und mir nicht trauen. – – – Es läutet schon Mittag. Ich will ihm bis zehn Taler bieten, innert drei Wochen fällt der ganze Bestich* vom Turn herun-

---

* Das äußere Pflaster der Mauer.

ter, wenn er tut, was ich will. Zehn Taler sollen mich nicht reuen, sagt der Vogt – und da er so mit sich selber redt, kommt Löli und hinter ihm Joseph – sie kamen nicht miteinander, damit man desto weniger Verdacht schöpfe.

Gott grüß dich, Joseph; weiß dein Meister nicht, daß du hier bist?

Der Joseph antwortete: Er ist noch im Schloß, aber er wird auf den Mittag wiederkommen, wenn ich nur um ein Uhr wieder auf der Arbeit sein werde, so wird er nichts merken.

Gut – Ich habe mit dir zu reden, Joseph! Wir müssen allein sein, sagte der Vogt, führte ihn in die hintere Stube, schloß die Türe zu, und stieß den einen Riegel.

Es stunden Schweinenfleisch, Würste, Wein und Brot auf dem Tische. Der Vogt nahm zween Stühle, stellte sie zum Tisch, und sagte zu Joseph:

Du versäumest dein Mittagessen, halt's mit und setze dich.

Das läßt sich tun, antwortete Joseph, setzte sich hin, und fragte den Vogt: Herr Vogt! Sag er, was will er, ich bin zu seinen Diensten –

Der Vogt antwortete: Auf dein gut Wohlsein, Joseph! Trink eins; und denn wiederum; versuch diese Würste, sie sollen gut sein. Warum greifst du nicht zu? Du hast ja sonst teure Zeit genug bei deinem Meister.

Joseph: Das wohl – Aber es wird doch jetzt besser kommen; wenn er Schloßarbeit kriegt.

Vogt: Du bist ein Narr, Joseph! Du solltest dir wohl einbilden, wie lange das gehn möchte. Ich wollt's ihm gerne gönnen; aber er ist nicht der Mann zu so etwas. Er hat auch noch nie ein Hauptgebäude gehabt; aber er verläßt sich auf dich, Joseph.

Joseph: Das kann sein – Es ist so was.

Vogt: Ich hab' es mir wohl eingebildet, und darum mit dir reden wollen. Du könntest mir einen großen Gefallen tun.

Joseph: Ich bin zur Aufwart, Herr Untervogt! Auf sein gut Wohlsein. (Er trinkt).

Es soll dir gelten, Mäurer! sagt der Vogt, und legt ihm wieder Würste vor, und fährt fort: Es wäre mir lieb, daß das Fundament der Kirchmauer von gehauenen Steinen aus dem Schwendibruch gesetzt würde.

Joseph: Potz Blitz, Herr Vogt! Das geht nicht an; er versteht das jetzunder nicht. Dieser Stein ist hierzu nicht gut, und zum Fundament taugt er gar nicht.

Vogt: O der Stein ist nicht so schlimm; ich habe ihn schon gar zu viel brauchen gesehn. Er ist, bei Gott! gut, Joseph! Und mir geschähe ein großer Gefallen, wenn diese Steingrube wieder eröffnet würde.

Joseph: Vogt! Es geht nicht an.

Vogt: Ich will dankbar sein für den Dienst, Joseph!

Joseph: Die Mauer ist innert sechs Jahren faul, wenn sie aus diesem Stein gemacht wird.

Vogt: Ach, ich mag von diesem nichts hören; das sind Narreteien.

Joseph: Bei Gott, es ist wahr. Es sind am Fundament zwo Miststätte und ein ewiger Ablauf von Ställen. Der Stein wird abfaulen wie ein tannenes Brett.

Vogt: Und denn zuletzt, was fragst du darnach, ob die Mauer in zehn Jahren noch gut ist. Du wirst fürchten, der Schloßherr vermöge alsdann keine neue mehr. Tust du, was ich sage, so hast du ein großes, recht großes Trinkgeld zu erwarten.

Joseph: Das ist wohl gut; aber wenn der Junker es selber merkte, daß der Stein nichts nütze ist?

Vogt: Wie sollte er das verstehen? Davon ist keine Rede.

Joseph: Er weiß in gewissen Sachen viel mehr, als man glauben sollte; du kennst ihn aber besser als ich.

Vogt: Ach! Das versteht er nicht.

Joseph: Ich glaub's zuletzt selbst nicht. Der Stein ist dem Ansehen nach sehr schön, und zu anderer Arbeit vortrefflich gut.

Vogt: Gib mir deine Hand darauf, daß der Meister die Steine aus diesem Bruche nehmen muß. Tut er's, so kriegst du fünf Taler Trinkgeld.

Joseph: Das ist viel, wenn ich's nur schon hätte.

Vogt: Es ist mir, bei Gott! Ernst. Ich zahle dir fünf Taler, wenn er's tut.

Joseph: Nun, da hat er mein Wort, Herr Vogt. (Er streckt ihm die Hand dar, und verspricht ihm's in die Hand.) Es soll so sein, Herr Vogt! Wie geredt; was scher ich mich um den Herrn im Schloß.

Vogt: Noch ein Wort, Joseph. Ich habe ein Säckchen voll Zeugs von einem Herrn aus der Apothek. Es soll gut sein, daß der Bestich an den Mauern halte, wie Eisen, wenn man's unter den Kalch mischt. Aber wie es ist mit diesen Spitzhöslerkünsten*. Man darf ihnen eben nicht ganz trauen. Ich möchte es lieber an einem fremden Bau als an meinem eigenen versuchen.

---

* Spitzhösler sagen die Schweizerbauern den Herren, weil sie nicht große weite Hosen tragen wie sie. –

Joseph: Das kann ich schon. Ich will's an eines Nachbaren Ecken probieren.

Vogt: Das an einem Ecken probieren, so im kleinen, ist nie nichts nütze. Man irret sich dabei, wenn's gerät, und wenn's fehlt. Man darf nie trauen, und ist nie sicher, wie's denn im großen kömmt. Ich möchte es am ganzen Kirchturn probieren, Joseph! Ist das nicht möglich?

Joseph: Braucht's viel solcher War unter den Kalch?

Vogt: Ich glaub auf ein Fäßlein nur ein Paar Pfunde.

Joseph: Dann ist's gar leicht.

Vogt: Willst du mir's tun?

Joseph: Ja freilich.

Vogt: Und schweigen, wenn's fehlt?

Joseph: Es kann nicht übel fehlen, und natürlich schweigt man.

Vogt: Du holest die War allemal bei mir ab, wenn du sie brauchst, und ein Glas Wein dazu.

Joseph: Ich werde nicht ermangeln, Herr Untervogt! Aber ich muß fort. Es hat ein Uhr geschlagen. (Er nimmt das Glas.) Zur schuldigen Dankbarkeit, Herr Untervogt!

Vogt: Du hast nichts zu danken. Wenn du Wort haltest, so kriegst du fünf Taler.

Es soll nicht fehlen, Herr Untervogt! sagt Joseph, steht auf, stellt seinen Stuhl in einen Ecken, und sagt dann: Es muß sein, Herr Untervogt! Schuldigen Dank; und trinkt jetzt das letzte.

Vogt: Nun, wenn es sein muß, so behüt Gott, Joseph! Es bleibt bei der Abrede.

Da ging Joseph, und sagte im Gehen zu sich selber: Das ist ein sonderbares Begehren mit den Steinen, und noch sonderbarer mit der War in Kalch. Man probiert so etwas nicht am ganzen Kirchturn. Aber einmal das Trinkgeld soll mir jetzt nicht entwischen. Das mein' ich, sei richtig, ich mag's denn tun oder nicht.

Das ist gut gegangen, recht gut, sagte der Vogt zu sich selber; besser als ich geglaubt habe, und noch um den halben Preis. Ich hätte ihm zehn Taler versprochen wie fünfe, wenn er den Handel verstanden hätte. Wie's mich freut, daß der Handel in Ordnung ist! Nein, nein! Man muß den Mut nie fallen lassen. Wär' nur auch die Mauer schon außer dem Boden! Geduld! Am Montag brechen sie schon Steine dazu. – O du guter Mäurer! Deine Frau hat dir ein böses Fressen gekochet, und du meinst, du sitzest oben auf dem Thron.

§ 12

Haushaltungsfreuden

Der Mäurer Lienhard, der am Morgen früh ins Schloß gegangen war, war nun auch wieder zurück und bei seiner Frau.

Diese hatte geeilt, ihre Samstagsarbeit zu vollenden, ehe ihr Mann wieder zurückkäme. Sie hatte die Kinder gekämmt, ihnen die Haare geflochten, ihre Kleider durchgesehn, die kleine Stube gereiniget, und während der Arbeit ihre Lieben ein Lied gelehrt –

Das müßt ihr dem lieben Vater singen, wenn er heimkommen wird, sagte sie den Kindern, und die Kinder lernten gern, was den Vater freuen würde, wenn er heimkäme.

Mitten in ihrer Arbeit, ohne Müh, ohne Versäumnis, ohne Buch sangen sie es der Mutter nach, bis sie es konnten.

Und da der Vater jetzt heimkam, grüßte ihn die Mutter, und sang dann, und alle Kinder sangen mit ihr.

> Der du von dem Himmel bist,
> Kummer, Leid und Schmerzen stillest;
> Den, der doppelt elend ist,
> Doppelt mit Erquickung füllest.
> Ach! Ich bin des Umtriebs müde,*
> Bangen Schmerzens, wilder Lust!
> Süßer Friede!
> Komm, ach komm in meine Brust.

* Müde von Unruhe und Begierden, von Hoffnung und Sorgen, immer ohne feste innere Zufriedenheit umhergetrieben zu werden.

Dop - pelt mit Er - quik-kung fül - lest. Ach! ich bin des Um - triebs mü - de, Ban-gen Schmerzens, wil - der Lust! Sü - ßer Frie - de! Komm, ach komm in mei - ne Brust.

Göthe und Keißer

Eine Träne schoß Lienhard ins Auge, da die Mutter und die Kinder alle so heiter und ruhig ihm entgegensangen.

Daß euch Gott segne, ihr Lieben! Daß dich Gott segne, du Liebe! sagte er mit inniger Bewegung zu ihnen.

Lieber! antwortete Gertrud, die Erde ist ein Himmel, wenn man Friede sucht, recht tut und wenig wünscht.

Lienhard: Wenn ich eine Stunde diesen Himmel des Lebens, den Frieden im Herzen genießen werde, so hast du mir ihn gegeben. Bis in Tod will ich dir danken, daß du mich rettetest, und diese Kinder werden's dir danken, wenn du einst gestorben sein wirst. O Kinder! Tut doch immer recht, und folget eurer Mutter, so wird's euch wohl gehen.

Gertrud: Du bist doch auch gar herzlich heute.

Lienhard: Es ist mir auch gut gegangen bei Arner.

Gertrud: Ach, gottlob, mein Lieber!

Lienhard: Das ist doch auch ein Mann, der seinesgleichen nicht hat. Frau! Daß ich doch auch so ein Kind war, und nicht zu ihm gehn durfte.

Gertrud: Daß wir immer auch so hintennach klug werden, mein Lieber! Aber erzähle du mir auch, wie es dir bei ihm gegangen ist. (Sie setzt sich neben ihn hin, nimmt einen Strumpf zum Stricken in die Hand, und er sagt hierauf zu ihr:)

§ 13
Beweis, daß Gertrud ihrem Manne lieb war

Wenn du dich so setzest, wie am Sonntag abends zu deiner Bibel, so werde ich dir wohl viel erzählen müssen.

Gertrud: Alles, alles, du Lieber! mußt du mir erzählen.

Lienhard: Ja, ich werde jetzt noch alles so wissen; aber aha, mein Drutscheli! Es ist Samstag, du hast nicht so gar lang Zeit.

Gertrud lacht. Tu deine Augen auf.

Lienhard sieht sich um. Aha! Bist du schon fertig?

Lise: (zwischenein) Sie hat recht geeilt, Vater! Ich und Enne, wir halfen ihr aufräumen. Ist das nicht recht?

Wohl! Es ist mehr als recht, antwortete der Vater.

Aber fang jetzt einmal an zu erzählen, sagte Gertrud.

Und Lienhard: Arner frug mich sogar meines Vaters Namen und die Gasse, wo ich wohne, und das Numero meines Hauses.

Gertrud: O, du erzählest nicht recht, Lienhard! Ich weiß, er hat nicht so angefangen.

Lienhard: Warum das nicht, du Schnabel! Wie denn anders?

Gertrud: Du hast ihn zuerst gegrüßt, und er hat dann gedankt. Wie habt ihr das gemacht?

Lienhard: Du Hexli! Du hast doch recht; ich habe nicht von vornen angefangen.

Gertrud: Gelt, Lieni!

Lienhard: Nun, er frug mich, sobald er mich sah, ob ich ihn nicht mehr fürchtete? Ich bückte mich so tief und so gut ich konnte, und sagte: Verzeih Er mir, gnädiger Herr! Er lachte, und ließ mir gleich einen Krug Wein vorsetzen.

Gertrud: Nun, das ist doch wirklich ein ganz andrer Anfang. Warst du fein bald fertig mit dem Krug? Ohne Zweifel.

Lienhard: Nein, Frau. Ich tat so züchtig, wie eine Braut, und ich wollte ihn nicht anrühren; aber er verstund's anders. Ich weiß wohl, daß du den Wein auch kennest, schenk dir nur ein, sagte er. Ich tat sachte, was er sagte, trank eins auf sein Wohlsein; aber er sah mich so steif an, daß mir das Glas am Mund zitterte.

Gertrud: Das gute Gewissen, Lieni! das kam dir eben jetzt in die Finger; aber du hast dich doch wieder vom Schrecken erholt?

Lienhard: Ja, und das recht bald. Er war gar liebreich, und sagte: Es ist ganz natürlich, daß ein Mann, der stark arbeitet, gern ein Glas Wein trinkt. Es ist ihm auch wohl zu gönnen; aber das ist ein Unglück, wenn einer, anstatt sich mit einem Glas Wein zu erquikken, beim Wein ein Narr wird, und nicht mehr an Weib und Kind denkt, und an seine alten Tage: Das ist ein Unglück, Lienhard!

Frau! Es ging mir ein Stich ins Herz, als er das sagte. Doch faßte ich mich und antwortete:

Ich wäre in so unglückliche Umstände verwickelt gewesen, daß ich mir in Gottes Namen nicht mehr zu helfen gewußt hätte; und ich hätte, weiß Gott, in der Zeit kein Glas Wein mit einem freudigen Herzen getrunken.

Gertrud: Hast du doch das herausbringen können?

Lienhard: Wenn er nicht so liebreich gewesen wäre, ich hätt' es gewiß nicht gekonnt.

Gertrud: Was sagte er noch weiter?

Lienhard: Es sei ein Unglück, daß die meisten Armen in ihrer Not mit Leuten anbinden, die sie fliehen sollten, wie die Pest. Ich mußte einmal jetzt seufzen. Ich glaube, er merkte es, denn er fuhr wie mitleidig fort:

Wenn man es den guten Leuten nur auch beibringen könnte, ehe sie es mit ihrem Schaden lernen. Der Arme ist schon halb errettet, wenn er nur keinem Blutsauger unter die Klauen fällt. Bald hernach fing er wieder an und sagte: Es geht mir ans Herz, wenn ich denke, wieviel Arme sich oft im abscheulichsten Elend aufzehren, und nicht den Verstand und das Herz haben, ihre Umstände an einem Ort zu entdecken, wo man ihnen herzlich gerne helfen würde, wenn man nur auch recht wüßte, wie sich die Sachen verhalten. Es ist vor Gott nicht zu verantworten, wie du dich Jahr und Tag vom Vogt hast herumschleppen lassen, und wie du Weib und Kind so in Unruhe und Gefahr setzen konntest, ohne auch nur ein einzig Mal mich um Rat und Hülfe zu bitten. Mäurer! Denke nur auch, wenn deine Frau nicht mehr Herz und Verstand gehabt hätte, als du, wo es am Ende mit deinen Sachen hinaus gelaufen wäre.

Gertrud: Das alles hat er gesagt, ehe er dem Hausnumero nachgefragt hat?
Lienhard: Du hörst es ja wohl.
Gertrud: Du hast mir's mit Fleiß nicht sagen wollen; du!
Lienhard: Es wäre, denk dich wohl, das Gescheiteste gewesen. Du wirst mir sonst noch gar zu stolz, daß du soviel Herz gehabt hast.
Gertrud: Meinst du's, Hausmeister? Ja, ja einmal auf diesen Streich werde ich mir etwas einbilden, solang ich leben werde, und solang er uns wohltun wird. Aber was sagte Arner noch weiter?
Lienhard: Er nahm mich wegen dem Bau ins Examen. Es war gut, daß ich noch nicht alles vergessen hatte. Ich mußte ihm alles beim Klafter ausrechnen – und die Fuhren von Kalch und Sand und Steinen aufs Pünktgen ausspitzen.
Gertrud: Bist du um keine Nulle verirrt im Rechnen.
Lienhard: Nein das mal nicht, du Liebe.
Gertrud: Gottlob!
Lienhard: Jawohl gottlob.
Gertrud: Ist jetzt alles in der Ordnung?
Lienhard: Ja, recht schön ist's in der Ordnung. – Rate, wieviel hat er mir vorgeschossen? (Er klingelt mit den Talern im Sack) und sagt: Gelt, es ist lang, daß ich nicht so geklingelt habe?
Gertrud seufzt.
Lienhard: Seufze du jetzt nicht, du Liebe! Wir wollen hausen und sparen, und wir werden jetzt gewiß nicht mehr in die alte Not kommen.
Gertrud: Ja. Gott im Himmel hat uns geholfen.
Lienhard: Und noch mehr Leuten im Dorf mit uns. Denk! Er hat zehn arme Hausväter, die gewiß alle sehr in der Not waren, zu Taglöhnern bei diesem Bau angenommen, und er gibt jedem des Tags 25 Kreuzer – Du Liebe! Du hättest sehn sollen, mit was für Sorgfalt er die Leute ausgewählt hat.
Gertrud: O, sag mir doch das recht!
Lienhard: Ja, wenn ich's jetzt noch so wüßte.
Gertrud: Besinne dich ein wenig.
Lienhard: Nun denn: Er fragte allen armen Hausvätern nach; wieviel Kinder sie hätten, wie groß diese wären; was für Verdienst und Hülfe sie hätten. Dann suchte er die Verdienstlosesten und die, welche am meisten unerzogene Kinder hatten, daraus, und sagte zweimal zu mir: Wenn du jemand kennst, der, wie du, im Drucke ist: so sag es mir. Ich nannte vor allen aus den Hübel Rudi, und der hat jetzt für ein Jahr gewiß Verdienst.

Gertrud: Es ist brav, daß du dem Rudi deine Erdäpfel nicht hast entgelten lassen.

Lienhard: Ich könnte keinem Armen nichts nachtragen, Frau! Und diese Haushaltung ist erschrecklich elend. Ich habe den Rudeli erst vor ein paar Tagen wieder bei der Grube angetroffen; und ich tat als ob ich ihn nicht sähe. Es ging mir ans Herz; er sieht aus wie Teurung und Hunger, und wir hatten doch in Gottes Namen zuletzt noch immer zu essen.

Gertrud: Das ist wohl gut, du Lieber! Aber stehlen hilft nicht im Elend; und der Arme, der's tut, kömmt dadurch nur gedoppelt in die Not.

Lienhard: Freilich; aber beim nagenden Hunger Eßwaren vor sich sehen, und wissen, wieviel davon in den Gruben verfaulen muß, und wie selber alles Vieh davon genug hat, und sie dann doch liegen lassen und sie nicht anrühren: O, Liebe! wieviel braucht's dazu!

Gertrud: Es ist gewiß schwer; aber gewiß muß der Arme es können, oder er ist unausweichlich höchst unglücklich.

Lienhard: O Liebe! Wer würde in seinem Fall es tun? Wer will's von ihm fordern?

Gertrud: Gott! der's vom Armen fordert, gibt ihm Kraft es zu tun, und bildet ihn durch den Zwang, durch die Not, und durch die vielen Leiden seiner Umstände, zu der großen Überwindung, zu der er aufgefordert ist. Glaube mir, Lienert! Gott hilft dem Armen so im Verborgenen, und gibt ihm Stärke und Verstand zu tragen, zu leiden und auszuhalten, was schier unglaublich scheint. Wenn's denn durchgestritten, wenn das gute Gewissen bewahrt ist, Lienert! denn ist ihm himmelwohl; viel besser als allen, die nicht Anlaß hatten, so viel zu überwinden.

Lienhard: Ich weiß es, Gertrud! An dir weiß ich's. Ich bin auch nicht blind. Ich sah es oft, wie du in der größesten Not auf Gott trautest und zufrieden warst: aber wenig Menschen sind im Elend wie du, und viele sind, wie ich, bei dem Drang der Not und des Elends sehr schwach; darum denke ich immer, man sollte mehr tun, um allen Armen Arbeit und Brot zu verschaffen. Ich glaube sie würden denn alle auch besser sein, als sie in der Verwirrung ihrer Not und ihres vielen Jammers jetzo sind.

Gertrud: O Lieber! Das ist bei weitem nicht so; wenn es nichts als Arbeit und Verdienst brauchte, die Armen glücklich zu machen: so würde bald geholfen sein. Aber das ist nicht so; bei Reichen und bei Armen muß das Herz in Ordnung sein, wenn sie glücklich sein sollen. Und zu diesem Zweck kommen die weit mehrern Menschen eher durch Not und Sorgen, als durch Ruhe und Freuden; Gott würde uns sonst wohl gerne lauter Freude gönnen. Da aber die Menschen Glück und Ruhe und Freuden nur alsdenn ertragen können, wenn ihr Herz zu vielen Überwindungen gebildet, standhaft, stark, geduldig und weise ist, so ist offenbar notwendig, daß viel Elend und Not in der Welt sein muß; denn ohne das kömmt bei wenigen Menschen das Herz in Ordnung und zur innern Ruhe. Und wo das mangelt, so ist's gleichviel, der Mensch mag Arbeit haben oder nicht; er mag Überfluß haben oder nicht. Der reiche alte Meyer hat, was er will, und steckt alle Tage im Wirtshause. Dabei aber ist er nicht glücklicher als der arme Wächter, der's nicht hat; und ob er gleich auch alle Tage dürstet, dennoch nur dann und wann ein Glas Wein in seinem Winkel findet. Lienhard seufzte, und Gertrud schwieg auch eine Weile, dann sagte sie: Hast du auch nachgesehen, ob die Gesellen arbeiten? Ich muß dir sagen, der Joseph ist heute wieder ins Wirtshaus geschlichen.

Lienhard: Das ist verdrießlich! Gewiß hat ihn der Vogt kommen lassen. Er hat sich eben gar sonderbarlich aufgeführt. Ich bin, ehe ich heimkam, bei ihnen auf der Arbeit gewesen, und wenn er eben aus dem Wirtshaus gekommen ist: so macht mir das, was er gesagt hat, Unruhe; es ist denn nicht aus seinem Hafen.

Gertrud: Was ist's denn?

Lienhard: Er sagte: der Stein aus dem Schwendibruch wäre so vortrefflich zur Kirchmauer, und da ich ihm antwortete, die großen Feldkiesel, die in Menge nahe da herumlägen, wären viel besser, sagte er; ich woll immer ein Narr bleiben und meine Sachen nie recht anstellen. Die Mauer werde von den Schwendisteinen viel schöner und ansehnlicher werden. Ich dachte eben, er sage das so aus guter Meinung. Doch hat er so plötzlich von dem Stein angefangen, daß es mich schon da sonderbar dünkte; und wenn er beim Vogt gewesen ist, so steckt gewiß etwas darhinter. Der Schwendistein ist mürb und sandigt, und zu dieser Arbeit gar nichts nütze. Wenn das eine Fuchsfalle wäre?

Gertrud: Joseph ist nicht durch und durch gut. Nimm dich in acht.

Lienhard: Da fangen sie mich nicht. Der Junker will keine Sandsteine an der Mauer haben.

Gertrud: Warum das?

Lienhard: Er sagte, weil unten an der Mauer Miststellen und Abläufe von Ställen wären: so würde der Sandstein faulen, und vom Salpeter angefressen werden.

Gertrud: Ist das wahr?

Lienhard: Ja; ich habe selbst einmal in der Fremde an einem Gebäude gearbeitet, da man das ganze Fundament, das von Sandsteinen war, wieder hat wegnehmen müssen.

Gertrud: Daß er das so versteht?

Lienhard: Es verwunderte mich selber, aber er versteht's vollkommen. Er fragte mich auch, wo der beste Sand sei. Ich sagte: Im Schachen bei der untern Mühlin.

Das ist sehr weit zu führen und bergan, antwortete er: man muß Leute und Vieh schonen. Weißest du keinen, der näher wäre? Ich sagte, es sei gerad oben an der Kirche sehr reiner Sand im Mattenbühl; aber es sei eigentumliches Land: man müßte die Grube zahlen, und könnte nicht anders als durch Matten fahren, wo man einen Abtrag würde tun müssen. Das schadet nichts, antwortete er, es ist besser, als Sand aus dem Schachen heraufholen. Ja ich muß dir noch etwas erzählen.

Eben da er vom Sand redete, meldete der Knecht den Junker von Oberhofen. Ich glaubte, ich müßte jetzt sagen, ich wollte ihn nicht aufhalten und ein andermal kommen. Er lachte und sagte: Nein, Mäurer! Ich mache gern eine Arbeit aus, und erst wenn ich fertig bin, sehe ich dann, wer weiters etwas mit mir wolle. Du kommst mir eben recht mit deinem Abschiednehmen. Es gehört zu deiner alten Ordnung, die aufhören muß, so liederlich bei jedem Anlaß Geschäfte und Arbeit liegen zu lassen.

Ich kratzete hinter den Ohren, Frau! Hätte ich nur auch mit meinen ein-andermal-kommen geschwiegen.

Es hat dir auch etwas gehört, sagte Gertrud, und eben rief jemand vor der Türe Holaho! Ist niemand daheim?

§ 14
Niedriger Eigennutz

Der Mäurer machte die Türe auf, und die Schnabergritte, des Siegristen Sohnsfrau, und des Vogts Bruders sel. Tochter, kam in die Stube. Nachdem sie den Mäurer und die Frau gegrüßt, dabei aber den Mund nur ein klein wenig aufgetan hatte, sagte sie zu ihm:

Du wirst wohl jetzt nicht mehr unsern schlechten Ofen bestreichen wollen? Lienhard!

Lienhard: Warum denn das nicht, Frau Nachbarin? Fehlt etwas daran?

Gritte: Nein, jetzt gar nicht; ich wollte nur in der Zeit fragen, damit ich in der Not wisse, woran ich sei.

Lienhard: Du bist so sorgfältig, Grittli! Es hätte aber übel fehlen können.

Gritte: Ja, die Zeiten ändern sich, und mit ihnen die Leute auch.

Lienhard: Das ist wohl wahr: aber Leute zum Ofenbestreichen findet man doch immer.

Gritte: Das ist eben der Vorteil.

Gertrud, die bis jetzt so geschwiegen hatte, nimmt das Brotmesser von der Wand, und schneidet von einem altgebachenen Roggenbrot ein zur Nachtsuppe.

Das ist schwarz Brot, sagt Gritte. Es gibt aber jetzt bald bessers, da dein Mann Herr Schloßmäurer geworden ist.

Du bist närrisch, Gritte! Ich will Gott danken, wenn ich mein Lebtag genug solches habe, sagte Gertrud.

Und Gritte: Weiß Brot ist doch besser, und wie soll's fehlen? Du wirst noch Frau Untervögtin, und dann dein Mann vielleicht Herr Untervogt; aber es würde uns dabei übel gehen.

Lienhard: Was willst du mit dem Sticheln? Ich habe das nicht gern; geradeheraus ist Meister, wenn man was hat, das man sagen darf.

Gritte: Ha, Mäurer, das darf ich, wenn's sein muß. Mein Mann ist doch auch des Siegristen Tochtermann, und es ist, solange die Kirche steht, nie erhört worden, daß, wenn es Arbeit daran gegeben hat, des Siegristen seine Leute nicht den Vorzug gehabt hätten.

Lienhard: Und jetzt was weiters?

Gritte: Ja, und jetzt, eben jetzt hat der Untervogt einen Zedel im Haus, darin mehr als ein Dutzend der größten Lumpen aus dem Dorf als Arbeiter bei dem Kirchbau aufgezeichnet sind, und von des Siegristen Leuten steht kein Wort darin.

Lienhard: Aber Frau Nachbarin, was geht das mich an? Hab ich den Zedel geschrieben?

Gritte: Nein, geschrieben hast du ihn nicht; aber, ich denk wohl, angegeben.

Lienhard: Das wär wohl viel, wenn ich dem Junker seine Zedel angeben müßte.

Gritte: Ha, einmal weiß man, daß du alle Tage im Schloß steckst, und gerad heute wieder dort warst. Und wenn du auch berichtet hättest, wie es vor diesem gewesen ist, so wär es beim alten geblieben.

Lienhard: Du gehst an den Wänden, Gritte, wenn du das glaubst.

Arner ist nicht der Mann, der beim alten bleibt, wenn er glaubt, er könn's mit dem neuen besser machen.

Gritte: Man sieht's –

Lienhard: Und zudem wollte er mit dem Verdienst den Armen und Notleidenden aufhelfen.

Gritte: Ja eben will er nur Lumpen- und Bettelgesindel aufhelfen.

Lienhard: Es sind nicht alle Arme Gesindel, Gritte. Man muß nie so reden. Es weiß keiner, wie's ihm gehn wird, bis er unter den Boden kommen wird.

Gritte: Eben das ist's. Es muß ein jeder für sein Stück Brot sorgen; und darum tut's uns auch weh, daß man unser so gar vergessen hat.

Lienhard: Ach Gritte! Das ist jetzt was anders. Du hast schöne Güter, und issest bei deinem Vater, und dieser hat das beste Verdienst im Dorf und du mußt nicht, wie unsere Armen, für das tägliche Brot sorgen.

Gritte: Du magst jetzt sagen, was du willst. Es tut einem jeden weh, wenn er glaubt, es gehöre ihm etwas, und wenn es ihm dann ein anderer Hund vor dem Maul wegfrißt.

Lienhard: Spare die Hunde, Grittli, wenn du von Menschen redest, sonst findest du einst einen, der dich beißt. Und wenn du glaubst, das Verdienst gehöre dir, so bist du jung und stark, und so hast du gute Füße und ein gutes Mundstück; du kannst also deine Sache selbst an Ort und Stelle hintragen und anbringen, wo man dir zu deinem Recht verhelfen kann.

Gritte: Großen Dank, Herr Mäurer! für den schönen Rat.

Lienhard: Ich kann keinen bessern geben.

Gritte: Es gibt etwan auch wieder Gelegenheit, den Dienst zu erwidern – Lebwohl, Lienert! –

Lienhard: Leb auch wohl, Gritte! Ich kann dir nicht besser helfen.

Gritte geht fort, und Lienhard zu seinen Gesellen.

§ 15
Der klugen Gans entfällt ein Ei; oder eine Dummheit, die ein Glas Wein kostet

Dieser war heute am Morgen nicht so bald aus dem Schloß weg, so sandte Arner den Zedel, in dem er die Taglöhner aufgeschrieben hatte, durch den Harschierer Flink dem Vogt, mit dem Befehl, es ihnen anzuzeigen. Der Harschierer brachte den Befehl dem Vogt noch vormittag; aber bisher waren sonst alle Briefe, die aus dem Schloß an ihn kamen, überschrieben: „An den ehrsamen und bescheidenen, meinen lieben und getreuen Vogt Hummel in Bonnal" und auf diesem stand nur: An den Vogt Hummel in Bonnal.

Was denkt der verdammte Spritzer, der Schloßschreiber, daß er mir den Titel nicht gibt, wie er mir gehört, sagte der Vogt, sobald er den Brief in die Hand nahm, zu Flink, der ihn überbrachte.

Der Harschier aber antwortete: Besinn dich, Vogt! was du redest. Der Junker hat den Brief selbst überschrieben.

Vogt: Das ist nicht wahr. Ich kenne die Hand des gepuderten Bettelbuben, des Schreibers.

Flink schüttelte den Kopf und sagte: Das ist herzhaft. Ich sah mit meinen Augen, daß der Junker ihn überschrieb; ich stand neben ihm in der Stube, als er's tat.

Vogt: So hab ich mich denn verdammt geirrt, Flink! Das Wort ist mir so entfahren – Vergiß es, und komm, trink ein Glas Wein mit mir in der Stube.

Nimm dich ein andermal in acht, Vogt! Ich mache nicht gern Ungelegenheit, sonst könnte das geben, sagt Flink – geht mit dem Vogt in die Stube, stellt das kurze Gewehr ab, in einen Ecken, läßt sich eins belieben, und geht dann wieder fort.

Da machte der Vogt den Brief auf, las ihn und sagte:

Das sind ja alles lauter Lumpen und Bettler, vom ersten bis zum letzten. Donner! Wie das denn auch geht. Von meinen Leuten kein einziger, als der Schabenmichel! Nicht einmal einen Taglöhner kann ich ihm mehr aufsalzen. Und jetzt soll ich es ihnen heute noch ansagen; das ist schwere Arbeit für mich. Aber ich will's tun. Es ist noch nicht aller Tage Abend. Gerade jetzt will ich's ansagen, und ihnen raten, am Montag ins Schloß zu gehn, dem Junker zu danken. Er kennt von den Purschen nicht einen. Es fehlt nicht, der Mäurer hat sie ihm alle angeraten. Wenn sie denn am Montag ins Schloß kommen, und so alle miteinander zerrissen wie Hergeloffene – der eine ohne Schuhe, der andere ohne Hut, vor dem Erbherrn da stehn; es nimmt mich wunder, ob es dann nichts geben wird, das mir in meinen Kram dient. So ratschlagt er mit sich selber, kleidet sich an, und nimmt dann wieder den Zedel zur Hand, um zu sehen, wie einer dem andern in der Nähe wohne, damit er den Weg nicht zweimal gehn müsse.

Der Hübelrudi war zwar nicht der nächste; aber er ging, seitdem er seinem Vater die Brunnenmatte abgerechtiget hatte, nicht mehr gern in sein Haus; denn es stiegen ihm allemal allerhand Gedanken auf, wenn er die armen Leute darin sah. Ich will zuerst geschwind zu dem Pack, sagt er, und ging alsobald hin für das Fenster.

§ 16

Zieht den Hut ab, Kinder! Es folgt ein Sterbbett

Der Hübelrudi saß eben bei seinen vier Kindern. Vor drei Monaten war ihm seine Frau gestorben, und jetzt lag seine Mutter sterbend auf einem Strohsack, und sagte zu Rudi:

Suche mir doch nachmittag etwas Laub in meine Decke, ich friere.

O Mutter! Sobald das Feuer im Ofen verloschen sein wird, will ich gehen.

Die Mutter: Hast du auch noch Holz, Rudi? Ich denke wohl, nein; du kannst nicht in den Wald von mir und den Kindern weg. O Rudi! Ach, ich bin dir zur Last –

Rudi: O Mutter, Mutter! Sag doch das nicht, du bist mir nicht zur Last. Mein Gott! Mein Gott! Könnte ich dir nur auch, was du nötig hast, geben. – Du dürstest, du hungerst, und klagst nicht. Das geht mir ans Herz, Mutter!

Die Mutter: Gräme dich nicht, Rudi! Meine Schmerzen sind, gottlob! nicht groß; und Gott wird bald helfen, und mein Segen wird dir lohnen, was du mir tust.

Rudi: O Mutter! Noch nie tat mir meine Armut so weh, als jetzt, da ich dir nichts geben und nichts tun kann. Ach Gott! So krank und elend leidest du, und trägst du meinen Mangel –

Die Mutter: Wenn man seinem Ende nahe ist, so braucht man wenig mehr auf Erden, und was man braucht, gibt der Vater im Himmel. Ich danke ihm, Rudi; er stärkt mich in meiner nahen Stunde.

Rudi: (in Tränen) Meinst du denn, Mutter! du erholest dich nicht wieder?

Die Mutter: Nein, Rudi! Gewiß nicht.

Rudi: O mein Gott!

Die Mutter: Tröste dich, Rudi! Ich gehe ins bessere Leben.

Rudi: (schluchzend) O Gott!

Die Mutter: Tröste dich, Rudi! Du warst die Freude meiner Jugend, und der Trost meines Alters. Und nun danke ich Gott! Deine Hände werden jetzt bald meine Augen schließen. Dann werde ich zu Gott kommen, und ich will für dich beten, und es wird dir wohlgehen ewiglich. Denk an mich, Rudi. Alles Leiden und aller Jammer dieses Lebens, wenn sie überstanden sind, machen einem nur wohl. Mich tröstet und mir ist wie heilig alles, was ich überstanden habe, so gut als alle Lust und Freude des Lebens. Ich danke Gott, für diese frohe Erquickung der Tage meiner Kindheit; aber wenn die Frucht des Lebens im Herbst reifet, und wenn der Baum sich zum Schlafe des Winters entblättert: dann ist das Leiden des Lebens ihm heilig, und die Freuden des Lebens sind ihm nur ein Traum. Denk an mich, Rudi! Es wird dir wohlgehen bei allem deinem Leiden.

Rudi: O Mutter! Liebe Mutter!

Die Mutter: Aber jetzt noch eins, Rudi!

Rudi: Was? Mutter!

Die Mutter: Es liegt mir seit gestern, wie ein Stein auf dem Herzen. Ich muß dir's sagen.

Rudi: Was ist's denn, liebe Mutter?

Die Mutter: Ich sah gestern, daß sich der Rudeli hinter meinem Bette versteckte, und gebratene Erdäpfel aus seinem Sack aß. Er gab auch seinen Geschwistern, und auch sie aßen verstohlen. Rudi! Diese Erdäpfel sind nicht unser; sonst würde der Junge sie auf den Tisch geworfen, und seinen Geschwistern laut gerufen haben, ach! Er würde auch mir einen gebracht haben, wie er's tausendmal tat. Es ging mir allemal ans Herz, wenn er so mit etwas auf den Händen zu mir sprang, und so herzlich zu mir sagte: Iß auch, Großmutter! O Rudi! Wenn dieser Herzensjunge ein Dieb werden sollte. O Rudi! Wie mir dieser Gedanke seit gestern so schwer macht! Wo ist er? Bring mir ihn, ich will mit ihm reden.

Rudi: O ich Elender! (Er läuft geschwind, sucht den Knaben und bringt ihn der Mutter ans Bett.)

Die Mutter setzt sich mühselig zum letztenmal auf, kehrt sich gegen den Knaben, nimmt seine beiden Hände in ihre Arme und senkt das schwache sterbende Haupt hinab auf den Knaben.

Der Kleine weint laut – Großmutter! Was willst du? Du stirbst doch nicht – ach stirb doch nicht, Großmutter!

Sie antwortete gebrochen: Ja Rudeli! ich werde gewiß bald sterben.

Jesus! Ach mein Gott! Stirb doch nicht Großmutter, sagt der Kleine.

Die Kranke verliert den Atem und muß sich niederlegen.

Der Knab und sein Vater zerfließen in Tränen –

Sie erholt sich aber bald wieder und sagt: Es ist mir schon wieder besser, da ich jetzt liege –

Und der Rudeli! Du stirbst doch jetzt nicht mehr, Großmutter!

Die Mutter: Tu doch nicht so, du Lieber; ich sterbe ja gern; und werde denn auch zu einem lieben Vater kommen. Wenn du wüßtest, Rudeli! wie es mich freut, daß ich bald zu ihm kommen soll, du würdest dich nicht so betrüben.

Rudeli: Ich will mit dir sterben, Großmutter, wenn du stirbst.

Die Mutter: Nein, Rudeli! Du wirst nicht mit mir sterben, du wirst, will's Gott, noch lang leben und brav werden; und wenn einst dein Vater alt und schwach sein wird, seine Hülfe und sein Trost sein. Gelt Rudeli! Du willst ihm folgen, und brav werden und recht tun. Versprich mir's, du Lieber!

Rudeli: Ja, Großmutter! Ich will gewiß recht tun und ihm folgen.

Die Mutter: Rudeli! Der Vater im Himmel, zu dem ich jetzt bald kommen werde, sieht und hört alles, was wir tun und was wir versprechen! Gelt Rudeli, du weißt das? und du glaubst es.

Rudeli: Ja, Großmutter! Ich weiß es, und glaube es.

Die Mutter: Aber warum hast du denn doch gestern hinter meinem Bette verstohlen Erdäpfel gegessen?

Rudeli: Verzeih mir's doch, Großmutter! Ich will's nicht mehr tun. Verzeih mir's doch, ich will's gewiß nicht mehr tun, Großmutter!

Die Mutter: Hast du sie gestohlen?

Rudeli: (schluchzend) j-j-ja, Großmutter!

Die Mutter: Wem hast du sie gestohlen?

Rudeli: Dem Mäu-Mäu-Mäurer.

Die Mutter: Du mußt zu ihm gehen, Rudeli! und ihn bitten, daß er dir verzeihe.

Rudeli: Großmutter! Um Gottes willen, ich darf nicht!

Die Mutter: Du mußt, Rudeli! damit du es ein andermal nicht mehr tust. Ohne Widerrede mußt du gehen! Und um Gottes willen, mein Lieber! wenn dich schon hungert, nimm doch nichts mehr. Gott verläßt niemand; er gibt allemal wieder – O Rudeli! Wenn dich schon hungert; wenn du schon nichts hast und nichts weißt, traue auf deinen lieben Gott, und stiehl nicht mehr.

Rudeli: Großmutter! Großmutter! Ich will gewiß nicht mehr stehlen; wenn mich schon hungert; ich will nicht mehr stehlen.

Die Mutter: Nun so segne dich denn mein Gott! auf den ich hoffe – und er bewahre dich du Lieber! Sie drückt ihn an ihr Herz, weinet und sagt dann: Du mußt jetzt zum Mäurer gehen und ihn um Verzeihung bitten. Rudi! Gehe doch auch mit ihm – und sag des Mäurers, daß auch ich sie um Verzeihung bitte, und daß es mir leid sei, daß ich ihnen die Erdäpfel nicht zurückgeben könne – sage ihnen ich wollte Gott für sie bitten, daß er ihnen ihr Übriges segne – Es tut mir so wehe – Sie haben das Ihrige auch so nötig – und wenn die Frau nicht so Tag und Nacht arbeitete, sie könnten's bei ihrer großen

Haushaltung fast nicht ermachen. Rudi! Du arbeitest ihm gern ein paar Tage dafür, daß er das Seinige wieder erhalte.

Rudi: Ach mein Gott! Von Herzen gern, meine liebe Mutter!

Da er eben das sagte, klopfte der Vogt ans Fenster.

§ 17
Die kranke Frau handelt vortrefflich

Und die Kranke erkannte ihn an seinem Husten, und sagte: O Gott! Rudi! Es ist der Vogt! Gewiß sind das Brot und der Anken, wovon du mir Suppen kochest, noch nicht bezahlt.

Rudi: Um Gottes willen, bekümmere dich nicht, Mutter! Es ist nichts daran gelegen. Ich will ihm arbeiten und in der Ernte schneiden, was er will.

Ach! Er wartet dir nicht, sagt die Mutter, und der Rudi geht aus der Stube zum Vogt.

Die Kranke aber seufzet bei sich selber, und sagt –

Seit unserm Handel, Gott verzeih ihn dem armen verblendeten Tropf! ist mir immer ein Stich ins Herz gegangen, wenn ich ihn sah – Ach Gott! Und in meiner nahen Stunde muß er noch vor mein Fenster kommen und husten – Es ist Gottes Wille, daß ich ihm ganz, daß ich ihm jetzt verzeihe, und den letzten Groll überwinde, und für seine Seele bete. Ich will es tun.

Gott du leitetest den Handel! Verzeih ihm. Vater im Himmel! Verzeih ihm. Sie hört jetzt den Vogt laut reden, erschrickt und sagt:

Ach Gott, er ist zornig! O du armer Rudi! Du kommst um meinetwillen unter seine Hände. Sie hört ihn noch einmal reden, und sinkt in Ohnmacht.

Der Rudeli springt aus der Stube zum Vater und ruft ihm: Vater! Komm doch, komm doch! Die Großmutter ist glaub ich tot.

Der Rudi antwortete: Herr Jesus! Vogt, ich muß in die Stube.

Und der Vogt: Ja es tut not; das Unglück wird gar groß sein, wenn die Hexe einmal tot sein wird.

Der Rudi hörte nicht, was er sagte, und war schnell in der Stube.

Die Kranke erholte sich bald wieder, und wie sie die Augen öffnete, sagte sie: Er war zornig, Rudi? Er will dir gewiß nicht warten.

Rudi: Nein Mutter! Es ist etwas recht Gutes. Aber hast du dich auch wieder recht erholet?

Ja, sagt die Mutter! Sieht ihn ernsthaft und wehmütig an. Was Gutes kann dieser bringen? Was sagst du? Willst du mich trösten, und allein leiden? Er hat dir gedrohet!

Rudi: Nein, weiß Gott, Mutter! Er hat mir angesagt, ich sei Taglöhner beim Kirchbau; und der Junker zahle einem des Tags 25 Kreuzer.

Die Mutter: Herr Gott! Ist das auch wahr?

Rudi: Ja gewiß, Mutter! Und es ist da mehr als für ein ganzes Jahr Arbeit.

Die Mutter: Nun ich sterbe leichter, Rudi! Du bist gut, mein lieber Gott. Sei doch bis an ihr Ende ihr guter Gott! Und Rudi, glaub's doch ewig fest:

> Je größer Not,
> Je näher Gott.

Sie schwieg jetzt eine Weile; dann sagte sie wieder:

Ich glaube, es sei mit mir aus – Mein Atem nimmt alle Augenblicke ab – Wir müssen scheiden, Rudi, ich will Abschied nehmen.

Der Rudi bebt, zittert, nimmt seine Kappe ab, fällt auf seine Knie, vor dem Bette seiner Mutter, faltet seine Hände, hebt seine Augen gen Himmel, und kann vor Tränen und Schluchzen nicht reden.

Dann sagt die Mutter: Fasse Mut, Rudi! zu hoffen aufs ewige Leben, wo wir uns wiedersehn werden. Der Tod ist ein Augenblick, der vorübergeht; ich fürchte ihn nicht. Ich weiß, daß mein Erlöser lebt, und daß er, mein Erretter, wird über meinen Staub stehen; und nachdem sich meine Haut wiederum wird über das Gebein gezogen haben; alsdann werde ich in meinem Fleisch Gott sehen. Meine Augen werden ihn sehen, und nicht eines andern.

Der Rudi hatte sich jetzt wieder erholt, und sagte: So gib mir deinen Segen Mutter! Will's Gott komme ich dir auch bald nach, ins ewige Leben.

Und dann die Mutter!

Erhöre mich, Vater im Himmel! und gib deinen Segen meinem Kind – meinem Kind, dem einigen, so du mir gegeben hast, und das mir so innig lieb ist – Rudi! Mein Gott und mein Erlöser sei mit dir; und wie er Isaak und Jakob um ihres Vaters Abrahams willen Gutes getan hat, ach! so möge er auch, um meines Segens willen, dir Gutes tun die Fülle; daß dein Herz sich wieder erfreue und frohlocke, und seinen Namen preise.

Höre mich jetzt, Rudi! und tue, was ich sage. Lehre deine Kinder Ordnung und Fleiß, daß sie in der Armut nicht verlegen, unordentlich und liederlich werden. Lehre sie auf Gott im Himmel trauen und bauen, und Geschwister aneinander bleiben in Freude und Leid: so wird's ihnen auch in ihrer Armut wohlgehen.

Verzeihe auch dem Vogt, und wenn ich tot und begraben sein werde, so geh zu ihm hin, und sage ihm: ich sei mit einem versöhnten Herze gegen ihn gestorben; und wenn Gott meine Bitte erhöre, so werde es ihm wohlgehen, und er werde noch zur Erkenntnis seiner selbst kommen, ehe er von hinnen scheiden werde.

Nach einer Weile sagte dann die Mutter wieder: Rudi! Gib mir meine zwo Bibeln, mein Gebetbuch und eine Schrift, die unter meinem Halstuch in einem Schächtelchen liegt.

Und Rudi stand von seinen Knien auf, und brachte alles der Mutter.

Da sagte sie: Bring mir jetzt auch die Kinder alle. Er brachte sie vom Tisch, wo sie saßen und weinten, zu ihrem Bett.

Und auch diese fielen auf ihre Knie vor dem Bette der Mutter.

Da sagte sie zu ihnen: Weinet nicht so, ihr Lieben! Euer Vater im Himmel wird euch erhalten, und euch segnen. Ihr waret mir lieb, ihr Teuern! Und es tut mir weh, daß ich euch so arm und ohne eine Mutter verlassen muß. – Aber hoffet auf Gott, und trauet auf ihn in allem, was euch begegnen wird; so werdet ihr an ihm immer mehr als Vaterhülfe und Muttertreue finden. Denket an mich, ihr Lieben! Ich hinterlasse euch zwar nichts; aber ihr waret mir lieb, und ich weiß, daß ich euch auch lieb bin.

Da meine Bibeln und mein Gebetbuch, sind fast alles, was ich noch habe; aber haltet es nicht gering, Kinder! Es war in meinem schweren Leben mir tausendmal Trost und Erquickung. Lasset Gottes Wort euch euern Trost sein, Kinder! und eure Freude; und liebet einander, und helfet und ratet einander, solang ihr leben werdet; und seid aufrichtig, treu, liebreich und gefällig gegen alle Menschen, so wird's euch wohlgehen im Leben.

Und du, Rudi! behalte dem Betheli die größere, und dem Rudeli die kleinere Bibel; und den Kleinen die zwei Betbücher zum Angedenken von mir.

Ach, dir habe ich keines, Rudi! Aber du hast keines nötig: du vergissest meiner nicht.

Dann ruft sie noch einmal dem Rudeli: Gib mir deine Hand, du Lieber! Gelt, du nimmst doch niemand nichts mehr?

Nein doch auch, Großmutter! Glaub mir's doch auch: ich werde gewiß niemand nichts nehmen, sagte der Rudeli, mit heißen Tränen.

Nun ich will dir's glauben, und zu Gott für dich beten, sagte die

Mutter. Sieh Lieber! Da geb ich deinem Vater ein Papier, das mir der Herr Pfarrer gab, bei dem ich diente. Wenn du älter sein wirst: so lies es, und denk an mich, und sei fromm und treu.

Es war ein Zeugnis von dem verstorbenen Pfarrer in Eichstätten, daß die kranke Cathrine zehn Jahre bei ihm gedienet, und ihm sozusagen geholfen hätte, seine Kinder erziehen, nachdem seine Frau ihm gestorben war; daß der Cathrine alles anvertraut gewesen sei, und daß sie alles wohl so sorgfältig als seine Frau sel. regiert habe. Der Pfarrer dankt ihr darum, und sagt: daß sie wie eine Mutter an seinen Kindern gehandelt habe; und daß er in seinem Leben nicht vergessen werde, was sie in seinem Witwenstand an ihm getan habe. Sie hatte auch wirklich ein beträchtliches Stück Geld in diesem Dienst erworben, und solches ihrem sel. Mann an die Matte gegeben, die der Vogt ihnen hernach wieder abprozessiert hat.

Nachdem sie dem Rudi dieses Papier gegeben hatte, sagte sie ferner – Es sind noch zwei gute Hemder da. Gib mir keines von diesen ins Grab; das, so ich trage, ist recht.

Und meinen Rock und meine zwei Fürtücher lasse, sobald ich tot sein werde, den Kindern verschneiden.

Und dann sagte sie bald darauf: Siehe doch sorgfältig zum Betheli, Rudi! Es ist wieder so stüssig. Halte die Kinder doch immer rein mit Waschen und Strehlen, und suche ihnen doch alle Jahr Ehrenpreis und Hollunder*, ihr Geblüt zu verbessern; sie sind so verderbt. Wenn du's immer kannst, so tue doch ihnen eine Geiß zu den Sommer durch, das Betheli kann sie jetzt hüten – Du dauerst mich, daß du so alleine bist; aber fasse Mut, und tue was du kannst. Der Verdienst an dem Kirchbau erleichtert dich jetzt auch wieder – Ich danke Gott auch für dieses.

Die Mutter schwieg jetzt – und der Vater und die Kinder blieben noch eine Weile auf ihren Knien, und der Vater und die Kinder beteten alle Gebete, die sie konnten. Dann stunden sie auf von ihren Knien, und Rudi sagt zu der Mutter:

Mutter! Ich will dir jetzt auch das Laub in die Decke holen.

Sie antwortete: Das hat jetzt nicht Eil, Rudi! Es ist, gottlob! jetzt wärmer in der Stube; und du mußt mit dem Kleinen jetzt zum Mäurer.

Und der Rudi winkt dem Betheli aus der Stube, und sagt: Gib auf die Großmutter acht, wenn ihr etwas begegnet, so schick das Anneli mir nach; ich werde bei des Mäurers sein.

---

* (Holder) Schweizernamen von blutreinigenden Kräutern.

§ 18

Ein armer Knab bittet ab, daß er Erdäpfel gestohlen hat, und die Kranke stirbt

Und nahm dann den Kleinen an die Hand, und ging mit ihm.

Gertrud war allein bei Hause, als sie kamen, und sah bald, daß der Vater und der Knab Tränen in den Augen hatten.

Was willst du, Nachbar Rudi? Warum weinest du? warum weint der Kleine? fragte sie liebreich, und bot dem Kleinen die Hand.

Ach, Gertrud! Ich bin in einem Unglück, antwortete Rudi – Ich muß zu dir kommen, weil der Rudeli euch etlichemal aus eurer Grube Erdäpfel genommen hat. Die Großmutter hat's gestern gemerkt, und er hat's ihr bekennt – Verzeih es uns, Gertrud!

Die Großmutter ist auf dem Todbett. Ach, mein Gott! Sie hat soeben Abschied bei uns genommen. Ich weiß vor Angst und Sorge nicht, was ich sage. Gertrud! Sie läßt dich auch um Verzeihung bitten.

Es ist mir leid, ich kann sie dir jetzt nicht zurückgeben; aber ich will gern ein paar Tage kommen dafür zu arbeiten. Verzeih's uns! Der Knabe hat's aus dringendem Hunger getan.

Gertrud: Schweig einmal hievon, Rudi! – Und du, lieber Kleiner! komm, versprich mir, daß du niemand nichts mehr nehmen willst. Sie küßt ihn, und sagt: Du hast eine brave Großmutter, werde doch auch so fromm und brav wie sie.

Rudeli: Verzeih' mir, Frau! Ich will, weiß Gott! nicht mehr stehlen.

Gertrud: Nein, Kind! tue es nicht mehr; du weißest jetzt noch nicht, wie elend und unglücklich alle Dieben werden. Tue es doch nicht mehr! Und wenn dich hungert, komm lieber zu mir und sag es mir. Wenn ich kann, ich will dir etwas geben.

Rudi: Ich danke Gott, daß ich jetzt bei der Kirche zu verdienen habe, und hoffe, der Hunger werde ihn nun auch nicht mehr so bald zu so etwas verleiten.

Gertrud: Es hat mich und meinen Mann gefreut, daß der Junker mit dem Verdienst auch an dich gedacht hat.

Rudi: Ach! Es freut mich, daß die Mutter noch den Trost erlebt hat. Sage doch deinem Mann, ich wolle ihm ehrlich und treu arbeiten, und früh und spät sein; und ich wolle mir die Erdäpfel doch auch herzlich gern am Lohn abziehen lassen.

Gertrud: Von dem ist keine Rede, Rudi! Mein Mann tut das gewiß nicht. Wir sind, gottlob! durch den Bau jetzt auch erleichtert. Rudi! Ich will mit dir zu deiner Mutter gehn, wenn es so schlimm ist.

Sie füllt dem Rudeli seinen Sack mit dürrem Obst – sagt ihm noch einmal: Du Lieber! Nimm doch niemand nichts mehr; und geht dann mit dem Rudi zu seiner Mutter.

Und als er unter einem Nußbaum Laub zusammen las, die Decke ihres Betts besser zu füllen, half ihm Gertrud Laub aufsammeln, und dann eilten sie zu ihr hin.

Gertrud grüßte die Kranke, nahm ihre Hand, und weinte.

Du weinest, Gertrud! sagte die Großmutter; wir sollten weinen. Hast du uns verziehen?

Gertrud: Ach! was verziehen. Cathrine! Eure Not geht mir zu Herzen, und noch mehr deine Güte und deine Sorgfalt. Gott wird deine Treue und deine Sorgfalt gewiß noch an den Deinigen segnen, du Gute!

Cathrine: Hast du uns verziehen, Gertrud?

Gertrud: Schweig doch hievon, Cathrine! Ich wollte, ich könnte dich in etwas in deiner Krankheit erleichtern.

Cathrine: Du bist gut, Gertrud! Ich danke dir; aber Gott wird bald helfen – Rudeli! Hast du sie um Verzeihung gebeten? Hat sie's dir verziehen?

Rudeli: Ja, Großmutter! Sieh doch, wie gut sie ist. (Er zeigt ihr den Sack voll dürr Obst.)

Wie ich schlummere, sagte die Großmutter. Hast du sie auch recht um Verzeihung gebeten?

Rudeli: Ja, Großmutter! Es war mir gewiß Ernst.

Catherine: Es übernimmt mich ein Schlummer, und es dunkelt vor meinen Augen – Ich muß eilen, Gertrud! sagte sie leise und gebrochen – Ich wollte dich doch noch etwas bitten; aber darf ich? Dieses unglückliche Kind hat dir gestohlen – darf ich dich doch noch bitten, Gertrud – wenn – – ich – – tot sein – – – diesen armen – – verlasse – – nen Kindern – – sie sind so verlassen – – Sie streckt die Hand aus – (die Augen sind schon zu) darf ich – – hoffen – – folg ihr – – – Rud – – – Sie verschied, ohne ausreden zu können.

Der Rudi glaubte, sie sei nur entschlafen, und sagte den Kindern: Rede keins kein Wort; sie schläft; wenn sie sich auch wieder erholte!

Gertrud aber vermutete, daß es der Tod sei, und sagt es dem Rudi.

Wie jetzt dieser und wie alle Kleinen die Hände zusammen schlugen und trostlos waren, das kann ich nicht beschreiben – Leser – Laß mich schweigen und weinen, denn es geht mir ans Herz – wie die

Menschheit im Staube der Erden zur Unsterblichkeit reifet, und wie sie im Prunk und Tand der Erden unreif verwelket.

Wäge doch, Menschheit! Wäge doch den Wert des Lebens auf dem Todbette des Menschen – und du, der du den Armen verachtest, bemitleidest, und nicht kennest – sage mir, ob der also sterben kann, der unglücklich gelebt hat? Aber ich schweige; ich will euch nicht lehren, Menschen! Ich hätte nur dies gern, daß ihr selber die Augen auftätet, und selbst umsähet, wo Glück und Unglück, Segen und Unsegen in der Welt ist.

Gertrud tröstete den armen Rudi, und sagte ihm noch den letzten Wunsch der edeln Mutter, den er in seinem Jammer nicht gehört hatte.

Der Rudi nimmt treuherzig ihre Hand – Wie mich die liebe Mutter reuet! Wie sie so gut war! Gertrud! Gelt, du willst auch an ihre Bitte denken?

Gertrud: Ich müßte ein Herz haben wie ein Stein, wenn ich's vergessen könnte. Ich will an deinen Kindern tun, was ich kann.

Rudi: Ach! Gott wird dir's vergelten, was du an uns tun wirst.

Gertrud kehret sich gegen das Fenster, wischt ihre Tränen vom Angesicht, hebt ihre Augen gen Himmel, seufzet, nimmt dann den Rudeli und seine Geschwister, eins nach dem andern mit warmen Tränen, besorgt die Tote zum Grabe, und geht erst, nachdem sie alles, was nötig war, getan hatte, wieder in ihre Hütte.

§ 19
Guter Mut tröstet, heitert auf und hilft; Kummerhaftigkeit aber plagt nur

Der Untervogt, der zuerst zu Rudi gegangen war, ging von ihm weg zu den übrigen Taglöhnern, und zuerst zu Jogli Bär. Dieser spaltete eben Holz, sang und pfiff beim Scheitstock; als er aber den Vogt sah, machte er große Augen: Wenn du Geld willst, Vogt! so ist nichts da.

Vogt: Du singst und pfeifst ja wie die Vögel im Hanfsamen; wie könnt's dir am Geld fehlen?

Bär: Wenn Heulen Brot gäbe, ich würde nicht pfeifen; aber im Ernst, was willst du?

Vogt: Nichts, als dir sagen, du seist Handlanger beim Kirchbau, und habest des Tags fünfundzwanzig Kreuzer.

Bär: Ist das auch wahr?

Vogt: Im Ernst. Du sollst am Montag ins Schloß kommen.

Wenn's Ernst ist, so sag ich schuldigen Dank, Herr Untervogt! Da siehest du jetzt, warum ich heute singen und pfeifen mag. Lachend ging der Vogt von ihm weg, und sagte im Gehen: Keine Stunde in meinem Leben ist mir so wohl als diesem Bettler.

Der Bär aber ging in seine Stube zu seinem Weib. Ha, nur immer gutes Muts! Unser lieber Herrgott meint's immer noch gut, Frau! Ich bin Taglöhner am Kirchbau.

Frau: Ja, es wird lange gehen, bis es an dich kommen wird. Du hast immer den Sack voll Trost; aber nie Brot.

Bär: Das Brot soll nicht fehlen, wenn ich einst den Taglohn haben werde.

Frau: Aber der Taglohn kann fehlen.

Bär: Nein, mein Sack nicht. Arner zahlt die Taglöhner brav; das wird nicht fehlen.

Frau: Spaßest du; oder ist's wahr mit dem Bau?

Bär: Der Vogt kommt soeben und sagte: Ich müsse am Montag mit den Taglöhnern, die an der Kirche arbeiten, ins Schloß; also kann's doch nicht wohl fehlen.

Frau. Das wär doch auch. Gottlob! wenn ich einst eine ruhige Stunde hoffen könnte.

Bär: Du sollst deren noch recht viele haben; ich freue mich wie ein Kind darauf. Du bist denn auch nicht mehr bös, wenn ich munter und lustig heimkomme; ich will dir den Wochenlohn allemal bis auf den Kreuzer heimbringen, sobald ich ihn haben werde. Es würde mich nicht mehr freuen zu leben, wenn ich nicht hoffen dürfte, es werde auch noch eine Zeit kommen, in der du mit Freuden denken werdest, du habest doch einen braven Mann. Wenn schon dein Gütlein in meinen armen Händen so stark abgenommen hat. Verzeih mir's, will's Gott bring ich noch was Rechtes davon wieder ein.

Frau: Dein guter Mut machet mir Freude; aber ich denke und fürchte doch immer, es sei Liederlichkeit.

Bär: Was versäume ich dann? Oder was vertue ich!

Frau: Ich sage das eben nicht: aber es ist dir nie schwer, wenn schon kein Brot da ist.

Bär: Aber kommt denn Brot, wenn ich mich gräme?

Frau: Ich kann's in Gottes Namen nicht ändern, mir ist einmal immer schwer.

Bär: Fasse Mut, Frau! Und muntre dich auf, es wird dir wohl auch wieder leichter werden.

Frau: Ja, jetzt hast du auch keinen ganzen Rock am Montag ins Schloß.

Bär: O, so gehe ich mit dem halben. Du hast immer Sorgen, sagte er: ging sodann wieder zu seinem Scheitstock, und spaltete Holz, bis es dunkel wurd.

Von diesem weg geht der Vogt zu Läupi, der war nicht bei Hause; da sagte er es dem Hügli, seinem Nachbar, und ging dann zu Hans Leemann.

§ 20
Dummer, zeitverderbender Vorwitz, hat den Mann zum Müßiggang verführt

Er stund vor seiner Haustüre, gaffte umher; sah den Vogt von ferne, sagte zu sich selber: Da gibt's was Neues, und rief ihm: Wohinaus, Herr Untervogt! So nahe auf mich zu?

Vogt: Sogar zu dir selber, Leemann.

Leemann: Das wär mir viel Ehre, Vogt! Aber sage doch: was macht des Mäurers Frau? Tut sie ihren Mund noch so weit auf, wie vorgestern auf dem Kirchhof; das war eine Hexe, Vogt!

Vogt: Du kannst so was sagen, du! Du bist jetzt Handlanger bei ihrem Mann.

Leemann: Weißest sonst nichts Neues? daß du so mit dem kommst.

Vogt: Nein, es ist mir Ernst; und ich komme auf Befehl aus dem Schloß, es dir anzusagen.

Leemann: Wie komm ich zu dieser Ehre? Herr Untervogt!

Vogt: Es dünkt mich im Schlaf.

Leemann: Ich werde wohl darob erwachen, wenn's wahr ist. Um welche Zeit muß man an die Arbeit?

Vogt: Ich denk', am Morgen.

Leemann: Und am Abend denkst du auch wieder davon. Wieviel sind unser, Herr Untervogt!

Vogt: Es sind zehen.

Leemann: Sag mir doch, es wundert mich, welche?

Der Vogt sagt ihm einen nach dem andern daher.

Zwischenein fragt Leemann mehr als von zwanzigen; der nicht, der auch nicht? Ich versäume mich, sagte endlich der Vogt, und geht weiter.

§ 21

Undank und Neid

Von ihm weg, geht der Vogt zu Jögli Lenk. Dieser lag auf der Ofenbank, er rauchte seine Pfeife; die Frau spinnte, und fünf halb nakkende Kinder lagen auf dem Ofen.

Der Vogt sagt ihm kurz den Bericht. Lenk nimmt die Pfeife aus dem Munde, und antwortet: Das ist wohl viel, daß auch einmal etwas Gutes an mich kommt. Sonst war ich, solang ich lebe, vor allem Guten sicher.

Vogt: Lenk! Eben noch viel Leute, denk ich, mit dir.
Lenk: Ist mein Bruder auch unter den Taglöhnern?
Vogt: Nein.
Lenk: Wer sind die andern?
Der Vogt nennet sie.
Lenk: Mein Bruder ist doch ein viel besserer Arbeiter, als der Rudi, der Bär und der Marx; vom Kriecher mag ich nicht reden. Es ist bei Gott außer mir kein einziger, unter allen zehen, nur ein halb so guter Arbeiter, als er. Vogt! Könntest du nicht machen, daß er auch kommen müßte.

Ich weiß nicht, sagt der Vogt: bricht das Gespräch ab, und geht.
Die Frau bei der Kunkel schwieg solange der Vogt da war; aber das Gespräch tat ihr im Herzen weh; und sobald der Vogt fort war, sagte sie dem Mann:

Du bist undankbar gegen Gott und Menschen. Da dir Gott in der tiefsten Not Hülfe und Rat zeigt, verleumdest du deine Nachbaren, denen Gott eben das Gute tut, das er dir tun will.

Lenk: Ich werde meinen Batzen verdienen müssen, und ihn eben nicht umsonst bekommen.

Frau: Aber bis jetzt hattest du gar nichts zu verdienen.
Lenk: Aber auch keine Mühe!
Frau: Und deine Kinder kein Brot.
Lenk: Aber ich, was hatte ich mehr als ihr? sagte der Limmel. Die Frau schwieg, und weinte bittere Tränen.

§ 22

Die Qualen des Meineids lassen sich nicht mit spitzfündigen Künsten ersticken

Vom Lenk weg, geht der Vogt zum Kriecher, und trifft im Dahingehen unversehens den Hans Wüst an.

Wenn er ihn von ferne gesehn hätte, so würde er ihm ausgewichen sein; denn seit des Rudi Handel klopfte dem Vogt und dem Wüst beiden das Herz, wo sie einander antrafen; aber unversehens stieß der Vogt am Ecken von der Seitenstraße beim untern Brunn hart auf diesen an.

Bist du's, sagte der Vogt? und ja, ich bin's, antwortete Wüst.

Vogt: Warum kommst du nicht mehr zu mir? und denkest auch gar nicht an das Geld, das ich dir geliehen habe.

Wüst: Ich habe jetzt kein Geld. Und wenn ich zurück denke, so fürchte ich, es sei nur zu teuer bezahlt, dein Geld.

Vogt: Du redetest doch nicht so, da ich dir's gab, Wüst! und so ist doch bös dienen.

Wüst: Ja, dienen, das ist etwas: aber dienen, daß einem hernach auf Gottes Erdboden keine Stunde mehr wohl ist, das ist etwas anders.

Vogt: Rede nicht so, Wüst! Du hast nichts ausgesagt, als was wahr ist.

Wüst: Du sagst freilich das immer: Aber immer ist mir in meinem Herzen, ich habe falsch geschworen.

Vogt: Das ist nicht wahr, Wüst! Es ist auf meine Seele nicht wahr. Du beschwurest nur, was dir vorgelesen wurde, und das war unverfänglich geschrieben. Ich habe dir's mehr als hundertmal vorgelesen, und du sahst es ein, wie ich, und sagtest mir allemal: Ja, dazu kann ich schwören! War das nicht ehrlich und geradezu? Was willst du jetzt mit deinem hintennach Grämen? Aber es ist dir nur um die Schuld; du denkest, wenn du so redest, ich warte dir noch länger.

Wüst: Nein, Vogt! Da irrest du. Wenn ich das Geld hätte, so würde ich es dir in diesem Augenblick hinwerfen, damit ich dich nicht wieder sehe; denn mein Herz klopft mir, sooft ich dich erblicke.

Du bist ein Narr, sagte der Vogt: aber auch ihm klopfte das Herz.

Wüst: Ich sah es auch lang an, wie du vorsagtest; aber es gefiel mir doch grad im Anfange nicht; daß es mich dünkte, der Junker habe so geredt, als ob er's anders verstanden hätte.

Vogt: Es geht dich ganz und gar nichts an, was der Junker mündlich geredt hat. Du schwurst nur auf den Zedel, den man dir vorlas.

Wüst: Aber er hat doch darauf geurteilt, wie er ihn mündlich verstanden hat.

Vogt: Wenn der Junker ein Narr war, so sehe er zu, was geht das dich an? Er hatte ja den Zedel vor sich. Und wenn er ihm nicht deutlich gewesen wäre, so hätte er ihn ja anders schreiben lassen können.

Wüst: Ich weiß wohl, daß du mir es allemal wieder ausreden kannst. Aber das macht mir nicht wohl im Herzen; und auf die Kommunion ist mir immer gar zu entsetzlich, daß ich versinken möchte. Vogt! O, daß ich dir nie schuldig gewesen wäre! O, daß ich dich nie gekannt hätte, oder daß ich gestorben wäre am Tage, ehe ich den Eid tat.

Vogt: Aber um Gottes willen, Wüst! Quäle dich nicht so; es ist Narrheit. Denke doch nur auch allen Umständen nach; wir gingen bedächtlich; in deiner Gegenwart fragte ich den Vikari, deutlich und klar: Muß dann der Wüst etwas anders beschwören, als im Zedel steht? Sagt es ihm doch, er versteht es nicht recht. Weißest du noch, was er geantwortet?

Wüst: Ja, aber dann ist's – –

Vogt: Ha, er sagte doch mit ausdrücklichen Worten: Der Wüst muß kein Haar mehr beschwören, als im Zedel steht. Sagte er nicht genau diese Worte?

Wüst: Ja, aber dann ist's, wann er das gesagt hat!

Vogt: Was aber dann ist's? Ist dir das auch nicht genug!

Wüst: Nein, Vogt! Ich will nur heraus reden, es muß doch sein. Der Vikari war dir schuldig, wie ich; und du weißest, was er für ein Held war, und wie er allen Huren nachzog. Es mag mich also wenig trösten, was so ein leichtsinniger Tropf zu mir sagte.

Vogt: Sein Leben geht dich nichts an; aber die Lehre verstund er doch: das weißest du.

Wüst: Nein, ich weiß das nicht: aber das weiß ich, daß er nichts taugte.

Vogt: Aber das geht dich nichts an.

Wüst: Ha, es ist mit dem so; wenn ich einen Menschen in einem Stück als sehr schlimm und gottlos kenne, so darf ich ihm in allem andern eben auch nicht viel Gutes zutrauen. Deshalben fürchte ich, der Taugenichts, dein Herr Vikari, habe mich eingeschläfert, und das würde mich denn doch so etwas angehn.

Vogt: Lasse diese Gedanken fahren, Wüst! Du schwurst auf nichts, als was wahr war.

Wüst: Ich dachte lang auch so: aber es ist aus; ich kann mein Herz nicht mehr betören. Der arme Rudi! Wo ich gehe und stehe, sehe ich ihn vor mir. Der arme Rudi! wie er im Elend und Hunger und Mangel gegen mich zu Gott seufzet. O! O seine Kinder, sie serben, sind gelb, krumm und schwarz, wie Zigeuner. Sie waren schön und blüheten wie Engel, und mein Eid brachte sie um ihre Matte.

Vogt: Ich hatte recht, es war, wie ich sagte: und jetzt hat der Rudi Arbeit am Kirchbau, daß er auch wieder zurechtkommt.

Wüst: Was geht das mich an: hätte ich nicht geschworen, mir würde gleichviel sein, ob der Rudi reich wäre, oder ein Bettler.

Vogt: Laß dich doch das nicht anfechten! Ich hatte recht.

Wüst: Nicht anfechten? – Ja, Vogt! Hätte ich ihm sein Haus erbrochen, und all sein Gut gestohlen, es würde mir noch besser zumute sein. O, Vogt! Daß ich das getan habe. O, o! Es ist wieder bald heilige Zeit! O, wär ich doch tausend Klafter unter dem Boden!

Vogt: Um Gottes willen, Wüst! Tue doch nicht so auf der offenen Straße vor den Leuten, wenn's auch jemand hörte! Du plagest dich mit deiner Dummheit: Alles, was du schwurst, ist wahr!

Wüst: Dummheit hin, und Dummheit her. Hätte ich nicht geschworen, so hätte der Rudi noch seine Matte.

Vogt: Aber du hast sie ihm doch nicht abgesprochen, und mir hast du sie nicht zuerkannt? Was geht's also ins Teufels Namen zuletzt dich an, wem die Matte sei.

Wüst: Nichts geht's mich an, wem die Matten sei; aber daß ich falsch geschworen habe, das geht mich leider, Gott erbarm, an.

Vogt: Aber das ist nicht wahr, du hast nicht falsch geschworen; das, worauf du schwurst, war wahr.

Wüst: Aber das ist nur verdreht: ich sagte dem Junker nicht, wie ich die Schrift verstund; und er verstunde sie anders, du magst sagen, was du willst. Ich weiß! ich empfinde es in mir selber. Ich war ein Judas und ein Verräter; und mein Eid, Worte hin und Worte her, war Meineid.

Vogt: Du dauerst mich, Wüst! mit deinem Unverstand; aber du bist krank: du siehest ja aus, wie wenn du aus dem Grabe kämest; und wenn's einem nicht wohl ist, so sieht man alles anders an, als es ist. Beruhige dich, Wüst! Komm mit mir heim, und trink ein Glas Wein mit mir!

Wüst: Ich mag nicht, Vogt! Mich erquickt nichts mehr auf Erden.

Vogt: Beruhige dich, Wüst! Schlag es doch jetzt aus dem Kopf, und vergiß es, bis du wieder gesund sein wirst. Du wirst dann wohl wieder sehn, daß ich recht habe: und ich will dir deine Handschrift zerreißen, es macht dich vielleicht auch ruhiger.

Wüst: Nein, Vogt! Behalte die Handschrift. Sollte ich vor Hunger mein Fleisch fressen, so werde ich dir die Schuld bezahlen. Ich will kein Blutgeld auf meine Seele. Hast du mich betrogen, hat mich der Vikari eingeschläfert, so wird vielleicht Gott noch mir verzeihen; ich meinte nicht, daß es so kommen würde.

Vogt: Nimm diese Handschrift, Wüst! Sieh, ich zerreiße sie vor deinen Augen, und ich nehme es auf mich, daß ich recht hatte. Sei doch ruhig!

Wüst: Nimm auf dich, was du willst, Vogt! Ich werde dir die Schuld zahlen. Übermorgen verkauf ich meinen Sonntagsrock, und werde dir die Schuld zahlen.

Vogt: Besinne dich eines Bessern, du irrest dich in Gottes Namen; aber ich muß einmal weiter.

Wüst: Gottlob! daß du gehst; bliebest du länger, ich würde außer mir selber kommen vor deinen Augen.

Vogt: Beruhige dich, Wüst, in Gottes Namen!

Sie gingen jetzt voneinander.

Der Vogt aber, da er allein war, mußte, sosehr er auch nicht wollte, doch bei sich selber auch seufzen, und sagte: Daß mir jetzt auch das noch hat begegnen müssen; ich hatte doch heut sonst genug.

Er verhärtete sich aber bald wieder, und sagte dann weiter:

Der arme Schelm dauert mich, wie er sich plagt! Aber er hat nicht recht, es geht ihn nichts an, wie ihn der Richter verstanden hat. Der Teufel möchte Eide schwören, wenn man den Sinn so genau und so scharf herausklauben wollte. Ich weiß auch, wie andere Leute, und eben die, so das am besten verstehn müssen, den Eid nach ihren Auslegungen nehmen, und ruhig sind; wo ein jeder anderer armer Schelm, der wie der Wüst denkt, meinen müßte, er sähe mit seinen Augen sonnenklar daß sie ihn verdrehen; und doch wollte ich, ich hätte diese Gedanken jetzt aus dem Kopf, sie machen mich verdrüßlich. Ich will zurück und ein Glas Wein trinken. So sagte er, und tat treulich, was er gesagt hatte.

§ 23

Ein Heuchler, und eine leidende Frau

Er ging sodann zum Felix Kriecher. Das war ein Kerl, der immer umherging, wie die Geduld selbst, wenn sie im tiefsten Leiden schmachtet. Vor dem Scherer, dem Vogt und dem Müller, und vor einem jeden Fremden bückte er sich so tief als vor dem Pfarrer! Und diesem ging er in alle Wochenpredigten und in alle Singstunden am Sonntag abends. Dafür erhielt er aber auch, dann und wann, ein Glas Wein, und durfte er zuweilen, wenn er recht spät kam, und nahe genug zustunde, auch zum Nachtessen bleiben. Mit den Pietisten im Dorf aber kam er nicht zurecht, ob er's gleich sorgfältig versuchte; denn er wollte um ihrentwillen es mit den andern auch nicht verderben. Und das geht bei den Pietisten nicht an; sie leiden's nicht an ihren Schülern, daß sie auf beiden Achseln tragen; und so ward er, trotz allem Anschein von Demut, trotz aller ausgelernten Heuchlerkunst, und trotz seines geistlichen Hochmuts, welches sonst alles bei den Pietisten gar wohl empfiehlt, ausgeschlossen.

Neben diesen äußerlichen und öffentlich bekannten Eigenschaften, hatte er auch noch einige andre, zwar nur zum stillen Gebrauch seines häuslichen Lebens; aber doch muß ich sie auch erzählen.

Er war mit seiner Frau und mit seinen Kindern ein Teufel. In der äußersten Armut wünschet er immer etwas Gutes zu essen: und wenn er's dann nicht hatte, so lag ihm alles nicht recht; bald waren die Kinder nicht recht gekämmt, bald nicht recht gewaschen, und so tausenderlei; und wenn er nichts fand zum Zanken, so sah ihn etwan das kleine Vierteljährige sauer an, dann gab er ihm tüchtig auf die kleinen Hände, daß es Respekt lerne.

Du bist ein Narr! sagte ihm einst bei einem solchen Anlasse die Frau: und sie hatte freilich recht, und nicht mehr als die reine Wahrheit geredt; aber er stieße sie mit den Füßen; sie wollte entfliehn, und fiel unter der Türe zwei Löcher in den Kopf. Ob diesen Löchern ist der Nachbar erschrocken, denn er dachte weislich in seinem Sinn: der zerschlagene Kopf könne sein Leben ruchtbar machen.

Und wie alle Heuchler im Schrecken sich biegen, und schmiegen und krümmen, so krümmte und schmiegte sich damals auch Kriecher; er bat die Frau auf seinen Knien, und um tausend Gottswillen, zwar nicht, daß sie es ihm verzeihe, sondern nur, daß sie es niemand sage.

Sie tat es, und litte geduldig die Schmerzen einer starken Verwundung, und sagte zum Scherer und zu den Nachbaren, sie sei von der Bühne gefallen; diese glaubten ihr zwar nicht alle, und ach! die gute Frau! sie hätte es vorher denken sollen. Kein Heuchler war je dankbar, kein Heuchler hält sein Wort, sie hätte ihm also nicht glauben sollen. Doch was sage ich! Sie hatte das alles wohl gewußt, aber dabei an ihre Kinder gedacht, und empfunden, daß niemand als Gott sein Herz ändern könne, und daß also alles Gerede unter den Leuten umsonst sein würde; die brave Frau! Ach! Daß sie nicht glücklicher ist – O! Daß ihr Herz alle Tage Kränkungen von ihm leiden muß.

Sie schweigt und betet zu Gott, und dankt ihm für die Prüfungen der Leiden.

O Ewigkeit! Wenn du einst enthüllest die Wege Gottes! und den Segen der Menschen, die Gott durch Leiden, Elend und Jammer, so in ihrem Innern Stärke, Geduld und Weisheit lehret. O Ewigkeit! Wie wirst du die Geprüfte erhöhen, die du hier so erniedriget hast.

Kriecher hatte das Loch im Kopf vergessen, fast ehe als es wieder geheilet war, und er ist immer der gleiche. Er kränkt und plagt die Frau ohne Ursach und Anlaß, alle Tage, und er verbittert ihr das Leben. Eine Viertelstunde ehe der Vogt kam, hatte die Katze die Öllampe vom Ofen heruntergeworfen, und ein paar Tropfen gingen verloren. Du Laster! Hättest du sie besser versorgt, sagte er mit seiner gewöhnten Wut zur Frau; du kannst jetzt im Finstern sitzen, und das Feuer mit Kühkot anzünden, du Hornvieh!

Die Frau antwortete kein Wort; aber häufig flossen die Tränen von ihren Wangen, und die Kinder in allen Ecken weinten wie die Mutter.

Soeben klopfte der Vogt an.

Schweigt doch! Um aller Liebe willen, schweigt doch! Was will's geben, der Vogt ist vor der Türe, sagt Kriecher; wischt den Kindern mit seinem Schnupftuch geschwind die Tränen vom Backen; droht ihnen: Wenn eines nur noch muchzet, so sehet zu, wie ich's zerhauen werde; öffnet dann dem Vogt die Türe, bückt sich, und fragt ihn: Was habt Ihr zu befehlen, Herr Untervogt? Der Vogt sagt ihm kurz den Bericht.

Kriecher aber, der bei der Türe die Ohren spitzt, und niemand mehr weinen hört, antwortet dem Vogt! Kommt doch in die Stube, Herr Untervogt! Ich will's doch auch geschwind meiner lieben Frau sagen, wie ein großes Glück mir widerfahre. Der Vogt geht mit ihm in die Stube, und Kriecher sagt seiner Frau:

Der Herr Untervogt bringt mir eben die glückliche Botschaft, daß ich an dem Kirchbau Anteil habe, und das ist eine große Gnade, für die ich nicht genug danken kann.

Die Frau antwortet: Ich danke Gott! (Ein Seufzer enfährt ihr.)

Vogt: Fehlt deiner Frau etwas?

Kriecher: Es ist ihr leider die Zeit her nicht gar wohl, Herr Untervogt!

Seitwärts blickt er zornig und drohend gegen die Frau.

Vogt: Ich muß wieder gehen. Gute Besserung, Frau!

Frau: Behüt Euch Gott, Herr Untervogt!

Kriecher: Seid doch auch so gut und danket dem gnädigen Herrn in meinem Namen für diese Gnade, wenn ich beten darf, Herr Untervogt!

Vogt: Du kannst es selber tun.

Kriecher: Ihr habt auch recht, Herr Untervogt! Es war unverschämt von mir, daß ich Euch drum bat. Ich will nächster Tagen expreß ins Schloß gehn; es ist meine Schuldigkeit.

Vogt: Am Montag morgens gehn die andern alle, und ich denke, du werdest wohl mitgehn können.

Kriecher: Natürlich, Herr Untervogt! Ja freilich. Ich wußte es nur nicht, daß sie auch gingen.

Vogt: Behüt Euch Gott, Kriecher!

Kriecher: Ich sag Euch schuldigen Dank, Herr Untervogt!

Vogt: Du hast mir nichts zu danken. (Er geht). Und sagt im Gehn zu sich selbst: Wenn der nicht den Teufel im Schild führt, so treugt mich denn alles. Vielleicht wäre das ein Mann, wie ich einen brauchte gegen den Mäurer; aber wer will einem Heuchler trauen. Ich will den Schabenmichel lieber, der ist geradezu ein Schelm.

§ 24
Ein reines, fröhliches und dankbares Herz

Vom Kriecher weg kommt der Vogt zu Aebi, dem jüngern. Als dieser hörte, was ihm begegnete, jauchzte er vor Freuden, und sprang auf, wie ein junges Rind am ersten Frühlingstage auf der Weide aufspringt – Das will ich jetzt auch meiner Frau sagen, daß sie sich recht freue.

Ich warte bis morgen; es sind just morgen acht Jahre, daß sie mich nahm. Es war Josephstag, ich weiß es noch, wie wenn's gestern wäre. Wir haben seitdem manche saure, aber auch manche frohe Stunde gehabt. Gott sei Lob und Dank für alles. Aber ja morgen, sobald sie erwachen wird, will ich's ihr dann sagen – Wär's doch schon morgen! Es ist mir, ich sehe es jetzt schon, wie sie weinen und lachen wird durcheinander, und wie sie ihre Lieben und mich in ihrer Freude ans Herz drücken wird. Ach! Wär's doch schon morgen! Ich töte das eine Huhn ihr zur Freude, und koch es, ohne daß sie's merkt, in der Suppe. Es freut sie dann doch, wenn es sie schon reuet. Nein, ich mache mir kein Gewissen davor, es ist für diese Freude nicht Sünde – Ich tue es und töte es. Den ganzen Tag bleib ich daheim, und freue mich mit ihr und mit den Kindern – Nein, ich gehe mit ihr zur Kirche und zum Nachtmahl. Jauchzen und freuen wollen wir uns, und dem lieben Gott danken, daß er so gut ist – So redte der jüngere Aebi in der Freude seines Herzens über des Vogts gute Botschaft mit sich selber, und konnte vor Sehnsucht den Morgen fast nicht erleben, und tat dann, was er eben gesagt hatte.

§ 25
Wie Schelmen miteinander reden

Vom Aebi weg ging der Vogt zum Schabenmichel. Dieser sieht ihn von ferne; winkt ihm in einen Ecken hinter das Haus, und fragt ihn: Was Teufels hast du?

Vogt: Etwas Lustiges.

Michel: Ja du bist der Kerl, den man schickt zu Hochzeiten, zum Tanz, und zum Lustigmachen einzuladen.

Vogt: Es ist einmal nichts Trauriges.

Michel: Was denn?

Vogt: Du seist in eine neue Gesellschaft gekommen.

Michel: Mit wem denn einmal, und warum?

Vogt: Mit dem Hübelrudi, mit dem Lenk, mit dem Leemann, mit dem Kriecher, und mit dem Marx auf der Reüti.

Michel: Du Narr! Was soll ich mit diesen?

Vogt: Aufbauen und ausbutzen das Haus des Herrn in Bonnal und seine Mauern am Kirchhof.

Michel: In Ernst?

Vogt: Bei Gott!

Michel: Aber wer hat hiezu die Blinden und die Lahmen ausersehn?

Vogt: Mein wohledelgeborner, der wohlweise und gestrenge Junker.

Michel: Ist er ein Narr?

Vogt: Was weiß ich.
Michel: Es hat einmal das Ansehen.
Vogt: Vielleicht ist es nicht das Schlimmste, daß er so ist, leicht Holz ist gut drehen, aber ich muß fort. Komme diesen Abend zu mir, ich muß mit dir reden.
Michel: Ich will nicht fehlen. – Zu wem geht jetzt die Reise?
Vogt: Auf die Reüti zum Marx.
Michel: Das ist ein Kerl zur Arbeit. Man muß von Sinnen sein, so einen anzustellen. Ich glaube nicht, daß der bei Jahr und Tag einen Karst oder Schaufel in der Hand gehabt habe; und er ist auf der einen Seite halb lahm.
Vogt: Was macht das? Komme du auf den Abend richtig zu mir. – Jetzt ging der Vogt von ihm weg zu Marx auf der Reüti.

§ 26

Hochmut in Armut und Elend führt zu den unnatürlichsten abscheulichsten Taten

Dieser war vor Zeiten wohlhabend und hatte Handelschaft getrieben; aber jetzt war er schon längst vergantet, und lebte fast gänzlich vom Almosen des Pfarrers und einiger bemittelter Verwandten, die er hatte.

In allem seinem Elend aber blieb er immer gleich hochmütig, und verbarg er den dringenden Mangel und Hunger seines Hauses, äußert da, wo er bettelte, allenthalben, wie er konnte und mochte.

Dieser, als er den Vogt sah, erschrak heftig, aber er ward darum nicht blaß, denn er war ohnedas schon todgelb. Er nahm schnell die umherliegenden Lumpen, und schob sie unter die Decke des Betts. Befahl den fast nackenden Kindern, auf der Stell sich in die Kammer zu verbergen – Herr Jesus! sagen die Kinder, es schneiet und regnet ja hinein – höre doch, wie's stürmt, Vater! Es ist ja kein Fenster mehr in der Kammer.

Geht, ihr gottlosen Kinder! Wie ihr mich so toll machet. Meint ihr, es sei euch nicht nötig, daß ihr euer Fleisch kreuzigen lernet. – Es ist nicht auszustehn, Vater! sagen die Kinder.

Es wird ja nicht lang währen, ihr Ketzern, geht doch, sagt der Vater – stößt sie hinein, schließt die Türe, und ruft dann dem Vogt in die Stube.

Dieser sagte ihm den Bericht. Der Marx aber dankt dem Vogt, und fragt: Bin ich Aufseher unter diesen Leuten?

Was denkst du, Marx? antwortete der Vogt. Nein, Arbeiter bist du, wie die andern.

Marx: So! Herr Untervogt!

Vogt: Es steht dir frei; wenn du etwan allenfalls die Arbeit nicht willst.

Marx: Ich bin freilich sonst solcher Arbeit nicht gewohnt. Aber weil's das Schloß und den Herrn Pfarrer antrifft, so darf ich wohl nicht anders, und will ich sie annehmen.

Vogt: Es wird sie gar freuen, und ich denke fast, der Junker werde mich noch einmal zu dir schicken, dir zu danken.

Marx: Ha! Ich mein's eben nicht so; aber insgemein möchte ich doch nicht bei jedermann taglöhnen.

Vogt: Du hast sonst Brot!

Marx: Gottlob! Noch immer.

Vogt: Ich weiß wohl; aber wo sind deine Kinder?

Marx: Bei meiner Frauen sel. Schwester, sie essen da zu Mittag.

Vogt: Es war mir, ich hörte eben in der Kammer Kinder schreien.

Marx: Es ist kein einziges bei Hause.

Der Vogt hört das Geschrei noch einmal, öffnet ohne Komplimenten die Kammertüre, sieht die fast nackenden Kinder, von Wind, Regen und Schnee, die in die Kammer hineinstürmen, zitternd und schlotternd, daß sie fast nicht reden konnten, und sagt dann:

Essen deine Kinder da zu Mittag, Marx? – Du bist ein Hund und ein Heuchler, und du hast das um deines verdammten Hochmuts willen schon mehr so gemacht.

Marx: Um Gottes willen! Sag es doch niemand, bring mir's doch nicht aus, Vogt! Um Gottes willen! Unter der Sonne wäre kein unglücklicherer Mensch als ich, wenn's mir auskäme.

Vogt: Bist du denn auch von Sinnen! Auch jetzo sagst du nicht einmal, daß sie aus dem Hundsstall herauskommen sollen. Siehest du denn auch nicht, daß sie braun und blau sind vor Frieren? So würde ich einmal meinen Budel nicht einsperren.

Marx: Kommet jetzt nur heraus; aber Vogt! Um Gottes willen! Sag's doch niemand.

Vogt: Und du spielst denn noch beim Pfarrer den Frommen –

Marx: Um Gottes willen! Sag's doch niemand.

Vogt: Das ist doch hündisch – du Heiliger, ja du Ketzer! Hörst du, das bist du, ein Ketzer! Denn so macht es kein Mensch. Du hast dem Pfaffen den Schlaghandel die vorige Woche auch erzählt. Kein Mensch als du. Du gingst eben um 12 Uhr, da es geschah, von einer frommen Fresseten heim, und neben meinem Haus vorbei.

Marx: Nein, um Gottes willen! Glaub doch das nicht. Gott im Himmel weiß, daß es nicht wahr ist.

Vogt: Darfst du auch das sagen!

Marx: Weiß Gott, es ist nicht wahr. Vogt! Ich wollte, daß ich nicht mehr hier vom Platze käme, wenn's wahr ist.

Vogt: Marx! Darfst du das, was du jetzt sagst, vor meinen Augen dem Pfarrer unter die Nase sagen? Ich weiß mehr, als du glaubst.

Der Marx stotterte – ich weiß – ich möchte – ich ha – – habe nicht davon angefangen.

So einen Hund und einen Lügner, wie du bist, habe ich in meinem Leben keinen gesehen. Wir kennen jetzt einander, sagte der Vogt, ging und erzählte alles in eben der Stunde des Pfarrers Köchin, die sich denn fast zu Tode lachte ob dem frommen Israeliten ab der Reüti, und heilig versprach es dem Pfarrer getreulich zu überbringen. Der Vogt aber freute sich in seinem Herzen, daß hoffentlich der Pfarrer dem wüsten Ketzer das Wochenbrot jetzt nicht mehr geben würde; worin er sich aber gröblich irrte, denn der Pfarrer hatte ihm bis jetzt das Brot wahrlich nicht um seiner Tugend, sondern um seines Hungers willen gegeben.

§ 27
Fleiß und Arbeitsamkeit, ohne ein dankbares und mitleidiges Herz

Vom Marx weg ging der Vogt nun endlich zum letzten. Dieses war der Kienast, ein kränklicher Mann. Er ging zwar erst gegen die fünfzig; aber Armut und Sorgen hatten ihn gar abgeschwächt, und heute war er besonders in einem erschrecklichen Kummer.

Seine älteste Tochter hatte gestern in der Stadt Dienste genommen, und zeigte dann heute den Vater den Dingpfenning, worüber der arme Mann gewaltig erschrocken war.

Seine Frau, die noch kindete, war eben jetzt nähig, und das Susanneli war unter den Kindern das einzige, das der Haushaltung Hülfe leisten konnte, jetzt aber sollte es in 14 Tagen den Dienst antreten.

Der Vater bat es mit weinenden Augen, und um Gottes willen, es solle das Haftgeld wieder zurückgeben, und bei ihm bleiben, bis nach der Mutter Kindbette.

Ich will nicht, antwortete die Tochter; wo finde ich denn gleich wieder einen andern Dienst? wenn ich diesen aufsage.

Der Vater: Ich will nach der Kindbette selbst mit dir in die Stadt gehn, und dir helfen einen andern suchen; bleib doch nur so lange.

Die Tochter: Es geht ein halbes Jahr, Vater! Bis zum andern Ziel, und der Dienst, den ich jetzt habe, ist gut. Wer kann wissen, wie dann der sein werde, den du mir willst suchen helfen. Und kurzum, ich warte nicht bis auf das andere Ziel.

Der Vater: Du weißest doch, Susanneli! daß ich auch alles an dir getan habe, was ich immer konnte. Denke doch auch an deine jüngern Jahre, und verlasse mich jetzt nicht in meiner Not.

Die Tochter: Willst du mir denn vor meinem Glück sein? Vater!

Der Vater: Ach! Es ist nicht dein Glück, daß du deine armen Eltern in diesen Umständen verlassest; tue es doch nicht, Susanneli! Ich bitte dich. Meine Frau hat noch ein schönes Fürtuch, es ist das letzte, und es ist ihr lieb; sie hat es von ihrer sel. Gotten zum Seelgerät (Todesandenken): aber sie muß es dir nach der Kindbette geben, wenn du nur bleibest.

Die Tochter: Ich mag nichts, weder von euern Lumpen, noch von euerer Hoffart. Ich kann das und Bessers selber verdienen. Es ist einmal Zeit, daß ich für mich selber sorge. Wenn ich noch zehn Jahre bei euch bliebe, ich würde nicht zu Bett und Kasten kommen.

Der Vater: Es wird doch auch nicht alles auf dieses halbe Jahr ankommen – Ich will dich nach der Kindbette dann gewiß nicht mehr versäumen. Bleib doch nur noch diese wenigen Wochen.

Nein, ich tue es nicht, Vater! antwortete die Tochter – Kehrt sich um, und läuft fort zu einer Nachbarin.

Der Vater steht jetzt da! Niedergeschlagen von seinen Sorgen und von seinem Kummer, und sagt zu sich selber: Wie will ich mir in diesem Unglück helfen – Wie will ich's nur meiner armen Frau anbringen, die Hiobsbotschaft? Ich bin doch ein elender Tropf, daß ich mit diesem Kind so gefehlt habe. Es arbeitet so brav, dacht ich immer, und verzieh ihm dann alles. Meine Frau sagte mir hundertmal: Es ist so frech und so grob gegen seinen Eltern, und was es seinen Geschwistern tun und zeigen muß, das tut und zeiget es ihnen alles so hässig, so unartig, und so ganz ohne Anmut und Liebe, daß keines nichts von ihm lernt. – – Es arbeitet doch brav, vielleicht sind die andern auch schuld, man muß ihm etwas verzeihen, war immer meine Antwort. – Jetzt habe ich dieses Arbeiten; ich hätte es doch denken sollen, wenn bei einem Menschen das Herz einmal hart ist, so ist's aus, was er auch sonst Gutes hat, man kann nicht mehr auf ihn zählen. Aber, wenn ich's nur auch meiner Frau schon gesagt hätte; wie wird sie doch tun!

Da der Mann so mit ihm selber redte, stund der Vogt neben ihm zu, und er sah ihn nicht einmal.

Was darfst du denn deiner Frau nicht sagen, Kienast? fragt ihn jetzt dieser.

Der Kienast sieht auf, erblickt den Vogt, und sagt: Bist du da, Vogt? Ich sah dich nicht – Ha, was darf ich meiner Frau nicht sagen? Das Susanneli hat in der Stadt Dienste genommen, und wir hätten's jetzt auch so nötig! Aber ich hätte fast vergessen zu fragen, was willst du bei mir?

Vogt: Es kann dir vielleicht ein Trost sein, was ich bringe, weil's mit dem Susanneli so ist.

Kienast: Das wär wohl ein Glück in meiner Not.

Vogt: Du hast Arbeit an dem Kirchbau, und alle Tage 25 Kreuzer Taglohn; damit kannst du dir in allweg helfen.

Kienast: Herrgott im Himmel! Darf ich diese Hülfe hoffen?

Vogt: Ja, ja Kienast! Es ist gewiß, wie ich sage.

Kienast: Nun so sei Gott gelobt und ihm gedankt. (Es wird ihm blöd, seine Glieder zittern.) Ich muß niedersitzen, diese Freude hat mich so übernommen auf mein Schrecken. Er setzt sich auf einen nahen Holzstock, und lehnt sich an die Wand des Hauses, daß er nicht sinke.

Der Vogt sagte: Du magst wenig erleiden.

Und der Kienast: Ich bin noch nüchtern.

So spät, erwiderte der Vogt, und ging seines Weges fort.

Die arme Frau in der Stube sah, daß der Vogt bei ihrem Mann war, und jammerte entsetzlich: Das ist ein Unglück! Mein Mann ist heute den ganzen Tag wie verwirrt, und weiß nicht, was er tut; und eben jetzt sah ich das Susanneli bei der Nachbarin beide Hände zerwerfen, als wenn es vor Verdruß außer sich wäre, und jetzt noch der Vogt! Was ist doch für ein Unglück obhanden? Es ist keine geplagtere Frau unter der Sonne. Schon so weit in vierzig, und noch alle Jahr ein Kind, und Sorgen und Mangel und Angst um mich her – So grämte sich die arme Frau in der Stube – Der Mann aber hatte sich indessen wieder erholt, und kam mit einem so heitern und freudigen Gesicht hinein zu seiner Lieben, als er seit Jahren nicht hatte.

Du tust fröhlich! Meinst du, ich wisse nicht, daß der Vogt da war? sagte die Frau.

Und er antwortete: Wie vom Himmel herab ist er gekommen zu unserm Trost.

Ist das möglich? erwiderte die Frau.

Kienast: Setze dich nieder, Frau! Ich muß dir Gutes erzählen – Da

sagte er ihr, was eben mit dem Susanneli begegnet, und wie er in einer
großen Herzensangst gewesen wäre, und wie ihm, gottlob! jetzt
gänzlich aus der Not geholfen sei.

Da aß er die Suppe, die er in der Angst zu Mittag hatte stehn lassen; und er und die Frau weineten heiße Tränen des Danks und der
Freude gegen Gott, der ihnen also geholfen in ihrer Not.

Und sie ließen das Susanneli noch desselbigen Tags gehen in seinen Stadtdienst, wie es wollte.

§ 28

Der Abend vor einem Festtage in eines Vogts Hause,
der wirtet

Nun eilte der Vogt von seinem Laufen ermüdet und durstig wieder
heim, es war schon sehr spät: und der Kienast wohnete beinahe eine
Stunde vom Dorf weg auf dem Berg.

Allenthalben hatte er heute durch seine Gesellen schon verkündet,
daß er über den gestrigen Vorfall gar nicht erschrocken, und bei einem Jahre nie so lustig und munter gewesen wäre, wie heute.

Das machte denn, daß auf den Abend etliche wieder Mut faßten,
und sich still dem Wirtshause zuschlichen.

Da es dunkelte, kamen immer noch mehrere, und zu Nacht gegen
den Sieben waren die Tische alle wieder fast ebenso voll, als gewöhnlich.

So geht es, wenn ein Jäger im Heuet von einem Kirschbaum einen
Vogel herunterschießt, so fliegt die Schar der Vögel, die Kirschen
fraß, erschrocken und schnell vom Baum weg, und alle die Vögel
kreischen vor der Gefahr. Aber nach einer Weile setzt sich schon
wieder einer, im Anfange nur einer, an den Baum; und sieht er dann
den Jäger nicht mehr, so peift er, nicht das Gekreisch des erschreckten Vogels. Er pfeift dann den muntern Laut der Freßlust bei der nahen Speise. Auf den Ruf des kühnern Fressers rücken dann die
forchtsamern auch wieder an; und alle fressen Kirschen, als ob der
Jäger keinen erschossen hätte.

So war es und kam es, daß die Stube jetzt wieder voll war von
Nachbaren, die gestern und heute vormittags sich noch nicht getrauten zu kommen.

Bei allem Bösen, und selbst bei Schelmentaten wird alles munter
und mutig, wenn viel Volks beieinander ist, und wenn die, so den
Ton geben, herzhaft und frech sind; und da das in den Wirtshäusern

nie fehlt, so ist unstreitig, daß sie das gemeine Volk zu allen Bosheiten und zu allen schlimmen Streichen frech und leichtsinnig genug zu bilden und zu stimmen weit besser eingerichtet sind, als es die armen einfältigen Schulen sind, die Menschen zu einem braven, stillen, wirtschaftlichen Leben zu bilden. Aber zur Historie.

Die Nachbaren im Wirtshause waren jetzt alle wieder des Vogts Freunde, denn sie saßen bei seinem Wein. Da sprach der eine, wie der Vogt ein Mann sei, und wie ihn bei Gott! noch keiner gemeistert habe. Ein andrer, wie Arner ein Kind sei, und wie der Vogt seinen Großvater in Ordnung gehalten habe. Ein andrer, wie es vor Gott im Himmel nicht recht und am jüngsten und letzten Tage nicht zu verantworten sei, daß er dem armen Gemeindlein das Wirtsrecht abstehlen wolle, das es doch seit Noahs und Abrahams Zeiten besessen hätte. Dann wieder ein andrer, wie er es beim Donner! doch noch nicht habe, und wie er's vor allen Teufeln erzwingen wolle – daß morgen schon darwider Gemeind sein müsse. Dann erzählt wieder ein andrer, wie es mit dem gar nicht so not tue, und wie der Vogt seine Feinde alle immer so schön in die Grube gebracht habe, und wie er jetzt weder mit dem gnädigen Herrn, noch mit dem Bettler, dem Mäurer, eine neue Mode anfangen werde. – So schwatzten die Männer und soffen.

Die Vögtin lachte mitunter, trug einen Krug nach dem andern auf den Tisch, und zeichnete alle richtig an die Tafel in der Nebenstube mit ihrer Kreide.

Indessen kam der Vogt, und es freute ihn in seinem Herzen, daß er die Tische alle wieder so besetzt fand mit seinen Lumpen.

Das ist brav, ihr Herren! daß ihr mich nicht verlasset, sagte er zu ihnen.

Du bist uns noch nicht feil, antworteten die Bauern, und tranken mit Lärmen und Brüllen auf seine Gesundheit.

Der Lärm ist groß, Nachbarn! Man muß ohne Ärgernis leben, sagte der Vogt; es ist heiliger Abend.

Mache die Fensterläden zu, Frau! und lösche die Lichter gegen der Gasse – Es ist besser, wir gehen in die hintere Stube, Nachbaren! Ist's warm dort, Frau?

Frau: Ja, ich habe daran gedacht, und einheizen lassen.

Vogt: Gut. Nehmet alles vom Tisch in die hintere Stube.

Da nahmen die Frau und die Nachbaren Gläser, Flaschen, Brot, Käs, Messer und Teller und Karten und Würfel, und trugen alles in die hintere Stube, in deren man, geschähe auch ein Mord, auf der Gasse nichts hört.

Da sind wir jetzt sicher vor Schelmen, die vor den Fenstern horchen, und vor den heiligen Knechten* des Schwarzen.

Aber ich bin durstig wie ein Jagdhund, Wein her!

Die Frau bringt ihn.

Und Christen fragt alsobald: Ist das vom heutigen, Vogt! Den des Scherers Hund mitsäuft?

Vogt: Ja, so ein Narr bin ich wieder.

Christen: Was hattest du wohl für eine Teufelsabsicht dabei?

Vogt: Bei Gott! keine. Es war ein bloßer Narreneinfall. Ich war noch nüchtern, und wollte nicht saufen.

Christen: Pfeif das dem Scheitstock, vielleicht glaubt er's, ich mag nicht.

Vogt: Warum nicht?

Christen: Warum nicht? Weil dein Wein, den wir soffen, auch nach Schwefel roch wie die Pest?

Vogt: Wer sagt das?

Christen: Ich, Meister Urias! Ich merkte es nicht in der Stube; aber da ich den leeren Krug heimtrug, roch es mir noch in die Nase, daß es mich fast zurückschlug – Alles und alles zusammengenommen, so ist einmal ziemlich am Tage, daß du mit Gunst etwas gesucht hast.

Vogt: Ich weiß so wenig, was für Wein die Frau geschickt hat, als ein Kind in der Wiege. – Mit deinen Einbildungen, du Narr!

Christen: Aber du weißt doch auch noch, daß du eine schöne Predigt von den Rechten im Lande gehalten hast? Du hast das, denk ich, auch so aus unbedachtem Mute getan, wie man eine Prise Tabak nimmt.

Vogt: Schweig jetzt, Christen! Das beste wär, ich ließe dich brav zerprügeln, daß du mir den Krug umgeleert hast. Aber ich muß jetzt wissen, wie es heute beim Scherer gegangen ist, da ich fort war.

Christen: Aber das Versprechen, Vogt?

Vogt: Was für ein Versprechen?

Christen: Daß ich weinfrei sein soll bis am Morgen, wenn ich was Rechts wisse.

Vogt: Wenn du denn aber nichts weißt, willst du doch saufen?

Christen: Ja, nichts wissen; nur Wein her, und hör dann.

Der Vogt gibt ihm, sitzt zu ihm hin, und Christen erzählt jetzt,

---

* Er meint Chorrichter, Stillständer, Kirchenältesten, deren Pflicht es ist, dem Pfarrer solche nächtliche Ungebühren anzuzeigen; und dieser ist's, den der gottlose Vogt, nach einem wirklich eingerissenen Ton, den Schwarzen nennt.

was er weiß und was er nicht weiß. Einst machte er es so bunt, daß es der Vogt merkte. Lüg doch auch so, du Hund! daß man es nicht mit Händen greift, sagte er.

Nein, bei Gott! antwortete Christen, so wahr ich ein Sünder bin, es fehlt kein Haar und kein Punkt an dem, was ich sage.

Nun denn, sagte der Vogt, der jetzt doch genug hatte, der Schabenmichel ist eben gekommen, ich muß etwas mit ihm reden, und geht dann an den andern Tisch, wo dieser saß, klopft ihm auf die Achsel und sagt:

§ 29

Fortsetzung, wie Schelmen miteinander reden und handeln

Bist du auch unter den Sündern? Ich dachte, du seist, seit deinem Beruf an die Kirchmauer, auf einmal heilig geworden, so wie unser Metzger, als er einst eine Woche für den Siegrist Mittag läuten mußte.

Michel: Nein, Vogt! Meine Bekehrung geht nicht so blitzschnell; aber wenn's einmal angeht, so lasse ich dann nicht nach.

Vogt: Ich möchte dann dein Beichtiger sein, Michel!

Michel: Ich mag dich aber nicht hiezu.

Vogt: Warum das?

Michel: Du würdest mir die Sünden wohl doppelt machen mit deiner heiligen Kreiden.

Vogt: Wäre dir das nicht recht?

Michel: Nein, Vogt! Ich will einen Beichtiger haben, der die Sünden verzeiht und nachläßt, und nicht einen, der sie aufkreidet.

Vogt: Ich kann auch Sünden verzeihen und nachlassen.

Michel: Sünden aus deinem Buche?

Vogt: Freilich! Oft und viel muß ich's leider; aber besser ist's, man halte sich, daß ich's gern tue.

Michel: Kann man das, Herr Untervogt?

Vogt: Wir wollen sehn. (Er winkt ihm.)

Sie gehn miteinander ans kleine Tischlein am Ecken beim Ofen. Und der Vogt sagt: Es ist gut, daß du da bist, es kann dein Glück sein.

Michel: Ich habe Glück nötig.

Vogt: Ich glaub es; aber wenn du dich anschickst, so fehlt's nicht, du machst Geld auf deinem Posten.

Michel: Aber wie muß ich das anstellen?

Vogt: Du mußt dich bei dem Mäurer einschmeicheln, und recht hungrig und arm tun.
Michel: Das kann ich ohne Lügen.
Vogt: Du mußt dann viel und oft deinen Kindern dein Abendbrot geben, damit sie glauben, du habest ein Herz so weich, wie zerlassene Butter, und die Kinder müssen dir barfuß und zerlumpt nachlaufen.
Michel: Auch das ist nicht schwer.
Vogt: Und dann, wenn du unter allen zehen der Liebste sein wirst, erst dann wird deine rechte Arbeit angehn.
Michel: Und was ist denn die?
Vogt: Alles zu tun, was bei dem Bau Streit und Verdacht anzetteln, was die Arbeit in Unordnung bringen, und was die Taglöhner und den Meister dem Junker erleiden kann.
Michel: Das mag jetzt wohl ein bißchen ein schwerers Stücklein sein.
Vogt: Aber es ist so auch ein Stücklein, dabei du Geld verdienen kannst.
Michel: Ohne diese Hoffnung könnte wohl ein Gescheiter diese Wegweisung geben; aber nur ein Narr könnte sie annehmen.
Vogt: Das versteht sich, daß du Geld dabei verdienen mußt.
Michel: Zween Taler Handgeld, Herr Untervogt! Das muß bar vorausbezahlt sein, sonst ding ich nicht in diesen Krieg.
Vogt: Du wirst alle Tage unverschämter, Michel! Du verdienst bei der Arbeit, die ich dir zeige, Geld mit Müßiggehen, und du willst denn noch, ich soll dir den Lohn geben, daß du den guten Rat annimmst.
Michel: Ich mag nichts hören. Du willst, daß ich in deinem Dienst den Schelmen mache, und ich will's tun, und treu sein und herzhaft; aber Handgeld und Dingpfennig, zween Taler und keinen Kreuzer minder, das muß heraus, sonst stehe du selber hin, Vogt!
Vogt: Du Hund! Du weißt, wo du zwingen kannst; da sind die zween Taler.
Michel: Nun ist's in der Ordnung, Meister! Jetzt nur befohlen.
Vogt: Ich denke, so etwan in der Nacht Gerüststangen abbrechen, und mit einem Schlag ein paar Kirchenfenster von oben herunter spalten, daß sei dir ein leichtes; und daß Seiler und Kärste und was Kleines herumliegt, bei einem solchen Ehrenanlaß verschwinden müssen, das versteht sich von selbst.
Michel: Natürlich.
Vogt: Und dann in einer dunklen Nacht die Gerüstbretter alle den

Hügel hinab in Fluß tragen, daß sie weiter nach Holland fahren, das ist auch nicht schwer.

Michel: Nichts weniger; das kann ich vollkommen. Ich hänge ein großes weißes Hemd mitten auf den Kirchhof an eine Stange, daß der Wächter und die Frau Nachbarin, wenn sie ein Gepolter hören, das Gespenst sehen, sich segnen, und mir vom Leib bleiben.

Vogt: Du loser Ketzer du! Was für ein Einfall!

Michel: Ich tue es gewiß; es bewahrt vor dem Halseisen.

Vogt: Ja, aber das muß noch sein; wenn Zeichnungen, Rechnungen und Pläne, die dem Junker gehören, etwan umherliegen, die mußt du ordentlich hintragen, wo sie kein Hund sucht, und des Nachts dann abholen zum Einheizen.

Michel: Ganz wohl, Herr Untervogt!

Vogt: Auch mußt du es so einfädeln, daß deine ehrende Gesellschaft im Herrendienst sich recht wohl sein lasse, daß sie liederlich arbeite, und besonders, daß, wenn der Junker oder jemand aus dem Schloß kömmt, die Lumpenordnung am größesten sei – Und daß du dann auch diesen winken mußt, wie schön es gehe, versteht sich.

Michel: Ich will alles probieren, und ich versteh jetzt ganz wohl, was du eigentlich willst.

Vogt: Aber vor allem aus ist's wahrlich nötig, daß du und ich Feinde werden.

Michel: Auch das versteht sich.

Vogt: Wir wollen damit gerade jetzt anfangen. Es könnten Mamelucken da sein, und erzählen, wie wir hier in Eintracht in diesem Ekken Rat gehalten haben.

Michel: Du hast recht.

Vogt: Trink noch ein paar Gläser, dann tue ich dergleichen, als ob ich mit dir rechnen wollte, und du leugnest mir etwas. Ich fange Lärm an; du schmählst auch, und wir stoßen dich zur Türe hinaus.

Michel: Das ist gut ausgedacht. (Er säuft geschwind den Krug aus, und sagt dann zum Vogt: Fang jetzt nur an.)

Der Vogt murmelt von der Rechnung, und sagt etwas vernehmlich: Nun einmal den Gulden hab ich nicht erhalten.

Michel: Besinn dich, Vogt!

Vogt: Ich weiß in Gottes Namen nichts davon. Er ruft seiner Frau: Frau! Hast du die vorige Woche einen Gulden vom Michel erhalten?

Die Frau: Behüt uns Gott! Keinen Kreuzer.

Vogt: Das ist wunderlich – Gib mir den Rodel. (Sie bringt ihn.)

Der Vogt liest – Da ist Montag – nichts von dir – Dienstag – nichts von dir – Da ist Mittwochen – – Am Mittwochen, sagtest du ja, war es.

Michel: Ja.

Vogt: Da ist Mittwochen – siehe da, es ist nichts von dir – Und auch Donnerstag, Freitag und Samstag, es ist kein Wort da von dem Gulden.

Michel: Das ist vom Teufel; ich hab ihn doch bezahlt.

Vogt: Sachte, sachte, Herr Nachbar! Ich schreibe alles auf.

Michel: Was hab ich von deinem Aufschreiben, Vogt? Ich habe den Gulden bezahlt.

Vogt: Das ist nicht wahr, Michel!

Michel: Ein Schelm sagt, ich hab ihn nicht bezahlt.

Vogt: Was sagst du, ungehängter Spitzbub?

Etliche Bauern stehn auf: Er hat den Vogt gescholten, wir haben's gehört.

Michel: Es ist nicht wahr; aber ich habe den Gulden bezahlt.

Bauern: Was sagst du, Schelm! Du habst ihn nicht gescholten? Wir haben's alle gehört.

Vogt: Werft mir den Hund aus der Stube.

Michel: (Mit dem Messer in der Hand) Wer mich anrührt, der sehe zu –

Vogt: Nehmt ihm das Messer.

Sie nehmen ihm das Messer, stoßen ihn zur Tür hinaus, und kommen dann wieder.

Vogt: Es ist gut, daß er fort ist; er war nur ein Spion vom Mäurer.

Bauern: Bei Gott! Das war er. Es ist gut, daß der Schelm fort ist.

§ 30

Fortsetzung, wie Schelmen miteinander reden und handeln, auf eine andere Manier

Wein her, Frau Vögtin! Vogt! Wir saufen auf die Ernte hin; eine Garbe vom Zehenten für die Maß.

Vogt: Ihr wollt mich bald bezahlen.

Bauern: Nicht so bald, aber desto schwerer.

Der Vogt setzt sich zu ihnen, und sauft auch mit ihnen nach Herzenslust, auf den künftigen Zehnten.

Nun sind alle Mäuler offen, ein wildes Gewühl von Fluchen und Schwören, von Zoten und Possen, von Schimpfen und Trotzen, erhebt sich an allen Tischen. Sie erzählen von Hurereien und Diebstählen, von Schlaghändeln und Scheltworten, von Schulden, die sie listig geleugnet, von Prozessen, die sie mit feinen Streichen gewonnen hätten, von Bosheiten und Unsinn – davon das meiste erlogen, viel aber, leider Gott erbarm! wahr war; wie sie den alten Arner in Holz und Feld und Zehnten bestohlen hätten; auch wie ihre Weiber jetzt bei den Kindern Trübsal bliesen, wie die eine das Betbuch nähme – die andere einen Krug Wein in Spreuer oder in Strohsack verberge; auch von ihren Buben und Mädchen, wie eines dem Vater helfe die Mutter betriegen, und ein anderes der Mutter helfe den Vater erwischen; und wie sie es als Buben auch so gemacht hätten und noch viel schlimmer. Dann kamen sie auf den armen Uli, der über etlichen solchen Narrenpossen ertappt worden, und elendiglich umgekommen wäre, am Galgen; wie er aber andächtig gebetet hätte, und gewiß selig gestorben wäre; nachdem er, wie man wohl wisse, nicht das Halbe bekennet habe, aber doch um des unchristlichen Pfarrers willen hätte ins Gras beißen müssen.

Sie waren eben an dieser Geschichte und an des Pfarrers Bosheit, als die Vögtin ihrem Mann winkte, daß er heraus käme.

Wart, bis die Geschichte mit dem Gehängten vorüber ist, war seine Antwort. Sie aber sagt' ihm leise ins Ohr: Der Joseph ist da. Er antwortete: Versteck ihn, ich will bald kommen.

Der Joseph hatte sich in die Küche geschlichen. Es war aber so viel Volk im Haus, daß die Vögtin befürchtete, man sehe ihn da.

Sie löschte das Licht aus, und sagte ihm: Joseph! Ziehe deine Schuhe ab, und schleich mir nach in die untere Stube, der Mann kommt hinunter.

Der Joseph nahm seine Schuhe in die Hand und folgte ihr nach auf den Zehen in die untere Stube.

Und es ging nicht lange, so kam der Vogt auch, und fragte ihn: Was willst du noch so spät, Joseph?

Joseph: Nicht viel. Ich will dir nur sagen: Es sei mit den Steinen recht gut in der Ordnung.

Vogt: Das freut mich, Joseph!

Joseph: Der Meister redte heute von der Mauer, und schwatzte da, daß die nahen Kiesel und Feldsteine recht gut wären. Ich sagte ihm aber geradezu, daß er ein Narr sei und seine Sachen nie recht anstellen wolle. Die Mauer werde vom Schwendistein so schön und glatt werden wie ein Teller. Er sagte kein Wort dagegen, und ich fuhr fort: Wenn er nicht Schwendisteine nehme, so stoße er sein Glück mit Füßen von sich.

Vogt: Hat er sich dazu entschlossen?

Joseph: Ja freilich; das war im Augenblick richtig. Am Montag werden wir den Bruch angreifen.

Vogt: Die Taglöhner müssen ja am Montag ins Schloß.

Joseph: Sie werden zu Mittag schon wieder zurück und mit der War in dem Kalch sein. Das hat seine Richtigkeit, wie wenn's schon drinnen wäre.

Vogt: Das ist recht und gut; wenn's doch nur schon gemacht wäre. Dein Trinkgeld liegt schon parat, Joseph!

Joseph: Ich hätte es eben jetzt recht nötig, Vogt!

Vogt: Komm nur am Montag, wenn ihr den Bruch angefangen haben werdet; es liegt parat.

Joseph: Meinst du, ich halte nicht Wort?

Vogt: Wohl, Joseph! Ich traue dir.

Joseph: So gib mir doch gerade jetzo drei Taler – auf unsere Abrede – Ich wollte gern morgen meine neuen Stiefel beim Schuster abholen; es ist mein Namenstag, und ich mag jetzt dem Meister kein Geld fordern.

Vogt: Ich kann jetzt nicht wohl. Komme doch am Montagabend.

Joseph: Da sehe ich, wie du mir trauest. Man mag wohl etwas versprechen, aber halten, das ist was anders! Ich glaubte auf dein Trinkgeld zählen zu dörfen, Herr Untervogt!

Vogt: Meiner Seele! Ich gib es dir.

Joseph: Ich seh's ja –

Vogt: Es ist am Montag auch noch Zeit.

Joseph: Vogt! Du zeigest mir, daß man's mit Händen greifen kann, daß du mir nicht traust. Also darf ich auch sagen, wie's mir ist: Wird der Steinbruch einmal angegriffen sein, so wirst du mir kein gut Wort mehr geben.

Vogt: Das ist doch unverschämt, Joseph! Ich werde dir gewiß Wort halten.

Joseph: Ich mag nichts hören, wenn's nicht jetzt sein kann, so ist alles aus.

Vogt: Kannst du es jetzt nicht mit zween Talern machen?

Joseph: Nein, ich muß drei haben; aber dann kannst du auch auf mich zählen, in allem.

Vogt: Ich will's endlich tun, aber du haltest dann mir doch dein Wort?

Joseph: Wenn ich dich dann anführe, so sage, wo du willst, ich sei der größte Schelm und Dieb auf der Erden.

Der Vogt rief jetzt der Frau, und sagt' ihr: Gib dem Joseph drei Taler.

Die Frau nimmt ihn beiseits, und sagt ihm: Tue doch das nicht.

Vogt: Rede mir nichts ein. Tue, was ich sage.

Frau: Sei doch kein Narr; du bist besoffen, es wird dich morgen reuen.

Vogt: Rede mir kein Wort ein. Drei Taler im Augenblick – hörst du, was ich sage?

Die Frau seufzt, holt die Taler, wirft sie dem Vogt dar. Dieser gibt sie dem Joseph, und sagt noch einmal: Du wirst mich doch nicht anführen wollen?

Behüte mich Gott davor! Was denkst du auch, Vogt? antwortete Joseph – geht, zählt außer der Türe noch einmal seine drei Taler, und sagt zu sich selbst:

Nun ist mein Lohn zwischen den Fingern, und da ist er sicherer, als in des Vogts Kisten. Er ist ein alter Schelm, und ich will nicht sein Narr sein. Nehm jetzt meinethalben der Meister Kiesel- oder Blaustein.

Die Vögtin heulete vor Zorn auf der Herdstätte in der Küche; und ging nicht mehr in die Stube bis nach Mitternacht.

Auch dem Vogt ahndete, sobald er fort war, daß er sich übereilt hätte; aber er vergaß es bald wieder bei der Gesellschaft. Der Greuel der Saufenden dauerte bis nach Mitternacht.

Endlich kam die Vögtin aus der Küche, und sagte: Es ist Zeit, es ist einmal Zeit aufzubrechen, es geht gegen dem Morgen, und ist heiliger Abend.

Heiliger Abend! sagten die Kerls, streckten sich, gähnten, soffen aus, und stunden nach und nach auf.

Jetzt taumelten, wankten sie allenthalben umher, hielten sich an Tischen und Wänden, und kamen mit Mühe zum Hause hinaus.

Geht doch ein jeder allein, und macht kein Gewühl, sagte ihnen die Vögtin, sonst kriegen der Pfarrer und sein Chorgericht Strafen.

Nein, es ist besser, wir versaufen das Geld, antworteten die Männer.

Und die Vögtin: Wenn ihr den Wächter antrefft, so saget ihm, es stehe ein Glas Wein und ein Stück Brot für ihn da.

Und sie waren kaum fort, so erschien der Wächter vor den Fenstern des Wirtshauses, und rief:

Wollt ihr hören, was ich euch will sagen,
Die Glock und die hat ein Uhr g'schlagen.
Ein Uhr g'schlagen.

Die Vögtin verstund den Ruf, bracht ihm den Wein, und bat, daß er doch dem Pfarrer nicht sage, wie lange sie gewirtet habe.

Und nun half sie noch dem schlummernden Besoffenen aus den
Schuhen und Strümpfen –
‒ ‒
‒ ‒
‒ *

Und sie brummte noch von Josephs Talern, und von der Dummheit ihres Manns; er aber schlummerte, schnarchte, wußte nicht, was er tat. Endlich kamen beide am heiligen Abend zur Ruhe.

Und nun, gottlob! ich habe jetzt eine Weile nichts mehr von ihnen zu erzählen. Ich kehre zurück zu Lienhard und Gertrud – Wie das eine Welt ist! Bald steht neben einem Hundsstall ein Garten, und auf einer Wiese ist bald stinkender Unrat, bald herrliches, milchreiches Futter.

Ja, es ist wunderlich auf der Welt! Selbst die schönen Wiesen geben ohne den Unrat, den wir darauf schütten, kein Futter.

*Anmerkung
Hier standen noch ein paar Zeilen – Das ist unflätig, sagte ein Knab von noch nicht zehn Jahren, der sie lesen hörte. Ich umarmte ihn, und strich die Stelle durch. Jüngling! Wirst du dein reines Gefühl und das sanfte Erröten deiner Wangen behalten, so wird der Zug deiner Jugend dir Freude machen im Alter; aber wirst du diese sanfte Unschuld deines Herzens der Kühnheit deines anwachsenden Muts aufopfern – wird dein blitzendes Auge einst sich nicht mehr niederschlagen, nicht mehr Tränen fallen lassen; wird deine Wange nicht mehr erröten, beim Anblick dessen, was unrecht und schändlich ist, Jüngling! dann wirst du ob dieser Stelle weinen, oder sie vielleicht nicht mehr wert achten, sie zu lesen.

In diesem Augenblick mußte mir natürlich der Gedanke auffallen: Wie weit darf ein sittlicher Schriftsteller das Laster malen? Darf mein Mund aussprechen, was Hogarth und** gemalt haben? Aussprechen das Tun dieser Menschen, die ich ohne Bedenken vom Pinsel und vom Grabstichel gemalt sehe? Mein Gefühl bebt zurücke, wenn ich's in Worte bringe und ausspreche, das Tun dieser Menschen, und ich sehe mich um, ob mich niemand höre. Aber das Bild des Malers seh ich hingelehnt am Arme des Besten, des Edelsten, und scheue mich nicht.

Die Zunge des Menschen, sein Mund, sind enger mit dem Gefühl seines Herzens verbunden, als seine Hand. Die Kunst, die mit Hand und Pinsel das Laster malt, und kühn ist, und das Tiefste treffend enthüllet, entweihet das Herz nicht mit der Gewalt, mit der es der Mund tut, wenn er mit gleicher Kühnheit das Laster entblößt darstellt.

Das ist keine Lobrede für alle angebeteten Dichter; aber es dünkt mich hingegen, besonders in einem Jahrhundert, wo es der allgemeine Ton ist, den Kopf mit Bildern des Müßiggangs, anstatt mit Berufs- und Geschäftssachen zu füllen, eine für das Menschengeschlecht höchst wichtige Wahrheit.

§ 31

Der Abend vor einem Festtage, im Hause
einer rechtschaffenen Mutter

Gertrud war noch allein bei ihren Kindern. Die Vorfälle der Woche und der morndrige festliche Morgen erfüllten ihr Herz. In sich selbst geschlossen und still bereitete sie das Nachtessen, nahm ihrem Mann und den Kindern und sich selber ihre Sonntagskleider aus dem Kasten, und bereitete alles auf morgen, damit denn am heiligen Tage sie nichts mehr zerstreue. Und da sie ihre Geschäfte vollendet hatte, setzte sie sich mit ihren Lieben an Tisch, um mit ihnen zu beten.

Es war alle Samstage ihre Gewohnheit, den Kindern in der Abendgebetstunde ihre Fehler und auch die Vorfälle der Woche, die ihnen wichtig und erbaulich sein konnten, ans Herz zu legen.

Und heute war sie besonders eingedenk der Güte Gottes gegen sie in dieser Woche, und wollte diesen Vorfall, so gut ihr möglich war, den jungen Herzen tief einprägen, daß er ihnen unvergeßlich bliebe.

Die Kinder saßen still um sie her, falteten ihre Hände zum Gebet, und die Mutter redte mit ihnen.

Ich habe euch etwas Gutes zu sagen, Kinder! Der liebe Vater hat in dieser Woche eine gute Arbeit bekommen, an deren sein Verdienst viel besser ist, als an dem, was er sonst tun muß – Kinder! Wir dürfen hoffen, daß wir in Zukunft das tägliche Brot mit weniger Sorgen und Kummer haben werden.

Danket, Kinder! dem lieben Gott, daß er so gut gegen uns ist, und denket fleißig an die alte Zeit, wo ich euch jeden Mundvoll Brot mit Angst und Sorgen abteilen mußte. Es tat mir da so manchmal im Herzen weh, daß ich euch so oft und viel nicht genug geben konnte; aber der liebe Gott im Himmel wußte schon, daß er helfen wollte, und daß es besser für euch sei, meine Lieben! daß ihr zur Armut, zur Geduld, und zur Überwindung der Gelüste gezogen würdet, als daß ihr Überfluß hättet. Denn der Mensch, der alles hat, was er will, wird gar zu gern leichtsinnig, vergißt seines Gottes, und tut nicht das, was ihm selbst das Nützlichste und Beste ist. Denkt doch, so lang ihr leben werdet, Kinder! an diese Armut, und an alle Not und Sorgen, die wir hatten – und wenn es jetzt besser geht, Kinder! so denkt an die, so Mangel leiden, so wie ihr Mangel leiden mußtet. Vergesset nie, wie Hunger und Mangel ein Elend sind, auf daß ihr mitleidig werdet gegen dem Armen. Und wenn ihr einen Mundvoll

Überflüssiges habt, es ihm gern gebet – Nicht wahr, Kinder! ihr wollt es gern tun?

O ja, Mutter! gewiß gerne – sagten alle Kinder.

§ 32
Die Freuden der Gebetsstunde

Mutter: Niclas! Wen kennest du, der am meisten Hunger leiden muß?

Niclas: Mutter! Den Rudeli. Du warst gestern bei seinem Vater, der muß schier Hunger sterben; er isset Gras ab dem Boden.

Mutter: Wolltest du ihm gern dann und wann dein Abendbrot geben?

Niclas: O ja, Mutter! Darf ich gerad morgen.

Mutter: Ja, du darfst es.

Niclas: Das freuet mich.

Mutter: Und du, Lise! Wem wolltest du dann und wann dein Abendbrot geben?

Lise: Ich besinne mich jetzt nicht gerade, wem ich's am liebsten gäbe.

Mutter: Kommt dir denn kein Kind in Sinn, das Hunger leiden muß?

Lise: Wohl freilich, Mutter!

Mutter: Warum weißt du denn nicht, wem du's geben willst? Du hast immer so kluges Bedenken, Lise!

Lise: Ich weiß es jetzt auch, Mutter!

Mutter: Wem denn?

Lise: Des Reütimarxen Betheli – Ich sah es heute auf des Vogts Mist verdorbene Erdäpfel heraussuchen.

Niclas: Ja, Mutter! Ich sah es auch, und suchte in allen meinen Säcken, aber ich fand keinen Mundvoll Brot mehr – hätte ich's nur auch eine Viertelstunde länger gespart.

Die Mutter fragte jetzt eben das auch die andern Kinder – und sie hatten alle eine herzinnige Freude darüber, daß sie morgen ihr Abendbrot armen Kindern geben sollten.

Die Mutter ließ sie eine Weile diese Freude genießen – dann sagte sie zu ihnen: Kinder! Es ist jetzt genug hievon – Denket jetzt auch daran, wie unser gnädige Herr euch so schöne Geschenke gemacht hat.

Ja unsere schönen Batzen – willst du sie uns doch zeigen, Mutter? sagten die Kinder.

Hernach, nach dem Beten, sagte die Mutter.

Die Kinder jauchzeten vor Freuden.

§ 33
Die Ernsthaftigkeit der Gebetsstunde

Ihr lärmet, Kinder! sagte die Mutter. Wenn euch etwas Gutes begegnet, so denket doch bei allem an Gott, der uns alles gibt. Wenn ihr das tut, Kinder! so werdet ihr in keiner Freude wild und ungestüm sein. Ich bin gern selber mit euch fröhlich, ihr Lieben! Aber wenn man in Freude und Leid ungestüm und heftig ist, so verlieret man die stille Gleichmütigkeit und Ruhe seines Herzens. Und wenn der Mensch kein stilles, ruhiges und heiteres Herz hat, so ist ihm nicht wohl. Darum muß er Gott vor Augen haben. Die Gebetsstunde des Abends und Morgens ist darfür, daß ihr das nie vergesset. Denn, wenn der Mensch Gott dankt oder betet, so ist er in seinen Freuden nie ausgelassen und in seinen Sorgen nie ohne Trost. Aber darum, Kinder! muß der Mensch besonders in seiner Gebetsstunde, suchen ruhig und heiter zu sein – Sehet, Kinder! Wenn ihr dem Vater recht danket für etwas, so jauchzet und lärmet ihr nicht – Ihr fallet ihm still und mit wenig Worten um den Hals; und wenn's euch recht zu Herzen gehet, so steigen euch Tränen in die Augen – Sehet, Kinder! So ist's auch gegen Gott! Wenn's euch recht freuet, was er euch Gutes tut, und wenn es euch recht im Herzen ist zu danken, so machet ihr gewiß nicht viel Geschreies und Geredes – aber Tränen kommen euch in die Augen, daß der Vater im Himmel so gut ist – Sehet, Kinder! Dafür ist alles Beten, daß einem das Herz im Leib gegen Gott und Menschen immer dankbar bleibe; und wenn man recht betet, so tut man auch recht, und wird Gott und Menschen lieb in seinem ganzen Leben.

Niclas: Auch dem gnädigen Herrn werden wir recht lieb, wenn wir recht tun, sagtest du gestern.

Mutter: Ja, Kinder! Es ist ein recht guter und frommer Herr! Gott lohne ihm alles was er an uns tut. Wenn du ihm einst nur recht lieb wirst, Niclas!

Niclas: Ich will ihm tun, was er will; wie dir und dem Vater will ich ihm tun, was er will, weil er so gut ist.

Mutter: Das ist brav, Niclas! Denk nur immer so, so wirst du ihm gewiß lieb werden.

Niclas: Wenn ich nur auch einmal mit ihm reden dürfte.

Mutter: Was wolltest du mit ihm reden?

Niclas: Ich wollte ihm danken für den schönen Batzen.

Anneli: Dürftest du ihm danken?

Niclas: Warum das nicht?

Anneli: Ich dürft's nicht.

Lise: Ich auch nicht.

Mutter: Warum dürftet ihr das nicht, Kinder?

Lise: Ich müßte lachen –

Mutter: Was lachen? Lise! Und noch voraus sagen, daß du nicht anders als läppisch tun könntest. Wenn du nicht viel Torheiten im Kopf hättest, es könnte dir an so etwas kein Sinn kommen.

Anneli: Ich müßte nicht lachen, aber ich würde mich fürchten.

Mutter: Er würde dich bei der Hand nehmen, Anneli! und würde auf dich herab lächeln, wie der Vater, wenn er recht gut mit dir ist. Dann würdest du dich doch nicht mehr fürchten, Anneli!

Anneli: Nein – dann nicht.

Jonas: Und ich dann auch nicht.

§ 34

So ein Unterricht wird verstanden und geht ans Herz, aber es gibt ihn eine Mutter

Mutter: Aber ihr Lieben! Wie ist's in dieser Woche mit dem Rechttun gegangen?

Die Kinder sehen eines das andere an, und schweigen.

Mutter: Anneli! Tatest du recht in dieser Woche?

Anneli: Nein Mutter! Du weißt es wohl mit dem Brüderlein.

Mutter: Anneli! Es hätte dem Kind etwas begegnen können; es sind schon Kinder, die man so allein gelassen hat, erstickt. Und über das, denk nur, wie's dir wäre, wenn man dich in eine Kammer einsperrte, und dich da hungern und dürsten und schreien ließe. Die kleinen Kinder werden auch zornig, und schreien, wenn man sie lang ohne Hülfe läßt, so entsetzlich, daß sie für ihr ganzes Leben elend werden können. – Anneli! So dürfte ich, weiß Gott! keinen Augenblick mehr ruhig vom Hause weg, wenn ich fürchten müßte, du hättest zu dem Kind nicht recht Sorge.

§ 34

Anneli: Glaube mir's doch, Mutter! Ich will gewiß nicht mehr von ihm weggehn.

Mutter: Ich will's zum lieben Gott hoffen, du werdest mich nicht mehr so in Schrecken setzen.

Und, Niclas! Wie ist's dir in dieser Woche gegangen?

Niclas: Ich weiß nichts Böses.

Mutter: Denkst du nicht mehr dran, daß du am Montag das Grüteli umgestoßen hast?

Niclas: Ich hab's nicht mit Fleiß getan, Mutter!

Mutter: Wenn du es noch gar mit Fleiß getan hättest, schämest du dich nicht, das zu sagen?

Niclas: Es ist mir leid! Ich will's nicht mehr tun, Mutter!

Mutter: Wenn du einmal groß sein, und so, wie jetzt, nicht Achtung geben wirst, was um und an dir ist, so wirst du es mit deinem großen Schaden lernen müssen. Schon unter den Knaben kommen die Unbedachtsamen immer in Händel und Streit – und so muß ich fürchten, mein lieber Niclas! daß du dir mit deinem unbedachtsamen Wesen viel Unglück und Sorgen auf den Hals ziehen werdest.

Niclas: Ich will gewiß achtgeben, Mutter!

Mutter: Tue es doch, mein Lieber! und glaub mir, dieses unbedachtsame Wesen würde dich gewiß unglücklich machen.

Niclas: Liebe, liebe Mutter! Ich weiß es und ich glaub es, und ich will gewiß achtgeben.

Mutter: Und du, Lise! Wie hast du dich in dieser Woche aufgeführt?

Lise: Ich weiß einmal nichts anders diese Woche, Mutter!

Mutter: Gewiß nicht?

Lise: Nein einmal, Mutter! Soviel ich mich besinne; ich wollte es sonst gern sagen, Mutter!

Mutter: Daß du immer, auch wenn du nichts weißt, mit so viel Worten antwortest, als ein anders, wenn es recht viel zu sagen hat.

Lise: Was habe ich jetzt denn auch gesagt, Mutter?

Mutter: Eben nichts, und doch viel geantwortet. Es ist das, was wir dir tausendmal schon sagten, du seist nicht bescheiden, du besinnest dich über nichts, was du reden sollst, und müssest doch immer geredt haben – Was hattest du gerad vorgestern dem Untervogt zu sagen, du wissest, daß Arner bald kommen werde?

Lise: Es ist mir leid, Mutter!

Mutter: Wir haben's dir schon so oft gesagt, daß du nicht in alles, was dich nicht angeht, reden sollst, insonderheit vor fremden Leuten; und doch tust du es immerfort – Wenn jetzt dein Vater es nicht hätte sagen dürfen, daß er es schon wisse, und wenn er so Verdruß von deinem Geschwätz gehabt hätte?

Lise: Es würde mir sehr leid sein; aber weder du noch er haben doch kein Wort gesagt, daß es niemand wissen soll.

Mutter: Ja, ich will's dem Vater sagen, wenn er heimkömmt. Wir müssen so zu allen Worten, die wir in der Stube reden, allemal hinzusetzen: Das darf jetzt die Lise sagen bei den Nachbaren, und beim Brunnen erzählen – aber das nicht – und das nicht – und das wieder – so weißt du denn recht ordentlich und richtig, wovon du plappern darfst.

Lise: Verzeih mir doch, Mutter! Ich meinte es auch nicht so.

Mutter: Man hat es dir für ein- und allemal gesagt, daß du in nichts, was dich nicht angeht, plaudern sollst; aber es ist vergeblich. Der Fehler ist dir nicht abzugewöhnen, als mit Ernst, und das erstemal, daß ich dich wieder bei so unbesonnenem Geschwätz antreffen werde, werde ich dich mit der Rute abstrafen.

Die Tränen schossen der Lise in die Augen, da die Mutter von der Rute redte. Die Mutter sah es, und sagte zu ihr: Lise! Die größten Unglücke entstehen aus unvorsichtigem Geschwätze, und dieser Fehler muß dir abgewöhnt sein.

So redte die Mutter mit allen, sogar mit dem kleinen Grütli: Du mußt deine Suppe nicht mehr so ungestüm fordern, sonst laß ich dich ein andermal noch länger warten, oder ich gebe sie gar einem andern.

Nach allem diesem beteten die Kinder ihre gewöhnten Abendgebete, und nach denselben das Samstagsgebet, das Gertrud sie gelehrt hatte. Es lautet also:

§ 35
Ein Samstagsabendgebet

Lieber Vater im Himmel! Du bist immer gut mit den Menschen auf Erden, und auch mit uns bist du immer gut, und gibst uns alles, was wir nötig haben. Ja, du gibst uns Gutes zum Überfluß. Alles kömmt von dir – das Brot und alles, was uns der liebe Vater und die liebe Mutter geben, alles gibst du ihnen, und sie geben es uns gern. Sie freuen sich über alles, was sie uns tun und geben können, und sagen uns, wir sollen es dir danken, daß sie so gut mit uns sind; sie sagen uns, wenn sie dich nicht kennten, und du ihnen nicht lieb wärest, so wären auch wir ihnen nicht so lieb, und sie würden, wenn sie dich

§ 35

nicht kennten und liebten, uns gar viel weniger Gutes tun können. Sie sagen uns ferner, daß wir es dem Heiland der Menschen danken sollen, daß sie dich, himmlischer Vater! erkennen und lieben, und daß alle Menschen, welche diesen lieben Heiland nicht kennen und lieben, und nicht allem guten Rate folgen, den er den Menschen auf Erden gegeben hat, auch dich, himmlischer Vater nicht so lieben, und ihre Kinder nicht so fromm und sorgfältig erziehen, als die, so dem Heiland der Welt glauben. Unser liebe Vater und die liebe Mutter erzählen uns immer viel von diesem lieben Jesus, wie er es so gut mit den Menschen auf Erden gemeint, wie er, damit er alles tue, was er könne, die Menschen zeitlich und ewig glücklich zu machen, sein Leben in tausendfachem Elend zugebracht habe, und wie er endlich am Kreuze gestorben sei; wie ihn Gott wieder vom Tode auferweckt habe, und wie er jetzt in der Herrlichkeit des Himmels zur Rechten auf dem Throne Gottes, seines Vaters, lebe, und noch jetzt alle Menschen auf Erden gleich liebe und suche glücklich und selig zu machen – Es geht uns allemal ans Herz, wenn wir von diesem lieben Jesus hören – wenn wir nur auch lernen so leben, daß wir ihm lieb werden, und daß wir einst zu ihm kommen in den Himmel.

Lieber Vater im Himmel! Wir arme Kinder, die wir hier beisammen sitzen und beten, sind Brüder und Schwestern; darum wollen wir immer recht gut miteinander sein, und einander nie nichts zuleid tun, sondern alles Gute, was wir können und mögen. Zu den Kleinen wollen wir Sorge tragen mit aller Treue und mit allem Fleiß, daß der liebe Vater und die liebe Mutter ohne Sorgen ihrer Arbeit und ihrem Brote nachgehn können; das ist das einzige, so wir ihnen tun können – für alle Mühe und Sorgen und Ausgaben, die sie für uns haben. Vergilt ihnen, du Vater im Himmel! alles, was sie an uns tun, und laß uns ihnen in allem, was sie wollen, folgen, daß wir ihnen lieb bleiben bis ans Ende ihres Lebens, da du sie von uns nehmen und belohnen wirst für ihre Treue, die sie uns werden erwiesen haben.

Lieber himmlischer Vater! Laß uns den morgenden heiligen Tag deiner Güte und der Liebe Jesu Christi, und auch alles dessen, was uns unser Vater und unsere Mutter und alle Menschen Gutes tun, recht eingedenk sein! damit wir gegen Gott und Menschen dankbar werden, und gehorsam, und damit wir in der Liebe wandeln vor deinen Augen unser Leben lang –

Hier mußte Niclas innehalten. Dann sprach Gertrud allemal, nach den Vorfällen der Woche, das weitere vor.

Heute sagte sie ihnen: Wir danken dir, himmlischer Vater! daß du unsern lieben Eltern in dieser Woche die schweren Sorgen für ihr

Brot und für ihre Haushaltung erleichtert, und dem Vater einen guten, einträglichen Verdienst gezeiget hast. Wir danken dir, daß unsere Obrigkeit mit wahrem Vaterherzen unser Schutz, unser Trost und unsere Hülfe in allem Elend und in aller Not ist. Wir danken dir für die Guttat unsers gnädigen Herrn. Wir wollen, will's Gott! aufwachsen, wie zu deiner Ehre, also auch zu seinem Dienst und Wohlgefallen; denn er ist uns, wie ein treuer Vater.

Hierauf sprach sie der Lise vor: Verzeih mir, o mein Gott! meine alte Unart, und lehre mich, meine Zunge im Zaum halten – schweigen, wo ich nicht reden soll, und behutsam und bedächtlich antworten, wo man mich fraget.

Sodann spricht sie dem Niclas vor: Bewahre mich, Vater im Himmel! doch in Zukunft vor meinem hastigen Wesen, und lehre mich, mich auch in acht nehmen, was ich mache, und wer um und an mir sei.

Dann dem Anneli: Es ist mir leid, mein lieber Gott! daß ich mein Brüderlein so leichtsinnig verlassen, und damit die liebe Mutter so in Schrecken gesetzt habe. Ich will es in meinem Leben nicht mehr tun, mein lieber Gott!

Und nachdem die Mutter allen Kindern so vorgesprochen hatte, betete sie ferner:

> Herr! Erhöre uns.
> Vater! Verzeih uns.
> Jesus! Erbarm dich unser.

Dann betete Niclas das heilige Vaterunser.

Und dann Enne: Behüt mir, Gott! den lieben Vater und die liebe Mutter und die lieben Geschwister, auch unsern lieben gnädigen Herrn von Arnheim, und alle guten lieben Menschen auf Erden –

Und dann die Lise:

> Das walt Gott,
> Der Vater!
> Der Sohn!
> Und der heilige Geist!

Und dann die Mutter:

> Nun Gott sei mit euch!
> Gott erhalte euch!

Der Herr lasse sein heiliges Angesicht über euch leuchten, und sei euch gnädig!

Eine Weile noch saßen die Kinder und die Mutter in der ernsten Stille, die ein wahres Gebet allen Menschen einflößen muß.

§ 36
Noch mehr Mutterlehren. Reine Andacht und Emporhebung der Seele zu Gott

Lise unterbrach diese Stille – Du zeigest uns jetzt die neuen Batzen, sagte sie zur Mutter – Ja, ich will sie euch zeigen, antwortete die Mutter.

Aber, Lise! Du bist immer das, so zuerst redet.

Niclas juckt jetzt vom Ort auf, wo er saß, drängt sich hinter dem Grütli hervor, daß er näher beim Licht sei, um die Batzen zu sehen, und stößt denn das Kleine, daß es laut weint.

Da sagte die Mutter: Niclas! Es ist nicht recht; in eben der Viertelstunde versprachst du, sorgfältiger zu sein, und jetzt tust du das.

Niclas: Ach Mutter! Es ist mir leid; ich will's in meinem Leben nicht mehr tun.

Mutter: Das sagtest du eben jetzt zu deinem lieben Gott, und tatst es wieder; es ist dir nicht Ernst.

Niclas: Ach ja, Mutter! Es ist mir gewiß Ernst. Verzeih mir, es ist mir gewiß Ernst und recht leid.

Mutter: Mir auch, du Lieber! Aber du denkst nicht daran, wenn ich dich nicht abstrafe. Du mußt jetzt ungeessen ins Bett. Sie sagt's, und führt den Knaben von den andern Kindern weg in seine Kammer. Seine Geschwister standen alle traurig in der Stube umher; es tat ihnen weh, daß der liebe Niclas nicht zu Nacht essen mußte.

Daß ihr euch doch nicht mit Liebe leiten lassen wollt, Kinder! sagte ihnen die Mutter.

Laß ihn doch diesmal wieder heraus, sagten die Kinder.

Nein, meine Lieben! Seine Unvorsichtigkeit muß ihm abgewöhnt werden, antwortete die Mutter.

So wollen wir jetzt die Batzen nicht sehn bis morgen; er sieht sie denn mit uns, sagte Enne.

Und die Mutter: Das ist recht, Enne! Ja, er muß sie alsdann mit euch sehn.

Jetzt gab sie noch den Kindern ihr Nachtessen, und ging dann mit ihnen in ihre Kammer, wo Niclas noch weinte.

Nimm dich doch ein andermal in acht, lieber, lieber Niclas! sagte ihm die Mutter.

Und Niclas! Verzeih mir's doch, meine liebe, liebe Mutter! Verzeih mir's doch, und küsse mich; ich will gern nichts zu Nacht essen.

Da küßte Gertrud ihren Niclas und eine heiße Träne floß auf sein Antlitz, als sie ihm sagte: O Niclas! Niclas! Werde bedachtsam – Niclas mit beiden Händen umschlingt den Hals der Mutter und sagt: O Mutter! Mutter! Verzeih mir.

Gertrud segnete noch ihre Kinder, und ging wieder in ihre Stube.

Jetzt war sie ganz allein – Eine kleine Lampe leuchtete nur schwach in der Stube, und ihr Herz war feierlich still, und ihre Stille war ein Gebet, das unaussprechlich ohne Worte ihr Innerstes bewegte. Empfindung von Gott und von seiner Güte! Gefühl von der Hoffnung des ewigen Lebens, und von der innern Glückseligkeit der Menschen, die auf Gott im Himmel trauen und bauen; alles dieses bewegte ihr Herz, daß sie hinsank auf ihre Knie, und ein Strom von Tränen floß ihre Wangen herunter.

Schön ist die Träne des Kinds, wenn es von der Wohltat des Vaters gerührt schluchzend zurücksieht, seine Wange trocknet, und sich erholen muß, ehe es den Dank seines Herzens stammeln kann.

Schön sind die Tränen des Niclas, die er in dieser Stunde weint, daß er die gute gute Mutter erzürnet hat, die ihm so lieb ist.

Schön sind die Tränen des Menschen alle, die er also aus gutem Kinderherzen weint. Der Herr im Himmel sieht herab auf das Schluchzen seines Danks – und auf die Tränen seiner Augen, wenn er ihn lieb hat.

Der Herr im Himmel sah die Tränen der Gertrud, und hörte das Schluchzen ihres Herzens, und das Opfer ihres Danks war ein angenehmer Geruch vor ihm.

Gertrud weinte lang vor dem Herrn ihrem Gott, und ihre Augen waren noch naß, als ihr Mann heimkam.

Warum weinest du, Gertrud? Deine Augen sind rot und naß. Warum weinest du heute, Gertrud? fragte sie Lienhard.

Gertrud antwortete: Mein Lieber! Es sind keine Tränen von Kummer – fürchte dich nicht – Ich wollte Gott danken für diese Woche, da ward mir das Herz zu voll, ich mußte hinsinken auf meine Knie, ich konnte nicht reden – ich mußte nur weinen; aber es war mir, ich habe in meinem Leben Gott nie so gedankt.

Du Liebe! antwortete Lienhard; wenn ich nur auch mein Herz, wie du, so schnell empor heben und zu Tränen bringen könnte! Es ist mir jetzt auch gewiß Ernst recht zu tun, und gegen Gott und Menschen redlich und dankbar zu sein; aber es wird mir nie so, daß ich auf meine Knie fallen und Tränen vergießen möchte.

Gertrud: Wenn's dir nur Ernst ist, recht zu tun, so ist alles andre gleichviel. Der eine hat eine schwache Stimme, und der andre eine starke; daran liegt nichts. Nur wozu sie ein jeder braucht, darauf kömmt's allein an – Mein Lieber! Tränen sind nichts, und Kniefallen ist nichts; aber der Entschluß, gegen Gott und Menschen redlich und dankbar zu sein, das ist alles. Daß der eine Mensch weichmütig, und daß der andre es weniger ist, das ist ebensoviel, als daß der eine Wurm schwerfälliger und der andre leichter in dem Staube daherschleicht. Wenn es dir nur Ernst ist, mein Lieber! so wirst du ihn finden. Ihn, der allen Menschen Vater ist.

Lienhard senkt mit einer Träne im Aug sein Haupt auf ihren Schoß, und sie hält ihr Angesicht in stiller Wehmut über das seine.

Sie bleiben eine Weile in dieser Stellung still, staunen – und schweigen.

Endlich sagte Gertrud zu ihm: Willst du nicht zu Nacht essen?

Ich mag nicht, antwortete er. Mein Herz ist zu voll, ich könnte jetzt nicht essen.

Ich mag auch nicht, mein Lieber! erwiderte sie; aber weißt du, was wir tun wollen – Ich trage das Essen zu dem armen Rudi – Seine Mutter ist heute gestorben.

§ 37

Sie bringen einem armen Mann eine Erbsbrühe

Lienhard: Ist sie endlich ihres Elends los?

Gertrud: Ja, gottlob! Aber du hättest sie sollen sterben sehn; mein Lieber! Denk, sie entdeckte an ihrem Todestag, daß ihr Rudeli uns Erdäpfel gestohlen hätte. Der Vater und der Knab mußten zu mir kommen, und um Verzeihung bitten. Sie ließ uns auch ausdrücklich in ihrem Namen bitten, wir sollten es ihr verzeihen, daß sie die Erdäpfel nicht zurückgeben könne, und der gute Rudi versprach so herzlich, daß er es dir abverdienen wolle – Denk, wie mir bei dem allem war, mein Lieber! Ich lief zu der Sterbenden, aber ich kann dir's nicht erzählen; es ist nicht auszusprechen, mit welcher Wehmut, wie innig gekränkt sie mich noch einmal fragte, ob ich's ihnen verziehen hätte; und da sie sah, daß mein Herz gerührt war, empfahl sie mir ihre Kinder – wie sie das fast nicht tun und fast nicht wagen dürfte – wie sie es bis auf den letzten Augenblick verspart, und dann, da sie empfand, daß sie eilen müßte, endlich es wagte, und mit einer Demut und Liebe gegen die Ihrigen tat – und wie sie mitten, indem sie es tat, ausgelöscht ist, das ist nicht auszusprechen und nicht zu erzählen.

Lienhard: Ich will mit dir zu ihnen gehn.

Gertrud: Ja, komme, wir wollen gehn. Sie nimmt ihre Erbsbrühe und sie gehen.

Da sie kamen, saß der Rudi neben der Toten auf ihrem Bett, weinte und seufzte, und der Kleine rief dem Vater aus seiner Kammer und bat ihn um Brot – Nein, nicht um Brot – um rohe Wurzeln nur, oder was es wäre.

Ach! Ich habe nichts, gar nichts – um Gottes willen, schweig doch bis morgen; ich habe nichts, sagt ihm der Vater.

Und der Kleine: O! Wie mich hungert, Vater! Ich kann nicht schlafen – O! Wie mich hungert, Vater!

O wie mich hungert! hören ihn Lienhard und Gertrud rufen, öffnen die Türe, stellen das Essen den Hungrigen dar, und sagen zu ihnen: Esset doch geschwind, ehe es kalt ist.

O Gott! sagte der Rudi, was ihr an mir tut. Rudeli, das sind die Leute, denen du Erdäpfel gestohlen hast; und auch ich habe davon geessen.

Gertrud: Schweig doch einmal hievon, Rudi!

Rudi: Ich darf euch nicht ansehn, so geht's mir ans Herz, daß wir euch das haben tun dürfen.

Lienhard: Iß doch jetzt, Rudi!

Rudeli: Iß doch, Vater! Wir wollen doch essen, Vater!

Rudi: So bete eben.

Rudeli:

> Speis Gott –
> Tröst Gott –
> Alle armen Kind
> Die auf Erden sind
> An Seel und Leib, Amen!

So betet der Knab, nimmt den Löffel, zittert, weint und ißt.

So vergelt's euch Gott zu tausendmalen – sagt der Vater, ißt auch, und Tränen fallen über seine Wangen in seine Speise.

Sie aßen aber das Essen nicht auf, sondern stellten ein Blättlein voll den Kindern beiseits, die schliefen, dann betete der Rudeli ab Tische:

> Wer geessen hat
> Gott danken soll;
> Der uns gespeist hat
> Abermal.

Ihm sei Lob, Preis und Dank gesagt,
Von nun an bis in Ewigkeit, Amen!

Als nun der Rudi ihnen noch einmal danken wollte, entfuhr ihm ein Seufzer –

§ 38
Die reine stille Größe eines wohltätigen Herzens

Fehlt dir etwas, Rudi? Wenn's etwas ist, da wir dir helfen können, so sag es, sagten Lienhard und Gertrud zu ihm.

Nein, es fehlt mir jetzt nichts; ich dank euch, antwortete der Rudi.

Aber sichtbar erstickt' er das tiefe Seufzen des Herzens, das immer empordringen wollte.

Mitleidig und traurig sahen ihn Lienhard und Gertrud an, und sprachen: Du seufzest doch, und man sieht's, dein Herz ist über etwas beklemmt.

Sag's doch, ach sag's doch, Vater! Sie sind ja so gut, bittet ihn der Kleine.

Tu es doch, und sag es, wenn wir helfen können, bitten ihn Lienhard und Gertrud.

Darf ich's! erwiderte der Arme. Ich habe weder Schuh noch Strümpfe, und sollte morgen mit der Mutter zum Grabe, und übermorgen ins Schloß gehn.

Lienhard: Daß du dich auch so grämen magst über dieses! Warum sagtest du doch das nicht auch geradezu? Ich kann und will dir ja das gern geben.

Rudi: Wirst du mir, ach mein Gott! nach allem, was vorgefallen ist, auch glauben, daß ich dir es unversehrt und mit Dank wieder zurückgeben werde?

Lienhard: Schweig doch hievon, Rudi! Ich glaub dir noch mehr als das; aber dein Elend und deine Not haben dich zu ängstlich gemacht.

Gertrud: Ja, Rudi! Trau auf Gott und Menschen, so wird dir durchaus leichter ums Herz werden, und du wirst dir in allen Umständen besser helfen können.

Rudi: Ja, Gertrud! Ich sollte wohl meinem Vater im Himmel mehr trauen, und euch kann ich nicht genug danken.

Lienhard: Rede nicht hievon, Rudi!

Gertrud: Ich möchte deine Mutter noch sehen.

Sie gehn mit einer schwachen Lampe an ihr Bett – und Gertrud und

Lienhard und der Rudi und der Kleine, alle mit Tränen in den Augen – staunen in tiefem stillen Schweigen eine Weile sie an, decken sie dann wieder zu, und nehmen fast ohne Worte herzlich Abschied voneinander.

Und im Heimgehn sagte Lienhard zu Gertrud: Es geht mir ans Herz, welche Tiefe des Elends! Nicht mehr in die Kirche gehn können, nicht mehr um Arbeit bitten, nicht mehr dafür danken können, weil man keine Kleider, nicht einmal Schuh und Strümpfe dazu hat.

Gertrud: Wenn der Mann nicht unschuldig an seinem Elend wäre, er müßte verzweifeln.

Lienhard: Ja, Gertrud! Er müßte verzweifeln; gewiß, er müßte verzweifeln, Gertrud! Wenn ich meine Kinder so um Brot schreien hörte, und keines hätte, und schuld daran wäre, Gertrud! Ich müßte verzweifeln; und ich war auf dem Weg zu diesem Elend.

Gertrud: Ja, wir sind aus großen Gefahren errettet.

Indem sie so redten, kamen sie neben dem Wirtshaus vorbei, und das dumpfe Gewühl der Säufer und Prasser ertönte in ihren Ohren. Dem Lienhard klopfte das Herz schon von ferne; aber ein Schauer durchfuhr ihn und ein banges Entsetzen, als er sich ihm näherte. Sanft und wehmütig sah ihn Gertrud jetzt an, und beschämt erwiderte Lienhard den wehmütigen Anblick seiner Gertrud, und sagte:

O des herrlichen Abends an deiner Seite! Und wenn ich jetzt auch hier gewesen wäre! So sagt er.

Die Wehmut der Gertrud wächst jetzt zu Tränen, und sie hebt ihre Augen gen Himmel. Er sieht's – Tränen steigen auch ihm in die Augen, und gleiche Wehmut in das Antlitz, wie seiner Geliebten. Auch er hebt seine Augen gen Himmel, und beide hefteten eine Weile ihr Antlitz auf den schönen Himmel. Sie sahn mit wonnevollen Tränen den helleuchtenden Mond an, und noch wonnevollere innere Zufriedenheit versicherte sie, daß Gott im Himmel die reinen und unschuldigen Gefühle ihrer Herzen guthieße.

Nach dieser kleinen Verweilung gingen sie in ihre Hütte.

Alsobald suchte Gertrud Schuhe und Strümpfe für den Rudi, und Lienhard brachte sie ihm noch am gleichen Abend.

Da er wieder zurück war, beteten sie noch ein Vorbereitungsgebet zum heiligen Nachtmahl, und entschliefen in gottseligen Gedanken.

Am Morgen stunden sie früh auf, und freuten sich des Herrn, lasen die Leidensgeschichte des Heilands und die Einsetzung des heiligen Abendmahls, und lobten Gott in der frühen Stunde vor dem Aufgange der Sonne am heiligen Tage.

Dann weckten sie ihre Kinder, warteten noch ihr Morgengebet ab, und gingen zur Kirche.

Eine Viertelstunde vor dem Zusammenläuten stund auch der Vogt auf. Er konnte den Schlüssel zum Kleiderkasten nicht finden, fluchte Entsetzen und Greuel, stieß den Kasten auf mit dem Schuh, kleidete sich an, ging zur Kirche, setzte sich in den ersten Stuhl des Chors, nahm den Hut vor den Mund, blickte mit den Augen in alle Ecken der Kirche, und betete zugleich unter dem Hute.

Bald darauf kam auch der Pfarrer.

Da sang die Gemeinde zwei Stücke von dem Passionslied: O Mensch! bewein dein Sünden groß, und wie es weiter lautet.

Dann trat der Pfarrer auf die Kanzel, und predigte und lehrte an diesem Tage seine Gemeinde also.

§ 39
Eine Predigt

Meine Kinder!

Wer den Herrn fürchtet, und fromm und aufrichtig vor seinen Augen wandelt, der wandelt im Licht.

Aber wer des Herrn seines Gottes in seinem Tun vergißt, der wandelt in der Finsternis.

Darum lasset euch nicht verführen, es ist nur einer gut, und der ist euer Vater.

Warum laufet ihr in der Irre umher, und tappet in der Finsternis? Es ist niemand euer Vater, als nur Gott.

Hütet euch vor den Menschen, daß ihr von ihnen nicht Dinge lernt, die eurem Vater mißfallen.

Selig ist der Mensch, dessen Vater Gott ist.

Selig ist der Mensch, der sich vor dem Bösen fürchtet, und der das Arge hasset; denn es geht denen nicht wohl, die Böses tun, und der Arge verstrickt sich in seiner Arglist.

Es geht denen nicht wohl, die ihren Nächsten drücken und drängen. Nein, es geht dem Menschen nicht wohl, über den der Arme zu Gott schreit.

Weh dem Elenden, der im Winter den Armen speiset, und in der Ernte das Doppelte von ihm wieder abnimmt.

Weh dem Gottlosen, der dem Armen im Sommer Wein aufdringt, und im Herbst ihm zweimal soviel wieder fordert.

Weh ihm, wenn er dem Armen sein Stroh und sein Futter abdrückt, daß er sein Land nicht mehr bauen kann.

Weh ihm, wenn die Kinder des Armen um seiner Hartherzigkeit willen Brot mangeln.

Weh dem Gottlosen, der den Armen Geld leiht, daß sie seine Knechte werden, ihm zu Gebote stehn, ohne Lohn arbeiten, und doch zinsen müssen.

Weh ihm, wenn sie vor Gericht und Recht für ihn aussagen, falsches Zeugnis geben, und Meineide schwören, daß er recht hat.

Weh ihm, wenn er Böswichter in seinem Haus versammelt, und mit ihnen dem Gerechten auflauert, ihn zu verführen, daß er auch werde wie sie, und daß er seines Gottes, und seines Weibs, und seiner Kinder vergesse, und verschwende bei ihnen den Lohn seiner Arbeit, auf den die Mutter samt den Kindern hoffet.

Und weh auch dem Elenden, der sich also von dem Gottlosen verführen läßt, und in seinem Unsinn verschwendet das Geld, das in seiner Haushaltung nötig ist.

Weh ihm, wenn sein Weib über ihn zu Gott seufzt, daß sie nicht Milch hat, den Säugling zu nähren.

Weh ihm, wenn der Säugling um seines Saufens willen serbet.

Weh ihm, wenn die Mutter über seiner Kinder Brotmangel und über unvernünftig aufgebürdete Arbeit weint.

Weh dem Elenden, der das Lehrgeld seiner Söhne verspielt; wenn sein Alter kommen wird, werden sie zu ihm sagen: Du warst nicht unser Vater, du lehrtest uns nicht Brot verdienen, womit können wir dir helfen?

Weh denen, die mit Lügen umgehen, und das Krumme gerad und das Gerade krumm machen, denn sie werden zuschanden werden.

Weh euch, wenn ihr der Witwe Äcker und des Waisen Haus zu wohlfeil gekauft habt, weh euch! Denn der Witwe und des Waisen Vater ist euer Herr, und die Armen und die Witwen und die Waisen sind ihm lieb, und ihr seid ihm ein Greuel und ein Abscheu, darum, daß ihr bös seid und hart mit den Armen.

Weh euch, die ihr euer Haus voll habt von dem, was nicht euer ist.

Ob ihr gleich jauchzet beim Saufen des Weins der in den Reben des Armen gewachsen ist.

Ob ihr gleich lachet, wenn elende hungernde Menschen ihr Korn mit Seufzen in eure Säcke ausschütten.

Ob ihr gleich spöttelt und scherzet, wenn euer Unterdrückte sich vor euch wie ein Wurm windet, und den zehnten Teil euers Raubs von euch wieder um Gottes willen auf Borg bittet; ob ihr euch gleich gegen alles das verhärtet, so ist es euch doch keine Stunde wohl in eurem Herzen.

Nein, es ist dem Menschen nicht wohl auf Gottes Erdboden, der den Armen aussaugt.

Mög er sein, wer er will, mög er über alle Gefahr, über alle Verantwortung und über alle Strafe auf der Erde hinaus sein.

Mög er sogar Richter im Lande sein, und Elende, die besser, als er, sind, mit seiner Hand gefangen nehmen und mit seinem Munde anklagen.

Mög er sogar sitzen und richten selber über sie, auf Leben und Tod, und sprechen das Urteil auf Schwert und Rad.

Er ist schlimmer als sie.

Wer den Armen aus Übermut drückt, und elenden Leuten Fallstricke legt, und die Häuser der Witwen aussaugt – der ist schlimmer, als Diebe und Mörder, deren Lohn der Tod ist.

Darum ist dem Menschen auf Erden, der das tut, auch keine Stunde wohl in seinem Herzen.

Er irrt auf Gottes Erdboden herum, belastet mit dem Fluche des Brudermörders, der seinem Herzen keine Ruhe läßt.

Er irrt umher, und will und sucht immer die Schrecken seines Inwendigen vor sich selber zu verbergen.

> Mit Saufen und Prassen,
> Mit Mutwillen und Bosheiten,
> Mit Hader und Streit,
> Mit Lug und Betrug,
> Mit Zoten und Possen,
> Mit Schmähen und Schimpfen,
> Mit Aufhetzen und Hinterreden,

will er sich selbst die Zeit, die ihm zur Last ist, vertreiben.

Aber er wird die Stimme seines Gewissens nicht immer ersticken, er wird dem Schrecken des Herrn nicht immer entgehen können. Es wird ihn überfallen, wie ein Gewaffneter, und ihr werdet ihn sehn zittern und zagen, wie einen Gefangenen, dem der Tod droht.

Aber selig ist der Mensch, der keinen Teil hat an seinem Tun.

Selig ist der Mensch, der nicht schuld ist an der Armut eines seiner Nebenmenschen.

Selig ist der Mensch, der von keinem Armen Gaben oder Gewinn in seiner Hand hat.

Selig seid ihr, wenn euer Mund rein ist von harten Worten, und euer Aug von harten Blicken.

Selig seid ihr, wenn der Arme euch segnet, und wenn Witwen und Waisen Tränen des Danks über euch zu Gott weinen.

Selig ist der Mensch, der in der Liebe wandelt vor dem Herrn seinem Gott, und vor allem seinem Volk.

Selig seid ihr, ihr Frommen! Kommet und freuet euch beim Mahl des Herrn der Liebe.

Der Herr, euer Gott, ist euer Vater. Die Pfänder der Liebe aus seiner Hand werden euch erquicken, und das Heil eures Herzens wird wachsen, weil eure Liebe gegen Gott, euern Vater, und gegen die Menschen, eure Brüder, wachsen und stark werden wird.

Aber ihr, die ihr ohne Liebe wandelt, und in euerm Tun nicht achtet, daß Gott euer Vater ist, daß eure Nebenmenschen Kinder eures Gottes sind, und daß der Arme euer Bruder ist, ihr Gottlosen! was tut ihr hier? Ihr, die ihr morgen wieder wie gestern den Armen drükken und drängen werdet! was tut ihr hier? Wollet ihr das Brot des Herrn essen, und seinen Kelch trinken, und sagen: daß ihr ein Leib und ein Herz, ein Geist und eine Seele mit euern Brüdern seid?

Verlasset doch diese Vorhöfe, und meidet das Mahl der Liebe! Bleibet, bleibet von hinnen – daß der Arme nicht beim Mahl des Herrn über euerm Anblick erblasse, und daß er in der Stunde seiner Erquickung nicht denken müsse, ihr werdet ihn morgen erwürgen. Gönnet, ach! gönnet ihm doch diese Stunde des Friedens, daß er Ruhe habe vor euch, und euch nicht sehe.

Denn der Arme zittert vor euch, und dem Waisen klopfet das Herz, wo ihr um den Weg seid.

Aber warum rede ich mit euch? Ich verschwende umsonst meine Worte. Ihr geht nicht von da weg, wo ihr Menschen kränken könnet; wo ihr sie vor euch zitternd und angstvoll sehet, da ist euch wohl, und ihr meinet, es müsse, wie ihr, niemand Ruhe haben in seinem Herzen.

Aber ihr irret euch; siehe, ich wende mich von euch weg, als ob ihr nicht da wäret.

Und ihr Arme und Gedrückte in meiner Gemeinde, wendet euch von ihnen weg, als ob ihr sie nicht sähet, als ob sie nicht da wären.

> Der Herr ist da!
> Auf den ihr hoffet –
> Der Herr ist da!

Glaubet und trauet auf ihn; und die Frucht eurer Trübsal und eurer Leiden wird euch zum Segen werden.

Glaubet und trauet dem Herrn euerm Gott, und fürchtet euch

nicht vor den Gottlosen; aber hütet euch vor ihnen, geduldet euch lieber, traget lieber allen Mangel, leidet lieber Schaden, als daß ihr Hülfe bei dem Hartherzigen suchet; denn die Worte eines harten Mannes sind Lügen, und seine Hülfe ist eine Lockspeise, womit er den Armen fange, daß er ihn töte. Darum fliehet den Gottlosen, wenn er euch lächelnd grüßet, wenn er seine Hand euch bietet und die eure schüttelt und drücket. Wenn er euch alle seine Hülfe anträgt, so fliehet, denn der Gottlose verstrickt den Armen. Fliehet vor ihm, und bindet nicht mit ihm an; aber fürchtet ihn nicht, wenn ihr ihn sehet stehen fest und groß – wie die hohe Eiche fest und groß! Fürchtet ihn nicht.

Gehet hin, ihr Lieben! In euern Wald, an den Ort, wo die hohen alten Eichen standen, und sehet, wie die kleinen Bäume, die unter ihrem Schatten serbten, jetzt zugenommen haben, wie sie grünen und blühen. Die Sonne scheint jetzt wieder auf die jungen Bäume, und der Tau des Himmels fällt auf sie in seiner Kraft, und die großen weiten Wurzeln der Eiche, die alle Nahrung aus der Erde sogen, faulen jetzt und geben den jungen Bäumen Nahrung, die im Schatten der Eiche serbten.

Darum hoffet auf den Herrn, denn seine Hülfe mangelt denen nie, die auf ihn hoffen.

Der Tag des Herrn wird über den Gottlosen kommen, und an demselben Tage wird er, wenn er den Unterdrückten und Elenden ansehen wird, heulen und sprechen: Wär ich wie dieser einer!

Darum trauet auf den Herrn, ihr Betrübten und Unterdrückten! Und freuet euch, daß ihr den Herrn erkennet, der das Mahl der Liebe eingesetzt hat.

Denn durch die Liebe tragt ihr der Erde Leiden, wie einen Schatz von dem Herrn, und unter euern Lasten wachsen eure Kräfte und euer Segen.

Darum freuet euch, daß ihr den Herrn der Liebe erkennet, denn ohne Liebe würdet ihr erliegen, und werden wie die Gottlosen, die euch plagen und betriegen.

Lobpreiset den Herrn der Liebe, daß er das Abendmahl eingesetzt, und unter seinen Millionen auch euch zu seinem heiligen Geheimnis berufen hat!

Lobpreiset den Herrn!
Die Offenbarung der Liebe ist die Erlösung der Welt!
Liebe ist das Band, das den Erdkreis verbindet.
Liebe ist das Band, das Gott und Menschen verbindet.

Ohne Liebe ist der Mensch ohne Gott; und ohne Gott und ohne Liebe was ist der Mensch?
Dörft ihr's sagen?
Dörft ihr's aussprechen?
Dörft ihr's denken?
Was der Mensch ist ohne Gott und ohne Liebe.
Ich darf's nicht sagen.
Ich kann's nicht aussprechen.
Nicht Mensch.
Unmensch ist der Mensch ohne Gott und ohne Liebe.
Darum freuet euch, daß ihr den Herrn der Liebe erkennet, der den Erdkreis von der Unmenschlichkeit zur Liebe, von der Finsternis zum Licht, und vom Tod zum ewigen Leben berufen hat!
Und noch einmal sage ich euch: Freuet euch, daß ihr den Herrn erkennet, und betet für alle die, so ihn nicht erkennen, daß sie zur Erkenntnis der Wahrheit und zu eurer Freude gelangen.
Meine Kinder! Kommet zum heiligen Mahl euers Herrn – Amen!
Nachdem der Pfarrer dieses gesagt, und fast eine Stunde seine Gemeinde christlich gelehret hatte, betete er mit ihnen, und die ganze Gemeinde nahm das Nachtmahl des Herrn. Der Vogt Hummel aber dienete zu beim Nachtmahl des Herrn; und nachdem alles Volk dem Herrn gedankt hatte, sangen sie wieder ein Lied, und der Pfarrer segnete die Gemeinde; und ein jeder ging in seine Hütte.

§ 40

Ein Beweis, daß die Predigt gut war. Item, vom Wissen und Irrtum; und von dem, was heiße, den Armen drücken

Der Vogt Hummel aber ergrimmte über die Rede des Pfarrers, die er über den Gottlosen gehalten hatte, in seinem Herzen; und am Tage des Herrn, den die ganze Gemeinde in stiller Feier heiligte, tobte und wütete er, schimpfte und redte er greuliche Dinge über den Pfarrer.

Sobald er vom Tisch des Herrn heimging, sandte er sogleich zu den gottlosen Gesellen seines Lebens, daß sie geschwind zu ihm kämen. Diese waren bald da, und führten mit dem Vogt lasterhafte, leichtfertige Reden über den Pfarrer und über seine christliche Predigt.

Der Vogt fing zuerst an: Ich kann das verdammte Schimpfen und Sticheln nicht leiden.

Es ist auch nicht recht, es ist Sünde, besonders an einem heiligen Tage ist es Sünde, daß er's tut, sagte Aebi.

Und der Vogt: Er weiß es, der Bösewicht, daß ich es nicht leiden kann; aber desto mehr tut er's. Es muß ihm ein rechtes Wohlleben sein, wenn er die Leute mit seinem Predigen, und mit seinem Verdrehen alles dessen, was er nicht versteht, und was ihn nichts angeht, recht in Zorn und Wut bringen kann.

Aebi: Einmal der liebe Heiland und die Evangelisten und die Apostel im neuen Testament haben niemand geschimpft.

Christen: Das mußt du nicht sagen, sie haben auch geschimpft, und noch mehr als der Pfarrer.

Aebi: Das ist nicht wahr, Christen!

Christen: Du bist ein Narr, Aebi! Ihr blinden Führer, ihr Schlangen, ihr Ottergezüchte, und so tausenderlei. Du verstehst die Bibel, Aebi!

Bauern: Ja, Aebi! Es ist wahr, sie haben auch geschimpft.

Christen: Ja, aber Rechtshändel, die sie nicht verstanden, und Rechnungssachen, die vor der Oberkeit ausgemacht und in der Ordnung sind, ahndeten sie doch nicht; und zudem, es waren andre Leute, die das wohl durften.

Bauern: Es versteht sich, es waren andre Leute.

Christen: Ja, es mußten wohl andre Leute sein, denn sonst hätten sie es nicht dürfen; denket, wie sie es machten – Einst einem Annas – ja Annas hieß er – und hintennach auch seiner Frauen; nur daß sie eine Lüge sagten, sind sie zu Boden gefallen, und waren tot.

Bauern: Ist das auch wahr, um einer Lüge willen?

Christen: Ja, so wahr ich lebe, und da vor euch stehe.

Aebi: Es ist doch schön, wenn man die Bibel versteht.

Christen: Ich dank's meinem Vater unter dem Boden; er war leider, Gott erbarm! eben nichts Sonderbares. Er hat uns unser ganzes Muttergut durchgebracht, bis auf den letzten Heller; und das könnte ich noch wohl verschmerzen, hätte er sich nur nicht mit dem gehängten Uli so eingelassen! So etwas trägt man Kind und Kindskindern nach; aber lesen konnte er in der Bibel, trotz einem Pfarrer, und das mußten wir auch können; er ließ es keinem nach.

Aebi: Es hat mich tausendmal gewundert, wie er auch so ein Schlimmling hat sein können, da er doch so viel wußte.

Bauern: Ja, es ist freilich wunderlich, so viel er wußte.

Jost: (Ein Fremder, der eben im Wirtshaus ist.) Ich muß nur lachen, Nachbaren! daß ihr euch hierüber verwundert. Wenn vieles Wissen die Leute brav machen würde, so wären ja eure Anwälte und eure Tröler, und eure Vögte und eure Richter, mit Respekt zu melden, immer die Brävsten.

Bauern: Ja, es ist so, Nachbar! Es ist so.

Jost: Glaubet es nur, Nachbaren! Es ist zwischen Wissen und Tun ein himmelweiter Unterschied. Wer aus dem Wissen allein sein Handwerk macht, der hat wahrlich groß achtzugeben, daß er das Tun nicht verlerne.

Bauern: Ja, Nachbar! Es ist so, was einer nicht treibt, das verlernt er.

Jost: Natürlich, und wenn einer den Müßiggang treibt, so wird er nichts nütze. Und so geht's denen, die sich aus Müßiggang und langer Zeit aufs Frägeln und Schwatzen legen, sie werden nichts nütze. Gebt nur acht, die meisten dieser Pursche alle, die immer bald Kalender und bald Bibelhistorien, und bald die alten und bald die neuen Mandate in der Hand oder im Mund haben, sind Tagdieben. – Wenn man mit ihnen etwas, das Hausordnung, Kinderzucht, Gewinn und Gewerb antrifft, reden will, wenn sie Rat geben sollen, wie dieses oder jenes, das jetzt notwendig ist, anzugreifen wäre; so stehn sie da, wie Tropfen, und wissen nichts, und können nichts. Nur da, wo man müßig ist, in Wirtshäusern, auf Tanzplätzen, bei den Sonn- und Feiertagsgeschwatzen – da wollen sie sich dann zeigen; sie bringen aber Quacksalbereien, Dummheiten und Geschichten an, an denen hinten und vornen nichts wahr ist. Und doch ist's weit und breit eingerissen, daß ganze Stuben voll brave Bauern bei Stunden so einem Großmaul, das ihnen eine Lüge nach der andern aufbindet, zuhören können.

Aebi: Es ist bei meiner Seel so, wie der Nachbar da sagt; und, Christen! er hat deinen Vater durch und durch abgemalt. Vollkommen so hatten wir's mit ihm. Dumm war er in allem, was Holz und Feld, Vieh und Futter, Dreschen und Pflügen, und alles dergleichen antraf, wie ein Ochs, und zu allem, was er angreifen sollte, träg wie ein Hammel – Aber im Wirtshaus und bei den Kirchständen*, bei Lichtstubeten und auf den Gemeindplätzen redte er, wie ein Weiser aus Morgenland – bald vom Doktor Faust, bald vom Herrn Christus, bald von der Hexe von Endor, oder deren von Hirzau, und bald von den Stiergefechten in Mastricht und dem Pferderennen in London – So toll und dumm er alles machte, und so handgreiflich er Lügen aufband, so hörte man ihm dennoch immer gern zu, bis er fast

---

* Die Plätze, wo die Bauern am Sonntag zwischen den Predigten und des Abends, leider Gott erbarm! vor langer Zeit, Mann und Weib, jung und alt, zusammen stehn und schwatzen.

gehenkt wurde, da hat endlich sein Kredit mit dem Erzählen abgenommen.

Jost: Das ist ziemlich spät.

Aebi: Ja, wir waren lang Narren, und zahlten ihm manchen guten Krug Wein für lautre Lügen.

Jost: Ich denke, es wäre ihm besser gewesen, ihr hättet ihm keinen bezahlt.

Aebi: Bei Gott! Ich glaube selbst, wenn wir ihm keinen bezahlt hätten, so wäre er nicht unter den Galgen gekommen, er hätte alsdann arbeiten müssen.

Jost: So ist ihm eure Gutherzigkeit eben übel bekommen.

Bauern: Jawohl, in Gottes Namen.

Jost: Es ist ein verflucht verführerisches Ding um das müßiggängerische Histörlein-Aufsuchen und Histörlein-Erzählen, und gar heillos, die Bibel in diesen Narrenzeitvertreib hineinzuziehen.

Leupi: Mein Vater hat mich einst tüchtig geprügelt, da ich so über einem Histörlein, ich glaube, es war auch aus der Bibel, vergessen, das Vieh ab der Weide zu holen.

Jost: Er hatte auch recht. Tun, was in der Bibel steht, ist unsereinem seine Sache, und davon erzählen, des Pfarrers – Die Bibel ist ein Mandat, ein Befehl, und was würde der Kommandant zu dir sagen, wenn er einen Befehl ins Dorf schickte, man sollte Fuhren in die Festung tun, und du dann, anstatt in den Wald zu fahren, und zu laden, dich ins Wirtshaus setztest, den Befehl zur Hand nähmest, ihn abläsest, und den Nachbaren bei deinem Glas Wein bis auf den Abend erklärtest, was er ausweise und wolle.

Aebi: Ha! Was würd er mir sagen? Alle Schand und Spott würd er mir sagen, und mich ins Loch werfen lassen, daß ich ihn für einen Narren gehalten habe.

Jost: Und just das sind die Leute auch wert, die aus lauter Müßiggang, und damit sie im Wirtshaus Histörlein erzählen können, in der Bibel lesen.

Christen: Ja; aber man muß doch darin lesen, damit man den rechten Weg nicht verfehle.

Jost: Das versteht sich; aber die, so bei allen Stauden still stehen, und vor allen Brunnen und Marksteinen und Kreuzen, die sie auf dem Weg antreffen, Geschwätz treiben, sind nicht die, welche auf dem Weg *fort wandeln wollen.**

---

* Man verwundert sich wahrscheinlich über die Ernsthaftigkeit des Gesprächs, an welchem ausgezeichnete Lumpen und Säufer teilnehmen – Aber

Aebi: Aber wie ist denn das, Nachbar? Man sagt sonst, man trage an nichts zu schwer, das man wisse; aber es dünkt mich, man könne am Vielwissen auch zu schwer tragen.

Jost: Ja freilich, Nachbar! Man trägt an allem zu schwer, was einen an etwas Besserm und Notwendigerm versäumt. Man muß alles nur wissen um des Tuns willen. Und wenn man sich darauf legt, um des Schwätzens willen viel wissen zu wollen, so wird man gewiß nichts nütze.

Es ist mit dem Wissen und Tun, wie mit einem Handwerk. Ein Schuhmacher, z. E. muß arbeiten, das ist seine Hauptsache; er muß aber auch das Leder kennen und seinen Einkauf verstehen, das ist das Mittel, durch welches er in seinem Handwerk wohl fährt, und so ist's in allem. Ausüben und Tun ist für alle Menschen immer die Hauptsache. Wissen und Verstehn ist das Mittel, durch welches sie in ihrer Hauptsache wohl fahren.

Aber darum muß sich auch alles Wissen des Menschen bei einem jeden nach dem richten, was er auszuüben und zu tun hat, oder was für ihn die Hauptsache ist.

Aebi: Jetzt fang ich's bald an zu merken – Wenn man den Kopf mit zu vielem und Fremdem voll hat, so hat man ihn nicht bei seiner Arbeit und bei dem, was allemal am nötigsten ist.

Jost: Eben das ist's. Gedanken und Kopf sollten einem jeden bei dem sein, was ihn am nächsten angeht. Einmal ich mach's so. – Ich habe keine Wassermatten, darum liegt es mir nicht schwer im Kopf, wie man wässern muß, und bis ich eigenes Gehölze habe, staune ich gewiß nicht mit Mühe nach, wie man es am besten besorge. Aber meine Gillenbehälter sind mir wohl im Kopf, weil sie meine mageren Matten fett machen – So würde es in allen Ecken gut gehn, wenn ein jeder das Seine recht im Kopf hätte. Man kömmt immer früh genug zum Vielwissen, wenn man lernt recht wissen, und recht wissen lernt man nie, wenn man nicht in der Nähe bei dem Seinigen und bei dem Tun anfängt. Auf den Fuß kömmt das Wissen in seiner Ordnung in den Kopf. Und man kömmt gewiß weit im Leben, wenn man so anfängt; aber beim müßigen Schwatzen und von Kalenderhistorien

es gibt Gesichtspunkte von Sachen, welche diese Leute interessieren, wie unsereinen, und Augenblicke, wo sie sehr ernsthaft und, nach ihrer Art, sehr naiv und sehr richtig von allen Dingen reden und urteilen; und man ist sehr irrig, wenn man den liederlichen Bauer und Säufer sich immer als einen besoffenen Trunkenbold, ohne Verstand und ohne Teilnehmung an ernsten Sachen vorstellt – Er ist nur alsdann so beschaffen, wenn er wirklich zuviel getrunken hat, und das war jetzt noch nicht der Fall.

oder andern Träumen aus den Wolken und aus dem Mond lernt man gewiß nichts als liederlich werden.

Aebi: Man fängt das in der Schul an.

Während dem ganzen Gespräch stunde der Vogt am Ofen, staunte, wärmte sich, hörte kaum, was sie sagten, und sprach nur wenig und ganz verwirrt in das, so sie redten. Er vergaß sogar den Wein bei seinem Staunen, darum währete auch das Gespräch mit dem Aebi und dem Fremden so lange. Vielleicht aber hat er seinen Kram nicht gerne ausgeleert, bis der Fremde ausgetrunken hatte, und fort war – Denn er fing da endlich auf einmal damit an, und sagte ihnen, als ob er's bei seinem langen Staunen auswendig gelernt hätte, herunter.

Der Pfarrer kömmt immer mit dem, daß man die Armen drücke. Wenn das, was er die Armen drücken heißt, niemand täte, so wären, mich soll der Teufel holen, wenn es nicht so ist, gar keine Arme in der Welt; aber wo ich mich umsehe, vom Fürsten an bis zum Nachtwächter, von der ersten Landeskammer bis zur letzten Dorfgemeinde, sucht alles seinen Vorteil, und drückt jedes gegen das, das ihm im Weg steht. Der alte Pfarrer hat selbst Wein ausgeschenkt, wie ich, und Heu und Korn und Haber so wohlfeil an die Zahlung genommen, als ich's immer bekomme. Es drückt in der Welt alles den Niedern, ich muß mich auch drücken lassen. Wer etwas hat, oder zu etwas kommen will, der muß drücken, oder er muß das Seine wegschenken und betteln. Wenn der Pfarrer die Armen kennte wie ich, er würde nicht so viel Kummer für sie haben; aber es ist ihm nicht um die Armen. Er will nur schimpfen, und die Leute hintereinander richten und irremachen. Ja, die Armen sind Pursche, wenn ich zehn Schelmen nötig habe, so finde ich eilfe unter den Armen.* Ich wollte wohl gerne, man brächte mir mein Einkommen auch alle Fronfasten richtig ins Haus; ich würde zuletzt wohl auch lernen, es fromm und andächtig abnehmen. Aber in meinem Gewerb, auf einem Wirtshaus und auf Bauernhöfen, wo alles auf den Heller muß ausgespitzt sein, und wo man einen auch in allen Ecken rupft – da hat's eine andre Bewandtnis. Ich wette, wer da gegen Taglöhner und Arme nachsichtig und weichmütig handeln wollte, der würde um Hab und Gut kommen – Das sind allenthalben Schelmen – So redte der Vogt, und verdrehte sich selber in seinem Herzen die Stimme seines Gewissens, die ihn unruhig machte, und ihm laut sagte, daß

---

* Der Erzschelm vergißt, daß die reichen Schelmen für sich selbst schaffen, und sich darum nicht brauchen lassen.

der Pfarrer recht habe, und daß er der Mann sei, der allen Armen im Dorf den Schweiß und das Blut unter den Nägeln hervordrücke.

Aber wie er auch mit sich selber künstelte, so war ihm doch nicht wohl. Angst und Sorgen quälten ihn sichtbar. Er ging in seiner Unruhe beklemmt die Stube hinauf und hinunter.

Alsdann sagte er wieder: Ich bin so erbittert über des Pfarrers Predigt, daß ich nicht weiß, was ich tue; und es ist mir sonst nicht wohl. Ist's auch so kalt, Nachbaren? Es friert mich immer, seitdem ich daheim bin.

Nein, sagten die Nachbaren, es ist nicht kalt; aber man sah dir's in der Kirche schon an, daß dir nicht wohl ist; du sahst todblaß aus.

Vogt: Sahe man mir's an? Ja es war mir schon da wunderlich – ich kriege das Fieber – es ist mir so blöd – ich muß saufen – wir wollen in die hintere Stube gehn während der Predigt.

§ 41
Der Ehegaumer zeigt dem Pfarrer Unfug an

Aber der Ehegaumer*, der ans Vogts Gasse wohnte, und den Aebi, den Christen und die andern Lumpen zwischen der Predigt ins Wirtshaus gehn sah, ärgerte sich in seinem Herzen, und gedachte in dieser Stunde an seinen Eid, den er geschworen hatte, acht zu geben auf allen Unfug und auf alles gottlose Wesen, und solches dem Pfarrer anzuzeigen. Und der Ehegaumer bestellte einen ehrbaren Mann, daß er acht geben sollte auf diese Pursche, ob sie vor der Predigt wieder aus dem Wirtshaus heimgingen oder nicht? Und da es bald zusammenläuten wollte, und noch niemand wieder herauskam, ging er zum Pfarrer, und sagt' ihm, was er gesehen und wie er den Samuel Treu bestellt hätte, acht zu geben.

Der Pfarrer aber erschrak über diesen Bericht; seufzete still bei sich selber, und redete nicht viel.

Da dachte der Ehegaumer, der Herr Pfarrer studiere noch an seiner Predigt, und redete bei seinem Glas Wein auch minder, als er sonst gewöhnt war.

Endlich als der Pfarrer eben in die Kirche gehen wollte, kam der Samuel, und der Ehegaumer sagte zu ihm:

* Ehegaumer (Verwahrer der ehlichen Treue) sind in der Schweiz Kirchenälteste, die nebst den Pfarrern auf die Handhabung von Religion, Sitten und Ordnung zu wachen haben.

Du kannst jetzt dem wohlehrwürdigen Herrn Pfarrer alles selber erzählen.

Da sagte der Samuel: Gott grüß Euch, wohlehrwürdiger Herr Pfarrer!

Der Pfarrer dankt' ihm, und sagte: Sind denn die Leute noch nicht wieder heim?

Samuel: Nein, Herr Pfarrer! Ich ging von dem Augenblick an, da mich der Ehegaumer bestellte, immer um das Wirtshaus herum, und es ist kein Mensch, außer die Vögtin, die in der Kirche ist, zum Haus herausgegangen.

Pfarrer: Sie sind also noch alle ganz gewiß im Wirtshause?

Samuel: Ja, Herr Pfarrer! Ganz gewiß.

Ehegaumer: Da seht Ihr jetzt, wohlehrwürdiger Herr Pfarrer! daß ich mich nicht geirrt habe, und daß ich es habe anzeigen müssen.

Pfarrer: Es ist ein Unglück, daß an einem heiligen Tage solche Sachen einem Zeit und Ruhe rauben müssen.

Ehegaumer: Was wir taten, wohlehrwürdiger Herr Pfarrer! war unsre teure Pflicht.

Pfarrer: Ich weiß es, und ich danke euch für eure Sorgfalt; aber Nachbaren! vergesset doch ob einer kleinen leichten Pflicht die schweren und größern nicht. Acht auf uns selber zu haben, und über unsere eigene Herzen zu wachen, ist immer die erste und wichtigste Pflicht des Menschen. Darum ist es allemal ein Unglück, wenn solche böse Sachen einem Menschen Zerstreuungen veranlassen.

Nach einer Weile sagte er dann wieder:

Nein, es ist doch nicht länger auszustehn, dieses grenzenlose Unwesen – und mit aller Nachsicht wird es immer nur ärger.

Und darauf ging er mit diesen Männern zur Kirche.

§ 42
Zugabe zur Morgenpredigt

Es folgeten ihm aber in der Leidensgeschichte die Worte:

Und da Judas den Bissen genommen hatte, fuhr der Satan in sein Herz, usw.

Und er redete mit seiner Gemeinde über die ganze Geschichte des Verräters – Und er kam in einen großen Eifer, also daß er mit den Händen stark auf das Kanzelbrett schlug, welches er sonst bei Jahren nicht getan hatte.

Und er sagte: daß alle die, so vom Nachtmahl des Herrn zum Spiel und Saufen weglaufen, nicht um ein Haar besser wären als Judas; und daß ihr Ende sein würde, wie das Ende des Verräters.

Und die Leute in der Kirche fingen an zu staunen und nachzusinnen, was doch der große Eifer des Pfarrers bedeute?

Da und dort stieß man die Köpfe zusammen, und murmelte umher: der Vogt habe sein Haus voll von seinen Lumpen.

Und bald warf alles links und rechts die Augen auf seinen leeren Kirchstuhl und auf die Vögtin.

Diese merkte es – zitterte – schlug die Augen nieder – durfte keinen Menschen mehr ansehn – und lief im Anfang des Singens zur Kirche hinaus.

Da sie aber das tat, ward das Gerede erst noch größer, daß man auch mit den Fingern auf sie zeigte; und es stunden in den hintersten Weiberstühlen einige sogar auf die Bänke, sie zu sehn, und das Gesang selbst mißtönte ob dem Gemürmel.

§ 43
Die Bauern im Wirtshause werden beunruhiget

Sie aber lief, so schnell sie vermochte, heim.

Und als sie in die Stube kam, warf sie das Kirchenbuch im Zorn mitten unter die Flaschen und Gläser, und fing an überlaut zu heulen.

Der Vogt und die Nachbaren fragten: Was ist das?

Vögtin: Ihr solltet's wohl wissen – Es ist nicht recht, daß ihr an einem heiligen Tage hier saufet.

Vogt: Ist's nur das? so ist's wenig.

Bauern: Und das erstemal, daß du darüber heulst!

Vogt: Ich glaubte aufs wenigste, du habest den Geldsäckel verloren.

Vögtin: Treib jetzt noch den Narren; wenn du in der Kirche gewesen wärst, du würdest nicht narren.

Vogt: Was ist's denn? Heul doch nicht so, und rede! Was ist's denn?

Vögtin: Der Pfarrer muß vernommen haben, daß deine Herren da saufen während der Predigt.

Vogt: Das wäre verflucht!

Vögtin: Er weiß es gewiß.

Vogt: Welcher Satan kann es ihm jetzt schon gesagt haben?

Vögtin: Welcher Satan, du Narr! Sie kommen ja mit ihren Tabakspfeifen über die Straße und nicht zum Kamin hinab ins Haus; und dann noch ordentlich neben des Ehegaumers Haus vorbei. Jetzt hat der Pfarrer getan, daß es nicht auszusprechen ist; und alle Leute haben mit den Fingern auf mich gezeigt.

Vogt: Das ist abermal ein verdammtes Stück, das mir so ein Satan angerichtet hat!

Vögtin: Warum mußtet ihr eben heut kommen – ihr Saufhünde – Ihr wußtet wohl, daß es nicht recht ist.

Bauern: Wir sind nicht schuld; er hat uns einen Boten geschickt.

Vögtin: Ist das wahr?

Bauern: Ja, ja!

Vogt: Es war mir so wunderlich als es mir sein konnte; und unausstehlich allein zu sein.

Vögtin: Das ist gleichviel. Aber Nachbaren! Geht doch so schnell ihr könnet durch die hintere Tür heim, und machet, daß das Volk, wenn es aus der Kirche kommt, einen jeden vor seinem Hause antreffe; so könnt ihr die Sache noch bemänteln. Man hat noch nicht vollends ausgesungen; aber gehet, es ist doch Zeit.

Vogt: Ja, gehet – gehet – das ist ein Abigailsrat.

Die Bauern gingen.

Da erzählte die Frau ihm erst recht, daß der Pfarrer vom Judas gepredigt hätte; wie der Teufel ihm in sein Herz gefahren wäre – wie er sich erhängt hätte, und wie die, so vom Nachtmahl weggingen, zu saufen und zu spielen, ein gleiches Ende nehmen würden. Er war so eifrig, sagte die Frau, daß er mit den Fäusten aufs Kanzelbrett schluge, und mir ist schier geschwunden und ohnmächtig worden.

Der Vogt aber erschrak über das, so die Frau erzählte, so sehr, daß er war wie ein Stummer, und kein Wort antwortete. Aber schwere tiefe Seufzer tönten jetzt aus dem stolzen Munde, den man jahrelang nie so seufzen gehört hatte.

Seine Frau fragte ihn oft und viel: Warum er so seufze?

Er antwortete ihr kein Wort. Aber mehr als einmal sagte er mit bangem Seufzen zu sich selber: Wohin kommt's noch weiter! Wohin kommt's noch mit mir?

So ging er jetzt lang seufzend die Stube hinauf und hinunter.

Endlich sagt' er zur Frauen: Bring mir ein Jastpulver vom Scherer, mein Geblüt wallet in mir, und macht mich unruhig; ich will morgen zu Ader lassen, wenn's auf das Pulver nicht besser wird.

Die Frau bracht ihm das Pulver; er nahm's, und eine Weile darauf ward ihm wirklich leichter.

§ 44

Geschichte eines Menschenherzens, während dem Nachtmahle

Da erzählte er der Frauen, wie er heute mit gutem versöhnten Herzen zur Kirche gegangen wäre, wie er auch in seinem Stuhl Gott um Verzeihung seiner Sünden gebeten hätte; aber da über die Predigt des Pfarrers toll geworden wäre, und seither keinen guten Gedanken mehr hätte haben können. Auch wie ihm erschreckliche und greuliche Dinge während dem Nachtmahl zu Sinn gekommen wären. Ich konnte, so sagte er zur Frauen; ich konnte während dem Nachtmahl nicht beten und nicht seufzen. Mein Herz war mir wie ein Stein – Und da mir der Pfarrer das Brot gab, so sah er mich an, daß es nicht auszusprechen war; nein! Ich kann's nicht aussprechen; aber auch nicht vergessen, wie er mich ansah – Wenn ein Richter einen armen Sünder dem Rad und dem Scheiterhaufen übergibt, und eben über ihn den Stab bricht; er kann ihn nicht so ansehen. Vergessen kann ich's nicht, wie er mich ansah. Ein kalter Schweiß floß über meine Stirne, und meine Hand zitterte, da ich von ihm das Brot nahm.

Und da ich's geessen hatte, übernahm mich ein wütender schrecklicher Zorn über den Pfarrer, daß ich mit meinen Zähnen knirschte, und ihn nicht mehr ansehen durfte.

Frau! Ein Abscheulichers stieg mir dann nach dem andern ins Herz.

Ich erschrak über diesen Gedanken, wie ich ob großen Donnerstrahlen erschrecke; aber ich konnte ihrer nicht los werden.

Ich zitterte vor dem Taufsteine,* daß ich den Kelch vor Schauer und Entsetzen nicht festhielt.

Da kam Joseph in zerrissenen Stiefeln, und schlug seine Schelmenaugen vor mir zu Boden – und meine drei Taler! Wie's mir durch Leib und Seel schauerte, der Gedanke an meine drei Taler.

Dann kam Gertrud, hub ihre Augen gen Himmel, und dann auf den Kelch, als ob sie mich nicht sähe; als ob ich nicht da wäre. Sie hasset und verflucht mich, und richtet mich zugrunde; und sie konnte tun, als ob sie mich nicht sähe; als ob ich nicht da wäre.

Dann kam der Mäurer, sah mich so wehmütig an, als ob er aus tiefem Herzensgrunde zu mir sagen wollte: Verzeih mir, Vogt! Er, der mich, wenn er könnte, an Galgen bringen würde.

* In Bonnal gehen die Kommunikanten zum Taufstein, und empfangen da vom Pfarrer das Brot, und von den Dorfvorgesetzten den Kelch.

Dann kam auch Schabenmichel, blaß und erschrocken wie ich, und zitterte wie ich. Denk, Frau! Wie mir bei dem allem zumute war. Ich fürchtete immer, auch Hans Wüst komme nach; dann hätte ich's nicht ausgehalten; der Kelch würde mir aus der Hand gefallen; ich selbst, ich würde gewiß zu Boden gesunken sein; ich konnte mich fast nicht mehr auf den Füßen halten. Und als ich in den Stuhl zurück kam, überfiel mich ein Zittern in meinen Gliedern, daß ich beim Singen das Buch nicht in den Händen halten konnte.

Und bei allem kam mir immer in Sinn: Arner! Arner! ist an allem diesem schuld; und Zorn und Wut und Rache tobeten in meinem Herzen während der Stunde meines Dienstes. Woran ich in meinem Leben nie dachte, das kam mir während dem Nachtmahl in Sinn. Ich darf's fast nicht sagen, es schauert mir, es nur zu denken.

Es kam mir in Sinn: ich soll ihm den großen Markstein auf dem Berg über den Felsen hinunterstürzen; es weiß den Markstein niemand als ich.

§ 45
Die Frau sagt ihrem Manne große Wahrheiten; aber viele Jahre zu spät

Die Vögtin erschrak über diesen Reden ihres Manns heftig, sie wußte aber nicht, was sie sagen wollte, und schwieg, solang er redete, ganz still. Auch eine Weile hernach schwiegen beide. Endlich aber fing die Vögtin wieder an und sagte zu ihm: Es ist mir angst und bang wegen allem, was du gesagt hast. Du mußt diesen Gesellen entsagen, das Ding geht nicht gut; und wir werden älter.

Vogt: Du hast durchaus recht; aber es ist gar nicht leicht.

Vögtin: Es mag schwer sein oder nicht, es muß sein; sie müssen dir vom Hals.

Vogt: Du weißest wohl, wieviel mich an sie bindet, und was sie wissen.

Vögtin: Du weißest noch viel mehr von ihnen: sie sind Schelmen, und dürfen nichts sagen: du mußt dich von ihnen losmachen.

Der Vogt seufzet; die Frau aber fährt fort: Sie fressen und saufen immer bei dir, und zahlen dich nicht. Und wenn du besoffen bist, so lassest du dich noch von ihnen anführen, wie ein Tropf – Denk doch, um Gottes willen! nur wie es gestern mit dem Joseph gegangen ist: Ich habe dir, ach mein Gott! wie gut hab ich's gemeint, raten wollen, aber wie bist du mit mir umgegangen? Und ohne das sind auch gestern zween Taler aus deinem Kamisolsack weiterspaziert, und sind nicht einmal aufgeschrieben – Wie lang kann das noch gehn? Wenn du bei deinen schlimmen Händeln nachrechnest, was nebenhin gegangen ist, so hast du bei allem verloren; und doch fährst du noch immer fort mit diesen Leuten, und oft und viel nur um deines gottlosen Hochmuts willen. Bald muß dir so ein Hund reden, was du willst, und bald ein anderer schweigen, wo du willst; darfür dann fressen und saufen sie bei dir, und zum schönen Dank, wenn dich einer kann in eine Grube bringen und verraten, so tut er's.

Ja vor alters, da dich alles fürchtete wie ein Schwert, da konntest du die Pursche in Ordnung halten; aber jetzt bist du ihrer nicht mehr Meister, und zähl darauf: du bist ein verlorner Mann in deinen alten Tagen, wenn du ihrer nicht müßig gehest. Es steht so schlüpfrig um uns, als es nur kann; sobald du weg bist, lachen und narren die Knechte, arbeiten nicht, und wollen nur saufen – So sagte die Frau.

Der Vogt aber antwortete auf alles kein Wort, sondern saß stillschweigend und staunend vor ihr, da sie so redete. Endlich stand er auf und ging in den Garten, aus dem Garten in seine Brunnenmatt, aus dieser in Pferdstall. Angst und Sorgen trieben ihn so umher; doch blieb er eine Weile im Pferdstall und redete da mit sich selber.

§ 46
Selbstgespräch eines Manns, der mit seinem Nachdenken unglücklich weit kömmt

Mehr als recht hat die Frau; aber was will ich machen? Ich kann nicht helfen; unmöglich kann ich mir aus allem, worin ich stecke, heraushelfen. So sagt er; flucht dann wieder auf Arner, als ob dieser ihm alles auf den Hals gezogen; und dann auf den Pfarrer, daß er ihn auch noch in der Kirche rasend gemacht hätte; dann kam er wieder auf den Markstein, und sprach: Ich versetze ihn nicht, den verwünschten Stein; aber wenn's jemand täte, so würde der Junker um den dritten Teil seiner Waldung kommen.

Sodann wieder: Das ist ganz richtig, der achte und neunte obrigkeitliche Markstein würden ihm das Stück in gerader Linie wegschneiden; aber behüte mich Gott davor, ich versetze keinen Markstein.

Dann wieder: Wenn's auch kein rechter Markstein wäre? Er liegt da, wie seit der Sündflut; er hat keine Nummer und kein Zeichen.

Dann ging er in die Stube, nahm sein Hausbuch – rechnete –

schrieb – blätterte – tat Papiere voneinander – legte sie wieder zusammen – vergaß, was er gelesen – suchte wieder, was er eben geschrieben hatte – legte dann das Buch wieder in den Kasten – ging die Stube hinauf und hinunter – und dachte und redete immer mit sich selber vom Markstein ganz ohne Schloßzeichen und Numero. Sonst ist kein einziger Markstein ohne Zeichen. Was mir in Sinn kömmt: Ein alter Arner soll die obrigkeitliche Waldung so hart beschnitten haben; wenn es auch hier wäre. Bei Gott! Es ist hier! Es ist die unnatürlichste Krümmung in die obrigkeitlichen Grenzen hinein; bei zwo Stunden geht sie sonst in geräderer Linie als hier; und der Stein hat kein Zeichen und die Scheidung keinen Graben.

Wenn die Waldung der Obrigkeit gehörte, ich täte dann nicht Unrecht, ich wäre treu am Landesherrn. Aber wenn ich mich irrte – Nein, ich versetze den Stein nicht. Ich müßte ihn umgraben, in der finstern Nacht müßte ich ihn einen starken Steinwurf weit auf der Ebne fortrücken bis an den Felsen, und er ist schwer. Er läßt sich nicht versenken, wie eine Brunnquell. Am Tage würde man jeden Karststreich hören, so nahe ist er an der Landstraße; und zu Nacht – ich darf nicht. Ich würde vor jedem Geräusch erschrecken. Wenn ein Dachs daher schliche, oder ein Reh aufspränge, es würde mir ohnmächtig bei der Arbeit werden. Und wer weiß, ob nicht im Ernst ein Gespenst mich über der Arbeit ergreifen könnte. Es ist wahrlich unsicher des Nachts um die Marksteine, und es ist besser, ich lasse es bleiben.

Dann wieder nach einer Weile:

Daß auch so viele Leute weder Hölle noch Gespenster glauben! Der alte Schreiber glaubte von allem kein Wort; und der Vikari – es ist bei Gott! nicht möglich, daß er etwas geglaubt hat; aber der Schreiber, der sagte es überlaut und wohl hundertmal zu mir, wie mit meinem Hund, wie mit meinem Roß, sei es mit mir aus, wenn ich tot sein werde. Er glaubte das, fürchtete sich vor nichts, und tat, was er wollte. Wenn er auch recht gehabt hätte, wenn ich's glauben könnte, wenn ich's hoffen dürfte, wenn ich's in mein Herz hinein bringen könnte, daß es wahr wäre, bei der ersten Jagd würde ich hinter den Gebüschen Arnern auflauren und ihn totschießen – ich würde dem Pfaffen sein Haus abbrennen; aber es ist vergebens, ich kann's nicht glauben, ich darf's nicht hoffen – Es ist nicht wahr! Narren sind's, verirrte Narren, die es glauben, oder sie tun nur dergleichen.

O! o! Es ist ein Gott!

Es ist ein Gott!

Markstein, Markstein! Ich versetze dich nicht. So redte der Mann, und zitterte, und konnte dieser Gedanken nicht los werden.

Entsetzen durchfuhr sein Innerstes. Er wollte sich selbst entfliehn, ging auf die Straße, stund zum ersten besten Nachbar, fragte ihn von Wetter und vom Wind, und von den Schnecken, die im Herbst vor drei Jahren den Roggen verdünnert hatten. Dann kam er nach einer Weile mit ein paar Durstigen wieder in sein Wirtshaus, gab ihnen zu trinken, daß sie blieben – nahm noch ein Jastpulver vom Scherer, und brachte so endlich den Tag des Herrn zu Ende.

§ 47
Häusliche Sonntagsfreuden

Und nun verlaß ich dich eine Weile, Haus des Entsetzens – Mein Herz war mir schwer, mein Auge war finster, meine Stirne umwölkt, und bang war's mir im Busen, über deinen Greueln.

Nun verlaß ich dich eine Weile, Haus des Entsetzens!

Mein Auge erheitert sich wieder, meine Stirne entwölkt sich, und mein Busen atmet wieder unbeklommen und frei.

Ich nähere mich wieder einer Hütte, in welcher Menschlichkeit wohnt.

Da heut am Morgen der Lienhard und seine Frau zur Kirche gegangen waren, saßen ihre Kinder fromm und still in der Wohnstube beisammen, beteten, sangen und wiederholten, was sie in der Woche gelernt hatten; denn sie mußten solches alle Sonntage des Abends der Gertrud wiederholen.

Lise, das Älteste, mußte allemal während der Kirche das kleine Grüteli versorgen, es aufnehmen, es tröcknen, ihm seinen Brei geben; und das ist immer der Lise größte Sonntagsfreude, wenn sie allemal das Kleine so aufnimmt und speist, so meint dann Lise, sie sei auch schon groß. Wie sie dann die Mutter spielt, ihr nachäffet, das Kleine tausendmal herzt, ihm nickt und lächelt – Wie das Kleine ihr wieder entgegenlächelt, seine Hände zerwirft, und mit den Füßen zappelt auf ihrem Schoße; wie es seine Lise bald bei der Haube nimmt, bald bei den kleinen Zöpfen, bald bei der Nase; dann wie es über dem bunten Sonntagshalstuch J – ä J – ä macht – dann wie Niclas und Enne ihm J – ä antworten; wie dann das Kleine Kopf und Augen herumdreht, den Ton sucht, den Niclas erblickt, und auch gegen ihn lacht – wie Niclas dann zuspringt und das lachende Schwesterlein herzet – wie dann Lise den Vorzug will, und allem aufbietet, daß das Liebe gegen sie lache; auch wie sie für es Sorge trägt, wie sie seinem Weinen vorkömmt, wie sie ihm Freude macht, es bald in die Höhe hebt bis an die Bühne, bald wieder gleich lustig und sorgfältig hinunterläßt bis an den Boden – wie dann das Grüteli bei diesem Spiele jauchzet, auch wie sie Hände und Kopf dem Kind in Spiegel hineindrückt, und dann endlich, wie es beim Anblick der Mutter weit hinunter in die Gasse jauchzet – wie's ihr entgegennickt und lächelt – wie's seine beiden Händchen nach ihr ausstreckt, und nach ihr hängend fast überwälzet auf des Schwesterleins Arm – das alles ist wahrlich schön. Es ist die Morgenfreude der Kinder des Lienhards an den Sonntagen und an den heiligen Festen – und diese Freuden frommer Kinder sind wahrlich schön vor dem Herrn ihrem Gott. Er sieht mit Wohlgefallen auf die Unschuld der Kinder, wenn sie sich also ihres Lebens freuen, und er segnet sie, daß es ihnen wohlgehe ihr Leben lang, wenn sie folgen und recht tun.

Gertrud war heute mit ihren Kindern zufrieden; sie hatten alles in der Ordnung getan, was ihnen befohlen war.

Es ist die größte Freude frommer Kinder auf Erden, wenn Vater und Mutter mit ihnen zufrieden sind.

Die Kinder der Gertrud hatten jetzt diese Freude, sie drängten sich an den Schoß ihrer Eltern, riefen bald Vater, bald Mutter, suchten ihre Hände, hielten sich an ihren Armen, und sprangen am Arme des Vaters und am Arme der Mutter an ihren Hals.

Das war dem Lienhard und der Gertrud ein Labsal, am Festtage des Herrn.

So lang sie Mutter ist, ist es die Sonntagsfreude der Gertrud, die Freude über ihre Kinder, und über ihre kindliche Sehnsucht nach Vater und Mutter – darum sind ihre Kinder auch fromm und sanft.

Lienhard weinte heute, daß er oft diese Freuden des Lebens sich selber entriß.

Die häuslichen Freuden des Menschen sind die schönsten der Erden.

Und die Freude der Eltern über ihre Kinder, ist die heiligste Freude der Menschheit. Sie macht das Herz der Eltern fromm und gut. Sie hebt die Menschheit empor zu ihrem Vater im Himmel. Darum segnet der Herr die Tränen solcher Freuden, und lohnet den Menschen jede Vatertreue und jede Muttersorge an ihren Kindern.

Aber der Gottlose, der seine Kinder für nichts achtet – der Gottlose, dem sie eine Last sind, und eine Bürde – der Gottlose, der in der Woche vor ihnen fliehet und am Sonntage sich vor ihnen verbirget – der Gottlose, der Ruhe suchet vor ihrer Unschuld und vor ihrer

Freude, und der sie nicht leiden kann, bis ihre Unschuld und ihre Freude dahin ist, bis sie wie er gezogen sind –

Der Gottlose, der das tut, stoßet den besten Segen der Erden weg von sich mit Füßen. Er wird auch keine Freude erleben an seinen Kindern, und keine Ruhe finden vor ihnen – In der Freude ihres Herzens redeten Lienhard und Gertrud mit ihren Kindern am heiligen Festtage, von dem guten Vater im Himmel und von dem Leiden ihres Erlösers. Die Kinder hörten still und aufmerksam zu, und die Mittagsstunde ging schnell und frohe vorüber, wie die Stunde eines Hochzeitsfestes.

Da läuteten die Glocken zusammen, und Lienhard und Gertrud gingen nochmals zur Kirche.

Der Weg führte sie wieder bei des Vogts Hause vorbei, und Lienhard sagte zu Gertrud: Der Vogt sah diesen Morgen in der Kirche erschrecklich aus; in meinem Leben sah ich ihn nie so. Der Schweiß tropfte von seiner Stirne, da er zudienete; hast du es nicht bemerkt, Gertrud? Ich sah, daß er zitterte, da er mir den Kelch gab. Ich habe es nicht bemerkt, sagte Gertrud.

Lienhard: Es ging mir ans Herz, wie der Mann aussahe. Hätte ich's dürfen, Frau! ich hätte ihm überlaut zugerufen: Verzeih mir, Vogt! Und wenn ich ihm mit etwas zeigen könnte, daß ich's nicht bös meine, ich würde es gerne tun.

Gertrud: Lohn dir Gott dein Herz, Lieber! Es ist recht, wann du Anlaß hast; aber des Rudis hungernde Kinder und noch mehr schreien Rache über den Mann, und er wird dieser Rache gewiß nicht entrinnen.

Lienhard: Es geht mir ans Herz, der Mann ist höchst unglücklich. Ich sah es schon lang mitten im Lärm seines Hauses, daß ihn nagende Unruhe plagte.

Gertrud: Mein Lieber! Wer von einem stillen eingezogenen frommen Leben abläßt, dem kann's niemals wohl sein in seinem Herzen.

Lienhard: Wenn ich je etwas in meinem Leben deutlich erfahren und gesehen habe, so ist es dieses. Alles was immer die gewalttätigen Anhänger des Vogts in seinem Haus ratschlagten, vornahmen, erschlichen oder erzwangen, alles machte sie nie eine Stunde zufrieden und ruhig.

Unter diesen Gesprächen kamen sie zur Kirche, und wurden da sehr von dem Eifer gerührt, mit welchem der Pfarrer über die Geschichte des Verräters redete.

§ 48
Etwas von der Sünde

Gertrud hatte das Gemurmel, das in den Weiberstühlen allgemein war, des Vogts Haus sei schon wieder voll von seinen Lumpen, auch gehört, und sagte es nach der Kirche dem Lienhard. Dieser antwortete: Ich kann's doch fast nicht glauben – während der Kirche an einem heiligen Tage.

Gertrud: Es ist freilich erschrecklich! Aber die Verwicklungen eines gottlosen Lebens führen zu allem, auch zu dem Abscheulichsten!

Lienhard seufzt. Gertrud fährt fort: Ich erinnere mich, solang ich lebe, an das Bild, das unser Pfarrer selig uns von der Sünde machte, da er uns das letzte Mal zum heiligen Nachtmahl vorbereitete.

Er verglich sie mit einem See, der beim anhaltenden Regen nach und nach aufschwellt. Das Steigen des Sees, sagte er, ist immer unmerklich; aber es nimmt doch alle Tage und alle Stunde zu. Der See wird immer höher und höher, und die Gefahr wird gleich groß, als wenn er plötzlich und mit Sturm so aufschwellte.

Darum geht der Vernünftige und Erfahrne im Anfange zu den Wehren und Dämmen, sie zu besichtigen, ob sie dem Ausbruch zu steuren in Ordnung sind. Der Unerfahrne und der Unweise aber achten das Steigen des Sees nicht, bis die Dämme zerrissen, bis Felder und Wiesen verwüstet sind, und bis die Sturmglocke dem Lande aufbietet, der Verheerung zu wehren. So, sagte er, sei es mit der Sünde und dem Verderben, das sie anrichte.

Ich bin noch nicht alt, aber ich habe es doch schon hundertmal erfahren, daß der redliche Seelsorger recht hatte; und daß ein jeder, der in irgendeiner Sünde anhaltend fortwandelt, sein Herz so verhärtet, daß er das Steigen ihrer Greuel nicht mehr achtet, bis Verheerung und Entsetzen ihn aus dem Schlafe weckt.

§ 49
Kindercharakter und Kinderlehren

Unter diesen Gesprächen kamen sie aus der Kirche wieder in ihre Hütte.

Und die Kinder alle liefen dem Vater und der Mutter die Stiege hinunter entgegen; riefen und baten, sobald sie sie sahn: wir wollen doch geschwind wiederholen, was wir diese Woche gelernt haben; komme doch geschwind, Mutter! daß wir bald fertig werden.

Gertrud: Warum so eifrig heut, ihr Lieben? Warum tut es so not?

Kinder: Ja, wir dürfen dann, Mutter, wenn wir's können, mit dem Abendbrot, gelt, Mutter! Wir dürfen? Du hast's uns gestern versprochen.

Mutter: Ich will gern sehn, wie ihr das könnt, was ihr gelernet habt.

Kinder: Aber wir dürfen alsdann, Mutter?

Mutter: Ja, wenn ihr fertig sein werdet.

Die Kinder freuten sich herzlich, und wiederholten, was sie in der Woche gelernt hatten, geschwind und gut.

Da gab die Mutter ihnen ihr Abendbrot und zwo Schüsseln Milch, von der sie den Rahm nicht abgenommen hatte, weil es Festtag war.

Sie nahm jetzt auch das Grüteli an ihre Brust, und hörte mit Herzensfreude zu, wie die Kinder während dem Essen eines dem andern erzählten, wem sie ihr Abendbrot geben wollten. Keines aß einen Mundvoll von seinem Brot – Keines tat ein Bröcklein davon in die Milch, sondern alle aßen sie darohne, und jedes freute sich über sein Brot, zeigte es dem andern, und jedes wollte, das seine sei das größte.

Jetzt waren sie fertig mit ihrer Milch – das Brot lag noch neben der Mutter.

Niclas schlich zu ihr hin, nahm ihr die Hand und sagte: Du gibst mir doch auch noch einen Mundvoll Brot für mich, Mutter!

Mutter: Du hast ja schon, Niclas!

Niclas: Ich muß es ja dem Rudeli geben.

Mutter: Ich habe dir's nicht befohlen; du darfst es essen, wenn du willst.

Niclas: Nein, ich will's nicht essen; aber du gibst mir doch noch einen Mundvoll?

Mutter: Nein, gewiß nicht.

Niclas: Ä – warum nicht?

Mutter: Damit du nicht meinst, man müsse erst, wenn man den Bauch voll hat, und nichts mehr mag, an die Armen denken.

Niclas: Ist's darum, Mutter?

Mutter: Aber gibst du es ihm jetzt doch ganz?

Niclas: Ja, Mutter! Gewiß, gewiß. Ich weiß, er hungert entsetzlich – und wir essen um sechs Uhr zu Nacht.

Mutter: Und, Niclas! Ich denke, er bekomme dann auch nichts.

Niclas: Ja, weiß Gott! Mutter! Er bekömmt gewiß nichts zu Nacht.

Mutter: Ja, das Elend der Armen ist groß, und man muß grausam und hart sein, wenn man nicht gern, was man kann, an sich selbst und an seinem eigenen Maul erspart, ihnen ihre große Not zu erleichtern.

Tränen stehn dem Niclas in den Augen. Die Mutter frägt sodann auch noch die andern Kinder: Lise! Gibst du deines auch ganz weg?

Lise: Ja gewiß, Mutter!

Mutter: Und du, Enne! Du auch?

Enne: Ja freilich, Mutter!

Mutter: Und du auch, Jonas?

Jonas: Das denk ich, Mutter!

Mutter: Nun das ist brav, Kinder! Aber wie wollt ihr es jetzt auch anstellen? – Es hat alles so seine Ordnung; und wenn man's noch so gut meint, so kann man etwas doch unrecht anstellen – Niclas! Wie willst du's machen mit dem Brot?

Niclas: Ich will laufen, was ich vermag, und ihm rufen, dem Rudeli; ich steck es nur nicht in Sack, daß er's geschwind kriege. Laß mich doch jetzt gehn, Mutter!

Mutter: Wart noch ein wenig, Niclas! Und du, Lise! Wie willst du es machen?

Lise: Ich will's nicht so machen, wie der Niclas. Ich winke dem Betheli in eine Ecke; ich verstecke das Brot da unter meine Schürze, und ich gebe ihm's daß es niemand siehet, nicht einmal sein Vater.

Mutter: Und du, Enne! Wie willst du's machen?

Enne: Weiß ich's, wie ich den Heireli antreffen werde? Ich werde es ihm geben, wie's mir kommen wird.

Mutter: Und du, Jonas! Du kleiner Schelm, du hast Tücke im Sinn, wie willst du's machen?

Jonas: Ins Maul stecke ich's ihm, mein Brot, Mutter! Wie du mir's machst, wenn du lustig bist – Das Maul auf und die Augen zu, sag ich ihm; dann leg ich's ihm zwischen die Zähne. Es wird lachen, gelt, Mutter! Es wird lachen.

Mutter: Das ist alles recht, Kinder! Aber ich muß euch doch etwas sagen: Ihr müßt das Brot den Kindern still und allein geben, daß es niemand sehe, damit man nicht meine, ihr wollet großtun.

Niclas: Potztausend, Mutter! So muß ich mein Brot auch in Sack tun?

Mutter: Das versteht sich, Niclas!

Lise: Ich habe mir das wohl eingebildet, Mutter! und sagte es vorher, ich wolle es nicht so machen.

Mutter: Du bist immer das Allerwitzigste, Lise! Ich habe nur vergessen, dich dafür zu rühmen; du tust also recht wohl, daß du mich selbst daran erinnerst.

Lise errötete und schwieg; und die Mutter sagte zu den Kindern: Ihr könnet jetzt gehn; aber denket an das, was ich euch gesagt habe – Die Kinder gehn.

Niclas läuft und springt, was er vermag, zu des Rudis Hütte hinunter; aber dieser ist nicht auf der Gasse. Niclas hustet ihm, räuspert sich – ruft, aber vergebens, er kömmt nicht hinunter und nicht ans Fenster.

Niclas zu sich selber: Was soll ich jetzt machen? Geh ich zu ihm in die Stube? Ja, ich muß es ihm allein geben. Ich will doch hineingehn, und ihm nur sagen, er soll herauskommen auf die Gasse.

Der Rudeli saß eben mit seinem Vater und mit seinen Geschwistern bei dem offenen Sarge der lieben gestorbenen Großmutter, die man in ein paar Stunden begraben sollte – und der Vater und die Kinder redeten alle mit Tränen von der großen Treue und Liebe, die die Verstorbene ihnen im Leben erzeigt hatte; sie weinten über ihrem letzten Kummer wegen den Erdäpfeln, und versprachen vor dem offenen Sarg dem lieben Gott im Himmel, in keiner Not, auch wenn sie noch so sehr hungern würden, keinem Menschen mehr etwas zu stehlen.

Eben jetzt öffnet Niclas die Türe – sieht die Gestorbene – erschrickt – und läuft wieder aus der Stube.

Der Rudi aber, der ihn sieht, denkt, der Lienhard wolle ihm etwas sagen lassen, läuft dem Knaben nach, und fragt ihn, was er wolle? Nichts, nichts, antwortete Niclas! Nur zu dem Rudeli hab ich wollen; aber er betet jetzt.

Rudi: Das macht nichts, wenn du zu ihm willst.
Niclas: Laß ihn doch nur ein wenig zu mir auf die Gasse.
Rudi: Es ist ja so kalt, und er geht nicht gern von der Großmutter weg. Komm doch zu ihm in die Stube.
Niclas: Ich mag nicht hinein, Rudi! Laß ihn doch nur einen Augenblick zu mir herauskommen.

Ich mag's wohl leiden, antwortete der Rudi, und geht zurück nach der Stube.

Niclas geht ihm nach bis an die Türe, und ruft dem Rudeli: Komm doch einen Augenblick zu mir heraus.

Rudeli: Ich mag jetzt nicht auf die Gasse, Niclas! Ich bin jetzt lieber bei der Großmutter; man nimmt sie mir bald weg.
Niclas: Komm doch nur einen Augenblick.
Rudi: Geh doch und sieh, was er will.

Der Rudeli geht hinaus. Der Niclas nimmt ihn bei dem Arm und sagt: Komm, ich muß dir etwas sagen – führt ihn in eine Ecke, steckt ihm sein Brot geschwind in den Sack, und läuft davon.

Der Rudeli dankt und ruft ihm nach: Dank doch auch deinem Vater und deiner Mutter.

Niclas kehrt sich um, deutet ihm mit den Händen, daß er doch schweige, und sagt: Es muß es niemand wissen; und läuft wie ein Pfeil davon.

§ 50
Unarten und böse Gewohnheiten verderben dem Menschen auch die angenehmen Stunden, in denen er etwas Gutes tut

Lise geht indessen allgemach in ihrem Schritt ins obere Dorf zu des Reutimarxen Betheli. Dieses stund eben am Fenster. Lise winkt ihm, und das Betheli schleicht aus der Stube zu ihm heraus – Der Vater aber, der es merkt, schleicht ihm nach, und versteckt sich hinter das Tenntor.

Die Kinder vor dem Tenntor denken an keinen Vater, und schwatzen nach Herzenslust.

Lise: Du, Betheli! Ich habe dir da Brot.

Betheli: (Das zitternd die Hand darnach streckt) Du bist gut, Lise! Es hungert mich; aber warum bringst du mir jetzt Brot?

Lise: Weil du mir lieb bist, Betheli! Wir haben jetzt genug Brot; mein Vater muß die Kirche bauen.

Betheli: Meiner auch.

Lise: Ja, aber deiner ist nur Handlanger.

Betheli: Das ist gleichviel, wenn's nur Brot gibt.

Lise: Habt ihr großen Hunger leiden müssen?

Betheli: Ach! Wenn's nur jetzt besser wird.

Lise: Was habt ihr zu Mittag gehabt?

Betheli: Ich darf dir's nicht sagen.

Lise: Warum nicht?

Betheli: Wenn es der Vater vernähme, er würde mir –

Lise: Ich würd' es ihm gewiß gleich sagen?

Das Betheli nimmt ein Stück ungekochte weiße Rüben aus dem Sack, und sagt: Da siehe – –

Lise: Herr Jesus! Sonst nichts?

Betheli: Nein, weiß Gott! Jetzt schon zween Tage.

Lise: Und du darfst es niemand sagen, und niemand nichts fordern?

Betheli: Ja, wenn er nur wüßte, was ich dir gesagt habe, es würde mir gehn! –

Lise: Iß doch das Brot, ehe du wieder hinein mußt.

Betheli: Ja, ich will; ich muß bald wieder hinein, sonst fehlt's – Es fängt an zu essen, und eben öffnet der fromme Marx ab der Reuti das kleinere Türlein der Tenne, und sagt: Was issest du da, mein Kind!

Sein Kind worget und schluckt ganz erschrocken über dem lieben Vater den ungekauten Mundvoll herunter, und sagt: Nichts, nichts, Vater!

Marx: Ja – nichts – wart nur – Und du, Lise – es ist mir kein Gefallen, wenn man meinen Kindern hinterrucks Brot gibt, damit sie erzählen, was man im Hause esse oder trinke, und dabei so gottlos lügen. Du gottloses Betheli! Aßen wir nicht einen Eierkuchen zu Mittag?

Lise zieht jetzt so geschwind wieder ab, als es allgemach dahergekommen war.

Das Betheli aber nimmt der liebe Vater mit wildem zornigem Blick am Arm in die Stube.

Und Lise höret es weit, weit vom Haus weg noch schreien –

Enne trifft den Heireli unter seiner Haustüre an, und sagt ihm: Willst du Brot?

Heireli: Ja, wenn du hast. Enne gibt's ihm; er dankt und ißt, und Enne geht wieder fort.

Der Jonas schlich um des Schabenmichels Haus herum, bis Bäbeli ihn sah, und herabkam. Was machst du da, Jonas? sagte Bäbeli.

Jonas: Ich möchte gern etwas Lustiges machen.

Bäbeli: Ich will mich mit dir lustig machen, Jonas!

Jonas: Willst du tun, was ich will, Bäbeli? Es geht dann gewiß lustig.

Bäbeli: Was willst du denn machen?

Jonas: Du mußt 's Maul auftun und die Augen zu.

Bäbeli: Jä, du tust mir etwas Garstiges ins Maul.

Jonas: Nein, das tue ich dir nicht, Bäbeli! meiner Treue! nicht.

Bäbeli: Nu – – aber sieh zu, wenn du mich anführst. (Es tut das Maul auf und die Augen nur halb zu.)

Jonas: Recht zu mit den Augen, sonst gilt's nicht.

Bäbeli: Ja; aber wenn du ein Schelm bist? (Es tut jetzt die Augen ganz zu.)

Flugs schiebt ihm Jonas das Brot ins Maul, und läuft fort.

Das Bäbeli nimmt das Brot aus dem Maul, und sagt: Das ist lustig; sitzt nieder und ißt.

§ 51

Es kann keinem Menschen in Sinn kommen, was für gute Folgen auch die kleinste gute Handlung haben kann

Sein Vater Michel sieht das Spiel der Kinder vom Fenster, und erkennt den Jonas des Lienhards; und es geht ihm ein Stich ins Herz.

Was ich für ein Satan bin! sagt er zu sich selber. Ich verkaufe mich dem Vogt zum Verräter wider den Mäurer, der mir Brot zeigt und Verdienst – und jetzt muß ich noch sehn, daß auch dieser Kleine ein Herz hat, wie ein Engel – Ich tue diesen Leuten nichts Böses; der Vogt ist mir seit gestern ein Greuel. Ich kann's nicht vergessen, wie er aussah, da er mir den Kelch gab – So sagte der Mann, und blieb den ganzen Abend in ernsten Betrachtungen über sein Leben bei Hause.

Die Kinder Lienhards waren jetzt auch wieder zurück, erzählten dem Vater und der Mutter, wie's ihnen gegangen war, und waren sehr munter. Lise allein war es nicht, zwang sich aber fröhlich zu scheinen, und erzählte mit viel Worten, wie sie das Betheli so herzlich erfreut habe.

Es ist dir gewiß etwas begegnet, sagte Gertrud?

Nein, es ist mir gewiß nichts begegnet, und es hat ihm gewiß Freude gemacht, antwortete Lise.

Die Mutter fragte jetzt nicht weiter, sondern betete mit ihren Kindern, gab ihnen ihr Nachtessen, und begleitete sie zur Ruhe.

Gertrud und Lienhard lasen noch eine Stunde in ihrer Bibel, und redeten miteinander von dem, was sie lasen; und es war ihnen herzinniglich wohl am Abend des heiligen Fests.

§ 52

Am Morgen sehr früh ist viel zu spät für das, was man am Abend vorher hätte tun sollen

Am Morgen aber sehr früh, sobald der Mäurer erwachte, hörte er jemand ihm vor dem Fenster rufen.

Er stund alsobald auf, und öffnete die Türe.

Es war Flink, der Harschier aus dem Schloß. Er grüßte den Mäurer und sagte:

Mäurer! Ich habe dir schon gestern den Befehl bringen sollen, daß man ungesäumt heute mit dem Steinbrechen anfangen soll.

Mäurer: Soviel ich gehört habe, hat der Vogt die Arbeiter heute ins Schloß gehn heißen; doch es ist noch früh, ich denk, sie werden noch nicht fort sein; ich will es ihnen sagen.

Da rief er dem Lenk, der in der Nähe wohnte, vor seinem Fenster; aber es antwortete niemand.

Nach einer Weile kam Killer, der mit ihm unter einem Dach wohnt, hervor und sagte: Der Lenk ist bei einer halben Stunde schon fort, mit den andern ins Schloß. Der Vogt hat ihnen gestern nach dem Nachtessen noch sagen lassen, daß sie unfehlbar vor den Vieren fort sollen, weil er auf den Mittag wieder daheim sein müsse.

Der Harschier war ernstlich betroffen über diesen Bericht, und sagte: Das ist verflucht; aber was ist zu machen, erwiderte der Mäurer?

Flink: Kann ich sie vielleicht noch einholen?

Mäurer: Auf des Martis Hügel siehest du ihnen ja auf eine halbe Stunde nach; da kannst du sie, nachdem der Wind geht, zurückrufen, so weit du sie siehest.

Dieser säumt sich jetzt nicht, läuft schnell auf den Hügel, ruft, pfeift und schreit da, was er aus dem Hals vermag; aber vergebens – Sie hören ihn nicht, gehn ihres Wegs fort, und sind ihm bald aus den Augen.

Der Vogt aber, der noch nicht so weit entfernt war, hörte das Rufen vom Hügel, kehrte sich um, das Gewehr des Harschiers glänzte im Morgenstrahl der Sonne, daß der Vogt ihn erkannte; und es wunderte ihn, was der Harschier wolle; er ging zurück und der Harschier ihm entgegen.

Dieser erzählte ihm jetzt, wie er gestern bis zum Sterben Kopfweh gehabt und versäumt habe, dem Mäurer anzusagen, daß man schon heute mit dem Steinbrechen anfangen müsse.

§ 53

Je mehr der Mensch fehlerhaft ist, je unverschämter begegnet er denen, die auch fehlen

Du vermaledeiter Schlingel! Was du für Streiche machest; antwortete der Vogt.

Flink: Es wird so gar übel nicht sein. Wie hab ich vom Teufel wissen können, daß die Kerl alle vor Tag zum Dorf hinausfliegen werden – Hast du es ihnen befohlen?

Vogt: Ja eben, du Hund! Ich muß jetzt vielleicht deinen Fehler ausfressen.

Flink: Ich werde auch kaum leer drauskommen.

Vogt: Es ist verflucht –

Flink: Das war genau auch mein Wort, da ich hörte, daß sie fort wären.

Vogt: Ich mag jetzt nicht spaßen, Schlingel!

Flink: Ich eben auch nicht; aber was machen?

Vogt: Du Narr! Nachdenken.

Flink: Es ist eine halbe Stunde zu spät für meinen Kopf.

Vogt: Wart, man muß nur nie verzagt sein. Es fällt mir etwas ein. Sag du nur keck und mit Ernst, du habest den Befehl am Abend der Frau oder einem Kind des Mäurers gesagt. Sie richten wider dich nichts aus, wenn du mit Ernst daran setzest.

Flink: Mit dem hab ich nichts zu tun; es könnte fehlen.

Vogt: Nein, es könnte nicht fehlen, wenn du daran setztest; aber bei mehrerm Nachdenken fällt mir etwas ein, das noch besser ist.

Flink: Was denn?

Vogt: Du mußt zurücklaufen zum Mäurer, dich grämen und jammern und sagen: Es könne dir übel gehn, daß du den Befehl versäumt habest; aber er könne dir mit einem einzigen guten Wort aus allem helfen, wenn er nur etwan einmal dem Junker sage, er habe den Zedel am Sonntag empfangen, und aus Mißverstand, da es heiliger Abend gewesen wäre, es ihnen erst heute ansagen wollen – Das schadet dem Mäurer kein Haar, und tut er's, so ist vollkommen geholfen.

Flink: Du hast recht; ich glaube, das würde angehn.

Vogt: Es fehlt gewiß nicht.

Flink: Ich muß gehen, ich habe noch Briefe; aber ich will doch noch diesen Morgen zum Mäurer hin. Behüt dich Gott, Vogt! (Er geht.)

Der Vogt allein: Ich erzähle es einmal jetzt so, wie abgeredt, im Schloß. Fehlt's dann, so sage ich, der Harschier hat mir's so erzählt.

§ 54

Armer Leute unnötige Arbeit

Indessen kamen die Taglöhner zum Schloß, setzten sich auf die Bänke bei der Scheune, und warteten da, bis jemand sie rufen, oder bis der Vogt kommen würde, der ihnen versprochen hatte, alsobald nachzukommen. Als aber der Hausknecht im Schlosse sie bei der Scheune sah, ging er zu ihnen hinunter, und sagte: Warum seid ihr da, Nachbaren? Unser Herr glaubt, ihr seid an der Arbeit beim Kirchbau.

Die Männer antworteten: Der Untervogt habe ihnen befohlen, hieher zu kommen, dem Junker für die Arbeit zu danken.

Das war nicht nötig, erwiderte Klaus! Er wird euch auch nicht viel darauf halten; aber ich will euch melden.

Der Hausknecht meldete die Männer. Der Junker ließ sie sogleich vor sich, und fragte sie freundlich, was sie wollten?

Nachdem sie es gesagt, und mit Mühe und Arbeit etwas vom Dankenwollen gestammelt hatten – sagte der Junker: Wer hat euch befohlen, um deswillen hieher zu kommen?

Der Untervogt! antworteten die Männer, und wollten noch einmal danken.

Das ist wider meinen Willen geschehen, sagte Arner! Geht jetzt in Gottes Namen, und seid fleißig und treu, so freut's mich, wenn der Verdienst diesem oder jenem unter euch aufhelfen kann; aber sagt dem Meister: daß man noch heute mit dem Steinbrechen anfangen müsse.

Da gingen die Männer wieder heim.

§ 55
Ein Heuchler macht sich einen Schelmen zum Freund

Und in ihrem Heimgehen sagte einer zum andern: Das ist doch ein herzguter Herr – der junge Junker.

Der alte wäre es auch gewesen, wenn er nicht auf hunderterlei Arten betrogen und hintergangen worden wäre, sagten die ältern Männer alle aus einem Munde.

Mein Vater hat's mir tausendmal gesagt, wie er in der Jugend so gewesen, und es geblieben sei, bis er endlich ganz am Vogt den Narren gefressen hatte, sagt Aebi.

Da war's aus mit des Herrn Güte; sie triefte nur ins Vogts Kisten, und der führte ihn wie einen polnischen Bären am Seil, wohin er wollte, sagte Leemann.

Was er für ein Hund ist, daß er uns jetzt so ohne Befehl im Feld herumsprengt, und noch dazu allein läßt! sagt Lenk.

Das ist so sein Brauch, sagte der Kienast; aber ein Hundsbrauch, erwiderte der Lenk.

§ 55

Ja, der Herr Untervogt ist doch ein braver Mann. Unsereiner kann eben nicht alles wissen, was vorfällt, antwortete der Kriecher fast so laut, als er konnte; denn er sah, daß der Untervogt im Hohlweg still daher schlich, und nahe bei ihnen war.

Der Teufel! Du magst ihn wohl rühmen; ich einmal rühme jetzt den Junker, sagte Lenk auch ganz laut, denn er sah den Vogt nicht im Hohlwege.

Dieser aber trittet eben, indem er's sagte, außer den Hag, grüßt die Nachbaren, und fragt dann den Lenk: Warum rühmst du den Junker so mächtig?

Der Lenk antwortete betroffen: Ha, wir redeten da miteinander, wie er so liebreich und freundlich war.

Das war aber doch nicht alles, erwidert der Vogt.

Ich weiß einmal nichts anders, sagt Lenk.

Das ist nicht schön, Lenk! wenn man so seiner Worte zurück geht, sagt Kriecher, und fährt fort: Er war aber nicht allein, Herr Untervogt! Es murreten da etliche, daß Ihr sie so allein gelassen hättet; ich sagte aber: unsereiner könne ja nicht wissen, was so einem Herrn allemal vorfällt. Auf dieses hin sagte einmal der Lenk: Ich mög wohl den Vogt rühmen; er einmal rühme jetzt den Junker.

Aha! Es war also mit mir, daß du den Junker verglichen hast, sagt der Vogt, und lachte laut.

Er hat's aber eben auch nicht so gemeint, wie man es ihm jetzt aufnimmt, sagen etliche Männer, schütteln die Köpfe, und murren über den Kriecher.

Es hat gar nichts zu bedeuten, und ist nichts Böses; es ist ein altes Sprichwort: Des Brot ich eß, des Lied ich sing, sagt der Vogt; drückt dem Kriecher die Hand, redet aber nichts weiter hiervon, sondern fragt die Männer: ob Arner zornig gewesen wäre?

Nein, antworteten die Männer, gar nicht; er sagte nur: wir sollten heim eilen, und ungesäumt noch heute an die Arbeit gehn.

Sagt das dem Mäurer, und es habe mit dem Mißverstand nichts zu bedeuten; ich lasse ihn grüßen, sagte ihnen der Vogt, ging seines Wegs, und auch die Männer gingen den ihrigen.

Der Harschier aber war schon längst bei dem Mäurer, und bat ihn und flehete, er sollte doch sagen: er habe den Befehl am Sonntag erhalten.

Der Mäurer wollte dem Vogt und dem Harschier gern gefällig sein, und redte mit seiner Frau.

Ich fürchte alles, was krumm ist, antwortete die Frau; und ich wette, der Vogt hat sich jetzt schon darmit entschuldiget. Mich dünkt, wenn der Junker dich frägt, so müssest du ihm die Wahrheit sagen; wenn aber, wie es sein kann, der Sach niemand mehr nachfragt, so könnst du es gelten lassen, wie sie es machen, indem das niemand weiters nicht schadt.

Lienhard sagte darauf dem Harschier seine Meinung auf diesen Fuß.

Indessen kamen die Männer von Arnburg zurück.

Ihr seid geschwind wieder da, sagte ihnen der Mäurer. Sie antworteten: Wir hätten den Gang überall ersparen können.

Lienhard: War er erzörnt über diesem Versehen?

Die Männer: Nein, gar nicht. Er war gar freundlich und liebreich, und er sagte uns, daß wir heim eilen und noch heut an die Arbeit gehn sollen.

Flink: Da siehst du jetzt selbst, daß es für dich nichts zu bedeuten hat. Für mich ist es etwas ganz anders; und auch für den Vogt.

Ja, bei Anlaß des Vogts, unterbricht sie der ehrliche Hübelrudi, wir hätten's fast vergessen: er lasse dich grüßen, und es habe mit dem Mißverständnis gar nichts zu bedeuten.

Lienhard: Ist er schon beim Junker gewesen, da ihr ihn antrafet?

Die Männer: Nein, wir trafen ihn auf dem Weg zu ihm an.

Lienhard: Er weiß also nichts, als was ihr ihm sagtet; und was ich jetzt auch weiß.

Die Männer: Es kann nicht wohl anders sein.

Flink: Du bleibst doch bei deinem Versprechen?

Der Mäurer: Ja, aber ganz wie ich's gesagt habe.

Jetzt befahl der Mäurer den Männern, noch beizeiten bei der Arbeit zu sein, und rüstete noch einige Werkzeuge; und, nachdem er geessen hatte, ging er mit den Männern das erstemal an seine Arbeit. Wolle sie dir Gott segnen, sagte ihm Gertrud, da er ging – Wolle sie ihm Gott segnen muß ich einmal auch sagen, da er geht.

§ 56
Es wird ernst; der Vogt muß nicht mehr Wirt sein

Da der Vogt ins Schloß kam, ließ ihn Arner lang warten; endlich kam er heraus auf die Laube, und fragte ihn, mit Unwillen: Was ist das? Warum machtest du heut die Leute alle ins Schloß kommen, ohne Befehl?

Ich glaubte, es wäre meine Pflicht, den Männern zu raten, Euer Gnaden für die Arbeit zu zu danken, antwortete der Vogt.

Und Arner erwiderte: Deine Pflicht ist zu tun, was mir und meinen Herrschaftsleuten nützlich ist, und was ich dir befehle; aber gar nicht arme Leute im Feld herumzusprengen, und sie Komplimenten zu lernen, die nichts nützen, und die ich nicht suche! Das aber, warum ich dich habe hieher kommen lassen, ist dir zu sagen: daß ich die Vogtsstelle nicht länger in einem Wirtshause lasse.

Der Vogt erblaßte, zitterte, und wußte nicht, was er antworten wollte; denn er erwartete nichts weniger als einen so plötzlichen Entschluß.

Arner redte fort: Ich will dir die Wahl lassen, welches von beiden du lieber bleiben willst; aber in vierzehn Tagen will ich deinen Entschluß wissen.

Der Vogt hatte sich in etwas wieder erholt, und dankte stammelnd für die Bedenkzeit.

Arner erwiderte: Ich übereile niemand gern, und ich suche dich nicht zu unterdrücken, alter Mann! Aber diese zween Berufe schikken sich nicht zusammen.

Diese Güte Arners machte dem Vogt Mut. Er antwortete: Es haben doch bisher alle Vögte Ihrer Herrschaft gewirtet, und in allen Landen unsers Fürsten ist das ein Gemeines.

Arner aber war kurz, und sagt: Du hast jetzt meine Meinung gehört – nimmt dann den Sackkalender – und sagt ferner: Heute ist der 20ste März, und in vierzehn Tagen wird der 3te April sein, also auf den 3ten April erwarte ich deine Antwort, weiter habe ich dermalen nichts zu sagen – Arner zeichnete noch den Tag in seinen Kalender, und ging in seine Stube.

§ 57
Wie er sich gebärdet

Bang und beklemmt in seinem Herzen, ging der Vogt auch fort. Dieser Schlag hatte ihn so verwirrt, daß er die Leute, neben denen er durch die Laube und die Stiege hinunter vorbeiging, nicht sah und nicht kannte. So, fast seiner selber nicht bewußt, kam er bis unten an die Schloßhalde zum alten dichtstämmigen Nußbaum, da steht er dann wieder still, und sagt zu sich selber: Ich muß Atem holen – wie mir das Herz klopft – ich weiß nicht, wo mir der Kopf steht – ohne einzutreten in eine Klage – ohne etwas auf mich zu beweisen – bloß weil's ihm so beliebt – – – soll ich nicht Vogt sein oder nicht Wirt – – – das ist über alle Grenzen – – – kann er mich dazu zwingen

– ich glaub's nicht – – – Den Mantel kann er mir ohne Klage nicht nehmen – und das Wirtrecht ist gekauft – aber wenn er sucht – wenn er öffentlich Klage sucht, er findet was er will – Von allen den verdammten Buben, denen ich diente, ist mir keiner, kein einziger treu.* Was soll ich jetzt machen – vierzehn Tage ist endlich immer etwas – – Oft hab ich viel in so viel Zeit in Ordnung gebracht – wenn mir nur der Mut nicht fällt – alles kommt nur von dem Mäurer – kann ich den verderben, so fehlt's nicht, ich finde Auswege aus allem –

Aber wie mir so schwach und blöde ist. Er nimmt eine Brannteweinflasche aus dem Sack, kehrt sich gegen dem Schatten des Baums, braucht sein Hausmittel, und trinkt einen Schoppen auf einmal herunter. Einen Dieben oder einen Mörder, dem Steckbriefe nachjagen, erquickt der erste Trunk Wasser, den er auf dem erlaufenen Boden der Freiheit trinkt, nicht stärker als die Branntsflasche den Vogt bei seinen Ränken erquickt. Er fühlt sich jetzt wieder besser, und mit seinen Kräften wächst auch wieder der Mut des Verbrechers. Das hat mich mächtig erfrischt, sagt er zu sich selber, und stellt sich wieder wie ein Mann, der Herz hat, und den Kopf hoch trägt. Vor einer Weile, sagt er, glaubte ich eben noch, sie werden mich vor dem Abendbrot fressen, jetzt ist mir wieder, als ob ich das Mäurerlein, und selber den Arner da, den gnädigen Buben, mit dem kleinen Finger zusammendrücke, daß sie jauchzen wie solche, die man bei den Ohren in die Höhe zieht.

Gut war's, daß ich meine Flasche nicht vergessen habe; aber was ich auch für ein Kerl wäre, ohne sie.

So redte der Vogt mit sich selber. Das Schrecken war nun völlig seinem Zorn, seinem Stolz, und seiner Branntsflasche gewichen.

Er ging wieder so hochmütig und so feindselig einher als er je tat.

Er nickte den Leuten auf dem Feld, die ihn grüßten, vogtrichterlich stolz, nur so ein klein wenig zu. Er trug seinen knorrichten Stock so gebieterisch hoch in der Hand, als ob er im Land mehr zu befehlen habe, als zehn Arner; er hängte sein Maul, wie eine alte Stute, und machte Augen so groß und so rund, man sagt bei uns, wie ein Pflugsrädli.

So ging der Tropf einher, zu einer Zeit, da er so wenig Ursach hatte.

---

* Warum doch? Ratet, Kinder:

§ 58
Wer bei ihm war

Neben ihm ging sein großer Türk, ein Hund, der auf einen Wink des Vogts die großen weißen Zähne gegen jedermann zeigte; auf einen andern aber seinem Mann auf Leib und Leben packte. Dieser große Türk, der weit und breit das Schrecken des armen lumpigten Mannes so gut war, als sein Meister das Schrecken aller armen gedrückten Mietlinge und Schuldner in der ganzen Herrschaft ist. Dieser gewaltige Türk ging neben dem Vogt gleich gravitätisch daher; aber ich darf nicht sagen, was mir in dem Maul ist. – Doch ist ganz gewiß, daß der Vogt, der entsetzlich wütend war, einmal jetzt in seinem Angesicht mit dem Hund etwas Gleiches hatte.

§ 59
Auflösung eines Zweifels*

Aber daß der Vogt nach dem gestrigen Jammer und nach dem heutigen Schrecken jetzt dennoch so stolz tut, das wundert vielleicht einen einfältigen Frägler; ein gescheiter Landmann merket's von selbst. Der Hochmut plagt einen nie stärker, als wenn man im Kot steckt. Solang alles gut geht, und niemand in Zweifel zieht, daß man oben am Brett ist, so tut niemand so gar dick; aber dann, wenn links und rechts der Schadenfroh ausstreut, es stehe nicht wie vor altem – dann regt sich das Blut, schäumt und wallt auf, wie heiße Butter im Kessel – und das war eben der Fall des Vogts. Also ist es ganz natürlich und auch dem Einfaltigsten begreiflich, daß er, da er sich unten an der Schloßhalden vom Schrecken wieder erholt hatte, so stolz habe tun können, als ich gesagt habe. Zudem hatte er diese Nacht auf seine zwei Pulver, und da er wenig getrunken hatte, außerordentlich wohl geschlafen, und heut am Morgen den Kopf von den Schrecken und Sorgen des vorigen Tags ziemlich leer gehabt.

Ich erzähle die Sachen, wie sie geschehen, und wie sie mir zu Ohren gekommen sind; aber ich könnte und möchte bei weitem nicht allemal auf unnütze Fragen so Antwort geben, wie jetzt.

---

* In einem andern Buch würde ich den Abschnitt überschreiben: Die Sorgfalt des Autors gegen kunstrichterliches Bedenken.

§ 60

Eine Abschweifung

Freilich wäre es besser gewesen, er hätte seine Brenntsflasche am Nußbaum, unter dem er stund, zerschlagen, und wäre zurückgegangen zu seinem Herrn, ihm seine Umstände zu entdecken; ihm zu sagen, daß er nicht reich sei, sondern den Vogtsdienst und das Wirtsrecht um der Schulden willen, darin er stecke, notwendig habe, und ihn um Gnad und Barmherzigkeit zu bitten; ich weiß, Arner hätte den alten Mann in diesen Umständen nicht verstoßen.

Aber eben das ist das Unglück der Gottlosen; ihre Laster bringen sie um allen Verstand, daß sie in ihren wichtigsten Angelegenheiten wie blind werden, und daß sie wie unsinnig zu ihrem Verderben handeln; da hingegen die guten redlichen Menschen, die ein einfältiges und unschuldiges Herz haben, im Unglück ihren Verstand gar viel besser behalten, und sich daher auch gemeiniglich in den Zufällen des Lebens weit leichter helfen und raten können, als die Gottlosen.

Sie demütigen sich im Unglück, sie beten ihre Fehler ab – sie richten in der Not ihre Augen nach der Hand, die allenthalben gegen das Elend der Menschen, welche mit reinem Herzen Hülfe suchen, sich ausstreckt.

Der Friede Gottes, der alle Vernunft übertrifft, ist ihnen Schutz und Leitstern durch ihr Leben, und sie kommen immer so durch die Welt, daß sie am Ende Gott von Herzen danken.

Aber den Gottlosen führt seine Gottlosigkeit aus einer Tiefe in die andere.

Er braucht seinen Verstand nie auf den geraden Wegen der frommen Einfalt, Ruh und Gerechtigkeit und Frieden zu suchen. – Er braucht ihn nur zu den krummen Wegen den Bosheit, Jammer anzurichten, und Unruh zu stiften. Darum kömmt er immer in Unglück; in seiner Not trotzt er dann. Er leugnet im Fehler, er ist hochmütig im Elend. Hülf und Rettung will er entweder erheucheln und erliegen, oder erzwingen und erstehlen. Er traut auf seinen verwirrten wilden Sinn. Er stößt die Hand des Vaters, die sich gegen ihn ausstreckt, von sich; und wenn dieser ihm zuruft: Beug dich, mein Kind! – ich, dein Vater, ich bin der da züchtigt, und bin der da hilft, ich, dein Vater – so verspottet er die Stimme des Retters und sagt:

Da mit meiner Hand und mit meinem Kopf will ich mir helfen, wie ich will.

Darum ist des Gottlosen Ende immer so tiefer Jammer und so tiefes Elend.

§ 61
Der alte Mann leert sein Herz aus

Ich bin jung gewesen und alt worden, und ich habe mich viel und oft umgesehn, wie es dem Frommen und dem Gottlosen auch gehe. – Ich habe die Knaben meines Dorfs mit mir aufwachsen gesehn – Ich sah sie Männer werden – Kinder und Kindskinder zeugen; und nun hab ich die von meinem Alter alle bis auf sieben zum Grabe begleitet – Gott! Du weißt meine Stunde, wenn ich meinen Brüdern folgen soll – Meine Kräfte nehmen ab; aber mein Auge harret deiner, o Herr! Unser Leben ist wie eine Blume des Felds, die am Morgen blühet, am Abend aber verwelket. O Herr, unser Herrscher! Du bist gnädig und gut den Menschen, die auf dich trauen – darum hoffet meine Seele auf dich; aber der Weg des Sünders führt zum Verderben. – Kinder meines Dorfs! O ihr Lieben! Laßt euch lehren, wie es dem Gottlosen geht, damit ihr fromm werdet. Ich habe Kinder gesehn, die ihren Eltern trotzten, und ihre Liebe für nichts achteten – allen, allen ist's übel gegangen am Ende. Ich kannte des unglücklichen Ulis Vater – ich habe mit ihm unter einem Dache gewohnt, und mit meinen Augen gesehn, wie der gottlose Sohn den armen Vater kränkte und schimpfte – und in meinem Leben werde ich's nicht vergessen, wie der alte arme Mann eine Stunde vor seinem Tode über ihn weinte. – Ich sah den bösen Buben an seiner Begräbnis lachen – Kann ihn Gott leben lassen, dachte ich, den Bösewicht? Was geschah? Er nahm ein Weib, das hatte viel Gut; und er war jetzt im Dorf einer der reichsten, und ging in seinem Stolz und in seiner Bosheit einher, als ob niemand im Himmel und niemand auf Erden über ihm wäre.

Ein Jahr ging vorüber, da sah ich den stolzen Uli an seiner Frauen Begräbnis heulen und weinen. Ihr Gut mußte er ihren Verwandten bis auf den letzten Heller zurückgeben. Er war plötzlich wieder arm wie ein Bettler. In seiner Armut stahl er, und ihr wisset, welch ein Ende er genommen hat. Kinder! So sah ich immer, daß das Ende des Gottlosen Jammer und Schrecken ist.

Ich sah aber auch den tausendfachen Segen und Frieden in den stillen Hütten der Frommen – Es ist ihnen wohl bei dem, so sie haben – Bei wenigem ist ihnen wohl, und bei vielem sind sie genügsam. Arbeit in ihren Händen und Ruhe in ihren Herzen, das ist der Teil ihres Lebens – Sie genießen froh das Ihrige, und begehren das nicht, was ihrem Nächsten ist. Der Hochmut plagt sie nicht, und der Neid verbittert ihnen ihr Leben nicht; darum sind sie immer froher und zufriedener und mehrenteils auch gesünder als die Gottlosen. Sie haben auch des Lebens Notwendigkeiten sicherer und ruhiger; denn sie haben ihren Kopf und ihr Herz nicht bei Bosheiten, sondern bei ihrer Arbeit und bei den Geliebten ihrer stillen Hütten. – So ist ihnen wohl im Leben. Gott im Himmel sieht herab auf ihre Sorge und auf ihren Kummer, und hilft ihnen.

Kinder meines Dorfs; o ihr Lieben! Ich sah viele fromme Arme auf ihrem Todbette, und ich habe nicht gefunden, daß einer, ein einziger von allen, in dieser Stunde sich über seine Armut und über die Not seines Lebens beklagt hätte. Alle, alle dankten Gott für die tausend Proben seiner Vatergüte, die sie in ihrem Leben genossen hatten.

O Kinder meines Dorfs! Werdet doch fromm, und bleibet einfältig und unschuldig – Ich habe gesehn, wie das schlaue und arglistige Wesen einen Ausgang nimmt. – Hummel und seine Gesellen waren weit schlauer, als alle andern; sie wußten immer tausend Dinge, wovon uns andern nichts träumte. – Das machte sie stolz, und sie glaubten, der Einfältigere sei nur darum in der Welt, daß er ihr Narr wäre. Sie fraßen einige Zeit das Brot der Witwen und der Waisen, und tobten und wüteten gegen die, so nicht ihre Knie bogen vor ihnen – Aber ihr Ende hat sich genähert. Der Herr im Himmel hörte der Witwen und der Waisen Seufzen – Er sah die Tränen der Mütter, die sie mit ihren Kindern weinten über den gottlosen Buben, die ihre Männer und Väter verführten und drängten; und der Herr im Himmel half dem Unterdrückten und dem Waisen, der keine Hoffnung mehr hatte, zu seinem Rechte zu gelangen.

§ 62
Das Entsetzen der Gewissensunruhe

Als am Samstag abends Hans Wüst vom Vogt heimkam, quälten ihn die Sorgen des Meineids noch tiefer, daß er auf dem Boden sich wälzte und heulte, wie ein Hund, dem ein erschreckliches Grimmen die Eingeweide zerreißt; so rasete er die Nacht über und den ganzen folgenden heiligen Tag – raufte seine Haare sich aus – schlug sich mit

Fäusten bis aufs Blut – aß nichts und trank nichts, lief wütend umher, und sagte: O, o des Rudis Hausmatte! O, o seine Hausmatte, seine Hausmatte! Es brennt auf meiner Seelen! – – Der Satan, o, o! Der leidige Satan ist meiner mächtig – O weh mir! O weh meiner armen Seelen!

So ging er wütend umher, geplagt und gequält von den Sorgen des Meineids, und heulte das Jammergeheul seiner entsetzlichen greulichen Schrecken.

Abgemattet von den Qualen dieser Sorgen, konnte er endlich am Sonntag nachts wieder einschlafen.

Am Morgen darauf war ihm wieder etwas leichter, und er nahm den Entschluß, seine Qualen nicht mehr bei sich zu behalten, sondern alles dem Pfarrer zu sagen.

Er nahm auch seinen Sonntagsrock, und was er sonst fand, und band alles in einen Bündel zusammen, damit er das Geld, das er dem Vogt schuldig war, darauf entlehnen könne.

Er nimmt jetzt den Bündel, zittert, geht in den Pfarrhof, steht da, will wieder fortlaufen, steht wieder still, wirft den Bündel in den Hausgang, und macht Gebärden, wie ein Mensch, der nicht bei Sinnen ist.

§ 63
Daß man mit Liebe und mit Teilnehmung der gänzlichen Kopfsverwirrung angstvoller Menschen vorkommen könne

Der Pfarrer sieht ihn in diesem Zustande, geht zu ihm hinunter, und sagt ihm: Was ist dir, Wüst? Wo fehlt's dir? Komm mit mir hinauf in die Stube, wenn du etwas mit mir reden willst.

Da ging der Wüst mit dem Pfarrer hinauf in seine Stube.

Und der Pfarrer war mit dem Wüst so freundlich und so herzlich, als er nur konnte. Denn er sah seine Verwirrung und seine Angst, und er hatte das Gemurmel, daß er wegen seines Eids fast verzweifeln wollte, gestern auch schon gehört.

Der Wüst aber, da er sah, wie liebreich und freundlich der Pfarrer gegen ihn war, erholte sich nach und nach wieder und sagte:

Wohlehrwürdiger Herr Pfarrer! Ich glaube, ich habe einen falschen Eid getan, und verzweifle fast darüber. Ich kann es nicht mehr ertragen; ich will gern alle Strafe, die ich verdient habe, leiden, wenn ich nur auch noch Gnade und Barmherzigkeit von Gott hoffen darf.

§ 64
Ein Pfarrer, der eine Gewissenssache behandelt

Der Pfarrer antwortete: Wenn dir von Herzen leid ist über deinen Fehler, so zweifle nicht an Gottes Erbarmen.

Wüst: Darf ich, Herr Pfarrer! darf ich auch bei diesem meinem Fehler noch auf Gottes Erbarmung hoffen, und der Verzeihung der Sünden mich getrösten?

Pfarrer: Wenn Gott einen Menschen dahin gebracht hat, daß er aufrichtige Buße tut, und im Ernst nach der Verzeihung seiner Sünden seufzet: so hat er ihm den Weg zur Verzeihung und zur Erhaltung aller geistlichen Gnaden schon gezeigt; glaube das, Wüst! Und wenn deine Buße dir aufrichtig von Herzen geht, so zweifle nicht, sie wird Gott wohlgefällig sein.

Wüst: Aber kann ich es auch wissen, daß sie ihm wohlgefällig ist?

Pfarrer: Du kannst bei dir selber wahrlich wohl wissen, wenn du mit Ernst auf dich Achtung gibst, ob sie aufrichtig ist, und ganz von Herzen geht, und wenn sie aufrichtig ist, so ist sie Gott gefällig; das ist das einzige, was ich sagen kann.

Siehe, Wüst! Wenn einer dem Nachbar den Grund vom Acker weggepflügt hat – und es reuet ihn: er geht, ohne daß der Nachbar es weiß, ohne daß er es fordert, für sich selber und im stillen, pflügt den Grund dem Nachbar wieder an seinen Acker, und tut eher ein übriges, als zuwenig – so muß ich denken, es sei ihm Ernst mit seiner Reue.

Gibt er ihm aber das Seinige nicht, oder nicht ganz zurück; braucht er im Zurückgeben Vorteil; sorgt er nur, daß ihm der Diebstahl nicht auskomme; ist ihm nur um sich selbst, und nicht um seinen Nachbar zu tun, dem er Unrecht getan hat: so sind seine Reue und sein Zurückpflügen ein Tand, mit welchem der Tropf sich selber betöret. Wüst! Wenn du in deinem Herzen nichts suchest, und nichts wünschest, als daß aller Schade, den deine böse Tat verursacht, und alles Ärgernis, das sie angerichtet hat, aufhöre und wieder gut werde, und daß dir Gott und Menschen verzeihen; wenn du nichts anders wünschest, wenn du von Herzen gern alles leidest und tust, um deinen Fehler soviel möglich wieder gutzumachen: so ist deine Buße gewiß aufrichtig! Und dann zweifle nicht, daß sie nicht Gott gefällig sei.

Wüst: Herr Pfarrer! Ich will gern leiden und tun, was ich auf Gottes Boden tun kann, wenn mir nur dieser Stein ab dem Herzen

§ 64

kömmt. Wie er mich drückt, Herr Pfarrer! Wo ich geh und steh, zittre ich über dieser Sünde.

Pfarrer: Fürchte dich nicht! Gehe nur einfältig, gerade und redlich in deinem Unglück zu Werk, so wird's dir gewiß leichter werden.

Wüst: O, wenn ich nur das hoffen darf, Herr Pfarrer!

Pfarrer: Fürchte dich nicht! Trau auf Gott! Er ist der Gott des Sünders, der ihn sucht. Tue du nur, was du kannst, gewissenhaft und redlich. Das größte Unglück, das aus deinem Eid entstanden ist, sind die Umstände des armen Rudis, der dadurch in ein entsetzliches Elend geraten ist; aber ich hoffe, der Junker werde, wenn du ihm die Sache bekennen wirst, dann selber helfen, daß der Mann in seinem Elend getröstet werden könne.

Wüst: Eben der arme Rudi, eben der ist's, der mir immer auf dem Herzen liegt. Herr Pfarrer! meinet Ihr, der Junker könne ihm auch wieder zu seiner Matten helfen?

Pfarrer: Gewiß weiß ich's nicht. Der Vogt wird freilich alles, was er kann, anbringen, dein jetziges Zeugnis verdächtig zu machen; aber der Junker wird hingegen auch alles tun, was er kann, dem unglücklichen Mann zu dem Seinigen zu helfen.

Wüst: Wenn es ihm nur auch gerät.

Pfarrer: Ich wünsche es von Herzen, und hoffe es wirklich; aber es mag auch dem Rudi hierin gehn, wie es will, so ist es um deiner selbst und um der Ruhe deines Herzens willen gleich notwendig, daß du alles dem Junker offenbarest.

Wüst: Ich will es ja gern tun, Herr Pfarrer!

Pfarrer: Es ist der gerade Weg, und es freut mich, daß du ihn so willig gehn willst; er wird dir Ruhe und Friede in dein Herz bringen – Aber freilich wird dir das Bekenntnis Schimpf und Schande und Gefängnis und schweres Elend zuziehen.

Wüst: O Herr Pfarrer! Das ist alles nichts gegen dem Schrecken der Verzweiflung und gegen der Furcht, daß einem Gott in der Ewigkeit nicht mehr gnädig sein werde.

Pfarrer: Du siehst die Sache in deinem Unglück so redlich und vernünftig an, daß ich wahre Freude daran habe. Bitte den lieben Gott, der dir so viel gute Gedanken und so viel Stärke zu guten und rechtschaffenen Entschlüssen gegeben hat, daß er diese Gnade dir ferner schenken wolle; so bist du auf einem recht guten Weg, und wirst, will's Gott! alles, was auf dich wartet, mit Demut und mit Geduld leicht ertragen können. Und was dir immer begegnen wird, so zeige mir dein Zutrauen ferner; ich will dich gewiß nie verlassen.

Wüst: Ach Gott! Herr Pfarrer! Wie Ihr auch so gut und liebreich seid, mit einem so schweren Sünder!

Pfarrer: Gott selber ist in seinem Tun gegen uns arme Menschen nur Schonung und Liebe; und ich würde wohl ein unglücklicher Knecht meines guten Gottes und Herrn sein, wenn ich, in welchem Fall es immer wäre, mit einem meiner fehlenden Mitknechte zankte, haderte und schmählte.

So väterlich redete der Pfarrer mit dem Wüst, der vor ihm in Tränen zerfloß, und jetzt lange nichts sagte.

Der Pfarrer schwieg auch eine Weile.

Der Wüst aber fing wieder an, und sagte: Herr Pfarrer! Ich habe noch etwas anzubringen.

Pfarrer: Was denn?

Wüst: Ich bin seit dem Handel dem Vogt noch acht Gulden schuldig. Er sagte zwar vorgestern, er wolle die Handschrift zerreißen; aber ich will nicht, daß er mir etwas schenke, ich will ihn bezahlen.

Pfarrer: Du hast recht; das muß unumgänglich sein, und noch ehe du Arnern die Sache entdeckest.

Wüst: Ich habe unten im Haus einen Bündel; es ist mein Sonntagsrock und noch etwas darinnen, das zusammen wohl die acht Gulden wert ist. Ich muß in Gottes Namen die acht Gulden entlehnen, und ich habe gedacht, Ihr zürnet es nicht, wenn ich Euch bitte, daß Ihr mir sie gegen dieses Pfand vorstrecket.

Pfarrer: Ich nehme nie keine Sicherheit von jemand, und oft muß ich so etwas abschlagen, so weh es mir auch tut; aber in deinem Fall schlage ich es nicht ab. Sogleich gibt er ihm das Geld, und sagt: Trag es alsobald zum Vogt hin, und deinen Bündel, den nimm nur wieder mit dir heim.

§ 65
Daß es auch beim niedrigsten Volk eine Delikatesse gebe, selbst bei der Annahme von Wohltaten, um die sie bitten

Wüst zitterte, da er dem Pfarrer das Geld abnahm; dankte und sagte: Aber den Bündel nehme ich gewiß nicht heim, Herr Pfarrer!

Nun so lasse ich ihn denn nachtragen, wenn du ihn nicht gern selber nimmst, erwiderte lächelnd der Pfarrer.

Wüst: Um Gottes willen, Herr Pfarrer! Behaltet den Bündel, damit Ihr für Eure Sache sicher seid.

Pfarrer: Das wird sich schon geben, Wüst! Bekümmere dich jetzt nicht hierüber, und denke vielmehr an das weit Wichtigere, das dir vorsteht. Ich will heute noch dem Junker schreiben, und du bringst ihm dann morgen den Brief.

Wüst: Ich danke Euch, Herr Pfarrer! Aber um Gottes willen! Behaltet den Bündel, ich darf sonst das Geld nicht nehmen; weiß Gott! ich darf nicht.

Pfarrer: Schweig jetzt hievon; geh alsobald mit dem Gelde zu dem Vogt, und komme morgen etwan um neun Uhr wieder zu mir; aber rede mir kein Wort weiter vom Bündel.

Da ging der Wüst erleichtert und in seinem Gewissen getröstet, vom Pfarrer fort gerade ins Vogts Haus, und gab das Geld, da der Mann nicht zu Hause war, der Frau.

Diese fragte ihn: Woher so viel Geld auf einmal, Wüst?

Niedergeschlagen und kurz antwortete der Wüst: Ich habe es so gemacht, wie ich's gekonnt habe; Gott Lob! daß du es hast.

Die Vögtin erwiderte: Wir haben dich doch noch nie darum genötigt.

Wüst: Ich weiß es wohl; aber es ist vielleicht eben darum nichts desto besser.

Vögtin: Das ist wunderlich geredt, Wüst! Wo fehlt's dir? Du bist die Zeit her gar nicht recht.

Wüst: Ach Gott! Du wirst's wohl erfahren; aber zähl doch das Geld; ich muß gehen.

Die Vögtin zählt das Geld, und sagt: Es ist richtig.

Wüst: Nun, gib es deinem Mann ordentlich. Behüt Gott, Frau Vögtin.

Vögtin: Muß es sein – so behüt auch Gott, Wüst!

§ 66
Ein Förster, der keine Gespenster glaubt

Der Vogt hatte auf dem Rückweg von Arnheim im Hirzauer Wirtshaus eingekehrt; da trank und prahlte er unter den Bauern. Er erzählte ihnen von seinen gewonnenen Händeln; von seiner Gewalt unter dem verstorbenen Arner; wie er unter ihm, und zwar er allein, alles Volk in Ordnung gehalten habe; und wie es jetzt allenthalben eine Lumpenordnung sei. Dann gab er seinem Hund das Ordinari, was ein wohlhabender Handwerkspursch, ohne den Wein, zu Mittag hat; spöttelte über einen armen Mann, dem ein Seufzer entfuhr, als er die gute Suppe und das liebe Brot dem Hund darstellen sah. Gelt, du würdest auch so vorlieb nehmen, spricht er zum Armen – streichelt den Hund, und prahlt und säuft und pocht so unter den Bauern bis auf den Abend.

Da kam der alte Förster vom Schloß, und nahm im Vorbeigehn auch ein Glas Wein; und der Vogt, der keinen Augenblick gern allein ist, sagt zu ihm: Wir gehn miteinander heim.

Wenn du gleich kommst, antwortete der Förster; ich muß einer Spur nach.

Den Augenblick, antwortet der Vogt; trinkt aus – zahlt die Irte – und sie gingen gleich miteinander.

Da sie jetzt allein auf der Straße waren, fragte der Vogt den Förster: ob es auch sicher sei zu Nacht im Wald vor den Gespenstern.

Förster: Warum fragst du mich das?

Vogt: Ha! Weil's mich wundert.

Förster: Du bist ein alter Narr! Schon dreißig Jahr Vogt, und solche Dummheiten fragen! Du solltest dich schämen.

Vogt: Nein, bei Gott! Mit den Gespenstern weiß ich nie recht, wie ich daran bin, ob ich sie glauben soll oder nicht? Und doch hab ich auch noch keines gesehen.

Förster: Nun, weil du mich so treuherzig frägst, so will ich dir aus dem Wunder helfen – Du zahlst mir einst eine Bouteille für meine Erklärung.

Vogt: Gern zwei, wenn du sie recht machst.

Förster: Ich bin nun vierzig Jahre auf meinem Posten, und als ein Junge schon vom vierten Jahre an von meinem Vater im Wald erzogen worden. Dieser erzählte den Bauern in den Wirtshäusern und in den Schenken immer von den vielen Gespenstern und Schrecknissen des Waldes; aber er trieb nur mit ihnen den Narren; mit mir verstund er's ganz anders: Ich sollte Förster werden, und also solcherlei Zeugs weder glauben noch fürchten; deshalb nahm er mich zu Nacht, wenn weder Mond noch Sterne schienen, wenn die Stürme brausten, auf Fronfasten und Weihnacht in den Wald; wenn er dann ein Feuer oder einen Schein sah, oder ein Geräusch hörte, so mußte ich mit ihm drauf los über Stauden und Stöcke, über Gräben und Sümpfe, und über alle Kreuzwege mußte ich mit ihm dem Geräusch nach; und es waren immer Zigeuner, Diebe und Bettler – sodann rief er ihnen mit seiner erschrecklichen Stimme zu: Vom Platze, ihr Schelmen!

Und wenn's ihrer zehn und zwanzig waren, sie strichen sich immer fort, und sie ließen oft noch Häfen und Pfannen und Braten zurück, daß es eine Lust war. Oft war das Geräusch auch nur Hochgewild, das manchmal gar wunderbare Töne von sich gibt, und die faulen, alten Holzstämme geben einen Schein, und machen in der Nacht Gestalten, die jedermann, der nicht hinzu darf, in Schrecken setzen können. Und das ist alles, was ich in meinem Leben im Wald Unrichtiges gefunden habe; aber immer wird's mein Amtsvorteil sein und bleiben, daß meine Nachbaren ordentlich glauben, er sei wohl gespickt mit Gespenstern und mit Teufeln; denn siehe, unsereiner altet, und ist froh, bei dunkeln Nächten den Frevlern nicht nachlaufen zu müssen.

§ 67
Ein Mann, den es gelüstet, einen Markstein zu versetzen, möchte auch gern die Gespenster nicht glauben, und er darf nicht

So redete der Mann – Und sie kamen indessen an den Seitenweg, durch welchen der Förster in Wald ging; und der Vogt, der nunmehr allein war, redete da mit sich selber:

Er ist vierzig Jahr lang Förster, und hat noch kein Gespenst gesehen, und glaubt keines; und ich bin ein Narr und glaube sie, und darf nicht einmal dran denken eine Viertelstunde im Wald einen Stein auszugraben. Wie ein Schelm und ein Dieb nimmt er mir das Wirtsrecht, und der Hundsstein da auf dem Felsen ist keine rechte Mark; ich glaub's nicht – Und wenn sie es wäre! Hätte er ein besseres Recht, als mein Wirtshaus?

So gewalttätig einem Mann sein Eigentum rauben! Wer, als der Satan, hat ihm das eingeben können? Und da er meinem Haus nicht schont, so habe ich keinen Grund, seinem verdammten Kieselstein zu schonen; aber ich darf nicht. Zu Nacht darf ich nicht auf den Platz, und am Tage kann's wegen der Landesstraße nicht sein – So redete er mit sich selber; kam bald auf des Meyers Hügel, der nahe am Dorfe liegt.

Er sah die Mäurer an den großen Feldsteinen, die in der Ebne da herum liegen, arbeiten; denn es war noch nicht vollends sechs Uhr. Und er ergrimmte darüber bei sich selber.

Alles, alles, was ich anstelle und vornehme – alles, alles fehlt mir – alles – – alles wird an mir zum Schelmen – – Muß ich jetzt noch neben dem verdammten Joseph vorbeigehn – und schweigen – Nein, ich kann's nicht – neben ihm vorbeigehn und schweigen kann ich nicht – Ich will lieber hier warten, bis sie heimgehn –

Er setzt sich nieder; nach einer Weile steht er wieder auf, und sagt: Ich will, ich kann ihnen auch hier nicht zusehn – ich will auf die andre Seite des Hügels gehn – O du verdammter Joseph –

Er steht auf, geht einige Schritte zurück, hinter den Hügel, und setzt sich wieder.

§ 68
Die untergehende Sonne und ein verlorner armer Tropf

Die Sonne ging jetzt eben unter, und schien noch mit ihren letzten Strahlen auf die Seite der Anhöhe, auf der er eben saß. Um ihn her war das tiefere Feld; und unten am Hügel alles schon im Schatten.

Sie ging aber herrlich und schön unter, ohne Wind und ohne Gewölke, Gottes Sonne; und der Vogt, der in ihre letzten herrlichen Strahlen, die auf ihn fielen, hinein sah, sagte zu sich selber: Sie geht doch schön unter, und staunte gegen sie hin, bis sie hinter dem Berg war.

Jetzt ist alles im Schatten, und bald ist's Nacht. O mein Herz! Schatten, Nacht und Grausen ist um dich her; dir scheint keine Sonne. So mußte er zu sich selber sagen, und wollte, oder er wollte nicht, denn der Gedanke schauerte ihm durch seine Seele, und er kirrete mit den Zähnen – anstatt hinzufallen, und anzubeten den Herrn des Himmels, der die Sonne aus der Nacht wieder hervorruft – anstatt auf den Herrn zu hoffen, der aus dem Staub errettet und aus den Tiefen erlöst, knirschte er mit den Zähnen. Da schlug die Glocke in Bonnal sechs Uhr; und die Mäurer gingen vom Feld heim, und der Vogt folgete ihnen nach.

§ 69
Wie man sein muß, wenn man mit den Leuten etwas ausrichten will

Die meisten Arbeiter des Mäurers hatten ihn schon an diesem ersten Abend, an dem sie bei ihm schafften, liebgewonnen. Er arbeitete die ganze Zeit mit ihnen, wie sie, griff die schwersten Steine selber an, stund in Kot und in Wasser, wo es nötig war, hinein, wie ein anderer, und noch vor ihnen. Er zeigte ihnen, da sie ganz ungeübt in dieser

Arbeit waren, mit Liebe und Geduld, ihre Art und Weise und ihre Vorteile, und ließ auch gegen die Ungeschicktesten keine Ungeduld blicken; kein du Narr, du Ochs entfuhr ihm gegen einen einzigen, ob er gleich hundertmal Anlaß und Gelegenheit dazu gehabt hätte.

Diese Geduld und diese bescheidene Sorgfalt des Meisters und sein Eifer, selber zu arbeiten, machten, daß alles sehr wohl vonstatten ging.

§ 70

Ein Mann, der ein Schelm ist und ein Dieb, handelt edelmütig, und des Mäurers Frau ist weise

Michel, als einer der Stärksten und Verständigsten war den ganzen Abend an der Seite des Meisters, und sah alle die herzliche Liebe und Güte, mit deren dieser auch gegen die Ungeschicktesten handelte, und Michel, der ein Schelm ist und ein Dieb, gewann den Lienhard lieb, dieses geraden, redlichen Wesens wegen, und es ging Michel ans Herz; gegen diesen braven, rechtschaffenen Mann wollte er kein Schelm sein.

Aber dem Kriecher und dem frommen Marx ab der Reuti gefiel es schon nicht so wohl, daß er keinen Unterschied machte unter den Leuten, und sogar auch mit dem Bösewicht, dem Michel, recht freundlich wäre. Auch Lenk schüttelte den Kopf wohl hundertmal, und sprach bei sich selbst: Er ist ein Narr; nähm er Leute, die arbeiten können, wie ich und mein Bruder, er würde nicht halb soviel Mühe haben – Aber die mehrern, die er mit Liebe und mit Geduld zur Arbeit anführte, dankten ihm von Herzensgrunde, und hie und da stiegen stille Seufzer zum Vater der Menschen empor, der alle Geduld und alle Liebe, die ein Mensch seinem schwächern Bruder erweiset, lohnt und segnet.

Michel konnte die böse Abrede, die er am Samstag mit dem Vogt gemacht hatte, nicht länger auf seinem Herzen tragen, und sagte im Heimgehn zu seinem Meister: Ich habe dir etwas zu sagen; ich will mit dir heimgehn. So komm denn, antwortete Lienhard.

Da ging er mit dem Meister in seine Hütte, und erzählte ihm, wie der Vogt ihn am Samstag zu Schelmenstreichen gedungen, und wie er ihm auf den schönen Handel zween Taler gegeben hätte. Lienhard erschrak; aber schwarz und grün war's der Gertrud vor den Augen, über der Erzählung.

Das ist erschrecklich, sagte Lienhard. Ja, das ist wohl erschrecklich, erwiderte Gertrud.

Laß dich jetzt das nicht kümmern, ich bitte dich, Gertrud!

Laß dir das jetzt keine Mühe machen, ich bitte dich, Meister! sagte Michel – Seht, gegen Euch versündige ich mich gewiß nicht; darauf könnt Ihr zählen.

Lienhard: Ich danke dir, Michel! Aber ich hab es doch an dem Vogt auch nicht verdient.

Michel: Er ist ein eingefleischter Teufel; die Hölle erfindet nicht, was er, wenn er auf Rache denkt und raset.

Lienhard: Es zittert alles an mir.

Gertrud: Beinahe ward mir ohnmächtig.

Michel: Seid doch nicht Kinder, alles hat ja ein Ende.

Gertrud und Lienhard: (Beide auf einmal) Gott Lob! Gott Lob!

Michel: Seht, ihr habt jetzt das Ding, wie ihr nur wollt. Wenn ihr wollt, so will ich den Vogt auf dem Glauben lassen, daß ich ihm treu sei, und gerad morgen oder übermorgen vom Bau Geschirr wegnehmen, und ins Vogts Haus tragen. Dann gehst du in aller Stille zu Arner, nimmst einen Gewaltsschein, alle Häuser durchsuchen zu dürfen; fängst bei des Vogts seinem an – dringst plötzlich in die Nebenkammer hinein, wo du es gewiß finden wirst; aber nimm das in acht: Du mußt plötzlich in dem Augenblick, in dem du den Gewaltschein zeigest: hineindringen, sonst ist es gefehlt. Sie sind imstande, sie nehmen es dir unter den Augen weg, steigen zum Fenster hinein, oder legen es unter die Decke des Betts. Wenn du dann höflich bist, und da nicht nachsuchst, so werden wir in einem schönen Handel sein. – Ich denke aber fast, es ist besser für dich, du schickst jemand anders; es ist kein Stück Arbeit für dich.

Lienhard: Nein, Michel! Das Stück Arbeit würde mir gewiß nicht geraten.

Michel: Das ist gleichviel; ich will dir schon jemand finden, der diese Arbeit recht mache.

Gertrud: Michel! Ich denke, wir sollten Gott danken, daß wir von der Gefahr, die über uns schwebte, jetzt befreit sind, und nicht aus Rache dafür dem Vogt eine Falle legen.

Michel: Er verdient seinen Lohn; mache dir darüber kein Bedenken.

Gertrud: Was er verdiene oder nicht verdiene, das ist nicht unsere Sache zu urteilen; aber nicht Rache auszuüben, das ist unsere Sache, und der einzige gerade Weg, den wir in diesem Falle gehn können.

Michel: Ich muß bekennen, du hast recht, Gertrud! Und es ist viel, daß du dich so überwinden kannst; aber ja, du hast recht, er wird seinen Lohn schon finden; und überall los sein, und nichts mit ihm zu tun haben, ist das beste. Ich will auch geradezu mit ihm brechen, und ihm seine zween Taler zurückgeben; jetzt hab ich aber nur noch anderthalben. Er nimmt sie aus dem Sack, legt sie auf den Tisch, zählt sie, und sagt dann weiter: Ich weiß jetzt nicht, ob ich ihm die anderthalben allein bringen, oder ob ich auf den Wochenlohn warten will, bis am Samstag, da ich dann alles beieinander haben werde?

Lienhard: Es macht mir gar nichts, dir den halben Taler jetzt vorauszubezahlen.

Michel: Ich bin herzlich froh, wenn es sein kann, daß ich dieses Mannes noch heute loskomme. Ich trag es ihm noch in dieser Stunde ins Haus, wenn ich's habe. Meister! seit gestern beim H. Nachtmahl lag es mir schon schwer auf dem Herzen, daß ich ihm so böse Sachen versprochen hatte; auf den Abend kam noch dein Jonas, und gab meinem Kinde sein Abendbrot – und auch das machte, daß es mir ans Herz ging, daß ich gegen dir ein Schelm sein wollte.

Ich habe dich nie recht gekannt, und nie viel Umgang mit dir gehabt, Lienhard! Aber heute habe ich gesehn, daß du mit Geduld und mit Liebe jedermann helfen und raten wolltest; und ich meinte, ich würde nicht selig sterben können, wenn ich einem so braven, treuen Menschen das Gute mit Bösem vergülte. (Er hat Tränen in den Augen) Da seht Ihr, ob's mir nicht Ernst ist.

Lienhard: Tue doch überall niemand nichts Böses mehr.

Michel: Will's Gott! will ich dir folgen.

Gertrud: Es wird dir dann gewiß auch überall wieder besser gehn.

Lienhard: Willst du noch diesen Abend zum Vogt gehn?

Michel: Ja, wenn ich kann.

Der Mäurer gibt ihm den halben Taler und sagt: Bring ihn doch nicht in Zorn.

Gertrud: Sag ihm doch nicht, daß wir etwas davon wissen.

Michel: Ich will so kurz sein, als ich kann; aber den Augenblick geh ich, so ist's bald vorüber. Behüt Gott, Gertrud! Ich danke dir, Lienhard! Schlaft wohl.

Lienhard: Tu ihm auch also. Behüt Gott, Michel! (Er geht ab.)

§ 71
Die Hauptauftritte nähern sich

Als der Vogt heimkam, traf er seine Frau allein in der Stube an. Er konnte also die Wut und den Zorn, den er den Tag über gesammelt hatte, nun ausleeren. Auf dem Feld, im Schloß und in Hirzau, da war's etwas anders. Unter den Leuten zeigt so einer nicht leicht, wie's ihm ums Herz ist.

Ungeschickt, wie ein Schäferbub, würde man sagen, würde ein Vogt sein, der das nicht könnte; und das hat man dem Hummel nie nachgeredt. Er konnte ganze Tage hinunterschlucken, Zorn und Neid, und Haß und Gram, und immer lächeln, und schwatzen, und trinken; aber, wenn er heimkam, und zum Glück oder Unglück die Wohnstube leer fand, alsdann stieß er die Wut fürchterlich aus, die er unter den Leuten gesammelt hatte.

Seine Frau weinte in einer Ecke, und sagte: Um Gottes willen! Tue doch nicht so; mit diesem Rasen bringst du Arnern nur immer mehr auf. Er ruht nicht, bis du dich zum Ziel legst.

Er wird nicht ruhen, ich mag tun, was ich will; er wird nicht ruhen, bis er mich zugrunde gerichtet haben wird. Ein Schelm, ein Dieb, ein Hund ist er; der Verfluchteste unter allen Verfluchten, sagte der Mann.

Und die Frau: Herr Jesus! Um Gottes willen! Wie du redest, du bist von Sinnen.

Vogt: Hab ich nicht Ursache? Weißt du es nicht? Er nimmt mir das Wirtsrecht oder den Mantel innert vierzehn Tagen.

Vögtin: Ich weiß es; aber um Gottes willen! Tue doch jetzt nicht so. Das ganze Dorf weiß es schon. Der Schloßschreiber hat's dem Weibel gesagt, und dieser hat's allerorten ausgekramt. Ich wußte nichts bis auf den Abend, da ich tränkte; da lachten die Leute auf beiden Seiten der Gasse vor allen Häusern, und die Margreth, die auch tränkte, nahm mich beiseits, und sagte mir das Unglück. Und noch etwas: Hans Wüst hat die acht Gulden zurückgebracht. Woher kömmt jetzt dieser zu acht Gulden? Auch darhinter steckt Arner. Ach Gott! Ach Gott! allenthalben droht ein Ungewitter – so sagte die Frau.

Wie ein Donnerschlag erschreckte das Wort, Hans Wüst hat die acht Gulden zurückgebracht, den Vogt. Er stund eine Weile, starrte mit halbgeöffnetem Mund die Frau an, und sagte dann: Wo ist das Geld? Wo sind die acht Gulden? Die Frau stellt's in einem zerbrochenen Trinkglas auf den Tisch. Der Vogt starrt eine Weile das Geld an, zählt's nicht, und sagt dann: Es ist nicht aus dem Schloß; der Junker gibt keine ungesönderten Sorten.

Vögtin: Ich bin froh, daß es nicht aus dem Schlosse ist.

Vogt: Es steckt doch etwas darhinter; du hättest es ihm nicht abnehmen sollen.

Vögtin: Warum das?

Vogt: Ich hätte ihn ausforschen mögen, woher er's habe.

Vögtin: Ich habe wohl daran gedacht; aber er wollte nicht warten, und ich glaube nicht, daß du etwas heraus gebracht hättest. Er war so kurz und abgebrochen, als man nur sein kann.

Vogt: Es stürmt alles auf mich los; ich weiß nicht, wo mir der Kopf steht – Gib mir zu trinken – (sie stellt ihm den Krug dar) und er geht mit wilder Wut die Stube hinauf und hinunter, schnaufet, trinkt, und redt mit sich selber: Ich will den Mäurer verderben, das ist das erste, so sein muß. Wenn's mich hundert Taler kostet – Der Michel muß ihn verderben; und dann will ich auch hinter den Markstein – so sagt er, und eben klopft Michel an. Wie im Schrecken juckt der Vogt zusammen, sagt: Wer ist da so spät in der Nacht? und eilt ans Fenster zu sehn.

Mach auf, Vogt! ruft Michel.

§ 72
Die letzte Hoffnung verläßt den Vogt

Wie mir der soeben recht kömmt, sagt der Vogt, eilt, öffnet die Türe, grüßt Micheln, und sagt: Willkommen, Michel! Was bringst du guts Neues?

Michel: Nicht viel; ich will dir nur sagen –

Vogt: Du wirst nicht unter der Türe reden wollen? Ich gehe noch lang nicht schlafen. Komm in die Stube.

Michel: Ich muß wieder heim, Vogt! Ich will dir nur sagen, daß mich der Handel vom Samstag gereuet hat.

Vogt: Ja, bei Gott! Das wäre so eben recht. Nein, der muß dich nicht gereuen – Wenn's nicht genug ist, ich biete eher ein mehrers. Komm nur in die Stube. Es fehlt nicht, wir werden des Handels gewiß eins.

Michel: Um keinen Preis, Vogt! Da sind deine zween Taler.

Vogt: Ich nehme dir sie jetzt nicht ab, Michel! Treib nicht den Narren. Der Handel muß dir nicht schaden, und wenn dir die zween Taler zu wenig sind, so komm in die Stube.

Michel: Ich will weiter nichts hören, Vogt! Da ist dein Geld.

Vogt: Bei Gott! Ich nehme dir's jetzt nicht ab. Ich habe jetzt geschworen; du mußt mit mir in die Stube.

Michel: Das kann zuletzt wohl sein. (Er geht mit ihm.) Da bin ich nun in der Stube, und da ist dein Geld. (Er legt es auf den Tisch.) Und jetzt behüt Gott, Vogt! Und hiemit kehrte er sich um, und ging fort.

§ 73
Er macht sich an den Markstein

Der Vogt stund eine Weile stumm und sprachlos da, rollte seine Augen umher, schäumte zum Munde aus, zitterte, stampfte, und rief dann: Frau! Gib mir Brennts; es muß sein, ich gehe.

Frau: Wohin, wohin willst du in der stockfinstern Nacht?

Vogt: Ich geh – ich geh, und grabe den Stein aus; gib mir die Flasche.

Frau: Um Gottes willen! Tue doch das nicht.

Vogt: Es muß sein, es muß sein; ich gehe.

Frau: Es ist stockfinster; es geht nach den Zwölfen, und in der Karwoche hat der Teufel sonst viel Gewalt.

Vogt: Hat er das Roß, so nehm er den Zaum auch. Gib mir die Flasche; ich gehe.

Schnell nimmt er Pickel und Schaufel und Karst auf die Achsel, und eilt im tiefen Dunkel der Nacht auf den Berg, seinem Herrn den Markstein zu versetzen.

Rausch und Rache und Wut machten ihn kühn; doch wo er ein Scheinholz erblickte, oder wo er einen Hasen rauschen hörte, zitterte er, stand einen Augenblick still, und eilte dann wütend weiter, bis er endlich zum Markstein kam. Er griff jetzt schnell zur Arbeit, hackte und schaufelte umher.

§ 74
Die Nacht betrügt Besoffene und Schelmen, die in der Angst sind, am stärksten

Aber plötzlich erschreckt ihn ein Geräusche. Ein schwarzer Mann hinter dem Geräusche kömmt auf ihn zu. Um den Mann ist's hell in der finstern Nacht, und Feuer brennt auf des Mannes Kopfe. Das ist der Teufel leibhaftig, sagt der Vogt, flieht, heult entsetzlich, und läßt Karst und Pickel und Schaufel, den Hut und die leere Brenntsflasche dahinten.

Es war Christoff, der Hühnerträger von Arnheim, der Eier in Oberhofen, Lunkofen, Hirzau und andern Orten aufgekauft hatte, und nun auf seinem Heimweg begriffen war. Er trug auf seinem Korb das Fell von einer schwarzen Ziege, und hatte eine Laterne daran hängen, um den Weg im Finstern zu finden. Dieser Eierträger erkannte die Stimme des fliehenden Vogts; und da er dachte, daß er gewiß etwas Böses im Sinn hätte, ergrimmte er bei sich selber, und sprach: Dem verfluchten Buben will ich's jetzt machen! Er meint, ich sei der Teufel.

Schnell stellt er seinen Korb ab, nimmt Karst und Pickel und Schaufel und seinen mit Eisen beschlagenen Botenstock, bindet alles zusammen, schleppt es hinter sich her über den Felsweg hinunter, daß es fürchterlich rasselte, läuft so dem Vogt nach, und ruft mit hohler heulender Stimme: Oh – Ah – Uh – Hummel – Oh – Ah – Uh – Du bist mein – Wa – art – Hu – Hummel – –

Der arme Vogt läuft, was er vermag, und schreit in seinem Laufen erbärmlich: Mordio – und Helfio – Wächter! Der Teufel nimmt mich.

Und der Hühnerträger immer hinten nach: Oh – Ah – Uh – Vo – ogt – – Wa – art – Vo – ogt! Du bist mein – Vo – o – ogt –

§ 75
Das Dorf kömmt in Bewegung

Der Wächter im Dorf hörte das Laufen und Rufen vom Berge, und verstund alle Worte; aber er fürchtete sich, und klopfte einigen Nachbaren am Fenster an.

Steht doch auf, Nachbaren! sagt er zu ihnen; und hört, wie es am Berge geht. Es ist, als wenn der Teufel den Vogt nehmen wollte – hört doch, wie er Mordio und Helfio ruft! Und er ist doch, weiß Gott! bei seiner Frau daheim; es ist keine zwo Stunden, ich hab ihn unter seinem Fenster gesehn.

Als ihrer etwan zehn beisammen waren, rieten sie, sie wollten alle miteinander mit dem Windlicht und mit Gewehr wohlversehen dem Geräusch entgegengehn; aber frisch Brot, den Psalter, und das Testament mit in Sack nehmen, daß ihnen der Teufel nichts anhaben könne.

Die Männer gingen, hielten aber noch zuerst bei des Vogts Haus still, um zu sehn, ob er daheim wäre.

Die Vögtin wartete in Todesangst, wie's ihm auf dem Berg gehn möchte; und da sie den nächtlichen Lärm hörte, und da die Männer mit den Windlichtern an ihrem Hause klopften, erschrak sie entsetzlich, und rief ihnen: Herr Jesus! Was wollt ihr?

Dein Mann soll herunterkommen, sagten die Männer.

Er ist nicht bei Hause; aber, Herr Jesus! Was ist's doch, warum ihr da seid? sagte die Frau.

Und die Männer: Das ist eben schlimm, wenn er nicht daheim ist. – Horch, wie er Mordio und Helfio schreit, als wenn der Teufel ihm nachliefe.

Die Frau läuft jetzt mit den Männern, wie unsinnig, fort. Der Wächter fragte sie unterwegs:

Was Teufels tut doch dein Mann jetzt noch auf dem Berg? Er war ja noch vor ein paar Stunden bei Haus?

Sie antwortete kein Wort, sondern heulete entsetzlich.

Auch des Vogts Hund heulete an seiner Kette entsetzlich.

Als aber der Hühnerträger das Volk, so dem Vogt zu Hülfe eilte, sich nähern sah, und als er des Vogts Hund so fürchterlich heulen hörte, kehrte er um, und ging so still und so geschwind, als er konnte, wieder den Berg hinauf zu seinem Korb, packte seine Beute auf, und setzte dann seinen Weg fort.

Kunz aber, der mit des Vogts Frau einige Schritte voraus war, merkte, daß es eben nicht der Teufel sein möchte; faßt den heulenden Vogt ziemlich unsanft beim Arm, und sagt ihm:

Was ist das? Warum tust du auch so, du Narr? O – – O – – laß mich – – O – – Teufel laß mich – – sagte der Vogt, der im Schrecken nichts sah und nichts hörte.

Du Narr! Ich bin Kunz, dein Nachbar; und das ist deine Frau, sagte ihm dieser.

Die andern Männer sahn zuerst ziemlich behutsam umher, wo etwan der Teufel doch stecken möchte; und der mit dem Windlicht zündete sorgfältig in die Höhe und auf den Boden, und auf alle vier Seiten; es steckte auch ein jeder seine rechte Hand in den linken Sack, zum neugebackenen Brot, zum Testament und zum Psalter – Da sich aber lange nichts zeigte, faßten sie nach und nach Mut, und einige wurden sogar munter, und fingen an den Vogt zu fragen: Hat der Teufel dich mit den Klauen gekräuelt? oder mit den Füßen getreten, daß du so blutest?

Andre aber sprachen: Es ist jetzt nicht Zeit zu spotten; wir haben ja alle die erschreckliche Stimme gehört.

Kunz aber sagte: Und mir ahndet, ein Wilddieb, oder ein Harzer, habe den Vogt und uns alle geäffet. Als ich ihm nahe kam, hörte das Geheul auf, und ein Mensch lief den Berg hinauf, was er konnte. Es hat mich tausendmal gereuet, daß ich ihm nicht nachgelaufen bin; und wir waren Narren, daß wir des Vogts Hund nicht mitgenommen haben.

Du bist ein Narr, Kunz! Das war in Ewigkeit keine Menschenstimme. Es ging durch Leib und Seel; es drang durch Mark und Bein; und ein mit Eisen beladener Wagen rasselt nicht so auf der Bergstraße, wie das gerasselt hat.

Ich will euch nicht widersprechen, Nachbaren! Es schauerte mir auch, da ich es hörte. Aber doch lasse ich mir nicht ausreden, daß ich jemand wieder den Berg hinauflaufen gehört habe.

Meinst du, der Teufel könne nicht auch laufen, daß man ihn höre? sagten die Männer.

Der Vogt aber hörte von allem Gerede kein Wort. Und da er daheim war, bat er die Männer, daß sie doch diese Nacht bei ihm blieben; und sie blieben gar gern im Wirtshause.

§ 76
Der Pfarrer kömmt ins Wirtshaus

Indessen hatte der nächtliche Lärm alles im Dorfe aufgeweckt. Auch im Pfarrhause stund alles auf, denn man vermutete Unglück.

Und da der Pfarrer nachfragen ließ, was für ein Lärm sei? bekam er erschreckliche Berichte über den greulichen Vorfall.

Und der Pfarrer dachte: er wolle dieses Schrecken des Vogts, so dumm auch seine Ursache sei, benutzen, und ging in der Nacht ins Wirtshaus.

Blitzschnell verschwanden die Weinkrüge von allen Tischen, da er kam.

Die Bauern stunden auf, und sagten: Willkommen, wohlehrwürdiger Herr Pfarrer!

Der Pfarrer dankte, und sagte den Nachbaren: Es ist brav, daß ihr, wenn ein Unglück begegnet, so bereit und dienstfertig seid.

Aber wollt ihr mich jetzt eine Weile bei dem Vogt allein lassen?

Bauern: Es ist unsere Schuldigkeit, wohlehrwürdiger Herr Pfarrer! Wir wünschen euch eine glückselige Nacht.

Pfarrer: Ein Gleiches, ihr Nachbaren! Aber ich muß euch noch bitten, daß ihr euch in acht nehmet, was ihr über diesen Vorfall erzählet. Es ist allemal unangenehm, wenn man groß Geschrei von einer Sache macht, und wenn darnach heraus kömmt, daß nichts an der Sache sei, oder etwas ganz anders. Für jetzt weiß einmal noch niemand, was eigentlich begegnet ist, und ihr wisset doch, Nachbaren! die Nacht treugt.

Es ist so – wohlehrwürdiger Herr Pfarrer! sagten die Bauern inner der Türe.

Und er ist immer so ein Narr, und will nichts glauben, sagten sie draußen.

§ 77
Seelsorgerarbeit

Der Pfarrer aber redte mit dem Vogt herzlich: Untervogt! Ich habe vernommen, daß dir etwas begegnet ist, und ich bin da, dir mit Trost, so gut ich kann, an die Hand zu gehen. Sage mir aufrichtig, was ist dir eigentlich begegnet?

Vogt: Ich bin ein armer unglücklicher Tropf, der leidige Satan hat mich nehmen wollen.

Pfarrer: Wieso, Vogt! wo ist dir das begegnet?

Vogt: Oben auf dem Berge.

Pfarrer: Hast du denn wirklich jemand gesehen? Hat dich jemand angegriffen?

Vogt: Ich sah ihn – ich sah ihn, wie er auf mich zulief. – Es war ein großer schwarzer Mann, und er hatte Feuer auf seinem Kopfe – er ist mir nachgelaufen bis unten an den Berg.

Pfarrer: Warum blutest du am Kopf?

Vogt: Ich bin im Herunterlaufen gefallen.

Pfarrer: Es hat dich also niemand mit keiner Hand angerührt?

Vogt: Nein, aber gesehen habe ich ihn mit meinen Augen.

Pfarrer: Nun Vogt! Wir wollen uns nicht dabei aufhalten. Ich kann nicht begreifen, was es eigentlich war. Es mag aber gewesen sein, was es will, so ist es gleich viel; denn Untervogt! es ist eine Ewigkeit, wo ohne einigen Zweifel die Gottlosen in seine Klauen fallen werden; und diese Ewigkeit und die Gefahr, nach deinem Tode in seine Klauen zu fallen, sollte dich bei deinem Alter und bei deinem Leben freilich unruhig und sorgenvoll machen.

Vogt: O Herr Pfarrer! Ich weiß vor Sorgen und Unruhe nicht was ich tue. Um Gottes willen! Was kann, was soll ich machen, daß ich vom Teufel wieder los werde – bin ich nicht jetzt schon ganz in seiner Gewalt?

Pfarrer: Vogt! Plage dich nicht mit Geschwätze und mit närrischen Worten. Du bist bei Sinn und Verstand, und also ganz in deiner eigenen Gewalt; tue, was recht ist, und was dir dein Gewissen sagt, daß du es Gott und Menschen schuldig seist. Du wirst alsdann bald merken, daß der Teufel keine Gewalt über dich hat.

Vogt: O Herr Pfarrer! Was kann, was muß ich denn tun, daß ich bei Gott wieder zu Gnaden komme?

Pfarrer: Im Ernst deine Fehler bereuen, dich bessern, und dein ungerechtes Gut wieder zurückgeben.

Vogt: Man glaubt, ich sei reich, Herr Pfarrer! Aber ich bin's weiß Gott nicht!

Pfarrer: Das ist gleich viel, du hast des Rudis Matten mit Unrecht; und Wüst und Keibacher haben einen falschen Eid getan; ich weiß es, und ich werde nicht ruhen, bis der Rudi wieder zu dem Seinigen gelangt sein wird.

Vogt: O Herr Pfarrer! Um Gottes willen! Habt Mitleiden mit mir.

Pfarrer: Das beste Mitleiden, das man mit dir haben kann, ist dieses: wenn man dich dahin bringen kann, gegen Gott und Menschen zu tun, was du schuldig bist.

Vogt: Ich will ja tun, was Ihr wollt, Herr Pfarrer!

Pfarrer: Willst du dem Rudi seine Matte wieder zurückgeben?

Vogt: Um Gottes willen! Ja, Herr Pfarrer!

Pfarrer: Erkennest du also, daß du sie mit Unrecht besitzest?

Vogt: In Gottes Namen! Ja, Herr Pfarer! Ich muß es bekennen; aber ich komme an den Bettelstab, wenn ich sie verliere.

Pfarrer: Vogt! Es ist besser betteln, als armer Leute Gut unrechtmäßig vorenthalten.

Der Vogt seufzet.

Pfarrer: Aber was tatest du auch mitten in der Nacht auf dem Berg?

Vogt: Um Gottes willen! Fraget mich doch das nicht, Herr Pfarrer! Ich kann's, ich darf's nicht sagen; habt Mitleiden mit mir, ich bin sonst verloren.

Pfarrer: Ich will dir nicht zumuten, mir etwas zu offenbaren, das du nicht willst. Tust du es gern, so will ich dir raten wie ein Vater! Willst du es nicht tun, in Gottes Namen! So ist es dann deine Schuld, wenn ich dir da, wo du es vielleicht am nötigsten hättest, nicht raten kann. Aber da ich ohne deinen Willen von allem, was du mir sagen wirst, nichts offenbaren werde, so kann ich doch nicht sehn, was du dabei gewinnest, wenn du mir etwas verschweigst.

Vogt: Aber werdet Ihr gewiß nichts wider meinen Willen offenbar machen, es mag sein was es will?

Pfarrer: Nein, gewiß nicht, Vogt!

Vogt: So will ich's Euch in Gottes Namen sagen: Ich wollte dem Junker einen Markstein versetzen.

Pfarrer: Lieber Gott und mein Heiland! Warum auch dem guten lieben Junker?

Vogt: Ach! Er wollte mir das Wirtshaus oder den Vogtsdienst nehmen, das brachte mich in Wut.

Pfarrer: Du bist doch ein unglücklicher Tropf, Vogt! Er meinte es so wenig böse. Er hat dir noch einen Ersatz geben wollen, wenn du die Vogtsstelle freiwillig aufgeben würdest.

Vogt: Ist das auch wahr, Herr Pfarrer?

Pfarrer: Ja, Vogt! Ich kann dir es für gewiß sagen, denn ich habe es aus seinem Munde; er hat am Samstagabend in seinem Berg gejagt, und ich habe ihn auf dem Weg vom Reutihof, wo ich bei der alten Frauen war, angetroffen; da hat er mir ausdrücklich gesagt: Der junge Meyer, den er zum Vogt machen wolle, müsse dir, damit du dich nicht zu beklagen habest, hundert Gulden jährlichen Ersatzes geben.

Vogt: Ach Gott! Herr Pfarrer! Hätte ich auch das gewußt, ich würde nicht in dieses Unglück gefallen sein.

Pfarrer: Man muß Gott vertrauen; auch wenn man noch nicht sieht, wo seine Vatergüte eigentlich hervorblicken will; und von einem guten Herrn muß man Gutes hoffen, auch wenn man noch nicht siehet, wie und worin er sein gutes Herz offenbaren will. Das macht, daß man ihm getreu und gewärtig bleibt, und dardurch denn sein Herz in allen Fällen zum Mitleiden und zu aller Vatergüte offen findet.

Vogt: Ach Gott! Wie ein unglücklicher Mann ich bin! Hätte ich nur auch die Hälfte von diesem gewußt.

Pfarrer: Das Geschehene ist jetzt nicht mehr zu ändern; aber was willst du jetzt tun, Vogt?

Vogt: Ich weiß es in Gottes Namen nicht; das Bekenntnis bringt mich ums Leben. Was meint Ihr, Herr Pfarrer?

Pfarrer: Ich wiederhole, was ich dir eben gesagt habe. Ich will dir kein Bekenntnis zumuten; das, was ich sage, ist ein bloßer Rat – aber meine Meinung ist, der gerade Weg habe noch niemanden übel ausgeschlagen. Arner ist barmherzig, und du bist schuldig, tu jetzt, was du willst; aber ich würde es auf seine Barmherzigkeit ankommen lassen. Ich sehe wohl, daß der Schritt schwer ist; aber es ist auch schwer, ihm den Fehler zu verschweigen, wenn du wahre Ruhe und Zufriedenheit für dein Herz suchest.

Der Vogt seufzet, und redet nichts.

Der Pfarrer fährt fort, und sagt wieder: Tue jetzt in Gottes Namen, was du willst, Vogt! Ich will dir nichts zumuten; aber je mehr

§ 77

ich es überlege, desto mehr dünkt mich, du fahrest am besten, wenn du es auf Arners Barmherzigkeit ankommen lassest; denn ich muß dir doch auch sagen, es könne nicht anders sein, der Junker werde nachforschen, warum du in dieser späten Nachtzeit auf der Straße gewesen seist?

Vogt: Herr Jesus, Herr Pfarrer! Was mir in Sinn kommt. Ich habe Pickel und Schaufel und Karst, und was weiß ich noch, beim Markstein gelassen, und er ist schon halb umgegraben; das kann alles ausbringen. Es übernimmt mich eine Angst und ein Schrecken von wegen des Pickels und des Karsts, daß es entsetzlich ist, Herr Pfarrer!

Pfarrer: Wenn dich wegen dem armseligen Pickel und Karst, die man ja leicht heut noch vor Tag wegtragen und verbergen kann, eine solche Angst übernimmt, Vogt! so denke doch, wie tausend solche Umstände und Vorfälle begegnen werden und begegnen müssen, wenn du schweigest, die dir deine übrigen Tage noch alle zu Tagen der größten Unruhe und der bittersten fortdauernden Besorgnisse machen werden. – Ruhe für dein Herz wirst du nicht finden, Vogt! wenn du nicht bekennest.

Vogt: Und ich kann auch nicht bei Gott wieder zu Gnaden kommen, wenn ich schweige?

Pfarrer: Vogt! Wenn du das selber denkest, und selber sorgest und fürchtest, und doch wider die Stimme deines Gewissens, wider deine eigne Überzeugung schweigest, wie könnte es möglich sein, daß dieses Tun Gott gefallen, und dir seine Gnade wiederbringen könnte?

Vogt: So muß ich's denn bekennen?

Pfarrer: Gott wolle mit seiner Gnade bei dir sein, wenn du tust, was dein Gewissen dich heißet.

Vogt: Ich will es bekennen.

Und da er dieses gesagt hatte, betete der Pfarrer vor ihm also:

Preis und Dank und Anbetung, Vater im Himmel! Du hast deine Hand gegen ihn ausgestreckt, und sie hat ihm Zorn und Entsetzen geschienen, die Hand deiner Erbarmung und Liebe! Aber sie hat sein Herz bewegt, daß er sich nicht mehr gegen die Stimme der Wahrheit verhärtet, wie er sich lange, lange vor ihr verhärtet hat.

Du, der du Schonung und Mitleiden und Gnade bist! Nimm das Opfer seines Bekenntnisses gnädig an, und zeuch deine Hand nicht ab von ihm. Vollende das Werk deiner Erbarmung, und laß ihn wieder deinen Sohn, deinen Begnadigten werden. O Vater im Himmel! Der Menschen Leben auf Erden ist Irrtum und Sünde! Darum bist du gnädig den armen Kindern der Menschen, und verzeihest ihnen Übertretung und Sünde, wenn sie sich bessern.

Preis und Anbetung, Vater im Himmel! Du hast deine Hand gegen ihn ausgestreckt, daß er dich suche. Du wirst das Werk deiner Erbarmung vollenden, und er wird dich finden, lobpreisen deinen Namen, und verkündigen deine Gnade unter seinen Brüdern.*

Jetzt war der Vogt durch und durch bewegt; Tränen flossen von seinen Wangen.

O Gott! Herr Pfarrer! Ich will es bekennen, und tun, was man will. Ich will Ruhe suchen für mein Herz, und Gottes Erbarmen.

Der Pfarrer redete noch eine Weile mit ihm, tröstete ihn, und ging dann wieder heim.

Es ging aber schon gegen fünf Uhr, da er heimkam.

Und er schrieb alsbald an Arner. Der Brief, den er gestern geschrieben, und der heutige, lauten also:

§ 78

Zween Briefe vom Pfarrer, an Arner

Erster Brief

Hochedelgeborner, gnädiger Herr!
Der Überbringer dieses, Hans Wüst, hat mir heut eine Sache geoffenbart, welche von einer Natur ist, daß ich nicht umhin konnte, ihm zu raten, sie Euer Gnaden als seinem Richter zu entdecken – Er hält nämlich in seinem Gewissen darfür, der Eid, den er und Keibacher vor zehn Jahren in der Sache zwischen dem Hübelrudi und dem Vogt geschworen haben, sei falsch. Es ist eine sehr traurige Geschichte, und es kommen dabei sehr bedenkliche Umstände von dem verstorbenen Schloßschreiber und von dem unglücklichen Vikari meines in Gott ruhenden Vorfahren ins Licht; und mir schauert vor aller Ärgernis, so dieses Bekenntnis hervorbringen kann. Ich danke aber wieder Gott, daß der Ärmste unter meinen vielen Armen, der gedrückte leidende Rudi mit seiner schweren Haushaltung durch dieses Bekenntnis wieder zu dem Seinigen kommen könnte. Die täglich steigende Bosheit des Vogts, und sein Mutwillen, der jetzt auch sogar die Feste nicht mehr schonet, machen mich glauben, die Zeit seiner Demütigung sei nahe. – Für den unglücklichen armen Wüst bitte ich demütig und dringend um alle Barmherzigkeit und um alle

---

* Der Verfasser will hier anzeigen: daß er bald auch die Geschichte von Hummels Gefangenschaft und Kirchenbuße liefern wolle.

§ 78

Gnade, welche die Pflichten der Gerechtigkeit dem menschenliebenden Herzen Euer Gnaden erlauben können.

Meine liebe Frau empfiehlt sich Ihrer edelmütigen Gemahlin, und meine Kinder Ihren guten Fräuleins. Sie sagen tausendfachen Dank für die Blumenzwiebeln, mit denen Sie unsern Krautgarten verzieren wollen. Gewiß werden Ihnen meine Kinder mit Fleiß abwarten; denn ihre Blumenfreude ist unbeschreiblich.

Erlauben Sie, hochedelgeborner, gnädiger Herr! daß ich mit pflichtschuldiger Ergebenheit mich nenne

Euer Wohledelgebornen Gnaden

Bonnal, den 20. März gehorsamsten Diener,
1780 *Joachim Ernst*, Pfr.

Zweiter Brief

Hochedelgeborner, gnädiger Herr!
Seit gestern abends, da ich Euer Gnaden in beiliegend schon versiegeltem Schreiben den Vorfall mit dem Hans Wüst pflichtmäßig zu wissen tun wollte, hat die alles leitende weise Vorsehung meine Hoffnungen und meine Wünsche für den Rudi, und meine Vermutungen gegen den Vogt, auf eine mir jetzt noch unbegreifliche und unerklärbare Weise bestätigt.

Es entstund in der Nacht ein allgemeiner Lärm im Dorf, der so groß war, daß ich Unglück vermutete. Ich ließ nachfragen, was es sei, und ich erhielt den Bericht: der Teufel wolle den Vogt nehmen; er schreie erbärmlich droben am Berg um Hülfe, und alles Volk habe das erschreckliche Gerassel des ihm nachlaufenden Teufels gehört – Ich mußte ob diesem Berichte, Gott verzeih es mir, herzlich lachen. Es kamen aber immer mehr Leute, die alle den greulichen Vorfall bestätigten, und zuletzt berichteten: der Vogt sei wirklich mit den Männern, die ihm zu Hülf geeilt wären, wieder heim; aber so erbärmlich vom leidigen Satan herumgeschleppt und zugerichtet worden, daß er wahrscheinlicherweise sterben werde.

Das alles war freilich keine War in meinen Kram; aber was machen? Man muß die Welt brauchen, wie sie ist, weil man sie nicht ändern kann.

Ich dachte, es mag nun gewesen sein, was es will, so ist der Vogt vielleicht jetzt weich; ich muß also die gelegene Zeit nicht versäumen, und ging deshalben sogleich zu ihm.

Ich fand ihn in einem erbärmlichen Zustande. Er glaubt steif und fest, der Teufel hab ihn nehmen wollen. Ich fragte zwar hin und her, um etwan auf eine Spur zu kommen; aber ich begreife noch nichts von allem. Nur soviel ist gewiß, daß ihn niemand angerührt hat und daß seine Verwundung am Kopf, die aber leicht ist, von einem Falle herrührt. – Auch hat der Teufel, sobald die Mannschaft anrückte, mit seinem Rasseln und Heulen nachgelassen – Aber es ist Zeit zur Hauptsache zu kommen.

Der Vogt war gedemütigt, und bekannte mir zwo abscheuliche Taten, die er mir freiwillig erlaubt, Euer Gnaden zu offenbaren.

Erstlich: Es sei wahr, was mir der Hans Wüst gestern geklagt hätte; nämlich:

Er habe Ihren in Gott ruhenden Herrn Großvater in dem Handel mit dem Rudi irregeführt, und die Matte sei mit Unrecht in seiner Hand.

Zweitens: Er habe diese Nacht Euer Gnaden einen Markstein versetzen wollen, und sei wirklich an dieser Arbeit gewesen, als ihm der erschreckliche Zufall begegnet sei.

Ich bitte Euer Gnaden demütig, um Schonung und Barmherzigkeit auch für diesen unglücklichen Mann, der gottlob auch zur Demut und zur Reue zurückzukommen scheint.

Da sich die Umstände also seit gestern geändert haben, schick ich den Hans Wüst nicht mit seinem Brief, sondern ich sende beide durch Wilhelm Aebi, und ich erwarte, was Euer Gnaden hierin für fernere Befehle an mich werden gelangen lassen. Womit ich mit der vorzüglichsten Hochachtung verharre

Euer Hochedelgebornen und Gnaden

Bonnal, den 21. März gehorsamster Diener,
1780 *Joachim Ernst*, Pfr.

§ 79
Des Hühnerträgers Bericht

Wilhelm Aebi eilte nun mit den Briefen auf Arnburg; aber Christoff, der Hühnerträger, war früher im Schloß, und erzählte dem Junker alles, was begegnet war, der Länge und der Breite nach.

Der Junker aber mußte auf seinem Lehnstuhl über die Geschichte, über das Schrecken des Vogts und über das Oh – Ah – Uh – des

Hühnerträgers lachen, daß er den Bauch mit beiden Händen halten mußte.

Therese, seine Gemahlin, die im Nebengemach noch in der Ruhe war, hörte das laute Gelächter und das Oh – Ah – Uh – des Hühnerträgers, und rief:

Karl! Was ist das? Komm doch herein, und sage mir, was es ist.

Da sagte der Junker zum Hühnerträger: Meine Frau will auch hören, wie du den Teufel vorstellen könnest; komm herein.

Und er ging mit dem Hühnerträger ins Schlafzimmer seiner Gemahlin.

Da erzählte dieser wieder: wie er den Vogt bis unten ins Feld verfolgt hätte – wie seine Nachbaren bei Dutzenden mit Spießen und Prügeln und Windlichtern dem armen Vogt zu Hülf gekommen wären, und wie er dann wieder still den Berg hinaufgeschlichen sei.

Therese und Karl lachten auf ihrem Bette wie Kinder, und ließen den Hühnerträger, soviel er wollte, von dem köstlichen Wein des Junkers, der seit gestern noch dastund, trinken.* Hingegen verbot ihm Arner, noch niemand kein Wort von der Sache zu erzählen.

Indessen langte Wilhelm Aebi mit des Pfarrers Briefen an.

Arner las sie, und die Geschichte des Hans Wüsts rührte ihn am meisten. Die Unvorsichtigkeit seines Großvaters, und das Unglück des Rudis gingen ihm zu Herzen; aber die weise Handlungsart des Pfarrers freute ihn in der Seele.

Er gab die Briefe sogleich seiner Therese, und sagte: Das ist doch ein herrlicher Mann, mein Pfarrer in Bonnal. Menschenfreundlicher und sorgfältiger hätte er nicht handeln können.

Therese las die Briefe, und sagte: Das ist eine erschreckliche Sache mit dem Wüst! Du mußt dem Rudi wieder zu dem Seinigen helfen. Säume doch nicht – und wenn der Vogt sich sträubt, die Matte zurückzugeben, so wirf ihn in alle Löcher. Er ist ein Satan, den du nicht schonen mußt.

Ich will ihn aufknüpfen lassen, antwortete Arner.

Ach nein! Du tötest niemand, erwiderte Therese.

Meinst du, Therese? sagte Karl, und lächelte.

Ja, ich mein's, sagte Therese, und küßte ihren Karl.

* Herr Jesus! was denkst du auch, Junker? Margrithe! Gib doch Dienstenwein – würde freilich manche Gräfin gerufen haben. A. d. V.

Alles zu seiner Zeit. Wenn der Hühnerträger nur Hühner bringt, warum sollte man ihm vom besten Wein geben? Wer soll dann den schlechtern trinken? Aber in gewissen Fällen kann auch der Bürger tun und soll er tun, was der Graf mit Rechte seinen Mägden verbietet. A. d. H.

Du würdest mich nicht mehr küssen, glaub ich, wenn ich's täte, Therese! sagte Karl.

Und Therese lächelnd: Das denk ich.

Arner aber ging in sein Kabinett, und antwortete dem Pfarrer.

§ 80
Des Junkers Antwortschreiben an den Pfarrer

Wohlehrwürdiger, lieber Herr Pfarrer!
Der Vorfall mit dem Vogt ist mir eine Stunde vor Ihrem Schreiben durch den Teufel selbst, der den Vogt den Berg hinabjagte, geoffenbart worden; und der ist mein lieber Hühnerträger, Christoff, den Sie wohl kennen. Ich erzähle Ihnen die ganze Geschichte, die recht lustig ist, noch heute; denn ich komme zu Ihnen, und will wegen dem Markstein Gemeind halten lassen, und zugleich will ich mit meinen Bauern wegen ihrem Gespensterglauben jetzt eine Komödie spielen – und Sie, mein lieber Herr Pfarrer! müssen auch mit mir in diese Komödie – Ich denke, Sie sind noch nicht in vielen gewesen, sonst würden Sie gewiß nicht so schüchtern, aber vielleicht auch nicht so herzgut und so zufrieden sein.

Ich sende Ihnen hier von meinem besten Wein zum herzlichen Gruß und Dank, daß Sie mir so redlich und brav geholfen haben, meines lieben Großvaters Fehler wieder gutzumachen.

Wir wollen diesen Abend zu seinem Andenken eins davon miteinander trinken. Mein lieber Herr Pfarrer! Er war doch ein braver Mann, wenn die Schelmen schon so oft sein gutes Herz und sein Zutrauen gemißbraucht haben.

Ich danke Ihnen, mein lieber Herr Pfarrer! für Ihre Mühe und für Ihre Sorgfalt wegen dem Hübelrudi – Freilich will ich ihm helfen. Noch heute muß er mit meinem lieben Großvater wieder zufrieden werden, und, will's Gott! in seinem Leben bei seinem Andenken nicht mehr trauern. Es tut mir in der Seele leid, daß er so unglücklich gewesen ist; und ich will, auf was Weise ich kann, dafür sorgen, daß der Mann für sein Leiden und für seinen Kummer mit Freude und Ruhe wieder erquickt werde. Wir sind gewiß schuldig, die Fehler unsrer Eltern wieder gutzumachen, soviel wir können und mögen. O es ist nicht recht, Herr Pfarrer! daß man behauptet, ein Richter sei nie in keiner Gefahr, und sei nie keinen Ersatz schuldig. Ach Gott! Herr Pfarrer! Wie wenig kennt man den Menschen, wenn man nicht einsieht, daß alle Richter eben durch Gefahr ihres Vermögens nicht nur zur Ehrlichkeit, sondern zur Sorgfalt und zur Anstrengung aller Aufmerksamkeit sollten bewogen und angehalten werden. – Aber was ich da vergebens schwatze.

Meine Frau und meine Kinder grüßen ihre Geliebte alle herzlich, und senden Ihren Töchtern noch eine Schachtel Blumenzeugs. Leben Sie wohl, mein lieber Herr Pfarrer! Und stürmen Sie jetzt nicht so in allen Stuben herum alles aufzuräumen, und Würste und Schinken zu sieden, als ob ich vor lauter Hunger bei Ihnen einkehren wolle; sonst werde ich nicht wieder zu Ihnen kommen, so lieb Sie mir sind.

Ich danke Ihnen noch einmal, mein lieber Herr Pfarrer; und bin mit wahrer Zuneigung

Ihr

aufrichtiger Freund,
Arnburg den 21. März *Karl Arner*
1780 *von Arnheim*

N. S. Soeben sagt mir meine Frau, sie wolle die Komödie mit dem Hühnerträger auch sehn. Wir kommen Ihnen also alle mit den Kindern und mit dem großen Wagen auf den Hals.

§ 81
Ein guter Küher

Da Arner den Wilhelm fortgeschickt hatte, ging er in seinen Stall, wählte unter seinen fünfzig Kühen für den Hübelrudi eine aus, und sagte zu seinem Küher:

Futtere mir diese Kuhe wohl, und sag dem Buben, daß er sie nach Bonnal führe, und in den Pfrundstall stelle, bis ich kommen werde.

Der Küher aber antwortete seinem Herrn: Herr! Ich muß tun, was Ihr mich heißt; aber es ist unter diesen fünfzigen allen keine, die mich so reuet. Sie ist noch so jung, so wohlgestalt und so schön; sie kömmt mit der Milch in die beste Zeit.

Du bist brav, Küher! daß dich die schöne Kuh reut.

Mich aber freut es, daß ich's getroffen habe – Ich suchte eben die schönste – Sie kömmt in eines armen Mannes Stall, Küher! Laß sie dich nicht reuen; sie wird ihn auch freuen.

Küher: Ach Herr! Es ist ewig schade um die Kuh – bei einem armen Mann wird sie abfallen; sie wird mager und häßlich werden. O

Herr! Wenn ich's vernehme, daß sie Mangel hat, ich lauf alle Tage auf Bonnal, und bring ihr Salz und Brot alle Säcke voll.

Junker: Du guter Küher! Der Mann bekömmt eine schöne Matte und Futter genug für die Kuh.

Küher: Nun, wenn es ihr nur auch wohl geht, wenn sie doch fort muß.

Junker: Sei nur zufrieden, Küher! Es soll ihr nicht fehlen.

Der Küher futterte die Kuh, und seufzete bei sich selber, daß sein Herr die schönste im Stall wegschenkte. Er nahm auch sein Morgenbrot und Salz, gab alles dem Fleck, und sagte dann zum Jungen:

Nimm deinen Sonntagsrock und ein sauberes Hemd; strehle dich, und putze dir deine Schuhe, du mußt den Fleck nach Bonnal führen.

Und der Junge tat, was der Küher ihm sagte, und führte die Kuh ab.

Arner sann jetzt eine Weile still und ernsthaft dem Urteil nach, welches er über den Vogt fällen wollte. Wie ein Vater, wenn er seinen wilden, ausartenden Knaben einsperrt und züchtigt – nichts sucht, als das Wohl seines Kindes – wie es dem Vater ans Herz geht, daß er strafen muß – wie er lieber verschonen und lieber belohnen würde; wie er seine Wehmut in seinen Strafen so väterlich äußert, und durch seine Liebe mitten im Strafen seinen Kindern noch mehr, als durch die Strafe selber, ans Herz greift.

So dacht Arner, muß ich strafen, wenn ich will, daß meine Gerechtigkeitspflege Vaterhandlung gegen meine Angehörigen sei.

Und in diesen Gesinnungen faßte er sein Urteil gegen den Vogt ab.

Indessen hatten seine Gemahlin und seine Fräuleins geeilet, daß man früher, als sonst, zu Mittag äße.

§ 82
Ein Gutscher, dem seines Junkers Sohn lieb ist

Und der kleine Karl, der schon mehr als zehnmal den Gutscher gebeten hatte, daß er den Wagen schnell fertig halten sollte, lief noch vom Essen in Stall, und rief: Wir haben geessen, Franz! Spann an, und fahr geschwind ans Schloßtor.

Du lügst, Junge! Sie haben noch nicht geessen; man klingelt ja eben zum Tische, sagte Franz.

Karl: Was sagst du, ich lüge? Das leid ich nicht, du alter Schnurrbart!

Franz: Wart, Bübchen! Ich will dich schnurrbarten lehren; dafür flechte ich den Pferden die Schwänze und das Halshaar, und bind ich ihnen die Bänder und die Rosen ins Haar – dann geht es noch eine Stunde; und redst du ein Wort, so sag ich zum Papa: Der Herodes hat das Grimmen! Sieh, wie er den Kopf schüttelt – dann läßt er die Rappen im Stall, nimmt den kleinern Wagen, und du mußt nicht mit.

Karl: Nein, Franz! Hör doch auf, und flechte die Schwänze nicht; nimm doch keine Bänder – Du bist mir lieb, Franz! Und ich will dir nicht mehr Schnurrbart sagen.

Franz: Du mußt mich küssen, Karl! An meinen Bart mußt du mich küssen, sonst nimm ich die Bänder und flechte.

Karl: Nein, nur doch das nicht, Franz!

Franz: Warum sagst du mir Schnurrbart? Du mußt mich küssen, sonst nehm ich die Bänder, und fahre nicht mit den Rappen.

Karl: Nun, wenn ich muß; aber du machst dann den Wagen doch geschwind fertig?

Da legte Franz den Roßstriegel ab, hub den jungen Junker in die Höhe, und dieser küßt' ihn.

Franz drückt ihn herzlich und sagt: Auch recht, Bübli! eilte mit dem Wagen, und fuhr bald vor das Schloßtor.

Da saß Arner mit seiner Gemahlin und mit seinen Kinden ein.

Und Karl bat den Papa: Darf ich doch zu Franz auf den Bock sitzen? Es ist so eng und so warm im Wagen.

Meinethalben, sagt Arner, und ruft dem Franz: Hab gut Sorg zu ihm.

§ 83
Ein Edelmann bei seinen Arbeitsleuten

Und Franz fuhr mit seinen mutigen Rappen gut fort, und war bald auf der Ebne bei Bonnal, wo die Männer Steine brachen.

Da stieg Arner aus dem Wagen, nach ihrer Arbeit zu sehn; und er traf die Arbeiter alle einen jeden an seinem schicklichen Platz an.

Und der Steine waren für die Zeit in welcher sie gearbeitet hatten, schon viele beisammen.

Und Arner lobte die Ordnung und die gute Anstalt bei ihrer Arbeit, also, daß auch die Einfältigsten merkten, daß es ihm nicht würde entgangen sein, wenn das geringste nicht in Ordnung oder nur zum Schein dargestellt worden wäre.

Das freute den Lienhard, denn er dachte: Es sieht jetzt ein jeder selbst, daß es nicht an mir steht, Unordnung und Liederlichkeit zu dulden.

Arner fragte auch den Meister, welches der Hübelrudi sei; und in eben dem Augenblick, da ihm der Mäurer ihn zeigte, wälzte der todblasse und sichtbarlich schwache Rudi einen sehr großen Stein mit dem Hebeisen aus seinem Nest. Schnell rief Arner: Überlüpft euch nicht, Nachbaren! Und sorget, daß keiner unglücklich werde. Darauf befahl er noch dem Meister, ihnen einen Abendtrunk zu geben! und ging weiter gegen Bonnal.

§ 84
Ein Junker und ein Pfarrer, die beide ein gleich gutes Herz haben, kommen zusammen

Er sah bald den guten Pfarrer von ferne gegen ihn kommen.

Der Junker lief stark gegen dem Pfarrer, und rief ihm zu: Sie haben sich doch in diesem Wetter nicht bemühen sollen; es ist nicht recht bei Ihren Beschwerden; und eilte dann heim mit ihm, in seine Stube.

Und erzählte ihm die ganze Geschichte mit dem Hühnerträger; dann sagte er: Ich habe ziemlich Geschäfte, Herr Pfarrer! Ich will schnell daran, damit wir noch ein paar Stunden ruhig Freude miteinander haben können.

Jetzt sandte er auch zu dem jungen Meyer, und ließ ihm sagen, daß er zu ihm komme, und sagte zum Pfarrer: Ich will vor allem aus des Vogts Rechnungen und Bücher versiegeln lassen; denn ich will wissen, mit wem er in Rechnung stehe; und er muß sie mit jedermann vor mir in Ordnung bringen.

Pfarrer: Dadurch werden Sie einen guten Teil Ihrer Angehörigen sehr nahe kennen lernen, gnädiger Herr!

Junker: Und wie ich hoffe, auch Wege finden, vieler häuslicher Verwirrung in diesem Dorfe ein Ende zu machen; wenn ich bei diesem Anlasse jedermann deutlich und einleuchtend machen kann, wie sich die Leute unwiederbringlich verderben, wenn sie mit solchen Wucherern, wie der Vogt ist, nur um einen Kreuzer anbinden. Es dünkt mich, Herr Pfarrer! die Landesgesetze tun zu wenig, diesem Landsverderben zu steuern.

Pfarrer: Keine Gesetzgebung kann das, gnädiger Herr! aber das Vaterherz eines Herrn.

§ 85
Des Junkers Herz gegen seinen fehlenden Vogt

Indessen kam der jüngere Meyer, und der Junker sagte zu ihm: Meyer! Ich bin im Fall meinen Vogt zu entsetzen; aber sosehr er sich verfehlt hat, bewegen mich doch einige Umstände, daß ich wünsche, ihm solange er lebt, noch etwas vom Einkommen seines Dienstes zukommen zu lassen. Du bist ein wohlhabender Mann, Meyer! und ich denke, wenn ich dich zum Vogt mache, du lassest dem alten Mann gern noch jährlich hundert Gulden vom Dienste zufließen.

Meyer: Wenn Sie mich zu diesem Dienste tüchtig finden, gnädiger Herr! so will ich mich hierin, wie in allem andern, nach Ihren Befehlen richten.

Junker: Nun, Meyer! so komme morgen zu mir auf Arnburg, ich will dann dieses Geschäft in Ordnung bringen. Jetzt will ich dir nur sagen: Du müssest mit meinem Schreiber und mit dem Richter Aebi dem Hummel alle seine Schriften und seine Rechnungen besiegeln. Ihr habt genau nachzusehn, daß von allen Papieren und Rechnungen nichts unterschlagen werde.

Da gingen der Meyer und der Herrschaftsschreiber, nahmen noch den Richter Aebi mit sich, und besiegelten des Vogts Schriften.

Die Vögtin aber ging mit einem nassen Schwamm gegen die gekreidete Wandtafel; aber der Meyer sah es, hinderte sie etwas durchzustreichen, und ließ die gekreidete Tafel schnell abschreiben.

Und der Meyer, der Schreiber und der Richter Aebi verwunderten sich, als sie auf der Tafel fanden: Samstags den 18ten dieses dem Joseph des Lienhards drei Taler an Geld – Wofür das, fragten der Meyer, der Schreiber und Aebi, den Vogt und die Vögtin? Aber sie wollten's nicht sagen. Und da die Männer mit der Abschrift der Wandtafel ins Pfarrhaus kamen, verwunderte sich der Junker ebenfalls über diese drei Taler, und fragte die Männer: Wisset ihr, für was das war?

Es wollte niemand mit einer Antwort herausrücken, da wir fragten, antworteten die Männer.

Ich will es bald herausbringen, sagte der Junker. Wenn Flink und der Gefängniswächter da sein werden, so sagt ihnen: sie sollen den Vogt und den Hans Wüst hieher bringen.

§ 86

Der Pfarrer zeigt abermal sein gutes Herz

Der gute Pfarrer hatte das kaum gehört, so schlich er sich alsobald von der Gesellschaft weg ins Wirtshaus, und sagte dem Vogt: Um Gottes willen! Was ist das mit den drei Talern an Joseph? Du machst dich doppelt unglücklich, wenn du's nicht sagst; der Junker ist zornig.

Da bekannte der Vogt dem Pfarrer mit Tränen alle Umstände mit Joseph und mit dem Gelde.

Und der Pfarrer eilte schnell wieder zu Arner, und sagte ihm alles, und wie wehmütig der Vogt es ihm gestanden hätte. Er bat auch den Junker noch einmal um Gnad und Barmherzigkeit für den armen Mann.

Sorgen Sie nicht, Herr Pfarrer! Sie werden mich gewiß menschlich und mitleidend finden, sagt Arner.

Er ließ hierauf den Joseph gebunden und gefangen von der Arbeit wegnehmen, und ihn mit dem Wüst und dem Vogt herbringen.

Der Vogt zitterte wie ein Laub der großblätterigten Aspe. Der Wüst schien in stiller Wehmut in sich selbst gekehrt, und von Herzen geduldig.

Der Joseph aber knirschte mit den Zähnen, und sagte zum Vogt: Du Donnersbub, du bist an allem schuldig!

Arner ließ die Gefangenen einen nach dem andern in die untere Stube des Pfarrhauses führen, wo er sie in Gegenwart des Meyers, des Aebis, und des Weibels verhörte.

Und nachdem der Schreiber alle ihre Aussagen von Wort zu Wort niedergeschrieben, und sie den Gefangenen wieder vorgelesen, diese sie auch von neuem wiederholt und bestätigt hatten, ließ er sie alle unter die Linde des Gemeindplatzes bringen, und befahl, jetzt an die Gemeinde zu läuten.

§ 87

Vom guten Mut und von Gespenstern

Vorher ging der Junker noch ein paar Augenblick in die obere Stube zum Pfarrer, und sagte: Ich trinke noch eins, Herr Pfarrer! denn ich will gutes Muts sein an der Gemeind; das muß man sein, wenn man den Leuten etwas beibringen will.

Nichts ist gewisser, sagte der Pfarrer.

Und der Junker nötigte ihn, auch eins zu trinken, und sagte: Wenn nur auch einmal die Geistlichen lernten so ganz ohne Umschweif und Zeremonie mit den Leuten umgehn, Herr Pfarrer! Sobald die Leute einen freudigen Mut, ein ungezwungenes offenes Wesen an einem sehn, so sind sie schon halb gewonnen.

Ach Junker! sagte der Pfarrer: Eben das so geradehin, mit gutem Mut, mit freudigem ungezwungenem Wesen mit den Leuten Umgehen, daran werden wir auf tausenderlei Arten gehindert.

Junker: Das ist ein Unglück für Ihren Stand, Herr Pfarrer! das sehr weit langt.

Pfarrer: Sie haben ganz recht, Junker! Ungezwungener, treuherziger und offener sollte niemand mit den Leuten umgehn können, als die Geistlichen. Sie sollten Volksmänner sein, und dazu gebildet werden; sie sollten den Leuten in den Augen ansehn, was und wo sie reden und schweigen sollen. Ihre Worte sollten sie sparen, wie Gold, und sie hergeben wie nichts; so leicht, so treffend und so menschenfreundlich, wie ihr Meister! Aber ach! Sie bilden sich in andern Schulen, und man muß Geduld haben, Junker! Es sind in allen Ständen noch gleich viel Hindernisse für die liebe Einfalt und für die Natur.

Junker: Es ist so, man kömmt in allen Ständen immer mehr von dem weg, was man eigentlich darin sein sollte; man muß oft und viel Zeit, in der man wichtige Pflichten seines Standes erfüllen sollte, mit Zeremonien und Komödien zubringen; und es sind wenige Menschen, die unter der Last der Etikettenformularen und Pedantereien das Gefühl ihrer Pflichten und das innere Wesen ihrer Bestimmung so rein erhalten, wie es Ihnen gelungen ist, mein lieber Herr Pfarrer! Aber an Ihrer Seite ist's mir Freude und Lust, die selige Bestimmung meiner Vaterwürde zu fühlen; auch will ich trachten, diese Bestimmung mit reinem Herzen zu erfüllen, und wie Sie, von allen Zeremonien und Gaukeleien, die man mit den Menschen spielt, nur das mitmachen, was ich muß.

Pfarrer: Sie beschämen mich gnädiger Herr!

Junker: Ich fühle, was ich sage; aber es wird bald läuten. Ich sehne mich recht auf die Komödie an der Gemeind; diesmal, glaube ich, wolle ich ihnen etwas von ihrem Aberglauben austreiben.

Pfarrer: Gott gebe! daß es Ihnen gelinge. Dieser Aberglaube ist allem Guten, das man den Leuten beibringen will, immer so viel und so stark im Weg.

Junker: Ich fühle es auch an meinem Orte, wie oft und viel er sie in ihren Angelegenheiten dumm, furchtsam und verwirrt macht.

Pfarrer: Er gibt dem Kopf des Menschen einen krummen Schnitt, der alles, was er tut, redt und urteilt, verrückt; und was noch weit wichtiger ist, er verdirbt das Herz des Menschen, und flößt ihm eine stolze und rohe Härte ein.

Junker: Ja, Herr Pfarrer! Man kann die reine Einfalt der Natur und die blinde Dummheit des Aberglaubens nie genug unterscheiden.

Pfarrer: Sie haben ganz recht, Junker! Die unverdorbene Einfalt der Natur ist empfänglich für jeden Eindruck der Wahrheit und der Tugend; sie ist wie eine weiche Schreibtafel. Die Dummheit des Aberglaubens aber ist wie gegossenes Erz, keines Eindrucks fähig, als durch Feuer und Flammen. Und ich will jetzt nur, Junker! da Sie von diesem Unterschiede, der mir in meinem Berufe so wichtig ist, angefangen haben, einen Augenblick davon fortschwatzen.

Junker: Ich bitte Sie darum, Herr Pfarrer! Die Sache ist mir ebenso wichtig.

Pfarrer: Der Mensch in der unverdorbenen Einfalt seiner Natur, weiß wenig; aber sein Wissen ist in Ordnung, seine Aufmerksamkeit ist fest und stark auf das gerichtet, was ihm verständlich und brauchbar ist. Er bildet sich nichts darauf ein, etwas zu wissen, das er nicht versteht und nicht braucht. Die Dummheit des Aberglaubens aber hat keine Ordnung in ihrem Wissen; sie prahlt, das zu wissen, was sie nicht weiß und nicht versteht; sie maßet sich an, die Unordnung ihres Wissens sei göttliche Ordnung, und der vergängliche Glanz ihrer Schaumblase sei göttliche Weisheit und göttliches Licht.

Die Einfalt und die Unschuld der Natur brauchen alle Sinnen, urteilen nicht unüberlegt, sehen alles ruhig und bedächtlich an, dulden Widerspruch, sorgen und eifern für Bedürfnis und nicht für Meinung, und wandeln sanft und still und voll Liebe einher – Der Aberglaube aber setzt seine Meinung gegen seine Sinnen und gegen aller Menschen Sinnen. Er findet nur Ruhe im Triumph seines Eigendünkels, und er stürmt damit unsanft und wild und hart durch sein ganzes Leben.

Den Menschen in seiner reinen Einfalt leiten sein unverdorbenes Herz, auf das er sich immer getrost verlassen kann, und seine Sinnen, die er mit Ruhe braucht. Den Abergläubigen aber leitet seine Meinung, welcher er sein Herz, seine Sinnen, und oft Gott, Vaterland, seinen Nächsten und sich selbst aufopfert.

Junker: Das zeigt die Geschichte auf allen Blättern; und auch ein

§ 87

kleines Maß von Erfahrung und von Weltkenntnis überzeugt einen jeden, daß Hartherzigkeit und Aberglaube immer gepaart gehn, und daß sie nichts als schädliche und bittere Folgen mit sich führen.

Pfarrer: Aus diesem wesentlichen Unterschied der Einfalt des guten unentwickelten Menschen, und der Dummheit des Aberglaubens, erhellet, Junker! daß das beste Mittel gegen dem Aberglauben zu würken, dieses ist:

„Den Wahrheitsunterricht in der Auferziehung des Volks auf das reine Gefühl der sanften und guten Unschuld und Liebe zu bauen, und die Kraft ihrer Aufmerksamkeit auf nahe Gegenstände zu lenken, die sie in ihren persönlichen Lagen interessieren."

Junker: Ich begreife Sie, Herr Pfarrer! Und ich finde, wie Sie, daß dadurch Aberglauben und Vorurteil ihren Stachel, ihre innere Schädlichkeit, ihre Übereinstimmung mit den Leidenschaften und Begierden eines bösen Herzens, und mit den grundlosen Grillen der armseligen Einbildung eines müßigen spintisierenden Wissens verlieren würden.

Und so wäre der Rest der Vorurteile und des Aberglaubens nur noch totes Wort und Schatten der Sache ohne inneres Gift, und er würde dann von selbst fallen.

Pfarrer: So sehe ich es einmal an, Junker! Ordnung, nahe Gegenstände, und die sanfte Entwicklung der Menschlichkeitstriebe müssen die Grundlagen des Volksunterrichts sein, weil sie unzweifelbar die Grundlagen der wahren menschlichen Weisheit sind.

Starke Aufmerksamkeit auf Meinungen, und auf entfernte Gegenstände und schwache auf Pflicht und auf Tat, und auf nahe Verhältnisse, ist Unordnung im Wesen des menschlichen Geistes.

Sie pflanzet Unwissenheit in unsern wichtigsten Angelegenheiten, und dumme Vorliebe für Wissen und Kenntnis, die uns nicht angehn.

Und Roheit und Härte des Herzens sind die natürlichen Folgen alles Stolzes und aller Präsumptionen; daher denn offenbar die Quelle des innern Gifts des Aberglaubens und der Vorurteile darin zu suchen ist, daß beim Unterricht des Volks seine Aufmerksamkeit nicht fest und stark auf Gegenstände gelenkt wird, die seine Personallage nahe und wichtig interessieren, und sein Herz zu reiner sanfter Menschlichkeit in allen Umständen stimmen.

Täte man das mit Ernst und Eifer, wie man mit Ernst und Eifer Meinungen einprägt, so würde man den Aberglauben an seinen Wurzeln untergraben, und ihm alle seine Macht rauben – Aber ich fühle täglich mehr, wie weit wir in dieser Arbeit noch zurück sind.

Junker: Es ist in der Welt alles vergleichungsweis wahr oder nicht wahr. Es waren weit rohere Zeiten, Zeiten, wo man Gespenster glauben oder ein Ketzer sein mußte; Zeiten, wo man alte Frauen auf Verdacht und boshafte Klagen hin an der Folter fragen mußte, was sie mit dem Teufel gehabt, oder Gefahr lief, seine Rechte und seinen Gerichtstuhl zu verlieren.

Pfarrer: Das ist gottlob vorbei; aber es ist noch viel des alten Sauerteigs übrig.

Junker: Nur Mut gefaßt, Herr Pfarrer! Es fällt ein Stein nach dem andern vom Tempel des Aberglaubens, wenn man nur auch so eifrig an Gottes Tempel aufbauete, als man an dem Tempel des Aberglaubens hinunter reißt.

Pfarrer: Eben da fehlt's, und eben das schwächt oder zernichtet meine Freude darüber, daß man gegen den Aberglauben arbeitet; weil ich sehe, daß alle diese Leute gar nicht bekümmert sind, das Heiligtum Gottes, die Religion, in ihrer Kraft und in ihrer Stärke auf der Erde zu erhalten.

Junker: Es ist so; aber bei allen Revolutionen will man im Anfang das Kind mit dem Bad ausschütten. Man hatte recht, den Tempel des Herrn zu reinigen; aber man fühlet jetzo schon, daß man im Eifer seine Mauern zerstoßen hat, und wird zurückkommen, und die Mauern wieder aufbauen.

Pfarrer: Ich hoffe es zu Gott, und sehe es mit meinen Augen, daß man anfängt zu fühlen, daß die eingerissene Irreligiosität die menschliche Glückseligkeit unendlich untergräbt.

Junker: Indessen müssen wir gehn, und ich will einmal auch heute gegen den Aberglauben stürmen, und eure Gespensterkapelle zu Bonnal angreifen.

Pfarrer: Möge es Ihnen gelingen. Ich habe es mit meinem Angreifen und mit meinem Predigen dagegen noch nicht weit gebracht.

Junker: Ich will's nicht mit Worten versuchen, Herr Pfarrer! Mein Hühnerträger muß mit seinem Korb und mit seiner Laterne, mit seinem Karst und mit seinem Pickel mir überflüssige Worte sparen.

Pfarrer: Ich glaube im Ernst, dieser werde es vortrefflich gut machen; denn es ist gewiß, wenn man solche Vorfälle wohl zu benutzen weiß, so richtet man dadurch in einem Augenblick mehr aus, als mit allen Rednerkünsten in einem halben Jahrhundert.

§ 88

Von Gespenstern, in einem andern Ton

Indessen waren die Bauern bald alle auf dem Gemeindplatz – Der gestrige Vorfall und das Gerücht von den Gefangenen war die Ursache, daß sie haufenweise herzueilten. Die erschreckliche Erscheinung des Teufels hatte sie innigst bewegt – und sie hatten von morgens frühe an schon geratschlagt, was unter diesen Umständen zu tun sei, und sich entschlossen, es nicht mehr zu dulden, daß der Pfarrer so ungläubig lehre und predige, und alle Gespenster verlache. Sie rieten, sie wollen den Ehegaumer Hartknopf angehn, daß er dafür einen Vortrag mache, an der Gemeinde; der junge Meyer aber widersetzte sich und sprach: Ich mag nicht, daß der alte Geizhund, der seine Kinder verhungern läßt, und der allen schmutzigen Suppen nachläuft, für uns und für unsern Glauben reden soll. Es ist uns eine ewige Schande, wenn wir den Heuchler anreden.

Die Bauern antworteten: Wir wissen wohl, daß er ein Heuchler und ein Geizhund ist, wir wissen auch, daß seine Dienstmagd ein Laster ist, wie er, und wie sie miteinander leben. Es ist wahr, es lügt keiner von uns allen so frech, und keiner pflügt dem andern, wie er, über die Mark, und keiner putzt in der Ernte beide Seiten der Furchen aus, wie er; aber dann kann von uns auch keiner, wie er, mit einem Pfarrer reden, oder eine geistliche Sache behaupten. Wenn du einen weißt, der's nur halb kann, wie er, und es tun will, so ist's gut; aber der Meyer wußte niemand.

Also redeten die Männer den Ehegaumer an, und sprachen: Du, Hartknopf! Du bist der Mann, der einem Geistlichen Antwort geben kann, wie keiner von uns allen; du mußt, wenn der Junker heute Gemeind halten wird, den Pfarrer verklagen wegen seines Unglaubens, und einen Bettag begehren wegen der Erscheinung des leidigen Satans. Sie redten es aber dennoch nicht öffentlich mit ihm ab, sondern nur die Vornehmsten betrieben den Handel; denn der Pfarrer hatte unter den Armen viele Freunde; aber den größern Bauern war er desto verhaßter, besonders seitdem er sich in einer Morgenpredigt erklärt, es sei nicht recht, daß sie sich der Verteilung eines elenden Weidgangs, welche der Junker zum Vorteil der Armen betreibe, widersetzten.

Der Ehegaumer Hartknopf aber nahm den Ruf an, und sprach: Ihr berichtet mich zwar spät, doch will ich auf den Vortrag studieren; und er ging von den Bauern weg in sein Haus, und studierte den

Vortrag vom Morgen bis an den Abend, da es zur Gemeind läutete. Da aber jetzt die Verschwornen fast alle beieinander waren, wunderten sie sich, warum der Hartknopf nicht käme, und wußten nicht, wo es fehlte. Da sagte ihnen Nickel Spitz: Es fehlt wahrlich nirgends, als daß er wartet, bis ihr ihn abholet.

Was ist zu machen, sagten die Bauern, wir müssen dem Narren uns wohl unterziehen, sonst kömmt er nicht.

Und sie sandten drei Richter, ihn abzuholen; diese kamen dann bald wieder mit ihm zurück.

Und der Ehegaumer grüßte die Bauern so gravitätisch, wie ein Pfarrer, und versicherte die Vorgesetzten und Verschwornen, die um ihn herum stunden, leis und bedenklich, er habe nun den Vortrag studiert.

Indessen gab Arner dem Hühnerträger zum Zeichen, wenn er ein großes, weißes Schnupftuch zum Sack herausziehe, so soll er dann kommen, und ordentlich alles vortragen, und tun, wie abgeredt sei.

Dann ging er mit dem Pfarrer und mit dem Schreiber an die Gemeinde.

Alles Volk stund auf, und grüßte den gnädigen Herrn und den wohlehrwürdigen Herrn Pfarrer.

Arner dankte ihnen mit väterlicher Güte, und sagte den Nachbaren: Sie sollten sich auf ihre Bänke setzen, damit alles in der Ordnung gehe.

Therese aber und die Frau Pfarrerin, auch alle Kinder und Dienste aus dem Schloß und aus dem Pfarrhause stunden auf dem Kirchhof, von dem man geradehin auf den Gemeindplatz sehn konnte.

Arner ließ jetzt die Gefangenen einen nach dem andern vorführen, und ihnen alles, was sie ausgesagt und bekannt hatten, öffentlich vorlesen.

Und nachdem sie vor der Gemeinde das Vorgelesene bestätigt hatten, befahl er dem Vogt, sein Urteil auf den Knien anzuhören.

Und redte ihn dann also an.

§ 89
Ein Urteil

Unglücklicher Mann!
Es tut mir von Herzen weh, dir in deinen alten Tagen die Strafen anzutun, die auf Verbrechen, wie die deinigen sind, folgen müssen. Du hast den Tod verdient, nicht weil des Hübelrudis Matte oder mein

Markstein eines Menschen Leben wert sind; sondern weil meineidige Taten und ein freches Räuberleben über ein Land grenzenlose Gefahren und Unglück bringen können.

Der meineidige Mann und der Räuber werden Mörder beim Anlaß, und sind Mörder im vielfachen Sinn durch die Folgen der Verwirrung, des Verdachts, des Jammers und des Elends, das sie anrichten.

Darum hast du den Tod verdient. Ich schenke zwar wegen deinem Alter, und weil du einen Teil deiner Verbrechen gegen mich persönlich ausgeübt hast, dir das Leben. – Deine Strafe aber ist diese:

Du sollst noch heute, in Begleitung aller Vorgesetzten, und wer sonst mitgehn will, zu meinem Markstein gebracht werden, um daselbst in Ketten alles wieder in den vorigen Stand zu stellen.

Hierauf sollst du in das Dorfgefängnis hier in Bonnal geführt werden; daselbst wird dein Herr Pfarrer ganzer vierzehn Tage deinen Lebenslauf von dir abfordern, damit man deutlich und klar finden könne, woher eigentlich diese große Ruchlosigkeit und diese Härte deines Herzens entsprungen sind. Und ich selbst werde alles Nötige vorkehren, den Umständen nachzuspüren, welche dich zu deinen Verbrechen verführt haben, und welche auch andere von meinen Angehörigen in gleiches Unglück bringen könnten.

Am Sonntag über vierzehn Tage wird sodann der Herr Pfarrer öffentlich vor der ganzen Gemeinde die Geschichte deines Lebenswandels, deiner häuslichen Unordnung, deiner Hartherzigkeit, deiner Verdrehung aller Eide und Pflichten, und deiner schönen Rechnungsart gegen Arme und Reiche umständlich, mit deinen eigenen Aussagen bekräftigt, vorlegen.

Und ich selbst will gegenwärtig sein, und mit dem Herrn Pfarrer alles vorkehren, was nur möglich ist, meine Angehörigen in Zukunft vor solchen Gefahren sicherzustellen, und ihnen gegen die Quellen und Grundursachen des vielen häuslichen Elends, das im Dorf ist, Hülfe und Rat zu schaffen.

Und hiemit wollte ich dich denn gern entlassen; und wenn meine Angehörigen sanft und wohlgezogen genug wären, der Wahrheit und dem, was ihr zeitliches und ewiges Heil betrifft, um ihrer selbst willen, und nicht um der elenden Furcht vor rohen, grausamen und ekelhaften Strafen, zu folgen; so würde ich dich hiemit wirklich entlassen; aber bei so vielen rohen, unbändigen und ungesitteten Leuten, die noch unter uns wohnen, ist's nötig, daß ich *um dieser willen* noch beifüge:

Der Scharfrichter werde dich morgen unter den Galgen von Bonnal führen, dir daselbst deine rechte Hand an einen Pfahl in die Höhe binden, und deine drei ersten Finger mit unauslöschlicher, schwarzer Farbe anstreichen.

Wobei aber mein ernster Wille ist, daß niemand mit Gespött oder mit Gelächter oder irgend einiger Beschimpfung dir diese Stunde deines Leidens wider meinen Willen verbittere, sondern alles Volk ohne Geräusch und ohne Gerede still mit entblößtem Haupt zusehn soll.

Den Hans Wüst verurteilte der Junker zu achttägiger Gefängnisstrafe.

Und den Joseph, als einen Fremden, ließ er sogleich aus seinem Gebiet fortführen, und ihm alle Arbeit und das fernere Betreten seines Bodens bei Zuchthausstrafe verbieten.

Indessen hatte des Pfarrers Gevatter, Hans Renold, ihm ganz in der Stille berichtet, was die Bauern mit dem Ehegaumer vorhätten, und wie sie gewiß und unfehlbar ihn wegen seinem Unglauben angreifen würden.

Der Pfarrer dankte dem Renold, und sagte ihm mit Lächeln: Er sollte ohne Sorgen sein, es werde so übel nicht ablaufen.

Das ist vortrefflich, sagte der Junker, dem es der Pfarrer gesagt hatte, daß sie das Spiel selber anfangen wollen; und indem er's sagte, stund der Ehegaumer auf, und sprach:

§ 90
Vortrag Hartknopfs, des Ehegaumers

Gnädiger Herr!
Ist es auch erlaubt, im Namen der Bauern Eurer getreuen Gemeinde Bonnal etwas anzubringen; das eine Gewissenssache ist?

Arner antwortete: Ich will hören. Wer bist du? Was hast du?

Der Ehegaumer antwortete: Ich bin Jakob Christoff Friedrich Hartknopf, der Ehegaumer und Stillständer von Bonnal, meines Alters 56 Jahre.

Und die Vorgesetzten des Dorfs haben mich im Namen der Gemeind erbeten und erwählt, daß ich für sie, da sie einmal in geistlichen Sachen nicht erfahren und nicht beredt sind, etwas vorbringe.

Arner: Nun dann, Ehegaumer Hartknopf! zur Sache.

Da fing der Ehegaumer abermal an: Gnädiger Herr! Wir haben von unsern Alten einen Glauben, daß der Teufel und seine Gespenster dem Menschen oft und viel erscheinen; und da einmal jetzt auf heute offenbar worden ist, daß unser alter Glaube an die Gespenster wahr ist, wie wir denn alle keinen Augenblick daran zweifelten, so haben wir in Gottes Namen die Freiheit nehmen müssen, unserm gnädigen Herrn anzuzeigen: daß einmal unser Herr Pfarrer, Gott verzeih's ihm, nicht dieses Glaubens ist. – Wir wissen auch wohl, daß selbst Euer Gnaden, wegen den Gespenstern, es mit dem Herrn Pfarrer halten – Da man aber in Sachen des Glaubens Gott mehr gehorsamen muß, als den Menschen; so hoffen wir, Euer Gnaden werden es uns in Untertänigkeit verzeihen, wann wir bitten, daß der Herr Pfarrer in Zukunft, wegen dem Teufel, unsere Kinder auf unsern alten Glauben lehre, und nichts mehr gegen die Gespenster rede, die wir glauben und glauben wollen. Auch wünschten wir, daß auf einen nahen Sonntag ein Fast- Bet- und Bußtag gehalten werden möchte, damit wir alle die überhandnehmende Sünde des Unglaubens gegen die Gespenster, im Staub und in der Asche gnädiglich, und auf einen besonders dazu angesetzten Tag abbeten können.

Der Junker und der Pfarrer konnten freilich das Lachen schier gar nicht verbeißen, bis er fertig war; doch hörten sie ihm mit aller Geduld zu.

Die Bauern aber freueten sich in ihrem Herzen dieser Rede; und sie beschlossen, den teuren Mann zu Hunderten heimzubegleiten, da sie ihn nur zu dreien abgeholt hatten. Auch stunden sie zu Dutzenden auf, und sagten:

Gnädiger Herr! Das wäre in Gottes Namen unser aller Meinung, was der Ehegaumer da sagt.

Den Armen aber, und allen denen, welchen der Pfarrer lieb war, war es recht angst und bang für ihn; und da und dort sagte noch einer zum andern:

Wäre er doch nur auch nicht so unglücklich, und glaubte auch was andere Leute – er ist doch sonst auch so brav; aber diese durften nicht reden, so weh es ihnen tat, daß seine Feinde jetzt triumphierten.

§ 91

Des Junkers Antwort

Aber der Junker setzte den Hut auf, sah etwas ernsthaft umher, und sagte: Nachbaren! Ihr brauchtet eben keinen Redner für diese Torheit – Die Sache selber und die Erscheinung des Teufels ist Irrtum; und euer Herr Pfarrer ist einer der verständigsten Geistlichen. Ihr solltet euch schämen, ihn so durch einen armen Tropf, wie euer Ehegaumer da ist, beschimpfen zu wollen. Hättet ihr gebührende Achtung für seine vernünftigen Lehren, so würdet ihr verständiger werden, euern alten Weiberglauben ablegen, und nicht allen vernünftigen Leuten zum Trotze Meinungen beibehalten wollen, die weder Hände noch Füße haben.

Die Bauern redeten zu Dutzenden: Offenbar ist doch diese Nacht der Teufel dem Vogt erschienen, und hat ihn nehmen wollen.

Junker: Ihr seid im Irrtum, Nachbaren! Und ihr werdet euch noch vor dem Nachtessen eurer Dummheit schämen müssen; aber ich hoffe, ihr seid doch auch nicht alle gleich verhärtet in eurer Torheit – Meyer! Bist du auch der Meinung: man dürfe es gar nicht mehr in Zweifel ziehen, daß es wirklich der leidige Satan gewesen sei, der den Vogt auf dem Berg so erschreckt hat?

Der junge Meyer antwortete: Was weiß ich, gnädiger Herr!

Der Ehegaumer und viele Bauern ergrimmten über den Meyer, daß er also antwortete.

Und der Ehegaumer murrete hinter sich über die Bänke zu: Wie du auch wider Wissen und Gewissen redst, Meyer! – Viele Bauern aber sagten: Wir haben doch alle die erschreckliche Stimme des leidigen Satans gehört.

Junker: Ich weiß wohl, daß ihr ein Geschrei, ein Gebrüll und ein Gerassel gehört habt; aber wie könnt ihr sagen, daß das der Teufel gewesen sei? Kann es nicht sein, daß ein Mensch oder mehrere den Vogt, der ziemlich zur Unzeit an diesem Ort war, haben erschrecken wollen? Der Wald ist nie leer von Leuten, und die Straße ist nahe, also daß es ebenso leicht Menschen können getan haben, als der Teufel.

Bauern: Zehn und zwanzig Menschen könnten zusammen nicht so ein Geschrei machen; und wenn sie da gewesen wären, gnädiger Herr! und es gehört hätten, es käme ihnen nicht in Sinn, daß Menschen so brüllen könnten.

Junker: Die Nacht treugt, Nachbaren! Und wenn man einmal im Schrecken ist, so sieht und hört man alles doppelt.

Bauern: Es ist nicht von dem zu reden, daß wir uns irren; es ist nicht möglich.

Junker: Ich aber sage euch: Es ist ganz gewiß, daß ihr euch irret.

Bauern: Nein, gnädiger Herr! Es ist ganz gewiß, daß wir uns nicht irren.

Junker: Ich meinte fast, ich könnte euch beweisen, daß ihr euch irret.

Bauern: Das möchten wir sehen, gnädiger Herr!

Junker: Es könnte leicht etwas schwerer sein, als dieses.
Bauern: Euer Gnaden scherzen.
Junker: Nein, ich scherze nicht. Wenn ihr glaubet, ich könne es nicht, so will ich es versuchen; und wenn ihr die Gemeindweide teilen wollet, Wort halten, und euch beweisen, daß ein einziger Mensch das Gebrüll und das Gerassel alles gemacht habe.
Bauern: Das ist nicht möglich.
Junker: Wollt ihr es versuchen?
Bauern: Ja, Junker! Wir wollen es. Wir dürften zwo Gemeindweiden an das setzen, nicht nur bloß eine, daß Sie das nicht können.
Hierauf entstund ein Gemurmel. Einige Bauern sagten unter sich: Man muß sich doch in acht nehmen, was man verspricht.
Andere Bauern auch unter sich: Er kann das so wenig beweisen, als daß der Teufel in Himmel kömmt.
Wieder andere Bauern auch unter sich: Wir haben nichts zu fürchten; er muß hinten abziehen. Wir wollen daran setzen; er kann's nicht beweisen.
Bauern: (Laut) Ja, Junker! Wenn Ihr wollt Wort halten, so redet; wir sind's zufrieden, wenn Ihr das, was Ihr gesagt habt, daß ein Mensch das Gebrüll, so wir gestern gehört haben, gemacht habe; wenn Ihr das beweisen könnt, daß es bewiesen ist, und bewiesen heißt, so wollen wir die Gemeindweide teilen; aber sonst gewiß nicht.
Der Junker nimmt ein großes weißes Schnupftuch, gibt dem Hühnerträger das Zeichen, und sagt zu den Bauern: Nur eine Viertelstunde Bedenkzeit.
Diese lachten in allen Ecken, und etliche riefen: Bis morgen, Junker! wenn Ihr wollt.
Der Junker antwortete auf diese Grobheit kein Wort; aber die auf dem Kirchhof, als sie den Hühnerträger gegen dem Gemeindplatz anrücken sahn, lachten, was sie aus dem Halse vermochten.
Es träumte aber den Bauern vom Bösen, als sie das laute Gelächter hörten, und den fremden Mann mit dem schwarzen Korb und mit der Laterne anrücken sahn.
Was ist das für ein Narr, am hellen Tag mit dem brennenden Licht? sagten die Bauern.
Arner antwortete: Es ist mein Hühnerträger von Arnheim, und rief ihm: Christoff! Was willst du hier?
Ich habe etwas anzubringen, gnädiger Herr! antwortete Christoff.
Das magst du meinethalben, erwiderte Arner. Da stellte der Hühnerträger seinen Korb ab, und sagte:

§ 92
Rede des Hühnerträgers an die Gemeinde

Gnädiger Herr! Wohlehrwürdiger Herr Pfarrer! und ihr Nachbaren!
Hier sind der Pickel, der Karst, die Schaufel, die Brennt'sflasche, die Tabakspfeife, und der große Wollhut euers Herren Untervogts, das er alles in seinem Schrecken beim Markstein gelassen hat, als ich ihn heute von seiner schönen Arbeit weg den Berg hinunterjagte.

Bauern: Wir sollen jetzt glauben, du habest das Geschrei gemacht? Das glauben wir heut und morgen nicht – Junker! Der Beweis ist nicht gut; wir bitten um einen andern.

Junker: Wartet nur ein wenig; er hat ja eine Laterne bei sich, er kann euch vielleicht heiterer zünden – Und dann sehr laut und sehr ernsthaft: Still – wenn's euch lieb ist, bis er ausgeredt hat.

Die Bauern schweigen gehorsamst.

Der Hühnerträger aber fährt fort: Ihr seid unhöflicher, als es im Land sonst der Gebrauch ist; warum laßt ihr mich nicht ausreden? Denkt an den Hühnerträger von Arnheim. Wenn ihr mich nicht ganz höret, so fehlt's nicht, der künftige Kalender wird von euch voll sein; denn es ist kein Punkt und kein Tüpflein davon wahr, daß der Teufel dem Vogt erschienen ist. Ich hab ihn erschreckt, ich, der Hühnerträger, so, wie ich da steh, mit diesem Korb und mit diesem neuen, schwarzen Geißfell, das ich über meinen Korb hatte, weil's gestern am Morgen noch regnete, und diese Laterne hatte ich vornen am Korb, just so, wie ihr mich kommen sahet. Ich füllte sie in Hirzau mit Öl, damit sie gut zünde; denn es war sehr wohl dunkel, und der Weg ist bös, wie ihr wohl wißt, auf der Hirzauer Seite. Um elf Uhr war ich noch im Hirzauer Wirtshaus, das kann ich mit dem Wirt und wohl mit zehn Männern beweisen, die auch da waren. Als ich auf die Höhe vom Berg kam, schlug es eben zwölf Uhr in Bonnal, und da hörte ich, wie der Vogt keinen halben Steinwurf weit von der Landstraße fluchte und arbeitete, und da ich ihn an seiner Stimme und an seinem Husten richtig erkannte, wunderte es mich, was er da schaffe in der Mitternachtsstunde. Ich dachte fast, er grabe Schätzen nach, und wenn ich eben recht komme, so werde er mit mir teilen – Ich ging also dem Geräusch nach – Aber es scheint, der Herr Untervogt habe gestern gegen seine Gewohnheit etwas mehr, als nötig ist, getrunken gehabt; denn er hielt mich armen sündigen Menschen, sobald er mich sah, für den leibhaftigen Teufel. Und da ich sah, daß er einen Markstein in unsers Herrn Wald versetzen wollte, dachte ich, nun er fürchtet doch, was er verdient, ich will ihm jetzt die Hölle warm machen. Ich band schnell Karst, Pickel und Schaufel und meinen Botenstock zusammen, schleppte das alles hinter mir her den Felsweg hinunter, und rief dann, was ich aus dem Hals vermochte: Oh – Ah – Uh – Vo – ogt – Du bist mein, Hu – ummel – – und ich war nicht mehr einen Steinwurf weit von euch weg, als ihr mit euerm Windlicht langsam und still dem Herrn Untervogt zu helfen daherschlichet. Aber ich wollte die unschuldigen Männer nicht so, wie den Vogt, mit meinem Gebrüll gar in der Nähe erschrecken, hörte damit auf, und stieg wieder mit meiner Beute bergan zu meinem Korb, und ging den geraden Weg heim. Es war eine Viertelstunde nach zwei Uhr, da mich unser Wächter antraf, und mich fragte: Was trägst du Bauerngeschirr auf deinem Eierkorb? Ich weiß nicht mehr, was ich ihm geantwortet habe, einmal die Wahrheit nicht; denn ich wollte schweigen, bis ich sie dem Junker erzählt hätte, welches ich heut schon vor sechs Uhr getan habe.

Und nun, Nachbaren! Wie könnt ihr jetzt finden, daß ich zu dieser Historie und zu diesem Geschirr am Morgen vor Tag gekommen sei, wenn das, was ich euch sage, nicht wahr ist?

Einige Bauern kratzten hinter den Ohren, einige lachten.

Der Hühnerträger fuhr fort: Wenn euch das wieder begegnet, Nachbaren! so will ich dem Wächter, den Vorgesetzten und einer ganzen ehrsamen Gemeind in Bonnal freundnachbarlich raten, tut ihm dann also: Laßt den größten Hund in euerm Dorf ab der Ketten, so werdet ihr den Teufel bald finden.

Der Hühnerträger schweigt.

Es erhebt sich ein allgemeines Gemurmel.

§ 93
Daß die Armen bei diesem Lustspiel gewinnen

Einige Bauern: Es ist bei Gott! wie er gesagt hat; es treffen alle Umstände ein.

Andere Bauern: Was wir auch für Narren waren!

Kunz: Nun, ich hab dem Schurken doch nachlaufen wollen.

Einige Vorgesetzten: Wenn wir nur die gemeine Weid nicht hinein gezogen hätten.

Einige der Gemeinen: Hat er euch jetzt mit der Allment?

Die Reichen: Das ist verflucht!

Die Armen: Das ist gottlob!
Therese: Das Meisterstück ist die Gemeinweid.
Pfarrerin: Alles ist wahrlich ein Meisterstück.
Der Ehegaumer: Möchten die Steine Blut weinen; unser Glaube ist verloren. Elias! Elias! Feuer vom Himmel.
Die Kinder auf dem Kirchhof: Oh – Ah – Uh – du bist mein, Vogt!
Der Pfarrer: So sah ich noch nie ins Volk wirken.
Der Vogt: Träum ich, oder wach ich? Alles war Irrtum, und ich muß unter den Galgen – und ich kann nicht zürnen; es tobet keine Rache in mir, und ich muß unter den Galgen.

So redte ein jedes im allgemeinen Gemurmel seine Sprache nach seiner Empfindung.

Nach einer Weile stand Arner auf, lächelte gegen die Nachbaren, und sagte: Wie ist's jetzt mit dem heiligen Bettag gegen die fürchterliche Erscheinung des Teufels auf dem Berg?

Recht tun,
und Gott lieben,
und niemand fürchten;

das ist der einige, alte und wahre Glaube, und eure Erscheinungen und Gespenstergeschichten sind Dummheiten, die euch Kopf und Herz verderben.

Nun ist doch endlich die Verteilung euers elenden Weidgangs zustande gekommen, und ihr werdet in kurzen Jahren sehn, wie das euch für Kinder und Kindskinder so nützlich und so gut ausschlagen wird, und wie ich Ursach hatte, diese Sache so eifrig zu wünschen.

Ich habe befohlen, daß man euch einen Trunk auf das Gemeindhaus bringen soll. Trinkt ihn auf mein Wohlsein und auf das Wohlsein eurer vielen Armen, die bei eurer Weidteilung nichts mehr bekommen, als ihr andern; aber für die es darum ein Glück ist, weil sie sonst nichts haben. Weiß doch keiner von euch, wie es seinen Kindern und Kindskindern noch gehn wird.

Da entließ Arner die Gemeinde, und rief dann dem Hübelrudi, daß er nach einer Viertelstunde zu ihm ins Pfarrhaus kommen soll.

Und dann gingen der Junker und der Pfarrer zu den Frauen auf den Kirchhof, und von da mit ihnen ins Pfarrhaus.

Der Pfarrer aber lobte Arnern, für die Weisheit und die Menschlichkeit, mit welcher er an seinen lieben Pfarrkindern gehandelt habe; und sagte zu ihm: Ich werde Sie nie weiter weder um Schonung noch um Mitleiden gegen jemand bitten, denn Ihr Vaterherz ist wahrlich über meine Bitten und über meine Lehren erhaben.

§ 94
Der Junker dankt dem Pfarrer

Der Junker aber antwortete dem Pfarrer: Ich bitte Euch, beschämt mich nicht. Ich gehe so in Einfalt meine Wege, und bin noch jung; will's Gott! werde ich's noch besser lernen. Mich freut es herzlich, wenn Ihr mit meinem Urteil zufrieden seid; aber Ihr müßt nicht glauben, daß ich nicht wisse, daß Ihr weit mehr getan habt, als ich, und daß Eure Sorgfalt und Eure Güte alles so in Ordnung gebracht haben, daß mir nichts übrig geblieben ist, als das Urteil zu fällen.

Pfarrer: Gnädiger Herr! Sie gehn zu weit mit Ihrer Güte.

Junker: Nein, Freund! Es ist nichts, als was wahr ist; und ich wäre undankbar und unbillig, wenn ich's nicht erkennete. Ihr habt mit vieler Mühe und mit vieler Klugheit Euch bestrebt, meines lieben Großvaters unvorsichtiges Urteil aufzudecken, und seinen Folgen ein Ende zu machen. Es wird den ehrlichen guten Mann im Himmel freuen, was Ihr getan habt, und daß das schlimme Ding endlich wieder gut worden ist; und gewiß würde er es mir nicht verzeihen, Herr Pfarrer! wenn ich diese Eure Handlung unbelohnt ließe. Nehmt den kleinen Zehnten, den ich in Euerm Dorf verpachtet habe, zum Zeichen meines Danks an.

Und hiemit gab er ihm die gesiegelte Urkunde, die in den dankvollsten Ausdrücken abgefaßt war, in die Hand.

Therese stund an der Seite Arners, und steckte dem Pfarrer den schönsten Blumenstrauß, der je in einem Pfarrhaus gesehen worden war, in seine Hand.

Das ist zum Angedenken des besten Großvaters, Herr Pfarrer! sagte sie. Und erst am Morgen darauf fand die Frau Pfarrerin, daß der Strauß mit einer Schnur Perlen eingebunden war.

Der gute Pfarrer war übernommen, hatte Tränen in den Augen, konnte aber nicht reden – Machen Sie keine Worte, sagte der Junker.

Ihr Herz wäre eines Fürstentums würdig, sagte endlich der Pfarrer.

Beschämt mich nicht, lieber Herr Pfarrer! antwortete der Junker – Seid mein Freund! Hand in Hand wollen wir schlagen, unsere Leute so glücklich zu machen als wir können. Ich will Sie in Zukunft mehr sehen, Herr Pfarrer! Und, nicht wahr: Sie kommen auch mehr zu mir – Mein Wagen stehet Ihnen zu Diensten. Nehmt ihn doch auch ohne Kompliment an, wenn Ihr zu mir kommen wollt.

§ 95
Der Junker bittet einen armen Mann, dem sein Großvater Unrecht getan hatte, um Verzeihung

Indessen kam der Hübelrudi, und der Junker streckte dem armen Mann die Hand dar, und sagte: Rudi! Mein Großvater hat dir Unrecht getan, und dir deine Matte abgesprochen. Das war ein Unglück; der gute Herr ist betrogen worden. Du mußt ihm das verzeihen und nicht nachtragen.

Der Rudi aber antwortete: Ach Gott, Junker! Ich wußte wohl, daß er nicht schuld war.

Warest du nicht böse auf ihn? sagte der Junker.

Und der Rudi: Es tat mir freilich bei meiner Armut, und insonderheit im Anfange, oft schmerzlich weh, daß ich die Matte nicht mehr hätte; aber gegen meinen gnädigen Herrn habe ich gewiß nie gezörnt.

Junker: Ist das auch aufrichtig wahr, Rudi?

Rudi: Ja gewiß, gnädiger Herr! Gott weiß, daß es wahr ist, und daß ich nie gegen ihn hätte zörnen können; ich wußte in meiner Seele wohl, daß er nicht schuld war. Was wollte er machen, da der Vogt falsche Zeugen fand, die einen Eid gegen mich taten? Der gute alte gnädige Herr hat mir hernach, wo er mich sah, Almosen gegeben; und auf alle Feste sandte er mir in meinem Elend allemal Fleisch, Wein und Brot – daß ihm's Gott lohne, dem alten lieben gnädigen Herrn! wie oft er meine arme Haushaltung erquickt hat.

Der Rudi hatte Tränen in den Augen, und sagte dann weiters: Ach Gott, Junker! Wenn er nur auch so allein mit uns geredt hätte, wie Ihr, es wäre vieles, vieles nicht begegnet; aber die Blutsauger waren immer, immer wo man ihn sah, um ihn her, und verdrehten alles.

Junker: Du mußt jetzt das vergessen, Rudi! Die Matte ist wieder dein; ich habe den Vogt in dem Protokoll durchstreichen lassen, und ich wünsche dir von Herzen Glück dazu, Rudi!

Der Rudi zittert – stammelt – Ich kann Euch nicht danken, gnädiger Herr!

Der Junker antwortet: Du hast mir nichts zu danken, Rudi! Die Matten ist von Gott und Rechts wegen dein.

Jetzt schlägt der Rudi die Hände zusammen, weint laut, und sagt dann: O! meiner, meiner Mutter Segen ist über mir! Schluchzet dann wieder, und sagt: Gnädiger Herr! Sie ist am Freitag gestorben, und hat, ehe sie starb zu mir gesagt: Es wird dir wohl gehen, Rudi! Denk an mich, Rudi! – O wie sie mich reut, Junker! meine liebe Mutter!

Der Junker und der Pfarrer hatten Tränen in den Augen, und der Junker sagte: Du guter frommer Rudi! Gottes Segen ist wohl bei dir, da du so fromm bist.

Es ist der Mutter Segen – Ach! Der besten, frömmsten, geduldigsten Mutter Segen ist es, Junker! sagte der Rudi, und weinte fort.

Wie mich der Mann dauert, Herr Pfarrer! daß er so lange das Seinige hat entbehren müssen; sagte der Junker zum Pfarrer.

Es ist jetzt überstanden, Junker! sagte der Rudi, und Leiden und Elend sind Gottes Segen, wenn sie überstanden sind. Aber ich kann Euch nicht genug danken für alles, für die Arbeit an der Kirche, die meine Mutter an ihrem Todestage noch erquickt und getröstet hat, und dann für die Matte; ich weiß nicht, was ich sagen noch was ich tun soll, Junker! Ach, wenn nur auch sie, wenn nur auch sie das noch erlebt hätte!

Junker: Frommer Mann! Sie wird sich deines Wohlstands auch noch in der Ewigkeit freuen; deine Wehmut und deine fromme Liebe ist mir so zu Herzen gegangen, daß ich fast vergessen hätte, daß der Vogt dir auch noch die Nützung deines Guts und deine Kosten zu verguten schuldig sei.

Pfarrer: Hierüber muß ich doch, gnädiger Herr! dem Rudi etwas vorstellen – der Vogt ist in sehr klammen Umständen. – Er ist dir freilich die Nützung und die Kosten schuldig, Rudi! Aber ich weiß, du hast so viel Mitleiden, daß du mit ihm nicht genau rechnen, und ihn in seinen alten Tagen nicht ganz an Bettelstab bringen wirst. Ich habe ihm in seinen traurigen Umständen versprochen, soviel ich könne, für ihn um Barmherzigkeit und um Mitleiden zu bitten, und ich muß es also auch gegen dich tun, Rudi! Erbarme dich seiner in seinem Elend.

§ 96
Reine Herzensgüte eines armen Manns, gegen seinen Feind

Rudi: Von der Nützung ist gar nicht zu reden, wohlehrwürdiger Herr Pfarrer! Und wenn der Vogt arm wird, ich will mich nicht rühmen, aber ich will gewiß auch tun, was recht ist.

Seht, Herr Pfarrer! die Matte trägt wohl mehr als für drei Kühe Futter; und wenn ich zwo halten kann, so habe ich weiß Gott genug, mehr als ich hätte wünschen dürfen, und ich will von Herzen gern den Vogt, solang er lebt, alle Jahre für eine Kuhe Heu darabnehmen lassen.

Pfarrer: Das ist sehr christlich und brav, Rudi! Der liebe Gott wird dir das übrige segnen.

Arner: Das ist wohl recht und schön, Herr Pfarrer; aber man muß den guten Mann jetzt bei Leibe nicht beim Wort nehmen; er ist von seiner Freude übernommen. Rudi! Ich lobe dein Anerbieten; aber du mußt das Ding ein paar Tage ruhig überlegen, es ist dann noch Zeit so etwas zu versprechen, wenn du sicher bist, daß es dich nicht mehr gereuen werde.

Rudi: Ich bin ein armer Mann, gnädiger Herr! Aber gewiß nicht so, daß mich etwas Ehrliches gereuen sollte, wenn ich's versprochen habe.

Pfarrer: Der Junker hat recht, Rudi! Es ist für einmal genug, wenn du dir eben nicht viel für die Nützung versprichst. Wenn sodann der Vogt doch in Mangel kommen sollte, und du die Sache bei dir selber genugsam überlegt haben wirst, so kannst du ja immer noch tun, was du willst.

Rudi: Ja gewiß, Herr Pfarrer! will ich tun, was ich gesagt habe, wenn der Vogt arm wird.

Junker: Nun, Rudi! Ich möchte gern, daß du heute recht freudig und wohl zumute wärest. Willt du gern hier bei uns ein Glas Wein trinken, oder gehst du lieber heim zu deinen Kindern? Ich habe dafür gesorgt, daß du ein gutes Abendessen daheim findest.

Rudi: Ihr seid auch gar zu gütig, gnädiger Herr! Aber ich sollte heim zu meinen Kindern gehn, ich habe niemand bei ihnen. Ach! Meine Frau liegt im Grabe – und jetzt meine Mutter auch!

Junker: Nun, so gehe in Gottes Namen heim zu deinen Kindern – Unten im Pfrundstall ist eine Kuhe, die ich dir schenke, damit du wieder mit meinem lieben Großvater, der dir Unrecht getan hat, zufrieden werdest, und damit du dich heute mit deinen Kindern seines Andenkens freust – Ich habe auch befohlen, daß man ein großes Fuder Heu ab des Vogts Bühne lade, denn es ist dein, du wirst das Fuder gerade jetzt bei deinem Haus finden; und wenn dein Stall oder dein Haus baufällig sind, so kannst du das nötige Holz in meinem Wald fällen lassen.

§ 97
Seine Dankbarkeit gegen seinen edeln Herrn

Der Rudi wußte nicht, was er sagen wollte, so hatte ihn dieses alles übernommen.

Und diese Verwirrung des Mannes, der kein Wort hervorbringen konnte, freuete Arnern mehr, als keine Danksagung ihn hätte freuen können.

Der Rudi stammelte zuletzt einige Worte von Dank. Arner unterbrach ihn, und sagte lächelnd: Ich sehe wohl, daß du dankest, Rudi! Bietet ihm sodann noch einmal seine Hand, und sagt weiter: Gehe jetzt, Rudi! Fahre mit deiner Kuhe heim, und zähle darauf, wenn ich dir oder deiner Haushaltung euer Leben versüßen kann, so wird es mich immer freuen es zu tun.

Da ging der Rudi von Arnern weg, und führte die Kuhe heim.

§ 98
Auftritte, die ans Herz gehen sollen

Der Pfarrer, die Frauen und die Töchter, gerührt von diesem Auftritte, hatten Tränen in den Augen, und alles schwieg eine Weile still, da der Mann fort war.

Hierauf sagt Therese: Was das für ein Abend war, Junker! Gottes Erdboden ist schön, und die ganze Natur bietet uns allenthalben Wonne und Lust an. – Aber das Entzücken der Menschlichkeit ist größer als alle Schönheit der Erde. – Ja wahrlich, Geliebte! Sie ist größer als alle Schönheit der Erde, sagte der Junker.

Und der Pfarrer: Meine Tränen danken Ihnen, Junker! für alle herrliche Auftritte, die Sie uns vor Augen gebracht haben. In meinem Leben, Junker! empfand ich die innere Größe des menschlichen Herzens nie reiner und edler, als bei dem Tun dieses Mannes – Aber, Junker! man muß, man muß in Gottes Namen die reine Höhe des menschlichen Herzens beim armen Verlassenen und Elenden suchen.

Die Frau Pfarrerin aber drückte die Kinder, die alle Tränen in ihren Augen hatten, an ihre Brust, redete nichts, lehnte ihr Angesicht hinab auf die Kinder, und weinte wie sie.

Nach einer Weile sagten die Kinder zu ihr: Wir wollen doch heute noch zu seinen armen Kindern gehn; schicket doch unser Abendessen dahin.

Und die Frau Pfarrerin sagte zu Arners Gemahlin: Gefällt's Ihnen, so gehen wir mit unsern Kindern.

Sehr gerne antwortete Therese. Und auch der Junker und der Pfarrer sagten: Sie wollten mitgehn.

Arner hatte ein gebratenes Kalbsviertel in seinem Wagen* mitgebracht für die arme Haushaltung – und die Frau Pfarrerin hatte eine gute, dicke, fette Suppe dazu kochen lassen, und sie hatte eben alles abschicken wollen – jetzt aber stellte sie noch das Abendessen für sie und die Kinder dazu, und Klaus trug alles in die Hütte des armen Manns. Alles Volk aus dem Dorf, jung und alt, Weib und Mann, und alle Kinder aus der Schul, stunden bei des Rudis Hütten, und bei dem Heuwagen, und bei der schönen Kuhe.

Einen Augenblick nur hinter dem Klaus kamen der Junker und seine Gemahlin, die Frau Pfarrerin und alle Kinder auch in die Stube, und fanden – und fanden – und sahen – im ganzen Hause nichts, als halbnackende Kinder – serbende – Hunger und Mangel atmende Geschöpfe.

Das ging Arner von neuem ans Herz, was die Unvorsichtigkeit und die Schwäche eines Richters für Elend erzeugen.

Alles, alles war vom Elend des Hauses bewegt. Da sagte Arner zu den Frauen: Dieser Rudi will jetzt dem Vogt, der ihn zehn Jahre lang in dieses Elend, das ihr da seht, gestürzt hat, lebenslänglich noch den dritten Teil Heu ab seiner Matte versichern.

Man muß das nicht leiden, sagte Therese, schnell und im Eifer über dieses tiefe Elend. Nein, das ist nicht auszustehn, daß der Mann bei seinen vielen Kindern einen Heller des Seinigen dem gottlosen Buben verschenke.

Aber wolltest du, Geliebte! wolltest du dem Lauf der Tugend und der Großmut Schranken setzen, die Gott durch Leiden und Elend auf diese reine Höhe gebracht hat – auf eine Höhe, die soeben dein Herz so sehr bewegt, und zu Tränen gebracht hat? sagte Arner.

Nein, nein! das will ich nicht, versetzte Therese, das will ich nicht. Verschenk er alle seine Habe, wenn er's kann. Einen solchen Menschen verläßt Gott nicht.

Arner sagte jetzt zu dem Rudi: Gib doch deinen Kindern zu essen.

Der Rudeli aber nimmt seinen Vater beim Arm, und sagt ihm ins Ohr: Vater! Ich bring doch der Gertrud auch etwas – Ja, sagt der Rudi; aber wart nur.

---

* Verzeihet, ihr bürgerlichen Töchter! die ihr vermutet, daß es im Wagen gestunken habe.

Arner hatte das Wort Gertrud gehört, und fragte den Rudi: Was sagt der Kleine von Gertrud?

Da erzählte der Rudi dem Arner von den gestohlenen Erdäpfeln – von dem Todbett seiner Mutter – von der Güte des Lienhards und der Gertrud; und wie selbst die Schuhe und Strümpfe, die er trage, von ihnen sein.

Dann setzte er hinzu: Gnädiger Herr! Der Tag ist mir so gesegnet; aber ich könnte mit Freuden keinen Mundvoll essen, wenn ich diese Leute nicht einladen dürfte.

Wie das Arner gelobt – wie dann die Frauen die stillen Taten einer armen Mäurerin – wie sie das erhabene Todbett der Cathrine mit Tränen bewunderten – Wie dann der Rudeli mit klopfendem Herzen zu Lienhard und Gertrud gelaufen, sie einzuladen – und wie diese mit ihren Kindern beschämt mit niedergeschlagenen Augen, nicht auf des Rudelis Bericht, sondern auf Arners Befehl, der seinen Klaus nachgeschickt hatte, endlich kamen – auch wie Karl für den Rudeli vom Papa, und Emilie für Gritte und Lise von der Mama Schuh und Strümpfe und abgelegte Kleider erbaten – auch wie sie den armen Kindern von ihrem bessern Essen immer zulegten – auch wie Therese und die Frau Pfarrerin mit ihnen so liebreich waren; wie aber diese erst, da Gertrud kam, recht freudig wurden – ihr alle zuliefen – ihre Hände suchten – ihr zulächelten, und sich an ihren Schoß drängten – alles das will ich mich hüten, mit viel Worten zu erzählen.

Arner und Therese stunden, solang sie konnten, bei diesem Schauspiel der innigsten Rührung, beim Anblick des erquickten und ganz geretteten Elends. Endlich nahmen sie mit Tränen in den Augen stillen Abschied.

Und der Junker sagte zum Gutscher: Fahr eine Weile nicht stark.

Die Frau Pfarrerin aber suchte noch alles übergebliebene Essen zusammen, und gab es den Kindern.

Und Lienhard und Gertrud blieben noch beim Rudi bis um acht Uhr, und waren von Herzen fröhlich.

§ 99
Eine angenehme Aussicht

Und nun ist seit der vorigen Woche eine allgemeine Rede in unserm Dorf, Gertrud suche dem Rudi des jungen Meyers Schwester, die ihre beste Freundin ist, zur Frau.

Und da die Matte, die der Rudi nun wieder hat, unter Brüdern zweitausend Gulden wert ist, und auch der Junker, wie es heißt, ihrem Bruder gesagt hat, es würde ihn freuen; so meint einmal jedermann, es werde nicht fehlen, sie nehme ihn.

Und dem Mäurer geht es bei seinem Bau auch gar gut; er ist dem Junker täglich lieber.

§ 100
Des Hühnerträgers Lohn

Auch der Hühnerträger hatte noch ein Glück. Therese sah ihn im Heimfahren aus dem Wagen, und sagte zu Arnern: Dieser muß auch noch etwas haben. Eigentlich ist's doch er, der mit seiner Nachtreise alles in Ordnung gebracht hat.

Da rief Arner dem Hühnerträger, und sagte: Christoff! Meine Frau will nicht, daß du deine Teufelsarbeit umsonst gehabt habest; und gab ihm ein paar Taler.

Der Hühnerträger bückte sich tief, und sagte: Gnädiger Herr! Also wünschte ich mir alle die Tage meines Lebens nur Teufelsarbeit.

Ja, sagte Arner, wenn du versichert bist, daß die Hunde allemal an den Ketten bleiben.

Das ist auch wahr, gnädiger Herr! sagte der Hühnerträger; und der Wagen fuhr fort.

ZWEITER TEIL

Dem Schatten Iselins

Ob Du wohl meine Zuschrift an Dich beim ersten Teil dieses Buchs unterdrückt, so weihe ich dennoch *Deinem Angedenken* diesen zweiten, und sage izt mit Tränen, was ich damals mit Freuden sagte, daß ich Dich schätzte, ehrte und liebte, wie ich wenig Menschen auf Erden schätze, liebe und ehre.

Vorrede

Hier ist der zweite Teil eines Buchs, das ich mit dem ersten beendiget glaubte. –

Aber so, wie ich izt sein Ideal traume, mögen noch zwei solche Bändchen folgen. – Ich verspreche sie aber nicht, und könnte sie nicht versprechen. –

Ich muß vielmehr selbst warten, ob und wie die Erfahrungen reif werden wollen, die mich in Stand setzen können, mit Mut und Zutrauen auf mich selber, in diesem Werk fortzuschreiten.

Der Verfasser

§ 1
Der Vogt spaziert wieder zum Markstein

„So wünscht' ich mir alle Tage meines Lebens nur Teufelsarbeit" sagte der Hühnerträger. „Und der Wagen fuhr fort" Da hörte mein Alter von Bonnal auf zu erzählen. –

Er fängt wiederum an –

„Der Vogt mußte am gleichen Abend noch auf den Berg, bei dem halb umgegrabenen Markstein alles wieder in alten Stand stellen. – Das Volk war wie ab den Ketten, und man kann fast sagen, wenn der Henker mit dem offenen Schwert vor den Leuten gestanden wäre, er hätte sie fast nicht im Zaum halten können. Selbst die Kinder aus der Schul jauchzten umher – liefen ihm auf eine halbe Stund den Weg vor, und riefen, die einen: „Sie bringen den Vogt, sie bringen den Vogt" – Die andern erwiderten: „Gestern nahm ihn der Teufel – heute bringt ihn der Henker." Die Knaben schossen ab den Mauren und Bäumen, wo er vorbeiging. Die Mädchen standen bei Dutzenden Hand in Hand geschlungen hinter den Zäunen, und auf den Anhöhen an der Seite des Wegs, und waren lustig und freudig, und lachten ob seinem Spaziergang. Nicht alle lachten – Emillens Grithe stand am Arm ihrer Mutter unter ihrer Türe, und trocknete ihre Tränen. Er sah sie, und ihr Jammerblick traf sein Auge – Er erblaßte – Das Mädchen wandte sein Angesicht gegen seine Mutter und weinte laut. – Er hatte vor kurzem ihren Geliebten den Werbern verhandelt, wie man ein Stück Vieh den Metzgern verhandelt. Fast an allen Fenstern, fast unter allen Türen stieß jemand einen Fluch aus, wo er vorbeiging; hie und da brauchten böse Weiber das Maul ganz, und drohten ihm mit Mistgabeln und Besen.

So ging's ihm den ganzen Weg den Berg hinauf und wieder hinunter, nur vor Lienhards Haus sah man keinen Menschen; keine Tür und kein Fenster war offen.

§ 2
Der Pfarrer mischet sich ins Spiel

Aber der Pfarrer, der den Unfug vernahm, und hörte, daß er morgens noch größer werden sollte, schrieb noch in gleicher Nacht an Arner folgenden Brief: –

Hochedelgeborner, hochgeachter Herr!
„Es ist diesen Abend, da der Vogt auf den Berg geführt worden, so viel Mutwillen mituntergelaufen, daß ich nicht umhin kann, Euer Wohledelgeb. davon Nachricht zu geben, und meine Besorgnis zu äußern, daß dieser Mutwillen auf den morndrigen Tag noch viel größer werden möchte. Es verlautet allgemein, daß von 3 bis 4 Stunden her alles zulaufen werde: Und ich muß gestehen, es tut mir wehe, vorauszusehen, daß bei einem so verwirrten Gewühle die Strafe des unglücklichen Mannes niemand bessern, und hingegen ein solcher lauter Mutwille bei einem so traurigen Anlasse das Volk noch mehr verhärten werde: – Ich hätte desnahen gewünscht, meine l. Gemeinde am Morgen ganz allein ohne jemand Fremder in der Kirche anzutreffen, um allda mich mit *meinem Volke* ernsthaft über den traurigen Umstand zu unterreden, und zu trachten, daß der Leidende und die Zuschauer in eine Verfassung kommen, welche beiden zum wahren Nutzen gereichen mag. Aber so, wie die Sachen kommen wollen, sehe ich voraus, daß ich ohne Ihre Hülfe im Gewühl einer von allen Seiten zulaufenden Jugend vergeblich trachten werde, meine Pflicht zu erfüllen. Desnahen bitte ich Sie, auf morgen solche Maßregeln zu nehmen, daß alles fremde Volk vom Zulauf nach unserm Dorf abgehalten, und auch bei uns allem Mutwillen und aller Ausgelassenheit vorgebogen werde." – –

Joachim Ernst, Pfarrer

Der Junker antwortete auf der Stell dem Pfarrer also:

Wohlerw. lieber Herr Pfarrer!
„Ich empfinde, daß ich selber an alles das hätte denken sollen, und danke Ihnen, daß Sie mich auch diesmal aus dem Schlafe aufgeweckt.

Hier ist meine Ordre auf morgen; ich hoffe, selbige entspreche Ihren Wünschen.

Es soll den Vogt niemand zur Richtstätte begleiten, als wer am Morgen sich in der Kirche versammelt, und dem Gottesdienst beigewohnt. Alles soll in einem vollkommen in Ordnung gebrachten stillen Zug aus der Kirche mit ihm zur Richtstätte gehen: Und es sollen Wachen ausgestellt werden, welche allen Fremden den Zugang verbieten, damit sie völlig vor allem Zulauf gesichert, Ihre Gemeindsgenossen allein in der Kirche antreffen.

Jedermann, der sich einer Beleidigung oder Unanständigkeit gegen den Vogt schuldig machen, oder auch sonst Unordnung und Geräusch veranlassen würde, soll auf der Stelle vom Platz genommen, und in Bonnal bis auf weitere Ordre mit Arrest belegt werden.

Hierfür, mein lieber Herr Pfarrer, sind alle Befehle mit Bestimmtheit gegeben, und ich hoffe, die gemachte Verfügungen werden die genaue Erfüllung dieser Befehle versichern. Ich habe indessen die Ehre zu sein usw.

Von Arnheim
In Eil fast um Mitternacht."

§ 3
Adam und Eva

Es war recht gut, daß der Junker das befohlen hat. – Morndes am Morgen früh waren von vielen Stunden her alle alten Müßiggänger, alles junge Juheienvolk, und alle neugierigen Weiber auf dem Weg nach dem Galgen von Bonnal. Diese alle sperrten Maul u. Augen auf, als sie allenthalben Wachen fanden, die sie wieder zurückwiesen.

„Es scheint die Herren von Bonnal wollen ihren Galgen für sich allein haben, daß niemand dazu darf. Es darf doch eine Katz einen Altar anschauen, aber es scheint, es seie nicht so mit euerm Galgen: ha! hierunter steckt etwas! Es ist gewiß nicht so richtig mit dem weggeleugneten Teufel, wie sie den Leuten haben angeben wollen": – So sagte jeder in seiner Art seine Meinung: Einige verbissen das Maul. – Andere lachten ob der langen Nase, die sie izt mit sich heimtragen. Wer lustig heimging, war das gemeine Volk, und die jungen Leute, und wer das Maul hängte, waren die dicken Bauren mit den großen Stecken. Es blieb aber nicht einmal beim Maulhängen: – Einige Männer und Weiber gelüsteten mehr dahin zu kommen, wo man sie nicht haben wollte, und sannen auf List und Ränk, wie das möglich werden könnte. – „Wenn wir izt eben doch nicht so gerade wieder heimgingen, wie man uns da angeben will", sagte die Vögtin Eübach zur Geschwornin von Kilchthal. „Was anders machen? antwortete die Geschwornin.

Die Vögtin: Du Narr! Durch Abwege ins Dorf schleichen.
Geschwornin: Und denn?
Vögtin: Und denn uns unter dem Volk verstecken, und mit andern laufen, wo es hingeht.
Geschw.: Wenn denn aber auch bei der Kirche Wächter sind?
Vögtin: Zeit bringt Rat, und ich hab allenfalls Geld im Sack.

Geschw.: Ich will gern mit dir im halben zahlen, was es kostet, wenn's nur angeht.

Vögtin: Probieren ist Meister. Aber wollen wir unsere Männer mitnehmen, oder sie daheim lassen?

Geschw.: Daheim lassen und auslachen, das wäre meine Meinung.

Vögtin: Aber es ist das, wir kommen eher durch, wenn meiner mitkommt, die Wächter müssen ihn fürchten, weil er Vogt ist.

Geschw.: So muß ich meinem auch rufen. –

„He Vogt! He Geschwornen! Ich hab mein Nastuch verloren – hat's keiner von euch gefunden?" rief izt die Vögtin, damit niemand merke, was sie wolle – „Du Narr! Hättst Sorg g'habt, antwortet der Vogt, und ging ohne zurückzusehen mit dem Geschwornen weiter. – „Steh nur einen Augenblick still, du mußt mir deines geben" – rief die Vögtin noch einmal, und lachte laut dazu. – Schnurrend sah der Vogt zurück: „Was ist's? Was hast immer z'gauzen auf der Straß?" – Sie aber winkte ihm, daß er merkte, sie wolle etwas anders als das Nastuch, und er stand still.

In Gelustsachen ist seit Adams Zeiten her wahr – wenn die Weiber den Apfel vom Baum nehmen, so beißen die Männer auch drein. – Der Vogt und der Geschworne folgten izt ihren Weibern durchs Tobel hinter den Reben herum, über Zäune und Stöck, und kamen glücklich und ungesehen ins Dorf.

Sie waren aber nicht allein. Auf allen Seiten schlichen die Hochmütigsten u. Kühnsten nach Bonnal, und bettelten sich um Geld und gute Worte in die bewachte Kirche hinein. –

Es schien zwar im Anfang, als wollt es ihnen fehlen. – Der Wächter bei der Tür war fast nicht zu bereden, und nicht zu bestechen. Nachdem aber einmal eines hinein war, ging das Ding immer leichter und leichter. Zuletzt aber wollten ihm so viel kommen, daß es dem Wächter so angst ward, daß er niemand mehr hineinlassen wollte – Aber es war zu spät – Er war nicht mehr Meister. – „Was? – antworteten ihm izt Weiber und Buben: „Sind wir nicht so gut als die andern? – Du mußt uns hineinlassen, oder die andern Fremden vor unsern Augen auch wieder hinausschaffen; wir gehen dir sonst nicht ab der Stell." – „Still! Still!" antwortete der Wächter: „Ich will euch eben hineinlassen; aber verberget euch in Winkel, daß man euch nicht sehe." Und so kam dann zuletzt hinein, was hinein wollte.

§ 4

Der Pfarrer stellt Leute zur Kirche hinaus

Das erste, was der Pfarrer tat, als er auf die Kanzel trat, war, daß er den Befehl Arners verlas, und sagte: „Er muß gehalten sein, und jedermann, der fremd ist, solle ohne anders zur Kirche hinausgehen."

Man sah bald, daß es im Ernst galt, und nach und nach stand eines nach dem andern auf, und ging nach der Kirchtür. Einige liefen hinaus, wie wenn man sie jagte – andere gingen satt und züchtig, huben kein Aug auf – andre machten doch noch ihren Reverenz gegen dem Herrn Pfarrer, so feuerrot sie vor Zorn im Gesicht waren.

Aber die Vögtin und Geschwornin von Kilchthal wollten noch nicht verspielt geben. Die glaubten, wenn sie sich still hielten, und hinter den Balken des Gewölbs und hinter andern Weibern sich versteckten, so könnten sie bleiben: Aber die andern Weiber streckten von allen Seiten die Köpf nach den armen Versteckten, und schwatzten und lachten weit und breit um sie her, so daß der Pfarrer es merkte, und dem Siegerist sagte, der Befehl gehe die Weiber an wie die Männer, und er soll machen, daß auch diese ihres Wegs gingen. Und so mußten sie endlich auch wie die andern wieder hinaus.

§ 5

Aus seiner Predigt

Erst dann fing der Pfarrer an; und redete mit dem Volk über den Vogt, über ihn selber, über das Elend der Sünde, und über das Glück des Rechttuns – Es war, wie wenn er einem jeden aus dem Herzen redte, wie wenn er einem jeden in seine Wohnstube hineindrang, und ihn abmalte, wie er mit Weib und Kind, mit Vater und Bruder, mit Knecht und Magd umging, und mit Unvorsichtigkeit und Lieblosigkeit, mit Nachlässigkeit und Leichtsinn links und rechts um sich aus guten Leuten böse mache, und aus kleinen Fehlern große veranlasse, und so selber die Liebsten, die er in der Welt habe, anstatt glücklich, ruhig und zufrieden, unglücklich und elend mache, und in eine bedauernswürdige Lage setze – Es war, wie wenn der Vogt in der Hand des Pfarrers ein Spiegel wäre; so sahe das Volk in dem unglücklichen Manne sich selber – Und der Segen des Herrn war mit dem

Pfarrer. – Ihrer viele vergaßen ob seinen Reden den Vogt, und fühlten izt nur sich selber, und dachten izt nur an sich selber . . . Ein paar Stellen aus seiner Rede muß ich doch hersetzen.

„Liebe Menschen! Daß doch keines von euch allen meine, dieses Unglück hätte ihm nicht auch begegnen können! Hebet euere Augen auf und sehet! Warum steht der arme Mann vor euch? – Antwortet: Ist's etwas anders, als weil er hochmütig, geizig, hartherzig und undankbar gegen Gott und Menschen war? . . . Und hebet eure Augen auf vor dem Angesicht Gottes, und redet: Wer unter euch ist nicht geizig, hartherzig und undankbar? Redet, redet! Rede, Mann! Weib! Steh auf und rede! Ist einer unter euch nicht hochmütig, nicht geizig, nicht hartherzig, nicht undankbar? Er stehe auf, er sei unser Lehrer; ich will zu seinen Füßen sitzen, und ihn hören und ihm anhangen, wie ein Kind seinem Vater anhanget! Denn ich, o Herr, bin ein Sünder, und meine Seele ist nicht rein von allem dem Bösen, um deswillen der arme Mann vor euch leidet!" –

Über den Unterschied zwischen der Sünde in ihrem Anfang und zwischen der größten Verwilderung, in welcher der Vogt lebte, sagte er ihnen folgendes Gleichnis:

„Es ist ein großer Unterschied zwischen einem Kornähre und einem ganzen Viertel Frucht. Aber wenn du das Ähre säest, und übers Jahr schneidest, so hast du vielleicht hundert, und säest du hunderte wieder, so hast du im zweiten Jahre von einem einzigen Ähre dein Viertel Frucht. – Liebe Menschen! Wenn der Same des Bösen in uns ist, so trägt er Frucht, und wie das einzige Ähre mit Zeit und Jahren ein Viertel Frucht wird, so wird deine Sünde mit Zeit und Jahren stark und schwer in dir, o Mensch! – Darum halte den Unterschied des Samenkornes und der Frucht, die du mit Vierteln missest, nicht größer, als er ist, und denke nicht, daß du nicht ob jeder Sünde werden könnest, was der arme Tropf, wenn du nicht mit Mühe und Arbeit ihren Samen in dir selber zu ersticken und auszurotten trachtest."

Ein ander Mal sagte er:

„Meine Kinder! Sehet izt die Gerechtigkeit der Welt, und zittert! Die Gerechtigkeit der Erde zermalmet, zerknirschet und tötet! Weinet über den Elenden, und über alle Menschen, die in die Hand der Gerechtigkeit fallen, und bittet Gott, daß sich die Fürsten je länger je mehr dieser Armen und Elenden erbarmen, und ihre Leiden nie größer machen, als die Not es erfordert! – Und, meine Kinder! Werdet selber je länger je menschlicher, schonender, gewissenhafter gegen solche Unglückliche, und glaubet, das Beispiel der Knechte, die mit ihren Mitknechten, welche im Unglück sind, Mitleide zeigen, muß auch auf die Herren der Erde wirken, daß auch sie mitleidig und schonend gegen Unglückliche werden."

§ 6

Wenn so ein Pfarrer in die Gefängnisse und Zuchthäuser eines Reichs Einfluß hätte, er würde die Grundsätze mit den Gefangenen umzugehen, in ein Licht setzen, das himmelrein leuchtete

Da er ausgeredet hatte, stieg er dann von der Kanzel, saß noch eine Weile bei dem Unglücklichen, redete mit ihm brüderlich, wie er es heute den ganzen Tag getan hatte.

Da der arme Mensch izt bald fort sollte, sah er ihm an, daß er vor Ermattung und Schwäche fast einsank, und vernahm, daß er noch ganz nüchtern sei. „Du mußt nicht also an deinen Ort hin", sagte er alsbald, und ließ ihm sogleich aus dem Pfarrhaus etwas zu essen und zu trinken in die Kirche hinunterbringen. – Der Hans, der es brachte, stellte es gerade auf den Taufstein, bei dem sie standen; aber dieses ärgerte den Siegerist, er stupfte den Hans, und winkte ihm, er sollte es doch anderswohin abstellen. Dieser wollte auch ungesäumt folgen; aber der Pfarrer sagte: Hans, laß es nur stehen, das macht gar nichts. –

Und nachdem der Vogt also auf dem Taufstein geessen und getrunken, und so alles mitleidig und liebreich um ihn herum stand, sagte der Pfarrer zu ihm: „Willst du izt nicht auch gern die Leute alle, von denen vielleicht wenige sind, die du nicht beleidiget und gekränkt hast, um Verziehung bitten?" „Ach, mein Gott! Gern, Herr Pfarrer!" sagte der Vogt, wandte sich gegen die Umstehenden und sagte: „Verziehet mir doch alle um Gottes willen!" – Er konnte nicht mehr reden: aber er sahe sie alle so wehmütig und erschlagen an, daß jedermann weich ward; Weib und Mann streckten ihm von allen Seiten die Hände dar, und sagten: „Es ist mehr als verziegen!" – Wie es ihn freute, daß ihm alles die Hand zustreckte – Wie er lange rechts und links mit beiden Armen nach allen Händen haschte, und mit hunderterlei Bewegungen zitternd eine jede drückte, das kannst du dir vorstellen, Leser! Aber beschreiben kann ich es nicht. – Nach einer Weile sagte der Pfarrer zum Vogt: „Ich denke, Vogt, in Gottes Namen wollen wir izt gehen." Der Vogt sah ihn barmherzig an, und konnte nicht reden. – „Es muß in Gottes Namen einmal sein", erwiderte der Pfarrer: Dann nahm er ihn bei der Hand, machte ihn aufstehen und sagte: „Mit Zaudern machst du dir's nur schwerer; komm izt in Gottes Namen, und leide mit Geduld, was du zu leiden hast; achte nicht, was um dich her ist, und was man um dich herum macht, und denk du izt an dich selber."

§ 7
Menschlichkeit und Gerechtigkeit beieinander

Und dann gingen sie miteinander an seinen Ort, und der Pfarrer betete laut den ganzen Weg durch, und alles Volk begleitete ihn im stummen Stillschweigen.

So herrschet stummes Stillschweigen um den Sarg des Bürgers, dessen verlassene Kinder ein gerührtes Volk mitleidig zum Grabe begleitet; und die Stunde der stillen Rührung, während welcher die Totenglocke von Bonnal läutete, tat dem Vogt und allem Volk wohl. – Siehe, es war nicht die Strafe eines wütenden Tiers, das man nur abtut von der Erde, damit es nichts mehr auf ihr schade. – Es war die Strafe eines Menschen, mit der man ihn selber und seinen Nächsten weiser und besser machen wollte, als sie zuvor waren. –

Er stand da – entblößt an Haupt und Füßen an seinem Ort, – und sprach dreimal laut nach:

„Hier hab ich verdient zu verfaulen" –

Mit starker Stimme antwortete ein Gerichtsmann:

„Ja, du hast verdient, daß hier deine Gebeine verfaulen, und die Vögel des Himmels dein Fleisch essen."

Dreimal antwortete er wieder: „Ich hab es verdienet."

„Er hat Gnade, Knecht der Gerechtigkeit! Töte ihn nicht" – rief izt mit lauter Stimme der Richter mit dem Stab. –

„Was soll ich ihm dann tun?" erwiderte der Knecht der Gerechtigkeit.

„Du sollst ihn binden an den Balken des Galgens, und seine Hand an einem Pfahl festmachen, und die Finger des Meineidigen dreimal mit unauslöschlicher schwarzer Farbe anstreichen."

Der Knecht der Gerechtigkeit tat izt, was ihm befohlen war, und stand dann mit entblößtem Schwert hinter dem Unglücklichen. – Indessen wandte sich der Richter am Stab, und sagte mit lauter Stimme zum Volk: –

„Höre, versammeltes Volk! Dein Herr und Vater läßt dir sagen:

Wer unter euch eine solche Schande nicht mehr fürchtet, als den Tod, der gehet mit seinem Haus, mit seinen Kindern, und mit seinem Geschlecht, dem Elend entgegen, in welchem ihr izt diesen armen Mann sehet."

Dann redete der Pfarrer fast die ganze Stunde mit dem Volk, das noch nie in keiner Kirche mit mehr Aufmerksamkeit und Rührung vor ihm gestanden.

Der Vogt aber war fast atemlos und zum Einsinken erschöpft. Als es der Pfarrer merkte, rief er seinem Hans, und sagte ihm: „Du mußt den kleinen Wagen hieher bringen und ein Bettstück darauf." – Der Hans tat's, und brachte ein Bett und Wagen zu ihnen. Und da die Stunde izt vorüber war, und man den Vogt von seinen Banden los ließ, nahm ihn der Pfarrer bei der Hand und sagte: „Steig izt in Gottes Namen hier ein; ich sehe, daß du's nötig hast, und fast nicht heimgehen könntest."

„Es ist wahr," sagte der Vogt, „es zittert alles an mir," dankte, sagte – „Ich hab das nicht verdient" – und stieg in den Wagen. – Der Pfarrer ging unter allem Volk mit dem armen Tropf neben dem Wagen, bis ins Gefängnis nach Bonnal, wohin man ihn führte, und ließ dann auch das Bett aus seinem Wagen hineintragen, bis man ihm eins aus seinem Haus bringen würde. –

§ 8
Baurengespräch und Baurenempfindung

Der *Lienhard* war diesen Morgen allein bei seiner Arbeit am Kirchhof; seine Taglöhner waren alle mit dem Vogt. Er weinte herzlich, als die Totenglocke im Turn hart an ihm zu das Zeichen gab, daß man ihn ausführte. Nach einer Weile kamen die Taglöhner zurück, und schwatzten fast den ganzen Tag miteinander von dem geschehenen Vorfall.

„Mir ist es sehr zu Herzen gegangen" – sagte der *Aebi* und der *Kienast.*

Kriecher: Und mir, wie wenn man mir kaltes Wasser angeschüttet hätte.

Rüti Marx: Einmal so ist's gut, Schelm sein.

Leemann: Und man hatte Sorg zu ihm, wie zu einer Kindbetterin.

Lenk: Wenn ich's oder ein anderer gewesen wäre, es wär wohl anderst gekommen.

Aebi: Es scheint mir, es mögen ihm's etliche nicht einmal gönnen, daß er nicht gehängt worden.

Leemann: Es wird noch andere Historien absetzen.

Michel: Was das?

Leemann: Der Junker will ja zehn Jahr hintersich allem nachgrübeln.

Rüti Marx: Dafür wird sich niemand graue Haar wachsen lassen.

Michel: Und wie meinst du das?

Rüti Marx: Ich meine, das würd so in die dicken Bäuch greifen, daß sie wohl einen Deckel finden werden, den niemand ablupft.

Kriecher: Und der Teufel! Es ist doch nicht ganz sicher.

Aebi: Aber habet ihr auch den Hartknopf gehört, wie er über die Predigt sein Maul gebraucht.

Michel: Er ist ein Narr.

Marx: Er sagt doch manchmal auch Sachen, die wahr sind.

Michel: Ja, wenn er um eilf Uhr sagt, es läute Mittag.

Marx: Das ist izt genarret: Über den Glauben einmal versteht er mehr als ich und du. Er gibt in der Kirche Achtung wie ein Sperber, und ist imstand, er zählt dem Pfarrer die Hauptwörter des Christentums an den Fingern nach.

Michel: Das ist eine erbauliche Arbeit.

Marx: Man kann mehr daraus ziehen als du glaubst: Denk izt nur, er verflucht sich, der Pfarrer habe in der letzten Predigt das Wort Christus kein einiges Mal in dem Mund gehabt.

Michel: Das ist eine Fantastenrede – Und der Pfarrer hat recht, daß er seine Wort nicht so ausspitzt, daß alle Silben dran frömmeln.

Der Marx hängte das Maul, und der Michel fuhr fort:

Michel: Mit eurem Wörterzählen und Silbendrehen macht ihr just auch die Leut selbst so verdreht, daß sie die Augen verkehren, wenn sie das Hirn brauchen sollten – und das Maul auftun, wenn sie die Hände brauchen sollten. –

Marx: So?

Michel: Ja, eben so! – Es ist Liebe und Verstand in dem, was der Pfarrer sagt, und es gibt Leut, sie sollten sich schämen, wie sie ihm's machen.

Marx: So!

Michel: Bist du ein Narr, Marx?

Kienast: Ich meinte, man könnte davon schweigen. Es müßte einer ein Stein sein, wenn es heute einem nicht zu Herzen gegangen wäre.

§ 9
Hausordnung und Hausunordnung

Gertrud ging an diesem Morgen zu ihrem guten Nachbar, dem Hübel-Rudi, der nunmehr nicht mit den andern bei der Kirche taglöhnete: Sie wußte, daß Armut und Niedergeschlagenheit dem Menschen allen Haushaltungsgeist so verderbt, daß, wenn er auch zufällig wieder zu etwas kömmt, und nicht Rat und Tat findet, ihm so ein Glück so leicht als ein Aal im Wasser wieder aus der Hand schlüpft: Und da sie der Großmutter auf dem Todbett versprochen, sich seiner Kinder anzunehmen, so wollte sie keine Stunde versaumen, um dem Rudi, so viel sie könnte, zur Ordnung zu verhelfen, ehe schon wieder das halbe durch Unordnung zugrund gegangen wäre. – Sie traf noch alle Kinder im Bett an, und der Rudi war eben aufgestanden. – Die Kleider der Kinder lagen im Boden herum; die Katze saß neben der schwarzen Blatte, woraus sie gestern geessen, auf dem Tisch. – Gertrud fühlte die Größe des Verderbens einer solchen Unordnung, und sagte dann der Länge und der Breite nach, wie weit das lange, und wohin ihn dieses bringen werde. – Er machte Augen, wie einer, der halb im Schlafe zuhört, als sie so mit ihm redete: Er war der Unordnung so ziemlich gewohnt, und meinte, weil er izt seine Matten wieder habe, so sei alles wieder ganz gut bestellt – so daß er lange nicht fassen konnte, was Gertrud izt mit ihrem Predigen wollte. Endlich begriff er sie, und die Tränen schossen ihm in die Augen; – als er antwortete: „Ach! Mein Gott! Nachbarin! du hast wohl recht; aber es war, weiß Gott, in unserm Elend nicht anderst möglich: Ich saß auf die letzte oft bei Stunden und Tagen herum, daß ich fast nicht mehr wußte, wo mir der Kopf stund, viel weniger was ich angreifen sollte, und was ich möchte. –

Gertrud: Das ist eben, was ich sage, und warum du dir izt mußt raten und helfen lassen.

Rudi: Ich will dir von Herzen danken, wenn du's tust!

Gertrud: Und ich will's von Herzen tun, so viel ich kann.

Rudi: Lohn's dir Gott für mich und meine Kinder!

Gertrud: Rudi! Wenn deine Kinder wie rechte Menschen erzogen werden sollen, so muß alles bis auf die Schuhbürste hinunter in eine andre Ordnung kommen: Und wir wollen izt nicht schwatzen, sonder die Händ in den Teig stoßen. Es muß mir heut, noch ehe die Sonne untergeht, in der Stube aussehen, daß man sich nicht mehr drin kennt: – Tisch – Fenster – Boden – alles muß abgewaschen und erluftet sein – Man kann ja nicht einmal Atem schöpfen – Und glaub mir, deine Kinder sehen unter anderm auch darum so übel aus, weil so viel hundertjähriger Mist in der Stube ist: Es ist ein Unglück, daß deine Frau selig auf die letzte auch gar allen Mut verloren, und alle Hausordnung ein End hatte: So arm sie ist, so sollte eine Frau an ihrem Mann und Kindern noch das tun, was nichts kostet.

Rudi: Die Großmutter hat es ihr tausendmal gesagt; aber sie ist auf die letzte vor Jammer worden, wie ein Stock, so daß ich fast denken muß, es sei für mich und die Kinder ein Glück gewesen, daß sie gestorben, wenn sie nicht wieder anderst geworden wäre. – Aber, Gertrud! Wenn sie es noch erlebt hätte, wie es mir izt gegangen, sie wäre auch nach und nach wieder zu sich selber gekommen, und wieder worden, wie im Anfang: Sie kommt mir seit gestern nie aus dem Kopf, und wo ich gehe und stehe, meine ich immer, sie sollte wieder da sein, und das Gute izt auch mit mir haben, wie sie das Böse mit mir getragen.

Gertrud: Es ist ihr izt besser, als uns allen, Rudi! Und ich weiß nicht, ob's ihr leicht auf der Welt wieder wohl werden wäre. Wer so lang alles so schwer aufgenommen, wie sie, der kommt nicht mehr so leicht zu sich selber. –

Rudi: Das ist auch wahr.

Gertrud: Was du izt am besten zum Andenken deiner Frau sel. tun kannst, und was ihr izt im Himmel Trost und Freud sein wird, ist dieses, daß du deine Kinder sorgfältig auferziehest, daß sie nicht so unglücklich werden, wie sie – Und glaub mir, es kommt, weiß Gott, in der Jugend auf Kleinigkeiten an, ob ein Kind eine halbe Stunde früher oder später aufstehe – ob es seine Sonntagskleider die Woche über in einen Winkel werfe, oder sorgfältig und sauber zusammen an einen Ort lege – ob es gelernt, das Brot, Mehl und Anken in der Woche richtig abzuteilen, und mit dem gleichen auszukommen – oder ob es hierüber unachtsam bald mehr, bald weniger gebraucht, ohne es zu wissen – Solche Sachen sind es, welche hundertmal machen, daß eine Frau mit dem besten Herzen ins größte Elend kommt, und ihren Mann und ihre Kinder dareinbringt. Und ich muß dir sagen, – du weißt wohl, daß ich es ihr nicht in böser Meinung nachrede, – deine Frau ist gar nicht zur Hausordnung gezogen worden; ich kannte des alten Schoders – es ist mehr in ihrer Haushaltung verfaulet, und zugrund gegangen, als recht ist und als man sagen darf.

Rudi: Sie ist in der Jugend zuviel im Pfarrhaus gesteckt.

Gertrud: Auch das ist wahr.

Rudi: Es hat mir hundertmal die Augen übertrieben, wenn sie das

Betbuch oder die neue Erklärung der Offenbarung in die Hand nahm, und die Kinder nicht gewaschen und nicht gestrehlt waren, und ich selber alle Tage in die Kuche mußte, das Feuer auf dem Herd zu schüren, wenn ich nicht fahren wollte, daß sie mir mit ihrer Vergeßlosigkeit noch das Haus anzünde.

Gertrud: Wenn man's mit den Büchern recht macht, so müssen die Bücher einer Frauen sein wie der Sonntagsrock – und die Arbeit wie die Werktagsjüppe.

Rudi: Ich muß meines Elends izt selber lachen – Sie hatte eben diese Sonntagsjüppe alle Tag an, und zog die Kinder, als wenn Beten und Lesen alles wäre, warum man auf der Welt lebt.

Gertrud: Damit macht man just, daß sie das Beten und Lesen dann wieder vergessen, wenn sie es recht nötig hätten.

Rudi: Das ist uns leider! just begegnet: weil sie da krank worden, und nirgends kein Brot mehr da war, so rührte sie auch kein Buch mehr mit ihnen an, und weinte nur, wenn ihr eins vor Augen kam.

Gertrud: Laß dir das izt zur Warnung dienen, Rudi! Und lehr eben deine Kinder, vor allem Schwatzen, Brot verdienen.

Rudi: Ich bin völlig dieser Meinung, und will sie von Stund an zur Näherin schicken.

Gertrud: Du mußt sie erst kleiden: so wie sie izt sind, müssen sie mir nicht zur Stube hinaus.

Rudi: Kauf ihnen doch Zeug zu Röcken und Hembdern – ich verstehe es nicht – ich will das Geld heute noch entlehnen. –

Gertrud: Nichts entlehnen! Rudi! Das Zeug will ich kaufen, und im Heuet zahlst du es.

Rudi: Warum nicht entlehnen?

Gertrud: Weil es zur guten Hausordnung gehört, nie nichts von einem Nagel an den andern zu hängen, und weil unter Hunderten, die liehen, nicht zehn sind, die nicht wieder dafür brandschatzen, und sonderbar dich – du bist zu gut – es würden sich geschwind genug Blutsauger an dich machen, und dich in allen Ecken rupfen.

Rudi: Gottlob, daß sie etwas zu rupfen finden!

Gertrud: Ich möchte darüber nicht spaßen. Du mußt dich im Ernst achten, auf alle Weise, damit du behaltest, was Gott dir und deinen Kindern nach so langem Leiden wiedergegeben.

Der Rudi stutzte eine Weile, und sagte dann:

„Du wirst doch dawider nicht sein – Ich teile einmal die Matte mit dem Vogt, solang er lebt?

Gertrud: Was ist izt das?

Rudi: Ich hab's in Gottes Namen dem Pfarrer versprochen, solang er lebe, ihm für eine Kuh Heufutter ab der Matten zu geben. Er ist izt ein armer alter Tropf, und ich konnte ihn nicht in dem Elend sehen, in dem ich selber war. –

Gertrud: Es kommt doch noch besser heraus, als es tönte: Ich meinte, du wolltest die Matten mit ihm teilen – izt bleibest du doch beim Futter.

Rudi: Nein, daran kam mir kein Sinn; die muß will's Gott auf Kind und Kindeskinder hinunter mein bleiben; aber das Futter, das will ich ihm in Gottes Namen halten, wie ich's dem Pfarrer versprochen.

Gertrud: Ich will dich gar nicht daran hindern; aber doch dunkt mich, du hättest zuerst warten können, ob's der Vogt so gar nötig haben möchte, eh du ihm das versprochen.

Rudi: Der Pfarrer hat das auch gesagt. Aber wenn du die Großmutter auf ihrem Todbett wie ich für ihn beten gehört hättest, daß es ihm noch wohlgehe, du hättest gewiß auch nicht anderst können, als ihm, wie ich, so viel möglich dazu helfen.

Gertrud: Hat sie noch auf ihrem Todbett für ihn gebetet?

Rudi: Ja, Gertrud; und das mit tausend Tränen.

Gertrud: Ach! Denn ist's recht, daß du es tust.

Währenddem der Rudi so mit ihr redete, machte Gertrud die Kinder aufstehen, waschte ihnen Gesicht und Hände, kämmte sie mit einer Sorgfalt und Schonung, die sie nicht kannten, und ließ sie auch ihre Kleider steifer und ordentlicher anlegen, als sie sonst gewohnt waren, darauf ging sie in ihre Hütte – kam mit ihrem Züber und Besen und Bürsten zurück, fing dann an die Stube zu reinigen, und zeigte auch dem Rudi, wie er dasselbe machen und angreifen müsse, und was die Kinder ihm dabei helfen können. – Dieser gab sich alle Mühe, und nach ein paar Stunden konnte er es so wohl, daß ihn Gertrud izt allein machen ließ, und wieder heimging. „Wenn dir die Kinder dann brav geholfen, so schick sie auf den Abend zu mir" sagte sie im Weggehen. –

Der Rudi wußte nicht, was er sagen und machen wollte, als sie izt fort war, so war's ihm ums Herz. – Eine Weile hatte er die Hände still, bürstete und fegte nicht, sonder staunte und dachte bei sich selber: „Es wäre mir einmal in Gottes Namen, wie wenn ich im Himmel wär, wenn ich so eine Frau hätte" – Und als er auf den Abend ihr seine Kinder schickte, gab er sint Jahren das erstemal wieder acht, ob ihre Hände und Gesicht sauber, und ihre Haare und Kleider in der Ordnung wären, so daß sich die Kinder selber darob wunderten: Und die Nachbaren, die sie so ordentlich aus dem Hause gehen sahen, sagten: „Er will gewiß bald wieder *weiben*."

Die Kleinen fanden des Maurers Kinder alle an ihrer Arbeit; diese empfingen sie fröhlich und freundlich, aber sie hörten um deswillen keinen Augenblick auf zu arbeiten. – „Machet, daß ihr mit euerm Feierabend bald fertig werdet, so könnt ihr euch dann mit diesen Lieben lustig machen, bis es 6 Uhr schlägt," sagte ihnen Gertrud – Und die Kinder: „Das denk' ich, wir wollen eilen; die Sonne scheint wie im Sommer, Mutter!" – „Aber, daß euer Garn nicht gröber werde," antwortete die Mutter. – „Du mußt gewiß eher einen Kreuzer mehr als minder von meinem lösen," sagte Lise. – „Und auch von unserm," riefen aus allen Ecken die andern. – „Ich will gern sehen, ihr Prahlhanse," erwiderte die Mutter. –

Die Kinder des Rudis stunden da, sperrten Maul und Augen auf ob der schönen Arbeit und dem fröhlichen Wesen in dieser Stube. – „Könnt ihr auch spinnen?" fragte izt Gertrud. – „Ach nein!" erwiderten die Kinder. – Gertrud erwiderte: „So müßt ihr's lernen, ihr Lieben! Meine Kinder ließen sich's nicht abkaufen, und sind am Samstag so lustig, wenn jedes so seine etlichen Batzen kriegt: Das Jahr ist lang, ihr Lieben! Wenn man's so alle Wochen zusammenspinnt, so gibt's am End des Jahrs viel Geld, und man weiß nicht, wie man dazu gekommen." – „Äh bitte, lehre es uns auch," sagten die Kinder, und schmiegten sich an den Arm der guten Frau. – „Das will ich gern", antwortete Gertrud – „Kommet nur alle Tage, wenn ihr wollet; ihr müsset es bald können."

Indessen hatten die andern ihren Feirabend aufgesponnen, versorgten ihr Garn und ihre Räder, sangen mitunter:

> Feirabend, Feirabend, lieb' Mutter!
> Feirabend in unserm Haus!
> Z' Nacht gehen wir alle gern nieder,
> Am Morgen steht alles froh auf: –

Nahmen dann ihre Gäste bei der Hand – heiter wie der Abend sprangen izt alle Kinder auf der Matten auf allen Seiten dem Hag nach und rund um die Bäume; aber Gertruds Kinder wichen sorgfältiger als des Rudis den Kot im Weg, und die Dörnen am Hag aus, und hatten Sorg zu den Kleidern, sie banden ihre Strümpfe, ringleten ihre Schuhe alsobald, wenn etwa einem etwas losging, und wenn des Rudis Kinder so etwas nicht achteten, sagten ihnen die Guten sogleich: „Du verlierest deinen Ringen – dein Strumpfband – oder, du machest dich kotig, oder du zerreißest dich hier in den Dörnen etc. etc."

Des Rudis Kinder liebten die ordentlichen Guten, lächelten bei allem, was diese ihnen sagten, und folgten, wie man kaum Eltern folgt; denn sie sahen, daß sie alles, was sie ihnen sagten, selber taten, und es weder böse noch hochmütig meinten. – Auf den Schlag 6 Uhr eilten Gertruds Kinder unter das Dach, wie die Vögel, wenn die Sonne unter ist, in ihr Nest eilen. – „Wollt ihr mit uns? Wir gehen izt beten," sagten sie zu des Rudis Kindern. – „Ja, wir wollen, und auch noch deiner Mutter b'hüti Gott sagen." – „Nun, das ist recht, daß ihr kommt," sagten diese, und zogen den Katzenschwanz mit ihnen, durch die ganze Matten, die Stegen hinauf und bis an den Tisch, wo sie sich dann zum Beten hinsetzten.

„Müßt ihr um 6 Uhr nicht auch heim zum Beten, ihr Lieben?" fragte izt Gertrud des Rudis Kinder. – „Wir beten erst, wenn wir ins Bett gehen," sagte das älteste. „Und wenn müßt ihr ins Bett?" fragte Gertrud. – „Was weiß ich," antwortete das Kind – und ein anders: „So wenn's anfangt nachten." (dunkel werden) – „Nun, so könnt ihr noch mit uns beten; aber dann ist's auch Zeit mit euch heim," sagte Gertrud. – „Es macht nichts, wenn's schon dunkelt; wir fürchten uns nicht," antwortete das älteste: „Und wenn wir alle beieinander sind," setzte ein anders hinzu – Und dann beteten die Kinder Gertruds mit ihrer Mutter in ihrer Ordnung, und sie ließ auch des Rudis Kinder die Gebeter beten, die sie konnten, und begleitete sie dann bis zum Hausgatter, „habet recht Sorg, daß keines falle, ihr Lieben, und grüßet mir den Vater, und kommet bald wieder, ein andermal will ich euch ein Spinnrad bereit machen, wenn ihr's lernen wollet –" sagte Gertrud ihnen zum Abschied, und sah ihnen die Gasse durch nach, bis sie um den Ecken herum, und die Kinder schreien ihr, soweit man sie hören konnte, zurück: „B'hüte Gott, und danke Gott, und schlaf wohl, du liebe Frau!"

§ 10
Das Herz leicht machen ist das rechte Mittel, dem Menschen das Maul aufzutun

Der Pfarrer ließ izt den Vogt, den man nun wieder ins Gefängnis nach Bonnal gebracht, eine Weile sich selbst über. Nach ein paar Stunden aber ging er wieder zu ihm hin. – „Ich bin ein armer alter verlorner Tropf, und der Welt zu nichts weiter gut," war fast das erste Wort, das dieser zum Pfarrer sagte. – „Das muß man nie sagen; wenn man will, ist man immer zu etwas gut –" erwiderte der Pfarrer.

Vogt: Ach! Ich will mich vor allen Menschen verbergen, in einem Winkel, solang ich noch lebe, für mein ewiges Heil beten, beten und seufzen.

Pfarrer: Solang wir leben, sind und gehören wir zu den Leuten, und wir tun nicht recht, und machen uns eben dadurch zu unnützen Überlasten in der Welt, wenn wir uns von den Leuten absöndern. Es ist am lieben Gott, und nicht an uns, uns von der Welt abzusöndern, und vor den Leuten zu verbergen, wenn er uns verborgen haben will. Und er tut das, Vogt, wenn er uns ins Grab legt.

Vogt: Ach, wenn er's nur bald täte!

Pfarrer: Macht's dir Mühe, daß du wieder gefangen bist?

Vogt: Ich weiß nicht, wo mir der Kopf steht.

Pfarrer: Es ist natürlich – Aber wenn man dich izt heimgelassen, meinst du, es wär dir besser?

Vogt: Warum sollte es mir nicht besser sein, wenn ich heim könnte?

Pfarrer: Für einen Augenblick kann's wohl sein – Aber, Vogt, um überall zu dir selber und für dein ganzes künftiges Leben in Ordnung zu kommen, werden diese 14 Tage dir gewiß wohltun, wenn du sie recht brauchtest.

Vogt: Ach! Ich bin eingesperrt!

Pfarrer: Aber, wofür?

Vogt: Ha – was weiß ich!

Pfarrer: Wenn du es nicht weißest, so weiß ich's, gewiß nur um deiner selber willen, und damit du wieder recht werdest und recht tuest, bist du eingesperrt.

So fing der Pfarrer an, dem armen Mann den Zustand seiner Gefangenschaft auf eine vernünftige Art anzusehen zu machen; und er ward nach und nach in den 14 Tagen, in denen er fast Tag und Nacht bei ihm war, so vertraut mit ihm, daß sie fast wie Brüder miteinander redeten.

Ich kann aber diese Gespräch nicht von Wort zu Wort erzählen, sie würden zu langweilig. Aber die Historie, in der ich fortfahre, wird schon zeigen, was das Wichtigste davon ware. –

Der Pfarrer ging mit ihm in sein Jugendleben – in sein männliches Alter – in die Zeit, wo er Wirt, und in die, wo er Vogt war, hinein. – Er brachte ihm, was er tausendmal vergessen, wieder zu Sinn, daß er am Ende heiter wie der Tag sah, wie der Vogt das werden müssen, was er worden ist. –

Und das Leben des Manns enthüllte dem Pfarrer das Leben seines ganzen Dorfs, daß er izt in alle Haushaltungen hineinsah wie in einen Spiegel, und hundert traurige Umstände und Sachen, wo vorher alles Raten und Helfen umsonst war, wurden ihm izt heiter wie der Tag.

Der Vogt wollte freilich zuerst auch nicht recht mit der Sprache heraus, besonders wenn andere Leute in seine Fehler verwickelt waren, und sagte einmal bei einem solchen Anlaß zum Pfarrer: „Ich mag zu allem, was ich schon auf den Schultern habe, nicht noch machen, daß mich Junges und Altes im Dorf noch obendrauf verfluche." Aber dieser zeigte ihm so herzlich und deutlich, daß er just denen, die es im Anfang zum höchsten übel aufnehmen werden, was er ihnen ausbringe, den größten Dienst damit tue, daß er von der Zeit an dem Pfarrer über alles unverhöhlen sagte, was er wußte, –

§ 11
Seltsame Wirkungen des bösen Gewissens

Aber wie wenn das Wetter ins Dorf geschlagen, so war alles ob der Nachricht, daß der Vogt dem Pfarrer alles erzähle, was er von jedermann wisse, betroffen. Man sah in allen Gassen Leute die Köpfe gegeneinander und gegen die Wände kehren; es fehlte hie und da Männern und Weibern an ihrer natürlichen Farb; viele, die den Husten hatten, oder einen kurzen Atem, befanden sich übler als gewohnt; und es gab in allen Häusern die wunderbarlichsten Auftritte.

Viele böse Weiber wurden einsmals mit ihren Männern wieder gut.

Viele wilde und freche Kinder wurden so zahm, daß man sie um einen Finger herumwinden konnte. –

Eheleute und Hausleute fragten sich Sachen und sagten sich Sachen, daß man nicht hätte erraten können, wie sie izt just auf das kämen, und an das dächten.

„Wenn er izt auch sagte, ich hätte ihm deinen Mantel verkauft, der dir gestohlen worden, – sagte die durstige Frau Stofelin zu ihrem häuslichen Mann Joosli.

„Daß du izt auch den Mantel wieder aufwärmst, der mir so wehe tat – antwortete Joosli.

„Man muß halt immer fürchten, so einer bringe noch andre Leut ins Unglück, und es ist mir wie vor, es gebe etwas – sagte die Frau.

Und Joosli erwiderte: „Du weißest, wie lange ich dir's zutraute, und wie du mich dazu gebracht, daß ich dir versprochen, nichts mehr davon zu reden, und izt fangst du wieder damit an, wie wenn du kein gutes Gewissen hättest. –

Izt heulte die Frau, und sagte: Du weißest doch auch, daß wir Bettler über Nacht hatten, da er weggekommen.

Du hast ja davon angefangen, nicht ich, sagte der Joosli, du wirst wohl wissen warum – und schnurrete aus der Stube.

„Ich will dich zurichten, daß du aussiehest, wie eine Nachteule, wenn du mir etwas ausbringst, sagte die Betschwester Barbel zu ihrer Dienstmagd und Mithalterin am verstohlenen Abendtrunk, den sie ihr alle Tag zwischen Feuer und Licht vom Vogt bringen mußte. –

„Wenn er auch sagte, daß er alle Wochen von uns Garn bekommen – sagte Christofs Lise zu ihrer Schwester Clara.

„Wir wollen schweigen, wie Käfer – sagte diese.

„Und leugnen, wie Hexen, erwiderte jene.

Solche Reden flossen in allen Ecken, und allenthalben war die Liebe, die man dem Vogt vor dem Taufstein versprochen, wie der Wind weg.

Er hat da getan, wie ein Heiliger, und izt macht er's uns so verflucht als er nur kann – Das war das Beste, was man hinten und vornen im Dorf von ihm sagte.

Aber wem für seine Haut bang ist, der vergißt nichts leichter als die Liebe, und es war vielen so angst, daß es einer Katz im Sack nicht ängster sein könnte.

§ 12

Die Ungleichheit dieser Wirkungen des bösen Gewissens bei geschäftserfahrnen Leuten

Am bängsten aber war's den Herren Vorgesetzten, diese aber probierten nach und nach auf eine andre Manier von diesem schlimmen Handel zu reden.

So ein Ketzer könnte ein ganzes Dorf unglücklich machen, sagte Nachbar Kienholz zu seinem Nachbar Kalberleder.

Es ist vielleicht kein Mensch im Dorf, mit dem er in den 20 Jahren, seitdem er Vogt ist, nichts Krummes gehabt hat, und um seinetwillen wird doch hoffentlich nicht die ganze Kilchhöri mit ihm unter den Galgen müssen – antwortete dieser.

Du Narr, das ist eben der Vorteil, sagte der Kienholz, daß er darunter gestanden.

Ja, bei Gott, das ist wahr; man ist izt nicht mehr schuldig, sich mit ihm einzulassen, erwiderte der Moosbaur.

Und es war, wie wenn dieses Wort den Bauren das Herz weit machte; auf einmal ging ihnen das Maul auf, und alle, alle waren der Meinung und behaupteten laut, sie seien nicht mehr schuldig sich mit ihm einzulassen: er möge über sie sagen, was er wolle, weil er dem Henker unter den Händen gewesen.

Der Hügi aber, der nie kein Narr war, sagte nach einer Weile: Ihr habt wohl recht, daß ihr das Lied also singt, und ich will's gern mit euch singen; aber es wär doch immer besser, wir könnten machen, daß er das Maul überall halten würde.

Das kann ein Narr sagen, erwiderte der Kalberleder. – Aber wie ihm das Maul stopfen, das wäre etwas anders.

Ich meine mit Brot, sagte der Hügi – Und im Augenblick waren ihrer viele der Meinung, ja, man müsse trachten, ihm das Maul mit Geld und Brot zu stopfen, bis er schweige.

Zwar waren auch einige darwider, und der geizige Rabserbauer rief überlaut, er woll nichts von dem hören.

Aber der Kienholz und die andern antworteten ihm: Du wirst wohl davon hören müssen; und man war ins Kienholzen Stuben bald einig, man müsse mit allen Vorgesetzten und größern Bauern diesfalls Rat halten.

Und der Kienholz sandte den Ständlisänger Christen, der eben vor den Fenstern den Maulaffen feiltrug, eilends im Dorf herum, und innert einer Stunde war alles, was im Dorf etwas zu bedeuten hatte, beieinander.

§ 13

Ein Bauren-Rat

Da brachte der Kienholz den Versammelten den Vorschlag vor, aber weil er Geld kostete, war nicht alles einer Meinung. Hie und da rief einer überlaut: Bei meiner Seele, ich gebe keinen Heller dran, und der Rabser sagte deutsch: Wenn er ihn vor sich zu Hunger sterben sähe, er gäb ihm kein Stück Brot: Aber man fuhr ihm über's Maul: Du Narr, du mußt das Stück Brot dir selber und nicht ihm geben – sagte der Hügi, und der Kienholz setzte hinzu: Ihr Donnern, es merkt etwa ein jeder, was auf uns wartet, wenn wir ihm das Maul nicht zutun.

Man wird uns nicht alle hängen, erwiderte der eisgraue Moosbauer, der's mit dem Rabser hielte.

Wenn ihr allein wäret, ihr könntet's unserthalben probieren. – Aber wir wollen nicht mithalten, sagten die andern.

Es ist da nichts anders, sagte der Hügi, wenn's fehlt, sind dann die Großmäuler die ersten, die sich die Haar aus dem Kopf herausraufen wollen.

Ja ja, sagte der alte Meyer, der der ehrlichste war, aber sich grausam fürchtete: Ich wollte lieber den Rock ab dem Leibe geben, als mich nur verantworten.

Mir würde das Verantworten nichts machen, wenn ich das Beweisen nicht fürchtete – sagte der Speckmolch.

Im Augenblick nahm der Moosbauer wieder das Wort und sagte: Mit dem Beweisen hat's ja noch keine Not. Kalberleder, du sagtest erst vor einer Stunde selber, es sei gleichviel, ob ein Hund belle, oder so einer wie der Vogt ist etwas sage.

Es ist nicht wahr; ich hab das nicht gesagt, erwiderte der Kalberleder.

Du redst es wie ein Schelm, wenn du es leugnest – sagte der Moosbauer.

Schelmet einander, wenn ihr allein seid, sagte der Hügi. Links und rechts sagten izt viele: Es trifft ja nur 3 Kronen auf den Kopf: das wird keinen zum Land hinaustreiben.

Das wär wohl so, wenn er nicht schon so viel um anders gebracht hätte – sagte der Rabser.

Was machen, wir sind ihm izt noch in den Klauen, erwiderte der Kienholz.

Die Widerspännigen schwiegen nach und nach, und endlich wurden alle einig, wenn man ihn könne machen das Maul halten, so wollen sie die 3 Kronen für ihn schwitzen, solang es noch mit ihm gehe, sagten die einten – und bis er krepiere – sagten die andern. –

§ 14
Bauren-Wahl

Aber wie das ihm geschwind sagen? Davor war izt wieder neuer Rat und viel Meinungen. –

Einige rieten den Hartknopf an. Andere sagten, der macht zu viel Wesens; es muß einer sein, der, wenn etwas Krummes darein schlägt, mit einem Wort Antwort gibt und nicht mit einer Predigt.

Ein junger Gauch riet auf den Kriecher, als der sich am besten ins Pfarrhaus hineinschleichen könnte – Aber es war niemand seiner

Meinung. „Der würde den Lohn nehmen, und uns samt dem Vogt an den Türken verkaufen," sagten unten und oben die Männer.

Endlich stund Kalberleder auf, und riet auf seinen Buben. – Die Bauren verwunderten sich, und sperrten das Maul auf: denn sie wußten gar nicht, was dieser besonders können sollte. – Ihr sperret das Maul auf; meinet ihr dann, ich wisse nicht, was ich sage? sagte izt der Kalberleder: „Sehet, ich habe einen Nußbaum in meiner Matte, gerade auf der Seite vom Pfarrhaus, wo der Vogt steckt, ich will den dran wagen; mein Bub muß ihn umhauen, und auf diese Weise hat er einen Anlaß dazustehen, und auf Gelegenheit zu passen; er kennt den Hans und die Köchin, und es muß nicht fehlen, er lockt den Vogt ans Fenster, oder lügt sich gar zu ihm ins Pfarrhaus hinein. Die Bauren fanden den Rat gut, und baten den Kalberleder gar, daß er's so mache. Dieser pochte noch einen Augenblick über den Dienst, den er ihnen tue, und dann gingen die zwei Gescheitesten, der Hügi und der Kienholz mit ihm heim, den Buben recht zu unterweisen, warum es zu tun sei, und wie er es anstellen müsse.

§ 15
Des Kalberleders Versuch, den Sachen zu helfen, und sein übler Ausschlag

Sie waren izt da, und taten was nötig, und der junge Kalberleder ging bald zum Nußbaum, und fing dann an, wie wenn er einen halben Rausch hätte, den Kühreien zu singen. Das dunkte den Pfarrer gar lustig, er lag unter das Fenster, und hörte dem Holzhacker, der den Kühreien sang zu. Auch der Vogt guckte hinter dem Umhang hervor, zu sehen, was das geben müsse; denn er merkte gleich, daß der Kalberleder nicht für die lange Zeit den Baum umhaue, sonder daß dahinter gewiß etwas steckte.

Es ging nicht lang, so stellte des Pfarrers Hans sich in seinen Gartenecken zum Kalberleder und sagte: „Es ist fast schade, daß du den Baum umhauest, er trug ja alle Jahre so viel Nussen." Der Kalberleder antwortete: „Er gibt gute Läden zu Flintenschäften, und mein Vater hat einem Glarner einen guten Baum versprochen; zudem treiben die Nußbäume mit den Wurzeln gar weit, und schaden mehrenteils am Gras mehr, als sie an den Nussen abtragen. –

Hans: Das ist sonst wohl so; aber ihr lasset diesen da mit seinen Wurzeln ja nur gegen unser Land und nicht gegen euers treiben.

Kalberleder: Wie meinst du das?

Hans: Ha so – daß ihr bald alle Jahre ihm auf euerer Seite die Wurzeln abgrabet.

Kalberleder: Du weißt einmal mehr als ich.

Hans: Nein, wie ihr doch so unschuldig tun könnet, ihr Nachbauren!

Kalberleder: Ich weiß gewiß nichts von dem. Aber sag doch, wär's vielleicht nicht möglich, daß ich dem Vogt auch einen guten Abend sagen könnte?

Hans: Wohl freilich!

Kalberleder: Kommt er nie ans Fenster?

Hans: Du kannst ja zu ihm in die Stuben, der Herr Pfarrer hat gewiß nichts darwider.

Kalberleder: Er möchte glauben, was ich mit ihm wollte.

Hans: Du wirst nichts Geheimes haben?

Kalberleder: Nichts weniger.

Hans: Der Herr Pfarrer ist unter dem Fenster; wenn ich dich wäre, ich ging und sagte es ihm selber.

Du hast recht, sagte der Kalberleder, legte den Karst ab, nahm seine Kappe in die Hände, ging unter das Fenster, wo der Herr Pfarrer war, bückte sich tief, und sagte: Grüß Euch, wohlehrwürdiger Herr Pfarrer! –

Ich dank dir – erwiderte der Pfarrer.

Kalberleder: Ihr zürnt es doch nicht, daß der Vater den Nußbaum da umhauen lassen will.

Ich wüßte gar nicht, warum, sagte der Pfarrer.

Kalberleder: Ha, ich dächte, wenn er Euch etwa Schermen – (Schutz) im Hof gäbe.

Pfarrer: Er steht nicht an der Windseite. Nein, ich bin gar froh, wenn er wegkommt, er nahm uns die Morgensonn in dem halben Garten.

Kalberleder: Wenn es dem Vater jemals in den Sinn kommen wäre, daß er Euch im Weg stünde, er hätte ihn gewiß schon lange umgehauen.

Pfarrer: Er sah das wohl, aber es war meinetwegen nicht nötig.

Kalberleder: Warum das nicht, Herr Pfarrer? Ihr könnt nicht glauben, wie Ihr den Leuten so lieb seid, und wie es auch den Vater freut, daß Ihr mit dem armen Tropf so gut seid, den Ihr bei Euch habet.

Pfarrer: Ich tue ihm nichts als meine Schuldigkeit.

Kalberleder: Wohl freilich, Herr Pfarrer. Aber wie geht es auch, um Erlaubnus, Herr Pfarrer? Haltet er sich auch, daß Ihr mit ihm zufrieden sein könnet.

Pfarrer: Ja, gottlob, bis izt bin ich von Herzen mit ihm zufrieden.

Kalberleder: Der Vater hat gesagt, vielleicht seh ich ihn etwa am Fenster, und ich soll ihn in dem Fall von seinetwegen grüßen, und ihm sagen, daß er doch auch nicht verzweifle; es werde will's Gott auch noch Brot für ihn in der Welt geben. –

Pfarrer: Soviel ich merken mag, ist er izt einmal für sein Brot noch nicht unruhig.

Das freut mich, antwortete der Kalberleder, und nach einer Weile sagte er wieder – Wenn ich dörfte, Herr Pfarrer, ich hätte fast Lust, ihn auch einen Augenblick zu sehen, weil ich doch so nahe bin.

Ich mag's wohl leiden, sagte der Pfarrer. –

Nun hatte der Kalberleder, was er wollte; er ging mit dem Pfarrer in die Stube, und passete da unter gleichgültigen Gesprächen einen Augenblick ab, in welchem der Pfarrer beiseits ging.

Wie ein Blitz ergriff er diesen Augenblick, und sagte zum Vogt: Ich muß dir geschwind sagen, weil wir allein sind, wenn du stille bist, und niemand ins Unglück bringst, so wollen wir dir die Vorgesetzten alle für deiner Lebtag an die Hand gehen, daß du Brot halber ruhig schlafen kannst; aber wenn du schwatzest, und sie auch ins Spiel hineinziehest, so zähl darauf, daß du keinen Menschen im Dorf findest, der dir auch nur ein Stück Brot gibt, wenn er dich vor ihm zu Hunger sterben sieht: Das ist, warum ich da bin, und warum ich mich zu dir in die Stube geschlichen.

Der Vogt war über diesen plötzlichen Antrag sehr betroffen, wußte einen Augenblick nicht, was er antworten sollte, und sagte dann ganz wehmütig zum Kalberleder: Ich habe geglaubt, du seiest bloß aus Freundlichkeit für mich da.

Ich bin izt dafür da, und möchte gern eine Antwort, sagte der Kalberleder, und sah ihn an, wie wenn er ihn durchstechen wollte.

Ich kann nicht helfen, ihr könnet mit mir handeln, wie ihr wollet, antwortete der Vogt.

Und der Kalberleder – Du hast hiemit schon geschwatzt?

Vogt: Ich kann's nicht laugnen.

Kalberleder: Ach! Wenn du willt, du kannst alles wieder zurücknehmen und verdrehen.

Vogt: Ich tue es nicht.

Kalberleder: So!

Vogt: Es ist mir leid; aber es ist besser; die Unordnungen – – –

Kalberleder: Schweig doch von Unordnungen; wer hat sie gemacht als du?

Vogt: Es ist mir leid!

Kalberleder: Verkehr, was du gesagt hast – es gereut dich nicht.

Vogt: Ich kann nicht.

Kalberleder: Willt du nicht?

Vogt: Ich kann nicht, und die Wahrheit zu sagen, ich will auch nicht – Aber du wirst erleben, daß ich niemand nichts damit schaden wird.

Kalberleder: Das ist geredt, wie wenn du den Verstand verloren hättest.

Vogt: Ich kann wohl begreifen, daß es dir so vorkommen wird: Es wäre mir vor 14 Tagen auch so vorgekommen. –

Kalberleder: Rede doch izt nicht wie eine alte Betschwester; dein Glück hangt von diesem Augenblick und von deinem Wort ab.

Vogt: Mach dir keine Hoffnung; daraus gibt es gewiß nichts.

Kalberleder: Glaub mir, du wirst deinen Lohn dafür kriegen.

Eben izt kam der Pfarrer wieder in die Stuben, und der Kalberleder nahm bald darauf Abschied. Vorher aber sagte er noch zum Pfarrer, er glaub, er habe den Vater nicht recht verstanden, und er habe vielleicht nicht den Nußbaum gemeint, den er angegriffen. Das kann wohl sein, sagte der Pfarrer: – Und der Kalberleder – ich will ihn doch, eh ich ihn vollends umhaue, noch einmal fragen.

Du tust ihm recht, sagte der Pfarrer, merkte aber doch, daß etwas Krummes um den Weg war.

Die Vorgesetzten aber wunderten gar sehr, wie es mit diesem Vorhaben gehe, und stunden mit Ungeduld wartend hinter den Häusern und Zäunen, wo man gegen dem Pfarrhaus sieht. Der Speckmolch kroch sogar mit seinem großen Bauch über Garben und Heustock unter das Dachloch, um von da hinunterzusehen, wie es dem Kalberleder gehe, und wenn er wieder heimkäme. Aber die hinter den Hecken, und der unter dem Tagloch wurden übel getröstet, da sie sahen, wie er den Kopf hängte, und die Hände lampen (fallen) ließ, als er wieder zum Pfarrhaus hinausging.

Sie eilten aber doch zu seinem Vater, den Bericht ganz zu vernehmen; dieser wollte noch dick tun, und zum voraus rühmen, was sein Sohn ausgerichtet. – Sie aber stopften ihm das Maul, und schwuren zum voraus, was er heimbringe, sei ein hinkender Bot.

Ihr könnt's doch auch nicht wissen, bis er da ist, sagte der Vater.

Wohl freilich, sagten die Bauren, als eben der Bub anlangte. Er warf das Holzergeschirr so stark ins Tenn hin, daß es in der Stube zitterte; kam dann erst nachdem ihm sein Vater zweimal rufen mußte, in die Stube, stand in einen Ecken, grüßte niemand, und sagte nur: Es ist alles nichts.

Die Bauren aber wollten mehr wissen, und er mußte, so ungern er redte, ihnen umständlich erzählen, wie es zugegangen. – Als er fertig war, hudelten sie ihn noch einen Augenblick aus, gingen dann nach und nach wieder heim, geladen mit Gedanken u. Ratschlägen, die die Angst in ihnen ausbrutete, die aber noch nicht reif waren.

Den alten Kalberleder reute izt nichts so sehr, als sein Nußbaum. Ich möchte das helle Wasser weinen, daß ich ihn so leichtsinnig umhauen lassen, sagte er, als sie kaum fort waren, zu seinem Buben.

Ich war kein Narr, erwiderte dieser; ich noderte nur so an den Wurzeln, und er steht deshalben noch hundert Jahre.

Das ist gut, Bub, was man nicht weggibt, das hat man noch, sagte der Vater – Und dann bald darauf –

Aber gelt, es hätte den Pfarrer gefreut, wenn er dieses Gartennachbars los worden wäre?

Das denk' ich; er und der Hans sagten beide, er fresse nur ab ihrem Boden, antwortete der Bub – Und der Vater sagte: Er frißt hoffentlich noch länger darab als sie beide.

Der Bub: Ich habe dem Pfarrer, da ich sah, daß es mit dem Vogt nichts war, gesagt: Ich glaub', ich habe dich unrecht verstanden, und du habest vielleicht einen andern Baum gemeint.

§ 16
Die Dorfmeister suchen in ihrer Angst beim Teufel und seiner Großmutter Hülfe

Den geängstigten Bauren aber gingen gar wunderliche Ding in ihren Köpfen herum: Nicht nur einem kam's zu Sinn, wenn der Pfarrer und der Junker, oder nur einer von beiden tot wäre, so wäre die Gefahr für sie völlig vorüber; doch blieb's dabei, es ging keiner hin, sie totbeten zu lassen, und keiner schlug sie tot.

Aber sie hintereinanderzurichten, und ihnen so viel Arbeit und Verdruß zu machen, als nur immer möglich – dahin zielten zuletzt ihre Entschlüsse: denn sie glaubten auf diese Weise sie dennoch zuletzt von dem, was der Hummel etwa sagen möchte, abzulenken.

Und es traf just ein, daß schon seit dem letzten Sonntag unter der Hand ein Gerücht ging, es sei an der letzten Gemeind nicht natürlich zugegangen, und der Hühnerträger habe die Leute mit Teufelskünsten verblendt.

Bisher hatte zwar alles, was ein wenig Vernunft hatte, und besonders die Vorgesetzten über diesen Narreneinfall gelacht; aber izt schien er ihnen in Kram zu dienen, und sie huben an, ganz ernsthaft darüber zu reden, und machten durch hunderterlei Fragen und Bemerkungen je dem Dümmsten, den sie vor sich hatten, den Kopf darüber groß; sie lobten den Hartknopf überlaut, daß er so standhaft sei, und was wahr ist, sagen dörfe, wenn man ihn schon links und rechts, und sogar auf der Kanzel drob auslache. –

Dieser schmölleléte mit dem Maul, wenn er sich so loben hörte, wie wenn er Zucker darin hätte, und war vom Morgen bis an den Abend ohn' Aufhören im Eifer, seine Meinung wider den Hühnerträger allenthalben auszubreiten: sie fand auch unter dem Schutz, den sie izt hatte, vielen Glauben; denn die Dorfmeister boten allem auf, dieses und ähnliche Sachen izt zum Trumpf, und einzigen Gespräch zu machen, worob sich Junges und Altes aufhielt.

Man zog sogar den Doktor Treufaug, des alten Meisters von Arnheim ehrlich gemachten Großsohn ins Spiel, und machte ihm begreiflich, wie sein Brotkorb daran hange, daß solche Teufelsgeschichten immer guten Glauben finden, und daß es izt die beste Zeit seie, hierüber ein wenig das Maul aufzutun.

Dieser ließ sich's nicht zweimal sagen; wo er eine Klappertasche oder einen Hansdampf antraf, bot er ihm eine Prise Tabak, und fing an mit ihnen zu schwatzen.

Was meinet ihr, sagte er dann, was meinet ihr? Wie hätte ich Haus und Hof zusammengebracht, und einen so großen Brauch erstritten, wenn es keine so bösen Leut gäbe? Ja, wenn ich reden dürfte – Just, wo man solche Sachen am stärksten laugnet, gibt man mir am meisten Doublonen zu verdienen. Ich will nichts geredt haben, aber wenn ich sagte, wie es in den Schlössern und Pfarrhäusern aussähe, ihr würdet Maul und Augen auftun. Erst vor 8 Tagen hat mich so ein hoffärtiger Junker mit dem Hut unterm Arm und dem Säckel in der Hand bitten müssen, ihm Ruh zu schaffen. Sr. Gnaden Herr Sohn, der schon Jahr und Tag in einer papierenen Gutsche heimgekommen, erschien dem Alten richtig alle Fronfasten in seiner Kammer; aber unsereiner muß schweigen, ihr könntet's sonst merken, wer's ist.

Er wußte sogar den Leuten, ohne daß er's ausdrücklich sagte, einzuschwatzen, daß Arner ihn selber brauche, weil's unrichtig im Schloß stehe, sintdem der Alte tot sei. –

Durch solche Mittel und Wege tat die Schelmenbande allen Narren, die jemals etwas Gespengstermäßiges glaubten, das Maul auf.

Man erzählte auch wieder viel von dem Haus, das der Hoorlacherin gehört, und so ungeheurig war, daß jahrelang niemand darin wohnen können, bis es endlich der Vogt um einen Spottpreis gekauft, und dann durch den Kapuziner Münchthal den Teufel ins Tobel zuhinterst am Eichwald verbannet.

Auch die Geschichte des Krähenbaumes bei der Schmitten kam wieder in alle Mäuler; wie daß nämlich bei 10 Jahren alles Unglück das Haus verfolgte, und wie der Schmied es alle Morgen sicher zum voraus wußte, wenn der Vogel auf dem linken Ast, der kohlschwarz war, und darum auch Teufelsast hieß, absaß, daß vor der Sonnen Untergang ein Unglück im Haus sein würde; und da half dann kein Beten, kein Frommsein, kein Rechttun: wenn die Krähe am Morgen nüchter das Maul auf dem Ast auftat, so war das Unglück beschlossen, und vor Abend sicher im Haus.

Das ist bei 10 Jahren in einem so fortgegangen, bis endlich der Schmied den Baum umhaute und verbrannte; von der Zeit an seie Jahr und Tag kein Unglück mehr geschehen, außert daß der Schmied selber ein Narr worden, und man ihn an Händ und Füßen anbinden müssen; aber sonst war's, wie wenn das Glück zum Dach hineinregnete, seitdem die Krähe nicht mehr auf dem Teufelsast absitzen konnte.

Solche Geschichten waren izt allenthalben wieder der Text im Dorf: die guten und die bösen Müttern redeten wieder fleißig mit den Kindern vom schwarzen Mann, der sie holen würde, wenn sie nicht recht täten, und dergl.

Die junge Kienholzin, die aus Hoffart Jahr und Tag unglaubig war, und mit ihren Kindern über Gespengster und Hexen den Spaß trieb, kehrte izt den Spieß wieder, und betete alle Morgen und Abend mit ihnen das Gebet wider die Nachtgespengster, böse Geister und Hexen. Die Kinder sagten zwar am ersten Abend: „Mutter, warum müssen wir izt auch das Gebet wieder beten? Du sagtest ja erst vorgestern, die Leut seien Narren, die es beten."

„Es ist mir izt wieder anders worden; ihr müßt es izt wieder so fleißig beten, als den Glauben und das Vaterunser," sagte die Mutter.

„Hat's izt dann wieder Gespengster, Mutter? fragten die Kinder.

„Daß Gott erbarm, ja freilich, die ganze Welt voll, sagte die Mutter.

Kinder: Wie weißt du's izt gerad wieder, daß es die ganze Welt voll hat?

§ 16

Mutter: Ach! Ihr guten Kinder! Es gehen gar greuliche Sachen im Dorf vor; betet nur fleißig euere Beter, und b'hütet und b'segnet euch fleißig, wenn ihr zum Haus hinausgeht, und nehmet ja keiner alten Frauen nichts ab, es mag Obst oder Brot, oder was es will sein.

Auch das Katzenschwanzspiel, das die guten Kinder des Maurers und des Rudis spielten, wurde je länger je bedenklicher gemacht. Der Hartknopf sagte überlaut: es sei ein Teufelsspiel.

Und die Speckmolchin, ein Weib dazu gemacht, Gift aus Honig zu ziehen, und aus Mücken Elephanten zu machen, traf des Rudis Grithe unglücklicherweise auf der Gasse an, und wollte izt auch so recht darauf kommen, was da hinter dem Katzenspiel, von dem man so verdächtig rede, doch stecke. Sie gab dem Kind freundlich die Hand und sagte: Habt ihr vorgestern brav lustig gemacht, bei des Maurers?

Das glaub ich, sagte das Kind – und die Frau: Gelt Kind! Es war eine schöne Katz in der Stube?

Kind: Ei ja!
Frau: Eine schwarze?
Kind: Eine halbschwarze.
Frau: Sie hatte doch feurige Augen?
Kind: Ja, wenn sie unterm Bank war.
Frau: Was machte die Katz?
Kind: Nichts anders.
Frau: Saß sie immer still?
Kind: Nein, sie strich uns um die Beiner herum, und spuhlte; sie ist mir einmal fast auf den Schoß gesprungen.
Frau: Während dem Beten?
Kind: Meinet ihr, die Katzen wissen, wenn man betet?
Frau: Rührtet ihr sie an?
Kind: Ja doch.
Frau: Während dem Beten?
Kind: Wenn sie uns zu nahe kam.
Frau: Mußtet ihr die Händ nicht zusammenhalten während dem Beten?
Kind: Wohl freilich.
Frau: Wie konntet ihr sie dann anrühren?
Kind: Mit den Beinen unter dem Tisch.
Frau: Aber gelt, sie war kohlschwarz?
Kind: Nicht überall.
Frau: Aber doch fast – gelt, viel schwarz.
Kind: Ja.

Frau: Und hatte feurige Augen?
Kind: Hast's ja g'hört, wenn sie unterm Bank war.

Aus diesem Gespräch, welches die Speckmolchin links und rechts mit Zusätzen noch größern Narren als sie war, ins Ohr raumte, war innert wenigen Stunden herausgebracht, das sei doch keine natürliche Katze gewesen.

Wie ein Lauffeuer ging im ganzen Dorf herum, wie unrichtig es ins Maurers Haus stehe, und etliche Tag nacheinander war dieses Haus das einzige Gespräch des Dorfs. –

Weder dem Maurer noch dem Rudi sagt aber lange niemand kein Wort von allem; sie merkten nur dieses, daß man sie allenthalben gar wunderlich ansah, und ihre Kinder kamen oft heim, weinten und klagten, es seie wo sie hinkommen, wie wenn man sie scheue. Die liebsten Kinder, mit denen sie immer gut gewesen, wollten nichts mehr mit ihnen haben, und man rufe ihnen zu den Fenstern hinaus, und hinter den Zäunen Katzenschwänzler und Katzenschwänzlerin. –

§ 17
Die Fahne dreht sich

Wie's aber dann geht, wenn man Bosheiten und Narrheiten zu weit treibt: – es gab Leute, die merkten, was hinter diesem steckte.

Der Vorgesetzte Renold und ein paar andre Ehrenleut sagten laut, man rede da Sachen und tue da Sachen, die fehlen können, und die nicht recht und nicht brav seien; sie haben in ihrer Jugend den Katzenschwanz auch gezogen, wie des Maurers Kinder, und manchmal vor und nach dem Beten lustig gemacht; aber es wäre einer ihren Eltern wohl angekommen, wenn er's probiert hätte, aus solchen Kindensachen dergleichen Geschwätzwerk anzustellen.

Das machte so viel, daß der eint und andre anfing sich in acht zu nehmen, was er rede; es ging auch nicht mehr lang, so sagten gute Freunde dem Maurer, und liebe Frau Basen der Gertrud, was man über sie ausstreue, und das Unglück traf die Schnabelgrithen, daß eine Nachbarin, die ihr hässig war, sie bei dem Maurer verschwätzte, und sagte, sie habe vom Morgen bis an den Abend bei jedermann, den sie antreffe, von dieser Histori das Maul offen.

Der Maurer ward einen Augenblick so blaß als der Tod, da ihm die Frau dieses sagte; dankte ihr aber, und lief dann sporenstreichs und wie wütend der Schnabelgrithe fürs Haus, klopfte mit seinem Zollstecken so hart ans Fenster, daß es ein Glück war, daß er das

Holz getroffen, und keine Scheibe in die Stube fiel. Es war aber niemand im Haus: die Grithe stund bei dem Brunnen auf der Gaß, aber er sah sie nicht, sie hingegen sah ihn, erschrak zwar, rief aber dennoch, da es so an ihren Fenstern kesselte: Was gibt's, was gibt's, Maurer?

Bist du da, antwortete der Maurer, mit deinem gottlosen Maul, du diese und jene; was hast du mit meinen Kindern, daß du so verfluchtes Zeug über sie herumtragen darfst?

Was, was, fragte die Grithe? – „Ich will dir zeigen, was was, antwortete der Maurer.

Die Speckmolchin, die auch da war, stupfte die Grithe und sagte: Du mußt laugnen, es könnte sonst fehlen.

Die andern Weiber aber, denen sie diese Teufelshistori eben in diesem Augenblick wieder erzählt, glaubten nichts weniger, als daß sie ihre Worte zurücknehmen würde; sie hatte gerad eben izt sich verflucht und verschworen, daß sie dem Lumpen-Maurer und seiner Frau alle Wort ins Angesicht hineinsagen würde, wenn sie da stünden. Aber wie verwunderten sich die Weiber, da sie izt einsmals anfing zu leugnen, und zum Maurer zu sagen, sie habe nie nichts wider ihn gehabt, u. wisse auch von seinen Leuten nichts, als alles sehr Liebs und Guts.

Nein, das ist doch vom Teufel, so muß mir's das Mensch nicht machen, sagte eine Renoldin, die dastund, zu den andern Weibern, und rief im Augenblick darauf dem Lienert: „Maurer, es ist doch wahr, sie hat's grad izt wieder erzählt." – Schweig doch, sagten die andern Weiber, was willt du dich doch drein mischen? Es geht ja dich nichts an.

Nein, ich will nicht schweigen, sagte die Renoldin; so eine könnte es ja morgen dir und mir und einer jedweden so machen, und wenn's für den Junker käme, so will ich's ihr ins Gesicht sagen, daß sie es gesagt hat" – Das Wort Junker war ihr kaum zum Maul heraus, so sorgte die Speckmolchin für sich selber, und rief überlaut: Ich einmal habe nichts gehört, und nichts gesagt, ich habe da mein Kraut gewaschen, und nichts geachtet, was vorgefallen."

„Ich einmal habe auch nichts gehört, und nichts gesagt. – Und ich einmal auch nicht, sagten bald mehrere.

„Es fragt euch ja niemand, sagte der Maurer, und drohte der Schnabelgrithe mit dem Junker.

Diese aber heulete, und bat, er soll doch nichts draus machen.

„Ja, aber da vor diesen Weibern mußt du ausreden und bekennen, daß alles faul und falsch," erwiderte Lienhard.

Die Grithe murmlete und sagte stockend, es sei ihr leid, und ja es sei nicht wahr.

Du mußt es laut sagen, so laut, daß die Leute, die in allen Häusern die Köpf zum Fenster hinausstrecken, verstehen, daß du eine Erb- und Erzlugnerin bist. – – Ich weiß vor Zorn nicht, was ich sage – Du, du mußt mir heut noch durch alle Gassen laufen, und vor allen Häusern sagen, daß du alles erlogen und ersonnen.

Grithe: Tu doch nicht so; ich will gern tun, was du willt; und es ist mir leid –

Maurer: Leid oder nicht leid, das ist mir gleichviel, aber daß alles erlogen und ersonnen, das mußt du mir sagen, und das so laut und so deutlich, als es zum Kragen herausmag.

Ob sie wollte oder nicht, sie mußte izt laut, daß es jedermann verstunde, bekennen und sagen, daß sie alles, was sie über seine Kinder und über ihre Katz gesagt, ersonnen und erlogen; aber es tat ihr so wehe, daß sie fast daran erstickte –

§ 18
Wie lang werden die Weiber noch denken und sagen: Mein Mann heißt Nabal, und Narrheit ist in ihm?

In einem solchen Zustand ist Lienhard, seitdem er vom Hummel erlöst worden, niemal wieder heimgekommen.

Er war fast außer Atem, und rief in die Kuche der Gertrud um Wasser. Sie brachte ihm; er hatte die Augen fast vor dem Kopf und feuerrot – das Haar über die Stirne herunter, und das Kamisol hinterfür am Leib.

Der Wasserkrug ist der Gertrud fast aus den Händen gefallen, als sie ihn so antraf.

Um Gottes willen, was ist's, was ist dir begegnet? sagte sie, und stund mit klopfendem Herzen vor ihm zu.

Ach! Es ist nichts, gar nichts, antwortete er, konnte aber fast nicht reden, nahm ihr den Wasserkrug hastig aus der Hand, und trank ihn fast ganz aus. – „Um Gottes willen, es ist etwas begegnet, rede, was ist's? sagte Gertrud.

„Nichts – weiß Gott, nichts, als Geschwätzwerk: sie hat so verfluchtes Zeug über unsre Kinder gesagt, antwortet Lienhard.

Gertrud: Wer? Was? Was für Geschwätzwerk?
Lienhard: Von der Schnabelgrithe.
Gertrud: Nur Geschwatzwerk von dieser, und du siehest so aus. –

Lienhard: Es ist gewiß sonst nichts.

Gertrud: Es ist mir, ich sei im Schlaf; weißt du auch, daß du das Kamisol hinterfür anhast?

Lienhard sah izt auf sich selber herunter, und sagte: Es ist wahr, ich bin nicht schön in der Ordnung.

Gertrud: Ich möchte doch izt gern bald wissen, was es gewesen – wenn du keinen Rausch hast.

Ich habe keinen Tropfen getrunken, antwortete Lienhard, und erzählte ihr dann die ganze Histori, redte aber noch immer, wie im Fieber, und ging in währendem Erzählen noch zweimal in die Kuche Wasser zu trinken.

Gertrud hörte ihm umständlich zu, unterbrach ihn nicht, solang er erzählte; aber zuletzt sagte sie ihm dennoch: „Es erbaut mich gar nicht, wie du gemacht hast, und ich hätte dir mehrers zugetraut."

Lienhard: Wie? – Was mehrers? –

Gertrud: Daß du dich bei so etwas Unwichtigem mehr besitzen könntest.

Lienhard: Was? Ist das etwas Unwichtiges?

Gertrud: Gesetzt, es sei nicht ganz unwichtig, so läßt es sich gar nicht entschuldigen, wie du darob gemacht hast.

Lienhard: Warum das?

Gertrud: Ich möchte noch fragen – So machen, wie du gemacht hast, wenn man nicht gesünder und stärker ist, als du izt bist, heißt sich mutwillig vor der Zeit unter den Boden bringen.

Lienhard: Darin hast du recht – das Herz klopfet mir noch izt, und es ist mir, wie wenn man mir Arm und Bein abeinander geschlagen hätte.

Gertrud: Ach, es ist mir angst! Geh doch ins Bett, Lieber! und siehe, daß du izt ein wenig schlafen könnest.

Lienhard: Ja, ich will eine Weile aufs Bett liegen.

Gertrud: Aber ein andermal besitze dich doch auch besser.

Lienhard: Ja, wenn ich's nur könnte. –

Gertrud: (Mit Tränen in Augen.) Lieber – denke doch in solchen Fällen an mich und an deine Kinder – und wenn du doch auch kannst, so spar uns in Gottes Namen auch einen alten Vater. –

Lienhard: (Sie bei den Händen fassend und traurig.) O! Du Liebe! .. Ich weiß nicht, wie ich mich vergessen, und einen Augenblick nicht dran sinnen kann, was ich dir und diesen Lieben schuldig – will's Gott will ich mich in Zukunft mehr besitzen."

„Tu's doch, lieber Vater, sagte Gertrud.

Während diesem Gespräch kam Lienert ins Bett, und Gertrud tat die Fensterläden gegen die Sonne zu, damit es dunkel werde, und ihr Mann ruhiger schlafen könne.

Nach einer Stunde erwachte er wieder, und sie fingen wieder über den Vorfall mit der Schnabelgrithe zu reden an. –

"Auch in Beziehung des Junkers bist du zu weit gegangen, sagte izt Gertrud.

"Warum das? erwiderte Lienert.

Gertrud: Du hast ihr ja eine Strafe auferlegt, wie wenn du Herr im Land wärest.

Lienhard: Du hast recht, ich habe auch an das nicht gedacht.

Gertrud: So wie er ist, glaub ich nicht, daß er's auf die hohe Achsel nehmen würde, wenn er's vernehmen sollte: Aber man muß doch nie Sachen machen, da man nicht sicher ist, ob sie fehlen könnten; und wenn ich dich wäre, ich würde wieder mit der Frau reden, und den Befehl, mit dem vor allen Häusern Abbitten, zurücknehmen.

Lienhard: Wenn ich mich nicht schämte, ich tät, was du sagst.

Gertrud: Aber was schämen, wenn man recht tut?

Lienhard: Soll ich gehen?

Gertrud: Du meinst es selber.

Lienhard: Und du auch.

Gertrud: Das glaub ich.

Lienhard: Ich mag doch fast gar nicht.

Gertrud: Lieber, überwinde dich, und ziehe die ganze Sach in Spaß.

Lienhard: Wenn ich das nur so leicht könnte.

Gertrud: Weißt, was du tust? Nimm von unsern jungen Kätzgen, und bring's dem Grithli zum Geschenk, damit sie sehe, daß unsre alte gute Mauserin nicht der Teufel, sondern ein ehrliches braves Haustier sei.

"Das ist verzweifelt lustig, und muß so sein, sagte der Maurer, nahm auf der Stelle eines von ihren Jungen ins Fürfell, und ging wieder zu der Grithe, die ihn von ferne kommen sah: diese erschrak mächtig, stellte sich was Erschreckliches vor, warum er schon wieder komme, und sprang, wie wenn man sie jagte, von dem Fenster aus der Stube zu ihrem Mann, der hinter dem Haus war, und den Zunamen Murrbär hatte: – Sie rief ihm keuchend: Der Maurer ist schon wieder da.

Ich wollte du hättest dein Maul, wo der Pfeffer wachst, sagte der Murrbär; sie aber ließ ihn reden, und kroch eilend auf die Heutille. –

§ 19

§ 19
Zu gut – ist dumm

Der Murrbär war, wie des Sigristen Volk alles hochmütig, und fürchtete erschrecklich, das Narrenstück könnte seine Frau ins Gefängnis bringen, welches seinen Ehren nachteilig wäre: Darum schmiegte er sich im Anfang vor dem Maurer, was er konnte und mochte.

„Meister Maurer – sagte er zu ihm; wir waren doch auch noch immer gute Freund und Vetterleut: Meine Frau hat freilich nicht recht; aber sie erkennt es ja, und muß dir dein Ehr und guten Namen wiedergeben, so lieb er dir ist: aber gib dich wieder zufrieden; es ist doch zuletzt auch nur ein Weibergeschwätz, und mag sich gewiß nicht der Mühe lohnen, so ein Weites und Breites daraus zu machen."

Der Maurer erwiderte: „Du nimmst mir frei aus dem Maul, was ich sagen wollte; es ist, wie du sagst, ein Weibergeschwätz: Ich wollte lieber, es wäre nicht begegnet, und will gern wieder gut Freund sein, wie vor und ehe: Meine Frau und ich haben bei mehrerm Nachdenken auch gefunden, daß wir es zu weit getrieben, und das im Dorf Herumlaufen und Abreden gar nicht nötig."

Sobald der Murrbär merkte, daß er vom Lienert nichts mehr zu befahren, war er im Augenblick nicht mehr der Pudel, der sich schmiegte, sonder der Pudel, der knurrete, und die Zähne hervorließ. Er sagte izt zum Lienert: Es ist gut, daß du wieder zu dir selber gekommen, daß man mit dir reden kann.

Der ehrliche Lienert antwortete: Es ist mir leid, daß ich mich so wenig besitzen kann.

Murrbär: Es ist gut, wenn in solchen Fällen unter zweien auch einer Verstand hat. – Wenn ich vor ein paar Stunden mich so wenig zu besitzen gewußt hätte, wie du, es hätte Mord und Totschlag absetzen können; aber ich dachte, es müßte einer der Gescheitere sein, und ich wolle dich nur verschnaufen lassen, es sei dann etwa morn noch Zeit genug, zu sehen, was für eine Meinung daß es habe, und ob dein Gerichtsherrenweib im Ernst über meine Frau so Urteil und Recht sprechen könne.

Lienert: Es ist hiermit gut, daß ich von mir selber gekommen, deiner Frauen diese Arbeit zu schenken.

Murrbär: Vom Schenken möchte ich, wenn ich dich wäre, so wenig reden, als ich nur könnte: das ganze Dorf von unten und oben hat aufs Haar gesagt, was meine Frau: Ich weiß zwar wohl, du stehest izt gut im Schloß, aber denk daran, wenn der Junker vernimmt, daß ihr so den Meister spielen, und Urteil machen wollt, er wird anderst mit euch sprechen.

Lienert: Ich übereilte mich hierin.

Murrbär: Und überall, Maurer; ihr seid an allem selber schuld: wenn an der ganzen Geschichte nichts wahr ist, als was ihr selber erzählt, daß die Kinder den Katzenschwanz bis hinter den Tisch, wo sie beteten, gezogen, so ist das schon nicht recht, und sollte einem Muster, wie deine Frau sein will, nicht entgehen; hintennach, wenn man Geschwätzwerk veranlasset, ist's dann gar schwer, den Leuten die Mäuler wieder zu verstopfen."

Diese Sprache verwirrte den ehrlichen Lienert gar sehr, daß er nicht wußte, wie er es mit der Katze im Fürfell anfangen sollte, und er wäre wahrlich wieder mit ihr heimspaziert, ohne ein Maul von ihr aufzutun, wenn der Murrbär ihn nicht endlich selbst gefragt, was er im Fürfell hätte? es sei, wie wenn er ein Kind vertragen wolle.

Der Maurer antwortete – Nein, es ist nur eine junge Katz; meine Frau will sie deiner zum Gruß schicken, damit sie sehe, daß unsre alte eine ehrliche Katze ist, und brave gute Mauser bringe."

„Trag du deine Katz, wenn ich dir gut zum Rat bin, nur wieder heim, und sag deiner Frauen, wir brauchen keine solche Späß: – Das ist verflucht unverschämt, und wie wenn ihr von neuem Händel suchtet." – Das war das letzte Wort, das der Murrbär zum Maurer sagte.

„Das ist doch eine Sprache, wie der izt gegen mich nicht haben sollte – murmelte der Lienert, als er izt mit seiner Katze im Fürfell wieder heimging – Und als er das ganze Gespräch der Gertrud wiedererzählte, rumpfte diese das Maul und sagte zu ihm: „Du weißt nie, wen du vor dir hast." –

§ 20

Der Hühnerträger findet keine Güggel und Tauben feil

Indessen hatte die Geschichte mit dem Katzenschwanz ob der Histori beim Brunnen doch ihren Kredit verloren, und die Schelmenbande, die wider den Junker, den Pfarrer und ihren Anhang Feuer bliesen, mußten sie fallen lassen, so unlieb es ihnen war, desto eifriger aber betrieben sie das Gerücht wider den Hühnerträger, und es mußte izt übers Teufels Gewalt wahr sein, daß er am Samstag die

Gemeind verblendet, und mit Teufelskünsten die Gemeind glauben gemacht, was nichts weniger als wahr sei. –

Sie brachten es hierin auch so weit, daß da der Mstr. Christof am Freitag ins Dorf kam, Güggel, Tauben und Eier zu kaufen, ihm kein Mensch eine Eierschale feilbot, und ihn sogar niemand ins Haus hineinlassen wollte: Er mußte vielmehr da und dort ins Angesicht hinein hören, ein Mann, wie er, könnte ihnen die Hühner verderben, und Güggel und Enten und Tauben weiß nicht was antun.

Der Meister Hühnerträger wußte sich gar nicht zu fassen, ob dem, was ihm begegnete; er setzte sich mit seinem Korb auf eine Bank beim Haus seines alten bekannten Nachbar Leüppis, mit dem er sein Lebtag so manches Glas Wein in Fried und Liebe getrunken, ab, unterstützte seinen Kopf, und sagte in seinem Mißmut: Meine Teufelsarbeit und mein Trinkgeld dazu ist mir übel bekommen, Nachbar!

„B'hüt uns Gott davor, daß du dich um ein Trinkgeld in so etwas eingelassen," sagte der Leüppi, stund vom Bank auf, daß ihm ja nicht etwas begegne, wenn er länger neben ihm sitze.

„Worein eingelassen?" sagte freilich der Hühnerträger; aber der Leüppi ließ ihn ohne Antwort; hingegen war innert einer Stunde im ganzen Dorf herum, er habe vor vielen Leuten auf dem Bank vor des Leüppis Haus selber eingestanden, daß er sich um ein Trinkgeld mit dem Teufel in einen Bund eingelassen.

Diese Worte dienten der Schelmenbande so sehr, daß ihrer etliche sagten, wenn man sie mit Gold hätte herauswägen müssen, sie wären nicht zu teuer.

Sonst hatte auch hie und da der eint und andre seine Freude darob, daß der Hühnerträger izt mit dem Hühnerkorb ohne Geflügel und Eier ins Schloß spazieren könne.

Fressen sie izt auch einmal Erdapfel und Rüben, sagten die Kerl an ihren Tischen bei ihrem Speck, und machten sich mit ihren Weibern darüber herzinnig lustig.

Er hat sicher izt noch kein eigenes Geflügel, und findt sonst keine als hier, sagte eine, die sich aufs Hühnerausbruten verstund.

Ha! Wir wollen unsre jungen Tauben am Sonntag zum Trotz selber essen, sagte eine, die etwas Gutes gar liebte.

Wenn sie izt nur auch das Schloß voll Gäste bekämen, sagte eine, so nie lachen mochte, als wenn ein Haus brennt.

Ich einmal würde dann doch ins Schloß schleichen, ich kriegte das Doppelte, sagte ihre Schwester, die das Geld mehr liebte als Güggel und Hühner. –

§ 21

Art und Weise, die Obrigkeit zu berichten, und dahin zu lenken, wohin man sie gern führt

Das Hauptanliegen der Vorgesetzten und größern Bauren war, die Verteilung des Weidgangs zu hintertreiben. Das Bekenntnis des Hühnerträgers, daß er einen Bund mit dem Teufel habe, stärkte sie mächtig in ihrem Vorhaben, und sie hielten fast Tag und Nacht Rat, wie die Sach am schicklichsten anzugreifen.

Dem Junker gerade ins Gesicht wieder abzuschlagen, was sie ihm versprochen, weil der Teufel sich im Spiel befinde, wäre wohl das gewesen, was sie am liebsten getan: Aber sie durften nicht trauen, und fürchteten, er möchte den ersten, der dieses anbringen würde, also bei den Ohren kriegen, daß den andern die Lust zum Mithalten vergehen würde: Sie begnügten sich also nur Ausflüchten und Auswege zu suchen, und einer riet an, man könne vor einmal nicht weiterkommen, als zu trachten, die Sache bis in Herbst aufschieben zu machen; hernach werde es sich dann weiter zeigen, und seiner Meinung nach, solle man dem Junker vorstellen lassen, es sei itzt gar eine unschickliche Zeit zu dieser Verteilung; sie seien alle mit Vieh überstellt, und mit dem Futter nicht dazu eingerichtet, den Weidgang zu entbehren, und können doch unmöglich ihr Vieh itzt in den Ställen verhungern lassen: der Junker werde das auch selber nicht wollen. –

Eine andre Meinung war, sie wollen zur Prob ein Stück Land, das gar nichts nutz ist, und voll großer Steinen und Sümpfen im Winkel zwischen dem obern und untern Wald grad itzt zum Verteilen preisgeben: „Das Stück wird denen, die es bekommen, sagten sie untereinander, von sich selber erleiden, daß sie es nicht recht bauen, und wir müssen Stöck sein, wenn wir dann nicht machen können, daß der Junker darob maßleidig wird, und für die faulen Hünd, die das erste Stück nicht recht bauen, eben nicht mehr so eifrig sein wird, das andre zu verteilen.

Nach langem Streit, welche von diesen zwo Meinungen die bessere sei, fanden sie endlich, daß sie beide nebeneinander Platz haben, und entschlossen sich, beide miteinander dem Junker vorbringen zu lassen. Hiezu aber hatten sie den Untervogt Meyer notwendig; denn keiner von ihnen konnte so schicklich, und von Amts wegen mit dem Junker reden wie dieser.

Sie gingen also zu ihm hin, und machten ihm den Vortrag – Er wollte widersprechen, und sagte: Es sind ja alles lauter Lügen, was ihr vorbringet, und ihr müßt doch nicht glauben, ich wisse nicht, daß ihr die Scheuren noch voll Heu habet, und daß der Markt für das Weidvieh auch erst über 8 Tag ist, und daß der Winkel, den ihr verteilen wollt, ein Sumpfloch ist, den niemand umsonst zum Eigentum nehmen würde.

Die Bauren antworteten ihm: Vogt! Du stehest zu spät auf, um uns zu berichten, und wir wissen sicher so gut als du, wieviel Vieh und wieviel Heu wir haben, und was der Winkel wert ist; aber wir wissen auch, was wir wollen, und was du dem Junker sagen mußt, und sind gar nicht da, darüber viel zu schwatzen.

Der Vogt erwiderte: Aber er müßte ja auch an beiden Augen blind sein, wenn er nicht merkte, daß ihr mit ihm den Narren spielen wolltet.

Sie antworteten ihm: Du wirst meinen, weil du ungefähr weißest, wieviel Heu und Vieh im Dorf ist, der Junker wisse es dann grad auch: Und was das Blindsein an beiden Augen betrifft, so müßte er gar nichts vom Großvater und Ähni (Ahnherr) geerbt haben, wenn er das nicht wäre.

Der Vogt erwiderte: Ihr habt gut lachen, aber mir ist angst und bang ob dem, was ihr wollet.

Darüber spotteten sie ihn aus, sagten ihm, er habe einen schwachen Magen, prophezeiten ihm aber, er werde innert Jahr und Tag einen bessern bekommen, und mehr verdauen mögen, wenn er nur noch ein Jahr Vogt bleibe.

Der Vogt sagte in aller Ehrlichkeit: Wie meinet ihr das? – Der Hügi antwortete ihm: Sieh Vogt! Sie verstehen das also: Wenn Baumwollenspinner und junge Buben Holz spalten, so gibt's Schwielen, und tut ihnen weh: wenn sie es aber forttreiben, so gibt's keine Schwielen mehr, und tut ihnen nicht mehr weh; und so meinen sie, werde es auch dir gehen, wenn du in deinem neuen Handwerk nicht mehr Lehrbub bist. – Und sie haben sicher recht, glaub mir Vogt, und sei nur gutes Muts. – Ja, fluchten die andern, der Hügi hat recht, du wirst innert Jahrsfrist gewiß ein so dicken Bauch bekommen, daß alles hinein mag; und tu nur ordentlich auf unsre Gefahr hin, was wir sagen, und was wir wollen.

Ob's ihm in Kopf wollte oder nicht, das war gleichviel, sie übertäubten ihn mit Worten und Sachen, bis er ihnen versprochen zu tun, was sie wollten. –

§ 22
Erziehungs- und Haushaltungsgrundsätze

Die einzige Hütte, die an der Unruh und den Müheseligkeiten dieses Torenlebens keinen Teil nahm, war die Hütte der Gertrud.

Zu erklären, wie das möglich gewesen, muß ich sagen: Diese Frau hatte nach alter Großmutterart ihre kurze Sprüchlin, mit denen sie gemeiniglich im Augenblick den rechten Weg fand, wo andre Leut, die sonst sich viel gescheiter glaubten, als sie, bei Stund und Tagen plauderten, ob sie links oder rechts wollten.

Zu allem schweigen, was einen nicht angeht –

Von dem das Maul nicht auftun, was man nicht wohl versteht –

Beiseits gehen, wo man zu laut oder zu leise redt.

Das wohl zu lernen suchen, was man wohl brauchen kann.

Mit Kopf und Herzen immer am rechten Ort zu sein, und nie an gar vielen, aber immer bei sich selber.

Und denen, so man schuldig, und denen, so man liebt, mit Leib und Seel zu dienen.

Solche kleine Sprüche waren dieser Frau der Leitfaden zu einer häuslichen und bürgerlichen Weisheit – über die sich Bücher schreiben ließen, wenn es möglich wäre, ihre Weisheit zu besitzen, und doch Bücher schreiben zu können.

Im Sturm des aufgebrachten und verirrten Dorfs entging dieser Frauen kein einziges Wort, das man nur hätte mißdeuten können, keines, bei dem man sie ins Spiel hineinziehen – keines, ob dem man sie hassen – keines, bei dem man sie nur auslachen könnte.

Des Rudis Kinder waren izt fast alle Tage bei ihr, und lernten täglich mehr auf sich selber und auf alles, was um sie her ist, Achtung geben und Sorg tragen.

Bei ihrem Spinnen und Nähen lernte sie die guten Kinder auch noch zählen und rechnen.

Zählen und Rechnen ist der Grund aller Ordnung im Kopf: das war eine der Meinungen, die Gertrud am eifrigsten behauptete, und die in ihre Erziehung einen großen Einfluß hatten.

Ihr Manier war: Sie ließ die Kinder während dem Spinnen und Nähen ihre Fäden und Nadelstiche hintersich und fürsich zählen, und mit ungleichen Zahlen überspringen, zusetzen und abziehen.

Die Kinder trieben einander bei diesem Spiel gar gern selber, welches am geschwindesten und sichersten darin fortkomme; wenn sie dann müd waren, sangen sie Lieder, und am Morgen und am Abend betete sie mit ihnen kurze Beter. – Ihr liebstes Gebet und das, so sie die Kinder zuerst lehrte, heißt:

> O Gott! du frommer Gott!
> Du Brunnquell aller Gaben!
> Ohn' den nichts ist, das ist –
> Von dem wir alles haben!
> Gesunden Leib gib mir,
> Und daß in solchem Leib
> Ein unverletzte Seel
> Und rein Gewissen bleib.

§ 23
Ein Stück aus einer Leichenpredigt

Ich möchte so gern viel von dieser Frau reden – und weiß so wenig von ihr zu sagen, und hingegen muß ich so viel von der Schelmenbande reden.

Es kann nicht anderst sein, wo es krumm und dumm geht, da gibt's alle Augenblick etwas anders; wo es hingegen in der Ordnung und gut geht, da bleibt's immer gar gern und gar lang beim alten.

Leser! Und ich denk izt an das Wort eines frommen Geistlichen, der in einer Leichenpredigt zu dem hochmütigen und unruhigen Volk von allerlei Gattung, welches einen braven und stillen Mann zu seiner Ruhstätte begleitet, sagte:

„Selig ist der Mensch, wenn hinter ihm, wenn er tot ist, niemand mehr viel von ihm redet!

„Selig ist er, wenn hinter ihm die stille Träne des Armen weinet!

„Selig, wenn hinter ihm, seinem Weib, seinem Kind, seinem Freund, seinem Knecht das Herz blutet!

„Aber wenn hinter seinem Sarg tausend Mäuler aufgehen, und weit und breit alles über ihn redt, so wandelt's mich immer an, daß ich mißtrauend nachforsche, ob auch seinem Weib und seinem Kind das Herz blute, daß er tot ist – und ob auch sein Freund, und sein Knecht weine, daß er nicht mehr da ist: – Und tausendmal fand ich dann dieser aller Auge trocken.

§ 24
Ein Frauenbild, aber nicht zu allgemeinem Gebrauch

Leser! Ich möchte dir dennoch ein Bild suchen von dieser Frauen, damit sie dir lebhaft vor Augen schwebe, und ihr stilles Tun dir immer unvergeßlich bleibe.

Es ist viel, was ich sagen will: aber ich scheue mich nicht, es zu sagen.

So gehet die Sonne Gottes vom Morgen bis am Abend ihre Bahn. – Dein Auge bemerkt keinen ihrer Schritte, und dein Ohr höret ihren Lauf nicht – Aber bei ihrem Untergang weißest du, daß sie wieder aufstehet, und fortwirkt, die Erde zu wärmen, bis ihre Früchte reif sind.

Leser! Es ist viel, was ich sage; aber ich scheue mich nicht, es zu sagen.

Dieses Bild der großen Mutter, die über der Erde brutet, ist das Bild der Gertrud und eines jeden Weibs, das seine Wohnstube zum Heiligtum Gottes erhebt, und ob Mann und Kindern den Himmel verdient.

§ 25
Die Arbeit Arners

Sie ist nicht allein: Auch Arner wandelte die Wege der lieben Sonne, die über der Erde brutet, und die Wege des Weibs, das ob ihrem Mann und ihren Kindern den Himmel verdient. –

Er ritt dieser Tage fast alle Abende auf die Gemeindweid, die er verteilen wollte. Er gönnte sich keine Ruhe, bis er dieses Stück Land vollkommen kannte, und ließ sogar seinen lieben Sperzer (Hühnerhund), den er sonst immer fast allenthalben mitnahm, zu Hause, damit er keinen Augenblick an seiner Arbeit aufgehalten würde.

Wohl hundertmal band er sein Pferd an Zäun und Hecken, watete durch Sümpf und Gräben, dieses Stück Land aus dem Grund kennenzulernen.

Er sah jeden Ecken desselben genau an, und dachte an jedem Ekken an das Ganze. Er tat's nicht vergebens: Er fand am Fuße des Bergs in ihrer schlechtesten zertretenen Weid drei starke Quellen von fettem Wasser; um alle Quellen herum wuchs Brunnkressich und Bachpungen; der Herd um die Quellen war schwarzer Moder; viel dicke große Pflanzen wuchsen um die Quellen.

Er maß mit eigenen Händen die Höhe ihrer Lage, und die Gründe, auf welche man ihren Reichtum leiten könnte, und hatte izt gedoppelte Freude. Er hörte nicht auf, alle Abend auf diese Weide zu reiten, bis er vollends mit sich selber ausgemacht, wozu jeder Ecken dienlich – wieweit die Quellen hinlangen, mit ihnen gute Wiesengründe anzulegen – was für Land zu gutem Ackerland übrig bleibe, und welches zu nichts anders als zu Ried und Holzboden taugte.

Und er trug dann allemal jeden Tag, alles, was er mit sich selber ausgemacht, aufs Papier, bis er seinen Plan also vollendet.

Der Lohn seiner Arbeit

So sucht ein Vater seinen Kindern in seinem Garten Beeten aus, daß sie darin Blumen und Köhl, und Kräuter und Bäume pflanzen. Er zeigt ihnen den Ort der Tulpe, den Ort der Daubrose, – den Ort des gemeinen Köhls – des Blumenköhls – den Platz der Zwergbäume, und den Platz der Obstbäume – und freut sich dann im Geiste alles dessen, was einst seine Lieben da pflanzen werden.

Ach! Er freut sich dann des Kinds, das noch in der Wiege liegt, und des Säuglings, und der Geschlechter, die ferne sind: – und fühlt dann, daß seine Kinder Gottes Kinder sind, und daß der Garten nicht sein ist, sonder daß er Vater ist – daß er ihnen gebe, vervollkommne und hinterlasse, was er hat – und viele nutzen und brauchen, und ihren Kindern hinterlassen lehre, was sie bekommen.

Das fühlte izt Arner – Eine Träne floß in sein Antlitz, als er in der Kühlung der Abendlüften unter hohen Eichen, bei einem rauschenden Wasserfall die Freuden und Pflichten des Vaters auf den Thronen – und die Freuden und Pflichten des Vaters in den niedersten Hütten also fühlte. –

Langsam ritt er gegen die eben untergehende Sonne, Hand und Zügel ruheten auf seinem Schoß; sein Aug sah den Himmel, und sein Herz war beim Vater der Menschen.

Therese empfing ihn im Wäldchen, vor seinem Tor, und der Abend ging in Gesprächen über den Stand der Fürsten und des Adels vorüber. –

Und das letzte Wort Arners an Therese war dieses: Gottes Gesetz über Fürsten und Edle ist dieses, daß ihr Reich nicht das ihrige, daß sie vielmehr Fürsten und Edle sind, damit sie ihrem Volk geben, sicherstellen, vervollkommnen was sie ihm geben können, und ihn's nutzen und brauchen, und Kindeskindern hinterlassen lehren, was sie ihm geben.

Und Arner und Therese segneten ihren Stand, umarmten ihre Kinder, und baten Gott, daß sie immer menschlich blieben, und das Gesetz Gottes, das über Fürsten und Edle ist, von ihrer Jugend auf bis auf ihre friedliche Ruhstätte erkennen und befolgen.

§ 26
Leid und Freud in einer Stund

Das waren Gertruds und Arners Wege – Der Weg ihres Pfarrers war nicht weniger edel und schön. Er arbeitete izt immer an der Wiederherstellung des armen zerrütteten Vogts. Dieser war, seitdem ihm die Härte seiner Mitvorgesetzten durch die Kalberleder-Histori zu Ohren gekommen, niedergeschlagener als vorher.

Der Pfarrer tröstete ihn zwar oft; aber es war izt tief in seine Seele hineingegraben, kein Mensch habe mehr Mitleiden mit ihm, und er verdiene nicht, daß ein Mensch mehr Mitleiden mit ihm habe; er saß sinther viel mit Tränen in den Augen in des Pfarrers Stube, und wollte oft nur nicht mehr von dem Wein trinken, den ihm der Pfarrer darstellte.

So saß er besonders den letzten Donstag neben dem Pfarrer, und dieser war betrübt und nachdenkend, wie er ihn doch zufrieden stellen, und wieder beruhigen könnte: Aber er wußte eben nicht viel was machens. Da kam eben der Hübel-Rudi, dem Pfarrer zu sagen, er könne es nicht länger anstehen lassen, mit dem Vogt zu reden, und ihm zu sagen, was ihm seine Mutter auf dem Todbett befohlen, und auch, was er ihm in seinem Unglück gottlob izt zu Gutem tun könne und wolle.

Das Herz war dem Pfarrer leicht, sobald er den Hübel-Rudi sah, und da er mit ihm geredt, dankte er dem Vater im Himmel, daß die Hand seiner Allmacht, seinen leeren Worten zu Hülfe gekommen, und sagte dann dem Rudi, daß er auch ihm danke und sich freue, wenn er sicher seie, daß es ihn nie gereuen werde, was er ihm soeben wieder für den armen Vogt versprochen.

„Mein Gott! Nein, fürchtet doch das nicht, Herr Pfarrer! Fürchtet doch das nicht – es wird mich gewiß nicht gereuen, sagte der Rudi – und der Pfarrer:

„Nun, in Gottes Namen, ich will dich auch nicht davon abhalten" – Und dann gingen sie miteinander zum Vogt. –

§ 27
Ein Gespräch voll Güte auf der einen = und voll Angst auf der andern Seite

Man sah ihm an, daß die ganze Last seiner innern Zerrüttung und seines außern Elends schwer auf ihm lag. Er saß da, den Kopf auf seine Linke gestützt, und bewegte sich nur wenig, zu sehen, wer kam.

Aber es war, wie wenn er am ganzen Leib erstarrte; seine Augen und sein Mund waren eine Weile unbeweglich, da er den Hübel-Rudi erblickte.

Dieser sah das, und sagte zum Pfarrer: „Es übernimmt ihn so, mich zu sehen, daß ich wünschte, ich wäre nicht da, oder ich hätt es ihm vorher sagen können." –

„Es macht nichts, es macht gar nichts: Ich bin froh, daß du da bist, antwortete der Vogt, zitterte am ganzen Leib, und wollte aufstehen.

„Ich will doch gern izt wieder gehen, und ein andermal wiederkommen, sagte der Rudi.

„Nein, nein, erwiderte der Vogt, bleib doch, bleib doch. Indem er's sagte, stand er zitternd auf, warf sich plötzlich dem Rudi zu Füßen, und stammelte fast unverständlich: „Um Gottes willen, um Gottes willen verzieh mir!"

„Um Gottes willen, um Gottes willen was machst du? Bist du nicht bei deinen Sinnen? sagte der Rudi, und wollte ihn mit beiden Händen aufheben – aber vergeblich: Der Vogt wollte nicht aufstehen, und bat ihn immer die Hände ineinander um Gottes willen um Verziehung.

„Was soll ich doch machen, daß er auch wieder zu sich selbst kommt und aufsteht," sagte der Rudi zum Pfarrer.

„Steh doch auf, Vogt! Er hat dir gewiß verziehen," sagte der Pfarrer.

„Mein Gott, mehr als verziegen; steh doch um Gottes willen wieder auf" – sagte der Rudi.

Der Vogt stund izt auf, und der Pfarrer und der Rudi halfen ihm vom Boden.

„Es ist mir so leid, daß ich dir Unruh gemacht habe," sagte izt der Rudi.

„Du bist nicht schuld – Meine Unruh kommt von mir selber" – antwortete der Vogt: – Und der Rudi:

„Ich habe sie veranlasset, und wollte gern, es wäre nicht."

Vogt: Mein Gott! Du bist nicht schuld, mein böses Gewissen ist es allein – denk Rudi – da du die Tür auftatest, meinte ich, deine Mutter komme mit dir, und folge dir auf dem Fuße nach.

Rudi: Du weißt doch, daß sie gestorben?

Vogt: Ich weiß es freilich: aber ich konnte mir es nicht anderst vorstellen, und es ist mir noch izt, sie stehe mir vor den Augen. –

Rudi: Wir wollen sie izt in Gottes Namen ruhen lassen; es ist ihr, will's Gott, izt wohl.

Vogt: Für sie ist es wohl gut, daß sie gestorben – Aber mein Gott! Für mich ist es anderst – wenn sie nur auch noch einen Augenblick lebte! Gelt Rudi, sie hat's bis zu ihrem letzten Atemzug noch Gott geklagt, was ich ihr getan?

Rudi: Glaub doch das nicht. –

Vogt: Ja, – ja, glaub doch das nicht: Ich sehe sie vor mir, wie sie auf ihrem Todbett es Gott klagt, was ich ihr getan, und Rache über mich schreit – Ich seh sie vor mir, wie sie ihr Wehklagen und Rachschreien mit sich ins Grab nimmt, und tot – tot noch – das Entsetzen über mich zeigt, mit dem sie ausgeatmet. –

„Nein, Vogt! Gott sei ewig Lob und Dank, das Todbett der Cathri war nicht, wie du denkst: Sie hat in ihren letzten Stunden Gott für dich gebeten, dir verziegen, und an Leib und Seel alles Gute angewünscht" – sagte izt der Pfarrer.

Der Vogt sah ihn mit offenen steifen Augen an, und zeigte ohne zu reden aus seinem starren Blick, daß er das nicht glaube, was der Pfarrer sagte.

Dieser sah es, und sagte dann wieder: „Vogt, du mußt an dem, was ich sage, nicht zweifeln – Der Rudi ist völlig um deswillen da, dir es zu sagen, was sie ihm deinetwegen auf dem Todbett befohlen."

Da wandte sich der Vogt an den Rudi, und sagte mit Wehmut und Ängstlichkeit: „Hat sie dir auf ihrem Todbett meinetwegen etwas befohlen?

Rudi: Ja, Vogt, und es wird dich gewiß freuen, ich will dir's mit ihren Worten sagen.

Vogt: Sag's doch – sag's doch!

Rudi: Sie sagte: Wenn ich tot bin, und begraben, so gehe zum Vogt hin, und sag ihm, daß ich mit versöhntem Herzen gegen ihn gestorben, und Gott bete, daß es ihm wohlgehe, und er noch zur Erkenntnis seiner selbst komme, eh denn er von hinnen scheide.

Der Vogt stand eine Weile sprachlos – Tränen fielen von seinen Augen – dann sagte er:

„Lohn's ihr Gott in Ewigkeit! – Sie hat mir Gutes getan, und ich hab ihr Böses erwiesen. –

Nach einer Weile sagte er wieder: „Gott hat ihre Bitte erhört, und mich in Umstände gesetzt, wo ich noch zur Erkenntnis meiner selbst kommen kann, wenn ich nicht der verworfneste unter allen Menschen sein will."

Eine Weile war wieder alles still; der Vogt unterbrach das Stillschweigen wieder, und sagte: „Rudi, ich muß dich doch fragen, weißt du sicher, welchen Tag es gewesen, da sie das meinetwegen zu dir gesagt?

Rudi: Es war an ihrem Todestage.

Vogt: An ihrem Todestage?

Rudi: Ja.

Vogt: Und bei was Anlaß kam ihr an ihrem Todestag der Sinn an mich?

Rudi: Du kamst eben mir die Arbeit am Kirchhof anzusagen vor unser Haus. –

Vogt: (mit sichtbarer Bewegung und heftig) War's da?

Rudi: Ja: Aber warum fragst du so heftig?

Vogt: Wenn's da war, so ist sie vor Schrecken über mich gestorben.

Rudi: Das ist nicht.

Vogt: Sag izt, was du willst – Es ist mir, wie wenn's den Augenblick geschehen. Dein Kind ist ja, da ich noch dastund, herausgekommen, dir zu sagen, daß sie gestorben.

Rudi: Es war nur eine Ohnmacht, und sie hat sich da wieder erholt.

Vogt: Hat sie sich wieder erholt?

Rudi: Ganz gewiß.

Vogt: So ist sie doch ob mir in Ohnmacht gefallen: Sag mir nur die Wahrheit – ich weiß sie ja schon.

Der Rudi wußte nicht, was er sagen wollte, und sah den Pfarrer an; und dieser sagte ihm, er solle nur die Wahrheit sagen.

„So will ich dir's in Gottes Namen sagen, sagte der Rudi – Ja, sie ist ob dir erschrocken, weil sie meinte, du wollest Geld von mir, und wußte, daß ich keins hatte."

Vogt: Darob ist sie in Ohnmacht gefallen? Mein Gott! Mein Gott! An ihrem Todestage! –

Rudi: Vergiß izt das, Vogt, und sinn an das andere: – Ich war nicht so bald von ihr weg, und zu dir hinaus, da hat sie angefangen, mit ihr selber von dir reden, und deutlich und verständlich gesagt, der liebe Vater im Himmel habe es so geleitet, daß du noch so nahe vor ihrem End vor ihre Fenster kommen müssest, daß sie noch den letzten Groll überwinde, und für dich bete.

Vogt: Wie weißt du das, wenn du da bei mir warest?

Rudi: Der Rudeli, der bei ihr war, hat's mir gesagt.

Vogt: Aber warum ist sie denn in Ohnmacht gefallen?

Rudi: Sie hörte dich da wieder laut reden, und ist darob erschrokken.

Vogt: O Gott!

Rudi: Sie war in Gottes Namen todschwach und am äußersten.

Vogt: Und das, was du mir zuerst gesagt, hat sie da nach der Ohnmacht geredt?

Rudi: Wohl drei Stund darnach.

Vogt: Und hat mir nach der Ohnmacht wieder verziegen?

Rudi: Ja, gewiß, Vogt!

Vogt: Ich möchte mich vor dir und allen Menschen vergraben, was ich für ein Unmensch bin!

Rudi: Was ist izt das wieder?

Vogt: Daß du mich fragest – Du hast es ja gehört, was ich dir nachrief, da du von mir wegliefst, weil dir das Kind sagte, sie wär tot.

Rudi: Nein, ich hab's nicht gehört; ich hätte vor Schrecken auch nichts verstanden, du hättest mögen sagen, was du hättest wollen.

Vogt: So will ich dir's izt sagen.

Rudi: Es ist ja nicht nötig.

Vogt: Wohl Rudi, ich will dir's sagen, ich muß dir's sagen, du mußt wissen, was ich für ein Unmensch bin, und was ich in dem Augenblick, da sie mir verziegen und für mich gebeten, ihr Böses und Abscheuliches getan.

Rudi: Schweig doch, es mag sein, was es will, und mach mir und dir das Herz nicht noch groß. –

Vogt: Ich kann nicht schweigen, und will nicht schweigen, du mußt es wissen. Ich rief dir in dem Augenblick nach: Es ist nicht schade, wenn die alte Hexe einmal tot ist.

Rudi: Hast du dies auch sagen können?

Vogt: Ich hab es gesagt.

Dem Rudi entfiel izt eine Träne, und er konnte einen Augenblick nicht reden.

Der Vogt aber sagte dann wieder: Ich verdiene nicht, daß jemand mehr Mitleiden mit mir habe, und es geschieht mir nur recht, wenn im ganzen Dorf mir niemand mehr ein Stück Brot gibt, und mir niemand mehr eins wünscht.

Der Pfarrer nahm izt das Wort, und sagte: „Vogt! Der im Himmel wohnt, ist größer, als wir denken: Er handelt nicht mit uns nach unsern Sünden, und vergiltet uns nicht nach unserer Missetat: – Lobpreise den Namen des Herrn – Seine Barmherzigkeit ist groß gegen dich, und er hat dir Hülfe gesendet in den Stunden, wo du keine Hülfe hattest, und von der Hand derer, die du elend gemacht, gibt er dir das Brot deines Alters – Steh izt auf, Vogt, und höre, was ich dir sagen muß: Der Mann da, dessen Aug noch voll Tränen ist, ob dem Leiden seiner Mutter, und ob dem grausamen Wort, das du noch an ihrem Todestage gegen sie geredet, der gute Rudi, den du so elend gemacht, will dein Freund sein, solang du lebst, und seinen Wohlstand, den du ihm so lang vorenthalten, wie ein Bruder mit dir teilen – denk Vogt! Er versichert dir, solang du lebst, die Freiheit, alle Jahr für eine Kuh Sommer- und Winterfutter ab seiner Matten nehmen zu dörfen.

Der Rudi bestätigte, was der Pfarrer sagte, und setzte noch hinzu: Solang er und seine Frau oder eines von beiden, welches es ist, lebt, solang soll es gelten.

Der Vogt konnte nicht reden: Es war zu viel; er stammelte an Worten – nicht zu danken, sondern auszudrücken, wie unwürdig er sei, und wie erschrecklich er sich an ihnen versündiget, und war in einem Zustand, daß der Pfarrer und der Rudi inniges Mitleiden mit ihm hatten. –

§ 28
Die Himmelstropfen

Dennoch aber fand er sich bald darauf durch diesen Vorfall gestärkt und erquickt; seine Frau hingegen erlag unter dem Schrecken und Verdruß, so sie die Zeit über gehabt, und zum Unglück geriet sie dem Treufaug unter die Hände.

Dieser gab ihr von seinen Himmelstropfen – Das sind Tropfen, die unter seinem Großvater noch Henkerstropfen hießen; da aber sein Vater ehrlich worden, hat er sie nicht mehr unter diesem Titul verkaufen wollen, sonder ihnen den Namen Himmelstropfen gegeben, unter welchem Namen sie bis auf izt für Menschen und Vieh vielen Abgang hatten.

Als die Vögtin dem Treufaug ihre Not klagte, war seine erste Antwort: „Gib mir Kirschenwasser, ich bin so durstig, daß ich mich anfeuchten muß, eh ich mit dir reden kann." – Sie gab's ihm, und klagte dann ferner der Länge und der Breite nach ihre Not.

Er aber gab erst, nachdem er fast ausgetrunken, zur Antwort: „Was magst doch so viel schwatzen; wenn du kein Wort redtest, so wüßte ich gleich, wo es dir fehlt, so gut, als wenn du einen halben Tag davon erzählest; der Pfiff ist an der Leber, und es ist große Zeit, daß man zu dir schaue, denn sie ist halb faul, und wenn man dem nicht wehrt, so geht dir bei kurzem das Maul auf eine Art zu, daß du es nicht wieder auftust: Aber ich will dir etwas schicken, das schon Prinzen und Pfaffen und großen Herren ihre Leber wieder kuriert hat, wenn nur noch ein halb Batzens groß gut daran gewesen, und es muß der Teufel tun, wenn's dir nicht auch hilft – Aber du mußt's saufen, was ich dir schicke, und ich will dir's zum voraus sagen, es ist kein Schleckwerk, du wirst meinen, es sei aus der Höll, so wird es dir feuren – Aber Böses muß Böses vertreiben, und wenn's dir schon bang macht, so fahr nur fort auf mein Wort hin, und nimm alle zwo Stund ein paar Löffel, bis du damit fertig – wenn's durchgebrochen, wird's dann schon anderst kommen."

Es geschah auch bis zum Durchbrechen, was er sagte; die Tropfen feuerten ihr im Maul, wie der höllische Teufel, und brachten sie in einen Jast (Hitze), wie wenn sie das größte Fieber hätte – und seitdem sie solche brauchte, ward ihr Atem sichtbar kürzer – Sie konnte nicht mehr schlafen wie vorher, hatte viel stärkere Beklemmungen auf der Brust, und auch der Schweiß, den sie vorher hatte, verlor sich.

Bei dem allem dachte sie an nichts weniger, als daß die Himmelstropfen daran schuld seien, und sie brauchte sie nur desto gewissenhafter, je kränker sie davon war. –

§ 29

Ein Gespräch von zween Menschen, die in zehn Tagen vieles gelernt, so sie vorher nicht konnten – und vieles erfahren, so sie vorher nicht wußten

Als der Vogt ihre Umstände vernahm, bat er den Pfarrer, daß er doch ihn auch eine Nacht zu ihr heimlassen möchte.

Der Pfarrer erlaubte es ihm gar gern, und versprach es über sich zu nehmen, die Sache beim Junker zu verantworten. –

Wenn er von den Toten auferstanden wäre, es hätte seine Frau nicht so übernehmen können; aber es freute sie so sehr, daß sie vor

Freuden nicht reden konnte: Eine Weile weinten beide miteinander, und es ging recht lang, eh eines das andre nur fragen konnte, wie es ihm auch gegangen.

Nach und nach aber erholten sie sich, und erzählten dann fast die ganze Nacht durch einander, was vorgefallen.

Zuerst sagte der Vogt, wie gut der Pfarrer mit ihm sei, und wie gern er ihn diese Nacht heimgelassen: dann fragte er bald darauf: „Aber wie geht's auch dir, Frau? Du hast diese zehn Tage so gar abgenommen."

Sie antwortete: „Wie könnte es auch anderst sein? Wenn's nur Gotts Will ist, daß er mich bald zu sich nimmt."

Vogt: Wünsch doch das nicht: Es geht will's Gott, von nun an besser.

Vögtin: O Mann! Ich wünsche es für dich und mich von Herzen, und mag dir den Kopf nicht groß machen: Aber vom Bessergehen mag ich auch nicht hören – Unsre Zeit ist vorüber, und was uns vorsteht, ist Jammer und Elend.

Vogt: Ich weiß es – Aber wir wollen auf Gott trauen, und mit Geduld tragen, was er uns zu tragen gibt.

Vögtin: Verblende dich doch nicht immer, und glaube nicht, daß du jemals etwas geduldig tragen werdest, was dich schwer dünkt.

Vogt: Du glaubst, ich sei noch der alte Mensch.

Vögtin: Was soll ich anders glauben?

Vogt: Daß ich es nicht mehr bin.

Vögtin: Du bist einmal auch zähmer heimgekommen, als ich erwartet – Ich meinte sicher, du werdest wie ein wütendes Tier tun, wenn du mir wieder unter Augen kommest.

Vogt: Mein altes Rasen ist mich, seitdem ich dem Pfarrer unter den Händen bin, auch nur nie mehr angekommen.

Vögtin: Wie ist das auch möglich?

Vogt: Frau, es müßte einer kein Mensch sein, wenn er unter seinen Händen nicht zahm würde. Er läßt einen machen und sein, und sagen, was man will, und zeigt einem dann erst, daß man sich irrt, wenn er auch recht und völlig verstanden, was man meint – Aber er bringt einem auch zum Kopf hinaus, was man am härtesten darin hat. Ich meinte ehdem immer, was mir begegnete, nur ander Leut seien dran schuld, und es kam mir nur nie der Sinn dran, auch nachzusinnen, wie weit ich selber im Fehler, und darum bin ich immer hundertmal wie ein Narr über die unschuldigsten Leut wie rasend worden.

Vögtin: Ach! Du hattest immer Leute bei dir, die dir den Kopf drehten, wohin sie wollten, und dich nie ruhig nachsinnen ließen, was auch allemal an der Sach sei. –

Vogt: Das muß izt gewiß anderst kommen, und ich will gewiß Ruh vor ihnen in meiner Stuben haben.

Vögtin: Das wird izt nicht schwer sein – Es betrittet kein Mensch als etwa ein Jobsbot unsre Stube.

Vogt: Das ist kein Übel.

Vögtin: Gott geb, daß du das immer sagest.

Vogt: Glaub mir doch auch.

Vögtin: Ich will dir gern glauben, aber es ist mir auch noch angst.

Vogt: Es ist dir nicht zu verargen.

Vögtin: Aber weißt du auch, wer mir diese Zeit über am meisten Liebs und Guts erwiesen?

Vogt: Wie sollt ich es wissen?

Vögtin: Rat nicht lang, ich will dir's sagen – Der Hans Wüst; der ist vom ersten Tag, da du in (gefangen) warest, alle Abend zu mir gekommen, mich zu trösten und mir zu helfen. Er spaltete mir Holz, trug mir Wasser, und tat, was er konnte und was ich wollte – Er war izt ganz munter, und sagte, er sehe izt auch wieder freudig Sonn, Mond und Sternen an, weil alles am Tag, und jedermann sein Recht widerfahren. Er schlug hundertmal seine Händ zusammen, und sagte: Weiß Gott, es geht deinem Mann nicht übel, und es ist auch für ihn besser, daß alles ausgekommen, und er wird will's Gott izt auch anderst, und ohne das wär er's nie worden. – Und dann hat mir der Hübel-Rudi und Gertrud auch viel Liebs erwiesen; sie ist vier- oder fünfmal bei mir gewesen, aber izt ist sie unwillig, daß ich den Treufaug brauche, und hat mir unter das Angesicht gesagt, sie wisse sicher, daß er mit seinen Henkerstropfen schon viel Leut vergiftet.

Vogt: Es ist mir mit den Tröpfen auch nicht durch und durch wohl. Ich hab schon so viel allerlei davon erzählen hören, daß du, wenn ich da gewesen wäre, sie mir gewiß auch nicht hättest nehmen müssen.

Vögtin: Es wird will's Gott nicht so böse sein.

Vogt: Hast du noch viel davon?

Vögtin: Nein, ich bin völlig fertig.

Vogt: Es macht mir angst.

Vögtin: Mach mir izt den Kopf nicht so groß; es ist izt, was es ist.

Vogt: Du hast recht; ich will dir izt etwas erzählen, das dich freut, und das ich dir zuerst hätt erzählen sollen: Denk auch, der Rudi hat mir und dir, solang eins von uns lebt, alle Jahr für eine Kuh Gras und Heu ab der unglücklichen Matten, die er izt gottlob wieder hat, versichert.

Vögtin: Herr Jesus! Was du auch sagst! Ist das auch möglich von ihm?

Vogt: (mit Tränen in den Augen) Es ging mir wie dir: ich konnte es fast nicht glauben, und ihm fast nicht danken. Und ohne das ist er noch zu mir gekommen, um mir zu sagen, daß seine Mutter auf dem Todbett mir verziegen, und mir alles Guts an Leib und Seel angewünscht.

Vögtin: Ach! Das freut mich fast noch mehr, als sein Heu und Gras, sosehr wir's nötig haben.

Vogt: Und mich gewiß auch – Aber du hast während der Zeit nie gar nichts Freudiges gehabt?

Vögtin: Wohl freilich habe ich auch das eint und andre gehabt, das mich erquickt; aber denn ja – auch viel anders.

Vogt: Nicht wahr, meine besten Freunde waren die schlimmsten?

Vögtin: Es ist fast so; im Anfang war alles gut, und sie sind alle Nacht zu mir geschlichen, und haben mir alle Güte versprochen, wenn ich machen könne, daß du keinen von ihnen mit ins Spiel ziehest – Ich sagte ihnen aber gradzu, wie es war, ich könnte nichts machen. Auf dieses hin sind sie nicht mehr gekommen; hernach aber muß etwas vorgefallen sein, das ich nicht weiß, aber sie sind alle einsmals wie wütend über uns worden, und haben mir die entsetzlichsten Sachen sagen und drohen lassen, bald uns Hunger sterben zu lassen, bald dich hinter dem ersten Hag zu erschießen, bald uns das Haus ob dem Kopf zu verbrennen, und uns damit.

Vogt: Das sind aber Großmäulerreden, sonst nichts.

Vögtin: Ich habe es auch dafür aufgenommen: Aber ob der Schnabelgrithe bin ich fast toll worden.

Vogt: Was hat dir die gemacht?

Vögtin: Sie hat mit des Maurers wegen ihrem ewigen Maulwäschen Händel gekriegt; da hat sie dieser beim Brunnen vor einer ganzen Schar Weiber zuschanden gemacht, wie sie es verdient: Auf dieses hin ist sie sporenstreichs in aller Wut zu mir gelaufen, und hat ein Geschrei und einen Lärm ob dem, was ihr begegnet, angefangen, wie wenn sie am Spieß hinge – Sie gab uns schuld und sagte, wir seien ein verfluchtes Volk, wir bringen noch alle Menschen im Dorf ins Unglück und um Leib und Seel: – Es war mir gar nicht wohl, und ich wußte nur halb, was begegnet – Aber doch verstand ich soviel davon, daß ich ihr antwortete: wenn sie ihr Maul gehalten hätte, so wäre ihr nichts begegnet: – Sie fuhr aber doch immer fort, und sagte, sie habe nie nichts wider des Maurers gehabt, und wenn sie ob den paar Worten, die ihr entwitscht, ins Unglück komme, so habe sie selbiges nur uns zu danken. – Ich ließ sie lang reden; endlich aber sagte ich doch: „Ich meinte, Base, du solltest wissen, daß ich izt sonst genug habe, und nicht noch ob etwas, woran ich weder wenig noch viel schuld bin, mit mir umgehen solltest, wie du tust." – Sie antwortete: „Es geschieht euch nur recht, was euch begegnet; ihr habt es schon längst verdient; aber daß ich und ander Leut noch mit euch ins Unglück kommen, das ist nicht recht." – Damit bekam ich doch genug, und sagte zu ihr: „Grithe, wenn du Händel und Streit willst, so such jemand, der es besser erleiden (ertragen) mag als izt ich, und hiemit ging ich von ihr weg in die Kuche. – Darüber ist sie so wild worden, daß sie beim Weggehen mir noch die Stegen hinauf auf der offenen Straße noch einmal zurufte: „Ihr seid halt ein verfluchtes Volk, und wer etwas mit euch hat, der kommt ins Unglück." – Die Stubentür schlug sie zu, daß sie aus dem Angel fuhr. –

Vogt: Es nimmt mich nicht wunder, ich kannte sie meiner Lebtag für das. –

Vögtin: Es ist wahr; aber du weißest doch auch, wieviel Guts sie bei uns genossen, und daß sie allemal, wenn etwas mehr als all Tag in die Kuche kam, zugeschlichen, und den Ranzen gefüllt, ohne mir einen Heller zu zahlen.

Vogt: Das sind izt alte Kalender, dafür uns niemand nur Dank dir Gott sagt.

Vögtin: Es ist wohl so: – Denk auch, wie mir's der Kriecher hat machen können; von dem Augenblick an, da dir dein Unglück begegnet, ist er immer vor unserm Haus vorbeigestrichen, und hat, wo er jemand unter einer Tür oder unter einem Fenster sah, gespöttelt und geträzelt, und vor mir selber auf offner Straß beim Brunnen die Zungen herausgestreckt, und überlaut vor allen Leuten gesagt, wenn wir ob nichts verdient hätten, was uns begegnet, so wär's ob ihm, daß wir beim Pfarrer so durchgezogen; aber wir können izt die Wochenbrötli, die wir ihm abstehlen wollen, selber brauchen.

Vogt: So – doch seit dem Mittwochen hat er das gewiß nicht mehr getan? –

Vögtin: Nein, ich hab ihn seit Mittwochen nicht mehr gesehen.

Vogt: Ich denk's wohl.

Vögtin: Warum?

Vogt: Weil er am Dienstag seinen Lohn dafür bekommen.

Vögtin: Von wem?

Vogt: Vom Pfarrer.

Vögtin: Hat's der schon erfahren?

Vogt: Das glaub ich – Es hat keine Stunde angetroffen, so hat er's gewußt; und du weißt, am Dienstag kommen die Wochenbrötler ins Pfarrhaus, und der Kriecher schickt aus Hoffart immer ein anders: Der Pfarrer aber gab's diesmal nicht, sonder sagte, er soll nur selber kommen: Er wollte nicht gern, und sandte sein Kind, mit dem Bericht, er sei krank und im Bett, und er lasse doch darum bitten, sie haben keinen Mundvoll im Haus. Der Pfarrer schickte aber auch dies ohne Brot heim, mit der Antwort, er kenne seine Krankheit, sie sei schon alt, und das Spazieren tue ihm gut, und er soll und müsse kommen, er wisse wohl warum. – Zwischen Feuer und Licht kam er endlich; ich war just in der Nebenstube, und es ist mir, ich höre den Pfarrer noch itzt mit der Faust auf den Tisch schlagen, daß er zitterte, und ihm dann sagen: „Kriecher, du hast dich diesen Vormittag beim Brunnen gegen die Vögtin aufgeführt, daß nicht ein Pfarrer, sonder ein Kerl mit der Hundspeitsche mit dir reden sollte; ich habe dich hundertmal in der Kirche und auf der Straße mit meinen Augen vor dem Vogt bücken und schmiegen gesehen, wie ein Hund – und itzt, da er im Unglück ist, und seine Frau in der tiefsten Betrübnis, streckst du auf offner Straße die Zunge gegen ihr heraus, u. brauchst dein Maul, sie mit den unverschämtesten Bosheiten und Lügen zu kränken." – Aber der Kriecher wollte noch recht haben, und antwortete, man lüge über ihn, und es sei nicht wahr – er sei ein unglücklicher Mann, wenn einer, der ab dem Galgen gefallen, etwas über ihn sage, so glaube man's ihm. – Der Pfarrer kam darüber in Eifer, daß ich ihn mein Lebtag nie so gesehen, und ihn nie solche Worte brauchen gehört; er sagte ihm: „Du Lumpenhund, du Spitzbub, du mußt wissen, daß ich weiß, was ich rede; du hast's nicht nur getan, sonder du hast noch bei den Taglöhnern auf dem Kirchhof den Spaß darob getrieben, daß du es getan; aber itzt fort, fort, und ab Augen, und dank Gott, daß mir mein Amt und mein Alter verbieten, den Stock, den ich in Händen habe, zu brauchen, wie ich itzt wünschte." – Der Kriecher murrete im Weggehen noch immer, von Leuten, die ab dem Galgen gefallen, und die lieber seien als er. Auf der Stegen aber wurd er still; er stieß im ersten Augenblick, da er allein war, so viel Brot ins Maul, daß er dem Hans, der mit einer Tause Wasser die Stege hinaufkam, und ihm einen guten Abend wünschte, nicht Dank dir Gott sagen konnte. –

§ 30

Hundstreu, die eine Menschenempfindung veranlaßt

So unterhielten sie sich die schlaflose Nacht, die aber im Vorbeigang zu sagen, der Vögtin gar nicht wohltat; ich muß aber doch auch den Umstand, daß die ganze Nacht ihr alter Türk zu ihren Füßen lag, nicht vergessen. – Er heulete in den ersten Tagen, da der Vogt in (gefangen) war, ganz abscheulich vor dem Pfarrhof, so daß es der ganzen Nachbarschaft angst war; denn ob gleich jedermann ihn kannte, und wußte, warum er heulte, so tönte es doch den Leuten so fürchterlich in die Ohren, daß ihrer viele sein Geheul gar nicht für ein Alltagsgeheul von einem Hund, der seinen Meister suchte, sonder für Unglück weissagend erklärten, und der Siegerist ließ in der zweiten Nacht den Hund der Vögtin wieder zum Haus führen, und sagte zum Wächter, der ihn brachte: „Wenn das Geheul ein Unglück bedeutet, so ist's immer besser, der Hund heule, wo er zu Haus ist, und es treffe, wer es verdient, als die Kirche und das Pfarrhaus, welche wir alle miteinander wieder bauen müßten." – Die Vögtin mußte den Hund von nun an Tag und Nacht anbinden, und dieser hatte so böse Zeit, daß er sich fast gar nicht mehr aus dem Hundsstall heraus ließ, denn Junges und Altes, was alles seinem Meister hässig war, schänzelte izt den Hund, und warf ihm Steine an; und er war nunmehr acht Tag lang so an der Ketten: da aber izt der Vogt heimkam, ward er wie wild, schleppte den ganzen Hundsstall mit seinen Ketten von der Scheune zur Haustür, und da man ihm das Haus auftat, und ihn abließ, sprang er mit beiden Füßen dem Vogt auf die Achsel, und war fast gar nicht wieder von ihm abzubringen; – da er endlich folgen mußte, legte er sich nieder, hielt den rechten Tatzen dem Vogt auf den Schoß, und entzog ihm kein Aug.

Es freute den Vogt auch, daß sein Türk sich so anhänglich zeigte. Er streichelte ihn, und nahm seinen Tatzen in die Händ; aber fast in eben dem Augenblick stieg es ihm auf, er sei mit keinem Menschen so treu gewesen, darum sei ihm auch kein Mensch so gut geblieben, wie dieser Hund. Und nun verschwand die Freude über die Liebe des Hunds: Er seufzte, und ließ ihm seinen Tatzen fahren. –

§ 31

Lips Hüni – ein Wächter

Die Schelmenbande hatte es schon am Abend erfahren, daß der Pfarrer ihn diese Nacht heim lassen wollte; und sie ließen ihm am Morgen, wenn er wieder zurück sollte, vor seinem Haus aufpassen, damit sie sicher wissen und sagen könnten, der Pfarrer lasse ihn machen, was er gern wolle, damit er ihm sage, was er gern höre.

Lips Hüni war der, den sie zum Wächter stellten; der trank bis am Morgen um 3 Uhr hinter dem Ofen beim Kalberleder, der der nächste beim Vogt wohnte, Gebranntes. Am 3 Uhr machte er sich dann hinter den Hag, nahe bei des Vogts Tür, und wartete so bis um 5 Uhr, da der Vogt herauskam. Da kroch er ihm auf allen vieren hinter dem Hag den Weg vor, und verbarg sich hinter des alten Leutolden Nußbaum unten an der Kirchhalden, wo dieser hart an ihm vorbei mußte, und rief ihm da plötzlich hart an die Ohren: „B'hüt uns Gott und segn' uns Gott, was ist das?" – Der Vogt fuhr einen Augenblick zurück, sah den Kerl, den Kopf hinter dem Baum hervorstreckend, und sagt zu ihm: „Was gibt's da? Was willt du?" –

Der Hüni kam izt hinter dem Baum hervor, sah dem Vogt mit einem hämischen Gesicht recht nahe in die Augen, und sagte: „Bist du es, Vogt, oder bist du es nicht? Ich glaubte, du stecktest im Loch, und izt bist du auf der Straße. –

Der Vogt merkte am Branntenwein, der ihm zum Maul hinausstank, und an allem, daß er nicht für ihn, sonder für jemand ander das Maul auftat, und sagte zu ihm: „Wieviel hast du Lohn, daß du mir hier aufpassest?"

„Das will ich dir ein andermal sagen, antwortete der Hüni: Aber hör, Vogt! Wenn du kein Gespengst bist, so sag mir: Was tust du hier? Gelt! Du willst dich im Nachtwandeln üben, damit du, wenn du es einst tun mußt, es wohl könnest? Vogt, wenn ich's erlebe, so will ich dir dann alle Fronfasten zusehen; ich weiß deinen Hauptweg zum voraus; er gehet vom Markstein zum Galgen, und vom Galgen wieder zum Markstein."

Solche Bosheiten rief ihm der Hüni durch alle Gassen nach, bis er im Pfarrhof war, so daß jedermann, wer schon auf war, ans Fenster kam zu sehen, was für ein Lärm sei. –

§ 32
Es ist wohl so, wie sie sagen: Aber wo die Hirten sich schlagen, da werden die Schafe gefressen

Und das war just, was die Vorgesetzten wollten, und warum sie den Hüni an diesen Plaz stellten, nämlich zu machen, daß jedermann im Dorf davon schwatze, der Vogt seie des Nachts heim gelassen worden, damit sie den Meyer zwingen können, auch das noch dem Arner wider den Pfarrer anzubringen.

Dieser sperrte sich zwar wie immer, und sagte ihnen: „Ihr wißt doch auch, daß der Junker nichts so annimmt, und daß es völlig ist, wie wenn man ihm nichts sage, wenn man ihm mit so etwas kommt.

Aber die Bauren hatten wie immer keine Ohren für das, was sie nicht wollten. –

„Es müßte der Teufel tun, wenn das ihn nicht wider den Pfarrer aufbringen würde," sagte der Kienast. –

„Nein, bei Gott! das fehlt nicht," sagte der Kalberleder.

„So alt ich bin, hab ich's noch nie erlebt, daß es nicht Händel absetze, wenn ein Pfarrer etwas getan, wie das ist."

„Es ist sicher dem Junker ins Amt gegriffen" – sagte der Moosbauer, und die Bauren alle beharreten darauf, er müßte das anzeigen, und so hoch treiben als er nur könnte.

Der gute Meyer ließ sich endlich auch das noch aufladen.

§ 33
In welch hohem Grad ein Verbrecher Mensch bleiben – und seine geistliche und weltliche Herrschaft interessieren kann

Aber der Pfarrer schrieb es dem Junker selber – Er gab dem Michel, der ehdem mit dem Vogt so eng verbunden war, aber sint kurzem so gut mit dem Lienhard worden, ein Fürbittschreiben an den Junker, und sagte darin: wenn er nur eine halbe Stunde selber mit dem Michel reden werde, so sei seine Fürbitt gewiß überflüssig. –

In eben diesem Brief meldete er dem Junker, daß er den Vogt diese Nacht heim gelassen, und warum.

Der Junker ließ den Michel warten, bis er Zeit fand, sich mit ihm einzulassen. Es ging fast zwei Stund; der Michel machte allerlei Kalender während der Zeit, und war eben im Stall, und pfiff den Pferden vor, als der Junker unter die Linde kam, und ihm rufte.

Arner sah den Michel mit Ernst vom Kopf bis zun Füßen an; der Michel stand aber auch da mit der Miene eines Mannes, der in seinem Innern Ruhe hat und Stärke: Er zeigte, daß er hoffe, Verziehung zu erhalten, und auch daß er fühle, dieser Verziehung wert zu sein.

Arner befahl ihm, umständlich alles zu erzählen, worin er verwikkelt sei.

Der Michel tat es im Augenblick, ohne sich zu bedenken, und erzählte, wie er unter seinem Großvater für den Vogt und die andern Bauren aus der Schloßscheuer ganze Säck voll Korn ab den Garben getreten, und an Seilern in den Schloßgraben heruntergelassen, und von da ins Wirtshaus getragen, wo das Ablager war – Wie er wohl hundertmal des Nachts die Schloßzeichen ab den besten Eichen und Tannen gezimmert, und den Bauren geholfen, sie als eigen Holz auf die Säge zu führen; – wie sie hundertmal im Wirtshaus mit den Schloßknechten um Werkzeug, Seiler, Säck, Körb und dergleichen gespielt und gesoffen – wie noch izt viele Bauren Kleider mit solchen gestohlenen Säcken gefüttert tragen, und ganze Räder und halbe Wägen und halbe Pflüg, und eine Menge Naben, Pflugeisen, Riestern, Stoßkarren, Tragbahren, Güllenfaß, Weinfaß, Bierfaß in den Baurenhäusern stehen, die das Schloßzeichen haben, oder doch zeigen, daß es ausgekratzt und ausgehauen worden – wie darum auch alle Handwerksleut es so mit dem Vogt gehalten, und ihm ganz umsonst geschmiedet, geschlossert, gewagnert, gezimmert, getischlert, geschneidert und geschustert, weil er ihnen immer allerhand solchen Abgang aus dem Schloß um einen Spottpreis zuschanzen konnte.

Das gerade offene Wesen und der Mut, mit dem er das Böse von sich selber gleich ungescheut wie von den andern sagte, und die Kenntnis, die er von allen Umständen und von den Ursachen aller Unordnungen im Dorf zeigte, brachte den Junker dahin, daß er mit einem Zutrauen mit ihm redte, welches vermögend gewesen wäre, aus dem Michel einen braven Kerl zu machen, wenn er's nicht schon gewesen wäre.

Er fragte ihn einst mitten im Gespräch über diese tausenderlei Bosheiten, warum es auch so schwer sei, die Leute von einem so unglücklichen Leben abzubringen?

Der Michel antwortete ihm: „Der Mensch ist immer mit gar vielen Fäden an sein Leben angebunden, und es braucht gar viel, ihm neue anzuspinnen, die ihn so stark als die alten auf eine andre Seite hinziehen."

Diese Antwort frappierte den Junker, daß er sich einen Augenblick von ihm wegkehrte, und dieselbe von Wort zu Wort wiederholte: „Es ist wahr, sagte er zu sich selbst, die Fäden, womit ein Verbrecher an sein altes Leben angebunden, abzuschneiden, und ihm neue anzuspinnen, die ihn zu einem bessern führen, ist das einige Mittel, den Verbrecher zu bessern; und es ist wahr, wenn man dieses Mittel nicht braucht, so ist alles, was man sonst an ihm tut, wie ein Tropfen Wasser ins Meer.

Er redete noch über eine Stunde mit ihm, und ließ sich besonders die Geschichte mit dem Gespengst in des Hoorlachers Haus gar weitläufig erzählen.

Des Michels eigene Worte hierüber waren:

„Der Hoorlacher habe das Haus Anno 1767 vom Wagner Leüppi um 450 fl. gekauft, und für mehr als 300 fl. darin verbauen, und der Vogt habe ihm bei Lebszeiten 600 fl. dafür geboten, da er aber gestorben, wollte er es nicht mehr, und ließ durch mich und den Ständlisänger aussprengen, der Hoorlacher sei keines natürlichen Tods gestorben, und man habe hinter seinem Bett den abgehauenen Strick noch gefunden, an dem er erstickt. – Innert 8 Tagen war die ganze Gegend von diesem Gerücht voll, und man setzte noch hinzu, sein Nachbar der Kirchmeyer habe den Strick selber ins Pfarrhaus getragen, aber der Pfarrer habe ihm verboten, davon zu reden, weil der Hoorlacher izt doch schon vergraben, und es nur Ärgernis absetzen würde.

„Auf das hin schickte der Vogt alle Monat ein paarmal einen von uns ins Haus, die Nachbarn zu erschrecken, als ob ein Gespengst darin wäre; das tat er über ein Jahr lang, bis kein Mensch mehr das Haus vergebens genommen hätte, dann kaufte er es der Hoorlacherin aus Mitleiden, wie er sagte, um 200 fl. ab, und versprach, diesen Greuel aus dem Dorf zu bannen, zwei Kapuziner wohl hundert Stund weit herkommen zu lassen: aber er redete nur mit dem Sauf-Waldbruder in der Haberau ab, machte ihn 8 Tag sich im Haus verstecken, und dann und wann sich an den Fenstern zeigen und Grimassen machen. – Indessen fraßen, soffen und spielten wir alle Nacht mit dem Bruder, und taten so laut, daß der Wächter Leutold es merkte; er erkannte vor den Fenstern alle drei Stimmen, und kam mornes mit dem Geschwornen Kalberleder, seinem Bruder und dem Hügi, auf den Schlag 12 Uhr, mitten im Jubilieren vors Haus. – Der Pfaff war, sobald sie anklopften, wie der Blitz im Verberchloch, und ich auf dem Dach, und von da über den Birrbaum hinunter und fort. – Der Vogt kroch in den Ofen, aber er konnte ihn nicht zumachen, weil schon Holz darin war. Die vier stießen die Türen mit Gewalt auf, u. waren im Augenblick mit einem Hund und einem Licht in der Stube, und des Vogts Katz flüchtete sich vom Tisch weg zu ihrem Meister in den Ofen: dieser wußte nicht, was es war, und tat einen erbärmlichen Schrei – Da ist der Vogt – riefen die Kerl, zündeten ihm mit dem Licht zum Ofen hinaus, und machten ihn alles Geld, das er bei sich hatte, teilen, damit sie ihm den Spaß nicht ausbringen."

Endlich befahl der Junker dem Michel, ihm bis übermorgen ein Verzeichnus zu bringen, was von den aus dem Schloß gestohlenen Sachen noch im Dorf seie – Hierauf entließ er ihn freundlich.

§ 34
Weil er Vater von allen, so hält er zuerst und am stärksten seinen ältesten Buben im Zaum

Er war kaum fort, so kam der Untervogt Meyer, um dem Junker anzubringen, was er der Schelmenbande, ihm anzubringen versprochen.

Er war aber schon beim Grüßen, da der Junker ihm freundlich die Hand bot, so steif, angsthaft und verändert, daß dieser in den paar ersten Minuten, da er da stund, merkte, wo er mit ihm zu Hause war, und sich nicht enthalten konnte, zu sich selber zu sagen: Er ist kaum 8 Tag Vogt, und macht schon Maul und Augen, wie wenn er sich innert Jahr und Tag henken könnte, oder Land und Leut verraten wollte.

Der Vogt aber fing dann bald an, dem Junker zu verstehen zu geben, daß es gar viel Schwierigkeiten haben werde, die Allmend zu verteilen, und daß es seiner unmaßgeblichen Meinung nach besser wäre, man würde zuerst mit einem kleinern Stück, z. E. mit dem Winkel zwischen dem Wald anfangen, und dann sehen, wie's etwan weitergehen wollte.

Was ist das für ein Winkel, sagte der Junker.

Vogt: Der da zu oberst an der Weid, wo sie sich zwischen den Tannen gegen den Berg zieht.

Junker: (ihn steif ansehend) Der da?

Vogt: Ja – oder wenn Euer Gnaden ein andrer beliebt.

Jkr.: (ihn forthin steif ansehend) Aber du meinst diesen und redest von diesem.

Vogt: Ja.

Jkr.: Ist's dir auch Ernst?

Vogt: Es sind gar viel Männer im Dorf dieser Meinung.

Jkr.: Aber du auch?

Vogt: Ja.

Jkr.: Kennst du den Winkel?

Vogt: Ha, so zum Teil.

Jkr.: Darfst du sagen, du kennest ihn nicht vollends? – Du hast ja Güter anstoßend.

Vogt: Ich kenne ihn, ich kenne ihn, gnädiger Herr!

Jkr.: Aber du glaubst wohl, ich kenne ihn nicht?

Vogt: Daran dachte ich nicht. –

Jkr.: Woran?

Vogt: Daß Sie ihn nicht kennen.

Jkr.: Hättest du mir ihn anraten dörfen, wenn du geglaubt, ich kenne ihn?

Vogt: Es ist mir leid.

Jkr.: Was ist dir leid?

Vogt: Daß ich ihn Ihnen angeraten.

Jkr.: Warum ist dir das leid?

Vogt: Weil Sie, wie es scheint, finden, daß er nichts nutz ist.

Jkr.: Findest du es nicht auch?

Vogt: Ich kann ihn nicht rühmen.

Jkr.: Warum hast du mir ihn dann angeraten?

Vogt: Die Vorgesetzten waren alle der Meinung.

Jkr.: Warum waren sie dieser Meinung?

Vogt: Ich weiß es nicht.

Jkr.: Das kann ich izt glauben oder nicht; ich will es dahingestellt sein lassen: Aber was sein muß, und unverzüglich sein muß, ist, daß nicht der Winkel, sonder die ganze Allmend, wie sie versprochen, verteilt werden muß.

Vogt: Ihr Gnaden wird doch nicht zürnen, wenn ich noch ein Wort sage.

Jkr.: Nein gar nicht.

Vogt: Es wird doch diesen Sommer fast nicht möglich sein, die Allmend zu verteilen?

Jkr.: Warum?

Vogt: Es ist kein Mensch im Dorf izt eingerichtet, das Vieh im Stall zu halten, und die Weid zu entbehren.

Jkr.: Fehlt's am Futter in euerm Dorf?

Vogt: Ja, man sagt es sei gar wenig, und hingegen gar viel Vieh da.

Jkr.: Was will dies *Man sagt?* Weißt du das nicht sicher?
Vogt: So ganz sicher nicht, gnädiger Herr!
Jkr.: So – Aber wieviel du selber Futter hast, weißt du doch?
Vogt: Das wohl.
Jkr.: Hast du für dich genug, um dein Vieh im Stall haben zu können?
Vogt: Ich kann es nicht leugnen.
Jkr.: Was leugnen?
Vogt: Ich meine nein sagen.
Jkr.: Du hast eine eigene Sprache – Aber es ist mir, wie das letzte Jahr Heu und Emd ausgefallen, es sollten alle genug haben wie du – Aber um abzukürzen, ist gut, daß man das Vieh zählen, und das Heu messen kann, und das muß sein; denn ich will wissen, woran ich bin. Du mußt das gerade heut mit dem Weibel tun, es wird sich dann zeigen, was hinter diesem Anbringen stecke, und wieweit man diese Weid diesen Sommer im Ernst nötig habe oder nicht.

Der Vogt war gar erschrocken, aber kam doch noch mit dem Pfarrer, daß er den Hummel des Nachts aus dem Gefängnis lasse, wenn er wolle.

„Bringst du das von dir selber, oder haben es dir andre aufgetragen?" sagte der Junker ihm zur einigen Antwort über dieses Anbringen, das so verwirrt war, daß es in die Augen fiel, er sei dazu gezwungen. –

Der Vogt wußte nicht, was er antworten sollte, sagte aber endlich doch: „Sie haben mich's geheißen sagen."
Jkr.: Wer?
Vogt: Die Vorgesetzten.
Jkr.: Mit Namen?
Vogt: (zitternd und todblaß.) Einer wie der andre.
Jkr.: Mit Namen?
Vogt: Kienholz – Kalberleder – Moosbauer – Rabser – Kienast – Hügi usw.
Jkr.: Wie kamst du zu diesen Herren?
Vogt: Ha, wie es sich so gibt.
Jkr.: Eben wundert's mich, wie es sich so gebe? Gingest du zu ihnen? Oder kamen sie zu dir? Trafest du einen jeden allein an, oder waren sie beieinander, da sie es dich geheißen?
Vogt: Sie waren beieinander.
Jkr.: Bei wem und bei was Anlaß?
Vogt: Beim Kienholz.
Jkr.: Und bei was Anlaß?

Vogt: Ich weiß es eigentlich nicht – Ich war nur einen Augenblick da.

Jkr.: Du wirst doch wissen, was sie in dem Augenblick hatten, da du da warest?

Vogt: Ich will's in Gottes Namen sagen.

Jkr.: Du tust ihm fast recht.

Vogt: Sie suchen das Weidverteilen zu hintertreiben.

Jkr.: Und du hast dich brauchen lassen, mir Lügen zu hinterbringen, damit sie zu diesem Endzweck kommen?

Der Vogt stand da, wie ein armer Sünder, schlug die Augen nieder, und antwortete kein Wort.

Er erbarmte den Junker, wie er da stand: „Meyer! Es ist das erste Mal, ich will es gut sein lassen, aber sorge dafür, daß du mir nicht zum zweitenmal kommst." – Einen Augenblick darauf sagte er noch: „Aber warum haben sie den Pfarrer verklagen wollen? Was geht das die Allmend an?

Vogt: Ich denke sie haben durch diesen Bericht den Junker und den Pfarrer hintereinanderrichten wollen.

Jkr.: Und denn?

Vogt: Und denn vielleicht gehofft, daß das Allmendverteilen desto eher hinterstellig gemacht werde.

Jkr.: So; und auch das hättest du angezettelt, wenn du gekonnt? –

Vogt: Es ist mir leid.

Jkr.: Ich hab dir verziegen – Aber du siehest, daß ich weiß, was du getan; denke daran – Ich will dich izt nicht länger aufhalten: – „Verrichte heut mit dem Weibel, was ich dir befohlen, und bring mir morgens das Verzeichnis." – Und dann ließ er ihn gehen. –

§ 35

Der neue Vogt neben seinen Bauren

Stellet euch izt den Vogt vor, wie er fortgegangen, und dann die Bauren, wie sie den Vogt empfangen, als er zurückkam. Er hätte sollen dem Junker einschwatzen, der Winkel zwischen dem Wald schicke sich gar wohl zum Verteilen.

Und er kommt mit der Antwort: der Junker sage, er seie zum Verteilen nichts wert.

Er hätte ihm sollen einschwatzen, sie hätten gar viel Vieh, und wenig Futter: – Und kommt mit der Antwort: er müsse das Vieh zählen, und das Futter messen.

Er hätte sollen den Junker über den Pfarrer aufbringen: und der Junker wird über das Anbringen aufgebracht.

Er hätt' ihn sollen herumführen, wie wenn er ein Narr wär: und dieser packt das Geschäft an, wie wenn sie Schelmen wären.

Sie staunten und zankten izt bald miteinander, bald mit dem Vogt; dieser aber ließ sie sitzen, und ging fort, den Weibel zu suchen, der ihm sollte helfen das Heu messen.

Da er fort war, sagte der Hügi: „Wir sitzen izt da beieinander wie im nassen Jahrgang."

Es hatte nämlich 1759 in der Ernt vier Wochen nacheinander geregnet, und es ist ihnen fast alles Korn auf dem Feld wieder ausgewachsen; da sind sie auch so viel beieinander gesessen, und alle Augenblicke hat einer den andern gefragt: Will's denn auch nicht enden das Wetter? Und ist denn auch gar nichts zu machen? – Und daran erinnerte sich izt der Hügi. –

§ 36
Er wieder neben des Weibels Töchterli

Aber der Vogt traf den Weibel nicht an; das Kind, das ihm unter der Türe Antwort gab, sagte, der Vater komme vor Nacht nicht heim, er sei auf dem Wochenmarkt.

Der Vogt wußte, daß der Weibel sonst immer bei Hause war, und nie selber auf den Markt gehe, und meinte also, er verleugne sich nur, und wisse schon, warum es zu tun seie.

Das letzte war auch wahr. – Die Vorgesetzten hatten ihm, sobald sie es mit dem Heumessen und Viehzählen vernommen, im Augenblick sagen lassen, er solle heut ein wenig beiseits gehen, und vor Sonnenuntergang nicht wieder heimkommen.

Der Vogt, der bei sich selber schon so verdrüßlich war, als er nur konnte, sagte dem Kind, er glaube, sie treiben den Narren mit ihm, und der Vater sei doch daheim.

Das Töchterli aber, das gar nicht furchtsam, und wie die ganze Haushaltung des Weibels ihm nicht gut war, fing an anstatt zu antworten, zu spötteln, und sagte: „Es scheint der Herr Untervogt sei gar nicht guter Laune?"

„Wenn ich dir gut zum Rat bin, so sag du, dein Vater soll herunterkommen, ich muß mit ihm reden" – sagte izt der Vogt.

Und das Töchterli – „wenn einmal izt der Junker von Arnheim in selbst eigener Person vor mir stünde, Herr Untervogt! so müßte ich einmal warten, bis der Vater wieder die Stege herauf wäre, ihe ich ihn könnte heißen herunterkommen."

Vogt: Ist er im Ernst z'Markt?
Töchterli: Im ganzen Ernst.
Vogt: Das ist vom Schinder.
Töcht.: Ich will's nicht hoffen.
Vogt: Ist er heut früh fort? Und wann kommt er wieder?
Töcht.: Er ist grad eben fort – und kommt vor Nacht nicht wieder.
Vogt: Wenn er grad eben fort, so schick ihm doch nach.
Töcht.: Jä, er ist auf dem Roß, und ich weiß nicht, ob er über das Moos, oder über den Berg geht. –
Vogt: Er hat bei Gott gewußt, was ich will, daß er eben izt fort ist.
Töcht.: Er ist doch kein Hexenmeister.
Vogt: Ich weiß izt nicht, was ich machen muß.
Töcht.: Vielleicht könnt's der Vater Euch sagen, wenn er nur da wär; aber er ist einmal izt nicht da.

So ließ des Weibels Töchtergen den neuen Untervogt fortspazieren, und lachte dann aus vollem Hals die Stege hinauf, ob der neuen Obrigkeit, die vor ihm zu – fast brieggen (weinen) wollen, daß sie den Vater nicht hinter dem Ofen angetroffen. –

§ 37

Er wieder ins Kienholzen Stuben – und auf der
Gaß beim Weibel, der auf dem Roß sitzt

Der Vogt ging izt wieder zurück zu des Kienholzen, und sagte den Vorgesetzten, es müsse ihm izt einer von ihnen helfen, weil der Weibel nicht da sei.

Aber es wollte keiner; und der Kienholz sagte zu ihm: „Es ist gar viel besser, du machest diese Arbeit über 8 Tage, sie freut uns gar nicht so wohl, daß wir dir dazu helfen möchten."

Der Vogt antwortete: „Ihr wisset doch, wie der Junker ist, wenn etwas versaumt wird."

Sie ließen ihn aber reden, und sagten ihm kurz, sie helfen ihm nicht.

Er hielt lange in allen Ecken an, aber es gab ihm keiner Gehör. Endlich gab ihm der Hügi den Rat: „Wenn du das Verzeichnis doch haben mußt, und dir niemand helfen will messen und zählen, so laß du das Messen auch bleiben, und dir von jedem angeben, wieviel

Heu und Vieh er noch habe, dann hast wenigstens getan, was du hast können."

„Aber ich will Heu und Futter beim Eid wissen" – sagte der Vogt.

„Das versteht sich, beim Eid" – sagten die Bauren, und lachten einander an.

Vogt: Ich will izt grad anfangen: Und ihr seid doch auch zu Hause, wenn ich komme?

„Wie sollten wir anderst dörfen?" antworteten einige, die just das Gegenteil im Sinn hatten.

„Nein, man muß hierüber izt nicht versaumen," sagte der Hügi. – Und es war gut, daß er diesen Fürsprech aus ihrem Mittel hatte; denn ihrer etliche hätten ihn sonst gewiß das Dorf zehnmal durchlaufen lassen, ohne daß er sie angetroffen hätte.

So aber brachte er das Verzeichnis endlich zustand. Beim Heimgehen traf er dann just noch den Weibel an, der vom Markt heimkam. – Dieser sagte ihm vom Roß hinunter: „Was hast du da für eine Bürde Papier unter dem Arm?" –

Ich wollte, dein Roß wäre heut vernagelt gewesen, damit du daheim geblieben – du hast mir notwendig helfen sollen, antwortete der Vogt.

Weibel: Worin?

Vogt: Ich habe müssen das Heu und Vieh, so im Dorf ist, aufschreiben.

Weibel: Warum das? Gibt's Krieg?

Vogt: Nein, nur wegen der Weid.

Weibel: So –

Vogt: Wenn du nur auch da gewesen wärest.

Weibel: Warum hast du mir's nicht am Morgen sagen lassen? Ich bin erst um Mittag fort.

Vogt: Ich bin auf Schlag zwölf Uhr selber zu dir kommen, und hab es dir sagen wollen.

Weibel: Das ist doch fatal – Ich bin kaum um den Hausecken herum gewesen, so hab ich jemand hören klopfen, und mit meiner Tochter reden. Gewiß bist du's gewesen?

Vogt: Daß du auch nicht umgekehrt –

Weibel: Es hat mir nicht geträumt, daß du's seiest, oder was du wollest, und du hättest mir ja nur pfeifen können. – Er konnte sich aber des Lachens fast nicht enthalten, und sagte: „Mein Roß ist im Schweiß, es muß in Stall."

„Ich bin auch im Schweiß," sagte der Vogt, und sie gingen voneinander. –

§ 38
Renold ein braver Mann trittet auf

Die Nacht durch war ein Treibjagen und ein Herumlaufen im Dorf, wie im Wald unter den Zigeunern, wenn sie erfahren, daß eine Betteljägi (Jagd) angestellt ist. – Die Vorgesetzten wollten mit Gewalt alles unter *einen* Hut bringen, und schickten wohl dreimal zum alten Renold, vor dem sie sich fürchteten, ihn zu bitten, er solle ihnen in diesen Umständen doch auch zustehen und abwenden helfen, daß nicht noch mehr Unglück im Dorf entstehe.

Er ließ ihnen aber zweimal antworten, er möge die Sache ansehen wie er wolle, so dünke ihn, es wäre das beste, wenn man sich demütigen, und um Verziehung bitten würde.

Aber dafür hatte niemand Ohren; bis auf den Schulmeister behauptete alles, die Demut sei izt kein göldener Apfel in silbernen Schalen.

Man schickte zum drittenmal zu ihm hin, er soll doch um tausend Gottes willen wenigstens schweigen, und morgen einmal auch nichts Unvorsichtiges sagen.

Er wünschte, daß er morgen nicht nur sein Maul, sondern auch seine Augen und Ohren zuhalten könnte, war das letzte Wort, das er ihnen sagen ließ.

Alles Volk in Bonnal fürchtete sich vor diesem Morgen; Arner aber eilte mit himmelreinem Vaterherzen zu dem Volk hin, das sich vor ihm förchtete.

Wenn nach langen heißen Tagen die Erde dürstet, und alle Pflanzen nach Wasser schmachten, und dann an Gottes Himmel sich ein Gewitter aufzieht, so zittert der arme Bauer vor den steigenden Wolken am Himmel, und vergißt das Dürsten des Feldes und das Serben der Pflanzen im brennenden Boden, und denkt nur an das Schlagen des Donners, an die Verheerung des Hagels, an den entzündenden Strahl, und an überschwemmende Flut: – Aber der im Himmel wohnt, vergißt nicht das Dürsten des Feldes, und das Serben der Pflanzen im brennenden Boden, und sein Gewitter tränket mit Segen die Felder der armen Leute, die im Blitzglanz der Mitternachtsstunde, beim donnernden Himmel zitternd nach den Bergen hinsehen, von denen sein Gewitter daher rollt. Dann am Morgen sieht der Arme die Hoffnung seiner Ernte verdoppelt – und faltet seine Hände vor dem Herrn der Erde, vor dessen Gewitter er zitterte.

Das ist das Bild der armen Leute, die sich vor ihrem Herrn fürchteten, und das Bild Arners, der izt zu ihrem Troste und zu ihrer Hülfe nach Bonnal eilte. –

§ 39
Die Morgenstunde Arners, an einem Gerichtstag neben seinem Pfarrer

Er ist da – beladen mit den Entschlüssen des Tages, und sturm von den Bildern einer schlaflosen Nacht, war er stiller und ernster als sonst.

Er fühlte izt die Last des kommenden Tages, und die Sorgen des Manns, dessen Kinder die Wege ihrer Torheit vor ihrem Vater verbergen.

Schon beim Aufgang der Sonne stand er im Pfarrhof neben seinem Pfarrer. – Die ersten Strahlen glänzten auf der Träne des Manns, der sanft und mild gegen sie hinsah, und sagte: „Gott geb', daß ich sie heut mit leichtem Herzen untergehen sehe!" – Das geb' Gott! erwiderte sein Pfarrer, und auch er hatte eine Träne im Auge. –

Dann redeten sie von den Geschäften des Tages, und vom Hummel, wie er izt alles so ganz anderst ansehe als vorher, und wie seine Erfahrungen ihm mitten durch seine Torheiten und Laster einen so großen Wahrheitssinn erteilt, daß der Pfarrer hundertmal darob erstaunen müßte.

Sie kamen auch auf die Obstbäume zu reden, welche der alte Junker schon vor mehr als zwanzig Jahren auf dem Bonnaler Ried gepflanzt, und der Gemeind verehrt, die aber alle serben und nirgendshin wollen.

Der Hummel hatte nämlich dem Pfarrer gestern gesagt, es fehle da gar nicht am Boden, sonder nur an der Besorgung, und man solle die Bäume nur unter Leute austeilen, die Obst nötig haben, so werden sie bald groß und schön sein.

Der Junker verwunderte sich über die Ausgaben, die jährlich für das Ried der Gemeind verrechnet werden, und über die Frondienste, die die Gemeind jährlich auf diesem Ried tue.

Der Pfarrer sagte ihm aber, dies alles geschähe nur zum Schein, damit die Vorgesetzten ein paar Tag im Jahr mehr auf gemeine Unkosten fressen und saufen können – Und sie mögen den Taunern sowenig einen Obstwachs gönnen, als sie ihnen die Allmend gönnen mögen, und darum werde es, solang es so sei, aus diesen Bäumen nie nichts geben. –

Der Junker sagte bei diesem Anlaß, seine Leute essen bei der sitzenden Lebensart, die je länger je mehr aufkomme, gewiß zuviel und zu unvermischt Erdapfel, und man könne in dieser Absicht das Pflanzen der Obstbäume gewiß nicht genug betreiben: Und auch der Pfarrer bedaurte, daß so gar viele Leute sich fast nur mit Kraut, Rüben und Erdäpfeln behelfen müssen.

„Es wäre doch weiß Gott allenthalben so leicht einzurichten, daß die ärmste Haushaltung immer auch etwa ein Dutzend tragbare Obstbäume und auch eine Geiß halten könnte" – sagte der Junker.

„Und es ist doch nirgends eingerichtet," erwiderte der Pfarrer.

„Ach! Es ist für den Armen nirgends nichts eingerichtet, bis man ihn in Spital nimmt," – sagte der Junker, und erklärte sich im gleichen Augenblick, nicht nur die Bäume auf dem Ried zu verteilen, und eigentumlich zu machen, sondern für alle seine Leute in seinen Baumschulen so viel junge Bäume zu ziehen, als sie nötig haben. Er setzte hinzu: „Und ich will alles tun, damit ihnen die Bäume recht lieb werden, und sie bald Frucht davon haben; ich denke ich wolle ihnen allemal bei ihren Hochzeiten und Taufanlässen welche schenken."

Pfarrer: Ein solches Andenken an die wichtigsten und freudigsten Umstände ihres Lebens kann nicht anderst als für ihr Herz und für ihr Glück ebensoviel Gutes würken, als für die Bäume selber.

Junker: Gott geb' es!

Pfr.: Was mir zu Sinn kommt, Junker – Sie müssen auch den Kindern, die zum ersten Mal zum Tisch des Herrn kommen, solche Bäume schenken.

Jkr.: Das will ich gern.

Pfr.: Das Projekt mit diesen Bäumen macht mich 20 Jahr über mein Ziel hinaus traumen, so sehr nimmt es mich ein.

Jkr.: Nun, was traumen Sie dann so weit hinaus?

Pfr.: Ich kann mir izt vorstellen, wie Sie einst mit meinem will's Gott bessern und stärkern Nachfolger, Ihre Leute auf dieses Ried, welches bis dann ein Baumgarten und ein herrlich schöner Baumgarten für Ihre Armen werden kann, hinführen, und da mit ihnen ein Volksfest feiern werden, das Ihrer würdig sein wird.

Jkr.: Was für ein Volksfest?

Pfr.: Das Fest der dankbaren Armut, welche Sie mit diesen Bäumen erquicken werden.

Jkr.: Sie machen mich auch traumen.

Pfr.: Denken Sie, was das für ein Fest sein wird, wenn Ihre Leute am schönsten herbstlichen Tag auf ihrem Ried unter dem Schatten von Bäumen voll reifer Früchte, in dieser herrlichen Aussicht, im Angesichte des Himmels und der Erde ihren Taufbund und ihr Nachtmahlgelübd erneuern, und das Angedenken der Freuden ihrer Hochzeittage und ihres Kindersegens feiren werden. –

Jkr.: Würde ich wohl ein Mensch sein, wenn ich dieses Fest denken könnte, und nicht stiften würde?

Pfr.: Sie werden es stiften.

Jkr.: Ja, ich will es stiften, und solang mein Volk dasselbe feiren wird, so soll es Ihrer gedenken.

Pfr.: „Lassen Sie dann Ihr Volk Birnen essen und Äpfel – und gedenken, daß ihre Väter das nicht hatten." – Das war die Antwort des Pfarrers, und er setzte hinzu: „In allen Volksfesten des Altertums wird der Arme mit Speis und Trank erquickt, und am Feste des neuen Bundes selber, nahm der Herr Brot, und gab den Seinigen zu essen, und Wein, und gab ihnen zu trinken; und überhaupt ist die Aufhebung des Bedrückenden in den Nahrungssorgen der Armen der Geist der Gottesverehrung, die er auf Erde gestiftet, – so wie sie überhaupt Aufhebung alles Bedrückenden im Unterschied der Stände der Menschen, und Emporhebung der Elenden und Armen zum frohen teilnehmenden Mitgenuß aller Segnungen und Wohltaten Gottes ist." –

„Ich will Ihr Fest stiften" – wiederholte der Junker.

Eine Weile staunten er und der Pfarrer still dem großen Gedanken nach – Dann sagte der Junker: „Aber ach! So schön als wir träumen, wird nie nichts auf Erden."

„Es ist wahr – sagte der Pfarrer. – Aber der Lohn der Tugend ist nicht, daß sie das Unkraut von der Erde vertilge; genug ist's dem Frommen, daß im Acker des Fleißigen der gute Same Meister wird – Und es freut ihn, daß seine Bäume, die er pflanzet, Früchte tragen, wenn er längst von der Erde hingenommen sein wird."

Und der Junker und der Pfarrer dankten Gott, daß der Vogt sie an die Bäume auf dem Bonnaler Ried erinnert, und redten eine Weile wieder von dem unglücklichen Mann.

§ 40
Arner fangt seine Tagsarbeit an

So ging heute die erste Stunde nach der Sonne Aufgang dem Herrn und dem Pfarrer von Bonnal vorüber.

Gegen 8 Uhr kam der Untervogt Meyer mit dem Verzeichnis von

Vieh und Heu. Er entschuldigte sich, daß er dasselbe nur beim Eid habe aufnehmen können, weil der Weibel, der ihm hätte sollen helfen messen und zählen, auf dem Markt gewesen.

„Warum hast du nicht an seiner Statt einen andern Vorgesetzten zu dir genommen?" – sagte der Junker.

„Es hat keiner kommen wollen" – erwiderte der Vogt.

Junker: Hast du ihnen gesagt, es sei mir daran gelegen, daß dir jemand helfe?

Vogt: Ich hab es freilich gesagt.

Jkr.: Und doch hat keiner kommen wollen?

Vogt: Nein – Ich hab mögen sagen, was ich hab wollen, so war's vergebens.

Jkr.: Hast du also vollends niemand bei dir gehabt, und ist das Verzeichnis von niemand unterschrieben?

Vogt: Nein.

Jkr.: So nimm dasselbe nur wieder mit dir, und geh so geschwind, als du kannst, lies einem jeden in Gegenwart von zween Vorgesetzten von neuem vor, was er ausgeredt, und bring das Verzeichnis von diesen zween Zeugen unterschrieben zurück – Aber eile, daß du mit der Arbeit fertig werdest, eh die Gemeind angeht.

Vogt: Ich treffe sie just beim Kienholz beieinander an.

Jkr.: So – Was tun sie da beieinander?

Vogt: Nichts anders – Sie haben's so im Brauch, daß sie allemal vor der Gemeind zusammenkommen.

Jkr.: Wer?

Vogt: Ha, alle, welche meinen, sie hätten was zu bedeuten.

Jkr.: Es ist gut, daß ich das weiß. Ich vernehme vielleicht ein andermal, was sie beieinander machen.

§ 41
Bauren, die von ihrem Herrn reden

Der Vogt ging izt zum Kienholz, und sagte der Stuben voll Herren, sie müssen ihm ihr Heu und Vieh noch einmal angeben.

„Warum das? sagten die Kerls – Und da und dort sah ihn einer an, wie wenn er ihn fressen wollte.

„Er meint, glaub' ich, ihr oder ich seien verirret", antwortete der Vogt.

„Er hat immer etwas zu meinen" – sagte der eine – „Er kann ja selber kommen und messen" – sagte der andre.

„Nein, wir wollen's ihm auf der Nase abwägen; er hat izt eine, die länger als kein Waagkengel im Dorf" – sagte des Kienholzen Bub.

„Still du" – sagte der Vater.

„Nein, im Ernst, sagte der Meyer, ich muß einem jeden vorlesen, was er gesagt, und dann müssen zwei Vorgesetzte unterschreiben, daß es ein jeder bestätiget."

„Hinter dem steckt der Teufel. Es kann dann keiner mehr sagen, du seiest mit der Feder verirrt, oder du habest ihn nicht recht verstanden" – sagte der Hügi.

„Ich kann nicht helfen," erwiderte der Vogt.

Aber es wollte keiner an Tanz weder zum Angeben, noch zum Unterschreiben, bis er zuletzt den Rodel wieder unter den Arm nahm, das Tintenfaß in Sack schobe, und sagte: Mir ist zuletzt gleichviel, wenn ihr nicht wollet, so sag ich's nur wieder dem Junker, mach' er dann meinethalben, was er wolle.

Da begriffen sie doch, daß es besser sei, sie bestätigen, was nun einmal gelogen, und lassen es ordentlich unterschreiben. – Überhaupt aber war ihnen angst; dennoch trieben auch izt noch einige den Narren, und der Moosbauer sagte überlaut: „Aber wenn mein Fleck heut kalbert, so hab ich noch ein Stück Vieh mehr im Stall, du kannst ihm das noch mündlich beifügen." –

Der Weibel, der als Zeugen unterschrieb, und sosehr er dem Vogt hässig, sich dennoch nie in nichts Verfängliches hineinließ, sagte ihnen aber doch: es werde gut sein, wenn es beim Schreiben bleibe, denn wenn es zum Reden kommen sollte, so möchte es fehlen.

Der Hügi rief dem Vogt, als er fortging, noch nach, er sollte doch machen, daß der Junker izt mit diesem genug habe. –

„Ich kann mit ihm just soviel machen, als mit euch," sagte der Meyer.

„Denn ist's eben wenig," dachte der Hügi, und ließ ihn gehen.

§ 42
Arner tut die Tür zu

„Izt weiß ich doch sicher, was sie ausgeredt – Was ich izt aber weiter wissen muß, ist, was daran wahr sei?" – sagte der Junker, da ihm der Meyer das bestätigte Verzeichnis zurückbrachte – und befahl ihm dann ungesaumt mit dem Weibel von Haus zu Haus ein neues Verzeichnis aufzunehmen, aber es sich nicht angeben zu lassen, sondern das Vieh sorgfältig zu zählen, und das Heu zu messen.

Sogleich ließ er das Zeichen läuten, daß sich die Gemeind versammle, und sagte dann: „Ich will expreß, daß die Hausväter nicht bei Haus seien, wenn ihr zählen und messen müsset, und wenn ein Weib oder ein Knecht unter dem Titel, der Meister sei nicht daheim, sich widersetzen würde, so lasset sie, es mag sein wer es will, durch den Flink gefangen hieher bringen, und fahret mit eurer Arbeit ungesäumt fort: Ich gebe euch den Michel von hier, und den Hühnerträger von Arnheim zu, die euch helfen sollen."

„Es wäre doch auch besser und mehr Ansehen darin, wenn wir noch einen Vorgesetzten mitnähmen" – sagte izt der Vogt.

„Ich will, daß ihr diese mitnehmet," antwortete der Junker.

Vogt: Es ist diese Woche allerlei Geschwätz mit dem Hühnerträger vorgefallen, und ich förchte, es setze Verdruß, wenn er in alle Häuser hinein muß.

Jkr.: Eben darum muß er gehen, und wenn ihn jemand nicht hineinlassen will, so wißt ihr, was ihr zu tun habt.

Hierauf besetzte der Junker noch alle Zugänge zum Gemeindplatz, und befahl den Wächtern, unter keinem Vorwand keinen Menschen vom Platz wegzulassen, bis die Gemeind verabschiedet sei.

§ 43
Sie werden izt bald aufhören ratschlagen wider ihren Herrn, und wider ihr Heil

Diese war nun bei der Linde versammelt: Aber solange Bonnal steht, sahen die Bauren nie so wunderlich aus als heute. – Viele, die den Kopf immer sonst hoch tragen, und die Beine stellen wie Soldaten, ließen ihn izt hängen, und schlichen daher wie alte Weiber. – Leute, die sonst einander haßten, stunden izt zusammen, und flüsterten sich in die Ohren. – Leute, denen der Mund vom Morgen bis am Abend nie zugeht, redten izt kein Wort. – Leute, die sonst immer die Sonntagskleider anzogen, wenn sie an die Gemeind gingen, kamen izt in Werktagshosen und Fürfellen. Die meisten saßen da, wie wenn sie nicht wüßten, was sie miteinander reden wollten, und mancher fragte seinen Nachbar wohl 2- bis 3mal: Gibt's diesen Abend nicht Regen?

Der Hügi und einige Vorgesetzte, die das bemerkten und glaubten, es seie doch nicht das Spiel, daß alles so traurig tue, fingen an ihr Maul zu brauchen, wie wenn sie sich nicht fürchteten. Einige redten lustig vom Jkr. Heumesser und Herrn Kühzähler: Andre schwuren, er richtet nichts damit aus, denn eine Gemeind hat einen Arm, wenn sie zusammenhaltet, und darf sich alle Stunden mit so einem Jünkerli messen, wenn's Ernst gilt.

Der Hartknopf tat am stärksten sein Maul auf, und behauptete: man müsse für den Teufel nicht seine leibliche und geistliche Freiheit sich so liederlich rauben lassen, und sagte: „Wir haben izt ja unparteiische Zeugen, daß sein Hühnerträger es selber eingestanden, daß er mit dem Teufel in einem Bund ist, und wer in der Welt sollte uns zwingen können, etwas zu halten, was man uns also mit Teufelskünsten zu versprechen beredt?"

Die Schelmenbande gab ihm lauten Beifall, und behauptete, man müsse das treiben so weit man könne, und mit diesem anfangen.

Ein einziger junger Renold widersprach: „Ich für mich glaube, der Junker werde da anfangen, wo er will – Und unparteiische Zeugen habet ihr keine; denn wenn eine Gemeind klagt, so können ihre Bürger nicht unparteiisch zeugen."

„Wir müssen halt erwarten, was kommt," sagte der Rabserbauer – Und viele, die es hörten, sagten, das sei das Allervernünftigste von allem, so heute noch geredt worden. –

§ 44

Der alte Trümpi bringt eine böse Nachricht

Indem sie so redten, kam noch der alte Trümpi, der sein Lebtag immer allenthalben zu spät kam, und brachte die Nachricht, der Vogt und der Weibel spazieren mit dem Michel und dem Hühnerträger die Kirchgaß hinunter gegen das Dorf, und haben Papier und Tinte und Federn bei sich.

Wie ein Lauffeuer ging diese Nachricht in allen Bänken unter der Linden herum. – Von allen Bänken, und von allen Ecken rief man dem Trümpi: Was sagst du? Was ist das? Was sagst du? –

Vornehmes und Gemeines – alles streckte die Köpf izt nur gegen den Trümpi, u. solang er lebte, hatte er nie den zehnten soviel zu antworten als izt.

„Es ist nichts anders, als das verfluchte Kühzählen und Heumessen geht wieder an, sagten die Bauren aus einem Mund – und begreifen izt, wohin es langen könne, daß sie ihre Aussag wieder bestätigen müssen." –

Alles war so betroffen, daß ich wohl sagen kann, von den dickern Bauren hatte kein einziger seine natürliche Farbe mehr, als der dickhautige Rabser, und der kathfarbige Kienast, und auch diesen sah man's am Maul an, daß sie sich entfärbt hätten, wenn sie sich jemals hätten entfärben können.

Wenige Augenblicke darauf kam's dem einen in Sinn, er habe sein Schnupftuch vergessen, dem andern sein Tobak, dem dritten, er habe notwendig mit seiner Frau zu reden, dem vierten, er habe etwas herumliegen lassen, das ihm könnte gestohlen werden – Kurz, es kam einer Menge von ihnen zu Sinn, daß sie heim sollten. – Der Speckmolk fing sogar an aus der Nase zu bluten, damit er heim könne.

Aber der Harschier, der in der Lindengaß stund, hieß sie alle wieder zurückgehen, riet ihnen, Tobak und Schnupftuch bei den Nachbarn zu entlehnen, und diesmal das Nasenbluten bei dem Brunnen unter der Linden zu stillen.

Kurz, sie mußten zurück, und auf ihren Bänken erwarten, was der Vogt, und der Weibel, und der Hühnerträger und der Michel bei ihren Weibern daheim Gutes oder Böses anstellen möchten. –

§ 45

Es fangt an ernst zu werden

Ihre Angst erhöhete sich einen Augenblick darauf noch mehr, da izt der Befehl zur Linde kam, die Vorgesetzten alle und die größern Bauren, zusammen ihrer 17 sollten auf der Stell zum Junker ins Pfarrhaus kommen.

Was will er mit uns allein tun? sagten die Kerls.

Und was weiß ich? – antwortete der Wächter.

Sie waren aber kaum fort, so fing es an den Gemeinen nicht ganz übel zu gefallen, daß er diese allein rufe.

Hans und Heini murmelten in den Bänken: „Wenn er Schelmen sucht, so hat er sicher die rechten."

Ein Leisi sagte: „Es wäre wohl gut, wenn er es mit diesen allein ausmachen würde, und uns andre gehen ließ.

Einer, den sie Hallöri hießen, sagte: „Es sind etliche unter ihnen, sie sind bei Gott schlimmer als der Vogt."

Einer, der Stikelhauer hieß, sagte seinem Nachbar ins Ohr: „Ein Stück ab der Allmend wär doch nichts so Schlimmes."

Und sein Nachbar erwiderte: „Wenn die 17 nicht wären, so würden unter den andern nicht mehr 6 sein, die nicht auch gern eins hätten."

Der arme Micheli sagte gar überlaut: „Wir wollen doch nicht wider unser eigen Brot sein."

„Wenn die nicht wieder zurückkommen, so ist dir kein Mensch dawider" – sagten ihm etliche zur Antwort. –

Aber die Hartknöpfe und die Ehrenverwandtschaft der 17 streckten die Köpfe so stark, wo so ein Wort floß, und machten dir so große Augen, daß es den meisten, fast eh es heraus war, im Hals erstickte.

Indessen suchte Arner die 17 im Pfarrhaus mit Freundlichkeit zu einem freiwilligen Bekenntnis zu bringen – aber es war umsonst; sie glaubten izt vielmehr, er fürchte sich dahinter, daß er so um den Brei herumrede; der Kalberleder unterbrach ihn sogar, fast eh er ausgeredt hatte, und sagte:

„Wir wissen und begreifen nicht, weder was Sie sagen, noch was Ihre Klage ist.

Der Junker antwortete: Wer sind die *Wir*, in deren Namen du redest?

Kalberleder: Ha, niemand: Ich rede nur in meinem Namen.

Jkr.: Nein, Kalberleder – Ihr habt es abgeredt, und darum ist dir das *Wir* entronnen. Darüber aber verliere ich kein Wort. – Ihr wollet meine Klage wissen? Sie ist diese: „Daß ihr das Gemeindgut veruntreuet – die Gemeindsrechnungen verfälschet – und mit allem, was unter eueren Händen war, wie meineide, untreue Buben gehandelt." –

Das war izt deutlich, und mehr, und härter, als sie erwartet. – Sie sahen einander an – eine Weile redte niemand – doch bald darauf sagte der Moosbauer: „Ich für mich begehre Recht und Gericht wider diese Klage in aller Form und Ordnung." Und die andern Bauren begehrten zwar betroffen, aber doch aus einem Mund das gleiche – und schlugen dem Junker ab, neben dem Hummel ein Wort auf alles, was dieser anbringen möchte, zu reden.

Der Junker warnete sie noch einmal – Sie blieben standhaft und behaupteten, sie seien unschuldig.

„Das ist genug," sagte er izt – „Aber ihr seid von dem Augenblick an Gefangene – ihr werdet nicht anderst als mit einer Wacht nach euern Plätzen an die Gemeind zurückkehren: Und es ist euch verboten, daselbst mit irgend jemand weder über wenig noch über viel euch zu unterreden. Entfernet euch!

Die Wacht folgte ihnen auf dem Fuße nach, und die Befehle, sie zu bewachen, waren scharf.

Aber der Renold, der bei ihnen war, stund zuhinterst, und außert der Tür; die andern drängten sich ihm mit Fleiß vor, damit er dem Junker nicht zu nahe unter die Augen komme; und da die Stube des Pfarrers klein war, so kamen die Hintersten nicht völlig hinein, und der Renold, dem das Herz so groß war, daß er, wenn er hätte können, gern hundert Stund weit von allem weg gewesen wäre, stund in einem Ecken in der Laube, weit von der Tür, und wußte noch kein Wort, was vorgefallen, als Arner izt laut der Wacht rufte, sie zu begleiten.

An der Gemeind ward es plötzlich mausstill, als die Männer mit dieser zurückkamen.

Freund' und Vettern stunden izt um sie her, und fragten: Was ist das? –

Aber ihre Antwort – "Wir dörfen nicht reden" – schlug allen denen, die mit ihnen laugnen wollten, den Mut nieder, und der Hartknopf, der izt wider den Hühnerträger, wie das letzte Mal wider den Pfarrer, eine Rede erstudiert, sagte zu seinem Nachbar: "Es ist heute nicht gut predigen."

§ 46
Der Unverstand der Gewaltigen pflanzet die Lugen des Volks – Aber ihre Weisheit macht die Menschen wahrhaft

Indessen kam Arner, und befahl den Gemeindsgenossen zu sitzen, und den Beklagten stehenzubleiben.

Dann erzählte er, daß die 17 Männer, denen er wichtige Klagen, die er izt wiederholte, aus Freundlichkeit und Schonung im Pfarrhaus eröffnet, sich mit ihrer Unschuld groß gemacht, und ihm sogar abgeschlagen, in Gegenwart des Hummels sich auch nur zu verantworten, und daß er um deswillen ihnen izt vor der ganzen Gemeind sagen und zeigen wolle, wer und was sie seien.

Dann befahl er dem Schreiber, aus dem Verzeichnis von den Diebstählen aus dem Schloß diejenigen Artikel vorzulesen, welche diese 17 Männer betreffen.

Der Schreiber las hierauf, wie folgt:

„Im Wagenschopf des Richter Kienasts stehen zwei Räder, die aus dem Schloß gestohlen.

„Des Kalberleders Bännen ist aus dem Schloß gestohlen.

„Des Kirchmeier Hoorlachers junge Bäume sind aus den Schloßreben.

„Des Moosbauers Güllenfaß ist aus dem Schloß: es haltet 15 Saum, und ist No. 44 aus dem vordern Keller.

„Der Speckmolch hat einen ganzen Pflug, wovon alles Eisen noch izt das Schloßzeichen hat.

„Die große Winde auf dem Rabserhof ist aus dem Schloß.

„Des Hügis große Kühschellen ist aus dem Schloß."

So las der Schreiber fast eine Viertelstunde Sachen vor, die aus dem Schloß gestohlen worden, und sich in den Häusern der Männer, die da standen, befanden. – Von allen 17 war außer dem Renold kein einziger, den diese Vorlesung nicht traf.

Sie waren erschrocken, denn diese Punkten waren izt bestimmt, und sie wußten, daß, wenn sie diese leugneten, er gerade in ihre Häuser schicken konnte, sie zu überweisen. –

„Das ist gar nicht die Hauptsach – Aber es ist die Frag, ob ihr vorläufig das laugnen wollet," sagte izt der Junker.

Eine Weile antwortete niemand: – dann stund Kienholz auf, und sagte: „Gnädiger Herr! Wollten Sie uns eine Viertelstunde Bedenkzeit erlauben?"

„Man führe den Kienholz ins Gefängnis" – war die Antwort des Junkers – und es geschahe alsobald.

Die übrigen standen izt da, und wußten weder was sie sagen, noch was sie tun wollten.

Aber es ward auf einmal in allen Bänken lautes Gered – Freund' und Verwandte riefen ihnen zu: „Um Gottes willen, ihr sehet ja, daß er alles weiß, warum bekennt ihr doch nicht?" – Doch sie standen noch da wie verstummt.

Aber der alte Renold, der wieder einer von den Hintersten stund, drängte sich izt hervor, warf sich Arnern zu Füßen, und sagte: „Gnädiger Herr! Ich bin ein alter eisgrauer Mann, und Gott weiß, daß ich keinen Gefallen hatte an dem Übel, und an der Bosheit, die unter uns geherrschet; aber was Sie klagen, ist wahr." –

Der Junker antwortete ihm: „Alter Mann, du daurst mich, mit deinen eisgrauen Haaren; ich weiß, daß du unter allen am wenigsten schuldig: und es ist mir leid, daß du mit Leuten verwickelt, die so viel verbrochen, und die noch nicht einmal wie du, bekennen.

Renold: Gnädiger Herr! Solche Umständ, wie die unsern, nehmen einem Herz und Sinnen.

Arner: Was für Umständ?

Renold: Sich schuldig zu wissen, und vor Angst doch nicht bekennen dörfen.

Arner kehrte sich izt zörnend gegen die andern, und sagte: „Warum widersprechet ihr izt dem Mann nicht, der wider euch zeuget?"

Aber der Mut zu leugnen war izt entsunken, sie warfen sich ihm zu Füßen, und baten um Gnade.

Als er sie so zu seinen Füßen sah, entsank ihm eine Träne; er trocknete sie vor allem Volk, und sagte: „Einen traurigern Anblick kann ich mir fast nicht vorstellen."

Dann wandte er sich wieder an den Renold, und sagte ihm: „Alter Mann! Stehe du auf – Ich habe gegen dich keine Klage, als daß du zu diesen Sachen allen geschwiegen: Aber warum hast du das getan, und deiner Obrigkeit solche Verbrechen, die dir seit 20 und mehr Jahren bekannt sein müssen, so lange verhehlt?"

Der Renold wollte zuerst mit der Sprache nicht herausrücken, und antwortete: der Junker möchte es übelnehmen, wenn er es sagte, oder meinen, er suche izt hintennach, da er zum Bekennen genötiget worden, noch Ausflüchte und Entschuldigungen.

Der Junker befahl ihm zu reden – dann bat der Renold den Junker, ein paar Schritt beiseits zu kommen, und sagte ihm: es sei unter seinem Großvater unmöglich gewesen, über alle diese Unordnungen zu klagen, wenn man nicht mutwillig in sein eigen Unglück habe rennen wollen.

Der Junker fragte ihn um Beispiele.

Er namsete den Bamberger und mehrere.

Indessen kamen die, so im Dorf das Heu messen, und das Vieh zählen mußten, wieder zurück.

Der Junker sah sie, und sagte zum Renold: „Ich will heute noch mehr mit dir reden."

Hierauf nahm er das Verzeichnis, das diese eben aufgenommen, und verglich es langsam und genau mit der alten Aussag.

Dann sagte er: „Es sind ihrer 22, die da ihr Vieh und ihr Heu falsch angegeben, und von euch, ihr 16, die ihr aus noch wichtigern Verbrechen da knieet, mangelt in Gottes Namen auch hier kein einziger."

Arner seufzte, da er dies sagte. –

Die 22 sind – Der Geschworne Kalberleder – Christoff Kalberleder, sein Bruder – Jakob Kalberleder, der Dicke – Der Geschworne Kienast – Joggel Kienast, der Metzger – Der Geschworne Kienholz – Christoff Moosbauer – Hans Moosbauer – der Rabserbauer – der Rabser Kuri, sein Bruder – Der Geschworne Speckmolch – der Sennbauer, sein Schwager – der Geschworne Meyer – Meyer der Freßmolch genannt – der Geschworne Hügi – der Siegrist – der Schulmeister – der Rütibauer – der Lindenberger – der Kühhändler Stoffel – der Stierenbauer Heirech – des Roßrütschers Nöppi. –

§ 47
Ein Siegerist und ein Schulmeister, zween Brüder dem Leib nach und auch der Seele

Der Siegerist und der Schulmeister waren keine Bauren, sondern der einte ein Schneider, und der andre ein Schuhmacher – Aber sie machten den Betrug aus lauter Hochmut mit ihrem wenigen Vieh und Heu den andern Bauren auch nach. – Es ist ihnen aber gar übel bekommen. Zum Spaß, oder zum Unglück waren sie beide, als der Vogt und die Männer ins Dorf kamen, bei Haus – der einte wegen der Schul, und der andre wegen des Läutens: sie wohnten unter einem Dach, und waren Brüder.

Der Siegerist hatte noch alles Heu, so er auf dem Kirchhof macht; er hatte kein Vieh, und verkaufte das Heu alle Jahre um bares Geld.

Aber er erschrak gar gewaltig, als die Männer ins Dorf kamen; denn er hatte ausgeredt, er habe nur ein Klafter Futter, und es war mehr als zwei. Geschwind deckte er izt einen Ecken vom Heu mit so viel Strohwellen, als er nur hatte – und als die Männer in sein Tenn kamen, sagte er, die Kappe unter dem Arm haltend, und die Hände reibend: Ihr wisset wohl, ihr Herren, ich mache keinen Halm Futter als ab dem Kirchhöfli, das macht etwa ein Klafter, wie ich es angegeben. –

„Du verkaufest doch sonst alle Jahre zwei Klafter," sagte der Hühnerträger.

„Es ist einmal izt gewiß nicht zwei" – antwortete der Siegerist.

„Wir müssen es messen" – sagte der Weibel.

Der Siegerist erwiderte: „Ihr könnt doch von Aug sehen, daß das nicht 2 Klafter sind."

Michel: Ist hinter diesen Wellen Stroh kein Heu mehr?

Siegerist: Kein Halm – ich versichre, kein Halm – es ist Strau, so ich schon zwei Jahr hab.

„Ich kann's doch fast nicht glauben," sagte der Michel, und indem er's sagte, legte er etliche Strohwellen beiseits, und hinter den Wellen war Heu.

„Das schmeckt nicht nach dem Kirchendienst," sagte der Michel, und der Weibel maß izt das Heu, und sagte dann: „Es ist viel über 2 Klafter." –

Der Siegerist war erschrocken und giftig, und sagte zur Antwort: „Wenn ihr jedermann so alle Winkel ausgesucht, so wird sich mancher um ein Klafter geirret haben."

Der Vogt erwiderte: „Wenn du nur 20 Klafter hättest, so würde es dann gar nichts machen, daß du um eins verirrest."

„Tut mir doch den Gefallen, und schweiget von diesem Klafter," sagte der Siegerist.

„Das kann nicht sein – man muß einen halten wie den andern," erwiderte der Michel.

Siegrist: Du machst dich groß, Michel – Aber du bist gar ein ehrlicher Mann. –

„Und du bist Siegrist" – erwiderte der Michel.

Der Vogt aber sagte: „Es ist nicht möglich, wir müssen's anzeigen." – Und dann gingen sie zum Schulmeister.

Dieser hatte anstatt einer Kuh, die er hatte, ihrer zwo angegeben – Er wollte desnahen den Vogt und seine Leute auch fast gar nicht in den Stall hineinlassen: als er aber zuletzt mußte, sagte er: „Jä, ich hab einmal meine einte Kuh nicht mehr; sie ist gestern fort."

„Aber ich habe sie doch schon vor acht Tagen fortführen gesehen," sagte der Hühnerträger.

Schulmstr.: Du hast gewiß eine andre für meine angesehen; meine ist keine 4 Tage fort, und denn wußte ich's nur nicht; meine Frau hat den Stall unter den Händen.

Vogt: Das ist izt gleichviel – wir können dir einmal izt nur eine aufschreiben, weil nur eine da ist.

Schulmstr.: Wenn sie doch auch nur ein paar Tag fort ist?

Michel u. Vogt: Wir können da nicht eintreten.

Schulmstr.: Ihr wißt auch wenig, was es heißt: Barmherzigkeit erweisen.

Michel: Es heißt einmal nicht, um eines Torenbuben willen Schelmenstreiche machen.

Schulmstr.: Was will das sagen?

Michel: Das will sagen, daß du ein Narr warest mit einer Kuh, die du nicht einmal hattest, am Vorgesetztenseil ziehen zu wollen.

Der Schulmeister hängte seinen Kopf, und sagte zur Antwort: „Es ist zuletzt noch besser, als am Hundsseil" – weil der Michel vor Zeiten viel auf die Jagd ging.

Der Michel antwortete: „Es gibt der Hundsseiler allerhand. –
Und der Vogt sagte: „Wir wollen gehen, eh's Feuer gibt".

Da aber die Schul izt aus war, und es auch schon Mittag geläutet, fanden der Siegrist und der Schulmeister, sie konnten izt noch an die Gemeind, und sich beim Junker entschuldigen, oder wenigstens verhüten, daß er nicht meine, sie seien um deswillen nicht an die Gemeind gekommen.

Und sie gingen wirklich mit dem Vogt und den Männern, die izt fertig waren, dahin. – Aber ziemlich von ferne – schon oben an der Kirchgaß sah der Siegrist die 17 auf den Knien; er erkannte nur den Junker, aber nicht was die andern machen, und sagte zum Schulmeister: „Es ist, wie wenn ein Dutzend vor ihm zu Gras rupfen, (ausraufen)."

Der Schulmeister guckte auch hin, aber er sann nicht daran, daß der Hühnerträger neben ihm zu stund, und sagte zur Antwort: „Du Narr, ich glaub, er mach' sie Hexenstückchen probieren."

Der Siegrist stupfte ihn zwar, aber das Wort war heraus, und der Hühnerträger hatte es völlig verstanden. Er antwortete zwar nichts, aber er blickte ihn an, als ob er einen Schulerbuben, und nicht einen Schulmeister vor sich hätte.

Indessen kamen sie näher zur Linden, und erkannten izt, daß es die Vorgesetzten, und daß sie vor Arnern auf den Knien. Und es war, wie wenn ihnen einsmals die Füß lahm worden wären, so langsam schlichen sie izt hintennach, und plötzlich wollten sie gar wieder zurückkehren.

Aber der Hühnerträger, der es merkte, u. dem des Schulmeisters Hexenstückli noch nicht recht lag, rüsperte der Wacht, und diese ließ sie nicht mehr zurück.

Sie machten aus der Not eine Tugend – gingen wohin sie izt mußten, aber setzten sich doch in den hintersten Bänken, und hielten sich gar stille.

§ 48
Er versteht das Fragen besser, als sie das Lügen

Nachdem der Junker das alte und neue Verzeichnis verglichen, und die zweiundzwanzig, welche Heu und Vieh falsch angegeben, mit Namen genennt, befahl er dem Weibel, die sechse, welche neben den 16, die schon da seien im Fehler, hervorzurufen. –

Der Weibel tat's – und ihrer vier kamen sogleich, aber der Siegrist und Schulmeister zauderten.

„Sind diese nicht hier?" sagte der Junker. –

„Wohl, sie sind hier," sagte leise der Meyer.

Und: „Wohl freilich sind sie hier," riefen laut etliche aus den hintersten Bänken.

„Wer sagte nein," antwortete der Siegrist, und ging nun mit dem Schulmeister auch hervor – stellte sich dann ehrerbietig vor den Junker hin, machte in aller Ordnung eine Reverenz, und sagte dann, die Händ zusammenhaltend, und die Augen verkehrend: „Ach, mein gnädiger Junker, ich mache doch auch keine Handvoll Futter als ab dem armen Kilchhöfli, und hatte izt das Unglück, ob dem elenden bißchen Heu zu verirren, und es für weniger anzusehen, als es ist." –

Der Junker sah ihn an, wie wenn er ihm sagen wollte: „Du möchtest lügen, und kannst es nicht." – Er ließ ihn einige Augenblick so stehen und schwitzen; endlich sagte er: „Du bist also verirret, Siegrist?" –

„Ja gewiß, wohlehrwürdiger Hr. Pfarrer," antwortete der Siegrist.*

„Um wieviel?" fragte der Junker.

Siegrist: Um ein Klafter.

Junker: Wieviel hast du Futter ab deinem Kilchhöfli?

Siegrist: Sie sagen izt, es sei 2 Klafter, und ich muß es wohl gelten lassen.

Junker: So – es wird doch wahr sein, was sie sagen?

Siegrist: Ä – ja.

Junker: Und wieviel hast du angegeben?

Siegrist: Eins.

Junker: Also einmal minder, als du hattest?

Siegrist: Ich bin in Gottes Namen verirret.

Junker: Unter allen Schelmen, die da sind, ist doch keiner um das Halbe verirret, als du.

Siegrist: Es ist mir leid.

Junker: Halt dein Maul.

Da er izt schwieg, fing der Schulmeister an, und sagte: „Ihr seid erzörnt, gnädiger Herr! – Aber ich bitte untertänigst um ein Wort." –

---

* Es ist ein erschrockener Siegrist, dem der Leser verziehen muß, daß er in diesem Zustand dem Junker wohlehrwürdiger Hr. Pfarrer sagt.

„Zwei, wenn du willt, und viere auch, aber die Wahrheit, wenn's dir lieb ist," – erwiderte der Junker.

„O gewiß, die Wahrheit, gewiß alle Wahrheit," sagte der Schulmeister, und erzählte dann, wie vor ein paar Tagen ohne sein Wissen seine einte Kuh aus dem Stall gekommen.

„So – erwiderte der Junker – du bist also in der Kuh verirret, und dein Bruder im Gras – ihr seid beide schöne Herren.

Schulmstr.: Es ist mir leid; aber ich hab' einmal vergessen, daß der Metzger von Rebstal sie schon abgeholt. –

Junker: Es muß dir gar am Gedächtnis mangeln?

Schulmstr.: Die Zeit her gar fast.

Jkr.: Ich hörte sonst immer, du habest ein gar gutes Gedächtnis, aber keinen Verstand.

Schulmstr.: Es ist nicht mehr wie vor altem – und denn nimmt sich meine Frau fast allein des Stalls an; ich habe in der Schul zu tun.

Junker: Du hättest also deine Frau sollen angeben lassen, wieviel Vieh du hast.

Schulmstr.: Es ist wahr – aber – –

Jkr.: Ich brauche keine aber – – du bist Schulmeister, und die Jugend des Dorfs ist in deinen Händen, und du hast mit kaltem Blute eine Meineidaussage zweimal bestätigt.

Schulmstr.: Aber in Gottes Namen – man kann doch auch etwas vergessen.

Jkr.: Inngehalten mit „in Gottes Namen!" – Kerl! Wenn du nicht hättest betriegen wollen, so hättest du in Stall gehen können, zu sehen, ob du eine oder zwo Küh habest; und ich meine, du sollest wissen, daß man schuldig ist, seine Augen zu brauchen, wenn du bei dem Eid ausreden willst.

Man hätte meinen sollen, das wär izt für alle genug gewesen: Aber der Kühhändler Stoffel meinte es nicht. Er trat auf, und sagte: „Aber ich, Junker! Einmal ich bin völlig unschuldig; ich erwarte das Vieh, das ich angegeben, alle Tage."

Jkr.: Aber man hat dich doch nicht angefragt, was für Vieh du erwartest, sonder was du habest?

Stoffel: Das ist wohl wahr – Aber da ich das Vieh alle Stund erwartete, mußte ich wegen der Weid darauf zählen.

Jkr.: Nicht wahr, es sind 8 Stuck, die du mehr angegeben, als du hast?

Stoffel: Zu dienen, Ihr Gnaden!

Jkr.: Hast du diese 8 Stück schon alle wirklich gekauft?

Stof.: Ganz sicher, Ihr Gnaden!
Jkr.: Von wem hast du sie gekauft?
Stoffel: Sie kommen mir von ungleichen Orten.
Jkr.: Auf wann erwartest du sie?
Stof.: Spätestens in 3 Tagen.
Jkr.: Alle 8 Stück?
Stof.: Ganz sicher.
Jkr.: Ich hoffe, das sei wahr, was du mir da sagst.
Stof.: Wenn die 8 Haupt denn innert 3 Tagen nicht kommen, so will ich mich entgelten, wie recht ist.
Jkr.: Dein Anbringen ist in seiner Ordnung, wenn es wahr ist.

In diesem Augenblick stunden izt noch ihrer vier auf, und sagten, sie haben auch Vieh gekauft, und erwarten dasselbe.

Aber die mehrern trauten nicht, schwiegen, und wollten mit dem Vieh auf dem Weg nichts zu tun haben. – Hingegen der Schulmeister, der sich zuerst erklären ließ, was die fünfe aussagten, juckte izt auch noch auf, und sagte, er erwarte auch wieder ein Stück Vieh, und habe das seine nur vertauscht.

„Du sagtest eben, du habest es dem Metzger gegeben," erwiderte der Junker.

„Das macht nichts; er hat mir ein anders versprochen," sagte der Schulmeister.

„So – sagte der Junker, und sah ihn spöttisch an, und fast in allen Bänken lachten die Bauren ob der Kuh, die der Schulmeister an den Metzger vertauscht.

Den andern aber, die vor ihm gesagt, daß sie Vieh erwarten, war angst ob seiner Dummheit, die, wie sie meinten, ihnen das Spiel verderbte.

Der Junker aber nahm izt wieder das Wort, und sagte: „Ich halte euere Entschuldigungen ganz für gut, wenn sie wahr sind: aber nehmet euch in acht, daß ihr nicht lüget."

Sie bestätigten wieder, daß es gewiß wahr sei. –

„Ihr saget es freilich; aber mir kann das unmöglich genug sein. Ich behalte euch alle im Schloß, bis am Tag ist, ob ihr die Wahrheit oder die Unwahrheit geredet" – sagte izt der Junker.

Das hatten sie izt nicht erwartet, und sie sahen einander an, wie wenn sie einander noch nie gesehen hätten.

„Aber warum wollet Ihr uns nicht heimlassen?" – sagte Stoffel der Kühhändler.

„Um des einzigen Grunds willen – erwiderte der Junker – weil ihr, wenn ich euch heimlasse, innert 24 Stunden eine ganze Herd

Vieh zutreiben könnet, ohne daß ihr izo schon einen Klauen davon gekauft habet."

Es entstund hierauf eine große Stille.

„Was bedeutet diese Stille?" sagte der Junker.

Es antwortete sogleich niemand – nach einer Weile sagte der Stoffel: „Jä, meine Käuf sind noch nicht alle vollkommen richtig."

„Du sagtest doch eben, daß dir das Vieh – nicht wahr, 8 Haupt? – bis übermorgens sicher kommen werde."

Stof.: Ja, wenn ich heim kann, so bin ich sicher, daß mir alle bis dann kommen.

Jkr.: Aber da ich dich izt nicht heim lasse, kommen dir izt nicht alle achte?

Stof.: Nein, so bin ich nicht sicher, daß mir alle achte kommen.

Jkr.: Aber es kommen dir auch sieben sicher, wenn du da bleibst?

Der Stoffel antwortete kein Wort.

„Siehe, wenn dir nur sechse kommen, so will ich damit zufrieden sein."

– Aber wieder keine Antwort. –

„Es werden dir doch auch fünfe kommen?"

– Wieder keine Antwort. –

„Aber du antwortest nicht: Du wirst doch auch viere sicher erhalten? Oder doch auch drei?"

„Alle acht, wenn ich Bericht schicken kann" – sagte izt Stoffel.

Jkr.: Was für Bericht?

Stof.: Nur daß man mir's schicken soll.

Jkr.: Aber gelt ohne diesen Bericht kommt dir kein einiges?

Stof.: Nein, ich glaub's nicht.

Jkr.: Ich glaub's auch nicht, und hab's nie geglaubt; so wenig als ich glaube, daß der Schulmeister dem Metzger seine Kuh vertauscht – Oder wie ist's, Schulmeister, wenn du im Schloß bleibst, kommt dir die Kuh, die du vom Metzger vertauscht?

Der Schulmeister antwortete auch nichts.

Und der Junker sagte: „Und ihr andere, damit ich's kurz mache; nicht wahr, die ganze Herd Vieh, die ihr erwartet, und gekauft, ist erlogen, und ihr habet geschwind heim wollen, und durch den ersten besten Juden oder Christen, der euch angelaufen wäre, das Vieh, so euch mangelt, zutreiben lassen wollen? – Aber es ist traurig, daß ihr meinet, es sei dann alles gut, wenn ihr euere Obrigkeit nur mit einem Lug hintergehen könnet: Schämet euch – Ich weiß, daß in allen denen Bänken kein Mann sitzt, der nicht in seiner Seele überzeugt war, daß von allem, was ihr mir habet angeben wollen, kein einiges Wort wahr ist, und doch habet ihr eine ganze halbe Stunde nacheinander mir alles, wie wenn es pure reine Wahrheit wäre, vor der ganzen Gemeinde ins Angesicht behaupten dörfen, und wenn ich euch heim gelassen hätte, das Spiel auszumachen, so wäre es noch euerer Freuden eine gewesen, euer Gespött über mich zu treiben. – Aber glaubet nur nicht, daß es Glück und Segen in euer Dorf und in euere Haushaltungen bringen werde, wenn ihr also mit euerer Obrigkeit umgehet."

In allen Bänken fing izt das Volk an unwillig zu werden, und zu sagen, sie hätten das nicht tun sollen. – Selbst der Hartknopf gab ihnen izt unrecht, und behauptete, wenn er hundert Klafter Heu gehabt hätte, so hätte er's angegeben; aber er hatte keinen Schuh breit Land, und war ein Strümpfweber. – Aber seine Nachbarn antworteten ihm dennoch auf diese Rede: er drehe den Mantel nach dem Wind, und habe erst diesen Morgen noch gesagt, wenn's doch nur Gotts Will sei, daß die Vorgesetzten glücklich seien, und ihnen nichts Unrechtes auskomme, woraus sich klar zeige, daß er gewußt, was sie im Schild führen. –

§ 49
Jakob Christof Friedrich Hartknopf, der Ehgaumer und Stillständer von Bonnal wird fuchswild gemacht

Das Geschwätz in den Bänken war so laut, daß der Junker es sah, und merkte, daß das Volk seinen Unwillen über die armen Sünder, die vor ihm knieten, zu äußern anfing.

„Ich wollte gern – sagte izt der Junker – ich könnte denken, daß die, so in den Bänken übrig sind, viel besser seien, als die, so vor mir stehen: Aber es ist mir leid, daß ich sagen muß, daß es oben und unten im Dorf und in allen Ecken gleich stehet, und daß fast kein Haus im Dorf ist, in dem nicht Kärst, Seiler, Säck und dergleichen Sachen, die ins Schloß gehören, versteckt sind. Und ich weiß, daß der eint und andre von euch sogar da vor meinen Augen in einem Rock steckt, der mit Kornsäcken ab meiner Schütte gefüttert ist."

Diese Worte waren ihm kaum aus dem Mund, so legte der Hartknopf seinen Rock über die Hosen zusammen, daß man das Futter davon fast nicht mehr sehen konnte, und ward feuerrot. –

Es war aber so auffallend, daß es seine Nachbarn links und rechts merkten, und ihm vornen und hinten die Zipfel umkehrten, das Futter zu sehen; er ward wie rasend, er wußte aber auch warum, denn sie fanden ihm bald in einem Zipfel wirklich das Schloßzeichen am Futter. – Und es entstund ein so lautes Gelächter um ihn her, daß Arner fragen mußte, was das sei?

„Der Hartknopf hat das Schloßzeichen im Rockfutter," rief einer überlaut.

„Ich habe das Futter schon vor 10 Jahren gekauft," sagte der Hartknopf. –

„Aber das Schloßzeichen ist von den neuen Säcken, die keine 5 Jahr alt sind; die alten Säck hatten nur Striche" – rief wieder einer aus den Bänken.

„Wenn ich dich wäre, so würde ich den Rock izt heimtragen, damit es Stille gebe" – sagte der Junker. –

Der Hartknopf erwiderte: „Gar gern, aber ich hab ihn einmal nicht gestohlen."

„Es kann nicht fehlen, daß das Tuch rechtmäßig in deinen Händen ist, denn du kennest das Schloßzeichen nicht" – erwiderte der Junker.

Hartknopf: Ich weiß nicht, was der Schneider mir für Zeug zum Futter genommen.

Jkr.: So! Der Schneider hat dir also das Futter dazu gegeben?
Hartkn.: Ja, wahrlich, gnädiger Herr!
Jkr.: Was für ein Schneider?
Der Hartknopf besinnt sich – „Ich weiß nicht, ich kann nicht sagen – – Wohl, der von Wylau hat mir den Rock gemacht."
Jkr.: Ist's wahr? Muß ich ihn kommen lassen?
Hartkn.: Jä, er ist tot.
Jkr.: So – aber ist der Schneider von Bonnal, der hier ist, nicht dein G'vattermeister?
Hartkn.: Das wohl, aber er hat darum den Rock nicht gemacht.
Jkr.: Er ist also vergebens so feuerrot worden, seitdem von deinem Rock die Rede ist? Aber ich mag weder seine noch deine Verantwortung anhören; und was ich am liebsten sehen würde, ist, daß du mit deinem Rock abziehest, damit es Stille würde. –

Der Hartknopf ging izt – Aber an der Kilchgaß wollte ihn der Wächter nicht weiterlassen; und da er nicht mit dem Wächter zurückgehen wollte, den Junker zu fragen, ob er ihn heim lassen dörfe, so mußte er beim Wächter warten, bis die Gemeind aus war.

Er setzte sich unter des Kienholzen großen Kirschbaum, erzählte dem Wächter sein Unglück, und bat ihn um eine Pfeife Tobak, weil er seine im Verdruß auf dem Bank liegen lassen.

§ 50
Arners Urteil über die armen Sünder

Nach einer Weile, da es wieder stille geworden, verurteilte Arner die sechszehn, die er ins Pfarrhaus kommen lassen, dahin, daß sie unter sich das Los werfen müssen, welche zween von ihnen am nächsten Sonntag in der Kirche neben dem Vogt der Gemeinde vorgestellt werden sollten, als Männer, die an allen Verbrechen des Vogts Anteil genommen. Den Renold, der der siebenzehnte war, entschuldigte er selber noch einmal vor den andern, und ließ ihn von aller Ahndung frei. Über den letzten Betrug der zweiundzwanzig mit ihrem Vieh und Heu sagte er, er sehe ihn nicht so fast in dem Gesichtspunkt, als ob er gegen ihn geschehen, an, sondern insofern die Armen unter dem Endzweck, den man dabei gehabt, hätten leiden müssen, und in diesem Gesichtspunkt wolle er sie auch bestrafen.

Er befahl hierauf dem Weibel, er solle zwölf alte Männer von den ärmsten aus der Gemeinde an die Plätze der Vorgesetzten setzen, und die zweiundzwanzig Männer sollen vor ihnen auf den Knien wegen ihres Vergehens gegen die Gemeinde hier offentlich um Verzeihung bitten.

Das geschah sogleich. – Der Weibel ging zu den Bänken, und sagte es einigen alten Männern. Einige kamen gerne, andere baten, daß er doch andere suche, und sie sitzen lasse, wo sie seien. Der Kriecher drückte sich, eh er ihm noch rufe, hervor, wie wenn man ihm ein Stück Brot darstreckte.

Willst du auch hervor? sagte der Weibel zu ihm.

Wie ihr meinet, antwortete der Kriecher. –

Komm nur, wenn's dich so gelüstet, sagte der Weibel.

„Er hat doch auch gar keine Scham im Leibe, sagten seine Nachbarn."

Als die 12 beieinander waren, befahl der Junker der ganzen Gemeinde mit entblößtem Haupt zu stehen; und den zwölf Männern, sich zu setzen, und die Hüt' aufzulegen: aber die meisten hatten keine.

Man gebe ihnen nur der Vorgesetzten ihre, die brauchen izt keine. –

Und der Weibel nahm zwölf Vorgesetzten die Hüt' aus den Händen, und gab sie den Armen, die sie dann aufsetzten.

Nun mußten die zweiundzwanzig gegen diese Männer gekehrt, niederknien, und der Junker befahl, einem jeden zuerst vorzulesen, was er bei seinem Eid dem Untervogt Meyer angegeben, das er an Heu und Vieh besitze – und dann, was sich befunden, das er an beiden Stücken wirklich besessen; und ein jeder mußte in Ansehung beider Stücke laut und deutlich vor der ganzen Gemeinde bekennen, daß es so sei, wie man ihm vorgelesen.

– Der Schreiber las izt –

Der Geschworne Kalberleder zuerst 10 Klafter Heu, und izt 18. Ist's nicht so?

Kalberleder: Es ist so.

Schreiber: Weiter – Zuerst 17 St. Vieh, und izt 10. Ist's nicht so?

Kalberleder: Es ist so.

Schreiber: – Weiter – Christoff Kalberleder, sein Bruder, zuerst 12 Klafter Heu, und izt 19. Ist's nicht so?

Christoph: Es ist so.

Schreiber: – Weiter – Zuerst 14 Stuck Vieh, und izt 9. Ist's nicht so?

Christoph: Es ist so.

Schreiber: – Weiter – Jakob, sein Bruder, der Dick, zuerst 9 Klafter Heu, und izt 15. Ist's nicht so?

Jakob: Es ist so.

Schreiber: – Ferner – Zuerst 13 St. Vieh, und izt 8. Ist's nicht so?

Jakob: Es ist so.

Schreiber: Der Geschworne Kienast, zuerst 13 Klafter, und izt 22 usw.

So fuhr er dann fort

Dem Joggel Kienast,
Dem Metzger,
Dem Christoph Morlauer,
Dem Hans Morlauer,
Dem Rabser, dem G'schwornen,
Dem Rabser Curi,
Dem Speckmolch,
Dessen Schwager, dem Sennbauer,
Dem G'schwornen Meyer,
Dem Meyer, Freßmolch genannt,
Dem G'schwornen Hügi,
Dem Siegrist,
Dem Schulmeister,
Dem Rütibauer,
Dem G'schwornen Lindenberger,
Dem Marx, seinem Bruder,

Dem Stierenbauer Heirech,
Dem Roßrütscher Stoffel

vorzulesen, wie den obern, und nachdem der Schreiber mit seinem *Ist's nicht so?* Ausrufen, und die zweiundzwanzig mit ihrem *Es ist so*. Antworten fertig waren, mußten sie noch bei den zwölf Armen einem nach dem andern, wie oben gesagt, Abbitte tun. Dann entließ Arner die Gemeind, es war schon halb zwei Uhr. Auf den Schlag drei Uhr, befahl er, daß die Gemeind wieder versammelt sein sollte.

§ 51

Es war seine Speise, daß er höre und tue
den Willen seines Vaters im Himmel

Beim Mittagessen ließ Arner den Renold zu sich ins Pfarrhaus kommen, und bat ihn, ihm die Geschichte des Bambergers weitläufig zu erzählen.

Es entfiel dem Renold eine Träne, da der Junker dieses foderte; denn der Bamberger war ihm von Jugend auf lieb, und er konnte ihm dieses Opfer der Wehmut nicht vorenthalten. Dann erzählte er, wie der Bamberger von Kindsbeinen auf so gerade und treu gewesen, daß er um deswillen hundertmal für einen Narren gehalten worden – daß er aber doch bis in sein fünfunddreißigstes Jahr still, ruhig und ungekränkt gelebt, in welchem Jahr ihn der alte Junker sel. zum Vorgesetzten gemacht. – Von dieser Zeit an habe er keinen Augenblick mehr in Fried und Ruhe leben können, und sei immer mit allen Mitvorgesetzten im Streit gewesen, weil er nie zu nichts, das nicht den geraden Weg war, Hand bieten, und ja sagen wollte; besonders sei der Hummel wie wütend hinter ihm gewesen, habe ihm von allen Seiten her allen nur erdenklichen Verdruß und Herzenleid angetan, und es so weit getrieben, daß sogar die Schloßdienste auf desselben Anstiften ihren Hunden den Namen Bamberger gegeben, ihn in allen Ecken zum Gespött zu machen. Er erzählte weitläufig, wie das alles ihn zuletzt so weit heruntergebracht, daß er Haus und Hof verlassen, und ins Kaiserliche ziehen mußte, wo er erst vor ein paar Jahren in Armut gestorben: wie er aber ein paar Wochen vor seinem Tod durch einen Landsmann noch heim sagen lassen, er wollte lieber unter den Türken sterben, als zurückkommen, solange es sei, wie es sei.

Der Junker redete hernach auch vom Hummel mit dem Renold. Dieser sagte unverhohlen: das Übel sei vor dem Vogt schon einge-

§ 51

wurzelt gewesen, und wenn im Schloß Ordnung gewesen wäre, so wäre es mit ihm gekomen wie mit hundert andern Müßiggängern; er hätte entweder fort aus dem Lande müssen, oder die Not hätte ihn beten und arbeiten gelehrt.

Er sagte wohl noch mehr. Es zerschnitt dem Junker das Herz, aber er ließ ihn reden, denn er sah, daß er die Wahrheit sagte.

Er ließ sogar auch den Vogt noch eine Weile vor sich kommen, und der Renold drückte ihm freundlich die Hand, und tröstete und ermunterte ihn. Das tat auch der Junker und der Pfarrer.

Da es bald drei Uhr werden wollte, bat der Renold den Junker, er möchte doch den sechszehn das Loswerfen schenken, oder eher ihn auch unter sie stellen, damit sie keinen Groll gegen ihn fassen.

Auch der Vogt bat für sie, und sagte die merkwürdigen Worte: „Sie sind zu ihrer Strafe nicht vorbereitet wie ich, und werden darob nur wütend werden."

Der Junker staunte einen Augenblick, was er tun wollte, dann sagte er: „Ich will's ihnen auf euer Fürwort schenken." Und der Renold und der Vogt dankten ihm herzlich.

Über diese Zeit hatte er sein Essen beinahe ganz vergessen; er war beladen vom Gefühl des Guten, das im Innern der Menschen, die so tief gefallen waren, noch stecke, und nahm den Pfarrer bei der Hand, ging noch einen Augenblick mit ihm in den Garten; sie redeten noch miteinander, wie gleich die Menschen einander seien, und wie leicht der Beste werden könne was der Schlimmste, und der Schlimmste was der Beste. – Und der Pfarrer sagte zum Junker: Ich will es ewig nicht vergessen, daß ich selber auf Wegen gewandelt, auf denen ich hätte werden können, was der Vogt worden ist. Ja lieber Junker – damals, als ich vier Jahr lang ohne Brot, ohne Dienst, und ohne Hilf herumirrte, und wie ein Bettler vor das Schloß Euers Großvaters kam, lernte ich, was der Mensch ist, und was er werden kann.

Der Junker umarmte izt den Pfarrer, dieser aber sagte nach einer Weile, wie in einer Art von Entzückung:

Wir alle trinken an der Quelle des Elendes, die diesen Mann verheeret – und ein Gott ist's, der den einen früher, den andern später von dem Gift dieser Quelle heilet; – und ihr Gift selbst wird dem einen ein Geruch des Lebens zum Leben, dem andern aber ein Geruch des Todes zum Tode, und wenn wir nicht auf jenes Leben hofften, so wäre der Zustand von Millionen Menschen, welche unter Umständen leben, die sie fast unwiderstehlich und unwiederbringlich ins Verderben stürzen – mit der Gerechtigkeit Gottes nicht zu vergleichen, und der Mensch wäre die elendeste unter allen Kreaturen.

Ja, lieber Pfarrer, sagte der Junker, wir wollen immer auf jenes Leben hoffen – Aber wenn wir Menschen sind, und Menschen bleiben wollen, so müssen wir's mit dem armen Volke der Erde, das wir Verbrecher heißen, anders anfangen, und ihre Rettung und Besserung als die erste Angelegenheit der Menschheit ansehen.

Das war das letzte Wort Arners, das er zum Pfarrer sagte, ehe er wieder an die Gemeinde ging.

§ 52
Wohin bringt den Menschen sein armes Herz, wenn er für dasselbe keinen Zaum hat

Ehe ich erzähle, was er da getan, muß ich vorher noch ein Wort sagen, wie dieser Mittag auch den Bauren von Bonnal vorübergegangen.

Ihre Weiber, und insonderheit die Vorgesetztenweiber konnten fast nicht erwarten, wie die Gemeind abgelaufen, und sprangen ihren Männern aus Stall und Küche eilends entgegen, als sie heimkamen. Aber die Vorgesetzten, und überhaupt die 22, und was ihren Anhang ausmachte, waren nicht in der Laune, gute Antwort zu geben.

„Er ist mit uns umgegangen, wie wenn wir Hunde wären," sagte der Kalberleder.

„Du Narr, wärest mit uns gekommen, so hätts's gesehen," sagte der Morlauer.

„Es ist mir, ich sei aus dem Fegfeuer entronnen," sagte der alte Meyer.

„Laß mich doch auch zuerst verschnaufen, ehe ich mit dir plaudern muß," sagte der Speckmolch.

„Ich will lieber ins Bett, als izt essen," sagte der Kienast. – Und gar alle gaben ihnen zuerst ungefähr solche Antworten.

Doch es half nichts, ob sie verschnaufen oder ins Bette wollten; sie mußten doch erzählen, und es ging keine halbe Stunde vorbei, so wußten die Weiber alles haarklein, was begegnet.

Aber es erbaute sie gar nicht – die meisten wurden wie wild. Die Rabserbäurin, die jede faule Birne unter den Bäumen aufliest, sagte selbst: „Hundert Gulden Buß täten mir nicht so wehe als das."

Die Kienholzin verschwor sich, Jahr und Tag nicht mehr in die Kirche zu gehen, und sich vor niemand mehr zu zeigen.

Die Speckmolkin heulte, daß sie izt just auf den Sonntag Gevatter stehen sollte, wo ihr Mann vielleicht unter die Kanzel müßte.

Die Kalberlederin brachte just ihren Schweinen das Mittagessen. Die guten Tiere streckten wie gewohnlich, als sie kam, ihr und dem Fressen die Köpfe so weit aus dem Trog entgegen, als sie nur konnten: aber die Frau schlug ihnen mit der Kellen auf die Schnorren, daß sie bluteten. –

Und die Morlauerin warf den Hut ihres Manns, den der Bettelmann Niggeli heute aufgesetzt hatte, den geraden Weg ins Feuer. Sie wollte zwar nicht, daß es jemand wissen sollte; aber der Hut stank so sehr, daß, wer immer nahe beim Hause war, hinzu kam und fragte, was so röche? – Hinter dem Haus sagte das Elseli dem Hans Löli geradezu die Wahrheit. Vor dem Haus fragten ihrer drei oder vier. – „Ihr Narren, ein Bein, das man ins Feuer geworfen," antworteten der Mann und die Frau. Aber der Löli kam eben dazu, und sagte: „Ja – ich weiß es besser, dein Hut riecht so, deine Frau hat ihn dir verbrannt." – Wer sagt das? schrie die Morlauerin. „Euer Elseli" – antwortete Löli. Und die Frau schmiß das Fenster vor Zorn zu, und schlug dem Elseli die Hand fürs Maul, daß es noch stärker blutete, als der Kalberlederin ihre Sau. Eine Weile darauf aber besann sie sich, der Mann brauche um drei Uhr wieder einen Hut; und das Elseli, das kaum verschnaufet hatte, mußte izt eilends zum Hutmacher, einen zu holen. Aber der war noch nicht vom Markt heim, und die Frau wußte vor Angst nicht, was machen; sie schickte das Kind izt noch zum Dreher, der ihnen schuldig war, – er solle doch dem Vater den Gefallen tun, und ihm den seinigen leihen: aber dieser war schon an der Gemeind, und der Morlauer mußte also in der Kappe an die Gemeind, und sich da wegen des verbrunnenen Huts auslachen lassen.

§ 53
Izt gar eine Ohnmacht um des armen zaumlosen Herzens willen

So sehr verwirrten diese Neuheiten die Weiber der Dorfmeister in Bonnal. – Eine Weile konnten sie vor Verdruß nicht erzählen, wie es auch ihnen während der Zeit gegangen. Dann aber fingen sie doch an, daß sie den verdammten Hexenmeister fürs Teufels Gewalt haben in ihre Häuser hineinlassen müssen. Die junge Kalberlederin hielt sich besonders über dieses Unglück auf. Sie hatte bei Jahr und Tagen einen gar großen Glauben an den Johann Jakob Christoph Friedrich Hartknopf, den Chorrichter und Ehegaumer in Bonnal – den sie bei Tag und Nacht bei sich im Hause stecken ließ. Diese sagte dann ihrem Mann: sie habe sich doch auch dawider verflucht und verschworen, und es izt doch tun müssen; und ob ihr das nicht an ihrer Seligkeit schaden könne?

„Du mußt den Hartknopf darüber fragen," antwortete der Mann.

„Das will ich auch", sagte die Frau.

„Ich glaub' dir's," erwiderte der Mann, und erzählte ihr dann, daß der Prophet, wie er ihn nannte, an der Gemeinde wegen eines gestohlenen Rockfutters – erbärmlich zuschanden gemacht worden, und setzte hinzu, er wolle ihn mit dem Hund vom Hause wegjagen, wenn er wiederkommen würde.

Aber es ist der Frau ob dieser Erzählung beinahe ohnmächtig worden, und ob der Drohung, daß ihr Prophet nicht mehr zum Hause hinzu dörfe, vergaß sie vollends weiter daran zu denken: Ob es ihr nicht etwa an der Seligkeit schaden könnte, daß sie den Schwur wegen des Hühnerträgers nicht halten können. –

Viele andere Weiber fragten auch – und einige gar ängstlich – ob denn mit dem Sonntag gar alles aus sei, und ob der Junker dann weiter nichts nachforsche? Einige von den Hochmütigen erkundigten sich auch, ob sie izt den Hühnerträger als einen ehrlichen Mann gelten lassen, und alles mit der Weide und der letzten Gemeinde liegen lassen wollen, wie es liege, und wie es der Junker und ein paar Bettelbuben gerne sehen?

Unter den Gemeinen aber war's in vielen Stuben gar lustig. Mehr als ein Dutzend taten Türen und Fenster zu, und verspotteten dann ihren Weibern die Herren Vorgesetzten – wie sie den Bettelmann Niggeli und Compagnie haben um Verzeihung bitten müssen – wie man ihnen einen großen Schelmenbrief vorgelesen – Und wie sie zu allem „Es ist so, es ist so" haben sagen müssen. Der eine habe das Maul verbissen – der andre habe es herabgehängt – der dritte habe gezittert – der vierte mit den Füßen gestampft. –

Viele tranken auf Arners Gesundheit, und auf die künftigen Jahre, wo sie, wenn der Junker es forthin so angreife, will's Gott ruhiger Brot haben werden; – und viele Weiber und Kinder weinten Freudentränen ob diesen Erzählungen.

§ 54
Die wahre Regierungsweisheit wohnet in Menschen, die also handeln

Nachmittag legte der Junker der Gemeinde seinen Plan wegen der Weidverteilung vor, zeigte ihnen, was sie nie wußten, und nie dachten, daß nämlich mit den Quellen in den Sumpfgraben mehr als der dritte Teil dieser Weid zu gutem Mattland gemacht werden könne, und bewies ihnen überhaupt, daß durch diese Verteilung ein jeder Gemeindsgenoß 400 bis 500 fl. wahres Eigentum erhalten werde. Er nahm die Kosten der Wasserleitung, die sich nach vorläufiger Schatzung auf 700 oder 800 fl. belaufen mögten, auf sich, und bestimmte dafür einen Bodenzins, auf eine halbe Juchart Mattland 4 bz., um sich den Zins der 700 fl. Vorschusses zu verguten. Er versicherte dabei die Gemeinde, daß sie zu ewigen Zeiten von diesem Land dem Schloß keine weitere Abgaben zahlen müsse.

Er drückte sich über diesen Punkt deutlich also aus: „Das Land ist euer, und euch von euern Vorfahren als Gemeindgut, auf dem keine Abgaben hafteten, hinterlassen worden, und ich will nichts weniger, als euch an diesem euerm Recht kränken. Die erste Pflicht des Menschen ist, der Armut seiner Mitmenschen, wo er kann, aufzuhelfen, damit ein jeder ohne Drang und Kummer des Lebens Notdurft erstreiten möge, und diese erste Pflicht des Menschen ist besonders die erste Pflicht derjenigen, die Gott zu Vätern über andere gesetzet hat. –

Dann sagte er ihnen noch, er wolle auch die Bäume, die sein Großvater auf diesem Ried gepflanzet, unter sie verteilen, und jedermann mit jungen Bäumen aus dem Schloßgarten versehen.

Das Volk erkannte izt seinen Vater, und dankete laut. Er überließ sie eine Weile ihrer Freude.

§ 55
Ein Kläger, dem die Sonne scheint

Dann mitten im Jubel des dankenden Volkes trat der Hühnerträger von Arnheim auf, und der Junker rief: Still! – Das Volk gehorchte, und sein Christoph klagte:

„Wie er doch sein Lebtag keinem Kinde nichts zuleide getan, und über die 50 Jahre mit jedermann in Fried und Liebe gelebt, aber izt auf einmal ein Hexenmeister sein sollte, und von seinen besten Leuten geflohen würde, wie wenn er die Pest mit sich herumtrüge.

Der Junker sah einen Augenblick zu, was diese Klage izt für einen Eindruck machen wolle.

Die Bauren stießen die Köpfe zusammen, und einige sagten überlaut: „Das Hexenwesen wird izt bald vergessen werden, weil die Gemeindweide verteilt ist.

Der Junker tat, wie wenn er das nicht hörte, und drohte ihnen, den Mann zu ihrem Siegrist (Meßmer) zu machen, wenn sie ihn unter dem Titul, als ob er ein Hexenmeister sei, um sein tägliches Brot zu bringen fortfahren würden.

„Glauben kann ein jeder von euch, was er will; aber einen andern mit euerm Glauben zu kränken, und ihm Unrecht zu tun, davor will ich euch bewahren," sagte er zu ihnen; und wiederholte: „Wenn ihr den Mann nicht wie vorhin in eure Stuben und in eure Ställe hineinlasset, so will ich ihn euch bei euern Kindstaufen, und bei euern Hochzeiten an die Seite stellen."

„Es wird ihm niemand nichts weiter machen", sagte das Volk laut in allen Bänken.

Dann sprach Arner: „Ich will auch hierin nichts weniger als euch Unrecht oder Gewalt antun. Wenn jemand eine Klage wider den Mann hat, und standhaft über ihn etwas Gefährliches oder Ungebührliches weiß, so redet, und ich will ihm keinen Schutz geben." – Aber es war niemand, der etwas wider ihn wußte.

Nach diesem sagte der Junker: „Es nimmt mich doch wunder, ob auch kein einziger unter den Vorgesetzten und übrigen Angeklagten empfinde, daß es izt Zeit wäre, unverhohlen selber zu bekennen, daß es mit dem Hühnerträger ein abgeredtes Spiel und dahin abgesehen gewesen, die Allmendverteilung zu erschweren."

Die Vorgesetzten sahen einander an, und der Renold, der unter ihnen saß, bat links und rechts, sie sollten sagen, was an der Sache sei – und sie folgten izt, das erstemal in ihrem Leben, dem guten Mann. Sie begriffen den Vorteil des Augenblicks, den Junker, den sie nicht meistern konnten, wieder gut zu machen. Ihrer viere standen auf und bekannten: „Ja, es sei wahr, sie haben nur die Allmendverteilung hindern wollen, und im Herzen den Hühnerträger so wenig für einen Hexenmeister gehalten, als ein Kind im Mutterleib."

Es freute den Junker, ihnen die Schelmenlarve also abgezogen zu haben; und alles Volk stand izt betroffen und über sie aufgebracht da. Dann erzählte der Junker der Gemeinde noch die Geschichte mit des Hoorlachers Gespengst, und machte den Hügi, den Kalberleder, den Wächter und den Michel hervortreten und bekennen, daß Stück für Stück alles wahr sei, was er gesagt.

§ 56
Ein Doktor in der Perucke, auf einer Tragbahren, und im Bette

Während diesem kam der Hans aus dem Pfarrhaus, seinem Herrn zu sagen, die Vögtin habe eine Ohnmacht über die andere, und lasse bitten, daß ihr Mann zu ihr heim dörfe.

Der Pfarrer sagte dem Junker die Umstände der Krankheit, und die Wirkung der Himmelstropfen, und der Hans konnte sich nicht enthalten beizufügen, die Vögtin merke izt selber, daß sie von diesen Tropfen vergiftet worden.

Plötzlich und aufgebracht fragte der Junker, ob der Henkerskerl an der Gemeinde wäre?

Er war nicht da. „Aber daheim ist er," sagten etliche seiner Nachbarn, und der Junker sandte im Augenblick den Weibel zu ihm, mit Befehl, daß er hieher kommen sollte.

Der Treufaug gab diesem zum Fenster hinaus Antwort, und fragte, was er mit ihm wolle. Sobald er aber verstanden, daß es die Vögtin antreffe, beliebte es ihm nicht, mit dem Weibel zu gehen, und er sagte ihm: Du weißt, wenn's auf den Abend geht, so ist's zu spät für mich, um Red und Antwort zu geben; und heute hab ich so viel getrunken, daß mir begegnen könnte, den Mann auf dem Brunnenstock für den Junker anzusehen, wenn ich an die Gemeind müßte, und darum ist's besser, ich bleibe daheim. Sei doch so gut, und sag dem Junker, ich lieg' im Bett, und es sei mir gar nicht wohl: aber ich wolle morgen oder übermorgen ins Schloß kommen, wenn er wolle.

Der Weibel, der den Treufaug haßte, brachte dem Junker die Antwort, just wie sie ihm gegeben worden, nämlich, er habe ihm zum Fenster heraus in der Perucke gesagt, er liege im Bett, sei krank, usw., doch von dem Brunnenstock sagte er nichts.

Der Junker, der sich längst vorgenommen, den Treufaug beim ersten Anlaß zum Gespötte zu machen, rief izt den Flink, und befahl ihm, den kranken Kerl auf einer Tragbahren im Bett hieher zu bringen, und auf keine andre Art; er möge sagen, was er wolle.

Es träumte aber auch dem Treufaug selber vom Bösen wegen seiner Antwort; sobald der Weibel fort war, nahm er sein altes Perspektiv von der Wand, und guckete auf den Gemeindplatz hinunter, zu sehen, wie der Weibel mit dem Junker redete. Er sah ihn, wie wenn er vor ihm stünde, und merkte augenblicklich an seinem Mund an, daß er das Gespötte mit ihm trieb, und es erschütterte ihn, wie wenn er das Fieber hätte, daß der Weibel ihn so wie ein untreuer Ketzer verriete: aber da er izt noch gar den Harschier zum Junker hervortreten sah, fiel ihm das Fernglas fast aus der Hand und zum Fenster hinaus.

Was ihm in der Angst zu Sinn kam, war, er müsse ins Bett, damit er darin sei, wenn allenfalls, der Harschier kommen sollte. Aber ehe er ging, nahm er das Fernglas noch einmal, und sah izt viele Leute mit Tragbahren beim Junker stehen. Es deuchte die jungen Pursche lustig, den Hrn. Doktor im Bett unter die Linde zu bringen. Sie sprangen zu Dutzenden, und brachten die Menge Tragbahren.

„So viel Tragbahren müssen etwas anders bedeuten," dachte der Doktor, atmete wieder etwas leichter, und ging nicht ins Bett, sondern in Keller, in einer Weinflasche Trost wider seinen Schrecken zu reichen. Er hatte sie aber kaum heraufgebracht, und auf den Tisch gesetzt, so pochte der Flink und die Pursche mit der Tragbahre an seiner Türe, und es ward dem Doktor grün und schwarz und aller Farben vor den Augen, als er das Volk vor seiner Türe sah. „Was wollt ihr hier mit einer Tragbahren?" rief er stotternd vom Fenster hinunter.

„Wir müssen dich darauf zum Junker tragen," antworteten die Träger.

Die jungen Pursche, die mitluffen, erhoben ein lautes Gelächter.

Aber der Flink rief ernsthaft: „Macht uns auf, ihr müßt mit uns."

Der Treufaug, beinahe ohne zu wissen, was er tat, zog izt die Tür auf – Sie gingen hinauf, und der Flink berichtete ihn in Form und Ordnung, was izt sein müsse.

Er aber fluchte und sagte, er vermöge ja zu zahlen, und wenn's 1000 fl. kostete, und mehr, wenn er etwas verfehlt; er lasse sich nicht so behandeln.

Die jungen Pursche antworteten ihm, der Junker tue das nur, ihm zu schonen, weil er gehört, daß er krank sei, und im Bett liege.

Der Flink aber sagte, er solle Vernunft brauchen, und gutwillig tun, was sich nicht ändern lasse.

Aber der Treufaug war wie wütend, fluchte forthin, daß er nicht so mit sich umgehen, und sich nicht tragen lasse.

Zuletzt ward der Flink müde, und sagte, wenn er nicht gutwillig kommen wolle, so müsse er ihn binden.

Bei Gott, sagte der Treufaug, probier es einer, und rühr mich an, er wird erfahren, was ihm begegnet. Ohne ein Wort zu antworten, faßte ihn izt der Flink tüchtig beim Arm.

Jesus, Jesus – der Arm tut mir weh, ich will ja kommen, sagte nun der Doktor, saß schluchzend und heulend auf die Tragbahre, und ließ geduldig seine Bettdecke über sich legen, und sich forttragen.

§ 57
Ein aufgelöstes Rätsel, und Arners Urteil über einen privilegierten Mörder

Sie gingen mit ihm zum Spott den weitesten Weg, über den Kirchhof.

Der Kuni Friedli und der Rütihans trugen ihn. Sie waren aber noch nicht weit, so tat auf einmal dem Kuni Friedli der Arm weh. Der Doktor schien ihm zehnmal schwerer als im Anfang. Der Kopf ward ihm voll von dem Wort, das er denen gedrohet, die ihn anrühren würden, und meinte aufs wenigste, der Arm werde ihm für seiner Lebtag lahm werden. Er stellte den Mann fast ohnmächtig unter der Linde ab, und griff dann hastig nach dem Ort, wo ihn der Arm schmerzte, und fand dann, daß ein messingner Knopf an seinem Wames just zwischen das Tragband und Schulterbein gekommen, und ihn gedrückt.

Der Junker hatte dem Treufaug schon etliche Mal seine Henkerstropfen zu brauchen verboten, izt verbot er's ihm nicht mehr. „Brauch sie von izt an, soviel du willst, und soviel du kannst, sagte er zu ihm, und laß dir dafür bezahlen, was die Narren dafür zahlen wollen, ich will dir hierin nichts mehr in den Weg legen. Das einige, was ich von dir fodere, ist dieses: Wenn jemand unter deinen Händen stirbt, so mußt du ihm sein Grab machen. Da du aber alt, abgesoffen, und vom Husten geplagt bist, daß du wohl nicht mehr graben magst, so will ich dir auch in diesem Stück schonen; – du kannst, wenn du graben solltest, nur einem Taglöhner deinen grauen Rock mit den vielen Knöpfen, und deine schwarze Perucke leihen, und dieser kann dann in diesem Aufzug für dich deinem Verstorbenen das Loch machen; aber du mußt auf einem Stuhl neben ihm sitzen, vom ersten Karststreich an, bis er damit fertig ist, und das muß sein, – und wenn du mir jemand verschweigst, der unter deinen Händen gestorben, so sperr ich dich ein, wo du weder Sonn noch Mond siehest." –

Und hiemit kehre er sich von ihm weg, und ließ ihn gehen.

§ 58
Arner genießt wieder den Lohn seiner Arbeit

Damit endete sich der Abend des Rechtstages dem Arner. Er entließ izt die Gemeinde, und ritt dann heim.

Im Angesicht seiner Burg glänzte die untergehende Sonne ihm entgegen. Arner erinnerte sich ihres Aufgangs, und seines Morgengebets, und sagte, an sie hinstaunend: „Gottlob! Ich kann sie mit frohem Herzen untergehen sehen;" und die letzten Stunden dieses Tages waren ihm Wonne einer noch nie also genossenen Wohllust.

Noch nie hatte er in der Umarmung seines Weibes und seiner Kinder sich edler und größer gefühlt; denn er hatte noch nie so viel Gutes gewürket als heute.

§ 59
Es nahet ein Todbette

Ich kehre von ihm weg zu der Hütte der Sterbenden. – Ihr Mann lag in stummem stillem Schweigen vor ihrem Bett. Sie bot ihm tröstend die Hand, nahm bei ihm Abschied, wünschte ihm Gottes Segen, und bat ihn noch um Verzeihung.

O Gott! Ich muß *dich* um Verzeihung bitten; ich bin an deinem Elend schuld, sagte der Vogt.

Ich nicht weniger an deinem, erwiderte die Vögtin – und beide weinten heiße Tränen.

Nach einer Weile kam auch der Pfarrer zu ihnen. Er saß neben sie hin, und – vergoß Tränen, wenn sie weinte, redte kein Wort, wenn sie Schmerzen hatte, und war immer auf das, was sie jeden Augenblick nötig hatte, aufmerksam.

So war er bei allen Kranken; denn er glaubte, man müsse mit dem reinsten menschlichen Sinn den Grund der hl. Lehre legen, ehe man ihre Worte in den Mund nehme.

Er machte überhaupt immer gar wenig aus Worten, und sagte, sie seien wie der Rauch, Zeichen des Feuers, nicht das Feuer selbst: und je reiner das Feuer, je weniger Rauch, und je reiner die menschliche Lehre, je weniger Worte.

Er sagte – Das viele Wortwesen ist ganz und gar nicht für den gemeinen Mann. Je mehr Worte, je schwächer drückt man für ihn aus, was man für ihn im Herzen hat. Die vielen Worte bringen ihm alles durcheinander, und heben ihm jeden Augenblick hundert Nebensachen über die Hauptsache empor.

Aber die Menschen unsrer Zeit sind von früher Jugend an, an das arme Wortwesen wie verkauft, und haben fast keinen Sinn mehr für den wortleeren reinen Ausdruck der innern Güte und Frommkeit der Menschen, durch welche die äußern Zeichen derselben geheiligt werden.

Mein guter Pfarrer mußte sich jahrelang bei seinen Bauren gleichsam entschuldigen, daß er nicht allemal fast in eben dem Augenblick, da er in eine Stube hineintrat, überlaut zu beten anfing. Aber nach und nach gewöhnten sie sich doch an ihn. Sein wehmutvolles Schweigen – sein inniges Teilnehmen – sein Antlitz voll Liebe und Glaubens – drückte am Todbette der Menschen mehr, als keine Worte es konnten, den Geist seiner Lehre, das Glück und die Pflichten dieses, und das Glück und die Hoffnungen jenes Lebens aus.

Es war sein Grundsatz: Nur derjenige, welcher aufmerksam auf die Umstände und Bedürfnisse der Menschen in diesem Leben sei, könne ihnen die Lehre von jenem Leben wohl ins Herz bringen. Deswegen suchte er seinen Nebenmenschen, soviel er konnte, das zu sein, und das zu geben, was er sah, das in jedem Augenblick ihnen das Beste wäre; und es war seine Gewohnheit, gar viel und gar lange zu sehen und zu hören, was der Mensch selber suche, wünsche, denke, verstehe und seie, ehe er viel mit jemand redte. So kam es, daß er bei seinen Pfarrkindern gewöhnlich, und sogar beim Kranken- und Todbette – völlig da saß, wie ein anderer Mensch, und meistenteils unter allen, die da waren, am wenigsten redte. Wenn er dann aber redte, so war er auch mit ganzer Seele bei jedem Wort, das er sagte, und es war, wie wenn er in den Geist des Sterbenden hineindringen, aus ihm herausbringen, und ihm auf die Zunge legen könnte, was er nur wollte. Auch waren in allen Haushaltungen die Todbetter unvergeßlich, bei denen er gegenwärtig gewesen.

Er äußerte den Wunsch – und die Vögtin hatte das Wort schon auf der Zunge – daß sie alle Armen, denen sie Unrecht getan, noch bei sich sehen möge.

Von ihr weg ging er heute noch zum Treufaug – nahm aber vorher über sich, den Vogt beim Junker zu entschuldigen, wenn er diesen Abend die Armen, die seine Frau zu sehen wünschte, zu sich bitten wolle.

§ 60
Wer von Herzen gut ist, richtet mit den Leuten aus, was er will, und bringt sie, wozu er will

Der Treufaug schnurrte den Pfarrer an, und fragte ihn zum Willkomm, was er izt heute noch bei ihm wolle?

„Euch für einst einen guten Abend wünschen, wenn Ihr's wohl leiden möget," erwiderte der Pfarrer, und sah ihn steif an.

Der Doktor ward sogleich freundlicher, leerte einen Stuhl von Kräutern u. Schachteln, die darauf lagen, und machte den Pfarrer sitzen.

Dieser fing dann sogleich an, von der Vögtin zu reden. Der Doktor kam aber im Augenblick in Eifer, behauptete wie wild, er sei unschuldig, und man tue ihm Unrecht, sagte, es könne keiner nichts wider den Tod; es sterben den andern Doktoren auch Leute wie ihm, oder noch mehrere.

Der Pfarrer sagte ihm, seine Arzneien setzen die Menschen zwischen Leben und Tod.

Der Treufaug erwiderte: er schulmeistere über etwas, davon er nichts verstehe – alle gute Arzneien müssen angreifen.

Der Pfarrer sagte, er habe kein Gewissen, und verstehe selbst am wenigsten, wie und wo die Arzneien angreifen müssen.

Treufaug antwortete, die andern verstünden nicht mehr, als er, und er habe sein Gewissen im gleichen Kasten wo sie.

Es ging eine Weile fort in diesem Ton. Endlich wurde der Pfarrer lebhaft, und sagte: Die Umstände mit der Vögtin sind so, daß wenn man sie aufschneiden wird, so kommt, so gewiß der Tag am Himmel ist, aus, Ihr habt sie vergiftet.

Sobald das Wort *aufschneiden* dem Pfarrer zum Mund heraus war, wurde der Treufaug betroffen, änderte seine Sprache, und sagte ganz demütig: er habe in Gottes Namen sein möglichstes getan; und wenn sein Leben darauf gestanden wäre, so hätte er nicht mehr tun, und es nicht besser machen können, als er getan.

Aber auch das ließ ihm der Pfarrer nicht gelten, und sagte zu ihm: Ihr seid ja izt drei Tage nur mehr nicht zu ihr gekommen, und habt sie liegen lassen, wie kein ehrlicher Viehdoktor ein krankes Haupt Viehe liegen läßt, wenn er sich seiner einmal angenommen.

Der Treufaug wollte allerhand Ursachen vorbringen, warum er diese drei Tage nie zur Vögtin gekommen; – aber er stockete. –

Der Pfarrer erwiderte ihm: Die einzige Ursach ist diese, daß Ihr gesehen, was die Arznei gewürkt, und trieb ihn so sehr in die Enge, daß er zuletzt fast gar nichts mehr zu ihm sagen konnte, als: „Ihr seid doch auch gar zu böse mit mir, Herr Pfarrer!"

„Ihr müsset nicht mehr arznen, wenn Ihr wollt, daß ein ehrlicher Mensch von Herzen gut mit Euch sein und bleiben kann," sagte izt der Pfarrer.

Der Treufaug erwiderte: Ich habe doch schon Leuten geholfen, denen sonst niemand geholfen hat, und habe gewiß Arzneimittel, die sonst niemand hat, und die gut sind – soll ich izt diese Mittel in den See werfen, und mit mir ins Grab nehmen?

Pfarrer: Auch dies ist nicht meine Meinung.

Treufaug: Was ist denn Euere Meinung?

Pfarrer: Daß Ihr einen verständigen Arzt suchen, ihm Euere Erfahrungen mitteilen, und Euere Arzneimittel offenbaren sollt.

Treufaug: Das heißt: ich soll mir selbst das Stück Brot vor dem Mund wegnehmen, und es jemand anderm geben. Meinet Ihr, daß mir das zuzumuten?

Pfr.: Je nachdem man die Sach ansieht.

Treuf.: Wie meinet Ihr das?

Pfr.: Ha so – Ich glaube, Ihr könnet vor Gott mit gutem Gewissen nicht sagen, daß Ihr ohne Gefahr für das Leben Euerer Mitmenschen Euer Handwerk treibet? Und wenn Ihr das nicht könnt, so müßt Ihr es aufgeben, oder kein ehrlicher Mann sein – Und wenn Ihr es aufgeben müsset, warum wollt Ihr das Gute, das in Euerer Hande ist, nicht zum Besten Euerer Nebenmenschen jemand schenken, der es nutzen kann?

Der Treufaug schweigt noch immer, und der Pfarrer fährt fort:

Mein Lieber! Denkt, ob Ihr auf Euerm Todbette nicht wünschen werdet, für die Menschen, die Ihr durch ein unvorsichtiges und unvernünftiges Behandeln ins Grab gebracht, auch etwas Gutes getan, und für das Leben und die Wohlfahrt der andern auch etwas aufgeopfert zu haben?

Der Treufaug hatte bis izt seine Augen gegen den Boden niedergeschlagen, und kein Wort geredt. – Izt hub er den Kopf auf, sah den Pfarrer an, und sagte:

„Ja, wenn man auch so mit mir umging und mit mir redte, ich würde vielleicht das, was Ihr sagt, nicht so weit wegwerfen. Ihr mögt izt denken was Ihr wollt, ich bin gewiß kein Unmensch im Herzen, und kann zuletzt ohne das leben, und bleiben was ich bin."

„Ich weiß das, sagte der Pfarrer, und darum hatte ich auch desto mehr Mut, Euch zuzumuten, was ich getan." Dann redte er noch mit ihm von der Bußfertigkeit der Vögtin, und wie sie morn am Morgen von den Armen, denen sie Unrecht getan, Abschied nehmen wolle.

Ich möchte diesem auch zusehen, sagte der Treufaug, und der Pfarrer redte mit ihm ab, daß er in der Nebenkammer der Vögtin diesem Abschied morgen zusehen sollte – nahm dann freundlich Abschied von ihm, mit vieler Hoffnung, ihn beim Todbette der Frauen noch weiterzubringen, und ging dann im Heimweg noch bei vielen Armen vorbei, und bat sie, daß sie doch morgen nicht fehlen, um 8 Uhr bei der Vögtin zu sein, und daß sie auch ihre Kinder mitnehmen sollten.

Der Vogt war izt schon bei allen Armen gewesen. Es ging den meisten zu Herzen, daß sie Tränen in den Augen hatten, da er ihnen sagte, was er wolle.

„Sag doch deiner Frauen, sie soll unserthalben nur ruhig sterben," sagte der eine.

„Es ist ja izt alles vorbei, und was vorbei ist, daran sinne ich nicht mehr," sagte ein andrer.

„Es ist ja nicht nötig, daß sie sich mehr Mühe mache; ich wünsche ihr von Herzen alles Gute, und ein seliges Ende."

„Es ist ein Jammertal auf Erden. Wir tun alle zusammen viel Böses. Sie soll sich doch ob uns nicht grämen."

„Sie hat mir dann und wann auch etwas Gutes getan, und mir in der Not, weiß Gott, ein paarmal geholfen, ohne daß du es einmal wußtest."

So freundlich gaben die armen Leute dem Vogt, der izt demütig vor ihnen stund, Antwort, und alle sagten: ja, ja, wenn es sie freue, so wollen sie morn gern kommen, und alle wünschten ihr eine leichte ruhige Nacht, und wenn's Gotts Will sei, gute Besserung. Nur wenigen entfiel etwa ein Wort, das den Vogt kränkte: aber er war so geduldig, und antwortete so wehmütig, daß ein jedes solches Wörtgen im Augenblick denjenigen gerauen, der es ausgesprochen.

Die Hoorlacherin antwortete ihm: „Ach mein Gott! Ich will Euch gern verzeihen, wenn nur die Not meiner Kinder mich nicht in Verzweiflung bringt."

Sprachlos stand der Vogt vor ihr, und konnte nicht antworten. Im

Augenblick nahm die Hoorlacherin ihr Wort zurück, und sagte: „Es ist mir izt auch also entwitscht, ohne daß ich es habe sagen wollen. Sinn doch izt nicht an das, Gott wird uns wohl helfen." –

§ 61
Die Menschen sind so gerne gut, und werden so gerne wieder gut

Der Morgen ihres Todestages war nun da. Sie erwachte nach einem erquickenden Schlummer, und sah staunend aus ihrem Bette die Sonne, die ihr nun zum letztenmal auf dieser Welt aufging. Jenseits des Grabes wartet meiner eine bessere Sonne, war der Gedanken, den sie bei diesem Anblick hatte.

Gertrud war vor ihrem Erwachen schon bei ihr, und erquickte ihr jeden Augenblick die Leiden ihres schmerzhaften Lagers, bald trocknete sie ihr den Schweiß von der Stirne, bald legte sie ihre Kopfküssen zurecht, bald kehrte sie sie auf die linke, bald auf die rechte Seite; sie reinigte die Luft ihrer Stube mit Essig, und stellte alle Stühle und Bänke, so im Hause waren, den Armen, die nun kommen sollten, zurecht.

Als sie einst die Sterbende so sanft umkehrte, sagte diese: „Die Hande des Gottlosen ist überall hart; und ohne dein Herz, Frau, könntest du mich gewiß nicht umkehren, daß es mir so wenig wehe täte."

Bald darauf: „Ich spüre auch hieran, was mir in meinem ganzen Leben gefehlt.

Als der Pfarrer mit dem Treufaug kam, winkte er der Gertrud. Diese erschrak, als sie den Doktor erblickte, und keines wünschte dem andern einen guten Tag.

Auf der Zunge war's der Gertrud: Was will izt dieser noch Unruhe machen?

Der Pfarrer las auf ihren Lippen, was sie sagen wollte, und sagte, sie bei der Hande nehmend: „Wir wollen euch nicht Unruhe machen."

„Es macht der Frauen gewiß Unruhe, wenn er in diesem Augenblick, da sie die Armen erwartet, kommt," erwiderte die Gertrud hastig.

„Er will nur in der Kammer zusehen, wenn die Armen kommen," erwiderte der Pfarrer, und Gertrud führte ihn izt liebreich dahin.

Izt schlug's 8 Uhr, und die Armen waren da. Sie hatten einander vor dem Hause gewartet, damit nicht eines nach dem andern bei der Kranken die Tür auf- und zutun müßte.

Der Pfarrer ging dann zu ihnen hinaus, grüßte sie alle herzlich, dankte ihnen, daß sie der Frauen noch diese Liebe erwiesen, und bat sie dann alle, so still als möglich, zu tun, wenn sie in die Stube hereinkommen.

Die meisten Armen, Männer und Weiber zogen auf offner Straße die Schuhe ab, trugen sie in Händen hinein, und gingen fast auf den Zehen, um kein Geräusch zu machen.

Es waren ihrer über die vierzig Personen, Männer, Weiber und Kinder.

Die Vögtin sah eins nach dem andern, wie sie hereinkamen, steif an, und bewegte gegen ein jedes ihr sterbendes Haupt. Die Armen erwiderten ihr den Gruß alle mit freundlichem Nicken, und hatten meistens Tränen in den Augen, aber keines redete ein Wort.

Die Hoorlacherin sah aus wie der Tod. Die Vögtin sah sie, zwei Kinder, die Hunger und Mangel redten, auf ihren Armen, und ihre zerrissenen Schuhe in der Hande, vor ihr stehen, und gebeugt, aber geduldig, nach ihr hinblicken, und dann ihr Aug gen Himmel erheben.

Die Sterbende zitterte bei diesem Anblick, und nahm ihren Mann bei der Hand; dieser verhüllte sein Angesicht in die Decke ihres Bettes.

Die Vögtin erholete sich wieder. Sie hatte, seitdem sie erwacht, und vorher die ganze Nacht fast keinen andern Gedanken gehabt, als was sie diesen Unglücklichen noch sagen wolle, und sagen müsse.

Sie bat sie izt, sich zu setzen, und jedes suchte still das nächste Plätzgen, und Männer und Weiber nahmen die Kinder auf den Schoß.

§ 62

Worte einer Sterbenden

Dann sagte die Frau:

Gott grüß euch, ihr liebe, arme, so oft von uns gedrückte und gedrängte Leute –

Lohn's euch Gott, daß ihr euch meiner noch erbarmet, und izt, da ich euer nötig habe, zu mir kommt.

Ich hab es nicht um euch verdient. – Wenn ihr in Not und Elend zu mir kamet, so verschloß ich mein Herz vor euerm Jammer. –

§ 62

Ich achtete den Hunger und Mangel, der aus euren Augen redte, wie nichts, und sah nur den Pfenning, der in eurer Hand war. –

Ich sparte den Tropfen im Glas, der euch gehörte – ich leerte das Maß nicht aus, in dem euer Mehl war – ich nahm den Rahm von der Milch, die ihr für eure Kinder kauftet – im Brot und Anken, (Butter) im Wein und Fleisch gab ich euch nie das volle Maß und Gewicht, und zwang euch, von mir teurer zu kaufen, was euch andre wohlfeiler gegeben hätten.

Um der Sünde unsers Hauses willen seid ihr alle, und noch Hunderte, die nicht da sind, unglücklich geworden. –

Um unserer Sünde willen haben die Kinder des Dorfs ihre Eltern, – die Dienste ihre Meister – die Weiber ihre Männer bestohlen, und den Raub in unser Hause gebracht. –

Darum sind wir elender worden als alle Menschen. –

Viele von euch litten die Strafe des Diebstahls, und haben für uns gestohlen. –

Viele litten den Unsegen ungehorsamer Kinder, und sind um unsertwillen ungehorsam worden. –

Viele verzweifelten, weil sie bei uns verführt worden. –

Söhne liefen aus dem Land, weil wir sie zugrunde gerichtet – und Töchter sind unglücklich worden, weil ihnen in unserm Haus Fallstricke gelegt worden. –

Es ist noch viel mehr – ich kann's nicht aussprechen – ich kann's nicht mehr ändern – – Ich kann nichts mehr sagen, als: Nehmet ein Exempel, und bleibt, um Gottes willen, ein jedes soviel es immer kann, bei Hause, und bei den Seinen – Förchtet euch, um Gottes willen, für immer, von irgend jemand auch nur um einen Heller zu kaufen, was ihr nicht geradehin zahlen könnt. –

Sie hielt hier einen Augenblick inne; dann sagte sie wieder:

Ich kann nichts mehr, als: Um Gottes willen verzeihet mir, verzeihet meinem Mann. Ich bin izt wie eine arme Sünderin, die auf ihren Tod wartet – und bitte um Gottes willen, bete auch noch ein jedes von euch ein gläubiges „Unser Vater" für mich.

Mit diesem Wort wandte die Vögtin ihr Angesicht seitwärts, – und sank ohnmächtig auf ihr Küssen.

§ 63
Hier ist wahrhaftig ein Hause Gottes, und eine Pforte des Himmels

Ich saß auch da mitten unter den Leuten; aber ich kann's nicht ausdrücken, und nicht beschreiben, wie uns allen zumute war, als sie nun ohnmächtig vor uns hinsank. –

Geist des Herrn! Der du wie ein Wind wehest, und wie ein Feuer brennest, die Herzen der Menschen zu lenken – du segnetest und heiligtest die Worte der Sterbenden, daß die Schar der Armen, die gestern noch über sie seufzten und Rache schrien, und bitter redeten, izt für sie jammerten wie für eine Geliebte, und ihre Liebe suchten, wie die Liebe einer Schwester, und ihren Segen wünschten, wie den Segen einer Mutter!

Geist des Herrn!
Der du Menschenworte segnest, daß sie werden wie Worte Gottes; ruhe ewig auf den Worten dieser Sterbenden, daß ihr Licht nicht erlösche, und ihre Kraft nicht verschwinde, solange Reiche auf Erde drücken, und Arme auf Erden leiden werden.

Meine Seele preise den Herrn, und mein Geist lobe seinen Namen, denn er hat der Sterbenden Barmherzigkeit bewiesen, er hat ihr ihre Sünden verziehen, und ihre Missetat ausgelöscht. Ihre Armen beten für sie, und die, so sie unterdrückt, weinen für sie; selbst die Tränen des Unmündigen auf dem Schoße beten für sie zum Herrn. Preise meine Seele den Herrn, und lobe, o mein Geist, seinen Namen!

Das Volk der Armen stand alles auf; aus einem Mund tönte Verzeihung und Liebe; und der Pfarrer fiel mitten unter den Armen auf seine Knie, hob seine Augen gen Himmel, und betete still, daß der Segenseindruck dieser Stunde nicht erlösche im Herzen der Armen, bis sie alle auch ihren Lauf vollendet.

Da er wieder aufstund, sagte Gertrud zu ihm, die Vögtin habe izt Ruhe nötig. Dieser sagte es den Armen, und sie gingen still einer nach dem andern fort.

Der Pfarrer fand den Treufaug in der Kammer so durch und durch bewegt, daß er ihm von freien Stucken sagte, er könne es nicht mehr aushalten, und wolle in Gottes Namen niemand mehr Arzneien geben. Er bat den Pfarrer, die Vögtin für ihn um Verzeihung zu bitten, und dieser, seines Zieles sich ganz zu versichern, bat den Doktor, daß er morgen aufs Mittagessen zu ihm komme.

§ 64
Wenn euere Gerechtigkeit nicht weit übertreffen wird die Gerechtigkeit der Schriftgelehrten und Pharisäer, so werdet ihr nicht ins Reich der Himmel eingehen

Im Heimgehen führte der Weg die Hoorlacherin neben dem Renold vorbei. Er saß eben in Gedanken vertieft vor seinem Hause. Der gestrige Tag lag noch schwer auf seinem Herzen. Der ganze Lauf seines Lebens, und das wenige Gute, das er in demselbigen getan, schwebte ihm drückend vor den Augen, als eben diese Frau mit ihren drei Kindern bei ihm vorbeiging, und ihn grüßte.

Er wußte, daß sie von der Vögtin kam, und sagte zu ihr: Hast du's auch über dein Herz bringen können, noch zu ihr zu gehen, da sie dich und deine Kinder so unglücklich gemacht haben?

Und wenn sie mich noch elender gemacht hätten, so danke ich izt Gott, daß ich bei ihr gewesen, erwiderte die Frau.

Der Renold sah sie steif an, und sagte: „Du wirst izt wohl viel davon haben, daß du gegangen." – Ihr Elend ging ihm nämlich so sehr zu Herzen, daß ihm dieses unvorsichtige Wort entwitscht; und es ist ihm nicht zu verargen; die Kinder waren halb nackend auf dem Arm der Mutter.

Die Hoorlacherin aber antwortete: „Renold, ich hab izt erfahren, wenn man in seinem Herzen aufgemuntert und beruhigt wird, so ist's mehr, als wenn man geessen."

Der Renold schämte sich, und sagte: „Nun gottlob! wenn sie dir etwas Gutes getan hat." Und die Frau: „Renold! Wenn alle Arme ihr Unrecht getan, und sie elend gemacht hätten, wie sie uns, wir hätten alle miteinander nicht wehmütiger vor ihrem Bette stehen können."

Das ist doch sonderbar, sagte der Renold, und ließ sich alle Worte, die die Vögtin geredet, und alle Umstände, die dabei vorgefallen, von der Frauen erzählen.

Da sie fertig war, und nun weiters gehen wollte, sagte er zu ihr: „Wart noch einen Augenblick, ich muß dir, glaub' ich, noch etwas sagen." Er stund dann auf, ging zu seiner Frauen in die Stuben, und sagte zu dieser: „Du, ich habe einmal im Sinn, der Hoorlacherin wieder zu ihrem Haus zu verhelfen."

Du kannst nur vier- oder fünfthalb hundert Gulden in die Hand nehmen, wenn du das im Sinn hast, sagte die Frau. Und der Renold: Ich weiß wohl, daß so viel darauf haftet.

Frau: Und willst es doch?
Renold: Ja.
Frau: Das wär ein Almosen, man könnte hundert daraus machen.
Renold: Es liegt mir izt am Herzen, wie kein anders.
Frau: Ich könnte nicht sagen, daß es mir gefiele.
Renold: Frau, ich hab mein Gewissen ins Vogts Haus oft beschwert, und mitgeessen und mitgetrunken, wo ich nicht hätte trinken sollen, und geschwiegen, wo ich hätte reden sollen; und ich möchte gern zeigen, wie ich darüber denke. Du weißest, wenn es 4000 fl. anträfe wie 400, ich könnt es ja tun.
Frau: Wenn du's also ansiehst, so tu in Gottes Namen, was du willst, und was du glaubst, das recht sei.

Es freut mich, daß du nicht dawider bist, ich hätte es auch nicht gern gegen deinen Willen getan, sagte izt der Renold, drückte seiner Frauen die Hand, ging dann wieder hinaus, und sagte der Hoorlacherin, was er ihr tun wolle.

Und als diese ihm überlaut und mit Weinen dankte, sagte er zu ihr: Schäme dich auch auf offner Straße vor den Leuten – und sprang eilend in die Stube. Die Hoorlacherin folgte ihm mit den Kindern, und dankte forthin.

Was nützt doch das, so viel Wort machen, ich hab's izt ja schon gehört. Geh in Gottes Namen izt heim, und dank Gott, und hause und spare ordentlich, sagte izt der Renold; und die Renoldin gab ihr und den Kindern noch Brot und gedörrte Birnen und eine Milch heim; denn es freute sie izt selbst, nachdem sie es überwunden. Als die Vögtin dieses noch in ihren letzten Stunden vernommen, sagte sie: es sei die einzige Freude, die sie mit sich in den Himmel bringe.

Das war das letzte verständliche Wort, das sie redte.

Fast eine halbe Stunde vorher sagte sie auch dieses: „Es freut mich, bald bei meinem Kinde zu sein. Solang es lebte, beteten wir auch noch, und scheuten uns auch noch zunzeiten; aber nachdem es gestorben, scheuten wir uns vor nichts mehr weder im Himmel noch auf Erden."

Sonst war sie stille, und löschte so sanft aus wie ein Licht.

Gertrud besorgte sie zum Grabe, und als die Totenglocke läutete, weinten weit die meisten Menschen im Dorfe ob ihr; und ihr Mann ging eine Viertelstunde, nachdem sie verschieden, in sein Gefängnis zurück.

§ 65

Weilen doch über den himmlischen Bogen
Eine so dicke Decke gezogen,
Daß es auf Erden finster und Nacht –
Welches uns alle so schläferig macht,
Liebester Gott! So wollest verschaffen,
Daß wir doch friedlich nehmen Bedacht;
Unser Aug sei für das Nahe geschaffen,
Und nicht gar in die Ferne zu sehn –
Mächtiger König, wehre dem Teufel,
Wann er uns reizet zu Zank und zu Zweifel,
Wann er die Poltergeister erweckt,
Und uns mit streitigen Meinungen neckt –
Denn er damit den Seelen aufpasset,
Sonderlich auch dem Frieden nachstellt,
Welchen der Mörder grimmiglich hasset,
Deme nur, was uns schadet, gefällt,
Mächtiger König! Wehre dem Teufel!
Wann er uns reizt zu Zank und zu Zweifel,
Wann er die Poltergeister erweckt,
Und uns mit streitigen Meinungen neckt!

Da der Pfarrer hörte, daß der Jakob Friedrich izt gedemütigt, und jedermann zum Gespötte geworden, ging er noch diesen Abend zu ihm hin. Der arme Tropf wußte von nichts weniger in der Welt, als davon, daß der Mensch aus jedem Unglück, das ihm begegnet, den größten Nutzen ziehen könne, wenn er sich überwinden kann, nachzuforschen, worin er selber daran schuld sei. Er wütete nur, daß jedermann das Gespötte mit ihm trieb – und dachte nicht, daß seine Torheiten und seine Laster ihm dieses Gespötte zugezogen.

Aber so ist der Mensch allenthalben. Er meint, er dörfe 20, 30 und 40 Jahre ein Narr oder ein Schelm sein, und es dörfe dann niemand auch nur das Maul darob rümpfen, wenn's ihm auskömmt.

Aber es ist vergebens – die Welt lacht ob den Narren, welche fallen, und ob den Schelmen, welche an den Pranger kommen. Doch gibt's immer auch noch Leute, die nicht lachen, sondern Mitleiden haben. Der gute Pfarrer war gewiß deren einer; der Hartknopf glaubte es zwar nicht, und meinte, er komme izt nur zu ihm, ihn auszuhöhnen: aber der Pfarrer war so herzlich mit ihm, daß er bald von seinem Irrtum zurückekam.

Ein Hauptwort, das der Pfarrer zu ihm sagte, war dieses: Hartknopf – ich möchte dir eben zeigen, wie man in der Welt ohne Kränkung leben kann.

Und ich möchte es gern wissen, antwortete der Hartknopf.

Man muß nur immer den geraden Weg gehen, erwiderte der Pfarrer.

Aber was ist der gerade Weg? sagte der Ehegaumer.

Alles, was ihr wollet, das euch die Menschen tun sollen, das tut ihr auch ihnen, erwiderte der Pfarrer.

Der Hartknopf wollte hier ausweichen, und dies und jenes anbringen. Aber der Pfarrer hielt ihn fest, und sagte ihm, daß sein Unglück just daher komme, daß er diesen geraden Weg nicht gegangen, und in keinem Stück liebreich und gutmütig mit seinen Nebenmenschen gelebet, und ging recht tief mit ihm in die Materie seines Lebens hinein, und sagte ihm unter anderm auch dieses: Hartknopf, du bist ein rechter Meinungennarr gewesen, und hast immer vergessen, daß wir alle blind sind auf Erden, und uns darum nie über keine Meinungen erzanken und ereifern sollten. Und es ist recht heidnisch, wie du an deinen Meinungen gehangen, wie wenn sie selbst Gott wären. Du hast geglaubt, wer nicht denke wie du, sei Gott nicht lieb, und du hast die gute Lehre vom stillen frommen Gottesglauben zu einer Streitlehre gemacht, daß die Leute das Wort Gottes und das Evangelium studierten und brauchten, wie ein böses Volk ein trölerisches Gesetzbuch braucht, einander das Leben zu verbittern, und das Blut unter den Nägeln hervorzudrücken.

Indessen bist du mit diesem Leben ein Lump geworden, und wenn du Kinder hättest, so könntest du sie nicht mit Gott und Ehren erziehen; und ich will nur kein Blatt für den Mund nehmen, wenn du dich nicht änderst, und fleißiger wirst, so fällst du in kurzem dem Almosen zur Last; denn ich weiß deine Umstände, und daß du in allen Ecken weit mehr schuldig bist, als du zahlen kannst.

Der Hochmut hätte dem Hartknopf nicht zugelassen, mit klaren Worten dem Pfarrer zu gestehen, daß er recht habe, wenn er nicht den Artikel mit den Schulden berührt hätte; aber darob ist er so erschrocken, daß er ihm bekennte und sagte, ja es seie wahr, und er wollte izt gern, es wäre anderst. Er klagte den Magister Heiligerzahn an, daß er ihn vor 20 Jahren so in die Büchersachen hineingeführt.

Wußte der Magister Heiligerzahn, daß du ein Strumpfweber warst? sagte izt der Pfarrer.

Ja, erwiderte der Hartknopf. – Und der Pfarrer: So hatte er unrecht. Man muß jedermann bei seinem Handwerk lassen, und der Mensch muß nie in Sachen hineingeben, die gar zu ungleich sind mit denen, die er in seiner Jugend gelernt, und durch die er sein Brot suchen muß. Denk izt nur selber, wenn du ein fleißiger braver Strümpfweber geblieben wärst, und deinen Kopf immer recht warm bei deinem Stuhl und Garn gehabt hättest, wärst du nicht viel ehrlicher, viel wohlhabender, viel zufriedner, und an Leib und Seel gesünder als du izt bist, mit allem dem dummen papiernen Kram, den du im Kopf hast?

Auch noch dies sagte er zu ihm: Hartknopf! Nicht wissen und nicht verstehen wollen, was einem zu hoch ist, dabei bleibt's einem wohl. Man singt dann ruhig sein Glaubenslied, und kömmt heiter zum Grab, und wer am meisten weißt, weißt immer, daß er fast nichts weiß.

Der Hartknopf war izt in einer Lag, daß diese Reden Eingang fanden, und sagte auf die letzte selbst, er wollte freilich izt gern, er wäre bei seinem Handwerk geblieben, und hätte sich keiner Sache nichts angenommen, und mehr sagte er, daß die vor zweimal 24 Stunden niemand vermutet hätte, daß sie einem Mann zum Maul herauskommen würden, der sich mehr eingebildet zu wissen, als sieben Pfarrer.

§ 66
Auch neben dem Treufaug ist er weise

Der gute Pfarrer hatte alle Hände voll zu tun, die Umstände zu nützen, die izt günstig waren, allerhand Wahrheiten ans Licht zu bringen, die lange verborgen waren.

Morndes kam der Treufaug laut Abrede zu ihm zum Mittagessen. Es ging ihm izt wie dem Hartknopf – es ließ ihn jedermann gehen und stehen, viele spotteten seiner noch. Er war sein Lebtag immer gewohnt, seine Stube voll Leute zu haben, die, wenn sie auch nichts wollten, zuletzt doch mit ihm sprachen; und er hatte todlange Zeit, daß ihn izt jedermann allein ließ. Der Pfarrer gab ihm vom Allerbesten, den er im Keller hatte, und der Treufaug wurde so zutraulich, daß er fast nicht wußte, wie tun. Er versprach ihm einmal über das andre, daß er nicht mehr arznen, und seine Arzneimittel alle dem studierten Herrn Doktor Müller, den er als brav und sorgfältig kennte, anvertrauen wolle, wenn nur der Junker dann auch wieder gut mit ihm werde, und er auch wieder ins Schloß dörfe, wie unter dem Alten, und die Leute es ihm nicht so machen dörfen wie izt.

Der Pfarrer forschte ihn über alles aus. Er gestund, daß er seiner Arzneien nie sicher gewesen. Von den Gespengstern und vom Lachsnen, sagte er, er habe im Anfang daran geglaubt, wie ans Unservater, nach und nach habe er freilich anfangen merken, daß nicht alles gleich wahr, was in seines Großvaters Buch gestanden; aber er habe seine Manier forttreiben müssen, weil ihm niemand einen Heller zu verdienen gegeben hätte, wenn man nicht geglaubt hätte, er könne etwas wider die bösen Leut; und nach und nach sei es ihm so zur Gewohnheit und zum Handwerk worden, daß er diese Zeremonien allemal mitgemacht, ohne weiter daran zu denken, ob sie etwas nützen oder nicht, wie hundert andre Leute auch unnütze Sachen mit den nötigen mitmachen, und wie z. E. die Kaminfeger meinten, ihre Arbeit wäre nicht fertig, wenn sie nicht das Lied oben zum Dach hinaus sängen. Er erzählte dann aber auch dem Pfarrer eine Menge Historien, wie er mit den Leuten den Narren gespielt, und wie dumm sie alles für bar Geld angenommen, was er ihnen gegeben.

Er habe einmal einem Kind ein Brechmittel gegeben, und da behauptet, ein großes Stück Ziegel, welches er in Zuber geworfen, seie von ihm gegangen. Der Vater und die Mutter, und wer da war, fanden das Stück auch gar zu groß, und konnten nicht glauben, daß es durch den Hals herauf habe kommen mögen. Das ist doch auch fast gar unglaublich, sagten sie zu dem Doktor. Er antwortete ihnen: O ihr einfältigen Leut, daß ihr izt auch das nicht glauben, und so reden könnt. Ihr wißt doch auch, wie groß ein Kind ist, wenn's auf die Welt kommt.

Im Augenblick glaubten die guten Leute wieder, was er sagte, und erklärten dann noch selbst, wie dem Teufel nichts unmöglich sei, und wie man daraus, daß das Ziegelstück da sei, schließen müsse, daß es heraufgekommen.

§ 67
Zu beweisen, daß die Menschen das werden, was man aus ihnen macht

Es hatte sich seit diesem paar Tage alles im Dorf so geändert, daß man sich fast nicht mehr kennen konnte. Vorzüglich wollte izt jedermann mit dem Pfarrer gut Freund sein. Die Weiber machten's am buntesten. Wenn er vorbeiging, riefen sie ihren Kindern aus den Fenstern über die Gasse zu: „Siehst du auch den wohlehrwürdigen Herrn Pfarrer? Gib ihm auch s'Händli." Die Männer waren überhaupt stiller, doch auch freundlich: aber fast jedermann schämte sich, der eine ob dem, der andre ob diesem; der eine gab dem, der andre einem andern schuld: aber jedermann gestund, daß man unrecht, und der Junker recht gehabt. Alles war izt gar dem Maurer und der Frauen zur Aufwart, und alles ließ izt den Hartknopf, den Kriecher, und sogar des Siegristen Leut stehen und gehen. Sogar der Lips mußte entgelten, was er getan. „Hühni, Hühni, du hast ein wüstes Ei gelegt," riefen ihm links und rechts Junges und Altes zu.

Der Hühnerträger fand Güggel und Eier feil, soviel er nur wollte, und selbst die junge Kalberlederin, die sich vorgestern noch wegen ihrer Seele Heils bekümmerte, daß sie ihn in Stall hineinlassen müsse, rief ihm izt mit lachendem Mund unter der Türe, sie habe drei Paar schöne reife junge Tauben.

Überhaupt aber war es sichtbar, daß Arner alles Volk, so zu reden, sich selber näher gebracht, und hat machen können, daß fast jedermann sich weniger um das Fremde, und mehr um das Seinige bekümmerte.

§ 68

Zu einem guten Ziel kommen, ist besser, als viel Wahrheiten sagen

Und nun näherte sich der Tag, an welchem der Pfarrer den Vogt der Gemeinde wieder vorstellen, und über ihn predigen sollte. Viele Leute förchteten sich vor dieser Predigt, und glaubten, der Pfarrer werde darin noch allerhand ausbringen, das noch nicht am Tag sei, und werde sie zuschanden machen. Selbst der Junker sagte am Morgen vor der Predigt zu ihm, ob er nichts vom Gespensterglauben anbringen wolle?

Der Pfarrer antwortete: Das hieß, izt just ein Feuer, das man soeben gelöscht hat, wieder anzünden. Warum das? sagte der Junker.

Pfarrer: Weil der Mensch hochmütig ist, und wenn er endlich von seinem Irrtum zurückkommen muß, nicht den Anschein haben will, daß er darauf gestoßen, und dazu gezwungen worden.

Junker: Das ist wahr.

Pfarrer: Und vielleicht das Wichtigste, das man in meinem Amte zu beobachten hat. Man muß wahrlich des Menschen, wenn er dahin gebracht ist, die Wahrheit zu finden, schonen wie einer Kindbetterin. Er kann ein totes oder lebendes Kind auf die Welt bringen, je nachdem man mit ihme umgeht.

Junker: Lieber Pfarrer! Diese Wahrheit ist in meinem Stande so wichtig, als in Euerm. – Schonung des Gefühls der Menschen, die man erleuchten, lehren und leiten will, ist immer das Fundament alles dessen, was man mit den Menschen ausrichten will. So redeten sie miteinander unter dem Fenster des Pfarrhauses, als izt das Volk von Bonnal zur Kirche ging. Sie sahen izt auch den Treufaug; vor ihm und hinter ihm gingen Männer, Weiber und Kinder, und mit ihm niemand. –

Er dauert mich doch, sagte der Pfarrer.

Mich nicht; sagte der Junker.

Pfarrer: Wenn ich jemand so gedemütigt sehe, so denke ich an die Lehre: das zerkleckte Rohr nicht zu zerbrechen, und den glimmenden Dacht nicht auszulöschen – und erzählte dann dem Junker, was zwischen ihnen vorgefallen. Der Junker mußte lachen, und grüßte den Treufaug freundlich. Dieser bückte sich fast bis an den Boden vor dem Junker, aber vor und hinter ihm lachten die Leute über den „Guten Tag" des Junkers, und über das Bücken des Doktors.

Bald darauf ging der Pfarrer mit dem Junker in die Kirche, und hielt seine Predigt.

§ 69

Die Predigt des Pfarrers in Bonnal, am Tag, als er den Hummel seiner Gemeinde vorstellen mußte

Liebe Menschen!
Der unglückliche Mann, der euch heute vorgestellt wird, ist geboren im Jahre 1729, und den 28. Heumonat desselben Jahres in hiesiger Kirche und aus diesem Taufstein getauft worden. Seine Taufzeugen waren ein Geschworner Kienholz, und eine Frau Eichenbergerin. Er erinnert sich aber nicht von dem einten oder von der andern, ein einigs Wort christlicher Lehre, oder irgend eine Warnung oder Aufmunterung zu etwas Gutem oder Nützlichem gehört zu haben. Vielmehr habe er dem Kienholz allemal, wenn er zu ihm gekommen, alle Bubenstücke und Kinderstreiche, die sie in Holz und Feld verübet, erzählen müssen.

Seine Eltern Christoph Hummel und Margretha Kienholz waren

im höchsten Grad gedanken- und sorgenlose Leute in Absicht auf sich selbst, und in Absicht auf dieses einzige Kind, das sie hatten.

Selbst träge hielt ihn sein Vater nicht zur Arbeit.

Selbst unverständig in seinem Gewerbe, und in seinen Haushaltungssachen konnte er ihm nicht geben, was er selbst nicht hatte.

Selbst gedankenlos und leichtsinnig konnte er ihn nicht bedächtlich und aufmerksam erziehen.

Und mit der Mutter war's wie mit dem Vater; es fehlte in- und auswendig.

Sie war so unordentlich, daß sie fast allenthalben, wo sie hingekommen, und selbst in der Kirche, den Leuten zum Gelächter geworden ist.

Aber was schlimmer war als ihre krumme Haube und ihre schmutzigen Kleider, war ihr Hochmut, und ihr mißgünstiges Herz.

Sie hatte zur Gewohnheit, wenn man von jemand Gutes erzählte, den Kopf auf die Seite zu wenden, oder zum Fenster hinauszuschauen.

Selbst wenn man ihr eine Wohltat erwies, konnte man ihr's nie recht machen, und sie konnte bei Stunden in ihrer Stube vor ihrem Kind Böses von Leuten reden, deren Guttaten auf ihrem Tische standen. Sie meinte immer, es geschähe ihr zu kurz, und jedermann sollte mehr an ihr tun.

So kam Trägheit und Leichtsinn und Liederlichkeit durch das Beispiel des Vaters, und Lieblosigkeit, Undank und ein anmaßliches Wesen durch die Fehler der Mutter in das Herz des Kindes.

Er konnte dir im vierten und fünften Jahr ein Maul und ein paar Augen machen, daß sich ein rechter Vater und eine rechte Mutter drob b'segnen würden, wenn sie ein Kind von diesem Alter so ein Gesicht machen sähen.

Er war in diesem Alter imstand den Kopf aufzusetzen, und bei Stunden kein Wort zu reden, wenn man ihm nicht im Augenblick tat, was er gern wollte, und du möchtest ihm noch so lieb gewesen sein, so zeigte er den Schalk gegen dir, wenn es ihm in den Kopf kam, wie wenn er dich immer gehasset hätte.

Er gab Antworten, und sagte Sachen, die unter ehrlichen Leuten einem Kinde nicht zum Munde herausgehen dörften. Die armen Eltern lachten über seine frechsten Antworten, glaubten, daß sie seinen Verstand zeigten, und dachten nicht, daß Frechheit und Schamlosigkeit einem Menschen seinen Verstand just da nehme, wo er ihn am nötigsten hätte.

Sie ließen ihm das Maul offen, wo er wollte, und über was er wollte; und je weniger er seinen Verstand brauchte, und mit den Händen arbeitete, desto frecher war er mit dem Maul.

Er hatte von Kindsbeinen auf gar viel Feuer. Anstatt dasselbe zu löschen und zu dämpfen, wo es ins Böse ausbrechen wollte, ist's auf diese Weise noch angefacht und angeblasen worden.

Er war auch noch nicht viel über sieben Jahre, so merkten die Eltern, wo sie mit ihm zu Hause waren; der Müßiggang und Ungehorsam waren in ihm erstarket, und was man ihm vom Folgen, Arbeiten und Rechttun sagte, ließ er zu einem Ohr hinein, und zum andern heraus. Selbst mit Schlägen richteten sie izt nichts mehr an ihm aus. Es war vielmehr, wie wenn man sieben Teufel in ihn hineinschlug, wenn man einen herausschlagen wollte.

Liebe Menschen! Ich muß hier stillehalten, und den Vätern und Müttern meiner Gemeinde die große Lehre der Auferziehung sagen:

Bieget euere Kinder, fast ehe sie noch wissen, was links oder rechts ist, zu dem, wozu sie gebogen sein müssen.

Und sie werden euch bis ans Grab danken, wenn ihr sie zum Guten gezogen, und ins Joch des armen Lebens gebogen, ehe sie noch wissen warum. –

Er sagte seiner Mutter und seinem Vater, wenn sie ihm etwas zeigen wollten, alle Augenblicke: „Du kannst es selbst nicht." Er spottete sie aus: Ja, ja – So, so – gelt aber? und d. g. Das waren die gewöhnlichen Antworten, die er ihnen gab, wenn sie im Ernste etwas zu ihm sagten. Er hatte ein Gedächtnis, daß ihm alles Lernen wie nichts war; aber er trieb mit allem, was er konnte, nur Hoffart, lachte die andern aus, wenn sie es minder konnten, und hatte über nichts so eine Freude, als wenn er machen konnte, daß sie zuschanden wurden.

Er flüsterte einst einem Kinde auf die Frage: Wer der Schlangentreter gewesen sei? ein: der Teufel. Der Pfarrer schimpfte auf das arme Kind abscheulich wegen dieser Antwort, und fragte hierauf ihn. Der Bösewicht war imstand, ohne ein Maul zu verzeuhen, zu antworten: Der Schlangentreter ist unser liebe Herr und Heiland und Seligmacher Jesus Christus.

Den alten Schulmeister kränkte er mit Wort und Taten, soviel er nur konnte und mochte. Der alte Mann hatte seit vielen Jahren, da es in seiner Nachbarschaft brannte, eine entsetzliche Forcht vor dem Feuer. Wenn dann der Hummel nicht gern lernte, so warf er Sachen ins Feuer, die schmürzten, damit er erschrecke, und im Hause herumlaufe, zu sehen, wo es unrichtig sei. Er zündete sogar oft Zunder im Sack an, und achtete es nicht, das größte Loch in den Sack zu brennen, wenn er nur den Schulmeister in Schrecken jagen konnte.

Der alte Mann hörte nicht mehr wohl; und der Bube redte immer entweder so leise, daß dieser ihn kein Wort verstund, oder so laut, daß die Leute auf der Gasse still stunden, zu hören, was für ein Geschrei in der Schule sei; welches den Schulmeister dann noch mehr verdroß.

Er hatte ihm einmal zwei Wochen den Schullohn nicht gebracht; und da er ihn von ihm foderte, gab er ihm zur Antwort: Wenn du nicht g'warten magst, so will ich eben heimlaufen, und dir ihn auf der Stoßbahre bringen.

Im dreizehnten Jahr ist er seinem Vater entlaufen, und in der Waldrüti Weidhirt geworden. Der Reutibauer achtete seiner minder als eines Stücks Viehe, wenn er nur alle Abende seine Herde richtig heimbrachte.

Das Weidhirtenleben, wie es izt ist, ist entsetzlich verderbt. Es kommen auf den Bergen immer bei Halbdutzenden, oft von Bettel- und Streifervolk angenommene Hüterbuben zusammen, und tun da alle nur ersinnliche Bosheiten.

Der Hummel war bei diesem Weidhirtenleben wie in seinem Elemente. Er schüttelte weit und breit alle Obstbäume, ehe sie reif waren, und warf das unzeitige Obst zu ganzen Körben voll dem Vieh nach und in Sümpf und Graben. Er nahm im Wald und auf den Bäumen alle Nester aus, und marterte die armen Vögel, ehe er sie tötete. Er ließ, wo er konnte, das Bergwasser ins Feld, die Saat zu verderben. Er öffnete in allen Zäunen dem Viehe Wege, daß es zuschaden gehen konnte. Er rufte allen Vorbeigehenden schändliche Dinge nach. Er tyrannisierte einen kleinen Buben, der auch auf dem Berg hütete, daß er seiner Herde hüten mußte, wenn er unter dem Baum lag und schlief, oder im Wald den Vögeln nachkletterte, oder mit den größern Weidhirten spielte, und gestohlne Erdäpfel bratete. Wenn's der arme Kleine nicht tun wollte, so zwickte er ihn mit der Geißel.

Von den schandbaren und unzüchtigen Dingen, die auf dieser Weide vorfielen, darf ich nicht reden.

So war's freilich bei den Alten nicht. Sie nahmen kein fremdes Gesindel in ihre Dienste, und ließen ihre Hirten nicht so zueinander laufen. Wer bei ihnen ein Hausgenoß war, für den sorgten sie in Absicht auf Leib und Seele. Sie machten ihre Hüterbuben bei der Herde bleiben, und gaben ihnen beim Hüten ihre tägliche Arbeit auf. Das

Hirtenmädchen strickte Wollen; und der Hirtenknabe sammelte dürre Reiser, und machte Bürden Holz. Da war das Hüterleben noch ein gutes Leben. Man sah den frommen Hirten am Abend und Morgen auf seinen Knien beten, und am Schatten der Bäume, unter denen die Herden zusammenlaufen, in der Bibel lesen.

Noch zu Hummels Zeiten hatten die Alten im Brauch, von ihren Hirten am Abend Rechenschaft zu fodern; aber da es nicht mehr alle taten, richteten die, so es taten, nichts mehr aus. Die, so nichts arbeiteten, verfolgten die, so eine Arbeit mitbrachten; sie jagten ihnen ihr Viehe weit und breit irre, zerrissen ihnen ihr Strickgarn, und verderbten ihnen ihre Arbeit, so daß kein Weidkind mehr eine Arbeit auf den Berg nehmen wollte; und so ging auch diese alte gute Sitte hin.

Im Winter darauf hätte er auf der Waldrüti spinnen sollen; da aber luff er weg, und ging wieder heim.

So übel er bei seinen Eltern versorgt gewesen, so war er's bei seinem Meister doch noch schlimmer. Er kam voll Ungeziefers und wild wie ein Raubtier zurück. Die armen Eltern zeigten dem bösen Buben, daß sie froh waren, daß er wiedergekommen; und er mißbrauchte ihre Schwäche und Güte so sehr, daß er ihnen den ganzen Winter über für keinen Kreuzer arbeitete, und sie doch dahin brachte, in Hoffnung, er werde dann fleißiger arbeiten, ihn ganz neu zu kleiden, ob sie es schon käumerlich vermochten.

In diesem Winter und dem darauffolgenden wurde er zum Tisch des Herrn unterwiesen, und blendete da den Pfarrer mit seinem Auswendiglernen zu seinen Günsten, ungeachtet er alle Bosheiten in seiner Stube ausübte. Er kam nie ohne Würfel und Karten in die Lehrstunde. Er legte der Frau Pfarrerin die Steine von Pfersichen und Pflaumen, die er in ihrem Garten gestohlen, noch vor ihr Fenster; und wenn sie dann hinauskam, zu sehen, wer es gewesen, so war niemand da.

Er tunkte Schneeballen ins kalte Wasser, ließ sie steinhart gefrieren, und warf damit nach des Pfarrers Hühnern und kleinen Hund; und es war seine Herzensfreude, wenn er eines traf, daß es lahm ward.

Seine Kameraden sagten ihm oft, er mache noch, daß der Pfarrer ihn nicht zum Tisch des Herrn gehen lasse. Er antwortete ihnen aber, wenn der Pfarrer sieben Augen hätte, wollte er ihm vierzehn ausbohren.

In eben der Festwoche, da er zum Tische des Herrn gehen sollte, hat er sich im Wirtshause, da just Werber da waren, überweinet, (voll

§ 69

getrunken) und überlaut zu ihnen gesagt: Über acht Tage – dann dörft ihr auch auf mich bieten.

Am Festtage selbst probierte er wohl zehnmal, wie er den Hut unter den Arm nehmen müsse, daß das Band daran recht fliege, und wie er sich bei dem Kompliment vor dem Pfarrer recht stellen müsse, wenn er zum Taufstein hervorgehe. Vor der Kirche redte er mit denen, die neu gekleidet waren, ab, daß sie zuerst vor den andern hervorgehen müssen, und daß er der größte sei, und also der erste hervorwolle.

Gott hat den Menschen in diesem Alter viel Kraft und einen frohen Mut gegeben, und die frommen Alten gönnten dem lieben jungen Volke hundert Freuden, die diesen guten Mut stärkten, und eben dadurch vor Ausschweifung bewahrten. Das junge Volk sah einander bei Tage und bei Nacht; aber die Töchter hielten zusammen, und ebenso die Knaben; und dieses Zusammenhalten der beidseitigen Geschlechter machte, daß jeder einzelne Knab, und jede Tochter gar viel mehr und gar viel länger unschuldig blieb. Die Lichtstubeten (Zusammenkünfte bei Licht auf einer Stube) waren da noch nicht *Lasterstuben*, wie sie izt sind. Das junge Volk kam freilich nach dem Nachtessen auch zusammen; aber Eltern, Verwandte, fromme, ehrenfeste Männer und Weiber waren allemal dabei, und nahmen an ihren Freuden teil; und wenn ein Knabe, der so viel als versprochen war, nun zu seiner Liebsten allein kommen dorfte, so fand er dennoch immer die Mutter oder Schwester, oder einen Bruder bei ihr bis zur Hochzeit.

Überhaupt zeigten die alten Nachtbuben in allem, daß sie Ehr im Leib hatten, und machten gar oft für ihre Freude Sachen, die ihr gutes Herz bewiesen, und ihnen die Liebe der Jungen und Alten, und das Wohlwollen der Stillsten und Frömmsten zuzogen. Es war z. E. seit Menschengedenken ihr Brauch, wenn eine Witwe Töchter hatte, die sie ehren wollten, so schnitten sie der Mutter des Nachts beim Mondschein den größten Acker, den sie hatte; dann am Morgen, wenn die Mutter mit den Töchtern, die Sichel in der Hand, in ihren Acker kamen, und ihn geschnitten fanden, horchten die Knaben hinter den Zäunen, wen sie wohl rieten, daß den Acker geschnitten, und jauchzten dann Freude, wenn sie's errieten.

Aber seit Hummels Zeiten trieben die Nachtbuben immer nur schandbare Bosheiten, und richteten Schaden an, wo sie hinkamen, und verderbten allenthalben denen, die noch an den alten Sitten hingen, ihre unschuldige Freuden.

Wenn der Mond izt untergegangen, und die guten Nachtschnitter mit ihrer Freudenarbeit fertig waren, kamen die Bösewichter, zerstreuten das geschnittne Korn der Witwe, und hausten auf ihrem Acker, wie wenn die wilden Schwein' ihn durchwühlet hätten.

Am Morgen kamen dann die guten Schnitterknaben, fanden ihre Arbeit verheeret; und nach ihnen die Mutter und die Töchter, denen dieser Acker gehörte; die Schnitter stampften – die Töchter erblaßten – und die Witwe schlug ihre Hände ob dem Kopf zusammen, mehr von wegen der Sünde, Gottes Gabe also zu verwüsten, als wegen des Schadens und der Schande, die es für sie war.

Der junge Hummel sah der Frauen hinter dem Graben des Schloßholzes zu, und jauchzte noch, ihrer Frommkeit zu trotzen. Er tat das vier Jahr hintereinander, und da man ihm in Bonnal auflaurete, tat er es in der Nachbarschaft.

Alles hatte auf Hummel Verdacht, und im letzten Jahr wäre er von der jungen Pursch in Hirzau beinahe totgeschlagen worden. Er ging am gleichen Morgen, da es in der Nacht geschehen, noch in ihr Wirtshaus, Gebranntes zu trinken. Das junge Volk, das Verdacht auf ihn hatte, war wie wütend über ihn; und wenn ihn nicht alte ehrbare Männer mit Gewalt dem jungen Volk aus den Händen gerissen, so wäre er sicher auf Leib und Leben geschlagen worden.

Die gleichen Männer, die ihn gerettet, verklagten ihn dem Junker; aber sie konnten nichts beweisen; und der Junker ließ, solchen Bosheiten zu steuren, den Knaben das Nachtschneiden überall verbieten. Aber dieses tat Jungen und Alten so weh, und es war ein so allgemeines Gemürmel in der Kirche, da der Pfarrer dieses Verbot verlas, daß es nicht größer hätte sein können, wenn der Pfarrer eine neue Auflage verlesen hätte. Jedermann sagte: Es ist nicht recht, daß wir um dieses Bösewichts willen diese alte Freude verlieren müssen. Und der Amtsuntervogt Lindenberger, ein alter eisgrauer Mann, sagte dem Hummel, da er ihn unter der Kirchtüre antraf, vor vielen Leuten: Es wäre besser, der Junker hätte dich an den Galgen hängen lassen, als daß er um deinetwillen unser ganzes junges Volk in ein Bockshorn hineinstoßen will.

Um diese Zeit gingen auch die alten ehrenfesten Lichtstubeten ab. Die wildern Knaben fingen izt an, zu den Töchtern in ihre Kammern zu steigen, und vor den Fenstern derer Ehrenleute, deren Kinder offentlich und unter dem Auge der Eltern beieinander waren, allerlei Bosheiten zu treiben, und ihnen die Freude dieses offentlichen Zusammenkommens zu verderben.

Das war ein großer Schaden fürs Dorf. Es kann aber nicht anderst sein. Wie die Bosheit bei einem Volke steigt, so mindern sich seine Freuden, und mit seinen Freuden sein Glück.

Ach! Es war wie wenn alles in dieser Zeit zusammentreffen müßte, das liebe, stille, ruhige, glückliche Wesen der Alten wie aus dem Grunde zu verderben.

Das Baumwollenspinnen, welches damals ganz neu war, und auf einmal einriß, trug auch vieles hiezu bei.

Die wohlhabendsten Leute in unsrer ganzen Gegend hatten ehdem nicht Geld. Ihr Wohlstand bestund darin, daß ihnen Essen, Trinken, Kleider, und was sie brauchten, im Überfluß auf ihren Gütern wuchs. Sie begnügten sich damit, und wußten für ihren Gebrauch von gar wenigen Sachen, die Geld kosteten.

Die neuen Baumwollspinner hingegen hatten bald die Säcke voll Geld; und da das Leute waren, die vorher weder Güter noch Vermögen hatten, folglich von Haushalten und der Hausordnung nichts wußten, wußten sie auch nichts vom Sparen, brauchten ihren Verdienst ins Maul, hängten ihn an Kleider, und brachten hundert Sachen auf, von denen kein Mensch bei uns nichts wußte. Zucker und Kaffee kam allgemein bei uns auf. Leute, die keine Furche Land, und nie nichts Übernächtiges hatten, waren schamlos genug, und trugen Scharlachwams und Sammetbändel auf ihren Kleidern.

Die, so Güter hatten, vermochten das nicht, und hatten nicht Zeit, mit Spinnen Geld zu verdienen wie diese, wollten aber doch auch nicht minder sein als das Baumwollenvolk, das vor kurzem ihnen noch um jede Handvoll Rüben oder Erdäpfel gute Worte gab; und es gingen darum eine Menge der ältesten besten Baurenhaushaltungen zugrunde, weil sie auf ihren Höfen in den Baumwollenspinnerleichtsinn hineinsetzten, Kaffee und Zucker brauchten, bei den Savoyern Tuchkonto aufschreiben ließen, und sich nicht mehr mit dem, was ihnen wuchs, begnügten, dessen sie freilich für sich, und Kinder und Kindskinder genug gehabt hätten, wie ihre Vorfahren bei hundert Jahren genug davon hatten, und glücklich dabei waren.

Der erste, der in unserm Dorf ein Scharlachwams und Savoyertuch zum Kittel trug, war der Hummel. Er hat's zwar freilich nicht mit Baumwollespinnen verdient, denn er arbeitete nichts; er hat vielmehr das Geld dazu Baumwollenspinnerlumpen, die mit ihm spielten, abgewonnen. Er hängte es darum an Kleider, weil er dadurch hoffte, eine reiche Baurentochter, (denn er zog allen in der Nachbarschaft nach) zu erhaschen.

Aber damit war es nicht so geschwind richtig. Die Taler, die er im Spiel gewonnen, und allenthalben gespiegelt hatte, waren zum

Sack hinaus und fort, lange ehe er ein Bräutigam geworden. Überdies ist's ihm bald ausgekommen, daß er im Spiel betriege, so daß niemand mehr mit ihm setzen wollte; und da er von Jugend auf nicht zu den Kleidern Sorge zu tragen gelernt, sah er in kurzem in seinen Hoffartskleidern, von den Schuhen an bis auf den Hut, einem landsfremden Strolchen gleich.

Denn er hatte neu alles auf eine fremde Art machen lassen; und dergleichen fremdgeschnittne Kleider sehen, wenn sie alt werden, immer gar viel häßlicher und lumpichter aus als gemeine Landskleider.

Das war eine harte Zeit für seinen Hochmut; denn da er noch im Flor war, und mit seinen Talern und neuen Kleidern Pracht treiben konnte, machte er sich über jedermann, der dieses oder jenes etwa nicht so hoffärtig hatte als er, lustig. Aber izt kam die Kehr an ihn. Knaben und Töchter lachten ihn izt aus, wenn er immer gleich hoffärtig vor sie hinstund, und bald diese bald jene, die seiner nichts wollte, an den Arm nahm.

Der verstorbnen Kirchmeyer Leutoldin hat er's bis ins Grab nachgetragen, daß sie ihm vor einem ganzen Dutzend Töchter, da er sie auch so zutraulich bei der Hand nehmen wollen, zur Antwort gab: Was willst du doch mit uns? Ding du z'Krieg; du bist sonst zu nichts gut.

Lange Zeit gaben ihm izt alle Töchter, wenn er etwas mit ihnen wollte, diese Antwort: „Was willst du mit uns? Ding du z'Krieg; du bist sonst zu nichts gut."

Und es wäre ihm sicher dazu gekommen, daß er das hätte tun müssen, wenn er nicht an der Weihnacht 1751 ein lebendiges Rehböcklein gefangen, und dem Junker aufs neue Jahr für die junge Herrschaft auf Arnburg gebracht hätte. Durch diesen Umstand hat er sich im Schloß eingeschlichen, und ist gar bald wieder zu ganzen Säcken voll Geld und zu aller Hoffart gelangt.

Was ich izt sage, ist auf ausdrücklichen Befehl unsers gnädigen Herrn, der nicht will, daß die Fehler seines Hauses, die seine Herrschaftsleute verführen und unglücklich machen können; verschwiegen und ungeahndet bleiben.

„Die damalige Unordnungen des Schlosses sind die wahren und einzigen Ursachen, warum der Hummel bei seinem leichtsinnigen, liederlichen, müßiggängerischen Leben dennoch im Lande bleiben können, und wieder zu Geld, Vermögen und Ansehn gekommen; und warum er bei aller Unordnung, in der er gelebt, bei allen geldfressenden Bosheiten und Verbrechen, die er getan, und bei allem

Unglücke, das ihn betroffen, dennoch bis auf diese Zeit immer insoweit bei Geld geblieben, daß er sich bei Haus und Hof erhalten können."

Er hatte sich nicht sobald ins Schloß eingenistet, so hatte er wieder die Menge gute Freunde, und das Auslachen nahm mit dem Neujahrstag und dem Rehböcklein, das er ins Schloß führte, im Augenblick ein Ende; denn in der andern Woche wußte schon jedermann, daß er alle Tage darin steckte, und ausrichtete, was er wollte.

Der alte Schreiber sah, daß er ihn brauchen konnte, und machte gar bald Kameradschaft mit ihm; und wer nun im Schloß etwas wollte, der wandte sich, wenn er recht hatte, bei Tag, wenn er unrecht hatte, bei Nacht an ihn; – und man verbarg es nur nicht, daß man im Schloß ausrichten könne, was man wolle, wenn man ihn zahle. Wer ihn am teursten zahlte, war der Müller von Grienbach, der gab ihm seine Tochter dafür, daß er ihm Wein und Frucht in wohlfeilen Preisen dafür zuhanden hielt; dieser Mann machte also aus himmelschreiendem Geiz seine Tochter zu einem unglücklichen Weib.

Denn das war sie von der Stund ihrer Heurat an bis an ihren Tod, der vorgestern erfolgt ist.

Sie liegt izt hier – Staub und Asche – Eure Tränen reden Verzeihung für sie, und mein Herz ist bewegt über ihren Tod.

Friede sei mit ihren Gebeinen, und der Totenwecker erwecke sie einst zum ewigen Leben!

Aber ihr Vater hat sie dahingegeben zum Opfer seines Geizes, einem Bösewicht, der sie nicht liebte, und sie elend machte.

Dieser Vater wird die Leiden ihres Lebens aufgeschrieben finden an einem Tag, an dem er den Wert des Weins und der Frucht, den er zum Gegensatz seiner Tochter empfangen, anderst schätzen wird, als in den Tagen des Unsinns, in denen er dem Manne, den er brauchte, seine Obrigkeit zu betriegen, Statt und Platz gab, auch sein Kind zu verführen. Ich habe den Müller sterben, und den Jammer dieser Tat mit sich ins Grab tragen gesehen. Das Bild seines Todes schwebet noch izt vor meinen Augen, und unvergeßlich bleibt mir die Lehre, die sein Tod in mein Herz geprägt: „daß der Mensch, wenn er um seiner selbst willen nicht fromm und treu sein wollte, es doch um seiner Kinder willen sein sollte."

Da der Hummel nun verheuratet, wollte er auch mit Gütern großtun; aber er war kein Bauer. Und wie hätte er einer sein können, so träge, so liederlich und unordentlich als er war. Es war nur Hoffart, daß er Güter haben wollte. Er besorgte sie nie recht, und zog bei weitem nie daraus, was seine Nachbarn.

Der Kühhandel hingegen war ihm einträglich. Er brachte aber auch viele Haushaltungen damit um Hab und Gut. Die Armen wurden ihm bald schuldig, und wer ihm schuldig war, mußte mit ihm handeln; und wem er im Schloß einen Gefallen tat, der mußte ihm eine Kuh dafür abkaufen, oder mit ihm tauschen. Er gab den armen Leuten oft in einem Jahr drei bis vier Stück, aber eine schlimmer als die andre.

Sein Hochmut verleitete ihn, bald nach seiner Heurat seinen Vater zu bewegen, daß er ihm Haus und Güter samt den Schulden überließ. Er versprach dem Vater, solang er noch lebe, ein ehrliches Auskommen und liebreiche Behandlung; aber sobald er übergeben, ließ er den alten Mann darben, daß alle Nachbarn Mitleiden mit ihm hatten. Der Kilchmeyer Kienast sel. hat den alten Mann sozusagen unterhalten, und ihm Milch und Brot gegeben, und mit sich essen lassen, wenn er wollte; er kam auch fast alle Tag, und klagte immer mit Tränen, wie gottlos sein Bub mit ihm umgehe; aber wenn es der Junge merkte, so wütete er gegen dem Vater, und brauchte hundertmal die Worte, er wolle ihn in den Boden hineinschlagen, wenn er sich mehr erfreche, einen Mundvoll Brot in einem fremden Hause zu essen; er machte sich auch nichts daraus, offentlich vor den Leuten zu sagen, das beste wäre, der alte Lump ginge bald weiters, er nütze so nichts mehr auf der Welt.

Das alles ängstigte und verwirrte den armen Mann so sehr, daß er sich in den Kopf setzte, sein Bub wolle ihn noch vergiften, so daß er keinen Löffel voll Suppe ohne Angst aß, wenn er wußte, daß dieser beim Kochen und am Weg gewesen, und allemal mit Ängstlichkeit Achtung gab, ob er auch davon esse.

Man riet dem Alten ins Schloß zu gehen, und dem Junker zu sagen, wie er's mit dem Sohn habe. Er tat's – und bat den Junker mit tausend Tränen, er soll doch dem Buben zusprechen, daß er, solange er lebe, auch noch christlicher mit ihm umgehe. Der Junker befahl ihm, er sollte morgen mit seinem Sohne wieder ins Schloß kommen, damit er ihn auch verhöre. Der Hummel vernahm, was der Vater im Schloß getan, ehe er wieder heimgekommen – war ganz freundlich mit dem Alten, sagte, er wollte gerne kommen, und er begehre nichts als was recht sei: aber er überredte den Vater daheim und auf dem Weg, Kirschenwasser zu trinken, indem er ganz zutraulich zu ihm sagte: Das macht Herz und Courage, wenn man vor die Obrigkeit will. Es war kalt und im Jänner, und der Alte ließ es sich belieben, denn der Bube bezahlte für ihn. Aber da er izt aus der Kälte in die warme Stube zum Junker kam, und seine Klage anbringen wollte, schwankte und stotterte er wie ein besoffener Mann, und das Gebrannte stank ihm zum Munde heraus.

Der Vogt hingegen stellte sich gar demütig, tat wie wenn er fast weinen müßte, und sagte: es könnte wohl nichts Traurigers sein, als wenn Kinder mit ihren Eltern vor die Obrigkeit müßten, und es sei ihm, solang er lebe, nichts begegnet, das ihm so weh tue; weil es aber izt doch so sei, so müsse er in Gottes Namen sagen, wo der Igel im Hag liege. Wenn er den Vater vom Morgen bis zum Abend lumpen und in Wirtshäusern stecken ließe, und dann für ihn zahlte, so hätte er gewiß nichts über ihn zu klagen; aber er vermöge das nicht, und es sei, ob Gott wolle, genug, daß er die schöne Sache, die er gehabt, beinahe bis auf den letzten Heller durchgebracht, usw. Der Vogt konnte reden wie eine Dohle, und allem eine Farbe anstreichen, wie er nur wollte, und der Junker mußte wohl glauben, was er sagte; das Brennts roch dem Alten zum Mund heraus. Auch war die Sache bald richtig. Der Junker ward über ihn böse, und sagte zu ihm: Du alter versoffener Lump; ich muß ja mit meinen Augen sehen, daß dein Sohn recht hat, und mit dir geplagt ist. Gehe mir im Augenblick aus der Stube, und halte dich, daß er keine Klage über dich hat. – Auf dem Heimwege sagte dann der Hummel wohl zwanzigmal zu seinem Vater: Du alter versoffener Lump, wie ist's izt gegangen? – Wann willst izt wieder mit mir ins Schloß? – Und solange er lebte, war dies immer seine Antwort, wenn sein Vater etwas klagte.

Die Bekanntschaft mit dem alten Schreiber ward indessen immer enger. Dieser zeigte ihm nach und nach die Form und Ordnung, wie man Land und Leute aussaugen könne, ohne viel dabei zu gefahren. Sie trieben diese Künste in Fried und Einigkeit jahrelang, und arbeiteten einander längst in die Hände, noch ehe der alte Weibel, auf dessen Dienst sie laureten, ihnen sterben wollte.

Endlich tat er's, und der Schreiber schlug dem Junker den Hummel zu diesem Amt vor; dieser nahm ihn dazu.

Izt rief ihn sein Amt in die Hütte des Elendes. Die Gefangene kamen in seine Hände. Treiben und Pfänden ward izt das Handwerk, bei dem er sein Brot suchte; und den Vater von dem hungernden Weibe, die Mutter von den weinenden Kindern wegzuführen, das Elend des Lebens in hundert Hütten aufs äußerste zu bringen – das war izt sein Beruf!

Liebe Menschen! Die Gewalt der Fürsten ist heilig, und ihr Dienst ist eine heiliger Dienst; aber darum sollten die Obrigkeiten auch keine ruchlose Menschen in ihren Dienst nehmen, und nicht vergessen, daß der Dienst des niedrigsten Weibels im Dorf, ihr Dienst ist. O ihr Menschen! Laßt uns Gott bitten, daß er die Fürsten erleuchte, daß sie diese Berufe auf Erden mindern, und allenthalben mit stillen, demütigen und gutmütigen Menschen besetzen. Es ist entsetzlich, wie Land und Leute verheeret werden, wenn die Fürsten nicht hindern, daß solche Stellen nicht mit ruchlosen Menschen, die sich immer zuerst zudringen, besetzt werden.

Weder der Leutold mit seinen 12 Kindern, noch der Bauer ab dem Rütihof, noch der Haselberger wären zur Gant getrieben worden, wenn der Hummel nicht in der Zeit seines Weibeldienstes, mit dem Schreiber, allenthalben ihnen ihre Schulden aufgeweckt, und alles dahin angezettelt hätte, daß die Gantkösten von diesen drei Höfen in ihre Hände kämen.

Es ist izt mehr denn zwanzig Jahr seit diesen Ganten; aber das Elend, das daraus entstanden, dauert noch izt, und wird noch lange dauern, wenn wir alle nicht mehr da sind. Es sind unter meinen 35 Almosensgenössigen, 14 Abkömmlinge von diesen Vergantenten; über diese sind noch vier Abkömmlinge von ihnen wegen Diebstahls im Zuchthaus, und 5 Töchter und 7 Knaben von ihnen ziehn im Bettel herum.

Er hat als Weibel so viele Leute ins Schloßgefängnis gebracht, daß alles ehrenfeste Leben unter uns aufgehört hat. Es waren vorher viele Geschlechter, die eine Freude daran hatten, und ihre Ehre darin suchten, daß bei hundert Jahren niemand von ihrem Namen ins Gefängnis gekommen; aber er hat es dahin gebracht, daß das niemand mehr sagen konnte. Ach! Es war, wie wenn er unsre Geschlechter und unser Volk mit Gift ansteckte während seinem Dienst, so sehr wußte er alle Spur von Scham und Ehr auszutilgen, die noch unter uns war. Die Reichen soffen und spielten im Gefängnis; indessen die Armen darin verfaulten.

Im siebenten Jahr seines Weibeldienstes kaufte er das Wirtshaus und die Mühle, und konnte 4500 fl. bares Geld daran zahlen, ohne was er sich für diese Gewerbe einzurichten sonst hatte.

Aber das Elend ist nicht mit Worten auszusprechen, das so ein Mann über ein Dorf bringen muß, wenn er izt noch Wirt und Müller wird. Stellet euch doch vor:

Mit seinem Ansehn im Schlosse,
Mit dem Gelde, das er izt schon hatte,
Mit seinem Weibelgewalt,
Mit seinem Geiz und mit seiner Schlauheit,

Mit den Kenntnissen, die er von allen, auch den kleinsten Umständen in jedem Hause hatte. – Stellet euch vor, ob's anders möglich gewesen, als daß das ganze Dorf von ihm wie verkauft worden.

Ach! Wie der Fisch im Wasser in Schlaußen fällt, wo seinem Lauf sonst keine Öffnung gemacht ist:

Wie der Vogel in der Luft sich im Garne verstrickt, wenn es seinem Flug im Wege steht:

Wie das Wild im Feld in die Gruben fällt, wenn man es mit seiner Nahrung dahin lockt: – so fiel unser Volk dem Hummel in seine Hände, als er izt noch Wirt und Müller geworden.

Er wußte besonders die Unzufriedenheit, in welcher die meisten Menschen mit ihren Umständen leben, zu seinem Vorteil zu gebrauchen, und besaß die Kunst, von jedermann wie aus dem hintersten Winkel herauszulocken, wie und worin sie glaubten und meinten, daß ihnen Unrecht geschehen.

Und es brauchte nur das, so hatte er sie sicher in seinen Klauen, und griff sie dann an der schwachen Seite an, die er nun an ihnen kannte.

Waren es Kinder, waren's Dienste, waren's Eltern; er wußte mit einem jeden zu reden, und ihm sein Zutrauen zu stehlen.

Dem störrischen Kinde sagte er: warum es doch einer Mutter folge, die so eine Frau seie wie diese.

Dem Hoffärtigen: sein Vater sollte sich schämen, daß er ihm dies und jenes nicht gebe, wie es andre haben, die gar viel weniger im Vermögen haben, als er.

Dem Fleißigen: es sei ein Narre, daß es sich so plage, und nicht mehr Dank davontrage.

Dem Gewinnsüchtigen: es würde unter den Fremden wohl zehnmal mehr verdienen als daheim.

Dem Trägen: warum es doch vom Morgen bis an den Abend so angespannt sein möge, wie ein Roß am Karren.

Dem Stiefkinde: es sei himmelschreiend, was für einen Unterschied seine Eltern zwischen ihm und den andern machen.

Dem Knecht, der einen guten Meister hatte: es sei gut, aber doch auch nicht immer, bei einem Esel dienen.

Dem, der einen strengen hatte: wenn du dich beim Teufel verdinget hättest, du hättest es nicht schlimmer, als bei deinem Meister.

Und so auch der Magd, wenn sie ihre Meisterleute rühmte, oder wenn sie selbige schalt. – Und so auch dem Weib, wenn es seinen Mann lobte, und wenn es ihn schalt.

Aber allemal kam das Lied, wenn sie dann vertraulich worden, am

End dahinaus: Du bist ein Narr – oder eine Närrin, daß du dir nicht selber hilfst – an deinem Platz würde ich lachen, und dies und das tun – das allemal deutsch sagen wollte, „stiehl – was man dir nicht gibt, und bring's mir."

Ach! Die Lehre ward so wohl verstanden, daß unser Volk ein Schelmenvolk, und unsere Haushaltungen elend geworden.

Die Kinder aus der Schul nahmen ihren Eltern was sie konnten, und brachten's ihm – Die Eheleute stahlen sich selbst das Ihre, und brachten's ihm – Die Dienste nahmen ihren Meisterleuten was sie konnten, und brachten's ihm.

Und so wie die Gelüste des Mutwillens und der Einbildung, so brauchte er auch die Not der Armen zum gleichen Ziel – er verführte sie mit Speise und Trank, und Geld, das er ihnen auf Dings (Zeit) gab, und zwang sie dann plötzlich zu zahlen, was sie nicht hatten, dann stahlen die Armen, und brachten's ihm.

Unter disen Umständen konnte es nicht anderst sein – Die Liebe und der Glaube und der Friede, der die Menschen segnet und glücklich macht, mußte aus allen Wohnstuben weichen, und zwischen Eltern und Kindern, zwischen Brüdern und Schwestern, zwischen Mann und Frau war allenthalben der Same der Zweitracht gesäet – Und der Same der Zweitracht, ist der Same des Lasters und des Unglücks!

Das Laster wuchs izt allenthalben, wie die Frucht, die im Mist steht. Das Hundertste kam zwar nicht aus; aber man darf doch die Zahl der Menschen nicht nennen, die in dieser Zeit in Bußenrödeln und Kriminalakten des Schlosses aufgeschrieben sind. – Ihre Taten sind die Früchte des Samens, den dieser unglückliche Mann mit seiner Hand ausgesäet – auch klagten ihn viele darüber an.

Der arme Ueli sagte unter dem Galgen: „Er habe nicht den zehnten soviel gestohlen, als der Hummel ihm abgedruckt." Und es war wahr, er hatte ihm sein bestes Land mehr als um ein Drittel zu wohlfeil abgedruckt, und der arme Tropf hatte vorher um keinen Heller gestohlen, bis er von diesem gänzlich ausgesogen, und an den Bettelstab gebracht worden.

Auch die Lismergrithe ist in seinem Haus unglücklich worden, und als sie hernach, da sie ihr Kind umgebracht, in seinem Haus in Verhaft genommen worden, sagte sie in Gegenwart vieler von euch zum Vogt: „Wenn du mich nicht schon einmal hier eingesperrt hättest, so wäre ich izt nicht da:" – Er hat nämlich mit eigner Hand den Schlüssel von der Kammertür genommen, in welcher der Mutwille mit ihr getrieben worden, der sie izt das Leben kostete. „Was eingesperrt?" erwiderte ihr der Hummel, da sie ihm diesen Vorwurf machte. Sie antwortete ihm: „Du bist an meinem Unglück schuldig – das könnte eine jede sagen, die bei mir tanzt und trinkt, wenn sie dann hintennach tät was du" – erwiderte dieser, riegelte die Tür, und ging fort.

Auch von den Knechten, die von ihm wegkommen, haben mehrere wegen Diebstählen landsflüchtig werden müssen – es konnte aber nicht anders sein, sie sind in seinem Hause wie dazu gezogen worden. Solange er die Mühle hat, haben seine Karrer immer bei aller seiner Kundsame, dem Hausvater hinter dem Rucken, von der Frau, Kindern, Dienstboten gestohlne Frucht abgenommen, sie hatten hinter allen Hägen (Hecken) und in allen Winkeln ihre Örter, wo man ihnen die gestohlnen Säcke ablegte.

Der Christoph, der so lange bei ihm war, und izt aber auch landsflüchtig ist, wäre vor 20 Jahren schon um deswillen beinahe totgeschlagen worden. Der Rütibauer merkte noch im letzten Jahr, ehe er vergantet worden, daß es mit seiner Frucht (Korn) nicht richtig gehe, und da er seine Frau, die dem Trunk sehr ergeben war, im Verdacht hatte, gab er sint langem auf sie acht, und sah sie einmal an einem Morgen fast vor Tag, mit einem Sack Frucht, so schwer sie tragen möchte, zum Haus hinausgehen – er schlich ihr durch einen Abweg hinter dem Zaune nach, und sah sie den Sack in dem Gestäude an der Steig bei dem Mühleweg verbergen, ließ aber die Frau, ohne sich zu zeigen, wieder heim, und wartete hinter dem Gestäude, wer izt den Sack abzuholen kommen werde – es verging keine halbe Stunde, so kam der Mühli-Karrer, und nahm noch zwei solche Säcke aus dem Gestäude hervor, als er aber des Rütibauren seinen nehmen wollte, schlug dieser mit einem Zaunstecken so auf ihn zu, daß er in Ohnmacht fiel, und eine Viertelstund in Mitte der Straße liegen blieb, bis man es in der Mühli vernommen, und ihn heimgeholt. Sint dieser Zeit ist der Christoph nie mehr ohne seinen großen Hund von Hause weggegangen.

Etwa im dritten Jahr seines Weibeldienstes ist ihm sein einziges Kind gestorben, ein Knab, der sein Alter nur auf 10 Jahre gebracht, und immer kränkelnd und schwächlich, aber dabei ein gutes und frommes Kind war. Er saß viel ob der Bibel, las und betete viel, er hatte nicht Kräfte zu arbeiten, aber er sah das Unrecht, das in seines Vaters Haus herrschte, und so jung er war, hatte er schon darob Tränen vergossen, und dann und wann unverhohlen gesagt: „daß es ihm noch das Herz abdrücke, dies und jenes zu sehen." Sein Vater hassete ihn, sagte ihm nur Serbling und alte Grochserin (Jammerweib), und im Rausch hatte er ihn noch etliche Mal verspottet, wenn er laut und inbrünstig betete. Und die Magd, die in des Knaben Kammer schlief, hat bei seinem Tod bezeuget, daß er oft ganze Nächte durch gejammert, und kein Auge zugetan, wenn er dazu gekommen, daß sein Vater jemanden ins Unglück zu bringen gesucht, und gedrückt. Etliche Tage vor seinem Tod hat er dem Pfarrer gestanden, daß ihm das auf dem Herzen liege, und ihn gebeten, daß er doch, aber erst wenn er gestorben, mit dem Vater darüber rede, – der Pfarrer hab's auch getan, aber der Vater gab ihm zur Antwort: es scheint, der Bub sei bis in den Tod ein einfältig Tröpflein geblieben, wie er bei Leben immer war." Doch gab er in der Sterbwoche des Knaben einigen Armen etwas Rüben und Erdapfel zum Almosen.

Er hatte den Weibeldienst neun Jahre versehen, als der alte Vogt starb.

Sosehr ihm aber der Junker gewogen war, so dachte er im Anfang doch nicht daran, ihn zum Vogt zu machen; er kannte einige Fehler an ihm, z. E. Saufen, Schwören, und meinte für sich gar nicht, daß er zu dieser Stelle der Beste wäre; aber der Weibel hatte so viele Vorsprecher im Schloß, vom Schreiber und Vikari an bis auf den Gärtner, der viel auf den Junker vermochte, daß es ihm zuletzt schien, er hätte im ganzen Dorf alle Stimmen für ihn. Und doch waren alles nur Ohrenblaser, und im ganzen Dorf hätte der Weibel nicht fünf Stimmen gehabt, wenn's aufs Herz angekommen wäre – aber kurz, man machte den Junker glauben: er wäre den Leuten angenehm – und er ward Vogt!

Und nun tat er, ich darf das Wort wohl brauchen, es ist hart, aber es ist wahr, er tat nun als eine Art Obrigkeit, was er zuvor als Schelm getan. Das erste, woran er setzte, sobald er Vogt worden war, den Bamberger vollends zu verderben; denn er wußte, daß, solange dieser an seinem Plaz seie, er in seinem Platz und in seinem Tun nicht sicher sein könne. Er kam auch bald zu seinem Ziel. Mit allen andern Vorgesetzten wußte er sich zu vertragen, denn er wußte allen, auf die oder diese Art, mit Güte oder mit Ernst, beizukommen, daß sie tun mußten, was er wollte.

Er mischte sich in alle auch Hausgeschäfte des Junkers, und wußte alles, wo er Einfluß hatte, so zu leiten, daß die Sachen alle in einer Art von Trott ihren Weg fortgingen, ohne daß der Junker Mühe damit haben, oder nur viel davon reden mußte, wenn er nicht gern wollte, und machte sich so mit Zeit und Jahren im Schloß so notwendig, daß man fast gar nicht ohne ihn fortkommen konnte; er ließ es auch ein paarmal den Junker fühlen, da er einmal in der Heuernt, ein andermal auf eine Zehentverleihung nur 8 Tage nicht ins Schloß kam.

Er trachtete ferner, alle so Ämter hatten, bis auf die geringsten, soviel er immer konnte, unter einen Hut zu bringen – Er nahm davon für sich selbst soviel er konnte, und für die übrigen sorgte er, daß sie mit ihm zugetanen, und wenigstens mit einfältigen Leuten besetzt wurden; bis auf den Siegrist (Küster) und Schulmeisterdienst schob er allenthalben seine Kreaturen unter, und tat dann als Vogt in unaussprechlicher Sicherheit, was er vorher doch selber als Weibel noch immer mit Gefahr des Zuchthauses und noch größerer Strafe getan.

Das ist nämlich der Unterschied zwischen einem Schelmen der Vogt ist, und einem andern der es nicht ist; der Eid, den er auf sich hat, und der Eid, den seine Kreaturen schwören, wird zu einem Schild, mit dem er alle Verbrecher bedecken kann. Wo er diesen Schild vorhält, da werden seine Lügen zur Wahrheit, und die Wahrheit seiner Widerpart zu Lügen.

Der Wert dieses Schilds ist allen gewalttätigen und ungerechten Menschen, die auf den Dörfern in Ehr und Ansehen stehen, unbezahlbar; auch bedienen sich die wohlgeehrten Blutsauger bald allenthalben desselben je länger je schamloser.

Frage links und rechts, und du wirst hören: Wenn gemeine Leute allenthalben hundertmal eher Unrecht leiden, und sich bei ihrem besten Recht lieber wohl und wehe tun lassen, als es in ihren Streitsachen auf einen Eid ankommen lassen, so setzen hingegen die Vorgesetzten ihren Eid so kurzweg und unbesonnen zu allem, was sie oft auch im Rausch reden und tun, daß es einen schauren macht.

Das ist aber auch die erste Ursache, des vielen Elends und Leidens, das diese Leute inwendig haben, so wie des häuslichen Unglücks, in dem viele leben, und noch mehrere ihre Kinder hineinstürzen.

Da man nämlich um ihrer Eide willen fast gar nicht hinter ihre Betriegereien kommen kann, und ihre Weiber und Kinder alle Tag sehen, daß jedermann dem Vater seine Lügen als Wahrheit gelten lassen muß, so werden auch sie eben so gewalttätig und ungerecht, verlernen alle Art und Weise mit ihren Nebenmenschen als mit ihresgleichen umzugehen, daher auch allenthalben, wo die Söhne solcher Männer nicht auch wieder Vogt werden, oder ein Amt kriegen, wo sie ihre Liederlichkeit und ihre häuslichen Fehler mit Mantel und Eid decken können, so werden sie Lumpen etc. und die Töchter, wenn sie in gemeine Haushaltungen heuraten, wo man arbeiten sollte, richten den Wohlhabendsten, der das Unglück gehabt also zu verirren, zugrunde.

Aber ich verschwatze mich, die Zeit geht vorüber, und ich habe noch so wenig gesagt, von dem, so ich sagen soll.

Da der Hummel nun in seinem Dienst festsaß, griff er jedermann, der in Holz und Feld etwas hatte, das ihm anstund, an, – wollte er ihm's nicht geben, wie er wollte, so hatte er einen Prozeß auf dem Halse, – oder war sonst alle Augenblick nicht sicher, in eine Grube zu fallen, die man ihm gegraben.

Er griff die ganze Gemeinde an, wie einen einzigen Mann. Aber wo so ein Vogt Meister, da ist keine Gemeinde mehr, sie muß sogar oft so einem Manne noch selbst bestätigen, und ihm zu Urkund und Siegel von dem helfen, was sie in ihrer Seele weiß, daß er ihr abgestohlen. Das war der Fall mit dem Markstein bei des Vogts Acker, der noch izt der *zugepflugte Acker* heißt; er war mehr als ein Drittel der Länge nach der Gemeind abgefahren. Die alten Männer wußten alle, daß ein Zaunstumpen und ein Markstein bei 50 Schritten tiefer unten gestanden, als der Vogt die neuen Marksteine gesetzt – aber der Zaunstumpen war nun bei 10 Jahren ausgestockt, und der Markstein ist auch wegkommen, niemand wußte wie? Und die Gemeind setzte ihm die Marksteine wohin er wollte, ohne Widerrede. Da er bauete, war's wieder das gleiche; er nahm aus dem Walde was er wollte, und das Holz war schon gezimmert, und lag schon vor seinem Haus, als er an der Gemeind das Mehr gehen (die Stimmen sammeln) ließ, daß sie es ihm bewilliget, und die Erlaubnis davon zu seiner Sicherheit ins Dorfbuch hineinschreiben ließ.

Der alte Monchhöfler sel. konnte das auch fast gar nicht verdauen, und sagte überlaut: „vor Altem seien die Dieben doch auch noch zufrieden gewesen, wenn man sie mit dem Gestohlenen fortgelassen, aber izt müsse man noch ein Zeugsame dazu geben, daß man es ihnen geschenkt." Aber es tat jedermann, als ob man ihn nicht höre, und sein Sohn selbst nahm ihn ab, und sagte: „Schweig doch, um Gottes willen, wir sind sonst alle Stund nicht sicher, daß er uns um Haus und Hof bringt." Der Vogt tat selbst, als ob er es nicht gehört, und machte die Vorgesetzten das Zeugsame unterschreiben, und das Datum 2 Monat früher setzen.

Die offentliche Gerechtigkeit war nun in seiner Hand, und er brauchte sie fast immer zum Schutz derer, die Unrecht hatten, damit er sich einen Anhang machte von Leuten, die ihn förchten müssen, um mit diesen diejenigen zu unterdrücken, die ihm entgegen wären.

§ 69

Weit und breit ward nicht soviel gestohlen als bei uns, aber sintdem er Vogt war, war fast niemand abgestraft – und er machte sich groß damit, „Wenn er 5 Jahre früher Vogt gewesen, so wäre dem Ueli und vielen andern gewiß nicht begegnet, was ihnen begegnet." Er erschwerte immer den Leidenden den Beweis wider den Frevler – dem Schwachen den Beweis wider den Gewalttätigen, und dem Bestohlnen wider den Dieb. – Er zog den Klagenden auf, bis der Beklagte entrunnen, und der Frevel bedeckt war. Wenn der Kläger den ganzen Tag auf ihn wartete, so ware er nicht daheim, aber die Nacht durch stund dem Schelmen für Rat und Tat sein Haus offen. Was du mit deinen Augen sahest, mußte nicht wahr sein, wenn du den Dieben in deinem Haus ertapptest, mußtest du ihn noch um Verzeihung bitten, daß du ihn verklagt.

Daher entstund aber, daß sich jedermann selber Recht zu verschaffen suchte. Es sind mehrere Personen auf den Tod geschlagen worden, weil man sich scheuete, sie am Rechten anzugreifen, und der Krummholzer ist unter der Last seiner gestohlenen Trauben aus gleichem Grund erstickt, – der Leutold und der alte Hügi, die ihn in ihrem Weinberg antrafen, stießen ihn mit der Tause (Bütte) die Stufen ihres Weinberges hinunter – sie hörten ihn unten an den Stufen um Hilf rufen, aber sie ließen ihn liegen, weil sie keinen Prozeß mit ihm wollten, und fürchteten, er erkenne sie, wenn sie ihm zu Hilfe kämen, und dann helfe ihm der Vogt erlaugnen, daß er ihnen Trauben gestohlen.

Es war auch sicher fast in keinem Fall mehr möglich, das größte Unrecht, das man litt, zu erweisen; – er lenkte das Recht wohin er wollte, – Wahrheit oder Lügen war gleichviel, – was er wollte war, ja! – und was er nicht wollte war, nein! Was im Verborgnen geredt worden, ward, wenn er daransetzte, ausgeforscht; und was an offener Gemeind geredet worden, ward verlaugnet, wenn er wollte, daß es verlaugnet würde.

Worüber er immer stritte, hatte er sicher Zeugen für das, so er behauptete.

Auch wenn Eid und Gewissen dazu gesetzt werden mußten, stunden diese ihm bei.

Ich mag nicht viel von ihnen reden – ihr wisset wer sie waren, und auch wie der Vogt sie dahin gebracht, daß sie also, (wie einige von ihnen sich hernach offentlich selber ausdruckten) für ihn Leib und Seele dem Teufel verpfänden mußten, wenn er's von ihnen foderte.

Er verzückerte ihnen freilich diese Pillen in jedem Fall so gut er konnte, und stellte sogar den unglücklichen Vikari an, den armen Leuten ihr Gewissen einzuschläfern.

Es gelang ihm auch viel, daß sie ihre Zeugnisse nicht beschwören mußten; dann gar oft gaben die Unschuldigen, die mit ihm vor dem Recht stunden, wenn sie sahen, daß er solche Zeugen stellte, den Handel auf, und litten Unrecht, ohne Eide wider sich gehen zu lassen.

Und dann sagte der Vogt diesen Unglücklichen, das Zeugnis, das sie izt gegeben, sei nur ein Lug, wie es in allen Ecken alle Tag hundert gebe, und auf hundert Stund weit kein Meineide, und diese glaubten es gern.

Wenn es aber dahin kam, daß sie den Eid zu ihrem Zeugnis tun mußten, so wußte man ihnen die Worte, die sie beschworen, so auf die Spitzen zu setzen, und auszudrehen, daß sie genugsam hindienten, den Vogt den Handel gewinnen zu machen, und doch nicht völlige gerade Lügen, sondern mehr verdrehete und verkehrte Wahrheit waren. Diese schöne Zeugnisgeberei war so bekannt, daß ein Herr aus der Nachbarschaft den Keibaker, wie er in einer solchen Handlung für den Vogt vor dem Recht gestanden, abmalen, und in Kupfer stechen ließ.

Er ist wie lebendig getroffen. – Sein Haar stehet ihm im Kupfer auf wie einer wilden Sau der Borst, die Forcht vor der Höll und das Hundeherz doch zu schwören, weil er den Mundvoll, den man ihm dafür darwirft, vor sich sieht, redet ihm aus den Augen. Er hat eben das Maul offen, und es ist, wie wenn man's sähe, daß er vor Herzklopfen fast nicht atmen kann, und aus der versoffenen Nase schnaufen muß. Die Augen sind halb zu, die Stirne rümpft sich von allen Seiten dagegen und gegen die Nase hinunter; er hebt just die drei Finger auf, und die Hand (man meint, man seh', daß sie zittere) ist noch voll Tinte, von einem Schelmenbrief, auf dem er eben sein † getolget.*

Unter diesem Kupferstich stehen die Worte:

Ein Zeugnisgeber von Bonnal.

Es konnte kaum ein entsetzlicheres Denkmal des Verderbens unsers Dorfs ersinnet werden, als diese Unterschrift.

Unser gnädige Herr hat, da er dieselbe letzten Winter zu Gesicht bekommen, gesagt, er wollte lieber seine Herrschaft verkaufen, und

---

* Sein † tolgen, heißt etwas anstatt mit seiner Unterschrift mit einem † bezeichnen, welches oft mit großer Gefahr von Leuten, die nicht schreiben können, und auch von solchen, die nur sagen, sie können es nicht, geschiehet.

§ 69

ziehen so weit der Himmel blau ist, als da bleiben, wenn sie in 4 oder 5 Jahren noch wahr seie, und noch auf sein Dorf passen würde.

Aber er wird will's Gott nicht ziehen müssen, so weit der Himmel blau ist. Will's Gott sind die Tage dieses Elends für uns vorüber.

Ich kehre wieder zu der Geschichte des Vogts – und rede auf Befehl des Junkers forthin unverhohlen von den wahren Ursachen unsers langen Elends.

Der Vogt war in der Audienzstube vollends Meister – der Schreiber, der Weibel und er, waren die drei Finger an einer Hand, oder wie drei Pfeifen an einer Orgel.

Der Vogt verstund aus dem Fundament den Unterschied der Zeit und Stund, wenn diese oder jene Sache für ja oder für nein dem Junker mußte vorgebracht werden, und war der Umständen Meister, eine jede Sache in dem Augenblick vorkommen zu machen, der, zu dem, was er wollte, günstig war.

Wenn er etwas hintertreiben wollte, so redte er oft noch gar viel dafür, aber so dumm, und verkehrt, daß er sicher war, daß es just das Gegenteil wirke.

Wenn er hingegen etwas erzwingen wollte, so redte er mehrenteils gar nicht dafür, aber er machte andere dafür reden, und lenkte hundert Umstände ein, die, was er wollte, befördern, und was er nicht wollte, verhindern mußten. –

Z. E. da vor 4 Jahren die Elsbeth Müller wider des Vogts Sohn von Rynhalden klagte, und ein Eheversprechen vorwies, und der Junker wider des wohlachtbaren Herrn Untervogts Sohn gar aufgebracht war, ließ der Vogt wie aus unverdachtem Mut den Chorgerichtsbußenrodel dem Junker auf dem Tisch liegen, und just diejenige Seiten darin offen, in welcher eine Elsbeth Müller wegen nächtlichem Herumziehen und verbotenem Tanz um 5 Pfund gestraft worden. – Es war freilich eine ganz andere, das aber machte nichts.

Da der Junker morndes den Schreiber fragte: Ist das die gleiche Elsbeth Müller? – antwortete dieser: Ja – und des Vogts Bub mußte nun der klagenden Tochter nicht das halbe zahlen, was der Junker ihr zugesprochen hätte, wenn er keine andre Elsbeth Müller im Dorf, oder vielmehr keine meineide Beamtete an seiner Seite gehabt hätte.

So lenkte der Vogt fast alles – und das am meisten und stärksten, von dem er bei dem Junker das Maul nicht auftat. – Wenn dieser fast mit Haaren dazu gezogen worden, zu sehen, was da und dort wahr war, so wußte er ihn dennoch wieder seitwärts zu lenken.

Er verleugnete ihm Sachen, die er selber gesehen, und machte ihm glauben, er habe Unrecht verstanden, was er mit seinen eigenen Ohren gehört, und wenn die Wahrheit sozureden vor ihm zustund, so wußte er ihn dahin zu bringen, daß er ihr den Rucken kehrte.

Aber er hütete ihm oft auch Jahr und Tag, daß er dies oder jenes nicht vernehme, und da und dort hicht hinkomme, wo er etwas hören oder sehen konnte, das ihm nicht in Kram diente.

Es ist izt 5 Jahr, daß ich im Herbst an einem Abend von Hirzau über den Berg heimgegangen; da ich an der Steig war, hörte ich den Jäger nur etliche Schritt vom Weg alle Wetter fluchen, daß sein Kamerad die Hunde zu stark gegen Bonnal treiben lassen – wenn der Teufel, sagte der Jäger, den Junker izt in dieses Loch hinuntersalzen würde, der Vogt würde mich versteinigen.

Der Grund von diesen schönen Worten war nämlich dieser – der große Wasserstreit war just obhanden, und der Vogt hütete gar, daß der Junker in der Zeit nicht in die Gegend der Matten komme, wo er die Unbill der Streitsach mit seinen Augen hätte sehen können, und darum dorften Jäger und Hunde auch nicht dahin treiben.

Es ist izt gleichviel, wenn dieser Handel schon von den großen Bauren gewonnen, so sage ich es doch, die Widerpart hatte zusammen ebensoviel Mattland als diese, und es gehörte ihnen also auch ebensoviel Wasser, wenn sie schon nur den Drittel bekommen, und noch froh sein mußten, daß man ihnen nicht alles genommen, denn das hatte man ihnen gedrohet, unter den schönen Titeln, das Wasser gehöre auf die großen Matten, und es seie dem Zehnten schädlich, wenn man es auf den kleinen verstümmle.

Aber ich muß fortfahren, und immer hundert Sachen auslassen, wo ich eines sage.

Ich kann in seiner Histori alles besser begreifen, als daß die armen Leut, die er immer betrogen, doch immer wieder zu ihm gelaufen, ihn Rats zu fragen – doch was will ich sagen, wenn der Mensch in Angst und Not ist, und in Forcht gejagt worden, so lauft er im Schrecken weiß nicht wohin, um Hilfe zu suchen – das Tier, wenn es gejagt wird, springt ja auch ins Wasser, und ersauft, indem es sich retten will. –

Er gab denen, die er in die Grube lockte, Rat und Wegweisung, wie denen, die er herauszog.

Er legte den Leuten die Worte, die ihnen bei dem Junker den Hals brechen sollten, noch selber in Mund, und trieb es so noch weiter als die, so wie der David den Leuten den Uriasbrief doch nur in den Sack geben.

Wenn die armen Leute dann so aus ihrem eigenen Mund sich verfellt, indem sie sich zu verantworten glaubten, und ihr Geschäft verwickelten und verwirrten, indem sie es zu erklären glaubten, kam dann ihr Ratgeb zum Junker, und sagte diesem, er denke wohl, diese Leute werden schon bei ihm gewesen sein, und werden ihre Sache so und so vorgebracht haben, aber es seie alles faul und falsch und verdreht, und es verhalte sich so und so; und diese Art zu berichten, verstand er so wohl, daß er die Leute bis auf den Ton ihrer Stimm, bis auf ihr Händverwerfen, ihr Kopfschütteln, ihr Händzusammenhalten, ihr Maulhängen, ihr Maulverbeißen, ihr Augenverkehren, kurz ihr ganzes Dastehen und Reden, wie abmalen konnte, so daß der Junker oft zu ihm sagte: Es ist wie wenn du in den Leuten innen stecktest, so weißt du, wie sie machen, und was sie sagen.

Aber das stärkste, womit er den Leuten ihre beste Sache vor dem Junker verderbte, war, daß er in jedem Fall dem Junker die schlechte Seiten der Partei, der er zuwider war, nicht so fast aufdeckte, als wie von selber ihm auffallen machte; und das war leider in den meisten Fällen nur gar zu leicht; er hatte die meisten Haushaltungen schon längst verdorben, und zu einem Lumpen- und Schelmenvolk gemacht, und izt ihre Schande aufzudecken, brauchte es nichts anders, als daß er es *wollte*.

Aber auch dieses kehrte er, wie und wenn er wollte – Heute sagte er vom gleichen Mann alle Schande und Spott, daß er ein Lump und ein Schelm und ein Taugenichts seie, und wenn dann morgen sein Weib oder sein Vater kam, das gleiche von ihm sagte, und ihn einschranken oder vogten lassen wollte, so redte er ihm wider das Wort, und behauptete, es seie gar nicht so schlimm als man tue, er mache freilich mitunter da oder dort etwas Ungeschicktes, aber davor könne man ihn nicht vogten, wenn man dieses mit allen Leuten, die ungeschickte Sachen machen, vornehmen wollte, man wüßte nicht genug Vögte aufzutreiben, es habe mancher schon hundertfach wieder zusammengebracht, was er im Anfang verhauset, und wenn man nur rechne, was der Vogtslohn bringe, und was sonst Krummes und Verderbliches in einer Wirtschaft entstehen müsse, wenn ein fremder Meister darin hause, so zeige sich bald, daß einer gar viel verlumpen könne, ehe der Schaden so groß, als wenn man ihn vogte usw. Kurz, er war immer dagegen, wenn man einen Übelhauser einschränken wollte. Er redete desnahen viel und oft wider das Vogten, und erzählte hundertmal, daß er im ** Amt selber vor Audienz gestanden, da der junge reiche Träubeli seinem Vogt die Rechnung abnehmen müssen; – das Geld seie auch um ein paar 1000 fl. geschwinnen, und der Träubeli habe von allem, was man ihm vorgelesen, nichts begriffen, als daß einmal er das Geld nicht empfangen, welches mangle. Am End fragte ihn der Junker Oberamtmann, was er izt zu dieser Rechnung sage? Es dünkt mich halt, erwiderte Träubeli, wenn der Teufel gevogtet würde, so käm er um die Höll. –

Und so ist's in Gottes Namen, mit dem Vogtwesen (Vormundschaft), sagte dann der Hummel, in der Welt allenthalben; er redete aber auch aus Erfahrung, und ich habe nicht nötig, euch zu erzählen, wie er mit dem Gut der Waisen umgegangen, ihr wißt es selber; – er redte nur darum wider das Vogtwesen, weil sein oberstes Ziel immer war, alle Leute so lang aussaugen zu können, als sie noch etwas hätten, und hiezu waren ihm immer die Liederlichen und die so in Verwirrung lebten, am tauglichsten; er ließ darum auch keine Haushaltung mehr in der stillen eingeschrankten ehrenfesten Ruhe und Eingezogenheit, die unsere Alten so glücklich machte – wo ein Haus noch so lebte, so ruhete er nicht, bis er Streit und Verwirrung in dasselbe hineingebracht, und sagte offentlich, wo Fried ist, und alles gut miteinander, da ist eine Obrigkeit nur halb Meister.

An diesem verfluchten Wort ist kein Düpfli wahr, und wenn's eine Oberkeit selber glaubt, so ist sie blind, und versteht ihren eignen Vorteil so wenig als den Vorteil ihres Lands.

Aber wenn solche Pursche von der Oberkeit reden, so meinen sie nur sich selber, und die Oberkeit, die sie in Mund nehmen, liegt ihnen am Herzen, wie den Weidbuben der Stamme am Baum, an dem sie hinaufklettern, seine Früchte zu freveln.

Wenn diese Buben auf dem Baum ihre Säcke gefüllt, steigen sie am Stamm wieder hinunter, legen sich an den Schatten des Baums, und zünden in der Höhlung des Stammes noch Feuer an, ihre Äpfel zu braten – ob der Baum davon verdorre, und übers Jahr keine Früchte mehr bringe, liegt ihnen am Herzen, just wie solchen Vögten der Nutzen der Oberkeit.

Nein, wer Schelm ist und Dieb und ungerechter Mann, und hartherziger Mensch, dem liegt der Nutzen von keiner Oberkeit am Herzen, und wenn der Hummel diesen Namen in Mund nahm, so war es nur unter seinem Schutz, schwache arme hilflose Menschen ins Unglück zu bringen.

Ich will das einige Beispiel des Werbens anbringen – Er lockte unter dem Titul, bei den Werbungen seie alles frei, fremde Pursche in sein Haus, ließ sie zuerst alle Bosheit treiben, und spielen und saufen; wenn aber der Kerl, den er suchte, dadurch nicht ins Garn wollte, so nahm er ihn dann beiseits, fragte ihn als Vogt um Kundschaft und Handtierung, zerrisse ihm wohl gar seine Pässe, nahm

§ 69

eine Sprache an, wie wenn er vor Sorgfalt fürs Land, und vor oberkeitlichem Dienst und Treu verbersten (zerspringen) wollte – Du bist ein Strolch (Landstreicher) und ein Taugenichts, sagte er dann zu solch einem armen Tropf, du ziehst dem Schelmenleben nach, gell, du magst deinem König nicht dienen, und deinen Eltern nicht folgen, und nicht arbeiten, darum kannst du nicht zu Haus bleiben, und willt in unserm Land dich mit Schlendern und Betteln und Leutbetriegen erhalten. Ja, unser Land ist ein freies und gelobtes Land, aber nicht für Strolchen, die keine Handtierung haben wie du. – Dann drohte er mit Prügeln, mit Einsperren, mit ins Oberamt Führen, bis der arme Teufel entweder Dienst nahm, oder ihm etwas von seiner War zum Dank gab, daß er ihn wieder freiließ – So brauchte er den Namen Oberkeit, nämlich wenn er am gewalttätigsten brandschatzen wollte.

Der Mittelpunkt seines Greuellebens war, daß er es gar nichts achtete, ob die Menschen um ihn her des Lebens Notdurft haben oder nicht.

Hundertmal, wenn man ihm von der Not der Armen, und von dem Elend der Witwen redte, gab er zur Antwort: Es waren immer arme Leute, und werden immer arme Leute sein, und der lieb Gott weiß wohl, warum er den einen viel, und den andern nichts gibt.

Denn bei allem seinem Teufelleben nahm er den Namen Gottes dennoch oft in Mund, und liebte sogar dann und wann eins von der Religion zu sprachen, und über allerhand Grübeleien von dem Himmel und von der Höll zu erzählen, und erzählen zu hören, was man z. E. im andern Leben tun, und nicht mehr tun werde – womit man sich Freud machen, und womit man sich die Zeit vertreiben werde – woran man sich auch wiedererkennen, und ob man vielleicht des Großvaters Vater, und Leute, die man geerbt, aber nie gesehen, doch auch erkennen werde, und dann von der Höll, ob sie doch auf der Welt sei? Und bei dem Berg, der Feuer ausspeiet, und Schwefelbäch so groß als der Rhein – über solche Sachen schwatzte er oft ganze Abende, und der Vikari gab ihm für Wein und Geld Sachen an, daß man nicht begreifen kann, wie ein Mann, der sonst so viel Verstand hatte, ihm zuhören, und ihm glauben konnte – aber er hatte seinen Verstand nur bei Schelmensachen, in andern war er dann wie ein Kind, und ließ sich vorlügen und angeben was man wollte; aber in seinem Handwerk da fehlte es ihm nie weder am Verstand noch an Worten. Er war imstand einem Angeklagten zuzusprechen wie ein Pfarrer; aber jedermann wußte, daß ihm hierin nicht ernst war, und er sagte es in seiner Stube, wenn er allein war, dann selber, das müsse auch so sein, und ein Mann wie er, müsse sich hundertmal stellen, wie wenn er wild und taub (entrüstet) sei, wenn er schon das Lachen hinter den Stockzähnen fast nicht verbergen könnte.

Auch hielten sich die Kerls, denen er so vor Audienz und vor Chorgericht zuspräche, wie in der Komödie – sie stunden da wie hölzerne Blöch, und sagten kein Wort, als was sie auswendig gelernt, und das lautete immer also: Es ist doch nicht wahr, ihr möget izt sagen, was ihr wollt.

Sie hatten gut Komödie spielen, er sagte es ihnen voraus, er werde offentlich wider sie tun und reden wie der Teufel, aber das werde ihnen nichts schaden, wenn sie nur keck seien, und standhaft fortlaugnen, er und die andern mögen sagen was sie wollen. –

Er ging hierin so weit, daß wenn die Fehler solcher Leute trotz ihrem Laugnen gar zu deutlich waren, so war er der erste, der anriet, man sollte den Ernst brauchen, und sie einsetzen, sie werden dann wohl bekennen. –

Aber auch das war Komödie, denn er redte auch das mit ihnen ab, lachte sie aus, wenn sie sich vor dem Gefängnis förchteten, sagte ihnen, sie werden nicht die ersten, und nicht die letzten sein, die darein müssen, erklärte ihnen Tag und Stund, wie lang man sie innehalten könne, und alles, was man mit ihnen vornehmen werde – wenn du das aushaltest, so müssen sie dann darnach dich wieder gut und besser machen, als du vorher nie warest, und nie werden wirst – war das Wort, womit er endete.

Er erzählte solchen Leuten gar oft das Exempel des Rudis von Lörbach, den izt die Herren von Katzenstuhl erhalten müssen, weil er von hundert Sachen, die sie ihn gefragt, keine einzige bekennt.

Das war ein Mannli – sagte dann der Vogt. Ich habe es aus seinem eigenen Munde, daß er an der Folter wie darvor und darnach immer sich besitzen und denken könnte, nein, gehe so geschwind zum Maul heraus als ja.

Ich muß wohl nicht sagen, wie durch solche geheime Lenkung und Verdrehung des Rechts, die Herzensverhärtung unter uns eingewurzelt, die unser Elend auf den höchsten Gipfel gebracht.

Ach! Das alte fromme Schamrotwerden, das gute menschliche Bekennen, Weinen, Abbitten, das der Herzensverhärtung so sehr hütete, und so natürlich zur Sinnesänderung und Besserung führte, ist aus unserm Volk wie verbannt, und es ist sogar ein offentliches Sprüchwort unter uns, der sei kein Mann, der nicht ihrer drei und vieren ins Angesicht weglaugnen könne, was sie gesehen daß er getan, und alles Volk, Junges und Altes, Weib und Mann, Knecht und

Magd, und sogar die Schulkinder wissen izt bei uns von nichts anderm mehr, als bei allem, was sie fehlen, schamlos zu leugnen, bis sie überwiesen, und auch die Überwiesenen schämen sich nicht, und brauchen ihr Maul, wie wenn ihnen Gewalt und Unrecht geschähe.

Diese Schamlosigkeit in unsrer Mitte, ist vielleicht das größte und unheilbarste Unglück, welches der Vogt in seinem Leben bei uns veranlasset. Ich eile weiter.

So wie er alles, was bös und schädlich und verderblich war, tat, so hintertrieb er alles, was gut und nutzlich war.

Er wollte nie zugeben, daß man den Schuldienst verbessere, und sagte darüber: es seie just nicht nötig, daß ein jeder Bettelbub besser schreiben und lesen könne, als er. –

Er hinderte immer, Graseinschläge auf den Feldern zu machen, und da man ihm vorstellte, das Dorf würde dadurch doppelt soviel Vieh erhalten, und dann natürlich um soviel mehr magere Äcker misten und bauen können, gab er zur Antwort: es seie eben nicht nötig, daß alles so reich werde, solang er lebe, handle er gern mit wohlfeilen Äckern, und das würde grad aufhören, wenn ein jeder misten könnte, soviel er wollte – und wenn er tot seie, so sei es ihm gleichviel, ob seine Güter viel oder wenig gelten. –

Er hinderte auf alle Weise, daß nie keine Fremden sich im Dorf setzen konnten – wenn es schon Ehrenleute waren, und auffiel, daß sie Geld und Verdienst ins Dorf bringen würden, so ließ er's doch nicht geschehen.

Er hinderte die Gemeindsgenossen immer, die neuen Feuerstellen auf den Zelgen außert dem Dorf zu errichten, und da man ihm an der Gemeind sagte, es wäre doch wegen Feuersgefahr besser, gab er zur Antwort: es seie noch kein Dampf verbrunnen, man habe es auch wieder aufgebaut; und warum man doch alles anders haben wolle, als die Alten. Indessen stund sein Haus allein, und hatte nicht die gleiche Gefahr wie die andern, und er gesteht izt selber, daß er allemal, wenn der Wirt von Leibach und Hirzingen, welche beide Dörfer bei seinem Denken abgebrannt, zu ihm gekommen, und erzählt, was für gute Zeiten sie nach diesen Brunsten gehabt, so seie ihm allemal der Gedanke aufgestiegen: wenn er dieses Glück nur auch einmal hätte!

Ich bin müde, von ihm als Vogt zu reden – noch einen Augenblick muß ich von ihm als Wirt und Müller erzählen. –

Er machte mit niemand nie frischen Tisch, und es war immer mit allen Leuten, die in seinem Buch standen, ein ewiges Hangwesen; er trachtete immer, daß jedermann, mit dem er in Rechnung stand, nicht mehr sicher und richtig wisse, wie eins auf das andere gefolgt.

Die Unordnung seines Hauswesens war aber auch so, daß er nicht mit den Leuten in der Ordnung hätte rechnen können, wenn er auch hätte wollen; – bald schrieb er ins Buch, und die Frau an die Wand, und am Samstag kam's dann natürlich, wenn man die Wand abwischen wollte, doppelt ins Buch.

Wenn ihm in seiner Einbildung in Sinn kam, er habe dies oder jenes aufzuschreiben vergessen, (und dies geschah nur gar zu oft, insonderheit in Nächten, wo er nicht wohl schlafen konnte) so machte er kurzweg in seinem Buch aus einer 0 ein 6 aus einem 7 ein 9 oder setzte einen Zehner voraus, oder eine 0 hinten an, wie er meinte, daß es gehen möchte. Er ließ im Buch und in den Handschriften auf Gefehrd hin Lücken aus, daß er hineinschreiben und verfälschen konnte, was er wollte. Er gab die alten und bezahlten Handschriften, wo er immer konnte, nicht heraus, verlaugnete sie, behauptete, sie wären zerrissen, verbrannt oder verloren. Wenn er dann aber mit jemand Streit bekam, so nahm er solche Papiere allemal wieder hervor, und brauchte sie wie gute.

Wen er am härtesten drückte, waren Leute, von denen er Böses wußte, und die sich förchten mußten, er bringe es ihnen aus; – auch wer ihn selber zu betriegen, oder ihm etwas abzuleugnen probierte, war im gleichen Fall.

Solchen Leuten doppelt aufzuschreiben was sie schuldig, oder eine Prise Tabak zu nehmen, machte dem Vogt gleich viel Mühe. –

Wenn so einer ein Maul auftat, als ob er sich klagen wollte, so war die Antwort kurz: Du Schelm, du Dieb, willt du mir's wieder machen wie gestern? – Meinst ich hab' deine Schelmenhandschrift verloren? usw.

Es war ihm allemal, wenn er jemand Unrecht tat, wie ein Balsam über das Herz, wenn er sich auch nur einbilden und vorstellen konnte, der Mann, den er unter den Händen hatte, sei ein Schelm, und habe ihm auch Unrecht getan, oder wenigstens tun wollen.

Als er den Schaffner Knipperschild bei Abzahlung eines Kapitals um 50 fl. betrogen, erzählte er den ganzen Heimweg seinen Kameraden, wie daß der Schaffner ein Hund seie, der einem das Blut unter den Nägeln hervordrücke, und wie er ihm in den zwanzig Jahren, da er das Kapital verzinset, kein einziges Mal kein Glas Wein, und kein Trinkgeld gegeben, und er wollte doch seinen Kopf dransetzen, daß er es der Herrschaft verrechnet.

So war's in allen Fällen, er möchte zu tun haben, mit wem er wollte, so war immer sein Wort: Er ist der und der, – wenn er mich unter den Händen hätte, er würde noch anderst mit mir fahren – ja, wenn's ein andrer wäre, ich würde mir ein Gewissen machen, so mit ihm umzugehen: aber mit diesem da, mache ich mir keins. – Kurz, wenn er einen haßte, so ware im Augenblick kein größerer Schelm zwischen Himmel und Erden, und wenn er einen aussaugen wollte, so hatte er auch allemal wieder hundert Gründe, dem Lumpen und Schelmen nicht zu schonen, weil's nur der sei.

Mit allem dem hatte er dennoch mit Lumpen und Schelmen noch am wenigsten Streit.

Zwar muß ich bekennen, er hat auch mit einigen redlichen Leuten ohne Streit auskommen können; aber wenn man näher erforschte, was das für Leute gewesen, so fand sich, daß es schwache nachgebende Menschen, und einige davon wirklich etwas liederlich, oder wenigstens nicht genaue Haushalter gewesen. – Er hatte es mit diesen doppelt gut – er sog sie aus, und machte sich dann doch groß, daß er mit ihnen so und so lang ohne Streit fortgekommen, und strich beim Wein seinen Kameraden hoch aus, was das für Leute seien, die ihresgleichen zwischen Himmel und Erden nicht haben, und wie gut sie mit ihm seien, usw. Wenn er dann aber auch mit ihnen in Streit kam, so waren es im Augenblick auch wieder Schelmen wie die andern all, und Narren obendrauf.

Aber wer am härtesten bei ihm den Kopf anstieß, war der Mann, der Ordnung liebte, der still und bedächtlich in seinem Tun einherging, den Kreuzer zweimal umkehrte, ehe er ihn ausgab, und Treu und Glauben foderte, weil er selber Treu und Wort hielt; – mit solchen Leuten war er wie Feuer und Wasser, und ruhete nicht, bis er sie aufgerieben.

Dafür war er so bekannt, daß jedermann im Dorf offentlich sagte, es sei ein Wunder, daß er den Baumwollen-Meyer nicht meistern mögen.

Er ist nämlich mit diesem zu spat gekommen. – Der Baumwollenverdienst, den der Meyer ins Dorf brachte, gefiel dem Vogt gar zu wohl, solang die Leute ihn ganz im Wirtshaus verfraßen und versoffen; erst da er sah, daß der Meyer reich werden wollte, und auch einige andere ihren Verdienst zusammenhielten, fing er an, den ersten anzufeinden, und auf das Baumwollenwesen überall zu schimpfen, daß es wie die Pest im Land seie, und nur Krüppel und Serbling pflanze.

Und es ist wahr, wo das Wirtshaus aus den Vätern und Müttern eines Dorfs ein Schelmenpack macht, da werden ihre Kinder beim

Baumwollenspinnen freilich Krüppel und Serbling. Unser Dorf ist leider ein lebendes Exempel dieses großen Unglücks; aber es könnte ebensowohl anders sein, als es izt so ist. – Der Gertrud Kinder, die in unserm Dorf das reinste Garn spinnen, sind von den gesündesten und stärksten; aber ja, wenn der Vogt Meister worden wäre, wie er's im Vorhaben hatte, so ist's wohl möglich, daß auch diese Kinder mit Zeit und Jahren beim Baumwollenspinnen Serbling geworden wären wie viele andere.

Der Meyer sah ein, daß das Wirtshaus der Grund des Unsegens dieses neuen Verdiensts ist, und ahndete täglich, wie himmelschreiend es seie, daß niemand hause, und auch etwas für das Alter, und Kind und Kindskind beiseits lege.

Aber, wenn einer so redte, so war's wie wenn er dem Vogt ins Herz griffe; auch war er wie wütend gegen den Mann, und wiegelte ihm sogar seine Arbeiter auf, daß sie ihm laugnen sollten, was sie ihm schuldig. –

Der Meyer mußte auf einmal mit dreien, die alle die gleiche Sprache führten, vors Recht.

Er war in seiner Verantwortung kurz, aber standhaft, und hielt sich wie er mußte, an seinem Buch; aber es dunkte den Junker sehr bedenklich, daß ihrer drei auf einmal die gleiche Sprache führten. Man schob den Handel auf, und der Vogt sagte links und rechts überlaut: es lasse sich, wenn man Tinten und Federn habe, aufs Papier schreiben, was man wolle, und Buch hin, und Buch her, so täte der Meyer besser, er würde das nicht zu weit treiben, wenn ihrer drei die gleiche Sach sagen, so sei's fast wie bewiesen, und wenn er im Unrecht erfunden werde, so könne man ihm sein ganzes Buch unter den Tisch hinunterwischen.

Das Gemürmel, das solche Reden veranlaßten, entrüstete den Meyer so, daß er in Gegenwart von mehr als zehn Gemeindsgenossen dem Vogt zur Antwort sagen ließ: er meine, er habe ein redliches und aufrechtes Buch, und wenn ihrer hundert Schelmen ein jeder in seiner Sach dawider stritten, so müßte sein Buch ihme wider alle hundert gut genug sein, oder er wollte kein Wort mehr dareinschreiben, und setzte hinzu – Ja, wenn ich ein Buch führte wie der Untervogt, dann wär's freilich was anders, dann verdiente ich freilich nicht nur, daß man mir dasselbe unter den Tisch wischte, sonder noch dazu, daß man mich an Galgen täte. –

Diese Rede war wie natürlich dem Vogt ganz warm, und noch als förmliche Antwort an ihne, hinterbracht. Man hätte ihn bei nichts angreifen können, das ihme so empfindlich gewesen; er ist auch erschrocken, daß er fast nicht antworten können; aber er überwand sich, tat, als ob er es nur halb verstanden, und ließ dem Meyer nur antworten, er werde die Sach etwa nicht so bös verstanden haben, als sie ihm hinterbracht worden.

Der Meyer aber blieb standhaft, und ließ ihm sagen, er seie vollends nüchter gewesen, und habe mit allem Vorbedacht geredt, was ihm hinterbracht worden, und wenn er glaube, daß er ihm Unrecht getan, so wolle er ihm vor dem Recht Red und Antwort geben.

Der Vogt dorfte es nicht auf das ankommen lassen, mußte den Schimpf verschmerzen, und die drei Arbeiter stunden samtlich von der Klag ab, und gestunden dem Meyer, daß der Vogt sie zuerst aufgewiegelt, aber izt ihnen auch geraten, die Sach nicht weiterzutreiben.

Der Junker verwunderte sich am nächsten Audienztag gar, daß keiner von ihnen erschiene, und fragte den Vogt, was der Grund davon sein möge? – Es scheint, antwortete dieser, sie seien Schelmen, und trauen sich nicht mit dem, so sie angebracht. – Du hast ihnen denn doch die Stange stark gehalten, sagte der Junker. – Jä ich meinte auch, sie hätten recht, so ihrer drei miteinander – erwiderte der Vogt.

Aber ich muß fortfahren, und die hunderttausend Taten seines Hausbuchs, und die hunderttausend Taten seiner Amtsstell vorbeigehen, wie wenn sie nichts wären, euch noch zu sagen, was vor ein End der Mann genommen, der dieses alles getan hat.

Ich weiß nicht, warum es so ist – aber es ist so. – Vor großen Abänderungen unserer Schicksale gehen gemeiniglich Sachen vorher, die unser Gemüt auf eine mächtige Weise einnehmen, und uns wie Ahndung werden, dessen was uns vorsteht. –

Es wird izt den 16ten Brachmonat 6 Jahr, da er an einem schönen Morgen, fruh ins Feld ging.

Das reife Gras duftete Wohlgeruch um ihn her. –

Die schöne Saat wallete in hohen Ähren, und weit und breit war an dem Ort, wo er stand, alles sein. – Er sang in seinem Übermut ein geiles Lied; – er gellete und wieherte laut, wie ein junges Roß auf voller Weide.

Indem er so stehet, und sein Haupt stolz umherwirft, höret er ein Zetergeschrei, und erblickt ein Weib und fünf Kinder, die sich unter einer Eiche heulend auf dem Boden wälzten; ob ihrem Haupt hing ihr Vater – er erkennt ihn, es ist der Stichelberger, der gestern noch mit ihm gerechnet, und beim Weggehen von ihm wie halb verzweifelnd die Worte ausgestoßen: Vogt! Ich lade dich ein ins Tal Josaphats, auf eine andere Rechnung. – Der Vogt erinnerte sich izt mit

Entsetzen dieser Worte, und aller Mut und alle Freude ist ihm von dieser Stund an entfallen: aber er änderte sich um deswillen um kein Haar, als nur, daß er noch viel mürrischer und läuniger worden, als vorher.

Im Jahr darauf ward er krank – es griff ihne mit einem heftigen Kopfschmerzen an; er warf ganze Gläser Branntewein über den Kopf, die Schmerzen zu stillen, ließ viermal nacheinander so stark zur Ader, daß er in eine Schwäche verfiel, die ihn beinahe ins Grab gelegt hätte; aber er wollte auch da er am äußersten war, vom Tod nichts hören, sagte des Tags seine zwanzig- und dreißigmal, auch wenn ihn kein Mensch fragte, es fehle ihm nur im Kopf und in den Gliedern, ums Herz sei er so gesund als ein Reynegli. –*

Er zwang sich, da er weder stehen noch gehen konnte, alle Tage aus dem Bett, ließ alle Tag, wenn er auch fast nicht reden konnte, diesen oder jenen zu sich kommen, um etwas zu meistern oder zanken zu können.

Jedermann gab ihm natürlich während der Krankheit vor Augen und hinterm Tisch gute Wort; aber jedermann suchte auch wieder so geschwind möglich von ihm wegzukommen. Und die Forcht vor ihm minderte im ganzen Dorf; es wußte es ein jeder, daß es ihn aufbringe, wenn man ihm sagte, er habe so stark abgenommen, oder er sehe noch so übel aus, und doch ging fast kein Tag vorüber, daß das nicht jemand, und meistenteils noch aus Bosheit zu ihm sagte. – Er mußte sieben Wochen nach der Krankheit noch am Stabe gehen, und sah um zehn Jahr älter aus.

Jedermann hatte es vor sicher genommen, seiner loszuwerden, und in den ersten Tagen seiner Krankheit friegen alle Nachbarn einander den Tag über wohl zehn- und zwanzigmal, wie es um ihn stehe? – Und am Morgen zückten Alte und Junge die Achsel, wenn es hieß: er hat einmal die Nacht überstanden, und sei noch da.

Später tönte die Sache noch übler – Ich hab ihn heut wieder donnern gehört wie vor altem – es fallt mit ihm wieder auf die schlimmere Seite – er hat uns vergebens lange Zähn gemacht; – Unkraut verdirbt nicht, es fällt eher ein Regen darauf – und auch was den Vögeln gehört, wird nicht den Fischen – das war die Sprache, die Junges und Altes über seine Genesung führte – und als er izt wieder aufkame, und sich in Holz und Feld, in der Kirche und im Schloß stolz und keck wieder zeigte, war's nicht anderst, wie wenn dem Dorf das

---

* Reynegli, ein kleiner Fisch, der ein sehr starkes Leben haben soll.

größte Unglück begegnet wäre, so still und betroffen war jedermann.

Er hatte sich in Kopf gesetzt, es werde ihm Jung und Altes die Hände entgegenstrecken, und Glück wünschen, daß er wieder entronnen; aber es kam niemand kein Sinn daran, und er sah mit seinen Augen, daß Weiber und Männer starke Schritte nahmen, um ihm links und rechts aus dem Weg zu weichen, wo sie auf ihn stießen. –

Vor der Krankheit war er's gewohnt gewesen, daß auch diejenigen, denen er das Blut unter den Nägeln hervorgedrückt, noch gut mit ihm waren, bei ihm stillstunden, ihm die Hand drückten, und allerhand mit ihm sprachten, was ihm zu Lob und Ehr gereichte, und ihm Freud machte, wenn ihnen schon das Herz im Leib vor Schrecken klopfte, wenn sie ihn nur sahen; aber es braucht hiezu, daß einer gesund sei, und den Leuten sozusagen alle Augenblick auf dem Nacken sitze, und vor Augen stehe, ohne das kann's kein Tyrann erzwingen, daß ein Volk, welches ihn auf den Tod haßt, ihm doch immer vor den Augen gute Worte gebe, und eine gute Miene mache.

Der Vogt war izt krank, und den Leuten ab den Augen gekommen, und es war ihnen in den drei Monaten, da er inne gelegen, so wohl, daß sie nicht anderst konnten, als ihm izt zeigen, wie froh sie seien, wenn er ihnen drei Schritt vom Leib weg steht.

– Daß mir's die verfluchten Buben auch so zeigen dörfen – war izt ein Wort, das ihm beinahe alle Viertelstund zum Maul heraus wollte; aber es ging ihm auch darnach. –

Er fand selbst den alten Junker ganz gegen sich verändert – und als er ihn bei der ersten Aufwart im Schloß zutraulich im alten Ton fragte: Was hättet Ihr gesagt, wenn ich unter den Boden müssen? antwortete der Junker: Ha – ich hätte gesagt, es wär ein böser Bub minder. So! – erwiderte der Vogt – Und der Junker – Es ist einmal wahr – es war, wie wenn du allen Streit und Zank mit dir unter die Decke genommen, seitdem du im Bett liegest.

Ihr hattet doch auch Arbeit, die Ihr sonst nicht hattet, sagte der Vogt.

Das ist wahr, sagte der Junker, aber ich fand auch, daß mir besser dabei war, als wenn du sie machst. –

Das war deutlich – der Vogt verstund es völlig, fluchte ganz entsetzlich über das verdammte Fieber, das ihm dieses alles zugezogen, und sagte bei jedem Anlaß laut: er sei doch noch da, wenn ihn alles Jung und Altes unter den Boden gewünscht – es seie aber nur gut, daß er bei diesem Anlaß die Leute auch kennengelernt, und izt wisse, wie's der und dieser mit ihm meine; fluchte dann, es müsse die untreuen Buben, die groß und kleinen, gewiß nichts nützen, daß sie ihm's so machen – die Krankheit habe ihn nur keck gemacht.

Er fing überhaupt um diese Zeit an, entsetzlich viel zu reden, und ganze Abende hinter dem Tisch mit einem Halbdutzet Lumpen zu plaudern, und groß zu tun mit allerlei Projekten, und sich aufzulassen mit allerlei Erzählungen, wer er sei, was er ausgerichtet, und noch ausrichten wolle.

So saß er den 8. Heumonat vor 4 Jahren in vollem Rausch bei seinen Lumpen am Tisch – Ein starkes Gewitter sammelte sich hinter unserm Berg, und zog in grauen stotzigen Wolken aus dem Hirzauer Tal nach gegen uns ab; es finsterte am hellen Tag – selber die Saufenden sagten erschrocken zum Vogt: Es gibt ein schreckliches Wetter – er aber gab ihnen zur Antwort: wenn schon das halbe Korn auf 10 Stund weit verhagelt würde, es wär nicht schade. – Sosehr sie gesoffen, schüttelten die Männer doch über diese Rede den Kopf – der Vogt aber behauptete forthin mit Fluchen, es wäre nicht schade, das Land sei überladen mit Frucht, und er habe das Haus mit zweijähriger noch so voll, daß er förchten müsse, es drücke ihm's ein, und es kaufe ihm niemand nichts ab.

Du erschräkest doch auch, wenn das Wetter just zu uns kommen würde, sagte der Christen.

Ich höre halt das Donnern nicht gern; aber sonst was wollt mir so ein Wetter machen? erwiderte der Vogt.

Zehn solche Wetter möchten dir nichts machen; – du hast gut reden, so reich als du bist – sag' aber das ein andrer auch, wenn er kann – erwiderten die Lumpen, die bei ihm soffen.

Das ist eben der Vorteil, sagte der Vogt, und grinste das Glas in der Hand, gegen die Kerl, wie ein Aff.

Das Wort war noch in seinem Mund, und ein Donner, stärker als sie je einen gehört, schlug über ihrem Haupt, sie wurden alle totblaß, der Vogt verschüttete das Glas, das er eben in den Händen hatte, und der Christen sagte zu ihm: Du bist doch izt auch erschrocken – Es ist wahr, erwiderte dieser – ich förchte mich ganz erschröcklich vor dem Donner – dann bat er sie, daß sie doch bei ihm bleiben, bis das Wetter vorüber; allein, weit die wenigsten wollten; – es möchte begegnen was es wollte, so muß man heim, wenn's so kommt, – ich wollte nicht Lohn nehmen, und mir nachreden lassen, ich wär da im Wirtshaus, wenn ein Unglück begegnete, sagten die Kerls, so liederlich sie waren, gingen erschrocken nach Haus, und erzählten in ihren Stuben, was für ein erschreckliches Wort der Vogt nur einen Augenblick vor dem großen Donnerschlag geredt. Weib und Kinder und Dienste, die wie gewohnt, bei einem Wetter zur Bibel juckten, und das Betbuch in Händen hatten, b'hüteten und b'segneten sich ob dem gottlosen Mann. – Indessen war's immer immer dunkler, donnerte Schlag auf Schlag, es fielen Steine wie Nussen – hinter dem Wetter folgte ein Wolkenbruch; – der Waldbach zerriß den Damm, der ihn vom Mühlibach scheidet, und stürzte vereinigt mit dem Mühlibach gegen das Tobel; das Wasser schwellte sich zuerst oben am Tobel in der Ebene hinter dem Vorderdörflersteg, und machte da wie eine See.

Der Vogt bot 1000 fl., wenn man den Steg einreißen, und Luft machen könnte, und wenn man entschlossen im Anfang, mit starken Rossen durchs Wasser gegen den Steg angeritten, und mit Feuerhaken angesetzt hätte, so wäre es möglich gewesen, ihn einzureißen; aber sosehr 1000 fl. einem wohltun, wenn er nichts hat, und so nötig es ihrer hundert gehabt hätten, so wollte sich doch niemand wagen.

Der Vogt bat und bat, rühmte seine Rosse, wie stark und gut sie seien, wie gern sie ins Wasser gehen, und wie sicher sie seien. Aber indem man redte und ratschlagete, schwellten die Wasser je länger je stärker, und je länger je weniger wollte es jemand wagen. Der Lindenberger sagte nach langem zum Vogt: Das beste wär, du nähmest selber ein Roß, und rittest voran.

Das dörfte der Vogt nicht, bot immer mehr Geld, wenn's einer wage. Aber die Gefahr ward immer größer, und izt sagte ein jeder: Was hat einer von seinem Geld, wenn er ersäuft? – Und ersaufen muß einer, wenn der Steg laßt, und er hinter demselben geritten.

Es ist nicht möglich, sagte der Vogt, daß der Steg bei einer halben Stund noch einstürze, er stehet auf neuen eichenen Pfählen, die mehr als mannsdick; und indem er's sagte, ließ der Steg, und der Strom zog plötzlich so an, daß wenn hundert Roß hinter dem Steg angeritten gewesen, sie alle vom Wasser weggenommen worden wären.

Der Vogt hatte izt kaum Zeit noch heimzulaufen, um Brief und Geld aus dem Haus zu nehmen, so plötzlich war es vom Strom umringt. – Er rief izt, um Gottes willen, man sollte ihm nur auch helfen, das Köstlichste aus dem Haus zu nehmen, und solang die untere Brücke noch stand, war es ganz gewiß nicht sehr gefährlich ins Haus zu kommen, und von hintenzu, wo das Wasser nie tief war, mit Vieh und War gegen die Anhöhe zu fliehen, aber auch hier war keine Hilf da. – Leute, die sonst in Feuer- und Wassernot Leib und Leben wagen wie nichts, stunden da, wie forchtsame Weiber – es zog nur keiner Schuh und Strümpf ab, zu probieren, ob es möglich hindurch zu waten – einer sagte dem andern das gottlose Wort, das der Vogt vor dem Wetter geredt, fügte dann bei, wie der lieb Gott einen mit ihm strafen könnte, wenn er für ihn Leib und Leben wagte. – Der Vogt selber, da er Geld und Brief hatte, floh aus dem Haus, und probierte nicht mehr hinein.

Es war ein förchterliches Zusehen – 25 Haupt großes Vieh, ohne Schaf und Kälber brüllten in den Ställen, und über eine halbe Stund rann das Korn aus den angegriffenen Schütttenen wie ein Bach herunter, ehe das Haus vollends einfiel.

Es krachte wie ein Donnerschlag, und in eben dem Augenblick rief ein Mann, noch itzt weiß niemand wer er war, kaum zehn Schritt hinter dem Vogt: – Wie ist's itzt Vogt? Ist dir noch so, daß zehn solche Wetter dir nichts machen könnten? – Es schauerte dem Vogt, er sah zurück, sagte: Gott verzieh mir's, ich bin ein armer unglücklicher Mann. – Das Gewässer hatte sich nun wieder gesetzt – Haus und Hof waren im Schutt und Graus – der Ort, wo das Wesen alles gestanden, war wie das Bett eines tausendjährigen Waldbachs – man hatte Sturm geläutet – weit und breit kamen von allen Seiten Feuerläufer, und helfende Nachbarn – alles stand itzt an dem Ort der Verheerung; es war eine heitere Nacht. Es stand eine einige eichene Stud noch im Grien von dem ganzen Gebäu – der Vogt umschlang diese Stud (Balken), und weinte laut, über die vielen 1000 fl., die ihm zugrund gegangen – ein Volk aus sieben Gemeinden stand um ihn her, aber auch nicht *eine* Stimme von Mitleiden tönte aus einem Mund – in allen Ecken murmelte das Volk, was er für ein Kerl sei, und wie er noch mehr als dies verdient; – in allen Ecken erzählte man das entsetzliche Wort, das er vor dem Wetter geredt, und alles Volk lief haufenweis hinauf gegen den Steg, zu sehen, wie wunderbar die arme Bettelhütte des Klausen stehen geblieben, da das Wasser sie doch bis unter das Tenn völlig unterhöhlet. – Und jedermann machte da Anmerkungen über des Vogts Unglück, wie's in aller Welt geht, wenn ein böser Mann unglücklich wird. – Ihrer etliche gingen so weit, daß sie sagten: Wenn's wahr ist, daß er das Wort vor dem Wetter geredt, so hätte man ihn in's Haus hineinsperren, und nicht mehr herauslassen sollen, bis es ihm ob dem Kopf zusammengefallen.

Es bot ihm auch kein Mensch von sich selber an dieser Nacht das Nachtlager an, und wenn der Kienholz nicht so zu reden, ihm's hätte gestatten müssen, so hätte er es ihm gewiß abgeschlagen; er hat auch zweimal zu ihm gesagt: Weißest du auch sonst nirgendshin? Ich hab diese Woche just in der Kammer eine andere Ordnung machen wollen. –

So sehr scheute sich izt jedermann, einen solchen Mann unter seinem Dach zu haben; es war aber auch nicht anderst möglich – der Vogt war nun sint Jahren so verhartet und unmenschlich, in allem, was er tat, daß, wer nicht wie er war, nicht anderst als mit Grauen an ihn denken konnte.

In eben dieser Nacht zankte er, da er nicht schlafen konnte, mit seiner Frauen, da sie weinte – Du wirst izt mit Heulen das Haus wieder aufbauen wollen – war das erste Wort, das er gegen sie brauchte, und da sie auf dies hin nicht schweigen, und den Jammer verschlukken konnte, sagte er ihr, sie sei ein Hund, und lasse ihn nicht einmal mit Ruhe nachdenken – wie izt wieder helfen. –

Er tat auch in dieser schlaflosen Nacht nichts anders als nachstaunen, wie er es anstellen und einrichten müsse, daß er von allenthalben her eine recht große Steuer bekomme. –

Er war vor 4 Uhr wieder aus dem Bett, foderte Tinten, Federn und Papier, und rechnete vom Morgen bis in die finstere Nacht aus, wieviel Geld er zusammenbringen könne, wer ihm schuldig, wieviel Holz er vom Junker, wieviel von der Gemeind, und wieviel er aus der Nachbarschaft bekommen werde, und wieviel sich noch sonst zuschleppen lasse, auch wie er den und diesen zwingen könne, ihm Arbeit und Fuhren umsonst zu tun.

Er ging, solang die Steuerzeit währte, ganz demütig und gebeugt, wie wenn er fast das liebe Brot nicht mehr hätte, einher, gab Feind und Freunden gute Wort, verschlückte auch die härtesten Antworten, wenn sie ihm schon fast das Herz abdrückten.

Der Baumwollen-Meyer gab ihm 10 Dublonen, aber da er ihm danken wollte, sagte er: Vogt! Ich weiß wohl, daß du mir nicht dankest, und begehre es auch nicht – es ist Baumwollengeld, wenn du nur in Zukunft nicht mehr alle Tag sagst, du wolltest, daß der Teufel alle Baumwoll, die in der Welt ist, genommen hätte, und hiemit kehrte er ihm den Rücken.

Diese Antwort tat dem Vogt so wehe, daß er eine Weile die Dublonen, die er in der Hand hatte, nicht zählen konnte.

Er klagte auch der Frauen, da er heimkam, wieviel einer verschlücken müße, wenn er von den Leuten etwas wolle; tröstete sich aber, wenn die vier Wochen vorüber, so wolle er, wenn ihm so ein Hund wieder mit so etwas komme, ihm die Antwort gewiß nicht schuldig bleiben. –

Und er hielt Wort. – Er ging keine 24 Stund nach der Steuerzeit, so redte er wieder so unverschamt als je in seinem Leben, und sagte offentlich, was man doch meine, daß so ein Lumpensteuerlein ihm an seinen Schaden bringe – sie seie so liederlich gewesen, daß bald nicht eine liederlicher hätte sein können – es sei ihm so viel zugrund gegangen, daß hie und da dreißig und vierzig Häuser verbrennen konnten, der Schaden wäre nicht so groß, und hunderterlei Zeug mehr.

Das aber war nicht das Schlimmste. – Am dritten Tag, nachdem die Steuerzeit vorüber, ließ er jedermann, der ihm etwas schuldig, den ganzen Betrag mit Recht fodern. – Er suchte aber bei den meisten nicht sowohl das Geld, als von neuem mit ihnen zu rechnen, und wenn einer genau sein, und umständlich wissen wollte, wie, wo, und wann, jammerte und klagte er, die meisten Papier seien ihm zugrund gegangen, er könne nicht mehr alles recht bescheinigen, und izt wollen ihm die Leute alles ablaugnen, was er noch so wohl in seiner Seele wisse, das wahr seie.

Er wußte zum voraus, daß weit die meisten nicht die Leute sein wollten, die es sich nachreden ließen, daß sie einem verunglückten Mann etwas ablaugnen wollten, sonder ihn anschreiben lassen würden, was er foderte, und die wenige, die nicht so nachgebig waren, und sich nicht völlig so leicht von ihm bestehlen lassen wollten, wie er's gut fand, zu probieren, ließen sich doch immer dahin bringen, daß sie ihm etwa ein paar Fuhren oder einige Taglöhn, für das im Streit stehende umsonst zu tun versprochen.

Er hat bei dieser Rechnung, auf diese Manier, 75 Fuhren, und über 300 Taglöhn zusammengebracht, ohne daß ihm ein Mensch einen Heller rechtmäßig daran schuldig gewesen, und hat diese Fuhren und Taglöhn in sein Buch hineingeschrieben, und danach eingezogen und eingetrieben wie ausgelehntes Geld. –

Jedermann gab dieser Rechnung den Namen Zwangsteuer – diese Zwangsteuer aber machte auch den Unwillen der schon allgemein gegen ihn reg war, noch größer.

Es kam noch dazu, daß er bei Jahr und Tag nicht mehr mahlen, und auch eine ziemliche Zeit nicht mehr wirten konnte, und der Unterschied in beiden andern Mühlen war auffallend, ebenso wie das, was in den meisten Haushaltungen erspart worden, seitdem er nicht mehr wirtete; – das alles aber hätte ihm nichts gemacht, wenn er nicht beim Bauen, seinen Säckeln allen auf den Boden gekommen wäre; aber da er izt hie und da im alten Ton geschwind Geld entlehnen wollte, fand er, daß niemand für ihn zu Haus war.

Der Wasserschaden hatte ihn so sehr zurückgebracht, und er hatte das neue Gebäu so kostbar angefangen, und bekennte so früh, er habe sich stark überrechnet, daß ihm jedermann das Los übel legte, und eine Menge Leute offentlich sagten, es könne nicht anderst sein, es müsse übel stehen, er möge so groß tun als er wolle.

Sein Hochmut aber ließ ihm nicht zu, sich einzuschränken, da es am Geld fehlte; er baute izt nur zum Trotz desto kostbarer, weil er sah, daß man ihm weniger traute, und nahm auf Haus und Güter das Geld, das ihm niemand mehr auf freie Faust geben wollte.

Er hatte zwar seine ältern Kreditoren versichert, er wolle ohne ihr Vorwissen Haus und Güter nie versetzen, aber er sagte ihnen kein Wort, bis sie's selbst vernahmen, und es ihm vorhielten; – seine Antwort war, daß er ein Gelächter anfing, und zuletzt sagte, es seie um ein paar Jährli zu tun, so seie dieser Bettel wieder abbezahlt, und dann sei's ja im alten.

Er glaubte es aber selber nicht, und sah selber, daß er entsetzlich zurück war. – Er rechnete in dieser Zeit in einer Wochen wohl zehn- bis zwölfmal zusammen, was er besitze, und was er schuldig; aber wenn er auch Haus und Güter noch hoch ansetzte, und die Sache links und rechts zu seinem Vorteil kehrte, so kam doch am End immer heraus, daß er mehr schuldig, als er vermöge.

Und er war wirklich für Wein und Frucht izt so viel schuldig, daß er nichts weniger wußte, als das alles auf versprochene Zeit zu zahlen.

Diese Umstände brachten ihn aber nicht dahin, durch Sorgfalt, Mäßigung und Schonung dessen, was noch da war, einen dauerhaften Grund zur Besserung seiner Umständen zu legen; der Hochmut und das Laster hindern böse Menschen gar sehr, auf rechten Wegen sich wieder aufzuhelfen, wenn sie in häuslicher Verwirrung sind, und der Vogt hatte nur keine Gedanken von dieser Art.

Es muß wieder frisch in die Hand gespeiet sein, war der Sauausdruck, womit er sich in diesen Umständen zu den unsinnigsten Handlungen Mut einsprach. – Er hatte den festen Glauben, wenn er nur das Gewühl des Reichtums forttreiben, und verbergen könne, wie arm er seie, so stehe er in kurzer Zeit wieder in alten Schuhen, und ließ sich nur nicht traumen, daß eben dieses Hüten, daß niemand merke, wie arm er seie, es ihm wirklich unmöglich mache, jemal wieder auf ein grünes Zweig zu kommen. Er konnte izt wie ein siebenjähriges Kind über sich selber, und über das Reichwerden mit sich selber schwatzen, und hundertmal zu sich selber sagen: 50 Jahr ist noch kein Alter, einen Mann wie ich bin, zu hindern, wieder zu dem zu kommen, was er verloren; – bin ich doch mit nichts zu einem Wirtshaus, zu einer Mühli, und zum Vogtsdienst gekommen, so müßte ich doch ein armer Tropf sein, wenn ich izt mit dem allem nicht auch wieder zu einem Stück Geld kommen sollte – mein Wesen, das ich doch noch habe, und das Volk, das sich um mich her auflassen will, zu meistern wie vor und ehe. –

Er baute auf sein Jasten und Jagen, auf sein Früh- und Spatsein, und in alle Spiel Setzen, sagte, es falle immer bei allem doch auch etwas Profit ab. – Aber er vergaß, daß Jasten und Jagen, daß Früh- und Spatsein, und in alle Spiel Setzen, nichts helfe, wo Fundament mangelt, und keine Ordnung ist. –

Mit allem Jasten und Jagen, mit allem Fruh- und Spatsein, hatte er in der schönen neuen Herrenmühli nie, was er brauchte, und mußte alle Augenblick allen Teufelskünsten aufbieten, hunderterlei Leute mit Worten abzuspeisen, denen er Geld geben sollte.

Diese Änderung seiner Umständen und daß der steife Glauben, den er hatte, diese Umstände im Augenblick wieder ändern zu können, ihm nicht ordentlich in Erfüllung gegangen, machte ihn wie rasend. – Ob's Gott lieb oder leid, er wollte wieder reich werden, und brauchte izt nur keine Sorgfalt mehr, den Wust der Verbrechen, mit denen er diesem Endzweck entgegenging, zu verbergen.

Er bauete izt wie blind auf die Forcht und den Schrecken, mit der er bis izt Jung und Altes im Zaum gehalten, und jedermann bei allen seinen Taten, und bei allem Haß, den er sich zugezogen, doch das Maul gestopft; – aber das junge Volk, das er izt meistern wollte wie das alte, war nicht mehr das gute betörbare Volk, dessen Unschuld er mißbrauchte. –

Wo ein Mann wie er 50 Jahr alt wird, und so lang regiert, bleibt das Volk nicht mehr so. – Unser junges Volk war izt heimtückisch, frech und gewalttätig, wie er, und darum war's unmöglich, daß er ihn's zum Feind haben, und doch meistern konnte. – Was alt war, zitterte freilich noch immer vor ihm, und die grauen Bärt sagten alle, sie haben ihn erfahren, und es soll nur niemand probieren, etwas mit ihm anzufangen. – Aber viele junge Pursche widersprachen darin ihren Vätern, und behaupteten, wenn sie allein waren, und sie niemand hörte, es habe nur daran gefehlt, daß man's nicht recht mit ihm angegriffen – wenn ich heut noch einen Handel mit ihm bekommen würde, wie der und dieser mit ihm gehabt, ich wollte probieren, ob es kommen müßte, wie es da gekommen; – wenn sie Vierfüßige gewesen wären, sie hätten sich nicht dümmer von ihm herumführen lassen können, als sie getan. – Das war allgemein die Sprache der jungen Leute, die Kopf und Herz hatten, wenn von alten Geschichten über den Vogt die Rede war.

Einige gingen noch weiters. – Es ist schon zwei Jahr seither, daß der junge Scheibler, da der Vogt ihm nur ein paar Stichworte gegeben, in seinem eigenen Haus vom Tisch aufgestanden, und überlaut, daß es der Vogt wohl verstanden, zu denen, die neben ihm saßen, gesagt: Wenn der alte Donner mir noch einmal so kommt, ich schlage ihn in Boden herein. – Es begegnete ihm sogar, daß einige junge Leute ihm leugneten, was sie wirklich geredt, und andere ihn auslachten, wenn er etwas über sie klagte, das er nicht beweisen konnte.

Er klagte auch gar oft über das wüste junge Volk, das so frech seie, und rede, was ihm ins Maul komme, und ihm selber leugne, was er mit seinen Augen gesehen, und mit seinen Ohren gehöret.

Der ältere Lindenberger aber, sagte ihm einmal vor einem ganzen Tisch voll Volk: Es begegnet dir nur, was du verdienst; – ehe du da warest, wußte niemand nichts von so hartem Laugnen – izt aber hast du nicht zu klagen, daß man das auch gegen dich braucht, was du eingeführt, und tausendmal gegen andere ausgeübt. – Und der jüngere Killer, der beim großen Schlaghandel sich glücklich herausgeleugnet, bot in der gleichen Stund dem Vogt vor allen Leuten, die mit ihm von der Audienz kamen, aus Mutwillen einen Taler für den Lehrlohn an. – Wofür mir einen Lehrlohn? sagte der Vogt – Einer der mitging, gab überlaut zur Antwort: Ich denke, der Lehrlohn werde von der Kunst abzulaugnen, was wahr ist, verstanden werden müssen. – Nein, nein, sagte der Killer, nur von der Kunst, seinen Handel zu gewinnen. – Aber die Kunst wegzuleugnen, ist die Kunst seinen Handel zu gewinnen, sagte der andere, und der Lehrlohn fürs Lügenlernen ward zum allgemeinen Gelächter, daß der Vogt vor Zorn hätte stampfen mögen, wenn er schon nicht dergleichen getan. Es ging fast ein Jahr, daß wer den Vogt spielen wollte, ihm von diesem Lehrlohn anfing, und es ist wirklich zu einem Sprüchwort worden: Wenn er ob dem Lügenlernen Taler verdient, so habe er ob dem Stehlenlernen Dublonen verdient.

Im Streit mit dem Kümmerling, da er meinte, der Mann müsse den Handel in den ersten Wochen aufgeben, weil es ins Herzogen Land so kostbar zu tröhlen, konnte er lange nicht begreifen, wie der Mann es aushalten, und immer Geld finden konnte. Endlich vernahm er, daß man ihm hier im Dorf Geld vorstrecke, soviel er wolle, und daß er auf Neid und Haß gegen ihn hin, drei- und vierhundert fl. Geld entlehnen konnte, wenn er nur wollte, – und diese Entdeckung war die Ursache, daß er plötzlich den Streit aufgab, und die Kösten zahlte. –

So zeigte ihm ein Vorfall nach dem andern, daß seine Kraft dahin sei, und daß er nichts mehr vermöge. Er sah, daß ihm offentlich und heimlich alles feind; die meisten Leute scheuten ihn freilich noch, und unter Hunderten ließen neunundneunzig fünfe grad sein, ehe sie mit ihm stritten; aber doch war's nicht mehr der alte Schrecken im Volk, man lachte ihm ins Angesicht, und kehrte ihm den Rücken, wenn er seine Wut hervorließ. Er kam mit seiner Gewalttätigkeit nicht mehr zum Ziel, und mit allem Geiz und mit allen Diebstählen nicht mehr auf ein grünes Zweig; seine Hausverwirrung war vielmehr je länger je größer, so daß sogar seine Knechte ihm nichts mehr nachfragten, sonder taten, was sie wollten, und ihn bestahlen, wo sie konnten. Er war aber auch selbst sich vollends nicht mehr gleich. Wenn er mit jemand vors Recht mußte, so war ihm angst, und doch mußte er alle Augenblick tun, wie wenn ihm so zu reden, nichts lieber auf der Welt wäre, und so fiel natürlich alle Augenblick etwas vor, das ihn lastete und kränkte, und sein Leben elend machte.

Der Gedanke, daß er bald sterben konnte, der ihm besonders daher kam, weil er seit der Krankheit eisgrau worden, machte ihm auch Mühe.

Der alte Schreiber wollte ihn zwar auf seine Art darüber ruhig machen, und behaupten, man müsse gar nicht an Tod sinnen, es seie gleichviel, wenn er kommen wolle, so komme er, und sich vorher damit zu plagen, daß man an ihn sinne, sei eine Narrheit, denn wenn der Mensch tot seie, so sei's mit ihm aus, wie mit dem Vieh.

Aber es ist merkwürdig. – In während der Zeit, da der Schreiber ihn über Tod und Ewigkeit so einschläfern wollte, hat's dem Vogt zwei Nächte hintereinander geträumt, sein Vater sel. sei ihm wieder erschienen, und habe zu ihm gesagt: Wie ist's Bub? Ist dir die Zeit gekommen, daß auch Leute zu dir sagen: Du alter versoffener Lump, willt mit mir ins Schloß? – Gelt, gelt, sie ist dir gekommen, wie ich sie dir prophezeiet! – Und izt, wenn der Vogt an das dachte, was der Schreiber von dem Aussein mit dem Menschen nach dem Tod, zu ihm gesagt, kam ihm allemal sein Vater wieder vor Augen, wie er vor seinem Bett gestanden, die Hände verworfen, und den Kopf geschüttelt, daß ihm das Haar über die Stirne hinuntergefallen, wie im Leben, wenn er im Eifer etwas geredt – ich sage, wenn der Vogt an des Schreibers Meinung dachte, kam ihm dann immer sein Vater vor, wie er vor ihm gestanden, und gesagt: Wie ist's izt Bub! Ist dir die Zeit gekommen? – Dann erschrak er, daß ihm das Herz klopfte, und konnte nicht glauben, was der Schreiber zu ihm sagte.

So an einem elenden Faden hing izt dem Mann der Glaube an ein anders Leben. – Er wollte freilich gern wie der Schreiber, nicht daran glauben, und lieber ewig tot sein, wenn er nur konnte, aber er dorfte es nicht hoffen, und mußte zittern, wenn er nur dran dachte.

Das ist aber das End aller Gottlosigkeit und Ungerechtigkeit auf Erden, daß der Mensch, wenn sich seine Tage neigen, wünschte ewig tot zu sein, aber es nicht hoffen darf.

O, ihr Lieben! Das nahende Alter, und das Abschwächen der Kräfte des Menschen, der die Wut der Gewalttätigkeit und der Ungerechtigkeit in sich gesogen, ist überhaupt entsetzlich. –

Mit jedem neuen Hindernis, das den Wünschen seines Unsinns, und dem Streben seines Rasens in Weg kommt, wird diese Wut stärker, und die Hindernisse der Torheit und des Lasters werden mit jedem Tag größer.

Es kann nicht anderst sein. –

Die Erfahrungen des Lebens sollen uns reinigen von allem unverständigen und lasterhaften Wesen; tun sie das, so wird unser Alter still und glücklich, und seine Schwäche wird wie die Schwäche eines Lichts, dessen reines Öl hell brennet, bis es erloschen; – tun sie es aber nicht, brennen die Wünsche der Torheit und des Lasters noch in uns, wenn die Kraft des Lebens schwindet, so dünstet ihr Feuer einen stinkenden Rauch aus, wie das Feuer, das in einem Haufen von faulendem Moder brennt.

Und der Gestank dieses Rauchs steiget wahrlich oft um uns her auf, lang ehe wir uns dessen versehen.

Das war der Fall des Vogts. – Er war noch nicht über die fünfzig, und doch war er in aller Absicht ausgebraucht, selbst sein Gedächtnis und seine Überlegung nahm sichtbar ab; auch gestund er es beim Todesfall des alten Junkers selber, und sagte in dieser Woche bald alle Viertelstund, es seie ihm, wie wenn er in eine neue Welt heruntergefallen wäre; er klagte auch gar über diese neue Welt, und sagte oft, er glaube selber, wenn er darin müßte anfangen hausen, er brächte es kaum dahin, Schweinhirt zu werden, will geschweigen Untervogt.

Nun wäre es wohl Zeit gewesen, die Segel einzuziehen, und die Gewalt, die er nicht mehr behaupten konnte, fahrenzulassen. – Er sah's auch ein, und wenn er reich gewesen, und nicht in Schulden gesteckt, so hätte er sich zur Ruhe gesetzt, und – merket euch das ihr Menschen! die ihr mit ihm auf gleicher Lasterbahn, aber nicht mit ihm unter den Galgen gekommen – merket euch das, ihr Menschen! – Wenn er reich gewesen, und nicht in Schulden gesteckt, so hätte ihn auch nur keine Versuchung zu den letzten Taten, die ihn unter den Galgen gebracht, angewandelt; – er hätte sich dann zur Ruhe gesetzt, und wäre wie hundert andere, die auf seinen Wegen wandeln, mit Ehren unter den Boden gekommen; – aber da er in der Not steckte, und voller Schulden war, so dorfte er nur nicht daran denken, etwas fahrenzulassen, wodurch er wenig oder viel Geld einzutreiben hoffte.

So war zuletzt die Verwirrung der Not und der Armut, mitten im Gewühl des Reichtums, der Macht und des Hochmuts, das innere Triebrad des Unsinns seiner letzten Taten.

Und die Verwirrung der Not und der Armut, die so oft das End eines fehlerhaften Lebens, ist auch in aller Welt die gewöhnlichste Quelle der unsinnigen Taten, welche einige Menschen dem Henker unter die Händ, unendlich mehrere aber um die Ruhe ihres Lebens, um die Freuden ihrer späten Tagen, und um den Frieden ihres Todbetts bringen, indem sie selbige zur Pest ihrer Mitmenschen, zum Fluch ihrer Häuser, und zum Abscheu ihrer selber machen. – Darum, o ihr Menschen! die ihr Ruhe suchet und Segen, friedliche und heitere Tage wünschet; – O ihr Menschen! die ihr gern euere Kinder auf euerem Todbett mit heiterem Herzen an euere Brust drückt, laßt euch lehren: –

Wer sein Haus nicht in der Ordnung führt,

Wer mehr braucht, und mehr haben will, als ihm sicher und leicht eingeht,

Wer in den Tag hinein lebt, und auf Zufälle wartet –

Wer Einkünfte erzwingen will, die nicht mehr leicht und natürlich eingehen wollen, und die er darum fallen lassen sollte –

Kurz, wer von mehr Geld abhangt, als er hat, und leicht und natürlich zubringen kann, der kann nicht anderst, als er muß ein Schelm werden, und ein höchst unglücklicher Mann, wenn die Umstände leicht darnach sind.

Er kann nicht anderst, er muß aus Not fast wider seinen Willen, ein Schelm bleiben, und ein höchst unglücklicher Mann bis an sein Grab.

Der Hummel mußte izt fast wider seinen Willen, in dem Kot stekkenbleiben, in welches er in der Unordnung seines Lebens mit so viel Mutwille hineingewatet.

Umsonst warnete izt ihn sein Herz –

Umsonst redet ihm sein Gewissen die Wahrheit –

Umsonst zitterte er beim letzten Nachtmahl am ganzen Leib –

Umsonst erschütterten ihn die Schrecken des Meineids – da der arme Wüst vor ihm zu fast verzweifelt. –

Umsonst überfiel ihn ein Schauer, da er vor des Rudis Fenstern wegging, und das Geheul der jammernden Kinder, bei der sterbenden Frauen hörte. –

Umsonst schien ihm auch die liebe Sonne, als er auf des Meyers Hübel, noch in ihre letzten Strahlen hineinsah, und ihr nachstaunen mußte, bis sie hinter dem Berg war. – Er sah nur Schatten, Nacht und Grausen, das ihn umgab – er konnte selbst beim Anblick der lieben Sonne nichts tun, als mit den Zähnen kirren. – Er konnte izt nicht mehr auf den Herrn hoffen, der aus dem Staube rettet, und aus den Tiefen erlöset – Er kirrete nur mit den Zähnen. –

Umsonst warnete ihn sein Weib.

Umsonst zeigte sie ihm, wo er stehe, und wohin ihn sein Leben führe.

Umsonst bat sie, daß er sich nicht noch mehr vertiefe.

Umsonst empfand er selber: sie hat recht, und mehr als recht. – Er war izt verwildert – die Wut seines Unsinns und böser Begierden machte ihn taub und blind gegen alle Vernunft – er sah, wie tief er steckte, und wollte aus dem Schlamm herauswüten, ohne mehr zu denken, wohin das führe, was er tue.

Aber wenn es dann so weit mit einem Menschen kommt, so ist er dem End seiner Laufbahn nahe.

Der Vogt verstieß izt seinen Kopf an einem armen Maurer, da er hundertmal die ganze Gemeind an die Wand gestellt, wie wenn sie nichts wäre.

Ich will euch die Geschichte seiner letzten Tagen nicht wiederholen, ihr wisset sie alle – nur das will ich noch sagen, daß ihm der Gedanke, dem Junker den Markstein zu versetzen, in währendem Nachtmahl zu Sinn gekommen – und dann, daß er bis ein paar Augenblick vor der Tat nichts weniger geglaubt, als daß er imstand sei zu tun, was er getan. – Er sagt auch izt noch, wenn man ihm eine Viertelstund vorher gesagt, er werde dem liebsten Mann, den er in der Welt habe, das Messer in Leib stoßen, oder den Junker in der Audienzstuben umbringen, er hätte das alles hundertmal eher möglich geglaubt, als daß er imstand sein sollte, die Forcht zu überwinden, und nachts am 12 Uhr in Wald zu gehen, einen Markstein zu versetzen. –

Und doch hat er's getan, und leidet izt die Strafe der Tat, deren er sich vor kurzem noch nicht fähig geglaubt.

Liebe Menschen! –

Er ist izt dahingegeben

Zum Beispiel der Sünde,
An unsern Kindern wiedergutzumachen,
Was er ihren Vätern verdorben. –
Gott gebe nun,
Daß seine Strafe in uns austilge
Die Keime der Verbrechen,
Die ihn so elend,
Und uns so unglücklich machten. –
Er ist izt ein armer Tropf –
Die Last seiner Taten liegt hart auf ihm.
Und was ihm seine Strafe schwer macht
Ist das Bild seines alten Lebens,
Das ihn allenthalben verfolgt. –

Ihr sahet ihn, als er am letzten traurigen Morgen seine Strafe leidend vor euch einsank.
Er war entblößt an Haupt und Füßen,
Das machte ihm nichts –
Sein Hand war angebunden
Am Holz des Galgens –
Er erblaßte nicht deswegen –
Das Schwert des Henkers
Glänzte ob seinem Haupt,
Er zitterte nicht darob –
Das Volk, mit dem er lebte,
Stand vor ihm zu,
Und sah ihn an diesem Ort,
Auch darob sank er nicht ein –
Aber das Bild seines Lebens,
Und der Schatten der Taten,
Die ihn umschwebten,
Das war's, worob er zitterte, erblaßte, und einsank. –
Er sah am Ort, wo er war,
Den armen Ueli,
Wie er von Raben zerrissen
Neben ihm hing – wie er
Sein schreckliches Geripp
Gegen ihn kehrte,
Und grinsend
Aus hohlem Leib
Ihm vorerzähle
Stück für Stück –

§ 69

Was er ihm abgedrückt –
Und wie er ihn an diesen Ort gebracht. –
Auch die Lismergrithe kam ihm wieder vor, wie sie vor seinen
Augen
Ihren Todesschweiß schwitzend aus blassen starren Lippen
Im Augenblick des Schwertstreichs noch seinen Namen nennte,
Und ihn schrecklich verklagend
Ihr Haupt gen Himmel emporhielt. –
Aber wer will's beschreiben das Bild seines Lebens,
das ihn izt umschwebte! Wer will ausdrücken und vormalen das
Entsetzen dieser Stunde! –
Ich will's nicht beschreiben, nicht ausdrücken, nicht vormalen; –
Ich will's nur erzählen, wie es ein Kind erzählen könnte, was ihm
in dieser Stunde vorgeschwebt –
Er sah die Tränen der Gekränkten,
Den Jammer der Hungernden,
Den Schrecken der Geängstigten
Vor seinen Augen. –
Er hörte
Das Fluchen der Wütenden,
Und das Stöhnen der Verzweifelnden
Mit seinen Ohren –
Er sah seinen toten Vater wieder,
Und hörte wieder sein schreckliches Wort:
Bub, Bub! – Sind die Tage izt da? –
Da man auch zu dir sagt:
Du alter versoffner Lump! –
Auch sein Kind sah er wieder,
Wie es ihm sterbend die Hand bot,
Und zu ihm sagte: Vater! Vater!
Tu doch niemand mehr weh. –
Er sah die Jammer-Eiche wieder,
Die ihm zuerst
Die Ruh seines Teufellebens
Raubte. – Er hörte wieder
Des Stichelbergers Schreckensruf –
Ins Tal Josaphat –
Zu einer andern Rechnung. –
Er hörte wieder
Die Gewitternacht, und ihren Donner,
Und den reißenden Strom,

Und den Abscheu des murmelnden und nicht
helfenden Volks,
Und sein sinkendes Haus,
Und die Last, und die Greuel des neuen,
Und sein steigendes Elend,
Und das Todbett der Cathri,
Und das Entsetzen des letzten Nachtmahls,
Und die Schrecknisse der Mitternachtstunde,
Bei der Vollendung seines Unsinns
Beim Markstein. –

Dieses Bild seines Lebens, das niemand malen, und niemand beschreiben kann, stand schrecklich vor seinen verwirrten Augen, als er am schrecklichen Ort vor euch einsank. – Und es verfolgt ihn izt, wo er gehet und stehet, und macht ihn um soviel unglücklicher, als er mit jeder Stunde mehr einsieht, wie wahr dieses Bild seines Lebens, das ihn umschwebt, und wie zahllos die Menschen, die er elend gemacht.

Er dachte im Taumel seiner guten Tagen an nichts weniger, und auch in der Verwilderung seiner bösern Zeit, war ihm das Elend seiner Mitmenschen wie nichts. – Erst da er selber unwiederbringlich elend worden, und mit aller Bosheit und Schlauheit seines alten Lebens gar keine Rettung aus den Tiefen, in die er hinuntergestürzt, mehr entdecken können, erst da ging ihm das Elend seiner Mitmenschen zu Herzen.

Er glaubte auch von dieser Zeit an, daß ihn alle Menschen nur verabscheuen, und daß keiner auf Erden einiges Mitleiden mit ihm habe.

Aber er hat auch hierin das Gegenteil erfahren. – Der arme Rudi teilt izt mit ihm sein Brot, und achtet nicht mehr den vergangenen Jammer, tröstet sich der Leiden seiner Kinder, und zeiget wie ein Christ mit der Tat, und nicht mit den Worten, daß er wohltun, und den Feinden vergeben, für ein größeres Glück achte, als eine Kuhe mehr im Stall zu halten. –

O, ihr Menschen! Die Güte des Rudis hat dem Vogt in der finstersten Stunde, die Güte des Menschenherzens, an dem er zweifelte, bewiesen, und ihn unter Umständen, die ihn zur Verzweiflung, oder wenigstens zu noch größerer Verwilderung seiner selbst hätten führen können, errettet und erhalten, – daß er sich wieder zum Vertrauen auf Gott und Menschen emporheben, und von seiner innern Verwilderung also zurückkommen können, daß ich ihn wahrlich izt, voll lauterer Wehmut, ohne das geringste Schatten von Unwillen mehr in meinem Herzen gegen ihn übrig, euch vorstellen kann.

Ja! Wenn ich alles zusammennehme, was er getan, aber dann auch überlege, wie er zu dem gekommen, was er getan, und wie er das worden, was er war – und endlich, wie er von dem bösen Sinn wieder zurückgekommen, so kann ich nichts anders von ihm sagen, als: Er ist ein Mensch wie wir. –

Und ob er schon dasteht zum Beispiel der Sünde, in uns auszutilgen die Keime der Bosheit, die ihn zu seinen Taten verführt, so kann ich am End doch nichts anders von ihm sagen, als: Er ist ein Mensch wie wir; und muß die Worte wiederholen, die ich vor 14 Tagen schon zu euch sagte:

Daß doch keines von uns allen meine, dieses Unglück hätte ihm nicht auch begegnen können. – Hebet euere Augen auf, und sehet, warum stehet er vor euch? Ist es etwas anders, als weil er hochmütig, geizig, hartherzig und undankbar war? – und nun redet, ich frage euch wieder: Ist einer unter euch nicht hochmütig, nicht geizig, nicht hartherzig, nicht undankbar? Er stehe auf, und seie unser Lehrer, denn ich, o Herr! bin ein Sünder, und meine Seele ist nicht rein von allem Bösen, um dessenwillen der arme Mensch vor euch leidet, und je mehr ich seinem Leben nachdenke, je mehr weiß ich in Beziehung auf mich nichts zu sagen, als: Ich will Gott danken, daß er nicht solche Versuchungen über mein Haupt gehäufet, wie diejenigen waren, unter denen dieser arme Mann lebte.

Ich will Gott danken, daß er mir einen Vater und eine Mutter gegeben, die mich in Zucht und Ehren erzogen, und Arbeit und Ordnung liebhaben gelehrt.

Ich will Gott danken, daß ich kein Vogt und kein Weibel worden, und mein Brot in keinem Beruf suchen müssen, in welchem man täglich so viel Bedrückendes gegen seine Mitmenschen tun muß.

Ich will Gott danken, daß ich von Jugend auf unter besseren und frömmern Menschen gelebt, und nicht von Kindsbeinen auf so viel Beispiele der Torheit, der Unordnung, der Gedankenlosigkeit und Niederträchtigkeit vor meinen Augen hatte.

O Gott! Auf meine Knie will ich fallen, und dich anbeten, daß deine Welt mir immer in einem reinern und bessern Licht vor Augen gestanden, und mich ruhiger, glücklicher, und seliger bildete, als diesen Mann, der noch in den Tagen seines Alters, und seiner Entkräftung, von den Folgen seiner Torheiten, und seiner Irrtümer, bis an die Grenzen der Verzweiflung gebracht worden.

O ihr Menschen! Was soll ich mehr sagen? Mein Herz ist bewegt von innigem Mitleiden gegen ihn, und ich kann nichts mehr sagen als dieses: Handle doch keiner von euch an ihm, wie man gemeiniglich an den Unglücklichen handelt, die in die Hand der Oberkeit geraten.

O ihr Menschen! Die Geschlechter der Erde handeln nicht recht an diesen Elenden; sie nehmen zuerst teil an ihren Greueltaten, sie spielen mit ihnen die Spiele ihres Lebens, sie reizen sie zu ihren Verbrechen, sie pflanzen in ihnen den Unsinn ihrer Sitten, und nähren in ihnen die Keime der Laster.

Dann aber, wenn sie unglücklich werden, und in die Hand der Oberkeit geraten, verlassen sie dieselbe und handeln in ihrem Elend gegen sie, als ob sie dieselbe nicht kennten, und nie mit ihnen die Spiele des Mutwillens gespielt hätten, durch welche diese Elende verheeret worden. – O ihr Menschen! Dann werden diese Unglückliche in ihrem Innern wie wütend über ihr hartes Geschlecht, schlükken in sich Verachtung und Menschenhaß und Rachgrimm, und werden zehnfach abscheulicher als sie vorher waren. – Liebe Menschen! Ich rede sonst selten, und nicht gern mit euch vom Menschengeschlecht und von mehr Leuten, als von meiner Herde; aber izt kann ich nicht anderst – es ist mir, die hundert – und abermal hunderttausend von der Oberkeit bestrafte Verbrecher stehen vor meinen Augen, und ich sehe die Geschlechter der Menschen allenthalben so unbillig und hart gegen diese Unglückliche handeln. –

Ich möchte meine Stimm erheben, und rufen dem Volk der Erde: Erbarme dich dieser Elenden! – Ich möchte meine Stimm erheben, und rufen dem Volke in niedern Hütten, und ihm sagen: Du Volk in niedern Hütten, du kannst an diesen Unglücklichen tun, was keine Oberkeit an ihnen tun kann – du kannst sie wieder zu Menschen machen, du kannst sie wieder mit sich selber, und mit ihren Mitmenschen versöhnen – du kannst ihrem weitern Elend und ihren weitern Verbrechen vorbiegen, und sie an deiner Hand dahin leiten, daß sie zu einer friedlichen Ruhstätt gelangen.

Ich möchte dem Volk der Erde, in dessen Brust ein Menschenherz schlägt, zurufen und sagen: Es ist kein Gottesdienst und kein Menschendienst größer und edler, als die Güte, die man gegen Menschen ausübt, welche durch ihre Fehler verwirret, – durch ihre Schande erniedriget, – durch ihre Strafe verwildert, – wie die gefährlichsten Kranken zur Wiederherstellung ihrer gewaltsam zerstörten Natur, und ihres verheerten Daseins, mehr als alle andere Menschen, Schonung, Menschlichkeit und Liebe nötig haben.

Aber ich erwache von meinem Traum – das Volk der Erde steht nicht vor mir, und die Geschlechter der Erden hören mich nicht; und ihr meine Lieben! mit denen ich rede, werdet an dem Mann, der hier vor euch stehet, nicht unbarmherzig und unempfindlich handeln, sonder vielmehr die Geschichte seines Lebens brauchen, daß ihr einander weniger plaget, und vorbieget, daß ihr untereinander und voneinander je länger je weniger verderbt und verheeret werdet – und so des Elends, das unter uns ist, täglich weniger werde.

Es war so drückend dieses Elend, und ich konnte bis auf diese Stunde soviel als nichts dagegen tun, als Mitleiden mit euch haben, und schweigen.

Aber Zeuge bist du Kanzel des Herrn! wie tief mich euer Elend beugte. –

Und noch mehr Zeuge bist du, toter Stein! aus dem ich nun 20 Jahre das Geschlecht taufte, das hinter uns aufwuchs – Zeuge bist du – was meine Seele litte, wenn ich euere Kinder in meine Hand nahm, und dachte, welch einem Leben sie entgegen gehen. –

Aber von nun an erwachet meine Hoffnung wieder in mir – und es preßte mir heute Freudentränen, da ich das Kind, das ich izt taufen werde, in euer Buch eingetragen. Ich schrieb seinen Namen *Esther*, größer als sonst, und mit roter Tinte – ich umschlang das Wort mit einem Kranz, und unter dem Kranz hängte ich das Anker der Hoffnung wie an ein Band, oben am Kranz schrieb ich den 18. Herbstmonat, da ihr euerem Herrn huldigtet, und meine Tränen fielen häufig auf das Blatt, auf dem ich so in meiner Freude tändelnd mein Herz ausleerte.

Ihr Lieben! Vergesset auch ihr diesen 18. Herbstmonat nicht, und lehret euere Kinder und Kindeskinder, von diesem Tag an, die Wiederherstellung euers Glücks zählen.

Ihr Lieben! Ich bezeuge es vor dem Angesicht Gottes, und schmeichle ihm nicht.

Euer Herr will euer Glück, und baut auf Fundamente, die den Wohlstand euerer Kindeskinder sicherstellen werden, wie eueren eigenen.

Die alte fromme Einfalt wiederherzustellen – Freuden in Ehren, und Freuden zum Segen euch zu verschaffen – Euch in euern Wohnstuben glücklich zu machen – Euch des Lebens Notdurft ohne Drang und Kummer zu verschaffen – der Liederlichkeit und der Unordnung vorzubiegen, der Gewalttätigkeit Gefährde, und allem Aussaugen Inhalt zu tun – und überhaupt auszureuten und auszutilgen die ersten Ursachen des Elends, das ihr littet, und hingegen wiederherzustellen, zu reinigen, und euch zuzuführen – die Quellen alles Guten, und alles Segens, das euch mangelte. – Das ist das Ziel euers Herrn, zu welchem seine Bemühungen gerichtet, für welches er Tage sorget, und Nächte wachet.

Mit diesen Worten endete der Pfarrer von Bonnal seine Rede.

DRITTER TEIL

DRITTER TEIL

Vorrede

Ich fahre in meinem Buch sowie in meinem Stillschweigen über das
– was es sein soll – fort.

Zufrieden, das Gefühl rege gemacht zu haben, *daß Volksbücher
nützlich* – erwarte ich früher oder später ähnliche Versuche. Diese
werden dann den Wert des meinigen bestimmen, die Schwierigkeiten desselben enthüllen, und die Unmöglichkeit ins Licht setzen, allen Gesichtspunkten, welche sich mit einem solchen A, B, C Buch
der Menschheit verbinden lassen, in ihrer ganzen Ausdehnung ein
Genüge zu leisten. – Ich komme indessen, indem ich mich dem Ende
des meinigen nähere, in den gewohnten Fall der Schulmeister, die erfahren, daß das P, Q den Kindern der Menschen nicht so leicht in
den Kopf hinein will, als das A, B, C.

Ich fahre aber in der Überzeugung, daß es in dieser Lage der Sachen nicht um mich, sondern um die Kinder, die buchstabieren lernen sollten, zu tun ist, in meiner Ordnung fort: will auch dem verwöhntesten Kind es nicht bemänteln, daß es mit seinem A, B, C
nichts tun und nichts machen kann, wenn es nicht bis zum T–Z fortlernt.

Ich kann darüber den Namen eines guten Schulmeisters – verlieren – aber ich hielte es wider meine Pflicht, und meinen ersten Endzweck, darauf zu achten; und habe desnahen, ohne einige Aufmerksamkeit auf gewisse Kinder, die zu glauben geschienen, ich habe
ihnen meine ersten Buchstaben bloß zum Guggaus und Guggein damit zu machen, dargeworfen, fortgefahren, mein A, B, C Buch also
zu schreiben, wie es mir gut und brauchbar geschienen, sie buchstabieren zu lehren, und nicht ihnen zu helfen, Guggaus und Guggein
zu machen.

Geschrieben in meiner Einsamkeit, den 10ten März 1785

§ 1
Über das Predigen, aber nicht viel

Wer zur Kirchetür hinausging, sagte; das war auch eine Predigt!

Es war nämlich eine, wie die so predigen, keine halten, und keine halten dörfen. – Denn das was sie auf der Kanzel sagen, und was man sie auf der Kanzel sagen lassen darf, ist in Formen und Model gegossen, in welchen es etwas ganz anders wird als die Lebensbeschreibung des Hummels – Ihr werdet vielleicht sagen; aber etwas Bessers: ich aber will fortfahren.

Es war dem Junker die ganze Zeit über, da der Pfarrer redte, nicht als ob er Worte hörte, sondern als ob sein Volk und sein Dorf ihm vor Augen stünde; und mit jedem Wort, das der Pfarrer mehr sagte, war dem Junker schwerer, denn er sahe mit jedem Wort mehr, wie alles Böse das da ist, durch ein tausendfaches Band, mit allem was im Dorfe schwebt und lebt, also zusammenhange, daß er einzeln nichts Fruchtbares dagegen ausrichten könne. – Es war ihm wie einem Menschen der auf einer Leiter steht, und fühlt daß der Grund und Boden unter ihm weicht – es erschüttert ihn, und darauf vertiefte er sich in Gedanken, daß er eine Weile nichts mehr hörte, was der Pfarrer sagte – In diesem Staunen entwickelte sich in ihm der Gedanke, er müsse notwendig die Umstände und Leute im Dorf näher kennenlernen; dann werde es sich erst zeigen, was er anfangen und wen er vielleicht doch noch, zum eint und anderen, was er auszurichten wünsche, brauchen könne. Dieser Gedanke brachte ihn sozusagen wieder zu sich selber, daß ihm vom übrigen Teil der Predigt kein Wort mehr entging.

Sobald er dann heimkam, sagte er dem Pfarrer, wie es ihm in der Kirche gegangen; und dieser fiel im Augenblick auf den Baumwollen-Meyer, und sagte, wann je ein Mensch im Dorf sei, der zu demjenigen was er zur Absicht habe, Hand bieten werde und Hand bieten könne, so sei es dieser Mann und seine Schwester, und erzählte ihm dann über das Essen so viel von diesen zwei sonderbaren Leuten, daß der Junker vor Sehnsucht, sie näher zu kennen, seine Suppe nicht geschwind genug essen konnte; und sobald sie vom Tisch aufstunden, mit dem Pfarrer zu ihm hinging.

§ 2
Baurenordnung und Menschensinn

Er saß eben mit einem Kind auf der Schoß vor seiner Haustüre, sahe da bei seinem Brunnen unter einem blustvollen Apfelbaum seinen Kindern zu, wie sie mit andern Kindern aus dem Dorf sich lustig machten; aber dachte an nichts weniger als daß die Herren, die er die Kirchgaß hinabkommen sahe, zu ihm wollten.

Erst da sie vor seiner Gartentür stille stunden, und der Pfarrer die Hand gegen den Riegel zustreckte, kam ihm in Sinn, es könnte so kommen: da aber stellte er geschwind sein Kind ab, ging mit seiner schneeweißen Sonntagskappe in den Händen, den Herren entgegen; sie wollten bei ihm auf dem schönen Platz vor dem Haus absitzen – er aber sagte, es sei doch am Wind, sie sollten so gut sein, und mit ihm in die Stube kommen.

Seine Schwester war eben, wie es am Sonntag nach dem Essen ihre Gewohnheit ist, einen Augenblick entnuckt (eingeschlummert) und lag mit Kopf und Händen über die Bibel auf dem Tisch – sie erwachte mit einem lauten Herr Je! – da die Tür aufging; tat aber doch nicht dergleichen; druckte nur ein wenig ihre Haube wieder zurecht, ehe sie die Herren grüßte; und denn nahm sie eilend einen Schwamm vom gleißenden zinnernen Handbecken, wischte die Rechnungen, mit denen ihr Bruder den ganzen Tisch voll gekreidet, durch, und sagte: Es ist eine Ordnung bei uns, daß wir uns schämen müssen ihr Herren! – Ich wüßte nicht worin, sagte der Junker: und setzte hinzu, streich doch nichts durch; dein Bruder braucht's vielleicht noch.

Das Mareyli erwiderte: Er kann's ja wieder anderst machen, und fuhr in seiner Arbeit fort: sein Bruder aber sagte auch selber, es habe recht, er mache manchmal den Tisch im Tag siebenmal so voll, und streiche alles wieder durch, wenn nur ein Kreuzer fehle, so wenig sei daran gelegen.

Sobald der Tisch trocken war, brachte es dann ein großes weißes Tuch mit breiten Strichen, neue zinnerne Teller und silberne Löffel, Messer und Gabeln; dann eine große schöne Hammen, (Schinken) und Küchlein, schneeweiß von Zucker.

Aber was machst du auch so viel Umstände, sagte der Junker, wir kommen eben vom Essen.

Ich glaub's wohl, sagte das Meidli; aber ihr müßt jetzt einmal etwas von der Baurenordnung versuchen ihr Herren! Warum seid ihr in ein Baurenhaus hineingegangen.

Das ist doch keine Baurenordnung, sagte der Junker: und drehete ein schweres silbernes Messer in der Hand herum.

Wohl freilich ist das Baurenordnung, wenn's einer hat und vermag, erwiderte das Mareyli.

Arner lächelte und das Mareyli fing da grad zu erzählen an:

Jä Junker! Es war nicht immer so bei uns: da der Herr Pfarrer weißt's wohl. Mein Bruder fing mit 5 Batzen zu hausen an, und ich mußte, weiß Gott! betteln, bis ich groß genug war, einen Dienst zu versehen: so erzählte es seine Histori vom Anfang bis zum Ende.

Sein Bruder wollte ihm's zuerst abnehmen, und da er das nicht konnte, entschuldigte er ihns, daß es so schwatze; der Junker aber sagte, er höre nichts lieber als wie es braven Leuten aufgegangen.

Ich sah's Euch wohl an, sagte das Mareyli, sonst hätte ich auch schweigen können; aber es tut einem auch so wohl, wann Euer Gattung Leute einem auch das Maul gönnen mögen.

Der Junker lächelte und führte ihns wieder drauf, wie es ihnen aufgegangen und wie sie es haben: und da es lange erzählt, sagte er dann: ob bei dem Verdienst, den die Leute jetzt mit dem Baumwollenwesen haben, nicht auch zu machen wär, daß sie auch hauseten, und es auch ihrer mehrern so aufging?

Das Wirtshaus müßte einmal aus dem Dorf weg, wenn man nur an das denken wollte, erwiderte hastig der Meyer.

Seine Schwester sagte weitläufiger: Seht Junker, es ist halt bei uns so – wenn einer nicht dürstet, so hungert er, und wenn er dann ins Wirtshaus hineinkommt, und 's Käsli und 's Würstli ihm vor den Augen liegt und in die Nase riecht, so sitzt er in Gotts Namen zu, fangt an zu essen; wann er dann gegessen, so dürstet er eins, und so kommt dann eins nach dem andern, bis es morn am Morgen ist, und er das Halbe was seine Leute die Woche durch verdient haben, sitzen lassen; und wann er dann den Rausch ausgeschlafen, so will er entweder wieder saufen, oder am Spinnen von Weib und Kindern wieder erschinden was er verlumpet; denn gehet's so Junker – ich will's Euch zeigen.

Mit diesen Worten ging es in seine Kammer, brachte einen ganzen Arm voll Garn, legt's auf den Tisch, und sagte: Sehet Junker! Wie es dann geht: Wenn die Männer im Haus so leben, so werden die Weiber daheim und die Kinder bis in die Wiege hinunter ein Lumpenpack – wie sie betriegen und bestehlen mit wem sie zu tun haben, und bringen uns dann dergleichen Garn wie Ihr da sehet, das voll Unrat und naß ist daß man's könnte auswinden, damit sie einige

Kreuzer dem Vater ableugnen, und, wie er, im Wirtshaus vertun und versaufen können.

Sein Bruder setzte mit kurzen Worten hinzu – das Übel ist, daß die meiste Leute bei uns keinen Anfang haben im Hausen.

Der Junker erwiderte ihm: Aber wären sie nicht dazu zu bringen, daß sie oder einmal auch die Jungen trachteten zu so einem Anfang im Hausen zu gelangen –

Meyer: Es wäre vielleicht wohl möglich, wenigstens könnten sie es, wenn sie nur wollten; ich hab schon hundertmal gesagt, es wär einem jeden Spinnerkind so leicht als nichts möglich, auch seine 8 oder 10 Dublonen zusammenzulegen.

Junker: Haltest du das für so leicht möglich?

Meyer: Es braucht nichts anders als daß ein Kind von einem Gulden den es in der Wochen verdient, 6 Kreuzer oder 2 Batzen beiseits lege, und daß ihm jemand dann zu dem Geld Sorg trage, so wäre das in seiner Ordnung.

Junker: Aber könnte ich etwas beitragen, daß das so käme?

Meyer: Ja freilich! Wenn Ihr so gut sein wolltet.

Junker: Wie so?

Meyer: Wenn Ihr z. E. einem jeden Spinnerkind, das so seine 10 Dublonen ersparen würde, eh es seine 20 Jahr alt ist, etwa eine oder nur eine halbe Juchart Land für sein Lebtag zehntenfrei lassen würdet, so würdet Ihr mehr als etwas dazu beitragen.

Der Junker ohne sich zu besinnen, sagte darauf: Freilich wenn es damit geholfen, so soll es an dem nicht fehlen.

Da der Meyer so von der Zehentfreiheit redete, sahe das Mareyli dem Junker auf Maul und Augen; und da er so geschwind sagte, es soll an ihm nicht fehlen, stund es vor Freuden hart an ihn zu, zupfte ihn beim Ärmel, und sagte: Jä Junker, wenn Ihr einmal das tun wollet, so tut Ihr einen großen Gottslohn: – aber Ihr müßt es nicht machen, wie mein Bruder da gesagt hat; es gehet sonst zu lang, ehe der Eifer in die Leute kommt, und Ihr bekommt die ältern Kinder auf diese Weise gar nicht in Euere Ordnung: Denn die können jetzt bis sie 20 Jahr alt sind, nicht mehr soviel Dublonen zusammenbringen, und darum müßt Ihr denen, die den Zwanzigen nahe so Zehentfreie Äcker geben, wenn sie nur 2 bis 3 Dublonen zusammenbringen, und denn so steigen; je jünger sie sind je mehr Dublonen bis auf die so jetzt 12 Jahre alt sind. Die und darunter können dann richtig ihre 10 zusammenbringen.

Der Junker staunte eine Weile über alles was ihm diese Leute sagten – dann fing er wieder an und sagte: Aber wann die Leute im Dorf auf diese Weise mit dem Baumwollenwesen in Ordnung kämen, würden sie um deswillen auch mit ihrem Baurenwesen in Ordnung sein?

Der Meyer erwiderte ihm; einmal mehr als sonst.

Junker: Glaubst du das?

Meyer: Ganz sicher: denn fürs erste, ist ein jeder Mensch, der für irgendwas in Ordnung kommt, für alles andere, was er sonst unter den Händen hat, auch besser in der Ordnung: fürs andere, muß das Baumwollenspinnerkind für das Baurenwesen nur so weit in Ordnung kommen als es dasselbe treiben kann; und da wisset Ihr wohl, das höchste worauf sie kommen können, ist etwa zu einem Kuh-Heuwachs und ein paar Hausäcker: die meisten müssen sich mit einem Garten, oder mit ein oder ein paar Pünten behelfen, und es könnte sie doch nichts so sehr zu der Art Baurenwesen, wie sie eins treiben können, aufmuntern und machen, daß sie es so weit treiben als immer möglich, als solche zehentfreie Äcker.

Der Junker erwiderte; noch einmal sei ihm alles daran gelegen, daß auch die ärmste Haushaltung sich nie ganz vom Landbau weglasse, sonder alles soviel es einem jeden möglich ist, neben seinem Hausverdienst auch noch etwas Herd baue.

Das Mareyli sagte ihm darauf; wenn Euch daran so viel liegt, so tätet Ihr dann gewiß wohl, wenn Ihr die Spinnerkinder alle Jahr, etwa im Frühling einmal und im Herbst einmal, mit ihrem Bauren G'schirr zu Euch ins Schloß kommen, und sie Euere Pündten und Garten umgraben, und darein setzen, stecken und austun ließet, was nötig: Ihr könntet sie damit und mit einem Dotzend Brot und ein paar Zübern Milch für das ganze Jahr, für das Landwesen, wie sie es treiben müssen, eifrig machen.

Es nahm den Junker so ein, was diese Leute sagten; daß er beide bei der Hand nahm und ihnen sagte: Ich kann euch nicht genug sagen wie ich euch danke daß ihr mir so den Weg zeiget, wie ich eueren Dorfleuten in Haus und Feld auf eine rechte Art die Hand bieten kann.

Das freute die Leute, daß sie nicht wußten was sie sagen wollten, und es ging wohl ein Vaterunser lang, ehe sie ihm sagten: wenn sie nur etwas wüßten und könnten, das ihm diente, so hätten sie keine größere Freude als es nicht nur zu sagen, sondern auch zu tun.

Die Zeit über da sie nichts sagten, sahen sie ihn unverwandt an, und das so innig vergnügt wie nur ein herzlich dankbares Kind seinen Vater ansiehet, wenn er ihm die größte Wohltat erwiesen.

Schulordnung und Baurenküchlein

Nach einer Weile sagte der Meyer wieder; wenn ich's völlig überlege so dünkt mich Ihr kommet mit allem was Ihr tun könnet, doch nicht zu Euerem Zweck wenn Ihr nicht den Kerl, den man Schulmeister heißt, fortjaget, und entweder keine Schul, oder eine ganz neue Einrichtung darin machet. Sehet Junker! Es hat sich sint 50 Jahren so alles bei uns geändert, daß die alte Schulordnung gar nicht mehr auf die Leute, und auf das was sie werden müssen, paßt.

Vor altem war alles gar einfältiger, und es mußte niemand bei etwas anderm als beim Feldbau sein Brot suchen. Bei diesem Leben brauchten die Menschen gar viel weniger geschulet zu sein – der Baur hat im Stall, im Tenn, im Holz und Feld, seine eigentliche Schul, und findet wo er geht und steht, so viel zu tun und zu lernen, daß er sozureden ohne alle Schul das recht werden kann, was er werden muß – Aber mit den Baumwollenspinnerkindern, und mit allen Leuten die ihr Brot bei sitzender oder einförmiger Arbeit verdienen müssen, ist es ganz anderst. Sie sind, wie ich es einmal finde, völlig in den gleichen Umständen wo die gemeinen Stadtleute, die ihr Brot auch mit Handverdienst suchen müssen, und wenn sie nicht wie solche wohlerzogene Stadtleute auch zu einem bedächtlichen überlegten Wesen, und zum Ausspizen und Abteilen eines jeden Kreuzers, der ihnen durch die Hand geht, angeführt werden, so werden die armen Baumwollenleut, mit allem Verdienst und mit aller Hilfe die sie sonst hätten, in Ewigkeit nichts davontragen, als einen verderbten Leib und ein elendes Alter – und Junker! Da man nicht daran sinnen kann daß die verderbten Spinnerelteren ihre Kinder zu so einem ordentlichen und bedächtlichen Leben anhalten und auferziehen werden, so bleibt nichts übrig, als daß das Elend dieser Haushaltungen fortdauret, solang das Baumwollenspinnen fortdaurt und ein Bein von ihnen lebt; oder daß man in der Schul Einrichtungen mache, die ihnen das ersetzen, was sie von ihren Elteren nicht bekommen; und doch so unumgänglich nötig haben.

Und jetzt wisset Ihr Junker, was für einen Schulmeister wir haben, und wie wenig er imstand ist auch nur ein Quintli – wann die armen Kinder gut werden sollten, in sie hineinzubringen.

Er fuhr mit Hitze fort zu sagen:

Der Tropf weiß minder als ein Kind in der Wiegen, was ein Mensch wissen muß, um mit Gott und Ehren durch die Welt zu kommen – er kann ja nicht einmal lesen – wenn er lesen will, so ist's wie wann ein altes Schaf blöket, und je andächtiger er sein will, je mehr blöket er: und in der Schul hat er eine Ordnung, daß einen der Gestank zurückschlägt, wenn man eine Türe auftut. – Auch ist sicher kein Stall im Dorf, darin man nicht für Kälber und Füllen, die man erziehen will, weit besser sorget, daß das aus ihnen werde, was aus ihnen werden muß – als in unsrer Schul dafür gesorgt wird, daß das aus unseren Kinderen werde, was aus ihnen werden sollte.

– So redte der Mann der Erfahrung hatte in seinem Dorf.

Seine Schwester ging jetzt einmal über das ander in die Küche; kam dann wieder in die Stuben, gleich wieder in die Küche, und käute immer an den Nägeln; denn sie hatte Lust dem Junker auch einen Kram von ihren Baurenküchlenen heimzugeben, und – dorfte es nicht und wollte – es doch – das machte sie an den Nägeln kauen, und wieder kauen, bis sie endlich fand, sie dörfe es doch; er sei ja gar nicht wie ein andrer Junker, der es etwan übelnehmen könnte; – doch traute sie sich nicht völlig – sie stund zu ihm zu – und sagte: Wenn Ihr einmal nicht der Junker wäret, so müßtet Ihr mir auch ein paar von meinen Küchlenen Eurer Frau zu einem Kram heimnehmen.

Der Junker wußte es schon vom Pfarrer, daß sie es allen Leuten die zu ihr kommen, so mache; und sagte mit Lachen: Aber weil ich jetzt der Junker bin, so gibst du mir keinen?

Herr Jesus! Ihr nehmet es nicht übel, sagte es da, und konnte sich fast nicht hinterhalten vor Freude zu jauchzen: Es sprang im Augenblick hinter den Ofen, nahm die zwei weißen Papier, die es schon zum voraus darfür verborgen, hervor, packte seine Küchli alle die auf dem Tisch sind, in zwei Kräm, einen für den Junker und einen für den Pfarrer, trug dann dieselben in einem neuen schönen Körbchen, das es mit einem weißen Tuch deckte, den Herren nach bis zum Pfarrhaus: Sie redten den ganzen Weg über mit ihm, und hielten ihns noch im Pfarrhaus auf, bis der Junker wegfuhr.

§ 3

Ein schönes Zeugnis, daß das Mareyli ein braves Mensch ist

Denn da es heimging, traf es in allen Ecken Leute an, die ihre Köpfe zusammenstießen und miteinander Rat hielten; und nahe bei seinem Hause einen ganzen Haufen Kinder, die auch nicht so beieinander stunden wie Kinder beieinander stehen, wenn ihnen wohl ums Herz ist: und da es merkte was es war, schüttelte es den Kopf, sah ihnen steif in die Augen, und sagte da sie ihns grüßten, zu ihnen: Habt ihr gut Rat miteinander? Nicht so gar gut, antworteten die Kinder, und durften ihns fast nicht ansehen: sie waren nämlich in Ängsten wegen der Freitagsrechnung; denn der Junker hatte am Sonntag nach der Mittagspredigt verlesen lassen, daß am Donstag die Gemeindweid verteilt und am Freitag jedermann der dem Vogt schuldig, mit ihm unter der Linden rechnen müsse; beide Punkten machten vielen Leuten im Dorf den Kopf groß; aber hauptsächlich der letzte.

Das Mareyli aber war kaum von den Kindern weg, so sagte eines, es sei doch auch sonst so gut, und es tüe ihnen vielleicht den Gefallen, und rede ihnen daheim zum Besten. – Die anderen waren im Augenblick alle der Meinung, und sagten, sie wüßten einmal wenn sie das ganze Dorf aussinnten, niemand der's eher täte, und es sei wie wenn es Gottes Wille hätte sein müssen, daß es jetzt ihnen just vor Augen kommen, und sie an ihns sinnen müßten.

Sie machten nicht lang; das Mareyli hatte seinen Korb kaum hinter dem Ofen abgestellt, so stunden sie ihm schon in der Stube; aber es durfte lang keines sagen warum sie da seien; eines stupfte das andere und sagte ihm: Bring's doch du an: das Mareyli tat als wann es nichts merkte, und sagte: Was geht ihr Guts aus miteinander? Auf das Wort hin zog das Hühnerbetheli, das bei ihm zu stund, ihns beim Fürtuch, und sagte: Wir sind in Gotts Namen in einem entsetzlichen Kreuz, Mareyli! und erzählte ihm denn ihren Jammer; hinter dem Erzählen baten ihns denn alle: es sei doch auch seiner Lebtag so gut gewesen, und es solle doch um tausend Gottswillen sie auch jetzt nicht verlassen, usw.

So – so – ihr seid schöne Jungfern, nein, nein, wenn ihr nichts anders habet so könnt ihr nur wieder gehen wo ihr hergekommen; aus dem gibt's gar nichts; es geschieht euch nur der verdiente Lohn – euere Eltern mögen mit euch machen was sie wollen.

Die Kinder aber baten, heulten und fielen fast vor ihm nieder, daß es doch so gut sei und es tüe.

Es aber fuhr fort ihnen zu predigen was sie vor Leute seien. Ihr armen Tröpf, sagte es ihnen, in euerem Alter Saufschulden zu machen; sinnet ihr nicht daß ihr an Leib und Seel Gespenster werdet, und Kupfernasen und Träufaugen bekommt, ehe ihr fast ausgewachsen?

Ah! Um tausend Gottswillen, sagten die Kinder, hilf uns nur auch diesmal, wir wollen's denn gewiß unser Lebtag nicht mehr tun.

Es sagte nicht ja; aber es fing doch an zu erzählen wie es seinerzeit gewesen, wie Töchteren von ihrer Gattung auch Ehr im Leib gehabt, und in allem was sie getan, Scham gezeiget, und wie das junge Volk früh und spat war, aber wie jetzt alles darauf umgehe, – mit aufrechtem Rücken Brot zu finden, mit Müßiggehen und Stehlen eine glatte Haut davontragen wolle; aber wie kein Segen dabei seie, und so eine Lumpen- und Diebshaut bald aufhöre glatt zu sein und alle Farben bekomme.

So redte das Mensch wohl eine halbe Stund aneinander; am End aber tat es was sie wollten, versprach ihnen, mit ihren Eltern zu reden, wenn sie es ihr Lebtag nicht mehr tun wollten; und den Kindern war's nicht anderst als ob sie einen Berg ab dem Hals hätten, da es ihnen das versprochen. – Sie waren kaum fort, so hatte das Mareyli wieder nichts anders als den Junker im Kopf; es konnte seitdem er fort war an nichts anders denken als an ihn, selber da es ins Bett ging, über Nacht betete, und mit seinem das walt Gott der Vater, der Sohn etc. fertig war, hielt es noch einmal die Händ zusammen und betete noch: Mein lieber Gott, hilf auch dem Junker in allem was er vorhat – und darauf sagt es, ich will ihm einmal auch helfen soviel ich kann und mag. Amen, in Gotts Namen Amen: Und mit diesem Wort legte es sich auch auf ein Ohr.

§ 4
Des Menschen Herz in drei verschiednen aber gleich schlechten Modeln

Aber die Kinder waren nicht allein; es war wohl zwei- und dreimal Älteren ebenso angst.

Eine Menge Männer und Weiber wußten seit dieser Mittagskirche nicht was sie taten:

Die Speckmolchin vergaß ihre Suppe zu salzen, und ließ das halbe Essen die Katz fressen ohne daß sie es wehrte.

Wo fehlt's dir aber, daß du wie ein Narr tust? sagte ihr Mann der just dazukam. – Sie murrte zuerst nur, statt zu antworten. – Eine Weile darauf besann sie sich, es sei besser, sie sag's dem Ochsen, es müsse doch sein.

Ja, sagte sie dann, ich hab das Tuch da dem Vogt versetzt.

Der Speckmolch sperrte das Maul und Augen auf, und sagte was für ein Tuch?

Du weißest wohl das an der Wösch! sagte die Frau. – Das ganze Stück da, wo an der Wösch weggekommen? Und wo du alle Dienst und alle Wöschern in die unterste Hölle hinab verflucht hast, daß sie es sollten gestohlen haben; sagte der Mann, und wollte dann anfangen jammern, es seie doch schlimm, wenn man in seinem Haus seiner eignen Frau nicht mehr trauen dörfe.

Aber das Weib stopfte ihm das Maul bald zu; sie hielt ihm sein achtzehnjähriges uneheliches Kind vor, das ihn manch hundertmal mehr gekostet als das lumpen Stuck Tuch wert sei.

Es trieb den armen Speckmolch von der ungesalznen Suppe zur Stube hinaus, da sie ihm so kam.

Die Jooßlin war in gleichem Jammer; der elende Mantel ob dem sie so oft mit ihrem lieben Mann gezanket, daß ihn die Bettler, die bei ihnen übernacht waren, gestohlen, war jetzt leider auch beim Vogt, und sie mußte es bekennen: Der Mantel und das Versaufen und alles tut mir nicht halb so weh als daß du alleweil mit mir gezanket und erzwingen wollen, ich müsse glauben die Bettler, die uns unser Lebtag nichts gestohlen, haben uns das gestohlen, sagte ihr Mann, da sie jetzt so bekennte.

Es tut einem auch so weh wenn einem ein Mann lieb ist, und er einen denn für eine Diebin hält, sagte die Frau.

Noch größer als alles war der Jammer der Barbel, die den Namen hat, daß sie eine Fromme sei; sie konnte sint dieser Mittagskirchen nicht mehr in der Bibel lesen, und nicht mehr in ihrem liebsten Betbuch beten; die heiligen Papier ließen sie lange ohne Trost in ihren Nöten, – sosehr sie den Kopf darüber hänget und ihre Tränen darauf hinabfallen ließ; endlich auf einmal war sie getröstet, es kam ihr in Sinn, sie könne es leugnen; – und sobald sie im Kopfe hatte wie, rief sie in ihrer Dienstmagd und Mithalterin ihrer stillen ehrbaren Abendtrünken, aus der Kuche in die Stuben, wo sie eben fünf Eier zum Nachtessen im Nidel schwang; – und sagte zu ihr: Gottlob; Gottlob! Ich hoffe jetzt der liebe Gott wolle die Schand von mir wegnehmen: Denk auch was mir der lieb Gott in Sinn gegeben, weil ich ihn so angeruft hab; das alte Spinnerbabi heißt wie ich und wenn ich ihm das Geld in Sack und einen halben Gulden zum Lohn gebe, so gehet's gewiß gern für mich unter die Linden, und sagt es sei die sieben Gulden schuldig – und der Vogt bringt mir's nicht aus; er hat mir mein Lebtag nichts ausgebracht und hat gewiß auch nicht so ein gar böses Herz wie jetzt alle Leute tun – ich will sobald es unter Licht ist, zu ihm und mit ihm reden.

§ 5

Weiberjammer und ein Mutterirrtum

Und morndes am Morgen, da das Mareyli zu den Eltern, deren Kinder gestern bei ihm gewesen, hinkam, jammerten ihm etliche Müttern gar vielmehr über diesen Freitag als ihre Kinder.

Es hatte die Hauen auf der Achsel und tat wie wenn es nur sonst ins Feld wollte; die meisten Eltern riefen ihm noch selber auf die Gasse hinaus, es soll auch in die Stube kommen, und es wußte die Sache so gut einzufädlen daß die meisten Kinder ohne Ohrfeigen davon kamen.

Aber die Kaminfegerin hatte das Wasser in den Augen, sobald es nur das Wort Freitag ins Maul nahm und ehe es noch ihres Lisabethlis gedachte, fing sie an zu heulen und sagte, sie stehe ins Gottsnamen auch in der erschrecklichen Rechnung und wisse ihres Lebens nicht anzufangen; der Kaminfeger schlage sie zu Tod, wenn er's vernehme.

Und die Lismer Gritte sagte fast die gleichen Wort wo die Kaminfegerin; beide baten das Mareyli ohngefähr um das gleiche was die Kinder; nämlich daß es doch um tausend Gottswillen mit ihren Männern rede.

Es gab ihnen zuerst zur Antwort; das Zuchthaus wäre besser für sie als sein Fürwort; und es stehe ihm nicht an mit seinem Zumbestenreden Schelmen zu pflanzen; am Ende tat's doch was sie wollten.

Aber zwei Schwestern die beim Kreuzbrunnen voreinander über wohnen, (die eine hat einen Lindenberger und die andre einen Hügi;) sind bei diesem Anlaß wie erzgute Mütter ob ihren Kindern verirret.

Die Lindenbergerin merkte, daß ihrer Schwester Kind etwas im Kopf steckte und fragte ihns wo es fehle, daß es sint dem Mittag immer herumstehe wie wenn es nicht heim dörfe.

Das Kind fing im Augenblick an zu weinen, bekennte alles, und bat sie dann daß sie doch auch mit ihrer Mutter rede, es dörfe ihr nicht unter die Augen – usw.

Ich will freilich mit ihr reden und ihr sagen was du für ein Mensch bist, sagte die Lindenbergerin, stund im Augenblick auf, sagte aber, ehe sie noch ging, zum Kind; komm du mir nicht mehr ins Haus wann du so ein Kind bist, du könntest mir meines auch noch verführen daß es würde, wie du.

Mit dem ging sie zum Haus hinaus und um den Brunnen herum zu ihrer Schwester – da traf sie, sobald sie die Türe auftat, ihr eignes

Kind an, das völlig wie der Schwester ihres daheim am Ofen stand und den Kopf hängte: – Was tust du da, du Müßiggängerin; es ist gar nicht nötig daß du den ganzen Tag da stehest, sagte sie im Augenblick zu ihm, noch ehe sie nur ihre Schwester grüßte.

Das verdroß diese, daß sie auch vor dem Gruß zu ihr sagte: Es ist doch besser, es stecke bei mir als im Wirtshaus.

Was? sagte die Lindenbergerin, meinst du ich habe auch so ein Kind, das ins Wirtshaus geht und Saufschulden hat, wie du eins hast.

Behüt mich Gott vor dem, daß ich so ein Kind habe; aber du hast einmal so eins, sagte die Hügin.

Und die Lindenbergerin, ha – ich komm einmal eben jetzt von deinem weg, das daheim am Ofen steht und mich gebeten hat ich solle dir sagen, daß es am Freitag unter die Linde müsse.

Äh mein Gott, sagte die Hügin, und zeigte mit der Hand gegen den Ofen; den Augenblick steht deines da zu, und bittet mich, daß ich es dir sage.

So kamen die zwei Schwestern fast bis zum Zanken, ehe sie merkten, daß sie beide wie gute Mütter ob ihren Kindern verirret. –

Aber ich kann nicht alles erzählen; es gab fast in allen Häuseren dergleichen Auftritt, ob der armen Rechnung, die der Pfarrer am Sonntag in der Mittagspredigt verlesen müssen.

§ 6
Überzeugung und Mutwillen in einem Mund ...

Es war nur schad um seine Morgenpredigt, die man ob diesem Mittagszedel vergessen; wie eine von den andern, die mit dem Wörtlin *Amen* zugleich vergessen und beschlossen werden; und doch ging am Morgen kein Bein zur Kirchentür hinaus das nicht davon redte; und von der Kirchentür bis daheim über das Mittagessen, bis es wieder in die Kirche läutete, und sie in den Stühlen saßen, ging kein Maul davon zu. –

Es war alles nur Eine Stimme, es sei wie wenn der Pfarrer sint 50 Jahren neben einem jeden gestanden wär und alles gesehen und gehört, was im hintersten Winkel vorgefallen, so habe er alles sagen können, wie es gewesen.

Graue Männer und graue Weiber wußten nicht genug zu rühmen von der guten Zeit, von der der Pfarrer so viel geredt; und erzählten hundert Geschichten vom Nachtschneiden, und solchen alten Freuden, die jetzt abgegangen, weil die Leute so boshaft sind; und konnten nicht genug sagen wie gut es gewesen, ehe das Baumwollenspinnen ins Dorf gekommen, und das Land so verstückelt und mit Leuten übersetzt worden.

Eine junge Renoldin kam so ins Feuer über die Predigt, daß sie über Tisch sagte, sie wolle, noch ehe die Sonne unter, ins Pfarrhaus laufen, und wenn's ein halb Jahr wäre, die Predigt abschreiben, damit ihre Kind und Kindskinder wissen wie es im Dorf zugegangen; sie setzte hinzu, es sei ihr die ganze Predigt aufs Haar gewesen, sie höre ihren Großvater wieder reden; so habe er hundert und hundertmal diese Sachen über Tisch erzählt; und hundert und hundertmal ob dem braven Vorgesetzten, der sich da noch allein diesen Bosheiten widersetzt, und aber ins Kaisers Landen sterben müssen, die hellen Tränen vergossen.

Ihrer viele sagten, es nehme sie nur wunder daß er über das Schloß und über den alten Junker so viel habe reden dörfen.

Andere sagten: der Junker lasse alles sagen, es möge auf Gottes Erdboden sein was es wolle, wenn es nur wahr sei.

Etliche behaupteten, es seie keine Predigt gewesen, und b'hüt uns Gott darvor, es gäbe Mord und Totschlag, wenn man so predigte.

Es weißt's einer nicht, sagten andre; vielleicht gäb's weniger Mord und Totschlag und weniger Hurerei und Diebstahl, wenn man so auf der Kanzel sagen dörfte, wo Mord und Totschlag, Hurerei und Diebstahl in einem jeden Dorf eigentlich hergekommen sind, noch herkommen und ferner herkommen werden.

Das glaube ich, sagte ein junger Mann, von dem ich nächstens noch mehr reden werde; sie ist ja vom Anfang bis zum Ende nichts als eine Jagd auf allerlei Gattung Menschenwölf, die es in der Welt gibt: Ihrer etliche packten das Wort auf, und sagten, ja, das ist sicher wahr, und unser Lebtag hat niemand so viele und gute Hünde zu einer Jagd ins Dorf gebracht; sie hielten die Nasen keinen Augenblick vom Boden, und sind immer auf der Spur geblieben, bis ans Ende.

Verzeihet ihr Leute der Bauren-Mutwillen – sie machen es so.

§ 7
Der Feuerherd und ein gutes Weiberwort

Die Gertrud schlug die Augen nieder und zitterte in der Kirche da der Pfarrer von ihr redte: und da sie heimkam sagte sie, sie wollte weiß nicht was geben, sie wäre nicht in der Kirche gewesen.

Aber warum jetzt auch das? sagte der Niklaus.

Hä der Herr Pfarrer hat da allerlei gesagt, das er hätte können bleiben lassen, sagte die Mutter.

Es ist doch recht gewesen, daß er gesagt, wie es der Hummel uns gemacht, und wie er den Vater und uns geplagt hat, sagte der Bub.

Und Gertrud: Man muß das Böse vergessen, und Gott danken, wann es vorüber: aber dann ist es einem am wöhlsten, wenn niemand viel von einem redet.

Ich hab jetzt gemeint, es freue dich auch, sagte der Bub.

Da lächlete sie. – Es scheint es freue dich doch, sagte wieder der Bub.

Nein; du freust mich, sagte die Mutter.

Den Lienert hingegen freute es wie seinen Buben, daß der Pfarrer so viel Gutes von ihr gesagt.

Sie aber gab hierüber zur Antwort: Lieber! Wenn's Rühmens gebraucht hätte, so wär's in der alten Zeit gewesen, und da hat's jedermann bleiben lassen; jetzt mag ich dessen nichts mehr. Wenn ich nur dir auf meinem Herd eine Suppe machen kann, wie du sie gern issest, und du dann heimkommst ehe sie ab dem Feuer ist, so mein' ich, ich hab alles was ich in der Welt wünschen soll.

Glaubet doch nicht ihr Leute! es möge sich nicht erleiden so etwas zu erzählen; es hat vielleicht lang kein Mann etwas gesagt, darin so viel liegt, als in diesen guten Weiberworten.

Die Alten hielten den Feuerherd im Haus für heilig und sagten: eine Frau, die bei ihrem Feuerherd viel an ihren Mann und an ihre Kinder sinnet, habe nicht leicht ein unheiliges und ungesegnetes Haus.

Aber es ist freilich in unsern Tagen sehr vergessen, was die Alten sagten:

Wenn Gertrud auch nur Erdapfel hatte, so kochte sie so daß ihr Mann es ihnen ansehen mußte, er sei ihr nicht aus dem Sinn gekommen, da sie selbige ob dem Feuer hatte.

Denket, was wird eine Frau über ihren Mann vermögen, der es der Suppe, die sie kocht, und dem Strumpf, den sie strickt, ansehen muß, daß er ihr nicht aus dem Sinn kommt, wann sie strickt und wann sie kocht.

Der Lienert hätte ein Unmensch sein müssen, wenn er bei einer solchen Frau so leicht, und noch sogar in den ersten 14 Tagen wie einige gemeint, in sein altes liederliches Leben wieder gefallen wäre; er ist zwar ein schwacher aber ein guter Mensch und jetzt entsetzlich froh daß er dem Hummel ab der Ketten, und des Wirtshauses los ist. –

Er geht euch alle Morgen der erste an seine Arbeit; und noch vor den Sechsen, ehe er auf den Kirchhof muß, macht er eine Stunde oder zwei vorher allerhand in Ordnung, das er ehdem mit keiner Hand angerührt; er mistet den Stall, er melket die Kuh, grabt den Garten um, spaltet Holz, tut alle starke Hauswerke für seine Frau, und ist bei dieser Morgenarbeit noch so munter als den Tag über auf dem Kirchhof; singt mehrenteils noch mit seiner Frau und mit seinen Kindern ihre Morgenlieder, und tönt oft ihre Weise fort, den ganzen Weg über, bis er zu seinen Gesellen kommt. –

§ 8

Ein Reihen schlechter Gesichter

Da vergeht ihm aber denn meistens das Liedersingen bald; die Menschen haben überhaupt wenig Tagsarbeit, bei deren man so fortsingen kann; und die sind schon glücklich die nur am Morgen und Abend mit frohem Herzen singen.

Des Lienerts sein Tagwerk ist nichts weniger als leicht: Er hat jetzt 9 Gesellen und 8 Taglöhner, und mit diesen letztern fast alle Tage Verdruß; mit den Gesellen aber die fremd sind, und wissen was im Land der Brauch und Recht ist, nicht den Zehnten so viel.

Aber die Taglöhner meinen gar, es sei alles recht, was sie tun; da sie aus seinem Dorf sind, kennen sie ihn und wissen daß er zu mitleidig, sie so leicht aus der Arbeit zu schicken. – Auf diese Rechnung hin tun sie was sie wollen, und machen ihm einen Verdruß nach dem andern; ihrer etliche sind wie wenn sie eine Freude daran hätten, wenn nur alles viel kostet, und drauf und drüber geht was nur möglich: dem Kriecher hat er vom ersten Tag an einmal über das andere gesagt: er solle doch den Kalch sparen und das Pflaster nicht so fett anmachen; der Grund ist, weil man den Kalch wohl 7 Stund übers Gebirg herführen muß, und ein jedes Fäßli bis auf 3 Gulden kostet. –

Aber er konnte lang sagen; der Kerl arbeitete den Kalch, daß die Maurer alle Augenblick ganze Schollen, manchmal so groß als ein Baumnuß, lautern unvergangnen Kalch darin fanden.

Der Lienert wußte sich nicht anderst zu helfen, als ihn und noch einen von dieser Arbeit wegzutun, und an eine andere zu stellen; dafür brauchten sie dann hinter ihm das Maul, hießen ihn Wohldieners-Unglücksstifter und Ägyptischen Treiber; brummten untereinander darüber wie Bären, und sagten es gehe ihn nichts an, der

Junker werde noch Junker bleiben wenn er das Fäßli Kalch, das er aus ihnen herausschinden wolle, schon minder habe.

Der Meister hätte sie gradzu wegschicken und nicht an eine andere Arbeit stellen sollen die Teufelsbuben verderben jetzt ihm aus Rach doppelt soviel, und es ist als ob sie nicht ab dem Kirchhof wegkönnten, ohne daß sie einen Laden mit den Schuhen abeinandertreten, oder ein Stück Holz unnütz gemacht, oder sonst etwas dergleichen getan.

Aber dann sind es diese noch nicht allein, von denen er Verdruß hat. Der Rüti Marx tut zu allem was er angreifen muß, so lahm, daß wenn er etwas in die Hand nimmt, immer 3 oder 4 die Hände still halten und den Narren angaffen.

Er und der Kriecher sind aber doch auch die Schlimmsten, und glatterdings zu nichts nutz, als etwa einen leeren Korb oder einen Nagel oder ein Seil einem andern zu bringen: der dann den Korb ausfüllen, den Nagel einschlagen und das Seil anbinden kann, wenn er will.

Sie sperbern auch den ganzen Tag auf solche Gattung Arbeit.

Dann aber übergeht dem Lenk auch sicher die Galle; wenn er sie so etwas auf den Müßiggang einrichten siehet; und es ist dann noch, wie wenn er allemal dazukommen müßte; und das macht ihn so hässig, daß er selber nicht mehr arbeitet, wie vorher, und daß er erst neulich zu ein paar andern gesagt: sie seien wohl Narren, daß sie sich so angreifen mögen; die so an Händ und Füssen wie lahm und den ganzen Tag herumstehen und den Maulaffen feil haben, bekommen den gleichen Lohn wo sie.

Es ist auch zum Rasendwerden wie sie es machen; vor kurzem rief ein Maurer dem Kriecher vom Gerüst herunter, ob er keine Schnur (Bindfaden) bei sich habe; der Kriecher schlupfte im Augenblick unter dem Pflasterkorb, den er schon am Buckel hatte, hervor, suchte in allen Säcken, ob er nicht etwas finden könne das einem Schnürlein gleich sähe; und das er anstatt des Pflasterkorbs die Stege (Treppe) hinauftragen könnte: Er fand auch wirklich etwas dergleichen, nahm es im Augenblick in beide Händ und trug es also Schritt vor Schritt die Stege hinauf an eben den Ort wo er den Pflasterkorb hintragen sollen.

Der Lienert stund eben neben ihm zu, da er seinen Korb abstellte und mit dem Schnürli in den Händen fortging.

Ohne ein Wort zu sagen, nahm er den Pflasterkorb selber auf die Achsel, und trug ihn ihm auf dem Fuß nach.

Wer seines Wegs fortging und nicht dergleichen tat als ob

er nur denkte daß jemand hinter ihm herging, das war der Kriecher. –

Er hätte ihn auch sicher bis an Ort und Stell so hinter ihm her fortspazieren und den Korb nachtragen lassen, wenn ihm nicht ein Maurer ab dem Gerüst zugerufen hätte, ob er sich nicht schäme, den Meister so hinter ihm her den Pflasterkorb hinauftragen zu lassen, und ihm denselben nicht abzunehmen; da kehrte er sich doch nach einigem Brummen, er habe ihn doch nicht gesehen, und geglaubt es pressiere mit dem Schnürli, um, und wollte ihm denselben abnehmen, aber er gab ihn ihm nicht, und sagte: Wenn du nicht ein Müßiggänger wärest, so hättest du ihn unten wieder nehmen und mitsamt dem Schnürli hinauftragen können.

Der Kriecher gab zur Antwort: ich mein' ich tue meine Sache so gut als ein andrer, und schnurrte von ihm weg.

Auch der Lehmann steht die halbe Zeit, herumzuschauen wo die Vögel herumfliegen; und wenn der Sigrist, oder der Totengräber, oder sonst ein altes Weib über den Kirchhof gehet, so hat er allemal etwas ganz Notwendiges mit ihnen zu reden.

Der Marx, der stiehlt gar, und es ist kein Nagel, kein Seil, und sonst nichts bis auf die Speckschwarten, vor ihm sicher.

Einmal als er sein Brot aus seinem Schnappsack herausnahm, war es schneeweiß; der Maurer Jakob, der ehrlichste unter des Lienerten G'sellen, saß eben bei ihm zu und sagte ihm: Marx, Marx, es ist gar kein gutes Zeichen, wenn einem Maurer das Brot im Sack weiß wird.

Warum, warum? sagte der Marx.

Hä – es mahnet einen so stark ans Kalchstehlen, sagte der Jakob.

Ich hab einmal keinen gestohlen, sagte der Marx, und ward nicht rot; denn was schwarz und gelb ist, wird nie rot.

Der Jakob fuhr fort und sagte: Es wird dir gewiß von den Erdapfeln, die du im Sack hast, so weiß worden sein.

Einmal nicht vom Kalchstehlen, erwiderte der Marx –

Und der Jakob sah ihn da nur an, und machte doch daß ihm das Herz klopfte, und er sichtbar erschrocken hinzusetzte: es ist Mehl im Sack gewesen; er hatte aber die Hand mit dem Brot noch im Wasser da er das sagte, und der Maurer fing noch einmal an, und sagte: du mußt doch förchten, dergleichen Mehl brenne über den Magen, daß du es so waschest.

Ich mag's einmal nicht essen wie eine Sau, sagte der Marx; und der andere, du hast gar recht, dergleichen Mehl könnte wirklich eine Sau töten, wenn sie nur ein wenig zu viel davon essen würde.

Solche Leute hatte der Lienert den Tag über um sich; doch auch andre; mit den meisten G'sellen war er vollkommen zufrieden, und von den Taglöhneren machten ihm auch etliche dann und wann Freud.

§ 9
Vater-Freuden ...

Außert dem Michel, den er allenthalben brauchen konnte war ihm keiner so lieb als der junge Bär; dieser sang und pfiff immer bei seiner Arbeit, wenn ihm auch der Schweiß tropfenweis von der Stirne lief.

Ihrer viele konnten das nicht an ihm leiden, und der Lenk sagte einmal beim Abendbrot ihm ins Gesicht, er könnte mit seinem Singen und Pfeifen wohl warten bis er auch ein ganzes Hemd hätte; aber der Bär pfiff sein Lied nur desto läuter, denn er hatte dergleichen Sachen nicht gern im Kopf wie der da sagte: erst da das Lied aus, brach er noch einen Mundvoll ab, sagte ihm dann: Meinest du etwan es mache einem die Hemder ganz, wenn man nicht pfeife.

Es sparte keiner wie er, den Taglohn, und keiner sprang so mit ihm heim, ihn seiner Frauen zu bringen und zu zeigen.

Den ersten Samstag war er außer Atem und konnte es fast nicht zu Worten bringen, da er ihr die Hand auftate, und den Taler, der von Schweiß ganz naß war, ihr zeigte:

– Gell Frau! So hundert, dann wär ich ein braver Mann – –

Wenn nur so zehen zueinander kommen, so bin ich zufrieden, sagte die Frau; und er – du mußt auch einmal etwas recht Gutes hoffen; denn nahm er ihr den Bub ab, den sie auf dem Schoß hatte, und ritt mit ihm auf allen vieren in der Stube herum.

Der Lienert ritt mit seinem nicht so auf allen vieren; er war zu alt dafür; aber er hat eben soviel Freud mit ihm. – Er zeigte ihm wann er am Abend heimkam allemal etwas von seinem Handwerk; jetzt machen sie sint etlichen Wochen den Turn zu Babel, wie er in der Mutter ihrer Kinderbibel abgemalt ist, aus einem Haufen Laim miteinander in der Stube – es hat ihnen fast gar nicht geraten wollen, und sie mußten manche halbe Nacht daran probieren, wie breit unten die Treppen sein müsse, wenn sie so zwanzigmal um den Leimhaufen herumgehen und oben sich mit ihm ausspitzen müsse; und viel anders mehr. – Er lehrte ihn rechnen was es zu den Sachen braucht, wieviel Kalch und Stein und Sand es zu einem Klafter heischt wenn es so oder so dick ist. – Er lehrte ihn das Bleimaß, das

Richtscheit und das Winkelmäß brauchen, und zeigte ihm den Vorteil der Steinen wenn sie dick – oder dünn – glatt oder hockericht. –

Erst vor kurzem kaufte er ihm eine Pflasterkellen, und ein Fürfell – ich darf wohl sagen, die Freude eines Königssohns ist nichts dagegen, wie es Niklaus freute, daß er ein Fürfell und eine Pflasterkelle bekam. – Er nahm einen Gang an, die Stube hinauf und hinunter, wie wenn er schon ein Maurergesell wär, und sprang dann im Fell einsmal über das andere zu Vater und Mutter, nahm sie bei der Hand und Rock, sagte alle Augenblick, er wolle auf der Welt tun und machen was sie wollen, wenn sie ihn nur auch bald aufdingen; der gute Vater wußte nicht was er machte, so nahm ihn das ein, und er konnte seine Tränen nicht hinterhalten, da er ihn jetzt auf die Schoß nahm und zur Mutter sagte, wenn ich nur auch noch erlebe, daß er ein rechter Meister wird so will ich denn gern aus der Welt, wann's Gottes Wille ist.

Gertrud druckte dem Vater die Hand und hatte auch Tränen in Augen, da sie sagte, er wird's will's Gott werden.

Aber der Niklaus meinte, das sollte jetzt nicht sein: Er saß eben dem Vater auf der Schoß, und faßte mit der einen Hand ihn und mit der andern die Mutter um den Hals und fing so zwischen ihnen beiden auch an zu weinen.

Sie wollten jetzt gern aufhören, aber sie konnten nicht, drückten ihn mit ihren Köpfen gegeneinander und sagten ihm, sie weinen nur vor Freuden, und er gebe will's Gott, ein braver Meister. Er aber ward nicht bald wieder fröhlich – und nahm seine Pflasterkelle eine Weile nicht mehr vom Boden auf. –

§ 10
Folgen der Erziehung

Sie hat alle Tage fast bis zu Nacht des Rudis Kinder in ihrer Stuben; an den meisten Abenden trifft er, wenn er von der Arbeit heimkommt, sie noch bei ihr an.

Aber es kann niemand glauben was sie für Mühe mit ihnen hat; sie sind an gar keine Ordnung und keine anhaltende Anstrengung gewöhnt, und haben ihre Augen, wenn sie sie sollen auf dem Garn halten, immer in den Lüften; und so wird es immer bald zu dick bald zu dünn, und nie recht. – Es wird auch nie keine Lehrarbeit recht, wenn ein Kind die Augen nicht steif darauf haltet, bis ihm der Griff davon in die Hand kommt; und dieser Griff kommt allen Kindern, die nicht wohl erzogen, gar schwer in die Hand.

Und denn führt eins zum andern; – wenn sie denn ihr Garn so verderbt, zehrten sie noch ganze Händ voll davon ab, warfen es fort in Bach, zum Fenster hinaus, und hinter die Häg; aber Gertrud, die ihnen alle Tag ihre Arbeit wiegt, fand den Fehler gar bald, und fragte die Kinder wie das komme; – sie wollten leugnen: aber der Gertrud Heirli sagte dem Liseli, du mußt jetzt nicht leugnen; ich hab es ja gesehen, wie du aufgestanden, und es zum Fenster hinausgetan hast. – Weißest! ich hab dir ja gesagt, die Mutter merke es – aber du hast mir's nicht geglaubt.

Dieses Liseli war aber auch das unartigste von allen, es sagte die schlechtesten Worte von der Welt; selber über die gute Frau, um seinen Geschwisterten die Arbeit und Ordnung, zu der sie sie anhielt und die ihm zur Last war, auch zu erleiden.

Es war ihm gar nicht zu viel zu sagen: sie müssen sich ja fast zu Tod spinnen, und sie seien doch jetzt reich; es wollte gern, sie hätten es nur, wie da sie noch nichts hatten; sie haben doch auch können ruhig ausschlafen, und nicht alle Tag so müssen angespannt sein wie arme Hünde; und mit der Arbeit war's immer wie wenn nichts in ihns hineinwollte: bald drehete es das Rad so lahm, daß der Faden ihm in der Hand voneinanderfiel; denn einen Augenblick darauf wieder so stark, daß das Garn so kraus wurde wie geringeltes Roßhaar.

Wenn ihm Gertrud etwas sagte so weinte es solang sie da stund, und murrete wenn sie den Rücken kehrte; und denn tat es noch den andern zuleid und verderbte ihnen an ihrem Garn und an den Rädern was es konnte, damit sie nicht fortkommen wie es.

Kurz, sie richtete nichts mit ihm aus, bis sie die Rute brauchte, da lehrte es sitzen und spinnen, und sein Garn bessert seitdem in einem Tag mehr als sonst in acht.

Ihr Heirli wollte es diesen Kindern von Anfang her immer zeigen, wenn sie es nicht recht machten. Da sie aber größer waren als er, sagten sie ihm zuerst nur, du kleiner Pfuker, was wolltest du wissen: – aber sie nahmen's doch von ihm an; er war gar gut, und munterte immer wer rechts und links neben ihm saß, auf; und wenn eines auch nur ein wenig saur dreinsahe oder das Maul hängte, weil es nicht gehen wollte, sagte er zu ihnen; ihr müßt nicht so Augen machen, und nicht so ein Maul, ihr lehret es sonst noch viel länger nicht.

Die Kinder lachten meistens wenn er so etwas sagte; dann fuhr er fort; – Mei! – Wenn ihr es dann könnet, so ist es lustig und geht wie von ihm selber.

Ja es wird schön von ihm selber gehen, sagten die Kinder – und der Heirli – wenn man doch kann die Augen zutun und fortspinnen und recht, so mein ich – es gehe denn doch fast von ihm selber. –

Aber kannst du die Augen zutun und fortspinnen? sagten die Kinder.

Das kann ich, sagte der Heirli, und da sie es ihm nicht glaubten sagte er: Wartet nur bis die Mutter aus der Kuche im Garten ist, so will ich's euch denn zeigen – dann stund er, sobald er die Gartentür gehen hörte, auf, ließ sich die Augen steinhart bei seinem Rad verbinden, nahm stockblind den Treiber und den Flocken in die Hand und trieb das Rad so munter, wie wenn er beide Augen offen hätte. –

Die Kinder, die um ihn herstunden, sagten alle – das ist doch auch! Das ist doch auch! und hätten ihm bis zu Nacht zugesehen wie er so blind spinne; – aber an 3 Flocken so wegspinnen, hatte er genug, und schüttelte die Binde wieder ab – da sagten die Kinder zu ihm, aber sag jetzt auch, lernen wir's auch so?

Warum auch das nicht, sagte der Heirli; ihr habt ja auch Hände und Augen wie ich; und dann setzte er hinzu, ich hab zuerst auch geglaubt, ich könne es fast nicht lernen, aber da ist es mir einsmals gekommen, ich hab fast nicht gewußt wie: aber ihr müßt mit den Augen dazu sperben wie wenn ihr Sommervögel fangen wolltet.

Dieses Spiel, und was er dazu sagte, machte die Kinder mutiger und eifriger ob ihrer Arbeit.

Ob sie wollten oder nicht, sie mußten spinnen lernen: Gertrud ließe sich keine Mühe dauren; sie verglich ihr Garn alle Tag vor ihren Augen; zeigte ihnen den Unterschied vom Morgengarn und vom Abendgarn, und vom gestrigen und vom vorgestrigen; wenn nur ein Faden darin schlechter war, nahm sie ihn über den Finger und hielt ihn ihnen vor Augen.

§ 11

Eine Art Wiedergeburt

So viel tut sie an den Kindern; aber sie tut an derselbigen Vater nicht minder; Tag für Tag kommt sie ihm ins Haus, und wo sie im Stall, im Tenn oder sonst etwas nicht in der Ordnung findet, so muß es ihr recht sein und in der Ordnung ehe sie wieder zum Haus hinausgeht; das macht den Rudi so eifrig daß er allemal vor den Neunen, um welche Zeit Gertrud mehrenteils ihm ins Haus kommt, in allen Ecken herumlauft, daß sie nichts in Unordnung finde. Er tut noch mehr; er macht sich jetzt auch selber wieder in die Ordnung, strählt sich mehr und kleidet sich besser, haut den Bart zu rechter Zeit ab, und scheint sich jünger als vor sechs Wochen: seine Stube, die ein schwarzes Rauchloch gewesen, hat er jetzt ganz geweißget und die Löcher in der Wand glatt überstrichen; und am letzten Markt hat er sogar 10 kr. Helgen (Bilder) gekauft, alle mit schönen Farben: den Heiland am Kreuz, die Mutter Gottes mit dem Kindlein Jesu, den Nepomuk, den Kaiser Joseph II. und den König in Preußen; einen weißen und einen schwarzen Husaren, und hat die Helgen am gleichen Abend, da er sie gekauft, noch aufgekleibt, und den Kindern mit der Rute gedrohet, wenn sie ihm eines mit einer Hand anrühren (antasten) daß es schwarz werde. – Das gefiel der lieben Jugend nicht – der Heirli, der über alles so ein Wort findet, sagte zu ihm: Du kannst sie doch auch jemand nicht verbieten, sie schwarz zu machen.

Wem das? sagte der Vater.

Äh, – den Fliegen, erwiderte der Bub; weißest du noch, wie sie der Mutter selig ihr großes Kreuz und ihre Himmelsleitern so schwarz gemacht, daß man kein Wort mehr darin hat lesen können?

Es ist gut, daß ihr keine Fliegen seid, sagte da der Vater und lachte, man würde euch auf die Händ geben. –

§ 12
Weiberkünste gegen ein Weib

Aber mehr als die Kinder, freuete es die Gertrud, daß er seine Stube und sich selber so in Ordnung brachte; denn sie suchte ihm eine Frau.

Sie stund wohl eine Viertelstund vor dem neuen Heiland, dem Nepomuk und dem König in Preußen und der Mutter Gottes zu, und sagte, da sie jetzt lange genug gesehen, wenn ich jetzt nur bald die Meyerin in diese Stube hineinbringen könnte.

Es geriet ihr bald; schon am Mittwochen, da der Rudi am Samstag die Helgen aufmachte, ging sie vor seinem Haus vorbei; Gertrud tat im Augenblick das Fenster auf, rief ihr über die Gasse einen guten Tag zu. –

Die Meyerin dankte ihr lachend und sagte: Bist du daheim?

Das bin ich, erwiderte Gertrud, und ich hab's gar lustig.

Ich glaub dir's, ich glaub dir's, sagte die Meyerin –

Gertrud aber: Komm auch schauen ob's wahr sei –

In einem Sprung war die Meyerin an der Tür, und tat Maul und Augen auf, da sie die neue weiße Wand und die ganze Ordnung in der Stube sahe.

Sie ging von einem Helgen zum anderen, schaute in allen Ecken alles aus, und sagte einmal über das andere: Da ist es auch anderst worden. Gertrud aber führte sie aus der Stube in Stall, zu Arners Kuh, die jetzt dem Rudi ist; die Meyerin aber stund der Kuh bald auf die, bald auf diese Seite, tätschelte sie, strich sie über Rucken, Kopf und Hals, und sagte da: So steht einmal sonst keine im Dorf; und bald darauf: es muß doch eine Lust sein, so eine zu melchen.

Möchtest du so eine melchen, sagte die Gertrud?

Ja! Das möchte ich, erwiderte die Meyerin –

Aber die Gertrud konnte das Lachen fast nicht hinterhalten, da sie ihr erwiderte: Du hast doch auch zwei schöne daheim.

Sie sind nichts gegen diese, sagte die Meyerin; und Gertrud: Es ist wahr, es ist weit und breit keine solche; und rühmte dann das Tier, wie sie so viel Milch gebe, und wie gut diese sei, wie sie Nidle, und viel Anken (Butter) gebe; denn auch, wie treu sie seie, und wie freundlich, und wie ein jedwedes Kind mit ihr machen könne was es wolle.

Die Meyerin hörte ihr zu, wie in einer Predigt; sagte da: Man siehet ihr wohl an, daß sie ein gutes Tier ist; und erzählte denn, wie sie daheim auch eine haben, die so gut sei, und wie die vorige Woche ihres Bruders Kind unter sie heruntergefallen, und mehr als eine Viertelstund unter ihr auf dem Boden, gelegen, ohne daß es jemand gewußt; und die Kuh hätte nicht mehr Sorg zu ihm tragen können, wenn es ihr Kalb gewesen wäre, bis jemand dazu gekommen, und ihns weggenommen.

Da sie das erzählte, lehnte sie sich mit dem Arm dem Fleck über den Hals, und Gertrud hielte ihr da das Futter fast vor; da nahm sie eine Handvoll Salz und Geleck nach der anderen, ließ das Tier eine Weile aus der Hand fressen; und da sie fortging, tat sie noch so freundlich mit ihr, daß es nicht anderst war, wie wenn sie noch b'hüte Gott zu ihr sagte.

Von da mußte die Meyerin mit ihr in die neue Matte; sie führte sie vom Haus weg, durch die große Reihe von Fruchtbäumen, die alle blühten, bis zuoberst an den Hag.

Es ist keine Matte so schön im ganzen Dorf; und die Meyerin sagte einmal über das andere, es ist doch schade, daß wir das Gras darin so vertreten.

Das macht jetzt nichts, erwiderte ihr dann Gertrud; du mußt doch auch einmal sehen, wie es dem guten Mann wieder so aufgegangen.

Ja es muß ihm jetzt wohl sein, auf alles was er gehabt hat, sagte die Meyerin, und fragte denn selber wo seine Kinder seien.

Ich will dir sie zeigen; – Mein! Sie sind auch anderst worden. –

Aber der Vater, ist er auch anderst worden? erwiderte die Meyerin.

Das glaub ich, du würdest ihn nicht mehr kennen, so hat er sein Haar, seinen Bart, und seine Kleider in der Ordnung, sagte Gertrud.

Es wird gut sein, wenn er einmal wieder heiraten will, sagte die Meyerin in aller Unschuld.

Gertrud aber fuhr in ihrer Arbeit fort: bei der Kuh, in der Stube und auf der Matten war's noch nichts; aber nun bei den Kindern – Meyerin – Meyerin, wie wird's dir noch gehen; sie streicht jetzt dem Rudeli seine gelben Locken, die über die breite weiße Stirne heruntergingen, zurück: die Locke rollet sich über ihre Hand; die weiße Stirne ist bloß; der Bub liegt zurück in ihrem Arm, und tut sein blaues großes Aug weit auf gegen die Meyerin, die vor ihm steht.

Das Nännli (Nanette) ist schwächlich, aber ein Blitzaug tief im kleinen runden Kopf, und ein Haar, fein wie Seiden, schwarz wie sein Aug, und glatt wie seine Haut, machte die Meyerin selber sagen, das wird ein Engel.

Vom Liseli (Lisette) sagte Gertrud, das wird, will's Gott, auch brav.

Es ist einmal gesund und stark, erwiderte die Meyerin.

Dieses Kind trieb sein Rad, wie noch nie; und machte Garn, wie noch nie; Gertrud, die das im Vorbeigehen sah, bog sich zu ihm hinunter, und sagte ihm ins Ohr, Augendienst.

Der Heirli saß mit seinem Rad hinter dem Ofen, da sie ihm rief er soll hervorkommen, und ihnen sein Garn bringen.

Sehet mir jetzt den Buben, wie er vor Eifer das Maul zusammenbeißt, sein Garn in beiden Händen vor sich hertragt – und den zwei Weibern keck in die Augen sieht, was sie dazu sagen wollen.

Sie rühmen ihm's jetzt, und der Bub jauchzet, springt über Tisch und Bänk ans Fenster und nimmt da die Hand vors Maul vor Lachen.

Das ist ein wilder, sagte da die Meyerin. – Nicht so gar, sagte die Gertrud, rief dem Buben wieder – er kam im Augenblick – und sie sagte ihm: steh mir jetzt da still, du weißest, es gibt Staub in der Stube, wenn man so darin herumspringt.

Ich hab es jetzt vergessen; es hat mich auch so gefreut, daß mein

Garn recht ist, sagte der Bub und stund still an ihrer Hand wie ein Schaf.

Da ging sie noch in die Nebenkammer, brachte des Rudis kleines Bübeli an ihrem Arm heraus und gab es der Meyerin.

Sie tragt's alle Tag, wenn's schön Wetter ist, und die andern zu ihr kommen und spinnen, auch mit ihr heim, legt's wenn es schlafen will, mit ihrem Gritteli in die Nebenkammer ins Bett.

Jetzt war es eben erwacht und hatte die ganze volle Farbe des gesunden Saugkinds das eben aus dem Schlaf kommt; es schüttelte sich, rangelte auf der Meyerin Arm und riebe sich die Augen, bis es recht erwachet, da war es gar freundlich mit ihr; sie machte ihm mit ihrem Finger so über die Lippen herauf und herunter, daß es tönte; das dünkte ihns lustig; es langte mit seinen Händli ihr auch gegen das Maul, und wollte ihr auch so daran machen, daß es töne; da schnappete sie ihm das Händli ins Maul, drückte es mit den Lippen zu, und es wandte und sträubte sich und zog was es vermochte, bis das Händchen wieder aus ihrem Mund war, und schottelte dann vor Lachen. –

Jetzt mitten in der Freude über dieses Kind sagte Gertrud dann, wenn das arme Närrli (Närrchen) doch auch nur wieder eine Mutter hätte!

Aber wie ein Blitz spürte die Meyerin in ihren Augen, daß sie etwas anders wolle; es fuhr ihr durch alle Adern, daß sie in diesem Augenblick den Arm, auf dem sie das Kind hielt, so wenig fühlte, als wenn sie keinen hätte: sie konnte auch nicht reden; was sie tat, war; sie gab das Kind ab ihrem Arm der Gertrud wieder.

Was ist jetzt das? sagte da diese.

Und die Meyerin, die sich wieder etwas erholt, sagte: Es ist mir ich sei genug da gewesen; sie blieb aber doch stehen.

Gertrud aber nahm sie bei der Hand und sagte: Aber findst jetzt auch nicht, sie haben wieder eine nötig?

Die Meyerin aber fühlte jetzt vollends wieder, wo sie ihre Finger und ihre Zehen, will geschweigen ihren Arm hatte, und sagte der Gertrud mit einem Blick – wie sie ihr noch keinen gab – wer sagt aber nein?

Gertrud erwidert: Es sind gewiß im ganzen Dorf keine die es so nötig hätten.

Die Meyerin aber sagte ihr: Das ist einmal für eins nicht wahr.

Und Gertrud: Wie meinst du jetzt auch das?

Meyerin: Ich meine wie ich sage; es sind vielleicht im ganzen Dorf keine die weniger eine Mutter nötig haben als diese.

Das war Gertrud ein Rätsel; sie sagte: Ich weiß nicht wie du das verstehst?

Und die Meyerin: Du gehest ihnen für 7 Mütter –

Und dann zu den Kindern: Gellet (nicht wahr?) Kinder? ihr wollet die Frau lieber als eine neue Mutter?

Das glaub ich, das glaub ich – riefen die Kinder: lieber als hundert Mütter.

Es ist doch dumm, wie du mir's machst, sagte da Gertrud –

Und die Meyerin: Du hast mir's nur zu gescheit machen wollen.

Gertrud: Ha, ich mein einmal, er dörf sich jetzt anmelden, wo er wolle.

Meyerin: Lächlend – das wird ihm niemand wehren.
Gertrud: Du sagst das so spöttisch.
Meyerin: Willst du daß ich dir sage warum?
Gertrud: Ja!
Meyerin: Weil du so parteiisch bist.
Gertrud: Worin bin ich denn parteiisch?
Meyerin: Daß du meinen kannst es werde jedermann nach sieben Kindern die Finger ausstrecken.
Gertrud: Mir einmal würde das nichts machen.
Meyerin: Es weiß einer noch nicht.
Gertrud: Sie sind ja so gut.
Meyerin: Darwider hab ich gar nichts.
Gertrud: Und er ist wie die liebe Stund.
Meyerin: Ich dachte, du bringest das auch noch.
Gertrud: Es ist einmal wahr.
Meyerin: Und dann ist er auch noch gar jung.
Gertrud: Das hab ich jetzt doch nicht gesagt.
Meyerin: Es nimmt mich eben wunder.
Gertrud: Aber er scheint doch gewiß jünger.
Meyerin: Als vor 6 Wochen.
Gertrud: Sicher.
Meyerin: So.
Gertrud: Dünkt's dich denn nicht?
Meyerin: Ja ich gib darauf Achtung.
Gertrud: Es wär nicht geschworen.
Meyerin: Aber genarret.
Gertrud: Ich meine es nicht.
Meyerin: Aber was denkst du auch?
Gertrud: Du weißest es wohl.
Meyerin: Ich will jetzt heim.

Gertrud: Wart nur auch noch einen Augenblick.
Meyerin: Nicht einen halben. (Sie blieb doch stehen.)
Gertrud: Ich bitte –
Meyerin: Nein, ich muß gehen. (Sie will nach der Tür.)
Gertrud sagt: So unfreundlich lasse ich dich einmal nicht von den Kindern fort.

Was muß ich dann machen, sagte die Meyerin –

Und Gertrud: Einmal auch b'hüte Gott zu ihnen sagen.

Meyerin: Nu! Das kann ich ja wohl; b'hüte Gott ihr Kinder!

Und dann lachend zur Gertrud: Hast jetzt g'hört, ich habe jetzt b'hüte Gott zu ihnen gesagt.

Gertrud: Und wenn du denn wiederkommst, so sagst du denn wieder Gott grüß euch.

Mit diesem tat sie denn die Türe auf, und ging fort; aber sie war feuerrot, sah noch unter der Tür gegen die Seite der Stube, wo des Rudis Kinder saßen, und ging einen ganz anderen Schritt die Treppe hinunter und über die Gaß, als sonst.

Gertrud sah ihr vom Fenster nach, und fand an diesem Schritt und an allem; der erste Wurf für den Rudi sei nicht übel ausgefallen.

§ 13
Ein Lieutenant wird Dorfschulmeister; und einer schönen Frau wird ohnmächtig

Es war Nacht, und man hatte mit dem Essen schon lange gewartet, als der Junker am Sonntag von Bonnal heimkam. Er brachte Theresen des Mareyli Kram selber in der Hand auf den Tisch, und sie redten das ganze Essen von nichts als ihm und seinem Bruder; und wer am Tisch saß, aße mit Freuden von seinen Baurenküchlenen. (Kuchen)

Der Junker aber blieb mit seinem Glüphi bis um Mitternacht auf, und redte mit ihm über das was diese Leute von den Umständen des Dorfes und der Schul mit ihm geredet.

Der Glüphi ist ein blessierter abgedankter Lieutenant, den der Junker zum Feldmessen und dergleichen Sachen, schon über Jahr und Tag im Schloß hatte; dieser Mann lehrte in dieser Zeit, ohne daß es jemand von ihm forderte, den Hauslehrer des Junkers viel schöner schreiben, grundlicher und vorteilhafter rechnen, etwas zeichnen, Land ausmessen, aufs Papier tragen, und noch mehr solche Sachen; hauptsächlich aber gegen seinen Karl mit einer militarischen Ordnung und Festigkeit zu Werk gehen; es war ihm wie nichts was er dem Rollenberger zeigte, und er brachte ihm alles, wenn er auch vorher nicht den geringsten Begriff davon hatte, so leicht in Kopf, daß der junge Mann notwendig auf den Gedanken fallen mußte, wenn ein Mensch imstand sei, eine Schule einzurichten, wie es der Junker im Sinn habe, um ein ganzes Dorf durch sie in ein ander Modell zu gießen, so sei es dieser Mann.

Der Rollenberger hat sich nicht betrogen; und der Glüphi hat den Posten, Schulmeister in Bonnal zu werden, angenommen, sobald ihm der Junker davon redte, und sich das einige Bedingnis vorbehalten, daß er im Ernst Meister darin sein wolle.

Und das ist der Mann, mit dem der Junker jetzt bis nach Mitternacht über das redte, was ich eben gesagt.

Der Junker hatte jetzt vollends nichts im Kopf, als diese neue Schul; er redete mit jedermann, der ihm lieb war, von ihr, und brauchte manchmal die sonderbarsten Ausdrücke. Er sagte einmal zum Lieutenant, das seie jetzt sein Feldzug, und es werde sich hierin zeigen, ob er ein Mann sei oder nicht.

Zum Rollenberger sagte er: er vergesse ob diesem seinen Buben; und zur Therese: dieses Wesen sei jetzt seine zweite Braut, und liege ihm im Kopf wie sie vor 12 Jahren.

Es ist recht, sagte Therese; ein Mann ist kein Mann, wenn er in deinem Alter nicht etwas hat das ihn mit Leib und Seel einnimmt.

Ja – aber wenn mich das neue Wesen nur nicht so lang warten läßt eh es mir zeigt, wie ich's mit ihm habe – wie du – sagte Arner.

Therese lachte und sagte: Es machte nichts.

Aber er war allzusehr überlaufen; er hatte jetzt den Namen eines guten Manns; und wo dieser Name laut wird, da laufen allemal Narren und Schelmen zu, einem, Zeit und Geld zu stehlen.

Und so ging's ihm: es meinte ein jeder, er könne nur zu ihm laufen und ihm einschwatzen und abbettln was er wolle.

Er wußte es nicht; und meinte noch erst vor kurzem, er müsse einen jeden anhören solang er rede; und Antwort geben wenn er komme; aber er fing an zu spüren, daß man ihm täglich mehr unnützes Geschwätz, und oft noch gar Lügen in die Stube hineinbringe; und so überladen als er jetzt war, fühlte er die ganze Last dieses Jugendfehlers, und nahm den Entschluß, den ersten Anlaß zu ergreifen, dieser Zudringlichkeit ein Ende zu machen, und den ersten besten, der es ein wenig arg machen werde, also zu beschämen, daß die andern bei Haus bleiben wenn sie nichts bei ihm zu tun haben. – Es traf eine Lindenbergerin. – Als diese vernahm wie und was er mit dem Baumwollen-Meyer und seiner Schwester geschwatzt, stellte sie sich vor, sie seie gar viel mehr als diese Schnattergans, und wisse gar viel besser wie es im Dorf stehe als sie und ihr Bruder der Heinimuch: sie meinte obendarein sie sei aufs wenigste so artig als Gertrud; und könne sicher besser schwatzen als sie.

Da putzte sie sich auf als wenn sie an eine Hochzeit wollte, träumte den ganzen Weg über von den hundert Sachen die sie dem Junker über das Dorf erzählen wolle, und von denen das Mareyli und der Meyer ihr Lebtag kein Wort vernommen.

Der Junker ließ sie munter reden; gab genau von Wort zu Wort Achtung was sie sage; aber nicht ein Wort Antwort. – Im Anfang meinte sie, das mache nichts, es werde schon kommen: aber bald verwirrte es sie, daß es nicht mehr gut fort wollte, und die Sachen ihr durcheinander kamen, wie sie ihr nicht durcheinander kommen sollten.

Je mehr sie sich verwirrte, je steifer sah sie Arner an.

Das Herz entfiel ihr; sie dorfte nicht mehr; sie kehrte die Verleumdungen um, entschuldigte was sie verleumdet, stotterte im Reden, schlug die Augen nieder, verlor ihre Farb und wußte nicht was sie mit ihren Händen machen wollte.

Da er so weit gebracht, tat er endlich den Mund auf, und fragte: Bist du jetzt fertig?

Es starrte ihr im Mund, was sie reden wollte: – Arner klinglete: – ließ die Audienztür sperr aufmachen, und befahl denn vor allen Leuten, die da stunden, dem Harschier, das Mensch am hellen Mittag heim und das Dorf auf- und abzuführen, damit es ein andermal lerne daheim bleiben und sein Dorf und seine Nachbarn nicht ohne Not und Ursach verleumden.

Es war dem armen Mutterkind fast ohnmöchtig, da das begegnete; es zitterte sprachlos zu seinen Füßen: Er aber kehrte sich von ihr weg und sagte, du hast eine wüste garstige Seele.

Zu ihrem Glück ging Therese eben durch den Gang, vor der Audienztüre, in eine hintere Stube, sah das schöne Mensch am Boden; hörte warum, und ein Wort, das sie lachend fallenließ, machte daß der Junker das Mensch ohne Harschier heimgehen ließ.

Von dieser Stund an aber ließen ihn doch die Leute ruhig, die nichts bei ihm zu tun hatten.

§ 14
Ein Großmuttergemäld

Es kam Arner wohl, besonders jetzt, da die zwei Tage, die er am Sonntag verlesen lassen, vor der Türe waren.

Er hatte bis dann alle Händ voll zu tun; des Vogts Rechnungen mußten zum voraus eingesehen und untersucht sein.

Das Ried, das man verteilen wollte, mußte abgesteckt und ausgemessen sein.

Er hatte mit Glüphi hundert Sachen wegen den Schuleinrichtungen abzureden.

Die Einrichtungen mit den Geißen und Bäumen, die er austeilen wollte, forderten Überlegung und Zeit.

Und er wollte noch die Urkunden des Fests, das er in Bonnal stiften wollte, fertig haben, und dem Pfarrer einhändigen.

Er war am Mittwoch abends so ziemlich mit diesem allem fertig; am Donstag morgens ging er denn so früh, daß es noch nicht heiter war, mit seinem Lieutenant zu Fuß nach Bonnal; die Kutsche war schon angespannt, aber der Tag dünkte sie, als sie eben einsteigen wollten, zu schön, daß sie lieber zu Fuß über den Berg gingen.

Sobald sie ankamen, sandte er seinen Klaus zum Mareyli, mit einem Gruß von seiner Frauen, und einem Geschenk für die Kuchen die es ihr geschickt.

Aber da das Mareyli das Papier auftat, und die schöne Leinwand, die ihm die Junkerin sandte, sahe, sagte es wohl dreimal; bist doch auch nicht verirret? und ist's doch auch wahr, daß die Junkerin mir das schickt? – Der Klaus mußte lachen, und sagte ebensomanchmal, er sei gewiß nicht verirret; der Junker und die Frau haben es ihm beide befohlen. Es aber stellte dem Klaus vor was es im Haus hatte; Brennts, und Wein, und Käs; und bat ihn wenn er etwa noch nüchtern, und etwas anders wolle, so solle er es doch sagen. –

Es lief mit seinem schönen Tuch die Treppe hinauf zu seinem Bruder, der noch im Bett war; und zu einem Kind nach dem anderen, und zeigte ihnen, was es heute am Morgen schon von der Junkerin für einen Kram bekommen.

Es kam aber bald wieder herunter und suchte dem Klaus vom feinsten Garn das es im Haus hatte, aus, zu einem paar Kappen, legte ihm wohl das Halbe gutes Türkengarn und dunkelblaues dazu, daß sie recht schön werden; und er mußte das abnehmen; es ließe ihn nicht zum Haus hinaus bis er's im Sack hatte.

Dem Junker aber hieße es ihn nicht danken, es lief mit ihm ins Pfarrhaus und tat es selber.

Der Junker sagte ihm mit Lachen, wenn es ihns so freue, so solle es einmal ins Schloß kommen, und seiner Frauen selber danken.

Wie wollte ich auch das dörfen? sagte das Mareyli – und der Junker: Warum solltest du das nicht dörfen?

Darauf sagte es wieder: Es ist jetzt über 30 Jahre sintdem ich niemal mehr in Euerem Schloß gewesen; Da einmal – Euere Großmutter – nein – Euers Großvaters Mutter hat noch gelebt; aber sie ist da just in dem Sommer darauf gestorben – da bin ich einmal darin gewesen; und fing dann an zu erzählen:

Es war um die Weihnacht herum, und ich hab in Gottes Namen gebettlet, und bin vor Kälte fast erstarret, ehe mich jemand gesehen; da ist die steinalte Frau, die mich am Fenster muß geachtet haben, die beiden Treppen vor dem Schloß zu mir hinuntergekommen – und Junker! wenn sie schon meine Mutter gewesen wäre, sie hätte nicht können besser mit mir sein – Sie hat mich im Augenblick an der Hand in eine warme Stube geführt, die unten im Hof war. Aber man sagt: es sei jetzt alles anderst – Sie ließ mir eine Milchsuppe kochen und Brot geben soviel ich mochte; ich konnte vor Frieren im Anfang fast nicht essen, und wärmte mich zuerst am Ofen und weinete; da ist sie zu mir gestanden, und hat Stuck für Stuck alle Fetzen, (Kleider) die ich angehabt, in die Hände genommen; und es ist mir ich sehe sie noch jetzt vor mir zu, den Kopf schüttlen, und ein paar mal seufzen, da ich auch gar nichts Ganzes und nichts Warmes an mir hatte: Sie ist da fortgegangen, und eine Viertelstund darauf mit einem ganzen Bündel Kleider wieder heruntergekommen und hat sie mir selber vom Kopf bis zu den Füßen anlegen helfen, und Schuh gegeben; und beide Säck im Rock sind denn noch voll gedörrte Birnen und Zwetschgen gewesen.

Jetzt einsmals sah das Mareyli den Junker an, wie wenn es ihn durchsehen wollte, und sagte denn: Herr Jesus! Ihr sehet ihr auch gleich – es ist mir sie stehe jetzt wieder vor mir. –

Und ich meine denn noch, sie habe Euch an der Hand gehabt, da sie das andere Mal die Treppe hinunterkam; einmal hat sie einen schönen jungen Buben, der ihr nahe am Herzen gelegen sein muß, bei sich gehabt, und hat die ganze Zeit, da sie mich angekleidet hat, fast nur mit ihm geredt; und ich meine ich wollte noch sagen können, was sie zu ihm gesagt.

Der Junker konnte es nicht mehr aushalten; er mußte beiseits gehen und seinen Tränen den Lauf lassen: Es war sein letztes Denken, und er wußte sich noch aller Umständen zu erinnern wie ihn die liebe Ahnfrau in des Bauren Stuben neben das Kind auf den Ofenbank hingesetzt, und während sie ihn ankleidete, zu ihm gesagt, lieber Karl! Ich bin nicht mehr lang bei dir, aber denk an das; die Zeiten werden schlimm, und man macht sich nichts mehr draus, ob die Menschen die einem zugehören, verfaulen oder verderben. Um Gottes willen Karl! trachte daß du mit Ruhe alt werdest, und nichts so auf deinem Gewissen habest: Wehre den Anfängen, und mach daß dein Lebtag dir kein Kind aus deinen Dörferen so vor die Augen komme wie das.

Der Junker ließ das Mareyli gehen, und war jetzt allein bis es neune schlug.

Man sagt so viel was es brauche, Land und Leut zu regieren; ich möchte jetzt sagen; es braucht so eine Großmutter und ein Herz das dreißig Jahr so an ein Großmutterwort sinnet (denkt) ohne es zu vergessen, dazu; einmal wer das hat, kann viel anders entbehren. –

Der Wert der Menschen war in dieser Stund groß in Arners Augen.

§ 15
Das Menschenherz; und ein Hans, der gut und bös ist

Er stund noch da wie in einem Traum, da es 9 Uhr schlug, und er an seine Geschäfte unter die Linde sollte.

Das Verteilen des Rieds tat den Reichen noch immer gleich weh, sie suchten es zwar zu verbergen; doch floß hie und da ein Wort, das deutlich zeigte, wie es immer noch diesfalls unter dem Brustfleck darüber bei ihnen aussahe.

Wenn's niemand hörte, warfen sie so die Köpf gegeneinander und sagten; es ist jetzt das.

Der Stieren-Bauer fluchte bei einem Nachbar, dem er wohl traute, aber auch nur ins Ohr: es schade ihm mehr als hundert Gulden; er habe das Jahr durch immer 10 bis 12 Stück Vieh darauf gehalten, und sie seien ihm stockfett geblieben.

Ein anderer sagte: er habe sie nicht genutzt: aber er wollte doch ein gutes Stück Geld geben, es wäre noch wie es gewesen.

Und noch andere: Das Lumpenvolk strecke alles die Köpf, und ein jeder Bettelhund lache in die Faust, wenn er unsereinen sehe, daß sie so Meister worden.

Die Armen machten's nicht besser.

Wo sie allein waren, verspotteten sie die Reichen, ob dem Verdruß den sie haben, daß der Teufel ihnen einmal einen Schuhbreit Land aus den Klauen genommen; wenn denn aber ein Dickbauch um die Wege war, so zogen sie ihm den Speck durchs Maul, sagten dies und das über das neue Land, ob es noch eine Frage sei, daß es einen so großen Vorteil abtrage, als jetzt einige dergleichen tüen? – Und noch eine größere; ob das Wesen denn Bestand haben werde? Ihrer etliche taten noch gar, wie wenn sie sich entschuldigen wollten, und sagten: ihrenthalber wär es ihr Lebtag gut gewesen, wie es gewesen, und sie seien einmal nicht schuld.

Der Marx unter anderen sagte dem Gevatter Aebi, bei dem er saß; er meine einmal, so alt er sei, so erlebe er es doch noch, daß es mit diesen Äckern anderst komme; und er seinethalben habe einmal nicht darauf gesehen. Aber der Vorgesetzte kehrte sich von ihm weg, und sagte Ihm: Es ist kein Hund so froh über ein Stück Brot als du über diese Äcker.

Sobald der Hans aus dem Pfarrhaus unter die Linde kam, setzte er sich neben den Kalberleder nieder; das gefiel diesem schon nicht; er wollte aufstehen und an ein ander Ort hinsitzen: aber der Hans tupfte ihn mit seiner breiten Hand auf die Hosen, daß er im Augenblick wieder auf dem Bank saß.

Was ist das Unverschämtes? sagte da dieser.

Ha! – Wir haben etwas miteinander zu reden; erwiderte der Hans.

Kalberleder: Was ist's? Was hast mit mir?

Hans: Nichts anders als daß du mich und den Herrn Pfarrer mit dem Nußbaum für einen Narren gehalten. –

Kalberleder: Das ist nicht wahr; nicht wahr: Ich habe niemand für einen Narren gehalten.

Hans: Du hast doch den Baum nicht abgehauen, wie du gesagt hast.

Kalberleder: – Ja, ja – das war ein Mißverstand – ein Mißverstand.

Hans: Was für ein Mißverstand?

Kalberleder: Der Vater hat einen ganz andern Baum gemeint; ich hab ihn nur unrecht verstanden.

Hans: So – aber was für einen auch?

Kalberleder: Einen andern hörst wohl.

Hans: Wo steht der andere?

Kalberleder: Das geht dich nichts an – ich bin dir's gar nicht schuldig zu sagen.

Hans: Aber wenn ich dich wär, ich wollte diesmal so gut sein und es nun sagen.

Kalberleder: Wenn du's wissen willst; er steht im Tobel.

Hans: So? –
Kalberleder: Ja, ja; das ist ganz sicher.
Hans: Hast du einen Nußbaum im Tobel?
Kalberleder: Ja, mehr als einen.
Hans: Hast aber auch einen umgehauen im Tobel?
Kalberleder: Nein, noch nicht; aber was nicht ist, kann geschehen.
Hans: So! Du hast hiemit noch keinen umgehauen, wenn du schon so verirret?
Kalberleder: Pressiert es?
Hans: Mir gar nicht – aber dir hat's pressieren sollen – wenn du dich mit Ehren hast herausleugnen wollen.
Kalberleder: Was herausleugnen?
Hans: Ich mag jetzt nicht mit dir zanken: ich will dir gar kurz sagen:

Wann du unsern Gartennachbar, nicht vor Sonnenuntergang vom Leben zum Tod bringst, so will ich morn am Morgen auf eine Art mit dir reden, daß du sieben Nußbäum dafür gäbest, du hättest meinem guten Rat gefolget. –

Der Kalberleder wußte nicht wie ihm war, und konnte nicht begreifen, wo der Lumpenhans das Herz hernehme, so mit ihm zu reden.

Der Hans aber ließ ihn das Maul nicht auftun, und sagte grad darauf wieder, du kannst jetzt nur gehen und sitzen, wo es dich wohl freut – ich hab dir nichts mehr zu sagen. –

Der Kalberleder antwortete: Es ist mir wohl genug da.

– Aber mir nicht: sagte der Hans; stund auf, setzte sich etliche Schritt von ihm bei einem alten armen Mann ab, der sein Vetter war, und gab diesem denn bald sein Morgenbrot, das er bei sich hatte, aus dem Sack. – Er schob es ihm unter den Rock, damit es niemand sehe. – Der Alte nahm einen Mundvoll nach dem andern davon ins Maul und kauete den ganzen Morgen daran.

§ 16
Ein Wort darüber, was die Bauren sind – wie und wo und wann sie zeigen, was sie sind – und was sie nicht sein dörfen

Sie hatten auf der Allmend nichts zu tun als die Äcker, die schon abgesteckt und ausgemessen waren, durch das Los zu verteilen.

Neunzig Juchart von diesem Land, welche zu einer Wässermatten bestimmt waren, konnte man noch nicht verteilen: das Wasser war noch nicht vollends beieinander, und die Gräben, die man zuerst machen muß, waren noch nicht abgesteckt: aber Wasser selber war schon so viel da, daß es ein Mühlerad getrieben hätte, und das vom allerbesten zum Grastreiben. Es rinnt auf allen Seiten über die Äkker; und wo ein Tropfen davon hinkommt, da grunet es, daß kein Mensch im Dorf mehr ist, der daran zweifelt, diese 90 Jucharten seien so viel als eine geratene Matten.

Arner ließ die Bauren jetzt machen, wie wenn er nicht da wäre; er wußte daß die Bauren, wenn sie Land teilen und wie allein sind, sich ganz anders zeigen als wenn sie mit dem Hut in der Hand vor dem Erbherrn stehen und gerne hätten daß er sie für arme Tröpf und Halbnarren hielt.

Mein Großvater hatte zum Sprichwort: Das Teilen zeigt was die Leute sind, und das Haben macht aus ihnen was sie sind.

Der Junker nützte den Anlaß, den er hatte, seine Leute kennenzulernen. Er entzog ihnen keinen Blick, und sah bei jedem besseren Stück Land, wie sie ihre Gierigkeit auf hunderterlei Art äußerten.

Es war dem einten im Mund, dem andern im Aug, dem dritten in Händen, dem vierten in Füßen, wie man ihn ansah; je nachdem er einen dickeren Bauch, oder längere Beine, oder einen platten oder einen spitzigen Kopf, ein schmales oder ein breites Maul, oder so oder eine andere Nase und Stirn hatte, so zeigte er auch diese Gierigkeit anderst als alle anderen.

Das war eins. – Neben dem hörte er in diesen paar Stunden mehr Wahres über den eigentlichen Feldbau und über die hunderterlei Umstände, auf welche es dem Baur, ohne daß er davon redt, hauptsächlich ankommt, wenn er über ein Stück Land den geraden Weg urteilt, was es ihm wert sei – Man kann nicht glauben was für allerlei kleine Umstände in solchen Fällen vorkommen, die sie in Anschlag bringen, und weder vorher noch darnach das Maul darüber auftun.

Bald ist's mehr hinter dem Wind, bald ist's den Regengüssen mehr ausgesetzt, bald ist eine verborgene Nässe, bald etwa ein großer Stein unter dem Herd verborgen – bald Sand oder Grien, der den Mist frißt – bald ein Vorteil oder Nachteil im Zu- oder Wegfahren – bald ein guter oder böser Nachbar, und hundert dergleichen Umständ, warum ein Stück oft das Doppelte mehr oder minder gilt als ein anders; und es ist einem Erbherrn Gold wert, den Feldbau seines Lands bis auf diese kleine Umstände herab zu kennen.

Ein drittes das ihm, und besonders dem Lieutenant Freud machte, war: Sie sahen dann und wann einen armen Mann, wann er ein gutes

Los zog, jauchzend auf die Allmend springen und dann kecker als vorher, etwan gar mit dem Hut auf dem Kopf, neben einem Dickbauch absitzen.

Aber je mehr Arme glücklich zogen und ihre Freude zeigten, je mehr zeigten auch die Dickbäuch ihren Unmut, und fingen links und rechts an Stichelwort fallen zu lassen.

Aber es war zur Unzeit; ein paar Buben riefen in voller Freude über ihr Los, überlaut, wenn die Maulhänger nichts anders können, als uns unsere Freude verderben, so könnten sie wohl heimgehen.

Das gab ein Gelächter; der am lautesten lachte, war der Lieutenant; er sagte zum Junker: So muß es kommen, wenn der Baur im feisten Fell lernen soll, daß er nicht mehr ist als der im magern: und wann ich Schul halte, so ist das eine von den ersten Sachen, die ich meinen Kinderen in ihren Kopf hineinbringen will –

Ja! sagte Arner, wann denn die Herren und Junkern nur auch so Schulmeister hätten, die es ihnen in den Kopf hineinbrächten, Fells halber sich weniger einzubilden.

Das ist auch wahr, sagte der Lieutenant: und setzte hinzu, der Baur ist nur das Kind – und die Stände ob ihm sind die eigentliche Väter des Unsinns – den Wert der Menschen mit ihrem Fell zu wechseln.

Er sagte noch mehr: ich erzähle es euch nicht, ihr möchtet meinen, ihr dörftet auch so reden, und das geht nicht an: So ein Herr, der weit und breit die Welt erfahren, und den man zu etwas braucht das mehr als Schwefelhölzlimachen ist, darf, wenn er auch schon ein armer Herr ist, insonderheit neben so einem Junker zu, wohl so ein Wort fallen lassen – Aber wenn ein Baur frech redet, so gnad Gott seinem Haus und Heimat – es ist wie wenn er Zaun und Marchen von seinem Hof verloren.

§ 17
Dieses Gemäld ist nichts weniger als Spaß, sondern ganz nach der Natur

Es war so des Lieutenants Soldatenart, herauszusagen was er denkte. Am gleichen Tag über das Mittagessen sagte er zum Pfarrer, ich will einmal mit dem Lirilariwesen, das man sonst in der Schul treibt, nicht zu tun haben.

Es ist nur die Frage, was Ihr unter dem Lirilariwesen verstehet: sagt der Pfarrer. –

Da habt Ihr auch recht, erwiderte der Lieutenant; nahm eine Prise Tabak und hielt einen Augenblick die Lippen fester als sonst, übereinander, und – was er selten tat – die Augen im Kopf still.

Als sie wieder gingen, sagte er denn, Herr Pfarrer! Für Lirilariwesen in der Schul halte ich alles was den Kindern so eine Art gibt, mit dem Maul ein Weit und Breites über die Sachen zu machen und ihnen die Einbildung im Kopf so anfüllt, daß das rechte Alltagshirn und der Brauchverstand im menschlichen Leben darunter leidet.

Pfarrer: Gut erklärt Herr Professor! Ich bin des Lirilariwesens halber jetzt völlig Ihrer Meinung.

Lieutenant: Den Pfarrer steif ansehend; soweit sie langt?

Pfarrer: Ja, soweit sie langt – ich bin überzeugt daß man die Menschen unverhältnismäßig viel mit dem Maul lehrt, und daß man ihre besten Anlagen verderbt, und das Fundament ihres Hausglücks zerstört; indem man ihnen den Kopf voll Wörter macht, ehe sie Verstand und Erfahrung haben.

Lieutenant: Nun! So hätte ich nicht ausdrücken können was ich meine.

Pfarrer: Sie scherzen. – Aber wie haben Sie in Ihrem Stand, den Schaden des Wortwesens, der, wenn man das Kind mit seinem rechten Namen taufen wollte, der Pfrund- und Pfarrerschaden heißen sollte, so kennengelernt?

Lieutenant: Mein lahmes Bein und mein vieljähriges Brotsuchen hat mich gar vieles kennengelernt; und so gewiß als mir ein Herr lahm vorgepredigt, was er mir vor eine Arbeit auftrage, so gewiß gab's hintennach dies oder jenes, daraus ich sehen können, daß es ein schlechter Herr war: und auch in denen 2 Jahren, da ich gedienet, hab ich erfahren was aus dem Menschen wird, wenn er mit dem Maul zuviel kann.

Es ist kein untreuerer Hund unter den Truppen, als mein Obrist war; er gab mir auch wie einem Gaudieb den Abschied; sein Hundengeiz machte, daß das Regiment alle Monat Not litt; aber wenn's bis auf den letzten Mann zugrund gegangen wär, so hätte er sich immer herausliegen können. – Es ist in allen vier Weltteilen nichts Gutes, von dem er nicht redte; aber wenn der Teufel selbst neben ihm zu gestanden wär, so hätte er nicht zu zörnen gehabt von allem was er darüber sagte: denn er redte nur. – Und es ist in allen vier Weltteilen kein Punkt Gutes, das er nur mit einem Wort befördert hätte; und doch war bis auf den Profosen herunter niemand, dem er nicht an den Fingern her erzählte, was und wieviel er in seinem Fach und an seinem Platz besser einrichten können; und wenn's ans Metzgen ging, konnte er vor der Fronte reden wie ein Engel, und den armen Tropfen, denen oft der Bauch vor Hunger klirrte, so laut, daß es durch Berg und Tal ertönte, zurufen: G'hinder, es ist für eueren G'hönig und für euer H'atterland – 'altet euch wohl! –

Alles was am Tisch war, mußte vor Lachen den Bauch halten über das G'hinder, H'atterland und 'altet euch wohl: das der Lieutenant, so viel er aus dem Hals vermochte, ausschrie.

Der Pfarrer lachte nicht: Ernst, wie der Tod, sagte er: Wir Pfarrer sind auch solche Oberste, wenn wir einem armen, an Leib und Seel unversorgten Volk in den Tag hinein Predigten vorsagen, und Kinder, die sichtbar ohne Erziehung und Hilfe, einem elenden Leben entgegengehen, in den Tag hinein unterrichten oder mit Worten abspeisen: es gehet mir durch Mark und Bein – es ist bis auf den Schreieriausdruck der Worte: Kinder, König, Vaterland, – die gleiche Sache, wenn man mit einem leeren Wortunterricht das unversorgte Volk auf den ewigen König und auf das ewige Vaterland hinweist, und ihm eben so zuruft, haltet euch wohl. – Am Ende sagte er: Was mich tröstet, ist, wir sind meistens auch nicht schuld – und viele von uns täten gewiß mehr wenn sie könnten: aber ewig ist es wahr, der Schade ist nicht abzusehen, daß man den Unterricht und den Trost der Menschen so sehr an vieles Wortbrauchen bindet.

Ja, ja, – sagt der Lieutenant; Taten lehren den Menschen, und Taten trösten ihn – fort mit den Worten! – Und der Degenknopf hat recht.

§ 18
Worauf eine gute Schule sich gründe

Der Junker hatte, sintdem er vom Baumwollen-Meyer heimgekommen, jeden Augenblick, den er stehlen konnte, mit dem Lieutenant zugebracht, um mit ihm von den Einrichtungen zu reden die sie wegen ihrer neuen Schul machen wollten.

Sie fanden beide: ein Kind seie in aller Welt vorzüglich gut erzogen, wenn es dasjenige, was in aller Absicht im Alter das Seinige sein wird, wohl zu äufnen und in der Ordnung zu halten, und zu seinem und der Seinigen guten Wohlstand zu gebrauchen gelernt hat.

Dieser vorzügliche Endzweck aller Erziehung schien ihnen ohne weiters das erste Bedürfnis einer vernünftigen Menschenschul.

Sie sahen desnahen, daß der Lieutenant und jedermann der für Bauren und Baumwollenspinner eine rechte Schul errichten wolle, entweder selber wissen und verstehen müsse, was Bauren- und

Baumwollenkinder wissen und tun müssen, wenn sie rechte Land- und rechte Baumwollenarbeiter sein müssen; oder wenn er's nicht selber wisse, fragen, lernen, und Leute an die Hand nehmen müsse, die das wissen und ihm zeigen können.

Sie dachten natürlich zuerst an den Baumwollen-Meyer, und gingen grad nach diesem Gespräch von dem Essen weg zu ihm hin.

Das ist jetzt der Mann, von dem ich Euch so viel geredt, sagte der Junker zum Lieutenant und zum Meyer; und das ist ein Herr der dich eurer Schul halber hoffe ich, trösten wird.

Der Meyer wußte nicht, was das sagen wollte; der Junker aber erklärte es ihm, und sagte daß der Herr ihr Schulmeister sein werde.

Er konnte sich nicht genug darüber verwundern. Nach einer Weile sagte er: Wenn der Herr so viel Mühe nehmen will, so werden wir ihm nicht genug danken können; aber es wird Zeit brauchen bis er unsere Ordnung und unser Wesen im Dorf recht wird kennenlernen.

Das glaub ich auch, sagte der Lieutenant; aber man muß einmal anfangen: und ich will mir keine Mühe dauren lassen, so viel immer möglich nachzuforschen, was es eigentlich erfordere, und was euere Kinder eigentlich lernen können; damit sie für ihr Bauren- und Baumwollenwesen recht in Ordnung kommen.

Meyer: Das ist brav: daß Ihr damit anfangen wollet. –

Lieutenant: Ich wüßte nicht, womit ich anderst anfangen sollte, und ich werde, wo ich immer Anlaß hab, alle Gattung von Haus- und Feldarbeit ins Aug zu fassen suchen damit es recht in mich hineinkomme, was für eine Art und Schnitt euere Kinder haben müssen, wenn sie für ihren Beruf und Umständ recht erzogen werden müssen.

Das Mareyli war mit ihm wie daheim; es zeigte ihm allenthalben im Haus, und ums Haus und in den Ställen was die Kinder machen und lernen müssen, wenn sie das alles was da sei, recht in der Ordnung zu halten lernen müssen; es ließ sie im Garten hacken, Herd stoßen, auf die Bühne steigen, Futter machen. Je mehr er sahe, je mehr fragte er; er fragte sogar, wie man den Zehnten rechne, wie man das Heu messe, und dann wie man das Baumwollwesen rechne, was für ein Unterschied zwischen dem Lohn und der Wolle; und hundert dergleichen Sachen mehr.

Sie erklärten ihm was sie konnten. Zuletzt wollte er seine Kinder auch spinnen lernen. Aber das Mareyli sagte ihm, wir nehmen des Jahrs etliche hundert Zentner Garn ein, und ich hab die Kinder nie dazu bringen können, daß sie auch recht schön spinnen: Kann zwar auch nicht alles klagen, sie haben viel im Land und um das Vieh zu tun; und da gibt's nie recht schönes Garn; aber wenn Ihr wollet eine gute Spinnerordnung sehen, so müßt Ihr zu des Maurers Frau gehen; da ist über diesen Punkt etwas zu sehen, bei uns nicht.

Heißt die Maurers Frau, von der ihr redet, Gertrud? sagte der Lieutenant.

Es scheint Ihr kennet sie auch schon, erwiderte das Mareyli.

Nein – aber der Junker hat mit mir abgeredt, grad von Euch weg, zu ihr zu gehen – sagte der Lieutennant. –

Nun so sehet Ihr doch auch, daß ich Euch recht gewiesen hab, sagte das Mareyli.

§ 19

Das Fundament einer guten Schul ist das gleiche mit dem Fundament alles Menschenglücks: und nichts anders als wahre Weisheit des Lebens

Ihre Stube war so voll, als sie hineinkamen, daß sie vor Rädern fast nicht hinein konnten.

Gertrud, die an keinen fremden Menschen dachte, da sie die Türe aufmachten, hieß die Kinder aufstehen und Platz machen: aber der Junker wollte nicht, daß sich nur eines von seinem Ort bewege, bot dem Pfarrer und dem Lieutenant, einem nach dem anderen die Hand, sie hinter den Kindern der Wand nach zu ihrem Tisch herfürzuführen.

Ihr könnet nicht glauben, wie diese Stube die Herren ergötzte. Es schien ihnen nichts dagegen was sie beim Baumwollen-Meyer sahen.

Es ist natürlich – die Ordnung und der Wohlstand bei einem reichen Mann nimmt nicht so ein, man denkt gleich, hundert andere können das nicht so machen, sie haben das Geld nicht; aber der Segen und Wohlstand in einer armen Hütten, die so unwidersprechlich beweist, daß es allen Menschen in der Welt wohl sein könnte, wenn sie Ordnung hätten und wohl erzogen wären, dieses nimmt ein gutes Gemüt ein bis zum Sinnenverlieren. – Jetzt hatten die Herren eine ganze Stube voll solcher armen Kinder in vollem Haussegen vor ihren Augen.

Es war dem Junker eine Weile nicht anderst als er sehe das Bild des Erstgebornen seines besser erzogenen Volks wie in einem Traum vor seinen Augen: und der Lieutenant ließ seine Falkenaugen wie ein Blitz herumgehen, von Kind auf Kind, von Hand auf Hand, von

Arbeit auf Arbeit, von Aug auf Aug; je mehr er sah, je mehr schwoll sein Herz vom Gedanken; sie hat's getan und vollendet was wir suchen: die Schule, die wir suchen, ist in ihrer Stube.

Es war eine Weile so still, wie der Tod, in dieser Stube – die Herren konnten nichts als sehen und sehen, und – schweigen.

Der Gertrud schlug das Herz vor dieser Stille, und ein paar Zeichen von Achtung, die an Ehrerbietung grenzt, welche der Lieutenant während dieser Stille ihr erzeigte.

Die Kinder aber sponnen munter fort: lachten mit den Augen gegeneinander; denn sie sahen daß die Herren um ihrentwillen da seien und auf ihre Arbeit sahen.

Das erste, was der Lieutenant redte, war; sind diese Kinder alle Ihr, Frau?

Nein, sie sind nicht alle mein, sagte Gertrud; zeigte ihm dann von Rad zu Rad die welche dem Rudi und die welche ihr gehören.

Denket, Herr Lieutenant, sagte der Pfarrer, die Kinder so dem Rudi gehören, haben vor 4 Wochen alle noch keinen Faden spinnen können.

Der Lieutenant sah den Pfarrer und die Frau beide an und sagte, aber ist das möglich?

Das ist nichts anders, erwiderte Gertrud, in ein paar Wochen soll ein Kind recht spinnen lernen; ich hab welche gekannt, die es in ein paar Tagen gelernt.

Das ist nicht was mich in dieser Stube verwundert, sondern etwas ganz anders – sagte der Junker – diese fremden Kinder sehen sint 3 oder 4 Wochen, da die Frau sich ihrer annimmt, aus, daß ich bei Gott keines von allen mehr gekannt hätte. Der lebendige Tod und das äußerste Elend redte aus ihren Gesichtern und das ist weggewischt, daß man keine Spur mehr davon siehet.

Der Lieutenant antwortete französisch – aber was macht dann die Frau mit den Kindern?

Das weiß Gott, sagte der Junker.

Und der Pfarrer: Wenn man den ganzen Tag bei ihr ist, so hört man keinen Ton und siehet keinen Schatten der etwas Besonders scheint, man meinet immer und bei allem was sie tut, eine jede andere Frau könnte das auch so machen: und sicher wird es dem gemeinsten Weib im Dorf nicht in Sinn kommen, sie tue etwas oder könne etwas, daß sie nicht auch könne.

Ihr könntet nicht mehr sagen, sie in meinen Augen groß zu machen, sagte der Lieutenant; und setzte hinzu, die Kunst endet wo man meinet, es sei überall keine. Und das höchste Erhabene ist so einfach, daß Kinder und Buben meinen, sie können gar viel mehr als nur das. –

Da die Herren miteinander französisch redten, fingen die Kinder an einander Blick zu geben und zu lachen: Heirli und das, so gegen ihm über saß, machten sogar gegeneinander mit dem Maul: parlen, parlen, parlen.

Gertrud winkte nur, und es war im Augenblick still. – Und da der Lieutenant auf allen Rädern Bücher liegen sah, fragte er Gertrud was sie damit machen. –

Sie sah ihn an und sagte: äh, sie lernen darin.

Aber doch nicht wenn sie spinnen? sagte der Lieutenant.

Ja freilich, sagte Gertrud.

Das möchte ich jetzt doch auch sehen, sagte der Lieutenant.

Und der Junker: Ja, du mußt uns das zeigen, Gertrud.

Kinder, nehmet eure Bücher in die Händ, und lernet! sagte diese.

Laut wie sonst? fragten die Kinder.

Ja, laut wie sonst – aber auch recht: sagte Gertrud.

Da taten die Kinder ihre Bücher auf: ein jedes legte die ihm gezeichnete Seite vor sich zu und lernte an der Lezgen die ihm vor heut aufgegeben war.

Die Räder aber gingen wie vorhin, wann die Kinder schon ihre Augen völlig auf den Bücheren hatten.

Der Lieutenant konnte nicht genug sehen, und bat sie, sie möchte ihnen doch alles zeigen, was sie mit den Kindern mache, und was sie sie lerne.

Sie wollte sich zwar entschuldigen, und sagte, es sei ja nichts, als was die Herren tausendmal besser wissen.

Aber der Junker sagte auch, sie soll es tun: da hieß sie im Augenblick die Kinder ihre Bücher zutun und lernte mit ihnen auswendig. – Diesmal der Abschnitt vom Lied:

> „Wie schön, wie herrlich strahlet sie,
> Die Sonne dort: wie sanft! und wie
> Erquickt, erfreut ihr milder Glanz
> Das Aug – die Stirn, die Seele ganz!"

Der 3te Abschnitt, den sie jetzt lernten heißt:

> „Versunken ist sie; so versinkt
> Wenn Er der Herr der Sonne winkt,
> Des Menschen Herrlichkeit und Pracht
> Und aller Glanz wird Staub und Nacht."

Sie sagte eine Zeile nach der anderen von diesem Abschnitt laut und langsam vor, und die Kinder sprachen es ihr ebenso langsam und sehr deutlich nach; das wiederholte sie so viel Mal bis eins sagte; ich kann's jetzt: dann ließ sie dieses den Abschnitt allein sagen; und da es keine Silbe fehlte, ließ sie ihns denselben den anderen vorsagen, und alle nachsprechen bis sie es konnten: dann sange sie noch mit ihnen die 3 Abschnitt dieses Lieds, wovon sie die 2 ersten schon konnten.

Nach allem dem zeigte sie noch den Herren, wie sie mit ihnen rechne; und auch das war das Einfachste und Brauchbarste das man sich vorstellen kann – aber ich rede ein andermal davon.

§ 20
Ein Werberstuck

Der Lieutenant fand alle Augenblick mehr, das alles lasse sich in seiner Schule machen; aber er fand ebensowohl, daß es eine Frau, wie diese, dazu brauche, wenn das nicht nur möglich, sondern wirklich werden sollte.

Ein Werber aus Preußen spitzt nicht so darauf, einen Purschen, der das Maß hatte, in Dienst zu kriegen, als der Lieutenant jetzt darauf spitzte, diese Frau, die ihm für den Schuldienst das Maß hatte, wie keine andere, dafür ins Garn zu locken.

Aber Frau, fing er an, könnte man die Ordnung, die sie da in der Stube hat, nicht auch in der Schul einführen.

Sie besinnte sich einen Augenblick, und sagte dann: Ich weiß nicht, aber man sollte meinen, was mit zehen Kindern möglich wär, wäre mit vierzigen auch möglich. – Einen Augenblick darauf aber sagte sie, – doch es würde viel brauchen – und ich glaube nicht daß man leicht einen Schulmeister finden würde, der so eine Ordnung in seiner Schul leiden würde.

Lieutenant: Aber wenn sie einen wüßte, der so eine Ordnung machen wollte, würde sie ihm dazu helfen?

Gertrud: Mit Lachen: Ja freilich, soviel ich könnte und möchte.

Lieutenant: Und wenn ich es bin?

Gertrud: Was – bin?

Lieutenant: Der Schulmeister, der gern eine Schul einrichtete, wie sie eine in der Stube hat.

Gertrud: Ihr seid kein Schulmeister.

Lieutenant: Ich bin's: fraget nur die Herren.

Gertrud: Ja – vielleicht in einer Stadt, und in etwas, von dem wir weder Gigs noch Gags verstehen.

Lieutenant: Nein, wahrlich in einem Dorf.

Gertrud: – (Mit dem Finger auf ihr Rad deutend) – bei dergleichen Kindern?

Lieutenant: Ja, bei dergleichen Kindern. –

Gertrud: Es soll mir doch weit sein bis an den Ort, wo die Schulmeister für dergleichen Kinder so aussehen?

Lieutenant: Nicht so gar.

Gertrud: Ich mein's doch.

Lieutenant: Aber sie hilft mir doch? wenn ich so eine Schul einrichten will.

Gertrud: Wenn's einmal weit ist, so gehe ich nicht mit Euch.

Lieutenant: Ich will nur da bleiben.

Gertrud: Und Schul halten?

Lieutenant: Ja.

Gertrud: Da in der Stube?

Lieutenant: Nein, in der Schulstube.

Gertrud: Es würde Euch leid sein, wenn man Euch beim Wort nehmen würde.

Lieutenant: Ihr noch viel mehr, wenn sie mir helfen müßte.

Gertrud: Das denn nicht, – es würde mich noch freuen.

Lieutenant: Jetzt hat sie zweimal gesagt; sie wolle mir helfen.

Gertrud: Ja freilich, dreimal sag ich ja, wenn Ihr unser Schulmeister seid.

Jetzt fing er und die Herren alle an zu lachen: und der Jkr. sagte selbst; jä Gertrud, er ist einmal euer Schulmeister.

Das machte sie betroffen; sie ward rot, und wußte nicht was sie sagen wollte.

Warum wird sie so still? sagte der Lieutenant.

Es dünkt mich es wäre gut, wenn ich vor einer Viertelstund so still gewesen.

Lieutenant: Warum jetzt das?

Gertrud: Wie wollt ich Euch können helfen, wenn Ihr Schulmeister seid.

Lieutenant: Sie sucht jetzt Ausflüchte, aber ich lasse sie nicht los.

Gertrud: Ich will gebeten haben.

Lieutenant: Daraus gibt's nichts; wenn sie mir die Ehe versprochen, sie müßte mir halten.

Gertrud: Öppen (etwan) nicht?

Lieutenant: Öppen wohl.

Gertrud: Es kann nicht sein.

Weißt du was, Gertrud, sagte der Jkr. halt's du so gut du kannst, und mehr wird er nicht fordern: aber was du immer tun wirst, ihm zu helfen, das wirst du mir tun.

Gertrud: Ich will wohl gern, aber Sie sehen die Stube voll Kinder, und wie ich angebunden bin: wenn's aber um Rat und Hülfe in Arbeitssachen, die so ein Herr freilich nicht verstehen kann, zu tun ist, so weiß ich eine Frau, die das viel besser versteht als ich; und was ich nicht Zeit hab, das kann diese vollkommen.

Junker: Richte es ein wie du kannst, aber gehe ihm an die Hand.

§ 21
Danken müssen, tut alten Leuten allemal wehe; aber den Kindern ist es eine Freude

Während der Zeit spitzte der Heirli immer darauf, seiner Mutter etwas zu sagen, aber sie sah ihm nie ins Gesicht, daß er ihr winken, und stund ihm nie so nahe, daß er sie erlangen könnte. – Endlich geriet es, und er konnte ihr ins Ohr sagen: Dörfen wir dem Junker nicht auch für die neuen Batzen danken? Der gute Bub druckte mit seiner Hand ihren Kopf hart an den seinen an, und nahm ihr das halbe Ohr ins Maul, wie wenn er's abbeißen wollte. – Sie gab ihm eins mit dem Backen, und sagte; ja freilich müßt ihr ihm danken: ich hab es nur vergessen. Im Augenblick legte der Bub seinen Baumwollenflocken auf den Radbank, schlich hinter den Räderen zu seinen Geschwisteren, sagte einem nach dem anderen: Wir müssen dem Junker für die neuen Batzen danken. Sie stunden denn alle von ihren Räderen auf und gingen mit dem Heirli zu ihm hervor: aber da sie stunden, dorfte keines reden.

Der Junker sagte zu ihnen: Was machet ihr da, Kinder, was wollet ihr?

Und Gertrud zum Heirli: Kannst du jetzt nicht reden: da stund er an ihn zu und sagte; wir wollen dir für die schönen Batzen danken.

Es freute den Junker: Er gab einem nach dem andern die Hand und sagte: Kinder! Euer Vater und euere Mutter sind mir lieb; und wenn ihr recht tut, so seid ihr mir auch lieb euer Lebtag.

Denn nahm er den guten Heirli vom Boden auf seinen Arm, sah ihm eine Weile ins Gesicht, und sagte ihm dann, gell, (gelt's) du gibst einmal auch ein braver Bub?

Ja gewiß, sagte der Heirli; und gell ich bin dir auch dann dein Lebtag lieb?

Er war im Augenblick auf seinem Arm wie daheim – sah ihm beständig in die Augen, und streichelte ihm mit der Hand über die Bakken.

Arner sagte ihm da: Sag, bin ich dir auch lieb?

Das denk ich, sagte der Bub; du bist ja noch mehr gut als die Mutter gesagt hat.

Arner: Wie gut hat die Mutter gesagt daß ich seie?

Heirli: Sie hat gesagt: wenn ich dir danke, so gäbest du mir die Hand; und jetzt nimmst mich noch gar auf deinen Arm.

Arner: Hast du das so gern, wenn man dich auf den Arm nimmt.

Heirli: Ja; – und einen Augenblick darauf – aber ich hänge dir Baumwollen an. –

Arner: Es schadet nichts. –

Nein, wart, sagte der Heirli, ich will dir sie wieder ablesen, – schnakete denn ihm über die Achsel – langte mit der Hand den Rükken und auf beiden Seiten hinunter, so weit er konnte, und las ihm die Baumwolle ab, die er ihm angehängt.

Indes rieten des Rudis Kinder untereinander und sie wollen ihm für ihre Kuh und für ihre Matte danken. – Gesagt – getan. – Sie drängten sich durch die anderen – das mit dem schwarzen Kohlaug voraus. – Es war das erste bei ihm, und sagte, wir wollen dir auch danken.

Wofür sagt der Junker, und hatte den Heirli noch auf dem Arm.

Hä, für die Kuh und die Matten sagte das Kind. Da stellte der Junker den Heirli ab, nahm ihns auf den Arm, und sagte, wie geht es euch jetzt ihr Lieben! Ist euch jetzt auch wohl?

Ja wahrlich, sagte das Nännli, sintdem wir auch Milch haben, und diese Frau da kennen.

Aber folgt ihr auch der Frauen, sagte Arner.

Ich weiß nicht: du mußt sie fragen, sagte das Kind auf seinem Arm.

Und Gertrud: Es muß gut sein, bis es besser wird.

Folgt ihr ordentlich, und tut recht, wenn ihr mir lieb sein wollet, sagte der Junker.

Wir wollen ihr gewiß folgen, sagten die Kinder alle, bis auf das Liseli; das murrete so zwischen den Zähnen; daß es auch so tönte, und man meine es sage es auch.

Das Nännli auf seinem Arm war so geschwind erwarmet als der

Heirli; es ging nicht lang, so sagte es, hast du viel so schöne Batzen, wie du da den Kindern gegeben?

Schweig doch! Schweig doch du unverschämtes Kind, riefen ihm die anderen auf allen Seiten.

Der Junker sagte ihnen: Laßt ihns reden, – und zum Kind: Möchtest du auch?

Kind: Ja, wenn du mir gibst. –
Junker: Ich hab jetzt keine bei mir.
Kind: Hast nicht immer bei dir?
Junker: Nein, aber wenn ich wiederkomme, denn hab ich bei mir. –
Kind: Kommst du bald wieder? –
Junker: Ja. –
Kind: Gibst mir denn auch?
Junker: Was willt mit tun?
Kind: Zusammenbehalten, und sparen.
Junker: Und denn? –
Kind: Und denn, wenn ich groß bin, etwas daraus kaufen.

So verweilte sich Arner mit dem Kind auf dem Arm, und redete denn noch mit allen andern – gleich gut wie mit ihm und wie ein Vater. –

§ 22
Eine Bruderliebe um die ich, wenn ich Schwester wäre, nicht einen Pfifferling geben würde

Solang er ihns so auf dem Arm hielt, und mit des Rudis Kindern allen so redte, ware der Gertrud immer, wie wenn sie jemand stieß und trieb, ihm ein Wort von ihrer Meyerin fallen zu lassen.

Es trieb ihr den Schweiß aus; sie dorfte es nicht, und wollte es doch; und hätte es doch nicht getan, wenn nicht just da es am stärksten in ihr kämpfte noch der Meyerin Bruder, der Untervogt in die Stube hineingekommen wäre. Da konnte sie nicht mehr anderst, – es war ihr als er die Tür auftat, es reiße es ihr jemand zum Maul hinaus, daß sie zum Junker, der das Nännli noch immer auf dem Arm hatte, sagen müßte, – ja wenn jetzt das gute Närrchen nur auch wieder eine Mutter hätte.

Der Untervogt kam, dem Junker zu sagen, daß alles auf dem Ried auf ihn warte, und die Leut mit den Geißen, und der Wagen mit den Bäumen, und alles parat sei. –

Er hatte den Türennagel noch in den Händen als Gertrud das

sagte, und es machte ihm das Herz klopfen, – daß er in seinem Bericht von den Leuten und den Bäumen, und den Geißen stotterte, – denn er wußte schon, was zwischen seiner Schwester und der Gertrud vorgefallen, und hatte, noch mehr aber seine Frau, etwas ganz anders mit ihr im Sinn als das.

Ich will gleich kommen, sagte da der Junker zum stotternden Vogt; und zur Gertrud, man sollte denken, der Mann würde wie er's jetzt hat, eine Frau finden, wo er wollte.

Gertrud: Ja, das wohl! – aber. –
Junker: Was aber? –
Gertrud: Er sollte auch eine rechte haben.
Junker: Tue ihm eine zu. –
Gertrud: Wenn ich kann, ich tue es gewiß, – aber da der Herr Untervogt könnte, wenn er wollte so gut sein, das Beste dabei tun, wenn er ihm bei seiner Schwester ein gutes Wort verleihen würde.

Ich weiß nichts, – ich weiß nichts; – ich weiß von allem kein Wort, – stotterte der Untervogt.

Du hörst ja, was sie sagt, sagte der Junker, und wie ist's? Was meinst, würde es dir so gar mißfallen?

Nein, nein, das gar nicht, das gar nicht, sagte der Tropf. – Nun! So sage deiner Schwester, wie du weißest, daß ich gegen diese Haushaltung denke, und daß es mich freuen würde, wenn das ein Grund wäre, daß sie desto eher in diese Haushaltung hineinstehen würde, sagte der Junker.

Der Meyer wollte der gute Mann sein, und da der Junker zeigte, daß ihm daran gelegen, daß der Rudi wohlversorgt werde, sagte er immer ja freilich, und ja, – ja. –

Er mag jetzt seine Schwester, oder sonst jemand zur Frau bekommen, so kann eine jede versichert sein, ich werde mich dieser Haushaltung annehmen, solang ich lebe, sagte da der Junker noch zur Gertrud, – und dann zum Vogt; – aber es würde ihn doch freuen, wenn er diejenige bekommen würde, die diese Frau da, für die Beste für ihn halte.

Und der Vogt sagte noch einmal, es soll an ihm nicht fehlen, er wolle sein möglichstes tun. – Aber er keuchte, – so angst machte ihm das Gespräch. –

Der Junker sah ihn so keuchen, und ahndete, es bedeute, was es bedeutete, und wie er ist; er sagte im Augenblick: Aber nicht, daß es sein müsse, wenn es dir etwan zuwider, der Mann wird wohl versorget werden, und muß versorget werden, daran hat's kein Not.

Der Erztropf hätte jetzt noch einmal sich mit Ehren herausziehen können, aber ein Esel bleibt ein Esel, man mag mit ihm anfangen, und ihn aufzäumen wie man will. – Der Narr wollte lieber noch einmal liegen, und sagte wieder, es seie ihm nichts weniger als zuwider; – es glaubte ihm's niemand, und Gertrud sagte zum Junker; es kommt zuletzt nicht alles auf ihn an.

Was ist süßer, als Kinderfreude, und was ist reiner als Kindergüte?

Was Händ und Füß hatte ginge jetzt auf das Ried, zu sehen, was er mit dem Wagen voll Bäume, und mit der Herd Geißen anstellen wollte; auch der Gertrud ihre Kinder liefen, sobald die Herren zur Stube hinaus waren, und ihr Abendbrot hatten, dahin. – Die gute Mutter gab ihnen in der Freud über diesen Tag doppelt soviel als sonst; denn sprangen sie fort, was sie springen mochten, und waren lang vor den Herren droben.

Des Junkers Karl war auch da, und die Buben die da waren, fragten ihn, was doch der Papa mit so viel Geißen machen wolle?

Ihr müßt allesammen, Buben und Kinder, so Geißen haben, der Papa hat's gesagt, antwortete ihnen der Karl.

Du weißest aber einmal viel, daß du dein Maul so brauchst, sagte der Klaus, es sind sieben Kinder da, wo eine Geiß. –

Und die größern Buben sagten ihm auch, es ist wahr, es sind mehr Buben als Geißen.

Die armen Tiere waren geplagt: die Kinder neckten sie an Bart und Hörnern, daß sie ihnen mäh, mäh, machen.

Ihrer etliche wollten nicht bloß die Tiere plagen, sie sagten noch zu des krummen Schneiders Liseli, es habe so viel Geschwisterte hier. – Es aber zeigte mit der Hand in das Tal hinunter, wo Ochsen und Küh weideten, und sagte, da unten sind euere.

Aber die Geißen waren hungerig, die meisten kamen einen weiten Weg, und wenn die Kinder ihnen den Kopf anrührten, stießen sie manchmal für gut mit den Hörnern.

Die Kinder merkten bald wo es ihnen fehle, zerrten ihnen Laub und Gras ab, und gaben ihnen Brot aus dem Sack, soviel sie hatten, da wurden die Ziegen zähmer, und stoßten minder.

Des Maurers Heirli saß an einem Hag, zeigte einer sein großes Stück Brot, und ließ es so halb aus dem Sack hervorgucken; dann wann die Geiß den Kopf halb in Sack herein hatte, so zog er das Brot wieder zurück, denn triebe das hungerige Tier so stark gegen das Brot, daß es ihn einmal mitsamt dem Sack auf den Boden warf.

Ja, ja jetzt hast Brot, wenn du mich brav umstoßest, sagte er, als er wieder aufstund; und es dunkte ihn so lustig, daß er nicht merkte, daß er nah bei einem Ameisenhaufen abgesessen, bis er voll von diesen Tieren lief.

Da ist nicht gut Wetter, wir müssen weiter, sagte er da zur Geiß, nahm, damit sie auch komme, das Brot in die Hand. Hinter dem Hag sahe er jetzt doch, ob es richtig am Boden, ehe er absaß, denn fing er an, der Geiß im Ernst Brot zu geben: aber da er den ersten Mundvoll für sie noch in der Hand hatte, sah er des Reuti Marxen Betheli, das nahe bei ihm zustund, und ihm auf die Hand und der Geiß ins Maul hineinschaute, und sagte im Augenblick zu ihm, willt auch Brot?

Rot und nur halblaut, antwortete es: Ja, wenn du mir gibst. –

Ja freilich, sagte der Heirli, und teilte dann sein Brot Mundvoll für Mundvoll zwischen dem Kind und der Geiß; er gab allemal den größern Mundvoll dem Betheli, den andern der Geiß, und sagte dann wann das Tier seinen hatte, wart jetzt Geißli, – es ist jetzt wieder am Betheli – und dann darnach, jetzt ist es wieder am Geißli. –

Das Kind zitterte mit der Hand als es ihm den ersten Mundvoll abnahm, und etwan beim dritten, da er selber keinen nahm, sagte es, warum issest du nicht auch? Nein, nein, ich kann wieder haben, wenn ich heimkomme und der Mutter heische, sagte der Heirli. –

Und das Betheli, – kannst du haben, soviel du willt? Heirli; – Ja, jetzt gibt mir die Mutter bis genug, aber es ist noch nicht lang, sie hat mir auch nicht können genug geben. –

Das Betheli seufzete, und der Heirli sagte wieder, weißest du was? Komm nur am Abend um sechse, wenn wir Feierabend haben, an unsere Gaß, ich will dir denn allemal davon aufsparen, und dir's dann geben.

Aber hast du dann doch genug, wenn du mir so gibst? erwiderte das Betheli.

Und der Heirli, ich will dann das schon machen, komm du nur! –

So redten sie miteinander während er das Brot teilte, bis auf den letzten Mundvoll der noch groß war; er sah ihn an ob er ihn auch teilen wollte, aber er machte mit dem Kopf nein – sagte, Geiß! du mußt jetzt genug haben, und gab ihn ganz dem Betheli; – denn stund er auf, führte seine Geiß weiter an der Hand am Hag hinauf, wo sie Laub fand; das Betheli aber blieb bei seinem Mundvoll sitzen und aß.

Des Junkers Klaus sah dem ganzen Spiel zu, und da der Heirli fort war, kam er hinter der Brombeerstaude hervor und legte ohne ein Wort zu reden dem Kind ein großes Stück Brot in den Schoß. Es erschrak, als er hinter der Staude hervorkam, aber da es das Stück Brot im Schoß hatte, lachte es, und rief ihm laut nach, dank dir Gott, Mann! Der Heirli hörte es oben am Hag dank dir Gott rufen, und fragte, was hast jetzt? Da sprang es mit dem Brot in der Hand zu ihm hinauf, zeigte ihm den Mann, der jetzt wieder beim Wagen voll Bäume stund, und der ihm's gegeben, dann teilte es auch mit der Geiß, aber es gab ihr doch die kleinern und aß die größern. Der Heirli wollte ihm keines abnehmen, es bat ihn, nimm nur auch einen einzigen Mundvoll, und diesen nahm er ihm ab. –

Jetzt einmals tönte ein Geschrei und ein Rufen: Er kommt; – Er kommt – es ist ihn, es ist ihn. Er war der Junker, der mit seinem Lieutenant langsam aus dem Forenholz heraus dem Bach nach gegen die Anhöhe kam. Da machte das junge Volk den Anschlag ihm bis unten an den Hügel, in einem Zug, entgegenzugehen, und der Karl nahm sein großes buntes Nastuch aus dem Sack, und rufte: – He – wer macht uns einen Fahnen? Wenn wir einen Zug machen, so müssen wir einen Fahnen haben; sein Klaus erwiderte ihm, ich will euch einen machen, und band ihm das schöne Tuch an einen schneeweißen Stecken.

Aber wer müßte dann Hauptmann sein, und den Fahnen haben? sagte der Karl. –

Der Fahne ist dein, und du mußt ihn tragen, sagten die Buben. Nein: sagte Klaus, der Bub da, auf des Maurers Heirli deutend, muß jetzt der Hauptmann sein.

Aber warum jetzt auch das, sagten alle Buben, und auch Karl stund da, wie wenn er das lieber anderst hätte, und sah den Klaus mit runden Augen an.

Es muß jetzt so sein ihr Buben, sagte Klaus und Meister Karli Kaiser! Sieh mich nur nicht so an, ich weiß wenn der Papa kommt, er sagt, ich habe recht.

Nun so gib ihm den Fahnen – nur – wenn's Nastuch schon mein ist, sagte der Karl. –

Der Klaus tat's, und der erste der am Zug jauchzte, war Karl! – aber da sie nahe beim Junker waren, sprang er aus dem Reihen heraus seinem Vater an die Hand.

Warum bist du so aus der Reihe herausgesprungen? sagte der Junker, und hob ihn in die Höhe.

Dann grüßte er die andern alle, gab dem Heirli seine Hand, fragte ihn, wer ihn so zum Hauptmann gemacht?

Da dieser Mann hat wollen, ich müsse es sein, sagte der Heirli und deutete mit der Hand auf den Klaus! Und dieser erzählte dann, daß er eben vorher dem Buben hinter einer Brombeerstaude zugesehen, wie er sein Stück Brot mit einem Kind und einer Geiß geteilt, und dann dem armen Kind noch alle Abend von seinem Brot versprochen, setzte dann hinzu, und ich möchte jetzt den sehen, der es besser verdient hätte!

Ja – sagte der Karl, wenn du das zuerst gesagt hättest, ich hätte denn auch gewüßt, daß es recht wäre.

Und nicht also das Maul gehängt, sagte der Klaus ihm leis, und seitwärts. –

Das ist recht Klaus, der Brävste muß auch der Hauptmann sein, sagte der Junker.

Das ist nichts so Braves, ich habe mich nur lustig gemacht, und es hat mich nicht gehungert, sagte der Heirli, und dann zog alles fröhlich miteinander den Berg an.

§ 23
Der Junker tut Väterwerke und macht Geißhirten-Hütenordnungen

Nun stund er auf der Anhöhe, auf welcher Bonnal einst das Fest feiren sollte, dessen Stiftung er beschlossen. – Die Fruchtbäume zum großen bedeutungsreichen Obswald, unter dessen Schatten sein Volk den Erdensegen, den Gott dem Menschengeschlecht und niemand ausschließend gegeben, einst feiren soll, lagen jetzt vor seinen Augen schon auf dem Wagen.

Wie ein Priester Gottes in seiner feierlichsten Stunde still vor seinem Altar stehet, so voll hoher Gefühlen mit dem menschlichsten Opfer, das noch auf Gottes Altar geopfert worden, stund jetzt Arner auf dieser Stelle und warf seinen Segensblick auf die ihn umgebende Menge. Er hatt' in diesem Staunen seinen Karl aus den Augen verloren, ihn zu suchen warf er sein Aug noch einmal auf den Haufen Kinder, und fand ihn unter Bonnals Buben, zween von den schönsten an beiden Händen haltend. Er winkte ihm, und sagte zu sich selber, wenn er doch nur sein Lebtag so glücklich unter den Kindern seines Volks ist, und niemand so gern am Arm hat als seine Leute!

Bald darauf sagte er, es könne jetzt ein jeder Hausvater hingehen und von den Bäumen auf dem Wagen so manchen nehmen als einer Kinder habe.

Auf das Wort drängten sich Reiche, Freche, und Geizige vor, geschwind vor den andern die ersten zu sein, und die schönsten wegzuschnappen, denn wenn schon alles gute Bäume waren, und von feinem Obs, so war doch immer ein Unterschied im Alter und an den Wurzeln. Aber der Junker merkte das Laufen, und machte ihm Halt, ehe sie noch am Wagen waren. Als sie still stunden, befahl er, sie sollen warten, bis der Klaus mit ein paaren die Bäume alle ab dem Wagen genommen, und sie wie sie ihm in die Hände kommen, die größern und die kleinern durcheinander an Boden gelegt, und indessen sich auch an eine Reihe stellen, und denn einer nach dem andern die Bäume wie sie am Boden liegen und aufeinanderfolgen, jeder die seinen voran wegnehmen.

Es hängte zwar der eint und andere das Maul ob dieser Ordnung als ob ihm Unrecht geschehen, aber sie nahmen die Bäume doch – die andern lachten, daß ihnen so recht geschehen – und der Junker sagte dann – als sie ihre Bäum hatten, und alles wieder in einem Kreis um ihn her stund: –

Ich hätte gern, daß es auch der ärmsten Haushaltung nicht an der nötigen Milch fehlte, ihren jungen Kindern eine gute und ihrem Alter angemessene, und für ihr Wachsen und Zunehmen notwendige Suppe machen zu können, – darum habe ich diese Geißen machen hieher kommen, und will denen, die das Geld nicht haben für ihre Kinder eine zu kaufen, dasselbe gern vorschießen, und hiemit befahl er denen, die einen solchen Vorschuß gern hätten, näher zu ihm zu kommen.

Es kamen ihrer siebenundzwanzig; aber sie sahen aus, daß es ihm durch Leib und Seel fuhr, – ohne Hut, – ohne Kappe, – ohne Schuh und Strümpf, und alles an ihren Kleidern zerrissen.

Das war noch nicht ihr Elend; der Lump, der Schlägler, der Tröhler, der Spieler und Säufer war nicht nur auf ihren Röcken, war auf ihren Gesichtern wie abgemalt.

Es erschütterte Arner, da er sie ansah; mit Ernst und Unwillen sagte er ihnen, ihr sehet doch auch gar aus.

Ein Sigmund Reich hatte das Herz ihm zu antworten: Es vermögen in Gottes Namen nicht alle Leute gut auszusehen.

Das brachte Arner auf. Er antwortete ihm, unverschämter Mann, es vermag ein jeder Mensch sich an Leib und Seel nicht zu verhunden, und wie ein Schurk, ein Lump, und wie du auszusehen.

Die andern sechsundzwanzig hätten ihm gern das Maul eingeschlagen, daß er dieses Wort geredt, und die in den Bänken, seie es aus Neid wegen den Geißen oder sonst, lachten überlaut, und sagten: der Junker habe wohl recht, es habe viele von ihnen noch ihr gutes Geld gekostet, bis sie es dahingebracht auszusehen, wie sie aussehen.

Der Junker fragte indessen den Pfarrer ob ihre Weiber und Kinder auch so aussehen?

Leider Gott erbarm, wie ab ihnen geschnitten, sagte der Pfarrer.

Der Junker schüttelte den Kopf und erwiderte, denn ist's bös, und hier wendete er sich wieder an die Männer, und sagte ihnen, wo es euch eigentlich fehlt ist weder mit Land noch mit Geißmilch zu helfen, und ich weiß wirklich nicht was ich tun will.

Einen Augenblick darauf, – wenn's mir nicht um euere Kinder zu tun wäre, so schickte ich die Geißen wieder, wo sie hergekommen.

Er schwieg wieder eine Weile, sagte dann, geht in Gottes Namen, und leset die Geißen aus, aber das sag ich euch, wann ihr die Milch euern Kindern vorenthaltet, oder sonst machet, daß sie um euertwillen serben müssen und nicht gesund sein und trühen können, so will ich die armen Geschöpf euch wegnehmen, und selber dazu sehen, daß sie wie Christenmenschen erzogen werden, es mag mich kosten was es will. Aber das sag ich euch auch, so gewiß als mich einer von euch nötiget, ihm sein Kind wegzunehmen, weil er ein Unmensch an seinem Fleisch und Blut ist, so stecke ich ihn auch dafür ins Zuchthaus, und lasse ihn unter Prügeln ziehen, bis er ein Mensch ist.

Mit dem ließ er sie dann gehen und Geißen auslesen.

Es machte ihnen aber so sturm im Kopf, was er ihnen sagte, daß sie wahrlich mit den Geißenmännern übel gehandelt hätten, wenn der Klaus nicht mit ihnen gegangen, und ihnen geholfen hätte. Die Kinder aber die Geißen bekamen, hatten eine unbeschreibliche Freude, und alle andere Buben hingen ihren Vätern an, daß sie ihnen auch so Geißen kauften. – Mit Bitten und Beten, und mit Erzählen, daß der Junker Karl auch eine habe, brachten es ihrer 32 dahin, daß ihre Väter ihnen auch kauften.

Und da die 27 ihre Kinder zum Junker hervor brachten, brachten die 32 die ihre auch, aber doch kamen sie allein, und stellten sich mit ihnen nicht unter die 27.

Habt ihr euern Kindern auch so Geißen gekauft? sagte da der Junker.

Etliche antworteten wir haben wohl müssen, sie haben uns fast verrissen und verzehrt, bis wir es getan; andere sagten, weil Ihr Euerm auch eine gekauft hattet, so hat es uns desto mehr gefreut.

Und müssen euere ihre Geißen auch hüten? sagte der Junker. —

Warum das nicht, sagten die Väter? — Nun so machet jetzt alle Kinder, die ihre Geißen hüten, um mich herum sitzen, ich muß mit ihnen reden, sagte der Junker.

Da stellten die 27 und die 32 Väter, ihre Kinder die den Geißen hüten müßten, in einen Kreis um ihn herum, und sich denn selber gerade hinter ihnen auch in einen Kreis. Da sagte Arner, das Weidhirtenleben seie ein Leben, in welchem sie leichter als in keinem andern, zu wilden, ungezogenen und dadurch unglücklichen und bösen Menschen werden können, sie müssen desnahen Einrichtungen machen, daß sie bei ihrem Geißenhüten sich nicht so leicht die Fehler des Hüterlebens angewöhnen.

Zuerst müsset ihr untereinander abreden, wieviel alle Wochen von euch hüten müssen, damit darin keine Unordnung seie, und keines unnötigerweise die Zeit ob dem Hüten verliere.

Und denn fuhr er fort; müßt ihr mir versprechen:

Erstlich: Ihr wollet dasjenige aus euch für keinen braven Hüterbuben, und kein braves Hütermädchen halten, und nicht mehr unter euch zählen, noch mit euch hüten lassen, welches auf der Weid über seine Geiß flucht und schwört, sie stark schlägt, oder ihr Steine nachwirft. —

Zweitens: Ihr wollet auch das für kein braves Hüterkind halten, und nicht mit euch weiden lassen, welches seinen Mithirten böse Wort gibt, sie schimpft, und schiltet, — oder gar über sie fluchet, und sie schlägt. —

Drittens: Daß ihr eines nicht für ein braves Hüterkind haltet, noch neben euch hüten lasset, wenn es mit Fleiß oder aus Liederlichkeit, die Geißen in Holz und Feld zu Schaden gehen läßt, noch viel weniger, wenn es selber in Holz und Feld, Schaden stiften und freveln würde.

Viertens: Daß ein gutes Hüterkind, eine Arbeit auf die Weid, an seinem Hütertag mitnehmen, und dann am Samstag seinem Schulmeister vor allen Kindern angeben solle, was es an seinem Hütertag bei der Herde getan, sei es dann, es habe Stroh geflochten, oder Wolle gestrickt, oder Holz aufgehauen. —

Die Kinder versprachen laut und freudig, daß sie die Punkten alle gewiß, gewiß, und gern, gern halten wollen.

Aber etliche Väter, die hinter den Kindern zustunden, bückten sich zu ihnen herunter, und sagten ihnen, ja – Kinder – Kinder – es ist geschwind ja gesagt, wenn es denn nur auch so munter geht, wann's ums Halten zu tun ist.

Der Junker hörte was diese Väter sagten, es freute ihn, und er sagte auch; es ist recht, was sie euch sagen, ihr Lieben! Versprechet mir nichts, was ihr hintennach dann nicht haltet. –

Die Kinder versprachen wieder, sie wollen's gewiß halten. Und der Karl, der auch bei ihnen stund, nahm seinen Papa bei der Hand und sagte, nein – Papa, glaub es ihnen auch, es ist ihnen gewiß Ernst. –

Jä, jä, Karl, wie oft hast du schon etwas versprochen, und hintennach nur halb getan, sagte der Junker, und lächelte.

Eine Weile darauf sagte er: Aber wenn sie es tun, und hüten wie recht und brav und wie sie versprochen, so müssen sie denn im Herbst einen ganzen Tag mit ihren Geißen zu dir kommen; ich will sie denn an der Burghalden, neben den Reben weiden lassen, und sehen, wie jedes seine Geiß in der Ordnung hat, und die Mama macht dann allen zusammen ein Reis.

Und Fliegen darauf, sagte der Karl. – Ja – und Fliegen darauf bis es ganz schwarz ist, sagte der Junker. Sie meinten Rosinen, aber die Buben wußten es nicht, und zerrten den Karl beim Sack und Ärmel, und fragten ihn was das auch seie?

Es ist gut, gut, süß wie Zucker, und kohlschwarz wie Fliegen, aber ohne Flügel, und ihr werdet's dann schon sehen, sagte der Karl.

§ 24
Von Jugend auf zwei Batzen sparen. Ein Mittel wider den Ursprung der Verbrechen, gegen die man sonst Galgen und Rad braucht

Als der Spaß aus war, redte der Junker mit den Hausvätern von den zehntfreien Äckern, die er den Spinnerkindern schenken wollte, wenn sie, ehe sie zwanzig Jahre alt seien, 8 bis 10 Dublonen erspart hätten, und beiseits legen würden. Es wollte ihnen zwar nicht leicht in den Kopf wie das möglich, und wie die Spinnerkinder 8, – 10 Dublonen zusammenbringen sollen, ehe sie 20 Jahre alt sind. – Aber das Wort Zehntfreiheit, das so rar ist als der Vogel Phönix, machte, daß sie mehr Verstand bekamen, als sie sonst hatten, und ausrechnen lernten, es brauche nicht mehr als daß eines in der Woche 2 Batzen beiseits lege, und denn wär's in der Ordnung.

§ 24

Er trug es ihnen vor, wie es ihm das Baumwollen-Mareyli angegeben; ein Kind das jetzt schon 17 Jahr alt, müsse Gulden dreißig, eines das 16 Jahr, vierzig, eines das 15 Jahr fünfzig, eins das 14 Jahr sechzig, eins das 13 Jahr siebenzig – und nur die wo unter 13 Jahren müssen ihre volle achtzig Gulden zusammenbringen, um diese Zehntfreiheit zu erlangen.

Und mit jedem Augenblick begriffen ihrer mehrere, daß die Sache möglich und tunlich, und ihrer etliche fingen bald an so warm zu werden, daß sie sagten, der Teufel, man muß das Eisen schmieden weil's warm ist. Kind und Kindskinder erleben's vielleicht nicht mehr, daß einem Junker so ein Wort zum Maul hinausjuckt. –

Und hie und da nahm jetzt ein Baumwollenspinnervater sein Kind beiseits, und sagte ihm, was ist's? Willt du in der Woche ein halbes Pfund mehr spinnen, daß ich dir so einen Sparhafen machen könne? Du hast dann deiner Lebtag einen Vorteil. –

Das glaub ich, sagten die Kinder – und gern ein ganzes Pfund, wenn du mir das tust, Äti – (Vater)! –

Bald darauf riefen ein paar Spinnerväter: Wir haben zu danken Junker, und wir wollen mit unsern Haushaltungen das anfangen, was Ihr saget. – Wir auch – wir auch, Junker, sagten jetzt eine Menge.

Übereilet euch nicht, sagte da der Junker, und besinnet euch mit euern Weibern bis morgen, ob ihr's versprechen wollet, denn es ist mir, wie mit den Hüterkindern, wenn's einmal versprochen ist, so muß es gehalten sein.

Es ist versprochen, es ist versprochen, und es muß gehalten sein, sagten viele Männer und andere. Es braucht sich da nichts zu besinnen, wir müßten uns und unsern Kindern spinnenfeind sein, wenn wir uns einen Augenblick besinnten. –

Aber die Reichen im Dorf, und die Großen, als sie sahen, wie das kommen wolle fingen an die Köpf zusammenzustoßen, und zueinander zu sagen, jä – und denn unsere Töchteren, was haben dann sie? wenn die Spinnerkinder so zehntfreie Äcker bekommen.

Der Junker merkte, daß den Dickbäuchen etwas nicht recht lag. Sie stunden bei drei, vieren zusammen, verwarfen die Hände, und schüttelten die Köpfe. Es wunderte ihn, was es seie, er winkte dem Untervogt, der bei ihnen stund, und fragte ihn, was sie haben?

Ha – sie meinen eben so zehntfreie Äcker würden ihre Töchter auch freuen, und ihnen auch wohltun, wie den Spinnerkindern, sagte der Untervogt.

Und der Junker: So – möchten sie das auch noch? Haben sie sonst nicht genug?

Sie meinen auch, sagte der Untervogt, sie verdienen es wie die andern, und wenn man die Wahrheit sagen muß, so müssen sie zehenmal mehr arbeiten, als die andern.

Das ist nur, weil sie hundertmal mehr vermögen als die andern, sagte der Junker.

Und es ist so, – es ist so – erwiderte der Vogt, fuhr aber doch fort, ihnen das Wort zu reden, und sagte, wenn's nur nicht der Zehnten wäre, möchte sonst sein, was es wollte; aber der Zehnten ist so eine eigentliche Baurensache, und es setzt den größesten Verdruß ab, wenn die Baumwollenkinder darin einen Vorteil bekommen.

Verwundert euch nicht, daß der Untervogt das sagte. Der Hügli hat ihm, da ihm der Junker winkte, zugerufen, er solle ihm's sagen. Dieser aber bedachte sich einen Augenblick und sagte denn – Sie müssen auch solche Äcker haben, wann sie wollen, und wandte sich dann an eine Sammlung von Dickbäuchen, die in der Nähe von ihm beieinander stunden, und ihm, und dem Untervogt ins Maul hineinsahen, was sie redten.

Er sagte ihnen, wenn euch so viel daran liegt, daß euere Töchtern auch so zehntfreie Äcker zur Aussteuer bekommen, so will ich das tun. Ich will einer jeden Baurentochter, deren Eltern ein Waisenkind das nicht über sieben Jahr alt ist, ins Haus aufnehmen, und brav und unklagbar erziehen so eine Zehntfreiheit zur Aussteuer schenken, wie einem Spinnerkind, das seine achtzig Gulden verdient hat, und noch lieber will ich das tun, wenn eine von euern Töchtern aufweisen kann, daß sie selber etwas getan, das so brav und gut ist, als ein armes Kind erziehen, oder so viel Jahre in der Ordnung sparen, als die Spinnerkinder dafür sparen müssen. Aber verstehet mich wohl, es muß etwas sein, das nicht bloß in ihren Sack gut ist.

Die Sammlung der Bauren tat kein Maul auf über das was er sagte. Ihrer viele aber kehrten sich von ihm weg, da er ihnen ins Gesicht sah. – Eine Weile darauf fingen sie untereinander an zu brummen, das seie nichts –

Einer sagte, sie müßten ja aus ihrem Geld kaufen, was er den andern verehre. –

Ein anderer sagte, so ein Narr bin ich nicht, und salze mir so eine Plage auf, ich hab genug an meinen eignen. –

Noch einer sagte, wenn ich etwas Frömdes erziehen will, so muß es mir im Stall schlafen, und am Bahren fressen.

Ja – ja – sagte wieder einer, so eins das man anbinden kann, geht wohl an, aber mit den andern mag ich nichts zu tun haben.

Einer oder zween, die gar hochmütig waren, fanden doch, so ein

Kind äße zuletzt mit den andern, und sie könnten es immer brauchen, wenn's auch nur zum Hühnerfuttern und Grasausraufen wäre. –

Aber es hat ein a propos, – sagten wieder andere. Wer weiß, was er unter dem wohl und unklagbar erziehen versteht? und wenn einer Jahr und Tag Mühe und Arbeit gehabt hätte, und er denn sagte, es wäre nicht brav und unklagbar erzogen, was wollte einer denn machen?

Und wenn so ein Kind stürbe? so wäre wieder das, man könnte noch 's Teufels Verdruß davon haben, und wenn man's 10 Jahr hätte, wäre einem denn noch niemand nichts schuldig.

Der Junker sahe, daß sie nicht mit ihm reden wollten, sondern nur untereinander brummelten; er zweifelte nicht daran, es gefalle ihnen nicht, und er wollte die Gemeind entlassen.

§ 25
Der Mensch verglichen mit der schönen Natur

Da kam noch der Michel zu ihm hervor, und sagte, es sei von der ärmsten Haushaltung, die gewiß mehr als keine andere eine Geiß nötig habe, – niemand da, – die Frau liege auf dem Todbett, und der Mann habe gewiß darum nicht können wegkommen.

Der Junker befahl ihm im Augenblick, das beste Tier, das er noch finde, für den Kienast zu kaufen.

Und er, wenn er für sich selber eine gekauft hätte, hätte sie nicht sorgfältiger aussuchen können. Denn warf der Junker noch einen Blick auf das Volk, das jetzt von ihm wegging. Es erquickte ihn, daß die Armen und Kinder, sich zu ihm drängten, und ihm dankten, aber es tat ihm auch weh, daß die Reichen fast alle die Köpfe von ihm weghielten, und taten, als wenn sie ihn nicht sähen, so nahe sie an ihm vorbeigingen. –

Sein Karl machte ihn ihre Unart vergessen. Er stund, den Baum auf der Achsel, und die Geiß an der Hand, die Beine wie ein Bauernbub verspreitend vor ihm, und sagte: –

Aber du Papa! Die andern Ätti setzen morn alle ihren Buben die Bäume, willst du mir meinen auch setzen?

Ja freilich, sagte der Junker.

Aber kannst du es auch? sagte der Bub – und, ich will's dann probieren, der Junker. – Siehest du, man muß ein Loch in Boden machen, aber ein großes und tiefes, und Schorherd dreintun, aber faulen alten, der nicht brennt, und denn erst den Baum darauf, nicht tief, und die Grasmotten, die man dazulegt, muß man umkehren, daß sie nicht anwachsen, denn braucht's noch viel viel, bis er recht stehet, und verdörnt ist.

Junker: Wer hat dir das alles gesagt?

Karl: Meinst du Papa! Die Buben reden jetzt nichts als vom Baumsetzen? Sie haben geglaubt, ich wisse nichts von diesem, aber mein, – ich habe mehr gewußt als sie, und sie sind doch Baurenbuben.

Junker: Wer hat dir's gesagt?

Karl: Der Herr Rollenberger, der weiß mehr als alle Bauren – aber ich muß jetzt gehen, die andern Buben gehen auch mit ihren Geißen. Jetzt stand Arner mit seinem Lieutenant bald allein auf dieser Anhöhe. – Die glatte Itte zitterte im reinsten Silberlicht zu ihren Füßen. – Die Sonne neigte sich – und der Wasserspiegel des Schlangenbachs glänzte von Bonnal aus, bis Ends zu den blauen Bergen, die wie ein Vorhang Arners Land von der übrigen Welt scheideten.

Arner sah eine Weile staunend still in Tal und Bach, – denn sagte er zum Lieutenant, der neben ihm stund, es ist mir jetzt ich sehe die Arbeit die wir hier anfangen, auch so mit dem Bach von Bonnal weg, fortrinnen und von einem Dorf ins andre kommen, bis an den Turm wo sich gottlob meine Sorgen und meine Pflichten enden. Er zeigte ihm dann mit dem Finger, die graue Spitze des Kirchturms von Arnheims End. Die Itte glänzt da nur noch wie ein dünner Silberfaden, und verliert sich im Vorhang der Bergen, und Arner sagte, das ist das letzte Ort meines Tals. – Er setzte mit einer Art von Wehmut hinzu, – erleb ich's noch, daß wir mit unserer Arbeit bis nach Arnheims End kommen?

Es geht vielleicht nicht so lang, als Sie sich vorstellen, sagte der Lieutenant.

Es ist möglich, sagte Arner, einmal wird unsere Arbeit gewiß leichter, je weiter wir vom Schloß wegkommen.

Darüber lächelte der Lieutenant und sagte, über diesen Punkt habe ich einmal einen Geistlichen vor einem Tisch voll Junkern und Pfaffen eine derbe Wahrheit sagen hören.

Es war in der Steinmarch, und man redete an der Tafel von dem Unterschied der Pfründen, die in einem Marchamt gegen der Gewohnheit in der Nähe von den Schlössern, besser sind als in der Ferne davon. Da sagte ein magerer Pfarrer, der unten am Tisch saß, mit einer hellen, langsamen Stimm, die hinauf tönte, daß alle Mäuler schwiegen; wenn's recht wäre Ihr Gnaden und Ihr Hochwürden, so wär's allenthalben so. –

Warum? Warum? riefen ihm Ritter und Pfaffen hinab? Warum Ihr Hochwürden und Gnaden? In der Nähe von Schlössern hat man Teufel auszutreiben; wenn man davon weg ist, nur Kinder zu erziehen.

Die Augen blitzten den Hochwürden und Gnaden, da das Wort heraus war, aber ein Gescheiter unter ihnen, fing an zu lachen, und des Pfarrers Gesundheit zu trinken. Da merkten die andern, daß das ihr Spiel, und vom schlesischen Kommandeur der obenan saß, bis zum jüngsten Degen, lachte jetzt alles, und alles trank dem Pfarrer auf seine Gesundheit.

Aber noch vor dem Abend machten, das weiß ich, vom schlesischen Kommandeur bis zum geringsten Degen ein jeder auf seinem Schloß wieder Sachen, die der Grund sind, warum die Geistlichen in der Nähe von Schlössern Teufel auszutreiben haben.

Ach! Die Menschen sind so häßlich, und was man auch mit ihnen macht, so bringt man's nicht dahin daß sie auch nur sind, wie dieses Tal, sagte da der Junker. – Aber der Anblick des Tals und des Sonnenuntergangs war auch herrlich. –

Das ist jetzt auch nicht, erwiderte der Lieutenant, und als er's sagte, trieb ein Hirtenbub unter dem Felsen, auf dem sie standen, eine magere Geiß (Ziege) vor ihm her. Er stund zu ihren Füßen still, und sah gegen die Sonne hin, lehnte sich auf seinen Hirtenstock und sang ein Abendlied; – er war die Schönheit selber – und Berg und Tal, die Itte, und die Sonne verschwand vor ihren Augen! Sie sahen jetzt nur den Jüngling, der in Lumpen gehüllt, vor ihnen stund, und Arner sagte: Ich hatte unrecht, die Schönheit der Menschen ist die größte Schönheit der Erde.

§ 26

Was ist Wahrheit, – wenn es nicht die Natur ist

Der Lieutenant und der Junker sagten beide, der Pfarrer sollte auch da sein, als die Pracht der Gegend vor der Schönheit des Hirten vor ihren Augen verschwand. Er war nicht da, er war bei der kranken Kienastin, für die der Michel dem Junker eine Geiß bettelte.

Es kann nicht wohl etwas Traurigers sein als das Leben und das Todbett dieser Frau. Sie ist mit dem besten Herzen das elendeste Mensch worden, weil sie sich ob dem größten Weltgift unserer Zeit, ob armen Büchersachen verirret. Ihr alter Pfarrer ware an ihrem Unglück schuld. Er war ein herzguter Mann, wie sie auch in ihren guten Tagen; aber er war mit seinen Sinnen nicht in der Welt, sondern in den Büchern, und hat das arme Mensch, das jetzt auf dem Todbett lag, mit seiner Jugendlehre aus dieser Welt hinaus und in eine einbildische versetzt, die ihr weder Brot noch Ruh noch Segen zeigte, sondern alles das Gegenteil, bis auf die Stunde ihres Scheidens.

Es steht im Anfang des Worts Gottes oder im ersten Buch Mosis im 1 Kap. Im Schweiß deines Angesichts sollst du dein Brot essen, und mein Großvater, wenn er diesen Spruch sagte, setzte allemal noch hinzu, wenn du nicht ein Narr werden willst und ein Lump obendrauf.

Davon wußte der Pfarrer Flieg-in-Himmel, weniger als nichts, er meinte wenn seine Kinder nur ordentlich still säßen und den frommen Sachen von denen er alle Sonntag und Donstag die Ohren voll zählte, die Woche durch fein ordentlich nachsinnten, und links und rechts der Gründen Menge wüßten und an den Fingern herzählen konnten, warum er der Pfarrer Flieg-in-Himmel dieses oder jenes für wahr halte, usw. Dieser Pfarrer hat eine Menge Kinder unglücklich gemacht, und die Leute, die die schlechtesten im Dorf sind, sind im eigentlichsten Verstand seine Zucht.

Es verblendete sich im Anfang jedermann an ihm, und es tönte wie aus einem Mund das Lob, er tüe einen Gotteslohn an den Kindern, so eifrig sei er, und mache weiß nicht was aus ihnen. Nur hier und da machte etwan ein alter Mann oder eine alte Frau, und etwan sonst ein Mensch, der nicht viel in den Büchern las, die Anmerkung, seine Kinder werden so geschwind müde, und haben ihren Kopf und ihre Sinnen nicht auch so wie es sein sollte, bei ihren Sachen. Aber man dorfte es kaum sagen; ein jedes Wort ärgerte, das man wider diesen Pfarrer sagte. – Es ist natürlich, seine Kinder waren so artig und konnten so viel aus der Bibel erzählen, und sonst Gereimtes und Ungereimtes auswendig sagen, daß ihre Eltern vor Freude darüber ihnen die Hände unter die Füße legten, oder wenigstens einmal die Suppe ohne ihre Müh auf den Tisch stellten, damit sie alle Wochen bis den Sonntag ja recht viel auswendig lernen, und dann in der Kirchen aufsagen könnten.

Es ging so weit mit der Verirrung im Lob dieses Pfarrers, daß man einmal einen natürlichen Menschen, der es in aller Unschuld heraussagte, – es dunke ihn, wie eine Komödie, – fast mit Steinen geworfen. – Der Mann hatte sich unrecht ausgedrückt; man heißet solche Wundersachen, wenn sie sich mit Unglück enden, nicht Komödien sondern Tragödien; und diese Pfarrer-Historie endete sich mit dem bittersten Elend des Lebens, mit dem Elend guter Menschen, die ihre Haushaltungen in der Schwäche ihres Träumerlebens zerrüttet.

Der arme Pfarrer machte, daß seine beste Kinder den Kopf in den Lüften hielten, und die gute Kienastin, die dieser Mann selig, mit seinen Meinungen selig, so verdorben, war sein Herzenskäfer. Himmlisches Kind, und Engelsseele waren die gewohnten Ausdrücke die er brauchte, wann er von ihr redte. –

Ein gutes Kind war sie, das ist wahr: aber ein schwaches, zur Liederlichkeit und zum Träumerleben höchstgeneigtes Geschöpf, das sich noch dazu auf die Erkanntnis, die sie in geistlichen Dingen hatte, weiß nicht was einbildete. Diese Erkanntnis aber war ein armer unverdauter Wortkram, der ihr Kopf und Herz, und Sinn und Gedanken zu allem was sie in der Welt hätte sein sollen, wie weggenommen, so daß ihr Mann und ihre Kinder seit 20 Jahren weniger mit ihr versorgt gewesen, als wenn sie in Gottes Namen gestorben wäre. –

Der jetzige Pfarrer in Bonnal, der mit seinem Kopf nicht in den Lüften schwebt, sagte ihr es im ersten Jahr, wo er glaube, daß sie zu Hause seie; wo er immer sein Aug hinkehrte, fand er in ihrem Hause nichts, das ihm zeigte, es wohne eine Hausfrau und eine Mutter hier, hingegen war ihr das Maul im Augenblick offen, von Religionssachen mit ihm zu reden, und ihn zu fragen, wie er dieses und jenes ansehe? Er sagte aber deutsch, du fragest mich da Sachen, an die ich noch nie Zeit gehabt zu denken, und es nimmt mich wunder, wie du Zeit gehabt habest so weit zu kommen? Sie wollte anfangen, ich habe da vom Herr Pfarrer selig etliche Bücher. – Aber – er unterbrach sie, und sagte, ich halte gar nicht viel auf vielen Büchern in Baurenhäusern. Die Bibel und ein Herz das in Einfalt nur nicht daran sinnt etwas zu erklären, was es nicht geradezu versteht, das suche ich in Baurenhäusern, und dann Karst und Hauen, die alles unnötig Erklären, aus dem Kopf hinaustreiben: und so einer jungen Frauen soll das Wäschbecken, die Nadel und der Strehl (Kamm) hundertmal lieber in Händen sein als alle Bücher.

Die arme Frau meinte fast, der Pfarrer lästre und rede wider Gott, da er wider ihre Torheit redte, auch trug sie ihm diese Rede fast bis an ihr Todbett nach; – doch kam sie in ihrer letzten Krankheit noch dahin, zu erkennen, daß sie in ihrer Pilgrimschaft auf der Irre herumgelaufen, und daß der gute Pfarrer sie auf den rechten Weg weisen wollen. Sie kam so weit zurück, daß sie jetzt keine größere Freude und keinen größern Trost hatte, als wenn dieser Mann, den sie während ihrer Verirrung für so schlimm achtete, bei und neben ihr war.

Er war gern um sie, und es war ihm wichtig um sie zu sein. Er war auch heute bei ihr, und saß auf ihrem Bett als der Michel mit des Junkers Geiß in ihre Stube hineinkam.

Weder der Mann noch die Frau konnten ein Wort herausbringen. Ohne zu danken übernahm sie das Tier. Der Michel verstund ihre stumme Sprache, und es trieb ihn schnell wieder zur Stube hinaus, daß diesen Leuten leichter werde. Aber der Pfarrer dankte ihm für sie, und dann teilte er auch ihre Freude mit ihnen als sie sich wieder erholt.

In ihrer Freude trieben die guten Kinder das Tier ihm wie auf den Schoß, und es war ihm innig wohl, da es den Kopf auf seinem Schoß hatte.

Es erquickte die Frau im Bett selber, sie nahm die welke Hand, unter ihrer Decke hervor, tätschelte das Tier, und krebelte ihm zwischen den Hörnern.

Und während daß sie ihns tätschelte und ihm krebelte, dankte sie dem lieben Gott, der ihr das End ihres Lebens noch so erquickt; aber sie seufzete dabei, und empfand, daß sie diesen allgemeinen guten Menschengott, bis an ihr End nicht erkannt, und ihr ganzes Leben einen Meinungengott verehret. Sie tröstete sich ihres Irrtums und sah zufrieden das Tier an, und gelustete sogar von seiner Milch, da sie doch schon etliche Tage nicht das geringste als ihr Kräuterwasser zu sich genommen. – Da melchte ihr Mann die Geiß in ein brandschwarzes Becken; es war das einige das sie im Haus hatten. Er zitterte als er da mit der einen Hand ihr den Löffel vors Maul hielt, und mit der andern, die ihre an sich zudrückte, und Tränen fielen auf sie herab, als er wohlbekomm's dir liebe Frau! Mutter! dazu sagte. – Die Kinder führten dann das Tier in ihren Stall, und suchten ihr an allen Hecken Laub und Streue.

Das Andenken an eine Großmutter

In des Rudis Stube sinneten die guten Kinder, da sie ihre Geiß unter den Händen hatten, an die liebe Großmutter selig. Da der Vater und alle Kinder so um sie herum stunden, sagte das Nännli, weißt du auch noch Vater, die Großmutter hat noch gesagt, wir müssen noch eine Geiß haben. –

Ja freilich, weiß ich es noch, sagte der Vater. –

Und das Kind: Es ist doch auch wie wenn sie gewüßt hätte, wie es gehen werde, so hat sie noch allerlei gesagt, wie es da gekommen.

Vergesset es einmal euer Lebtag nicht, was sie zu euch gesagt hat, sagte da der Vater. – Und – ich will's einmal meiner Lebtag nicht vergessen, was sie zu mir gesagt hat, erwiderte ihm Rudeli, und dann alle Kinder; – und wir auch nicht, – und wir auch nicht.

Wisset ihr was Kinder? Wir wollen nach dem Nachtessen zueinander sitzen, und dann alle Worte zusammentragen, die sie zu einem jeden gesagt hat; denn will ich's auf einen Bogen Papier aufschreiben, daß ihr's euer Lebtag behalten, und lesen könnet.

Das freuete die Kinder gar, daß der Vater ihnen alle Wort aufschreiben wolle, die die liebe Großmutter noch geredet, da sie bald von ihnen weg und in Himmel gegangen. Sie vergaßen darob fast ihre Geiß im Stall, und redten das ganze Essen über von nichts, als wie sie alle Worte zusammentragen wollen, die sie von ihrer lieben Großmutter noch wissen.

Der Rudeli sagte da, gell Vater, es ist dann wie es die Imbli (Bienen) in ihren Korb zusammentragen. Ja Lieber, es ist dann, wie es die Imbli machen, wenn wir so zusammentragen, sagte der Vater; – und der Rudeli, gell Vater, das Papier ist dann der Imblikorb? –

Ja, wir wollen ihm dann so sagen, wann du es daraufgeschrieben hast, sagte das Nännli.

Aber können wir dann auch Honig daraus essen, sagte das Liseli? –

Ja freilich, können wir Honig daraus essen, sagte das Nännli und der Rudeli. –

Und der Vater, ich hoff es zum lieben Gott, der Großmutter Abscheid dünk euch besser als Honig, und alles was ihr essen könnet. –

Ja Vater, sagte der Rudeli, sie ist jetzt im Himmel, und dann ist das wie Himmelbrot.

So redten sie bei ihrer Erdapfelsuppe, und da sie ausgeessen, ging dann der Rudi zum Baumwollen-Mareyli, und entlehnte bei ihm Tinten, Federn und einen Bogen Papier.

§ 27

Das erste Hindernis des Wohlstands und der bessern Erziehung der armen Kinder, – ihre eigne Mütter – oder schlechte Weiber

Er traf seine Stube voll Spinnerkinder an, die bei ihm abredeten, morn zu Mittag alle miteinander in einem Zug zum Junker ins Pfarrhaus zu gehen, und ihm zu danken, für den Sparhafen, und die zehntfreie Äcker, wozu er ihnen verhelfen wolle.

Ehe sie zu ihm kamen, hatten die meisten noch einen Kampf mit ihren Müttern darüber, denn als die Väter mit dem Bericht vom Junker heimkamen, war unter zehen Spinnerweibern kaum eine, die nicht den Kopf schüttelte. Weit die meisten sagten, der Junker sei ein Narr, daß er so etwas glaube, sie aber, nämlich ihre Männer noch weit die größern, daß sie sich es angeben lassen. Was wollte doch, sagten sie, so ein Herr auf einem Schloß, wo alles vollauf ist, von ihrer Ordnung wissen, und urteilen können, was in ihren Häusern, wo man sich des Bettlens kaum erwehren kann, möglich oder nicht möglich ist? Wir bringen ja manchmal, wenn wir uns nicht wohl darnach richten, nicht einen Batzen zu Salz für, und ihr dörfet es ins Maul nehmen von Dublonen ersparen zu reden; etliche, und das von den allerliederlichsten sagten gar, wenn doch die Männer nur nicht wollten von der Haushaltung reden, sie wissen überall nicht, was eine Haushaltung ist? Dieses Wort ist bedeutungsreich im Maul von unordentlichen Weibern. Und die Weiber von Bonnal widersetzten sich diesem zwei Batzen sparen aus keinem andern Grund, als weil sie der Unordnung gewohnt, sich scheueten, etwas anzufangen, das, wie sie wohl sahen, zur Ordnung und zum Rechnunggeben, führen könnte, aber sie wurden diesmal nicht Meister; die Männer hatten's versprochen und wollten's jetzt haben. Es erklärten ihnen viele mit Ernst, daß es sein könne, und sein müsse; und die Kinder hingen ihnen allenthalben an, und baten, – und baten, – sie sollen ihnen doch auch dieses tun. Sie hätten die Kinder lang beten, und lang anhangen lassen, aber sie sahen, daß es ihren Männern Ernst sei, und daß es sein müsse. Ihrer etliche gaben nach; da etliche nachgaben, folgten bald mehrere, nach der Regel, wann eine Gans gagget, so gagget auch die andere. –

§ 28

Das zweite Hindernis der gleichen Sach;
der Neid der Reichen

Die Freude der Kinder dauerte nicht lang. Ihr Jauchzen und Wesen, tat den Baurentöchtern in Ohren weh. Ihren Müttern wurmte es nicht minder, daß das Lumpenvolk so juheie, und habe was es nur wolle. Sie murrten untereinander, und hängten die Köpfe.

Das hätten sie wohl mögen, aber des Hügis Weib tat mehr. Sobald sie vernommen, was das Juheien in allen Gassen bedeute, so ging sie in einem Sprung zu ein paar Nachbarsweibern von ihrer Gattung, und sagte, es sei eine Schand und ein Spott, daß ihre Männer alles gehen lassen, wie es der Großhans im Schloß gern sehe; sie allein traue sich, wenn ihr nur auch ein paar an die Hand gehen wollen, der verdammten Sache, die jetzt im Tun sei, noch ehe eins von ihnen ins Bett gehe, ein End zu machen. Sie sagte, das Lumpenvolk kann doch nicht ohne uns sein, mehr als einem Dutzend hab ich müssen zu Gevatter stehen und alle Augenblick stehet mir eine vor den Fenstern, oder vor der Türe, und will etwas, und euch wird's nicht minder so gehn; wir wollen ihnen nur keck unter die Augen stehen, und ihnen ins Gesicht sagen, was auf sie warte, wenn sie so alles im Dorf für den Kopf stoßen, und dem Juheienleben nicht im Augenblick ein Ende machen.

Die Weiber ließen sich das nicht zweimal sagen; sie suchten selber noch ein halb Dutzend, bei denen es hierzu auch nichts weiters brauchte, als daß man Zundel anzünde, so hatten sie Feuer, und es ging keine halbe Stund so stund in allen Gassen so ein dickes Weib und machte den armen Spinnerleuten Angst.

Die Hügin war im Angeben das Vorroß, und im Ausführen der Meister. – Sie war gut fürs Erklären, und konnte so viel Zeug und Sachen sagen, daß die armen Spinnerleute bald glaubten es sei so, wie sie sage. –

Sie behauptete ihnen unter die Nase, es seie die größte Narrheit, was sie abreden, sie können's doch nicht halten, sie sollen nur auch denken, wenn heut die Kinder hungern, und sie selber Schuh oder einen Rock nötig haben, und es Winter sei, und kalt, ob's ihnen denn möglich, das Geld so liegen zu lassen, und nicht anzurühren, und Mangel zu leiden? Und sollen doch auch nicht so einfältig sein, und sich dergleichen Sachen einbilden, sie wolle ihren Kopf dransetzen, sie können es nicht; aber denn habt ihr eine schöne Arbeit, denket an mich. Zuerst habt ihr euch das ganze Dorf über den Kopf gerichtet, und hintennach euere Kinder selber, und den Junker auch. Fraget nur nach, er hat schon an der Gemeind darauf gedeutet, und gesagt, wenn die Sach versprochen sei, so wolle er dann auch dabei sein, und machen, daß sie müsse gehalten sein. – Es kann so kommen, – es kann so kommen, Frau Gevatter! sagten, fast eh sie noch ausgeredt, die Spinnerweiber, und setzten hinzu: Nein, nein, wir brauchen niemand vor den Kopf zu stoßen, wir haben dessen gar nicht nötig, und denn Euch auch gar nicht, wir haben schon viel zuviel Gutes von Euch genossen. – Man hat's uns auch so angegeben, und wir haben gar nicht gewußt, daß Ihr das so übel nehmet. – Hie und da seufzte wohl ein armer Mann, daß er jetzt mit seinem Wort und Hoffnungen hinten abziehen müsse, aber ins Gesicht widersprach der Meister Gevatterin keiner.

Ihr könnt jetzt tun, wie ihr wollet, aber wenn ihr dem Lumpenjuheien nicht auf der Stell ein End machet, und euere Kinder heimkommen lasset, und machet, daß sie von dem Zeug still sind, so sehet denn was ihr angestellt! Einmal mir komme denn keine mehr vor die Türe, es mag ihr aufstoßen was es will. – Das war das Wort mit dem die Hügin immer endete.

Ja freilich, freilich, müssen sie heimkommen, und schweigen, war die Antwort der Weiber und Männer. –

Ihrer etliche ließen das Nachtessen ob dem Feuer anbrennen, und die Kinder in der Wiege schreien, und suchten über Kopf und Hals, wen sie fanden, nach den Kindern zu schicken, daß sie heimkommen und still seien, weil's mit der Sparhafensache nichts seie.

§ 29
Die Geschichte der Erlösung dieser Kinder aus der Hand ihrer Feinde, und aus der Hand ihrer Mütter

Das Mareyli las den guten Kindern eben den schönsten Bündel Garn, den es im Haus hatte aus, daß sie morn dem Junker auch etwas von ihrer Arbeit bringen und zeigen können, als der Krummhäuslerin Christöffeli und des Haloris Betheli über Kopf und Hals dahersprangen, und sobald sie in die Stuben hineinkamen, ihren Geschwisterten sagten, sie sollen geschwind geschwind heimkommen, es seie nichts mehr mit dem Sparhafenwesen.

Es war den Kindern, die in der Stube waren fast wie wenn man ihnen sagte, sie kämen nicht in Himmel, als sie das hörten.

§ 29

Das Mareyli ließ auch selber das Garn aussuchen. Jetzt fragten die Kinder, was denn daheim begegnet, daß sie mit diesem Bericht kämen. Der Christöffeli sagte, er wisse es nicht, er sei bei seiner Geiß gewesen, und hätte lieber weiß nicht was tun wollen als von ihr weggehn, aber er habe müssen in Eil kommen, diesen Bericht zu sagen.

Das Lisebethli aber sagte, seine Gotten, die Geschworne Aebin seie bei der Mutter gewesen, und habe ihr Bachen und Mahlen abgeschlagen, und Gutjahr und alles aufgekündt, wenn sie nicht auf der Stell dem Sparhafenlärm ein End mache, und ihren Kindern darüber das Maul zutüe. Das Mareyli fragte das Betheli noch, ob noch mehr dergleichen Weiber wie die Aebin sich in diese Sache mischen? Das glaub ich – sagte das Betheli, es ist wie wenn sie es abgeredt, in allen Gassen steckt so eine Geschwornin; an der vordern Gaß, bei der Aebin sind ihrer zwo; – und es haben ihnen ein ganzer Haufe Spinnerweiber in die Hände hinein versprochen, es müsse nichts aus der Sach geben; sie stehen jetzt noch beieinander, es ist ein Gered, wie wenn's im Dorf brennte, und die Mutter hat gesagt, die Hügin stelle sich gar, wie ein Eidgenoß. –

Nun, nun, sagte das Mareyli, wir wollen denk ich miteinander, und den Eidgenoß auch anschauen.

Und die Kinder sagten alle, ja ä bitte, ä bitte, komm doch auch mit uns, und mach daß der Zug morn auch nicht untergehe, und hingen ihm hinten und vornen an. –

Wir wollen jetzt schauen, sagte das Mareyli, und ging denn mit dem ganzen Zug zu des Haloris Haus, wo der Haufe Leut noch beieinanderstund.

Sie hatten ein Wesen, sie hatten ein Tun die dicken Weiber, solang sie niemanden sahen.

Aber als sie das Mareyli und den Zug Kinder erblickten stund ihnen das Wort im Maul still und sie machten sich hinter sich, gegen das Haus. –

Das Mareyli tat wie wenn sie nicht da wären, stund, der ganze Zug hinter ihm, zu der Mutter des Betheli und sagte: –

Was ist doch auch das für eine unverschamte Sache? In einer Viertelstunde mit seinen Kindern so hinauf und hinab zu machen? Ich weiß wohl was darhinter steckt, und wenn ich's gern täte, ich könnte denen, die schuld daran sind, noch bei Tagsheitere, und sie ist doch jetzt bald aus, noch heiß machen. Das ist kein Spaß, wenn ein Junker etwas Gutes im Dorf will, ihm auf eine solche Art Stein in den Weg zu legen. Es braucht sich aber dessen gar nicht, ich meine ihr tüet mir wohl den Gefallen und besinnet euch des Bessern, der Zug muß morn sein, und ich tue es nicht anderst, und wenn ihr nicht wollt, und Unchristen genug seid, den Wohlstand euerer Kinder mit Füßen von euch wegzustoßen, so habet ihr es denn mit mir zu tun. Ich habe mein Lebtag nie so geredt, aber wenn es gilt die Sachen mit Gewalt durchzudrücken, so will ich auch drücken. Ich meine, ihr gehet mich mehr an als alle Baurenweiber miteinander, und ich sag es mit einem Wort, wenn eins von euch ist, das nicht will, was der Junker für die Kinder angeordnet, so behalt ich ihm alle Wochen zwei Batzen von seinem Garn zurück, und will seinem Kind diesen Sparhafen selber machen. Lauft dann meinetwegen mit dem Garn über den Berg; einmal solang ihr mir arbeitet, so müßt ihr in die Ordnung hinein, die der Junker will, oder sagen warum? Und dann ist noch ein Punkt – ich will jetzt nicht das Maul auftun, aber ihr verstehet mich wohl, was ich meine, und was ich machen kann, wenn ich will, – und denket an mich, ich tue was ich kann dem Junker zu helfen zu dem was er will. – Er will nichts als was er für euer und euerer Kinder Glück ist.

Die dicken Weiber, die sich hintersich gezogen, sobald sie ihns sahen, machten sich völlig aus dem Staub, eh es zehen Wort geredt. Die Spinnerweiber aber wußten nicht, wie sie ihm genug gute Worte geben wollten, daß es nur wieder schweige.

Du hast wohl recht, – es ist nicht anderst, – und es ist gewiß so, – wir haben nur nicht dran gedacht, daß du dich der Sach annehmest, sonst hätten wir uns wohl gehütet, und es muß sicher sein wie du willst, sie müssen den Sparhafen gewiß haben, und morn dem Junker alle miteinander danken; und sonst in allweg, es möchte sein wie es wollte, wenn dir etwas daran liegt, so wissen wir wohl, daß wir das Brot von dir haben, und es kommt uns gewiß kein Sinn daran, daß wir dir um jemands anderer willen etwas zum Verdruß tun, es möchte sein was es wollte.

§ 30
Ein gutes Naturmensch, und ein auf die rechte Art geschuletes, nebeneinander, und hinter ihnen das Schicksal der Meisterkatzen, und ihrer Männer Notarbeit

Die junge Reinoldin streckte, solang es mit den Spinnerweibern redte, den Kopf so weit sie konnte zum Fenster hinaus.

Diese Frau ist nicht weniger ein sonderbares Mensch als das Mareyli, und vollends so gut als es; der Unterschied zwischen ihnen ist, daß die Reinoldin träger, und nicht so auf die Arbeit und den Verdienst abgerichtet, wie das Mareyli; desnahen ist sie auch bei weitem nicht so vorsichtig, aber hingegen gar viel wilder, sie kann sich gar nicht besitzen, wenn sie glaubt, es leide jemand unrecht, und hat gar keine Ruh, wenn sie meint sie könne jemand helfen, sie richtet aber mit allem dem viel weniger aus als das Mareyli.

Wenn ihr etwas in ihrem Sinn für recht vorkommt, so achtet sie es denn nicht Vater und Mutter, Freund und Verwandte, und wer es in der Welt ist, wider den Kopf zu stoßen.

Unter allem Vorgesetztenvolk ist sie die einige der es auch recht von Herzen wohl ist, wenn sie ein feistes Taunerkind in einem recht schönen Rock siehet.

Diese Reinoldin war schon längst des Narrenhochmuts ihrer Geschwornen und des unflätigen Unterscheids müde, den etwa ein Dutzend Bauren im Dorf zwischen sich und den andern machten, – und der keinen andern Grund hatte, als daß sie vom Vater und Großvater her als ein Geschwornenvolk immer mehr Eide auf sich, und mehr Ochsen im Stall hatten als die andern Bauren.

Die Reinoldin ergriff diesen Anlaß mit Freuden zu zeigen, daß sie dieses Ehrenunterschieds halber, – Ochsen wegen und Eiden wegen, nicht denke wie ihre Verwandte, und nachdem sie die Ursach dieses Weiberkriegs, und die Art wie ihm das Mareyli ein End gemacht, vollends verstanden, nahm sie ihre beiden ältesten Kinder an die Hand, stund mit ihnen unter die Baumwollenweiber und -kinder zum Mareyli zu, und sagte ihm: Da hast du jetzt noch zwei Kinder an deinen Zug auf morgen. Wenn sie schon nicht spinnen können, und Gottlob nicht nötig haben, das zu treiben, so müssen sie dem Junker doch danken, daß er es so gut mit dem Dorf meinet, und macht, daß es allen wohl gehet.

Es hätte nichts begegnen können, das das Mareyli besser freute. Es schüttelte der Reinoldin ihre Hand, und wollte ihr für die Spinnerkinder danken; sie aber sagte ihm: Du lachest mich doch nur aus, daß ich so ein lebhafter Narr bin, aber ich hab einmal jetzt nicht anderst können.

Das Mareyli antwortete ihr, und schwur dazu: Nein, das ist ein Meisterstück. –

Reinoldin: Es freuet mich, daß dir auch einmal etwas recht ist, was ich tue.

Mareyli: Das ist jetzt mich ausgespottet, aber ich habe doch recht in dem, was ich meine, und worauf du jetzt stichelst; wenn du in deiner Jugend dein Brot hättest verdienet, wie ich, du wärest gewiß auch nicht wie du bist: nein, es lehrt einen, wenn man's nicht hat, und nicht vermag, und doch auch wie andre Leut durch die Welt kommen möchte, nicht sein wie du bist.

Bin ich denn gar nichts Rechts? sagte die Reinoldin, ihm die Hand immer haltend vor allen Spinnerweibern.

Wohl freilich erwiderte das Mareyli, bist etwas Rechts. – Aber ich gehe doch nicht zurück, es kann niemand so etwas Rechts sein wie du, äußert er habe es wie du. –

Das ist jetzt nur dein Hochmut, du meinst du brauchest nichts dazu, als dich selber, zu sein, was du bist, sagte die Reinoldin. –

Und das Mareyli: – nein, freilich, ich brauche das ganze Dorf dazu, was wäre ich ohne die Spinnerleute? –

Du Schalk, – du weißest den Unterschied wohl, und tust, wie wenn du ihn nicht wüßtest, sagte die Reinoldin. – Denn redten sie wieder von den Meisterkatzen, die den guten Kindern ihre Freude, wegen des morndrigen Zugs verderben wollten. Beide ereiferten sich wieder mit dem Haufen Spinnervolk, das um sie herumstand, daß sie sich so leicht von ihnen am Narrenseil herumführen lassen.

Diese Meisterkatzen waren schon längst fort, aber es ging ihnen nicht gut daheim.

Wenn geraten wäre, was sie probiert, so wären auf der Welt keine brävere, und keine gescheitere Weiber gewesen, als sie; aber weil es gefehlt, so war jetzt der Teufel allenthalben los.

Ihre Narrenmänner, sagten jetzt alle, es sei ein dummer Streich gewesen, sie hätten wohl voraussehen können, daß es so komme.

Etliche sagten gar, warum sie nicht zuerst mit ihnen Rat gehalten, und immer meinen, daß alles auf ihren donners verdammten Weiberkopf heraus müsse?

Es war nicht Zorn, es war nur Angst, warum sie so redten; sie förchteten das Mareyli, und meinten denn gar, die Blitz-Reinoldin wiegle ihns noch auf, und habe ihre Freude daran, wenn sie machen könne, daß der Junker ihren Weibern etwan eine offentliche Schand antue.

Die armen Schelmen! Der Hügin und der Aebin ihre Männer, stunden bei einer halben Stunde im Eck unten an der Gaß, zu sehen ob denn das Mareyli und die Reinoldin auch gar nicht wollen aufhören ihr Maul zu brauchen. Je mehr sie sahen, je mehr verspreiteten diese zwei die Hände, und schüttelten die Köpfe. Das machte den Herren so angst, daß es ihnen ging, wie einer armen Maus, wenn im heißen Land, das fern von uns ist, eine Klapperschlange, gegen sie das Maul auftut. Es wird der armen Maus angst, sie wehrt sich, und zwirbelt, und muß der Schlange denn doch noch zum Maul hinzulaufen: so mußten die armen Dickbäuch den zwei Weibern, noch zum Maul hinzulaufen.

Ihr solltet die Tröpfe sehen, wie sie dem Mareyli jetzt alle Güte sagen; und ihns beten, es solle doch auch nicht so gar tun. – Ihre Weiber haben's auch nicht gemeint, wie man's ihnen jetzt auslege, und sie mögen es gar wohl leiden, was der Junker mache, und wenn er den Spinnerkindern noch mehr schenken wolle, als nur das, so gehe sie das gar nichts an, sie mögen es ihnen von Herzen wohl gönnen.

Der Aebi, der dümmer war, setzte hinzu, wenn wir dem Junker noch mehr zu Gefallen tun könnten, als nur das, wollten wir's gern tun.

Was bildest du dir auch ein? sagte da das Mareyli zu ihm, daß du ins Maul nehmen darfst, dem Junker einen Gefallen zu tun; ich meine, er tue euch einen Gefallen, und nicht ihr ihnen.

Freilich, freilich; und ja, ja: – Es hat's niemand anderst gemeint, sagten sie beide, und was weiß ich, was sonst noch. –

Da hat's jetzt auch geheißen, schweig Herz, und red Maul, sagte die Reinoldin, sobald die zwei den Rücken gekehrt.

Ich mein's auch, sagte das Mareyli, – und sie sind ja braun und blau worden, so haben sie daran worgen müssen, erwiderte die Reinoldin.

Aber was machens, – sagte der Hügi als er wegging, es ist jetzt so, man hat ja heut an der Gemeind gesehen, wer im Dorf Meister ist.

Der Lumpen-Hans im Pfarrhaus hat dem Kalberleder nur ein paar Wort gesagt, und der arme Teufel hat über Kopf und Hals den Nußbaum umhauen müssen, er hätte lieber weiß nicht was getan, als das, doch hat's sein müssen, so ist es jetzt.

§ 31
Es ist in allem ein Unterschied

Es wunderte den Pfarrer selber, als er heimkam, und den Gartennachbar so mit dem Kopf am Boden antraf.

Der Hans erklärte ihm über das Essen, wie es zugegangen.

Aber wie hast du auch das tun, und ihm so drohen dörfen? sagte der Pfarrer, da er hörte wie es zugegangen.

Es hat mich gedunkt, es seie gar recht gewesen, sagte Hans. – Und der Pfarrer, nein, man muß nie jemand mit etwas in Forcht jagen, wozu man kein Recht hat. –

Das ist wohl so, sagte der Hans, wie ihr saget, und ich wollte mich in die Seele hinein schämen, wenn jemand der darnach ist, vor mir zu nur rot, will geschweigen blaß würde, aber mit Leuten von der

Kalberleder-Gattung, hat es seine eigne Ordnung. Diese Gattung Leute bringt man nicht dazu, ein Vaterunser zu beten, geschweige einen Nußbaum umzuhauen, wenn man ihnen nicht den Teufel vormalet. –

Des Pfarrers ganze Weisheit fand gegen diese Erklärung keine Antwort. –

Aber mich nimmt jetzt gar viel mehr wunder, was der halb Schurk mein Untervogt mit seiner Schwester gesprochen, als er heimgekommen.

So unterbrach der Junker des Hansen, und Pfarrers Kalberleder- und Nußbaumsgespräch. –

Der Pfarrer antwortete ihm, es würde Euch denk ich kein gutes Blut machen, wenn Ihr's wüßtet. –

Er hatte recht, sobald der Vogt heimgekommen, und den Mantel ablegte, sprang er zu seiner Schwester, und das erste Wort, das er zu ihr sagte, war, ich hätte doch nicht gemeint, daß du so eine Schwester an mir wärest. Denn er hatte sich schon bei der Gertrud, und noch mehr die Zeit auf dem Ried, wo er vor Herzklopfen und Maulauftun, wie blind und taub ware, in Kopf gesetzt, der Junker sei mit Fleiß, so lang bei der Gertrud geblieben, und habe aus keinem Grund, als aus diesem, so wider seine Gewohnheit, Leut und Vieh, auf ihn warten gemacht, als weil er wohl denken können, er müsse denn hinkommen wo er sei; und es seie kein Wort geredet worden, das sie nicht miteinander abgeredt.

In diesem Wahn sagte er dann zu ihr: Ich hätte nicht gemeint, daß ich so eine Schwester hätte. –

Was für eine Schwester? sagte die Meyerin, die gar nicht wußte was er meinte.

Es braucht sich nicht, daß du mich doppelt für einen Narren haltest, sagte er, und klagte fort, er habe doch nicht an ihr verdient, daß sie ihm's so mache; – bis sie zuletzt überdrüssig ihm sagte: wenn er einen Rausch habe, und nicht reden könne, daß man ihn verstehe, so solle er heimgehen, und dann morn wiederkommen.

Ich bin so nüchter als du, sagte der Vogt; und hatte Magens halber recht, denn er hatte nicht einmal seinen Abendwein getrunken, da er von dem Ried heimgekommen, und zu ihr gelaufen.

Endlich kam es doch so weit, daß er sagte: Weißest du denn gar nicht, was mir bei der schönen Frauen begegnet? Und auf weiters Fragen erklärte er, die schöne Frau, die er meine, sei Gertrud. Die Meyerin sagte noch einmal, ich weiß kein Wort von allem. Sie ward aber doch rot, sobald er den Namen Gertrud nannte.

Er merkte es nicht, und erzählte ihr jetzt, was ihm bei ihr begegnet, und was sie und der Junker ihm zugemutet.

Der Atem tönte der Meyerin, als er das erzählte; aber sie redete lang nicht, besinnte sich. – Nach einer Weile sagte sie, und da, was hast du ihnen geantwortet?

Du kannst wohl denken, ich hab es ihnen müssen versprechen.

Meyerin: – Daß du dem Rudi bei mir zum Besten reden wollest?

Vogt: Ich habe wohl müssen.

Meyerin: So, – aber wie ist dir, was ratest mir jetzt?

Vogt: Du fragst mich nicht im Ernst. –

Meyerin: Wohl freilich, frag ich dich im Ernst. –

Vogt: Wenn du mich im Ernst fragst, so weißest du wohl, daß meine Frau und ich, etwas anders als das im Sinn haben.

Meyerin: Ich weiß es gar wohl, ihr habet ja erst gestern davon mit mir geredt, und es wird, denke ich, noch jetzt euere Meinung sein.

Vogt: Du kannst dir's wohl einbilden.

Meyerin: Ich bilde mir's freilich ein, aber dann hingegen hätte ich mir nicht eingebildet, daß du, weil's so ist, doch dem Junker etwas anders versprechen würdest.

Vogt: Zank jetzt nicht mir, ich bin ja sonst genug zwischen Tür und Angel.

Meyerin: Man muß nur machen, wie du, so ist man denn bald zwischen Tür und Angel. –

Vogt: Was mache ich denn?

Meyerin: Du solltest dich schämen, so bist ein Tropf, seitdem du Untervogt bist. Ich bin ein Weibervolk, aber ich ließ mich vor keinem Menschen mehr sehen, wenn ich ein einziges Mal zum Vorschein kommen sollte, wie du jetzt Torenbub! –

§ 32
Wenn die Milch kochet, und überlaufen will, so schütten die Weiber nur ein paar Tropfen kalten Wassers darein

Mit dem ließ sie ihn stehen, und suchte ihre Schuh zum Wandern; er aber ringelte indessen seine Überstrümpf ein, und fragte sie denn, wie ist's jetzt? Du kannst mir's wohl auch sagen, nimmst den Hübel Rudi? Sie antwortete ihm, ich will dir denn das sagen, wenn du einmal ein Mann bist, jetzt bist du ein Bub; – und lief in aller Hitze von ihm weg, und zur Gertrud.

Aber sie ging ihr nicht ins Haus hinein, und rufte nur unter der Tür, daß sie herunterkomme.

Die Maurerin merkte an ihrem Ton an, im Augenblick, daß des Untervogts Historie schon in ihr koche, – und es war ihr nicht ganz wohl bei der Sache; aber der Rudi, der eben bei ihr war, erschrak, daß er zitterte.

Der arme Mann hatte längst allen Mut verloren, und besaß keine Art Stärke mehr, als daß er sich in alles schicken, und alles überwinden konnte.

Die Meyerin feuerte im Anfang, es seie unverschämt und eselköpfig, wie sie es ihr gemacht. –

Gertrud ließ sie in einem fortreden, dadurch ward sie nach und nach stiller. Endlich sagte sie, warum redst du nicht? Du wirst mir doch auch sagen wollen, was begegnet.

Weißest du das noch nicht, und machst so gar? sagte da Gertrud; freilich will ich dir's sagen, und erzählte ihr denn, wie der gute Junker mit des Rudis Kindern so freundlich gewesen, da sie zu ihm zugestanden, und ihm für die Kuh und die Matte gedanket, und wie er das Nännli, sie kenne es wohl, es sei das wo sie von ihm gesagt, es gebe ein Engel, wohl eine Viertelstunde auf den Armen gehabt. Ich habe auf der Welt nicht gewußt, wie ich ihm tun will, ich hätte ihm gern etwas von dir gesagt, und hätte es doch nicht getan, aber weil's so in mir gestritten, ist da just dein Bruder, wie wenn es hätte sein müssen, in die Stube hineingekommen, da hab ich mich einmal nicht mehr hinterhalten können, es war wie wenn es mir jemand zum Maul hinausgerissen, daß ich sagen müßte, ja wenn nur das gute Närrchen auch wieder eine Mutter hätte.

Meyerin: Du hast aber mehr gesagt als das. –

Gertrud: Freilich, der Junker hat mir da zur Antwort gegeben, man sollte meinen, der Rudi, wie er es jetzt hat, sollte eine Frau finden können, wo er wollte; da gab ein Wort das andere, bis mir in Gotts Namen zum Maul heraus war, dein Bruder könnte da am besten helfen.

Der Zorn war jetzt der Meyerin schon hin, und ihre Hitze war vollends gegen ihren Bruder gekehrt, als sie da fragte, – was sagte da er dazu?

Gertrud: Es soll an ihm nicht fehlen.

Meyerin: Hat er das gesagt?

Gertrud: Ja, und das mehr als ein-, und mehr als zweimal.

Meyerin: Und der Junker, hat er da nichts mehr gesagt?

Gertrud: Wohl freilich, er hat noch gesagt, du oder wer des Rudis

Frau werde, dörfe darauf zählen, daß er sich dieser Haushaltung annehme, solang er lebe, – und zu deinem Bruder hat er da noch gesagt, es würde ihn freuen, wenn das dir ein Grund sein würde, daß du es desto lieber tätest.

Meyerin: Hat er das alles so geredt?

Gertrud: Es sind alle Worte wahr.

§ 33
Eine sonderbare Heiratsanfrage

Da es so stillete, kam der Rudi hinter der Tür hervor.

Was – stund der Rudi hinter der Tür? und hörte zu, was sie miteinander redten?

Ja wahrlich, – er stund hinter der Türe und hörte alle Worte, aber er ist um deswillen doch der Rudi und bleibt der Rudi, der er vorher gewesen. Er lief der Gertrud, die Stiege hinab nach, nicht um hinter die Türe zu stehen, sondern hinauszugehen, und der Meyerin zu sagen, sie solle in Gottes Namen mit ihm machen, was sie wolle, aber sie soll es einmal auch an der Gertrud nicht zörnen, und es ihr nicht nachtragen, daß sie das getan; aber da er sie unter der Türe so laut reden hörte, dorfte er nicht weiter, und wartete da bis es stillete, denn kam er hervor, und sagte ihr, was er vor einer Viertelstunde vor Schrecken nicht konnte.

Die Meyerin zog den Fuß hinter sich, und sah ihn so drei Schritt vom Leib bis zu den Füßen an, da er so hinter der Türe hervor, und gegen sie zu kam. Aber, was sie nicht denkte, der Mann der jetzt so mit der Kappe (Mütze) in der Hand vor ihr stunde, und in jeder Ader zeigte, daß er nichts hoffe, nicht für sich rede, nicht um seinetwillen dastehe, viel weniger hinter der Tür gestanden, gefiel ihr so wohl, daß sie jetzt ganz stillstund, und den Fuß nicht mehr hinter sich zog, ihn auch nicht mehr vom Kopf bis zu den Füßen ansah, so nahe er jetzt auch an sie zu stunde. Er aber achtete es nicht, weder, daß sie nicht mehr zurückwich, noch daß sie die Augen geändert, und sagte fast ohne zu denken, daß es noch sein könnte, oder sein sollte, wie in den Tag hinein, sie solle ihm verzeihen, er wisse wohl, daß es zuviel von ihm seie, daß er an sie gedacht, aber er habe einmal auch jemand Rechter nötig. –

Sie gab ihm zur Antwort, ich kann dir in Gottes Namen keine Hoffnung machen. Er sah ihr da in die Augen, und mit diesem Wort, und mit diesem Ihr-in-die-Augen-Hineinsehen, kam's dem Rudi fast wieder wie von neuem in Sinn, es wäre doch gut, wenn's wäre, – und mit jedem Augenblick dachte er jetzt wieder wärmer, und wärmer, wenn's doch nur auch sein könnte, und wenn's doch nur auch Gotts Will wäre! Aber er sagte nichts, und dorfte nichts sagen, und stund da, wie ein Mensch der hungert, und nicht sagen darf, daß er ein Almosen gern hätte.

Die Meyerin sah wie durch ein Fenster in ihn hinein, und sagte zu sich selber, so einen herzguten Kerl hab ich in meinem Leben nie gesehen, vor mir zustehen; – zu ihm aber, – pfui, – wie du auch dastehest; – es ist nicht anders, als du wollest ein Almosen um Gottswillen.

Der Rudi erwiderte, ich bin noch nie vor jemand gestanden, wie wenn ich bettelte, aber ich spüre wohl, daß ich vor dir so dastehe, wie du sagst. –

Meyerin: Da mußt eben auch vor mir nicht stehen, wie wenn du betteltest. –

Rudi: Wie muß ich denn vor dir zustehen, und was muß ich machen, anstatt Bettlens das mich einmal jetzt ankommt.

Meyerin: Du mußt meiner gar nicht in acht nehmen. –

Rudi: Dann will ich doch lieber noch fortfahren mit dem Bettlen.

Meyerin: Ja – so sag ich dir dann helf dir Gott! –

Rudi: Wenn du mir recht, Helf dir Gott, sagst, so geht's mir nicht übel.

Meyerin: Nun, – wenn du das willst, du hast's. – Helf dir Gott Rudi!

Rudi: Ja, – das ist mir nicht das rechte Helf dir Gott. –

Meyerin: Ä was wäre dir denn das rechte Helf dir Gott?

Rudi: Wenn du mir die Händ darauf geben würdest, daß du mir auch helfen wollest, das wäre mir das rechte Helf dir Gott!

Meyerin: – So, – du bist doch kein Narr Rudi!

Rudi: Ich glaub's wohl, aber es hat doch auch nicht bald einer ein Almosen so nötig.

Meyerin: Aber warum soll ich dir es geben? Du kannst ja vor mehr Häusern so bettlen. –

Rudi: Das tue ich jetzo nicht.

Meyerin: Nur, – nur, tue was du willst, aber gehe jetzt wieder hinter die Türe, wo du hergekommen, und lasse uns jetzt allein.

Und hiemit nahm sie Gertrud an Arm, ging mit ihr etliche Schritte, und wußte nicht, was sie sagen wollte.

Gertrud rühmte von neuem den Rudi, und seine Haushaltung,

und sie hörte zu wie in der Kirche, fragte einmal über das andere, wie ist jetzt das? Was sagst du? Am Ende ging sie so freundlich von ihr heim, als sie unfreundlich zu ihr gekommen.

§ 34

Wie sich der Mensch an Seel und Leib krümmt und windet – wenn er etwas will, und meint – er wolle es nicht

Und dann daheim saß sie hinter dem Ofen, machte kein Licht bis es stockfinster war, und als sie ins Bett ging, wollten ihr die Augen nicht zu, was sie auch machte, sie mußte nur an ihn sinnen.

Sie meinte freilich, sie könne ihn nicht nehmen, sagte denn aber doch in ihrem Staunen: Ich wollte gern, ich könnte ihn nehmen, aber es kann nicht sein, – so alt, – und so viel Kinder, – es kann nichts draus werden; – und doch stund er ihr immer vor Augen, – und es war ihr völlig, wie wenn jetzo im Bett ihr jemand vor den Ohren die gleichen Worte wieder sagte, die er vorher zu ihr geredt, so lebhaft kam ihr alles von ihm vor; und auch mit dem, was der Junker gesagt, ging's ihr so. Einmal sagte sie zu sich selber, wenn ich ihn nehmen würde, so müßte mir dieser beim ersten Kind zu Gevatter stehen, warum macht er einem so lange Zähne! –

Auch der reiche Vetter, den ihr der Untervogt und seine Frau geben wollten, kam ihr jetzt vor, – und sie hatt', sintdem man ihr von ihm geredt, noch nie so viel an ihn gedacht, als diese Nacht, und sintdem er aus der Fremde, ihn nur ein paarmal gesehen. Das erste Mal an seiner Schwester Hochzeit; er saß gerade vor ihr über und fraß Speck, daß ihm das Fett davon auf beiden Seiten herabtriefte. Das andere Mal traf sie ihn im Dorf an, da er eben eine Sau metzgete und ihr die Hand tief in Hals hineinsteckte, und das warme Blut darüber herunterlaufen ließ, wie wenn es ihn freute.

Sie verglich jetzt die beiden denn auch. Er stund ihr mit dem Speck an dem Maul, und dem Blut an den Händen, wie der andere mit seiner Kappe ihr vor den Augen, und sie sagte einmal, es ist bald richtig; wenn sie einen von beiden haben müßte, so wär es sicher eher der Rudi, als das Wurstmaul mit seinen Hangbacken; und ein andermal, nein, einmal wenn das ganze Dorf sein wäre, ich wollte ihn nicht. – Aber es muß ja keiner von beiden sein.

Sie entschlummerte erst gegen Morgen, und da träumte ihr noch von ihm, sie ließ einen Schrei, wie wenn man sie mörden wollte, und erweckte das Kind, das neben ihr schlief, mit ihrem Schreien.

§ 35

Die Mitternachtstunde eines Vaters und eines Sohns

Es war überall kein gute Schlafnacht, der Rudi konnte es ebensowenig als sie, und die Leute, die am Morgen unter die Linde mußten, konnten es alle auch nicht; – am wenigsten der Junker.

Das Volk das nicht schlafen konnte, lag ihm auf dem Herzen. Er dachte den Ursachen ihres Verderbens im Ernst nach, und unterdrückte den großen Gedanken, daß die Regierung seines Großvaters die Ursache von dem Unglück dieser verheerten Menschen sei, und daß überhaupt das pflichtlose Leben der oberkeitlichen Personen, und des herrschaftlichen Stands die Hauptursach der Lebensverheerung seie, die in den niedern Ständen herrsche – diesen großen Gedanken, der den Kindern des Adels von der Wiege auf, als das erste Wort Gottes an sie, eingeprägt werden sollte, und nicht eingeprägt wird, unterdrückte Arner in dieser schlaflosen Nacht nicht, er hängte ihm vielmehr nach. Es ist wohl wahr, sagte er zu sich selber, was die liebe Ahnfrau noch zu mir sagte, die Zeiten sind böse, und waren von meiner Kindheit an böse; man macht aus sich selber alles, aus dem Volk nichts, und achtet es nichts, daß Leute die einem angehören es schlimmer haben als die Tiere des Felds. – Es nagte dem frommen Mann am Herzen, daß sein lieber Großvater aus seiner Burg ein Schloß gemacht, wie ein Königshaus, und weit und breit die Felsen abgetragen, und die Hügel zu Gärten gemacht, aber ihm ein Volk hinterlassen, an das er ohne Scham und Sorgen nicht denken darf. – O Gott! sagte er etlichemal zu sich selber; lieber, lieber Großvater! Hättest du mir doch meiner Ahnen zimmerleere Burg, und meiner Ahnen schandleeres Volk hinterlassen!

Sein Karl der im gleichen Bett lag, hörte ihn gegen zwölf Uhr so beklemmt atmen, und sagte zu ihm, fehlt dir etwas Papa? daß du nicht schlafen kannst.

Nein, Lieber! Es fehlt mir nichts, sagte Arner.

Wohl lieber Papa, es fehlt dir doch etwas, gell es ist dir angst auf morgen? sagte das Kind. –

Warum das, du Lieber? sagte Arner.

Meinst, ich wisse es nicht, es ist allen Leuten so angst wegen der Rechnung. –

Arner: Wer hat dir das gesagt?

Karl: Etliche Buben, aber einer gar, – denk Papa! Er war bei den andern Buben, aber er hat gar nicht mögen lustig sein, und ist so herumgestanden, daß man ihm's angesehen, es fehl ihm etwas. – Da bin ich zu ihm gestanden, hab ihn bei der Hand genommen, und gefragt, warum er so traurig seie? Zuerst hat er mir's nicht wollen sagen, aber ich habe nicht nachgelassen, und da hat er mir gesagt, seine Leute daheim, der Vater und die Mutter, und die Schwestern weinen sich fast zu Tod, sie seien dem Vogt auch etwas schuldig, und jetzt müsse die Schwester morn vor dich, mit ihm zu rechnen, aber ich soll doch dir nichts sagen, daß er mir's gesagt habe, und denk auch Papa! Das Schreien ist ihn da so angekommen, daß er sich hat müssen umkehren, daß ihn niemand höre, es hat mir doch auch so weh getan, und ich bin mit ihm hinter den Hag gegangen, und bei ihm geblieben, bis man es ihm nicht mehr so angesehen, daß er so geweinet.

Arner: – Das ist brav Lieber! Wie heißt der Bub?

Karl: – Er heißt Jakobli und ist ein schöner Bub, – mit einem glatten weißen Haar, und ein guter Bub, du kannst nicht glauben, wie gut! und wie lieb er mir ist! –

Arner: Aber wem gehört er?

Karl: Er wohnt grad unten am Kreuzbrunnen, es sind so drei Tritt vor dem Haus.

Arner: Aber du weißest nicht, wie seine Leute heißen?

Karl: Nein: Aber gell du bist auch morn nicht so gar bös mit ihnen, sie haben jetzt schon sint dem Sonntag nichts getan als weinen. –

Arner: Ich will mit allensammen nicht bös sein, aber du Lieber! Ich muß mit ihnen, wie mit dir, wenn sie sich etwas Böses angewöhnt, doch auch machen, daß sie es sich wieder abgewöhnen, und du weißt wohl, wie schwer das Abgewöhnen alle Menschen ankommt, wenn man ihnen nicht den Ernst zeigt.

Karl: Aber gell! Wenn sie es denn nicht mehr tun, so bist du denn auch wieder gut mit ihnen?

Arner: Ach, – ich bin so froh, wenn ich kann gut sein. –

Karl: Ich weiß es wohl, sagte Karl, und entschlief wieder bei diesem Wort.

§ 36
Der Anfang der Morgenangst

Arner stund vor den fünfen auf; er hatte um diese Zeit den Weibel zu sich beschieden, und gab ihm da aus des Vogts Hausbuch den Rodel, was für Leuten er auf diesen Morgen noch zur Rechnung bieten solle.

Indem er ihm das Papier in die Hand gab, sagte er, es ist mir nur leid für die vielen Leute, denen dieser Rodel Mühe machen wird.

Der Weibel gab ihm zur Antwort: Es geschiehet ihnen nur recht, sie haben's so wollen, und dachte nichts weniger als daß sein liebes Töchterlein obenan stehe.

Der Junker sah ihn so an, ließ ihn gehen, und er satzte sich dann daheim noch hinter den Tisch, um eine Tasse Kaffee zu trinken, eh er den Lauf durchs Dorf antrete, und nahm da erst den Rodel in die Hand, zu sehen, wo er eigentlich hin müsse, – aber er verschüttete die Tasse Kaffee, als er sein Kind darin obenan sahe, und wußte nicht was er tat, bis er zum Haus hinaus war, so verwirrete ihn der Name seines lieben Kinds an diesem Ort. Und da er zum Haus hinaus war, wußte er es noch viel weniger, und mußte einmal über das andere wieder in eine Gaß zurück, wo er schon ein- und zweimal gewesen, so gar wenn er bei einer Türe zu noch im Rodel gelesen, was er in dem Hause zu sagen habe, wußte er es schon nicht mehr, wenn er in die Stube hineinkam, und mußte ihn wieder aus dem Sack nehmen, zu sehen, ob es den Hans oder den Heiri antreffe? So nahm's dem armen Mann den Kopf, daß er sein liebes Töchterlein also im Sack herumtragen mußte. Er hätte es am Morgen mit Füßen vertreten, wenn's die Mutter nicht im ersten Sturm hinter dem Heustock verborgen, bis er zum Haus hinaus war. Wo er hin kam, war den Leuten das Herz groß, aber doch tröstete es viele, daß sein Töchterli es auch mithalten müsse.

Aber ich kann nicht erzählen, wieviel ihm allerlei begegnet! Doch hielt ihn niemand so lang auf als die Barbel, die die Fromme heißt.

Sie hatte ihre beiden Hände auf der offenen Bibel übereinander, kehrte das gelbe Weiß in den Augen um, wie ein Bock, wenn man ihn metzget, und sah gen Himmel, als er ihr sagte, warum er da seie. Um Gottes willen Weibel, antwortet sie ihm, was denket Ihr auch, daß Ihr zu mir kommet? B'hüt mich Gott dafür, ich bin meiner Lebtag dem Vogt weder viel noch wenig schuldig gewesen, es muß einmal jemand anders gemeint sein, es heißen ja noch mehr Leute wie ich.

Der Weibel wußte nicht wer, sie namsete ihm aber sogleich das Spinnerbabeli – da sagte er, der Vogt hätte diesem Bettelmenschen nicht 5 Batzen, geschweige fünf Gulden vertraut.

Was wisset Ihr Herr Weibel! wie das hat können kommen, Ihr werdet einmal müssen gehen und fragen, denn jetzt seid Ihr einmal bei meinem Gewissen am unrechten Orte.

Nun, ich kann wohl gehen, es wird sich denn zeigen, sagte der

Weibel. – Und das Spinnerbabi ging sobald es ihn von der frommen Nachbarin die Gaß hinaufkommen sah, ihm entgegen, und sagte, eh er ihns noch anredete, – ja ja, ich weiß was Ihr wollet, und es wird sich wohl machen, ich will es ordentlich kommen zu zahlen.

Aber bist du dem Vogt so viel Geld schuldig? sagte der Weibel. Was willst jetzt soviel fragen, es ist manchmal besser, man wisse nicht gar alles, erwiderte das Babeli.

Du hast recht, sagte der Weibel, ich hab heut auch nur schon zuviel erfahren. – Er wußte aber doch was es war, und wie es kommen würde.

§ 37
Ein Schaf unter viel Böcken

Gegen den neunen kamen die Leute, die er weibelte unter die Linde. Aber will den Haufen beschreiben, und sie abmalen; vom alten Meyer an, der über 30 Jahr beim Vogt saß bis auf Halloris Kind, das vor drei Wochen das Unglück hatte seiner Mutter den ersten Batzen zu stehlen, und ihn dem Vogt zu bringen. Wer will diese 125 Menschen beschreiben, Männer, Weiber, und Kinder, und wer will den Unterschied treffen zwischen denen die Speck bei ihm aßen, denen die Branntenwein soffen, und denen die Butter schleckten, und Kaffee tranken. Wer will es ausdrücken? wie sie einander an Leib und Seel, an Händen und Füßen, an Nasen und Ohren so ungleich, und dann wieder auf eine andere Art einander gleich waren. –

Ich kann es nicht sagen, wie gleich und wie ungleich es einander war das Lumpenvolk da. Die einten zahlten ihn mit Geld, die andern mit Baumwollen; einige gaben ihm altes Eisen daran, andere zahlten ihn mit Eiden und Zeugnissen und ihrer Seelen Heil dafür.

Ich eile mit dem Bild dieser Stunde unaussprechlich schnell vorbei, sie drückt mich wie den Junker, dem sie vor Augen stunde.

Dieser fragte noch ehe er unter die Linde ging den Pfarrer, was für Leute beim Kreuzbrunnen wohnen, und einen Buben haben, der Jakobli heiße, und sagte es seien drei Tritt vor ihrem Haus.

Wenn der Pfarrer schon seinen Kragen auf die Kanzel vergessen hätte, er hätte nicht mehr können betroffen sein, als daß er es vergessen mit dem Junker von dieser Haushaltung zu reden, wie er sich vorgenommen. Er sagte es ihm jetzt und erzählte ihm, daß ihn keine von den Leuten, die unter die Linde müssen, dauren wie diese, weil sie bis auf den letzten Winter sich vor allen Wirtshausschulden gehütet, die Frau aber seie vom Herbst an bis auf den Frühling bett-

liegrig gewesen, und ihr Mann habe ihr mehrenteils die ganze Nacht
durch wachen müssen. Ihr könnet wohl denken, Junker, sagte der
gute Pfarrer, wie es dann geht, die Nächte sind lang, und wenn ein
Mann den Tag über arbeitet, schlechte Speisen hat, und denn noch
die Nacht durch wachen muß, was will man darüber sagen? wenn
er auch dann ein Glas Wein mehr gelüstet als er sollte.

Er rühmte die Haushaltung gar, und sagte: sie seien noch von dem
alten Vogt Lindenberger her, und wo noch ein Bein von dem Mann
herstamme, so sei es ehrenfester und schamhafter als alles andere
Volk im Dorf – und die Tochter welche den Wein gereicht, und ins
Vogts Buch eingeschrieben seie dann ganz unschuldig, sie habe keinen Tropfen davon getrunken, auch sage ihr Vater alle Stund zu ihr,
sie müsse ihm die Schande nicht ausstehen, er seie schuldig, und er
wolle unter die Linde, aber sie wolle ihn nicht lassen, und bitte ihn
um tausend Gotteswillen er solle das nicht tun, – aber sie habe dann
doch vom Morgen bis in die Nacht feuerrote Augen vom Schreien.

O Gott! Wie wären diese Menschen anderst, wenn man anderst
mit ihnen umgegangen wäre, sagte der Junker wieder zu sich selber. –
Und auch dieser Vorfall füllte sein Herz mit Güte für diese Elende,
und machte ihm eine gute Weile den Anblick erträglicher, den er unter der Linde hatte.

§ 38
Das reine landesväterliche Herz meines Manns

Er bedaurte die Kinder am meisten, er ließ ihnen auch zuerst rufen,
damit sie aus der Angst kämen, und sagte keinem viel mehr als bist
du auch da? Etlichen bot er noch die Hand, und sagte ihnen mit Vatergüte, tu doch das dein Lebtag nicht mehr! –

Aber das Ganze was ihm vor Augen stund war entsetzlich. Der
Fehler, um dessentwillen sie da waren, machte ihm nichts, aber das
Bild der Heuchelei und Verstellung, das allenthalben hervorstach,
drückte und empörte den Mann.

Die meisten Weiber taten, wie wenn sie in Boden hineinsinken
wollten. Er sagte aber ihrer etlichen, es ist dir nicht halb so wie du
tust, – einer sagte er gar, ich meine, wenn grad jetzt ein Krug Wein
bei dir zu stunde, und du allein wärest daß dich niemand sähe, dein
Jammer würde bald aus sein.

Aber eine verstellte sich nicht; es war ein Elend sie anzusehen, sie
weinte nicht, aber ihr Atem tönte auf viele Schritte laut, ihr Mund

lag übereinander, wie wenn er zusammengewachsen, und wenn sie redte, schnappte sie nach Luft. So stund die Rabserbäurin vor seinen Augen.

Was ist dir Frau? – Bist du krank, oder was fehlt dir? sagte der Junker. –

Sie konnte nicht reden, aber sie fing an zu weinen, und mit dem war ihr leichter, daß sie hintennach sagen konnte, sie sei jetzt 60 Jahr alt, und habe ihr Lebtag schinden und schaben müssen, wie eine Bettelfrau, und ihr Mann mißgönne ihr das Brot, und gebe ihr nicht, wie recht ist, zu essen, sonst wäre sie, das wisse Gott im Himmel nicht in diesem Unglück. –

Es machte den Junker blaß; er fragte links und rechts ob dem so seie? Und links und rechts war die Antwort, es seie nicht anderst, und es habe der Frau ihrer Lebtag kein Mensch nachgeredt, daß sie ein Glas Wein zuviel getrunken. Der alte Reinold setzte hinzu, sie habe zwanzig Kinder gehabt die aber alle bis auf zwei tot seien, und die Frau möge die rohen Speisen, die sie um seines Geizes willen essen sollte, nicht mehr erleiden, und sonst sei ganz gewiß unter der Sonnen kein Grund, daß sie insgeheim dann und wann ein Glas Wein aus dem Wirtshaus kommen lassen. –

Als der Junker dieses gehört, sagte er, wenn's so ist Frau, so will ich dir helfen. Wenn dir dein Mann nicht zukommen läßt, was du zu deiner Leibsnotdurft brauchest, sei es jetzt Wein oder was es wolle, so sag du nur dem Pfarrer, in welchem Haus im Dorf du den Rest deiner Tage gern verleben möchtest? Und ich will dann schon dafür sorgen, daß dein Mann dir was du nötig hast, sicher in dieses Haus bringen wird.

Aber diese und die Lindenbergerin waren auch die einzigen mit denen er von Herzen hat gut sein können.

Es freute ihn frei als die letzte kam; sie hub kein Aug vom Boden und sagte kein Wort zu ihrer Entschuldigung, da sie ihm zuerst antwortete.

Der Junker sagte zu ihr, Kind! Warum hast du nichts zu deiner Entschuldigung, warum du da bist?

Auf dieses Wort sah sie den Junker das erstemal an, aber redete nicht.

Nun wenn du es nicht sagen darfst, so will ich es sagen: ich weiß es, euere Haushaltung hat sich bis auf den letzten Herbst aller Wirtshausschulden hüten können, und wenn deine Mutter nicht einen so elenden Winter gehabt hätte, so wäret ihr auch keinen Heller schuldig.

So entschlug der gerechte Landesvater vor allem Volk dies gute Kind seiner Schande halber. Aber es tat den 120zigen wehe zu hören, daß eines besser unter ihnen als sie alle, und es war kein Krüppel an Leib und Seele unter der Linde, der nicht zu sich selber sagte, ja, – wenn er wüßte wie ich's gehabt hätte, er würde gewiß das und noch mehr auch zu mir sagen.

Die Lindenbergerin antwortete ihm, ich danke Gott, daß ihr wisset, wie wir's gehabt haben.

Ich weiß noch mehr, ich weiß auch, daß du keinen Tropfen von dem Wein getrunken, um dessenwillen du da bist, und daß dein Vater dich noch gebeten, du sollest ihn sich für dich verantworten lassen, aber du bist so brav gewesen, und hast es nicht wollen.

Jetzt nahm das Kind die Hand vor die Augen, die ihm überliefen, und sagte schluchzend, mein Vater, niemand als mein Vater, mein lieber Vater hat Euch das gesagt.

Nein, sagte der Junker, dein Vater hat es mir nicht gesagt; aber grüß mir deinen Bruder den Jakobli, und sag ihm, er soll am Sonntag zum Karl ins Schloß kommen, zum Mittagessen, er ist ihm gar lieb. –

Jetzt wußte das Kind wer es ihm ausgebracht, und sagte beim Weggehen zu sich selber, der liebe Gott hat's doch auch gut mit mir gemeint, daß es so gekommen ist.

§ 39
Seine Kraft wider das freche Laster

Einige kamen jetzt auf den Einfall, weil er so gut seie, so lass' es sich vielleicht wohl mit dem Leugnen probieren. Die Speckmolchin, die grad auf ihns folgt, tat den Versuch.

Sie stund keck an den Tisch, und sagte, der Hummel habe sie wie ein Schelm und Dieb aufgeschrieben, sie sei ihm weder Heller noch Pfennig schuldig, und sie wüßte sich bei Jahr und Tag nicht zu erinnern, daß sie das geringste mit ihm gehabt oder ihm nur ins Haus hineingekommen.

Der Hummel antwortete, man solle nur ein Tischtuch und ein Handtuch ansehen, die auf dem Tisch liegen, und die sie ihm versetzt, es werde sich denn wohl zeigen, ob sie nie im Haus gewesen. Das machte sie noch nicht irr. Sie behauptete keck, sie habe ihrer Lebtag diese Tücher weder gesehen, noch in Händen gehabt. Man fand ihren Namen daran, das verwirrte sie einen Augenblick, aber dann sagte sie, sie müssen ihr gestohlen worden sein, einmal das seie gewiß, und das könne sie bezeugen, daß sie es ihm nicht gegeben habe. –

Der Junker aber machte es kurz, und sagte, er schicke im Augenblick in ihr Haus, und wenn ein einig Stück von gleichem Tuch sich darin finde, so lasse er sie 14 Tage ins Zuchthaus sperren, wenn sie es nicht im Augenblick bekenne.

Sie erwählte das Bessere. Und er machte sie dem Hummel vor allen Hunderten die da waren, die Hand bieten, und laut und verständlich bezeugen, er sei dessentwegen und diesfalls, daß er sie in seinem Buch aufgeschrieben, sie seie ihm so und so viel schuldig, weder ein Schelm noch ein Dieb. –

Sie erstickte schier, eh ihr diese Worte alle zum Hals heraus waren, und man hätte meinen mögen, die drei Finger, die der Henker dem Vogt schwarz gemacht, brennten wie Feuer, so verzog sie Augen und Maul, und zückte mit dem Arm wieder hinter sich, da sie ihm die Hand langen mußte.

Im Weggehen sagte sie hinterrucks zum Vetter Weibel, ich hätte doch nicht geglaubt, daß er es mir so machen würde, und er antwortete, und ich hätte nicht geglaubt, daß du so dumm wärest. –

§ 40
Betschwesterarbeit wird mit Hexenarbeit verglichen

Bald nach ihr kam das Spinnerbabeli hervor. Aber der Junker sah, daß jedermann die Köpf zusammenstieß, und fragte die Vorgesetzten, was das seie?

Der Weibel antwortete, man glaube, das seie nicht die rechte Barbel. –

Das wird sich etwan wohl zeigen, sagte der Junker, und fragte den Hummel, was das seie?

Dieser erzählte, die rechte Barbel heiße die Fromme, und sei sint dem Sonntag alle Nacht, wenn's stockfinster gewesen, vors Haus gekommen, und habe ihm mit Sprüchen aus der Bibel, und weiß nicht was allem zugesetzt, daß er um Gottes willen auch so barmherzig seie, und das Maul halte, wenn das andere Babeli für sie unter der Linde hervorkomme, und zahle. Er setzte hinzu, er habe, damit er ihrer loskomme, geantwortet, wenn niemand nichts sage, so wolle er auch schweigen.

Der Junker fragte darauf das andere Babeli, aber was hat sie dir Lohn gegeben, daß du für sie da herfürgekommen?

Es antwortete, einen halben Gulden, und setzte hinzu, es seie ein armes Mensch, und habe gedacht, es schade niemand nichts, wenn es das tue.

Aber hast du nicht gedacht? es schade dir selber, deinen guten Namen so an Lumpentisch hervorzutragen, sagte der Junker. –

Und es – ich habe gedacht, es glaube das niemand. –

Der Junker mußte ob ihm lachen, über die andere lachte er nicht. Er rief dem Harschier, und befahl ihm den Augenblick, die rechte Barbel aus dem Haus zu nehmen, und hieher zu bringen.

Sie aber saß in diesem bittern Stündlein der Trübsal ob dem Buch Hiob, und las das Leiden des Manns, vom ersten Kapitel bis aufs letzte, und deutete alle Trübsal, die ihm der Teufel und sein Weib machten, nur auf sich, und ihren heutigen Jammer. – Aber das Buch Job endete, und das Stündlein ihrer Trübsal ging leider erst an. Ihre Dienstmagd und Mithalterin wartete indessen, daß sie im Job las, oben an der Kirchgaß, wie es unter der Linde ablaufen wolle, und sah nach langem Warten und Warten, daß das Spinnerbabeli endlich zum Tisch hervorwackle, aber es rückte nicht mit ihm, und es wollte auch nicht wieder vom Tisch weg wie die andern. – Das dünkte sie schon kein gutes Zeichen, aber da sie jetzt gar den Harschier zum Junker hervorkommen sah, machte sie sich was gibst, was hast, aus dem Staub, und heim.

Sie war fast außer Atem, und konnte der Meisterin kaum sagen, was ihr vorstund. Diese aber, ob sie es gleich nur halb verstanden, vergaß den Job, und dachte jetzt ganz allein an sich selber, und sagte, Herr Jesus! – Ach mein Gott! Der Teufel hat es mir wohl müssen in den Sinn geben, daß ich das Mensch habe unter die Linden schikken müssen; es hat mir es jetzt in Gotts Namen noch selber ausgebracht. –

Eine arme Hexe schwitzt in der Mitternachtsstunde bei ihrer strengsten Arbeit, wenn der Beelzebub um sie herumrummelt, nicht halb so sehr, als die arme Fromme bei ihrem atemlosen Übereinanderbeten, hilf Helfer, hilf! in dieser Not jetzt schwitzte. Es half ihr nichts, sowenig als daß ihre Dienstmagd ihre Türe verriegelte; der Harschier gab ihr, da man sie nicht öffnete einen Tritt mit den Schuhen, und hatte meine Fromme nach Profosenart, gar bald vom Buch Job weg. Aber man muß den Basler Totentanz im Kopf haben, wenn man sich vorstellen will, wie sie miteinander unter die Linde gingen.

Ohne ein Wort mit ihr zu reden, ließ der Junker sie auf den steinernen Bank, neben den Brunnen zu stellen, und da warten, bis niemand mehr unter der Linde war, damit sie lehre ein andermal die Schand des Lumpenlebens nicht mehr so wohlfeil zu verkaufen.

§ 41
Wider die Hoffart und wider Volkskomödien vor dem Halseisen, (Pranger)

Bald auf sie folgte die Hürner Beth, die trug vornen und hinten Sammetbänder, und am Kopf und Hals feines Zeug.

Arner kannte seine Eltern aus dem Almosenrodel, und fragte, bist du des Hürner Jakobs?

Diese Frag gefiel dem Menschen schon nicht, es verlor schon seine Farb, da es ja sagte.

Der Junker sah ihns vom Kopf, bis zun Füßen an, und fragte ihns da, wie kommst du zu Seiden und Sammet?

Erschrocken wie eine Diebin, der ihre Arbeit eben an Tag kommt, antwortete es nichts.

Der Junker aber sagte wieder, wie kommst du zu Seiden und Sammet?

Und es brachte es unter Herzklopfen heraus, ich hab verdient, was ich trage.

Ich will nicht fragen, wie? sagte Arner, ich will dich nur fragen, ob dir anstehe es zu tragen?

Es schwieg wieder.

Der Junker aber sagte, wo keine Scham ist, da ist keine Ehre, und ein Mensch, das vom Almosen erzogen wird, und sich vor seinem Dorf nicht schämt, sich kostbarer zu kleiden, als Leute, die von niemand nichts haben, und von niemand nichts wollen, ist ein böses Exempel, dem ich vorbiegen muß; und einen Augenblick darauf sagte er zu ihm, wieviel Geschwisterte hast du?

Es sagte, fünfe.

Und er wieder: Gehen sie auch so hoffärtig daher?

Es schwieg.

Er fragte zum andernmal: Gehen sie auch so hoffärtig daher?

Da sagte es nein.

Er fuhr fort: Aber haben sie Strümpf und Schuh, und ganze Hemder?

Es zitterte und schwieg wieder. –

Und er sagte wieder: Haben sie Schuh, Strümpf und ganze Hemder, deine fünf Geschwisterte?

Es mochte wollen oder nicht, es mußte nein sagen.

Und der Junker fuhr fort, – aber dein Vater, und deine Mutter, können sich die vor Kälte und Wärme schützen, Kleidern halber?

Es schwieg wieder.

Ich sehe wohl, auch das ist nein, – sagte der Junker, und du schämst dich nicht, und förchtest dich nicht der Sünde halber so daher zu kommen. –

Dann befahl er ihm jetzt heim zu gehen, und Vater und Mutter, und alle Geschwisterte auf der Stelle, wie sie gehen und stehen hieher zu bringen.

Das Elend selber, wenn man ihns abmalen wollte, könnte nicht elender sein als diese sieben Menschen. –

Der Junker ließ sie vor sich zu, die Hoffarts-Beth auf die einte, und Vater und Mutter, und Geschwisterte auf die andere Seite stellen. Da sie denn vor ihm zu, so gegeneinander über stunden, sagte er zu dem Menschen. –

Ist jetzt das dein Vater?

Seine Lippen bebten ihm, seine Augen stunden ihm starr, und seine hangende Hände zitterten, als es jetzt ja sagte.

Er fuhr fort, und du bist des Manns Tochter?

Beth: – Ja. –

Junker: – Und der Frauen da ihr Kind?

Beth: – Ja.

Junker: – Und das sind deine Geschwisterte?

Beth: – Ja. –

Junker: – Sind diese Kinder mit dir unter einem Herzen gelegen?

Es schluchzete.

Der Junker fuhr fort, und du lassest sie so, und Vater und Mutter so, und darfst dich dann so zeigen! Geh jetzt mit deiner Mutter wieder heim, und all die Lumpen, die sie jetzt tragt vom Kopf bis zun Füßen leg du an, und komm in diesen Lumpen wieder hieher.

Erschrecklichers hätte der Hoffarts-Beth nichts begegnen können; sie sank fast an Boden, und Vater und Mutter baten vor sie, und die Geschwisterte fingen an alle zu weinen.

Der Junker aber sagte, wenn er nicht das halbe Dorf dem Hunger und Elend, und einem Leben das zum Ausserben führe bloßgeben wolle, so müsse er machen, daß wer nicht Brot habe, und sich nicht decken könne, auch nicht Hoffart treibe. –

Er war aber so freundlich und gut mit den Eltern und Kindern daß ein paar Minuten darnach die Mutter selber sagte; er hat in Gottes Namen recht, und ich hab dem unvernünftigen Kind hundert- und hundertmal gesagt, es könne es nicht verantworten, wie es seine Geschwisterte, von Vater und Mutter wolle sie nicht reden, im Elend lasse, und alles an die Hoffart verwende.

Der weise gute Landesvater gab der vernünftigen armen Frau jetzt ein Almosen, und sagte ihr, sie soll nur getrost sein; Er wollte nichts als das verirrete Mensch zur Vernunft bringen, und wußte selber, daß wenn er ihns also unter die Linde kommen lassen würde, er dadurch noch mehr die Sitten und das Herz seines armen Dorfs verderben würde.

Es zeigte sich deutlich. Er hatte auch ihm nicht sobald dieses befohlen, als alles Lumpenvolk unter der Linde seine eigene Rechnung vergaß, und sich wie auf eine Hochzeit freute, die Hoffarts-Beth in ihrer Mutter Hudlen unter die Linde wackeln zu sehen.

Aber der Junker schickte, sobald sie heim war, den Harschier nach, mit Befehl, niemand zu ihrem Haus hinzustehen zu lassen, und vor der Türe zu warten, bis das Mensch in seinen Hudlen herauskommen wolle, und ihm denn zu sagen, es soll jetzt nur daheim bleiben, aber wenn es sich noch einmal in einer ihm nicht anständigen Kleidung zeige, so lasse er ihns ohn anders zum Dorf hinaus führen.

Seit dieser Stund ist die Hürnerbeth ein braves eingezogenes Mensch und hat am gleichen Tag alle Zeichen und alle Faden von Hoffart von den Kleidern die es hatte, abgetrennt.

Hundert an eins ist zu wetten, wenn er die Komödie, auf die das Lumpenvolk hoffte, mit ihm gespielt hätte, es wäre vor immer verloren gewesen.

§ 42
Wie, und wie weit Lumpenvolk, wenn es sich im Vorteil spürt, das Maul braucht

Es ist nicht zu sagen, was es alle Augenblicke vor Auftritte gab. Eine Kreblerin, die schon mehr als vor einem halben Jahr ihres Manns silberne Schnallen dem Vogt versetzt, und damit er sie nicht im Verdacht habe, ihre Dienstmagd, die allein im Haus war, als eine Diebin auf der Stelle fortgeschickt, hatte auch eine Jobs Stunde.

Die Ringen lagen jetzt unter der Linde auf dem Tisch, und des Josen Conrad, der der Bruder war von der Margreth, die sie hat sollen gestohlen haben, kennte sie im Augenblick, und sprang was gibst was hast heim, seiner Schwester zu sagen, was er für einen Fund gemacht.

Das war ein Jubel für Bruder und Schwester. So geschwind als er heimkam, so geschwind sprangen beide wieder gegen die Linden dem Krebler und seiner Frauen jetzt den Meister zu zeigen.

Er aber roch Feuer, ging ihnen noch zu rechter Zeit entgegen, er traf sie oben an der Kirchgaß an, stellte sich vor sie hin, daß sie an ihn anstoßen mußten und sagte. –

Sie sollen doch einen Augenblick halten, wenn etwas Ungrades in seinem Haus vorgefallen, so wolle er machen, daß sie können zufrieden sein.

Nein, nein, antworteten sie, und er und sie: Die Leutbetriegerin deine Frau muß zuschanden gemacht sein, wie sie es verdient, so hängt sie ein andermal niemand mehr den Namen an, der ihr gehört.

Ja, ja sagte die Margreth, sie ist eine Leutbetriegerin, eine Seelenmörderin deine Frau, so hat mir es in meinem Leben noch niemand gemacht, und den Lohn dazu abgedruckt.

Sie taten beide wie wild, und die Margreth noch obendrein, wie wenn sie die Augen trocknen wollte. – Diese aber hatten das gar nicht nötig, sie waren so trocken als wenn sie eben zum Ofen herausgekommen. – Das andere Wort das sie redte war, wie unglücklich sie jetzt sei, daß sie so um Ehr und guten Namen gekommen.

Tut doch jetzt nicht so gar, sagte der Krebler, sie muß euch Ehr und guten Namen wieder geben; denn es machte ihm angst, daß die Leute oben an der Kirchgaß alles es hören, so laut redten sie.

Ja, ja – es ist bald gesagt; Ehre und guten Namen ist nicht so leicht wiederzugeben, wenn man es einem genommen. Und denn obendrein, was ich für Schaden und Nachteil von dieser Sach gehabt, ist mit keiner Zunge zu beschreiben, sagte das Mensch; und sein Bruder machte das Tüpfli aufs i. Aber sie wollten nur Geld; und der Krebler, der wohl sah, daß hier hichts anders zu machen, als den Säckel zu ziehen, sagte endlich.

Nu was kostet es denn? damit wir abeinanderkommen.

Ja sagte die Margreth, ich bin jetzt bald drei Vierteljahr auf mir selber gesessen, und hab keinen Dienst finden können, weil sie mich so als eine Diebin zum Haus hinausgetan, vom andern will ich nur nicht reden. –

Und ihr Bruder, – es ist da nicht an uns zu fordern, wenn du es also willst so kannst du nur bieten was du geben wollest, es wird sich dann zeigen, was wir dazu sagen wollen.

Kurz sie brandschatzten ihn vor 20 Gulden. Als sie aber die hatten, war weiter von Ehr und gutem Namen keine Red. –

Den Sigrist und Schulmeister ließ der Junker gar spat rufen, damit sie recht lang unter den andern Wirtshauslumpen dastehen müssen.

Diese wollten noch eine Predigt halten, wie es gekommen, daß der einte 5 und der andere 7 Gulden schuldig.

Er sagte ihnen aber, haltet das Maul! –

Auch der Kriecher wollte so predigen. –

Er sagte ihm aber, ich kenn dich ja schon. – Keiner machte es, ich möchte fast sagen so gut als der alte Meyer, – der kam hervor, wie einer dem noch viel herausgehörte, und sagte, was ich schuldig, das will ich zahlen, und weiter und ferner ist es kein Schelmenstuck, wenn's einer hat und vermag, wenn er trinkt, bis er genug hat. –

Es ist gar richtig, daß Saufen kein Schelmenstuck ist, sagte der Junker, aber es führt gern zu vielem.

Ich hab meiner Lebtag gehört, die größten Schelmen hüten sich vor dem Vollsaufen, sagte der Meyer.

Und der Junker mußte lachen. –

Aber bald alle Augenblicke kamen Männer, Weiber, und Kinder, denen er gestern Armuts halber das Geld für eine Geiß vorgeschossen. Es wunderte ihn, wieviel von diesen zusammen da seien? Und er befahl, daß wer immer von den 27 Haushaltungen da seie, Männer, Weiber, und Kinder, die sollen sich zueinander an einen Haufen stellen, und es fande sich, daß von den 27 Haushaltungen nicht drei waren, aus denen nicht entweder der Vater oder die Mutter oder ein Kind Wirtshausschulden halber jetzt vor ihm stunden.

Er sagte ihnen, ihr habt doch scheint's Vermögen Schulden zu machen, wenn schon nicht Vermögen euch an Leib und Seel wie Menschen zu erhalten. Es zerschnitt ihm fast das Herz wie die Leute alle aussahen, aber er ließ sie gehen ohne ein Wort mehr zu ihnen zu sagen.

Aber der Eindruck, den ihm der ganze Morgen machte, war bedrückend, und er ging fast ohne Hoffnung daß mit einem Volk unter welchem so viel Lumpen seien, noch etwas auszurichten, mit beklemmtem Herzen von der Linde ins Pfarrhaus.

§ 43
Zwei Weiber messen ihr Maul miteinander, und die Kleine wird Meister

An diesem Morgen vernahm die Untervögtin, während ihr Mann unter der Linde beim Junker zu saß, und das Maul offen hatte, was ihm gestern bei Gertrud wegen seiner Schwester begegnet.

Potz Schümmel, potz Koli* – wie feuerte das Weib! Sie lief vom

---

* *Anmerkung:* Potz Schümmel potz Koli – anstatt potz Himmel potz Hölle, – eine Nachahmung der unter den verdrehetesten Bauern üblichen Manier anstatt der Wörter des Schwörens und Fluchens ähnliche Töne, und nicht die Wörter selber zu gebrauchen, und z. E. anstatt beim Donner, beim Tummel, anstatt beim Ketzer, beim Kätzli, – und anstatt beim Sakrament, beim Sakerstrenz zu sagen.

Es gibt Leute welche solche Dummheiten beschönen, und behaupten, es sei doch besser als unbemänteltes Fluchen.

Ich bin unverhohlen ganz der gegenseitigen Meinung, und finde daß es weit schlimmer ist. – Die Natur der Sache zeiget es auch ganz klar. Das Fluchen an sich selber ist glatterdings nichts als ein leerer Ton, man braucht nur die Wörter nicht zu verstehen, so ist es so viel als hüst und hott – und nichts anders als ein lauter Schrei, der an sich weder im Himmel noch auf Erden, noch unter der Erden niemand weder wohl noch weh tut; es wird aber etwas, Schlimmes insofern wir mit diesen Tönen Begriffe verbinden oder erregen, die in uns oder andern die Achtung verletzen, die wir dem Urheber unserer Natur, und allem was uns an ihn erinnert, schuldig sind.

Es ist in eigentlichem Verstand ein Ungezogenheitsfehler, und je mehr dieser unüberlegt, gedanken- und aufmerksamkeitsleer ist, je mehr ist er seiner Natur nach zu entschuldigen. – Je mehr er hingegen an Überlegung angeknüpft und abgemessen wird, desto mehr verliert er das Entschuldigende seiner Natur, und wird aus einem Ungezogenheitsfehler ein Niederträchtigkeitsfehler. Die Erfahrung bestätiget diesen Grundsatz völlig, und wird uns die Kätzli und Sakerstrenz Flucher immer cœteris paribus niederträchtiger und verdreheter darstellen, als die so ihren Ketzer und Sakrament grad herausfluchen.

Die Sache ist in einem allgemeinen Gesichtspunkt sehr wichtig, die Schwächen und Fehler des menschlichen Lebens werden genau dadurch giftig, daß man mit sich selber künstelt, an dem zu saugen, was man sich nicht getraut gerade herunterzuschlucken. Je schwächer, sinnlicher und chinesischer die Menschen werden, je mehr machen sie es so, und wir erhalten durch dieses Bedecken aller roher Äußerungen unsers innern Sinns, und durch die immer steigende Künste an dem zu saugen, was wir nicht fressen dörfen, eine Art Menschen unter denen es nach dem Ausdruck eines Weibs, zum Verbrennen schöne Ketzer, und zum Küssen gute Teufel gibt.

Melchen und Tränken weg zu ihrer Geschwei (Schwägerin) mit ihr zu reden, was das dann sei?

Zu warten bis ihr Mann von der Linde heimkäme, das war ihr unmöglich.

Sie hatte ihrem feisten Vetter versprochen, er müsse das Mensch haben, so gewiß als die Uhr schlagt, und jetzt hörte sie das. Aber sie kam der Meyerin nicht wohl, das Übelschlafen saß ihr noch auf der Stirn, und der Traum über den Feisten lag ihr noch rings um das Maul.

Die Vögtin sah's ihr beim Willkomm an, und sagte, es scheint du habest nicht gut geschlafen?

Eben hab ich nicht gut geschlafen, antwortete die Meyerin, es hat mir von deinem schönen Vetter geträumt, und ich bin ab ihm erschrocken, daß mir jetzt noch alle Glieder weh tun.

Ha du mußt doch nicht glauben, daß du völlig mit einem Kind zu tun habest, sagte die Vögtin, ich kann mir gar wohl einbilden, warum du mir jetzt so mit einem Traum kommest.

Die Meyerin erwiderte, meinst etwan, es sei nicht wahr, frag nur das unschuldig Kind, das bei mir schlaft, was ich für einen Schrei gelassen, und wie ich einsmal über das andere pfi Teufel, pfi Teufel gerufen.

Dieses pfi Teufel rufen über ihren Vetter brachte die Vögtin außert Fassung.

Sie gab ihr zur Antwort, bätt du nur unsern Herrgott, daß du niemals mit offenen Augen über jemand ander pfi Teufel rufen müssest, wie du sagst, daß du mit beschloßnen über ihn gerufen.

Meyerin: – Was willst jetzt mit diesem?

Vögtin: Ha, wenn du den Bettelbuben nimmst, so wirst du wohl mit offnen Augen genug pfi Teufel zu rufen haben. –

Meyerin: Meinst etwa den Hübel Rudi?

Vögtin: Alles diesen.

Meyerin: – So. –

Vögtin: Ja es ist einmal eine Schande vor den Leuten, daß du seinethalben nur lassest mit dir reden.

Meyerin: Schwester verschon mir über dieses; denn ich muß dir über diesen Punkt kurz sagen; du bist weder meine Mutter, noch meine Großmutter. Diese beiden sind mir in Gottes Namen gestorben, und ich wüßte gar nicht woher dir irgendein Recht zukommen sollte, dich über diesen Punkt an ihre Statt zu stellen.

Vögtin: Man darf doch etwa auch noch ein Wort mit dir reden!

Meyerin: Es ist ein Unterschied mit einem zu reden, und ein Unterschied grad mit Bettelbuben zu kommen, und mit Unglücksprophezeiungen herumwerfen.

Vögtin: Ha – du mußt jetzt das nicht so nehmen; aber ich meine auch, wenn man könne das Bessere haben, so sollte man nicht das Schlimmre nehmen, und denn kann ich doch auch nicht sehen, was du gegen meinen guten Vetter haben kannst!

Meyerin: Ich hab nichts anders wider ihn, als daß mir ein paar Sachen an ihm zuwider sind, die du wohl weißest.

Vögtin: Meinst wieder das Speckessen und das Metzgen?

Meyerin: Du weißt es ja wohl.

Vögtin: Es ist doch auch nicht zu begreifen, daß ein vernünftig Mensch wie du, aus so einem Nichts etwas machen kann.

Meyerin: Ich bin einmal jetzt so. –

Vögtin: Es sind doch auch unser so viel Geschwisterte, und in unserer ganzen Verwandtschaft wüßte ich einmal kein einziges, dem ob so etwas grauset. (ekelt.)

Meyerin: Du hast mir ja das manchmal gesagt, ich seie nicht aus deiner Verwandtschaft.

Vögtin: Das ist jetzt wieder ein Stich.

Meyerin: Nein, nein, es gibt dergleichen Verwandtschaften, wo es den Leuten gar nicht so leicht grauset. –

Vögtin: Ich möchte einmal nicht, daß ich es darin hätte wie du.

Meyerin: Ich glaub dir's wohl.

Vögtin: Aber du tust ihm doch unrecht, er ißt auch nicht so viel Speck als du tust, und gewiß nicht mehr als ein andrer.

Meyerin: Nein Schwester, das ist jetzt nichts, er mag entsetzlich viel, und denn ist es noch so unverschamt, wie er's hineinstoßt, es ist mir, ich sehe ihn meiner Lebtag noch vor mir zu sitzen; die andern haben mir Gesundheit getrunken, da er just das Maul voll hatte, da ist er mit seiner Gesundheit den andern fast eine Viertelstund hintennach gekommen, weil er den Mundvoll nicht hat können herunterbringen, und ich bin mit dem Danken für alle andere fertig gewesen, ehe er nur noch das Maul abgewischt hatte.

Vögtin: Da siehest jetzt wie du redst, wer wollt auch können glauben, es hätte eine Viertelstund gedauret.

Meyerin: Nu – es kann etwas minder gewesen sein.

Vögtin: Und so kann der Mundvoll auch kleiner gewesen sein.

Meyerin: Nein, nein, für den Mundvoll darf ich versprechen.

Vögtin: – Aber – gesetzt, – du kannst doch sicher sein, er ißt keinen Mundvoll mehr vor deinen Augen, wenn's nicht gern siehest.

Meyerin: Das wär mir leid, es könnte ihm nicht wohl tun, wenn er gar viel verstohlen essen müßte.

Vögtin: Du ziehest alles nur in Spaß.

Meyerin: Nein, im bittern Ernst ich möchte nichts weniger, als ihm dieses zumuten.

Vögtin: Er tut's noch so gern. – Und mit dem Metzgen rührt er dir gewiß auch keinen Stich mehr an, wenn du nicht willst.

Meyerin: Du machst doch auch gar die liebe Stund aus ihm, und er ist so feist.

Vögtin: Das Feistsein wird ihn doch nicht hindern zu tun, was du gern hast.

Meyerin: Es weißt einer nicht, eine gewisse Feiste hindert doch sicher an vielem.

Vögtin: Du weißt nicht, was du anbringen willst, aber es ist doch besser gesund und reich und feist sein, als arm, mager, und schwindsüchtig –

Meyerin: Das ist gewiß wahr.

Vögtin: Aber du erkennst es nicht, und ich sehe wohl du bist am einten Ort blind, und am andern siehest mehr als da ist.

Meyerin: – Aber wenn du etwa den Rudi meintest, so ist er doch weder schwindsüchtig noch arm.

Vögtin: Ich möchte nicht reden, wenn du ihm die Schwindsucht nicht ansiehst.

Meyerin: Ich sehe sie ihm einmal nicht an.

Vögtin: Nu, ich kann dich nicht sehen machen, was du nicht sehen willst; – aber mit der Armut, – wenn du etwa meinst, seine Matte sei etwas, so mußt wissen: es sind fünf Kinder da, und das Weibergut fort.

Meyerin: Die Matte ist unter Brüdern 3000 Gulden wert, und es ist noch 500 Gulden Muttergut da gewesen.

Vögtin: Ich möcht von 3000 Gulden nicht reden; wenn des Hummels seine Wirtshaus- und Metzggülle (Jauche) nicht mehr auf die Matte kommt, du wirst sehen, wie sie abnimmt, und auch jetzt im besten Flor gäb ihm niemand 2000 Gulden darum. –

Meyerin: Ich glaub nicht, daß er sie feil habe.

Vögtin: Um deswillen ist sie nicht desto mehr wert, – aber wir wollen jetzt das dahingestellt sein lassen, – gell du nimmst ihn nicht?

Meyerin: Siehe Schwester, wenn er mich heute fragte, ob ich ihn wollte, so sagte ich ihm gewiß nein, aber weil du mich fragest, so sag ich weder ja noch nein. –

Vögtin: Aber warum auch?

Meyerin: Ich hab dir es schon gesagt, da will ich völlig und allein Meister sein.

Vögtin: Willst denn vom Vetter gar nichts mehr hören?

Meyerin: Hören was du willst, aber keine Antwort geben, einmal jetzt.

Vögtin: Das ist soviel als nichts. –

Meyerin: Wenn du mir jetzt mit 17 kämest, so gäb ich keine andere Antwort, und kann nicht; mein kleiner Finger muß hierin nicht wissen was ich tue, bis ich es selber weiß.

Vögtin: Du weißest es schon. –

Meyerin: Nein wahrlich, in dieser Sache ist halb wissen nichts wissen; und wenn ich es recht weiß, so tue ich es denn grad.

Vögtin: Und sagst mir es denn auch, wenn du es tust?

Meyerin: Ja freilich, ich sag's und tue es denn miteinander.

§ 44
Die Überwundene meistert jetzt ihren Mann

Weiter konnte die Vögtin die Meyerin nicht bringen, doch gab sie auf dieses Gespräch hin die Hoffnung für den Vetter nicht vollends auf, und wartete mit Ungeduld wann ihr Mann einmal von der Linde zurückkomme.

Ihr denket vielleicht schon, wie sie ihn empfing.

Du bist nicht mehr ein Mensch, du bist ein völliges Vieh wie du die Zeit über Streiche machst, war das erste Wort, das sie zu ihm sagte, als er zur Tür hineinkam.

Er wollte sich entschuldigen, und sagte der Junker, – der Junker. –

Du Narr! sagte sie, der Junker – der Junker, – hast du ihm nicht sagen können, du seiest nicht fürs Kupplen Untervogt! Und hättest du ihn nur an mich gewiesen, weil du so ein Narr bist, und nie weißest, was du tun solltest, ich wollte ihm gewiß die Nase anderst gedrehet, und den Kopf dahin gekehrt haben, wo ich sie gern gehabt hätte.

Er ließ nach der Regel des göldenen ABC:

„Wenn jemand mit dir zanken will, so sollt du dazu schweigen still," – das alles gelten, und fragte dagegen was sie ihm zu Mittag habe?

Wenn du nur zu fressen hast, so kann deinetwegen die Welt unterobsich gehen, sagte das Weib, stellte ihm aber doch etwas dar. –

Und er aß und schenkte sich ein, und sein Weib, das ihn so in eine gute Haut hineinessen sah, sagte zu sich selber: Er ist nicht auch wie ein andrer Mensch, man mag zu ihm sagen, was man will, es macht ihm nichts.

Einen Augenblick darauf sagte sie, er ist so gewesen, solang ich ihn habe, aber das beste ist, er tut doch zuletzt was man will; – und denn zu ihm, – du Narr! Aber kannst du mir nicht bald einmal sagen, ob du dann meinest daß sie ihn nehme? und wie es auch zugegangen?

Vogt: Ja, ich weiß nicht, ob sie ihn nimmt, aber ich glaub's doch nicht.

Vögtin: Aber warum glaubst du es nicht?

Vogt: Es hat mich einmal gestern so bedunkt, da ich bei ihr gewesen, und mit ihr geredet habe.

Vögtin: Was hat sie dann gesagt, daß du das meinst?

Vogt: Nichts anders, – aber ich habe gesehen, daß sie inwendig übers Maurers Frau wie wild worden; sie hat nicht warten mögen, bis sie von mir weg war und ist sicher im Augenblick zu ihr gelaufen.

Vögtin: Es wäre das beste, wann's so kommen würde. Du hättest sollen nachschleichen, und hören wie es gehe.

Vogt: Ich hätte nicht können, es war noch fast Tag.

Vögtin: Du kannst nie nichts. –

Vogt: Es ist desto besser, daß du alles kannst. –

Vögtin: Du mußt doch noch einmal mit ihr reden, und sehen, was du mit ihr ausrichtest. Es hat mir einmal diesen Morgen auch geschienen, es sei noch nicht so gar gefährlich.

Vogt: Hast du auch schon mit ihr geredt?

Vögtin: Ja freilich, und sie hat gegen den Vetter gar nichts anzubringen gewußt, als was du schon weißt, mit dem Speck und mit dem Metzgen.

Vogt: Ich glaub bald sie treib den Narren mit uns über diese Pünkte. –

Vögtin: Nein, es ist ihr gewiß Ernst.

Vogt: Es ist zuletzt möglich, – sie hat ihr Lebtag solche Wunderlichkeiten gehabt, daß ihr manchmal der oder dieser ob etwas widrig vorgekommen, das kein andrer Mensch an ihm geachtet hat.

Vögtin: Wir wollen dann ein andermal sprechen, geh jetzt in Gottes Namen, und sieh, ob du etwas bei ihr ausrichten könnest? Wann du zuletzt nur ein Wort mehr kannst aus ihr herauslocken, so ist es das; aber es wäre uns doch auch so wohl wenn wir des Vetters halber könnten ruhig schlafen.

Vogt: Ja, – aber wenn denn der Junker vernimmt, daß ich wider den Rudi rede?

Vögtin: Du bleibst ein Kind, wenn du hundert Jahr alt wirst, du solltest sie doch auch besser kennen als ich, aber ich will meinen Kopf zum Pfand setzen, wenn sie auch den Rudi nimmt, und bei ihm im Bett liegt, sie sagt ihm ihrer Lebtag kein Wort, das dir zum Nachteil gereichen kann.

Vogt: Ich glaub das endlich auch.

Nun so geh einmal sagte ihm die Frau, und er mußte, wenn er schon noch zweimal sagte, es sei morn am Morgen auch noch früh genug und dergleichen.

Zu seinem Glück traf er sie nicht bei Haus an. Aber die Vögtin meinte, er sei nicht einmal da gewesen; er mußte ihr eine Weile links und rechts Rechenschaft geben, und erklären, wie, wo, wenn, eh sie ihm glaubte.

Und das war ihr noch nicht genug, sie ist eine Zwingnärrin wenn sie sich etwas in den Kopf setzt. Sie schickte noch diesen Abend zur Meyerin, sie soll doch noch einen Augenblick zu ihr kommen, ihr Bruder habe etwas Notwendiges mit ihr zu reden.

Die aber ließ ihr antworten, sie merke gar wohl, was dieses Notwendige seie, aber sie wolle weder heut noch morn und auch in ein paar Wochen nichts davon hören, und bleibe bei dem was sie ihr schon gesagt.

Jetzt war's aus. Die Vögtin sah, daß sie nichts Weiters machen könnte, aber sie hängte doch das Maul, der Vogt hingegen zog es herauf, denn er war froh, daß er heute und morgen und vielleicht gar ein paar Wochen dieser Sach seiner Frauen halber Ruh, oder wie er sich ausdrückte, Galgenfrist habe.

§ 45
Folgen der Armut, – und die Ungleichheit drei gleich guter Weiber

Das war des Vogts Leben an diesem Tag; die Spinnerkinder hatten ein fröhlicheres.

Am Morgen ehe noch der Junker dem Weibel den Rodel gab, ob dem er seine Tasse Kaffee verschüttet, und seinen Kopf verloren, riefen sie ihren Müttern aus dem Bett, daß sie doch aufstehen, sie auf ihren Zug zu rüsten.

Und da sie gehört, er könne nicht leiden, wenn jemand nicht sauber gewaschen, gestrehlt vor ihn komme, sagten die guten Kinder es eines dem andern, gingen mit ihren Müttern zum Bach, und zum

Brunnen, ließen sich Hals, Kopf und Hände reiben, wie noch nie, und schrien nicht, sosehr sie ihnen die verwirrten wilden Haare rauften.

Und was ihre Mütter im hintersten Winkel Schöns und Guts hatten, das mußten sie ihnen anlegen.

Es war nicht viel; ihrer viele hatten nichts anders als schwarze Lumpen. Was will ich sagen, ihrer viele konnten sie nicht einmal recht strehlen und waschen.

Es kommt mir übers Herz zu sagen, wie weit es mit armen Leuten kommt die, das Jahr kommt und das Jahr geht, keinen Ehren- und keinen Freudenanlaß haben, der sie auch etwan zur Ordentlichkeit und Säuberlichkeit aufmuntern könnte.

Das machte, daß die Gertrud, die Reinoldin, und das Mareyli vom Morgen da sie das Licht brauchten bis fast Mittag so alle Händ voll zu tun hatten als vor Jahren die Mütter in Zürich am Bächteli- (Neujahrs) Tag.

Die guten Weiber waschten und strehlten ihrer viele noch einmal und entlehneten ihnen Schuh, Strümpf, und Kleider, was sie auftreiben konnten, daß der Zug schön werde.

Aber wer sonst noch so gut mit ihnen war, gab ihnen doch nicht gern etwas zu diesem Zug. Es förchtete sich ein jedes vor dem Eifer den es im Dorf absetze, wenn es ihnen auskommen würde.

Der Reinoldin ihre eigene Schwester, da sie ihr einen ganzen Bündel Kinderzeug gab, bat sie, sie soll doch machen, daß es niemand vernehme.

Das machte die Reinoldin so wild, daß sie in der ersten Hitz ihr den Bündel wieder an Boden warf und ihr sagte, auf diese Art brauche sie nichts von ihr. – Einen Augenblick darauf nahm sie ihn wieder vom Boden, und sagte, wenn dir jemand den Kopf dafür abbeißt, so will ich dir ihn wieder aufsetzen.

Das Mareyli machte es nicht so, wenn es nur brav Zeug bekam, daß der Zug recht schön würde, so ließe es denn dazu sagen, was ein jedes gern wollte, und gab wer nur Miene machte, daß er sich fürchte, zur Antwort, es ist gar nicht nötig, daß jemand etwas davon wisse.

Und beim obern Brunnen, wo es mit einem solchen Bündel unter dem Arm einen ganzen Haufen Bauernweiber antraf, gab es auf die Frag, was es da trage, zur Antwort, ihr wisset ja wohl was das Baumwollen Mareyli allewil herumschleppen muß! Da glaubten die Weiber, es sei Baumwollengarn, obschon der Bündel einem Baumwollenbündel gar nicht gleichsah.

Gertrud entlehnte gar nichts, und sagte, man muß für niemand anders etwas entlehnen, außer man habe es nicht zu achten, und könne es denn wohl zahlen, wenn es verloren geht, und zugrund gerichtet wird; aber sie gab was sie immer nur hatte, und konnte.

Bis um neun Uhr hatte eine jede daheim das Haus voll dieser Kinder. Um 9 Uhr ging alles zum Mareyli, wo sich der Zug versammelte.

§ 46
Das Kind eines Manns, der sich selbst erhenkt; – und ein Ausfall wider das Tändeln

Sie waren kaum beieinander, so sagte das Mareyli, jetzt haben wir auch schön vergessen unserm Zug eine Königin zu suchen, und sie einen Spruch für den Junker zu lehren.

So geht's sagte die Reinoldin, wenn jetzt unser nur eins gewesen wäre, so wär's gewiß nicht vergessen worden. –

Hand in Hand, stunden jetzt alle drei zu den Haufen Kinderen auf der Matte hinzu, und ließen ihre Augen herumgehen unter ihnen, eines davon auszusehen.

Im Blitz sagte die Reinoldin, ich weiß eins; gleich darauf das Mareyli, ich auch; – und denn die Gertrud, wenn wir jetzt auch alle drei das gleiche meinten?

Es war so; sie nannten es alle aus einem Mund. Es stund da unter einem noch blühenden Birnbaum, der noch nicht ausgewachsen.

Es war sein Bild; es wußte es nicht, und staunte ihn an.

Der ganze Haufe sah gierig den Weibern ins Maul, wer Königin sein sollte! Es allein stand neben aus, wie wenn's ihns nicht anging, und hörte seinen Namen nicht, da ihn die Weiber jetzt nannten.

Es war armütig gekleidet; sein weißes Hemd war der Gertrud, und seine Schuh und Strümpf der Reinoldin. Aber es war schön wie der Tag, sein gelbes Haar rollte sich auf der hohen Stirne, und sein blaues Aug glänzte, wenn es ihns vom Boden aufhielt, seine Haut ist zart, wie wenn es im Kloster erzogen, und seine Farbe frisch, wie wenn es ab den Bergen käme.

Es ist das älteste von den zehen Kindern des unglücklichen Manns, der an einem dunklen Abend mit dem Hummel gerechnet, ihn ins Tal Josaphat eingeladen, und dann in der Nacht, ehe die Sonne wieder aufstund, sich an einer Eiche erhenkt.

§ 46

Man konnte das nicht genug anschauen, so schön war es. Ein leichter Wind wehete die reifen Blüten vom Birnbaum, daß sie wie Schneegestöber um ihns herflogen, und auf ihns abfielen, wie wenn sie ihns kleiden wollten.

Es war mit seinen Gedanken auch nicht beim Birnbaum, es war bei seinem Vater. – Es ist immer bei ihm, seitdem er gestorben; aber er war auch ein guter Vater, und hatte ihns innig lieb, und alle seine Kinder. Und er ist nur darum gestorben, weil er in dieser dunkeln Stunde glaubte, – es sei ihm unmöglich die armen zehen Geschöpfe vor tiefem Elend zu bewahren.

Er war an der unglücklichen Nacht bis um 11 Uhr auf, und kam da noch in seines Babelis Kammer, und wünschte ihm gute Nacht; aber er wußte nicht, wie er tun wollte, war so freundlich und so ängstlich, und konnte nicht von ihm weg, so daß es dem Kind selber vorkam, er mache, wie wenn er auf eine weite Reis wollte, und nicht wisse ob er ihns wiedersehen würde.

Als er fort war, mußte es ein paarmal seufzen, aber es denkte doch es sei nichts anders, er seie jetzt ins Bett; aber ein paar Stunden darauf, als die Mutter kam, und sagte, er sei nicht ins Bett gekommen, sagte das Kind im Augenblick, o mein Gott, – o mein Gott! Es hat gefehlt, und raufte sich die Haare, und konnte fast nicht erzählen, daß er gerad ehe es eingeschlafen, wie Abschied von ihm genommen, und vor schwerem Herzen fast nicht mehr zur Kammer hinauskönnen.

Jetzt trägt das arme Kind Tag und Nacht, wo es gehet und stehet, den guten Vater im Herzen, und wenn die Mutter um Mitternacht meint, es schlafe in seinem Bett, so ist es in der einsamen Wildnis bei seinem Grab.

Das liegt zwischen Felsen und Dornen; ob ihm ist eine steile Bergwand, und unter ihm ein Abgrund. Ein schwarzer Bach mit grauem Schaum rauschet neben dem Grab hin, und fällt unter ihm in ein Becken in Abgrund. Zwischen alten Tannen und grauen Eichen, ist der weite Himmel hier eng, und die Morgensonne kommt erst gegen Mittag von der Felswand herab, und bald nach Mittag verbirgt sie sich wieder hinter den Buchen. Da auf moosigten Steinen liegt das Kind ganze Nächte.

Und hat zwischen Dornen und Steinen auf seinem Grab, und rund herum Blumen gepflanzet, so viel und so schön, als in diesem Schattenloch wachsen. – Blaue Veilchen, blasse grünlichte Tulpen, helle weiße Sternenblumen, blasse rote Rosen; – in der Mitte steht eine große Sonnenblume. Es staunt oft, wenn sie blühet, ihr hohes sich neigendes Haupt an; und an den vier Ecken sind die Passionsblumen, und das gute Kind kann sich bei diesen Passionsblumen in Gedanken über das Schicksal seines Vaters verlieren, wie ein Schriftforscher in heiligen Büchern über das Schicksal des Himmels und der Erde.

Rings um das Grab sind dicke Hecken wider das Wild, es legte sie mit seiner Hand an, und flochte die Dornen selber ineinander, und den einzigen Fußsteg für Menschen hat es eine lange Strecke mit Dornen und wildem Gesträuch überlegt.

Allemal wenn es um Mitternacht kommt tut es die ganze Strecke, Dorn und Gesträuch wieder weg, und wenn es heimgeht, legt es sie wieder sorgfältig zu; auch hat noch kein Fußtritt als der seine das Grab betreten. Wenn es denn am Morgen heimkommt bringt es dürre Reiser und Kienholz, wie wenn es darum am Morgen früh in den Wald gegangen wäre; aber unter den Reisern hat es den ganzen Sommer durch Blumen, seine blaue Veilchen, seine grünen Tulpen, und seine blassen Rosen.

Und es wartet dieser Blumen ab des Vaters Grab mit frischem Wasser am Schatten, neben seinem Kasten, und wenn sie denn welken, so sammelt es noch ihre Blätter und Stengel. Seine ganze Bibel und sein großes und kleines Betbuch sind voll von diesen Blättern, und die dürren Stengel hat es in seinem Kasten in einer Schachtel, in der es das einzige schöne Halstuch das es von seiner Gotten her hat, und nie tragt, versorget. Es stehet oft stundenlang vor dem Kasten, und netzet Halstuch und Stengel mit seinen Tränen.

Ich bin kein Veilchentändler, und lobe nichts wenigers, als daß der Mensch vor Blumen schmelze, und ob Mücken weine. Sie sind vorbei die Tage meiner Tränen, und ich habe erfahren, daß der Mensch der ob Blumen schmelzt, sein Brot nicht gern im Schweiß des Angesichts ißt und daß sein Weib nicht gern Kinder gebiert, daß es sich abschwächt, und Gottes Ordnung widerspricht. Darum mag ich dieses Geschlechts nichts. Es gehört nicht in unsre Welt, die Dorn und Distel trägt, sondern in eine, wo artige Engel mit Himmelszauber für sie den Boden bauen, und zu den Steinen sagen: „Werdet ihr Brot", damit die Müßiggänger essen.

Aber auf unserm Boden taugt es nicht, und ich sage es so gerade als ich es denke, ein Bauernkind, das eine Blumentändlerin würde von dieser Art, würde ein armes elendes Mensch, und es wäre ihm besser, es wäre eine Zigeunerin worden.

Aber das Babeli ist nicht deren eine. Unschuld und Vaterliebe, und

Gottes Führung ob ihm machten aus ihm was es war; und es ist, was es so ist, im Verborgenen und in der Mitternachtsstunde.

Den Tag über ist es die Magd seiner Mutter, die krank ist, und die Mutter seiner Geschwisterte die unerzogen sind, und du kannst weit und breit fragen, ob du eine kranke Frau findest, die eine bessere Magd, und unerzogene Kinder die eine bessere Mutter haben? Du wirst keine finden.

Erst um Mitternacht, wenn alles im Bett liegt und schläft, schleicht es von seinem Spinnrad weg zum Fenster hinaus, über den Holzstoß, und wandelt zu des Vaters Grab.

Und wenn das Jahr sich wendet, und der Monat des Unglücks da ist, so verbirgt es der Mutter den Kalender, daß sie den Jammertag nicht bemerke, und treibt diese Woche alle Arbeit zusammen, daß sie nicht Zeit habe zu staunen und daraufzufallen.

Aber es selber vergißt ihn nie, und würde es donnern und blitzen, und Schloßen regnen, die töten, es würde nicht weichen und ließe sich töten auf seinem Grab.

§ 47
Noch einmal das Kind des Erhenkten

Das ist das Kind, das so unter dem Birbaum staunte, und nichts hörte, als die drei Weiber ihns zur Königin machten.

Die Reinoldin sprang hinten an ihns zu, schlug ihns mit beiden Händen auf die Achsel und sagte ihm, ins Ohr: Du bist's. –

Es erschrak, kehrte sich feuerrot um, und wußte, nicht was sie wollte, bis es sich erholete. – Da umringte ihns alles, alles bot ihm die Hand, und freute sich, daß es es seie. Da schossen ihm Tränen in die Augen, denn seitdem sein Vater tot ist, dachte es nie mehr in seinem Herzen, die Menschen sind gut; es dachte nur immer, der Vater war gut, und flohe die Menschen. – Jetzt dachte es wieder, die Menschen sind gut, und Tränen schossen ihm in die Augen.

Da nahm ihns die Reinoldin bei der Hand, und sagte, komm jetzt, ich will dich jetzt rüsten, wie eine Braut, und dich einen Spruch lehren wie ein Pfarrer.

Aber als sie ihm daheim das Gottenschäppeli (ein breiter großer Bauernkranz) auf den Kopf legen, und ein ganz weißes Kleid anziehen wollte, bat das Kind, sie solle doch das nicht tun, und auch denken was der Junker und das ganze Dorf sagen würde, wenn es sich so in der Hoffart zeigte.

Die Reinoldin gab ihm zur Antwort, laß das jetzt nur mich verantworten, es ist für den ganzen Zug, und des Junkers wegen, daß du jetzt mußt so hoffärtig sein, und nicht für dich; und damit legte, sie ihm den Rock an.

Es konnte seinen Spruch geschwind, und die Reinoldin kam bald mit ihm wieder in des Mareylis Matten.

In ihrem Leben ist sie nie über Kleider stolz gewesen, aber jetzt war sie stolz über das Kleid in dem sie das arme Kind als die Königin des Zugs unter den reichen Kindern hineinstellte, die jetzt alle Maul und Augen ob ihm auftaten. – Man kann aber auch keinen Engel schöner malen als das Kind jetzt ware.

Sein Kleid war weiß, wie ein gefallener Schnee, und glänzte wie dieser, wenn nach einem Regen seine Oberfläche verhärtet, und dann die Sonne darauf scheint.

Ein breiter roter Gürtel umwand das glänzende Kleid, und flog in doppeltem Band an seiner Seite bis an den Boden. –

Seine Goldzopfen wallten um und über seine gleißende Gottenkrone; und zwei weiße Sternenblumen glänzten zwischen Rosen auf den Bändern des Brusttuchs, die weiß und rot waren, wie die Rosen und Sternenblumen.

So stellte die Reinoldin dem Zug das Kind vor. Es ließ sich aber führen, wohin sie ihns führte, und stellen wo sie ihns stellte. –

§ 48

Wie ein Hund dem Zug das Geleit gibt, und sich tapfer haltet

Der Zug war bald in der Ordnung, und alles war beinahe fertig, als noch etliche Kinder sagten, wenn wir jetzt nur auch für die großen Häuser vorbei wären, sie förchteten man werde sie auslachen, und ihnen allerlei zuleid tun.

Als die Reinoldin das hörte, sagte sie, wartet, ich weiß ein Mittel dagegen, mit dem sprang sie heim, kam im Augenblick mit einem kleinen Hund wieder, der hatte eine lange spitzige Schnoren, die fast bis zu den Ohren offen war, und die Reinoldin sagte, der wird euch schon das Geleit geben, wenn euch jemand etwas tun will. Der Hund war abgerichtet, wenn man ein paar Wort zu ihm sagte, so fing er einen Lärm an, und ein Bauzen, wie wenn ihrer sieben beieinander wären, und hörte denn nicht auf, bis man ihm denn wieder etwas anders sagte.

§ 48

Wenn euch jetzt das Geringste begegnet, sagte die Reinoldin zu ihrem Ältesten, so ruf du nur: Diane, gib du Bescheid; und laß ihn denn nur seine Sach recht machen, ehe du ihm wieder rufst, schweig jetzt, du hast genug geredt. –

Es kam ihnen wohl, daß sie den Hund bei sich hatten, dann es war bei allen großen Häusern ein Kopfzusammenstoßen, Lachen, Ausspotten und Nachrufen, daß das Reinoldli siebenmal den Hund gehetzt hätte, wenn ihm nicht die Rikenbergerin immer zugerufen, es soll es doch nicht tun, sie wollen lieber geschwind vorbei und weiter. –

Aber bei des Kalberleders war seine Geduld aus, der junge Bengel ladte eben Mist, und sein Wagen stund an der Straß als sie vorbeizogen, da warf er eine große Gabel voll so stark darüber aus, daß er auf der andern Seiten hinunter in die Gaß, und vollends so an den Zug anfiel, daß es keinen halben Schuh gefehlt, des Krumhäuslers Betheli wäre über und über voll Mist worden.

Jetzt rufte das Kind: Diane, gib du da Bescheid, und zeigte ihm mit dem Finger den Kalberleder, jenseits des Mistwagens.

Der kleine Hund wie ein Blitz, darunter durch, sprang den großen Bengel an. Er aber warf ihm die Mistgabel nach, dann viele Steine, und endlich ein Pflugsrädli, aber er traf ihn nicht. Der Hund war wie ein Windspiel, ihm alle Augenblick an den Beinen, und alle Augenblicke wieder davon; der Bengel aber war wie rasend vor Zorn, daß er ihn nicht traf, und rief mit einem Schaum vor dem Maul, die Kinder an, rufet euern Hund zurück, oder ich schlage ihn tot.

Aber die Kinder lachten ob diesem Totschlag noch lauter als der Hund bellte, und alle Fenster an der ganzen Gaß und alle Türen waren offen, und alles sah jetzt nicht mehr dem Zug sondern dem Hund und dem Kalberleder zu, denn es ging gar lang. Das Kind der Reinoldin tat's nicht, wenn die Rikenbergerin ihns schon bat, es soll ihm zuruckrufen, es ließ ihn fortmachen, bis er heischer war, erst da rief es, Diane, schweig jetzt, du hast genug geredt.

Des Bengels Vater war so giftig darob, daß er ihm, da er wieder in die Stube hineinkam, eine Ohrfeige gab, und das tat dem Kerl fast so weh als daß er mit dem Hund nicht Meister worden. Er sagte dem Vater, du hast doch auch zum Fenster hinausgelacht, da ich die Gabel hinübergeworfen und ich habe so wenig wissen können als du, daß sie so einen Ketzerhund bei sich haben.

Der Alte erwiderte ihm, halt's Maul, du Ochsenkopf; aber er hatte doch recht. – Wenn zwei oder drei Kinder von dem Mist voll worden wären und sich der Hund gar nicht darein gelegt hätte, so hätte der

Alte sich fast zu Tod gelacht und dem Ochsenkopf statt der Ohrfeige ein Glas Wein aus dem Keller dafür gereicht. So geht's in der Welt! –

Er machte es nicht allein so, die meisten Leute unter den Türen und Fenstern, da sie sahen daß der Hund Meister worden, lachten den Buben aus, und sagten, es geschehe ihm recht, warum er sie nicht gehen lassen.

Jetzt gaben auch ein paar alte Frauen an dieser Gaß den Kindern über den Hag, aus ihren Gärten Blumen, und viel alte Leute erzählten, sie haben's von ihren Vorfahren gehört, daß in der alten guten Zeit unter einem Junker der fast hundert Jahr alt worden, und der den Leuten gar lieb gewesen, die Kinder aus allen seinen Dörfern mit Kreuz und Fahnen, weil da noch alles katholisch gewesen, und mit allen seinen Pfarrern und Frühmessern alle Jahr einmal in die alte Burg gezogen, und denn da mit dem Junker und allen seinen Leuten den ganzen Tag über Freud gehabt haben.

§ 49
Wahre Empfindsamkeit ist auf Seelenstärke gegründet

Arner war schon eine Weile von der Linde weg, und staunte in des Pfarrers Garten einsam dem Schreckenbild nach, das heute vor seinen Augen gestanden, und je mehr er ihm nachstaunete, je mehr erschütterte ihn das Bild dieser Menschen die vor ihm stunden. Er sah nichts als Verderben über Verderben, und Verheerung über Verheerung bis in ferne Geschlechter.

Am End des Gartens ist eine dunkle Laube, und unter dem Schattengewölb ein Rasenbank, auf den einer sicher absitzt, wenn er mit schwerem Herzen dazu kommt. –

Arner lag da mit seinem Angesicht auf die erhöhete Erde und netzte den Rasenbank mit seinen Tränen ob dem Bild der Verheerung seines Volks, von dem er kein Ende sah; und der Schmerz seiner hoffnungslosen Sorgen stieg auf das höchste, als das Geräusch dieser Kinder, die den Garten hinaufkamen, und schon hinter ihm zustunden, ihn wie aus dem Traum erweckte.

Er fuhr wie im Schrecken auf, kehrte sich um, und sahe den Reihen Kinder den ganzen Garten hinab, wie wenn er nicht aufhörte, und den Engel im weißen Kleide an ihrer Spitze, vor seinen Augen; und alsobald redte das Kind ihn an.

Lieber Junker Vater!

Wir sind arme Spinnerkinder von Bonnal, und kommen Euch zu

danken, daß Ihr so gut mit uns seid, und uns eine so große Wohltat versprochen, wenn wir zu dem Geld das wir verdienen Sorg tragen, und es ordentlich aufsparen. Lieber Junker Vater! Wir haben gar eine große Freude an dem was Ihr uns versprochen, und wir versprechen Euch wieder, weil wir jung sind, und wenn wir alt werden, recht zu tun, und was Euch an uns freuet. Gott vergelt Euch's in Zeit und Ewigkeit was Ihr an uns tut! –

Und – Gott vergelt Euch's in Zeit und Ewigkeit was Ihr an uns tut! – sprach jetzt der ganze Reihe bis an das End des Gartens hinab der Rikenbergerin nach.

Er war wie versteinert; er wußte einen Augenblick nicht ob er träumte, er faßte die Kinder vom ersten bis zum letzten ins Aug, und dachte während die Rikenbergerin immer nur redte, ist das auch möglich? Sind das die Kinder der Menschen, die heute vor meinen Augen stunden? Er war wie verstummt, und es war, wie wenn er ihns nicht verstünde. So zeigte er im Auge keine Freude.

Und wundert euch nicht ihr Menschen! Wenn ein Vater den Liebling seines Herzens und seinen Erstgebornen unwiederbringlich verloren, mit seinem Angesicht sich auf den Boden hinwirft und mit seinen Zähnen ins Gras beißt vor Verzweiflung, und dann seine andern Kinder zu ihm kommen, ihn zu trösten, so empfindet er zuerst auch keine Freude, und wenn auch ihre Mutter an ihrer Spitze, kehrt er sich doch von ihr weg, er schnappet vor allem aus nach Atem und Luft; erst denn wenn es wieder leichter ums Herz, erst dann fällt er der Mutter an Arm, erst dann setzt er ihren Unmündigen auf seinen Schoß, und fangt an, sich seiner übrigen Kinder wieder zu erfreuen, und sich wegen seines verlornen Erstgebornen zu trösten.

Arner mußte sich jetzt auch erholen, und nach einigen Augenblikken, da er wie versteinert dastund, erholte er sich wirklich, und gab der guten Rikenbergerin seine Hand und sagt zu ihm, Kind! Wessen bist du? – Aber er sah noch so verwirrt aus und seine Sprache war noch so hart, da er das sagte, und so voll Unruh, daß das Kind von seinem Anblick gleich erschrocken wie von seiner Frage seine Farbe verlor, und mit Zittern antwortete mein Vater – mein Vater – ist – denn konnte es nicht mehr, seine Lippen starrten, und es deckte mit beiden Augen sein Angesicht, das es tief gegen die Erde hinabbog.

Was ist das? – Was ist das? – fragte da Arner, und war fast so erschrocken als das Kind. Da sagte ihm ein anders Kind, das hinter ihm stund, es gehört dem unglücklichen Rikenberger.

Es tat dem Junker so leid, er nahm ihm seine Hand, und sagte, es ist mir leid, daß ich dich das gefragt.

Das Kind aber hatte sich auch wieder erholt und sagte, verzeihet mir doch was mir begegnet, ich hab einmal nicht anderst können.

Der Junker erwiderte ihm: Es ist brav, daß dir dein Vater so lieb ist, ich weiß aber auch daß er's verdient, und daß er ein guter Vater war, und solang er mit ihm redte, hatte er seine Hand in der seinen.

§ 50

Der Mittelpunkt dessen was Arner ist. Sein Vatersinn, ohne den alles was er tut nichts anders als Romanenheldenstreich sein, und in unserer Welt nicht angehen würde

Und so sagte er dann dem ganzen Reihen. – Ihr könnet nicht glauben, Kinder! wie es mich freuet, daß ihr so zu mir gekommen! – Und setzte sich dann nach und nach von ihrem Anblick erquickt, zu ihnen auf den Rasenbank hin, machte sie näher zu ihm zu kommen, und die Kleinsten hart an ihn zu stehen, dann nahm er von diesen bald das eine, bald ein anders auf seinen Schoß und wollte mit ihnen sprachen. Im Anfang gaben die Kleinen ihm keine Antwort, und sahen ihn nur so an; bald aber fingen sie doch an mit den Augen und mit dem Kopf ja und nein zu nicken, drückten aber dabei die Lippen so fest übereinander, wie wenn sie sagen wollten, sie hätten kein Maul; andere verdeckten das Maul mit der Hand, wenn sie reden sollten. –

Aber des Rudis und der Gertrud Kinder gaben ihm Antwort, sobald er mit ihnen redte, und das tat den andern bald auch das Maul auf. Zuerst antworteten sie ihm nur ein Wörtli, dann zwei, dann drei, – dann so viel er wollte, und bald darauf gingen ihnen die Mäuler wie eine Wasserstampfe.

Sie saßen ihm jetzt von selbst auf den Schoß, umfaßten ihn bald mit den Händen um den Hals, und taten bald völlig mit ihm, wie wenn sie den Ätti unter den Händen hätten.

Das Bären-Anneli machte auf seinem Schoß gar wie wenn es eine Geißel in der Hand hätte, hü – hü. – Er verstund ihns. Er hatte es seines Großvaters Lehenmann vor altem auch so gemacht, wenn er ihn auf dem Schoß hatte, und wollte daß er ihn reite. Er setzte das Kind auf sein Knie, und machte mit ihm das Reuterspiel. –

> So reiten die Herren, die Herren,
> So reiten die Bauern, die Bauern
> So reiten die Knaben, die Knaben,
> So reiten die Jungfern, die Jungfern.

Da ging's an ein Lachen und an ein Treiben auf seinem Schoß. Er nahm ihrer mehr als zwanzig also aufs Roß; sie machten bald mit ihm was sie wollten. Wenn die Großen ihnen denn abwehrten, so winkten sie mit dem Kopf nein, und sagten ihnen leise, er hat's nicht ungern, und der Junker sagte ihnen selber, sie sollen sie machen lassen.

Sie hingen sich ihm an Rücken und Hals, gerieten ihm hinter Haut und Haar, hinter seinen Orden und hinter seine Uhrkette; sie boten einander seine Dose herum, schnupften ab dem beschlossenen Deckel, und taten, wie wenn sie nießen müßten. Er wehrte ihnen nichts, als den Degen, den sie auch ausziehen wollten. Mitunter fragte er sie eint und anders; einmal auch, ob die Kleider alle ihnen seien, die sie hatten? Nein, nein, antworteten sie, zeigten ihm, wie dem Vater daheim, das Hemd unter dem Halstuch, und den Strumpf am Bein, sagten ihm alle Stückgen, von wem sie's haben, und erzählten ihm dann hintennach, daß sie alles zu Abend den Frauen wiederbringen müssen.

Ihr müßt es ihnen nicht mehr bringen, sagte da der Junker. Das ist jetzt nichts, sagten die Kinder, wohl freilich müssen wir es wiederbringen. Einige sagten: Wir brauchen's ja morn nicht mehr; du bist ja morn nicht da.

Er sagte noch einmal, ich will machen, daß ihr's behalten könnet. Aber sie konnten es fast nicht glauben. Er tändelte so mit ihnen bis der Lieutenant und der Pfarrer zum Essen heimkamen, und beide sind versäumt worden, und kamen spat.

§ 51

Wer Kräfte hat, wird Meister

Der Lieutenant auf dem Ried, half den Vorgesetzten, und wer da war, die Plätze abzustecken, wo nachmittag die Hausväter, die Bäume hinsetzen sollten, die der Junker ihnen gegeben.

Die Vorgesetzten und Feisten unter ihnen, da sie gehört, daß der Herr darauf denke Schulmeister bei ihnen zu werden, wollten es ein wenig kurz mit ihm fassen.

Ist's wahr? sagten sie zu ihm, daß Ihr unser Schulmeister werdet? Und auf seine Antwort, ei ja! sahen sie ihn an, wie ein Käufer auf dem Markt ein Judenroß, dem er nichts Gutes traut, und fingen dann bald untereinander an, zuerst halb und denn ganz ihr Gespött zu haben, und endlich überlaut zu sagen: es werde müssen eine neumodische Schule abgeben; und dann fragten sie ihn noch ob er sich mit dem alten Schullohn begnüge? Oder wer ihm mehr gebe? Einige sagten, er werde wohl müssen ihre Buben lehren in die Scheibe schießen, und exerzieren, und einer deutete gar mit seinem Finger auf sein Bein, und sagte, aber er denke, einmal doch auch nicht tanzen.

Er ließ sie eine Weile machen, zu sehen, wie weit sie es trieben. Als er aber fand, es seie jetzt genug, stund er auf, und sagte mit dem Stock in der Hand: An die Arbeit, ihr Nachbarn! damit ich nicht versäumt werde.

Sie taten das Maul auf, und er sagte zum Dicksten: Komm her und trag das, und zum Größten: Geh hin und bring das! –

Und beim ersten, der nicht im Augenblick tat, was er sagte, fragte er, wie heißt der? und schrieb ihn auf. Das machte sie folgen. Die so ihn verspottet, lernten stehen, wohin er sie stehen, und gehen wohin er sie gehen, und tragen, was er sie tragen hieß.

Sobald er sie da hatte, war er wieder so freundlich als je, und tate ihnen was sie wollten, und was er konnte. Er hatte auch die Arbeit mit den Bäumen so bald in Ordnung, daß die Bauren nicht begreifen konnten, wie geschwind er damit fertig worden, und brachte es so weit, daß die so im Anfang die Schlimmsten waren, ganz zahm wurden, und daß ihrer etliche zu ihm sagten, es seien im Anfang so einige Worte geflossen, die er eben nicht aufnehmen solle, wie sie gelautet. Andere sagten ihm, sie müssen jetzt wohl sehen, wie steif er eine Ordnung habe, und wie er seinen Sachen vorstehe, und er solle nur mit ihren Buben so eine Ordnung halten, so werde es wohl gehen; und etliche Buben riefen überlaut, der kann auch etwas, und bei dem kann man auch etwas lernen.

Es waren gar viele Buben da; sie rüsteten zu, was sie auf den Abend ihre Bäume zu setzen nötig hatten.

Der Lieutenant ging mit ihnen in alle Ecken, und zeigte einem jeden wo seine Nummer hinkomme. Er war so freundlich mit ihnen, daß sie alle zueinander sagten, er gibt gewiß ein guter Schulmeister. Es gingen ihrer mehr als ein Dutzend Buben mit ihm vom Ried weg heim, und er redte die ganze Zeit über mit ihnen von ihrer Arbeit, und allem was sie können und lernen müssen, daß sie rechte Bauren werden.

Nahe beim Pfrundhaus traf er den Pfarrer an, der von seiner Kranken kam, und eben wie er sich verwunderte, da er jetzt mit ihm am Kirchturm sah, daß es so viel über die Zwölfe. –

§ 52

Es ist im Kleinen, wie im Großen

Schon zuunterst an der Kirchgaß hörten sie das Lachen der fröhlichen Kinder, erkannten die Stimme des Junkers im Garten, und schlichen neben dem Pfrundhag hinauf, stellten sich dann hinter die Haselhecken, und sahen zu, wie die Schar der Kinder in ihrer Freud mit dem guten Vater umginge, wie sie ihn mit Haut und Haar zurichteten.

Er hätte sie auch noch lang nicht erblickt, aber ein Kind, das er auf der Schoß hatte, nahm ihn bei der Nase, kehrte ihm den Kopf gegen die Seite, wo sie stunden, und sagte zu ihm, sieh da, wer ist da?

Da riefen ihm Soldat und Pfarrer: Bravo, bravo, Junker! Das geht gut; und als er aufstund und sie grüßte, war's ihm, die Herren seien ihm seiner Lebtag nie so lieb gewesen; eine solche Freude hatte er an den Kindern.

Diese wollten jetzt heim, aber er ließ sie nicht, und sagte, der Pfarrer habe Küh im Stall, und Brot im Haus, und die Frau Pfarrerin macht euch gern eine Milchsuppe, Und es gelüstete ihn jetzt selber nicht zum Tisch, und mit den Kindern im Garten allein ihre Milchsuppe und nichts anders zu essen; aber er sah, da er sich das merken ließ, daß der Pfarrerin das Maul ein wenig herabfiel, und das war ihm Grund genug, daß er mit ihnen zum Tisch ging.

Die gute Frau war aber auch den ganzen Morgen bis nach den Zwölfen beim heißen Feuer in der Kuche, damit der Junker ein gutes Mittagessen bekomme. Er sagte da seiner Wirtin, er wollte eine Viertelstund zusitzen, aber dann versprechet ihr mir, daß keines von euch aufstehen wolle, wenn ich dann zu meinen Kindern fortspringe.

Er blieb ein paar Minuten länger, trank auf ihre Gesundheit, rühmte Suppe und Fisch, eh er aufstund, dann aber war er in einem Sprung zur Türe hinaus und die Stege hinunter.

§ 53
Goldapfel, – Milchsuppe, – Dankbarkeit, – und Erziehungsregeln

Unter der Türe traf er seinen Karl an. Der gute Bub hatte bei des Lindenbergers noch länger als der Lieutenant auf dem Ried, und der Pfarrer bei seiner Kranken das Mittagessen vergessen. Er war den ganzen Morgen bei seinen Buben im Dorf, und im Herumspringen kam er gegen den Eilfen zum Kreuzbrunnen; da stund der Jakobli unter dem Haus.

Und der Karl sprang von den andern Buben weg zu ihm zu, und fragte ihn, du wie ist es doch auch gegangen? Gell, der Papa ist doch auch nicht so gar bös gewesen?

Das glaub ich, das glaub ich, ist er nicht bös gewesen, sagte der Bub; aber komm doch auch mit mir in die Stube hinein, meine Schwester muß dir auch selber sagen, wie gut der Papa mit ihr gewesen.

Das freut mich jetzt auch, – das freut mich jetzt auch, sagte der Karl, und sprang mit ihm in die Stube hinein.

Da zog der Vater die Kappe vor ihm ab, und die Großmutter stund von ihrem Stuhl auf, ging an ihrem Stab dem Buben etliche Schritt entgegen, ihm die Hand zu bieten und zu danken.

Ich bin ja nicht der Papa, sagte der Karl zu der alten Frauen, und meinte gar, sie sei etwa blind oder verirrt.

Aber da dankten ihm auch der Vater und die junge Frau die krank war, und das Kind das unter die Linde müssen.

Und er kehrte sich gegen den Jakobli und sagte, du hast mir ja gesagt, sie wollen mir nur erzählen.

Da nahm ihn das Kind, das unter die Linde mußte, und sagte: Ja, ja, ich muß dir erzählen, wie gut der Papa mit mir gewesen, und sagte dann alle Worte die er mit ihr geredet.

Das freut mich auch, das freut mich auch: sagte der Bub einmal über das andere; und als es das vom Jakobli erzählte, sagte er: Ja, ich hab es doch dem Papa verboten, daß er's ihm nicht ausbringe, es macht jetzt aber nichts, und geltet, ihr versprecht mir's jetzt auch, er muß am Sonntag zu mir kommen, weil ihn der Papa eingeladen hat! –

Indessen suchte ihm die Frau im Keller unter dem Stroh ein halb Dutzend Goldapfel, die sie von einem jungen Bäumchen, das noch nie getragen, und die schönsten hatte, die im Dorf wachsen, den ganzen Winter über gespart, und keinen einzigen davon geessen, und sagte dem Knaben, als sie sie ihm in Sack tat; aber iß sie doch jetzt auch selber und gib sie auch nicht weg.

Wo bist so lang gewesen? sagte der Junker zu ihm, da er ihn so unter der Türe antraf.

Ja Papa, bei den Leuten, wo ich zu Nacht mit dir geredt habe. Ich weiß jetzt alles wie es gegangen ist, und du mußt doch jetzt auch den Buben sehen, wo du zu mir eingeladen, er ist noch eben da vor dem Tor außen. Hiemit sprang er vom Papa weg, rief dem Jakobli zurück, und ihn an der Hand erzählte er dann dem Papa, wie gut sein Vater, seine Mutter, Großmutter, und Schwester mit ihm gewesen, und das darum sagte er, weil du mit ihnen auch so gut gewesen, du seiest überall mit gar keinem einzigen so gut gewesen, als mit ihnen; dann zeigte er ihm noch die sechs Goldapfel, die sie ihm in Sack gestoßen.

Der Junker freute sich den Jakobli, der seinem Karl so lieb war, kennen zu lernen, und sagte ihm, er solle mit ihnen in Garten kommen, es seien viel Kinder da, und sie essen eine Milchsuppe miteinander.

Der Jakobli schämte sich und sagte, er habe schon zu Mittag geessen; Karl aber sagte ihm, du liegst, du hast noch nicht geessen, und mußt jetzt kommen. Damit zog er ihn am Arm mit sich fort hinter dem Papa in Garten.

Als sie kamen, brachte der Hans und die Köchin eben die großen Schüsseln voll Milchsuppe und einen ganzen Haufen hölzerne Löffel. Sie hatten diese in der Nachbarschaft entlehnt, denn so viel hatten sie nicht im Haus. Sie brachten auch etliche silberne für den Junker und den Karl, die aber beide nur hölzerne wollten; und der Karl warf gar in der Freude über den hölzernen den silbernen, den ihm die Magd anbot, weit weg, in den Garten; aber da der Junker es sah, und ihm winkte, mußte er wahrlich von der Milchsupppe und den Kindern weg aufstehen, und den Löffel wieder suchen, und vor dem Tor beim Brunnen abwäschen, ehe er ihn nur der Magd wiedergeben dorfte.

Die Kinder und die Magd wollten alle für ihn gehen, aber der Karl wußte wohl daß es aus dem nichts gebe, und sprang, da der Papa gewunken, wie ein Windspiel mit dem Löffel zum Brunnen. Da sagten die Kinder zur Linken und zur Rechten dem Junker, du bist doch jetzt auch nicht bös mit ihm um deswillen? Und die so aus einer Schüssel aßen, wollten nicht fortessen, bis er wieder da seie. Aber der Junker ließ diese nicht warten, und sagte zu den andern, nein,

Kinder! Ich bin nicht bös mit ihm, aber er muß nicht unartig sein und folgen, wie ihr.

Als er wiederkam, schlich er dem Papa hintenzu an Rücken, faßte ihn mit beiden Händen um den Hals, legte ihm den Kopf über seine Schulter an die Augen, und sagte ihm denn, gell Papa! Du verzeihest mir auch?

Ist es lustig, so von der Milchsuppe weg den Löffel zu waschen? fragte ihn Arner.

Nicht so gar, aber verzeih mir es auch, sagte der Bub.

Und der Vater: Sitz jetzt nur wieder zu deiner Suppe und besinn dich ein andermal was du machest! –

Die Kinder hatten ihr Lebtag keine so gute Suppe und kein so lindes Brot geessen. Sie war halb Nidel und voll Eier, das Brot darin verging wie Anken im Maul. Und die Kinder sagten untereinander, ob das Brot doch jetzt auch von dem gleichen Kernen sei, der bei ihnen wachse?

Was denket ihr auch? sagte ihnen der Karl; es ist nur reiner gemahlet, und mehr Krüsch davon weggetan, – aber dann auch sagte er ihnen, er wollte die Suppe lieber, als was man ihm sonst in der Welt aufstellte, so gut sei sie. –

§ 54
Der Namenstag eines alten Junkers

Einsmals hörten sie jetzt Roß und Wagen. Oho, – sagte der Karl, die Mama kommt! Die Mama kommt! sprang von seiner Suppe auf, und lief ihr entgegen.

Es war sie wirklich.

Der Junker stund jetzt auch auf, und alle Kinder soviel ihrer da waren, liefen mit den Löffeln in den Händen hinter ihm her, der Mama entgegen. Sie hatte den Rollenberger und ihre zwei ältern Kinder bei sich, und kam den Papa wieder heimzuholen. Weit und breit tönte jetzt das Geschrei der laufenden Kinder vom Garten, – die Mama, – die Mama, – die Mama, – und die Kinder in der Kutsche die es hörten, riefen zurück, der Papa, – der Papa, – der Papa! – Und Therese stiege, ehe sie noch bei ihnen zu waren, aus dem Wagen aus, und war wie wenn sie flog, in Arners Arm. Sie fragte im Augenblick hinter dem Kuß, was machst mit allen diesen Kindern?

Sie essen mit mir Milchsuppe, antwortete Arner.

Alle miteinander? sagte Therese.

Ja alle miteinander, erwiderte er, und komm nur, du mußt mit uns zusitzen, weil sie noch warm ist.

Das gefiel ihr wohl, sie sprang an seiner Hand den Garten hinauf, und der ganze Reihe Kinder hinter ihr her.

Der Karl aber machte sich an den Rollenberger, und erzählte ihm von allen Freuden, die er gehabt, und wieviel Freud er im Dorf habe, und wie lieb ihm die Buben seien.

Sind sie dir denn auch so gar lieb? sagte Rollenberger.

Das glaub ich, sagte Karl.

Rollenberger: – Lieber als deine Schäflein daheim?

Karl: – Ich möcht nicht reden.

Rollenberger: – Aber dein junger Esel, der ist dir doch gar lieb, ich mein schier, schier lieber als die Buben da.

Karl: Was denket Ihr auch? Ich wollte einen einzigen Buben lieber als hundert Esel.

Rollenberger: Ich will denn sehen, wenn du daheim bist beim Esel, jetzt bist bei den Buben.

Mit diesem Verglich der Esel und Buben nebeneinander, kamen sie dann zur Suppe, wo jetzt alles zusaß. Der Pfarrer, die Pfarrerin, der Lieutenant waren jetzt auch da, und alles saß miteinander an der Milchsuppenreihe.

Es mahnete Therese an den Namenstag den ihr Ahnherr alle Jahre feierte, und von dem ihr lieber Großvater selig ihr so viel erzählt hat.

Sie drückte Arner die Hand und sagte ihm das. Er erwiderte, ja du mußt uns erzählen, wie das ein Fest war!

Da erzählte Therese das Namensfest ihres Großvaters, wie er denn mit allen Kindern seines Dorfes zu Mittag geessen, und wie er jahrein, und jahraus nie so fröhlich gewesen als an diesem Tag.

Er trank denn das erste Glas für seinen Herzog, der ihm so lieb war, und das zweite für die Armen. Er war selber, sagte Therese, vor allen Kindern nichts weniger als reich, hatte nur ein einziges Dorf; und wenn er denn den Becher oben am Tisch hoch in der Hand hielt, sagte er dann, Gott segne die hölzernen Schüsseln, und die so daraus essen!

Dann ging's wie ein Rundgesang um den Tisch. Zuerst bot er der lieben Ahnfrau den Becher, die hielt ihn dann hoch, wie der Ahnherr, und sagte, es geht unserm Herzog wohl, und den Edlen im Land, wenn die hölzernen Schüsseln gesegnet, und die so daraus essen.

Dann ging's hinunter bis zum Knecht, der am Tisch saß; alles mußte den Becher nehmen, und ein Wort sagen zum Lob des Bauernstands, und zum Trost der Armen.

Und wer dann das schönste Wort zum Lob des Bauernstands und zum Trost der Armen gesagt, der mußte hinaufsitzen, oben an Tisch zum lieben Ahnherrn, und war ihm das ganze Jahr durch wegen des Worts der liebste.

Währenddem sie so erzählte, nahm der Junker die beste Flasche die in der Laube stund, und das größte Glas und schenkte einen Roten ein, der dem Schweizerblut gleichet.

Und als sie ausgeredt, hielt er sein Glas auch hoch wie der Ahnherr und sagte, Gott segne die hölzernen Schüsseln, und die so daraus essen!

Dann bot er Theresen den Becher, und sie hielt ihn auch hoch auf wie die Ahnfrau, und sagte: Es geht dem Herzog wohl, und den Edlen im Land, wenn die hölzernen Schüsseln gesegnet, und die so daraus essen.

Dann bot sie ihn weiter, und ein jedes mußte ein Wort sagen, zum Lob des Bauernstands und zum Trost der Armen.

Der Pfarrer sagte: Stark und braun wird der Bub der aus Holz ißt, und rund und schlank wird das Mächen, das keinen silbernen Löffel wünscht.

Denn die Pfarrerin: Die Milch macht feist, und das Brot macht stark, die Schüssel und die Löffel sind nichts.

Der Rollenberger sagte: Wer ohne Sorgen schlaft, und ohne Kummer erwachet, der wünschet nie viel. –

Der Lieutenant: – Ja, wenn der aus Silber ißt, sorget, daß der aus Holz ißt, wohl schlafe, so ist der so aus Holz ißt, gewiß glücklich.

Ja, sagte der Klaus, unten am Tisch, wenn der Silbermann ihm nur nicht die hölzerne Schüssel vertrittet, und der Goldherr ihm nicht den hölzernen Löffel noch aus der Hand reißt.

Und wo ist, sagte des Pfarrers Köchin, wo ist der Silbermann und der Goldherr, der weiß, daß an der hölzernen Schüssel, und am hölzernen Löffel so viel gelegen? –

Da nahm ihr der Hans das Glas aus der Hand, und hielt es hoch gegen den Junker, und sagte: Ich kenne einen der's weißt, er ist nicht weit von uns, Gott im Himmel geb ihm den Lohn!

Im Augenblick klatschte wer da war, und der Pfarrer, der Lieutenant, die Kinder und alles was da war, stund auf, wandte sich gegen den Junker, und alle wiederholten des Hansen Wort.

Er ist da, er ist da bei uns! Gott im Himmel geb ihm den Lohn! –
Und aus einem Munde stimmte alles, der Hans hat das beste Wort
geredt.

§ 55
Der Vatername

Therese im hohen Fühlen, daß sie einen Mann habe, der ein Herr
ist, wie die besten alten Herren waren, wandte sich um, und sah erst
da die Rikenbergerin, die bis jetzt hinter den andern Kindern wie
verborgen dastund.

Und sie vergaß des Hansen Wort, und den beistimmenden Reihen, und die Freude über ihren Mann, der ein Herr ist, wie die besten
alten Herren waren, und fragte Arner, was ist das für ein Engel?

Er verwunderte sich, daß sie ihns noch nicht gesehen, und erzählte
ihr was er von ihm wußte.

Währenddem er erzählte, entzog sie dem Kind kein Aug, und als
er fertig war, ging sie zu ihm hin, nahm ihns bei der Hand, und sagte,
es solle ihr doch den Spruch wiederholen, den es dem Junker gehalten. Aber sie konnte ihns fast nicht mehr fort reden lassen, als es anfing: „Junker Vater"! so freute es sie, daß das Kind ihrem Mann den
alten schönen Titel, „Junker Vater" wiedergegeben, und als es fertig,
nahm sie den bunten roten Gürtel den sie um den Leib hatte, band
ihn um das weiße Kleid dieses Engels, steckte ihm ihren großen Blumenstrauß auf Kopf und Brust, und sagte ihm dann: –

Nimm das zum Pfand, daß die Frau deines Junker Vaters, deine
Mutter sein wird, solang du lebst!

Arner hatte das Wort Junker Vater im erstenmal fast nicht verstanden, so sehr übernahm ihn der Anblick der Kinder, da er sich
noch mit nassen Augen gegen sie umkehrte. –

Aber jetzt ging ihm der alte Vatername innig zu Herzen, und er
sagte zu Therese und zum Pfarrer, ich hätte diesen Titel seit meiner
Jugend immer wieder gewünscht, aber ich hätte mich geschämt, es
zum Mund herauszulassen.

Nun! – Gottlob, du hast ihn einmal jetzt wieder, und der Pfarrer
und ich gebe ihn Euch einmal auch. –

Ihr denkt wohl, Vater Pfarrer! daß er mich von niemand mehr
als von Euch freut, aber Ihr müßt ihn zuerst von mir haben. –

Der Pfarrer küßte ihm mit nassen Augen die Hand.

Und der Junker sagte, auch der Lieutenant muß Vater Schulmeister heißen, für die Arbeit, die er jetzt annimmt.

Das gibt mir einen ganzen Haufen Väter. Wenn ihr dann nur Sorg tragt, daß ihr nicht viel Witwen und Waisen hinterlasset! sagte die Pfarrerin.

Arner hub sein Aug auf, da sie das sagte, und sah sie an.

Therese sah den Blick, und sagte was ist das?

Nichts, mein Kind, sagte Arner; aber sein Herz schlug.

Der Pfarrer, der das nicht sahe, sagte; wir wollen den Vaternamen feiern.

Das wollen wir, sagten alle; und alle Kinder die da waren, von des Junkers Karl an, bis auf des Kühhirten Elsi, mußten jetzt im Reihen zu ihnen hinzu, ihnen die Hand geben, und ihnen Vater und Mutter sagen. –

Wenn da kein Engel diese Eltern und Kinder umschwebt, so umschweben nie keine Engel den Menschen, er mag Reines und Heiliges auf Erde tun was er will.

§ 56
Auch hierin sind Grundsätze der wahren Volkserziehung

Die Freuden der Feier dieses neuen Namens wurden ihnen von den Buben im Dorf unterbrochen.

Junges und Altes hatte im Garten vergaßen, daß der Junker um zwei Uhr auf das Ried zu kommen versprochen. Aber die Buben im Dorf vergaßen es nicht, und die Brüder von den Spinnerkindern machten den Anschlag, mit ihren Bäumen auf der Achsel, und den Geißen an der Hand, ihre Schwestern im Pfarrhaus auf das Ried abzuholen; gesagt, getan. Es schlug nicht sobald zwei Uhr, so stunden sie vor dem Garten.

Der Karl, der immer die Augen in allen Ecken hat, sah sie zuerst, sprang zu ihnen hinaus, fragte sie, was sie mit den Geißen wollen? Sie sagten ihm, sie müssen auch mit ihnen auf das Ried, sie können ja denn weiden, wenn sie ihre Bäume setzen. Denn baten sie ihn, er soll jetzt auch machen, daß es gerate, daß der Papa und ihre Schwestern auch bald kommen. Sie wollen jetzt mit den andern, und mit den Geißen einen Zug anstellen, es gebe einen großen, und einen schönen; sie haben eine Trommel und eine Pfeife bei ihnen.

Und ich hab meinen Fahnen auch noch, und es muß jetzt gewiß angehen, sagte der Karl; sprang denn in den Garten, rief den Kindern: He! He! Loset, was soll ich euch sagen? Euere Brüder sind da, und haben ihre Geißen bei ihnen. – Und Papa, – loset, was soll ich

Euch sagen? Die Glock die hat zwei Uhr geschlagen, und gellet, wir müssen jetzt aufs Ried?

Ich hab es fast vergessen, sagte der Junker. Die Kinder aber liefen jetzt zu ihren Brüdern, und fragten sie, habt ihr auch unsere Bäume bei euch? Ja, das haben wir, sagten diese, und zeigten ihnen die Bäume auf der Achsel.

Und der Karl kam auch mit seiner Geiß aus dem Stall, und der Junker und der Pfarrer, und wer im Garten war, ging auch fürs Tor zu sehen, wie die Kinder einen Zug anstellen wollten.

Sie hatten einen Lärm, daß man sein eigen Wort nicht mehr hörte, und der Zug wollte doch nicht recht in Ordnung.

Da trat der Lieutenant ins Mittel; er rief ihnen, still! – ihr Buben! sagte dann, wie es sein müsse, und hatte den Zug im Augenblick in der Ordnung.

Er stellte nicht die Großen, wie heut am Morgen die Weiber, sondern die Kleinsten voran, und sagte, es sei ein Unterschied nur einen Büchsenschuß weit, oder eine Viertelstund weit zu marschieren, die Kleinen kämen ihnen in die Weite nicht nach, oder die Großen müßten ihnen alle Augenblick stillstehen.

Karl war jetzt der erste mit seinem Fahnen, hinter ihm ein Bub, der ihm seine Geiß führte, und seinen Baum trug, denn folgte der Trommelschläger, und der Pfeifer, dann die Rikenbergerin in ihrem weißen Kleid, zwischen des Junkers beiden Töchterchen; hinter ihnen des Pfarrers Kinder, dann der ganze Zug; allemal ein Bub, der trug auf seiner Achsel seine zwei Bäume, und das Kind, dessen Baum er auch trug, das führte auf der Linken die Geiß.

Des Junkers Karoline und Julie freuten sich, daß sie gerad hinter der lustigen Trommel seien. Aber die Rikenbergerin sagte, sie wollte lieber, sie wär weiter hinten, sie töne ihr zu laut.

Des Junkers und des Pfarrers waren alle zuhinterst am Zug, besahen ihn jetzt da er in der Ordnung stund.

Aber es war eine Schand wie garstig die Buben gegen die Mächen aussahen.

Man sollte weiß Gott den drei Weibern vor den Häusern danken, sagte Therese, als sie diesen Unterschied alle bemerkten.

Du hast recht, sagte der Junker zur Therese; und zu den Kindern: Wie ist's, wollet ihr den drei Weibern, die heut so viel Mühe mit euch gehabt haben, wenn wir bei ihren Häusern vorbeiziehen, nicht auch danken?

Das war ein Jauchzen, – das war ein Rufen! – Ja, ja, – das wollen wir.

Die Rikenbergerin, sagte da der Junker, muß dann mit meinen zwei Kindern zu diesen drei Weibern ins Haus gehen, und für uns den Dank ausrichten.

Das will ich tun, sagte Therese.

Desto besser sagte der Junker! – rufte dann dem Karl, der vornen am Zug war, und sagte ihm, du mußt vor des Mareylis, der Gertrud, und der Reinoldin Haus mit dem Zug stillhalten, und dann den Fahnen schwingen, und trommeln und pfeifen lassen, so viel sie können und mögen, und wenn denn eine von den Frauen, welche es ist, mit der Mama zur Tür hinauskommt, so mußt du aufhören, mit Trommeln und Pfeifen, und den Hut abziehen, und laut mit allen Kindern rufen; es lebe die gute Gertrud! oder Reinoldin! oder Mareyli! welche es dann ist.

Nun ging der Zug an, und die Kinder hatten jetzt vor allen Häusern gute Ruhe. Eine Menge Bauernkinder weinten, daß sie nicht auch wie der Reinoldin Kinder mit ihnen dörfen; und der Kalberleder, der wieder Mist ladte, lief sobald er den Zug unten an der Gaß erblickte, von seinem halbgeladenen Wagen weg und ließ sich eine halbe Stunde nicht mehr vor dem Haus sehen.

Der Diane riechte ihn noch, da er wieder zur Mistgrube kam, sprang ihm unter dem Wagen durch bis zur Haustür, die aber zu war, nach, und es mußte alles, selbst der Junker lachen, da sie den Hund so sahen an der Türe scharren, und ihn, sozusagen, seinen Mann herausfordern.

Das Mareyli hatte seine Stube voll Spinnerweiber. Einige brachten ihm Garn, andere waren da, ihm zu danken, daß es sich ihrer Kinder so angenommen.

Sie steckten alle die Köpfe unter die Fenster, als der Zug die Gaß hinaufkam, das Mareyli allein nicht; es wog der Rebhäuslerin ihren Bündel Garn wie sonst fort, und ihre Baumwollen dagegen, und zählte ihr den Lohn noch, eh es auch ans Fenster wackelte. Es hatte kaum die Nase darvor, so tönte die Trommel, die Pfeife pfeifte, die Fahne wehte, und der Zug hielt ihm vor den Augen still. Es sagte, was ist jetzt das für ein Narrenstuck?

Das ist jetzt dir zu Lob und zu Ehren, sagten die Weiber; und die Junkerin stand hinter ihm zu, eh es sich umkehrte, und sagte, wo ist jetzt das Mareyli? Da kamen die Köpfe zum Fenster hinein, und es, und alle Weiber taten Maul und Augen auf.

Die Junkerin aber sagte, sobald sie ihns sah, du bist's! gab ihm die Hand, dankte ihm dann im Namen des Junkers, und des Pfarrers, und des ganzen Zugs, daß es sich der armen Kinder so angenommen.

Das Mareyli wußte nicht, was es sagen wollte, drückte der Junkerin die Hand, die sie ihm immer hielt, und sagte, das hab ich nicht verdient und Ihr, seid etwan doch nicht um deswillen da?

Wohl Mareyli! sagte die Junkerin, ich bin um deswillen da, und du mußt wissen, du kannst mir und dem Junker nichts Angenehmers tun, als wenn du uns so hilfst zu machen, daß es den armen Leuten im Dorf je länger je mehr wohlgehet!

Ich will's gewiß dem lieben Gott und Euch tun, solang ich lebe. Aber es braucht sich doch auch nicht Frau! daß Ihr mir dankt, sagte das Mareyli.

Wir werden dir danken, solang ein Atem in uns ist, sagte die Junkerin.

Im Fortgehen, fast bei der Türe, sagte das Mareyli: Es hat mich übernommen, ich hab Euch nur nichts von dem schönen Tuch sagen können, wo Ihr mir geschickt; ich dank Euch doch auch tausendmal davor. –

Es stand schon unter der Türe, und ehe die Junkerin antworten konnte, hörte die Trommel auf, und der Karl zog den Hut ab, und rief und mit ihm der ganze Zug, daß es die ganze Gaß hinauf und hinab tönte. „Es lebe das gute Mareyli!"

Es aber lief von der Türe, und von der Junkerin weg, und kam feuerrot in die Stube, so schämte es sich, daß ihm das unter der Tür begegnet.

Aber die Weiber in der Stube brachten ihns bald wieder zurecht; sie sagten ihm: Warum bist du auch so von der Türe weggelaufen? Und nein, nein, das ist doch auch eine Ehr. Und du hast sie doch auch gewiß verdient. Das machte, daß es ihm bald auch kam, wie wenn es ihns freute.

§ 57
Falschheit zerreißt alle Bande der Erde

Die Reinoldin hatte eben mit ihrer Mutter Streit, als der Zug ihr fürs Haus kam, sie zankte schon ein paar Stunden mit ihr, daß sie sich dieses Lumpenzugs also angenommen, und ihre Kinder mit dem Bettelgesindel mitlaufen lassen, und denn gar, daß sie bei ihren Schwestern Hemder, und Strümpf, und Schuh dafür entlehnt.

Meinst du, sagte sie zu ihr, ich hab nicht genug, daß du so ungeraten bist, und dir alle Leute über den Kopf richtest? Willst jetzt auch noch deine Schwestern ins Geschrei bringen, daß sie seien wie du? Und machen, daß sie in keinem rechten Haus mehr eine Heurat finden? Wenn dein Mann nicht auch ein Narr wäre, oder Straf verdient hätte, er hätte dich gewiß auch nicht genommen, so hat er eine Plag mit dir, aber es muß mir will's Gott mit den andern Kindern nicht so gehen. – Was hast auch vom Junker? Und was geht dich auch der Narr an? Warum begreifst doch auch nicht, daß wer im Dorf ist, es mit dem Dorf halten muß, und mit denen die im Dorf etwas haben, und nicht mit dem Bettelvolk? Aber du tust mir das nur zuleid, du weißest daß es mir Verdruß macht, und wenn du mich könntest mit deinem Lezkopf ins Grab bringen, du würdest es nicht sparen, du hast es dein Lebtag so gemacht.

So ging's in einem fort, bis die Trommel in der Gaß tönte, und die Junkerin gegen dem Haus zu kam. Da schwieg die Alte; sie sah sie zuerst, und sagte: Was will doch jetzt dieser Pfau hier? Einen Augenblick darauf aber zu ihrer Tochter, wisch dir die Augen ab, und zeig nicht jetzt auch dieser noch, daß du ein Narr seiest! –

Sie wischte sie ab, – aber es war gleichviel. Als die Junkerin in die Stube trat, ihr die Hand bot, und dankete wie dem Mareyli, konnte sie kein Wort hervorbringen.

Die Alte biß die Zähne übereinander, ihre Augen glüheten vor Zorn gegen die Tochter, in dem gleichen Augenblick als sie für dieselbe das Wort nahm, und mit einem Lächlen das sie erzwang, für die Ehre, die sie ihrer Tochter erweise, dankte und hinzusetzte, sie solle ihr verzeihen, es seie einmal jetzt so ihrer Tochter Natur, daß wenn sie etwas übernehme, es möge Freud oder Leid sein, so könne sie sich nicht leicht fassen; aber die Junkerin habe gar zu viel Mühe genommen für sie, sie habe nichts anders getan, als was ihre Schuldigkeit gewesen, und möchte nur wünschen, daß sie mehr Gelegenheit hätte ihr oder dem Junker zu dienen.

Das ist eine Glatte, die es kaum meint, wie sie es sagt, dachte Therese, sobald sie das Maul auftat, sah ihr auch solang sie redte unverwandt auf Maul und Augen und hatte auf der Zunge ihr zu sagen, sie seie nicht um ihretwillen sondern um der Tochter willen da. Sie sagte es nicht, aber auch nichts anders, sondern wandte sich wieder an ihre Tochter und sagte dieser, der Junker erwarte sie mit der Gertrud und dem Mareyli diesen Abend noch im Pfarrhaus, wenn er vom Ried heimkomme.

Die Alte tat gar nicht, wie wenn sie es achtete, daß sie die Junkerin stehen ließ, und unter der Türe als der Karl den Hut schwang, und er, und der ganze Zug mit ihm rief: „Es lebe die gute Reinoldin!" stund sie so weit vor das Haus hinaus als sie nur konnte, und nickte dem Zug mit Kopf und Händen so weit sie ihn sah, nach, indessen die Junge wie ein Pfeil in die Stube hineinsprang und hinter dem Ofen mit den Füßen über ihre Mutter stampfte.

Diese aber ging erst, da sie kein Bein mehr vom Zug sah, wieder hinein, und sagte die Stubentür noch in der Hand haltend zu ihrer Tochter: Du hast dich aber einmal schön aufgeführt, mit dem alten Zusatz, du tust es mir nur zuleid, und hast nichts damit gesucht, als mich zuschanden zu machen.

Ich möchte nur wissen, antwortete die Tochter, was ich auch in der Welt tun müßte, von dem Ihr nicht sagtet, ich täte es Euch zuleid, wenn's Euch darnach im Kopf ist.

Ja – ja, – du bist ein schönes Mensch, sagte die Mutter, – red nur viel. –

Die Tochter aber war erhitzt und erwiderte ihr, – ja – ich muß reden, ich wollt lieber Ihr hättet mir die Hand ins Maul geschlagen, daß mir alle Zähne in Kragen hinuntergefallen wären, als daß Ihr der Junkerin vor meinen Augen so gute Wort gegeben, da Ihr doch den ganzen Morgen bis auf diesen Augenblick mit mir ob dieser Sach gehauset, daß es möcht gemalet am Himmel stehen; hättet Ihr es ihr nur jetzt selber gesagt, es wäre besser gewesen als so.

Das ist jetzt der Lohn für die Mühe die ich gehabt? da du dagestanden wie der Ochs am Berg! Aber hab ich auch in meinem Leben ein gottloseres Mensch gesehen? sagte die Mutter. Und die Reinoldin erwiderte: Ihr könnt mir jetzt sagen was Ihr wollet, es wäre doch besser gewesen, Ihr hättet mich stehen lassen, wie sieben Ochsen am Berg, als daß Ihr so falsch vor mir mit der Junkerin geredt. Ich kann und weiß das nicht auszustehen.

Mich, mich, kannst und weißt du nicht auszustehen? und das deiner Lebtag, sagte die Mutter, ging dann fort, und erzählte daheim ihren Schwestern, was das auch für ein Mensch sei! Wie gottlos sie mit ihrer Mutter umgehe! und fragte endlich ob sie jetzt auch glauben, so ein Kind könnte in Himmel kommen, wenn's stürbe?

Die Kinder antworteten, sie wollen das Bessere hoffen. –

Die Mutter aber erwiderte: Es wird einmal schwerhalten, glaubet mir's nur.

Von der Reinoldin weg kam Therese zur Gertrud. Diese war ganz allein in der Stube, ihre und des Rudis Kinder waren alle am Zug. Sie hatte ihr Kleines allein im Haus, und kam eben von ihm aus der Nebenkammer, als die Junkerin zu ihr kam. Sie gab ihr auf das was sie sagte, sichtbar errötend und mit einer Stimme wie wenn sie es nicht sagen dörfte, zur Antwort: – Der Junker hat mir und meinen

Kindern ihren Vater und uns allen und ihm damit ein glückliches Leben wiedergegeben; jetzt kommt Ihr mir zu danken, daß ich ein paar Kindern etwas armselige Kleider geliehen! –

§ 58

Man setzt Bäume

Von ihr weg ging's aufs Ried. Es war ein frohes Getümmel den Berg hinan.

In der hohlen Gaß oben am Dorf, beim großen Echo, das wie ihr wißt, rund um den Berg lauft, und dann durch das Tal hinab sich wiederholt, ist der Junker und der Pfarrer still, der Zug merkte warum? Da jauchzten die Buben so laut sie konnten, Trommel und Pfeifen tönten, so laut sie konnten, es war wie wenn selber die Geißen lauter maygeten, und das frohe Getümmel daurte, bis sie an den Platz kamen. –

Da gaben die Buben ihren Schwestern die Geißen ans Seil, suchten ihren Vater, und ein jeder führte da den seinen an der Hand an den Platz, wo er den Baum, den er auf der Achsel trug, setzen mußte.

Aber sie waren nicht so bald an der Arbeit, so sah der Rollenberger, daß die Bauren in Bonnal vom Baumsetzen ohngefähr so viel verstunden, daß sie ihn nicht bei den Ästen sondern bei der Wurzel in Boden hineintun müssen, aber nicht mehr. Da zog er seinen Rock aus, sprang von einem Ecken zum andern, zeigte ihnen was sie nicht konnten z. E. auf welche Seite sie sie kehren müßten, damit sie gegen die Sonne kommen, wie vorher und dergleichen. Er verteilte ihnen die Wurzel, schnitt das Unnütze und Schadhafte ab, wie ein Gärtner, er machte ihnen den Herd rein, zeigte ihnen, wie sie ihn in die Ordnung zulegen, und andrücken müssen; denn wie sie selbe gegen Wind und Wild sicherstellen müssen.

Die Bauren taten aufs Haar, was er sagte, und alle Augenblicke sprang ein Bub nach dem andern zu ihm her, und sagte ihm lieber Herr! Wollt Ihr's meinem Vater nicht auch zeigen? So wenig ist wahr, daß die Bauren von den Herren im Feldbau nichts annehmen! Sie wollen nur, daß die Herren es ihnen nicht bloß mit dem Maul sondern auch mit den Händen zeigen.

Der Junker sah ihm freudig zu bei dieser Arbeit, und sagte zum Pfarrer, mein Hauslehrer zeiget mir auch damit, daß mein Bub unter guten Händen ist.

Sein Karl sprang eine Weile herum zu sehen, wie es gehe? Dann gab er die Geiß auch seinen Schwestern, stellte mit seinem Baum auf der Achsel sich für seinen Papa zu, und sagte ihm, wenn du mir jetzt helfen willst, so komm!

Das will ich, sagte der Junker, ging ihm an der Hand an den Platz, den der Lieutenant ihm für seinen Baum abgesteckt.

Dieser Platz war in der Mitte des Riedes, auf einer leichten Höhe, und die andern zweihundertundfünfzig kamen alle rund um ihn herum, in zwölf langen Reihen, die sich alle bei diesem Mittelbaum anhuben.

Da der Karl das sah, sagte er zum Lieutenant, – das ist auch ein schöner Platz. Habt Ihr mir jetzt das zu Gefallen getan?

Ja das hat er, du kannst ihm nur danken, sagte der Junker.

Da sprang Karl an ihn hin, und küßte ihm die Hand für den schönen Platz seines Baums.

Dann nahm der Junker den Karst, der schon dalag, in die Hand, und machte dem Baum seines Karls ein Loch in den Boden, und hakket den Herd so leicht auf, wie wenn er nichts täte.

Alles was da war, wollte an diesem Baum helfen.

Der Rollenberger sprang von dem hintersten Ecken hinzu, und der Lieutenant, der Pfarrer, die Frauen, des Karls Schwestern, und die Kinder im Pfarrhaus, alles kam herbei, und wollten alle helfen, so daß der Karl, der seinen Baum gern mit dem Papa allein gesetzt hätte, ein paarmal halb murrete, und sagte: Ihr lasset mich doch auch gar nichts machen, und es ist doch auch mein Baum.

Er hat doch recht, sagte wer da war, alles machte ihm Platz, und er half dem Papa so fleißig, daß er schwitzte. Und da er fertig war, stampfte er noch rund um ihn her, mit seinen Füßen, daß der Herd sich recht setze; dann sprang er wieder zu den andern Buben, die noch nicht fertig waren. Und da die meisten, wenn sie ihre Bäum gesetzt, noch den Hut abzogen, und „Das walt Gott!" sagten, sprang der Karl auch wieder zu seinem Baum, zog auch den Hut ab, und sagte: „Das walt Gott! du liebs Bäumchen!"

Das freute den Junker und den Pfarrer, beide zogen auch den Hut ab, und sagten: „Das walt der liebe Gott!" Und von allen Bauern die um sie her standen, war nicht einer der's nicht wiederholte. –

§ 59
Von Volksfesten, und vom Holzmangel

Das Volk ging dann heim. Der Junker aber rief dem Lieutenant, und den Frauen, die ein paar Schritt voraus waren: „Wir wollen gleich nachkommen!" und kehrte sich dann wieder mit dem Pfarrer gegen die eben gesetzten Bäume, und war voll von den Gedanken, daß einst sein Bonnal unter ihrem Schatten das erste Fest feiern werde, dessen Stiftungsbrief er im Sack hatte.

Dann nahm er diese Urkunde hervor, und sagte zum Pfarrer, er wolle sie auf den Fall seines Todes in seine Hände legen, und wünsche in diesem Fall, daß sie in dem Augenblick, da man ihn in den Boden hineinlege, geöffnet, und seinem Volk bekanntgemacht werde. Wenn ich aber lebe, setzte er hinzu, so muß das erst in den neunziger Jahren geschehen; dann ich will nichts weniger als mit einer solchen Handlung unter einem unversorgten und unglücklichen Volk bei meinem Leben eine Komödie spielen.

Der Pfarrer verstund kaum halb was er sagte, so sehr übernahm ihn die ernste Art wie er von seinem Tod redte.

Er nahm ihm den Brief zitternd ab, und seine Lippen stunden fast still, als er ihm antwortete: Aber Sie sind doch nicht krank, daß Sie also reden?

Ich bin nicht krank, lieber Pfarrer! aber auch nichts weniger als gesund; mein Blut jastet und wallet seit einiger Zeit in mir, und es geht mir alles so ungewohnt stark nahe, daß ich mich nicht enthalten kann mir vorzustellen, es stecke eine Krankheit in mir.

Es wird, will's Gott, doch auch nicht sein, sagte der Pfarrer wie vorhin mit halbstarrer Lippe.

In diesem Augenblick kam des Junkers Forster durch einen Fußsteig an sie an, und der Junker um das Gespräch auf etwas anders zu lenken, fragte ihn, wie es im Wald gehe?

Es wird eben immer viel gefrevelt, war die Antwort des Manns.

Aber warum wird so viel gefrevelt? sagte der Junker.

Was machen? sagte der Forster, eh die Leute den Winter über verfrieren, nehmen sie in Gottes Namen Holz, wo sie finden, und eignes haben sie keins.

Der Junker ließ ihn gehen, und sagte zum Pfarrer: Auch dieses zeiget, wie weit wir noch davon weg sind, vernünftigerweise ein Volksfest zu stiften.

Aber wenn ist man da? sagte der Pfarrer wie halb im Traum.

Der Junker erwiderte ihm. Es dunkt mich, die Zeit an ein Freudenfest für das Volk zu denken, seie da, wenn die Hausordnung im allgemeinen bei ihm auf einem solchen Fuß stehet, daß man auf keine Weise mehr zu sorgen hat, der ehrliche Mann im Land könne durch allerlei Umstände an denen er nicht schuldig, leicht unglücklich werden.

Und dann für den so ein Fest stiften will, dünkt mich, sei diese Zeit erst dann da, wenn er die Tränen der Unglücklichen vorher getrocknet, und seiner selber sicher ist, daß er weder durch Lebens- noch durch Standesfehler werde Unglück in die Eingeweide des Volks hineinbringen, indessen daß er ihns durch solche Feste sozureden zum Tanz führt.

Er setzte hinzu; er halte dafür, es seie alle natürliche Ordnung der Dinge verkehrt, wenn man nur daran sinne unter einem Volk Tugend- und Freudenfeste zu stiften, unter dem ein guter Mensch noch durch ein unvorsichtiges Wort um Hab und Gut oder gar auf die Galeere kommen könne.

Und sagte: er wolle sich diesfalls auch an die gute Regel des Dorfschulmeisters, der ihn das A, B, C, gelehrt, halten. Diese Regel sei gewesen, du mußt nicht zum C wollen, bis du das A recht kannst. Und solang also der Mangel von einer allgemeinen Volksversorgung in meinem Dorf noch auffällt, und Elend und Verbrechen sich noch durcheinanderwinden, so will ich die Verwirrung nicht noch durch solche Komödien größer machen, und solang ich noch Steine zum Fundament meines Hauses zusammentrage, muß ich nicht jauchzen, wie wenn ich es ausgebauet.

Dann kam er wieder auf den Holzmangel; man muß sich unserer Zeit, oder vielmehr derer, die darin Ordnung machen, schämen, wenn man sieht, wie dieser Mangel alle Tage mehr zunimmt, da es doch ausgemacht ist, daß das Volk im Land durch nichts, also innerlich und äußerlich heruntergebracht, und zum Gesindel herabgewürdigt wird, als wenn es ihm an der notwendigen Feuerung mangelt, und die armen Leute an manchem Ort, wenn sie eine Suppe kochen, oder eine warme Stube haben wollen, das Holz dazu wie Schelmen und Dieben im Wald freveln müssen.

Am Ende sagte er, er wolle in seiner Herrschaft dem Holzmangel, und dem Unverstand der daran Ursach mit der nächsten Neujahrsgemeind ein Ende machen, und an derselben in allen Dörfern ohne weiters die Bergweiden allen Bauern, die Güter im Tal haben, und Klee pflanzen können, verbieten, und überall alles Land das in sechs Jahren weder geackert noch geheuet wird, nicht mehr zu Weiden reuten lassen, sonder die Bauren, die ihren Vorteil nicht rechnen wollen, zwingen, daß sie das Holz, das von sich selbst in diesen Weiden treibet, aufwachsen lassen müssen. Und ich bin sicher, sagte er da, daß auf diese Art viel hundert Jucharten Land in meiner Herrschaft diesen Leuten in 20-30 Jahren eine 30-40 mal stärkere Nutzung bringen, als die, in deren sie gegenwärtig stehet.

Der Pfarrer aber kam noch einmal auf seine Gesundheit, und obgleich der Junker ihm wieder antwortete, es seie vielleicht nichts als schwarzes Blut, das ihm solche Vorstellungen mache, so war der gute Mann doch den ganzen Abend darüber ängstlich, wie wenn ihm das größte Unglück begegnet.

§ 60
Man muß im Innern hohen Adel haben, um ohne Gefahr Baurenleut so nahe an sich zu absitzen lassen zu dörfen

Die Reinoldin, das Mareyli und die Gertrud waren schon eine Weile im Pfarrhaus als die Herren heimkamen.

Und Therese und die Frau Pfarrerin gaben den Baurenweibern von ihrem Tee und taten ihnen Nidel und Zucker darein, dreimal mehr als sie einer Stadtfrau hätten darein tun dörfen und, weil sie es tranken, fragte die Junkerin, ob sie dergleichen auch schon gehabt? Ihrer zwo sagten, nein; aber Gertrud: der Junker habe ihr und ihrem Kind unter der Linde, als sie das erstemal ins Schloß gekommen, gegeben. Sie setzte hinzu, ich denke mein Lebtag daran, wie wohl es mir auf dem Heimweg gemacht! –

Die Reinoldin fiel ihr ins Wort, und sagte: Nein, du bist gewiß verirret, es hat dir etwas anders auf dem Heimweg so wohl gemacht!

Du hast recht, sagte Gertrud, aber das hat mir doch auch wohl getan, und meinem Kleinen darzu.

Da sagte Therese, sie solle ihr ihns doch bringen, der Junker habe ihr viel von diesem schönen Kind geredt, daß es eine Schande, daß sie diesen Abend bei ihr gewesen, und ihm nicht nachgefragt habe.

Wenn's jetzt nur auch erwachet ist, daß Ihr nicht eine Briegerin (weinendes Kind) zu sehen bekommt, sagte Gertrud im Weggehen.

Therese erwiderte ihr, weck es einmal nicht auf, es könnte ihm nicht wohltun.

Gertrud fand ihns wachend, und sprang mit ihm auf dem Arm in der Reinoldin Haus, nahm den kleinen Pfausbacken, der auch erwachet war, zur Wiege hinaus, trocknete ihn, fäschete ihn ein, machte ihn schöner noch als ihren eigenen, und brachte dann sie beide auf ihren Armen ins Pfarrhaus.

Die Reinoldin sprang auf gegen ihren Kleinen, als sie ihn sah, und die Junkerin nahm ihr beide ab dem Arm, und behielt sie auf ihrem Schoß, bis der Junker heimkam; wenn schon die Weiber einsmal über das andere zu ihr sagten, sie machen sie naß, und verderben ihr den seidenen Rock.

Als er heimkam, machte sie ihn raten, welcher der Reinoldin und welcher der Gertrud ihrer seie?

Der Dicke da, der so eine Faust macht, und das Maul zusammenhalt, ist der Reinoldin – und der wo sein Maul, und sein Händli so offen hat, und die Finger voneinander ist der andern.

Getroffen sagte die Junkerin. Aber sag mir jetzt auch welcher ist in deinen Augen der schönere?

Der Junker sah sie eine Weile an, und sagte dann, ich könnte es, weiß Gott, nicht sagen, so ungleich sie einander sahen.

Die Junkerin sagte, es gehe ihr ebenso.

Und er fing denn mit den drei Weibern an, und sagte ihnen, sie müssen den Spinnerkindern die Kleider, die sie ihnen geliehen, lassen, und er wolle sie ihnen zahlen.

Das wär bald richtig, sagte die Reinoldin, wenn sie nur unser wären, aber wir haben das meiste entlehnt.

Das Mareyli setzte hinzu, und die so es uns gegeben, förchten sich vor dem Eifer im Dorf, und haben nicht gern, daß es ihnen auskomme, sie haben sich des Zugs angenommen.

Wenn es so ist, so nehmet dann was ihr entlehnt zurück, aber kaufet ihnen dafür Neues, und ich will euch dann das Neue, und was euer ist zahlen, daß ihr zufrieden sein müßet, sagte der Junker. –

Wir sind sonst zufrieden, sagten die Weiber, und setzten hinzu: Nein, was unser ist, müsset Ihr nicht zahlen, Ihr müsset uns die Freude lassen, ihnen auch etwas zu geben.

Ich will euch diese Freude gern lassen, erwiderte der Junker.

Ja, sagte die Reinoldin, wir haben heut schon im Sinn gehabt, ihnen zu lassen was unser ist. – Aber wir haben gemeint, weil die Kinder so unordentliche Eltern haben, so seie es ihnen besser, wir machen sie alles wieder zurückbringen, damit wir dazu sehen können, daß sie es in der Ordnung halten, aber wir hätten, es ihnen doch an den Sonntagen, oder wenn sie es sonst brauchen, wiedergegeben.

Aber wollet ihr mir es nicht auch so machen, wenn ich ihnen etwas Neues kaufe? sagte der Junker.

Warum das nicht? sagten die Weiber.

Und der Junker: – Es ist zehenmal mehr wert, als alles was man ihnen geben kann, wenn ihr sie lehret Sorge dazu zu tragen.

Diese Sorgfalt rührte den Junker. Er sagte den Weibern, ich bin euch Dank dafür schuldig, aber es ist fast eine Schand, wenn man Leuten, die von sich selber etwas Gutes tun, viel dafür danket. Aber dieses kann und muß ich euch doch sagen, daß ich alles, was ihr für die Armen in euerm Dorf tut, so aufnehme, wie wenn ihr es mir und meiner eigenen Haushaltung, und da dem lieben Buben tun würdet.

Mit dem nahm er seinen Karl, der neben ihm stand, auf den Schoß, und sagte ihm: Gell, die Frauen sind dir auch lieb, daß sie sich der armen Kinder so annehmen? ihnen so zu Kleidern helfen, und noch dazu Sorg tragen?

Ja gewiß Papa sind sie mir lieb; die armen Kinder haben nicht so eine Mama wie ich, die ihnen dafür sorget.

Dieses Wort lupfte die Reinoldin vom Stuhl auf, so freuete es sie, an dem Buben; sie ging mit beiden Armen auf ihn zu, nahm ihn bei der Hand, und sagte: Wenn du ein anderer wärest, ich möchte dich für das küssen. Arner bot ihr ihn lachend; da erdrückte sie ihn fast; er schüttelte den Kopf als sie ihn so hielt und sagte, als sie endlich nachließ: Du küssest doch auch gar hart!

Du magst es wohl erleiden, sagte die Reinoldin, und bot ihn der Gertrud dar, die auch beide Hände gegen ihn ausstreckte. Diese aber rührte ihn kaum an mit dem Mund; und er gab der Reinoldin, die ihn fragte: Küßt jetzt die auch hart? zur Antwort, nein: die küßt nicht hart.

Diese gab ihn dann dem Mareyli, und die Reinoldin fragte ihn wieder, wie ist dir's jetzt bei der gegangen? Und er antwortete ihr, einmal nicht so hart wie bei dir.

Die Weiber wurden nach und nach so traut in dieser Stube, daß sie frei sagten, und taten was sie wollten.

Ihre Freude machte den Junker so munter, als er bei Monaten nicht gewesen, und als er auf das ernste Gespräch mit dem Pfarrer selber nicht geglaubt hatte, daß er noch heute werden würde. Er spaßte mit, da die Reinoldin wirklich mutwillig wurde, und sie mußte ihm den Diane, der dem Kinderzug so gut Geleit gegeben, in die Stube hineinrufen.

Das war für den Meister Karl und Kinder auch eine Freude! Der Hund mußte ihnen alle seine Künste vormachen.

Und der Junker fragte die Reinoldin: – Aber wie bist du auch darauf gefallen, ihn auf die Worte: Gib jetzt du Bescheid, und du hast jetzt genug geredet, abzurichten?

Sie erwiderte ihm: Ich habe ein paar Nachbarsweiber, die wo sie einem den Kopf sehen, einem die Ohren voll schwatzen, und mich so manchmal geplagt haben, ob jedem Nichts bei Stunden mit ihnen zu reden, daß ich lang nicht mußte, wie ich ihrer loswerden könnte? bis ich endlich diesen Hund gekauft habe, und mir da in Sinn gekommen, ich wolle ihn auf diese Worte abrichten. Es ist auch gut gegangen, die Weiber haben es ordentlich auf sich gezogen, und lassen mich seitdem gar ruhig. Jetzt wisset ihr alle Wahrheit.

Ich könnte an Ort und Stell auch so einen Hund brauchen, sagte da Arner, und lachte gegen Theresen.

Sie antwortete, ich wollte jetzt auch wetten, ich wüßte, wo du meinest. –

Als der Junker einmal meinte, es achte es niemand, fragte er die Gertrud, wie es mit der Meyerin gehe? Sie antwortete, sie hoffe nicht übel; aber die Reinoldin die es merkte, fing an zu lachen, und sagte, ja wenn nur dieser nicht wäre, und hiemit machte sie Pfausbacken und ein Hangmaul so groß sie konnte.

Was ist jetzt das Närrisches? sagte der Junker.

Und Gertrud, – der Schalk will Euch den Sonnenwirt abmalen, der dem Rudi im Weg steht. Aber sie macht es auch gar zu stark.

Darfst jetzt auch das sagen? erwiderte die Reinoldin, ich kann nicht einmal so stark machen, als es wahr ist.

Wenn es nur halb so ist, so ist es zuviel, sagte der Junker.

Ja halb, ich möchte nicht reden, erwiderte die Reinoldin.

Und alle drei sagten, sie glauben einmal auch nicht, daß sie diesen nehme.

Es freuete den Junker.

Aber der Pfarrer war den ganzen Abend nicht bei ihnen; er blieb immer auf seiner Stube, unruhig über das Wort, das der Junker bei ihm hat fallen lassen, und dieser ging endlich, da er gar nicht kam, zu ihm auf seine Stube, erzählte ihm was vor Freude sie mit den drei Weibern überunten gehabt, und bat ihn noch einmal, er solle jetzt auch nicht mehr unruhig sein, und das aus dem Kopf schlagen, es könne ja gar wohl sein, daß er sich seiner Gesundheit halber irre. Er setzte hinzu: Lieber Herr Pfarrer! Ihr müsset mir heute noch lustig sein, oder ich gehe nicht von Euch weg. Er blieb auch wirklich aus diesem Grund bei ihm zum Nachtessen, und reiste erst nach 9 Uhr mit seiner Haushaltung aus dem lieben Pfarrhaus weg.

§ 61
Szenen beim Mondschein die sich malen lassen;
– und ein blutiges Übernachtbeten

Als die Königin des Kinderzugs beim Heimgehen, unten an der Gaß war, sahe sie ihre Mutter, und diese ging ihrem Babeli in ihrer Freude, an der Krücken bis vor die Gartentür hinaus entgegen. Die alte Frau ist sint ihres Mannes Tod noch nie so weit vor ihre Haustür hinausgekommen. Sobald sie das Babeli erblickte, sprang es von den Kindern weg, war im Augenblick bei seiner Mutter, und fiel ihr auf der offenen Gaß an den Hals. Sie konnten beide nicht reden, und eilten beide miteinander unters Dach. Da gliche das Weinen ihrer innigen Freude dem stummen Schmerz, der an ihrem Herzen nagte.

Aber seine Brüder und Schwestern hingen ihm auf allen Seiten an seinem weißen Kleid, und zogen ihns fast der Mutter vom Hals weg, so hatten sie Freud mit ihm. Es gab ihnen seine Bänder und Blumen, und die Gottenkron ab dem Kopf, und den Gürtel ab dem Leib. – Denn zog es noch seinen Rock ab, und ging der Mutter und den Kindern ihre Suppe und ihre Better zu machen.

Seine Tränen flossen auf den Feuerherd, und auf die Better die es machte; es aß auch keinen Mundvoll zu Nacht, sagte zur Entschuldigung, es habe zuviel zu Mittag geessen, und eilte dann mit den Kindern ins Bett. Die Mutter ging auch bald, und löschte das Licht; da ging es in seine Kammer, tat das Fenster auf gegen dem Mond, setzte bei seinem Schimmer seine Gottenkron wieder auf, umwand sich seinen seidenen Gürtel, und eilte so mit einem Tuche unter dem Arm auf seines Vaters Grab; da spreitete es sein Tuch auf den Boden, damit das tauende Gras und die feuchte Erde sein weißes Kleid nicht beflecke. Und als es so in der Einöde des Bergs auf dem Grabhügel lag, hörte es unten im Tal Wagen und Pferde, und erkannte nach einer Weile die Stimme des Manns und der Frauen, deren Pfand, daß sie ihm Vater und Mutter sein wollen, es jetzt auf dem Grab seines Vaters um seinen Leib trug, und es tönte zu ihm hinauf wie aus dem Abgrund, ihr Loblied an Gott, der den Mond und den Menschen erschaffen.

Himmel und Erde, Mond und Sterne schienen dem Kind jetzt schöner, und die Blumen auf des Vaters Grab dufteten ihm Wohlgeruch, wie sie ihm noch nie dufteten.

So erquikte der Wagen des Vaters und der Mutter unten im Abgrund, und ihr Nachtgesang an Gott, der den Mond und den Menschen geschaffen, die Sinnen des Kinds, das ihnen unwissend ob ihrem Haupt in der Einöde kniete.

Sie fuhren beim stillen Mondschein, das Kutschendach hinter sich liegend alle miteinander langsam an der vollen Nachtluft, – sie erfrischte ihr Blut, und ihr Gesang tönte lang und laut hinauf, an die Jammerstell ob ihrem Haupt.

Das gute Kind mußte nur weinen, seine Tränen durchnetzten sein Tuch, und flossen solang es einen Laut von dem Lobgesang hörte, das unten im Abgrund zu seiner Jammerstelle hinauftönte.

Als es sie nicht mehr hörte, wurde ihm im Innersten heiter, so heiter, als es ihm auf seines Vaters Grab noch nie gewesen. Es redete da mit ihm, wie wenn er vor ihm stünde.

Mein Vater! Mein Vater! sagte es zu ihm, daß du auch sterben müssen, ehe du ihn kanntest! den Vater des Landes und meinen – der unten durchfuhr und Gott gelobet, der den Mond geschaffen, und dich! –

Mein Vater! Mein Vater! Wenn er dagewesen, so wärest du nicht gestorben! Nein wenn er dagewesen, und du ihn gekannt, so wärest du nicht gestorben!

Er ist wie du, und seinem Volk, was du uns. Er führt ihns anderst und besser als niemand, und du hättest auch deine Kinder anderst und besser erzogen als niemand, wenn du hättest leben können! –

So redte das Kind die Nacht durch mit dem Vater auf seinem Grab, und der Aufgang grauete hinter den Bergen, als es aufstund von seiner Stell, und das nasse Tuch wieder von dem Boden unter seinen Arm nahm.

Es war nicht allein. Eine Menge Kinder dachten in dieser Nacht an diesen neuen Vater, träumten von ihm, und ihr. Alle die von des Rudis und der Gertrud Kindern gehört, daß sie am Abend und am Morgen für ihn, wie für Vater und Mutter beten, baten ihre Eltern, eh sie ins Bett gingen, ob sie nicht auch so für ihn beten dörfen? Es schlug's ihnen endlich niemand ab, ob es schon vielen Leuten wunderlich vorkam.

Selbst der Kriecher murrete nur, als ihm seine Lise es auch sagte, und antwortete doch, du kannst meinetwegen tun was du willst! – Aber da es mit seinen Geschwisterten übernacht betete, und in voller Freude, mit lauter Stimme anhub „behüt mir Gott meinen lieben Junker, und meinen lieben" – lag es bei diesem Wort am Boden, und blutete aus Maul und Nase.

Der Vater hinter ihm gab ihm mit den Schuhen so einen Stoß, daß es mitsamt dem Stuhl, auf dem es saß, umfiel.

Was hab ich auch gemacht? Was hab ich auch gemacht? sagte das Kind schluchzend durch die Finger; denn es hielt beide Hände vor dem blutenden Maul und der blutenden Nase.

Du weißest jetzt ein andermal, sagte der Vater, für wen du zuerst beten mußt, für mich, oder für jemand der dir sein Lebtag noch kein Mundvoll Brot gegeben hat?

§ 62
Der alte Junker will in kein Hornissennest hineingreifen

Übermorn auf diesen Freitag stellte der Junker den neuen Schulmeister der Gemeind vor.

Der Pfarrer predigte an diesem Sonntag nicht. Er hielt das stundenlange Redenhalten auf der Kanzel und darneben, zur guten Führung der Menschen gar nicht für so notwendig, als man es gemeiniglich dafür ansieht.

Er hatte vielmehr große Einwendungen gegen dasselbe, und behauptete, man sollte wenigstens keinen Menschen so stundenlange Reden ans Volk halten lassen, der nicht als ein erprobter Ratgeber und Wegweiser der Menschen erfunden worden wäre; und dergleichen erprobte Ratgeber seien rare Menschen, und in den meisten Fällen just nicht die, welche wohl lange Reden halten können.

Den andern Geistlichen, meinte er, sollte man von Wort zu Wort vorschreiben, was sie dem Volk offentlich vortragen dörften? Er sagte, wenn man so sorgfältig erforschte und studierte, was die Menschen sind, und was die Menschen nötig haben, und wie man mit ihnen umgehen müsse, daß sie trühen, (gedeien) als man, er wolle nicht sagen bei Rossen und Kühen, sondern auch nur bei Krotten und Fröschen, und Eidexen forschet, und studieret, was sie seien, und wie man mit ihnen umgehen müsse, daß sie trühen, so würde man es sicher nicht einem jeden Stubenbrüter überlassen, jahraus und jahrein stundenlang vor dem Volk Reden zu halten, und nicht gestatten, daß der guten Menschenherde Sachen, die ihr als wichtig vorgetragen werden, von dem einen deutsch, von dem andern welsch, von dem einen links, und von dem andern rechts, von dem einen kraus, und von dem andern glatt, von dem einen hoch, und dem andern nieder vorgetragen werden.

Und was man ihm auch immer dagegen einwandte, so ließ er sich nicht ausreden, das Predigen sei an das Maulbrauchen und Maulwäschen, gegen welches die Menschen als gegen ihr Todgift auf der

Hut sein können, wie angebunden, und sehe ohne weiters, besonders wie es jetzt getrieben werde, zu bunt, zu vielfärbig, und seelenlos aus, als daß man nur daran denken dörfte, daß es beim Volk eine gleiche feste allgemeine und einfache Wirkung zu seinem Wohl hervorbringen könne.

Daß aber die Erlösung der Menschheit von ihren Übeln, von Gottes wegen so stark an das gebunden seie, als man es zu glauben scheine, dünkte ihn, wie er die Sache ansah, vollends eine Lästerung.

Der gute Mann war aber allem Viel-Wort-Machen überhaupt im eigentlichen Verstand übel an, und hatte mit seiner lieben Frauen ob nichts in der Welt Streit, als wenn sie ihm mit zehen Worten anbrachte, was sie mit zweien hätte sagen können.

Um die Wahrheit zu gestehen, so war dieser Gram über alles Wortmachen nichts weniger als pure reine Weisheit in meinem Mann, sondern so etwas, das man sonst an den Leuten ihre Menschlichkeit heißt; es artete auch manchmal wirklich in eine Unduldsamkeit, und Ungefälligkeit aus, die nebst dem Sonderbaren und Unachtsamen in seinem Äußern die linke Seite des Manns ausmacht, und daher kam, daß in seiner Jugend sein Herz ohne Erfahrung und Menschenkenntnis gelassen worden, und er daher lange von einem jeden, der sein Maul wohl brauchen konnte, am Seil herum geführt wurde, und in seinen Zwanzigerjahren um sein Brot, um seine Braut, und um die Freuden seines Lebens gekommen.

Wer ihm alles raubte, war ein Geistlicher, der eben dardurch, daß er vortrefflich predigen konnte, und zur Verwunderung auf seiner Kanzel dastund, den Raub davontrug; und der Bube trieb es so weit, daß das Elend des Manns, ehe er auf Bonnal kam, so groß geworden, daß sieben bis acht Jahr kein Bettler mit ihm getauscht hätte, und ein Bauer, bei dem er sich einige Zeit aufgehalten, und ihm das eint und andere von seinen Umständen erzählt, ihm zur Antwort gegeben, er wollte sich lieber henken lassen, als es nur eine Stunde haben, wie er! – Jetzt kennt ihr den Stachel, der wider das Predigen, und wider alles Maulbrauchen in seinem Innersten liegt! –

Er danket zwar das Glück seines Alters, und alles was er jetzt ist, diesen Leiden seines Lebens; aber sie haben doch eine Seite seines Inwendigen tief verwundet, und er wird die Brandmale seiner Wunden tragen bis ans Grab.

Der Mensch trägt die Wahrheit und die Weisheit in einem irdischen Gefäß, und wenn er besonders in den Tagen seiner blühenden Stärke zu Boden gedrückt wird, und das Gold seines Lebens vor seinen Augen ins Kot ausgeschüttet siehet, so achtet er denn den übriggebliebenen Laim seines Daseins nicht mehr viel; er wird stolz gegen die Glücklichen und so unaufmerksam und gleichgültig gegen das, was diese von ihm fordern, wie gegen sich selber, und drucket sich über das was ihn wahr und gut dunkt, anderst und roher aus, als Menschen, die die Tage ihres Lebens ruhig haben nachdenken können, wie sich alles am besten sagen lasse.

Es macht nichts, wenn solche Menschen schon roher und härter reden, als es der Brauch ist.

Die Wahrheit wirket selten, als wenn sie schreit, das ist, so roh und hart, und ungeduldig, aber auch so bestimmt und heiter ausgesprochen wird, als nur Not und Elend den Menschen aussprechen lehren.

Und denn alles Menschliche abgerechnet, was der Widerwille des Pfarrers in Bonnal gegen das Maulbrauchen überhaupt, und gegen das Predigen- und Kinderlehrschelten besonders hatte, so ist gewiß, daß der Schade des Predigens im Lande, wenn es einer ist, einer von denen ist, die schreien müssen, wenn ihm soll abgeholfen werden.

Mein guter Pfarrer hat schon vor 20 Jahren, da er in vollem Feuer über diese Meinung war, einmal den Kopf damit an die Wand gestoßen.

Dann das erstemal, daß er nicht predigte, verklagten ihn seine Bauren dem alten Junker. Dieser war ihm damal gewogen, und als er auf ihre Klag antwortete; er wolle ihnen allemal predigen, wenn er ihnen etwas zu sagen wisse, und wenn er ihnen nichts Besonders zu sagen habe, wolle er ihnen ein Kapitel aus der Bibel oder sonst aus einem Buch, und sicher allemal etwas weit Bessers vorlesen, als das was er ihnen dannzumal selber hätte sagen können; sagte ihnen der Junker, was wollet ihr mehr?

Die Bauren antworteten ihm: Predigen, predigen, wollen wir, daß er tue. Nicht wann er uns etwas zu sagen hat, er muß uns predigen, wenn's läutet und der Brauch ist. – Und wenn er nicht will, so wollen wir schon einen andern finden um seinen Lohn.

Der Junker sagte ihnen freilich: Ihr seid Kälber, und packt euch zur Tür hinaus, aber als sie draußen waren, sagte er dem Pfarrer: Ich kann Euch nicht helfen, Ihr werdet wohl den Narren predigen müssen, wenn sie so wollen. Ich weiß nichts Bessers, als saget ihnen, was Ihr wollet, und machet's frei kurz. Damit mußte er abziehen, denn als er weiter davon reden wollte, sagte ihm der Junker, verschonet mir Herr Pfarrer! Ich mag in kein Hornissennest hineingreifen.

Und in des Hummels Zeit gab es da so viel andere Sachen, daß der gute Mann sich an die äußerliche Handwerksordnung seines Berufs, und folglich ans Predigenmüssen, wenn's läutet, wie ein Sklav anbinden mußte, wenn er sich nicht alle Augenblick den öffentlichen Beschimpfungen des Junkers, der ihn hernach haßte, aussetzen wollte, so daß es ihm bei 20 Jahren nur nie mehr in Sinn gekommen, auch nur eine halbe Viertelstund weniger lang auf der Kanzel zu reden, als es Landsbrauch und Recht ist.

Doch in allem Druck in dem er war, hat er noch dieses getan, daß er fünf Predigten wider das Predigen gehalten, und sie sind die schönsten, die er in seinem Leben aufgesetzt, aber seine Bauern haben sie nicht verstanden.

Sie sind über die Worte: „Die Zunge ist ein kleines Ding, aber sie richtet große Dinge an." Und er zeigte in denselben aus dem täglichen Leben, was das Maulbrauchen, und Einander-mit-Worten-Abspeisen in der Welt allenthalben für Unglück anrichte. Er sagte aber freilich in allen fünfen kein ausdrückliches Wort wider das Predigen; aber stellte darin alle Augenblicke Sachen vor Augen, bei denen man nicht anderst konnte als denken, es sei mit dem Predigen und Kinderlehrhalten vollkommen auch so, wenn er's jetzt schon nicht sage.

Auch diese Manier danket er dem Unglück seines Lebens und der Notwendigkeit hundertmal, wenn er auch im Rechten war, mit dem Maul hinter sich zu halten.

Jetzt unter Arner war es, wie wenn der Mann sich wieder erneure; die alten Pläne seines Lebens kamen ihm wieder wie im Traum, und waren jetzt durch die Erfahrungen seines Lebens gereifet.

Doch trugen auch jetzt die Umstände und besonders die Bekanntschaft mit dem Lieutenant noch unendlich viel dazu bei, die völlige Reifung dieses Manns, der so lange im hartesten Druck gelebt, zustande zu bringen.

§ 63
Der neunzigste Psalm, und hintendarein ein Schulmeister der stolz ist

Wie gesagt: Er las heute anstatt zu predigen, etliche Kapitel aus der Bibel und zum letzten den neunzigsten Psalm.

Ein Gebet Mosis, des Manns Gottes.

1. O Herr! Du bist unsere Zuversicht gewesen von Anfang der Welt her.

2. Ehe dann die Berge worden, und du die Erde und die Welt gestaltet hast, warest du Gott von Ewigkeit in die Ewigkeit.

3. Du änderest den Menschen, bis er zerbricht, und dann sprichst du: Kommet wieder ihr Menschenkinder.

4. Dann tausend Jahre sind vor dir, wie der gestrige Tag, der vergangen ist, und wie eine Nachtwacht.

5. Du lassest sie zerfließen: sie sind ein Traum: morgens sind sie wie das Gras, das verdirbet.

6. Das am Morgen blühet, und dahin gehet, zu Abend wird es abgehauen und verdorret.

7. Dann wir werden durch deinen Zorn verzehret, und wir werden durch deinen Grimm erschreckt.

8. Du stellest unsere Missetaten für dich, unsere Heimlichkeiten in das Licht deines Angesichts.

9. Darum schleichen alle unsere Tage dahin, durch deinen Zorn; wir bringen unsere Jahre zu wie ein Geschwätz.

10. Die Tage unserer Jahre sind siebenzig Jahre, und wenn sie hoch kommen so sind es achtzig Jahre, und das herrlichste in denselben ist Mühe und Arbeit, dann es wird schnell abgemähet, und wir gehen dahin.

11. Wer kann die Macht deines Zorns ermessen, und deinen Grimm, nachdem er zu förchten ist?

12. Lehre uns, daß wir unsere Tage zählen, und weislich zu Herzen fassen.

13. Ach Herr kehre dich doch wieder, wie lang verzeühest du? Und sei gnädig deinen Knechten.

14. Ersättige uns früh mit deiner Gnad, so wollen wir frohlocken, und uns freuen unser Leben lang.

15. Erfreue uns wiederum, nachdem du uns so lang geplaget hast, nachdem wir so viel Jahre lang Unglück erlitten haben.

16. Laß deinen Knechten dein Werk scheinen, und deine Herrlichkeit ihren Kindern.

17. Und die Lieblichkeit des Herrn unsers Gottes seie ob uns. Fördere das Werk unserer Hände bei uns: Ja fördere das Werk unsrer Händen.

Nach diesem sagte er: warum es zu tun seie!

Dann nahm der Junker den Lieutenant bei der Hand, und sagte ihm, er soll jetzt der Gemeind selber sagen, was er an ihren Kindern tun wolle! –

Der Lieutenant, nachdem er sich gegen den Junker, den Pfarrer, und dann gegen die Gemeinde gebogen, setzte den Hut auf, lehnte sich an seinen Stock, und sagte: –

Er seie mit Edelleuten erzogen worden, und seie selber ein Edelmann, er schäme sich aber um deswillen nicht Gott und seinem Nebenmenschen in jedem Stand, wozu ihn die Vorsehung rufe, zu dienen, und danke seinen lieben Eltern unter dem Boden für die gute Erziehung die sie ihm gegeben, und die ihn jetzt instand stelle, ihre Schule auf einen Fuß einzurichten, daß man es ihren Kindern will's Gott ihr Lebtag ansehen werde, daß sie in einer Schul gewesen.

Übrigens aber seie es nicht seine Sache, lange Reden oder Predigten zu halten, sondern er wolle will's Gott morgen mit der Schul anfangen, wo sich denn alles schon zeigen werde. – Nur das setzte er hinzu, muß ich noch sagen, daß ein jedes Kind seine Hausarbeit, sie mag in Nähen oder Baumwollenspinnen, oder sonst worin es ist, bestehen, bringe, und die Werkzeuge dazu, bis der Junker solche für die Schule wird angeschafft haben.

Was will er doch mit Spinnrädern und Spitzdrucken in der Schul machen? fragten Männer und Weiber in allen Stühlen, und einer hinter ihm zu, so laut daß er es verstunde.

Er kehrte sich um, und sagte ihm auch laut: Nichts als machen, daß euere Kinder reden und reiten miteinander lernen.

Es wollte den Bauren doch nicht in den Kopf, wie das möglich! und wie man in der Schul reiten und reden miteinander lernen könne?

Ihrer viele sagten schon unter der Kirchtüre, es wird ihm damit gehen, wie dem alten Junker mit dem Grapp-Pflanzen, und den schönen Schafen, die er 200 Stund weit herkommen, und da bei seinem Futter krepieren lassen.

Doch sagten auch einige bestandene Männer, der Mann sieht dem alten Grapp-Pflanzer gar nicht gleich, und es hat gar nicht die Gattung, wie wenn er in den Tag hinein schwatze.

Er ginge an diesem Abend noch in seine Schule, und machte gerade vor dem Ort wo er morndes das erstemal sitzen wollte, einen schönen Kupferstich auf. Es war ein alter Mann mit einem langen weißen Bart, der mit gerümpfter Stirn und großen offnen Augen seinen Finger aufhielt.

Der Junker und der Pfarrer fragten ihn, was der da machen müsse? Er antwortete ihnen, er muß zu mir sagen, Glüphi schwör nicht, wenn du vor mir zusitzest!

Und die Herren sagten, den wollen sie ihm nicht wegreißen, er sei denn gar wohl da! –

Der Schulmeister erwiderte: Ich habe es selber auch gedacht.

§ 64
Schuleinrichtungen

Morndes ging dann die Schul an.

Ich möchte aber nicht leicht einem andern Schulmeister raten, zu tun, was dieser getan hat, und nach einer solchen Sonntagsankündigung die jedermann stolz fand, sich dann am Montag die Schul von einer Bauernfrauen einrichten zu lassen.

Doch wenn einer ein Glüphi ist, so mag er's auch tun, es wird ihm nichts schaden, – aber ich meine, ein rechter Glüphi, und nicht einer in der Einbildung.

Er ließ die Gertrud mit seinen Kindern eine Ordnung machen, wie wenn sie selbige daheim hätte.

Sie sonderte sie nach ihrem Alter, und nach ihrer Arbeit, wie sie sich zusammenschickten, setzte allenthalben verteilt, ihre und des Rudis Kinder, die ihrer Ordnung schon gewohnt waren, zwischen die andern hinein.

Zunächst am Tisch und vornen an den andern setzte sie die Kleinen, die das A, B, C, noch nicht konnten.

Hinter diesen, die so buchstabieren sollten. –

Denn die so halb lesen konnten –

Endlich die so es ganz konnten: –

Steckte dann dem ersten Reihen für diesen Morgen nur drei Buchstaben an eine schwarze Tafel und machte eines von diesen Kindern aufsagen. – Wenn es sie dann recht sagte, so mußten sie die andern ihm nach sagen, – dann veränderte sie die Ordnung dieser Buchstaben einsmal über das andere, steckte sie ihnen bald in kleinerer bald in größerer Form an die Tafel, und ließe sie ihnen den ganzen Morgen so vor den Augen.

Ebenso versetzte sie mehrere Buchstaben denen so buchstabierten. –

Und die so halb lesen konnten, mußten mit diesen buchstabieren. –

Diese aber und auch die so lesen konnten, mußten ihre Bücher bei dem Spinnrad vor sich offen halten, und immer dem, das etwas laut vorlase, dasselbe halblaut nachsprechen.

Und keines war eine Minute sicher, daß sie nicht rufe, fahr jetzt du fort! –

Für die Handarbeit hatte sie eine Frau mit ihr genommen, die Margreth hieß, und die nun alle Tage dafür in die Schule kommen sollte; denn Gertrud war dieses nicht möglich.

Die Margreth war ein Mensch für dieses, daß man nicht leicht ihresgleichen finden konnte.

Sobald ein Kind eine Hand oder ein Rad still hielt, stund sie bei ihm zu, und ging nicht von ihm fort, bis Hand und Rad wieder in Ordnung waren.

Die meisten Kinder brachten auch schon an diesem Abend eine Arbeit heim, daß die Mütter ihnen nicht glaubten, daß sie selbige allein gemacht hätten.

Aber viele Kinder gaben ihnen zur Antwort: Jä es ist ein Unterschied, wie es die Margreth einem zeiget; du einmal kannst es nicht so.

Sie rühmten den Lieutenant nicht minder; den Nachmittag führte er die Schul, und Gertrud sah ihm dann zu, wie er ihr am Morgen, und es ging so gut, daß sie zu ihm sagte, wenn ich gewußt hätte, daß ich in zwei Stunden mit allem fertig wurde, was ich Euch zum Schuleinrichten helfen kann, so hätte ich mich am Donstag nicht so gesperrt.

Es freute ihn auch, daß es so gut ging, er gab diesen Abend allen Kindern die über 7 Jahr alt waren, ein paar zusammengestochene Bögen Papier heim, und ein paar Federn, und jedes Kind fand seinen Namen auf diesen Bögen schön wie gedruckt geschrieben. Sie konnten sie nicht genug anschauen, und fragten ihn einmal über das andere, wie man das auch mache? Er zeigte es ihnen, und schrieb ihnen wohl eine Viertelstunde lang so große Buchstaben, die wie gedruckt scheinen. Sie hätten ihn bis am Morgen so schreiben lassen, so schön dünkte sie das; und es wunderte sie so gar, ob sie es auch so lernen müssen?

Er gab ihnen zur Antwort, je schöner ihr schreiben lernen wollet, je lieber ist es mir! Sagte ihnen denn noch beim Fortgehen, sie sollen zu ihrem Papier Sorg tragen, und ihre Federn mit dem Spitz in faule Apfel hineinstecken, sie bleiben darin am besten.

Viele Kinder gaben ihm darauf zur Antwort: – Jä wenn wir jetzt grad so faule Apfel hätten, – es ist ja nicht mehr Winter.

Er lachte darüber und sagte ihnen, wenn ihr keine habet, so kann ich euch vielleicht bringen, ich denke, die Frau Pfarrerin hat noch mehr als ihr lieb ist, faule Apfel.

Andere Kinder aber sagten, nein, nein, nein! wir wollen ihnen schon bringen, wir haben auch noch.

§ 65

Fortsetzung der Schuleinrichtung

Sie sprangen dann alle heim, ihren Eltern geschwind, geschwind ihre schöne Schriften zu zeigen, und rühmten den Schulmeister und die Margreth was sie konnten und mochten.

Aber ihrer viele gaben ihnen zur Antwort: Ja, ja, die neuen Besen wischen alle wohl, – oder sonst so ein wunderliches Wort, daß die Kinder nicht wußten, woran sie waren.

Aber das tat den guten Kindern weh; – aber sie gaben um deswillen ihre Freud noch nicht auf, und wenn ihre Eltern nicht Freud mit ihnen hatten, wie sie gern wollten, so zeigten sie ihre schönen Schriften wem sie konnten, bis auf dem Brüderli in der Wiege, und der Katz auf dem Tisch, und trugen dazu Sorg, wie sie ihrer Lebtag zu nichts Sorg getragen. Wenn das Brüderli mit dem Händli, oder die Katz mit dem Maul darnach langen wollten, so zogen sie es im Augenblick zurück, und sagten: Du mußt nur mit den Augen sehen, und es nicht anrühren; ihrer etliche versorgten es in die Bibel. – Andere sagten, sie können denn das große Buch nicht auftun, und legten es in den Kasten, zu dem was sie am schönsten hatten, und die Freude wieder in die Schul zu gehen, trieb sie so, daß morndes ihrer viele fast vor Tag aufstunden, ihren Müttern zu rufen, sie sollen doch machen, daß sie bald zu essen bekommen, damit sie zu rechter Zeit in die Schul kommen. – Am Freitag war's denn gar, da die neuen Schreibbänk die der Junker ihnen machen lassen, fertig waren. Es wollten alle in der ersten Stunde miteinander ansitzen; aber der Lieutenant teilte sie in vier Teile ab, damit ihrer nicht zu viel seien, und ihm nie keine Hand entgehe, und keines ihm auch nur einen Zug machen könne den er nicht sehe.

Er kam auch hierin mit den meisten gar wohl fort. Einiche griffen es so gut an, daß es schiene, es komme ihnen wie von selbst; bei andern aber ging es darum gut, weil sie sonst schon mehr als andere in den Händen gehabt, wozu es Aufmerksamkeit brauchte.

Aber einigen, die noch nicht viel anders in Händen gehabt als den Löffel mit dem sie das Essen zum Maul hinaufbringen, kam es schwer an. Das Rechnen lernten einige sehr leicht, die zum Schreiben gar ungeschickt taten, und die Federn, wie wenn sie lahm wären, in die Hand nahmen; und es kamen wirklich etliche solche Löffelbuben, die in ihrem Leben fast noch nichts getan, als auf den Gassen und Weiden herumziehen, hierin den andern allen schnell und weit vor.

Es ist natürlich: Das größte Lumpenvolk hat die größten Anlagen, und läßt meistens das Arbeitsvolk Kopfs halber weit hinter sich zurück, auch findet man fast immer den Baurenrechner im Wirtshaus.

Überhaupt fand der Schulmeister diese armen Kinder Kopfs und Händen halber viel geschickter als er es erwartete; auch das ist natürlich.

Not und Armut macht dem Menschen gar viel durch Kopf und Hände gehen, das er mit Geduld und Anstrengung darin herumdrehen muß, bis er Brot darausziehen kann; und Glüphi bauete auf dieses so sehr, daß er in allem was er in seiner Schul tat, und beinahe bei jedem Wort das er darin redte, sich fest in Sinn nahm, diesen Umstand, den die Natur selbst zum Fundament der Erziehung der Armen und des Landvolks gelegt hat, zu nutzen und zu brauchen.

Er hielt selbst so viel auf dem Schweiß der Tagesarbeit, und dem Müdewerden, daß er behauptete, alles was man immer dem Menschen beibringen könne, mache ihn nur insoweit brauchbar, oder zu einem Mann auf den und auf dessen Kunst man bauen könne, insofern sein Wissen und seine Kunst auf diesen Schweiß seiner Lehrzeit gebaut seie; und wo dieser fehle, seien die Künste und Wissenschaften der Menschen wie ein Schaum im Meer, der oft von weitem wie ein Fels scheine, der aus dem Abgrund emporsteige, aber verschwinde, sobald Wind und Wellen an ihn anstoßen.

Daher sagte er, müsse bei der Erziehung des Menschen die ernste und strenge Berufsbildung allem Wortunterricht notwendig vorhergehen.

Und genau mit der Berufsbildung verband er auch die Sittenbildung, und behauptete, die Sitten eines jeden Stands und Gewerbs, und auch des Orts und Lands in dem ein Mensch wohne, seien für ihn so wichtig, daß sein Glück, und die Ruh, und der Friede seines Lebens, wie 1000 gegen eins darauf ankommen, ob er ein ungetadeltes Muster dieser Sitten sei.

Die Erziehung zu den Sitten war also auch ein Hauptstuck seiner Schuleinrichtungen.

Die Schulstube mußte ihm so reinlich sein, als eine Kirche. Er duldete nicht, daß nur eine Scheibe am Fenster mangle, oder ein Nagel am Boden nicht recht eingeschlagen seie, viel weniger, daß die Kinder das geringste an Boden werfen, oder während dem Lernen essen, oder so etwas machten. Es mußte ihm alles wie an der Schnur und bis ans Aufstehen und Niedersitzen, so in einer Ordnung gehen, daß nur keins an das andere anstieß.

Wenn's kotig war, mußten sie ihre Schuhe bei der Türe abstellen, und in den bloßen Strümpfen an ihre Tische sitzen.

Auch die Röcke wann sie kotig waren, mußten sie ihm, wo es sich schickte an der Sonne oder am Ofen tröcknen und ausreiben.

Er schnitte ihrer vielen mit seinem Scherli die Nägel selber an den Händen ab, und fast allen Buben die Haare auf dem Kopf in Ordnung, und allemal wenn eins vom Schreiben zur Arbeit ging, mußte es zuerst zum Waschbecken seine Hände zu waschen, auch das Maul mußten sie ihm ausspülen, und zu den Zähnen Sorg tragen, und zum Atem, daß er nicht stinkend werde. Alles Sachen, von denen sie nur gar nichts wußten, und beim Stehen, Sitzen, Schreiben und Arbeiten, mußten sie sich ihm immer so grad halten als eine Kerze.

Und wenn sie in die Schul kamen und draus gingen, mußte eines nach dem andern vor ihm zustehen, und ihm b'hüt Gott sagen. Er sah sie denn vom Kopf bis zu den Füßen an, und konnte Augen machen, daß ein jedes, wenn er auch kein Wort redte, es ihm gleich ansah, wenn es etwas an sich hatte, das nicht in der Ordnung war.

Wenn's aber denn auf das hin, daß er es ihm mit den Augen zeigte, nicht besserte, so sagte er es hernach mit dem Maul.

Wo er sah, daß die Eltern daran schuldig, ließ er es ihnen sagen, und es war gar nichts Seltenes, daß ein Kind mit dem Bericht zu seiner Mutter heimkam: – Du, der Schulmeister hat gesagt, er laß dich grüßen; – und ob du keine Nadlen, oder Faden habest? – oder ob das Wasser teuer sei bei dir? und dergleichen.

Und die Margreth war wie dazu gemacht, ihm in diesen Sachen an die Hand zu gehen.

Wenn ein Kind seine Haare nicht recht geflochten hatte, setzte sie ihns mit dem Spinnrad vor sich zu, und flochte ihm dasselbe während dem es lernte und arbeitete. Die meisten konnten nicht einmal ihre Schuhe recht ringen, und ihre Strümpfe recht binden; sie zeigte ihnen alles, machte ihnen ihre Halstücher und Fürtücher zurecht, wenn sie sie krumm anhatten, und wo sie ein Loch an einem sah, nahm sie Nadlen und Faden aus dem Sack, und nähete sie ihnen zusammen. Wenn die Schul bald aus war, machte sie denn allemal in der ganzen Stube den Kehr, und sagte einem jeden ob es heut brav, oder nur halb brav, oder gar nichts nütz gearbeitet.

Dann dorften die so brav gewesen, zuerst hervor zum Schulmeister, ihm b'hüt Gott Euch, zu sagen.

Die so nur halb brav gewesen, mußten denn mit den andern zu ihm hervor.

Die überall schlecht gewesen, mußten vor den andern zur Stuben hinaus, ohne daß sie zu ihm hervor dörften.

Er bot denn den ersten die Hand, und sagte einem jeden behüt dich Gott, du liebes Kind!

Den andern bot er die Hand nicht, und sagte ihnen nur b'hüt dich Gott! –

Wenn eins zu spat kam, so war die Tür für ihns zu, wie die Pforte einer Festung, wenn sie zu ist; ob sie denn weinten oder nicht, das war gleichviel, er sagte ihnen kurz, sie sollten jetzt nur heimgehen, es tue ihnen nur wohl wenn sie lang daran sinnen, – daß man alles, was man in der Welt tun muß, zu rechter Zeit tun muß, oder daß es sonst wie nicht getan ist.

§ 66
Gottes Wort ist die Wahrheit

So zielte jedes Wort, das er redte, dahin seine Kinder durch feste Angewöhnung an alles das, was sie einst sein und können müssen, zur wahren Weisheit des Lebens zu führen, indem er mit jedem Wort in ihrem Innern das Fundament zu derjenigen Gleichmütigkeit und Ruhe zu legen suchte, welche der Mensch in allen Umständen des Lebens besitzen kann, wenn ihm die Beschwerlichkeiten seiner Laufbahn früh zur andern Natur gemacht worden.

Und hier ist der Mittelpunkt des Unterschieds seiner Kindererziehung und des gewöhnlichen Unterrichts, den dieselbige unter andern Schulmeistern genießen.

Der Erfolg, mit welchem er arbeitete, überzeugte den Pfarrer von Bonnal schnell von der Wichtigkeit dieses Unterschieds, und machte auch ihn einsehen, daß aller wörtliche Unterricht, insofern er wahre menschliche Weisheit, und das oberste Ziel dieser Weisheit wahre menschliche Religion erzwecken soll, den festen Übungen zu guten häuslichen Fertigkeiten ohne anders untergeordnet sein, und nachgehen müsse, und Maulreligion, an welche sie alles Gute was sie sind und werden sollen, wie angebunden haben, aus dem Sinn fallen lassen dörfe, – nämlich erst dann, wenn durch feste Übungen in guten Lebensfertigkeiten in ihnen ein besseres Fundament zu guten und edeln Neigungen, das ist zur wahren Weisheit und zur wahren Religion gelegt worden. –

Aber er sah auch, daß er selber über diesen Punkt zur Führung der Menschen nichts tauge, und daß der Lieutenant und selber die Margreth mit einem Wort bei ihren Kindern mehr zu diesem Endzweck ausrichten, als er wenn er stundenlang predigte, oder sonst täte was er könnte. Er schämte sich vor ihnen, aber er nutzte ihr Dasein, lernte von ihnen was er konnte, und bauete in allem, was er seine Kinder lehrte auf das, worin der Lieutenant und die Margreth sie übten. Es führte ihn weit, nämlich seinen Wortunterricht in dem Grad zu verkürzen als diese zwei Menschen seinen Kindern nützliche Fertigkeiten angewöhnten.

Er hätte das schon längst gern getan, aber er wußte nicht, wie es anstellen, und worauf denn bauen.

Es traumte ihm wohl von dem, was der Lieutenant und die Margreth jetzt taten, aber auf das bloße Traumen von Sachen die er nicht näher kannte, war er zu ehrlich das Gute das der alte Unterricht doch auch noch hatte, seinen Kindern zu entziehen.

Aber jetzt, da die bessere Wahrheit und die Vorzüge der Übungen im Tun, vor den Übungen im Reden vor seinen Augen stunden, folgte er dieser bessern Wahrheit und tat in seinem Alter Riesenschritte in der Abänderung seines Volksunterrichts.

Er ließ von nun an seine Kinder gar keine Meinungen mehr auswendig lernen, mit Namen nicht die Zankapfelfragen, die seit zweihundert Jahren das gute Volk der Christen in viele Teile geteilt, und gewiß dem Landvolk den Weg zum ewigen Leben nicht erleichtert; und besonders die ehr- und notfeste Frag, die noch vor zwei Jahren in seiner Gemeind einen Totschlag veranlasset, verkleibte er in allen Lehrbüchern seinen Kindern mit Pappen, und er achtete es gar nicht daß unten und oben in diesem verkleibten Blatt noch allerhand Sachen stunden die ganz gut waren; denn er war jetzt alle Stund mehr überzeugt daß der Mensch wenig oder nichts verliere wenn er Worte verliere.

Aber indem er *mit Gott*, wie Luther seinem Volk, durchstrich den abentеurlichen Wortkram seiner großen Maulreligion, tischte er ihm nicht anstatt des alten einen neuen, statt des feurigen einen wässerigen, anstatt des fremden, mit Gunst seinen eigenen auf, sondern vereinigte seine Bemühungen mit dem Lieutenant und der Margreth, seine Kinder ohne viele Worte zu einem stillen arbeitsamen Berufsleben zu führen, und durch feste Angewöhnung an eine weise Lebensordnung, den Quellen unedler, schandbarer und unordentlicher Sitten vorzubiegen, und auf diese Weise den Grund der stillen wortleeren Gottesanbetung und der reinen tätigen und ebenso wortleeren Menschenliebe zu legen.

Zu diesem Ziel zu gelangen band er jedes Wort seiner kurzen Religionslehre an ihr Tun und Lassen, an ihre Umstände und Berufspflichten, also daß wenn er mit ihnen von Gott und Ewigkeit redte, es immer schien, er rede mit ihnen vom Vater und Mutter, von Haus und Heimat, kurz von Sachen, die sie auf der Welt nahe angehen.

Er zeichnete ihnen mit eigner Hand die wenigen weisen und frommen Stellen, die sie in ihrem Lehrbuch noch auswendig lernen dorften aus; von dem übrigen weitläuftigen Zankkram, den er aus ihrem Gehirn auslöschen wollte, wie der Sommer den ferndrigen Schnee auslöscht, redte er kein Wort mehr, und wenn ihn jemand fragte, warum er diese Sachen so liegen lasse, wie wenn sie nicht da wären, sagte er, eben sehe er alle Tage mehr ein, es gehöre nicht für den Menschen soviel Warum? und Darum in seinen Kopf hinein zu mörden, und die tägliche Erfahrung zeige, daß die Menschen in dem Grad ihren natürlichen Verstand, und die Alltagsbrauchbarkeit ihrer Händen und Füßen verlieren, als sie viel solche Warum? und Darum im Kopf herumtragen. Er ließ auch nicht mehr zu, daß ein Kind irgend ein langes Gebet auswendig lerne, und sagte es laut, es seie wider den ausdrücklichen Geist des Christentums und die heiterste Vorschrift die der Heiland der Menschen je seinen Jüngern gegeben, – „wenn ihr aber betet" usw.

Und das lange Gebetermachen komme auch nirgend als vom Predigen her, indem Leute, welche einmal sich daran gewöhnt vor ihren Mitmenschen so oft und viel Stunden lange Reden zu halten, natürlich auch dem lieben Gott ihre Angelegenheiten so in langen Reden vorzutragen beliebten.

§ 67
Um so gut zu sein als menschenmöglich, muß man bös scheinen

Das Schönste an ihm ist, daß er bei allem was er jetzt tat, geradezu heraussagte, wenn er den Lieutenant und die Margreth nicht in ihrer Schulstube, mit den Kindern nach ihrer Art umgehen gesehen, so wäre er mit seinem Kinderunterricht bis ans Grab ohne Änderung der alte Pfarrer in Bonnal geblieben, der er 30 Jahre gewesen, – und noch mehr, er gestund selber, daß er auch jetzt noch nicht imstande sei in den Hauptsachen der wahren Führung dieser Kinder Hand zu bieten, und daß alles, was er dazu beitragen könne kaum in mehrerem bestehe, als daß er mit seiner Einmischung der Arbeit des Lieutenants und der Frauen keine Hindernis in den Weg lege.

Er hatte fast ganz recht, er wußte von den Berufsarten der Menschen und von den meisten Dingen auf welche der Lieutenant baute, soviel als nichts. –

Er kannte die Menschen, und kannte sie nicht. –

Er kannte zwar sie, daß er sie beschreiben konnte, daß man sagen mußte: – Sie sind so! –

Aber er kannte sie nicht, daß er mit ihnen eintreten, und etwas mit ihnen richten und schlichten konnte. –

Auch sagte ihm der Lieutenant oft unter die Augen, er seie nicht imstand, etwas Rechtes aus den Menschen zu machen, er verderbe sie nur mit seiner Güte! Denn so gut ihr den Lieutenant allenthalben erfahren, so hatte doch nicht leicht jemand strengere Grundsätze über das Auferziehen als er.

Er behauptete laut, die Liebe sei zum Auferziehen der Menschen nichts nutz als nur hinten und neben der Forcht; denn sie müssen lernen Dornen und Disteln ausreuten, und der Mensch tue das nie gern und nie von ihm selber, sondern nur weil er müsse, und wenn er daran gewöhnt werde. Wer immer etwas mit den Menschen ausrichten, oder sie zu etwas machen will, sagte er, der muß ihre Bosheit bemeistern, ihre Falschheit verfolgen, und ihnen auf ihren krummen Wegen den Angstschweiß austreiben, – und behauptete das Erziehen der Menschen seie nichts anders als das Ausfeilen des einzeln Glieds an der großen Kette, durch welche die ganze Menschheit unter sich verbunden, ein Ganzes ausmache, und die Fehler in der Erziehung und Führung des Menschen bestehen meistens darin, daß man einzelne Glieder wie von der Kette abnehme, und an ihnen künsteln wolle, wie wenn sie allein wären, und nicht als Ringe an die große Kette gehören, und als wenn die Kraft und Brauchbarkeit des einzeln Glieds derselben daher käme, wenn man ihns vergulden, versilbern, oder gar mit Edelsteinen besetzen würde, und nicht daher, daß es ungeschwächt an seine nächste Nebenglieder wohl angeschlossen zu dem täglichen Schwung der ganzen Kette und zu allen Biegungen derselben stark und gelenkig genug gearbeitet seie.

So redte der Mann, dessen Stärke darin bestund, daß er die Welt kannte, mit dem Priester, dessen Schwäche darin bestund, daß er sie nicht kannte.

Es war aber auch die Arbeit seines Lebens, die Menschen kennenzulernen, und er danket es seinem Vater unter dem Boden, daß er dieses von früher Jugend auf, zu seinem Augenmerk gemacht. Er glaubte auch die Menschen gut, die er hintennach böse erfahren, und der Gram darüber brachte ihn ums Leben.

Wenige Tage vor seinem End ließ er seinen damals elfjährigen Glüphi vor sein Bett kommen, und sagte ihm: Kind! Trau niemand in deinem Leben, bis du ihn erfahren.

Die Menschen betriegen, und werden betrogen, aber sie zu kennen ist Gold wert.

Gib auf sie acht, aber trau ihnen nicht, und laß es dein tägliches Werk sein, alle Abende von einem jeden Menschen, mit dem du umgehest, aufzuschreiben, was du an ihm gesehen, und von ihm gehört, das etwan ein Zeichen sein mag, wie es inwendig mit ihm stehe.

Wenn du das tust, so wird es dir nicht gehen wie mir, und du wirst das Unglück nicht ertragen, daß ich dich ohne Vermögen und ohne Hilf, auf dieser armen Erde zurücklassen muß.

Mit diesem quollen die letzten Tränen aus den Augen des Manns, die nun bald erloschen.

Und von diesem Tag an hat Glüphi keine Nacht unterlassen, zu tun was ihm sein Vater befohlen, eh er gestorben.

Er hat noch jetzt diese Papiere von seiner Jugend auf, beieinander.

Sie sind ein Schatz von Menschenkenntnis, und wenn er davon redt, so heißt er sie nur das gute Erb von seinem lieben Vater selig, und netzt sie oft mit Tränen. Sie machten ihm tausend schwere Stunden leicht, und waren ihm auch in seiner Schul ein Leitfaden der ihn schnell hinführte, wohin er wollte.

Er kannte seine Kinder in acht Tagen besser, als ihre Eltern sie in acht Jahren nicht kannten; und brauchte dieses seinen Grundsätzen getreu, ihnen den Angstschweiß auszutreiben, wenn sie ihm etwas verbergen wollten; – und überhaupt immer ihr Herz vor seinen Augen offen liegend zu halten.

§ 68
Wer Rechnungsgeist und Wahrheitssinn trennet, der trennet was Gott zusammengefügt

So wie er für ihr Herz sorgte, sorgte er auch für ihren Kopf, und forderte, daß das so hineinmüsse, heiter und klar seie, wie der stille Mond am Himmel.

Er sagte: Nur das heißt lehren, was so hineinkommt, was aber dunkel ist und blendet, und schwindeln macht, das sagte er, ist nicht lehren, und heißt nicht lehren, sonder Kopfverkehren.

Und er bog diesem Kopfverkehren bei seinen Kindern dardurch vor, daß er sie vor allem aus genau sehen und hören lehrte, und durch Arbeit und Fleiß die kaltblütige Aufmerksamkeit übte, und zugleich den geraden Natursinn, der in jedem Menschen liegt, in ihnen stärkte; hauptsächlich machte er sie in dieser Absicht viel rechnen. Er brachte es auch darmit innert Jahr und Tagen dahin, daß sie vor langer Zeit gähnten, wenn jemand vor ihnen von den sieben Sachen, womit das Hartknopfen Volk den andern Leuten im Dorf das Blut so leicht warm machet, ein Wort verlor.

So wahr ist es, daß man die Menschen vom Irrtum abzuführen, nicht die Worte der Toren widerlegen, sondern den Geist ihrer Torheit in ihnen auslöschen muß.

Es hilft nichts zum Sehen, die Nacht zu beschreiben, und die schwarze Farbe ihrer Schatten zu malen: nur wenn du das Licht anzündest, kannst du zeigen was die Nacht war, und nur wenn du den Staren stichst, was die Blindheit gewesen.

Recht sehen und hören ist der erste Schritt zur Weisheit des Lebens; und Rechnen ist das Band der Natur, das uns im Forschen nach Wahrheit vor Irrtum bewahrt, und die Grundsäule der Ruhe und des Wohlstands, den nur ein bedächtliches und sorgfältiges Berufsleben den Kindern der Menschen bescheret.

Daher war meinem Lieutenant auch nichts so wichtig, als seine Kinder wohl rechnen zu lehren, und er sagte: der Kopf gehe dem Menschen nicht recht auf, wenn er nicht entweder durch viele große Erfahrungen oder durch Zahlenübungen, welche diese Erfahrungen zum Teil ersetzen, eine Richtung erhalte, die dem Fassen und Festhalten dessen was wahr ist, angemessen.

Aber die Art wie er sie rechnen lehrte, ist zu weitläufig, als daß ich sie euch umständlich zeigen könnte.

Sein Einmaleins hatte diese Form.

$$
\begin{array}{c}
2 \\
2 \longrightarrow 4 \\
3 \longrightarrow 6 \\
4 \longrightarrow 8 \\
5 \longrightarrow 10 \\
6 \longrightarrow 12 \\
7 \longrightarrow 14 \\
8 \longrightarrow 16 \\
9 \longrightarrow 18 \\
10 \longrightarrow 20
\end{array}
$$

§ 68

Und war so ausgesprochen.

> 2 und 2 sind 4
> 2 mal 2 sind 4
> 2 in   4 geht 2 mal

und denn fort:

> 2 und 2 sind 4 und 2 sind 6
> 3 mal 2 sind 6
> 3 in   6 geht 2 mal
> 2 in   6 geht 3 mal.

– Und so machte er sie das ganze Einmaleins mehr studieren, als auswendig lernen.

Er suchte ihnen alle Arten Zahlenveränderungen dahin heiter zu machen, daß sie vor ihren Augen als ein einfacher gerader Vor- und Ruckmarsch der 10 ersten Grundzahlen erschienen.

– Und hatte zu diesem Endzweck verschiedene Tabellen verfertiget.

Z. Ex. Erste Veränderung der zehen Grundzahlen mit 1

```
0 1 2 3 4 5 6 7 8  9 10
1 1 1 1 1 1 1 1 1  1  1
```

```
1 2 3 4 5 6 7 8 9 10 11
```

das gleiche abgezogen:

```
0 1 2 3 4 5 6 7 8  9 10
1 1 1 1 1 1 1 1 1  1  1
```

```
0 0 1 2 3 4 5 6 7  8  9
```

Diese Tabelle lief denn gleich fort durch alle 10 Grundzahlen.

Denn folgte eine mit gedoppelten Zahlen, und lief wieder durch alle Zehner wie die erste durch alle Einer.

Hinter dieser hatte er eine sehr große Tabelle die in jeder einzelnen Grundzahl bis auf 100 fortschritt, und deren Form folgende war:

```
2 in 2 geht 1 mal  1 mal 2 ist 2   2 von 2 bleibt 0   0 und 2 ist 2
2 – 3  –   1 –  1 –  2 – 2  2 –   3    –   1 1 –  2 – 3
2 – 4  –   2 –  2 –  2 – 4  4 –   4    –   0 0 –  4 – 4
2 – 5  –   2 –  2 –  2 – 4  4 –   5    –   1 1 –  4 – 5
2 – 6  –   3 –  3 –  2 – 6  6 –   6    –   0 0 –  6 – 6
```

```
2 -  7  -  3  -  3  -  2 -  6  6 -  7  -  1 1 -  6 - 7
2 -  8  -  4  -  4  -  2 -  8  8 -  8  -  0 0 -  8 - 8
2 -  9  -  4  -  4  -  2 -  8  8 -  9  -  1 1 -  8 - 9
2 - 10  -  5  -  5  -  2 - 10 10 - 10  -  0 0 - 10 - 10
2 - 11  -  5  -  5  -  2 u. s. w.
```

Wie in 2 so gings durch alle Grundzahlen, z. Ex. in 8

8 in 8 geht 1 mal 1 mal 8 ist 8 8 von 8 bleibt 0 0 und 8 ist 8
```
8 -  9  -  1  -  1  -  8 - 88  -  9  -  1 1 -  8 - 9
8 - 10  -  1  -  1  -  8 - 88  - 10  -  2 2 -  8 - 10
8 - 11  -  1  -  1  -  8 - 88  - 11  -  3 3 -  8 - 11
```
So fort bis auf 8 in 100 geht 12 mal, usw.

So tabellarisch er aber im Anfang zu Werk ging um das Verhältnis der Zahlen gegeneinander ihnen so einfach und heiter, und unverwirrt als möglich in den Kopf zu bringen; – so fest und anhaltend übte er dann hintennach ihre Aufmerksamkeit, diese Zahlenverhältnisse außer dieser Tabellenordnung in jeder andern Ordnung wiederzufinden.

§ 69
Ein bewährtes Mittel wider böse lügenhafte Nachreden

Er machte auch hierin aus seinen Kindern was er wollte, und es konnte nicht anderst sein, als daß ein Mann der so viel an diesen tat, nicht vielen Leuten lieb werden mußte.

Und doch war bei weitem auch nicht jedermann mit ihm zufrieden.

Das was man zu allererst an ihm aussetzte, war: er sei zu stolz zu einem Schulmeister, und möge den Leuten das Maul kaum gönnen.

Er sagte dies und das sich auszureden, und wollte ihnen begreiflich machen, er brauche seine Zeit und sein Maul für ihre Kinder. –

Aber die Bauern meinten, bei allem dem könnte er doch noch auch ein paar Augenblick still stehen, wenn man etwas mit ihm reden wollte; – und wenn ihn nicht der Hochmut stechen würde, so würde er's tun.

Zwar widersprachen alle Kinder hierin ihren Eltern, und sagten er sei gewiß nicht hochmütig.

Aber das half nichts, diese antworteten ihnen: Wenn er schon mit euch gut ist, so kann er um deswillen doch hochmütig sein.

Aber das Regenwetter, das in der dritten Woche, da er Schul hielt, einfiel, richtete bei den Leuten für ihn aus, was die guten Kinder mit allem ihrem Reden nicht für ihn ausrichteten.

Es ist eine Ordnung in Bonnal, daß sint 20 Jahren ein verfauleter Steig vor dem Schulhaus nicht einmal wieder gemacht worden; und die Kinder, wenn's ein paar Tag nacheinander geregnet, fast bis an die Waden hinauf naß werden müssen, wenn sie über die Kengelgaß in die Schul wollen.

Aber das erstemal, da der Glüphi die Gaß so voll Wasser sah, stund er, sobald die Kinder anfingen zu kommen, in vollem Regen in die Mitte der Gaß hinein, und lupfte eines nach dem andern über den Bach.

Das dunkte ein paar Männer und Weiber, die gerade vor der Schul über wohnten, und just diejenige, die am meisten klagten, er möge den Leuten vor Hochmut kaum guten Tag und gute Nacht sagen, gar lustig.

Sie hatten eine rechte Freude daran zu sehen, wie er in seinem roten Rock durch und durch naß werde, und bildeten sich ein, er möge es keine Viertelstund erleiden, und werde ihnen augenblicklich rufen, ob ihm dann niemand helfen könne?

Aber da er fortmachte, wie wenn keine Katze, geschweige ein Mensch um ihn herum wohne, der ihm helfen könnte, und Haar und Kleid, und alles an ihm tropfte, und er immer noch keinen Schatten Ungeduld zeigte, und immer noch ein Kind nach dem andern hinüberlupfte, fingen sie doch an hinter ihren Fensterscheiben zu sagen: – Er muß doch ein guter Narr sein, daß er so lang fortmacht, und wir müssen uns, scheint es doch, geirret haben; wenn er hochmütig wäre, so hätte er schon lang aufgehört.

Endlich krochen sie gar aus ihren Löcheren hervor, stunden zu ihm zu, und sagten, sie haben es nur nicht eher gesehen, daß er sich so viel Mühe mache, er solle doch heimgehen, und sich trocknen, und sie wollen die Kinder schon hinüberlupfen, mögen es eher am Regen erleiden als er, sie seien sich eher gewohnt.

Noch mehr, sie wollen noch, eh die Schul aus seie, ein paar Tannen zuführen, daß wieder ein Steg sei, wie vor altem.

Sie sagten es nicht bloß. Eh es 11 Uhr läutete, war wirklich ein Steg da, daß die Kinder nach der Schul trockenen Fußes über den Bach gehen konnten.

Und auch die Klage über seinen Hochmut verlor sich, jetzt da die zwei Nachbarsweiber, die am schlimmsten über diesen Punkt über ihn klagten, das Lied darüber anderst anstimmten.

Wenn dich das viel dunkt, Leser! oder ungläublich, so probier's nur selber, und stehe auch einmal für andrer Leuten Kinder, ohne daß dich jemand heißt, und ohne daß du etwas davon hast, in den Regen hinaus bis du tropfend naß wirst, und sieh denn, ob die Leut, die die Kinder etwas angehen, dir nicht gern auch Liebes und Guts nachreden, und Liebs und Guts tun, und gewiß auch Böses nicht mehr von dir sagen werden, als was gewiß bös, und recht bös, oder was sie einmal nicht anderst ansehen, oder begreifen können.

§ 70
Narrenwort und Schulstrafen

Aber es ging nicht lang, so hatten die Leute wieder etwas über ihn zu klagen, und noch etwas viel Härters.

Das Hartknopfengeschmeiß im Dorf fand, er sei kein rechter Christenmensch, und fing unter der Hand an, guten und einfältigen Leuten im Dorf das in Kopf zu spinnen. Einer der ersten, dem dieses Gemurmel behagte, und der eifrigsten, die es auszubreiten suchten, war der alte Schulmeister. Er konnte nicht leiden, daß die Kinder den neuen Mann alle so rühmten und liebten. Ihn hatten solang er Schulmeister war, alle gehasset und alle gescholten, und er war dessen sint dreißig Jahren so gewohnt, daß er meinte, es müsse so sein, und behauptete, Kinder die noch ohne rechte Erkanntnus ihres Heils seien, hassen von Natur die Zucht, und folglich auch alle Schulmeister. Aber jetzt kam er mit dieser Einbildung nicht mehr recht fort, und es dunkte ihn, die Leute werden ihm sagen, die Kinder lieben jetzt ja den Schulmeister, weil er gut sei.

Das machte ihn hässig, dann er ward sein Lebtag immer hässig, wenn man ihm darauf deutete, sein Schalknarrenwesen sei die Ursach, daß ihn die Kinder nicht lieben.

Und doch war's die reine Wahrheit, und konnte nicht anderst sein; wenn sie das geringste taten, das ihm zuwider, so war sein erstes Wort, – ihr bringet mich um Leib und Seel, und noch dazu ins Grab. – Oder wenn ihr die Hölle um nichts verdienet, so verdienet ihr sie ob mir, und dergleichen.

Wenn man so mit den Leuten redt, und insonderheit mit Kindern, so macht man ihnen nichts weniger als gut Blut, und sie müßten wohl mehr als Kinder sein, wenn sie einen Narren, der alle Augenblicke so ein Wort zu ihnen sagt, noch lieben könnten.

§ 70

Sie wußten aber beinahe völlig, mit wem sie zu tun hatten, und wenn er auch am lautesten tat, sagten sie zueinander: – Wenn wir jetzt bald wieder metzgen und ihm Würst und Fleisch bringen, so kommen wir denn nicht mehr in die Höll hinab, solang er davon zu Mittag hat.

Jetzt war's anderst, das Stärkste, das der Lieutenant zu seinen Kindern sagte, wenn sie fehlten, war: „Du bist ein schlechter Kerl, oder aus dir gibt's nichts.

So wenig als das war, so würkte es; denn es war wahr.

Was der andere sagte, war eine Luge, und würkte darum nichts.

Und denn brauchte er bei seinem Strafen auch das Narrenholz selten, das der Alte immer in Händen hatte, und in den Händen des Alten war es sicher ein Narrenholz.

Die Art hingegen wie der Glüphi strafte, bestund mehrenteils in Übungen, die dem Fehler den er bestrafen wollte, durch sich selber abhelfen sollten.

Wer aus Trägheit fehlte, mußte ihm zu der Schützenmauer die er den größern Buben bei der Sandriesi machen wollte, Stein tragen, oder Ofenholz in Vorrat spalten.

Der Vergeßliche mußte ihm Schulbot sein, und 3-4-5 Tag je nachdem er fehlte, ihm im Dorf ausrichten, was er darin auszurichten hatte.

Er war mitten im Strafen gut mit den Kindern und redte fast nie mehr mit ihnen, als während sie ihre Strafe litten.

Ist's dir nicht besser, sagte er denn oft zu dem Vergeßlichen, du lehrest auch deine Sinnen bei dem was du tust, beieinander halten, als daß du alle Augenblicke alles vergessest, und denn alles doppelt tun müssest? Und man sah dann manchmal Kinder mit Tränen sich an ihn anschmiegen, und ihre zitternde Hand in der seinen, ja! lieber Herr Schulmeister! zu ihm sagen. Gutes Kind, antwortete ihm dann der Mann, weine nicht! Aber gewöhne dich anderst, und sage deinem Vater und deiner Mutter, sie sollen mir helfen, dir deine Vergeßlichkeit oder deine Trägheit auch abzugewöhnen.

Ungehorsam, der nicht Vergeßlichkeit war, strafte er damit daß er 2-3 und 4 Tag mit einem solchen Kind nicht redte, und ihns auch nicht mit sich reden ließ.

Auch freche Worte und alle Unanständigkeiten bestrafte er auf diese Art.

Bosheiten hingegen und das Liegen bestrafte er mit der Rute, und ein Kind das mit der Rute bestraft ward, dorfte eine ganze Woche nicht mehr in die Schul kommen, und sein Name stund diese Woche über an einer schwarzen Tafel an der Stud die in der Mitte der Schulstube ist.

So groß war der Unterschied der neuen und der alten Schulordnung.

§ 71
Das Elend und die Leiden dieses Narren

Aber das Gute, das der Alte alle Tage mehr davon hörte, brachte ihn fast von Sinnen.

Er war in aller Absicht das, was das Schulmeisterhandwerk aus einem erzschwachen und dabei einbildischen Menschen notwendig machen muß.

Im Anfang tat er dick und stolz; er hielt den neuen Mann für nichts anders als für eine Art Soldatenbettler, dem die Alfanzereien, die er um des Junkers Suppen willen in der Schul treibe, nur gar zu bald von sich selber erleiden werden, und verglich das ganze Wesen, wo er hinkam dem schwangern Berg in der Fabel.

Aber da es nicht gerade in der andern Woche kam, wie er meinte, sondern ihm vielmehr seine besten Leute Tag für Tag mehr mit dem Bericht kamen, es rühme ihn bald jedermann, und es sei wie verzaubert und wie wenn er's den Kindern antun könne, so richte er mit ihnen aus was er wolle; so ward ihm darüber so angst, daß er mit seiner Fabel vom schwangern Berg ganz stille ward. Die Maus die daraus hervorkam, dünkte ihn jetzt ein Elephant, und nahm ihm den armen Kopf so ein, daß er auf das Wort hin, „es sei wie verzaubert", sich vorstellte, es könne gar wohl so etwas darhinter stecken, und bei Nacht und Nebel anderthalb Stund weit zum Senn im Münchhof hülpete, und ihm Geld anbot, wenn er dem Schulmeister dafür tun könne.

Dieser aber traute sich nicht, und sagte, wenn es Küh oder Stieren oder Roß antreffen würde; so wollte er ihm wohl helfen, aber an einen Schulmeister der etwas könne, die Kinder zu lehren, möge er sich nicht wagen, er habe den Fall noch nie erlebt.

So ungetröstet vom Münchhöfler wußte er sich ein paar Tage nicht zu raten, bis das Hartknopfengemurmel: der neue Schulmeister seie kein rechter Christenmensch, und das ewige Heil der armen Kinder sei in Gefahr, wenn sie unter seinen Händen bleiben, ihn wie aus dem Schlaf weckte, und seinen Sinnen wie wieder neues Leben gab. Es war ihm jetzt nicht mehr, der neue Mann sei wider ihn, es war ihm, er sei wider den lieben Gott.

§ 71

Und das macht einen Unterschied in einem solchen Kopf; er kehrte von nun alles auf diese Seite.

Er hieß ihn einen Heidenmann, seine Schul eine Heidenschul, und verglich das was man darin trieb der Kaufhausarbeit im Tempel zu Jerusalem, das mitsamt dem Schulmeister nichts Bessers verdiene, als daß ihm gehen sollte, wie es der liebe Heiland den Taubenverkäufern und den Geldwechslern gemacht habe. – In diesem Ton redte er jetzt über alles. –

Das Nicht-mehr-Auswendiglernen des unverständlichen und verwirrten Wortkrams, das der Pfarrer nicht mehr wollte, hieß er eine Verleugnung des wahren Glaubens. –

Und das Verkleiden der Streitfrage die dem Michel Juk das Leben gekostet, eine Verstümmlung des geoffenbarten Willens Gottes, mit dem Zusatz: Wenn man eine jede Frage verkleiben wollte, die einen Totschlag veranlasset hätte, so solle man in der ganzen Christenlehr die Frage zeigen, welche man denn nicht verkleiben müßte.

Doch redte er nur so, wenn er allein war.

Denn er war nicht von der alten Art der mutvollen ehrlichen Phantasten, die Leib, Ehr, und Blut, von Brot will ich nur nicht reden, an das setzten, was sie für Gottes Sach ansahen, sondern vielmehr von der Art der neuen mutleeren und ängstlichen Zucker- und Kaffeephantasten, die ihrem Leib und Blut, und auch ihrem Brot notwendig so viel Sorgfalt, auch noch mehr als die Nichtphantasten, angedeihen lassen müssen; weil sie mehrenteils wie der Schulmeister von Jugend auf verderbt, schwächlicher Natur sind, und also zu reden Leibs halber nicht ehrlich sein können, oder wenn das zuviel gesagt ist, doch sicher Leibes halber große Schwierigkeiten haben, auf die Art ehrlich und mutvoll zu sein, wie sie lehren, daß man gegen Gott und Menschen es sein sollte.

Er redte also nur, wo er allein war, und wo er trauen dörfte, also, und trug alle Sorg, daß der Junker es nicht etwan erfahre, und ihm dafür das Fronfastengeld nehme, welches er ihm gelassen, wenn er den Schulmeisterdienst schon nicht mehr versehen müßte.

Aber es tat ihm so weh, daß er sein Herz so wenig erleichtern und seine Gesinnungen und Empfindungen darüber so grausam verschlucken mußte; daß er manchmal wie ein Narr darob ward, und sogar etlichemal in der Mitte der Nacht aufstund, und mit einer Geißel in der Hand an Stühl und Bänken probierte, wie es auch käme, wenn einer, wie der Heiland im Tempel, die Spinnräder und Schreibtisch in der Schulstuben so unter und über sich kehrte, und mitsamt dem Heidenmann die Stege hinab, und aus seiner Schul hinausjagte.

Zwar gab er auch da bei sich acht, daß Tür, Fenster, und Läden beschlossen sein.

Aber seine Schwester, des Sigristen Frau, die unter dem gleichen Dach wohnte, stund einmal, da er so ein Gepolter machte, in der Nacht auf, und sah ihm durch das Schlüsselloch zu, was er machte.

Es dünkte sie nicht anderst, als er müßte hinterfür im Kopf sein; sie weckte ihren Mann zur Stund auf, sagte ihm, was sie gesehen, und morndes fragten ihn beide, was es doch auch seie? Er gestund es ihnen, es wandle ihn manchmal so an, daß er nicht schlafen könne, bis er seinen Eifer gegen den Heidenkerl, der ihn so aus seiner Schul verdrungen, auf eine Art, wie er könne, abgekühlt.

Es ist so traurig, sagte sein Bruder, und biß auf die Zähne, daß du ihn nicht an ihm selber abkühlen darfst.

Ja, sagte der Schulmeister, ich habe schon manchmal daran gedacht, wenn nur das verfluchte Fronfastengeld nicht wäre, so weiß ich schon, was ich tun wollte; – und nach einer Weile setzte er hinzu, wenn mich etwas in meinem Glauben irremachen könnte, so wäre es das: wie der liebe Gott es zulassen kann, daß seine treue Diener ihren wohlverdienten Lohn und ihr tägliches Brot aus der Hand solcher Heidenketzern ziehen sollen, denen sie so tausendmal um deswillen schweigen müssen, wenn sie noch so großes Recht gegen sie haben.

Seine Frau sagte, sie seie einmal froh, daß er nicht hinterfür seie.

Der Siegrist antwortete ihr: er könnte es aber doch werden, wenn er so weder Tag noch Nacht keine Ruhe habe.

Und sie rieten ihm beide, er solle in Gottes Namen die Sachen nicht so zu Herzen nehmen, und einmal des Nachts nichts mehr dergleichen tun, man wisse doch nicht, was einem dabei begegnen könnte. –

§ 72
Allerlei wunderliche Wirkungen die vom Dürsten herkommen können

So verwirrte es diesen Mann, daß das Schulhaus für ihn zu war.

Andere und mehrere verwirrte es, daß das Wirtshaus für sie zu war.

Arner hatte es nämlich, seitdem der Teufel den alten Wirt nehmen wollen, beschlossen, und nun gab es alle Tage mehr Leute, denen das nicht recht lag, und die auf diese oder jene Art anfingen sich herauszulassen, der Mißbrauch einer Sache hebe den guten Gebrauch derselben nicht auf; und der Wein seie eine Gabe Gottes, die er selber den armen Bauren, die doch auch sonst so wenig in der Welt haben, wohl gönnen möge, wenn sie ihn nur mit Bescheidenheit brauchen, und so, daß sie dabei beim Verstand bleiben.

So redten jetzt Leute, von denen kein Mensch geglaubt hätte, daß sie jemals dem Wein oder dem Wirtshaus das Wort reden würden. Andere die sich weniger schämten, zu zeigen, warum es ihnen zu tun sei, führten dann noch eine andere Sprache, und denn daheim in ihren Haushaltungen ein Leben, daß es ein Grausen, so daß einiche Weiber und Kinder im Dorf den größten Jammer hatten, und die wunderlichsten Reden darüber im Dorf herumgegangen.

Die Müggerin sagte in den ersten acht Tagen bei dem offenen Brunnen: es würde den Junker wohl lehren das Haus wieder auftun, wenn er nur ein paar Tage so eingesperrt sein, und es haben müßte wie sie bei ihrem Mann, seitdem dasselbe zu seie.

Des Aebis Elsi sagte gar: sie wollte lieber in die Hölle als es ein halb Jahr so haben, wie jetzt, seitdem ihr Mann nicht mehr ins Wirtshaus könne.

So klagten viele Weiber über ihre Männer. Andere aber klagten wie diese über das beschlossene Haus. – Die Rhynerin mit der roten Nase machte von deswegen das schönste Kalb sterben, das im Dorf war; sie gab ihm seit dem Tag, da das Haus zu war, seine Sache nicht mehr in der Ordnung, und noch dazu Ribbstöße, wenn es nicht im Augenblick recht wie sie wollte, zu der Kuh zustund. – Wenn man's so macht, so ist's mit einem Kalb und mit einem jeden jungen Geschöpf bald aus.

Es ging auch manches darauf. – Was will ich sagen? Selber ihre Kinder empfanden beim Strehlen und andern mehr, daß ihren Müttern ganz gewiß etwas nicht recht liegen müsse. – Und der Leüppi machte auf seinem Todbett um deswillen nicht wie ein Christenmensch, und gab dem Pfarrer, da er zu ihm kam und ihn fragte, wie es auch gehe? zur Antwort, er sei am Einpacken, wenn er mit wolle. Der gute Pfarrer schüttelte den Kopf, und sagte, was das auch für eine Rede sei in seinen Umständen? Der Kerl aber fuhr in seinem Ton fort – es sei kein Wunder, daß er so rede, es gebe ja einem nur niemand mehr kein Glas Wein auf den Weg – wenn man vor Durst erstickte; – und hiermit kehrte er sich um, und murrte gegen die Wand, und der Pfarrer, der sah, daß er jetzt minder bei ihm nütze als bei einem Haupt Vieh, ging von ihm fort, schickte ihm eine Flasche Wein; er leerte sie aus und starb.

Laßt euch das nicht ärgern; es geschieht gar zuviel dergleichen unter dem Mond, ihr müsset denken, ihr Menschen, wenn der Mann eine Viertelstund ehe der Pfarrer zu ihm gekommen, ein Glas Wein gehabt, so hätte er auch wie ein anderer Christenmensch auf dem Todbett abgehört, was er zu ihm gesagt und mit ihm gebetet hätte. –

Aber jetzt ging's einmal so. Der böse Durst brachte gar viele Leute zu Sachen, die sie sonst nicht getan hätten. Ihrer viele, z. Ex. die bei Jahren keinen Tropfen Milch getrunken, ließen jetzt alle Tage ein paar Becken sauer werden, damit sie doch auch etwas haben, das sie auf der Zunge und im Hals an den Wein mahne.

Mit diesem kam in vielen Haushaltungen das einige Gute, das diese Lumpen Weib und Kindern sonst noch ließen, das letzte Bekken Milch auch noch fort.

Der Kriecher und seinesgleichen gingen jetzt am Morgen und Abend selbst in Stall zu melken, und sperrten ihre Geißmilch auf den Tropfen ein, damit kein Kind davon trinke, weil sie noch süß sei.

Das, und hundert und hundert dergleichen Sachen, machten Kreuz und Jammer in vielen Haushaltungen auf das Äußerste steigen, so daß alle Tage mehr Leute anfingen zu sagen, es dunke sie in Gottes Namen bald, es wäre noch besser, wenn's wieder wäre wie vor altem; doch war auch nicht alles dieser Meinung. Wer am lautesten dagegen redte, und am meisten dawider eiferte, war das Baumwollen-Mareili.

Es gab seinen Spinnerweibern allemal, wenn sie in seiner Stube so anfangen wollten zu klagen: der Junker hätte vielen Sünden und Schanden, und vielem Fluchen und Schwören vorbiegen können, wenn er das Haus offen gelassen, deutsch zur Antwort: sie seien Narren, und reden nur vom Fluchen und Schwören; aber an die Hauptsache, von der das Fluchen und Schwören herkomme, und die der Junker in die Ordnung machen wolle, an diese denken sie nicht.

Ich möchte, sagte es ein andermal zu ihnen, um das Fluchen und Schwören nicht die Hand umkehren. Wenn die Leute in der Unordnung sind, und bös und verderbt, so ist es noch besser, sie zeigen sich wie sie sind, als daß sie es verbergen, und man nicht wisse, wo man mit ihnen zu Hause. – Wieder einmal sagte es: Es ist sicher besser, sie zanken jetzt miteinander vor Durst, als ihre Kinder fressen einmal einander vor Hunger. – Einer dicken Frau, die ihm klagte, ihr Mann bringe sie noch unter den Boden, nahm es einen Fünfbätzler aus dem Sack, und sagte ihr, willst du das mit mir wetten, du erlebst noch, daß du mit deines Manns Beinen Nusse hinabbengeln kannst?

Andere, die im Ernst litten, tröstete es wie es konnte, und redte mit etlichen Männern so, daß sie aus Forcht vor ihm daheim zähmer tun müssen.

Und immer wies es die Leute auf den Junker, und behauptete keck: er werde dieses gewiß nicht in die Länge so gehen lassen, sondern auf die oder diese Art dafür sorgen, daß es anderst komme.

§ 73
Hauptsachen für Leute, die sich einfallen lassen, sie könnten ein Dorf regieren

Es hatte recht. – Er war nicht der Mann, der um eine Unordnung abzustellen, eine neue anrichtete, und denn diese sorgenlos ihren Weg gehen ließ. – Sobald er vernommen, was die Wirtshauslumpen daheim für ein Leben führten, dachte er auf Mittel, sie den Tag über aus ihren Häusern wegzulocken, und öffnete zu diesem Endzweck wenige Tage darauf die Torfgruben, die er in der Nähe von Bonnal hatte. Dadurch gab er mehr als 50 Taglöhnern einen guten Verdienst, und die meisten Wirtshauslumpen stunden wegen der Langenzeit, die sie daheim hatten, und auch wegen dem Abendtrunk, den er diesen Arbeitern der Woche zweimal versprechen ließ, an diese Arbeit. – Und so kam er dahin, auf der einten Seite einen großen Teil dieser Dorfleuten dadurch, daß er sie zu einer bestimmten Tagsarbeit brachte, nach und nach im Grund zu ändern und zu bessern, und Haussitten anzuziehen – und auf der andern Seite eben so dem Hauselend, das er mit dem Beschließen des Wirtshauses veranlasset, abzuhelfen, und die armen Weiber, die seither eine solche Not mit ihren Saufmännern hatten, den Tag über von ihnen zu erlösen. Auch erkannten die Weiber, was er ihnen dadurch Gutes getan. –

Und die Geschlagensten unter ihnen konnten, wo sie einander antrafen, nicht genug rühmen und sagen, wie gut es sei, daß der liebe Gott ihm das in den Sinn gegeben.

Aber wenn er heut einer Unordnung abhalf, so gab's morn eine andere, und wenn er heut eine Schwierigkeit besiegte; so fand er morn eine neue im Weg.

Es ist natürlich; es braucht etwas ein ganzes Dorf in eine andere Ordnung zu bringen, und denn war noch bald in einer jeden Gaß jemand, der einem jeden Schritt, den er dazu tat, wie mit Fleiß Hindernisse in den Weg legte.

So wie die zehntfreien Äcker den Spinnerkindern mit jedem Tag sicherer und überhaupt die Hausordnung, und die Umständ der Armen besser wurden, so stieg die innere Unzufriedenheit der neidigen Reichen, und ihrer Weiber, und ihrer Töchter, – und ihrer Söhnen.

Und denn hatten ihm die Vorgesetzten noch nichts weniger als vergessen, daß er sie ob Sachen, die sie nicht anderst gemacht als ihre Väter und Großväter, dennoch als wenn sie die fäulsten Schelmen gewesen, vor einem Halbdotzend Bettelbuben niederknien und abbitten gemacht.

Am meisten aber machte das: Die Reichen waren bis jetzt gewohnt die Armen als eine Art Knechte anzusehen, die wie dazu geboren seien ihnen um den halben Lohn, den sie anderstwo haben könnten, alle Arten Dienste zu tun, und es machte z. E. einer solchen dicken Frauen gar nichts, ihre arme Gevatterin einen ganzen Nachmittag bei ihr arbeiten zu machen, und sie denn am Abend vor dem Nachtessen mit einem Stück Brot, und etwan einer abgenommenen Milch heimzuschicken.

Aber es ist vorbei, – Gevatterin hin, und Gevatterin her; die Armen wollen das nicht mehr so verstehen, und kommen ihnen nicht mehr, außer sie geben ihnen so viel Lohn als sie daheim oder anderstwo in der gleichen Zeit verdienen konnten.

Darin haben sie auch ganz recht.

Aber darin haben sie unrecht, daß sie, sobald sie einen Ecken blauen Himmel sahen, frech und unverschämt wurden, und Leuten, bei denen sie nur vor ein paar Wochen gebettelt, jetzt die unverschämtesten Antworten gaben.

So ließ die Hürnerbeth der Hügin, die gewiß wenn je eine im Dorf eine gute Frau ist, da sie ihr bei einem starken Regen sagen ließ, sie soll doch zu ihr kommen, und ihr helfen das Wasser das ihr gegen den Keller laufe ableiten, zur Antwort sagen: was sie auch denke, daß sie ihr solche Boten schicke? Es sei nicht mehr die alte Zeit, sie habe jetzt auch ihre Geschäfte, und ihre Haushaltung, und könne ihr nicht mehr zu Gebot stehen wenn sie wolle. – Und dergleichen Antworten gab das Bettelvolk jetzt bald alle Tage, und brachte die Reichen dadurch natürlich gegen sie in Harnisch, und denn auch gegen Arner, dessen Wohltaten an der Änderung ihrer Umständen schuldig.

Es ist traurig, – man kann nicht anderst, wenn man so etwas hört, man muß an das Tier denken, das kriecht und wedelt wenn es hungert, und die Zähne zeigt, wenn es den Wanst voll hat.

§ 74

Fortsetzung ähnlicher Hauptsachen
für die gleichen Leute

Aber auch Leute, die sich nicht mit diesem Tier vergleichen lassen, und solche die dem Junker gar nicht zuwider waren, machten Nachrichten, die dem Guten, das er im Dorf betrieb, den größten Schaden taten.

Selbst sein Hühnerträger Christoff machte ihm so einen Streich, und rief einmal, da er mit einem halben Rausch über den Berg kam, vor vielen Häusern in Bonnal anstatt „jung Tauben, jung Tauben, – Wer hat jung Tauben feil?" –:

„Jung Teufel, –
Jung Teufel: –
Wer hat jung Teufel feil?"

Das machte den Leuten in den meisten Häusern böses Blut; sie meinten nämlich, er stichle auf ihren dummen Teufelsglauben, den sie mit dem Almendteilen so teuer zahlen müssen: – und noch dazu, er sei aufgewiegelt; und wer den Junker haßte, und dem was er wollte gram war, trieb dieses so hoch er konnte. Die Vorgesetzten und das Hartknopfvolk redten nicht anderst, als wie wenn's eine ausgemachte Sache sei, daß der Junker darhinter stecke; und es gab Leute die mit trocknen Worten heraussagten: – Ein Mann, dem vom Katechismus an bis zum Wirtshaus nichts recht liegt, was die Alten machten, ist nicht zu gut hiezu. –

Der Hühnerträger vernahm selber, und noch an gleichem Abend, wie man das Narrenwort aufnehmen und erklären wollte. Das machte ihm, wenn er schon halb betrunken war, so bang, daß er die ganze Nacht darob nicht schlafen konnte, und am Morgen, sobald er ins Schloß kam, und seinen Korb in der Küche abgestellt, den Junker suchte, und ihm erzählte, was ihm gestern im Rausch für ein Narrenstreich entwischt.

Er hätte nicht leicht etwas tun können, das diesen verdrüßlicher machen können. Er befahl ihm auf der Stell wieder nach Bonnal zu laufen, und bei allen Häusern, vor denen er so Teufel ausgerufen zu sagen, daß wenn er noch einmal nüchtern oder im Rausch so einen Streich spiele, so habe er für den Junker seiner Lebtag genug jung Tauben und jung Güggel ausgerufen und eingekauft.

Auch bei den Torfgräbern erfuhr der Junker, daß die so es mit ihm hielten und sozureden seine Partie ausmachten, dem so er suchte die größten Hindernisse in den Weg legten.

Von der ersten Stund an, die er bei diesen Arbeitern zubrachte, zeichneten sich ihm zwei Brüder bei jedem Anlaß als die arbeitsamsten ordentlichsten und gutmütigsten vor allen andern aus; und er suchte wie natürlich gegen sie besonders liebreich zu sein, aber sie wurden allemal beide rot, wenn er nur ein Wort zu ihnen sagte.

Er wußte lange nicht, was das bedeute? Endlich erfuhr er, sie seien dem Siegrist und dem Schulmeister verwandt, und erschrecken darob, wenn er nur ein Wort zu ihnen sage, weil sie glauben, er wüsse nicht, daß sie in eint und anderm nicht seiner Meinung.

Der Junker verdoppelte auf diesen Bericht seine Freundlichkeit gegen sie, sie wurden aber immer gleich rot. Und die andern, wenn sie ihn so freundlich gegen sie sahen, stoßten auch immer die Köpfe zusammen, und sagten sich dies und das darüber ins Ohr; er tat aber, als ob er nichts merkte. Endlich sagte einmal einer so nahe an ihm zu, daß er es deutlich verstund, wenn er wüßte mit was für einer Partie sie es halten so ließe er sie sicher mit seiner Freundlichkeit ungeschoren. Da kehrte er sich um, und sagte dem Mann, er solle jetzt die gleichen Worte noch einmal und das überlaut sagen. Er mochte wollen oder nicht, er mußte. Da solltet ihr die Taglöhner gesehen haben, wie sie den Kopf streckten, und die Ohren spitzten, was der Junker darüber sage.

Die zwei Brüder aber wurden beide so blaß wie der Tod, und hielten das erstemal, daß es Arner sahe, miteinander die Hände still.

Arner sah dann die Taglöhner, die so die Hälse streckten, mit ein Paar Augen an, die so viel redten, daß er hätte schweigen können, man hätte ihn gleichwohl verstanden. Aber er redte doch und sagte dann, wie lang wollet ihr mich doch nicht kennen? und was habe ich auch getan, daß ihr also von mir urteilet, und glauben könnet, ich sei imstand Leuten um deswillen, daß sie anderer Meinung sind als ich, unfreundlich zu begegnen?

Nach diesem ging er gegen die zwei Brüder, die etliche Schritte von ihm weg standen, zu, bot ihnen beiden miteinander die Hände, und sagte zu ihnen: – Und ihr? Könntet ihr das auch glauben? Sie sahen ihn einen Augenblick an ohne zu reden; bald darauf sagte der Ältere:

Ja Junker! Wir haben's geglaubt, und ich will Euch den graden Weg sagen, was daran die Schuld ist.

Da klagte er ihm, die Hand immer in seiner haltend; es gäbe Leute im Dorf, die sich groß damit meinen, einen jeden, der mit einem Wort sich verlauten lasse, als wenn er über etwas anders als der Junker und der Pfarrer denke, so unverschämt anzufahren und zu begegnen, daß man sich bald mehr förchten müsse, über etwas so zu reden wie man darüber denke, als weiß nicht was zu tun.

Der Junker war betroffen, und sagte, man kann nichts tun, das mehr wider mich ist, und wider das so ich suche – als just das. –

Und doch tun's Leute, die nichts weniger glauben, als daß sie Euch zuwiderhandeln, sagte noch einmal der Christoff, so hieß der ältere der Brüder.

Und da die andern sahen, daß es der Junker nicht übel aufnehme, gaben ihm ihrer eine Menge Beifall, und etliche die mehr als halb hartknöpfisch waren, trieben es noch weiter, und sagten laut: ja es meine bald ein jeder Geißenbub, er dörfe sich nur hinter den Junker verstecken, um sein Maul über alles zu brauchen wie er wolle.

Das Wort, Geißenbuben, brachte etliche von des Junkers Partie in die Hitz, und die Augen glüheten einem jungen Mann, der sich da stellte und antwortete: Man muß unparteiisch sein, und die Sachen auf beiden Seiten sagen, wenn man davon reden will; und es ist so, wenn Narren von dieser Gattung dergleichen tun, sie haben den Junker zum Rücken, so tun Narren von der andern Gattung dergleichen, sie haben den lieben Gott zum Rücken, und ich meine das eine noch viel das Schlimmere.

Der Junker mußte jetzt darüber lachen, und sagte: Ich kann nichts darüber sagen, als sie sind alle beide Narren.

Der Christoff widersprach das auch nicht, und sagte vielmehr, er möchte nichts weniger, als daß man meinte: er glaube, alle Leute die dem Junker und dem neuen Wesen zuwider, seien um deswillen recht und brav, und gehen in den Sachen zu Werk wie sie sollten; es sei ihm genug, daß er jetzt sehe, daß der Junker den geraden Weg gehe, und einem jeden seine Freiheit lasse.

Der Junker sagte ihm hierüber: Es geht mir hierin vollkommen wie dir; – ich möchte sicher auch nichts weniger als denken, daß Leute die meine Brille auf die Nase setzen, um deswillen um ein Haar bräver seien als Leute mit andern Brillen. Und es freuet mich gewiß auch, daß ich sehe, daß du ebenso natürlich den geraden Weg gehest, und andern Leuten die Freiheit, die du selber gern hast, auch gern lassest.

Und ich kann nicht sagen, erwiderte der Christoff, wie es mich freuet zu sehen, daß wir in diesen Stücken so nahe beieinander.

Lieber Christoff! Nimm das für immer an, – Leute, die es gut meinen, sind im Grund nie weit voneinander, und finden sich immer, sobald sie sich nur gegeneinander erklären, sagte der Junker.

Dieses Wort und seine Güte gegen die zwei Brüder, und wie er sich gegen sie erklärt, und wie sie ihn begriffen, ward am gleichen Tag dem ganzen Dorf kund.

Und es schwächte, wie noch nichts, den blinden Eifer, den das Hartknopfenvolk einer Menge Leuten im Dorf gegen den Junker, und alles was er machte, ins Herz gebracht hatte.

Dieser Eifer ist von jeher das, wodurch in Sachen die im Streit sind, der so unrecht hat, sein Unrecht am leichtesten bedecken kann.

Auch hatte das Hartknopfenvolk Nase genug, es zu riechen, daß es ihm ans Herz gehe, wenn der Eifer gegen diesen Mann im Dorf aufhören sollte, und sie taten alles mögliche, daß das nicht geschehe; sie verschreiten die zwei Brüder, die sich haben von ihm einnehmen lassen, als Mamelucken, die den Mantel nach dem Wind hängen, und bewegten, sozureden, Himmel und Erden, ihre Blinden zu warnen, um in ihrer Sprache zu reden, daß sie die Augen nicht auftun, die Freundlichkeit der Heiden zu sehen, die wider Gott sei.

Aber es half nichts; sie konnten nicht hindern, daß nicht alle Tage mehr Leute anfingen zu sehen, wie freundlich und gut Junker und Pfarrer und Schulmeister seien, und es in allweg meinen.

Und mit dem kam das Volk in Bonnal auf den Punkt anzufangen, mit Angelegenheit selber nachzuforschen, was dann auch eigentlich das Streitige in dem neuen Wesen sei, davon man so viel Aufhebens mache.

§ 75
Ein Schritt zur Volkserleuchtung, die auf Fundamenten ruhet

Der Lieutenant hatte seine Bonnaler immer auf diesem Punkt erwartet, um mit ihnen über diese Sachen mit der ganzen Deutlichkeit, die er in alles hineinbringen konnte, was er mit Angelegenheit überlegt hatte, zu reden.

Er hatte von nun an alle Abende ein halb Dotzend und mehr junge Leute bei sich, denen er stundenlang mit seiner unnachahmlichen Geduld links und rechts in den Kopf hineinzubringen suchte, was der Junker und der Pfarrer im Grund suchen, und worin und warum man sie unrecht verstehe?

Unter den jungen Leuten, mit denen er so redte, war ein Lindenberger, der ganz außerordentlich in alles hineindrang. Es war voll-

§ 75

ends, wie wenn alles schon vorher in seiner Seele gelegen, so brauchte es nur einen Wink es aus ihm herauszubringen.

Wenn er nur eine Viertelstunde hernach von dem redete, was der Lieutenant eben erklärte, brauchte er schon kein Wort mehr von seinen, sondern hatte schon eigene Bilder und Ausdrücke, welche zeigten, daß er, was er sage, ganz aus dem Seinigen nehme.

Auch sagte der Lieutenant, da er ihn kaum ein paarmal reden hörte, zum Pfarrer: Dieser Mann wird dem Hartknopfengeschmeiß den Kopf zertreten.

Er irrete sich nicht, er zertrat sie wie Würmer, sobald er anfing über ihre Meinungen das Maul aufzutun.

Das Schrecklichste für dieses Geschmeiß, dessen ganze Kraft im Maul und in leeren unverständlichen Worten bestund, war des Manns seine Kürze, und daß ihn jedermann verstund und verstehen mußte.

Sie konnten ihm nicht antworten; man verstund sie nicht mehr, weil man ihn verstund, oder vielmehr man begriff, weil man ihn verstund, daß man sie nie verstanden.

Er verglich das Auswendiglernen der Religion, das der Pfarrer nicht mehr haben wolle, dem Unsinn eines Bauern, der ein Pferd oder einen Ochs mit starken Ketten an allen vier Füßen anbinden, und so am Bahren lahm machen würde, damit er ihm nicht weglaufe.

Das Verkleiben der Mordfrage verglich er der neuen verlesenen Giftordnung.

Und auf den Einwurf: die Leute könnten ja auf diese Art die Religion selber und alles was sie Gutes wissen und haben, verlieren, gab er zur Antwort: es dünke ihn, das sei just soviel als wenn man sagen würde, Bauernkinder könnten ihres Vaters Acker und Matten verlieren, wenn er sie nicht auswendiglernen lassen würde, wo sie liegen? an wen sie anstoßen? was man das Jahr darauf tun müsse? und setzte hinzu: Würde nicht jedermann so einem Bauern sagen: Du Narr! Das beste Mittel, daß deine Kinder ihre Güter nicht verlieren, ist daß sie brav darauf schaffen – und wenn du sie am Morgen früh und am Abend spat darauf hinausjagst, so wird ihnen besser als mit dem Auswendiglernen in Kopf kommen, wo sie seien?

Die Roß an seinem Zug sind nicht so stark, und die Furchen, die er mit ihnen ins Feld ziehet, sind nicht so grad, als die Ausdrücke und Bilder die er brauchte; aber wenn er in Eifer kam, so wurden sie auch so schneidend wie sein Pflug, mit dem er vom Morgen bis am Abend sein Land wie nichts umlegte. Und wenn er Schurken vor sich sah, so war er denn bald im Eifer.

Der Ständlisänger Christen erfuhr's auf eine schreckliche Art. Er ließ sich durch Essen und Trinken verführen, daß er ihm im Barthaus widersprach, und Gotteswort und der Seele Heil, und was man beim Kinderlehren in acht nehmen müsse, ins Maul nahm.

Der Lindenberger zog sein Gesicht in Falten, so wie der Himmel sich vor einem Wetter in Falten zieht, sobald der Kerl nur das Maul auftat, und antwortete ihm denn: Du, es muß einer nüchtern sein an Seel und Leib, und nicht lahm, und nicht aussätzig wie du, wenn er das Wort Gottes und der Seele Heil ins Maul nehmen, und davon reden will, wie man Kinder erziehen und zu Menschen machen soll, die, behüt uns Gott davor! einmal deinen nicht gleich sehen.

Es muß einer kein Vater sein, wenn er nicht lieber vom Donner erschlagen sein wollte, als von so einem Wort getroffen. Auch zitterte der Ständlisänger, dem man sonst Lumpenhund und alles was man wollte, sagen konnte, ohne daß er's zörnte, jetzt am ganzen Leib; es war aber auch zu erschrecklich, denn es war ganz wahr; er konnte es darum auch nicht aushalten, und mußte fortgehen.

Aber da er zur Türe hinaus war, sagte doch ein alter ehrlicher Uhli: Jä – Lindenberger, das ist doch zu hart! Und ich muß dir sagen, es ist mir einmal noch nicht, daß du in allen Stücken recht habest; gerade z. Ex. will es mir gar nicht in Kopf, daß es mit dem Auswendiglernen der Religion just so sei, wie du behauptest.

Noch immer in der Hitz, antwortete der Lindenberger: Lieber Uhli! Es tönt freilich hart, wie ich's sage, aber nur weil wir von Jugend auf gewohnt sind, es anderst zu hören. Oder ist's nicht so? Überleg's, und gib mir dann eine Antwort.

Wenn einer einem Kind eine Heiden- und Zigeunerreligion in Kopf bringen würde – wie es dann käme? – Setz, er würde das Dümmste, das du nur erdenken könntest, ihm also beibringen: z. Ex. die Sonne sei der liebe Herrgott, der Mond seine Frau, und die Sterne seine guten artigen Kinder, und nimm denn an, es wären viel dicke große Bücher in der Welt, in denen viel hundert und aber viel hundert Menschen sich seit hundert und aber hundert Jahren Mühe gegeben, diesen Zigeunerglauben zu erklären, und vernünftig und gut aufzumützen, und tausend Gründe aufzusuchen, warum man ihn annehmen müsse, und wie man zeigen könne, daß er wahr und gut sei, und man antworten könne; wenn jemand sagte, er sei nicht wahr und nicht gut. Und denk denn, dieser Mann würde seinem Kind, ehe es wüßte was rechts oder links ist, die Hauptsachen dieses Zigeunertraums einprägen, ihm seinen Glauben am Himmel zeigen, und ihns machen Freud daran haben, und Tränen darüber weinen, und Lieder darüber singen, und denn, wenn es anfinge zum Verstand zu kommen, ihns das Gescheitste und Beste, das es in diesen Büchern über seine Himmelsreligion finden würde, auswendig lernen ließe, und ich mag nicht reden, weiß nicht was noch mehr täte, um ihm Kopf und Herz für seine Sonn- und Sternenreligion einzunehmen. Kannst du denn finden, so ein Kind müßte über diesen Punkt im Kopf und an der Seele nicht wie lahm werden? Und wenn du dieses findst, so findst du alles, was ich habe sagen wollen.

Solche Blitzworte waren freilich für die meisten Leut zu stark, aber sie zündeten doch Licht an, und setzten hie und da Leuten darüber den Kopf auf den rechten Fleck, die denn weniger Feuer hatten, und stiller und sanfter darüber redten.

Das Eis war so gebrochen, die Angst fiel alle Tag mehr weg, die man ehedem hatte, von diesen Sachen nur zu reden; und so wie die Angst wegfiel, regte sich die Neugier, und trieb selber die alten Großmüttern, wenn ihre Enkel vom Lieutenant heimkamen, und denn von diesen Sachen redten, hinter dem Ofen hervor zu hören, was es denn auch mit dem neuen Wesen seie, von dem man die Zeit her so viel murmle. Und je mehr man so dem Grund der Sachen nachforschte, je heiterer kam's natürlich heraus, es sei einmal nicht so schlimm, und nicht so bös darmit gemeint, als man im Anfang habe ausstreuen wollen.

Auf der andern Seite aber klagten denn auch viele Leute, es sei ein so großes Übel, man wisse gar nicht mehr, woran man sich halten kann, und was man glauben soll, weil die Leute bald alles und selbst das Wort Gottes der eine so und der andere anderst erkläre.

Viel wußten sich über diesen Einwurf gar nicht zu helfen; aber das Baumwollenmareyli, das doch weder schreiben noch lesen kann, fand ungesucht die rechte und die einige Antwort, die man über diesen Punkt geben kann. Es sagte seinen Spinnerweibern, die ihm auch ins Haus kamen über diesen Punkt zu klagen: Es hat schon gefehlt wenn's einem über das was Gottes Wort sagen wolle oder nicht sagen wolle aufs Erklären und das was andere Leut dazu sagen, ankommt!

Aber wie machst du es dann, wenn es dir nicht aufs Erklären ankommt?

Wie ich das mache? Ihr guten Leute, ihr solltet's wohl wissen, es sind ja genug Sachen in der Welt, die von Gott selber sind, und ob denen man nicht verirren kann, was Gott wolle, daß ein jeder Mensch in der Welt seie und tue.

Ich habe ja Sonn, Mond und Sternen, und Blumen im Garten, und

Früchte im Feld, – und denn mein eigen Herz. – Und meine Umständ, sollten mir die nicht mehr als alle Menschen sagen, was Gottes Wort seie? und was er von mir wolle? – Nehmet nur grad ihr selber, wann ihr vor mir zustehet, und ich euch in Augen ansehe, was ihr von mir wollet, und was ich euch schuldig: – und denn da die Kinder meines Bruders, für die ich versprechen muß, sollten die nicht das eigentümliche Wort Gottes an mich sein? das auf eine Art an mich gerichtet ist, und mein eigen gehört, wie es an keinem andern gerichtet, und keinem andern gehört; und das ist gewiß von Gott, und ich kann mich gewiß nicht verirren, wenn ich mir das andere Wort Gottes durch nichts in der Welt als das, erklären lassen will.

Und die Spinnerweiber konnten ihm nicht absein, daß Sonn und Mond und Sternen, und des Menschen Herz, und seine Umstände einem jeden Menschen das Wort Gottes für ihn recht und unverirrlich und genugsam erklären.

§ 76
Vom Ändern alter Maschinen, und vom Aufwecken von den Toten

So faßte von Tag zu Tag der Same des Guten und Wahren in Bonnal immer mehr Wurzel. Doch waren die Früchte ihrer Arbeit nichts weniger als allgemein; das alte Volk, das im Sumpf des vorigen Lebens grau geworden, kam mit Kopf und Herzen nicht mehr nach.

Der Pfarrer hatte sich auch an die Schlimmsten gewagt, aber wenn er denn alle Mühe und Arbeit verschwendet; so war's am End immer nichts. Solang er neben ihnen zustund, schienen sie wohl einem Anlauf zu nehmen, aber mehrenteils ging's keine 14 Tage, bis er sahe, daß sie noch die alten sind, und die alten bleiben werden.

So ging's ihm mit dem Triefaug. Er hatte kaum sich von dem Schrecken erholet, und ein paarmal wieder wohl geschlafen, so war ihm schon alles aus dem Kopf, was ihm vor der Vögtin Todbett das Herz ein wenig, vor ein paar Tagen, weich gemacht hatte.

Und sowie dieses wegfiel, wuchs in ihm wieder die Bitterkeit über den Junker, daß er ihn so auf der Tragbahren im Bett über den Kirchhof unter die Linde tragen lassen, und ihm einen Schimpf angetan, wie man keinem Hund antun sollte. Er war wie rasend darüber, wenn er daran denkte, daß er einmal über das andere in Keller lief, seine Wut zu vertreiben, und es kam ihm kein Sinn mehr daran, das, was er dem Pfarrer mit dem Doktor Miller versprochen, zu halten.

Zwar schlug er es ihm nicht in den Bart hinein ab; aber er hatte immer einen Vorwand, wenn dieser davon redte.

Bald mußte er noch Schriften und Papier zusammensuchen, ehe er es tun könnte.

Bald es sei noch die Frage, ob dem Doktor Miller damit gedient sei?

Bald, es sei nur Wasser in See getragen, und der Miller habe ja studiert, und wisse am kleinen Finger mehr, als er am ganzen Kopf; – und wieder, wenn der Herr Doktor etwas mit ihm wolle, so wisse er ja wohl wo er zu Hause sei?

Aber es stund dem Doktor Miller auch nicht an, ihm dafür nachzulaufen. Er sagte dem Pfarrer deutsch: er glaube nicht, daß er etwas wisse, und noch weniger, daß er ihm etwas sage; und denn müsse er gestehen, möge er nicht, daß man ihm nachrede, daß er ihm dafür nachgelaufen, und sich dafür habe zum Narren halten lassen.

Aber der Pfarrer, der immer bis zur Einfalt seinem guten Herzen folgte, ruhete nicht, bis er sie einmal beieinander hatte, und brachte es endlich bei einem Mittagessen im Pfarrhaus dahin.

Der gute Mann gab das Beste, was er in der Küche und im Keller hatte, und tat alles was er konnte, den Henkerskerl in gute Laune zu bringen; er setzte ihn oben an, trank zuerst seine Gesundheit, und sagte beim ersten Glas, sie wollen nächstens miteinander ins Schloß, der Junker werde ihnen dann einen andern einschenken als dieser sei, wenn er höre, daß sie so miteinander gut Freund worden.

Der Miller ließ sich das Untenansitzen und alles gefallen, weil sonst niemand da war, und der Pfarrer ihm vorher das Ehrenwort getan, er soll es doch nicht achten, er richte sonst mit dem alten Narren nichts aus.

Es hatte im Anfang auch den Anschein, wie wenn es dem Pfarrer nicht fehlen wollte.

Das Triefaug soff drauf los, und fing an so gesprächig zu werden, daß dieser meinte, er werde, ehe er vom Platz aufstehe, auskramen, was er im hintersten Winkel wisse.

Es war nichts weniger; er redte kein wahres Wort, und schnitt auf, daß der Miller, wenn ihm schon der Pfarrer einmal über das andere winkte, und ihn noch mit den Füßen unter dem Tisch stoßte, daß er schweige, sich doch nicht mehr halten konnte, und ihm widersprach.

Nun war's aus; das Triefaug fing jetzt an ihn anzuschnauzen:

wenn er's besser wisse, so solle er reden, und er wolle schweigen; doch sah er, sosehr er einen Rausch hatte, es dem Pfarrer an, wie wehe es ihm getan, daß es so gehe; aber es machte ihm soviel als einer Katz, wenn man ihr kaltes Wasser angeschüttet. Er blieb nur noch um die Gläser zu leeren.

Das war schon längst tot in ihm, was den Menschen warm macht, wenn sie sehen, daß sie jemand kränken; – das plagte ihn nicht mehr.

Was ihn plaget, ist die Langezeit, die er hat, seitdem die Tragbahrenhistorie ihm seine Kundsame vertrieben.

Er klagte auch einem jeden alten Weib, das bei ihm still stund, wie ihn das plage!

Und da sein Vetter von Audorf, dem er sonst, wenn er ihm nur den Schatten sah, immer rühmt, wie gut er's habe, und wie ein großes Glück es für ihn sei, daß sein Großvater ehrlich worden, jetzt auf einer Reise ins Oberland bei ihm zusprach, fing er an die hellen Tränen zu weinen, und ihm zu klagen, wie es ihm jetzt gehe, und wie er oft bei ganzen halben Tagen keine lebendige Seele in seiner Stube sehe.

Der rohe Vetter gab ihm zur Antwort: er solle nur zu ihnen hinabkommen, und da soll er den ganzen Tag Leute genug und alles haben, was er nur wünsche.

Das leuchtete ihm wohl ein, aber es kam ihm übers Herz, so aller Ehre gute Nacht zu sagen; doch bei mehrerm Nachdenken, da er fand, es sei schon aller Ehre gute Nacht gesagt, entschloß er sich innert 14 Tagen das Haus zu beschließen, und ins Land hinunterzuziehen, zum Meister Johannes, dem Henker in Audorf.

Mit dem Hummel kam's auch nicht viel anderst; da sich der Jast, in dem ihn der Pfarrer die ersten paar Wochen erhalten, nach und nach setzte, so zeigte es sich alle Tage mehr, daß nichts aus ihm werden konnte, wenn er auch selber noch so gern wollte. Die über 60jährige Maschine war vom alten Leben so ausgebraucht, daß sie auf der andern Seite wie gerostet war, und keinen Lauf mehr hatte. Er empfand es auch selber, und wenn er davon redte, brauchte er den Ausdruck: es sei mit ihm nicht anderst als mit einem abgestandenen Wein, solang man ihn schüttle und rüttle, schiene es wohl, er habe noch etwas Geist, wenn man ihn denn aber nur ein paar Stunden stehen lasse, sei es gleich wieder die abgestandene Lüren.

Es war wirklich, wie er sagte, und ich wüßte ihn auf der Welt nichts Besserm zu vergleichen als so einer Lüren; er war so abgestanden daß er oft bei halben Stunden in seiner Stube saß, und das Maul offenhielt, wie wenn er verrückt wäre.

§ 76

Auch der Hartknopf blieb der alte. Es war ein Wind, daß er dem Pfarrer in seiner Not einmal so recht gab, und selber einzusehen schien, er hätte sich mit seinem Maul der Religion gar nichts annehmen, sondern auf seinem Strümpfweberstuhl schaffen, und durch seinen Verdienst und seine Arbeiten ein ehrlicher Kerl zu werden suchen sollen. Er probierte es wohl ein paarmal wie es käme, wenn er dem Pfarrer folgte, aber er mochte es nicht mehr erleiden; die Ärme taten ihm in allen Gelenken bis an den Rückgrat hinab weh, wenn er darauf zuschlagen sollte; das bloße Sitzen auf dem Stuhl machte ihm schon übel, so sehr ist er davon weggekommen. Er hilft sich also wieder mit Leutbetriegen und dem Maul, und sucht den Leuten die Historie mit dem gestohlnen Rockfutter auszuschwatzen, so gut er kann; doch bringt er seinen alten Verdienst nicht mehr auf den Zehnten. Auch darf er noch immer der jungen Frauen die ihm seine Maularbeit mit Essen und Trinken am besten bezahlt, ihres Manns halber, nicht ins Haus hinein.

Aber überhaupt behagte das neue Wesen allem Volk, das auf Maulsachen und Einbildungen viel halt, und hingegen mit den Händen und Füßen nichts anstellen kann, gar nicht wohl.

Doch machte die kranke Kienastin hierin eine Ausnahm, sie hub sich am Rand des Grabs aus den Sümpfen ihres Maullebens, und ihrer Maulreligion ungläublich empor, und trat jetzt völlig mit dem Pfarrer in den Gesichtspunkt ein, daß die Lebenspflichten der Menschen der einzige echte Lehrmeister ihres wahren Wissens und ihrer besten Erkenntnissen seie.

Es schien auch etliche Tage, als ob man wieder alle Hoffnung für ihr Aufkommen haben könne; seitdem sie ihre Geiß im Haus hatten, die der gute Junker ihnen gesandt, aß sie alle Tage einige Löffel Milch, da sie vorher bei Wochen gar nichts gegessen hatte. Sie ward auch noch überall anderst, nahm an allem, was vorfiel, Anteil; und was ihr Gutes begegnete, und die Liebe ihres Manns und ihrer Kinder machten ihr auch wieder Freude, und die Hoffnung, wenn sie im Grab seie, werde ihre Haushaltung glücklicher sein, und ihre Kinder vernünftiger handeln lernen, als sie in der Welt nicht gehandelt, brachte auf ihrem Todbett eine Ruhe und Heiterkeit in ihr Herz, die sie in ihrem Leben nie hatte, und die ihrem gebeugten Mann und ihren Kindern oft Freudenträne auspreßten. Auch war's zu Tränen bringend, wie die guten Leute dem Pfarrer oft dankten, daß er diese Frau vor ihrem Tod noch zu einem so guten Mut gebracht.

Er hatte diese Freude so wenig, und es tat ihm so weh, wenn er nach aller Arbeit nichts ausrichtete, und nach langen vergebenen Hoffnungen sehen mußte, daß mit einem Menschen gar nichts zu machen.

Er war würklich darüber zu schwach. Man muß es auch können, den Menschen verloren geben, wenn er verloren ist. – Man muß ihn ja auch tot lassen, wenn er tot ist; – und es ist umsonst daß man seinen Leib aus dem Grab ruft. – Aber es ist nicht minder umsonst, daß man seinen getöteten inwendigen wieder zum Leben ruft; weh tut es freilich, und alle gute Menschen haben dieses Leiden.

Auch der Lienert hatte seinen Teil davon. Er tat seinen Taglöhnern von dem ersten Tag, da sie bei ihm schafften, was er konnte, sie zu gewinnen, und hatte eine Geduld und eine Nachsicht mit ihnen, und eine Sorgfalt für sie, daß man hätte glauben sollen, wenn sie auch wilde Tier gewesen wären, sie hätten ihm müssen anhängig werden. Aber sie sind nicht wilde Tier – sie sind verderbte Menschen. Es wirkte just das Gegenteil von dem, was er suchte, auf sie. Und es geht nicht anderst, wenn ein Mensch zu gut ist, und mehr gut ist, als er sollte, so gibt er Schurken gegen sich das Messer in die Hand, und der schlechteste Kerl kann ihm blitzschnell also über den Kopf wachsen, daß er, sobald er ihm einmal etwas abschlagen, und zu etwas nein sagen muß, denn die größten Unverschämtheiten gegen ihn wagt, und sogar Rache an ihm ausübt, bloß weil er sich nicht von dem verwöhnten Purschen aufs Äußerste treiben lassen will.

Der arme Lienert kam just in diesen Fall. Die Hauptlumpen von seinen Taglöhnern hatten kaum vernommen, der Junker gebe den Torfgräbern zweimal in der Woche einen Abendtrunk; so murmelten sie untereinander, es gehöre ihnen auch, und es sei niemand schuld als er, daß sie ihn nicht bekommen: es brauchte nur, daß er ein paar Wort davon beim Junker fallenlassen würde, so hätten sie ihn sicher.

Was sie am ersten Tag hinter ihm brummelten, das sagten sie ihm morndes ins Angesicht; und da er's ihnen abschlug, und antwortete: sie sollen denken, daß es ein Unterschied sei, den ganzen Tag im Wasser zu stehen und zu arbeiten, und am Morgen und am Mittag eine halbe Stunde weit an seine Arbeit zu gehen, wie es die Torfgräber müssen; und hingegen, sozureden, unter seinem Dach und vor der Haustüre zu seinen Taglohn zu finden, wie sie es haben; so wurden sie auf diese Antwort so wild über ihn, daß sie, wie wenn er ihnen das größte Unrecht angetan hätte, alle Unverschämtheiten wagten, und sogar von Stund an Rache an ihm auszuüben, und ihm alles mögliche zuleid zu tun trachteten; auch wenn er nicht den Michel an der Hand gehabt hätte, so hätten sie ihm die größten Unordnungen mit den Gesellen und mit der Arbeit angerichtet.

Aber dieser, der über diesen Punkt sein rechter Arm war, nahm den Kriecher und den Marx, da er eben dazukam, daß sie ihm ein paar Gesellen aufwiegelten, solchergestalten absaß, daß ihnen die Lust nach fernerm Aufwiegeln und sogar nach fernerm Arbeiten auf dem Kirchhof verging, und sie noch vor dem Nachtessen ihren Platz mit ein paar Torfgräbern tauschten.

O! Wenn ich doch nur machen könnte, daß dieser Mann noch mehr guten Leuten in der Welt, die es wie der Lienhard nötig hätten, der rechte Arm sein, und mit Schelmen und Heuchlern für sie herumspringen könnte, wie er mit ihnen herumspringen kann, was würd' ich doch für Gutes ausrichten?

Er hat die Seele der Schurken in seiner Hand, weil er sie kennt, und wenn er mit ihnen zu Red kommt, so kann er sie zerreißen, daß man meint, man sehe sie zwischen seinen Zähnen.

§ 77
Glück und Arbeit wider Teufelskünste

Ich möchte die neue Untervögtin so zwischen seinen Zähnen sehen.

Es ist nicht minder. Sie probierte, damit sie den Hübelrudi der Meyerin aus dem Kopf bringen, und denn desto eher mit ihrem Vetter zurechtkommen könnte, den Grausen (Ekel), den sie an der Meyerin kannte, bei ihr wider den Rudi zu reizen, und zu machen, daß ihr Ekel sie anwandle, wenn sie nur an ihn denke: und sobald sie dieses im Kopf hatte, so entsprangen, ohne daß man wüßte wie? und woher? auf einmal die wunderlichsten Gerüchte über diesen Mann.

Man sagte sich im ganzen Dorfe die schandbarsten, unflätigsten Dinge über ihn ins Ohr, schonte weder der Frauen unter dem Boden, noch der unmündigen Kinder. Ich darf nicht ins Maul nehmen, was man alles sagte, und erzähle das einige davon. Man sagte über die Frau selig, ihre Gichter seien, behüt uns Gott davor! eine Art Weh gewesen, das den Kindern selber noch im Blut stecken könne; und das Liseli mache in Gottsnamen Augen, daß man so etwas förchten müsse, wenn man ihns nur anschaue. Der Teufel hätte nichts erfinden können, das schlauer ausgedacht gewesen, den guten Rudi in seinen halben Hoffnungen zu prellen.

Es erschütterte die Meyerin, da es ihr zu Ohren kam, durch und durch, und wenn sie nur eine Viertelstund gewartet, daß der Schrekken sich setzen, und ihr Ekel Fuß greifen können, so wäre der Untervögtin ihr Absehen wie gewiß wenigstens so weit geraten, daß sie den Rudi auch nicht mehr hätte heuraten können, wenn sie hintennach schon zehnmal vernommen, daß an allem nichts wahr wäre.

Aber sie sprang in allem Feuer auf das erste Wort, das sie hörte, zur Gertrud. Sie redete mit einer Heftigkeit, die dem Ekel, den sie sicher gefasset hätte, wenn sie sich gemäßiget hätte, nicht Platz gabe. Das rettete den guten Rudi.

Sie stampfte in der ersten Minute, in der dritten hatte sie Tränen in den Augen.

Solang sie stampfte, ließ sie Gertrud fortreden; da ihr aber Tränen in die Augen kamen, nahm sie sie bei der Hand, und sagte: Du dauerst mich, aber du bist betrogen!

Wer wollte doch auch Satans genug sein, den geraden Weg so etwas zu ersinnen? sagte da die Meyerin.

Ich will nicht sagen, wer? erwiderte Gertrud, und sah die Meyerin bei diesem Wort steif an; — aber jemand, fuhr sie fort, hat's getan und erfunden, das ist gewiß, und du kannst es draus abnehmen, daß man von allem diesem über den Rudi kein Wort erzählt, solang er ein armer Mann war, und von dir nichts wußte, und es aber jetzt herumtrommelt, da man hört, daß er dich bekommen sollte.

Bei diesem Wort kam der Meyerin wie ein Blitz in Sinn, die Untervögtin könnte dahinterstecken.

Gertrud sahe ihr den Gedanken in den Augen, und hatte genug. Sie fuhr ruhig fort, und sagte: An deinem Platz würd' ich jetzt die ganze Historie mit kaltem Blut ansehen, und auf der einen Seite mit Ernst nachforschen, ob das Geringste daran wahr sei; auf der andern Seite aber mir auch nichts aufbinden lassen, das faul und falsch ist.

Die Meyerin erwiderte: Du bist doch unparteiisch, und ich täte nicht recht, wenn ich dir nicht würde folgen.

Ich bin gewiß unparteiisch, und behüt mich Gott dafür, daß ich dir jemand möchte zu einem Mann raten, der dir hintennach, so wie du bist, auch wenn er es nicht verdiente, zuwider werden müßte.

Die Meyerin drückte der Gertrud die Hand, und sagte: Ich sehe dir an, daß dir ist, wie du sagst; und setzte hinzu: Du bist doch immer brav.

Wenn ich dir nur lieb bin, erwiderte Gertrud; und nach einer Weile: — Aber gell, du lassest dir das doch jetzt auch nicht so in den Kopf hineinwachsen, daß es dir etwan mit dem armen Rudi gehet, wie mit demselben andern?

Was meinst? sagte die Meyerin.

Und Gertrud: – Ha! Daß du etwan auch wie ob jenem im Traum so pfi Teufel rufen müssest!

Nein! Das muß mir sicher nicht begegnen, sagte da die Meyerin, und mußte lachen.

Mit diesem Lachen aber war ihr das, was die Untervögtin suchte, wie aus der Seele weggewischt. Der Grausen (Ekel), worauf diese zählte, griff nicht mehr Platz, und konnte nicht mehr Platz greifen.

Aber Unwillen über den Teufel, der den armen Mann um ihrentwillen so anschwärzen konnte, und Verdacht gegen die Vögtin herrschte in ihrer Seele, als sie von der Gertrud weg, langsam mit gesenktem Haupt wieder heimging.

Sie war noch nicht weit, und stieß auf die Susann, von der sie wußte, daß sie die Gerüchte wider den Rudi ausgestreuet.

Es stellte sie still, da sie sie sah; – aber sie erholte sich bald, machte sich da blitzschnell hinter das Mensch her, und brachte mit Vernunft und 20 Batzen heraus, was sie ahndete.

Aber sosehr sie die Aussag der Wäscherin zufriedenstellte, so wurmte ihr dennoch, es könnte, wo nicht viel, doch etwan wenig dahinterstecken. Das Sprüchli der Alten vom Räuchli und vom Feurli wollte ihr nicht aus dem Kopf.

Sie konnte nicht anderst, sie mußte noch lange und auf alle Weise nachforschen, ob denn gar nichts dahinterstecke?

Es fand sich gar nichts.

Selber die rauhe Hallorin, die zehn Jahre mit ihm unter einem Dach gewohnt, und ihm und seiner Frauen beständig nicht wohl gewesen, sagte: sie könne nicht sagen, daß nur das Geringste von diesem wahr sei; und setzte hinzu: es wäre etwas anders, wenn man sagte, sie sei eine liederliche Frau gewesen, und ein Narr, und habe den lieben Gott zwingen wollen, daß es in der Welt anderst ginge, als es geht, – und dergleichen. – Aber daß sie ein Weh an ihr gehabt, oder über ihren Mann solche Klagen geführt, und daß er ein Unflat sei, wie man jetzt sage, das sei hundertmal nicht wahr, wenn man's auch hundertmal sage. – Und so war's allenthalben, es kam nichts heraus, als daß es Lügen seien, und aber Lügen. –

Hingegen vernahm sie durch ihr Nachforschen alle Tage neue Umstände von seinem alten Elend, von seiner Geduld und seiner Gutmütigkeit; und das brachte ihr den Rudi jeden Tag näher ans Herz.

Auch merkte die Vögtin allem was sie von ihr hörte, deutlich an, daß es ihr inwendig nicht kommen wollte, wie sie meinte, und daß es überall mit dem Meisterstück, das sie für ihren Vetter probiert, so wenig gehen wolle als nichts.

Der feiste Mensch hatte bis jetzt nur noch nicht vernommen, daß ihm der Rudi in den Weg kommen sollte. Endlich da es alle Leute wußten, kam's einmal auch ihm, da er eben unter der Türe stund, zu Ohren. Er blieb da wohl eine Viertelstund unter der Türe stehen, und hatte das Maul vor Verwunderung offen; denn er konnte nicht begreifen, wie es möglich, daß ein Mensch, dem er mehr als einmal, wenn er in seinem Dorf gemetzget, etwas Abgehendes zum Almosen gegeben, ihm Heuratens halber in den Weg kommen könne. Als ihm aber endlich das Maul wieder zufiel, wurde er so wild, daß er eine Weile nicht wußte, was er machte, und sich, damit er wieder zu sich selber komme, zum Essen und Trinken hinter den Tisch setzen mußte; dadurch brachte er sich wieder so weit zu sich selber, daß er zu dem Schulmeister gehen, und ihm dann folgenden nachdrücklichen Brief an die Untervögtin angeben konnte.

Gott zum Gruß und Jesum zum Trost – Herzvielgeliebte Frau Bas Vögtin!

Ich muß mich wie ein Hund schämen, und möchte wild werden vor Zorn, was über Euere Geschwei (Schwägerin) hier ein Gerede geht. Die ganze Kilchhöri (Ort) weißt, daß ich ein Aug auf sie habe; Ihr seid allein schuld daran, sonst kein Mensch; ich wäre schon längst versorget, wenn Ihr mich nicht mit ihr aufgehalten hättet, und ich will wenig sagen, zehen und zwanzig Meitli, die ebenso hübsch und noch hübscher, und mit dem Geld denn ganz anderst bestellt sind als diese, würden die Finger nach mir lecken, wenn ich nur ja sagte; und ich weiß gar nicht, was diese sich einbildet, und was sie meint, daß sie besonders habe, und warum ich leiden sollte, daß sie mich aufzieht; und ich würde mich keine Augenblick besinnen sie hocken (sitzen) zu lassen, wie sie hocket, insonderheit auf das hin, was man mir jetzt von ihr erzählt; und nur allein Euch zu gefallen, weil Ihr es so gern hättet, und schon so viel Mühe damit gehabt hattet, will ich doch nicht grad völlig von ihr abstehen, und glauben, wenn es schon fast nicht zu glauben ist, es sei nicht wahr, was man von ihr erzählt. Aber lang will ich das doch nicht mehr so haben; und Ihr könnet es ihr nur sagen, wenn sie dieses wolle, oder es mit dem Bettelbuben sei, wie man redet, daß sie ihn neben mich stelle, so solle sie sich meiner nur kein Acht mehr nehmen.

Dieses hab ich nicht unterlassen können, Euch zu schreiben. Womit, in den Schirm Gottes wohl befohlen, verbleibe,
Herzvielgeliebte Frau Bas Untervögtin,

Euer getreuer Vetter,

Hans Ulrich Ochsenfeist,
Metzger und Sonnenwirt

§ 78
Vom Raten, Helfen, und Almosengeben

Ich verliere mich im Labyrinth des großen Bilds das ich machte, lege den Pinsel ab, und fasse meinen Traum im ganzen.

Wormit will ich Arners Tun vergleichen? – Es ist gleich dem Regentropfen, der von der Rinne fällt, und den Felsen höhlet. – Aber wer kann die Tropfen zählen unter der Rinne am Dach, und ihre Kraft beschreiben, die den Felsen höhlt? Ich kann es nicht, ich kann nur die Höhlen zeigen im Marmor unten an der Rinne, und sagen, sie sind vom Reiben der Tropfen, die von ihr herabfallen: – genug – das Fallen der Tropfen höhlte den Felsen, wo er am härtesten war.

Der Eifer mit dem Spargeld in den Spinnerhäusern brachte eine Menge Leute in eine bessere Ordnung, die sich sonst durch nichts dazu bringen ließen; und man sah mit jedem Tag mehr Männer und Weiber teil an dem nehmen was er wünschte, und suchte, und ihm so zu seinem großen Ziel helfen.

Die Reinoldin, es ist die so seinen Karl so hart geküßt, und dem Kinderzug so lustig vor den großen Häusern vorbeigeholfen, diese ließe keinen Tag vorbei, daß sie nicht den Spinnerweibern in ihrer Nachbarschaft, bei ihrem Eifer für die neue Ordnung mit Rat und Tat an die Hand ging. Sie war von jeher wohltätig, aber jetzt da sie sah, daß der Arbeitslust, und die Anführung zur Ordnung und zum Sparen den armen Leuten in einer Woche mehr aufhilft als man ihnen mit keinen Almosen bei Jahren aufhelfen kann, so änderte sie zur Stund hierüber ihre Art, und schlug auch der besten Gevattermeisterin einen Mundvoll Brot ab, wenn sie nicht mir ihr auf den Grund gehen, und ihr lauter und klar zeigen wollte, wie sie stehe? was ihre Haushaltung der Woche durch verdiene? wie sie das abteile? und warum sie nicht damit auskomme?

Ihre erste Antwort, wenn ihr jemand eine Not klagte, war jetzt, ich muß mit dir heim, und in deiner Stube sehen, wo es dir eigentlich fehle, und wie dir zu helfen?

Das behagte freilich vielen Leuten, die ihr bis dahin ins Blinde hinein bettelten, nicht. – Andere ließen sich helfen; an diesen tat sie was eine Mutter; aber auch hatte sie erst, seitdem sie ihre Art hierin geändert, Freud an ihren Almosen.

Bis jetzt tat sie dieselbe als eine Art Schuldigkeit, so ohngefähr wie rechte Leute Zoll und Zehnten abstatten, gern und willig, aber ihr Herz war nicht darbei, und sie denkte nichts dabei; jetzt wurden sie ihr zur Lust des Menschen, der einem Kind aus dem Elend, das Glück seines Lebens gründet.

Sie tut das, und gibt jetzt ihren Armen nicht mehr nur Brot und Geld, sondern sich selber, und ihre Zeit, ihren Verstand, ihr Ansehen und alles, sogar ihren freudigen Mut, ihnen also zu helfen, daß ihnen würklich geholfen.

Aber mitten indem sie ihnen hilft, legt sie ihnen auch Zaum und Gebiß in den Mund, daß sie gegen eine gute Hausordnung, auf die sie ihre Hülfe jetzt baut, nicht aufschlagen dörften, und legt nie keine Hand an, solang ein Armer einen Krebs im Busen verbergen will, der ihre Hülf vereiteln, und was immer an ihm täte, ihn doch zum Tod bringen würde.

Man mag darüber sagen, was man will, gewiß ist nur das ein wahres Almosen, wenn man macht, daß der so es empfangt, nicht ferner betteln muß. – Das ist wahr, oder das Almosen ist nicht ein Opfer der Weisheit und Güte sondern etwas ganz anders.

Ihre Mutter ist jetzt auch wieder gut mit ihr. Da sie siehet daß der Junker mit seinen Sachen Meister wird, so ist ihr jetzt auch recht, daß ihre Tochter ihm hilft.

Sie ist ein sonderbares Mensch, diese Mutter. Bei allen Fehlern die sie hat, rühmen sie viele Leute gar, und sagen, sie könnte ein Königreich regieren, aber von allen, die sie so rühmen ist nicht einer der behauptet, sie könnte einen Menschen, der mit ihr unter einem Dach wohnte, glücklich machen.

Ebensoviel als die Reinoldin, und noch mehr tat auch das Baumwollenmareyli, der Hausordnung im Dorf aufzuhelfen, und es war ihm noch gar viel leichter. Seiner Lebtag mit den armen Leuten und ihren Umständen bekannt, war es bei ihnen so daheim, daß es in seinem eignen Haus nicht mehr daheim war, und hatte darum nicht nötig, wie die Reinoldin in ihren Häusern nachzuforschen, wie es mit ihrer Ordnung stehe, es sah es ihnen im Augenblick sonst an, und merkte es an jedem Wort das sie redten, an jedem Bündel Garn, den sie ihm auf den Tisch legten.

Es hat schon seitdem es Baumwollen ausgibt, an vielen Leuten mit Rat und Tat das gleiche tun wollen, aber unter dem alten Junker ist dies umsonst gewesen. Ein Rat, ein gutes Wort hat da so viel genutzt, als eine Träne im Krieg. Es ist umsonst unter einer Oberkeit wie der alte Junker den Menschen zu raten. Nur da, wo eine Oberkeit ist, die zur Hausordnung Sorg tragt, und selber Hausordnung hat, nur da kann man das tun.

Es war auch für das Mareyli, wie wenn's nicht mehr im alten Dorf lebte, so fand unter dem neuen Junker ein jedes gutgemeintes Wort bei den Leuten so gute Statt, und seitdem der Eifer auf Spargeld zu spinnen in sie hineingebracht worden, richtete es fast mit allen Haushaltungen, die ihm spinnten, in dieser Absicht aus was es wollte.

§ 79
Von der Wahrheit und vom Irrtum

Es fiel bald jedermann in die Augen, daß es sich im Dorf allenthalben ändere; denn auch von den schlechtesten Leuten kamen bald in dieser, bald in jener Gaß einige sichtbar in eine bessere Ordnung, so daß wo die Weiber zusammenkamen, beim Brunnen auf dem Kirchweg, und im Barthaus, wo die Männer, seitdem das Wirtshaus zu ist, ihr Altes und Neues zusammentragen, daß immer von nichts anderm die Red war. Aber viel und lang hielten die meisten die neue Besserung der Leuten für eine Art von Bettags- und Festfrommkeit, die so lang dauren werde, bis etwan eine Faßnacht, oder Kirchweih auf die heilige Zeit folge, die denn den Bettagsgesichtern ein End machen werde. Ihrer viele sagten darüber: Es wäre wohl gut, wenn man die Leute, so wie einen ledernen Handschuh umkehren könnte! Aber wenn es möglich wäre; so wäre der Junker gewiß nicht der erste gewesen, dem es in Sinn gekommen, er werde auch nicht der erste sein, dem es gelinge.

Im Anfang hatten sie auch nur ihr Gespött darüber, und verglichen es dem Grappflanzen des alten Junkers, und der Arbeit mit seinen fremden Schafen, und dem allerhand andern Zeug, das er in seinem Alter auch so an Menschen und Vieh probieren wollen, aber es bald gut sein lassen.

Einer sagte einmal gar: es seie ja nur eine Hundsordnung, und erklärte sich dann, wenn des Scherers Hund dem Hummel sein gelbes Wasser nicht unter diesem Tisch aufgelappt, so würde gläublich die neue Ordnung in den Häusern, und aller Lärm den sie anrichte, sich nur niemand träumen lassen.

Einige Wochen später aber spotteten sie nicht mehr, sondern fingen an, allerlei Gründe zusammenzusuchen, warum sie recht haben? und warum das neue Wesen nicht Bestand haben könne?

So ist der Mensch, solang ihn das, was er nicht gern hat, auch nicht wahr dunkt, so spottet er nur darüber; wenn's ihm aber ahndet es könnte doch wahr sein, so fangt er an Gründe zusammenzulesen, warum es nicht wahr sein kann.

Und überall, was ihm ganz wahr ist, dafür braucht er keine Gründe, und sucht keine. Erst wenn's ihm ahndet, er könne sich irren, geht er auf das gefährliche Jagen nach Gründen, auf welchem er so oft in die Labyrinthe des Irrtums geratet, wo für ihn keine Auswege mehr sind.

Warum ist er ein Narr, und tut das? Was will der Mensch mit dem Jagen nach vielen Gründen? – Die Wahrheit ruhet auf ihrem Felsen als auf ihrem einzigen Grund. Die Unwahrheit hingegen hat ihre Lage immer hinter vielen Gründen, und verbirgt sich hinter ihnen, wie hinter einem Haufen zusammengelesener Kieselsteinen. – Von da bringt sie aus den Schlupfwinkeln ihres Sitzes den armen Jägern nach Gründen, Steine aller Art und Gattung und Farbe, wie ein jeder von ihnen sich den Felsen der Wahrheit an Art und Farbe und Gattung in seinem Kopfe vorstellt, hervor. Die Schlange tragt die glänzenden Steine zwischen ihren Zähnen auf ihrer Zunge, und beleuchtet sie mit dem Glanz ihrer Augen.

Aber das Schoßkind der Wahrheit, die ruhende Einfalt, kennt das Klappern ihres Nackens, und nahet sich den Hügeln nicht, wo sie ihren Sitz hat; denn sie weiß wie das schlaue Tier, die Naseweisheit, den Menschen betört, und die armen Jäger nach vielen Gründen unter den Knochen des Zaubergewildes, dem sie nachstreben, begrabet.

Noch einmal, was will der Mensch mit vielen Gründen? – Die Wahrheiten, deren Nichtwissen Schaden bringt, brauchen nicht viel Erklärens.

Aber der Mensch glaubt gern Narrensachen, und tut gern Narrenstreiche, und möchte denn doch, daß das, was er als ein bares Vieh glaubt und tut, so vernünftig wäre, daß ihm Engel und Teufel nichts dagegen sagen könnten. Darum muß er auch so oft und viel auf die arme Jagd nach Gründen, auf der jetzt auch die Bonnaler waren.

§ 79

Diese fanden auf ihrer Jagd für ihre liebe Meinung, daß dieses neue Wesen keinen Bestand haben werde – Gründe wie Steine.

Zwei besonders leuchteten ihnen gar ein. – Der erste – die lahme, und alles lähmende Rede: es seie mit den Menschen gar nichts zu machen. – Sie glücklich zu machen, und zu bessern, und in Ordnung zu bringen, sei solang die Welt steht, Traum gewesen, und werde solang die Welt steht, Traum bleiben.

Das ist solang die Welt steht, das Wort gewesen, womit dumme und schlaue Leute Hand in Hand einander geholfen, den Bogen abzuspannen, wenn etwas Gutes, das man mit den Menschen machen wollte, nicht in ihren Kram diente; – und es ist kein Wort in der Welt, womit man sicherer unter der Decke alles hindern, und dem Menschen in allem was er Gutes tun sollte, die Augen ausbohren kann, als dieses.

Der andere Grund ist der gleiche, aber auf eine andere Manier. Es brachte ihn ein Mann, der die Wassersucht hatte, und in seiner Krankheit jahrelang Zeit hatte, hinter dem Ofen allem nachzusinnen. Dieser verglich das ganze Wesen der Lufterscheinung zu den Zeiten ihrer Großväter, da einmal drei Sonnen miteinander am Himmel geschienen, aber in einer Viertelstunde darauf wieder zu einer einzigen geworden.

Diese Erklärung behagte ihnen so wohl, und machte sie ihre liebe Meinung so vernünftig finden, daß sie glaubten und sagten: sieben Pfarrer miteinander könnten es ihnen nicht besser erklären.

Sie faßten sie auch in Kopf, daß alles, was ihnen dagegen vor Augen stund, ihnen sozureden zu nichts war.

Es ist aber auch nichts, das mit dem Menschen und seinem Kopf so übel fahrt, als eine unrichtige Erklärung, an die er glaubt.

Auch sahen die Bonnaler, die jetzt neben der Liebe zum Sich-nicht-angreifen-zu-müssen, diese Sonnenerklärung wie ihren Katechismus in Kopf gefaßt, vergeblich mit ihren Augen die neue Hausordnung alle Tage mehr Fuß greifen und mehr Bestand zeigen.

Doch dämpfte ihnen ein Lindenberger die Hitze, mit deren diese Sonnen in ihren Köpfen brannten. – Er war noch ein Neuling im Widerspruch gegen seine Bonnaler, die Träumerschelmereien mit gleicher Hitze liebten. – Und es waren viele Wochen, ehe er dem Lieutenant, wie ich schon erzählt, unter die Hände kam. Aber er fand dieses Gleichnis doch jetzt schon nicht stichhaltend, und antwortete ihm das erstemal darauf: die Schul, und das Wirtshaus, und das Baumwollenspinnen lasse sich so wenig mit Erscheinungen am

Himmel vergleichen, als sich ein Kalberbraten mit einer Krautsuppe vergleichen lasse.

Aber die ganze Scherstube widersprach ihm das, und sagte: es vergleiche sich gar wohl, eines sei so unerhört als das andere.

Er erwiderte ihnen: am einten Ort und in einem Kopf sei etwas unerhört, das in einem andern Ort und in einem andern Kopf gar wohl erhört und völlig im Brauch sei: z. Ex. könne es nicht anderst sein, es müsse noch viel unerhörter geschienen haben, den ersten Pflug ins Feld zu stellen, und den ersten Baum zu zweien, als alles was der Junker bis jetzt angefangen habe. Und nun ohne Gleichnis und Sprüchworte zu reden, so müsse eine Oberkeit entweders die Leute überall laufen lassen, wie sie laufen, oder könne sich unmöglich, wenn sie ein Land von der Liederlichkeit und Unordnung abgewöhnen wolle, damit abspeisen lassen, es sei unerhört, die Leute arbeiten und in der Ordnung leben zu lassen; ebensowenig als mit dem, es sei ein böser Traum, etwas mit den Menschen auszurichten.

So deutlich das war, so blieben dennoch immer viele Leute auf der alten Meinung.

Einige, die gestehen mußten, die neue Ordnung griff wirklich mehr Fuß, kamen jetzt mit dem ,,sie können nicht begreifen, wie es komme, daß es ihm so gehe wie er wolle! –" Und es war nur niemand, der ihnen sagte, es sei nichts daran gelegen, ob sie es begreifen oder nicht. Hingegen sagte ein Kienholzer, er begreife es gar wohl, der Junker brauche die zwo Pfeifen, mit denen man seitdem die Welt steht, alles ausgerichtet: die Brotpfeife und die Freundlichkeitspfeife. Wer da war, rühmte die zwo Pfeifen, und sagte, es sei wahr, der Junker brauche sie wie ein Meister.

Aber ein Rapser sagte darüber: wenn sie ihm diese Pfeifen noch so sehr rühmen, so wolle es ihm doch nicht in den Kopf, wie er etwan ein Dutzend seiner Taglöhner dazu bringen könne, daß sie ihm vom Morgen bis am Abend in seiner Torfgrube aushalten. Es sind keine zwei Monat, setzte er hinzu, sie hätten einem, wenn der Henker auch mit dem bloßen Schwert vor ihnen zugestanden wäre, auch bei der leichtesten Arbeit nicht so ausgehalten.

Ihm antwortete der Hügi: Red doch nicht vom Henker, der ist ein bloßes Narrenwort gegen diese zwo Pfeifen, wenn's die Rede ist, die Leute tanzen zu lehren, wie man will, daß sie einem tanzen.

Einmal kamen sie so an einem Samstag darauf, was der Junker auch bei allem suche? und fielen zuerst auf den Hochmut. Sie sagten: er wolle mit seinem Dorf, denken sie, auch etwas Besonders haben, wie es unter ihnen manchmal auch Leute gebe, die so etwas Besonders haben wollen, wenn sie nur ein Tenntor aufrichten.

Aber viele fanden, daß das ein teurer Hochmut, und sagten, das Geld würde sie dazu reuen.

Ihnen widersprach ein Rufli, und sagte: aber er meine doch nicht, daß er Geld dabei verliere.

Denn muß er doch, antworteten die Bauern, mit dem Sack geschlagen sein, oder er führt keine Rechnung.

Es dünkt euch jetzt so, erwiderte der Rufli; aber wenn ihr rechnet, was die 90 Jucharten neues Mattland ihm nur an Kornzehnten mehr eintragen müssen, und denn was er mit dem Eifer fürs Arbeiten und Sparen, den er in alle Häuser hineinbringt, nur in zehn Jahren ausrichten muß, so kommet ihr gewiß auch darauf, daß ihm das Geld, so er jetzt anwendet, mit der Zeit einen großen Zins tragen muß! – Er setzte hinzu: Es ist ja kaum mehr ein Bettelkind im Dorf, dem es nicht bald alle Nacht von einem halben Bauernhof träumet.

Das summte den reichern Bauern wie ein höhnendes Scheltwort ins Ohr, daß sie auf die Lippen bissen und schwiegen. Aber die Armen, die es merkten, trieben nun das Gespräch desto länger, und ein krummer Humbel, der nur keinen guten Schuh am Fuß hatte, sagte gegen die Dickbäuch, die oben saßen, und nichts mit ihm hatten, hinaufgrinsend so laut er konnte, und durch die Nase: Ja, wenn einmal meine Kinder so fortspinnen, und mir alle Wochen soviel Geld heimbringen als den letzten Samstag, so gehet es keine zehen Jahre, ich kaufe einem Bauern, welcher es ist, wenn er ein Hagelwetter hat, oder sonst Geld braucht, seine beste Matte für bar Geld ab.

Das war zu rund, und der Kerl zählte nicht darauf, daß ihm jemand anderst als mit dem Maul Antwort geben würde. Zu seinem Unglück war einer da, der das tat, und ihn an Maul und Nase blutend zur Stube hinaus und die Treppen hinabschickte. – Das Hagelwetter hat ihm den Hals gebrochen, es dorfte ihm niemand das Wort reden, und auch die Armen sagten: Wenn er schon auch ein Wort hätte reden wollen, wenn er nur nicht mit dem Hagelwetter gekommen wäre.

§ 80

Allerlei Narrenlohn

Im Grund aber hatte ihm der Kienast seinen Bärentatzen nichts weniger als um deswillen vors Maul geschlagen, sondern sicher nur vor Ärgernis, daß die Armen alle Tage mehr das Maul brauchen dörfen.

Auch zeigte das Lachen der Dickbäuchen aller, da das Blut ihm also zu Maul und Nase herausschoß, daß sie dabei an etwas ganz anders denken, als an sein Hagelwetter.

Sie gewannen zwar nichts dabei. Alle Samstag rühmten mehrere Leut wie es fast in allen armen Häusern soviel besser gehe. Doch tut so etwas auch dergleichen Leuten für den Augenblick wohl.

Ein andermal gab ein alter Aebi dem jungen Reinold, der auch so an den Fingern die Häuser abzählte, die in allen Gassen immer mehr in Ordnung kamen, zur Antwort: „Wart jetzt nur noch bis die andere Woche an den Hirzener Markt, und ich will denn ein Narr sein, wenn ich dir denn nicht aus mehr als 20 Häusern, die du jetzt so rühmst, Leute zeigen will, die voll und toll heimkommen.

Er hatte darin recht. Der Morgen dieses Maienmarkts war so schön; die Sonne ging wie ein pures Gold auf, und die Even in Bonnal sahen frühe unter ihren Türen und Fenstern nach der schönen Sonne, und nach dem Weg, der ihnen also hinab ins Dorf in die Augen schiene, und sagten bald über Gassen und Gärten hinüber zueinander, wie schön das ein Tag sei! – und wie lustig es wär, wenn sie auch dörften – –

Aber der Pfarrer hatte in der Kirche gewarnet, der Aebi im Barthaus gewettet, der Lieutenant allerhand darüber in der Schul gesagt, und gestern gingen sie alle mit dem Vorsatz ins Bett den Markt Markt sein zu lassen; aber heute war's ihnen nicht wie gestern. So wie die Sonne stieg und warmte, so stieg und warmte in den Männern und Weibern von Bonnal der Gelust nach dem Markt.

Wir sind doch keine Kinder mehr, und können uns ja hüten, sagte bald dieses bald jenes – und denn, – gell Alter, du sauftest doch nicht? – Nein – nein, – gell Junge du kramtest doch nicht? – Nein – nein, – und du spieltest doch nicht? – Ich rührte keine Karte an. – So näherte es mit jedem Wort dem lieben Gehen, das denn bald kam. – Ihrer wohl 40 Männer Weiber und Kinder nahmen den Entschluß, sie wollen es einmal wagen, es werde nicht alles gefehlt sein. –

Und hin war mit diesem Wort und wie aus dem Kopf weggewischt, was sie miteinander vom Sparen, Sorghaben, und dergleichen an der Sonne geschwatzt. Sie waren nicht so bald beieinander, so hatten sie ein Leben und ein Jauchzen, daß es im ganzen Dorf tönte, – und denn lang noch vom Berg hinab; – und auf dem Markt kauften, tanzten, soffen, und spielten sie wie wenige Leut die auf den Markt kamen.

Aber die Leut hatten einen Vater daheim der auf das Spielen seiner Kinder ein Aug hatte.

Er vernahm ihr Marktlaufen, eh sie in Hirzau waren, und befahl seinem Klaus der an diesem Abend den Pfarrer von Bonnal heimführte, er solle beim Rückfahren am Scheidweg unten am Berg auf sie warten zu sehen, wer sie seien? und wie sie zugerichtet? – Aber sie kamen nicht bis in die späte Nacht. – Er wartete sie aus, und saß da in der stockfinstern Nacht mit seiner Pfeifen im Maul zwischen seinen zwei Kutschenlichtern wie ein wahres Gespenst. – Endlich gegen 10 Uhr hörte er ihr wildes Getümmel, und sie sahen von ferne seine Lichter, das machte sie still; je näher sie kamen, je größer schienen ihnen die Feuer, und je mehr dunkte es sie, es seien nicht rechte Feuer, und es stecke etwas Unrichtiges darhinter. – Sie wurden so still, daß man bald keinen einzigen von ihnen mehr hörte; – auch ihre Tritte wurden leiser, so daß es bald war, wie wenn kein Mensch mehr vom Berg herabkomme. Und in dieser Stille sagte ein Kind das nicht wie die andern getrunken: diese zwei Feuer seien in Gottes Namen mitten in dem Weg, wo sie vorbei müssen, und es sei ein wunderliches viereckigts Ding, das groß sei wie ein Haus und kohlschwarz, und doch manchmal wie lebendig schiene gerad hinter den Feuern.

Das machte die volle Herde so ängstlich, daß sie fast atemlos und wie mit einem Auge gegen die Feuer hinstarrten; und nun bewegte ein Zufall die Kutsche, mit ihr schwankten die Lichter, und die volle Herde meinte, sie sähe die Feuer kirchenturmhoch hinauf- und hinabspringen.

Behüt uns Gott! und segn' uns Gott! Wie war das ein Schrecken. Die Alten verstummten und die Kinder huben ein Zetergeschrei an, und lange wußte niemand was raten, was helfen? – Endlich nach einer Weile dämpfte das Beben des Schreckens bei einigen den Wein, daß es war wenn sie ihre Sinnen wieder bekämen, – und ein Leüpi kam dazu, daß er wie vernünftig ihnen den Rat geben konnte, sie sollen Strohhalme suchen, und sie kreuzweis übereinander in die linke Hand nehmen, und so wollen sie eins dem andern fest anhangend in Gottes Namen auf dem Fußweg neben dem Wassergraben bei dem Gespenst vorbeigehen, und denn wenn sie gerade vor ihm über, so soll ein jedes die Worte aussprechen „Alle gute Geister loben Gott den Herrn."

Die arme Herde folgte ihm so gern als forchtsame Schafe dem Hund, wenn er den Wolf schmeckt und sie zusammenjagt, daß sie desto sicherer neben dem Wald vorbeikommen.

Sie schickten sich im Augenblick an, an den Stauden neben dem Weg Strohhalme zu suchen. Als sie deren hatten, zerbrachen sie dieselben, machten Kreuze daraus und legten sie den Kleinen und Jungen noch in die Hand, daß sie ihnen recht kommen, denn lehrten sie sie noch die Worte aussprechen „alle gute Geister loben Gott den Herrn."

So traten sie den Weg an, aber ihre Knie schwankten, ihre Hände bebten, und sie zogen aneinanderhangend fort, wie wenn sie nicht gingen. So kamen sie endlich so langsam forttreibend gerade neben die Feuer vorüber, und wollten eben ihre Notwort „alle gute Geister" über ihre starren Lippen herauslassen, als in diesem Augenblick der Klaus sein Leitseil zog. Da stampften die Roß, die Räder klirrten, die Feuer sprangen, und wie wenn die Erde unter ihnen gewichen, lag die Herde miteinander im Graben, und meinte nichts anders als der Teufel habe sie alle miteinander so auf einen Klapf über Bord geworfen.

Jetzt erhub sich ein Schreien das dem Klaus auf dem Bock ans Herz ging; denn es war wie das Schreien aus brennenden Häusern. – Er fing an, ihnen was er aus dem Hals vermochte zuzuschreien: – Ihr Narren, ihr Narren, was ist das für ein Schreien? Kalberleder, du Ochs? – Siegrist! Hügi! – Ihr Hornvieh, und du, Leüpi, du Narrenführer! Wofür haltet ihr mich? –

Da erkennte die Herde im Kot die Stimme des Kutschers, und sie war ihr wie die Stimme eines Engels! – Bist du es Klaus? – Bist du es Klaus? Gottlob daß du es bist! antwortete aus dem Graben, was noch reden konnte; denn fragten sie ihn bald, was doch auch das vor Feuer? und ob er dabei seie? – Und das Wort, es seien seine Kutschenlichter, richtete sie auf, wie das Wort „es seie Pardon da"! arme Teufel unter dem Galgen aufrichtet. Es war nicht anderst als wenn es sie aus dem Graben herauslupfte.

So wieder auf den Beinen, kamen sie nach und nach wieder auf die Hauptstraße, wo der Klaus mit seiner Kutsche wartete.

Die meisten hatten Schuh und Hüt, und was sie in Hirzau gekramt, verloren, und alle ihre Lichter waren verloschen. Er aber war gar freundlich mit ihnen, und zündete ihnen ihre Lichter wieder an. – Aber mit dem sah er auch – wer sie seien? Das verdroß den Stierenbauer, der bösen Wein trinkt, und wenn er nur eine Halbe mehr als er gewohnt, im Leib hat, nie sein Maul halten kann, der fing zuerst an zu murren: es brauche sich nicht, daß er jetzt noch ihnen so unter die Nase zünde; – er habe wohl bald etwan Bosheiten genug getrieben. – – Dann bald sagte er ihm alle Schand und Spott, und brüllte laut: wenn er siebenmal des Junkers Knecht und seiner Rossen Kutscher sei, so sei's doch nicht recht und nicht brav, und ein ehrlicher Kerl macht's nicht so, und dergleichen.

Das ängstigte die vollen Männer und Weiber, daß sie ihn mit Gewalt vom Klaus wegzerrten; seine Frau hielt ihm sogar ein Tuch fürs Maul, daß er schweigen mußte.

Das volle Volk aber, das noch nicht stehen konnte, wollte dem Klaus jetzt doch dies und das sagen, er soll's nicht übelnehmen, und dergleichen; aber er ließ ihnen nichts darausgehen, und erwiderte ihnen: sie denken das alle auch, was er gesagt habe, und er sei wohl sobald der ehrlichste unter allen.

Und mit diesem Wort verwirrte er die Kerl so, daß man ihre Sprach nicht mehr verstund; halb sollten sie lachen, halb wollten sie dergleichen tun, es sei ihnen Ernst, daß sie das nicht denken. Das einte dorften sie nicht, und taten es doch, das andere konnten sie nicht, und wollten es doch, und dies machte ein Durcheinander, das unbeschreiblich; sie staggelten und gaggelten, wie wenn der Rausch durch das Wort des Klausen wieder doppelt worden.

Hinter allen, erst nach diesem, kam die Speckmolchin aus ihrem Graben, diese, die den Wein noch stärker als alle andere im Kopf hatte, hielt den Klaus, von dem sie reden hörte, vor einen ganz andern, lief mit offnen Armen auf ihn zu, und rief schon von ferne einmal über das andere: Mein lieber Klaus! Mein lieber Klaus! Bist du da? Bist du da? und wie wär's uns auch gegangen, wenn du nicht da wärest? – Aber der Klaus verstund es nicht so, und zog, sobald sie nahe an ihm war, das Tier, bei dem er zustund, am Zaum, daß sein Kopf just zwischen ihn und die Frau hineinkam, da sie eben meinte, sie falle ihrem Klaus in die Arme. Als sie aber jetzt merkte, daß es ein Roßkopf, ließ sie einen solchen Schrei, daß das Tier erschrak, auffuhr, und die Frau, die an ihns angeklammert war, mit sich vom Boden auflupfte.

§ 81

Erziehung, und nichts anders, ist das Ziel der Schul

Mit dem allem war doch nichts weniger als bewiesen, daß das neue Wesen im Dorf, und die große Änderung in allen Haushaltungen gar keinen Bestand haben werde. Der Vorfall wirkte vielmehr wirklich zum Gegenteil, und machte, daß die Marktleute, die sich schämten, was ihnen begegnet, wie wild hinter ihre Arbeit hergingen, und allen ihren Kräften aufboten, die Scharte wieder auszuwetzen.

Im übrigen aber baute der Junker in seiner Meinung, das Dorf zu ändern, gar nicht auf das alte Volk, sondern auf die Jugend und seine

Schul. Diesfalls aber zählte er auf nichts weniger als auf ein Geschlecht, das dem nächsten, von dem es abstammt, so ungleich sein würde, als Tag und Nacht einander ungleich sind.

Er zählte aber nicht darauf, weil's ihm davon traumte, sondern weil er sah, daß der Lieutenant es machte; – denn das tat er – und das mit einer Einfalt, daß wenn man in seiner Schul alle Augen aussah, zu forschen, was er besonders mache, man nichts fand, das nicht sozureden ein jeder glauben würde, es ihm nachmachen zu können.

Und es ist wirklich so leicht, ihm seine Schule nachzumachen, daß sicher ein jeder recht verständiger Bauersmann, wenn er nur schreiben und rechnen kann, in Hauptsachen ebensoviel ausrichten könnte, was er, wenn er nur etliche Tage die Ordnung gesehen, die er und Margreth mit ihren Kindern haben. Es brauchte nicht einmal, daß so ein Mann nur selber rechnen könnte; und ich habe mit meinen Augen einen Mann gesehen, der seine Rechnungstabellen mit einer ganzen Stuben voll Kinder gebraucht hat, und vollkommen damit fortgekommen, ohne daß er selber rechnen können. Seine Kinder haben diese Zahlreihe in Kopf gefaßt, daß sie wie nichts auf alle Art darin herumgesprungen, da indessen der Mann, der sie lehrte, das Papier, auf dem er diese Zahlenreihen aufgeschrieben, keinen Augenblick aus den Händen lassen dorfte, um nicht alle Minuten selber zu verirren.

Ein Beweis, wie weit die Kinder im Dorf gekommen, ist auch das: Wenn des Junkers Karl die Zeit her von Bonnal heimkam, sagte er immer: Die Buben in diesem Dorf sind ganz anderst als andere Bauernbuben, und es meinte einer, sie wären Junkern gegen den andern, so wenig scheuch (schüchtern) sind sie, und so viel wissen sie gegen den andern. Ich erzähle das, wegen dem Nichtscheusein; der Lieutenant baute den ganzen Erfolg seiner Erziehung auf den Grund dieses Nichtscheuseins, nämlich auf ein unverstelltes Inneres, und sagte 100 mal zu seinen Kindern: „Ich verzeihe euch alle Fehler; aber wenn ihr anfangt euch zu verstellen, so seid ihr im Grund verloren, und es gibt für immer nichts als elende verdrehete Krüppel." – Auch durchstach er sie mit seinem Falkenblick, wenn er im geringsten so etwas merkte, und jagte denn darauf los, drückte darauf zu, preßte es ihnen aus, daß der Angstschweiß ihnen ausging; auch förchteten sie das Wort: Was machst du für ein Gesicht? oder für Augen? von ihm wie ein Schwert; dann sie kannten seine Strenge, ihnen alle Arten des verstellten Wesens auszutreiben. Aber wie gesagt, er baute auch hierin auf Fundamente.

Er machte sie bedächtlich, damit sie offen sein könnten. – Er machte sie vorsichtig, damit sie nicht mißtrauisch sein müßten. – Er machte sie erwerbsam, damit sie nicht nachsüchig sein müßten. – Er machte sie treu, damit sie Glauben fänden. – Er machte sie vernünftig, damit sie sich trauen dörften; und legte auf diese Art den Grund zu dem heitern offenen Wesen, das er von ihnen forderte, wenn sie ihm vor Augen kamen. Kurz er lehrte sie als ein Mann, der etwas ist, wo man ihn hinstellt, und machen will, daß auch sie etwas seien, wo man sie hinstellt. Und das heißt freilich, er lehrte sie ganz anderst, als Leute lehren, die nur mit dem Maul etwas sind, und auf dem Papier etwas können.

Er hatte auch das, daß er den Kindern seine Liebe solang und soviel er wollte, verbarg, und sie ihnen nur zeigte nach Maßgebung, als sie alle Kräfte anspannten, das zu werden, was sie einst sein sollten. Und es ist unglaublich, was er damit ausrichtete. Sie wußten im Grund, daß sie ihm lieb waren, und seine Kaltblütigkeit war ihnen wie ein Vorwurf, daß sie nicht seien, was sie sein sollten; sie konnten sie nicht ausstehen, und verdoppelten ihre Kräfte, bis er ihnen zeigte daß er mit ihnen zufrieden. Auch ging ihnen der Kopf unter seinen Händen auf, daß es unglaublich war.

Das zeigte sich nicht bloß in ihren nächsten Berufen. Wenn sie Zeit hatten, war ihnen bald auch das Fremdeste nicht mehr fremd, und von was sie immer unter Menschenhänden sahen, dachten sie nicht mehr, daß sie es nicht auch in ihre nehmen dörfen.

Es ist zum Exempel ein Meister Enger, ein Uhrenmacher im Dorf, der bei 20 Jahren dagesessen, ohne daß je ein Bauerbub in seine Werkstatt gekommen, dieses oder jenes darin zu betrachten, oder etwan selber anzugreifen und zu probieren.

Aber jetzt seitdem der Glüphi ihnen beigebracht, daß sie Händ, und Ohren und Nasen haben vollends wie andere Leute, stecken ihrer mehr als ein halb Dutzend Nachbarsbuben dem Meister alle Abend im Haus, und lassen ihm keine Ruh, bis er sie dies und das in die Hand nehmen und probieren läßt.

Die Buben griffen es auch alle mit einer Art an, daß der Meister sich nicht genug verwundern konnte, und dem Schulmeister sagen ließ: wenn alle Bauerbuben in der Welt also gezogen würden, so wäre kein Handwerk, wo man sie nicht dazu brauchen könnte, so gut und noch besser als die Stadtbuben.

Nicht nur das. Er hat gleich gesehen, daß es sein Vorteil wäre, zwei der angreifigsten von diesen Buben zu sich in die Lehr zu nehmen, und hat ihnen wirklich anerboten, sie sein Handwerk zu lehren, ohne daß es einen Heller kosten müsse.

Das sind Buben, die kein Land und sonst nichts haben, und ohne das ihrer Lebtag Knechte und Taglöhner hätten sein müssen.

Die Buben sind vor Freuden in alle Höhe gesprungen, als er ihnen das anerboten, und dann zum Schulmeister, ihm zu danken.

Noch nichts nahm diesen letzten so ein, wie der Dank dieser Knaben, als sie mit Tränen in den Augen vor ihm zustunden, und er ihre zitternde Hand in der seinen hatte. Sein Herz schwellte, hinauszusehen in die Zukunft, in der alle seine Schulkinder versorget sein würden.

Er stund in stillem Staunen vor ihnen zu, traumte sich den Segen seiner Laufbahn, – und das Königreich – wornach edle Bettler streben – und wornach auch meine Seele dürstet – mit der Krone weißer Haaren, der Segen der Menschen zu sein, die ihn umgeben.

Das Drücken der Knaben, die seine Hand in der ihren hatten, weckte ihn aus seinem Traum. Er ging denn mit ihnen zu ihrem Meister, und machte ihnen einen so guten Akkord, wie sicher noch keine Knaben ohne Lehrgeld bei einem Uhrenmacher bekamen.

Der Lieutenant versprach dem Meister, sie forthin als seine Schulerknaben anzusehen, und sie im Zeichnen und in der Mathematik alles das zu lehren, was ihnen in ihrem Handwerk davon dienen könne.

Das war dem Meister Enger so wichtig, daß er um deswillen den Knaben einen Akkord machte in allen Stücken, wie der Lieutenant wollte.

Er sagte ihm sogar, wenn er das an ihnen tue, so werden's die Knaben gar viel weiter bringen, als er es gebracht.

Der Lieutenant spürt aber auch, seitdem er Schulmeister ist, was er darin kann, und ist vollends seine Liebhaberei worden, darauf zu denken, diejenigen von seinen Buben, die kein Land haben, zu Handwerken zu bestimmen.

Er führt sie auch, wenn er immer eine müßige Stund hat, in alle Werkstätte, die im Dorf sind, siehet ihnen bei Stunden zu, wie der einte das und der andere dies angreife, und forschet so von ferne, was aus einem jeden zu machen.

Lebt er, so wird das, was er damit ausrichtet, die Umstände der Armen in Bonnal noch viel mehr verändern, als das Weidverteilen und die zehentfreien Äcker, die der Junker ihnen versprach.

Ebensoviel tut er an den Mädchen.

Die Laster der Eltern zerreißen ihr Innerstes nicht mehr. Sie sitzen vom Morgen bis am Abend ungekränkt in der Stube eines frohen und weisen Manns. Ihre Hände sind nie still. Keine Art Geschwätzwerk verwirret ihren Kopf und verhärtet ihr Herz.

Darum zarten ihre Wangen, und ihre Schamröte wachet in ihnen auf, wie Mut und Freude in ihren Augen.

Ihre Füße hüpfen zum Tanz, ihre Hände werden biegsam zu jeder weiblichen Arbeit. Ihr Aug öffnet sich der Schönheit der Natur und des Menschen; und Fleiß, und Sparsamkeit, und Hausordnung, diese Seele des Lebens, und dieser Schirm der Tugend, der kein Tand ist, wird ihnen unter Glüphi Händen zur Natur.

O Gott! Was wären sie worden unter der alten Regierung?

Im Sumpf des Elends wird der Mensch kein Mensch.

Ohne Vaterführung wird der Knab kein Mann.

Weniger noch wird das Mädchen unter der Hand einer Lumpenmutter und unter dem Schulgewalt von Ochsenköpfen ein Weib.

Aber unter Glüphi Händen wuchsen Knaben und Mädchen auf, Männer und Weiber und das zu werden, was Männer und Weiber auf Erden in Zwilch und in Seiden sein können.

Bauet dem Mann Altäre!

Bis auf die Blume, die im Garten wachst, braucht er alles, die Seelen seiner Mädchen höher zu stimmen und durch sie künftige Geschlechter von Menschen im niedrigsten Stande glücklich zu machen.

Es wohnt in Bonnal ein Weib, das aus einem fremden Dorf dahin geheuratet, das pflanzet seit 20 Jahren schöne Blumen, zartes Gemüs, und feines Obs auf harten Stammen. Bonnals rohes Geschlecht stahl ihr freilich alle Jahr Blumen und Köhl und Birnen und Apfel, und was es nicht stahl, das bettelte es auf Hochzeiten und Kindstaufen.

Aber ihr nachzuahmen, und ihre Blumen und ihren Köhl und ihre Apfel und ihre Birnen auch zu pflanzen, daran kam ihnen kein Sinn. Sie verschreiten, verleumdeten vielmehr das Weib und sagten, sie sei keine Haushälterin, daß sie ihre Zeit und ihren Mist an solche Narrensachen wende, die ihr denn noch alle Jahr gestohlen werden.

Aber die Kinder des rohen Volks waren nicht manche Woche in Glüphi Stuben, so stunden sie am Morgen und Abend vor dem Garten der alten Frau, und ihren Blumen und ihrer Ordnung, um sie zu fragen, wie sie dies und das mache, daß es so schön werde.

Die Alte stund bei Stunden an ihrer Hauen bei ihnen still, zeigte ihnen alles, gab ihnen Blumen mit heim, und versprach ihnen Setzlinge und Same und Schoß, wenn sie auch so Gärten machen wollen.

Und die Kinder brachten einmal solche Maien (Blumen) in die Schul, zeigten sie ihrem Glüphi, und fragten ob er nicht meine, sie könnten daheim auch so Gärten machen, wie diese Frau?

Warum das nicht? erwiderte ihnen der Schulmeister, wenn ihr nicht zu faul seid, und führte sie demnach selber alle miteinander zu dieser Frau in ihren Garten.

Die Freude der Alten ist nicht auszusprechen.

Sie sagte dem Lieutenant: es sei ihr, sie sei ihr Lebtag noch nie in Bonnal daheim gewesen, wie heut, da er mit seiner Schul in ihren Garten komme.

Und die Kinder riefen daheim bei ihren Müttern, sie müßten ihnen Land geben Gärten zu probieren und zu machen, wie die Frau ihnen sagte, daß man sie machen müsse.

Nichts, das früh oder spät ihnen nutzlich sein konnte, hielt er außer dem Kreis seiner Schularbeit; denn er fühlte sich Vater, und glaubte seine Arbeit seie nichts minder als das Erziehen der Kinder, und was immer ihr ganzes Erziehen erfordere, das sei alles im Kreis seines Berufs.

Desnahen brachte er außer den Schulstunden fast alle Abende mit ihnen zu, und machte denn mit ihnen was sie nur wollten. Manchmal schnitt er mit ihnen Holz, manchmal machte er mit ihnen Figuren aus Wachs, Menschen und Tiere, Kopf und Hände, oft Häuser und Mühlen, und Sägen, und Schiffe.

Zuzeiten war die Schulstube voll Handwerksgeschirr und Späne wie eine Werkstatt; aber eh sie fortgingen war sie immer wieder so sauber als eine Frühlingswiese, wenn soeben das Wintergesträuch von ihr abgerechet.

An schönen Abenden ging er mit ihnen unter den Schulnußbaum oben in der Matten.

Es ist, wie wenn die Alten ihn darum dahin gesetzt haben, daß die junge Nachwelt sich da unter seinem Schatten verweile, dem Sonnenuntergang, der sich nirgend im Dorf so schön durchs ganze Tal hinab zeiget, zuzusehen.

Unter diesem Baum redte er dann bei Stunden mit seinen Kindern über ihren Beruf und ihre Umstände.

Er machte ihnen da eine kleine Geschichte von ihrem Dorf, und erzählte ihnen: wie vor ein paar 100 Jahren nur noch wenige Häuser dagestanden, und wie die Einwohner das Land nicht genugsam haben warten können, und sie desnahen mit ihren Weiden und Zelgen Einrichtungen haben machen müssen, die jetzt bei dem mehreren Wert der Güter, und bei den vielen Händen die im Land sind, das

Dorf unglücklich, und ärmer, und liederlicher machen, als es war, wenn diese alten Ordnungen nicht wären.

Er zeigte ihnen wie das Baumwollenspinnen Geld ins Land gebracht, und wie dardurch, wer immer nicht auf das Geld geachtet, nicht damit umzugehen gewußt, zugrund gegangen.

Und wieviel Bauern vergantet worden, die im Grund 10 mal mehr besessen als die so ihre Güter erstanden, aber durchs bessere Anbauen von kleinen Stücken derselben in wenig Jahren in zehenfachen Wert gebracht.

Das Ende seiner Dorfgeschichte war die große Lehre: – Wieviel genauer man in unsern Zeiten sei; wieviel sorgfältiger man auf alles schauen, alles ausrechnen und ausspitzen müsse, und wieviel größere Ordnung und Bedächtlichkeit es in allem brauche, wenn der Mensch so zu einem gesunden und freudigen Alter, und seiner Kinder wegen so ruhig unter den Boden kommen wolle, als es vor altem bei so wenig Leuten, so wenig Geld, und bei einem so einfachen Leben so leicht möglich gewesen.

Und wenn die guten Kinder am Abend Stücke aus ihrer Dorfgeschichte und aus seinen Lehren mit heimbrachten, so konnten ihre Eltern nicht begreifen, wie der Schulmeister selber dazu gekommen, was sie zum Teil selber erlebt und erfahren, und doch nicht erzählen konnten, wie er. – Und denn gar, wie er das den Kindern so in den Kopf hineinbringe, daß sie es in ihrem Alter so begreifen und so erzählen können. –

Wer am meisten daraus machte, war ein Renold, ein Mann, der gegen neunzig ging. Er hatte mit kaltem Blut und mit offenen Augen so lang gelebt, und wußte die Veränderungen des Dorfs hinauf bis ins vorige Jahrhundert.

Dieser Greis hatte einmal nach alter Übung seine Kinder und Enkel am Sonntagabend zum Nachtessen.

Und als der Großsohn, an dem die Ordnung war, zuerst sein Kapitel aus der Bibel gelesen, und der lange Reihe des gesegneten Hauses am Tisch saß, so sah der Alte mit frohem nickenden Wesen hinab zu der lieben Jugend unten am Tisch, und sagte: Kinder! Was macht auch euer Schulmeister? Ist er auch gesund und wohl? Laut und freudig erwiderten die Kinder dem Alten: Ja! ja! Großvater! Er ist gottlob gesund, er ist gottlob gesund, der liebe Herr Schulmeister! Da sagte der Alte: Ich wollte jetzt nichts lieber, als daß er auch da wäre, und wir alle miteinander dem braven Mann, den uns wohl der liebe Gott gegeben, auch danken könnten.

Dann fing er an, und sagte: – Ihr wisset nicht, was er an euch tut, und was er euch ist, aber ich weiß es, und will euch jetzt sagen, was ihr ihm zu danken habet.

Kinder! Unser armes Dorf ist wie eine zerrüttete Haushaltung worden, und hat in die 40 Jahre wie ohne einen Vater gelebt; in dieser Zeit haben sich die Umstände überall geändert, und die Menschen in der Welt, wie sie jetzt ist, müssen erzogen und gelehrt werden in der Ordnung, die jetzt ist, so fortzukommen; wie die Alten in ihrer Ordnung, zu der sie gewiß recht erzogen worden, fortgekommen sind.

Und das tut euch jetzt der Mann, der macht, daß ich mit Ruhe über das Grab hinaus denke, das ich in Gottes Namen bei 20 Jahren nicht mehr dorfte, weil es mir tief am Herzen lag, ihr armen Kinder werdet, weil niemand da ist, der euch nach den Umständen zu dem anführet, was ihr sein und werden müsset, vielleicht auch mit der größten Unschuld mit dem Strom der neuen Unordnung mit hingerissen, in kurzen Jahren fast notwendig unglücklich. Das förchte ich nun nicht mehr, und danke dem Mann, daß ich darüber in meinen letzten Tagen noch ruhig schlafen kann.

Nachdem der Alte so geschwatzt, trank er dann auf des braven Manns Gesundheit. – Seine Kinder, die ihm in die Schule gingen, schlugen ihm mit Jauchzen an. – Und er hatte eine Freude, daß er selbst dem jüngsten Enkel, der auf seinem Schoß saß, einen Tropfen auf seine Lippen goß, und ihn den Namen des Manns nachstammeln machte.

Nein! Bauet dem Mann keinen Altar.

Der Säugling auf dem Schoß des Greisen, und der zitternde Tropfe auf den Lippen des Kinds, das seinen Namen stammelt, ist mehr als Opfer und Altar! –

*

Es wird mir aber warm. Bald komme ich in meiner Einfalt nicht mehr fort.

Aber es muß sein.

Unter den Freuden, die er mit seinen Kindern hatte, war auch diese, daß er zuzeiten eine Ankenbraut (Butterschnitte) mit ihnen aß.

Es ist nämlich auch in Bonnal der Gebrauch daß die Bauern, wenn sie etwas Gutes haben, ihrem Schulmeister dann und wann auch davon schicken.

Dieser Gebrauch war dem Glüphi im Herzen zuwider; er nahm ihnen auch fast gar nichts ab, und brauchte, sie nicht bös zu machen, die Entschuldigungen, er habe keine Frau und keine Haushaltung, und könne desnahen mit dergleichen Sachen fast gar nichts tun.

Damit sie aber nicht glauben, es geschehe aus Hochmut, und er schäme sich ihnen etwas abzuessen, so nahm er einem jeden der Küh im Stall hatte, und seine Kinder zu ihm in die Schul schickte alle Jahr eine Ankenbraut ab, aber sie mußte nicht über 2 Pfund sein. Sobald eine kam, sagte er es den Kindern und aß sie denn morndes am Abend mit ihnen in der Schul. Er kaufte ihnen denn allemal ein halb Dutzend Brot und die Frau Pfarrerin gab ihm mehrenteils denn noch eine Schale Honig dazu, denn sie hatte dessen genug, und mehr als 30 Imben (Bienenstöcke).

So machte er den Armen aus seinen Kindern damit gar manchmal im Jahr eine gute Stunde, mit etwas das sie daheim nie hatten.

Und nutzte diese Abendessen beinahe mehr als seine Schulstunden. Sie waren ihm wie ein Probierstein über seine Kinder, und er spähete mit Falkenaugen umher, wie sie mit dem Anken (Butter) und Brot und Honig umgehen! was sie für Augen und Mäuler dazu machen? und was weiß ich, worauf er alles achtgab. – Genug er sagte selber: bei diesen Abendessen werde ihm allemal heiter, was er über jedes seiner Kinder ahnde.

Der Pfarrer und seine Frau und ihre Kinder kamen gar oft zu diesen Abendessen, und das brävste unter den Kindern dorfte denn ihnen und dem Herr Schulmeister ihre Ankenbraut* machen.

An dem Sonntag, da es mit der Kienastin umschlug, hatten sie auch eine Ankenbraut, und da war des Maurers Heirli der brävste.

Der Schneiderin Anneli (die Kinder sagen ihm nur den Namen Schwarbel Anni) hatte ihm zwischen den Tischen, an die es gestoßen, die Hand verklemmt, daß sie aufschwoll wie ein Küssen, und blutete. Der gute Bub aber überwand sich, sobald es anfing zu schreien, und sagte, es habe es nicht mit Fleiß getan, und suchte den ganzen Morgen die geschwollene Hand vor dem Schulmeister und der Margreth zu verbergen, damit das Kind nicht eine Strafe ausstehen müsse, und daheim dann noch geschlagen werde. – Es tat ihm aber so weh, daß er mit dem Spinnen nicht fortkam, und die Margreth auf diese Art endlich es merkte.

Dafür war er heute der brävste, und hatte diese Freude mit der Ankenbraut. Diesmal kam der Junker selber zu ihrem Abendessen.

---

* Schweizerausdruck der soviel ist als den Butter auf die Brotschnitte streichen, die sie aßen.

Heute mußte der Wassergraben zu der neuen Matten, die er anlegen wollte, endlich abgestochen werden.

Die Quellen im Moosgrund waren nun vollends aus- und zusammengegraben, und ihr Wasser floß in dicken Strömen über die Felder, die alle grünten, wo es hinfloß.

Der Lieutenant nahm auch zu dieser Arbeit etliche von seinen Buben mit sich, und sagte, eh er mit Feldtisch und Visier an seine Arbeit ging, zu ihnen: Probieret, Buben! ob ihr die Linien findet, wo der Bach jetzt hingeleitet sein muß, wenn man so viel Land als immer möglich mit ihm überwässern will.

Die Buben sprangen wie gute Jagdtiere von ihm weg, links und rechts, kreuz und quer, wo das Wasser hin müsse? Aber sie wurden nicht einig, und kamen, in ihrer Meinung geteilt, zurück.

Die einen meinten, man müsse den Graben zuerst links führen, gegen den Tannenecken, und von da erst wieder zurück gegen den Feldern, die rechts liegen.

Die andern glaubten, wenn man ihn gegen den Tannenecken führe, so bringe man ihn nicht mehr auf die Höhe vom Mooshübel, der dann trocken bleiben müsse.

Es hat's keiner getroffen, sagte der Lieutenant, und setzte hinzu: Der Graben muß zuerst über den Vorhügel vom Moosweg, und dann erst herum zum Tannenecken.

Oho! wenn das Wasser über den Mooshübel gelaufen, so bringt ihr es nicht mehr auf die Höhe zur Tannen, erwiderten die Buben.

Oho! erwiderte der Lieutenant: Man füllt nur die Tiefe, die zwischen dem Hübel und dem Ecken ist, ein Schuh, drei oder vier hoch aus, dann lauft's, meine ich, wieder zum Tannenecken.

Dann wohl, dann wohl, sagten die Buben.

Aber der Pfarrer war heut den ganzen Tag nicht bei ihnen. Er war bei der Kienastin, deren Tod nun sichtbar nahete; doch war sie noch immer bei sich selber, und nahm nun das letztemal bei den Lieben ihren Abschied.

Als man ihr das Kleine auf das Bett legte, staunte sie ihns eine Weile an, und ihre letzten Tränen fielen auf ihns hin, das Kind aber lächelte auf ihrem Schoß, strabelte mit Händ und Füßen, und warf den Kopf so froh und mutvoll umher, daß es die Sterbende erquickte! Sie lächelte noch auf ihns herunter, und sagte zu sich selber, warum kann ich nicht sein, wie du?

Sie redte noch mit allen Kindern.

Am meisten mit dem Vater, und das fast nur von dem Susanneli, und sagte: es lieg ihr auf dem Herzen dem Kind noch zu sagen, daß sie es erkenne, ihre Fehler haben ihns nach und nach so hart gemacht, als es worden. Sie habe ihm ihre Haushaltung aufgebürdet, die man einem Kind nie aufbürden sollte, und er soll ihm sagen, wenn's an ihr stünd ihr Leben noch zu ändern, sie wollte gewiß ihre Mutterpflichten tun, und ihm nicht mehr zur Last fallen; aber das sei jetzt nicht mehr möglich; und darum soll es ihr verzeihen, und wiederkommen, und den Kindern als Mutter und Schwester an die Hand gehen, solang es lebe und solang es nötig.

Dann wollte sie auch ihn um Verzeihung bitten, daß sie nie keine Frau gegen ihn gewesen, und ihn doch geheiratet habe; aber das Wort erstarrte ihr auf den Lippen, und sprachlos, wie sie, lag er eine Weile auf ihrer Decke.

Denn raffte er sich wieder auf, sah den Pfarrer an, und fiel auf seinen Schoß.

Die Sterbende sah ihn liegen, und sagte: So wohl kann er nirgend ruhen; und ach, so wohl ruhete er nicht bei mir!

Sie wollte auch noch dem Pfarrer herausstammeln, daß er ihr verzeihe! Der Mann aber gab ihr diesen Trost ins Grab, indem er noch seine warme Hand auf den grauen Haaren ihres Manns, der noch auf seinem Schoß lag, hielt.

Frau! Die Fehler deines Lebens sind nicht so wohl dir als denen zuzuschreiben, die es dulden, daß man die Religion auf eine Art lehre, daß sie den Menschen den Kopf also einnehme und fülle, als ob ihr Wissen alles in allem wäre, und der Mensch denn seine Haushaltung und sein Handwerk, und alles was er sein und können muß, könne und seie, wenn er sie verstehe.

Aber wie oft muß ich empfinden, ich kann mein Buch nicht schreiben!

Der Blick der Frauen auf diese Rede machte dem Pfarrer das Wort im Maul erstarren.

Wenn ich diesen Blick malen könnte, daß man ihn sähe, wie ihn der Pfarrer sah, ich bin wie meines Lebens sicher, man würde lieber den Mund beschließen.

Aber ich kann ihren Blick nicht malen.

Ich erliege unter der Last unausdruckbarer Dinge, die im Ganzen meines Traums vor mir stehen.

Es glich ihr Klagblick im erlöschenden Aug – dem Blick des sterbenden Lamms, das unter den Händen des Würgers verblutet.

Nein! Er glich nicht einem blutenden Tier, – er glich – ich kann nicht sagen was, – könnte ich's, man würde nicht mehr Abgötterei treiben mit Gott – und den Menschen tun lassen, was seine Sach ist.

Ihr Blick durchschnitt dem Pfarrer das Herz, und der Gedanke, sie ist das Opfer der Torheit, die Lehre von Gott, den Menschen wie ein Messer an Hals zu setzen, machte ihn zittern. Er fühlte das Elend der Menschen, die an diesem Messer verbluten, und nicht minder die Gefahr derjenigen, die ihm entfliehen.

Es legte ihn ungeschlafen, und noch morndes stund ihr Bild vor ihm, also daß er an diesem Morgen beinahe unvernünftig predigte, denn er redte über etwas ganz anders, und wußte die halbe Zeit nicht was er sagte.

Zu Mittag hingegen hatte er seine Sinnen wieder beieinander, denn er redte da nur von dem, was ihm auf dem Herzen war.

Und die Nachricht von ihrem Tode kam ins Pfarrhaus, als der gute Mann eben vom Tisch aufstehen, und bald wieder in die Kirche wollte. Er vergaß alle Form und Ordnung der Kinderlehr, und redte fast nur von der Frauen, und den Ursachen, die sie so elend machten.

Eine Kinderlehre

Aber er war so im Eifer, daß ihm die Sachen oft durcheinander kamen, und er manchmal nicht deutlich ausdrückte, was er meinte.

Doch läßt sich das eint und andere, was er sagte, mit seinen Worten nachsagen.

Er verlas einmal das andere Gebot. –

Und sagte dann: Hart in Kopf eingegrabene Bilder von Gott sind im Grund um kein Haar besser und der menschlichen Natur um kein Haar weniger schädlich, als die steinernen und erzenen Götzen, die sich die rohern Menschen schnitzeln.

Und behauptete: alle leidenschaftliche, in die Sinnen fallende, und den Kopf der Menschen anfüllende Anhänglichkeit an irgend eine Vorstellung von Gott und göttlichen Dingen, sei nichts anders als wahre Abgötterei, die den Menschen darum bis in das dritte und vierte Geschlecht verderbe, weil sie wider seine Natur sei.

Er erklärte sich darüber also. Die meisten Menschen die die Religion mit einem Feuer und einer Stärke in ihren Kopf hineinbringen, das nicht verhältnismäßig ist mit der Stärke und dem Eifer womit sie andere Sachen in ihrem Kopf herumtragen, werden einseitig und frömmelnd.

Und weil die Menschen überhaupt schwach sind und ein blödes Geschlecht, und nichts anders sind als was sie sind, so macht das Überziehen dieses Religionspfundes, daß sie auf der einten Seiten sorglos, unaufmerksam, gedankenleer, und darum blind; auf der an-

§ 81

dern Seiten erstaunlich leicht, empfindungsvoll, empfindlich, voller Ansprüche, und dabei in sich selbst gekehrt, zu einem krummen, geheimen, verschlagenen Lebensgang geneigt, und dabei im Namen des Herrn gewalttätig.

Und es braucht nicht mehr als dieses, um die Menschen in allen menschlichen Verhältnissen unzuverlässig und unbrauchbar und zu abhänglichen, ihrer Notdurft und Umständen nicht genugzutun, fähigen, und dabei ihre Wünsche immer überstimmenden armen Bettelgeschöpfen zu machen. – So, wiederholte er, liegt die Drohung Gottes das Kind des Schwärmers, der ein Bild von Gott in den Händen oder im Kopf hat, bis in das dritte und vierte Geschlecht die Missetat des Vaters empfinden zu lassen, in unserer Natur.

Denn fuhr er fort.

Gott hat sich dem Menschen verborgen und die Geheimnisse der Zukunft für ihn in undurchdringliche Schatten gelegt, damit der Raupe in ihrer Hülle wohl sei.

Aber der Nebel, der um uns ist, ist von Gott, und Segen unserer Natur, wenn wir darin ruhen.

Und wir verheeren unser Inners, wenn wir dem Schatten entweichen wollen, den Gott um uns gelegt hat.

Gott hat die Nacht gemacht wie den Tag, warum willt du nicht ruhen in Gottes Nacht, bis er seine Sonne dir zeigt, die ewig kein Traumen hinter den Wolken, hinter denen Gott sie verborgen, hervorrufen wird.

Einmal sagte er: Gott ist für die Menschen nur durch die Menschen der Gott der Menschen.

Der Mensch kennt Gott nur, insofern er den Menschen, das ist, sich selber kennet. – Und ehret Gott nur, insofern er sich selber ehret, das ist, insofern er an sich selber und an seinem Nebenmenschen nach den reinsten und besten Trieben, die in ihm liegen, handelt.

Daher soll auch ein Mensch den andern nicht durch Bilder und Worte, sondern durch sein Tun zur Religionslehre emporheben.

Denn es ist umsonst, daß du dem Armen sagest: Es ist ein Gott, und dem Waislein, du hast einen Vater im Himmel; mit Bildern und Worten lehrt kein Mensch den andern Gott kennen.

Aber wenn du dem Armen hilfst, daß er wie ein Mensch leben kann, so zeigst du ihm Gott; und wenn du das Waislein erziehest, das ist, wie wenn es einen Vater hätte, so lehrst du ihns den Vater im Himmel kennen, der dein Herz also gebildet, daß du ihns erziehen mußtest.

Ein andermal.

Die Religion ist nichts anders als das Bestreben des Geists, das Fleisch und Blut durch Anhänglichkeit an den Urheber unsers Wesens in der Ordnung zu erhalten.

Und der Mensch gelanget zu dieser Herrschaft des Geistes über das Fleisch nur nach Maßgab als er von Jugend auf in den Mühseligkeiten seiner Bestimmung und Lebensart geübt, was seine Pflicht und sein Vorteil in der Welt ist, mit Leichtigkeit, und ohne daß es ihn viel Müh und Anstrengens fordert, tut und erfüllt.

Und das zeigt deutlich, in was für Fertigkeiten ein Mensch müsse geübt sein, wenn ihm die Herrschaft des Geistes über das Fleisch und ein wahrhaft der Religion und seinen Umständen gemäßes Leben ihm leicht und natürlich werden soll.

Ihr denket wohl, es gab auch wieder einen Ausfall wider das Predigen und Maulbrauchen, – es konnte nicht fehlen.

Er sagte: Sehet um Gottes willen in allen euern Angelegenheiten, wo es euch um etwas zu tun ist, das gemacht sein muß, und ihr wollet zu einem Ziel kommen, ist's immer euere erste Regel, nicht viel Worte, und kein Predigen! – Und die Lehre von Gott und der Ewigkeit, die allein soll dem Menschen, ob es schon in allen andern Dingen wider seine Natur, durch viele Worte und durchs Predigen in Kopf und ins Herz hineingebracht werden.

Dann brach er plötzlich ab, und sagte: Aber was soll ich denn tun? Soll ich euch von Gott schweigen? Das sei ferne! Kommt mit mir in die Hütte des Armen und zu den Tränen der Waisen, da lernet ihr Gott kennen, und gut sein, und Menschen werden. Kommt! In dieser Stund sind in euerm Dorf zehen neue Waisen worden, sie sind euere Gespielen und an euerer Seite aufgewachsen, sie haben keinen näheren Nächsten als euch. Kommt! Zeiget ihnen, daß ihr Menschen seid, und an dem was euerm Nächsten begegnet, teilnehmet! –

Ich war auch ein Waise, und erinnere mich jetzt noch, wie wohl es mir getan, und wie es mich Gott erkennen machte, da ich hingestürzt auf meines toten Vaters Bett lag, und fast ohne Sinnen, keinen Gedanken mehr hatte als – „ich habe jetzt auf Gottes Erdboden keinen Menschen mehr der sich meiner annehme! –" Und da sind, weil ich so dalag, und meine Hände sich im Krampf zusammenzogen, und ich mit den Zähnen knirschte und zitterte, zwei Nachbarn zu mir in die Stube hineingekommen, und fast auf mich niedergefallen, und haben vor Schluchzen kein Wort reden können. Ich weiß noch, und weiß es noch bis ins Grab, wie mir das wohlgetan, und wie es mich gemacht Gott erkennen! –

Denn stund er auf, wie wenn er nicht wüßte wo er war, und sagte,

Kinder! Kinder! Kommt, wir wollen gehen zu diesen Waisen! Die Kinder drängten sich an ihn an, hatten Tränen in den Augen, und suchten seine Hand.

Dann trat der Junker aus seinem Stuhl, und sagte, ich will bei euch sein bis diese Kinderlehr aus ist, und nun folgten die Vorgesetzten, und alles Volk das in der Kirche war, dem Pfarrer in das Haus des Kienastes.

Der Vater und die Kinder stunden alle um das Bett der Toten, als der Junker und der Pfarrer in die Stube hineinkamen.

Dann gingen sie zuerst allein und machten die Vorgesetzten und Kinder, und wer mit ihnen kam, unten im Tenn und vor dem Haus zu warten, bis man ihnen riefe.

Der arme Alte sagte mit gebeugtem Haupt zu ihnen: Es hat in Gottes Namen eine Änderung gegeben, ihr Herren!

Wir wissen's, lieber Alter! erwiderte der Junker, und setzte nach der Bauern Weise hinzu: Gott tröst Euch im Leid! Denn machte er den zitternden Mann absitzen mit dem Pfarrer auf seinen Ofenbank, neben ihn zu, und hielt seine kalte Hand in seine warme.

Das machte den Alten bald traulich, daß er konnte anfangen reden, danken, und dann erzählen; wie die Geißenmilch seiner Frauen selig noch so wohlgetan, wie sie die letzten fünf Wochen gar nichts mehr genossen als alle Tage etliche Löffel voll davon, und denn wie sie gottlob noch zu sich selber gekommen, und auch wieder Anteil an allem genommen was begegnet, insonderheit auch an dem neuen Wesen in der Schul, dem sie alle Tage bei den Kindern nachgefragt. – Aber dann habe sie auch einmal mit einem tiefen Seufzer gesagt: Mein Gott! Wenn ich in der Schul auch so Spitzdrucken und Spinnräder hätte in den Händen haben müssen, so wäre ich gewiß nicht so worden.

Sie habe da, sagt er, hinzugesetzt: es ist in Gottes Namen das! – Und zu den Kindern: – Gottlob! daß es euch jetzt anderst geht. –

Das ging dem Junker und dem Pfarrer zu Herzen, daß sie die Tränen fast nicht zurückhalten konnten.

Da sie in die Stube kamen, hatten sie das Susanneli zwischen dem Vater und allen Kindern vollends wie eine Mutter dastehend angetroffen.

Es entrann aus seinem Stadtdienst, und kam noch eine Stunde, ehe sie verschied, zu ihrem Sterben, warf sich wie von Sinnen auf ihr Bett, und bat in unverständlichem Schluchzen um Verzeihung und um ihren Segen.

Die Mutter konnte nicht mehr reden; – aber noch öffnete sie ihre

Augen, deutete auf das Ohr, daß sie noch höre, und auf den Mund, und dann gegen den Vater.

Er verstund sie, verdrückte seinen Schmerz, daß er reden könne, und sagte dann mit stammelnden Worten – wie die liebe Mutter auch gegen ihns ihre Fehler erkennt, und ihns noch um Verzeihung gebeten! – aber denn auch, daß es bei ihnen bleibe, und sie nicht mehr verlasse.

Bei jedem Wort des Vaters zitterte das Kind, sank sprachlos zwischen ihn und sie hin, und lag so da, bis sie erloschen. Da war's mit ihrem Erlöschen, wie wenn es erwachte, zu zeigen, daß es für sie Mutter und Schwester sei und bleiben wolle, solang es nötig. Im Glauben an ihns, stunden Vater und Kinder um ihns her und an ihns an, wie ihns Arner erblickte da er die Türe auftat.

Er rief ihns jetzt beiseits, und fragte ihns: Habet ihr auch zu essen? – Es tat ein wenig die Augen gegen ihn auf, und sagte halblaut: Ja!

Es war aber nein; und er verstund's, und sagte: Habet ihr Anken im Haus?

Das nicht, sagte das Kind.

Und der Junker: – Ihr müsset haben, und du mußt machen, daß dein Vater wieder zu Kräften kommt, und ihm darnach kochen. Da hast du etwas, tu ihm Anken zu und ein Glas Wein. Ich will ihn aber bald wiedersehen.

Mit dem war er von ihm weg.

Indessen hatten die Vorgesetzten im Tenn abgeredet, damit der Junker und Pfarrer sehen, daß sie auch Mitleiden haben können, dem Kienast, solang er lebe, alle Burgerdienste zu schenken, und ihm sein Burgerholz ohne seine Kösten machen und zuführen zu lassen.

Und nun rief der Pfarrer ihnen und den Kindern in die Stube. – Das übrige Volk, das aus der Kirche mitkam, blieb unter der Türe und vor den Fenstern.

Aber es war dem Kienast, wie wenn er's nicht glauben könne, da ihm die Vorgesetzten sagten, was sie abgeredet. Denn obwohl ein Herkommen im Dorf ist, daß immer sieben arme alte Männer so fronungsfrei ihren Burgergenuß beziehen sollen, so kam das bei Mannsdenken doch nie an jemand andern, als an Lumpen, die ihnen verwandt, oder an Schelmen und freche Pursch, deren Maul sie förchteten.

Die Kinder aber umringten, in Haufen geteilt, die Waisen nach ihrem Alter; ein jedes drängte sich zu demjenigen, so es am nächsten kannte. Sie drückten ihnen die Hand, und sagten ihnen: „Gott tröst euch im Leid!" Denn herrschte ein stummes Schweigen, und aller Augen waren in Tränen.

Da nahm der Pfarrer das Wort, und sagte: Kinder! Gott ist nahe, wo die Menschen einander Liebe zeigen. – Denn führte er eines nach dem andern an der Hand zu der Toten, die dalag wie das Bild des überstandenen Elends, und sagte einem jeden ein Wort für ihns in seine Seele.

Es war ein Unterricht wie der Unterricht eines Heiligen.

Denn führte er sie wieder, eines nach dem andern, zu den Waisen, daß sie ihnen die Hand geben, und sagte ihnen noch: Bleibet Geschwisterte, und denket an diese Stunde, wenn ihr an Gott denket! Mit dem Wort stund er auf, wie wenn er noch in der Kirche, und seine Kinderlehr endete, und sagte mit gefalteten Händen zum Volk: – „Der Herr segne und behüte euch! Der Herr lasse sein heiliges Angesicht über euch leuchten, und sei euch gnädig! – Nun gehet hin im Frieden des Herrn, haltet christliche Zucht und Ehrbarkeit, und liebet einander wie uns Christen Jesus geliebt hat! Amen."

Nun ging die Gemeind voneinander und aus einem Munde tönte, es war doch schön! Und Vater und Mutter sagten zueinander: Die Kinder müssen angenehm werden vor Gott, wenn man sie also lehrt, es ist nicht anderst möglich.

Und auf allen Zungen lagen die Worte: „Wir möchten ihm danken!" Einer sprach sie aus, und ja! – ja! und nasse Augen waren die Antwort aller.

Da stand das Volk zehen Schritt von des Kienasten Haus still, und als der Junker und der Pfarrer herauskamen, trat der alte Reinold, den die andern dafür gebeten, hervor, und dankte im Angesicht des Volks das sich immer stärker vor dem Haus versammelt, ihnen, dem Junker und dem Pfarrer mit dem Ausdruck: „Ihre Herzen seien voll, und sie können nichts anders sagen, als daß sie ihnen an Gottes Statt seien!"

Das stille Schweigen der Menge, und die Menschlichkeit des ganzen Anblicks risse den Junker und den Pfarrer hin, daß sie einen Augenblick nicht antworten konnten.

Nach einer Weile sagte der Junker, wir möchten wohl gern, wenn wir nur könnten euch glücklich machen!

Und das Volk erwiderte dem edeln Vater, wir sehen's gottlob, und erkennen's!

Er redte nichts mehr. Das Volk zerstreute sich still. – Er aber nahm da noch dem Pfarrer die Hand, und sagte zu ihm: Wir sind gottlob um einen Schritt weiter mit dem Dorf als wir selber geglaubt. –

VIERTER UND LETZTER TEIL

*An Herrn
Felix Battier
Sohn
in Basel*

Freund!
Du fandest mich wie eine zertretene Pflanze am Weg – und rettetest mich unter dem Fußtritt der Menschen.

– Davon rede ich nicht. –

Lies Freund! diese Bogen. Ich ende mit ihnen das Ideal meiner Dorfführung. – Ich fing bei der Hütte einer gedrückten Frauen, und mit dem Bild der größten Zerrüttung des Dorfs an, und ende mit seiner Ordnung. –

Das Vaterland sagte laut und allgemein, als ich anfing, das Bild der armen Hütte und der Zerrüttung des Dorfs ist Wahrheit. – Der Mann am Ruder des Staats und der Taglöhner im Dorf fanden einstimmig, es ist so! –

Es war das Bild meiner Erfahrung – ich konnte nicht irren. –

Nun ging ich weiter, stieg zu den Quellen des Übels hinauf. Ich wollte nicht bloß sagen es ist so – ich versuchte zu zeigen, warum ist es so? Und wie kann man machen, daß es anderst werde?

Das Bild ward umfassender. – Die Hütte der armen Frauen verschwand im Bild der allgemach anrückenden Darstellung des Ganzen. –

Es foderte viel. Die Mängel des Dorfs mußten in allen Verhältnissen dargelegt werden, wie die Mängel des Lienhards und des Hummels.

Die Mißbräuche im Einfluß der Religion – und die Irrtümer in der Gesetzgebung mußten berührt, die Hindernisse des Fortschritts einer wahrhaft guten Menschenbildung mußten enthüllet, und ihre Quellen dargelegt werden.

Die Schwierigkeiten einer bessern Volksführung mußten auf eine dem wahren Zustand des Volks angemessene Art gehoben, und die Möglichkeit der gänzlichen Umschaffung der Seelenstimmung desselben, im Zusammenhang aller seiner Verhältnisse entwickelt und dargelegt werden.

Der Geist im Dienst des Staats – die innere Endzwecke seiner Verwaltung – und ebenso der Geist des Diensts am Altar – und der Einfluß seiner wirklichen Verwaltung mußte aufgedeckt, und bei beiden in allen Branchen seines Einflusses gezeiget werden, was diese Dienerschaft sein könnte – sollte – und nicht ist. –

Die wahren Grundsätze der gesellschaftlichen Ordnung mußten durch alles Gewirr der tausendfachen Hindernisse hinab in die niedern Hütten gebracht – und das alles sollte sich allenthalben an wirkliche Volksbegriffe und Volksgefühle anschließen, und allenthalben sollte die innere Stimmung der niedern Menschheit den Bildern nahestehen, die ich hinwerfe sie zu reizen, sich selber zu helfen.

Ich wollte offen handeln vor dem Volk wie vor seinen Herren, und beide durch richtigere Kenntnisse der gegenseitigen Wahrheit in ihren Verhältnissen einander näherbringen.

Das ist, was ich versuchte zu leisten; das wesentliche, von allem, was ich sage, habe ich gesehen. –

Und sehr vieles von dem, was ich anrate, hab ich getan. – Ich verlor den Genuß meines Lebens in der Anstrengung meines Versuchs für die Bildung des Volks – und ich habe den wahren Zustand desselben, so wie die Mittel es zu ändern sowohl in ihrem großen Zusammenhang als im ungeheuern Detail seiner millionenfachen sich immer vom Ganzen absöndernden und allein wirkenden Verhältnisse gesehen, wie vielleicht niemand. – Auch ist meine Bahn unbetreten, es hat es noch niemand versucht den Gegenstand in diesen Gesichtspunkten zu behandeln – alles was ich sage, ruhet in seinem Wesen ganz bis auf seinen kleinsten Teil auf meinen wirklichen Erfahrungen. –

Freilich irrte ich mich in dem, was ich ausführen wollte, aber eben diese Irrtümer meines tätigen Lebens haben mich in Lagen gesetzt, das zu lernen, was ich nicht konnte, da ich es tat.

Lies Freund! diese Bogen, und nimm meinen Dank für die wichtigsten Gesichtspunkte derselben – die ohne dich nie so weit zur Reife gekommen wären, und laß mich von denselben Dir sagen, – ich kenne niemand, von dem ich mehr gelernt habe, und dessen Urteil mir in Absicht auf die wichtigsten Teile der Volksführung und ihrer Fundamente wichtiger ist, als das Deine! –

Freund! Die Last meiner Erfahrungen liegt noch auf mir – noch leb ich wie im Traum, im Bild dieses Tuns, und mein Streben nach diesem Ziel endet nicht in mir solang ich atme – und solang ich atme, bin ich nicht in meiner Sphäre bis ich für die erste Gesichtspunkte meines Lebens wirklich tätig werden kann.

Sei forthin mein Freund! Ich bin ewig mit Dank und Liebe

der Deine
P**

§ 1

Anfangs Sonnenschein

Wir sind um einen Schritt weiter – mit diesem Wort endete ich. –

– Ich fange wiederum an. –

Als er heimkam, fand er zwei Briefe auf seinem Pult; der eine den er zuerst aufschnitt, war von dem Grafen Bylifsky, und lautet also – „Lieber! Der Herzog ist entzückt über alles was Du machst. Er hat mir Deinen letzten Brief, den er nicht genug lesen konnte, noch izt nicht wieder zurückgegeben; und will Dich, wie Du unter den Kindern von Bonnal im Pfarrhausgarten am Boden sitzest, von unserm Menzow abmalen lassen; und sagte, das Gemälde müsse in das kleine Zimmer, das er seinen Winkel heißt, in welchem noch kein einziges Portrait ist, als das einige, dessen Original Du an Hals und Augen dem schlimmen großen Kopf gleich fandest, den Füeßli in Lavaters Physiognomie gezeichnet – neben diesen kommst izt Du – Du gute Seele! gerade vor ihm vorüber. – Was wirst Du wohl auch – so gerade vor diesem Kopf vorüber auf dieser Wand machen? – Und was wird der Herzog denken, wenn er diesen Kontrast – der wahrlich eine große Satire auf seine Regierung ist – fühlen wird, wie er ihn gewiß fühlen wird! – Die Zeit wird es lehren. Freund! Man redt izt von Dir bei Hof; und wie natürlich hasset Dich der Mann schon, dem alles zuwider, was den Herzog an das Menschengeschlecht erinnert. Er sagt laut: dieser Gedanke sei ihm nicht gesund; und doch wird er ihm anraten, seinen Gelust zu erfüllen, Deine Anstalten selber zu sehen; aber ich werde es noch lang hintertreiben. Wenn je ein Mittel ist, aus allem was Du getan, geschwind wieder nichts zu machen; so ist es dieses, daß der Herzog eine Landessache daraus mache, ehe Du sie als Deine Privatsache vollendest. Das könnte Helidor wünschen, aber die Freude muß ihm nicht werden, Dein Portrait auf diesem Wege von dem grauem Gobelin herabzubringen, auf dem er sich so wohl gefällt allein zu hangen. Wärest Du doch nur schon dort! Du verdienst es mehr als niemand – Du lebst in Deiner Unschuld wie ein Kind – und weißest weder was Du bist, noch was Du tust; aber in einem ganz umgekehrten Sinn als wir hier, denen das leider auch begegnet.

Dein Lieutenant ist Gold wert: sage ihm von meinetwegen, er solle Dein Werk vollenden; und es sich's nicht verdrießen lassen, solang es nötig, auf dieser niedern Staffel seiner so sichern als großen Leiter zu stehen.

Was machen Deine Kinder? Und Therese? Grüß mir sie; und sage ihr, ich sehe die Hofcerkles nicht mehr, seitdem der Schwan weggeflogen, dessen sich unsere Gänse auch izt, nur noch mit Neid erinnern.* Lebe wohl! Schreib mir bald wieder. – Ich müßte Dich izt um Briefe bitten, wenn ich sie auch schon nicht gern hätte. –

Was ich Dir wünsche, mein Freund! ist, daß Dein Glück dem meinigen nie gleich werde, denn es drückt mich auf beiden Achseln.

Bylifsky –

§ 2
Folget Regen

Die Freude über diesen Brief verlor sich ob dem andern. Dieser war von seinem Onkle, dem General von Arnburg, der mit Sylvia, seiner Niece, einen Besuch für etliche Wochen ankündigte.

Ob ihm erschraken sie nicht. Er war ein guter Mann, der den Morgen mit seiner Schockolade und Toilette durchbrachte, ohne jemand zu plagen, und zufrieden war, wenn man ihn denn nur nach dem Mittagsschlaf bis zum Nachtessen vergesellschaftete. – Aber ob der Sylvia erschraken sie herzlich. Es wäre das gleiche gewesen, wo er sie immer mitgenommen hätte – denn außer ihm würde gewiß kein Mensch, der sie kennt, nicht erschrecken etliche Wochen mit ihr unter einem Dache zu wohnen, und er selber gewiß auch; aber sie war seines Bruders Tochter, und aus Mitleiden hatte er sich ihrer beladen.

In der Jugend, von einem verschwenderischen Vater wie eine Prinzessin verderbt, hatte sie in vollem Maß die Fehler der Menschen, die nicht wissen, wo das Brot herkommt; und durch seinen Tod plötzlich in Armut und Abhänglichkeit versetzt, hasset sie izt jedermann, dem es besser geht als ihr; und braucht das einzige was sie Eigentümliches hat, ihr bißchen Geist, zu kränken wen sie beneidet.

Ihr ganzes Wesen ist krumm. Sie schämt sich nicht. – Was sie redet, tut der Unschuld weh, oder macht sie erröten. – Sie hasset was den geraden Weg gehet, und verachtet was natürlich, unverdreht und unverkehrt ist. –

* Therese war vorigen Sommer bei Hof.

– So ein Mensch ist sie. –

Wenn man von einem schwangern Weib redt, so speit sie auf den Boden, und es ist ihr Wort – „Hätte der Narr nichts Gescheiters tun können, als noch ein elendes Geschöpf mehr auf die Welt setzen?" –

Die Person, die sie mit sich gebracht, hat viel Ähnliches mit ihr; aber sie ist mehr – Sie gibt ihr den Namen Freundin; ich denke solange es gut geht, denn sie steht bei ihr im Jahrlohn, sie heißt Aglee. – Beide sind nicht gern auf das Land gekommen, und hatten den Onkle schon zwei Jahre von dieser Reise abgehalten. Dies Jahr konnten sie es nicht; und brachten also neben ihren Charaktern noch ihre böse Laune mit sich.

Der Rollenberger war der erste ob dem sie sie ausstießen. Er legte mit seinem Karl einiges Samenzeug im Garten auf einer Bank in Ordnung, als diese beide schon am andern Morgen ihres dasigen Aufenthalts, so französisch neben ihn auf beiden Seiten absäßen, daß das halbe Samenzeug ab der Bank in Boden fallen mußte.

Der Karl, der seiner Lebtag kein Bauernweib in einem fremden Hause so auf einer Bank die voll Zeug war, absitzen gesehen, machte ihnen Augen, wie er auch seiner Lebtag noch keiner Bauernfrau gemacht – und das Maul war ihm schon mehr als halb offen, als er sah, daß ihm der Rollenberger winkte. – Er tat es wieder zu, und ging, ohne ein Wort zu sagen, fort – aber man sahe ihm an, daß es ihm weh tat – er ward rot. – Sylvia lachte spöttisch über sein Rotwerden gegen Aglee; sagte dann zum Rollenberger, was er ihn auch lehre, es dünke sie, er wisse so nichts.

Betroffen über diese Frage antwortete dieser, er hoffe, wenn sie sich eine Weile hier aufhalten, so werden sie es dann selber sehen. –

Sie erwiderte, ob er auch eine Bibliothek habe? und wo er studiere?

Nicht gewohnt, also gefragt zu werden; und unwissend, wo diese Fragen hinlangen, schwieg er einen Augenblick still, dann antwortete er ihr steif ins Gesicht sehend: Nein! Er habe nirgend studiert und habe keine Bibliothek!

Sie blieb ihm, wie natürlich, mit den Augen nichts schuldig und fuhr fort – Ob er schon eine Erziehung unter den Händen gehabt?

Darüber antwortete er ja und das eine von zwölf Kindern. –

Sie: Was er aus ihnen gemacht?

Er: Nach einigem Staunen – brauchbare Kinder, über die bis izt gottlob noch niemand einige Klage hat. –

Sie: Wo diese Kinder seien?

Er: Daheim bei ihrem Vater. –

Sie: So – Wer ist denn ihr Vater?
Er: Der Amtmann von Cleberg.
Sie: Sie wolle wohl glauben, daß er imstande sei, für einen Bauernamtmann eine ganze Herde Kinder zu erziehen – aber ihr Vetter sei ein Narr, und wisse nicht, was eine Erziehung für seinen Stand brauche – und er hätte auch diesen Dienst nicht suchen sollen. –
Er: Er habe den Dienst (das Wort Dienst langsam aussprechend) – nie gesucht.
Sie: Man werde ihm für diesen Dienst (Das Wort Dienst hart und ebenso langsam ihn verspottend aussprechend) nachgelaufen sein? –
Sie sprach in diesem Ton noch lange fort.
Es trieb dem guten Menschen den Schweiß in die Fingerspitzen; aber endlich nahm er den Reißaus.
Als die Frage zum drittenmal wiederkam, was er denn in aller Welt auch verstehe und könne den Buben zu lehren? Antwortete er: Muß ich Ihnen denn alles sagen, was ich kann?
Sie erwiderte, fang Er nur einmal an etwas zu sagen.
Auf dieses hin sagte er, nun dann – ich kann Kühe und Ochsen mästen – ich kann zu Acker treiben, und ansäen; ich kann Wassermatten und Kleefelder anlegen – ich verstehe den Waldbau, wie den Bergbau – ich kann mit den Bauern rechnen wie mit den Herren; und was man mir anvertraut, dem lieg ich früh und spät ob.
Diese Antwort sprengte die Dame von der Bank auf – So ein Maul habe ich in meinem Leben nicht gesehen für einen Idioten, sagte sie beim Weggehen zur Aglee. Diese erwiderte ihr, sagen Sie ihm nicht so, er ist Ihrer Meister worden.

§ 3

Von der adelichen Erziehung. Von den adelichen Rechten. Und auch etwas von Bauernrechten

Sich zu rächen, erzählte sie die ganze Unterredung, und noch mit Zusätzen, dem Arner, und dann noch in Gegenwart des Generals, von dem sie wußte, daß er auf des Adels hinterste Zugabe kindisch aufmerksam immer glaubte, man könne fast nicht genug tun, ein adeliches Kind unterschieden genug von den andern zu erziehen. Dieser fand auch, wie natürlich, der Vetter sei mit einem solchen Menschen hiezu nicht versorget; und der Knabe werde für seinen Stand, und für seine hohen Rechte, bei weitem nicht in der Ordnung erzogen.

Bei diesem Worte fiel ihm Sylvia in die Rede, und sagte – Ja Onkle, der Vetter achtet die hohen Rechte nicht viel, er achtet sie so wenig, daß er den schon angefangenen Weg über die Felsen, der das Schloß doppelt soviel wert machen würde, und den sein Großvater mit so vieler Mühe von den Bauern erstritten, eingehen läßt, wie wenn dieses Recht nichts wäre; aber er kann so den lieben Bauern und dem lieben Bauernvieh die Arbeit schenken.

Erbittert über diesen Ton und dieses Anbringen erwiderte Arner kurz und trocken, sie waren mir den Weg nicht schuldig.

Sylvia: Es ist doch ein Urteil von Hof aus wider sie ergangen. –
Arner: Es ist ihnen Unrecht geschehen. –
Sylvia: Das wäre!
General: Aber wie ist ihnen Unrecht geschehen?
Arner: Sie haben Brief und Siegel dafür, daß sie den Weg nicht schuldig sind. –
Sylvia: Warum verloren sie denn den Prozeß?
Arner: Nur um des kleinen Umstands willen, weil man ihnen die Briefe und Siegel im Amte hinterhalten; und deutsch gesagt, geradezu abgeleugnet hat.
Sylvia: Und Sie haben sie ihnen da wiedergegeben?
Arner: Das versteht sich; und bestätiget dazu.
General: Das ist izt doch zuviel. –
Arner: Warum lieber Onkle?
General: Deine Kinder und Kindeskinder könnten anderst denken als du; und man muß nie eine Gewalt die man hat aus den Händen lassen: wenn man meint man habe das Recht nicht dazu, so kann man sie solang man will nicht brauchen, und das ist doch denn ja genug.

So wie er den Karl erzieht, ist er sicher, daß er nicht anders denken wird, sagte Sylvia.

Der General erwiderte, das gehört izt nicht hieher. –

Und Arner – Onkle! Man tut gewiß am besten, man lasse einem jeden seine Rechte, wie man die seinigen auch gern hat.

Sylvia erwiderte, das ist nicht geredet. Die Bauern haben keine Rechte; ihre Rechte sind nur Gnadensachen.

General: Völlig so ist es doch auch nicht.
Arner: Und wenn's auch wäre, so wär es nicht für mich. Die Bauern machen so widrige Gesichter wenn man ihnen ihre Rechte nimmt, daß ich auch nur kein Roß im Stall haben möchte, das den Kopf und das Maul hängen, und Augen machen würde wie dergleichen Bauern. –

Sylvia: Die Roßordnung und die Bauernordnung lassen sich nicht miteinander vergleichen.

Arner: Ihr meinet etwa, man könnte nicht bestehen, wenn man die Bauern so gut halten würde als die Pferde? –

Sylvia: Meinethalben! Probiert es, Ihr werdet es denn erfahren.

Das Gespräch machte dem Onkle Mühe; er war mit beiden unzufrieden; und ging bei Anlaß der Pferde in den Stall, zu sehen, was sein Brauner mache. – Der Knecht hatte ihm gestern gesagt, es fehle ihm etwas am Fuß. –

§ 4
Die Spinne arbeitet fleißig an ihrem Gewebe

Sie fürchteten niemand; und nichts als des Lieutenants Augen und Stille. Sie sahen wohl, daß er reden konnte, wenn er wollte; dafür aber suchten sie ihn aus dem Schlosse zu sprengen, sobald sie könnten; und da sie vernommen, er schneide den Kindern in der Schule die Haare und die Nägel ab, hatten sie ihre Sache in der Ordnung.

Bei dem ersten Essen rückte Aglee, da er ihr, wie gewöhnlich, den Teller anbot, mit dem Stuhl hinter sich von ihm hinweg. Er wußte nicht was es war, der ganze Tisch sah hinunter, was es geben wolle, und Sylvia sagte dann ganz laut und vernehmlich von oben herab: „Es sei nichts anders, als ihre Freundin sei ein wenig ekel, und ihr Herr Nachbar schneide den Kindern in der Schule die Haare und die Nägel ab." –

Izt stund der Lieutenant auf, nahm seinen Stock und Hut und ging auf sein Zimmer. Der General rief ihm zwar, es sei nicht so böse gemeint; er müsse es nicht so nehmen, es seien Frauenzimmer. Aber Sylvia sagte ebenso laut: Laßt ihn doch gehen, es ist just was wir wollen. –

Arner rief, indem er auch aufstund, seinen Knechten vom Tisch weg, wo sie aufwarteten; und befahl noch in der Stuben, im Augenblick seine Kutsche anzuspannen. Schrieb dann in des Lieutenants Zimmer mit Bleistift auf eine Karte an den Pfarrer von Bonnal:

„Ich habe Leute bei mir, die keine Menschen sind; und bis diese fort sind, kann ich keine Menschen bei mir haben." –

Und sandte den lieben Mann mit diesem Frachtbrief auf Bonnal. Als er ihm in die Kutsche hineinhalf, sagte er ihm noch: Was mir leid ist, mein Lieber! ist, daß ich nicht mit kann. –

Alles war izt am Tische still; und man hörte keinen Ton, als daß Karl halblaut zu seinem Rollenberger sagte – „Es darf izt nur niemand kein Wort sagen! Es ist doch nicht recht, es wissen's alle, wie die Jungfern in ihrer Stube eine Ordnung haben, und wie ihnen aller Gattung Haare und Strähle, und dergleichen Zeug, in allen Ecken herumliegen; gehe man in Herrn Lieutenants Zimmer, und sehe, ob man so etwas darin finde."

So gab es alle Tage etwas – Auch frug der Karl alle Tage die Mama, wann gehen sie auch wieder fort?

Armer Karl! Du wirst noch viel erleben bis dann – Der General will den Selzer hier trinken, und hat ihn kaum angefangen, aber er kann ihm nicht wohltun; er hat keine Freude dabei; Sylvia verbittert alles.

Arner hatte doch das ganze Haus, von oben bis unten, ihrenthalben in Ordnung gebracht; Stall und Jagdzeug, und Kutschengeschirr ausputzen lassen; und Therese alle Hühner, und alles was lebendig war, aus dem Hofe wegschaffen und einsperren lassen; und auch um ihrentwillen keinen Mist in die Gärten getan, da just darein sollte; und hingegen alle Spaziergänge mit Sand überführen lassen. Auch hatten sie ihnen fast alle Tage Gesellschaft, oder fuhren mit ihnen aus, und das allemal auf Schlösser, nie in kein Pfarrhaus, und nie zu keinem Bürger, damit sie ja nichts zu klagen hätten. Aber es war umsonst; Sylvia hatte sich vorgenommen ihnen Verdruß zu machen, und machte den General täglich auf hundert Umstände aufmerksam, die seinen Adelstolz reizten, indem sie ihm bald alle Stunden etwas zeigte, das er für ihren Stand nicht schicklich hielt. – Sie bracht' es auch bald dahin, daß er es nicht mehr ausstehen konnte, wenn Arner von der Schule, vom Lieutenant, oder vom Pfarrer in Bonnal nur ein Wort redte, und ihm täglich sagte: Du plagest dich mit Sachen, die dich nichts angehen; und beladest dich mit Leuten, von denen du keine Ehre hast; auch kannst du so unmöglich gesund sein, wie du dich den ganzen Tag anstrengst. – Umsonst sagte ihm dieser, es mache ihm keine Mühe, er tue es ja gern. Man sieht's dir ja an, erwiderte der Alte, daß du nicht wohl bist; es ist nichts daran schuld als dieses, und der tägliche Verdruß, den du dir noch damit zuziehest. – Das plagte Arnern, und der Plage los zu werden sagte er endlich dem Hofmann, es stehe nicht mehr bei ihm, ob er diese Sachen wollte liegenlassen oder nicht, der Herzog wisse davon, halte die Sache für gar wichtig, und er müsse gar oft Berichte von allem nach Hof schikken, die seiner Durchlaucht selbst zu Handen kommen.

Dann ist's etwas anders, wenn der Herzog davon weißt! – dann ist's etwas anders – sagte izt der Alte; und es freute ihn so sehr, daß er nicht mehr daran sinnte, es schade dem Vetter an seiner Gesundheit. –

§ 5
Die Spinne glaubt ihn wie eine Mücke im Netz; aber die Mücke fällt durch, und zerreißt ihr das Garn

Er sagte wohl noch viermal, dann ist's etwas anders – und ging bald hinauf in der Sylvia Zimmer, sagte ihr das gleiche, und der Herzog wisse davon, man müsse sich gewahren; aber diese lachte ihn aus, und erwiderte ihm, sie müßte es auch wissen, wenn im geringsten so etwas wahr wäre; aber sie könne ihn versichern, alles was man vom guten Vetter bei Hof wisse und sage, sei mehr nicht und minder nicht, als er sei ein Narr.

Du mußt izt dieses auch nicht sagen, sagte der Alte. Sie aber erwiderte: Nun – Ihr wisset doch gewiß noch, daß ich es schon vor 5 Wochen erzählt, daß Helidor, da ich ihm von Euerer Reise hierher etwas gesagt, mir zur Antwort gegeben, was wir auch hier tun wollten, Arner sei einer der ersten Fantasten in der Welt. Das ist wahr, antwortete der General; aber er steht mit Bylifsky gut. –

Aber was ist's dann? antwortete Sylvia, Bylifsky ist für den Herzog nur ein Karrenroß, der andere ist Kutscher, und der Bylifsky, der gut weiß daß der andere das ist, hat seinen Platz zu lieb, als daß er dem Herzog von Sachen rede, die dem Helidor zuwider sind wie Gift. –

Meinst du denn der Herzog wisse gar nichts davon, und er habe mir dies nur so angegeben? sagte der General. –

Sylvia: Der Vetter muß Ihnen das vor dem Nachtessen noch selber bekennen. –

General: Wenn du das machen könntest, ich würde morgen wieder verreisen, wenn ich schon meine Kur erst angefangen.

Sylvia: Auf dieses hin will ich noch heute einpacken.

General: Nein: wart doch bis morgen, es ist dann noch Zeit.

Sylvia: Fangen Sie nur beim Tee wieder davon an. –

Der Tee kam, und der Herzog war bald da.

Der Vetter wird wohl gespaßet haben, sagte Sylvia alsobald. – Das just nicht, erwiderte Arner. –

Sylvia: Aber der Herzog – was wird wohl der Herzog von Ihrer Schule wissen?
Arner: Vieles. –
Sylvia: Gewiß? –
Arner: Ich könnte noch mehr sagen. –
Sylvia: Was könnten Sie wohl mehr sagen?
Arner: Ich könnte sagen, – alles. –
Sylvia: Ich denke wohl, Sie könnten sagen – alles – Aber wenn man es dann auch glaubte.
Arner: Sie haben recht, es ist besser, ich bleibe beim vieles.
Sylvia: Ich wüßte etwas, das noch besser wäre. –
Arner: Was das?
Sylvia: Wenn Sie sagen würden, gar nichts –
Arner: Wenn Sie allein da wären, ich würde Ihnen sicher sagen, gar nichts. –

So wörtleten sie miteinander, bis Arner endlich Bylifskys Briefe herabholte, und zwei davon dem Generalen ganz zu lesen gab; den dritten las er ihm vor bis auf die Stell im Anfang, in der Bylifsky die Gleichheit Helidors mit Füeßlis Teufel in Lavaters Physiognomik bemerkte, das dorfte er ihm nicht vorlesen, weil Sylvia ihn kannte. – Sie ging, sobald der Onkle die Brille aufsetzte und anfing laut zu lesen, vom Tisch weg, aber der General sagte, indem er einen Augenblick still hielt, es ist izt gleichviel, es scheint du habest recht, und sie habe unrecht. – Er las dann mit seiner Brille an den Ohren fort, das Herz klopfte ihm vor Freuden, besonders daß der Minister dem Vetter noch Du sage; das hätte zu meiner Zeit nicht stattgehabt, sagte er, wenn einer so hoch hinauf gestiegen, so hat er das gegen niemand mehr getan.

Er hätte mir bald ausgeschrieben, erwiderte Arner, wenn er seinen Ton um seines Postens willen geändert hätte, ich würde ihm gewiß kein Wort antworten.

Der General wußte vor Freuden nicht, was er machen wollte, und sagte etlichemal, er müsse izt sehen, daß er aufrichtig sei, und er wolle es ihm seiner Lebtage nicht vergessen. Dann fing er vor lauter Freude an über Sylvia zu klagen, und sagte, er sei auch nicht mit ihr zufrieden, und sie mache es ihm auch nicht wie sie sollte, er wolle es izt nur sagen, er wisse wohl daß es im Vertrauen geredt sei, sie haben die vorige Woche auf ihrer Stube etwas gemacht, das ihm gar nicht gefallen habe.

Arner fing an vom Herzog zu reden, um ihn von diesem Gespräch wegzulenken, aber er fuhr fort, und sagte, nein: du mußt mich es izt doch sagen lassen, sie haben von ihrem kleinen Hund den Schattenriß genommen, und dann den Hundskopf in Hut und Zopf und Kleid mit des Lieutenants seinem Profil so gleichgemacht als sie haben können, und ich weiß nicht, wozu sie diese Bosheit brauchen wollen.

Arner und Therese wären beide froh gewesen, sie hätten das nicht vernommen, und sagten dem Onkle, es ist einem wöhler, wenn man dergleichen Sachen nicht weißt. – Ich habe es Euch einmal auch sagen müssen, erwiderte der Alte – aber es habe ihn doch gereuet, sobald es zum Maul hinaus war, denn er fürchtete Sylvia.

Diese sagte auf ihrem Zimmer ganz kalt und bitter zu Aglee, sie könne nicht begreifen, daß Bylifsky es wage von solchen Affereien mit dem Herzog zu reden. Aglee erwiderte, sie verwundere sich gar nicht darüber, es sei izt das Modefieber an vielen Höfen.

Aber an unserm, sagte Sylvia, wo der Herzog schon vor 20 Jahren darob ein Narr worden, da ist's doch gewiß ein Wunder, daß man's wagt, ihm mutwillig und öffentlich dieses Fieber wieder in den Leib zu jagen, damit ich der schönen Krankheit keinen andern Namen gebe.

Dann staunte sie eine Weile, und sagte bald darauf noch, entweder weiß Helidor etwas davon, und dann ist es nichts anders als eine Falle, die er dem Bylifsky legt, und ich glaube es, der Dickhals mache izt den Blinden, und wisse von allem nichts, bis der Minister mit seinem guten Freund bis über die Ohren hinauf im Kote steckt, denn juckt er einsmal hervor, und zeigt sie dem Herzog wie sie stecken. Im andern Fall, wenn es ein Umweg vom Bylifsky wäre, was am Ende auch möglich ist, hat Helidor Bericht nötig; und es träumte ihr, sie sei izt am Platz, wo sie ihm in beiden Fällen mehr als ein Mensch dienen könne; denn sagte sie zu sich selbst, er muß gewiß, und wünscht gewiß, seiner blinden Durchlaucht hierüber den Nebel von den Augen wegzutun, und die Herren Menschlichkeitskrämer mit Raritätenkästchen recht geschwind in das Kot hineinzuführen, wo sie hineingehören, und wo sie früher oder später, auch ohne daß man ihnen helfen würde, hineinkommen müssen.

Von diesem Augenblick an waren alle ihre Sinnen auf diesen Zweck gerichtet.

§ 6

Das Herz gibt allem, was der Mensch sieht und hört, und weißt, die Farbe

Ihr Jäger kannte den Lieutenant, und hatte ihr, sobald er gemerkt, wie sie es mit ihm habe, schon längst erzählt, daß er nichts mehr und nichts weniger sei als ein armer Schlucker, der sich viele Jahre lang in diesen Gegenden auf den Schlössern herumgebettelt, und reichen und armen Junkern für das liebe Brot Land ausgemessen; er sei aber, nach seiner Erzählung, worüber angetroffen, hochmütig, und so verachtet worden, daß die Dienste in den Schlössern die Bauern und das junge Volk allenthalben gegen ihn aufgehetzt, so daß sie ihm hinter allen Hecken nachgerufen: „Joggeli willt Geld? und Joggeli hast Geld?" Diesen Jäger rief sie auf ihr Zimmer, und sagte ihm, er müsse ihr das Joggeli willt Geld? und die Ungeziefer-Historie unter die Bauern von Bonnal bringen, und wenn es auch schon etliche Maß Wein koste, suchen aufzutreiben, was die Leute in dieser Gegend über diese drei Herren und ihre schöne neue Ordnung alles sagen.

Er tat's wie ein Held. – Vor übermorgen wußten alle Kinder in Bonnal das Joggeli, willt Geld? und die Ungezieferlüge wie auswendig. – Und der Sylvia bracht er ab dem Ried heim, es sei eine Lumpen- Maurersfrau, die, wie man glaube, dem Junker gar wohl gefalle, an allem schuld; sie habe dem Lieutenant die neue Schulordnung und das Spinnen und Lernen miteinander angegeben, und ihm im Anfang in der Schul selber zeigen müssen wie sie es mache. – Die Kinder lernten zwar mehr; aber sie werden geizig und hochmütig, und verachten die Eltern, und meinen es wisse niemand nichts als sie. Und dann – der Junker habe freilich einen Vogt abgesetzt, der ein Schelm gewesen, aber dafür einen gemacht, der ein Narr sei, und im Grund habe es das Dorf nicht besser, es gehe unter Narren immer noch schlimmer als unter Schelmen, und man tue izt im geheim, was man zuvor öffentlich getan. – Und dann –

Der Pfarrer achte den Gottesdienst nichts, predige wann er wolle, und wann er nicht wolle, so lasse er es bleiben, und wann es ihn ankomme, so laufe er mit seinen Leuten wie mit einer Herde Schafe zur Kirche hinaus, und im Dorf herum.

Vom Teufel sei keine Rede mehr und über die Gespenster treiben sie ihr Mutwillen so weit, daß sie es nicht achten, wenn schon das halbe Dorf dabei könnte unglücklich werden. Sein Kutscher habe vor wenig Wochen beinahe den halben Kirchgang im Eybach ersäuft, er habe zu Nacht um 12 Uhr, da die guten Leute auch mit einem Glas voll Wein im Kopf vom Markt heimgekommen, mit seinen großen Kutschenlichtern aus Mutwille mitten in der Straße stillgehalten, und die armen Leute erschreckt, daß alle miteinander in den Bach gefallen, und wenn er groß gewesen wäre, wie er zuzeiten sei, gewiß ihrer etliche hätten ertrinken können.

Wann Buben Vögel fangen, haben sie keine größere Freude, als Sylvia, wann der Jäger solche Nachrichten heimbrachte. – Das ist Ware – für den Dickhals – sagte sie bei sich selbst, ich könnte keine bessere wünschen, und plagte dann noch den guten Onkle damit, daß sie ihm alles erzählte, und noch mehr ihm als der Jäger ihr selbst prophezeite, mit der ganzen Behaglichkeit eines den guten Mann drückenden Wohlgefallens, wie des Vetters großer Ruhm sich gewiß mit einer lustigen Hofkomödie endigen werde!

Es machte dem armen Alten so angst, und je mehr es ihm angst machte, je mehr glaubte er es; und je mehr er es glaubte, je mehr kam die böse Laune wieder in ihn hinein: der Vetter könnte auch anderst sein – wenn es dennoch nichts nütze, so sei es doch widrig, daß er auch nicht sei wie andere Leute, und wie seinesgleichen.

Auf diesem Wege ward er wieder unzufrieden, wenn nur ein Bauer kam; und wenn einer kam, zeigte ihn ihm Sylvia schon von weitem, und machte gemeiniglich dabei noch die Anmerkung, es kommt wieder jemand für ihn, er wird Euch izt wohl stehenlassen.

Das begegnete alle Tage, und alle Tage ward der Alte darüber empfindlicher, und das um so mehr, da er izt zu Arner nichts darüber sagte. Sylvia sah es, und sagte dieser Tage zur Aglee, es kochet in ihm, wie ich es gern sehe!

Sie hatte recht, es kochte wirklich in ihm, und übersott bald wie sie es gerne sah.

§ 7
Ein Mann, ein Weib, ein Hund, und ein Kind

Der Tag war heiß, sie hatten Fremde, und er hatte mehr als gewohnt getrunken. Er erkühlete sich nach der Mahlzeit auf der Terrasse. Da zeigte ihm Sylvia wieder einen Bauern am Tor, und wieder mit den Worten: Er wird uns izt bald wieder lassen, da er jemand für ihn hat.

Das Feuer war im Dach, er rief dem Bauern hinunter, er solle sich packen, so lieb ihm Gott sei.

Aber der Michel am Tor dachte, der Wein redt aus dem Herrn – ich muß meinen Brief ablegen, ging nur ein wenig beiseits und nicht fort.

Da sehet Ihr, sagte Sylvia, es weißt ein jeder Bauer, was Ihr hier zu befehlen habt, und reizte ihn mit allem Fleiß so fort, bis er endlich dem Jäger rief, er soll den Kerl da unten mit den Hunden wegjagen.

Er hatte es kaum gesagt, so rief man ihm wieder in die Stube an sein Spiel – und der Jäger hätte Hund und Mann jeden an seinem Ort gelassen – aber Sylvia winkte ihm, er solle ihn hetzen.

Der Karl sah ihn zur Scheuer hinabspringen und die Hunde ablösen. Was will das geben? dachte er bei sich selber. Aber als er sie hetzte, dacht' er nicht mehr – er lief ihnen, was er vermochte nach, rief sie zurück, faßte den Sultan der ihm folgte, am Halsband, und lief so den Hund mit an der Hand dem andern nach, und rief immer, Türk, Türk, hier, hier, aber er kame nicht.

Sylvia sahe dem Spiel wie einer Komödie von der Terrasse hinab zu, und rief ihm von da hinunter, du Narrenbub! Er wird ihn nicht fressen.

Es ist wahr, er hätte ihn nicht gefressen, er hätte ihn nicht einmal gebissen, wenn er seine Ordnung verstanden hätte. Der Schloßhund war gewohnt, den armen Leuten, gegen die man ihn hetzte, nichts zu tun als ihnen ein Stück, aber nicht gar ein kleines von ihren Fetzenkleidern vom Leibe zu reißen, wenn er dann aber das hatte, setzte er sich nieder, nahm es zwischen die Tatzen ins Maul, und spielte damit, ähnlich wie ein Mensch, der Freude daran hat, wenn er einen armen gekränkten Menschen voll Furcht, er sei von ihm gebissen, von ihm weglaufen siehet.

Das war des Hunds seine Ordnung, aber wie gesagt, der Michel verstund sie nicht, und stellte sich, sobald er ihn gegen sich anspringen sahe, mit dem Rücken gegen die Mauer, sagte ganz laut, ist es so gemeint? Empfing ihn da mit seinem Knorrenstock, wie ein Mann, der auch schon Hunde gesehen, und nicht vor einem jeden flieht. Der Hund dieses Empfangs so ungewohnt als der Michel des Angriffs, vergaß ob dem Streich seine Erziehungsregeln vollends, und packte seinen Mann wie ein ganz natürlicher und ohne Kunst gezogener Hund mit der vollen Kraft seiner Zähne am Schenkel; aber dieser stärker als der Hund, schwenkte ihm den Schenkel aus der Schnorren, und schlug ihm den zweiten Streich so hart auf die Rippen, daß er heulend zurückwich, und auf dem Bauch kroch.

Du verfluchter Bube, wart! Wenn der Hund draufgeht, rief ihm Sylvia von der Terrasse hinunter, und er, der vor Schmerz und Wut nur den Hund im Kopf hatte, und in diesem Augenblick noch nicht imstand war einen genugsamen Unterschied zwischen ihr und ihm zu machen, rief ihr hinauf, und wenn ich drauf gehe, so wart denn du! –

Schweig doch, schweig doch, und gib ihr keine Antwort! Du siehest ja wohl wer es ist, sagte der Karl, der izt mit seinem Sultan neben ihm stand.

Bist du es Bub? Ja komm doch, komm doch, sagte das Kind, und zog ihn am Rocke fort.

Der Michel mußte izt weinen ob der Güte des Buben, an dessen Hand er izt fortging.

Er verdiente die Tränen des Mannes. Er entschuldigte seinen Vater, und sagte zu ihm, er sei gewiß nicht schuld, und werde ihm gewiß helfen. –

Ich weiß es wohl, daß dein Papa nicht schuld ist, und wenn ich auch sterben müßte, er wäre mir gleich lieb, sagte Michel.

Aber du stirbst doch nicht? Gelt! Du stirbst doch nicht? Es war ihm angst, er sah ihm das Blut über sein Bein herabfließen.

Wie der Donquischottebub das Händchen dem Mann gibt! den sein Onkle mit den Hunden fortjagen lassen, sagte Sylvia auf ihrer Mauer zu Aglee – und war das erste Wort, das sie redte, seitdem er ihr, „und wenn ich draufgehe, so mußt denn du warten!" hinaufgerufen. Sie schämte* sich ob diesem Wort vor Aglee, tat dergleichen, wie wenn sie ihn nicht verstanden – aber doch redte sie bis izt nichts. –

Es ist gleichviel, erwidert diese. Der Mann hat sich doch besser gehalten, als der Hund.

Es ist wahr, sagte Sylvia, die Bestie hat kein Herz, ich habe es gesehen, sie hat ihr schon gefürchtet, eh er ihr den ersten Streich gab. Dann ging auch sie in die Stube, sagte dem Onkle ins Ohr, sie glaube, der Hund habe dem Kerl zu Ader gelassen, aber nur ein wenig am Bein, und es mache nichts. Dieser gähnte eben als sie es sagte, und hörte es kaum. – Aber der Michel blutete immer stärker, und unten am Vorrain wollte ihm ohnmächtig werden, er merkte es und schickte den Karl fort, dem Klaus zu sagen, er soll zu ihm hinunterkommen, und das geschwind. –

Du bist izt hier sicher, und es tut dir hier gewiß niemand nichts,

---

* *Anmerkung:* Es ist ein Zug ihres Charakters, sie schämt sich ein – daß sie sich izt schämt, widerspricht diesem Zug nicht, so wie der Hochmut ohne Ehrliebe statthat, so hat falsche Scham ohne wahre Schamhaftigkeit statt. –

sagte der Knabe, und dann im Fortspringen einsmal über das andere zu sich selber, die Hundsleute, die Hundsleute! Das ist Zwingherrnarbeit, wie auf der Tapete.

§ 8
Die Weisheit der Alten, und das Maul der Neuen

Er meinte die Tapete im alten Rittersaal, die der gute Ahnherr, von dem alle Dorffreiheiten herstammen, seinen Kindern und Kindskindern und auch den Rittern, seinen Nachbarn zur Lehre und zum Exempel, mit den größten Fehlern und den besten Tugenden der Ritterleuten hat bemalen lassen.

Es sind 12 solche Tapeten, und auf einer jeden Tafel ein sogeheißener Ritterstreich; dann oben an dem Ritterstreich diejenige christliche Tugend, die diesem Ritterstreich entgegen ist, abgemalt. Vornen an der ersten Tafel ist auf einer Fahne, die blutrot ist, mit großen Buchstaben das Wort *Heidenritter,* und oben vornen an den Tugenden auf einem weißen Schild das Wort *Christlicher Adel.*

Die schönste unter den 12 Tafeln, oder einmal die, worüber der Karl am meisten gelacht, stellt einen solchen Heidenritter vor, mit einem großen Hut, einer Kette darum, und einer weißen Feder darauf, just wie man izt auf allen Petschaften sieht, und wie ich glaube, Freiheitshut heißt. Dieser Heidenritter läßt auf der Tafel einen Bauern, der ihm Wild geschossen, auf einen großen Hirschen schmieden; aber hinter ihm ist dann der Teufel abgemalt, wie er seine schwarzen Klauen gegen eine weiße Freiheitsfeder, und gegen seinen Hals ausstreckt, und wie ihm die Worte „Laß ihn nur reiten, du mußt dann auch reiten" – zum schwarzen Maul hinausfallen. – Die Buchstaben sind alle rot, und eng aneinander, so daß es ist, wie wenn er die Worte zum Maul aus blutete. Auch ist von diesen roten Buchstaben im Schlosse das Sprüchwort entstanden, daß man wohl 300 Jahr in dem Hause allen unmenschlichen und harten Worten, und allen dergleichen Ritterstreichen keinen andern Namen gegeben, als Teufelsblut.

Sobald der Karl den Klaus gefunden und fortgeschickt, ging er wie er war, die Haare über die Stirne, und mit Blut am Kleid und an den Händen, in die Stube, wo man spielte, und drängte sich zwischen Herren und Frauen, die er nicht sah, hindurch zum Papa ihm zu sagen, was begegnet sei.

Therese sah, daß es etwas Unrichtiges sein müsse, und stund von ihrem Tisch auf. Sylvia hingegen blieb sitzen, und rief mit den Karten in der Hand gegen sie über, „sie bitte den jungen Herrn, daß er nicht so viel Wesens mache, sie habe allem zugesehen, der Kerl sei frisch und gesund vom Schloß weggegangen, und also könne ihm nicht viel fehlen, übrigens sei er an allem selber schuld, und habe es so wollen. –"

Arner fiel ihr in die Rede, und sagte, und er *bitte* sie, dem Kind zu erlauben, seinem Vater zu erzählen, was begegnet.

Alles ward aufmerksam, man legte an allen Tischen das Spiel ab – alles stund auf, und um ihn her, und Sylvia sah izt aus, wie wenn sie eine gute natürliche Farbe hätte, als er wieder anfing. „Eben sie ist schuld – und sonst kein Mensch!" Aber in diesem Augenblick kam die Haushälterin außer Atem in das Zimmer und sagte – der Mann liegt tot auf dem Vorrain! – Mit dem Wort war Arner aus dem Saale und die Treppe hinunter. – Er riß mit seinem Sporn das Tafeltuch nach, und Porzellain, und Glas, und Silber, was darauf war, lag am Boden. – Er sah nicht zurück, auch Therese, die ihm folgte, sah nicht zurück.

Sylvia war ob dem Wort *tot* betroffen – aber sie konnte sich doch nicht enthalten auch izt noch zu sagen – das ist eine Ordnung –!

§ 9
Was mich zum Schweigen bringt

Was red ich von ihr! – Er ist nicht tot – er lag nur in Ohnmacht. – Therese sitzt izt unter freiem Himmel in ihrer Seide auf einem Stein am Weg, unter dem Baume, an dem er liegt; sie nimmt seinen Kopf vom Boden auf ihren Schoß, reibt ihm Stirn und Schläfe mit riechendem Wasser, hält ihm die Flasche an die Nase. –

Wie einer Mutter ihr Herz klopft, deren Kind ohnmächtig auf ihrem Schoß liegt, bis es wieder erwacht, so klopfte ihr Herz, bis er wieder erwachete. –

Und wie einer Mutter Tränen über die Backen laufen, wann es wieder die Augen öffnet –

Er öffnet sie wieder – sie sieht's – Freudentränen fallen auf ihre Wangen. – Er weiß nicht, wo er ist – sieht zuerst hinauf gegen den hellen Himmel – dann an den Baum, unter dem er liegt – Er sieht sie, und eine Freudenträne über sein Erwachen fällt auf sein Angesicht. –

Ich muß schweigen – meine tote Feder hat nun am wenigsten Kraft, wo ich am meisten empfinde.

Könnt', könnt' ich dieses Erwachen malen, daß es lebendig wäre und redte! Ich würde Menschen, Menschen regieren lernen – aber ich kann es nicht – ich kann dieses Erwachen nicht malen – daß es lebendig würde und redete.

Leser! Denk dir dieses Erwachen, und mal es aus bei dir selber – ich aber will schweigen – dir dieses Bild nicht zu verderben. –

Edler! Bist du fertig? – Soll ich wieder reden? –

Als die erste Empfindung über dieses Erwachen vorüber war, sagte er, er habe dem Karl das Leben zu danken! – und er wäre beider Hunden zugleich nicht Meister geworden.

Ja – wenn ich nur den andern auch hätte zurückbringen können! erwiderte Karl, aber der garstige Türk hat mir nicht folgen wollen. –

Du hast genug getan – mehr als genug! sagte der Mann, und erzählte dann, wie der gute Knab ihn so sorgfältig weggeführt, auch wie er seinen Papa entschuldiget und gesagt, er sei gewiß nicht schuld – und alle Wörtchen, die er zu ihm gesagt hatte.

Arner und Therese freuten sich herzlich, und sagten ihm: Wehre dich deiner Lebtag so brav für deine Leute, wann ihnen jemand etwas tun will! –

Ja! sagte Karl, aber wann dergleichen Leute, wie die sind, zu mir kommen, und ich groß und Meister bin, so schicke ich sie fort. – Und einen Augenblick danach sagte er, nicht wahr, Papa! wenn sie fort sind, so ist dann ihren Hünden schon gewehrt?

Dieses Wort freute den Michel so, daß er sagte, er wollte nicht um den Biß, so weh er ihm tue, daß er das nicht gehört hätte. –

Sie ließen ihn, da er verbunden und vollends besorgt war, in ihrem Tragsessel über den Berg heimbringen. Er wollte zwar nicht in das schöne Haus hinein, und sagte, wenn er auch noch so sehr Sorg haben würde, so könnte er doch etwas daran verderben.

Es ist nichts daran gelegen, wenn du schon etwas verderbst, wir sind dir mehr schuldig als das, erwiderte Arner – und half ihm denn noch selbst hinein. –

§ 10

Glaubet mir, ein solcher Mann ist brauchbar – aber glaubet mir auch, es kann ihn nicht jeder brauchen

Der Michel dachte nur erst an den Brief, den er bei sich hatte – er war voll Blut – und lautete also. –
Edler, lieber Junker Vater!
„Es stürmt alles über den guten Mann los, den Sie mir gesandt haben, sie verfolgen ihn in unserm Tal nicht weniger als an Ihrem Tisch. Ihr Jäger kommt izt alle Tage in unsere Bahn, und streut Sachen aus, die ihn auf den Tod kränken müßten, wenn ihn etwas kränken könnte. Er sagt nichts Geringers von ihm, als er sei ein Landstreicher – und sei noch aus allen Schlössern, wo er ihn angetroffen, weggejagt worden, wie aus diesem – und man habe ihm allenthalben hinter allen Hecken „Joggeli willt Geld? und Joggeli hast Geld?" und dergleichen Bosheiten nachgerufen, und auch in Ihrem Schloß habe er sicher für seiner Lebtage ausgeessen. – – Ich mag nicht fortfahren – – Alle Kinder im Dorf reden davon, und er weiß alles, aber es wagt es doch kein Mensch, wie es sonst unter den Bauern der Gebrauch ist, mit ihm davon zu reden.

Sie haben, wie Sie wissen, an nichts anderm eine solche Freude, als wenn sie in dergleichen Fällen jemanden mit dem Heuchlerton von Mitleiden und Teilnehmung kränken können – aber ihn lassen sie gehen. Es hat es ein einziger gewagt – der Niggelspitz – ein Kerl, von dem Freund und Feind sagen: wenn er etwas im Munde habe, könne er nicht schweigen, auch wenn der Henker mit dem Schwert vor ihm stünde – aber der Lieutenant hat nur die Augen etwas mehr als gewohnt gegen ihn aufgetan, auch den Kopf etwas mehr als gewohnt ob sich und gegen ihn gerichtet. Das Wort ist dem armen Niggel, wie gesagt, vor meinen Augen im Maul stocken geblieben.

So viel Gewalt hat er über die Leute, und ihm macht es nichts, aber hingegen ist es doch fatal für unsere Ordnung, und kann uns sehr schaden. Alles Gute ist noch nagelneu, der alte Sauerteig noch nichts weniger als tot, man braucht nur Wasser dazu zu schütten, so geht er in allen Ecken wieder auf. –

Ich spüre alle Tage mehr, daß noch viele Leute, und diese noch von den ersten im Dorf sind, die darnach hungern und dürsten, etwas Widriges gegen unsere Ordnung auszuspüren, und bei so neuen noch unreifen Einrichtungen ist man nie sicher, wie weit auch die kleinsten Umstände, die widrig sind, langen mögen. Aber ich bin vielleicht zu ängstlich, und will von diesem schweigen, um mit Ihnen noch von ihm zu schwatzen. –

Ich glaubte längst, daß ich ihn kenne, aber ich bin bei weitem noch nicht da. Man sollte glauben, seine Schul sei ihm alles, aber sie ist ihm nichts. Junker! Diese Schule, aus der er alles macht, sie ist ihm sicher nichts, er macht sie ohne Maß zu gut, als daß sie ihm etwas sein könnte. Ich weiß es, wann sie gemacht ist, er wirft sie weg wie einen Ball, mit dem er einen Wurf tat, bloß um zu zeigen, wie leicht er darmit spiele. Die Richtung seines Geistes, mit der er bei jedem Wort, und bei jeder Handlung die Bedürfnisse des Menschengeschlechts umfaßt, läßt ihm keine Ruhe, weder Tag noch Nacht; – er muß – er kann nicht anderst als die größten Endzwecke haben – dessen bin ich sicher. Ich hörte ihn einmal in der Stube, da er sich in seinem Ecken allein glaubte, und mit sich selber redte, bestimmt die Worte sagen, ich will ihnen zeigen wer ich bin: und eine Weile darauf, wenn die Staffeln an der Leiter glühend wären, so muß es sein! – Sie wissen die Worte von den Staffeln an der Leiter in des Grafen Brief? –

Sein Selbstgefühl hat keine Grenzen. Er haßt den Faden, der ihn an das Menschengeschlecht bindet, und im Grund ist kein Fürst so stolz als er. – Er sagte bei einem Anlaß, wann einer unter Zehentausenden allein steht, so merken die neuntausendneunhundertundneunundneunzig nichts weniger als daß er nicht mit ihnen Heu frißt. –

Ich durfte ihn nicht fragen, aber ich hatte es auf der Zunge, ob er mit dieser Zeile die Geschichte und die Leiden seines Lebens entworfen? –

Bei allem dem ist er gut wie ein Kind, und ich kann Ihnen nicht sagen, wie wehe es ihm tat, daß Gertrud um seinetwillen ihr Liseli in der Schule abgestraft. Die Schwätzerin sagte unter der Schultüre zu dem Knaben, dem er das letztemal die Haare abgeschnitten: Du! – es sind gewiß von deinen Tierchen gewesen, um derenwillen der Hr. Lieutenant hat aus dem Schloß müssen! Gertrud brachte es mit der Rute selber in die Schule, und hatte dasselbe so hart abgestraft, als ich es nicht von ihr erwartet, und als gewiß keine Frau im Dorf es getan hätte. Ich mußte den Lieutenant unter einem Vorwand ins Pfarrhaus nehmen, sonst hätte er es nicht zugelassen. – Ich muß enden. Ich schwatze, wie wenn wir einander nie mehr sehen würden, und wie wenn Sie sonst nichts zu tun hätten. Leben Sie wohl! Ich kann nicht satt werden Ihnen, edler, lieber Junker, Vater zu sagen. Gott segne Sie und Ihren Sie verehrenden *Pfarrer Ernst*

§ 11
Der Sünde Sold ist wohl der Tod; aber der Sichelmann nimmt immer den eigentlichen Sünder

Es war zu viel für heute! Er zitterte ob dem Anfang des Briefs, und konnte ihn nicht fortlesen. – Der Schreck ob dem Michel hatte ihn erschüttert, und der Verdruß darüber empört – Er war noch wie im Jast, und izt übernahmen ihn die Bosheiten mit den Bauern in Bonnal, die ihm ganz neu waren, daß er zitterte und den Brief nicht fortlesen konnte; es war ihm, wie wenn sein Herz zerspringen wollte. –

Therese, die in der dunklen Stube des Bauern am Vorrain, und ob der Angst und der Arbeit mit dem Michel keine Veränderung an Arner bemerkte, sahe erst izt, wie blaß und entstellt er aussah, und sagte, was ist es doch wieder? – Jesus! Du siehest elender aus als der Michel! Er hatte den Brief in seiner sinkenden Hand, und konnte ihn ihr fast nicht geben. –

Hätt' mich, hätt' mich, erwiderte er, – und seine Augen starrten – hätt' mich nur ein Hund gebissen, aber es nagt ein schlimmers Tier an meinem Herzen. –

So ein Wort hatte Arner in seinem Leben nicht geredt; auch erschrak Therese mehr darob, als sie ob einem Donnerschlag, die sie doch fürchtete, erschrocken wäre. Sie sah, daß er aufs Äußerste getrieben, und dem Ausbruch einer Krankheit nahe sei, und stammelte mehr, als sie sagte: „Geh doch ins Bett, wann du heimkommst, du bist krank –!"

Immer noch so innig herzgut, sagte er, sie würden dann meinen, es wäre eine Schalkheit um des Hunds willen. –

Da sie gegen die Linde kamen, stund Sylvia vor ihren Augen von der Bank auf und ging fort. Das tat Arnern von neuem weh. – Da er auf sein Zimmer kam, legte er seinen Kopf auf sein Pult ab. Alles, was heute begegnet war, stund ihm wie ein Gemälde vor seinen Augen – und Sylvia war der Anfang und das Ende von allem, was ihm vor Augen stund, sein Blut wallte, und sein Innerstes empörte sich immer stärker, je mehr er sie vor Augen sah. Es überfiel ihn ein Frost, daß Stuhl und Tisch mit ihm zitterten – dann rollten seine Augen – seine Faust ballete sich – er stampfte mit dem Fuße, und sagte einmal über das andere, was habe ich dem Tier, was habe ich dem verfluchten Tier auch getan, daß sie es mir so macht? –

Therese hörte das Zittern des Pults, und dann das Stampfen seines

Fußes sprang hinauf, und verstand noch vor der Türe die Worte, „Was habe ich dem Tier, dem verfluchten Tier auch getan? –"

Da er sie sah, wollte er ruhiger scheinen, aber er zitterte noch und konnte nicht reden; – Sie ebensowenig – Sie saß mit stummer Beklemmung neben ihn ab, und er legte sein Totengesicht auf den Schoß, auf dem soeben der Michel gelegen – – Sein Atem war laut, und das Fieber sichtbar – aber er redte nicht, und lag so bis man zum Essen klingelte, auch da noch wollte er herabkommen, damit sie nicht zörneten, aber er sank in den Stuhl zurück, von dem er aufstehen wollte, und mußte ins Bett. –

Sylvia machte bei dem Tische böse Anmerkungen, daß man sie allein lasse, und Therese eilte bei ihrem kranken Manne, daß sie sie nicht lang allein lassen müsse.

Aber Arner hatte eine schlimme Nacht. Frost und Hitze wechselten miteinander ab, und die Empörung seines Innersten erhöhte das Wallen seines Bluts und seines Fiebers. – Sein Karl hörte ihn zweimal nacheinander halblaut, daß es Therese nicht verstund, bei sich selber sagen – sie bringen mich noch ins Grab – sie bringen mich noch ins Grab. –

Das gute Kind hüllte sich tief in seine Decke, damit der Papa und die Mama sein Schluchzen nicht hörten. –

§ 12
Knechtengröße ist auch Menschengröße

Sobald der Wein verraucht war, konnte der General auch nicht mehr schlafen. Der Mann, den der Hund gebissen, ging ihm im Kopf herum. Es war ihm wie ein Traum, – er sei tot, dann war ihm wieder, nein, er sei nicht tot! – Dann staunte er nach, wie es auch gekommen, daß er ihn mit den Hunden gehetzt – glaubte halb, Sylvia sei daran schuld – dachte dann wieder, nein, er könnte ihr Unrecht tun, der Wein tue viel im Menschen, das er nicht wisse – dann dünkte ihn wieder – sie sei doch neben ihm gestanden, und hätte ihn können abhalten – Dann war's ihm auch, er habe nur keinen Hund gesehen, und doch das in seinem Leben nie getan, und auch der Jäger hätte es nicht tun sollen, wenn er es ihn auch geheißen hätte. –

So wirbelten ihm in seiner Schlaflosigkeit Gedanken von Angst und Gutmütigkeit durcheinander, und das Erste und Letzte dieser Gedanken war immer, wenn der Mann nur nicht tot ist! –

Daß Arner krank sei, dachte er nur nicht – aber da er seine Türe einmal über das andere auf- und zugehen hörte, wunderte es ihn was es sei! Und da er den Klaus, der die Treppe hinauf- und hinabging, an seinem Schritte erkannte, stund er auf, ging unter die Türe, und fragte ihn, ob es etwas Unrichtiges sei? – Der Knecht antwortete ihm, der Junker sei gar nicht wohl; und erst da kam ihm wieder in den Sinn, er sei schon gestern nicht bei dem Nachtessen gewesen. Aber das erste Wort, das er darüber sagte, war, ist es auch vom Hund her? –

Ich weiß nicht, es wird alles zusammengeschlagen haben, der Hund und die Leute, erwiderte der Klaus. –

Jesus! ist es übel? sagte der General – und in gleichem Augenblicke – eh der Knecht hierauf antworten konnte – sage mir doch, ist der Mann tot, der gebissen worden? –

Klaus: Nein, er ist nicht tot, aber er hätte es können werden – und mit dem Junker ist es gar nicht gut.

General: Komme doch eine Viertelstunde zu mir herein, du mußt mir erzählen, wie es mit dem Hund zugegangen? sagte er zum Klaus. – Dieser aber mußte hinauf, denn der Junker hatte entsetzlichen Durst, und das Wasser zum Tee kochete eben. Der General wollte mit hinauf, ihn zu sehen was er mache, der Klaus aber sagte ihm, sie würden izt nur ob Euch erschrecken! –

Der General erwiderte, so will ich dann da bleiben, aber sage ihnen, daß ich habe wollen kommen, und ich lasse ihm gute Besserung wünschen – und dann, setzte er hinzu, wann du nichts mehr oben zu tun hast, so komme doch dann noch zu mir, und bring mir auch Teewasser – ich muß mit dir reden. –

Es freuete Arner und Therese, daß er habe hinaufkommen wollen; sie sagten beide, wäre er doch allein da, es wäre uns allen so wohl beieinander, und machten recht geschwind mit dem, was der Klaus bei ihnen zu tun hatte, damit er bald mit dem Tee zu ihm herabkam, und er nicht lang auf ihn warten müsse.

Sobald er kam, fragte er ihn wieder, wie es auch mit dem Hund zugegangen?

Er antwortete ihm gerad heraus, Sylvia sei an allem die Schuld, er sei schon ab der Terrasse fort und wieder in der Stube gewesen, ehe der Jäger noch zum Tor hinausgegangen, auch wäre da gewiß nichts mehr begegnet, wenn Sylvia ihm nicht gewunken, daß er doch gehe – daß sie das getan, haben von den Diensten, sowohl von den Fremden, als von denen die im Hause, gar viele gesehen.

General: Es wissen also viele Leute, daß sie schuldig ist?
Klaus: Freilich. –

General: Was haben sie auch dazu gesagt?
Klaus: Ihr Gnaden können sich wohl einbilden, was gemeine Leute, die bei dergleichen Fällen denken, es könnte ihnen ein anderer oder eine andere auch so machen, dazu sagen! –
General: Nein – sag es mir doch, ich möchte es wissen, was sie darzu gesagt? –
Klaus: In Gottes Namen! Sie sagten, es sei ein gottloses Stück, und es werde ihr wohl bekommen, wenn sie den Lohn darfür noch auf dieser Welt bekomme. – Ihr Gnaden, man redt unter gemeinen Leuten nicht anderst über dergleichen Sachen, und ich bitte nicht ungnädig zu nehmen, Sie haben es befohlen. –
General: Es macht nichts – es macht nichts – Gottlob! daß der Mann nicht tot ist. –
Klaus: Ihr Gnaden lassen dies das Fräulein sagen „Gottlob! daß er nicht tot ist" –
General: Warum das? –
Klaus: Sie wäre ihres Lebens nicht sicher, wenn er tot wäre. –
General: Meinst du das?
Klaus: Ganz gewiß. Die Bauern nehmen's hier nicht so leicht auf, wenn man ihrer einen zu Tod hetzt.
General: Wissen es die Bauern izt auch schon?
Klaus:: Sie haben auf dem ganzen Burgfeld die Pflüg still stehen lassen, und sind zu Dutzenden zugelaufen, man sage, er liege tot am Rain.
General: Aber es tut ihr izt doch niemand nichts? – weil das nicht ist. –
Klaus: Ich möchte nicht dafür gutstehen, und ihr auch nicht raten, bis der erste Sturm vorüber, gar zu weit vom Schloß allein wegzugehen. –
General: Es wäre erschrecklich, wenn sie nicht sicher wäre.
Klaus: Es ist wohl so, Ihr Gnaden, aber man muß auch nicht sein, wie sie ist, sie hat keinen guten Menschen.
General: Warum doch auch das?
Klaus: Sie will es nicht anderst. Sie sagt zu keinem Menschen weder einen guten Tag, noch gute Nacht, und gibt niemandem kein gutes Wort, außert sie wolle von jemand etwas, dann kann sie so freundlich sein als keine. –
Der General erwiderte ihm, das wolle doch izt nichts sagen, es sei mit dem Grüßen und Behüten so eine Gewohnheit, der eine habe sie, der andere habe sie nicht.
Aber Klaus ließe ihm nichts darausgehen, und sagte, die gemeine

Leute können den Unterschied gewiß so gut machen als die andern; ob eine Herrschaft so etwas aus Gewohnheit tue, oder aus bösem Willen, und in der Absicht zu kränken: und das tue Sylvia gegen Große und Kleine, gegen die Herrschaft, und gegen die Dienste, und sogar gegen unschuldige Kinder. Wo sie nur den guten Karl sehe, der doch außer ihr allen Menschen lieb sei, könne sie sich nicht enthalten, es möge um den Weg sein wer immer wollte, ihn zu verspotten.

General: Aber tut sie doch das? –

Klaus: Mein Gott! Was für ein Unmensch müßte ich auch sein, wenn ich so etwas wider jemand sagen könnte, und nicht gewiß wüßte, daß es wahr wäre! –

General: (Mit einem Seufzer) Nein, nein: ich glaube nicht, daß das gelogen sei. –

Klaus: Erlauben Ihr Gnaden, ich muß izt einmal noch etwas sagen, das mir auf dem Herzen liegt; Ihr Gnaden sind so gut, und Sie meinen es auch mit dem Fräulein so gut, daß ich nicht anderst könnte als es Ihnen klagen; sie treibt wider einen Menschen, der an der Jugend in Bonnal einen Gotteslohn und mehr tut als, glaube ich, kein Mensch in der Welt an Bauernkindern getan hat, und der darum auch dem Junker so lieb wie ein Bruder ist, wider diesen Mann treibt sie Bosheiten, die himmelschreiend sind, und braucht den gleichen Jäger dazu, den sie gestern zum Hundhetzen gebraucht hat – und sie bringt den Junker ins Grab – wenn sie so fortfahrt. –

Der gute Klaus kam nach und nach ins Feuer. Die Nacht, die Umstände, die Güte des Generalen, und alles brachte ihn dahin, daß er fast mit ihm redete, wie mit seinesgleichen, aber er brachte dem alten Herrn so viel auf einmal in den Kopf, daß er ihm angst machte; er fing an zu wünschen, daß er doch schwiege, und es dünkte ihn, sei doch zuviel für einen Knecht – denn es war zuviel für ihn. – Er seufzete ein paarmal, dann sagte er, du wirst gar eifrig – und ich möchte doch izt bald wieder schlafen – damit schickte er ihn – Aber er empfande doch, daß der Kerl ein seltenes Stück von Ehrlichkeit für einen Knecht sei, und daß zwischen ihm und allen Diensten, die er noch gehabt, ein größerer Unterschied sei, als zwischen einem Offizier und einem Gemeinen; auch wollte er ihm ein Trinkgeld geben, aber Klaus nahm es nicht, und sagte, ich werde Euch sonst immer darfür danken, wenn Ihr mir etwas geben wollet, aber in der Stunde, in der ich etwas Böses über jemand gesagt, wäre es mir nicht anderst, als ich würde einen Judaspfennig fürs Verraten annehmen – und ich scheue dergleichen Pfenninge. –

Nun, nun sagt der General – wenn du es lieber ein andermal willt, so sei es, aber für den Mann, den mein Hund gebissen, mußt du etwas anders abnehmen, du mußt mir morgen Brot, Fleisch, und Wein für ihn kaufen, und sag ihm nur, ich wolle ihn nicht vergessen, bis er wieder gesund sei, und es sei mir so leid als es mir nur sein kann, daß dieses begegnet sei, er solle es mir verzeihen.

Der Klaus sagte, er kenne den Mann, und wisse, daß diese Worte ihm mehr als ein Pflaster auf seine Wunden wohltun werden.

§ 13
Es gibt eine Seelenstimmung, die dem Menschen zu einem Kropf helfen kann

So viel Wahrheiten für einen Knecht, über den er auch ob keinem Wort zörnen konnte, machten den alten Mann nachsinnen, bis die Sonne hoch war.

Sylvia fand ihn bei der Schockolade, die sie immer mit ihm trank, gegen sie ganz verändert, und Aglee hörte in der Küche, daß er tief in der Nacht mit dem Klaus geredt. Sylvia zweifelte nicht, sie habe diese Veränderung, diesem falschen, schimmelgrauen Krauskopf zu danken, der unter ihren Augen, wenn sie etwas rede oder tue, imstand sei den Kopf zu schütteln.

Eine Weile darauf vernahm sie wieder, er müsse dem Michel einen ganzen Korb voll Eßwaren bringen, und ihn im Namen des Generalen um Verzeihung bitten.

Es ist gut, daß die Leute von dem Zorn anderer nicht gleich sterben, sonst wäre der Klaus izt maustot, so sehr brachte sie das letzte auf; sie stampfte vor Zorn, und sagte unter vielem andern, der Onkle wird in diesem Bauernnest ein Narr wie der Vetter. –

Der General aber ängstigte sich in seiner Stube über den Kranken, und nahm einsmal den Entschluß, ging zu ihr in ihr Zimmer und sagte, sie soll sich in acht nehmen, der Vetter sei gar nicht wohl, und er wolle nicht zwei Unglück, es sei genug an einem. – Izt war sie aufs Äußerste getrieben, sie verlor alle Mäßigung, trotzte, und sagte ihrem Wohltäter, sie lasse nicht so mit sich umgehen.

Du kränkst niemand als alle Menschen, erwidert' er, und ging fort. –

Sie kehrte ihm den Rücken, noch ehe er hinaus war – und er hatte kaum die Türe beschlossen, so sagte sie zu Aglee – ich frag ihm nichts nach. – Es war wirklich so – die Renten, die er ihr gab, waren izt versichert – und mir nichts und dir nichts – sie frug ihm nichts nach, und ging ihm auf dem Fuß nach in Arners Zimmer, spazierte da hinein wie ein Pfau, oder wie eine Tänzerin, und fragte den guten Kranken vom gestreckten Hals herab, mit verbissenem Maul – die Wörter gesetzt, wie wenn sie die Buchstaben zählte „Wie befinden Sie sich Vetter?" schwenkte dann, ehe er ihr antworten konnte, hinter dem General vorbei ans Fenster, und sah dann auf dem Gesimse den blutigen Brief von Bonnal; Therese hatte ihn gestern dahin gelegt, und vergessen ihn ins Pult zu legen, und Sylvia, die sich von allen, die am Bett saßen, durch die Vorhänge bedeckt sah, las den Brief so frisch fort, wie wenn er an sie lautete, aber er erbaute sie nicht.

§ 14
Vom Papierverbrennen, und vom Wieder-zu-sich-selbst-Kommen

Ein unbeschreibliches Gemisch von Empfindungen durchkreuzte ihr Innerstes; es war, wie wenn es in ihrem Kopf hammerte, da sie ihn las, und da sie ihn gelesen, mußte sie ihn wieder lesen. Das Bild des Lieutenants drückte sie wie Blei, sie konnte nicht sagen, es ist nicht wahr, sie selber hat ihn gefürchtet, wenn er den Kopf etwas mehr als gewohnt hinter sich gerichtet, und etwas mehr als gewohnt die Augen aufgetan; desto mehr empörte das Bild, und die 9999, die nicht mit ihm Heu fressen, und die glühende Staffel an der Leiter Bylifskys – und ihrer mit keinem Wort gedacht – und sie doch gemeint – und ihr ganzes Abscheu verraten, und dann der Geist, der bei jedem Wort, und bei jeder Handlung die Bedürfnisse des Menschengeschlechts umfaßt – und das Wegwerfen der Schule wie ein Ball, mit dem er bloß einen Wurf tue, nur um zu zeigen, wie leicht er damit spiele, und dann der Pfarrer, der nicht satt werden kann dem Vetter, lieber Junker Vater zu sagen. – –

Das alles war zuviel – sie steckte den Brief zu sich, lief mit fort – las ihn dann wieder – dann wirft sie ihn plötzlich in die Glut, die vor ihr zum Frisieren dasteht – er ist izt darin – izt will sie ihn wieder – „Es ist ein Stück vor Helidor wie ich keines mehr finde" – sie will ihn wieder – sie greift in die Glut – sie faßt ihn – er brennt – sie kann ihn nicht halten – er fallt ihr aus den Fingern an den Boden – ist ganz eine Flamme – und hin!! – Aber ihre Finger waren verbrannt, sie mußte sie izt ölen, und währenddem sie sie im Glas hielt, wiederholte sie den Brief in ihrem Gedächtnis – es machte einen Unterschied – das blutige Papier –– Aber das blutige Papier, die Handschrift des Pfarrers, den sie haßte – seine eigenen Worte – seine eigenen Buchstaben – waren izt Asche. – So wie ihre Finger im Öl erkalteten, so erkaltete auch der erste Eindruck über diesen Brief. Sie fing an zu finden, er habe zwo Seiten, und auch eine für sie. –

Sobald sie das fand, suchte sie natürlich nur diese, und wie sie diese fand, verlor sich der Eindruck der andern. – Sie erinnerte sich deutlich der Worte „Es sei noch alles nagelneu – der alte Sauerteig sei noch nichts weniger als tot – es brauche nur Wasser daranzuschütten, so gehe er wieder in allen Ecken auf – und es seien noch gar viele Leute, und zwar von den ersten im Dorf, die darnach hungern und dürsten, etwas wider die neue Ordnung auszuspüren, und bei so neuen unreifen Einrichtungen könne man nie wissen, wie weit die kleinsten Umstände, die widrig seien, langen können" – Diese Seite des Briefs machte sie izt die andere völlig wieder vergessen. – Es dünkte sie izt vollends nichts anders als bloße Großsprecherei, was vom Lieutenant darin gesagt sei, und alles unvernünftig übertrieben – sie konnte auch nicht begreifen, wie sie, da sie den Brief noch in der Hand gehabt, und er noch nicht verbrannt gewesen, darüber so habe in die Hitze kommen können. – etc.

Es macht zwar einen Unterschied, aber es ist doch wunderbar, das gleiche mit dem Papierverbrennen ist schon Herren und Obrigkeiten, die sich gar nicht zu einer solchen Jungfer rechnen ließen, begegnet, daß sie, wann sie ganz im Eifer Papier verbrennt oder verbrennen lassen, dann auch so, fast ehe die Asche davon unter dem Staatshaus recht kalt geworden, wieder, nicht anderst als die Jungfer mit dem verbrannten Finger, auch zu sich selber gekommen, und dann auch nicht haben begreifen können, wie sie über diese Papiere, ehe sie verbrannt gewesen, so haben können – ich darf nicht sagen – außer sich selbst kommen – aber das darf ich sagen – Gebe Gott, daß in Zukunft mehr Jungfern als Herren sich so die Finger verbrennen, oder wenn ihr lieber wollt, so wieder zu sich selber kommen! –

Es freute Sylvia izt, da sie wieder in ihrem Gleise war, nichts mehr, als daß sie die Peitscherei der Gertrud mit ihrem Kind durch diesen Brief vernommen.

Das muß ein Weib sein, dachte sie bei sich selbst, wie der Teufel! –

Freudig wie ein Philososph, wenn er meint, er habe eine neue Wahrheit entdeckt, sagte sie izt zu sich selbst, das izt das Meisterweib, wornach sich die andern modeln wollen! – Und boshaft wie ein Mauschel (Jud) der glaubt, er habe einen Christen bald im Garn, und schon die Gänge zählt, die er noch braucht, bis er mit ihm am Ziel ist, setzt sie hinzu, es braucht nicht mehr viel, zwo oder drei solcher Historien, so habe ich es im Sack mit ihnen zu machen was ich nur will, und ihnen Schande anzutun soviel sie nur brauchen. –

Das Kind, setzte sie bei sich selber hinzu, das muß ich sehen, koste es was es wolle, und stellte sich vor, wie sie selbst in diesem Alter über ihre Mutter rasend geworden wäre, wenn sie ihr so etwas getan! – Sie dachte, das Liseli müsse izt über die Gertrud ebenso rasend sein; und träumte schon, wie sie alles aus ihm herausbringen werde, was es für eine schöne Mutter habe, wann sie es einmal im Schloß habe. –

So war sie vollends wieder in ihrer Ordnung, und eifriger als noch nie, dem Dickhals zu dienen, und Arners Wesen mit ihren beiden Händen unterübersich zu kehren.

Mit diesem Vorsatz ging sie auch nach dem Essen auf die Straße von Bonnal, um heute einmal die Freude zu haben, das selbst zu tun, was bisher ihr Jäger für sie verrichtete.

Der General warnete sie vor diesem Spaziergang. – Da sie am Tisch sagte, sie wolle nach dem Essen über Feld, so kam dem guten Mann in den Sinn, daß der Klaus diese Nacht zu ihm gesagt habe, sie könnte vielleicht nicht sicher sein, wenn sie zu weit von dem Schloß weggingen; es machte ihm angst, er sagte ihr so freundlich als möglich, sie solle doch nicht allein gehen. –

Warum das? war ihre Antwort. Er stund auf, ging zu ihr hin, und sagte ihr ins Ohr, es seien ihr nicht alle Leute wohl, und es könnte ihr auf den gestrigen Vorfall leicht jemand etwas zuleid tun.

Sagt es nur laut, ich weiß wohl, daß mir hier alles feind ist, aber probiere es jemand, und tue mir etwas, es wird sich dann zeigen. – Mit diesem ging sie zur Tür hinaus, und der General meinte, sie tue wie gewohnt nur mit dem Maul so groß, und nehme dann doch jemand mit sich. Er irrte sich diesmal, sie nahm niemand mit, und sagte zur Aglee, – „du mußt izt expreß daheim bleiben!" Und wenn ihm schon angst wird, so komme mir nicht nach, sag ihm nur, ich hab' es dir verboten. – Ich will ihm es so sagen, erwiderte Aglee, und die andere ging. –

§ 15

Der Alte ist gut, – darum fallen seine Fehler vor den Augen des Kindes weg

Der Karl wollte nicht zum Tisch – er sagte zu seiner Mama – er wollte lieber Hunger sterben, als mehr zum Tisch kommen, solang die Leute noch da seien, sie bringen alles Unglück ins Haus – und den Papa ins Grab. –

Therese wollte es ihm ausreden, und sagte, er solle izt nicht so sein, es werde mit dem Papa wohl wieder besser werden, und der Onkle meine es gut mit ihm, und sei dem Papa lieb.

Du wirst dann wohl anderst reden, wann der Papa tot ist, erwiderte der Knab – und setzte hinzu – sie machen es ihm wie dem Michel. Ich weiß schon, was er gestern gesagt hat – und warum es mir also ist.

Was hat er denn gesagt, erwiderte Therese? – Und Karl – ich hab es dir nicht wollen sagen, aber ich muß es izt doch sagen. –

Er hat im Bette einmal über das andere gesagt, – sie bringen mich ins Grab – sie bringen mich noch ins Grab. – Du hast es nicht gehört, du bist nicht nahe genug bei ihm gewesen, und er hat es nur so halblaut gesagt.

Hat er das gesagt – hast du das gehört? – frug Therese mit leiser Stimme. –

Ja – er hat es gewiß gesagt, antwortete der Knabe, und setzte hinzu – ich habe geglaubt, ich müsse mich zu Tod weinen, und die ganze Nacht konnte ich kein Auge zuschließen, und meinte immer, ich höre es ihn noch einmal sagen. –

Izt sahen sie einander an. Das Drücken der Wehmut beschloß ihre Lippen, machte ihre Augen naß, und preßte ihren Atem. – So sahen sie schweigend einander an, als die Tür aufging und der General vor ihnen stund.

Die Türe war vorher schon halb offen. – Er hatte alle Worte gehört – in seinem Leben war ihm nichts also zu Herzen gegangen – er empfand das Recht des Kinds, und es war ihm, er sehe den Vetter tot vor seinen Augen – er fühlte den Schauer des Entsetzens bei dem Gedanken, er sei daran schuld; er schwankte hinein, wie wenn ihn seine Beine nicht tragen wollten, hielt die Hand vor den Mund, sein Schluchzen zu hemmen; und winkte wie ein Stummer Theresen mit dem Kopf beiseits. –

Dem Karl und der Therese überging das Herz, da sie ihn so sahen

– beide weinten – beide stunden an ihn an – Therese gab ihm die Hand – und er sagte, gibst du mir sie auch von Herzen? – Das war sein erstes Wort. – Ja, gewiß lieber Onkle! zweifelt doch nicht an dem – erwiderte Therese. –

Ich kann es fast nicht glauben, sagte der Alte, und setzte hinzu, ich hab' in Gottes Namen alles gehört, ich meinte, es töte mich, so weh tat es mir – aber wenn du mir izt einen Gefallen tun willst, so zwing den Knaben nicht zum Tisch, er hat recht, solang er den erschrecklichen Gedanken hat, ich wolle ihm seinen Vater ins Grab bringen; aber ich will ihm will's Gott zeigen, daß das nicht ist, und daß mir sein Vater lieb ist. –

Der Knabe sah an ihn hinauf. Zweifel und Mitleid waren in seinen Augen, und auf seiner Stirn. Da sagte ihm Therese, siehst izt auch, wie gut der Onkle ist? Willst izt nicht mit ihm zum Tische? – O wohl! Ich will mit ihm gehen – erwiderte der Knabe.

Es freute den Alten so, daß er ihn würde auf den Arm genommen haben, wenn er ihn hätte tragen können. – Sie nahmen ihn beide in die Mitte, und brachten ihn so zu Tische. Auf dem Weg sagte der General, es wird will's Gott mit dem Vetter auch wieder besser werden! – und sie trockneten noch vor der Tür alle drei ihre Augen. –

Sylvia sah den General nicht anderst an, als ob er ihr unrecht tue, daß er den Knaben *so* an der Hand an den Tisch bringe. Er achtete es nicht, aber der Karl achtete es, und sagte zur Mama, da sie ihm das Handtuch umlegte, sie macht uns schon wieder Augen! Er kehrte ihr auch bei dem Tisch den Rücken, und da sie ihm ein Stück Fisch auf den Teller legte, rührte er es nicht an, und gab, ohne daß es die Mama merkte, den Teller dem Klaus fort.

Sylvia sah wieder einen Augenblick gut aus, das Blut stieg ihr in die Backen (Wangen) da sie sah, daß der Klaus, oder wie sie ihn nannte, der Grauschimmel lachte, da er dem Knaben den Teller abnahm.

§ 16

Ihr kennet die Tiere, die meistens paarweis aus einem Trog essen, und hier findet ihr etwas dergleichen

Desto geschwinder stund sie vom Tisch auf, und ging an ihren Spaziergang.

So gerade nach Mittag sind die Straßen meistens leer. Sie kam weit, und traf keine Seele an. Endlich neben dem Hochwald, unter dem

Berg, kommt ein dickes Weib mit einem Korb auf dem Kopf den Hohlweg hinab. – Es ist die Rechte, unter allen in Bonnal ist keine, die die drei Herren und ihre Ordnung hasset, wie diese. –

Es ist die nämliche, die der Klaus am letzten Maimarkt voll und toll in seiner Kutsche ins Schloß führte, und mit einer andern im Bettlerstall übernachten ließ. Diese beide müssen izt, wann sie mit jemand im Dorf Streit haben, allemal ihre Kutschenfahrt hören, und selber ihr Mann, der Speckmolch, sagt ihr, wann er unzufrieden ist, nichts anders als der Klaus sollte dich nur wieder einmal in den Bettlerstall führen, und setzt oft noch gar hinzu, es war mir so wohl an dieser Marktnacht am letzten Mai! –

Sylvia verdoppelte ihre Schritte, daß sie ihr nicht entrinne.

Es war unnötig; die Speckmolchin suchte nichts wenigers als zu entrinnen; sie sah die Jungfer kaum, so dachte sie, wie gewiß ist das die, so den Lieutenant aus dem Schloß vertrieben! –

Klein, mager, gekleidet wie sonst keine, voller Ecke, Schnörkel – und so, daß man etwas anders an ihr zu sehen hat, als sie selber – so war sie beschrieben – so war sie – das ist sie – ich kann nicht fehlen – sagte die Molchin – mit dieser muß ich reden – stellte den Korb auf einen Stein ab, als ob sie ausruhen wollte. –

Seid Ihr nicht die Jungfer, die den Herrn Lieutenant so hat können aus dem Schloß auf das Dorf spazieren machen?

Und wenn ich es wäre? – So ging das Gespräch an. – Dann kam sie bald auf die gottlose Kutschenfahrt – und wie man sie nicht anderst als ein Hauptvieh die ganze Nacht im Stall und auf Stroh habe liegen lassen – und vom Stall war's gar nicht weit in die Schule – wie da eine gottlose Ordnung sei, und wie man nicht anderst handle, als wenn es völlig genug sei, wenn die Kinder nur die Freßordnung recht lernen, und Geld verdienen, als wenn an allem andern gar nichts gelegen wäre. –

Es melkt ein Küher seinen Stall aus bis auf den Tropfen – so melkte Sylvia das Mensch aus in allem, was es wider die neue Ordnung wußte, bis auf den Tropfen.

Dann sagte sie am Ende noch, sind aber viele Leute im Dorf, die hierin denken, wie du? –

Mein Gott, Ja! erwiderte die Speckmolchin. Es wird es Euch zwar nicht eine jede, wie ich, so geradeheraus sagen, aber nicht der zehente Teil ist ganz zufrieden, daß es ist, wie es ist, und die so am meisten zufrieden tun, sind Lumpenleute, denen ihre Kinder mehr Geld heimbringen als vorher; wenn das nicht wäre, ich will glauben, Ihr würdet im ganzen Dorf nicht einen Menschen finden, der nicht sagte, wie gottlos die Kinder in der Religion versäumt, und nur auf das Zeitliche gezogen werden.

Sylvia gab ihr dann an, sie sollen ihre Kinder, wenn es so sei, nicht mehr in die Schul schicken, und fragte sie, ob sie machen könnte, daß das ihrer etliche täten, und gab ihr Erlaubnis ihren Namen zu brauchen, und zu sagen, sie finde es auch gottlos, daß es so sei. Wenn ich das darf, sagte die Molchin, so macht es mir dann keinen Kummer noch vor morgen abend ein halb Dotzend beieinander zu haben, die ihre Kinder diesem Perückenmachergesell nicht mehr in die Schul schicken.

Sylvia: Warum sagst du ihm, Perückenmachergesell?
Speckmolchin: Ja, als wenn Ihr es nicht wüßtet!
Sylvia: Nein, das weiß ich nicht.
Speckmolchin: Wißt Ihr auch nicht, wer uns gesagt hat, daß er Joggeli heißt?
Sylvia: (Lachend) Es scheint doch, ihr seid gelehrige Leute?
Speckmolchin: Dergleichen Sachen behalten auch die Dummen. –
Sylvia: Aber noch etwas – kennst du der Maurerin ihr Liseli?
Speckmolchin: Ja freilich.
Sylvia: Die gottlose Frau hat das Kind auf eine unverschämte Art in der Schule geschlagen.
Speckmolchin: Wißt Ihr das auch schon?
Sylvia: Das denk ich – du glaubst nicht, wie mich das Kind dauert, sag ihm doch, es soll nicht fehlen, und zu mir in das Schloß kommen, ich wolle ihm etwas schenken, das es freuen werde, weil es so unschuldig habe leiden müssen. –

Auch das versprach die Speckmolchin auszurichten.

Aber Sylvia sahe, daß der Schatten vom Wald gegen sie kam, und fing an zu denken, es sei doch besser, bei Tage heimzugehen. –

Auch das Weib nahm ihren Korb auf den Kopf, und sagte, geht ihr izt so allein heim, und ist noch so weit?

§ 17

Dünkt's dich lustig Nachbar? Gut! Aber behaupte nicht, daß gar kein Hang zur Grausamkeit in der menschlichen Natur liege! –

Sie hätte izt wohl gern jemand bei sich gehabt, sah sich auch links und rechts um, ob jemand auf dem Weg sei, aber es war alles tot und still um sie her wie die Nacht – und sie das erstemal auf dieser Straße

– so weit vom Hause und allein – aber es war izt nichts anders zu machen – sie mußte gehen – und ging – und die Freude über alles was sie von der Molchin vernommen, und was sie mit ihr abgeredt, machte, daß sie an nichts anders dachte – so verging ihr die Angst. –

„Die andere Woche gehen izt schon, denk' ich, wohl ein Dutzend Kinder nicht mehr in die Schule – Morgen oder übermorgen kommt mir das Liseli in das Schloß – und die Woche hernach schreib ich dem Dickhals. – So träumte sie, schüttelte vor Freude die seidenen Wellen des Kopfzeugs – und ging ihre Straße. –

Aber izt geht ein Metzger an der Wand des Hochwalds, nicht weit von ihr – so steigt bei der Stille des Himmels ein Wölkchen am Berg auf, hinter dem Wölklein flieht die Stille des Himmels, und Sturm und Gewitter erheben sich. –

Der Metzger an der Wand des Hochwalds kommt aus dem Wirtshaus – da redten die Tische voll Bauern nur von ihr. –

Es war nur ein Wort, und nur eine Stimme in allen Ecken der Stube „ein solches Lastertier sollte man lehren Gott erkennen"! – und alle sagten, es wär' ein Gottslohn, wenn sie der erste, der sie anträfe, auch mit den Hunden hetzte, daß sie lernte Menschen für Menschen achten. – Selbst die Ältesten sprachen nichts dagegen – sie sagten vielmehr mit allem Nachdruck, das sei etwas Unerhörtes, und bei Mannsdenken nicht mehr geschehen – auch die schlechtesten und wildesten Junkern haben es seitdem man 1700 zähle, nicht mehr gewagt die Hunde wider einen Bauren zu hetzen, wie man sage, daß es vor altem begegnet sei. –

Es war sogar, als wenn sie die Jugend noch aufhetzten. – Sie sagten einmal laut, man hätte unrecht, wenn man das wieder aufkommen lassen würde. –

Izt sieht sie der Metzger – das ist sie – erkennt sie – klein, mager, gekleidet wie sonst keine – voller Ecken und Schnörkel – und so daß man auch etwas anders an ihr zu sehen habe als sie selber – so war sie beschrieben – so war sie – es ist sie! –

Dem Metzger wallet das Blut, er sieht sich um – alles ist tot um ihn her wie die Nacht und wie um Sylvia – er staunt – lenkt über den Graben ins Gehölz – sein junger Hund wedelt um ihn her – und macht seine Sprünge, wie er sie macht wenn er meint, er sei bei dem Stall, wo er sein Kalb findet.

– Soll ich – soll ich – sagte der Mann, sein Herz schlug – er war blaß – ich will, sprach er izt – so eine straft keine Obrigkeit – ich will – sprach er izt – zeigt sie mit dem Finger durch die Tannen dem Hund und hetzt ihn. – Der Hund war sicher – er hatte seine Zeichen

– und auf das Zeichen rührete er sie mit der Schnorre nicht an, er stund nur mit den Pfoten an sie auf, sprang dann um sie herum, und dann wieder an sie herauf, und bellete laut. – Das war alles – es war freilich nicht wenig. – Ihr Gürtel brach unter seinen Klauen – das Band lag am Boden – und das weite Oberkleid riß von oben herunter, sooft der Hund ansprang; seine langen weißen Stück flogen um sie her, und an ihr auf, wie Tücher an der Hänke eines Bleicherhauses, wenn der Wind wehet; – und der Korb ihres Kopfzeuges hing an ihrem Rücken herab, daß all sein Inwendiges hervorging. Zwo Minuten, sagte der Mann, muß sie mir leiden – Nahm seine Uhr in die Hand – und als sie vorüber, pfiff er dem Hund. –

Ihr Geschrei erfüllte den Himmel. – Nein, so weit herauf kam es nicht – aber unten auf dem Boden tönte es weit herum in die Runde. –

Der Jäger, den der General, da es dunkelte, nachgeschickt, hörte sie von weitem, aber er dachte lang, es sei nur ein Bauerngeschrei, und ging keinen Schritt geschwinder. Es ist ihm nicht zu verargen, er konnte nicht denken, daß sein gnädiges Fräulein so heule; aber als er hinzukam, merkte er da, daß das Geschrei dem Krähen gar gleichkomme, das sie daheim allemal treibt, wann eine Mücke gegen sie fliegt, oder eine Maus, oder eine Spinne um den Weg ist. Izt hieß es laufen. – Er lief auch, und war bald da. – Aber als er um eine Ecke herum kam, und sie plötzlich vor den Augen hatte, stellte es ihn still, er mußte sich umkehren und lachen. – Die weißen Tücher in den Lüften, ihre Hände über den kahlen Kopf ringend – und der Haarkorb mit Mist und Federn am Rücken – wer mußte nicht lachen! Der Jäger mußte sich umkehren, den Bauch in die Hände nehmen und den Atem zurückhalten, daß sie ihn nicht höre. –

Sie kannte ihn nicht, und als sie ihn kannte, konnte sie nicht reden, sie verkrümmte den Mund, ballte die Zunge, und konnte einige Augenblicke keinen vernehmlichen Ton herausbringen. –

Er fragte, ich weiß nicht wie manchmal, was doch Ihr Gnaden, der Fräulein begegnet? ehe er verstehen konnte, daß ein wütender Hund sie angefallen habe. –

Aber er glaubte es nicht, und meinte Buben, die sie im Wald angetroffen, seien der Hund – er gab ihr auch zu verstehen, die wütenden Hunde haben es sonst nicht in der Gewohnheit, den Leuten gerade Risse in die Kleider zu machen. –

Indes schob er Ihr Gnaden der Fräulein den Haarkorb mit Mist und Federn von hinten herauf wieder über den Kopf, suchte in allen Taschen Schnüre, die fliegenden Stücke ihrer Robe zusammenzubinden, fand aber nichts als einen ziemlich dicken Strick, den er sonst zu etwas ganz anderm brauchte, aber er war izt Ihr Gnaden der Fräulein recht gut, sie band die fliegenden Stücke ihres Oberkleids wieder zusammen, und so gingen sie dann miteinander heim.

§ 18

Von Volksausdrücken, und von seinem wahren Vorteil

Guter Klaus! Da du gestern zum General sagtest, es werde ihr wohl bekommen, wenn sie den Lohn darfür noch in dieser Welt erhalte, dachtest du wohl nicht, daß sie ihn noch heut erhalten werde, und dann noch auf dem Bonnaler Weg, und von einem Hund?

– Und du arme Sylvia! dachtest auch nicht, daß ein Metzgerpfiff dich noch vor heut abend von deinen Höhen herabblasen und dahin bringen werde, daß du izt nicht einmal mehr selbst an die Träume glaubest, die dich gestern noch so stark aufgeblasen?

Die arme Sylvia! – Sie ist wie außer sich selbst, sie meint nichts anders als sie werde wütend werden – und in wenigen Tagen bellen wie ein Hund, und dann sterben. –

Sie wälzt sich am Boden, und schreit einmal über das andere „ich bin gebissen, ich muß sterben – ich muß sterben!"

Umsonst sagte Aglee, ein solches Betragen harmoniere nicht mit ihren Grundsätzen. –

Grundsätze – ja Grundsätze – ich bin gebissen – ich bin gebissen – und muß sterben! – sagt sie, und wälzte sich fort.

Es ist wirklich so mit den Grundsätzen – erwiderte Aglee, und legte ihr Küssen und Tücher an Boden. –

Umsonst sagte der Scherer – die kleinen Ritze, die sie hie und da habe, seien nicht von den Zähnen, sondern nur von den Tatzen des Hunds, und sie sei nicht gebissen.

– Es ist doch wahr – ich bin dabeigewesen, und weiß es gar wohl – ich bin gebissen – ich bin gebissen – und morgen, werdet ihr sehen, bin ich wütend – sagte sie wieder – und wo ihr ein Glas oder ein Bekken mit Wasser ins Aug kam, fuhr sie wirklich zusammen, und zitterte, wie wenn sie die Krankheit schon hätte. Dieses machte dem Generalen und der Therese selber angst, aber der Scherer sagte, es habe gar nichts zu bedeuten, die Einbildung mache eine kurze Zeit die gleiche Wirkung, wie die Wahrheit, man müsse in solchen Fällen nur warten – und setzte hinzu – wenn sie izt geschlafen, und dann wieder erwachet, so ist das alles vorbei! –

Ohne diese drei war sonst kein Mensch im Haus, der Mitleiden mit ihr hatte; es war fast nur ein Wort, sie tue izt wie ein Narr, und habe aber immer so getan. Sie hat keinen guten Menschen – Die Dienste geben ihr schon lange untereinander keinen andern Namen, als der Teufel *Asmodi*. Sie hatten aber für alle drei ihre Namen – die Aglee hießen sie das Büchergespenst, und den Generalen den Hofgriggi.

Das ist ein unverschämt Gesindel – und von des Arners Diensten hätt' ich das nicht erwartet, – hör ich sagen – aber halt ein wenig Nachbar! Die Sache hat eine andere Seite. – Das Volk drückt mit solchen Namen sein Wahrheitsgefühl aus; und da ihm Bildung, Begriffe, Worte und Ausdrücke versagt sind, die Menschen nach unserm Büchermodell, und nach unsern Allgemeinheiten zu schildern, so sind dergleichen Ausdrücke in seinem Munde nicht vollends das gleiche, was sie in unserm wären – Pasquillen und Lästerworte – und ich muß dir sagen, lieber Nachbar, man tut dem Volk, wenn man in der Ahndungsart solcher Worte nicht auf den Unterschied siehet, woher sie kommen, und einen jeden, dem etwan ein solcher Ausdruck an einem unrechten Ort oder zur Unzeit entrinnt, leicht allzu hart straft, unrecht. –

Die gemeinen Leute brauchen diese Ausdrücke unter sich selber alle Tage und ungescheut gegeneinander, die brävsten wie die schlechtesten: Es ist ihre Sprache, sie haben keine andere, und es kann nicht anderst sein, es muß ihnen hier und da auch ein solches Wort entrinnen, wo es nicht sollte.

Sie brauchen dergleichen Tausende, sobald sie allein sind, und allein miteinander reden. –

Doch nein ich irre; – man strafe sie immerhin dafür – es wäre unharmonisch mit ihrer übrigen Führung – und wider ihren wahren Vorteil, wenn man es nicht tun würde. –

Der Mensch, der das Gefühl der Rechten seiner Natur in sich selber ersticken muß – muß auch lernen sein Maul halten. – Und es ist des Volks eigener Vorteil, daß es lerne behutsam sein, vor seinen Obern, vor den Knechten seiner Obern, und an einigen Orten noch weiter vor den Spionen dieser Knechten, und dann an andern noch weiters auch vor den Hunden dieser Spionen – das ist an vielen Orten der Welt des Volks liebe Notdurft – und die Sach ist nicht leicht zu ändern – die Ursache davon liegt in den Finanzen des Staats. – Also lasse man's mit dem Maulbrauchen fürs Volk gelten, wie es ist – und gönne ihm ferners den Vorteil, daß es lerne schweigen.

§ 19

Volksgefühl in Frevelsachen, und seine Folgen auf die Justiz

Das hättest du nicht von mir erwartet, Leser! Aber es glaubte kein Mensch in dem Hause mehr, daß der Hund die Sylvia gebissen und wütend gewesen sei – der Klaus sagte dem Generalen vielmehr, es sei gewiß, daß er an sie gehetzt worden, und man müsse sie fragen, wie er ausgesehen. –

Sie antwortete, er sei entsetzlich groß gewesen, größer als sie; es sei ihr izt noch, sie sehe ihm in seinen Rachen hinunter, sie habe in ihrem Leben kein solches Gebiß gesehen, und keinen solchen Schlund. –

Der General erwiderte, das sei den Hund nicht beschrieben, sie soll doch sagen, wie er ausgesehen, und was er für eine Farb habe? –

Und sie – das könne sie nicht sagen – er sei ihr im Anfange weiß vorgekommen, und hernach schwarz – und es sei ihr izt, als wenn sie ihm nur den Kopf und das Maul gesehen habe. –

Das war nichts. – Der General sahe wohl, daß es nichts sei, und minder als nichts – aber er fragte doch links und rechts, ob denn auch izt nichts zu machen sei? –

Der eine riet ihm das, der andere dieses – die meisten sagten ihm, was sie meinten, daß er gern hörte.

Der Schreiber kam mit dem Einstecken – der Schaffner mit dem Geld-darauf-Bieten – der Schloßvogt mit dem Herumschicken der Spionen in den Dörfern – eine Frau meinte, man müsse auf der Kanzel darauf predigen – sie sagte, wenn sich die Pfarrer recht angreifen, und recht darauf drücken, so könne die Stunde so gut sein, daß der Täter auf dem Stuhl schwitzen müsse, und nicht zur Kirche hinauskönne, ohne daß man es ihm ansähe – dann könne man ihn greifen.

So wurde er vom Pontio zum Pilato gewiesen.

Wer's ehrlich meinte, und nicht in den Tag hinein redte, sagte ihm, es sei schwer zu raten, und nicht viel zu machen. Der Klaus sagte das gleiche, und setzte hinzu, wenn in einem solchen Fall die Leute gegen den Beschädigten kein Mitleiden haben, und einer dem andern ins Ohr sagt, es sei ihm recht geschehen, er habe es ob dem oder ob diesem verdient, so helfe dann das alles, den Täter zu verbergen, und weit die meisten Bauersleute machen sich in diesem Fall ein Gewissen ihn der Obrigkeit zu entdecken, das sei oben und unten im Land so eingewurzelt, daß er Frevel erlebt habe, wo zwanzig und dreißig Menschen davon gewußt haben, und doch sei es der Obrigkeit unmöglich gewesen, den Täter herauszubringen; die jungen Bursche haben in solchen Fällen eine Freude daran, und alles macht sich eine Ehre daraus zu helfen, daß es nicht an den Tag komme – es komme aber gewöhnlich am meisten an Tag, wenn man still dazu tue und schweige, und also rate er zu diesem. –

§ 20
Herzensrührung, und Bekehrungsgedanken

Aber das war nicht der Sylvia Meinung; da sie den Tag darauf nach einem langen Schlafe wieder erwachte, und wie der Scherer prophezeiet, nicht mehr schrie – ich bin gebissen – ich bin gebissen – erinnerte sie sich, daß sie im Wald pfeifen gehört, und fand itzt selber, der Hund sei an sie gehetzt worden; aber sie meinte nun, man sollte fast halbe Dörfer einstecken, wenigstens jedermann, der Hunde halte und pfeife, auch wer ihr feind sei, und namentlich den Schulmeister, der, wenn einer, sagte sie heftig, imstande ist einen solchen Streich anzugeben, so ist es gewiß dieser. Aber der General wollte nicht in diese Nuß beißen. Von diesem ist keine Rede, war aufs erste Wort seine Antwort, mit dem Zusatz, wärest du daheim geblieben, oder hättest jemand mitgenommen, wie ich dir's angeraten, so würde dir das nicht begegnet sein.

Wollt Ihr denn keinen Menschen für mich einstecken lassen? sagte Sylvia.

Keine Katze auf Geratwohl hin – erwiderte der General. – Er war zornig – er hatte sein möglichstes getan zu sehen was zu machen sei – fühlte, daß sie nicht einmal das verdiene – und itzt forderte sie solche Unverschämtheiten.

Wie gesagt, er gab ihr zur Antwort – keine Katze auf Geratwohl hin, aber wenn wir auf etwas fußen können, so kannst du dir selber einbilden, man werde tun was möglich ist – Mit diesem ging er fort.

Beides, die Antwort und sein Fortgehen, schlugen sie nieder. Solange sie hoffte, sich rächen zu können, konnte sie sich besitzen; aber itzt fing sie an zu weinen wie ein Kind, und sagte, man lasse sie ihre Armut entgelten, und ihr nicht einmal Gerechtigkeit widerfahren wie dem geringsten Menschen. Sie fiel itzt von ihrem Stolz in eine Gattung übernächtliche Schwermut, daß es schien, daß sie ein ganz anderes Mensch wäre als vorher. –

Sie hängt den Kopf wie eine Sünderin, und fühlt wie eine Büßerin, daß sie nichts in der Welt ist, und daß sie nichts darin kann, daß sie izt nicht einmal mehr dem verachteten Arner den Tritt kann werden lassen, den sie ihm zugedacht.

Metzgerhund! Das danken wir dir! Kein Mensch in der Welt hatte sie noch so weit zur Erkenntnis ihrer selbst gebracht. Lohn's dir dein Meister mit Kälberkuttlen und mit Schafsfüßen! Ich will ihn bezahlen – wenn er sich dafür meldet.

Ich bin sonst nicht unbarmherzig, aber ich kann's nicht verhehlen, es ist mir angenehm, sie vor mir zu sehen, wie sie izt dasitzt, und Bange hat ob dem Gedanken, das Gespött, das sie ob der Bonnaler Ordnung habe treiben wollen – falle izt auf sie. –

Sie glaubte nichts anders, als im ersten Brief, wenn der Junker diese Geschichte dem Bylifsky schreiben werde, so werde es nicht fehlen, der Menzow male sie ihm ab – und stellte sie sich vor, was das für ein Gemälde geben werde mit den Tüchern, die um sie herumfliegen, und mit dem leeren Kopf, und mit dem Strick, und mit dem Jäger – konnte sich schon einbilden, wie der Herzog darob lachen werde – und dachte dann richtig zu diesem allem hinzu, wenn er darob lacht, so gibt mich der Helidor preis wie ein Schuhlumpen.

Es preßte ihr den Schweiß aus. – Was bin ich denn mehr in der Welt! sagte sie izt zu sich selber – und hüllte sich in die Decke des Betts, wie gestern der Karl, aber *sie* biß in die Tücher, da *er* mit denselben sich die Augen getrocknet. –

Das ist der Unterschied.

Und wenn sie den Kopf unter der Decke hervor hat – sagt sie in einem Atemzug – sie wollte, sie wär nicht mehr in der Welt – und im gleichen Augenblick zankt sie mit Aglee, und sagt ihr, sie glaube nicht, daß sie ihr verboten habe mitzukommen, und wenn sie ihr verboten habe mitzukommen, so hätte sie nachkommen können – und murrte so was Unverständliches von Schuldigkeit mit unter. –

Aber Aglee, die, wie ihr wißt, es nicht so mit ihr versteht, gab ihr, da sie das tat, zur Antwort, sie solle warten bis sie ihre fünf Sinne alle wieder beieinander habe, und dann mit ihr reden. – Mit diesem ließ sie sie sitzen.

§ 21

Unter den Vögeln ist der Nachtigall Klageton der schönste; aber unter den Menschen ist wohl ein jeder anderer Ton besser

Sie ging hinaus, der Jäger ging hinein, und sagte, es sei eine große dicke Bauernfrau im Hofe, die gerne mit Ihr Gnaden der Fräulein reden möchte. –

Aber Ihr Gnaden die Fräulein hatte izt nicht Lust mit der Bäuerin zu reden, obwohl sie verstanden, es sei just die, die sie gestern auf dem Spaziergang angetroffen. Es war nicht mehr gestern – sie habe nichts mit ihr zu reden, sie solle nur gehen wo sie wolle, war izt die Antwort. Der Jäger sagte ihr diese Worte. Die Frau aber sagte zum Jäger – Ist etwan das Unglück daran schuld, das, wie ich höre, ihr gestern im Wald mit einem Hund begegnet? –

Du hast izt deine Antwort, und kannst gehen, erwiderte der Jäger. –

Das wohl – das wohl – sagte die Bäuerin aber saget ihr nur noch, es sei auch nichts, was sie von mir wollen, in beiden Stücken sei es nichts. – Er ging noch einmal hinein, und sagte auch dieses. –

Meinethalben, sagte Sylvia, gehe alles wie er wolle, und setzte, da er fort war, hinzu, es betriegt mich doch alles, und es hilft mir doch kein Mensch – ich bin ein armes unglückliches Geschöpf. –

Gebe doch niemand viel auf diese Sprach Achtung! Sie ist die mißbraucheste und die betrieglichste, die den Staub dieser Erde befleckt; kaum ist sie unter tausend Fällen einmal nicht Unsinn, oder Larve. Der Wolf braucht sie in der Grube, der Fuchs in der Falle, der Esel, wenn er im Kot steckt, und das Faultier, wenn der Baum, dessen Blätter es gefressen, nun leer ist, und es ihm Mühe macht auf einen andern zu kriechen. –

Aber wer gut bei Sinnen und Gedanken ist, der redt nicht so. Brave Leute klagen wenig – wer viel heulet ist nichts nütz. Ein gutes Herz empfindet immer, was es Gutes hat, und wer etwas wert ist, den macht Erfahrung und Unglück besser. – Was will der Mensch mehr auf dieser Erde?

Die neue Kopfhängerin hat der Speckmolchin Unrecht getan, sie hatte sich auf das möglichste beflissen auszurichten, was sie ihr zugemutet, und das in beiden Stücken. –

Kaum war sie heim, so schlich sie gegen des Maurers Haus, und ließ es sich nicht dauren wie ein Affe herumzusehen, und wie ein

Füllen, das an den Hecken Gras sucht, auf- und abzugehen, bis das Liseli sich unter der Türe zeigte, winkte ihm hinter den Schweinstall, und sagte ihm, wie die Jungfer im Schlosse mit ihm Mitleid habe, daß es so geschlagen worden, und wie sie ihm etwas recht Schönes schenken wolle, wenn es zu ihr ins Schloß komme.

Beides, das Mitleiden und das Geschenk, gefiel dem Kind recht wohl, aber da die Molchin fortfuhr zu predigen, und der Länge und Breite nach herauszustreichen, wie gottlos und unchristlich seine Mutter mit ihm gehandelt habe, usw. roch es dem Kind auf, daß das nicht in der Ordnung sei; und einsmals, da die Frau meinte, sie sei mit ihm in der besten Ordnung – machte es ein verächtliches Maul – schüttelte den Kopf, und sagte, die Jungfer im Schloß mag mir ein Narr sein! Meine Mutter ist mir lieb, hätte ich mein Maul gehalten, so hätte sie mir nichts getan; mit dem sprang es fort in seine Stube, und die Molchin sah, daß es aus war, und mußte auch weiters.

An den andern Orten schien es im Anfange besser zu gehen.

Zwei Weiber versprachen ihr, wenn es so sei, wie sie sage, und sie die Jungfer im Schloß selber darum fragen dörfen, so wollen sie ihre Kinder nicht mehr in die Schule schicken. –

Aber die Kinder, die nicht mehr in die Schul sollten, fingen ein Geschrei an, daß die Leute vor den Fenstern still stunden.

Wohl ließen die Mütter sie schreien –

Wohl wollten sie es auch bei den Vätern erzwingen, aber sie bekamen zur Antwort, das ist nur eine Aufwieglung von der Kutschenfahrerin, um ihrentwillen machen wir keine Aufruhr mit unsern Kindern. –

Selbst ihr Mann wollte es nicht tun, und da sie mit der Jungfer im Schloß kam, gab er ihr zur Antwort, die Jungfer im Schloß ist die Jungfer im Schloß, und du bist der Esel im Dorf; mit dem mußten seine Kinder, wie die andern, den folgenden Tag auch wieder in die Schule.

Ihrer etliche sagten bei diesem Anlaß, es ist heut gut, daß der Vater Meister ist. –

So ging's der Speckmolchin gestern und izt, da sie es izt auch ihrer Jungfer im Schloß klagen wollte, war sie abgewiesen. –

Heute hätte sie nur mit niemanden nichts mehr von ihr reden dörfen.

Der Grund ist – der General hatte jedermann geklagt, es sei so übel, daß sie nicht wisse wie der Hund ausgesehen, und erzählte einem jeden alle Worte, die sie darüber geredt. –

– Und wie ein Lauffeuer ging izt von Mund zu Mund, er sei ihr zuerst weiß vorgekommen, und hernach schwarz, und sie habe nichts an ihm gesehen, als den Kopf und das Gebiß und einen erschrecklichen Schlund; es brauchte nicht mehr, von Dorf zu Dorf herumzubringen, der Hund sei kein natürlicher Hund gewesen, sondern durch Zulassung Gottes ein erschreckliches Strafgericht vom leidigen Satan, das sie aber auch ob dem Michel verdienet habe. –

Auf das hin, denket ihr wohl, es hätte die Molchin gewiß von ihrer Jungfer geschwiegen.

§ 22
Wie verschieden die Äußerungen gleicher Eindrücke bei den Menschen sind

Aber Arner war immer kränker, mit jedem Abend war das Fieber stärker, und mit jedem Morgen seine Schwäche größer. –

Mit jeder Stunde stieg die Jammerverwirrung des Schlosses. –

Du liesest auf allen Gesichtern Furcht und Schrecken – Bangigkeit ist in aller Augen – drückende Angst preßt alle Lippen – die Stunden währen Jahre, die Tage Ewigkeiten, und die Nächte haben kein Ende. –

Ohne Schlaf und ohne Speise wartet ihm Therese ab. Ohne Schlaf und ohne Speise steht der Karl wie ein Verwirrter umher, und faltet in Winkeln und Ecken die Hände, und betet mit seinen Schwestern auf den Knien. –

Der Rollenberger kann sie nicht mehr lehren, er weißt oft nicht was er redt. –

Gedrückter, als sie alle, ist noch der General. Er hat 70 Jahre hinter sich, und vielleicht nicht zwei Nächte hintereinander nicht geschlafen, und vielleicht keinen Tag ohne Zerstreuung verlebt – Kummer und Sorgen sind bei ihm immer in Minuten leichter Kürze vorbeigegangen. Izt hat er schon vier schlaflose Nächte und vier ruhlose Tage nur einen einzigen Gedanken, nur eine einzige Empfindung in seiner belasteten Seele. – Er nimmt an Fleisch und Farbe mehr als der Kranke im Bett ab, meint es sei nichts anders, Arner müsse sterben, kann nicht aufhören zu denken, er sei die Schuld daran, und glaubt, er sterbe ihm bald nach.

In diesem Zustand flieht er Sylvia, wo er sie sieht. – Und da Therese ihrer Schwermut halben Mitleiden zeigte, gab er zur Antwort, sie hat das Haus angezündet, izt schalket sie noch. –

Sie ging umher wie der Schatten an der Wand, zog den Atem, daß man sie von weitem hörte; stellte sich vor, es sei ihr izt alles gleich, und es möge kommen wie es wolle, so sei sie immer verloren; und sagte oft, sie möchte nur wünschen, daß sie nichts mehr sehen, nichts mehr hören, und nichts mehr denken müßte – auch suchte sie zu schlafen wo sie konnte, und aß und trank von starken Sachen und Gewürz, was um den Weg war, und so tief sie den Kopf hängte, käute sie doch immer etwas mit dem Maul; aber auch izt meinte sie noch nicht, daß sie unrecht habe, und glaubte, Arner habe sein Schicksal, das sie minder bekümmerte als eine Floh, seinen Narrheiten zu danken.

Die Dienste im Haus waren über sie aufgebracht, daß ihrer viele nicht wußten, was sie taten, wenn sie um den Weg war. Die Küchenmagd warf allemal, wenn sie sie sah, was sie in den Händen hatte, an den Boden. Es hätte einen Wink gebraucht, sie hätten sie über alle Mauren hinabgeworfen, und den Jäger in Stücke zerrissen. –

Sie waren eigentlich wild über Arners Krankheit, oder vielmehr über ihre Ursachen. – Der Hühnerbub warf dem Türk Mäusegift dar, und sagte, du mußt mir auch nicht mehr leben, du bist auch schuldig; und als er beim Stall schon verreckt dalag, so stieß der Küher dem Aas noch die Mistgabel in den Leib, und sagte, wenn ich sie dem rechten Aas in den Leib hineinstoßen dörfte, ich wollte anders stoßen. –

Die guten Leute aßen über diese Zeit bloß für den Hunger, stunden im Augenblick wieder vom Tisch auf, damit sie nicht lange neben des Generals Diensten sitzen müssen, und nahmen das Brot, das sie nicht bei Tisch aßen, mit sich in dem Sack fort; und da des Generals Dienste sie fragten, warum sie so unfreundlich mit ihnen seien? und sagten, sie wissen doch nicht, was sie ihnen zuleid getan, bekamen sie zur Antwort, es sei ihnen izt nicht um Reden, sie sollen selbst untereinander reden, es seien ihrer genug, und sie gehören zusammen.

Der Klaus aber, der in solchen Fällen kein Blatt für das Maul nahm, sagte, er habe nichts wider die andern, aber es sei einer unter ihnen – tausend und tausend seien am Galgen verfault, die nicht den zehenten Teil so viel Schlimmes getan haben als er – und neben diesem, müsse er gestehen, sitze er nicht gern lange am Tisch. –

Die andern sagten, er solle dem Kind den Namen geben, und sagen, wen er meine?

Ich meine den, antwortete der Klaus, der dem Michel den Hund angehetzt, und über den Lieutenant Sachen geredt, die den Junker ins Bett gebracht, und wer weiß wohl, ob nicht noch ins Grab! –

Der Jäger wollte das nicht leiden, und ging auf der Stelle es dem General zu klagen, aber dieser sagte ihm, man hat izt anders zu schaffen als mit dir – und da er nicht schweigen wollte, und immer vom Klaus redte, antwortete er, komm mir nicht mit dem Klaus – ein ganzes Regiment Schlingel wie du, hat keinen Tropfen so ehrliches Blut wie der alte Mann die Haut voll hat – und geh mir nur aus den Augen. – Er mußte gehen – und ging – zur Sylvia – klagte dann dieser, wie er durch sie in dieses Unglück gekommen, und wie ihm sein Herr weder Hilf noch Rat erteile! –

Was willt du reden? Er macht es dir dann nur wie auch mir – er hätte nur keine Katze um meinetwillen eingesteckt – antwortete Sylvia. –

Dann besann sie sich wieder, daß ihr izt an allem nichts gelegen – und sagte, was geht das mich an! – Da hast Geld – Geld ist für alles – aber plag mich mit nichts – ich will nichts von allem mehr wissen.

Sie sagt's – der Jäger schiebt die Taler in den ehrlosen Sack – Aglee geht aus der Stube – und ist nicht so bald vor der Türe, so sagt Sylvia dem Jäger, du hättest es dieser sagen können, wie mir – sie ist schuldig wie ich.

Aber was hätte ich davon, wenn ich es tun würde? Sie würde mir keinen faulen Vierer an den Schaden geben, erwiderte der Jäger. – Sylvia sagte, du hast recht – und Aglee hörte vor der Türe, was sie sagte. –

§ 23

Unsterblichkeit und Wahrheit, Deutschland und Asien

Im Sturm dieser Verwirrung war Arner allein ruhig. Das Fieber, das ihm seinen Kopf frei ließ, gab seiner Einbildungskraft eine Stimmung, die ihn bei Stunden wie in einem Traum erhielt, in welchem ihm wohl war. –

Er staunte in diesem Zustand zurück in sein Leben, alles Tun der Menschen schien ihm ein Spiel, das nicht so fast um seiner Wirkung willen, als um die Kräfte des Menschen in Übung zu erhalten, und desselben Anlagen zu entwickeln, einigen Wert habe.

So sah er sein Werk in Bonnal an; es freute ihn, daß er sich darnach bestrebt, aber das übrige war ihm izt nichts, und die Bilder des Todes und der Ewigkeit waren ihm so lebhaft und reizend, daß er oft mit einer Art Sehnsucht beim Stundenschlag zu sich selber sagte, wann izt die Uhr noch so und so manchmal schlagt, so bin ich dann dort! Er sagte so gern, das Leben dünke ihn nichts – und da er einmal sah, daß es Therese wehe tat, sagte er zu ihr – kränke dich doch nicht darüber, daß ich das sage, Geliebte! Die Überzeugung, daß das Leben nichts ist, ist mir Überzeugung der Unsterblichkeit! – und setzte hinzu, Fleisch und Blut können nicht glauben, daß das Leben nichts ist, vom Wurm hinauf bis zum Menschen ist ihnen das Leben alles. – Er hielt seinen Tod für gewiß, und nahm am fünften Tage von allen Abschied – es war ihm diesen Morgen leicht ums Herz.

Die Sonne ging schön auf, er sah gegen sie hin, und sagte zu Therese, sie stehet auf zu ihrem Tagwerk; suchte dann mit Worten, denen er stundenlang nachgedacht, ihre gute Seele zu der Notwendigkeit des seinigen vorzubereiten. –

Sie faßte ihre Kräfte zusammen – und er schien so ruhig – und sagte so herzlich, so manchmal, und so heiter, es sei ja nur zur Vorsorge, daß sie heute minder litte, als an einem andern Tage. –

Er redte zuerst von seinen Kindern, drang auf die Fortsetzung einer einfachen häuslichen Arbeitserziehung, als auf das beste Mittel, dem Schwindelgeist, und der Anmaßungssucht unserer Zeit und ihren Folgen bei den Menschen vorzubeugen.

Er sagte, der Verstand bildet sich am besten bei Geschäften, weil sich aller Irrtum, und alles Versehen bei denselben so viel als auf der Stell zeiget, und gottlob für das menschliche Geschlecht zeigen muß; – da man hingegen in Meinungen und Büchersachen einander ganze Ewigkeiten hindurch die Worte im Mund umkehren, und wieder umkehren kann.

Ebenso behauptete er, bewahre die trockene, kalte, schwerfällige, und auf der Notwendigkeit ruhende Natur der Geschäftswahrheit, das Herz der Menschen vor Gelüsten nach dem Sommervogelleben unserer Zeit, und vor dem Hang gleich diesen Würmern mit Goldflügeln auf dieser Erde wie auf Blumenbeeten herumzuflattern und herumzuschmachten.

Liebe deutsche Frau! sagte er, die Reichen und die Hofleute, und das Häpfengeschlecht der Städter, die sie verderbt, nähern sich in ihrem Innern und Äußern immer mehr den schwachen Geschöpfen aus den heißen Erdstrichen; Gesichter, Stellungen, Kleidungsarten, die sogar mit den verunstalteten Figuren auf dem chinesischen Porzellan auffallende Ähnlichkeit haben, werden immer gemeiner; man sucht immer mehr für die tierische Vegetation die Reize dieser Erdstrichen zu erzwingen, und die starken weichen Genießungen, die uns unser Klima versagt hat, wenn wir an der Luft leben, in das Innere unserer Zimmer zu bringen, wo man mit Geld eine Luft machen kann, wie man sie haben will – daher die Näherung unserer Gemütsstimmung mit den schwachen Lastern und Torheiten der heißern Gegenden – daher das in unserer Zeit auffallende Steigen des Aberglaubens, der Rentes viageres, der Lottos, der Bleichsucht, des vielartigen Kindermords, des Hautgouts in unsern Meinungen, und die allmächtige Ehrerbietung für alles was außen fix und innen nix ist – daher die tausend sonderbaren Auftritte unserer Zeit – daher die schwärmerische Religiosität despotischer Menschen – daher die Neigung zum Bilderdienst, und zu sinnlichen Vorstellungsarten von Gott dem Herrn, der seinem Volk sogar in heißen Ländern solche Vorstellungsarten verboten – daher die Gewalt geheimer Verbindungen, und des Glaubens an Menschen, die ihre wichtigsten Versprechen nicht halten – daher das freche Steigen aller Charlatanerieen, sogar das laute Rühren der Zaubertrommel – das alles hat den eigentlichen Feuerherd, wo es seinen Gift kochet, in der Näherung des Inwendigen der vornehmen und reichen Häuser, gegen den asiatischen Zuschnitt. –

Kaltes Wasser, liebe deutsche Frau! zum Trinken und Baden, und alle Jahr einmal zur Probe viermal mit den Kindern, am Maitag auf unsern Hackenberg hinauf und hinunter – und Garten, Kuche und Keller – und lieber Rollenberger! der gute Bauerngewerb, und das Einmaleins, und die Mathematik dazu, das erhaltet in Buben und Mädchen deutsches Blut, deutsches Hirn, und deutschen Mut. – Gottlob! Es ist mir für meine Kinder, wie wenn das alles nicht in der Welt wäre. – –

§ 24
Der christliche Junker; eine Klostergeschichte aus der Ritterzeit

Er haßte die Schwärmerei, und empfahl auch in diesem Gesichtspunkte der Therese die Geschichte des alten Ahnherrn, der noch auf seinem Schloßgut selber pflügte, und den weit und breit alles den *christlichen Junker* nannte, weil er gerecht war, seinen Bauern ein harmloses, sicheres und vergnügtes Leben verschaffte, und das Kloster *Himmelauf* dem Boden eben machte.

Seine Vorfahren hatten dasselbe gestiftet; aber den vergabten Bauern große und wichtige Rechte vorbehalten, namentlich – daß sie vom Kloster zu ewigen Zeiten nicht anderst dörfen angesehen und behandelt werden als die übrige Angehörige der Herrschaften der Herren von Arnburg, mit Zusicherung ihres und ihrer Nachkommenden pflichtgemäßen Schutzes; aber da die Stifter die Augen zugetan, und das Kloster seine offen behalten, verloren die Bauern ein Recht nach dem andern. Die ehrwürdigen Herren wollten bald von keiner Vergabungsbedingnis mehr wissen, und behandelten die Bauern unbedingt als des Klosters eigne bloße Gnadenleute; als nach hundertundfünfundsiebenzig Jahren der christliche Junker unter den Papieren seiner Ahnen die eigenhändig vom Stifter geschriebene Vergabungsbedingnisse wieder vorfand, und den Tag darauf dann den beeinträchtigten Leuten durch den Weibel in seiner Farb einen Schutz- und Schirmbrief gegen die Eingriffe dieses Klosters zustellen ließ. –

Wenn er das Mariabild ab ihrem Altar hätte wegtragen lassen, die Patres wären kaum stärker zusammengelaufen, als sie itzt zusammenliefen; sie protestierten zuerst, und taten dergleichen, als wenn sie alle Papiere in ihren Archiven durchsuchten, und versicherten heilig, daß sie keine Spur von einer Verkommnis fänden, die dem Ritter ein solches Recht erteile.

Er trug mit deutscher Treu des Vaters Schrift ins Kloster; aber es war als wenn ihn die Patres flohen. – Es zeigte sich ein einziger hagerer langer, den er nicht kannte – der Ritter gab ihm die Schrift – der Pater las sie, bückte sich tief, und sagte mit der Hand auf der Brust – Ihr Hochwürden und Gnaden, der Abt, und ein hochwürdiges Konvent, werden die Schrift reiflich bedenken. –

Aber über 8 Tage wollte Ihr Hochwürden und Gnaden der Abt und ein hochwürdiges Konvent nichts von der Schrift wissen. –

Der Ritter stand da wie Lots gesalzenes Weib, die Patres stoben und flohen von ihm weg, kreuzigten sich, wenn er nur wieder zur Pforte hinaus wär.

Der Ritter gehet die Halle auf und nieder; in einer Ecke an dem dunkelsten Orte erscheint ihm wieder der lange hagere Pater; es war ihm er sehe ein Gespenst in dem Dunklen des Gangs, er bückte sich wieder so tief, hielt die Hand wieder auf die Brust, und sagte zum Ritter: er solle in Gnaden verzeihen, seine hochwürdigen Obern können ihm diese ganz unstatthafte, siegellose und nichtsbeweisende Schrift um seiner Seele Heil willen nicht wieder zurückstellen, indem dieselbige den wundertätigen Gnadensitz ihres Kloster widerrechtlich bekümmere, und ihre Bauern zu aufrührerischen, lästerlichen Worten und Handlungen gegen dasselbe verführe, mit dem Zusatz: daß das alles auf seine, des Ritters Seele fallen würde, wenn er fortfahren werde, ihre Untertanen mit einer solchen falschen Schrift ferner gegen ihre leibliche und geistliche Obrigkeit aufzuwiegeln. – Der Pater sagte es, und war in seine Höhle verschwunden. – Er tat wohl – der Ritter griff nach ihm eben da er verschwand; – aber er stieß sich den Kopf an – lief dann wie wütend zu seinen Pferden, saß wieder auf, und sagte im Reiten – Ha – meines Vaters Schrift – eine falsche Schrift! – Von ihnen – die sein Brot essen; gut, daß das H . . . . ch mein ist, Großvater hat es Gott gegeben, nicht Sch . . . n – dann zog er aus, machte das Kloster *Himmelauf* dem Boden eben, nahm seine Bauern und sein Land wieder zu seinen Handen, und stiftete zur Ruhe seiner Seele ein ewiges Almosen, größer als der Wert des Eingezogenen, schrieb an den Bischof was er getan habe, und weil er des Kaisers Freund war, kam er nicht in den Bann. –

Der Meyerhof, der an dem Ort steht, wo das Kloster gestanden, heißt izt noch der *Himmelhof*, und seine nächste große Matte, die *Himmelmatte*. Es wächst herrlicher Klee auf der Matte, zwanzig auserlesene Kühe weiden auf ihr, und izt ein einziger Ochs.

§ 25
Grundsätze zur Bildung des Adels

Zörnet es nicht, gute Klöster! Ihr seid nicht allein diejenige, welche etwan zuzeiten die Gewalt gegen das Volk mißbraucht, und ihm etwan zuzeiten eine Schrift hinterhalten habt, die euern Finanzen im Wege stund, selber die Nachkommen des christlichen Ritters haben jahrhundertelang aus der Lebensgeschichte dieses Ritters, ihrem ältesten Familienstück, ein Geheimnis gemacht, weil die Rechte und Freiheiten, die er seinen Bauern gegeben, alle darin aufgeschrieben waren, und sie ebensowenig als die Patres im Himmelauf, Lumpenbauern gerne Treu und Glauben hielten, und ihnen Jahrhunderte durch ebensowenig behagte in diesem Buche zu lesen; die einfältige, gutmütige und unverfängliche Art, mit der er mit seinen Bauern umging, wie er allem Streit vorbog, und hauptsächlich, wie wenig er zu seinem Edelmannsaufwand, nach seinem Ausdruck, von dem Brot seiner Bauern abschnitt, und dabei sein Haus doch äufnete, wie kein Edelmann seiner Nachbarschaft, und dasselbe weit über diejenige emporbrachte, die ungesättigt vom Brot ihrer armen Leuten, noch sie selber aufaßen. –

Dieses alte Denkmal ihres Hauses empfahl Arner der Therese zum ersten Lehrbuch ihres Karls, mit den Worten: Präg ihm früh die alte Lehre ein, die Mittel, durch welche sein Haus gegründet worden, werden auf immer die besten sein, es auch zu erhalten. –

Dann setzte er den Karl zu sich auf das Bett, und sagte ihm, er solle seiner Lebtag daran denken, daß sein Vater ihn izt, da er nicht wisse, ob er noch mehr leben werde oder nicht, so zu sich auf das Bett genommen, und so in den Händen gehabt, und ihn gebeten habe, daß er so ein christlicher Junker werde wie der Großvater, und seiner Lebtag nie suche zu schneiden, wo er nicht gesäet – und seiner Lebtag nie seine Dörfer und seine Bauern unbesorgt und ungeleitet sich selber und dem blinden Glück überlassen, und so verwahrlosen wolle, daß die armen Leute aufwachsen und werden müssen wie herrenloses Gesindel. –

Dann tat er das alte Buch auf, zeigte ihm zuerst die Figuren und Gemälde, die darin sind – und dann die Rechnungen – und sagte, Karl! Wir ziehen izt, wo der Großvater einen Gulden aus diesen guten Dörfern bezogen, mehr als zehen, und dünkt es dich nicht auch, wir wären keine ehrenfeste, rittermäßige und christliche Edelleute, sondern vielmehr unedelmütige, unchristliche und harte Judenleute, wenn wir uns weniger Mühe geben würden, diesen guten Leuten zu einem vergnügten, sichern, harmlosen Leben zu verhelfen, als er in seiner Zeit und in seinen Umständen sich Mühe dafür gegeben! – Übrigens, setzte er hinzu, tun wir, was wir ihnen tun, nur uns, und eine jede von diesen fünfhundert Haushaltungen muß uns, wenn wir auch auf nichts als auf unsern Nutzen sehen wollten, immer in dem Grade viel werter sein als wir wohl für sie sorgen, oder welches gleichviel ist, als sie wohlstehet und in der Ordnung ist. – Glaube mir das, diese drei Stücke gehören unzertrennt zusammen. –

Dann wandte er sich an den Rollenberger und sagte ihm, führen Sie ihn doch fleißig und immer zu allem Schweiß und zu aller Mühe dieser Leute, und rechnen Sie ihm anhaltend und umständlich aus, wie wenig ihnen in allen Teilen ihrer Wirtschaft und ihres Erwerbs reiner Vorteil übrig bleibe, und machen Sie ihn doch nie vergessen, daß der reine Ertrag der Wirtschaft seiner Leute und ihr Hausglück der einzige sichere Maßstab sei, wie weit er für sich und seine Untertanen wohl regieren werde! –

Dann kam er auch auf die Ruhmsucht unsers Zeitalters, und sagte, er sei so froh, daß er unter seinen Händen unmöglich könne ruhmsüchtig werden; aber hingegen, fuhr er fort, guter, bescheidener Mann! muß ich Euch sagen, machet auch daß er anderer Leuten ihrer Ruhmsucht nie Bock stehe – (aufhelfe, unterstütze) – und ohne Furcht ihn damit zu verderben, sagte er in diesem Augenblick zu seinem Karl, flieh du deiner Lebtag die Leute, die du von unten auf sehen mußt, sie sind nicht für dich – und werde du keines Menschen Knecht! – – Er redte aber nicht bloß von der Knechtschaft des Leibs, sondern auch von der Knechtschaft des Geists – und sagte bald darauf – über das Brot, um deswillen der Mensch seinen Leib in die Knechtschaft gibt, ist der stärkere Meister, aber ein Seelenknecht hat nicht einmal des Leibes Notdurft vorzuwenden – glaub du nie, daß einer alles wisse – es ist das Los des Menschen, daß die Wahrheit keiner hat – sie haben sie alle, aber verteilt – und wer nur bei einem lehrt, der vernimmt nie, was die andern wissen.

Einen Augenblick darauf sagte er, es ist eine böse Zeit mit der Wahrheit, es meint ein jeder sein Traum sei dieselbe, und ein jeder will seinen Traum aufs höchste hinauftreiben – und brauchte dann hierüber den Ausdruck eines Manns, der, indem er sich selber zerreißt, aus dem Menschen mehr zu machen als er auf der Erde sein kann, Goldkörner und Diamanten von Menschlichkeit, Seelengröße und Weisheit auswirft, die, wenn der Wurm der Zeit das Nichtige seiner Meinungen wird zernagt haben, wie er das Nichtige der Meinungen aller Menschen zernagt, noch Goldkörner und Diamanten sein werden, und die, wann einst die Zauberlinien die Welt in Menschen mit Gott, und in Menschen ohne Gott zu verteilen, und sie vor der Zeit in zwo Herden zu söndern in ihre Bestandteile aufgelöst, und die Zahl und die Namen der Stürmer dieser Linien, wie die Zahl und die Namen ihrer Verteidiger vergessen, und der Reiz ihres Blendwerks auch von seinen Augen wird weggefallen sein, ihm noch den Dank unsers Geschlechts und die Aufmerksamkeit der Nachwelt sichern werden. – Er sagte nämlich zum Rollenberger mit *Lavaters* Worten, ,,Sorgen Sie, daß mein Kind nie an keine Allgemeinheiten glaube, die nicht irgendwo in einem Individuo in der Welt wirklich existieren.''

Den General, der vor ihm fast in Tränen verging, zu beruhigen, sagte er, er soll doch nicht glauben, daß seine Krankheit nicht schon lange in ihm gelegen sei, und berief sich auf den Pfarrer von Bonnal, der ihm bezeugen werde, er habe sie schon vor Monaten vorausgesehen, und mit ihm schon damals auf dem Bonnaler Ried auf den Fall seines Todes Einrichtungen und Abreden getroffen.

Mit dem Pfarrer redete er von der Unsterblichkeit der Seele, und sagte, das Leben und Leiden Christi sei ihm ein größerer Beweis davon, als seine Auferstehungsgeschichte; und die Gewißheit, daß der Mensch den stärksten Trieben seiner Natur entgegen handeln und für andere leiden und sterben könne, um sich besser, größer und vollkommner zu fühlen, als wenn er das nicht tun würde, sei ihm ein größerer Beweis der Unsterblichkeit, als alles, was man davon sagen könne. –

Der Lieutenant litt mehr, und saß niedergeschlagener da, als am Abend der Schlacht, da er sein Bein verloren, und stundenlang niemand für ihn da war, ihn zu besorgen. –

Arner sagte ihm, seid ein Mann! Wenn unter uns beiden einer sterben muß, so ist es besser ich sterbe. Ihr kommet ohne mich fort, aber ich würde ohne Euch nicht fort kommen – Gott steh Euch bei! Wann ich sterbe, so ist Bylifsky Euer Freund, und Ihr bleibt der Freund meines Hauses und meiner Dörfer! –

Der Pfarrer litt minder; gewohnt am Todbette der Menschen nur das Drückende ihres nichtigen Zugrundegehens, und ihres seelenlosen Auslöschens zu sehen, war ihm auf eine Art wirklich wohl um Arner. –

Nur erst da er von ihm fortgehen und wieder allein lassen mußte, übernahm ihn die volle Gewalt des Schmerzens. Die Vorstellung von seinem Verlust und dem Verlust seiner Gemeinde, und den Hoffnungen, die er geschöpft – und dem Zustand, dem sie kaum halb entronnen, und in welchen sie izt wieder hinabsinken – das alles brachte ihn dann am Abend, da er wieder allein war – und die Nacht durch – fast in Verzweiflung. –

§ 26
Viele Menschen wünschen Arner den Tod

Arner fühlte sich diesen Abend entkräftet, und mußte allein sein. Sein Fieber ward wieder stärker, und er traumte in seiner Hitze über das nichtige Schicksal der Menschen – – – – – – – – – – – – – –
– –
– –
– –

Am Morgen lag er in einer Todesermattung. Sein Atem war kurz – seine Glieder erkaltet – und alle Zeichen der äußersten Entkräftung stiegen auf das höchste. – So verließen ihn der Pfarrer und der Lieutenant, und fuhren auf Bonnal.

Das Volk des Dorfs, das aus allen Häusern herzuströmte zu fragen, wie es stehe? sahe ihre Augen ausgeweint, und ihre Gesichter entstellt wie tief kranker Leuten – und verstund ihre Antwort, ehe sie redten, sie machten aber auch selber wenige Hoffnung. – Viele

Kinder weinten laut, und viele alte Leute, welche die Kinder weinen sahen, weinten mit – und es war in diesem Augenblicke unter dem Volk nur eine Stimme: „Wenn's doch nur Gottes Wille wär, daß er wieder aufkommen würde!! – Er sei ein so braver Herr!" und ein jedes wußte in diesem Augenblick etwas Liebes und Gutes zu erzählen, das er ihnen und den Ihrigen erwiesen. –

Aber nur eine Stunde hernach war es schon nicht mehr vollends so –

Sie achteten ihn izt alle soviel als tot. – Sie hatten es von des Pfarrers Knecht, der auch im Schloß war, selbst gehört, daß man ihm diesen Morgen soviel als auf das Ende gewartet habe. In diesem Glauben gingen sie von der Kutsche weg; und als sie heimkamen, ein jedes in seine Stube, und anfingen auch denen zu erzählen, die daheim geblieben waren, und die Menge der weinenden Kinder, und die entstellten Gesichter des Pfarrers und des Lieutenants nicht mehr vor ihren Augen hatten – und der erste Eindruck der Neuheit und des Teilnehmens vorbei war – waren die Leute bald da – daß ein jeder, just so wie ihm sein Kopf stund, und wie ihm sein Herz schlug, sich diese oder jene Gedanken machte, und diese oder jene Vorstellungen hatte, wie es dann auch kommen werde, wann er tot sei? –

Und schneller als der Faden der Spinne, entspannen sich in den Köpfen der Leute die sonderbarsten Gedanken – und reger als das Krosseln vieler Krebse in einem Kratten regten sich in ihren Herzen die sonderbarsten Begierden, und verdeckter als hinter Busch und Schilf und unter den Halmen des Roggens ein Ausreißer daliegt, zittert sich zu zeigen, und doch immer weiters vorrückt wohin er zielet, so steckte hinter dem Spinnen der sonderbaren Gedanken, und hinter dem Regen der sonderbaren Begierden ein abscheulicher Wunsch, der sich zitterte zu zeigen, und doch immer weiter vorrückte, wohin er zielte.

Wer etwas gerne gehabt hätte, und weil er lebte, nicht dazu kommen konnte, der dachte, ich komme dann dazu. –

Wer etwas nicht gerne sah, oder nicht gerne hatte, und nicht ändern konnte, weil er lebte, der dachte, es hört dann auf. –

Das war der Anfang – dann kamen sie weiter zu denken – in Gottes Namen, er ist auch ein Mensch, und muß auch sterben wie ich – und wie alle andere – ich kann ihm nicht helfen. –

Andere drückten sich so aus – es scheint doch, es könnte noch kommen, wie der Jäger es gesagt hat, daß die alte Ordnung vor dem andern Jahr wieder Meister werden müsse. –

Wieder andere – es ist ein Lärm, wie wenn ein König sterben

wollte! – zuletzt wird kein Pflug still stehen, wann er nicht mehr ist. –

So wurden die Gedanken nach und nach immer härter und schlechter, und hie und da floß sogar ein Wort, ich will es dem oder diesem denn auch zeigen, wann es so kommt. –

Die Vorgesetzten hatten es ihm nichts weniger als vergessen, daß sie mit dem Hut in der Hand, und auf den Knien ihre Armen um Verzeihung hatten bitten müssen – und von denen, die Geißen von ihm hatten, dachten nicht wenige, sie müssen sie ihm dann nicht mehr bezahlen. –

Mit jeder Stunde sagten ihrer mehrere, es würde einmal viel wieder anderst kommen, und anderst werden, wann er tot wäre; und die so es sagten, hatten sicher alle in dem oder diesem Stück einen Grund, warum sie es sagten, und warum sie es wünschten, und sagten es sich nur um deswillen, weil sie es wünschten. –

Aber der Mensch ist in solchen Fällen gar höflich mit sich selber, und glaubt nichts weniger als etwas dergleichen von der ehrlichen Christenhaut, in der er steckt, und die er so wohl kennt. – So ist es in aller Welt, so war es auch hier. – Dem Schlimmsten traumte es nicht, daß er das wünsche, oder nur den geringsten Gedanken davon in dem hintersten Schlupfwinkel seines Herzens habe. –

Die guten Leute! Sie konnten ja nichts wider Gottes Willen, und wenn sie ein Kraut oder ein Pulver, das für den Tod gut ist, gehabt oder gewußt hätten, sie wären dennoch darnach gelaufen und hätten's ihm gebracht oder gegeben, wenn denn das, was sie etwan gewünscht, schon nicht anderst gekommen wär. –

Ich weiß nicht – vielleicht wären doch nicht alle gelaufen. –

– Es greift immer weiter – es wird immer lauter, ein freches und hie und da lächelndes Reden unter den Weibern und Männern – ich will gerne sehen, wie es noch kömmt. –

Es zeigt sich, die Menge fürchtet ihn schon izt nicht mehr, weil er im Bett liegt. –

Man reichte, was bei Monaten nie mehr als im geheim bei Nacht und Nebel geschah, izt bei hellem Tage, Wein über den Berg zum Saufen. –

Es spielten Buben die Nacht durch mit Karten. –

Die Weidhirten fuhren am Morgen im Nebel in die Einschläge der Armen.

Die Reichen lachten ungescheut darüber, und sagten, den Armen zu kränken unverhohlen, es scheint, die Buben merken es schon, wie es etwan bald wieder kommen möchte. –

Von den Armen dachten schon mehr als die Hälfte, es ist aus mit unserm Traum – und ihrer viele sagten, das Glück hilft nur denen, die etwas haben. –

Arme Leute! Ist denn eine gute Obrigkeit nur ein Glück? –*

Der Kienast mit den vielen Kindern glaubte auch, mit dem geschenkten Frondiensten und dem Bürgerholz sei es dann aus, die Vorgesetzte geben ihm dann nichts mehr – und dem Untervogt, der seitdem der Junker zu ihm gesagt, er könne mit einer jeden Frau im Dorf mehr ausrichten als mit ihm, vom Morgen bis in die Nacht nachgedacht, wie er mit Ehren wieder könnte vom Dienste kommen, dem war's izt nicht mehr so – wenn er tot ist, dachte er, so sagt er mir nichts mehr dergleichen, und es schien ihm, es möchte ihm dann bei der Stelle recht wohl sein, wann er des Meisters los wäre. – Auch fragte er jedermann, der vom Schloß in das Dorf kam, ob es auch gewiß wahr sei, daß es so übel mit ihm stehe? und gar keine Hoffnung zum Aufkommen mehr da sei? – Er war auch, solange er den Mantel trug, nie so guten Muts als izt. –

§ 27
Was die Meyerin zur Braut macht

Und seine Frau meinte, es könnte izt gar mit dem Sonnenwirt geraten. – Es kann nicht anderst sein, sagte sie, sie hat dem Lumpen Rudi nur um des Junkers willen Hoffnung gemacht, und weil es izt so ist, so ist sie gewiß froh, wenn der Sonnenwirt sich wieder meldet.

Es wird sich, wohl geben, wenn er tot ist, sagte ihr Mann, sie aber antwortete, du kommst immer mit deinem „Es wird sich wohl geben" Du Narr! Es gibt sich nichts, als das, was man macht – und mit deiner Schwester warten, bis er tot ist, heißt just den Wagen vor das Roß gespannt, und dann wollen fahren – du solltest dich schämen, dreißig Jahre eine Schwester zu haben, und sie nicht besser zu kennen. –

Du zankest immer, und zankest ob allem, sagte der Untervogt – und sie – es ist doch wahr, man muß blind sein, in den Tag hinein zu reden wie du redest, kommt dir dann nicht auch in den Sinn, sie scheue sich, wenn der Junker tot ist – und wolle dann nicht den Na-

---

* *Anmerkung:* Das Wort *Glück* hat natürlicherweise hier keinen andern Sinn als *Los* in der Lotterie – *hazard* – etc.

men haben, daß es sei wie es ist. Nein, wenn's geraten muß, so ist izt die rechte Zeit, weil sie noch mit Ehren kann umkehren. –

Der Vogt an ihre Sprache so gewöhnt als an seine Mittagssuppe, sagte kein Wort darüber, als: Darin hast du izt recht. –

Hab ich recht, erwiderte die Vögtin? Es ist mir lieb, daß du es merkst – aber es ist nichts zu versaumen – geh doch, so geschwind als du kannst, rede noch einmal mit ihr – aber mache deine Sache besser als das letztemal meine Wäscherin. –

So schickte sie ihn – doch setzte sie noch hinzu – die Stunde ist vielleicht so gut, daß sie izt froh ist, wenn du kommst. –

Er ging, aber er bekam von seiner Schwester zur Antwort – sie brauche keine Anschicksmänner, wie sie ihm schon einmal gesagt, und er solle nur schweigen, sie verliere kein Wort mit ihm über diesen Punkt. –

Es machte sie wild, beides, daß sie glaubten, sie nehme den Rudi nur um des Junkers willen, und denn, daß sie izt wie Schelmen des guten Herren seine Krankheit dazu brauchen wollen, sie dem armen Rudi auf eine solche hinterlistige Art abzujagen, und gleichsam abzustehlen.

Nein! Erst izt muß er mich haben, sagte sie zu sich selber – sobald ihr Bruder, der mehr ausrichten sollte, und minder ausrichtete, als seiner Frauen Wäscherin wieder fort war. –

Und ich will ihnen izt zeigen, setzte sie hinzu, daß ich ihn nicht um des Junkers willen genommen – aber weil es so ist, und sie es so machen, so muß es izt sein – er hat lange genug gewartet – so sagt sie – ihr Herz schlägt – sie staunt – Tränen fallen über ihre Wangen – und sie sagt wieder – ich will ihn in Gottes Namen nehmen – staunt wieder – denkt izt nicht mehr an den Vogt, und nicht mehr an die Vögtin – und ebensowenig, wie sie zu dem Entschlusse ihn izt heute zu nehmen gekommen sei – sie sieht ihn izt selber vor ihren Augen, und seine Kinder, und seine Stube, bis auf die Helgen (Kupferstiche) die an der Wand hangen – sie staunt wieder – Tränen fallen auf Tränen – sie verriegelt die Türe – sitzt nieder zum Tisch – sie nimmt ihn – sie nimmt das Gebetbuch von der Wand, und betet laut das Gebet einer Tochter, die in den Ehstand treten will; legt dann ihren Kopf über ihre Hände, und über das Buch, netzet beide mit Tränen, und betet noch selber, daß Gott ihren Entschluß segne und heilige; stehet dann wieder auf, trocknet ihre Augen, fühlt sich mit sich selber zufrieden, und sagt, ich will in Gottes Namen izt zur Gertrud, kleidet sich langsam an, trocknet noch manchmal ihre Augen – und geht. –

§ 28
Ein Mißverstand

Gertrud dachte an nichts weniger, als daß sie eine gute Botschaft hätte; sie war vielmehr unzufrieden, daß sie den guten Rudi so lange aufziehe; und da sie sie langsam und staunend die Gasse hinaufkommen sah, dachte sie wirklich mit einer Art von Unwille, was hat sie izt wohl im Kopfe? und ging nicht einmal ihr für die Tür entgegen.

Das Herz war der Meyerin so voll – sie setzte sich nieder, wie wenn sie krank wäre, und sagte leise und schnaufend – wie eine kurzatmende Frau, die gar Bange hat – zur Gertrud, du! Ich habe mich in Gottes Namen entschlossen, ich will ihn nehmen. –

Diese verstund es vom Sonnenwirt, und antwortete mit einem Gemisch von Unwillen und Wehmut, ich hätte dir das nicht zugetraut. –

Ä – was hättest du mir nicht zugetraut? sagte die Meyerin, die nicht wußte, was sie meinte. –

Daß du den Mantel so nach dem Wind hängen würdest, erwiderte diese. –

Meyerin: Ä – wie häng ich den Mantel nach dem Wind? – Hast nicht verstanden was ich sage? Oder was steckt dir im Kopfe? –

Gertrud: (Noch immer im Irrtum) Du machst so viel Fragen – ich wüßte nicht, auf welche ich dir lieber antworten möchte. –

Meyerin: So bist du mir noch nie begegnet – was ist das? –

Gertrud: Es tut mir auch weh, daß du just, weil der Junker krank ist, das tust, und so einsmals den Sonnenwirt nimmst. –

Izt verstund sie die Meyerin, schwieg einen Augenblick, und sagte dann lächelnd: Izt redest du doch auch, daß man dich verstehet, vorher habe ich nicht gewußt, was du meinst? –

Gertrud: Izt mit nassen Augen – und du lachest noch? –

Meyerin: Ich habe Ursache. –

Gertrud: Schweige! Du hast keine – und machest mich bös. –

Meyerin: Ich will dich dann auch wieder gut machen.

Gertrud: Du kannst noch spotten? So warest du nie! –

Meyerin: Siehe, ich hab es nur im Spaß gesagt, er weißt es noch nicht, wann du wieder gut mit mir bist, wer weißt, was ich dir noch zu Gefallen tue! –

Gertrud: Du machst mich wild! –

Meyerin: Und du mich lachen – merkst auch nicht, daß du im Traum bist –

Gertrud: Wie im Traum? –

Meyerin: Ich will den Sonnenwirt nicht –

Gertrud: Ä – was hab ich denn gehört? – und einen Augenblick darauf – Herr Jesus! – hast vom Rudi geredet? –

Izt war sie aus ihrem Traume, und führte die Meyerin bald zu ihrem lieben Rudi. –

§ 29
Die Brautstunde einer Stiefmutter

Er haspelte eben das Garn seiner Kinder, aber der Haspel stund ihm in der Hand stille, wie die Augen im Kopf, als sie in die Stube hineinkamen. – Er saß da wie angenagelt, und konnte die Hand nur nicht zur Kappe (Mütze) hinaufbringen, sie abzuziehen. – Die Meyerin saß neben ihn ab, und Gertrud sagte zu ihm – sie ist izt dein! – Eine Weile war alles still – die Kinder stunden von ihren Rädern auf. – Gertrud sagte ihnen, sie ist izt euere Mutter! – Dann ermunterte sich die Meyerin, stund auf, gab den Kindern einem nach dem andern die Hand, und sagte, liebe Kinder, geb uns Gott seinen Segen beieinander; dann sagte auch Gertrud, und der Rudi, der die Hand der Meyerin in seinen beiden Händen hielt – das gebe Gott! – Es war das erste Wort, das er redte, und lange darauf sagte er noch kein anders. Seine Stille gefiel der Meyerin; sie sagte selber zu den Kindern, wir wollen doch izt nicht viel reden; aber sie blieb den ganzen Abend da, und sobald es ihr der erste Eindruck zugelassen, sagte sie zu Gertrud, sie solle doch izt nichts anrühren, es freue sie izt ein paar Stunden zu tun, als wenn sie schon eingesessen wäre; dann nahm sie dem Rudi den Haspel, und sagte, es geht dir izt doch nicht recht – haspelte munter darauflos, half den Kindern an ihren Rädern wo es fehlte, flochte zweien die Zöpfe, kochte der Kleinen den Brei, gab dem Engelkind auf ihrem Schoß zu essen, zog es dann ab, hielt es eine Weile nackend, wie die Mutter Gottes den lieben Heiland, auf ihrem Arme – machte dann dasselbe seinen Geschwisterten allen gute Nacht sagen, hielt ihm das Köpfgen an ihre Backen, sie küßten dasselbe alle – und es machte allen Ä – Ä – dann tat sie es ins Bett, konnte fast nicht von ihm weg, und sang ihm noch bis es entschlafen war. Der Rudi stand bei allem hinter ihr her wie ihr Schatten. – Doch als sie fortgehen wollten, machte er seine Kinder aufstehen, und der Gertrud danken – aber er hatte ein silber und vergoldetes Halsband mit Granaten und Bollen in einem Papier in der Hand – Ach, mein Gott!

Er hatte es unter der Frauen selig einer reichen Bäurin versetzt, und izt, da er es konnte, auf diesen Fall wieder herausgelöst, und dachte wohl tausendmal, sooft er es ansah, wann's auch die Frau selig wüßte, daß ich wieder dazu gekommen, es würde sie doch auch freuen. – Aber er dorfte das Papier der Meyerin fast nicht geben, sie merkte es, und fragte ihn noch selber, was hast du da in den Händen? – Nahm ihm es ab – und trug es dem lieben Rudi zur Freude am Hals heim, pflückte dann noch in seinem Garten Blumen, und trug sie in einem Körbchen, das auch sein war, mit sich heim.

§ 30
Schleck Salz – so dürstet's dich –

Das Weib, das mit den Fehlern und Schwächen ihres Geschlechts, noch die Rohheit und Härte des männlichen verband – die Vögtin – ahndete nichts weniger als daß izt so etwas begegne, sie meinte vielmehr die Antwort, „sie brauche keinen Anschicksmann" usw. wolle nur soviel sagen, wenn der Vetter etwas mit ihr wolle, so soll er selber kommen! – Flugs sandte sie über den Berg, und der, den sie sandte, brachte den Vetter hinüber. –

Die Meyerin fand ihn, da sie heimkam, vor der Türe stehen. – Es dünkte sie doppelt so unverschämt als die Anfrage am Morgen, doch war sie freundlich, machte ihn in die Stube hineinkommen, und er hatte schon gute Hoffnung – als sie ihn izt fragte, was er Guts wolle? –

Er müsse ihr einmal, war seine Antwort, über die Sache, die sie wohl wisse, und die er schon lange an sie gesucht habe, noch einmal etwas sagen. –

Du kommst mir eben recht, erwiderte die Meyerin, ich habe dir just auch etwas darüber zu sagen – dann tat sie das Körbchen auf, das sie unter dem Arme getragen, nahm frische Rosen heraus, weiße und rote, Rosmarin und Majoran, und ein großes dunkelgelbes Nelken, büschelte einen Strauß, band ein buntes Band darum, und lachte immer darzu. –

Der Ochsenfeist wußte nicht, was das abgeben wollte; endlich war sie fertig, gab ihm den Strauß – und sagte – da hast du den ersten, den ich mache, seitdem ich Braut bin – die Blumen gehören dem Rudi, du kannst ihm dann an der Hochzeit danken. –

Der Ochsenfeist tat das Maul auf, und hängte es hinab, daß die Meyerin fürchtete, es falle an Boden hinunter. –

Sie lachte fort – und er kam mit Zeit und Mühe dahin, zu sagen – wenn's so ist – so bin ich doch heut wohl vergebens gelaufen. – Bist du so gar müde geworden? erwiderte die Meyerin. –

Das eben nicht, sagte der Ochsenfeist, aber es ist doch weit und ein wüster Weg. –

Jä – aber denk, ich habe dich nicht heißen kommen, bei dem schlechten Weg, sagte die Meyerin.

Mit dem ging er. – Die Untervögtin warf ihm seinen Strauß mitsamt dem Band zum Fenster hinaus auf den Mist. – Ihr Mann sagte, es ist izt aus – der Sonnenwirt setzte hinzu – Katz und d'Maus.

§ 31

Zwei Schulmeisterherzen

Der Gedanke, es nimmt alles wieder ein Ende, wenn er die Augen zutut, griff immer weiter, und hatte immer mehrere Folgen. Da die Kinder aus der Schule ihren Eltern daheim erzählten, der Lieutenant habe immer rote Augen, und weine fast den ganzen Tag, gaben ihrer viele ihnen zur Antwort, er hat wohl Ursach, sein Brotkorb ist auch dahin, wenn der Junker tot ist. –

Aber bleibt er dann nicht mehr unser Schulmeister? sagten die Kinder, und es war ihnen so angst! –

Wer wollte ihn bezahlen? erwiderten die Eltern; und viele setzten hinzu, er kann dann auch wieder spazieren woher er gekommen. –

Das tat den Kindern so weh, sie konnten's nicht alle glauben, und redten miteinander ab, sie wollen ihn selber fragen, das sei das allerbeste.

Ihm zersprengte es fast das Herz, als sie nach der Schule mit nassen Augen vor ihm zu stunden, und das ihm nächste Kind mit sichtbarem Zittern zu ihm sagte, sie dörfen ihn fast nicht fragen, aber es sei ihnen auch so angst, er solle ihnen doch sagen, wenn der Junker sterbe, ob er dann nicht mehr ihr Schulmeister sein könne? – Er mußte sich umkehren, Luft schöpfen unter dem Fenster – sein Atem tönte wie eines Menschen, der einen großen Berg hinuntergejagt worden, und izt den ersten Augenblick stille steht. – Sobald er reden konnte, kehrte er sich wieder um, streckte die Hände gegen sie aus, wie wenn er sie alle darein nehmen wollte, und sagte dann, wohl Kinder! Auch wenn es Gott gefallen sollte, den Junker nicht mehr aufkommen zu lassen, will ich doch bei euch bleiben – dann drückte er allen die Hand – und er fühlte, weißt Gott, daß die meisten schwitzten – Wie ihm das zu Herzen ging – und wie die Kinder so freudig heimgingen! –

Aber viele Eltern durften ihnen noch sagen, pochet nicht zu laut, wenn er schon will bleiben, es ist denn die Frage, ob er es könne? Aber die Kinder glaubten dem Schulmeister, und pocheten fort. –

Indessen träumte sich der alte Schulmeister wieder in seinen Platz, und ließ sich verlauten, die Krankheit Arners, und sein frühzeitiger Tod, sei ein sichtbares Strafgericht für seine Entheiligung der Kirchen und Schulen. –

§ 32
Es fängt sich an zu zeigen, daß der Baum Wurzeln hat

Aber habt nicht bange, lieben Leute, ihr wisset ja, daß der alte Schulmeister ein Narr ist – so ohne Schwertstreich geht Arners Ordnung nicht verloren, auch wenn er sterben sollte; und ihr wisset ja noch nicht einmal das. – Höret einmal was izt begegnet. –

Da die Spinnweiber zum Mareili kamen – und demselben klagten, was man sage und was sie hören, und wie übel es wäre, wenn es kommen würde, wie man sage und meine, gab es ihnen zur Antwort – wenn so leicht ein Kraut zu finden wäre dem Junker zu helfen, als es für das, was ihr fürchtet, Mittel und Wege hat, so hätte ich izt etliche Nächte mehr geschlafen, als ich nicht getan. –

Ja, ja, wenn du wüßtest, was man aller Orten sagt, und wie viele Leute izt schon zeigen, daß sie darauf warten und blangen (ungeduldig sind) bis es wieder anderst werde – erwiderten die Weiber. –

Und das Mareili ging zur Stunde zu seinem Bruder in die obere Stube, und sagte zu ihm, ich bin izt 20 Jahre bei dir, und habe noch nie nichts von dir begehrt, und was mein ist, ist dein – aber izt mußt du dich angreifen, und zeigen, daß du nicht mehr der Bettler Marti bist. –

Was willt du mit dieser Vorrede? sagte der Meyer. –

Ha – ich will darmit, du müssest machen, daß wenn in Gottes Namen der Junker, wie man fürchtet, zum Sterben kommen sollte, der Schulmeister dableiben könne, und die neue Ordnung nicht gleich wieder zunichten gehe. –

O – dafür hast du mich nicht zu bitten – erwiderte der Meyer – ich bin mir selber nicht so feind, daß ich eine Schul und Einrichtungen so leicht wieder zugrund gehen lasse, die meine Arbeiter so weit in eine Ordnung und für sich gebracht haben, als ich sie ohne Hilfe mein Lebtag nicht hätte für sich bringen können. –

§ 32

Er setzte hinzu, wenn ich ihn allein bezahlen müßte, ich würde ihn nicht fortlassen, aber in solchen Fällen tut man immer besser, man mache, daß die andern auch wollen –

Das ist wahr, sagte das Mareili, und ging innig mit ihm zufrieden, auf der Stell zur Reinoldin, auch mit ihr darüber zu reden.

Es versteht sich, antwortete diese, ehe es kaum halb gesagt hatte, was es wollte, daß er nicht wieder fort muß – ließ es stehen, und sprang hinaus zu ihrem Mann, der eben bei einem kranken Hauptvieh im Stall war. –

Dieser antwortete ihr über seine Kühe herüber – ja freilich, wie du willt! –

Ja – aber wir müssen mit deinem Vater darüber reden, erwiderte die Frau, ihm darf es niemand abschlagen, willt du nicht mit uns kommen? –

Ich will nur auch zuerst mit der Kuh fertig machen, sagte der Mann. –

Und die Frau – aber es geht doch nicht lang?

Es ging nicht lang, und sie nahmen das Mareili mit sich. –

Ihr Anbringen freuete den Alten so sehr, daß er ihnen sagte, er wisse sich nicht zu gedenken, daß ihm vor Freude das Herz so geklopft hätte wie izt. –

Er zog alsobald eine neue warme Kappe über die Ohren, setzte den Hut darüber auf, nahm warme Handschuh, und seinen Stab aus dem Kasten, und ging. –

Ä – was will doch der Großvater, daß er bei dem schlechten Wetter zu uns kommt? fragte ihn ein jedes, wo er zusprach – und wo er zusprach, war er der liebe alte Mann, der jedermann gedient, und den jedermann in Ehren hielt – er war der Reichste, und obgleich schon alt, so war kein Haus, in welchem Mann und Frau, sobald er sagte was er wollte, einander nicht ansahen, und Winke sich gaben, es gelte sich zu besinnen, was man antworte, und man dörfe es ihm nicht abschlagen. –

Er bettelte nicht, er sagte die Sach, und setzte hinzu, die Sache ist so nötig und gut, und es sind unser über die zwanzig Bauern, die das wohl können, und die, wenn sie es nicht tun, an ihren Kindern und am ganzen Dorf auf eine leichtfertige Art sich versündigen – ich hoffe, ihr schlaget es mir nicht ab; aber ich sage es zum voraus, wenn mir einer abschlagt, so mußt es doch sein; ich will es denn für ihn tun, und seinen Kindern und dem Dorf zum Almosen geben, und es muß mir denn so eingeschrieben werden. – Aber es ließ sich das niemand zum Almosen einschreiben – mancher schüttelte zwar wohl den Kopf, und hätte es sicher niemand anderm eingeschrieben, aber ihm schlug es niemand ab, und der Rodel war, ehe die Sonne untergegangen, vollständig. –

Es scheint ein Mischmasch durcheinander – die Freude der Leuten, daß es wieder anderst komme, wenn der Junker sterbe – und das leichte Vollmachen dieses Rodels.

Aber das Tun aller Menschen ist so ein Mischmasch, und das Unbegreiflichste, das der Mensch mit sich herumträgt, ist die Schwäche, mit der er in tausend und aber tausend Fällen um nichts und aber nichts sich dahin bringen läßt, zu tun, was ihm in der Seele zuwider ist. –

Ach, es braucht so wenig einen ganzen Haufen Menschen nach seiner Pfeife tanzen zu machen, daß mir ein Bärenführer ein anderer Kerl ist, als einer, der die Menschen tanzen macht.

Im Grund aber, wenn schon viele dieses oder jenes gerne in der alten Ordnung gehabt hätten, so war's doch nicht an dem, daß ihrer viele die ganze alte Ordnung wieder zurückgewünscht hätten, das durfte nur niemand sagen; und es waren immer noch die mehrere, und die Stillen und Armen alle, welche aufrichtig wünschten, daß alles so bleibe. –

Der Alte brauchte auch die List, wenn er schon den Weg doppelt machen mußte, daß er zuerst zu denen ging, die es gerne taten; er wußte wohl, wann es einmal einen Anfang habe, so schrieben sich die andern auch ein – wie die Gänse gaggen – er war immer sein Lebtag in guter Laune, und hatte immer mit den Leuten Spaß – und auch izt sagte er etlichen, wenn sie ihre Federn abgelegt, und er ihre Tolgen-Namen auf dem Papier getrocknet im Sack hatte, wisset ihr izt auch, daß ihr euch dem Baumwollen Meieli, und nicht mir, unterschrieben? – Ä (Ei) – wie das – wie das? Es wird etwa nicht so sein, sagten Männer und Weiber. – Wohl freilich, antwortete der Reinold, laßt es euch nur nicht gereut haben, es hat mich dafür angesprochen, daß ich mit euch rede, und es und sein Bruder haben zuerst versprochen, aber sie wollen dann zuletzt unterschreiben.

Das wurmte nicht nur einem so, daß er mit Kopfschütteln sagte, wenn er das gewußt hätte, daß die Bettlerherrin darhinter steckte, so hätt' er es gewiß nicht getan.

Ein Mann, der kein Narr war, gab ihm zur Antwort – du bist nicht schuld – deine Sohnsfrau und das Mareili schicken dich im Dorf herum; ohne ihren Weiberbund würdest du izt daheim sitzen und die Hände am Ofen halten. – Der Alte mußte lachen, und trug den Weiberbund herum, wo er hinkam. –

Und das Baumwollen Mareili sagte, sobald es von diesem Bund hörte – izt, weil man's sagt, ist's eben recht ihn zu machen; und was vorher nicht bestimmte Abred war, das war es izt. – Die Reinoldin, die Meyerin, Gertrud, und es verbanden sich izt förmlich zusammen, es möge nun mit dem Junker kommen wie es wolle, im Dorfe alles daranzusetzen, daß die Sachen bleiben, wie sie seien, und wie sie der Junker angefangen und haben wolle. –

§ 33
Ein Phantast, der auf eine Religionswahrheit kommt – und ein Pfarrer, der sich auf der Kanzel vergißt, und nur wie ein Mensch redt

Der Bund machte allen Leuten Gedanken. – Wer hätte auch das gemeint? sagten Männer und Weiber – aber die größte Betrübnis darüber hatte der alte Schulmeister. – Der arme Tropf fand heute nicht mehr wie gestern, es sei ein Wunder vom Herrn, daß Arner auf dem Todbett liege – er lobpreisete auch den Namen des Herrn heute nicht mehr so laut mit dem Maul – er sagte es nicht mehr, die Wege des Herrn sind richtig und recht – er sagte nur, sie sind unerforschlich. –

Das findet zuletzt auch der Tor, wenn es ihm nicht geht wie er will – aber wer Gott nicht für einen Menschen, und nicht für ein Kind achtet, der findet es immer – und meint nie, er wisse was Gott mache, oder was er wolle.

Aber der abergläubische Mensch und der Götzendiener weißt das immer – es ist ihm nie verborgen, was Gott tut, und was der will, der die Himmel regiert. – Es ist ihm nichts unerforschlich und nichts verborgen als das, was ihm vor der Nase liegt. –

Mitten in allem diesem flossen viele stille Tränen für den kranken Mann – viele Gebetbücher wurden naß, die bei Jahren nie naß geworden, und viele Hundert Menschen lagen seinetwegen Nächte durch schlaflos. – Der Kummer der innigsten Liebe trieb ihrer viele bis zum Zagen der Verzweiflung. –

Das Kind der Rickenbergerin sank wieder in den Zustand, in welchen es gerade nach seines Vaters Tod gefallen, blieb ganze Nächte auf seinem Grab, weinte da, und oft, wenn seine Mutter und seine Geschwisterte bei ihm stunden, sah es sie nicht. – Wo es war, verfolgte dasselbe der erschreckliche Gedanke, es sei nicht Gottes Wille, daß ein guter Vater auf der Welt sei, wenn einer da sei, so müsse er sterben, und es dünkte ihns, die Menschen müssen nicht wert sein einen zu haben, sonst wär' es anderst. –

Und der Pfarrer führte am Sonntag auf der Kanzel, weiß Gott, fast die gleiche Sprache.

Es sei, sagte er, wie wenn es nicht sein müsse, daß Menschen durch ihre Mitmenschen versorget werden. – Die ganze Natur und die ganze Geschichte rufe dem Menschengeschlecht zu, es soll ein jeder sich selber versorgen, es versorge ihn niemand, und könne ihn niemand versorgen; und das Beste, das man an dem Menschen tun könne, sei, daß man ihn lehre, es selber zu tun.

Auch hat Arner nichts anders gesucht als dieses, sagte er mit einer Stimme, die an allen Wänden klang, und setzte mit dumpfem leisem Ton hinzu, aber was wird izt daraus werden?

Nach einer Weile sagte er wieder, es liege in Gottes Namen in der Natur, daß der Mensch auf niemanden auf Erden zähle; selbst Eltern, die für den Säugling in Feuer und Wasser springen, den letzten Bissen im hungrigen Mund käuen, und nicht hinunterschlucken, sein Leben zu erretten, springen für ihn nicht mehr in Feuer und Wasser, teilen nicht mehr mit ihm den letzten Bissen, wann er erwachsen ist, und sagen ihm vielmehr, hilf dir izt selber, du bist erzogen! –

Und im Grund ist es vollkommen recht, und für das Menschengeschlecht gut, daß Eltern und Obrigkeiten die Menschen dahin weisen, und es ist wider ihre Rede, „ihr seid erzogen, und helfet euch selber", nichts zu sagen, wenn sie nämlich wahr ist, aber wenn sie nicht wahr ist, wenn Kind und Volk nicht erzogen sind, sich selber helfen zu können, wenn vielmehr die armen Geschöpfe in beiden Verhältnissen verwahrloset, zu Krüppeln und Serblingen (Schwindsüchtigen) gemacht und unmündig gelassen werden, nichts sind, und nichts aus sich machen, und sich nicht helfen können, und man ihnen dann doch sagt, hilf dir selber, du bist erzogen! – und – wohl noch etwas anders darzu – dann ist es freilich was anders. –

O – Arner – Arner! Wie sahest du das ein, und wie würdest du helfen, wenn du lebtest; aber Gott im Himmel, was können wir hoffen? Lernet doch arme Menschen! Lernt euch selber versorgen, es versorget euch niemand! –

So redete der Mann –! Und wer verziehet ihm, wer verziehet der Rickenbergerin diese Sprache nicht? –

Wer will sagen, es sei wider Gott, wenn's dem Menschen für Menschen bange macht? – und es sei wider die Obrigkeit, wenn er für die Armen und Elenden, und Unversorgten im Land mit einem Feuer redet, das brennt? –

O! Ihr Menschen, das Feuer des Eiferers, der im Gefühl der Verwahrlosung unsers Geschlechts dahinkommt, die Sprache der Verzweiflung zu reden, ist ein heiliges Feuer, und seine Sprache ist wie ein Schatten der himmlischen Wahrheit, und wie ein verblichenes Siegel der Göttlichkeit unserer Natur –! – Der Pfarrer aber sagte nicht nur dieses.

§ 34
Ein Staatsminister auf dem Dorf

Indessen breitete sich das Gerücht von seiner Krankheit, und von ihren Ursachen, weit umher aus, und kam schnell, wie auf den Flügeln des Windes mit allen Zusätzen, die es auf dem Wege von 20 Stunden aufnehmen konnte, an den Hof des Fürsten. – Durch allen Wirrwarr der Berichten schien so viel gewiß, daß Arner sehr krank, und Sylvia daran schuld sein möchte. Der Herzog, der warmen Anteil an Arners Krankheit nahm, und über die mutmaßlichen Ursachen derselben äußerst aufgebracht schien, stund eben vor Arners neuem Gemälde, darin Menzow wirklich sich selbst übertroffen, als Bylifsky zu ihm kam, um die Freiheit zu bitten, nach Arnburg zu reisen – und er befahl ihm, seinen Leibarzt mitzunehmen, und von seinetwegen ebensowohl über die Ursachen der Krankheit genauen Bericht einzuziehen, als auch alles zu veranstalten, was er nötig finde, den Arner vor Verdruß zu sichern. –

Helidor hatte zwar schon angefangen, die Begriffe seiner Durchlaucht über den guten Arner herunterzustimmen, aber da der Herzog vor dem Leibarzt sich über Sylvia unwillig zeigte, stimmte er hierin vollends ein, und sagte, es sei wahr, sie habe ein Maul zum töten, wenn sie anfange jemand zu quälen. –

So muß man sie von meinetwegen, wenn es im geringsten nötig, auf der Stelle aus dem Schlosse wegschaffen, erwiderte der Herzog. – Und auch hierin widersprach Helidor kein Wort. –

Der schnellste Jagdzug flog mit ihnen die Nacht durch, und am Mittag waren sie in Bonnal.

Da stieg Bylifsky aus, und ließ den Leibarzt allein weiterfahren. Er wollte einen Augenblick zum Pfarrer. – Dieser war in der Kirche und betete eben mit den Schulkindern ein stilles Gebet für das Leben des Junkers. – Bylifsky hört's – geht auch zur Kirche, tut mit leiser

Hand die Türe auf, tritt mit stillem unhörbarem Schritt hinein, siehet
die Schar der Kinder, und den Pfarrer und ihren Lehrer vor dem Altar auf den Knien, und ihr Angesicht unverwandt gegen den Boden,
hört ihr Schluchzen, fällt in seinem Ecken auf die Knie, weinet und
betet mit diesen Kindern für seinen Freund; und da sie wieder aufstehen, gehet er zu ihnen hervor, sagt wer er sei, grüßet sie alle, und
gibt wie der Pfarrer und der Lieutenant den Behüte Gott sagenden
Kindern die Hand – siehet eines nach dem andern so steif und genau
an, als ob er keinen Gedanken in seiner Seele habe als diese Kinder
– ißt dann mit dem Pfarrer seine Suppe geschwind, wie sie da stund,
und geht mit ihm und dem Lieutenant zu Fuß über den Berg nach
Arnburg.

§ 35
Eine Dienstmagd begehrt Abscheid und Rekommendationsbriefe von der gnädigen Herrschaft

Der Leibarzt zuckte die Achsel – sobald er den Kranken sah –
machte dann seine Feldapotheken auf; und Gerüche aller Art füllten
die Stube. –

Fürchterliche Silber- und Goldzangen und Nadeln, und Messer,
Schwämme und Binden, Stücke von Schlangen, zerriebene Mücken,
Gift, Metallen, und halbe Metallen, chymische Geheimnisse, und
natürliche Pulver, Salben und Pflaster, lagen sichtbar und unsichtbar
in dieser Kiste. Er nahm heraus, wog, mischete, rieb, stößte, ließ
warm machen und wieder kalt werden, strich Pflaster und Salben,
und innert einer Stunde hatte Arner allerhand davon an seinem Leib,
und nicht weniger davon selber darin. –

Dann ließ er ihn eine Weile allein, und nützte diesen Augenblick,
Sylvien, die er schonen wollte, zu sagen, was er gehört. – Sie stellte
sich ganz gleichgültig, machte die kranke launige Dame, und tat, solang er vom Herzog redete, wie wenn ihr an allem nichts liege; da
er aber vom Helidor anfing, konnte sie das nicht mehr – sie fragte
mit Hastigkeit, hat er nichts dazu gesagt? – Aber er wollte nicht mit
der Sprache heraus – sie bat, und zwang, und drang, und ließ ihn
nicht ruhen, bis er es ihr sagte. – In Gottes Namen, weil Ihr Gnaden
befehlen – Er hat gesagt, Ihr Gnaden haben ein Maul, es haue und
steche. So – er hat das gesagt? erwiderte sie – stund plötzlich auf –
verließ das Zimmer – lief unter ein Fenster, und wartete da dem
Herzklopfen ab, das sie anwandelte – da seh ich – da seh ich's – ja

izt schon, daß er mir beim ersten Anlaß wie einem Schuhlumpen den Tritt gibt. – Ihr Herz schlug – und sobald sie wieder zu Atem kam und die Augen aufhub, sah sie Bylifsky, zwischen dem Pfarrer und dem Lieutenant, den Vorrain vor der Burghalden hinaufkommen; sie redten von der Schule, und der Lieutenant vertat seiner Gewohnheit nach die Hände, weil er im Eifer war, sie aber meinte, er erzähle izt sicher von nichts anderm als von ihr – sie floh in ihre Stube, stampfte mit dem Fuß, besaß sich nicht mehr – wütete izt mit Aglee, gab ihr in allem die Schuld, behauptete, sie hätte sie von allem zurückhalten sollen, und hatte zum Grund, sie wisse wohl, was sie über sie vermöge. –

Diese gab ihr keine Antwort – aber am Morgen fand Sylvia auf ihrem Pult folgenden Brief. –

„Ich habe Sie bestohlen, und bin fort – meine Gründe liegen zum Teil in Ihrem gestrigen Betragen, zum Teil in meiner immer mehr steigenden Überzeugung, daß wir nicht füreinander geschaffen; aber ich bin izt nichts weniger als in der Laune, mich über das, was ich tue, zu erklären, oder mich zu rechtfertigen; das ist gewiß, daß ich für das, wozu Sie mich brauchten, nicht bezahlt bin, und dieses ist, wie Sie wissen, von einer Natur, daß wir beide es nicht wohl von der Obrigkeit können ausmachen lassen, was mir dafür gebühre.

Aber erschrecken Sie um deswillen nicht, ich habe mich nicht über die Gebühr vergriffen; Ihr Schmuckkästchen ist klein, und das Halbe und das Beste davon habe ich daraus weggetan, und in die Ecke Ihres Schranks neben die blaue Haube gelegt, die Sie gestern getragen. Ich will nichts als von Ihnen fortkommen, meine philosophische Jungfer! mit dem Glauben, daß den Menschen nichts entehre als der Diebstahl. Ich kenne Sie zu wohl, um nicht auch als eine Diebin auf meiner Hut zu sein, daß Sie mich mit Recht nicht verachten können, wie ich Sie verachte.

Lassen Sie mich Ihnen nur noch sagen – wir denken in keinem Stück gleich; und wenn wir je das gleiche taten, so hatten wir doch nie die gleichen Gründe. Ich half Ihnen freilich hier den Junker und seine Leute kränken, aber verachte weder ihn noch die Jünkerin, noch den Rollenberger, am wenigsten den Lieutenant; der letzte zwang mir eine Hochachtung ab, die ich keinem Menschen mehr schenken will.

Aber was geht es Sie an, wie ich darüber denke? Ich gehe über Regenspurg nach England, und erwarte am ersten Orte bei Ihrer Cousine ein paar mir nötige Empfehlungsschreiben von Ihnen; und damit Sie nicht in Versuchung geraten, mich einen Posttag darauf warten zu lassen, und ebensowenig sich von Ihrer Hitze verleiten lassen, morgens in den ersten Augenblicken von meiner Abreise anderst als in der Ordnung zu reden, finde ich noch nötig, Ihnen die Anzeige zu machen, daß ich diejenige Papiere alle mit mir genommen, die ich vor 3 Wochen, wie Sie glaubten, vor Ihren Augen verbrannte. Ich habe dieselben mit den neuern Geheimbriefen, die Sie bei sich herumtrugen, mit der Brieftasche ebenfalls mitgenommen. So viel brauchte ich, um Ihnen mit Sicherheit vor die 2 ersten Stunden dieses Morgens so viel Verstand zutrauen zu dörfen, als ich will, daß Sie izt haben. Einen andern Gebrauch davon werd ich nie machen. –

Ich habe weiter nichts mehr zu sagen, als lernen Sie in Zukunft den Namen Freundin gegen niemanden mehr also zu brauchen, wie Sie es getan haben gegen Ihre

gehorsame Dienerin
Aglee

§ 36
Der Staatsminister in der Schule und bei dem Schulmeister

Aber es wird immer schlimmer mit Arner! – – Therese fällt aus einer Ohnmacht in die andere. –

Der Leibarzt foderte, daß man ihn vollends allein lasse – und izt sinkt er in eine äußerste Ermattung, entschläft in derselben – auf den Lippen aller steht der Gedanke – Er ist tot – und wird nicht wieder erwachen. –

Therese reißt sich aus den Armen Bylifsky – Er ist tot – Er ist tot – und sinkt vor ihm nieder – Der Rollenberger liegt mit den Kindern auf den Knien – der Pfarrer betet laut, und alles erwartet das Wort – Er atmet nicht mehr! –

Wie bang – wie bang – wie bang ist ihnen allen! – Wie horcht alles vor seiner Türe! Man hört keinen Laut. – Ist er tot? – Ach! – – Ist er noch nicht tot? – vielleicht – vielleicht – vielleicht – –

Still! Seid doch still –! Man hört eine Bewegung – was ist's – was ist's –? Der Leibarzt kommt an die Tür – er öffnet sie fast ohne einen Laut, und sagt fast ohne zu atmen – es zeigt sich ein Schweiß, ich habe wieder einige Hoffnung – er schläft fort – man eilt zu Therese – sagt ihr die Worte – sie will's nicht glauben – und fällt wieder in Ohnmacht. – Nach einer Viertelstunde öffnet er wieder, und sagt, der Schweiß wird immer stärker – geht doch – und sagt's! – Alle Viertelstunden kommt er wieder, und bleibt bei der Rede – er habe wieder Hoffnung! –

Gegen 9 Uhr erwachte der Kranke, und sagte, es sei ihm wie im ganzen Leib anderst und leichter – aber er war äußerst schwach – entschlief bald wieder – und das bange Warten der Nacht war entsetzlich – man hörte keinen Laut als beten – Therese hatte keine Ohnmachten mehr, und betete izt auch – die Berichte kamen immer gleich, es gehe so gut als möglich, und es sei gewiß Hoffnung! – Und am Morgen durfte Therese wieder zu ihm hinein; aber sie kam nur, und verschwand wieder. – Der Leibarzt foderte heute noch die gleiche Stille – und Bylifsky sah ihn nur durch eine Seitentür, und brachte den Tag mit dem Pfarrer und dem Lieutenant in Bonnal zu.

Er sah da alles, und alles mit den Augen des Manns, der imstand ist, im Samenkorn des Ölbaums sich das allmählige Wachstum der Pflanzen von ihren Keimen an bis zu derjenigen Größe vorzustellen, in welcher die Vögel des Himmels auf seinen Ästen nisten, und die Menschen sich unter seinem Schatten lagern.

Er sah lang und genau nach allen Seiten, war im Anfang still, redte wenig, nach und nach aber immer mehr; trat in die kleinsten Umstände dieser Leute hinein, und forschte mit Genauheit dem Einfluß der neuen Ordnung auf diese Umstände nach, und kam dahin fast mit dem halben Dorf zu reden, sah den Baumwoll-Meyer, das Mareili, Gertrud, den alten Renold, die junge Renoldin, den Lindenberger, den Michel, und selbst den Hummel; blieb, solang die Schule dauerte, am Morgen und Nachmittag, vom Anfang bis zum Ende darin, sah aller Kinder Arbeit, und warf die genaueste Aufmerksamkeit auf die Verbindung des Lernens mit dem Arbeiten; forschte genau, wieweit das eine das andere nicht hindere, urteilte kein Wort, bis er alles gesehen, alles geprüft, dann erst sagte er zum Lieutenant, der freilich izt auch gern ein Wort gehört hätte, was er etwan meine.

Ich finde Euere Einrichtungen mit der innern Natur des Menschen, und mit ihrem wirklichen gesellschaftlichen Zustand gleich übereinstimmend – und einen Augenblick darauf – die Großen schätzen den Menschen nur in dem Grade, in welchem sie Nutzen von ihm ziehen können, und das innere Triebrad aller wirklichen Gesetzgebungen ist kein anders, als jeden Staat für seinen Fürsten so hoch hinaufzutreiben als möglich, und die darin lebenden Menschen ebenfalls so gut als möglich zu diesem Endzweck aufs beste zu nutzen und zu brauchen, und wenn's gut geht, auch dazu zu bilden und zu führen – so wie das innere Triebrad der wirklichen Einrichtungen eines jeden Eigentümers dieses ist – sein Haus und Hof, Beruf und Gewerb, so hoch hinaufzutreiben als möglich, und seine Leute zu diesem Endzweck eben so zu nützen und zu brauchen, und wenn's gut geht, auch zu bilden und zu führen. Desnahen ist der Mensch im großen in dieser Welt auch nur insofern glücklich und sicher, als er dienstfähig gebildet und gemodelt ist, den Platz, den er in der Gesellschaft mit gesetzlichem Recht behauptet, wohl auszufüllen. – –

Ihre Einrichtungen, mein Freund! entsprechen diesem vorzüglichen Bedürfnis der Menschen auf eine Art, wie ich es noch nirgend gesehen, und können nicht anderst als das Urteil der Fürsten über den Wert ihrer Menschen, und mit diesem die Aufmerksamkeit ihrer Gesetzgeber oder Gesetzmacher, auf das Glück und die Sicherheit derselben erhöhen – indem sie diesen wichtigen Gesichtspunkt nicht durch chimärische Träume – an welche die Fürsten durch die erste Bedürfnisse ihres Stands in Ewigkeit gehindert werden, im Ernst zu glauben – sondern durch viele Erhöhungen des wirklichen Ertrags, und Dienstfähigkeit der Menschen, an die sie immer gerne glauben, zu erzielen suchen.

Auch halte ich, lieber Lieutenant! Ihre Erziehungsart und Ihre ganze Dorfeinrichtungen so bestimmt für eine Finanzsache, daß, wenn das Kabinett den Plan gemacht hätte, das Volk ganz allein nach dem Gesichtspunkt seiner mehrern Ertragsfähigkeit erziehen zu lassen, dasselbe ganz gewiß sein Werk mit Einrichtungen anfangen müßte, wie die Ihrigen sind –

Gott! Denkt euch izt den Mann, dem noch vorgestern Bonnals Gesindel gewagt hat, Joggeli willt Geld? und Joggeli hast Geld? nachzurufen, und dem izt der erste Minister seines Fürsten dieses sagt! –

Wenn nach jahrelangem innerm Kämpfen eine Beterin sich plötzlich wie durch eine Erscheinung erhört, und weit über ihren Glauben erhört sieht, so steht sie im ersten Gefühle des Heils, das ihr widerfahren ist, vor ihrem Gott da, wie dieser Mann vor Bylifsky. –

Eine Träne zitterte in seinem Auge, und auf seinen Lippen das Verstummen seiner ganzen Erschütterung.

Der Minister kannte dieses Verstummen, es war der beste Lohn des Diensts, den er seinem Fürsten tat, er hatte ihn aber auch nicht selten genossen, und nahm izt dem zitternden Mann seine Hand, sagte ihm, „zählen Sie auf mich, aber handeln Sie an ihrem Platz vollends wie wenn Sie mich nicht kennen würden, und wie wenn ich nicht in der Welt wäre. Der Weg, zu welchem Ihr Werk führt, fodert dieses." –

Mit diesem verreiste er. Der Lieutenant sah ihm nach, so weit er konnte; er saß am Ende der Schulmatten unter dem Nußbaum auf einem Markstein, hielt die Hände zusammen, entzog ihm kein Aug, solang er ihn sah, und da er ihn nicht mehr sah, sank ihm sein Haupt gegen dem Boden, sein Herz schlug, und sein hölzernes Bein zitterte auf seinem Stumpen – er sah es – armer Stumpen, sagte er zu sich selber, ich habe dich lang mühselig herumgeschleppt; aber wenn ich auf dir noch dahin hülpen kann, wohin mir izt ahndet, so ist mir die Mühseligkeit meines Lebens wie nichts, und der Tag, an dem ich zum Krüppel worden, wird mir dann der glücklichste meines Lebens!

Ach! Er sah mit inniger Freude, wie sein hölzernes Bein zitterte; und der Minister reiste mit dem beruhigenden Gefühl fort, eine Bahn zur sichern Verbesserung der Volksgesetzgebung entdeckt, und den Mann gefunden zu haben, der in den Labyrinthen der Tiefe, in welchen die Gesetzmacher immer wie in der Irre herumtappen, und in der Finsternis wandeln soviel Licht anzünden kann, als einer braucht.

§ 37
Äußerungen der Freude und Freundschaft – Und die Strafe eines Verleumders –

Ehe er verreiste, nahm er noch in der Stille, aber sehr genau, verschiedene Zeugnisse auf, was des Generalen Jäger über den Lieutenant in Bonnal für Reden ausgestreut – dann eilte er einsam zu Fuß fort über den Berg. Der Traum über sein Dorf, und der Gedanke, wie es um Arner stehe, teilten seine Empfindungen bis gegen das Schloß. So wie er sich diesem näherte, vergaß er die Schule; Furcht und Hoffnung schlugen in seiner Brust, er verdoppelte seine Schritte – er hatte befohlen, wann es im geringsten einen Anschein zum Schlimmerwerden habe, daß man ihn augenblicklich berichte – nun war es Abend, und kein Bericht da, das schien gut – Er eilte – Er eilte – izt ist er hinter den Tannen, sieht das Schloß wieder, sein Herz schlägt, er entzieht ihm kein Aug, und plötzlich sieht er alle – alle – zum Schloß hinaus ihm entgegen. –

Therese – die Kinder – der General – der Leibarzt – er sieht's – sie gehen – sie laufen – sie zittern nicht – sie sind nicht mehr wie gestern – es führt Therese niemand – es ist kein Jammer in ihrer Gebärde – er sieht's – Arner ist gerettet – und springt! – Der Karl springt auch von der Mama weg, ruft ihm laut und von weitem – es bessert mit dem Papa!! Bylifsky nimmt ihn bei der Hand, springt wie der Knab – Therese lauft izt auch, und sinkt außer Atem und ohne zu reden ihm in die Arme – Alle stehen um ihn her – alle drängen sich an ihn an, der Leibarzt sagt wieder – Er ist will's Gott gerettet! Und ihm überfließt das Herz von Wehmut und Wonne. –

So lauft ein Haus, das in den Fluten gestanden, und wie im gräßlichen Eisstoß sich wie ein Wunder erhalten, einem Vater entgegen, der in der Verheerung nicht da war; die gerettete Mutter sinkt ihm sprachlos an den Arn, sein Ältester springt vor den andern her, ruft ihm von Ferne, wir sind alle noch da! Und alle – alle – die noch da sind, stehen um ihn her, drängen sich an ihn an – und ihm überfließt das Herz von Wehmut und Wonne. –

Arner wußte izt, daß Bylifsky da war, der Leibarzt hatte es ihm gesagt, aber ihn auch gebeten, sich nicht in Gefahr zu begeben, und wenig mit ihm zu reden. Das gleiche bat er den Bylifsky. – Er ging hinein, daß man ihn kaum hörte, wog die Worte wie Gold ab, vermied jede Empfindung, und saß nicht einmal nieder. –

Diese Aufmerksamkeit hielt den Arner in Schranken, daß ihm diese Freude nicht nachteilig war. Er sagte ihm wohl einmal, du tust doch vollends, als wenn dir an meiner Gesundheit mehr liege als an mir! Aber Bylifsky ließ sich nicht einmal zu einem Lächeln bewegen – er sagte ihm: Ein andermal wollen wir spaßen! – Arner fühlte daß er recht habe; und da die halbe Viertelstunde vorbei war, die der Leibarzt erlaubt hatte, ließ er ihn mit Willen von sich, und Bylifsky verreiste bald darauf, voll Hoffnung seiner Genesung – Er konnte nicht länger bleiben. –

Vorher stellte er dem General noch einen Befehl zu, seinen Jäger geschlossen auf Bonnal führen zu lassen, um allda von Haus zu Haus den Widerruf zu tun alles dessen, was er gegen den Lieutenant ausgestreut; mit dem Beifügen, er erwarte, daß, wenn Arner von Sylvia auch nur dem entferntesten Verdruß wieder ausgesetzt sein sollte, der Herr General sie in diesem Fall auf der Stelle von hier entferne. –

Diese Nota war unterzeichnet „Auf spezialen Befehl Sr. Durchlaucht –"

Bylifsky

Sylvia erwartete selber so etwas. Solang er da war, machte er allemal, wenn sie ihm zu Gesicht kam, Augen, die ihr durch Leib und

Seel gingen; sie konnte es sich nicht verhehlen, es war der Blick des Manns, der es in seiner Hand hatte, sie zu erdrücken, und beinahe darnach gelüstete.

§ 38
Leidensgeschichte eines herzguten Menschen, der aber das Handwerk, das er treiben sollte, nicht gut gelernet hatte

Indessen nutzte Helidor diese Tage, Ihr Durchlaucht wegen der Bonnaler Arbeit, soviel an ihm stund, erkalten zu machen.

Der gute Herzog war seit einiger Zeit mehr als je in der Gewalt des Manns, der die besten Empfindungen seines Herzens in ihm zu Staub rieb, wie man eine dürre Wurzel in dem Mörsel zu Staub reibt – und er liebte den Mann, der seine Freude daran hatte, ihm alle Augenblicke den Totengeruch vor die Nase zu halten, der in ihm lag, und täglich vor ihm zu lachen, bis er das Menschengeschlecht aus dem Sinn schlug.

Armes dahingegebenes Geschlecht der Menschen! Wenn deine Fürsten dahin kommen, solche deinesgleichen zu lieben, die lachen, bis du ihnen aus dem Sinn bist – Armes verwahrloses Geschlecht, wie bist du dann zu bedauern? – Aber dennoch bei allem, ihr Fürsten! bei allem ist's noch die Frage, wer mehr zu bedauern sei, das arme Geschlecht oder ihr? wenn ihr solche Lieblinge habt wie Helidor, der eine Stunde, ehe Bylifsky wieder heimkam, lachend von seinem Fürsten wegging, weil er den guten Mann, der mit herzlicher Teilnehmung zu ihm sagte, er hoffe will's Gott, er bringe gute Nachrichten von Arner, mit einem Wort erschüttert hatte, das ihm durch die Seele ging. – Vergessen Ihr Durchlaucht, sagte er zu ihm, doch niemal das Wort, womit Ihr Leibarzt Sie von der gefährlichsten Krankheit geheilet, die Sie je wieder befallen konnte.

Ganze Reihen von Lebenserfahrungen, die alle den Endzwecken Arners entgegen zu sein schienen, kamen dem Herzog mit diesem Wort, wie mit einem Schlag, wieder ins Gedächtnis, und das große drückende Bild der Verwirrungen, seiner Jugend Gutmütigkeit, stund ihm damit plötzlich vor Augen. – Er ging beiseits – und Helidor hatte, was er wollte. –

Die Sach ist diese. – Ihr Durchlaucht kamen im 21. Jahr mit einem Engelherzen, aber als ein unwissendes Kind, an die Regierung, fanden beim Antritt einen verschuldeten Staat, ein elendes Volk, und ein

Leben am Hof, das einem ewigen Karneval glich. – So wollten Sie es nicht – Sie wollten es anderst erzwingen – Sie boten jedem Projektmacher die Hand, jeder Schwärmer und jeder Heuchler fand Eingang, aber Ihr Volk ward immer elender, Ihr Hof immer verwirrter, und der Staat immer verschuldeter. –

Es rieb den jungen Mann fast auf, er verlor Mut, Farb, Heiterkeit, Sinnen, und sank in eine Abschwächung hinab, die für sein Leben besorgt machte.

Ein Leibarzt alter Art, der schon mit seinem Großvater gespaßet, suchte ihn aufzumuntern, und alle Morgen, wenn er ins Zimmer trat, war sein gewöhnliches Wort: „Ihr Durchlaucht – Ihr Durchlaucht – die Welt ist ein Narrenhaus! Lassen Sie sie gelten, was sie ist, und werden Sie gesund!" –" Der Herzog gab ihm freilich im Anfang zur Antwort, „er ist ein leichtsinniger Mann, schweig er mit solchen Worten, und geb er mir seine Arznei." –

Aber der Leibarzt schüttelte den Wanst, und sagte, dieser Spruch gehöre mit zur Arznei; und Ihr Durchlaucht müssen ihm wenigstens noch 4 Wochen erlauben, diese Worte alle Morgen zu sagen, wie er sie bisher gesagt, und dazu zu lachen, wie er bisher gelachet habe.

Ihr Durchlaucht ließen den Narren machen; aber es half. Der Herzog fand alle Morgen mehr Wahrheit in dem Wort, das ihm der Dokter so alle Morgen nüchter brachte und eingab, und sein Glaube an Projektmacher, Schwärmer und Heuchler, stimmte sich wirklich hinunter, aber sein Herz änderte sich nicht; sobald er wieder gesund war, konnte er nichts weniger als aufhören, sich an Menschen zu binden, von denen er glaubte, daß sie an seinem Volk väterlich handeln wollten und könnten – aber er betrog sich an allen; diese Väter hatten immer ihre eigene Kinder, und die, so dergleichen taten, als hätten sie keine, hatten die meisten; das Volk kam bei allen und jeden hintennach, wie es ohne seine Mühe vorher schon hintennach war. –

Er war großmütig und standhaft, und ließ bei allem Fehlschlagen nichts unversucht, ging einmal sogar zu den Frommen hinüber, und fand da wirklich mehr Sorgfalt und mehr Verstand in Besorgung einiger wesentlicher Angelegenheiten des Volks, als er sonst noch nirgendwo gefunden; aber das Ganze ihrer Einrichtungen und ihrer Stimmung behagte ihm nicht – es war seiner Natur zuwider, an Leute zu glauben, die so wenig mit geradem Rücken und festem Tritte vor ihm stehen konnten, als mit natürlichen Augen; und es wollte nicht in ihn hinein, daß das Glück des Menschen in einer Seelenstimmung bestehe, die ihn in solchem Grad schwach mache; er kannte den Zusammenhang zwischen dem Schwachsein und

Krummwerden, und hielt es für das erste Bedürfnis des Menschen, daß er gerad bleibe.

Auch sah er nicht bloß ihre Obern und Klugen, er sah auch ihre Untern und Dummen; und es fiel ihm auf, daß die erstern sind, was sie wollen, und die andern, was sie müssen; auch dieser Unterschied behagte ihm nicht, noch weniger die Gewalt, die er sie über die Köpfe ihrer Leute haben sah, der seinige war ihm um keinen Preis feil; und wenn er auch sein Volk damit auf eine Art hätte glücklich machen können, so wäre ihm das nicht möglich gewesen, ihnen also sein Haupt dahinzugeben, daß sie dasselbe, wie die Tänzerin im Evangelio das Haupt Johannes des Täufers in einer Schüssel herumtragen konnten, zu Frau Müttern, und wohin sie wollten. Nein, das wäre ihm nicht möglich gewesen; auch sahen die Obern den Fehler dieser Eigensüchtigkeit an ihm gar bald, wie sie denn diesen Fehler an jedermann geschwind bemerken, und immer gar hochhalten; sie nennen ihn in ihrem Kinderunterricht den schlimmsten Tuck des leidigen Satans, der allen Glauben verscheue. –

Auch das lag ihm in der Natur, daß er alle Händel haßte, mit denen man nie zu Ende kommen konnte; und es war ihm unmöglich, zu glauben, daß das wahre Glück des Menschen von Gottes wegen, an Lehren, Meinungen und Urteile gebunden sei, die seit Jahrhunderten zwischen ehrlichen Leuten im Streit sind, und ihrer Natur nach wahrscheinlich bis ans Ende der Tagen im Streit bleiben werden. –

Kurz es war nichts mit ihm zu machen, er brach ab, sobald er merkte, daß es den Kopf gelte, und wollte lieber mit offenen Augen in der Irre herumlaufen, als mit verbundenen – vielleicht – in ein Paradies kommen.

So schwamm er jahrelang wie auf den Wellen des Meers, fand für sein Herz nirgend kein sicheres Ufer – und suchte zuletzt – kurze Zeit. –

Er fand sie meistens in der Einsamkeit – saß stundenlang einzig in seinem Winkel beim Kamin, brannte oft Feuer bis ihm der Kopf heiß war, warf ganze Stöße Papier in die Flammen, und wenn sie Aschen waren, sagte er oft, „das, was izt davon übrig ist, ist ihre Wahrheit!"

Die Regierungsgeschäfte wurden ihm zur Last, sie schienen ihm nichts anders als das Treiben eines Fuhrmanns an einem überladenen Wagen, der durch Sumpf und Kot fort muß; geh es wie es geh. Auch ist wahr, was Sylvia sagte: Er hieß seine besten Minister gar oft Karrenroß – freilich gab er ihnen diesen Namen eben, wie gewisse Leute ein wichtigers Scheltwort, der halben Welt nicht mit Unwillen und

Verachtung, sondern mit Bedauren und Mitleiden; aber sie hörten's doch nicht gern, insonderheit weil er mit dem schlechtesten Mann, der am Hof war, eine Ausnahme machte, und diesen nicht so nannte, aber er tat es um deswillen nicht minder.

Oft ging er einsam von der Jagd weg in die Hütte des Landmanns, aß von seinem Brot, trank von seiner Milch, legte ihm Gold in die Becken, floh dann wieder die niedere Hütte, und sagte, wär' ich doch wie ihrer einer, und hätte ich's wie sie! –

Er gab dem Bettler am Weg seine Uhr, und dem Kind, das ihn um Brot bat, seine Börse; sagte oft im ganzen Gefühl seines Unglücks laut seufzend: „Ich meinte, ich wollte und könnte ihnen sein wie ein Vater. Aber wären sie izt nur vor mir sicher, sie sind nicht einmal das – wer mich kennt, den flieht das Volk, es zittert vor dem Mann, der weißt, was meine Befehle ausweisen, und mein Gesetz ist in ihren Augen und in ihrem Mund nichts anders, als der Schlüssel zu ihren Geldkisten, den meine Knechte allenthalben wider sie im Sack haben."

Ein anders Gesetzbuch zu machen, dachte er wohl, aber die es konnten, sagten, sie können es nicht; und die, so es nicht konnten, wollten es machen, aber er sah, daß sie es nicht konnten.

Das war seine Lage. Er sah im allgemeinen wohl, wo er hindenken sollte, aber er irrte sich Stück für Stück in den Mitteln, und kam endlich dahin, wo viele Menschen in ähnlichen Fällen hinkommen, zu glauben, es sei unmöglich zu seinem Ziel zu gelangen.

§ 39
Grundsätze des Dickhalses, der dem Teufel in der Lavaterischen Physiognomik gleichsieht

In dieser Lag und in dieser Stimmung war er, als er mit Helidor Bekanntschaft machte, und sich an ihm irrte. Zeitvertreib und Zerstreuung waren ihm wieder körperliche Bedürfnisse geworden, und die unerschöpfliche Kunst des Manns, jeden Spiegel umzukehren, der etwas Unangenehmes darstellte, und jeden Gedanken wegzubannen, den er wegwünschte, der Anschein eines unerschütterten Muts, und seine Kunst immer zu lachen mußte dem Herzog in dieser Lage behagen; es ahndete ihm nicht, daß dieses alles die Frucht seiner Gottesvergessenheit und seiner Menschenverhöhnung sein konnte: er meinte vielmehr, seine Grundsätze, so roh sie tönen, seien nicht bös gemeint, und bloße Folgen trauriger aber wahrer Erfahrungen.

§ 39

– So gut war der Herr; er war über fünfzig, und irrte sich noch so! –

Der andere nutzte den Irrtum; er hatte die unnachahmliche Kunst, Sachen, die er wie in den Tag hinein zu reden schien, dem Menschen tief in die Seele hineinzubringen. Wenn man glaubte, er pfeife den Vögeln ein Lied vor, oder er sehe zum Fenster hinaus auf die Bruck, so warf er, eh man sich's versah, ein Wort weg, mit dem er ihrer zehen den Kopf umdrehete, die kaum sahen, daß er da war. Seine Meinungen waren kurz und bestimmt, es war immer viel Wahrheit darin, sie schmeichelten dem Fürsten, und er schien dem Volk nicht Unrecht tun zu wollen, indem er es wirklich tat. Man meinte, er kehre ihm den Rücken nur darum, weil es nicht möglich sei, ihm die Hände zu bieten; seine Entschlossenheit malte das Leben leicht, er lenkte Mühseligkeit ab, zerschnitt den Faden, wo er ihn nicht auflösen konnte, und machte kein Geheimnis aus dem Glaubensbekenntnis, das tausend Schwächere seinesgleichen verbergen, „er sorge für sich selber, und das sei die Bestimmung des Menschen."

Etliche seiner vorzüglichen Äußerungen waren diese: Wer herrschen will, muß sein Herz also in den Kopf hinauf nehmen, daß er in keinem Fall unter dem Hals mehr viel von sich selber empfinde.
– Item – Es sei die Hauptkunst eines Fürsten, weder Menschen noch Sachen vor sich kommen zu lassen, die ihm an einem Ort warm machen könnten, wo es einem Fürsten nie warm werden soll. –

– Weiter: Ein Fürst muß nicht glauben, daß er die Herde wolle weiden lehren, dafür hat sie selber ein Maul, und er ist nicht um deswillen da.

– Item: Es liegt im Grund nicht soviel daran, was er wirklich tut, die Herde zu hüten, als an dem, was er tut, den Hund und den Wolf, und die Schafe glauben zu machen, daß er sie hüte.

Er machte sich auch gar nichts daraus, laut zu behaupten, man könne die Menschen nie in eine Ordnung bringen, daß sie wirklich voreinander sicher seien, die Grundsätze von der allgemeinen Sicherheit seien eine Chimäre, und wer daran glaube, ein Narr oder Charlatan.

Zur Bestätigung dieses Satzes behauptete er, der Mensch habe einen Zahn im Mund gegen sein Geschlecht, den ihm niemand ausziehen könne, und solange er diesen habe, so höre sein Beißen nicht auf.

Es braucht viel und mehr als der Herzog hatte, das Wahre und Falsche dieser Sätze zu söndern; aber weil er ein so innig gutes Herz hatte, so schadete ihm der Mischmasch nichts, er tat ihm vielmehr manchmal wohl, zerstreute ihn, und machte ihm gutes Blut – und sonst nichts; wenn es ihm schon zuzeiten vorkam, es sei wie er sage, so blieb er im Grund immer was er war – und Bylifsky zählte in allweg so sicher auf sein Herz, als der andere auf die Kunst, ihm für einen Augenblick den Kopf herumzudrehen, wohin er wollte.

§ 40
Ein zweifacher Unterschied zwischen Sachen
und zwischen Menschen

Der erste war klug genug, seinen Bericht von Bonnal also einzurichten, daß er zwar mit Bestimmtheit äußerte, die Sache gehe gut, und ihre allgemeine Ausführung könne mit der Zeit dem Land von Wichtigkeit werden, aber hingegen sich nichts weniger als eifrig dafür zeigte, sondern vielmehr ebenso bestimmt beifügte, sie fodere einen langsamen Gang, und müsse am Ort, wo sie angefangen, zu ihrer völligen Reife gedeihen, ehe man daran denken könne, einen Schritt weiters zu gehen. –

Lang hernach, und nur wie beiläufig, setzte er hinzu, der Lieutenant ist der Mann, der die Sache seiner Zeit in vielen Dörfern ausführen kann, wie er's izt in Bonnal tut.

Der Herzog ließ ihn von gar nichts anderm reden; er fing wieder von neuem davon an, und drang besonders auf eine bestimmte Antwort auf die Frage, worin der Unterschied zwischen diesem Versuch und den ähnlichen, die ihm sowohl als andern Leuten so vielfältig mißlungen, bestehe?

Der Minister antwortete: Ihr Durchlaucht! Man sucht die Leute in Bonnal zu nichts anderm zu machen, als was sie in ihrem Platz notwendig werden müssen, aber man ruhet nicht, bis man da ist, daß sie dieses recht werden, und braucht dazu in einem jeden einzeln Stuck, vom Ackerfahren an bis zum Maus- und Ratzenfangen, allemal den Mann, der das einzelne Stuck, warum es zu tun ist, am besten versteht.

Diese Erklärung ging dem Fürsten zu Herzen. Das Bewußtsein, daß er selber an seinem Platz nicht sei, was er darin sein sollte; und daß diejenige, die ihn dazu hätten bilden und führen sollen, das gar nicht verstanden, was sie ihn haben lehren sollen, gab es ihm mit innigster Bewegung zu fühlen, wie wichtig solche Anstalten sein würden, durch welche die Menschen das wirklich werden müßten, was sie an ihrem Platz sein sollen, und durch welche sie das, was sie in erwachsenen Jahren treiben müssen, durch Leute lernen könnten, die es ausüben.

Er ließ sich alle Umstände erzählen, und sagte am Ende, wenn es in der Welt möglich ist, daß aus einem Versuch von dieser Art etwas herauskommt, so muß hier etwas herauskommen. –

Aber das machte den Helidor nicht irre; als er noch an diesem Abend wieder zum Herzog kam, und ihm dieser sagte, kommen Sie mir izt heute nicht damit, die Sachen in Bonnal seien Charlatanerien wie die andern, erwiderte Helidor lächelnd, ich sagte niemals, die Sachen in Bonnal seien Charlatanerien wie die andern, zog das Wort *in Bonnal* und *wie die andern* langsam spöttisch – und setzte hinzu: Aber erlauben Ihr Durchlaucht, wieviel steht Ihnen diesen Monat im Spiel?

Verflucht viel – erwiderte der Herzog – und sagte, es wäre bald Zeit, daß ich wieder eine Ambe gewinne.

Warum zählen Ihr Durchlaucht auf keine Terne oder Quaterne? sagte der Liebling, und lächelte. –

Der Fürst sah ihn an, und währenddem er ihn ansah, fühlte er, was er meinte, nämlich drei Menschen wie die in Bonnal treffen seltener zusammen, als vielleicht eine Terne oder Quaterne. –

Es dünkte ihn wirklich es sei so, und schwieg. – Aber Helidor sah, daß er es fühlte, und brüstete sich hernach mit seiner Terne und Quaterne, daß es Bylifsky wieder vernahm. –

Es machte ihm nichts; er wußte, daß man aus den Menschen machen kann, was sie nicht sind, und daß man sie zusammenstellen könne, wenn das Glück sie nicht zusammentragen wolle – daß also die Vergleichung hinke; und es war ihm gar recht, daß es dem Herzog darüber kalt mache; er hatte vielmehr gefürchtet, es werde das Gegenteil tun, und ihn verleiten, den Versuch in seinem unreifen Zustand weiterzutreiben, um ihm also den Herzstoß zu geben.

Habe keinen Kummer, Leser! Der andere wird vor ihm verschwinden wie ein Kamel mit einem Hocker und Aufsatz vor einer Pyramide.

§ 41
Die Philosophie meines Lieutenants; und diejenige meines Buchs

Ein Schiffer, den jenseits der Linie, wenn er schon das Feuer des halben Himmels befahren, zuletzt noch ein Sturm über die Abgründe vielfarbiger Meere schleudert, sehnet sich nicht so sehr nach den weißen Vögeln, die das Ufer verkünden, als Arner sich nach Bonnal sehnte, da er wieder leichter Atem schöpfte.

So warm und treibend redte er auch von keinem Werk seines Hauses, als er mit dem Pfarrer und dem Lieutenant von Bonnal redte. Sie fanden alle drei, das Werk sei soviel als angefangen; aber zu seiner eigentlichen Vollendung und zur Sicherstellung der Zukunft fehle ihm nichts – als alles – und vor allem aus, eine mit ihren Einrichtungen und ihren Endzwecken übereinstimmende Gesetzgebung. –

Aber der Junker und der Pfarrer schoben diesen Punkt auf den Lieutenant, und sagten ihm, er sollte sich nur darauf gefaßt machen; auch Bylifsky erwarte dieses Stück ihres Werks nicht von einem alten Pfarrer, und nicht von einem jungen Junker, sondern von seiner Erfahrung. – Er machte kein Kompliment, und war wirklich darauf gefaßt. –

Da er, seitdem er Bylifskys ersten Brief gelesen, die Nachforschungen über die Natur einer wahren Volksgesetzgebung zum Gegenstand seines Nachtwachens und jedes freien Augenblicks im Tage gemacht, dachte er nunmehr mit einer Heiterkeit und Bestimmtheit über diesen Gegenstand, daß er sich nicht entzog, seine Begriffe darüber in einem der ersten Abenden, den sie bei dem wieder genesenden Junker zubrachten, auseinanderzusetzen – wie folget. –

Die neuern Gesetzgebungen, die man aber nicht im Ernst für Volksgesetzgebungen ausgeben wird, setzen alle vom Menschen, und besonders vom mindern Menschen, voraus, daß er ohne alles Verhältnis mehr und besser sei, als er ist, und als er, ohne daß sie ihn in Stand stellen es zu werden, seiner Natur nach nicht sein kann.

Der Mensch, fuhr er fort, ist von Natur, wenn er sich selbst überlassen wild aufwächst, träg, unwissend, unvorsichtig, unbedachtsam, leichtsinnig, leichtgläubig, furchtsam, und ohne Grenzen gierig, und wird dann noch durch die Gefahren, die seiner Schwäche, und die Hindernisse, die seiner Gierigkeit aufstoßen, krumm, verschlagen, heimtückisch, mißtrauisch, gewaltsam, verwegen, rachgierig, und grausam. – Das ist der Mensch, wie er von Natur, wenn er sich selbst überlassen, wild aufwächst, werden muß; er raubet wie er ißt, und mordet wie er schläft. – Das Recht seiner Natur ist sein Bedürfnis, der Grund seines Rechts ist sein Gelust, die Grenzen seiner Ansprüche ist seine Trägheit, und die Unmöglichkeit weiters zu gelangen.

In diesem Grad ist es wahr, daß der Mensch, so wie er von Natur ist, und wie er, wenn er sich selbst überlassen, wild aufwächst, und seiner Natur nach notwendig werden muß, der Gesellschaft nicht nur nichts nütz, sondern ihr im höchsten Grad gefährlich und unerträglich ist.

Desnahen muß sie, wenn er für sie einigen Wert haben, oder ihr auch nur erträglich sein soll, aus ihm etwas ganz anders machen, als er von Natur ist, und als er, wenn er sich selbst überlassen wild aufwächst, werden könnte.

Und der ganze bürgerliche Wert des Menschen, und alle seine der Gesellschaft nutzbare und brauchbare Kräfte ruhen auf Einrichtungen, Sitten, Erziehungsarten, und Gesetzen, die ihn in seinem Innersten verändern und umstimmen, um ihn ins Gleis einer Ordnung hineinzubringen, die wider die ersten Triebe seiner Natur streitet, und ihn für Verhältnisse brauchbar zu machen, für welche ihn die Natur nicht bestimmt, und nicht brauchbar gemacht, sondern vielmehr selber die größte Hindernisse dagegen in ihn hineingelegt hat: Desnahen ist der Mensch allenthalben in dem Grad, als ihm wahre bürgerliche Bildung mangelt, Naturmensch; und soweit ihm der Genuß von Einrichtungen, Anstalten, Erziehungsarten, Sitten, Gesetzen, welche notwendig sind, aus dem Menschen das zu machen was er in der Gesellschaft sein soll, mangelt, soweit bleibt er, trotzt aller inwendig leeren Formen der äußerlichen bürgerlichen Einrichtungen, in seinem Innern das schwache und gefährliche Geschöpf, das er im Wald ist; er bleibt, trotz seines ganzen äußerlichen Bürgerlichkeitsmodels, ein unbefriedigter Naturmensch, mit allen Fehlern, Schwächen, und Gefährlichkeiten dieses Zustands; ist auf der einen Seite für die Gesellschaft so wenig nutz, als sie vor ihm sicher ist; er drückt und verwirrt sie nirgends, als wo er kann und mag – und auf der andern Seite hat er von ihr ebensowenig einen befriedigenden Genuß; und es wär' ihm, wenn er in der Mitte der bürgerlichen Gesellschaft von ihr verwahrloset, wild, und natürlich aufwächst, gewiß besser, er wäre nicht darin, und könnte seine nichtigen Tage tierisch und wild, aber auch ungehemmt und ungefesselt im Wald dahinleben, als Bürger zu sein, und aus Mangel bürgerlicher Bildung, am Fluch einer Ketten zu serben, die ihm das Gefühl der Rechten seiner Natur von allen Seiten verwirrt, das Befriedigende seiner Naturtrieben in allen Teilen beschränkt, und ihm nichts dargegen gibt, als die Foderung das zu sein, was weder Gott noch Menschen aus ihm gemacht haben, und was ihn die Gesellschaft, die es von ihm fodert, noch am meisten hindert zu sein. – Indessen ist es nichts weniger als leicht, aus dem Menschen etwas ganz anders zu machen als er von Natur ist, und es fodert die ganze Weisheit eines die menschliche Natur tief kennenden Gesetzgebers, oder wenn ihr lieber wollt, (denn beides ist wahr) die Frommkeit einer Engeltugend, die sich Anbetung erworben, den Menschen dahin zu bringen, daß er beim Werk seines bürgerlichen Lebens, und bei Verrichtung seiner Stands- Amts- und Berufspflichten eine das Innere seiner Natur befriedigende Laufbahn finde, und an einer Kette nicht verwildere, welche die ersten Grundtriebe seiner Natur mit unerbittlicher Härte beschränkt, und mit eisernem Gewalt etwas anders aus ihm zu machen beginnt, als das ist, wozu ihn alle Triebe seiner Natur mit übereinstimmender Gewalt unwillkürlich in ihm liegender Reize hinlocken.

Eine jede Lücke in der bürgerlichen Gesellschaft – ein jeder Anstoß im gesellschaftlichen Leben – eine jede Ahndung durch Gewalt oder durch List seine natürliche Freiheit behaupten, und außer dem Gleis der bürgerlichen Ordnung zur Befriedigung seiner Naturtrieben gelangen zu können, das alles fachet in jedem Fall den Funken der Empörung gegen diese Kette, der tief in der Natur liegt, von neuem wieder an – das alles belebt in jedem Fall die nie in uns sterbende Keime unserer ersten Triebe, und schwächt in jedem Fall von neuem die Kräfte unserer bürgerlichen Bildung, die diese Triebe beschränken.

So viel, und weniger nicht, hat ein Gesetzgeber zu bekämpfen, der den Menschen durch die bürgerliche Verfassung glücklich machen, und ihm die ersten Vorteile der gesellschaftlichen Verbindung, Gerechtigkeit und Sicherheit nicht nur versprechen, sondern auch halten will – denn allenthalben, wo man die Menschen wild aufwachsen, und werden läßt, was sie von selbst werden, da ist Gerechtigkeit und Sicherheit in einem Staat ein bloßer Traum. Beides ist in einem Staat nur in dem Grad wahrhaft möglich, als die Menschen, die darin wohnen, von den Hauptfehlern ihres Naturlebens, namentlich vom Aberglauben, vom Leichtsinn, Gedankenlosigkeit, Liederlichkeit, Furchtsamkeit, von Unordnung, Unwesen, schwärmerischen Lebensarten, und von den Folgen dieser Grundfehler, oder vielmehr Schwächen unserer Natur, vom Trotz ihrer Dummheit, von der Verwegenheit ihres Leichtsinns, von den Verwicklungen ihrer Unordnung, von der Not ihrer Liederlichkeit, von den Verlegenheiten ihrer Unanstelligkeit, von dem Unsinn ihrer Gierigkeit, von der Gewaltsamkeit ihrer Ansprüchen, und von der Grausamkeit ihrer Rache, geheilet, und zu bedächtlichen, vorsichtigen, tätigen, festen, im Zutrauen sowohl als im Mißtrauen sichergehenden, und die Mittel zur Befriedigung seiner ersten Wünsche in sich selber, und im Gebrauch seiner durch bürgerliche Bildung erworbenen Fertigkeiten und Kräften fühlenden Menschen zu machen sind.

Denn wo dieses nicht ist, und die Gesellschaft mit ihren Gliedern handelt wie ein Bauer, der aus seinem Weinberg nimmt, was Gott und die Reb gibt, ohne ihn im Frühjahr zu hacken, und den Sommer über zu schneiden und zu binden – wo sie vielmehr umgekehrt in dem Grad, als ein Bürger in der Stufenfolge höher stehet als der andere, ihm es leichter macht, ihren Banden zu entschlüpfen, und der Natur nach zu leben, da muß die bürgerliche Gesellschaft – sie kann nicht anderst – eine Gerechtigkeit und eine Sicherheit erhalten, wie sie der Gesetzgeber in diesem Land verdient, die aber auch aussieht, wie eines jeden liederlichen Haushalters seine Hausordnung – und wie zum Exempel, da – wo soll ich sagen – ich will in der Tiefe bleiben, wo sich die höher zielende Wahrheit mit ganz unvernünftig mehrerer Behaglichkeit sagen läßt – also – da z. Ex. wo Schulz, Weibel, Untervogt, usw. notorisch, landskundig, und allgemein minder ehrlich, minder aufrichtig, minder unbescholten, minder zuverlässig, gutmütig, und treuherzig sind, als gemeine Leute im Land; und eben dadurch, daß sie Untervögte, Weibel und Schulze sind, dahin kommen, daß sie, unbeschadet ihrer Ehre, ihres guten Namens und ihres Säckels, alles, was recht ist, so auffallend minder sein können und dörfen, als jeder gemeine Mensch im Land – und wieder, wo sie eben dadurch, daß sie Untervögte, Schulze, usw. sind, dahin kommen, daß sie in allem, was Hausordnung, Erziehung, gemeinen Landesfleiß usw. antrifft, minder anstellig, und minder ratlich, als alte kindlich gewordene Weiber und Kühhirten – und im Gegenteil in allem, was die Menschen zur Verwilderung eines unbürgerlichen und ungesellschaftlichen Lebens hinabführt, und sie zu verdrehten, krummen, hinterlistigen, falschen, trägen, unordentlichen, und dabei verlogenen, heimtückischen, gewalttätigen, rachsüchtigen und grausamen Naturmenschen macht, ganze Meister sind, und eben dadurch, daß sie Regierungsbeamtete sind, und also in der Stufenfolge der gesellschaftlichen Ordnung höher stehen als andere, dahin kommen können, in diesen Kunststücken des Naturlebens solche Meister und Vorbilder zu werden. –

Allenthalben, wo es immer so ist, und wo immer das wirkliche Resultat der Gesetzgebung im Einfluß habenden Menschen also aussieht und auffällt, da ist Sicherheit der Personen und des Eigentums, Freiheit und Gerechtigkeit eine Chimäre, weil unter diesen Umständen das Volk, das ist, soviel als alles was auf zwei Beinen geht

– zu einem Gesindel wird, das auf der einen Seite seine Sinnen und Gedanken und sein ganzes Bestreben dahin lenkt, auch, wie seine Obern, von der verhaßten Kette loszukommen, und wie sie auch wie im Wald zu leben, und dabei, wo möglich, noch bei ihrem Waldleben andere zweibeinigte Geschöpfe zu ihrer Bedienung, zu ihrer Kommlichkeit und ihrem Schutz unter sich zu haben – und denn aber auf der andern Seite von einer unter diesen Umständen allerhöchst wichtigen und allerhöchst notdürftigen Galgen- Rad- und Galeeren-Gerechtigkeit* zurückgeschreckt, zurückgebunden, und zurückgemetzelt dahin kommen, durch die Umwege der Falschheit, des Betrugs, der Verstellung und eines hündischen Kriechens zur Befriedigung der Triebe zu gelangen, wozu ihnen, durch den offenen geraden Weg der Gewalt zu gelangen, also der Weg gesperrt wird.

So, setzte er mit Hitze hinzu, ließ man einst in Staaten für das Kopfgeld Zigeuner, und anders Volk ihrer Art, ins Land, und verbot ihnen übrigens bei Strafe und Ungnade den Bauern Enten zu stehlen, und andere dergleichen Sachen zu machen.

Dieser Unfug ist noch allenthalben in der Welt; aber alle Gerechtigkeit, welche unter diesen Umständen in einem Staate möglich, ist denn auch nichts anders, als eine armselige Notjagd gegen verwahrlosete und verwilderte Tiermenschen, welche aber das Geschlecht so wenig ändert, bessert, oder zahm macht, als die Fallen und Gruben im Wald den Fuchs, und den Bär und den Wolf anders machen als sie sind.

Dieses Geschlecht wird nicht anders und nicht besser, als wo es durch eine mit seiner Natur übereinstimmende Bildung und Führung, mit Weisheit, zu seiner bürgerlichen Bestimmung emporgehoben, und zu dem gemacht wird, was es in der Welt wirklich sein soll.

So redete der Lieutenant über den Fundamentalirrtum der neuern Gesetzgebungen. Es machte den Herren beiderseits bange: denn obwohl diese Vorstellungsart dem Pfarrer eine wichtige Frage in sei-

---

* *Anmerkung.* Pardon! Der Lieutenant heißt eine Galgen-Rad- und Galeeren-Gerechtigkeit nicht eine solche, die Galgen und Rad braucht, sondern eine, die sie *darum* brauchen *muß,* weil sie das Volk verwahrloset, und selber zu dem macht, wofür sie ihn hintennach straft – eine solche Gerechtigkeit, die niemand im Land gerecht, aber das halbe Land ungerecht macht, und denn die Kinder ihrer eigenen Ungerechtigkeit behandelt, als wenn sie keine menschliche Natur hätten, und bei der bürgerlichen Verwahrlosung nicht notwendig verwildern müßten – eine solche Gerechtigkeit, und keine andere, heißt mein Lieutenant eine Galgen-Rad- und Galeeren-Gerechtigkeit.

nem Katechismus erklärte, und auch dem Junker Stück für Stück nichts dagegen in den Sinn kam, so sahen sie doch, daß dieselbe nicht weniger weit lange, als die ganze im philosophischen Jahrhundert wirklich in Ausübung stehende Gesetzgebung auf den Kopf zu stellen – und wenn sie Holländer gewesen wären, so hätten sie die Sache ad referendum genommen, oder als ein unlauteres Geschäft ihre Aufheiterung Gott und der Zeit überlassen; aber sie waren deutsche Männer, und gingen ohne Furcht und Seitensprünge ihren geraden Weg fort, mit dem Bleimaß in der Hand, den Grund und Boden des Gewässers zu sondieren, welches zu befahren sie nun einmal sich verpflichtet hielten.

§ 42
Übereinstimmung der Philosophie meines Lieutenants mit der Philosophie des Volks

Sie hatten diese Tage alle Abende den Lindenberger, den Baumwollen Meyer, den Michel, den alten Renold, und noch mehrere Bauern von Bonnal bei sich, und forschten umständlich nach, was auch sie glaubten, das man machen könne, um auf eine dauerhafte, Kind und Kindskinder sicherstellende Art, eine bessere Ordnung im Dorf in allen Stücken einzurichten und festzusetzen; und erstaunten, zu sehen, wie die Bauern Stück für Stück mit den Meinungen des Lieutenants übereinkamen, bei den kühnsten Äußerungen desselben nicht die geringste Verwunderung zeigten, sondern in allen Teilen eintraten, seine Meinungen durch ihre Erfahrungen zu bekräftigen. – Das konnte nicht anders, es mußte die Bangigkeit, die den geistlichen und weltlichen Herren über die Kühnheit des erfahrnen Lieutenants befallen hatte, verschwinden machen – es tat es wirklich – und führte sie beide zu einer der ersten Quellen des menschlichen Muts, nämlich zum Glauben, daß alles, was allgemein als höchstnotwendig auffalle, höchstwahrscheinlich auch möglich sei.

Die Bauern, die bestimmt – wie er – fanden, daß die Menschen, sobald sie sich selbst überlassen, träg, unwissend, unvorsichtig, und völlig, wie er sie beschrieben, werden, hielten sich, ihre Meinung hierüber deutlich zu machen, an die Beschreibung der alten Ordnung in Bonnal, und sagten, die Leute seien so sinnlos und vergeßlich geworden, daß sie nicht mehr zu gebrauchen gewesen, und man mit ihnen in allen Stücken nicht mehr das Halbe habe ausrichten können, was vormals landsüblich gewesen.

Die Gründe zum Rechttun seien den Leuten wie vor den Augen weggetan – und hingegen die Gründe zum Lumpen und Schelmen wie vorgemalt und vorgesungen worden. Man habe es mit Lumpenstreichen und Bosheiten gar viel weiters bringen, mehr dabei gewinnen, und damit leichter zu Wein, Brot und Fleisch kommen können; auch haben sie das Rechttun für keine Ehre mehr gehalten, und keine Freude dabei gehabt, sowenig als Scham und Furcht. Die kleinsten Kinder, wenn man ihnen etwas abgewehrt, seien imstand gewesen, den Rücken zu kehren, und anfangen zu singen: „Was reden die Leute, was bellen die Hunde!" Wer der Frecheste und der Schlaueste, und der Stärkste gewesen, und das größte Maul gehabt, der sei an der Gemeinde, im Gericht und im Chorgerichte, und allenthalben Meister gewesen, und dahin habe sich natürlich ein jedes gelenkt, wodurch er glaubte auch Meister zu werden. – Man habe die Kinder laufen und aufwachsen lassen wie das unvernünftige Vieh. – In der frühen Jugend haben die Eltern über ihre Bosheiten gelacht, und dann, wenn sie ihnen damit über den Kopf gewachsen, haben sie mit Streichen dieselben wieder aus ihnen herausschlagen wollen. – Die Obrigkeit habe es nicht anders gemacht; aber die Erfahrung habe gezeiget, daß sie auf beiden Seiten 7 Teufel hineingeschlagen, wo sie geglaubt, einen auszutreiben. Am Ende seien die Leute dieses Lebens gewohnt worden, daß sie alles haben gehen lassen, wie wenn's so sein müßte, und sich über nichts mehr graue Haare haben wachsen lassen, so wie die Schelmen und Bettler im Wald es auch machen, und solang sie zu essen und zu trinken haben, die lustigsten Leute von der Welt seien. Die Kinder seien bei diesem Leben, wenn sie nicht in den ersten Monaten gestorben, dennoch gesund und frisch aufgewachsen, und da man sie scharenweise mit roten Backen, und mit Augen wie Feuer in den größten Fetzen, und halb nackend im Schnee und Eis, und Kot gesehen herumlaufen und Freude haben, so habe man fast nicht anders können als denken, es sei nicht so gar schlimm mit diesem Leben; aber wann sie dann älter geworden, und keines zu nichts zu brauchen gewesen, und man keinem nichts habe anvertrauen, und auf keines in nichts sich habe verlassen können, dann haben einen die roten Backen nicht mehr verblendet, sie seien aber auch von sich selber wieder weggekommen; und Kinder, die im zwölften Jahre ausgesehen wie Engel, und gutmütig gewesen wie Lämmer, seien im 16. bis 18ten geworden, daß man sie nicht mehr gekennt, und im zwanzigsten wie eingefleischte Teufel. So weit ging die Übereinstimmung der Aussagen der Bauern mit den Grundsätzen des Lieutenants.

Der Lieutenant aber verstund aus den Bauern aller Arten ihre wahre Meinung über das, was er wunderte, so gut herauszulocken, als ein Apotheker aus Knochen, Kräutern und Wurzeln, den Geist, welchen er heraushaben will. Er fand aber auch meistens etwas ganz anders bei ihnen, als z. Ex. ein Pfarrer, der sich die schlauen Buben etwas von dem Wohlgefallen des lieben Gottes an der Keuschheit, und den übrigen christlichen Tugenden vorheucheln läßt, wovon sie kein Wort glauben; oder ein Junker, der mit Schloßeifer mit ihnen von der schuldigen Treue der Zehentknechte und Gefälleintreibern redet, und auch so dumm ist zu glauben, was sie ihm darüber antworten; welcher letzte Glaubensfall aber freilich, und ganz natürlich, ohne Vergleichung seltener ist, als das erste, weil das Interesse dem Edelmann hierin die Augen zuviel öffnet, als daß er sogar, wie der andere, im Glauben verirren könnte.

Ich sollte es nicht noch sagen müssen, solche gemeine Pfarrer- und Edelmannsarten, Bauerngeist zu sammeln, sind nichts nütz. – Was dabei herauskommt, ist der wirklichen Wahrheit so ganz entgegen und ungleich, als wenn man des Apothekers Wurzeln und Kräuter bloß in die Hand nehmen, und den Geist davon mit derselben herausdrücken wollte – was er herausbringt, ist Kotsaft und Wassertropfen – zwar wird freilich gar viel solcher Kotsaft, und solche Wassertropfen, als echter Bauerngeist in hundert Apotheken verkauft, und die Guttern (Flaschen) davon alle Michaelis und Ostern hoch aufgefüllt, wie zu lesen im Meßkatalogus unter dem Titul: „Bücher fürs Volk."

Der Lieutenant sah dem schlausten Buben unter den Bauern in die Seele, und konnte ihm aufs Wort zeigen, daß er ihn durch und durch sehe, und vollkommen wisse, was er dabei denke; damit brachte er, sobald er wollte, von ihnen heraus, wofür sie sonst kein Maul haben, und was sie unter sich selber meistens einander auch nicht mit Worten, sondern nur mit Lächeln, mit Nicken, mit Kopfschütteln, Maulverziehen, Augenverziehen, Nasenrümpfen, und dergleichen Zeichen, mit denen sie sämtlich gar wohl versehen sind, zu verstehen geben.

Auch brachte er seine Bonnaler Bauern dahin, daß sie ihre wahre Meinung gar nicht mehr vor ihm verbargen, und z. Ex. über das Stehlen, vor dem Junker und dem Pfarrer gerade heraussagten, das Volk stehle allenthalben, wo man ihns nicht mit vieler Mühe, Arbeit und Sorgfalt dahin bringe, daß es nicht mehr stehle.

§ 43
Volksbegriffe über das Stehlen

Sie sagten geradeheraus, das Stehlen stecke in dem Menschen, und das Nichtstehlen müsse man ihn lehren; aber an den meisten Orten könne man nicht einmal das, und an vielen Orten wolle man es nicht.

Allenthalben, wo keine Ordnung sei; allenthalben, wo der Landesfleiß nicht fest gegründet; allenthalben, wo Zügellosigkeit und Liederlichkeit im Schwang geht, da stiehlt das Volk. – Wieder, wo es unterdrückt wird, und keinen Schutz findet – wieder, wo es nicht lernt zum Geld Sorge tragen – wieder, wo die gemeine Landesehr zertreten, und am meisten, wo der Prozeßteufel eingerissen, und einer den andern leicht um das Seine bringt. – An allen diesen Orten macht sich das Volk so wenig daraus zu stehlen, als es sich etwas daraus macht Brot zu essen.

Es ist zwar freilich nicht, daß es sich das selber gestehe; es wäre wohl gut, man könnte sich dann darnach richten, und mit ihm darnach umgehen – aber sie haben ihren Katechismus im Kopf, und glauben im allgemeinen ganz gut, das Stehlen sei nicht recht – aber in jedem besondern Fall, wo sie den Anlaß haben, finden sie denn allemal, diesmal und diesmal sei nicht so viel daran gelegen, und haben für einen jeden solchen Fall immer einen ganzen Karren voll Entschuldigungen, die ihnen genugtun, im Kopf und Herzen parat da sind, als diese: „Er hat mir auch gestohlen, oder wenn er könnte, würde er mir noch mehr stehlen" – „Es ist mehr als gestohlen, wie er sein Gut zusammengebracht" – „Was mag ihm der Bettel schaden!" – „Er verspielt mehr auf einer Karten" – „Wenn ich ein gutes Mädchen wär, er gäb mir's vergebens." Item: „Er ist ein verfluchter Bub, daß seinesgleichen nicht ist – es ist keine Sünde was man ihm tut" – „Er kommt doch um seine Sachen, nehme ich sie ihm nicht, so nimmt sie ihm ein anderer." – Wieder: „Ich hab es doch auch so nötig – so wenig macht dem lieben Gott nicht viel – ich bin sonst doch auch so geplagt – ich habe izt just auch müssen dazukommen, wie wenn es Gottes Wille gewesen." –

Dergleichen Worte sind ihnen unter berührten Umständen geläufiger als das Vaterunser; und sie erlauben sich allenthalben wo sie so verflucht natürlich denken, das Stehlen – dennoch gegen niemand lieber als gegen die Obrigkeit – Sie nimmt auch, wo sie kann und mag – haben sie unter diesen Umständen im Augenblicke gegen die Ob-

§ 43

rigkeit im Munde. – Und auch gegen Fremde macht sich das Volk unendlich minder aus dem Stehlen – „wären sie geblieben, wo sie daheim sind" – sagen die Ehrlichsten; – „was haben sie uns noch enger zu machen – wir sind sonst genug eingesperrt – wenn ihnen Zäune und Gärten niedergerissen worden, so ist ihnen nur recht geschehen." –*

Sie erzählten die sonderbarsten Umstände von den Dieben, und wie leicht Unordnung, und Druck und Mangel, etwas Rechtes gelernt zu haben, zum Stehlen bringe, und wie oft die kleinsten Umstände darüber den Ausschlag geben. – Unter anderm das Wort eines Gehenkten, der unter der Leiter zu seinem Vater sagte: „Wenn du mich gemacht hättest mein Wams zu Nacht ordentlich an den Nagel aufzuhenken, so würde man mich izt nicht aufhenken – Und eines andern – der durch ein unvorsichtiges Wort in einen Prozeß verflochten, und hintennach auch zum Stehlen gekommen, gesagt hat: – „Es macht mir nichts zu sterben, wenn izt nur auch jemand die henkte, die mir Haus und Habe gestohlen, aber es henkt sie niemand, sie sitzen beim Blutgerichte" – und es war so. –

Die Bauern machten einen Unterschied zwischen dem gesetzmäßigen und dem galgenmäßigen Stehlen; und behaupteten, wo das erste leicht sei, und man in gesetzlicher Form und Ordnung die Leute um das Ihrige bringen könne, sei dem andern nicht zu steuern, und es gehe gewöhnlich so, daß wenn der Vater in einer Haushaltung beim Gesetzmäßigen bleibe, der Sohn denn soviel als gewiß zum Galgenmäßigen dieses Handwerks herabsinke. Auch das sagten die Bauern, wo man immer die Menschen nicht dahinbringe, daß sie um ihrer selbst willen nicht stehlen, so werde man in Ewigkeit mit ihnen nicht dahin kommen, daß sie weder um Gottes willen, noch um anderer Leute willen, darin aufhören. –

Sie sagten, das Bauernvolk achte fremde Leute, und jedermann der sie nichts angehe, soviel als nichts – und setzten hinzu, sie wüßten es nicht wie es die Herren darin haben; aber einmal unter den Bauern

---

* *Anmerkung:* Staune nicht Leser! an dieser Stelle. Ich werfe keine böse Gedanken ins Volk: der Bauer denkt das alles ohne mein Buch; er denkt noch mehr als dieses mit einer Einseitigkeit, Lebhaftigkeit, und mit einer dunkeln Stille, gegen deren Gift ich kein bessers Mittel kenne, als offen gegen ihn zu handeln, und ihm zu zeigen, daß man weiß was er denkt; aber daß man mehr weißt, und nichts sucht, als ihn durch die Wahrheit, so wie er sie denkt, weiter zu bringen, als er ohne unsere Hilfe nicht kommen konnte. Das suche ich Leser! und also fürchte dich nicht, wenn ich meine Bauern in allweg und auch von der Obrigkeit reden lasse, wie sie denken. etc.

sei es gewiß, daß sie auf andere Leute nur insoweit Achtung tragen, als es ihr Nutzen ist, es zu tun. –

Auch Mangel gesunder Nahrung, sagten sie, mache das Volk gar oft stehlen; und wenn sie, besonders im Alter von 16 Jahren bis zum Auswachsen, schlecht zu essen haben, so könne man sie mit einem Pfund Käse, und einem Stück Fleisch hinbringen, wohin man wolle.

Auch die Langeweile, sagten sie, bringe viele Menschen zum Stehlen, an Ort und Stelle, wo es beim Rechttun gar nicht mehr lustig sei, und man ob nichts Gutem und Unschuldigem Freude mehr haben könne, da kommen noch oft die Besten, und die so zu gut sind, zu Hause Schälke zu werden, und die Ihrigen mit ihrer Langeweile zu plagen, dahin, daß sie Anlaß suchen, wo es lustig geht, und unter gewissen Umständen finden sie dieses, wenn sie das Dorf hinauf- und hinabgehen nirgends als im Wirtshaus und bei Schelmen. –

§ 44
Volksphilosophie über den Geschlechtstrieb

Sie behaupteten, es komme hierin gänzlich auf die Erziehung der Töchtern an, sobald sie erzogen werden, als ob sie nichts in der Welt werden müßten als schöne Jungfern, so springen sie in dieser Absicht mit offnen Flügeln und scharenweis ihrem Elend entgegen, wie Hühner, denen man Haber streue, ihrem Fraß, und da sei es dann gleichviel, wenn man die halben Glucktiere den andern vor den Augen bei ihren Fekken (Flügeln) wegnimmt, würgt, und an den Boden wirft; die andern fressen neben den toten Schwestern fort; und wann man ihnen am Morgen wieder Gluck – Gluck – ruft, so kommen sie wieder, lassen sich wieder fangen, würgen, und an Boden werfen – so gehe es immer, und es sei unmöglich den Unordnungen des Geschlechttriebs abzuhelfen, wenn man nicht mache, daß die Töchtern mehr werden als dergleichen Glucktiere. Man müsse ihnen, wenn man das wolle, von Jugend auf den Kopf wohl mit der Wirtschaft anfüllen, und es trachten dahin zu bringen, daß sie mit anhaltender Arbeit, Übung im Überlegen, im Ausrechnen, und in allen Arten von häuslichen Aufmerksamkeiten verbinden – und zugleich einen Ehreifer in sie hineinbringen, daß keine in keiner Art von Weiberart, und in keinem Stück der Haushaltungskunst die Hinterste sein wolle; und es sei in dieser Absicht gar viel daran gelegen, daß sie bei ihrer Landtracht bleiben, und sich nicht eine jede vor der andern mit ihrer Decke mehr unterscheiden könne als mit ihrer Arbeit, und mit ihrem Verdienst; man sollte alles tun, diejenigen zum Gespött zu machen, die eine besondere Hoffart (Pracht) treiben, und damit zeigen, daß sie mehr als die andern nötig haben sich feilzubieten. Einer meinte, man sollte Lieder über sie machen, und ihnen darin sagen, daß die Juden es mit alten bauchstößigen, faulen und hirnmütigen Rossen just auch so machen, und sie mit Bändern am Hals und Kopf so sonderlich und wunderlich ausstaffiert auf den Markt bringen, wie kein recht und gerechtes Roß dahin komme – aber ein gescheiter Händler gehe zu einem so gezeichneten Judentier nicht einmal hinzu – es kaufe sie niemand, als etwa ein dummer Herr und Burger aus einer Stadt. –

So meinte der Bauer in Bonnal, sollte man solchen Töchtern ein Lied machen; wann es izt nur jemand tun würde.

Hingegen sollte man ihnen Anlaß geben zeigen zu können, wie weit es eine jede in aller Weiberarbeit gebracht, daß sie Ehre und Aufmunterung davon hätten, wenn sie in etwas dergleichen weiter wären als die andern.

Auf diese Art, meinten sie, wäre es möglich, wenn man wollte den Unordnungen des Geschlechttriebs Einhalt zu tun; es müßten dann, meinten sie, die Eltern auch nicht mehr wie izt erschrecken, wenn ein Sohn ans Heuraten denkt, und fürchten, er falle etwan auf eine, daß es besser wäre, das Hagelwetter oder der Viehpresten ginge über ihren Hof. Sie sagten, es sei den Eltern nicht zu verdenken, wenn eine Tochter übel ausfalle, so sei nichts mehr zu machen – es sei nicht einmal wie mit den Knaben, die doch auch noch manchmal, wenn sie heuraten, umkehren, und etwas Rechtes werden, wenn sie vorher noch so nichts nütz gewesen seien – bei den Töchtern sei das nie zu hoffen; sie sterben lieber, und heulen sich lieber die Augen aus, als daß sie im 24ten Jahren die Hände ein wenig stärker brauchen, als sie es im 14ten gewohnt gewesen. – Auch sollte man alles tun, daß die Dorfjugend unter sich zusammenhielte, und fremde Leute, die keine Heuratsabsichten hätten, nicht leicht mit einer Tochter aus einem Dorf unter 4 Augen zur Red kommen könnten – und die Amtmannssöhne, Pfarrerssöhne, Schreiber, und dergleichen Leute, mit Ernst und von Obrigkeits wegen den Bauerstöchtern drei Schritt vom Leib halten; und es der Dorfjugend nicht übelnehmen, wann sie zuzeiten einen dergleichen Herren im Brunnen abkühlen würde.

Sie behaupteten, es gehe keiner und stehle den Zehenten von einem Acker, mit Gefahr, dafür gehenkt zu werden, wenn er machen könne, daß der Acker mitsamt dem Zehenten von Rechts wegen sein werde; und so sei es auch mit den Töchtern, wenn sie nämlich das auch machen können; wenn sie es aber nicht können, und nicht dazu erzogen werden, so stürzen sie sich ja dann scharenweis über diesen Punkt in ein Elend, daß ihnen besser wäre, sie würden auch gehenkt, sie wären dannzumal doch der Not los, meinten die Bauern in Bonnal.

Ich lasse sie in ihrer rohen Sprache fort reden, ich habe es probiert sie zu ändern, aber ich kann sie nicht besser machen; sie sagten, wenn da geholfen wäre, so würden hundert und hundert Umstände, über die man itzt großes Geschrei mache, wegfallen wie nichts; und behaupteten z. Ex. über die Lichtstubeten*, es sei von Altem her ein nächtliches Zusammenkommen der Knaben und Töchtern für ehrlich gehalten und für erlaubt angesehen worden, aber es habe allenthalben seine festgesetzte Regeln gehabt, ob welchen die Knaben und Töchtern steifer gehalten, als ob keinem Gesetz der Obrigkeit; an einigen Orten habe der Knab bei Monaten auf der Leiter und vor dem Fenster der Tochter bleiben müssen, und gewöhnlich habe sie denselben das erstemal an einer Regennacht, oder wenn es gar kalt gewesen, wie aus Mitleiden hineingelassen.

An andern Orten haben die Knaben die ersten fünf und sechs Mal in die Stuben kommen müssen, wo dann die Eltern aufgeblieben, bis der Knab fort, und das Haus beschlossen gewesen. Wenn sie denn nichts wider ihn gehabt, so haben sie in der 6ten 7ten Wochen die jungen Leute in Gottes Namen allein beieinander gelassen, und ihnen gewöhnlich mit den Worten, habet Gott vor Augen, und tut nichts Böses, eine gute Nacht gewünscht.

So sei alles Schritt für Schritt abgemessen gewesen, wie eine Ehrentochter einen Knaben bei Tag und bei Nacht nach und nach dörfe näher kommen lassen, und wie sie ihn zugleich in der Ordnung halten, und doch, wie sie sagten, nicht aus dem Garn lassen.

Und dann sei es fast eine unerhörte Sache gewesen eine Tochter zu verderben; die Leute haben noch nicht gewußt, daß es minder zu bedeuten habe, das ärmste Kind im Land unglücklich zu machen, als ab einem Pflug im Feld ein paar Pfund Eisen, die daran seien, abzureißen und heimzutragen; im Gegenteil, es habe noch Leute gehabt, welche die alten Lieder über die Vögte, die man mit Axen totgeschlagen, weil sie Weiber und Töchtern im Lande verführt, in einem

---

* *Anmerkung:* Eine Landessitte, nach welcher die Knaben am Stamstag- und Sonntagnachts die Töchtern in ihrer Kammer besuchen.

§ 44

solchen Ton gesungen, daß sich nicht ein jeder getraut hätte allenthalben ins Bad zu sitzen.

Es müsse sein, daß die alten Herrschaften die Seele mehr geachtet haben als wir, denn sie habe mehr Recht gehabt; und man werde finden, daß alles, was die Herrschaften für viel und hoch achten, auch viel Recht im Land habe – izt habe sie an vielen Orten soviel als gar keines mehr, und mit der Ehre sei es das gleiche; wenn die Herrschaften die Ehre der gemeinen Leute nicht für so wichtig halten, als die Schnepf- und Rebhühner, so habe sie auch kein Rebhühner- und Schnepfenrecht im Lande, an vielen Orten habe sie nicht einmal Wachtelnrecht – und wo sie das nicht habe, so gehe sie dann auch verloren, wie alles, was man gar nichts achte, verloren gehe. –

Sie behaupteten, der Unzucht Unordnungen, vom Eheschimpf* an bis zum Kindermord, löse sich nirgend als in diesem Punkte auf, und verglichen die Art und Weise, wie viele Herrschaften mit der Ehre im Lande umgehen, dem Feuer einer Lampe, das alles Öl aus ihr herausziehe und esse, aber wenn es das Öl aufgezehrt habe, dann auch selber erlösche; und so meinten die Bauern, brennen die Herrschaften, die die gemeine Landesehre nicht achten, sich selber in ihren Ehrenampelen** auch zu Tod.

Sie konnten nicht genug erzählen, was für ein Unterschied in Ehrensachen zwischen der itzigen und alten Zeit gewesen, wann ein Knab einer Tochter etwas Gefährliches und Beleidigendes zugemutet habe, und sie sich nur ein Wort bei ihren Gespielen davon habe verlauten lassen, er sei nicht einer von den Besten, man müsse sich mit ihm gewahren, so habe er können spazieren, und Jahr und Tag wandern und suchen, ehe er wieder eine gefunden, die sich seiner etwas angenommen.

Überhaupt sagten sie, es komme die Leichtfertigkeit nicht von den jungen Leuten, sie komme von den Alten, und von der Ehrlosigkeit im Lande her; die jungen Leute haben allenthalben eine Freude daran, auf ihren guten Namen achtzuhaben, wo sie auch nur ein wenig dazu aufgeweckt und aufgemuntert werden, so machen sie sich eine Ehre daraus, gute Farb zu haben, stark zu sein, an der Ostern ohne Ärmel in die Kirche zu gehen, beim Tanz, Schneiden und Mähen munter und aufgeweckt zu sein, und nichts an sich kommen zu lassen, das ihnen Schand machen könnte.

* *(Anmerkungen.) Eheschimpf* ist die Beleidigung, auf mehr oder minder rechtliche Art die Ehe zu versprechen und dann sein Wort nicht zu halten.
** *Ampele* ist die gemeinste, schlechteste Art von Öllampen.

Sie behaupteten auch, die Nachtfreiheiten der Jugend haben die Leichtfertigkeit der Alten und Verehlichten, die das Land ehrlos mache, verhütet, aber sie seien auch meistens um deswillen verboten worden.

Zu Küllau sei das in die Augen gefallen; man habe gerad 8 Tag hernach den Knaben verboten, sich am Samstag und Sonntag zu Nacht auf den Gassen betreten zu lassen, nachdem sie einem nachtwandelnden verehlichten Gespenst, das ihren Töchtern nachgezogen, die Perücke abgenommen, und sie dem Harnischmann auf dem Brunnen bei der Kirche aufgesetzt. Izt haben freilich die Perückengespenster in Küllau sicherer des Nachts zu wandeln, aber man behauptet es für gewiß, es geschehe unter den Knaben und Töchtern daselbst izt gar viel mehr Böses als vorher.

Auch das behaupteten sie, man könne in dieser Sache nicht ganz allein auf die Verhütung des frühzeitigen Beischlafs achthaben, sondern man müsse vielmehr auch auf die Verhütung der unglücklichen Ehen bedacht sein; und zu diesem Endzweck seien die Nachtfreiheiten, mit der ganzen alten Ordnung verbunden, eine Sache gewesen, die ihre recht gute Seite gehabt habe. Wann der Mensch das Alter und das Recht habe eine Frau zu suchen, so muß man in Gottes Namen ihn eine suchen lassen; und es sei, setzten sie hinzu, einem nicht zuzumuten seine Katze im Sack zu kaufen, wie man sich bei ihnen ausdrückt.*

So deutlich kamen die Bauern mit ihrer Meinung da hinaus, daß man gegen diesen Fehler nicht besser wirken könne, als daß man die Kinder wohl und mit Sorgfalt zu dem erziehe und bilde, was sie in ihrem Stand und in ihrem Platz in der Welt sein müssen, und dem Leichtsinn, der Zügellosigkeit und Gedankenlosigkeit ihrer Begier-

---

* *Anmerkung:* Diese Worte werden Leser einer Art verfeinerten sittlichen Gefühls stoßen – Volkskenner werden sie nicht stoßen. Wer mit den Gradationen des sittlichen Gefühls bekannt ist, der weiß, daß die Sprache des feinsten Gefühls in den Mund zu nehmen, und den rohern Ton des mittlern zu verleugnen, ehe man die Stärke einer höhern innern Seelenerhebung in ihrer ganzen Reinheit besitzt, zu nichts als zur Verstellung führt, und den rohern Arbeitsmenschen den Geradsinn und die beschränkte aber sichere Kraft seiner eigentlichen Berufs- und Standssittlichkeit verlieren macht, ohne ihm etwas Bessers dafür zu geben; wer das weiß, der wird mir die Katz im Sack verzeihen. Es sind Bauernreden, die mit der Katz im Sack gar nicht die gleichen Vorstellungen verbinden, als die gemeine Leserwelt, die aber auch, ehe sie über die Bauernsprache urteilt, sie zuerst verstehen lernen sollte. – Adieu. –

den von Jugend auf entgegen arbeite, um sie zu bedächtlichen, sorgfältigen, den morgenden Tag, das Alter und die Nachkommenschaft fest im Aug haltenden Menschen zu machen, auf die man in jedem Geschäfte des Lebens, also auch in diesem ein gutes Vertrauen haben könne.

Wie weit sich dieses Vertrauen unter den Alten gegen die Kinder erstreckt, zeige sich, sagten sie, auch hierdurch, daß die Bauern sogar auf den Höfen, wo es doch unsicher sei, um deswillen, wenn sie Töchtern gehabt, nicht scharfe Hunde gehalten, und dennoch sie des Samstag- und Sonntagnachts an die Ketten gelegt, damit sich die Knaben nicht scheuen zu ihren Häusern hinzuzukommen, und daß das ihren Töchtern nicht an einer Heurat schade.

Mit einem Wort, man habe fast ohne Sorgen trauen dörfen. Etwan gar fromme Leute haben an einer Samstags- und Sonntagsnacht noch ein Vaterunser desto mehr für ihre Kinder gebetet, daß ihnen der liebe Gott seinen guten Geist nicht entziehe, und sie mit seinem Segen nicht verlassen wölle; es sei aber auch damals in einem Ehrenhaus soviel als nie ein Unglück begegnet; aber wohl hernach, da wo der Pflug im Feld nicht mehr sicher gewesen, wo Altes und Junges zu leben angefangen wie die Heiden im Wald, da wo man sich aus dem Eidschwören nicht viel mehr gemacht, und Leute beim Nachtmahl haben zudienen dörfen, die als die Schlimmsten hierüber im Land verschreit gewesen, da seien freilich auch die Töchtern in sonst braven Häusern in ihren Kammern nicht mehr sicher gewesen.

Mit einem Wort, sagten sie, und dieses war das letzte, man habe die Hauptsachen, worauf es in diesem Stück ankomme, izt wie aus den Augen verloren, und mache Kindereien darüber, die nicht anderst seien, als wenn einer, anstatt sich das Gesicht zu waschen, ein Tuch über den Spiegel herabhängen wollte.

Es sei vor altem niemandem in den Sinn gekommen, daß es den Töchtern an Ehren zuwider sei, wenn sie zu Dutzenden miteinander in See gehen zu baden; und ebenso habe man nichts davon gewußt, daß die Mütter, wenn sie säugen, in ihrer Wohnstube ihre Brust vor ihren eigenen Kindern verbergen, und daß dieses der Leichtfertigkeit vorbieugen solle; im Gegenteil, man habe just umgekehrt geglaubt, Unschuld pflanze Unschuld, und die halberwachsenen Knaben seien neben den Müttern gestanden, und mit dem Brüderli oder Schwesterli freundlich gewesen, wenn's an ihren Brüsten gelegen, und die Knaben seien dardurch bewahrt worden, daß sie nicht so frühe in das giftige Staunen gefallen, welches die Wollust mehr reize, als alles andere; so sei es damals gewesen, izt sei es anderst.

So kamen die Bauern in Bonnal, in Absicht auf alle Verbrechen, auf die Meinung des Lieutenants hinaus; und sagten auch über Mord und Aufruhr; Bauern, die erzogen werden, daß sie ihre Äcker und Matten, Gärten und Bündten wohl besorgen, einander freundlich grüßen, im täglichen Leben nicht in die Rede fallen, den alten Leuten aus dem Weg gehen, und dabei doch die Augen im Kopf haben, daß ihnen nichts Unrechts geschehe; solche Bauern, werden nicht leicht weder Mörder noch Aufrührer; wohl aber werden sie es in aller Welt gar leicht, wenn sie nicht zu Bauern gemacht, und zu ihrem Beruf gezogen werden, sondern wie die Wilden aufwachsen, und wie die Wilden ihre Natur ungebändigt mit sich herumtragen.

§ 45
Wenn ihr nicht werdet wie eines dieser Kleinen, so werdet ihr nicht eingehen in das Reich der Himmeln

So brauchte der wieder Genesende seine Abende. Alles wollte ihn izt wiedersehen. Es war dem Volk in Bonnal izt wieder niemand so lieb als er. Wer zum Mareili kam, sagte, gottlob! daß er wieder lebt – und zur Renoldin, es ist auf der Welt niemand wie er! Der liebe Gott hat ihn uns wiedergegeben – und jedermann wünschte Glück! – Die Weiber neigten sich vor dem Lieutenant, und die Männer zogen vor ihm den Hut ab – und es hatte nichts zu bedeuten, daß der Pfarrer die Wochenpredigt nicht hielt; sie fanden izt selber, es nütze nicht alles, soviel Geschwätzwerk immer und immer – und der Untervogt dachte izt wieder im Ernst darauf, ein gemeiner Mann zu werden wie er vorher war – so war's izt – vor 8 Tagen war's anderst. –

Der Karl plagte den Papa mit seinen Buben von Bonnal, und bat ihn, du mußt mir sie auch kommen lassen, sie müssen auch sehen, daß du wieder gesund bist. – So mache sie eben kommen, aber nicht allein deine Buben, alle Kinder aus der Schule miteinander, sagte ihm endlich der Junker – und die Geißen auch mitbringen, erwiderte Karl – ja die Geißen auch mitbringen, sagte der Junker.

Er säumte sich nicht; er fragte, durfte, und ging noch diesen Abend nach Bonnal, ladete seine Buben auf morn ein; aber es machte vielen Angst. Sie hatten nicht so gar zu den Geißen Sorge getragen, ihrer viele hatten an beiden Seiten weit hinauf Kotzotteln, sie schnitten sie ihnen izt mit Scheren ab, führten sie an Bach, und waschten sie da – es kam eine ganze Herd miteinander. – Morndes ging der Karl ihnen, sobald er sie sah, entgegen, und sprang, da sie die Geißen auf dem Vorrain an der Zäunung anbanden, von einer zur andern, da sah er, daß ihrer viele an den Hüften weit umher das Haar abgeschnitten hatten. – Ja, ich weiß wohl, was das ist! Die haben Kotzotteln gehabt, und ihr habt sie ihnen erst heut oder gestern abgeschnitten – und die auch – und die auch – sagte er, und sprang von einer zur andern, und wo er's sah, da sagte er – auch diese. – Ja, aber sag's doch auch dem Papa nicht, (baten die Knaben, es war ihnen so angst,) wir haben doch auch so einen schlechten Stall, und können sie nicht trockenlegen; und dergleichen sagten sie viel, nahmen ihn bei der Hand, und beim Rock, und baten immer, sag's doch auch dem Papa nicht, sag's doch auch dem Papa nicht! –

Karl: Jä – meinet ihr, er sehe es nicht von sich selbst? –

Die Kinder: Nein, er sieht's gewiß nicht, wenn du ihm's nicht sagst.

Karl: Ihr wisset es nicht recht –

Die Kinder: Nein doch! – Ich bitte, bitte, sag ihm doch du nichts. –

Karl: Ich will schweigen, aber ich hätte doch geglaubt, die Geißen wären euch lieber als so! –

Ihrer viele hatten aus Hoffart die Müttern heut nicht einmal ausmelken lassen, daß man meine, sie geben viel Milch; auch das merkte Karl, und sagte, die sind heut nicht gemolken worden.

Darüber lachten die Kinder. Er aber sagte, es ist doch dumm, es tut ihnen weh, und ihr fahret ja nicht damit zu Markt.

Dann führte er sie zum Papa, ging der letzte hinter allen die Treppe hinauf, und der letzte in die Stube hinein; es mußten ihm alle vorgehen, und er tat die Tür zu, und schlich sich dann hinter den andern an der Wand und um den Ofen herum zum Papa und der Mama hervor.

Der gute Junker war noch schwach; er sah in seinem Krankenstuhl noch so eingefallen und blaß aus, daß alle Kinder erschraken als sie ihn sahen. Er konnte noch nicht recht laut reden; aber er nahm eines nach dem andern zu sich zu, fragte ihns auf den Heller aus, was es izt mehr verdiene als vor 7 Wochen? da er es das letztemal in der Schule gesehen. –

Das Herz klopfte den guten Kindern; wenn eines etwan einen halben Kreuzer minder verdienet als ein anderes von seinem Alter, oder eines das jünger war, so war ihm so angst, daß es fast nicht recht reden und vorbringen konnte, warum es bis izt nicht besser gegangen, und wie sie sich aber izt gewiß antreiben, und nicht mehr die Hintersten bleiben wollen. Aber denn die andern, so etwas mehr verdienet, ihr hättet sie sehen sollen, wie das eine ein breites Maul und schmale Backen bekommen, ein anderes mit den Füßen nicht mehr konnte still stehen, bis er ihm rufte – wieder ein anders feuerzündendrot worden – noch ein anders mit den Augen gesperbert – und wie eins, das sich hat zwingen wollen nicht zu lachen, doch hat müssen lachen, und vor Freuden kein verständliches Wort hat reden können. –

Er mußte auch lachen, und sagte ihm, du bist nicht witzig; ich weiß wohl, sagte das Kind; aber seine Arbeit war die brävste, und Therese sagte ihm, es solle sie ihr am Sonntag bringen.

Dann fragte er sie alle insgesamt, wie es auf der Weid mit dem Hüten und ihrem Versprechen gehe? Eines sah das andere an, und keines redete.

Warum sagt ihr nichts? fragte der Junker. Sie schwiegen noch izt, und ein jedes sah, ob nicht ein anders reden wollte. – Einsmals sagte eines zur kleinern Rickenbergerin, (der Schwester derjenigen, die wir kennen) du kannst am besten erzählen wie es zugegangen, du hast uns gar manchmal erweckt, wenn wir zu lang im Schatten haben liegen und schlafen wollen.

So – sagte der Junker – und nahm das Rickenbergerli, das nahe an ihm stund, bei der Hand, und Therese zog es zu sich zu, fast auf den Schoß.

Es hat im Anfang nicht recht wollen gehen, aber izt geht es einmal besser, sagte es da. –

Junker: Warum hat's nicht wollen gehen?

Kind: Darum, wir sind uns, solang wir hüten, gewohnt gewesen, wenn es warm worden, unter den Bäumen zu liegen, und zu schlafen, und die Geißen laufen zu lassen; izt, wenn's Nachmittag worden, und heiß gewesen, sind wir allemal schläfrig worden, und wenn wir haben stricken wollen, so sind uns die Augen fast zugefallen, man muß gar früh aufstehen, wenn man zur Weide fahrt.

Junker: Wie habt ihr es denn gemacht, daß es besser worden?

Kind: Wir haben miteinander abgeredt, wir wollen es uns nach und nach abgewöhnen; zuerst haben wir eine Stunde lang geschlafen, dann aber einander geweckt, wenn die Stunde vorbei gewesen; darnach fast eine Stunde, dann eine halbe Stunde, dann nur eine Viertelstunde geschlafen. Wir haben Wasser genommen, und die Augen und den Kopf kalt gemacht, daß wir munter bleiben, und so ist es besser gekommen; und weil du krank gewesen, ist uns kein Sinn mehr ans Schlafen gekommen; wir haben wahrlich da auch zu Nacht nicht können schlafen, und izt geht's besser, und es gibt alle Wochen mehr Arbeit auf der Weid. –

Junker: Das ist ein Punkt, aber weißest du die andern auch noch?
Kind: Ja – mit dem Wüstreden, und mit dem Schlagen, und Stein-Nachwerfen den Geißen.
Junker: Ja, wie geht's mit diesen?
Kind: Gut – seitdem der Herr Lieutenant die Kinder so ordentlich macht das Haar strehlen, Händ und Gesicht waschen, und in allem, bis auf die Treppe hinunterzugehen, eine Ordnung hat, daß keines an den andern nur anstoßen darf, so sind die rauhesten Buben nicht mehr so wild, und alle Kinder gewöhnen sich in der Schule Sorge zu haben, niemanden nichts zuleid zu tun; und denn haben wir darin auch miteinander abgeredt, wir wollen zweimal einander ein wüstes Wort schenken, aber dann das drittemal müsse einer angegeben sein.
Junker: Hat das geholfen?
Kind: Ja. –
Junker: Es freut mich. –
Kind: Und dann hat das auch wieder geholfen, daß du krank worden, es hätte in dieser Zeit gewiß keines dem andern etwas nachgerufen.
Junker: Weiß doch nicht, wenn ein Kaminfeger oder ein Schneider bei der Weid vorbeigegangen wär –!
Kind: Nein gewiß nicht. – Die andern wären alle zusammengestanden, und hätten einen geschlagen und weggejagt, wenn er das getan hätte.
Junker: Nu, ich will es glauben; aber wie geht's mit dem Freveln? Es ist izt bald Herbst –
Kind: O! – mit dem geht's gar gut – wenn du wüßtest –
Junker: Was, wenn ich wüßte?
Kind: Daß wir Äpfel, Birren und Erdäpfel zu braten bekommen, soviel wir wollen; gelt, du würdest dann nicht meinen, wir freveln noch –? –
Junker: Aber wer gibt euch das?
Kind: Alle Leute, die Land und Bäume haben, die an die Weid stoßen. –
Junker: Wie ist das izt gekommen?
Kind: Da sie das letztemal die Häg (Zäune) ausgebessert, sind eine ganze Menge Männer dagewesen, haben uns zuerst ausgelacht, und gefragt, ob wir ihnen izt im Herbst auch das Halbe stehlen wollen, wie das letzte Jahr? Wir haben auch gelacht, und gesagt, es sei eben schlimm, wir dörfen izt nicht mehr; da hat der alte Renold gesagt, es könne nicht so sein, der Tag sei lang, und die jungen Leute mögen essen, man könne sie nicht lassen hungern auf der Weid, wir sollen

nur brav hüten, wenn sie das Obst ablesen, und die Erdäpfel austun, so wollen sie uns von allem auch geben; und wir haben schon viel bekommen, und bekommen noch mehr, viel mehr als wir nie gestohlen hätten. –

So, so! sagte der Junker, so denke ich wohl, frevelt ihr nicht mehr; aber der Renold muß doch ein guter Kindermann sein, nicht wahr?

Kind: Das denk ich; er hat immer, wo er steht und geht, Angster (Pfenning) und Rappen im Sack, und wenn ihm ein Kind heischet, so gibt er ihm, und daheim große Stück Brot; und er kann noch eine halbe Stund bei so einem Kind, das ihm bettet, stehen, und mit ihm reden.

Dann erzählten sie ihm, wie sie geglaubt haben, er sterbe, und wie sie mit dem Herr Lieutenant, dem Herr Pfarrer, alle Tage in der Kirche für ihn gebetet; und daß einmal ein fremder Herr in die Kirche gekommen, der auch mit ihnen für ihn gebetet, er sei so freundlich gewesen, habe ihnen allen die Hand gegeben, und sei morndes den ganzen Tag bei ihnen in der Schule gewesen.

Beim Abendessen, im alten Rittersaal, konnten sie sich nicht satt sehen an den Figuren an der Wand. Der Karl erklärte ihnen lustig der Zwingherren Ordnung, die da abgemalt ist, und sie buchstabierten das *Teufelsblut*, lachten über das Reiten des dicken Junkers, und machten saure Augen über den Bauer auf dem Hirschen.

Der Junker setzte den Heirli auf die Lehne seines Sessels, so, daß er ihn wie auf dem Arm hatte; der gute Heirli streichelte ihn wieder an Backen, und sagte ihm, gelt, du stirbst izt auch nicht mehr? Bald darauf – du siehest aus, wie ein Großvater – und dann – kannst izt auch nicht mehr gehen? – Der Junker stund ihm zu Gefallen auf, ging die Stuben auf und ab, und sagte ihm, sieh, wenn man krank gewesen, so mag man nicht gleich wieder springen wie im Garten. Aber es wird wohl wiederkommen – daß du wieder springen kannst wie im Garten? sagte das Kind. –

So redte er mit vielen; und sie erzählten ihm auch von dem Freudenfest, welches man in Bonnal halten wollte, wenn er das erstemal wieder zu ihnen in die Kirche kommen werde. Des Hübel Rudis Kind sagte, sein Vater wolle an diesem Tage, und an keinem andern, Hochzeit halten. Er gab dem Kind zur Antwort, sag deinem Vater nur, er müsse nicht mehr lang warten, über 8 Tag komm ich in die Kirche.

Dann ging er noch unter die Türe, auch ihre Geißen zu sehen, die sie da vorbeiführten zum Brunnen; aber ihrer viele liefen mit ihren Tieren so geschwind vorbei, als wenn sie jemand jagte. Der Karl lachte allemal, wenn einer so geschwind mit seiner Geiß vorbeistrich; und sie, wenn sie vorbei waren, lachten auch gegen ihm, und nickten ihm mit dem Kopf und mit den Augen, ihm zu danken, daß er dem Papa nichts gesagt; aber da sie fort waren, konnte er nicht mehr schweigen, und sagte zum Papa, hast izt nichts gemerkt von den Geißen? Meinst, es ei alles gut in der Ordnung gewesen? – Der Junker hatte nichts gemerkt, und der Rollenberger wußte auch nicht, was er meinte; sie rieten allerhand, er aber sagte ihnen allemal, es ist nicht das, es ist etwas ganz anders. Zuletzt sagte er, es waren doch auch 25 Geißen, die es alle hatten; aber sie konnten's doch nicht erraten, bis er ihnen sagte, daß die Haare wegen den Kotzotteln abgeschoren worden seien. –

§ 46
Der Kopf und das Herz hat mit den Menschen gleich sein Spiel, wenn man nicht beiden wohl auf den Eisen ist

Einen andern Abend waren die zwei Brüder bei ihm, die vor wenigen Wochen in den Torfgruben noch von ihm glaubten, er sei ihnen wegen ihren Religionsmeinungen nicht günstig. Aber der Lindenberger hatte sie seither ganz von ihrer Absönderungsfrommkeit zum gottesfürchtigen Rechttun des Lieutenants und zur Überzeugung hinübergebracht, es sei besser, man mache ein ganzes Dorf brav, als ein paar Leute in einem Winkel; sie waren beide herzgut, und auch da, wo sie noch ihrer Sekte blind anhingen, lag treues, edles und reines Bestreben nach wahrer menschlicher Wahrheit und Weisheit in ihrer Neigung für die Nebelhülle ihrer Bruderschaftsmeinungen; also ruhet der stille Glanz des Monds im Schatten der Erde, aber der die Himmel wälzet, läßt den Schatten der Erde nicht ewig über dem Glanz des guten Mondes, der Schatten der Erde geht vorüber, und der Mond leuchtet sein Licht. – Der Junker hatte erst nach seiner Krankheit vernommen, daß sie der Bruderschaft öffentlich abgesagt, und sich deutlich erklärt, sie müssen Gewissens halber zu denen stehen, die dem ganzen Dorf helfen wollen, und können sich durch keine Meinungen einschränken und hindern lassen, dem Junker und dem Schulmeister zu helfen, die gleiche Sorgfalt gegen alle Gemeindsgenossen zu brauchen, die die Bruderschaft nur gegen die Ihrigen brauche; und sie finden es izt nicht mehr recht, sich wie in einen Garten einzuzäunen, und da freilich für die eingezäunten

Blümchen wohl zu sorgen, indessen aber ganze Äcker und Matten, die einem auch zugehören, darob zu versäumen, und in Abgang kommen zu lassen; ein Bauer, der das tun würde, würde mit seinem Land übel fahren, und sie glauben izt, es sei mit den Menschen das gleiche.

Sie drückten izt dem Junker die Hand so traulich wie einst den Brüdern, und sagten ihm, es sei nicht anderst, als ob der liebe Gott ihnen einen Vater wiedergeschenkt habe. – Ihm machte es fast bange, er wußte wie sie an ihrer Brüderschaft hingen, und antwortete ihnen, ich möchte euch wohl gern sein wie ein Vater, aber ich fürchte eher, ich habe euch mehr Schaden gebracht als Nutzen, und das wäre mir leid. Sie staunten über diese Rede, und beide fragten ihn, warum er doch das sage? Der Jakob war etwas schüchtern, aber der Christoph ließ sich darüber mit ihm in ein Gespräch ein. –

Auf die Antwort des Junkers – „euere Brüderschaft war euch wie Vater und Mutter, und da ihr sie um meinetwillen verlassen, so muß ich natürlich fürchten, ich könne euch das nicht sein, und ihr findet das bei mir nicht, was ihr hofftet bei ihr zu finden, und was euch bei ihr wohl machte, solang ihr an sie glaubtet" – antwortete Christoph, wenn wir unsere Brüderschaft verlassen hätten, um bei Euch eine andere zu finden, so könnte es wirklich kommen wie Ihr sagt, aber das ist nicht unser Fall. –

Junker: Was ist denn euer Fall?

Christoph: Wir haben sie verlassen, um keine mehr zu haben, und gegen jedermann gleich zu sein, gegen niemanden zu gut, und gegen niemanden zu bös, und heut und morgen, und in jedem Fall, so handeln zu dörfen, wie es uns selbst am besten dünken wird.

Der Junker bat sie darauf, ihm aufrichtig ihre wahre Meinung über die Brüderschaft, die sie verlassen, zu sagen. –

Sie antworteten ihm beide, sie glauben noch izt, die Sache habe gar viel Gutes; und müssen bekennen, diese Verbindung habe zu einer Zeit zu ihnen Sorge getragen, und sie in vielen Stücken eine vernünftige und sorgfältige Leitung genießen lassen, ohne welche sonst soviel als das ganze Dorf in der abscheulichsten Unordnung gelebt, und allgemein verwahrloset worden wäre. –

Aber eben das, setzte Christoph hinzu, macht mich izt von ihnen abfallen, daß ich einsehe, man könne und müsse für alle Leute so Sorge tragen, wie die Brüder es für die Ihrige tun; und man müsse sich nicht durch Meinungen einschränken lassen, es nur an den wenigen, und nur an denen tun zu wollen, die in allem ja zu uns sagen.

Der Junker lächelte, und Christoph sagte, der Lindenberger hat

§ 46

Mühe mit uns genommen wie ein Pfarrer, und nicht nachgelassen, bis wir es, wie er, eingesehen, daß alle geistliche Brüderschaften das Menschliche ihrer Sachen dem lieben Gott anbinden, und so dahin kommen, daß sie auch das, was sie Fehlerhaftes an sich haben, für ein Heiligtum achten müssen. Wir erkennen izt, daß den andern Menschen dadurch ein Unrecht geschiehet, und ihr Gutes nicht anderst als verunglimpfet, erniedriget, und gehindert werden muß, so viele Früchte zu tragen, als es tragen könnte und müßte, wenn die Menschen von allerlei Brüderschaftsmeinungen die Eitelkeit ablegen würden, zu glauben, mit ihren Meinungen dem lieben Gott wie in dem Schoß zu sitzen. Es kann nicht anderst sein, sagte er, sobald man eine geistliche Brüderschaft hat, und sich um Gottes, und um göttlich geheißener Meinungen und Wörter willen, von andern Menschen söndert, so wird einem die ganze Welt wie nichts gegen die Brüder und Schwestern, die von dieser gnadenreichen Meinung sind; und in diesem Fall sind auch die besten Menschen bei aller ungeheuchelten Ehrlichkeit in Gefahr, sowohl ob diesen Meinungen, die sie als das Band zwischen Gott und ihnen ansehen, als ob den Menschen, die sie bekennen, blind zu werden, und überhaupt alles in der Welt nur nach dem Maß zu schätzen, inwieweit es auf diese Meinungen einen guten oder schlimmen Einfluß hat; und sich dann sogar einzubilden, der liebe Gott mache es droben in seinem hohen Himmel just auch so, und wäge das ganze Menschengeschlecht auf dergleichen Meinungenwaag, die sie in ihrem Dorf haben. Je schwächer dann die Menschen seien, je dümmer werde dann diese Brüderschaftseinbildung; aber auch die Besten bringe es gegen alles Gute, was von Menschen, die sich außer ihrem Brüderschaftsgnadenstand befinden, herkomme, dahin, daß sie dasselbe, wie sie sagen, der Leitung Gottes anheimstellen, aber selber mit keinem Finger berühren, indessen sie das, was von ihren Leuten herkommt, unter dem Beistand Gottes, gar wohl und sorgfältig besorgen; dann gehe es freilich gar oft besser bei ihren Gnadenwerken, die in der Ordnung besorgt werden, als bei den Weltkinderarbeiten, die etwas außer dem Gnadenstand unvernünftig angegriffen, und unsinnig verwahrloset.

So natürlich das sei, so verblenden sich die Brüder doch immer darin, und behaupten allemal in diesem Fall – Gott im Himmel selber mache also allen Tand der Heiden vor den Augen seines auserwählten Volks zuschanden.

Daraus entsteht, daß alle solche Brüderschaftsmenschen unmöglich reinen und unbeschränkten Anteil an allgemeinen obrigkeitlichen Volksanstalten nehmen können, wenn selbige nicht, wie der

Lindenberger gesagt habe, auch in allen äußern Teilen nach dem Kleid des Götzenbilds zugeschnitten, das sie mit sich im Kopf herumtragen.

Der Junker fragte ihn auf dieses hin, warum so wenige Menschen von solchen Brüderschaften dahin gebracht werden können, dieses also einzusehen? –

Davon, erwiderte Christoph, ist die Hauptursach sicher diese, daß man ihnen auf der andern Seite auch unrecht tut. –

Junker: Worin tut man ihnen hauptsächlich unrecht? –

Christoph: Man erkennt das wahre Gute, das sie haben, nicht; man versteht sie nicht, und wirft eine Verachtung auf sie, die sie nicht verdienen.

Junker: Er soll doch hierüber ausführlicher sagen, was wahr sei.

Christoph: Sie seien unter dem gemeinen Volk die Menschlichsten, die Liebreichsten, die Gutmütigsten; es sei Rat und Trost bei ihnen zu finden, wie sonst fast bei niemand; auch seien sie gegen Ruchlosigkeit und Gewalttätigkeit, die das andere gemeine Volk in den Dörfern so oft fast unter die Tiere herabsetzt, unter ihren Leuten völlig Meister, und das sei doch ein Segen im Land, davor danke ihnen niemand, es frage sie niemand, wie sie es machen, wie sie mit ihren Leuten und mit ihren Kindern dahin kommen, wo die andern Bauern doch nicht sind, und wo man von einem Pfarrer, der sein Dorf dahin bringen würde, in der ganzen Welt Rühmens und Wesens machen würde, das sei eines; das andere sei, man sage ihnen in den Tag hinein, sie verderben mit ihren Meinungen die Leute, und zeige ihnen nicht wie, und gebe ihnen kein Exempel, wie man das Volk besser führen könne als sie. – Dann sage man ihnen, sie seien dumm und einfältig; und sie sehen doch, daß sie bei den Leuten mehr ausrichten und mehr Gutes stiften, und in ihren Haushaltungen meistens glücklicher seien, als die so sagen, sie seien dumm; und seien sich gewohnt, Vernunft und Verstand nach dem, was man damit ausrichte, zu messen und zu schätzen; sie heißen in ihrer Sprache das *etwas Ausrichten* Segen, und das *nichts Ausrichten* Unsegen; und solang sie den Segen auf ihrer Seite haben, so glauben sie auch nicht, daß sie die Dummen in der Welt seien, es mag es ihnen sagen wer da will.

Dann wirft man ihnen vor, sie seien hartnäckig, und lassen sich nicht berichten, und die, so es ihnen am lautesten vorwerfen, sind, auf das gelindeste davon zu reden, im gleichen Spital krank, und nehmen noch viel weniger von ihnen das Gute an, das sie so ausgezeichnet haben; aufs höchste könne man sagen, es heiße ein Esel den andern Langohr. –

Wahr sei, sie binden ihren Verstand wie an eine Kette an, und lassen ihn keinen Schritt weiterspazieren, als sie gern wollen, daß er gehe. Aber dann sei es auch wahr, so angebunden als sie ihn halten, so brauchen sie ihn, und das wirklich mehr in der Ordnung und sorgfältiger, und kommen darin gewöhnlich sichtbar weiter, als die andern Dorfleute, die ihn nicht so anbinden; auch sei gewiß, daß viele Leute, die ihnen das vorwerfen, sie haben ihren Verstand so an der Kette, gar viel weniger könnten an die Ketten legen, wenn sie die Lust dazu auch einmal anwandeln würde, den ihrigen auch so anzubinden. – Überall, sagte er, sind ihre Gegner selten die Leute, die ihnen Lust machen könnten, ihren Verstand nicht angebunden zu halten, und es ist gar nicht, daß sie mit ihnen umgehen, sie den Schaden dieses Anbindens empfinden zu machen, und etwan mit ihnen einzutreten, und abzumessen, wieweit man ohne Gefahr, seine Kraft in den nächsten und notwendigsten Sachen wohl anzuwenden und zu gebrauchen, zu schwächen, ihn weniger anbinden und freier laufen lassen könnte. – Er sagte, es dünke ihn doch, man mache den Verstand wie zu einem Modekleid, und ein jeder Narr in der Welt wolle izt so ein Verstandsmäntelchen mit sich herumtragen, es möge dann für Tuch daran sein, was es wolle, und es reiße unter den gemeinen Leuten eine Pest ein, die er die Verstandspest heißen möchte. Der Herr Lieutenant habe zwar ihm das nicht wollen gelten lassen, und behauptet, es sei nur ein Anmaßungsfieber, aber er halte es für eine wahre Pest, und müsse sagen, just die Leute, die mit dieser Pest angesteckt sind, seien die Allerunbilligsten gegen ihre Brüderschaft.

Der Junker bat ihn, er solle sich über die Verstandspest deutlicher erklären, was er meine? –

Er sagte, er meine überhaupt, wenn der Mensch etwas Gutes, das an ihm ist, wie eine Eli-Mutter ein Kind, in das sie vernarret ist, zu hoch hinauf, und alles andere Gute und Brauchbare wie ein Stiefkind himmelweit über das Herzensschätzchen hinabsetzt, so richte ein solcher Mensch das Gute, das an ihm ist, wie eine solche Eli-Mutter ihr Kind und ihr Stiefkind miteinander zugrund, und werde schlecht, und ein halber Mensch.

So gehe es, wenn der Mensch auf diese Art alles aus dem Verstand mache, und wieder, wenn er alles auf das Herz baue; im ersten Fall habe er die Verstandspest, und im andern die Herzenspest – in beiden Fällen mache er die einte vernachlässigte Hälfte von sich selber aussterben, und stecke mit ihrem Tod auch diejenige an, mit der er es also gehalten, als wenn sie allein leben müßte.

Dann sagte er, es sei zwischen den Menschen, die von der Verstandspest, und denen, die von der Herzenspest angesteckt sind, wie zwischen dem Samen des Weibs, und dem Samen der Schlange, eine ewige Feindschaft, und des in die Fersestechen und des Kopfzertreten-Wollens unter diesen ohnmächtigen Kranken nie kein Ende – und je höher die Krankheit steige, je größer werde die Wut einander so stechen und treten zu wollen.

Izt verstund ihn der Junker, und fand die Geschichte neuerer Streitigkeiten darin beschrieben. Er hatte schon viel von der Herzenspest gehört, aber das Wort Verstandspest war ihm neuer, und er bat den Bauern, er solle doch fortfahren und ihm die Leute beschreiben, die an der Verstandspest krank liegen.

Der Christoph fuhr fort, und sagte, es liegen alle Leute daran krank, die es mit der Liebe zur Wahrheit haben, wie der Killer selig mit dem Rechnen, welcher den Bauern im Wirtshaus gar leicht hat ausrechnen können, wieviel Minuten ein jeder alt sei, oder gar, wieviel Tropfen Wasser in einer Stunde aus einer Brunnenröhre laufen, aber es dann nicht geachtet hatte, wenn ihm der Wirt für 3 Schoppen Wein, die er trank, das Geld von vieren gefodert.

Auch die seien daran krank, sagte er, die mit allem, was sie wissen, oder meinen zu wissen, ein Wesen machen, wie wenn es ganze Berge wären, die sie mit sich herumtragen, und zu einem Viertel Korn Säcke machen lassen, wie wenn sie einen Kirchturm darein einpakken sollten, und Wägen, mit denen man halbe Berge könnte wegführen. Er sagte, es gebe hier und dort Pfarrer, die dergleichen Verstandssäcke und Verstandswägen mit sich aufs Dorf bringen, und die, wenn sie alle Wahrheit und alles Gute in kleinen Körnern auf dem Boden zerstreut finden, und auflesen sollten, keinen Rücken und keine Hände dazu haben, und es lieber die Spatzen auffressen lassen, und dann ihre großen Wägen, damit sie solche doch nicht vergebens aufs Dorf gebracht, zu Spazierwägen machen – die großen Säcke brauchen sie dann zu Kutschenküssen für sich und ihre Frauen.

Auch die Herren Pfarrer, sagte er, haben diese Pest, deren Wahrheit nur blitze und wetterleuchte. – Das Volk fürchte das Donnern, das darauf folge, und die Menschen seien ein Unsegen im Lande, die Freude daran haben, mit der Wahrheit einzuschlagen wie mit Strahlstreichen, die die Eichen zersplittern, und den Atem der Lebenden auslöschen.

Auch die, sagte er, liegen an dieser Krankheit, deren Wahrheit den Eisgebirgen gleiche, die zwar himmelhoch sich gegen die Sonne auftürmen, aber von ihr nicht auftauen – ein Regentropfen im Tal sei mehr wert, als ein ganzes Meer solcher Wahrheit unter dem Eis und in unzugänglichen Klüften.

Soviel sagte er von der Verstandspest. –

Als er damit fertig war, fragte ihn der Junker noch: Aber wer hat denn die Herzenspest? –

Meine alten Brüder und Schwestern, erwiderte der Mann – setzte aber bald hinzu – dennoch ist es schade, daß man in der Welt nicht anderst mit ihnen umgeht, und das Gute nicht erkennt, das sie an sich haben.

Solang es so ist, werden sie sich immer ausschließend für das Salz der Erde achten, das seine Räße noch nicht verloren – und bis man ihnen, wie der Herr Lieutenant, durch eine auffallend bessere Menschenführung zeiget, daß es noch bessere Salzquellen gebe, als die, so aus dem Berg ihrer unnatürlich umzäunten Frommkeit herausfließen, so ist es ihnen nicht zu verargen, daß sie so lang immerhin sich selber, und ihre gebenedeite Meinungen für das beste Salz der Erde achten.

Er verglich zuletzt das Glück, das diese Leute in ihrer Beschränktheit besitzen, dem Genuß einer hellen, stillen, und warmen Sternennacht, bei welcher dem Menschen so innig wohl sein kann, daß er wie hingerissen wird zu denken, es könne nichts Schöners und nichts Größers auf der Welt sein, als eine solche Sternennacht; aber wenn die Sonne dann aufgeht in ihrer Pracht, und der Mensch der Erde den Segen ihres wärmenden Lichts, und die Sicherheit ihrer hellen Tageserleuchtung genießt, da denkt er nicht mehr, daß die Sternennacht, und das trügliche Mondlicht, das Schönste und Beste sei, das er auf der Erde genießen könne. –

§ 47
Wer bloß gut ist, muß nicht regieren, und niemals und niemands Vogt sein wollen

Wer nicht zu ihm kam, war der Vogt Meyer; aber er machte ihn kommen, und fragte ihn, ob er nichts von den Unordnungen wisse, die während seiner Krankheit begegnet?

Er antwortete ihm, er habe wohl davon reden gehört, aber Bestimmtes wisse er nichts.

Arner: Warum er nicht besser nachgefragt?
Vogt: Er habe nicht daran gedacht – und es habe ihm's niemand befohlen.
Junker: Ob die Unordnungen selber nicht Befehls genug gewesen seien?
Vogt: Das wohl, er habe auch so gefragt, aber nichts vernommen. –

Arner schüttelte den Kopf, und sagte ihm, du bist froh, wenn du nichts weißt; und es ist nichts anders, als was ich dir schon gesagt, du bist zu diesem Dienst nicht brauchbar.
Vogt: So gebet mir meine Entlassung. –
Junker: Da hast du sie – und geh izt. –

Er säumte nicht lange, nahm den Türennagel in die Hand, und vor der Tür den Stecken, und ging mit leichtem Herzen die Treppe hinunter. Als er heimkam, sagte ihm seine Frau, da siehest izt, daß ich recht habe, wenn ich zu dir sage, du seiest gar zu nichts nütz. – Und im Dorf sagte izt ein jedes, der Hummel sei doch noch ein anderer Mann gewesen zum Vogt als er. – Und Leute von seinem Alter erzähllten, wenn ihn der Junker so, wie sie, von Jugend her gekennt hätte, so hätte er ihn gewiß nicht zum Vogt gemacht; wenn sie als Buben untereinander Händel gehabt, so sei das immer sein Wort gewesen, „tut mir doch nichts, ich will euch auch nichts tun;" und es sei ihm zum Sprüchwort worden, gelt, du hast's auch wie der Christopheli, „tu mir nichts, ich will dir auch nichts tun."

Als seine Schwester, die Meyerin, es vernommen, ging sie auf der Stelle zu ihm, traf ihn allein an, und wünschte ihm Glück, daß er sich von der zweiten Marterfrau, mit der er sich ohne Not verheuratet, so glücklich habe scheiden lassen können. Aber als die Nachricht in das Dorf kam, der Baumwollen-Meyer sei Vogt, waren zehen Stimmen gegen eine, er sei der einzige, der für den Junker, so wie er einen brauche, recht sei; und viele Leute sagten, die Armen haben izt einen Vater, die Unordentlichen einen Vogt, und die so Gewalt brauchen wollen, einen Meister. –

Ihr Herren! die ihr Untervögte macht und absetzt wie nichts, mit einem einzigen Wort; wenn euch etwas daran gelegen, daß sie recht ausfallen, so nehmet dieses zum Zeichen, wenn das Volk von euerm Mann also redt, so kann er recht ausfallen; aber auch dann ist's noch nötig, daß ihr zu ihm Sorge traget. Die Reichen waren freilich nicht zufrieden, daß von einem solchen Lumpenstammen ein Vogt geworden; aber sie sagten es doch nicht zu laut, und er erklärte sich bestimmt, er habe den Dienst um der Armen willen angenommen, die Reichen haben ihren Vogt in der Kiste, aber die Armen haben einen nötig. Und das Mareili sprang fast vor Freuden, daß sein Bruder izt also des guten Junkers Diener worden, und machte sich Tag und Nacht den Kopf voll, wie es izt gewiß in allen Ecken im Dorf gehen müsse, wie es der Junker wolle.

Ihns und den ganzen Weiberbund machte der Junker auch einen Abend zu ihm kommen – und die Weiber beredten ihren Weibel, den alten Renold, er solle mitkommen – er wollte nicht – aber sie versprachen ihm, sie wollten es verantworten – wenn's so ist, so will ich kommen, sagte der Alte, und es freute den Junker gar – er redte die halbe Zeit nur mit ihm, und ließ ihn erzählen, wie vor altem in allen Stücken eine Ordnung gewesen, die im Grund derjenigen vollends gleich sei, die er izt einführe.

Der gute Alte sagte ihm, eine Woche freue ihn jetzt mehr zu leben, als vorher ein ganzes Jahr. – Der Junker erwiderte ihm, will's Gott werde er erst dann recht Freude haben, wenn die angefangenen Sachen auch einmal in ihrem Gleis seien, und mehr Festigkeit haben. – Zu den Weibern sagte er: wenn er alles geglaubt hätte, so hätte er doch das nicht geglaubt, daß sie die Bauern hätten dahinbringen können, Geld dafür zu versprechen, um den Schulmeister behalten zu können. – Das Mareili sagte ihm darüber, man tut den Bauern Unrecht, wenn man glaubt, sie gäben nicht gern Geld aus für ihre Kinder, sie tun es freilich nie, bis sie sehen und erfahren, daß es etwas nützt.

Aber meinst du, sagte der Junker, wenn man machen würde, daß sie erfahren könnten, und die Probe in ihren Händen hätten, daß man ihre Kinder weiter bringen könnte, als man sie nicht bringt, meinst du denn, sie würden an vielen Orten auch selber gerne etwas dazu beitragen, die Leute, die man hierzu nötig hätte, zu bezahlen?

An allen Orten, und ganz gewiß würden sie es dann gerne tun, sagte das Mareili, und alle Weiber, auch der alte Renold bestätigte das. Er setzte hinzu, man müßte ihnen nur so einen Mann zwei oder drei Monat ohne ihre Kösten auf die Probe geben, dann würden sie ihn gewiß nehmen, und wenn man es foderte, die Probkösten noch darzu bezahlen. Diese Bemerkung war dem Junker und dem Lieutenant sehr wichtig; sie widerlegt das unrichtige Geschrei, daß die Besserung der Landschulen unerschwingliche Geldsummen erfodere, es fehlt weit mehr an Anstelligkeit und Sachkenntnis.

Und an Leuten – sagte der Pfarrer von Bonnal. –

Nein, erwiderte der Lieutenant, wenn man Anstelligkeit und

richtige Grundsätze darüber hat, so kann man fast ohne Mühe Leute hierzu bilden, wie man sie gebraucht, *dafür will ich stehen!*

Sie wurden bald einig, wenn man annehme, das Volk würde gern helfen, dergleichen Leute zu bezahlen, und auch zugleich, daß eine jede gute Schule auf Arbeit müsse gegründet sein, und hiermit, so sie recht eingerichtet, in sich selber einen Verdienst finde, so falle die Sorge von großen Geldausgaben, welche die Verbesserung der Schulen nach sich ziehen würde, von selbst weg. Der Lieutenant sagte wieder, wenn man sie schlecht macht, und halb, so werden sie kosten; und wenn man sie recht macht, und ganz, so werden sie eintragen.

Dann redte der Junker noch mit der Meyerin über die Entlassung des Vogts. Sie sagte ihm, er könne izt auch wieder zu einem Menschen werden. – Und die Renoldin fragte ihn, wer ihm ihn auch geraten? Der Herr Pfarrer, antwortete er. – Und sie – das glaube sie – er habe immer auch bei den Leuten zuviel daraus gemacht, wenn sie nur gut gewesen. – Sie setzte hinzu, der Herr Lieutenant hätte ihn auch gewiß nicht geraten – Ich glaub's auch nicht, sagte der Junker, dankte ihnen dann für ihren Bund, und sagte ihnen, sie sollen zu ihrem guten alten Weibel recht Sorge tragen, und ihm nicht zuviel Mühe aufladen.

Er soll izt bleiben der Weiberbund, sagte Therese, ich will es mit euch halten, wir wollen dem Junker helfen zu seinem Ziel zu kommen.

§ 48
Arners Fest

Bei Sonnenaufgang läuteten alle Glocken. Alle Kinder waren mit Blumen geschmückt; das ganze Dorf, Altes und Junges, ging ihm den Berg hinauf entgegen. Des Rudis Hochzeitleute voraus, und in der Mitte der Gemeinde der gute Pfarrer; sangen den Berg hinauf der Sonne entgegen frohe Lieder; aber als sie von ferne das Gerassel seiner Kutsche hörten, da tönte ihr Lied nicht mehr.

Er kommt – Er kommt – rief das Volk, und hundert Stimmen jauchzten ihm zu. Sie verdoppelten die Schritte, liefen ihm, wie Kinder dem Vater, den sie lange nicht gesehen, entgegen. Er hörte ihr Jauchzen von ferne, da er noch tief hinter den Tannen sie noch lange nicht sah; aber sobald er sie hörte, stieg er aus seinem Wagen, und ging seinem geliebten Volk von Bonnal mit all den Seinen zu Fuß entgegen. Er sah izt den Aufgang der Sonne nicht, nicht den hellen

Himmel und das glänzende Tal, und die schlängelnde Itte, die zu seinen Füßen lag; er eilte zu seinem fröhlichen Volk, mischte sich in ihr Gedränge, und hörte mit Vaterlust ihr Jauchzen und ihr Rufen – Er lebe! – Er lebe! – das durch Buch und Tannen hinab ins Tal tönte. Innige Freude erhob sein Herz. Es war kein Kind, und kein Mensch, dem er nicht, und dem Therese nicht ihre Hand bot. – Er hatte den Hut ab, solang er sie grüßte, und sagte mit einem stillen hohen Ernst – Er wünsche für sie zu leben! – das Volk erwiderte ihm, sie wüßten's, und der Tag seiner Wiedergenesung sei ihnen der freudigste ihres Lebens – dann stellt sich das Volk wieder in Ordnung, die Hochzeitleute voraus – Er nahm den Hübel-Rudi bei der Hand – Therese die Meyerin, und seine Kinder die Kinder des armen Manns, führten sie also den Berg hinab bis in die Kirche; das Volk sang, jauchzte, der Geiger spielte auf bis unter die Türe, und die jungen Leute gingen, wie wenn sie tanzten, bis in die Stühle. –

Da stund der Pfarrer neben dem Taufstein an den Ort hin, an dem er neun Abende nacheinander mit seinen Kindern auf den Knien, und mit Tränen, Gott für das Leben des Junkers gebetet. Der große Blumenstrauß, den er auf seinem Kleid hatte, war mit dem Perlenband, das ihm Therese geschenkt, umwunden; stille Freude in seinem Auge, und eine Träne, leicht und dünn wie ein Morgennebel in heißen Tagen, zeugte von der Erhebung seines Herzens. Er stand eine Weile still, dann hob er die Hand auf zum Zeichen des Schweigens – eine Stille erfolgte, und das Volk und die Kinder, die nahe an ihm stunden, richteten die Augen auf ihn, dann sagte er die einzigen Worte. –

Lasset uns Gott danken, daß er uns unsern Vater Arner wiedergeschenkt! – sah dann hinab zu seinen Kindern – und sagte – ihr habt mit mir an dieser Stelle viele Tränen vergossen; freuet euch izt, daß Gott das Gebet euerer guten Herzen erhört hat – kommt, lasset uns ihm danken – da bog er sich nieder und kniete – die Kinder knieten mit ihm, und in einem Augenblick lag die ganze Gemeinde, und auch Therese, und seine Kinder, und der General, vor seinen Augen auf den Knien – Er stand allein noch – sah die ganze Gemeinde also niedergebogen Gott für sein Leben danken.

Wer kann den Anblick beschreiben, und die Erhebung des Manns (Arners), der in diesem Augenblick an seine Pflicht dachte, diesem Volk, das vor ihm kniete, auf Kind und Kindeskinder hinunter sein Glück zu befestnen. Es schwellte seine Brust; er wandte sein Angesicht weg, fiel auch auf seine Knie, weinte eine Weile auf den Knien, danketé dann Gott für seine Rettung, und für seinen Stand, und für den Lieutenant, für den Pfarrer, und für sein Volk, und bat ihn um seinen Segen zu seinem aufrichtigen Vorhaben, diese ihm von seiner Vaterhand anvertrauten Menschen dem Zufall des blinden Schicksals zu entreißen, und durch feste, ihrer Natur, und ihren Umständen angemessene Gesetze, soviel als möglich, auf dieser Welt glücklich zu machen.

Fast eine Viertelstunde lag das Volk auf seinen Knien; dann stund der Pfarrer, und mit ihm die Gemeinde auf, aber der Junker war todblaß, tat einen Schritt hervor, bog sich gegen die Gemeinde, aber er konnte izt nicht reden. – Eine Weile war wieder alles still – der Pfarrer gab da wieder ein Zeichen – und die Gemeinde sang das Lied ,,Herr Gott! Wir loben dich etc.

Der Lieutenant hatte zehen Mann mit Waldhorn, Trompeten und Baßgeigen bestellt; und das Freudengesang an Arners Fest tönte in der Kirche so, wie in dem Tal von Bonnal noch kein Freudengesang ertönte.

Da es vollendet war, führeten Arner und Therese die Meyerin und den Hübel-Rudi zum Altar. –

So eine Hochzeit hat von uns keiner, dachten alle Jünglinge des Dorfs; und die Mädchen, die sonst bei allen Hochzeiten flüstern, waren still, da der Pfarrer sie segnete. – Dann läuteten wieder alle Glocken; der Junker führte die Braut, und Therese ging mit dem Hübel-Rudi aus der Kirche ins Pfarrhaus, und die Waldhorn und Trompeten machten mit den Stimmen des Volks und den läutenden Glocken ein frohes Getümmel.

Er gab der Gemeinde einen Freudentrunk für das Fest, das sie ihm feierten; rundum, fast um die halbe Matten des Pfarrhauses stunden Stühle und Tische, Wein, und Brot, und Käs, warme und kalte Milch, Würst und Kuchen für Junge und Alte genug auf den Tischen. – Mitten im runden Kreis der Gemeinde saßen die Hochzeitsgäste und das ganze Schloß, und das Pfarrhaus, an einem Tisch; sie hatten ein mäßiges Mahl, nur wenig mehr als die ganze Gemeinde – aber in der Mitte des Essens brachte die Magd aus dem Pfarrhaus den Hochzeitleuten ihre Geschenke, aus dem Schloß und aus dem Pfarrhaus – es war gar viel Schönes und gar viel Nützliches, doch war unter allem das Schönste, was ihnen der Lieutenant schenkte.

Hinter hellem wasserreinem Glas, in einer goldenen Rahm, wie ein großer Spiegel, schenkte er ihnen die letzten Worte der Großmutter, mit silbernen Buchstaben auf schwarzem Boden geschrieben.

Oben in den Segensworten umschlang ein dunkelgrüner Kranz

einen Bienenkorb, der dastund wie lebendig; neben den Worten hinab hingen Palmen von blässerm Grün, die unten wieder dunkler mit Ölzweig verbunden einen Totenkopf umwanden, und diesen umgaben dann ringsherum goldene Strahlen wie die schönste Glorie der Heiligen. – Oben an den silbernen Worten waren die ersten „Denk an mich, Rudi, es wird dir noch wohl gehen"! – größer als die andern geschrieben, und mit goldenen Buchstaben; und unten am Kranz des Rudis und der Meyerin Namen, und der Tag ihrer Hochzeit an Arners Fest, auch so groß und auch so mit goldenen Buchstaben, und unter ihrem Namen noch zwei Herzen, die sich in den Strahlen des Totenkopfs verloren. – Das ganze Dorf, Junge und Alte, lasen die silbernen und goldenen Worte – Bauer und Bäuerinnen sagten, es habe mancher Haus und Hof, die nicht wert seien, was dieses Stück. Der Rudi ließ Tränen darob fallen, und seine Kinder wollten nicht essen, und nur der Großmutter Worte lesen. Die Braut nahm eines nach dem andern auf ihren Schoß, und ließ sie lesen und buchstabieren.

Nach dem Essen tanzte das Volk, und Arner und Therese, selber der General und die Frau Pfarrerin tanzten mit den geliebten fröhlichen Leuten. Die ältern Männer und Weiber blieben bei ihren Tischen, und der Lieutenant, der mit dem lahmen Beine auch nicht tanzen konnte, so gern er wollte, stund auch bei ihnen. –

§ 49
Hochzeitwahrheiten für Bettlerleute und für Gesetzgeber

Und weil er so in ihrer Mitte stand, kam dem alten grauen Renold in den Sinn, er verdiene auch ihren Dank, und er freue ihn an diesem Tag am meisten.

Er stund auf, und sagte zu ihm –

Er wisse, daß er allen Eltern, die da seien, aus dem Herzen rede, wenn er ihm izt für ihre Kinder danke und ihm sage, sie erkennen es, daß er sich ihrer annehme, wie sich vielleicht kein Mensch in der Welt armer Dorfkinder annehme. Männer und Weiber stunden eins nach dem andern auf, dankten ihm auch wie der Alte. Es freute ihn herzlich; aber er nahm dabei Anlaß ihnen izt etwas zu sagen, was er ihnen schon lange gern gesagt hätte: er tat aber eine Weile nicht dergleichen, redte mit ihnen von ihren Kindern, erzählte ihnen allerhand Gutes von ihnen, aber ließ doch nach und nach eins nach dem andern merken, wie er einem jeden in der Schule anspüre, wie sie bei

Haus mit ihnen umgehen, und als er sie so traulich hatte, und ernsthaft wie er wollte, trank er noch auf ihre Gesundheit und die Gesundheit ihrer Kinder, und sagte dann – wenn er einmal izt nicht glaubte, es möchte ihnen Mühe machen, so würde er ihnen gern noch etwas sagen; sie erwiderten ihm, er solle doch sagen, was er wolle, sie sehen, wie er es meine, und sagen ja auch, was sie wollen; er fragte noch einmal, ob sie es gewiß nicht zörnen wollen? – Und sagte dann –

„Es ist mir immer, wie wenn vielen von euch nicht ganz recht Ernst sein könnte, weder mit der Freude wegen dem Junker, noch mit dem Dank gegen mich." Die Leute begriffen nicht, was er meinte, staunten, sahen einander an; endlich fragten ihn etliche, warum er doch auch das sage? Er antwortete ihnen: „Ihr müßt mir verzeihen, aber ich will es euch den geraden Weg sagen; es sind gar zuviel Leute unter euch, die in diesem oder jenem Stück noch immer gern in der Unordnung lebten, und diese alle können im Grund ihres Herzens keine wahre Freude, und keinen wahren Dank gegen jemand haben, der sie und ihre Kinder aus aller Unordnung herauszutreiben, und alle Ungeschicklichkeit, Unanstelligkeit und Verwirrung, die im Dorf ist, aufzudecken, und an den Tag zu bringen sucht."

Diese Erklärung machte sie betroffen, sie fingen ihn an zu verstehen, und er fuhr fort –

„Weil ich nun einmal angefangen, will ich mich nun völlig erklären; es ist gewiß, daß zum Exempel eine Frau, die sich von Jugend auf der Unordnung und der Unachtsamkeit gewohnt ist, ihre Kinder nicht besorgt, vieles in der Haushaltung zugrund gehen, und wie Mist durcheinander- und ineinanderliegen läßt; und wiederum, daß ein Mann, der in seinen Sachen es ebenso hat, keine Freud und Dank gegen jemand in seinem Herzen haben könne, welcher ihn in die Ordnung bringen will. Es ist gar zu vieles zu tief in seinem Innersten eingewurzelt, das er schwer hat abzulegen; und ich glaube fast, ein solcher Mann und eine solche Frau würden leichter dahin zu bringen sein, mit dem Jaunervolk in die Häuser einzubrechen, und mit den Zigeunern und Bettlern im Wald bei gestohlenen und gebettelten Braten und Kuchen um ein Heidenfeuer herum zu tanzen, als aufrichtige Freude daran zu haben, wenn man sie wollte in eine Ordnung bringen wie recht ist, daß sie nichts Unordentliches mehr verbergen und bemänteln können."

Aber die Männer und Weiber meinten doch nicht, daß sie Leute seien, welche man mit Heiden- und Zigeunervolk vergleichen sollte, und sagten noch einmal, es seien gewiß blutwenige Leute unter ihnen, denen es nicht Ernst sei mit ihm und dem Junker. Er antwortete ihnen, „Er habe sie nicht mit Zigeuner- und Heidenvolk verglichen, sondern nur ihre Ordnung; so könnte er die größten Herren mit dergleichen Volk vergleichen wie sie; es sei nur davon die Rede, ob die eingewurzelte Unordnung das Gemüt des Menschen nicht von der Liebe und Dank gegen Leute ablenke, die gern rechte Ordnung hätten."

Sie gaben das wohl zu, aber meinten dabei, auch das treffe sie nicht einmal stark; er sagte ihnen aber darauf, ihr zwinget mich, daß ich's euch doch sagen muß; erinnert euch, was für Sachen in euerm Dorf geschehen, und was für Reden geflossen sind, da man bei euch meinte, der Junker komme nicht mehr auf. Die Worte: „Strenge Herren werden nie alt"; wieder: „Es scheint doch nicht Gotts Wille, daß alles nach seinem Kopf gehe"; wieder, „es wird einmal viel anderst werden, wenn er die Augen zutut." – Erinnert euch nur dessen, und saget mir, ob ihr selber glaubet, das alles hätte so vorfallen und geredet werden können, wie es geschehen und geredet worden ist, wenn nicht hundert und hundert dergleichen versteckte Jauner- und Zigeunergelüste der Grund dazu gewesen.

Izt kamen sie nicht mehr fort in ihrem menschenfreundlichen Sich-selber-Weißwaschen. Ihrer etliche sagten, sie müssen izt schweigen, sie sehen selber, daß etwas daran wahr sei, wie er izt sage; er erwiderte ihnen, er habe es nie anderst gesagt.

Und da Arner bei der tanzenden Jugend sah, wie ernstlich ihre Eltern mit dem Lieutenant redeten, stund er zu ihnen, und fragte sie, was sie so Ernsthaftes haben?

Der Lieutenant gab ihm mit einem Wort, aber freundlich schauend gegen das Volk, einen Wink, was es antreffe.

Das Gespräch wendete sich liebreich und mit kurzem dahin, daß der Junker sagte, es werde sich bald zeigen, ob er ihnen wirklich lieb sei? Er müsse ihnen selber einen Anlaß dazu machen. Männer und Weiber fragten ihn dringend, worin doch? Und er erwiderte, ich kann euere Haushaltungen und euer ganzes Wesen nicht in eine Ordnung bringen, daß es auf Kind und Kindskinder in eine Ordnung gebracht ist, wenn nicht ein jeder, der in irgendeiner Sache, sei es im Ackerbau oder im Hauswesen, etwas besser versteht als die andern, mir darin Hand bietet, die andern darin auch in eine bessere Ordnung zu bringen. –

Es war keiner, der nicht hierüber ja sagte. Aber es war ihm nicht genug, was sie ihm ins Allgemeine hinein versprachen; er fragte dann den dicken Binzbauer, der den Namen hatte, er verstehe den Kornbau am besten, wie ist's, willt du mir helfen, daß deine Nachbarn, die im Kornbau so weit hinter dir sind, darin nach und nach auch in die Ordnung kommen? Dann fragte er das gleiche den Lindenberger mit der Hacknase, der den Namen hatte, er verstehe den Wiesenbau am besten, und so mehrere, von denen man sagte, sie verstehen irgendein Stück der Wirtschaft besser als die andern. – Zum Baumwollen-Meyer sagte er, dich frage ich nicht, ob du mir an die Hand gehen willst, denn du weißt, und hast mir es selber gesagt, daß ein jeder im Grund nur sich selber an die Hand geht, wenn er mir an die Hand geht. – Er fragte sogar die alte Frau, die den Gartenbau so wohl verstund, ob sie in ihren alten Tagen sich noch so viel Mühe nehmen wolle, der lieben Jugend zu etwas mehr Gartenzeug, als zu dem Säukraut, welches sie in ihren Gärten fast allein pflanzen, zu verhelfen? – Und es freute einen jeden, den er so auszeichnete; sie versprachen ihm fast alle noch mehr als er foderte.

Das wäre izt eins, sagte er da. Das andere ist, ein jeder, der irgendeine Sache von seinem Hauswesen und von seinem Landbau nicht so gut versteht als ein anderer, sollte von eben versprechen, sich darin gutmütig weisen und raten zu lassen; aber er ließe es auch hierin nicht beim bloßen *man sollte,* und *ihr solltet,* bewenden; sondern wandte sich auch diesfalls vor allen an ihrer etliche, die in einigen Hauptstücken ihrer Wirtschaft kundbarlich nicht in einer guten Ordnung waren, und sagte: Wie ist's? Willt du dir in diesem oder jenem Stuck, in dem du nicht leugnen kannst, daß du es noch weiter treiben könntest als du tust, raten und helfen lassen? Auch hierin schien es, daß sie alle mit Freuden ja sagten. – Aber er war auch so innig gut – zeigte ihnen dann noch zuletzt ihre tanzenden Kinder, und sagte ihnen, wenn ihr es nicht um meinetwillen, und nicht um euer selbst willen tun wolltet, so solltet ihr es um dieser willen tun. – Er setzte hinzu – es wird mit ihren Freuden bald aus sein, wenn ihr nicht für sie sorget, und alle Lustbarkeit ihres Lebens, die ihnen so wohl tut, ist an die Art und Weise, wie ihr euere Geschäfte machet, und wie ihr sie auch dazu anziehet, gebunden; fehlet ihr darin, so erwahret das alte Sprüchwort an ihnen: „Je freudiger, je trauriger", und sie werden darüber niemanden als euch anklagen.

Das Volk war gerührt; aller Augen waren auf ihn geheftet, und viele hielten ihre Hände zusammen, wie wenn sie beteten; ihr Stillschweigen erhob sein Herz: Er sagte ihnen noch einmal, ich kann mir nicht vorstellen, daß ihr mich, und mit mir euch selber, also betrügen wollet, mir hierin euer Wort nicht zu halten; und fehlet ihr mir nicht, so kann ich euch versprechen, mit der Hilfe Gottes soll in kurzen Jahren nicht leicht mehr eines unter euch sein, das nicht mit Ruhe und Freude auf Kind und Kindeskinder herabsehen könne. –

Mit diesem verließ er die Eltern, ging noch eine Weile zu den tanzenden Kindern, sahe mit Lust ihre Freudenreihen, und dachte mit noch größerer Lust an seine Gesetzgebung, mit der er zu der Quelle dieser Freuden Sorge tragen wolle, und lächelte der Last entgegen, die ihm diese Vaterfreude auflegen würde.

Und am Abend, um 4 Uhr, umringte ihn der Kreis der tanzenden Jugend; die Braut dankte ihm im Namen der Hochzeitleute, und der Gemeinde, für seinen Freudentag, den er ihnen allen zum Freudentag gemacht, und ein lautes Rufen des dankenden Volks unterbrach die redende Braut. Er führte sie dann noch aus dem Pfarrhaus heim in ihre Hütte; das ganze Dorf begleitete ihn dahin, dankte ihm noch einmal, als er da in den Wagen saß und fort fuhr.

§ 50
Hummels Tod

Und der Rudi war kaum heim, so schlich er mit einer Flaschen Wein, und einer Blatten von allem Guten, das sie hatten, von seiner Braut und den Hochzeitgästen fort, trug alles unter seinem Rock, wie verborgen, zu dem alten Feind seines Lebens. Der gute Mann konnte nicht anders, als er mußte denken, der arme Tropf sehe izt alle Freuden dieses Tags, höre alle ihre Lustbarkeit, und ihm sei kein froher Augenblick mehr beschert auf dieser Erde. – Bewahr doch – sagte er, da er dieses dachte, der liebe Gott einen jeden Christenmenschen vor einem bösen Leben! – und ging dann fort. Der Vogt war in einem erbärmlichen Zustand. – Das Abfaulen und Abdorren des Menschen, an dem nichts mehr Mensch ist, ist entsetzlich; schon lange lebte in ihm nichts mehr, als was im Hund und im Fuchs und im Wolf auch lebt; wenn er schon wollte, er hatte für kein Gutes kein Leben mehr in seinen Sinnen; und konnte, was menschlich ist, so wenig mehr in sich behalten, als ein durchlöchertes Geschirr Wasser, das man dareinschüttet. Der arme Tropf schrieb es dem Teufel zu; als ob es mehr brauche, als ein Leben wie das seine, einen Menschen in seinem Alter lebendig totzumachen. Aber es ist so der Menschen Art, sie wollen noch lieber vom Teufel schlecht sein, als von sich selber; und lassen sich gar oft leichter dahin bringen, aus dummer

Furcht vor dem Beelzebub in die Gichter zu fallen, als auf sich selber achtzugeben.

Das war sein Fall: Er brüllte in seiner Teufelsangst gar oft wie ein Vieh, insonderheit zu Nacht, so daß ihm auch niemand abwarten wollte, und der Rudi ein armes Bettelweib, das ihm verwandt war, mit dem größten Versprechen kaum dazu bewegen konnte; er meinte nichts anders, als der Teufel werde ihn holen wie den Doktor Faust, der das Pulver erfand; und konnte sich vorstellen, er warte vor seiner Tür auf den Glockenschlag, wann es mit ihm aus sei, wie etwa Wächter und Harschier einer Schelmenbande aufpassen, wenn die Stunde verraten ist, in der sie an einen Ort hinkommen.

Diese Narrenschrecken seiner unsinnigen Teufelsfurcht hinderten die zerrütteten Kräfte seines Kopfs und Herzens noch mehr, daß nichts Gutes und nichts Menschliches darin Platz fand, und alles Bemühen des guten Pfarrers, seine Sinne wieder zu stärken, umsonst war.

Das war sein Lebensende. – So dorret ein Baum ab, der auf einer Brandstätte bis auf das Mark versengt ist – Umsonst treibt seine Wurzel noch einigen Saft in die toten Gefäße, er stocket in allen Adern bis auch seine Wurzel erstarret, und es dann ganz mit ihm aus ist. Sein zerrüttetes Leben stockete in allen Sinnen, und er konnte bei Monaten nicht mehr einen beruhigenden menschlichen Gedanken festhalten.

Bis am Morgen dieses Tags, da alle Glocken läuteten, und er den Rudi an der Hand des Junkers, und die Meyerin an der Hand der Theresen, und die Kinder des armen Manns an der Hand der Kinder aus dem Schloß, unten an seiner Gaß vorüber zur Kirchen gehen sah, und das Getümmel des frohen Volks hörte – da ward ihm in diesem Augenblick wie anderst ums Herz, und wie, als ob ihm Gott auch noch einen guten Gedanken zu seiner letzten Erquickung in seine Seele gegossen – er konnte izt denken – wann es zu seiner Zeit also gewesen wär, so wär er auch nicht geworden, was er geworden. –

So wirft eine Lampe noch vor ihrem Erlöschen einen hellern Schimmer, und stirbt dann. –

Das Bettelweib, das ihm abwartete, sagte, er habe diese Worte mehr als zehnmal nacheinander wiederholet, und dabei Tränen in den Augen gehabt, und ausgesehen wie ein anderer Mensch. – Auch das habe er ein paarmal gesagt, „wann er izt nur sterben könnte, weil ihm so sei" – und noch einmal über das andere – „Mein Gott! Mein Gott!" gerufen, das er sonst auch nicht getan.

Aber eine Saite, die jahrelang in einem Winkel verrostet, springt entzwei, sobald du sie spannst, und dieser Gedanken tötete den Mann; er konnte nichts anders mehr als diesen Gedanken denken, staunte eine Weile demselben anhaltend nach, und da traf ihn der Schlag.

Das Bettelweib, das bei ihm war, freute sich, daß er an seinem Ende noch so zu guten Gedanken gekommen, und nahm das Betbuch in die Hand, betete ihm in seinen letzten Nöten das Gebet eines armen Sünders vor, den man auf die Richtstatt führt, und glaubte, es könnte im ganzen Buch nichts finden, das sich besser für ihn schicke. Es wußte sonst nichts zu machen, weil sich seiner sonst niemand nichts annahm als der Rudi, und dieser izt an seiner Hochzeit war. Aber der gute Mensch zörnete das, und sagte ihm, es sei ein Unmensch, daß es ihn habe so daliegen lassen können. – Was willt doch sagen – erwiderte das Weib – er ist, solang ich ihm abwarte, nie so schön da gelegen – und eine Weile darauf – man kann dem armen Tropfen izt nichts mehr Gutes tun, als Gott für ihn bitten, daß er ihm seine Sünden verzeihe, und ihm eine selige Auflösung beschere; und es hätte ihm nichts geholfen, wenn ich dich auch heut mit ihm geplagt hätte, du bist ja dein Lebtag lang genug mit ihm geplagt gewesen. –

In diesem Augenblick sah der Rudi, daß es das Arme-Sündergebet auf dem Tisch vor sich hatte, und sagte ihm, das ist erschrecklich, was denkst auch? – Hast du es ihm laut vorgelesen? –

Ja freilich, sagte das Weib.

Aber um Gottes willen! Was denkst auch? Wenn er's noch verstanden, es hat ihm ja müssen fast das Herz abdrücken.

Nichts wenigers, erwiderte das Mensch – er hat's gar wohl noch verstanden, und mir im Anfang noch mit dem Kopf dazu genickt – es sei recht. –

Der gute Rudi legte den armen Sterbenden noch, so gut er konnte, zurecht, und seinen Kopf höher, sprang dann heim, sagte es seiner Braut, und bat die Hochzeitleute, sie sollen doch aufhören tanzen, und überall nicht mehr laut tun, er fürchte, wann er's noch höre, so könnte es ihm noch weh tun, und das wär ihm leid.

Es war niemand bis auf die kleinsten Kinder, der nicht fand, er habe recht, und sie dörfen ihn in seiner letzten Stunde nicht kränken. – Die Kinder baten den Rudi, weil sie sich izt nicht mehr lustig machen dörfen, um den goldenen und silbernen Bienenkorb der Großmutter, daß sie auch etwas zur Freude haben, da sie doch müssen still sein. – Er gab ihn ihnen; eilte dann mit seiner Braut mit Tüchern und Bettzeug, und Essig, und allem, was sie im Hause hatten, und meinten, daß es ihm dienen könnte, zu dem Sterbenden, und blieben an ihrer Hochzeit bei ihm bis zwischen zwölf und ein Uhr, da er dann verschieden. – Der Pfarrer blieb auch so lang, und drückte noch beim Weggehen dem armen Toten die Augen zu – und dann ihnen beiden die Hände so warm und fromm und priesterlich, als heut am Morgen, da er sie einsegnete.

§ 51
Arners Gesetzgebung

Und nun eile ich zur Vollendung meines Werks, und bitte den Geist der Einfalt, der mich leitete, als ich meinen Volksgesang bei der Hütten der armen Frauen, und im Tumult der großen Verwirrung des verwahrloseten Dorfs anhub, und der mich auf meinem unbetretenen Pfad an der Hand der Erfahrung fortführte. – Geist der Einfalt, du mein Geist! verlaß mich izt nicht, da ich ermüdet mich meinem Ziele nähere, und meinen Gesang mit der Hoffnung vollende, *Arners Gesetzgebung* setze die Möglichkeit einer die menschliche Natur, auch in der Tiefe des Volks, befriedigenden Staatsweisheit und Staatsgerechtigkeit außer Zweifel.

Ich säume mich nicht –

Das sind die Einrichtungen, Gesetze, Anstalten und Vorsorgen, durch welche *Arner* versucht, sein Volk in *Bonnal* von den Fehlern eines sich selbst überlassenen Naturlebens zu heilen, und sie aus einem leichtsinnigen, gedankenlosen, trägen, unvorsichtigen, untreuen, verwegenen, mit einem Wort, verwahrloseten Naturgesindel, welches sie waren, zu bedächtlichen, festen, fürsichtigen, treuen, frommen, in ihrem Zutrauen sowohl, als in ihrem Mißtrauen sicher gehenden, und im Innern ihrer Haushaltungen Glück und Zufriedenheit findenden und zu finden fähigen Menschen zu machen.

Er ließ zuerst in einem jeden Fach des Landbaus und der Hauswirtschaft den Mann, von dem er mit Zuverlässigkeit erfahren, daß er in diesem Fach vorzügliche Kenntnisse und Erfahrung habe, zu sich kommen, erinnerte ihn des Versprechens, welches sie ihm alle am Abend seines Wiedergenesungsfests in Bonnal getan, daß ihm nämlich jeder in dem, was er am besten verstehe, so an die Hand gehen wolle, die andern in diesem Stück, soviel ihm möglich, auch in eine bessere Ordnung zu bringen; und sagte ihm dann, er finde, daß er dieses oder jenes Stück der Wirtschaft vorzüglich wohl kenne, er bitte ihn also hierüber sein Dorfrat zu sein. –

So machte er den, der den Kornbau am besten verstund, zu seinem Dorfrat über den Kornbau; den, der den Wiesenbau am besten behandelte, zu seinem Dorfrat über den Wiesenbau – der den Wald am besten besorgte, über den Waldbau – der, so die Fruchtbäume am besten besorgte, über die Fruchtbäume; und wählte so für alle kleine und größere Teile der Wirtschaft den Mann, der sich darin als den Besterfahrnen auszeichnete, hierüber zu seinem Dorfrat.

Dann gab er diesen Männern, einem jeden für sein Fach, ein Dorfratsbuch, darin erstlich Auszüge aus den Schlußprotokollen, soweit aus denselben das Fach, darin einer Dorfrat war, Licht erhalten konnte; z. Ex. im Kornbau, wieviel die ganze Gemeinde dieser Art Land besitze, und dann, wieviel ein jeder Bauer einzeln besitze: worüber in den Protokollen sich nichts fand, z. Ex. über die Baumzucht, das mußten die Dorfräte selber aufzeichnen – und dann mußten sie in ihren Fächern allemal in Rubriken, die ihnen vorgezeichnet waren, den Zustand aller Teilen dieses Fachs, im großen und in seinen besonderen Stücken, deutlich und klar bemerken, z. Ex. in der Rubrik des Ackerbaus: 1. wieviel von diesem Land gut, wieviel schlecht, wieviel trocken, wieviel nasses, wieviel leimartig, wieviel sandartig, wieviel gemischt usw. dann 2. was für Hauptverbesserungen man im Trockenen, im Nassen, im Sandigen, im Leimartigen vornehmen könnte und sollte – ferner, wieweit diese Verbesserungen wirklich statthaben, und wieweit sie nicht statthaben, und welches die größern und kleinern Hindernisse seien, um derenwillen sie nicht allgemein statthaben; diese Rubriken füllten den ersten Teil dieses Dorfratsbuchs aus.

Der zweite Teil desselben enthielt wieder in jedem Fach die umständliche Sönderung des Ganzen in die besondern Teile, die ein jeder in diesem Stück besaß oder verwaltete. Ein jeder Bürger hatte in diesem Teil seinen Platz, oder seinen Hof, in welchem der Dorfrat die Rubriken des erstern Teils auf ihn besonders anwenden, und z. Ex. im Feldbau zeigen mußte, wieviel er sandiges, oder leimichtes Land besitze, wieviel er davon wohl, und wieviel er davon nicht wohl besorge, und so war's in allen Teilen der ländlichen Wirtschaft; ein jeder Dorfrat, der für den Kleebau, der für die Wässerung, der für den Forstbau, der für den Obswachs, hatte also sein doppeltes Buch mit allen Rubriken, die er meistens nur mit kleinen Zeichen ausfüllen mußte; und der Lieutenant machte dann dem Junker aus diesen Dorfratsbüchern ein allgemeines Dorfwirtschaftsbuch, darin zuerst wieder im allgemeinen von allen Teilen der Wirtschaft in Bonnal zusammengezogen war, was in jedem besondern Buch von dem Dorfrat bemerkt und rubriziert ward; und dann zweitens, was in demselben von jedem besondern Hauswirt über jeden Teil seiner Wirtschaft in Verbindung mit dem ersten Teil des Buchs bemerkt und rubriziert war. –

So erhielt Arner ein reales und vollständiges Grundbuch über die allgemeine Dorfwirtschaft in Bonnal, und ein auf dieses sich beziehendes ebenso vollständiges Rechenschaftsbuch von dem Zustande der Wirtschaft eines jeden Bonnalers in allen ihren Teilen, von den größten Hauptstücken, die sie besaßen, bis auf das jüngste Schwein im Stall und den kleinsten neu gesetzten Baum.

Er hatte dieses nicht so bald, so versammelte er die Gemeinde wieder, erinnerte von neuem an ihr Versprechen, sich in allem, wodurch er sie für ihre Kinder und Kindskinder in Ordnung bringen könne, raten und helfen zu lassen.

Und mit diesem vorbereitet, machte er dann einen Hausvater nach dem andern zum großen Rechenschaftsbuch ins Pfarrhaus kommen, und zeigte ihnen ganz unerwartet und auf einmal den wahren Zustand ihres ganzen Hauswesens, auf ihrem Blatt, wie in einem Spiegel. – Er ließ einen jeden neben sich niedersitzen, und seine ganze Rechnung da lesen, und dem, der nicht lesen konnte, las er sie vor, vom Anfang bis zum Ende. – Weit die meisten hatten in ihrem Leben nie einen Augenblick mit dem Einsmaleins im Kopf ihr Hauswesen in allen seinen Teilen überschlagen, und niemals, weder im Ganzen noch in seinen Teilen, eine heitere Einsicht darein gehabt, stunden auch desnahen vor ihrem Spiegel wie vor einem Wunder, und vor dem Junker wie Narren. –

Sie konnten gar nicht begreifen, wie ihre Sachen alle so deutlich und klar auf dieses Papier gekommen – und wie das, woran sie selber nie gedacht, hier bemerkt, und das, was sie selber nicht gezählt, hier gerechnet sein könnte; was sie längst vergessen, das war hier wie neu wieder da; was sie vernachlässiget, das fanden sie da bemerkt; was sie für nichts geachtet, das stund doch da, wie wenn's gar nicht wenig wäre; und er fragte sie dann über einen jeden Punkt ihrer Rechnung, ist's ihm nicht so? Ist's ihm nicht so? Und drückte die meisten gewaltig mit diesem Wort, so daß es alle dünkte, es wolle kein Ende haben, dieses: *Ist ihm nicht so?* –

Doch sagten sie ihm alle fast in allen Stücken ja, aber freilich oft mit einer unbeschreiblichen Verlegenheit.

Hingegen sagten gar viele, und die Verständigsten alle von sich selber, wo sie eine Abschrift von diesem Blatt hätten, es könnte ihnen gar viel dienen; er gab sie allen, und viele konnten das Blatt auf dem Heimweg, und auch daheim, nicht aus den Händen lassen, bis sie sich genug darin ersehen. Der Niggel Spitz sagte einem ganzen Haufen von ihnen, da er sie so mit ihrem Papier in der Hand vor dem Pfarrhaus spazieren sah – So hat noch kein Pfarrer seine Gemeinde aus einer Predigt oder aus einer Kinderlehre heimgeschickt! – Einer gab ihm zur Antwort – ja diese fangen nicht beim Leib an für den Menschen zu sorgen – Es geht darum, sagte der Niggel, denke ich, ihnen mit der Seelsorge so gut, weil sie sie allein treiben.

Ihrer viele kamen nicht so bald unter ihr Dach, so gingen sie mit Schaufeln und Karst, oder einem andern Instrument auf der Achsel, oder unter den Armen, wieder zur Türe hinaus, um dieses oder jenes geschwind in die Ordnung zu machen, worüber sie am stärksten durch ihren Spiegel beschämt worden waren.

So ging's am ersten Tag, und der Junker trug Sorge, daß ihnen der Spiegel alle Jahr wieder neu werde.

Alle Fronfasten mußte ein jeder Dorfrat sein Buch erneuern, und in allen Rubriken anzeigen, ob in denselben einige größere oder kleinere Veränderungen vorgefallen? Hieraus erneuerte dann der Lieutenant ebenso in allen seinen Teilen sein großes Dorfwirtschaftsbuch. Aus diesem ließ der Junker dann alljährlich einem jeden Haushälter seinen Wirtschaftsspiegel in allen seinen Teilen wieder erneuern, und ließ ihn auf die gleiche Art wieder über eine jede Abänderung Antwort geben, ob sie richtig sei oder nicht? –

Aber auch das war ihm noch nicht genug. Er sah die Kopfeinschränkung seiner meistens nur einseitig gebildeten Dorfräten, und erkannte, daß Leute, die in einem besondern und einzelnen Teil der Wirtschaft vorzügliche Erfahrungen haben, in einem gewissen Alter oft bestimmt dadurch gehindert werden, sowohl mit Unparteilichkeit, als mit genugsamer Geduld anderen, in ihrem Fach minder erfahrnen Leuten so an die Hand zu gehen, daß ihnen wirklich an die Hand gegangen ist – und ebenso, daß ihre einseitigen Erfahrungen und Kenntnisse sie meistens auch dahin bringen, aus ihrem Fach alles, oder einmal viel mehr, zu machen, als es im ganzen und mit allem übrigen verbunden wirklich ist. – Es begegnet ihnen auch nicht selten, daß sie meinen, sie verstehen alles, wie sie eins verstehen – ebenso, wie sie auch oft durch ihr Alter und abnehmende Kräfte gehindert werden, auf die Art, wie es sein sollte, einem ganzen Dorf in ihrem Fach an die Hand zu gehen, und etwan, wo es nötig, die Handgriffe selber zu zeigen.

Diesem allem, und noch mehrerem, half Arner dadurch ab, daß er diesen Dorfräten für jede Gasse noch zwei jüngere, noch lernbegierige, aber doch schon in allen Teilen der Wirtschaft eigene Erfahrung besitzende Männer zugab, die er mit Zutun der ältern Dorfräte für sie wählte, und die dann im engern Kreis ihrer Gaß ihren Nachbarn in allen Teilen ihrer Wirtschaft allemal nach der Wegweisung des Dorfrats, in dessen Fach ein jeder Gegenstand einschlug, an die Hand gehen mußten.

Diese bloß wie zu ihrer Erleichterung vorgenommene Einrichtung schmeichelte den ältern Dorfräten um so mehr, da sie auf diese Art die verständigsten, ordentlichsten und fleißigsten jüngern Hauswirte auf eine Art wie zu sich in die Schule gewiesen, und sich untergeordnet sahen – auf der andern Seite aber, da diese jüngere Männer bei einem jeden dieser Dorfräten nur in demjenigen Fach Rat suchen mußten, das er wirklich verstund, und nur insoweit, als sie denselben für die Wirtschaft der Leuten seiner Gaß wirklich brauchten, so machte ihnen das auch nicht viel Mühe, und sie wurden hingegen durch den Rat und die vielseitigen Erfahrungen dieser Männer, die sie in allen Fächern dennoch oft und notwendig brauchen mußten, auf eine sehr natürliche, einfache, und sichere Art geführt und geleitet, die Gegenstände der Wirtschaft in ihrem Zusammenhang anzusehen, ohne die feste und genaue Aufmerksamkeit auf jede einzelne Teile derselben zu schwächen; und genossen auf diese Art im eigentlichsten Verstande, und in einem sehr ausgedehnten Sinn, den Geist und das Wesentliche der bestmöglichsten Landwirtschaftsschule für ihr Dorf.

Diesen zehn Männern übergab Arner aus dem allgemeinen Dorfwirtschaftsbuch die Abschriften der so geheißenen Wirtschaftsspiegel, die ein jeder Bauer von Bonnal darin hatte; nämlich je zwei und zweien allemal diejenigen Spiegel, die die Hauswirte der Gasse, die ihnen angewiesen war, betrafen, aber sie mußten dann dieselbe noch größer machen, und weiter ausdehnen, als es den alten Dorfräten in ihrem Buch über alle Bonnaler, wenn schon einem jeden nur in einem einzigen Fach, nicht möglich gewesen wäre; diese konnten es hingegen leichter, weil sie diese Bücher nur über die Bürger ihrer Gasse führten, und allemal ihrer zwei zu den Büchern über die Hauswirte einer Gasse wären. – Aber freilich mußten sie dann diese Bücher allgemein und über alle Teile der Wirtschaft ihrer Leute vollständig führen, und in jedem Buch von einem Hauswirt alle Rubriken bestimmt ausfüllen, wie sie ihnen vorgezeichnet übergeben worden; z. Ex. in der Rubrik *Ackerbau* bei einem jeden bemerken:

„So viel im völligen Abtrag.
„So viel im mittlern Abtrag.
„So viel im schlechten Abtrag." –

Dann mußten sie auch diese Unterscheidungen in allen Fächern der Wirtschaft an ihrem Ort richtig ausfüllen, bis auf die kleinsten Teile derselben, also daß auch nicht das kleinste Bäumchen ohne die bestimmteste Beurteilung, ob seine Besorgung gut, mittelmäßig, oder schlecht sei, gelassen wurde; und über jeden einzelnen Mann mußten sie ebenso bemerken, ob er verständig und erfahren, und in welchen Stücken seiner Wirtschaft sich das zeige, und aus welchen man das Gegenteil schließen sollte. –

Dann hatte auch seine Frau, und ein jedes seiner Kinder, seinen Platz in diesem Buch; und von einem jeden ward umständlich nach allen wichtigen Gesichtspunkten, die seinethalben zu bemerken waren, aufgezeichnet, wie es mit ihm stehe, was es täglich arbeite, worin es sich im Guten oder im Bösen auszeichne, was sein Vater aus ihm machen wolle, und ob dasselbe sich für ihns und seine Umstände beim Leben und Sterben seiner Eltern schicke? – Und endlich, ob in einer jeden Haushaltung kein fressender Krebs, und nichts Gefährliches um den Weg sei, das früh oder spät diese Haushaltung in Unordnung bringen, und den Weg zu ihrem Verderben anbahnen könnte. –

Und die Bücher der zehen Männer waren vom Lieutenant so eingerichtet, daß sie in weit den meisten Stücken nur kleine Zeichen und Zahlen einzutragen hatten; und auch über diese hatte Arner wieder ein allgemeines Buch, daraus er am Ende des Jahrs im Augenblick einem jeden Bonnaler seine Rechnung ausziehen, sie in allen ihren Teilen, und in jedem besonders, an die Rechnung desselben vom vorigen Jahr anschließen, und sich also bis auf die kleinsten Unterscheidungen, wieweit sich sein Zustand bessere oder schlimmere, in allen Stücken leicht bemerken konnte; wie z. Ex. in der Rubrik des Ackerbaus – Der Jakob Meyer hatte gut besorgte Äcker 1785, 5 Juchart – 1786, 8; also 1786 3 Juchart mehr gut besorgte. – Mittelsorgte 1785, 6 Juchart – 1786, 10; also mittelbesorgte Äcker 1786, 4 mehr als 1785. Schlecht besorgte 1785, 10 – 1786, 3; also schlecht besorgte Jucharten minder als 1785, 7. –

So deutlich und leicht fiel ein jeder Unterschied in allen Teilen eines vergangenen und gegenwärtigen Jahrzustands auf, und Arner ließ darüber ein unveränderliches Gesetz verfertigen, und dasselbe zu den von ihm bestätigten Gerechtsamen und Freiheiten des Dorfs in ihre Gemeindlade hineinlegen, und in ihr Dorfbuch eintragen, daß alljährlich in der Weihnachtswoche Gemeind gehalten werden müsse, und in derselben zur Aufmunterung des Fleißes und aller guten Ordnung, in Gegenwart des Junkers und des Pfarrers, und der Gemeinde, einem jeden zu Lob und Ehren, aus dieser Rechnung öffentlich müsse vorgelesen werden, was in derselben ihm Lob und Ehre bringen könne.

Hingegen ward durch ein ebenso bestimmtes Gesetz, und ebenso feierlich, zum Wohl und Nutzen der Gemeinde, und zur Sicherheit der guten Besorgung alles Ihrigen, auf Kind und Kindskinder hinunter befohlen, und der Befehl als von der ganzen Gemeinde, und als zu ihrer Sicherheit und zur Hinterlag ihres langdauernden Wohlstands, allgemein angenommen, und ebenso in ihre Gemeindlade verwahret, und in ihrem Dorfbuch eingetragen, daß ein jeder, der irgendein Stück seiner Wirtschaft schlechter besorgt als im vorigen Jahr, dem Junker und dem Dorfrat sagen müsse, warum und wie das gekommen? – Das erstemal in aller Freundlichkeit – und ohne daß man ihm darüber Vorwürfe machen dörfe, warnen; – dennoch aber müssen die Dorfräte und die Aufseher seiner Gasse, aber ohne ihn dazuzuziehen, zusammentreten, genau zu untersuchen, wieweit seine Entschuldigungen wahr und begründt gewesen oder nicht, und überhaupt was etwan die besten Mittel sein möchten, in der Stille und Freundlichkeit einen guten Einfluß auf ihn und seine Haushaltung zu haben. – So dann aber der Mann das zweite Jahr in diesem Stück, oder in andern ebenso wichtigen, gleich als ein schlechter und nachlässiger Haushalter zum Vorschein kam, so mußte er dann mit seiner ganzen Haushaltung vor dem Junker und dem Dorfrate erscheinen, und in ihrer aller Gegenwart sich erklären, welches die Gründe der fortdauernden Vernachlässigung dieses oder jenes Stücks seiner Wirtschaft seien? –

Aber dann war es schon ernsthafter. – Die Dorfräte und die Aufseher seiner Gasse mußten sich einen Tag vorher versammeln, die Gründe, die er ihnen das vorige Jahr angegeben, von neuem überlegen, und sich als auf eine sehr ernsthafte und für das Dorf sehr wichtige Sache gefaßt machen, sich von ihm in keinem Wort blenden zu lassen, und von ihm keine leere ungültige Entschuldigung als gültig anzunehmen, sondern ihm vielmehr ein jedes falsches, heuchlerisches, unrichtiges Wort, mit der größten Kraft, die ihnen möglich, im Mund umzukehren, und ebenso seiner Frau und seinen Kindern, um sie sämtlich in dem Grad zu beschämen, als sie es wagen wollten, mit Lügen und Blendwerken durchzuschlüpfen. – Die Dorfräte mußten, als auf die wichtigste Sache gefaßt sein, ihm gegen alles unrichtige Geschwätz genau und bestimmt zu zeigen, wie sie die Sache hätten angreifen sollen, und warum es, wenn sie es also gemacht hätten, ihnen darin nicht hintersich, sondern fürsich gegangen wäre.

Der Junker war bei allen diesen Realexamen, die im Dorf den Namen der *Schweißbäder* bekamen, gegenwärtig, und ließ es niemals ermangeln, den Dorfräten und Aufsehern zu zeigen, wie wichtig es sei, gegen das Blendwerk von Haushaltern, die anfangs schlecht zu werden, drückend zu Werk zu gehen.

Die Leute konnten das nicht ausstehen, Jahr für Jahr so behandelt zu werden, und es waren immer auch in den schlechtesten Haushaltungen, die, dieses auszuweichen, dann im Haus daran trieben, daß es besser gehe.

Hingegen wurden die, welche in einem Stück der Wirtschaft verhältnismäßig gegen andere ihresgleichen mehr leisteten, vor der ganzen Gemeinde aufgefodert, sich zu erklären, wie, und wodurch sie in diesem Stück weitergekommen?

So trieb er alles Gute in seinem Dorf, wie ein Gärtner, der alle Tage und alle Stunden mit seiner Arbeit und mit seinem Dung hinter seinen Blumen und hinter seinem Kohl her ist, sie vor den Winden schützt, vor der Kälte deckt, vor Tröckne und Nässe sicherstellt, ihren Boden fett und rein hält, und jedes Unkraut frühe darausreißt. Auch ließ er sie nicht ins Wilde aufschießen, und keinen Menschen über nichts ins Blinde hinein Meister, nicht einmal über seine Gesundheit – die Aufseher mußten ihm genaue Rechenschaft geben, ob die Haushaltungen in ihren Gassen, und die einzelnen Personen derselben gesund seien, oder nicht. Der Dorfrat, nebst den Aufsehern, hatten zu untersuchen, woher der Mangel der Gesundheit, der sich sowohl bei ganzen Haushaltungen als einzelnen Personen zeigte, entspringe, und wie ihm abzuhelfen sein möchte?

Er wußte aber auch, daß der Mensch nichts gern umsonst tue, und er hingegen so gern um allerlei Lohn arbeitet; er hatte desnahen einen Jahrtag, und nannte denselben den Tag der *Besten*, an welchem er die Dorfräte und Aufseher, die in diesem Jahr eine auf irgendeine Art zerrüttete Haushaltung wieder in Ordnung gebracht, auf ein Mittagessen zu sich ins Schloß kommen ließ, und einem jeden derselben eine ehrenvolle, aber nicht kostbare Belohnung gab, die ihnen Therese austeilte; aber vorher mußte ein jeder auch erzählen, wie er das gemacht, und wie er in dieser Haushaltung einem jeden, vom Hausvater an bis zum kleinsten Kind, habe zuleib kommen, und sie dahin bringen können, daß sie sich geändert, auch worin es bei einem jeden am schwersten gehalten?

Der Erzähler saß dann oben am Tisch, der Pfarrer, Junker, und der ganze Dorfrat um ihn her; und der erste schrieb alles deutlich und bestimmt in ein Wegweisungs- und Beratungsbuch für die Dorfräte und die Aufseher auf.

Vornen an diesem Buch stunden nach der Zeitordnung die Namen der Rechtschaffenen, von denen eine solche schöne Tat in demselben aufgezeichnet war, mit großen Buchstaben vom Lieutenant schön geschrieben; und neben ihnen war die Zahl der Seite bemerkt, auf welcher ihre Tat aufgeschrieben war.

Nachdem Therese diese Ordnung ganz eingesehen, sagte sie in ihrer Freude darüber zum Lieutenant, es seien eine ganze Menge Sachen im Hauswesen, worüber ihre Männerbücher in Ewigkeit nie genugtun würden, und schlug vor, für die 5 Hauptgassen noch 5 Weiber auszusuchen, die auf ebendiese Art dem Junker und dem Dorfrate durch Weiberbücher, die ihnen hierzu eingerichtet werden müßten, über diejenigen Sachen Rechenschaft geben sollten, von denen man zum voraus wisse, daß sie in solchen Männerbüchern nicht genugsam aufgeheitert werden können, und zu denen man, wenn sie auch in den Büchern vollends in Ordnung kommen würden, am Ende doch Weiber nötig habe, sie im Dorfe in Ordnung zu bringen, wenn sie nicht darin seien; z. Ex. ob in ihrer Gasse die Kindbetterinnen versorget? Ob man mit den säugenden und kleinen Kindern in allen Teilen so umgehe, daß sie dabei gesund sein und trühen (zunehmen) können? Wie es mit der Reinlichkeit in jedem Haus, im Gerät, an den Kleidern und an den Leuten selber aussehe? Wie es mit dem kleinen und großen Weibereigentum, dem Hausvorrat, und der Ordnung mit demselben, in allen Stücken stehe? Ob er besorgt und unterhalten werde? Ob und wie die Mütter sich auf das Aufwachsen ihrer Kinder, und auf ihr künftiges Aussteuern allenthalben, wie es brav und in ihren Haushaltungen notwendig ist, zu rechter Zeit vorbereiten? und so weiter –

Man war bald einig, das sei gut; und der Junker versammelte sogleich seinen Weiberbund, und teilte die 5 Gassen unter sie ab; aber dem Mareili war eine einzige Gasse zu eng, es sagte, es sei in allen daheim, und wolle keine allein, und versprach den andern in allem an die Hand zu gehen, und das war diesen auch gar recht, sie wußten, daß jedermann an ihns gewöhnt, und daß es schon, solange es Baumwollen ausgibt, den Leuten immer in den Ohren gelegen, sie sollten in ihren Haushaltungen nicht sein, wie sie seien; und auch, daß die

Leute ihns auf eine Art scheuen müßten, wie keine andere, weil es ihre Ordnung, insonderheit der Armen ihre, vollkommen kannte: den andern war diese Arbeit soviel als neu; sie waren nichts weniger als so geschwind in den Haushaltungen ihrer Gasse daheim, und ihrer Sache so sicher, machten auch im Anfang mit Nachfragen und Raten wie recht ist, gar zahm, und dorften aber auch manchmal so wenig mit der Sprache heraus, daß sie das Mareili auslachte. Die Renoldin allein war nicht in diesem Fall; da sie reich war, konnte sie es nicht so leicht bei den Leuten verschütten, und sagte bei jedermann, ihrer Gewohnheit nach, heraus, was ihr ins Maul kam, aber manchmal freilich auch, daß es weder gehauen noch gestochen war.

Das Wesentliche dieses ersten Punkts der Einrichtungen, Gesetzen und Anstalten Arners, durch welche er sein Volk in Bonnal aus verwilderten Naturmenschen zu andern Leuten machte, als sie vorher waren, bestund also darin, daß er in den dunkeln Lumpenwinkeln des Dorfs allenthalben das helle Licht des Einsmaleins anzündete, und seine Leute zwang, in den Sachen ihres Brotkorbs ihre Augen zu gebrauchen, und auch vor ihren Mitdorfleuten diesfalls offen zu erscheinen, daß weder die ersten noch die letzten hierin Gefahr liefen, weiß für schwarz anzusehen; kurz, daß er in seinem Dorfe zwang, was der König in Frankreich in seinem Reiche nicht erzwingen können, wenn's ihm schon Necker angegeben, das Wohl des Volks nämlich auf die Offenheit seiner Rechnungen zu gründen, und an nichts zu glauben, als was sich zählen, wägen, messen, und dadurch erproben lasse.

Aber wie ist es möglich gewesen, daß bei der Menge der Räte, Aufsehern und Weibern in diesem Dorfe, nicht hundert Schwätzereien und Unordnungen entstanden, die alles Gute, das er erzwekket, zu nichts gemacht?

– Das war möglich –

1) Und vorzüglich, weil große kaufmännische Ordnung in diesem Geschäft war, und vom Größten bis auf das Kleinste hinunter allenthalben die Sache selber, und das Einsmaleins also Red und Antwort, und Licht geben mußte, daß die Ratsgalle, und das Weibermaul hier nicht diejenige Spielung hatte, welche man sonst freilich beiden in den ehrenden Städten und Dörfern unsers immer lieber schwatzenden als rechnenden Narrenmunds allenthalben zu gestatten, unordentlich und schafsköpfig genug ist.

2) Muß man nicht vergessen, der Geist des Menschen ändert, wo man wahrhaft gut mit ihm umgeht, und dem Volk auffallend zeigt, daß man durch seine Regierungseinmischung nicht zum Schein und

nur für sich, sondern im Ernst und wirklich für ihns, sein Wohl sucht, und Kinder von Menschen, die unter harten, dummen, sie nichts achtenden, sie nicht verstehenden Herren sind, wie unbändige Ochsen, und sich mit keiner Liebe zu Paaren treiben lassen, folgen wie Schafe der Stimme des Führers, der ihnen seine Volksweisheit, Menschenfreundlichkeit und Vatersorgfalt erprobt hat.

Und endlich hatte Arner

3) Alljährlich einen sogenannten Sorgfaltstag für den Dorfrat und die Aufseher, der eigentlich und bestimmt den gewohnten Herren- und Ratsfehlern gewidmet war. Dieser Tag war so frei, daß an demselben unter den Dorfräten und Aufsehern ein gewohntes Wort war, sie wollen nicht so dumm sein, als Herren, die an so vielen Orten lieber nichts mit dem Volk ausrichten, als sich selbst überwinden, so mit ihm umzugehen, wie man mit ihm umgehen muß, wenn man etwas mit ihm ausrichten will. –

Die dummen Herren – sagten die Bauern, und Arner gab's ihnen ins Maul – die dummen Herren denken nicht daran, daß sie allenthalben dergleichen Sorgfaltstage haben sollten, sie meinen vielmehr, das Volk sollte für sie dergleichen Sorgfalts- und Untertanentage halten, und darin auszirkeln, wie es mit ihren Herren umgehen sollte; aber das sei just, sagten die Bauern, wie wenn die Ochsen, Esel und Schafe, dergleichen Tiertage halten sollten, um sich daran zu beraten, wie sie mit ihren Herren, den Menschen, umgehen sollten. –*

Dieser Sorgfaltstag war dem Arner sehr wichtig; er setzte mit dem Lieutenant eine genaue, und diesen Rats- Meister- und Herrenfehlern mit Stärke zuleib gehende Beratschlagungsform für diesen Tag auf, und machte sie zur unabänderlichen Regel desselben; ließ sich

---

* *Anmerkung:* „Die dummen Herren." Es ist auch dumm, daß du ihnen so sagst! sagt mir eben meine liebe N ... Ich antwortete ihr, die Bauern lieben es gar zu sehr, so von den Herren zu reden, und ein Volksbuch, das ihnen die Herrenfehler in ihrer Sprache nicht preisgeben wollte, würde die beste Würze mangeln, die die Bauernlaune, und ihr, ihnen eigener wirklicher Unterhaltungston hat – darum liebe N ... laß mich nur immer reden, und mach mich nicht sorgen, du kommest etwa auch auf die Gedanken, man könne mit Holzschnitten, roten Buchstaben, und den übrigen Kalenderzeichen, bei den Bauern eben das ausrichten, was mit einer freien, in die eigentliche Richtung ihres Geistes eintretenden Nachahmung ihrer eigenen Manier. – Und denn liebe N ... laß doch einen jeden, der etwas anders in dieser Manier findt, sie erst – – studieren, und dann hernach mit mir reden. –

auch durch nichts abhalten, alljährlich an demselben gegenwärtig zu sein, und sagte seinen Dorfräten und Aufsehern bestimmt: Wenn ich die Meister-Herren- und Ratsfehler bei euch einreißen lasse, so setze ich den schlimmsten Wurm in das Fundament meines Gebäudes, der mir alle Augenblicke den wichtigsten Balken desselben, wo ich mich dessen am wenigsten versehe, unterfressen kann. – Auch das Weibermaul, das, wo es etwas zu regieren hat, leicht dahin kömmt, schlimmer noch an dem besten Balken zu nagen als keine Herrenfehler, kam wegen den 5 Bundsfrauen an diesem Tage in Betrachtung; Arner und seine Dorfräte überlegten, wie bei den Männern, ob sich keine im geringsten einen Ton anmaße, der bei den andern böses Blut koche. –

§ 52
Arner fährt fort mit seinen Grundsätzen, an den Lieblingsfehler unserer Zeit – an die Trägheit, anzustoßen

Auch seine Art, Streit und Prozeß im Dorf vorzubeugen, ruhete auf gleichen Grundsätzen. Er fand, daß die Bauern immer in dem Grad miteinander leicht in Streit kommen, als sie unordentlich und nachlässig sind, es auch an genugsamer Aufmerksamkeit auf die Sicherheit und Nutznießung ihrer Rechtsamen und ihres Eigentums ermangeln lassen, und urteilte also: Die wahren Mittel, Streit und Prozeß bei ihnen vorzubiegen, bestehen in sorgfältigen Bemühungen, sie in Absicht auf ihre Rechtsamen und Eigentum behutsamer und sorgfältiger zu machen, und dahin zu bringen, daß sie sich hierüber gegen niemand bloßgeben, und die Titel, Kennzeichen, Merkmale, und Beweistümer derselben immer, und gegen jedermann in der besten Ordnung zu halten, für eine ihrer ersten Lebensangelegenheiten achten.

Er ließ desnahen auch zu diesem Endzweck die Hausväter von Bonnal zusammenkommen, zeigte ihnen einen ganzen Abend vom Schlag 1 Uhr bis nach 6 Uhr, mit dem Pfarrer und dem Lieutenant drei gleiche Modell von der Einrichtung, Form und Ordnung eines realen Haus- Rechnungs- und Eigentumsbuchs für einen Bauern, und nachdem sie es alle, und ein jeder recht lang in den Händen gehabt, und es sich aller Weitläufigkeit nach von den drei Herren, auch vom Lindenberger und vom Untervogt, und andern, die es zuerst begriffen, erklären lassen, und izt sämtlich und einmütig eingestunden, ein solches Haus- Rechnungs- und Eigentumsbuch würde die meisten Streitigkeiten in den Dörfern soviel als unmöglich machen, und könnte nicht anderst, als beinahe in allen Fällen, fast im Augenblick Licht schaffen, wer recht habe, erkannte er zur Stund, sie müssen alle ein solches Buch haben und führen. –

Sie wandten ihm zwar ein, um deswillen daß sie erkennen, es wäre gut, daß sie ein solches Buch hätten, könnten sie es noch nicht führen, und wenn er drei oder vier finde, die es können, so werde er alle beieinander haben. Er antwortete ihnen, darüber wolle er Rat schaffen, aber es müsse sein; und wiederholte ihnen nochmals, daß in einem solchen Buch nicht bloß ihr tägliches Einnehmen und Ausgeben, sondern auch ihr sämtliches Eigentum, bis auf den geringsten Hausrat, müsse aufgezeichnet, und bei einem jeden Stück Land die Anstößer, die Marchen, die Breite, die Länge, die Häge, (die Zäune) die Wasserfurchen, kurz, eine vollständige Beschreibung mit allen Rechten und Beschwerden müsse angezeigt werden; und daß, wer immer ein Recht auf des andern Gut besitzt, demselben die Richtigkeit dieses Rechts, und wie weit dasselbe gehe, bescheinen lassen, und in seinem Hausbuch anerkennen müsse. Auf gleiche Weise müßten alle Marchen, Unterscheidungszeichen, und die Breite und Länge eines Stück Lands von den Anstößern, mit Zuzug des Gassenaufsehers und noch eines Zeugen, gegenseitig in diesen Hausbüchern unterschrieben werden. –

Aber wie gesagt, er meinte nichts weniger, als daß diese Einrichtungen bloß durch seinen Befehl richtig werden; er hielt vielmehr diesen Befehl für eine wahre Nebensache, von der Arbeit und Mühe, die er erfodere, bis er könne ausgeführt werden.

Und gab seinen Bonnalern erstlich Jahr und Tag Zeit, sich mit dieser neuen Ordnung bekanntzumachen. –

Zweitens, ließ er sie dieses ganze Jahr durch, alle Donnstag und Sonntag abends von 4 Uhr bis zu dem Nachtessen, durch den Lieutenant, in der Kunst diese Bücher in allen ihren Teilen recht zu führen, und sich auf dem Land und in dem Haus in allen Stücken so einzurichten, wie es die Führung dieser Bücher erfodere, förmlich und sorgfältig unterrichten. Der Untervogt und Lindenberger, denen diese Einrichtung wichtig war, gaben sich alle Mühe, dem Lieutenant hierin zu helfen; es war dem Untervogt so angelegen, daß er laut sagte, es sei ihm für seine 9 Kinder lieber, daß diese Einrichtung zustande gekommen, als wenn man ihm das Bürgerrecht in einer Stadt schenken würde, die kein hölzernes Haus hätte.

Drittens, machte der Lieutenant den Unterricht über die Einrichtungen dieses Hausbuchs zu einem Hauptteile seines Schulunterrichts, darin er alle Kinder, besonders diejenigen, deren Eltern weder schreiben noch lesen konnten, unterrichtete.

Viertens, brachte er vor Ende des Lehrjahrs 15 junge Männer dahin, daß sie versprachen, es über sich zu nehmen, denjenigen Bürgern, die diese Einrichtungen nicht mehr lernen können, wenn ihnen damit gedient sei, ihre Bücher einzurichten, und zu führen. Sie fanden selber, so wenig als die meisten Bauern zu rechnen und auszugeben haben, brauche es in der Woche ein paar Stunden, so sei das in der Ordnung.

Fünftens, erlaubte der Junker denjenigen, die es weder selber lernen, noch einem von diesen jungen Männern anvertrauen wollten, jemand, den sie selber wünschten, auszusuchen, der sie ihnen führen soll, und sogar sie durch ihre unterwiesenen Kinder, wann selbige das 15te Jahr überlebt, einrichten und führen zu lassen, mit der einzigen Bedingnis, daß sie wöchentlich alle Samstag vor Sonnenuntergang alles, was ihr Sohn, oder ihre Tochter, die Woche über in das Buch eingeschrieben, als richtig und der Wahrheit gemäß eigenhändig unterschreiben mußten. – Im Fall sie aber weder Geschriebenes lesen, noch sich selber unterschreiben könnten, so mußten sie ihren Gassenaufseher erbitten, solches wöchentlich, und ebenfalls am Samstag abends vor Sonnenuntergang zu tun, und sich dann allemal von diesem Punkt für Punkt vorlesen lassen, was ihre Kinder eingetragen haben, und von jedem Punkt besonders sich erklären, daß er der Wahrheit gemäß vollkommen lauter, genugsam, und deutlich sei.

Hingegen war dann sechstens ein jeder, der sein Haus nicht auf irgendeine oben beschriebene Art in Ordnung bringen wollte, als ein unberatelicher, unordentlicher, unzuverlässiger und unsicherer Mensch, der sich der Rechten der bürgerlichen Gesellschaft, weil er nicht in ihre Ordnung hinein wolle, selber begebe, und für halb wild geachtet werden müsse, ohne weiters für unfähig erklärt, über sein ererbtes Gut frei zu schalten und zu walten. –

Denn so wie Arner die unbegrenzte Freiheit der Menschen über ihr selbst erworbenes Gut für einen billigen Lohn ihrer bürgerlichen Tugend und ihres Verdiensts ansah, so hielt er hingegen die unbeschränkte Freiheit mit ererbtem Gut zu handeln, dem ersten Endzweck der bürgerlichen Verbindung, der Gründung und Festhaltung eines allgemeinen Familienwohlstands, der, soviel möglich, auf Kind und Kindskinder hinunter sollte versichert werden, entgegenstreitend; und behauptete, die Kinder der gemeinen Leute haben auch bei Lebzeiten ihrer Eltern ein reales Recht auf die Erhaltung ihrer noch so kleinen Stamm- und Erbgüter, und dieses Recht gründe sich auf die gleichen richtigen Grundsätze, nach welchen die größern Familien ihre Hauptbesitzungen unveräußerlich machen; und der Staat habe in Absicht auf das gemeine Volk die wichtigsten Pflichten, die Erhaltung des Erbeigentums, in der Hand der zeitlichen Nutznießern derselben, zur Sicherheit ihrer Erbfolger bestens zu verwahren. Nach diesen Grundsätzen nahm er solchen Halbwilden, die in der Verwaltung ihres Eigentums in keine bürgerliche Ordnung hinein wollten, das Recht ihrer Verwaltung – und band –

Siebentens, die Freiheit seiner Bonnaler an ihre Hausordnung, an ihr Worthalten, und befahl in diesem Gesichtspunkt, daß eine jede Schuld, die innert 8 Tagen von dem Schuldner nicht bezahlt werde, von ihm in dem Hausbuch des Gläubigers müsse anerkennt, und zugleich der Tag bemerkt werden, wenn sie solle bezahlt werden, und so dieses auf den bestimmten Tag nicht erfolge, so müsse die Unterschrift innert zweimal 24 Stunden erneuert, und gleichfalls wieder der Bezahlungstag bestimmt werden; wann dann aber derselbe zum zweitenmal fehle, so stehe es nicht mehr am Gläubiger, die Schuld bloß zu erneuern, er müsse das doppelte Versäumnis des Manns dem Aufseher der Gasse, und dieser dem Dorfrate anzeigen, welcher ihn sogleich unter seine besondere Aufsicht zu nehmen, und so sich Unordnung und Verwirrung in seinen Sachen zeige, dieselben ihm in ein heiters Licht zu setzen habe, dabei aber seine Freiheit im geringsten nicht antasten dörfe, wann es sich nicht finde, daß ein Drittel seines ererbten Guts durchgebracht; in welchem Fall sie ohne weiters den Verwandten des Manns die obrigkeitliche Anzeige zu tun haben, daß sie für die nicht weitergehende Abschwächung des Erbguts dieses Manns stehen müssen. Er behauptete, die Aufrechterhaltung der gemeinen Familie, die dem Staat so wichtig sei, als diejenige der Großen, könne ohne Sorgfalt des Staats für Hausordnung, für Treu und Glauben, und Wort halten, unter dem niedern Volk nicht erzielet werden; und sagte, die Nachtkappen-Gerechtigkeit, die in ihrer Sorgalt dem gemeinen Mann im Land den Genuß der Verdiensten seiner Vordern auf Kind und Kindskind hinunter sicherzustellen, nicht weiter geht, als zu trachten, daß ihm nicht leicht etwas gestohlen werde; und hingegen jedem Hausvater, der seinen Kindern den Verdienst seiner Vordern zugrund richtet, unter dem Titel des heiligen Eigentumsrechts, Tür und Tor dazu auftut, eine solche Nachtkappen-Gerechtigkeit lasse die ersten Quellen des bürgerlichen Wohlstands zum bodenlosen Sumpf werden, und mache anbei den armen Leuten, die mit Lebensgefahr über diesen Sumpf wandeln müssen, dann am Ende desselben das Anerbieten, ihnen dann die Schuhe zu putzen, die ihnen in diesem Morast kotig geworden, wo sie sich nämlich an der Zollstätte dafür anmelden, und die Schuhputzergebühr bezahlen, oder verbürgen.

Er behauptete, es sei ein abscheulicher, und den ersten Endzwekken der bürgerlichen Verbindung geradezu widerstreitender, und alle wahre Segenskräfte der gesellschaftlichen Bande zerstörender Grundsatz, die Regierung und Richterstühle seien nicht schuldig, einem jeden Narren zu hüten, der zu dem Seinigen nicht Sorge trage, und es gern einem andern überlassen möge, weil es dem Staat gleichgültig sei, ob der Hans oder Heiri im Land reich sei.

Dieses Geschwätz mit dem Hans und dem Heiri wäre wahr, wenn es dem Staat gleich sein könnte, ob viel oder wenig zerrüttete Haushaltungen im Lande seien, und ob das gemeine Eigentum in stiller, regelmäßiger Ordnung zu Jahrhunderten von Vater auf Sohn und auf Kindeskinder herabgebracht werde, oder ob es zwischen den Trümmern ruinierter Haushaltungen, in den wunderlichsten Sprüngen im Lande herumtanze, und in einem ewigen Wechsel von Narren zu Schurken hinübergehe.

Er kannte das Landesunglück dieses Übergangs des Eigentums von Narren zu Schurken, und die Gewalt, welche die Fahrlässigkeit, Leichtsinnigkeit, und Unordnung der gemeinen Dorfeinwohnern den letzten in die Hand geben, entweder geradezu ohne Schwertstreich sie um das Ihrige zu bringen, oder sie in Streit und Prozeß zu verwickeln, durch welche sie in Form und Ordnung des heiligen Rechts, das im römischen Reich, und rundum an seinen Grenzen statthat, darum gebracht werden, daß er es für seine wichtigste Angelegenheit achtete, sein gutes Dorf vor dieser Gefahr sicherzustellen.

Achtens: Er erlaubte desnahen keinem Wirt, keinem Müller, keinem Krämer, keinem Schmied, keinem Baumwollenhändler, kurz, niemandem, der wöchentlichen und öffentlichen Verkehr mit den Leuten im Dorf hatte, irgendeine Anfoderung an jemand über 14 Tage in seinem Buch haben, ohne mit dem Schuldner zu Boden zu rechnen, und sich die Richtigkeit der Anfoderung von ihm unterschreiben zu lassen.

Er kannte den Blutsaugerkunstgriff, mit kleinen Anfoderungen zu warten, und die Rechnungen mit armen Leuten hängen zu lassen, der in den Dörfern so gemein ist. – Der Schuldner wartet aus Mißmut und Scham gern, solang er das Geld nicht hat, und der andere aus Schelmerei, um sich die Fahrlässigkeit, Unordnung, falsche Scham und Mutlosigkeit des Schuldners zunutz zu machen, mit doppelter Kreide mit ihm zu rechnen; dieses Landübel, das in allen Gegenden, wo das Volk unordentlich und unwirtschaftlich ist, fast keine Grenzen hat, führt freilich in zehen Malen, wo dem Armen Unrecht geschiehet, ihn kaum einmal in Streit und Prozeß; aber es setzt ihn davor neunmal in die Lage, daß er sich den Hals zuschnüren lassen muß, ohne einen Laut geben zu dörfen, womit freilich dann aller Streit und Prozeß ein Ende hat.

Aber Arner wollte auch die letzte Spur einer solchen Donnersbubengewalt* die unter seinem Großvater eine solche Verheerung in seinem Lande angerichtet, auslöschen. Er richtete darum im höchsten Grade seine Aufmerksamkeit auf die kleinen laufenden Rechnungen seiner Dorfleute, um es ihnen unmöglich zu machen, Bären anzubinden, und Jahr und Tag nicht daran zu sinnen, wie groß sie ein Maul haben. Er befahl also bei Verlust der Schuld, diese 14tägigen Abrechnungen, auch der geringsten Kleinigkeiten, nebst bestimmter Eintragung der Zahlungszeit, deren doppelte Nichthaltung auf oben beschriebene Weise an die Aufseher, und von diesen an den Dorfvogt gelangen mußte. – Endlich ließ er –

Neuntens, alljährlich einen jeden Hausvater, in Gegenwart seiner Frauen, seiner erwachsenen Kinder, seiner nächsten Anverwandten, und des Aufsehers seiner Gasse, antworten, ob er in allem mit jedermann richtig und gichtig, und die Kennzeichen, Titel, Unterscheidungen und Marchen von allem, was er besitze, allenthalben in einer Ordnung seien, daß er beim Leben und Sterben mit niemand gefahre, weder wenig noch viel in Streit zu kommen? Frau, Kind, Verwandte, Nachbarn und Aufseher mußten dem Junker bestätigen, und dafür anloben, daß ihnen nichts bekannt, das die Aussage des Manns in irgendeinem Teile zweifelhaft und unzuverlässig mache.

Ebenso mußten die Dorfräte ihm alljährlich in der Woche vor Ostern umständlich, und ein jeder nach einer von dem Lieutenant, auf eine seinem besondern Fach angemessene und dasselbe in allen seinen Teilen erschöpfende Form, pünktliche Antwort geben, ob sie wenig oder viel Unsicherheit und Gefährden in ihrem Fach überhaupt, oder in einzelnen Teilen davon spüren? Und wieder, mußten

---

* *Anmerkung:* Verzeihe Leser! solche Namen in einem Volksbuch, wann es einmal ins Dorf kommt, und von Armen gelesen wird, schrecken Frevler mehr ab, als oft die bestgemeinten hochobrigkeitlichen Verordnungen; also verzeih mir den Donnersbub, den ich im täglichen Leben immer brauche, wenn ich mit dem Volk von solchen Burschen rede.

die Aufseher an diesem Tage, nach einer ebenso genau ihrer Lage und Bestimmung anpassenden Form, Antwort geben, ob sie in den Abteilungen ihrer Gassen bei irgend jemand Ursach haben zu vermuten, daß er in diesem oder jenem Stück früh oder spät in Streit oder Unordnung gelangen könne? –

Endlich mußten bei Todesfällen die Aufseher von der Gasse des Verstorbenen, ehe der Tote begraben worden, die sämtlichen Erben in Gegenwart zweier Dorfräten, der Frau und der erwachsenen Kinder der Erben, im Namen des Junkers und von des Dorfrats wegen vermahnen, bei ihrer Teilung nichts zu versäumen, was künftigem Streit und Mißverstand vorbiegen könne, und in allen Sachen, die ihnen nicht glaslauter schienen, sich Rats zu erholen.

Und nach der Teilung, deren Vollendung sie zur Stund dem Aufseher ihrer Gasse anzeigen müssen, wieder also versammelt, mußten sie anloben, daß dieses geschehen; und waren ferner verbunden, innert einem Vierteljahr die ganze Teilung in allen Stücken nach einer ihnen vorgeschriebenen Regel in eine vollkommene feste Ordnung und Sicherheit zu bringen. Diese Regel setzte mit umständlicher Bestimmtheit fest, was in Absicht auf alle Teile des ländlichen Eigentums, Äcker, Matten, Häuser, Gülten, und Rechten, wie Brunnenrecht, Wegrecht, Marchen, usw. für Aufmerksamkeit und Sorgfaltsschritte zu vollkommen beruhigender Sicherstellung aller dieser Titeln notwendig sei, und wann das Vierteljahr verflossen, so mußten sämtliche Erben zu Handen des Junkers bei offener Gerichtsstelle antworten, ob und wie sie diese Sicherheitsregeln in guter Ordnung und in allen Teilen allerseits gegeneinander genommen? Und wo die geringste Fahrlässigkeit, Leichtsinn, und Unordnung hervorschien, da mußten sie auf der Stelle zwei Dorfräte erwählen, die sie anhalten und beraten mußten, in diesem Geschäft also zu Werk zu gehen, wie wann sie Morgen Feinde miteinander würden, und in Lagen kommen könnten, wo eine ängstliche Vorsichtigkeit gegeneinander ihnen unumgänglich notwendig werden könnte.

So bog er den Dorfstreitigkeiten über das Eigentum vor, und glaubte, auch ihre Händel über Ehrensachen kommen von der gleichen Quelle her, wie ihre Streitigkeiten über das Eigentum, nämlich von ihrer Unordnung. Er behauptete, die Bauern haben sicher auch in dem Grad weniger Ehrenstreit, als sie zu sorgfältigen und ordentlichen Haushältern gemacht werden; desnahen fand er, er habe durch die oben berührte Bildung seines Volks, zu sorgfältiger Aufmerksamkeit auf sein Eigentum und seine wahre Rechte, auch den

Narreneinbildungen falscher Ehrenanmaßungen, die sonst freilich auch in jeder Kohlenhütte die größten Verwirrungen anrichten können, ihren giftigsten Stachel benommen.

§ 53
Arners Prozeßform für sein niederes Gericht in Bonnal, darin auf Bauerngeist, Bauernordnung, und Art, und Dorfbedürfnisse, in Verbindung mit den Hauptendzwecken der Dorfregierung, Rücksicht genommen wird

Wann dann alles dieses nichts half, und alle diese, so in stiller, einfacher Bewegung laufenden Triebräder der guten Ordnung, dennoch nicht imstand waren, in einem besondern Fall das Anspinnen eines Streits, oder einer Rechtssache, zu verhüten, so ging denn Arner in diesem Fall also zu Werk, daß er vor allem aus einen jeden, der glaubte, er habe das Recht, seinen Nachbar entweder rechtlich anzugreifen, oder ihm das abzuschlagen, was jener an ihm suchte, vollkommen wohl erkalten, und zu sich selber kommen ließ, ehe er ihm erlaubte, gegen ihn ins Recht zu stehen, um auf diese Art der gegenseitigen Anfangs-Wildböckerei, die fast immer das erste und gefährlichste Gift aller Rechtshändeln wird, vorzubiegen; zu diesem Ende ließ er niemanden eine Rechtshandlung anfangen, der nicht vorher zweimal, und beidemal am Morgen vor 8 Uhr, unter 4 Augen mit seinem Gegner über seine Anfoderung geredt. – Das erstemal mußte dieses im Haus des Beklagten, oder wo dieser gut fand, den Kläger empfangen zu wollen, das andere Mal aber im Pfarrhaus geschehen; aber der Pfarrer mußte sie bei dieser Handlung beieinander vollends allein lassen, und durfte erst hernach, wann sie zu ihm kamen, ihm anzuzeigen, daß sie sich nicht haben vereinigen können, mit kurzen Worten, ohne im geringsten in ihren Handel einzutreten, ihnen die Wichtigkeit der Gemütsruhe und Kaltblütigkeit in ihrer Lage vorstellen – und so auch dieses ihre freundliche Vereinigung nicht bewerkstelligte, so mußten sie sich 8 Tage hernach noch einmal im Pfarrhaus, aber izt in Gegenwart ihrer beiderseitigen Gassenaufseher, eines Dorfrats und des Hrn. Pfarrers selber, noch einmal über ihre Angelegenheit gegeneinander erklären, und bei allen diesen Vorerklärungen mußte alles, was gegenseitig von beiden Teilen geredet, anerboten, und verhandelt worden, für beide Teile als im Rechten unstatthaft, unverbindend, und ungefährlich angesehen werden, damit in diesen Vorerklärungen weder die Gutmütigkeit noch die Heftigkeit eines von beiden Teilen ihm verfänglich werden könne.

Erst nach allem diesem dorfte der Kläger seine Klage rechtlich machen, und selbige bei dem Untervogt in das Klag- und Streitbuch des Gerichts eintragen lassen; hierauf erfolgte die obrigkeitliche Weisung zur Besitzung der rechtlichen Freundlichkeit, mit welcher alle Rechtshandlungen anheben mußten. – Im Gefolg dieser mußte der Kläger am Tag, an welchem er seine Klage in das Streit- und Rechtsbuch des Untervogts eingetragen, dem Beklagten die rechtliche Freundlichkeit durch den Weibel auf einen der drei nächsten Tage, welchen auszuwählen bei dem Beklagten stund, ansagen, mit Befehl, laut Gesetzes, zwei sechszigjährige Freundlichkeitsmänner zu erwählen, und sie auf abgeredten Tag und Stund zu sich kommen zu lassen. –

Ein gleiches mußte er den Eltern, Schwiegereltern, der Frau, und den Brüdern des Beklagten anzeigen, mit obrigkeitlichem Befehl, dieser rechtlichen Freundlichkeitshandlung beizuwohnen, um wo möglich, sie in ihrer Streitsache mit Frieden voneinanderzubringen.

Und auch auf seiner Seite mußte er seine Eltern, Schwiegereltern, seine Frau, und seine Brüder zu dieser rechtlichen Freundlichkeit zuziehen, laut obrigkeitlicher Ordnung sie förmlich dazu zitieren zu lassen; auch mußte der Beklagte den allerseits zitierten Leuten ebenfalls den Zutritt zu dieser rechtlichen Handlung in seinem Haus gestatten. Der Ort der Zusammenkunft war gesetzlich bei ihm, und der Kläger war in allweg gehalten, den ersten Schritt zu dieser Freundlichkeit zu tun, deren Form folgende war –

Zuerst, ehe der Kläger mit seinen Verwandten und Beiständern in das Haus des Beklagten hineintrat, kam der jüngere von den sechszigjährigen Männern, die dem Kläger beistunden, zu sehen, ob man auf der Seite des Beklagten sich in der Ordnung anschicke, den Kläger auf eine ehrenfeste Art zu empfangen, und anzuhören, ob diejenige Personen, die obrigkeitlich zitiert, da saien, ob sich alles gesetzt, und kurz, alles in der Ordnung sei, welche von Rechts wegen bei jeder solchen Handlung vorgeschrieben ist. – Wenn er das so fand, so dankte er dem Beklagten, daß er seinen Kläger als einen Ehrenmann nach Landesbrauch und Ordnung friedlich und liebreich empfangen wolle. – Dann erst trat der Kläger mit seinen Verwandten und Beiständern hinein, und er und alle mußten dem Beklagten und allen seinen Leuten, einem nach dem andern, ohne weiter ein Wort reden zu dörfen, die Hand bieten, und sie freundlich grüßen; dann wann sie sich gesetzt, mußte der Schreiber des Gerichts, eine vom Lieutenant aufgesetzte Erläuterung, wohin alle Rechtshändel den Menschen, sowohl in Absicht auf den Zustand seines Gemüts, als aber seines wahren Hausglücks notwendig hinführen, vorlesen; während der Zeit berichtete der Weibel den Pfarrer, daß alles zur Freundlichkeit beieinander, dann mußte auch er des Amts halber erscheinen; überbrachte, wenn er kam, in der einen Hand das Kreuz Jesu, in der andern einen Totenkopf, stund so in die Mitte der Stuben hinein, und stellte, wann der Schreiber mit seiner Erklärung, wohin die Prozesse führen, fertig war, das Kreuz Jesu Christi und den Totenkopf mitten auf den Tisch, um welchen die Parteien herum saßen, sagte dann die einzigen Wort – „lasset uns bedenken, daß wir Christen sind, und an eine Auferstehung der Toten glauben" –! – Und einen Augenblick darauf – „Gottes heiliger Geist bewahre euch alle vor aller Ungerechtigkeit und vor aller Lieblosigkeit"! – Mit dem bog er sich nieder gegen das Kreuz Jesu Christi, wandte sein Angesicht weg; und ging aus der Versammlung der Streitenden. Dann gab der Schreiber das Kreuz Christi und den Totenkopf dem Kläger in seine Hand, der dann aufstehen, laut und vernehmlich sagen mußte: „Ich habe ernstlich bedacht, daß wir Christen sind, die an eine Auferstehung der Toten glauben, und daß aller Streit der Menschen ihre Tage verkürzet"! – Nach diesem tat der Beklagte das gleiche, und redete die gleichen Worte. – Dann mußte der Kläger abtreten, und der ältere seiner zwei sechszigjährigen Beistehern trug seine Klage in gemäßigten, und die Ehre des Beklagten auf alle mögliche Art schonenden Ausdrücken vor, fragte dann vor allem aus, ob sie ihn deutlich verstanden? worauf der ältere der Beisteher des Beklagten die Klage pünktlich wiederholen, und ihm sagen mußte, sie wollen itz ihrerseits den Beklagten darüber vernehmen, und dann in einer oder zwei Stunden sehen, wie es etwan möglich, im Frieden voneinanderzukommen! Dann traten die Verwandten und die Beistänter des Klägers ab; der Beklagte blieb solang bei seinen Leuten allein, und konnte in dieser Zeit mit ihnen überlegen, was er dem Kläger antworten, und Friedens halber etwan anerbieten wolle? Dann, wann die verabredeten Stunden vorüber, kam die Gegenpartei wieder, setzte sich an ihren Platz, und der ältere von den sechszigjährigen Männern, auf seiten des Beklagten, trug dann in ebenso gemäßigten Ausdrücken, und ebenfalls die Ehre des Klägers auf alle mögliche Weise schonend, die Antwort des Beklagten vor, und bot darauf in seinem Namen den Anwesenden einen Friedenstrunk an; dann trank ein jeder ein Glas Wein, zuerst auf das Wohlsein des Beklagten, dann auf dasjenige des Klägers; und nun wurden erst entweder Schiedsrichter erwählt, welche die Sache nach ihrem Gutdünken, und so, wie sie es für beide Teile am billigsten finden, ausmachen sollten; oder, wenn man sich wegen der Wahl der Schiedsrichter nicht vergleichen konnte, so wurden gegenseitig öffentliche Vergleichsvorschläge gegeneinander getan, und diejenige Partei, welche einen sogetanen Vorschlag von der Hand wies, mußte die Gründe, warum sie dieses tue, und zugleich ihr letztes Wort, wie weit sie sich den Forderungen und Erwartungen des Gegners nähern wolle, schriftlich abfassen lassen.

So stellte Arner im Anfang der Prozessen, wo die Gemüter noch nicht erhitzet, die Unwahrheiten noch nicht erhärtet, das Geschäft noch nicht verwirrt, und in dem Zeitpunkt, welcher die friedliche Auseinandersetzung der Sache am leichtesten machte, dem Streitgeist seiner Bonnaler, den Zwang ehrenfester Sitten, die äußere Form einer steifen abgemessenen Bedächtlichkeit, und hauptsächlich diejenige religiose Feierlichkeit entgegen, welcher sich die gewohnte Gerechtigkeit sonst bedient, dem Mist aller Abscheulichkeiten verjährter Trölerverdrehungen zu einer Zeit ein Ende zu machen, wo beide Partein meistens jahrelang in einer Lage waren, daß sie beiderseits solang kein heiliges Vaterunser mehr haben beten können; aber Arner wollte keine Gerechtigkeit, die durch die eigentliche Natur ihrer bestimmten Rechtsform den Gemütszustand der Streitenden notwendig verwildern, und dann erst, wann sie die Menschen so weit gebracht, daß weder Feierlichkeit, noch Religion, diesfalls mehr einen reinen, beruhigenden Eindruck auf sie haben kann, feierlich und ernsthaft zu werden beginnt. – Er glaubte, man könne nicht zuviel tun, streitende Bauern lange genug von dem Schwertstreich der gesetzlichen Rechtsgerechtigkeit entfernt zu halten, um sie durch die für die Bauern sicher besseren Wege ihres auf den gegenwärtigen Streitfall hingelenkten eigenen Billigkeitsgefühls auseinanderzubringen.

Aber bei dem allem war es nichts weniger, als daß er dadurch den schwachen, gutmütigen Beklagten den Klauen des anmaßlichen und frechen Klägers preisgab.

Die Steifigkeit, und der langsame, schwerfällige Gang seiner Freundlichkeitsmanier, ist dem gierigen, frechen, unordentlichen, gewaltsamen und ungeduldigen Tröler gar nicht Heu für seinen Esel. Wenn man dem Tröler das Schwert der harten Gerechtigkeit aus den Händen windet, so verliert er seine Kraft darob wie Samson ob der Freundlichkeit der Jungfrau, die ihn geschoren.

Das war eins. – Zweitens wurde ein jeder der zweimal als Angreifer gegen jemand vor dem Rechten im Ungrund erfunden worden, in seinen Rechten auf 5 Jahr dahin stillgestellt, daß er solang in keinem Fall sein Recht gegen jemand anderst, als durch einen ihm obrigkeitlich gegebenen biedern, bescheidenen, und nie vor keinem Recht verfällten Ehrenmann führen dörfte. –

Drittens wurden alle diejenigen, die sich den Einrichtungen Arners, in Absicht auf Hausbücher und Hausordnung, nicht unterzogen, ebensowenig für rechtsfähig erkannt, und mußten wie die ersten, wenn sie an jemand etwas zu suchen hatten, selbiges durch einen ihnen zugeordneten ordentlichen Haushalter verrichten.

Auf diese Art war die Tröler-Race und die blinden Zänker, die in ihrer Unordnung nicht wissen was ihnen gehört, und was sie schuldig, bei aller Gutmütigkeit dieses friedlichen Rechtsgangs gut am Seil gehalten; auch zeigte die Erfahrung, daß in dem Grad, als Arners Ordnung sich in Bonnal fest gründete, sich auch die Menschen minderten, die sich in irgendeiner Sache rechtlich zu belangen suchten. Man scheute den stillen, kalten Ernst dieses Rechtsgangs, den auch kein Strahl des gemeinen Trölerfeuers erwärmte, und es ließ es fast niemand bis zum Totenkopf kommen; je schlimmer einer war, desto schneller war er auf diesem Weg müde. –

Leser! Dieses Müdwerden ist die beste Lobrede des Wegs; er dauerte fort. –

Und wer im Anfang ermüdete, sah in Zukunft nichts Bessers voraus. Die Prozeßform wurde in dem Grade, als die Parteien es weiterkommen ließen, immer drückender und beschämender, und führte sie in ein Meer von Unannehmlichkeiten, indem sie sicher in dem Grad oft und viel baden mußten, als sie unsauber erfunden worden.

Wenn die rechtliche Freundlichkeit sie nicht zum Ziel brachte, so mußte der Dorfrat, ehe die Parteien weiterschreiten durften, untersuchen, ob der Ursache des Streits nicht von ihm, oder von den Gassenaufsehern, oder von den Parteien selber, hätte können vorgebogen werden; und es mußte protokolliert werden, wenn es sich fand, daß der Streit sich durch Versäumnis dieses oder jenes Vorbeugungsmittels, oder durch die Fahrlässigkeit dieser oder jener Personen sich entsponnen; und diesen ward dann von seiten des Junkers sein Mißfallen bezeuget, und ihnen angezeiget, man habe um ihres Fehlers willen ein besonderes Recht, von ihnen zu erwarten, daß sie sich die Beilegung dieser Sache, als ihre eigene, auf die ernsthafteste Art lassen angelegen sein.

Endlich war der Fortgang des Rechtshandels für den Betrüger voller Schlingen, und das Öffentliche aller Handlungen, das Interesse so vieler Menschen dagegen, machten die gewöhnlichen Krümmungen des gemeinen Rechtsgangs in diesem Dorf unmöglich.

Wer im Rechtslauf sich einer Unwahrheit schuldig gemacht, der durfte nicht anderst als mit und neben einem Harschier vor Gericht erscheinen.

Zweitens, man läutete an einem Rechtstage, an welchem eine solche Hartnäckigkeitssache obwaltete, in Bonnal die Sturmglocke.

Drittens, mußte der Pfarrer für solche Streitende in der Kirche beten, gerade hinter dem Gebet für Kranke und Angefochtene.

Viertens, mußte er, wann ein Fest einfiel, ihnen anzeigen lassen, man habe vor altem Leute, die im öffentlichen Streit miteinander gelebt, nicht zum Nachtmahl gelassen, izt aber können sie kommen, wenn sie sich nicht schämen.

Es war aber nicht dem Pfarrer überlassen, ob er es ihnen wolle sagen lassen oder nicht, sondern gehörte ganz bestimmt zur gesetzlich anbefohlenen Prozeßform, durch welche Arner, in Verbindung seiner Vorbeugungsmitteln dagegen, allem gerichtlichen Streit in Bonnal soviel als den Garaus machte. Die Mühe, welche solche, dem Ruin des Hausglückes und der Seelenruh vorbiegende Verhütungsmittel bei den Dorfstreitigkeiten, und diesem Endzweck angemessene Prozeßformen bei den niedern Gerichten erheischen, wird in dem Grad nicht groß und nicht lästig, als die Vorbiegungsmittel und Prozeßformen gut sind und anschlagen. Aber es wäre mir freilich unbegreiflich, warum die Menschen die Mühe bei Feuer- und Wassersnot zu helfen so gering, und hingegen die Arbeit, dieser Not vorzubiegen, so groß achten, wenn ich nicht wüßte, daß das einzige Mittel, schlecht erzogene Menschen aus ihrer Trägheit aufzuwecken nur dasjenige ist, was auch die Wilden im Wald daraus aufweckt – die gegenwärtige Not. – Darum aber ist Arners Prozeßform für das Ganze der guten bürgerlichen Bildung um so viel mehr wert, indem sie eigentlich der Quelle des Übels, dem Sinn des wilden und verwilderten Menschen entgegenstehend, den wesentlichen Grundsätzen einer Gesetzgebung genugtat, die der Gedankenlosigkeit, dem Leichtsinn, der Trägheit, der Unwissenheit, Unüberlegtheit, Unordnung, Gewalttätigkeit und Verwegenheit eines über ein halbes Jahrhundert sich selbst überlassenen Volkes, und der ganzen Gewalt eingewurzelter Naturgewohnheiten im Dorf mit Erfolg entgegenwirken, und seine Bonnaler zu ganz andern Leuten machen sollte, als der Mensch von Natur nicht ist, und sie unter der Verwahrlosung seines Großvaters nicht werden konnten.

So umfassend der Endzweck dieser Gesetzgebung war, so tat er ihm ein Genügen; er beschränkte den Hang zum freien, wilden, unverdienten Lebensgenuß von allen Seiten; band die Befriedigung ihrer Naturtrieben in allen ihren Teilen an den Zwang des bürgerlichen Verdiensts, und an die Regelmäßigkeit der gesellschaftlichen Ordnung:

> Der Trieb zum Eigentum –
> Der Geschlechtstrieb –
> Die Liebe zur Freude –
> Der Hang der Ruhe – und
> derjenige zur Ehre, –

mit einem Wort, alle Grundtriebe unserer Natur wurden von ihm alle in diese Schranken gelenkt, und darin befriedigt.

§ 54
Seine Gesetzgebung wider den Diebstahl

Nicht wenn du in seinem Morast wühlest, sondern wenn du seine Wasser tiefer legst, und ihnen einen sichern Ablauf gibst, trocknest du einen Sumpf auf.

Arner machte den Arbeitsfleiß in Bonnal ebenso leicht als angenehm und befriedigend. Das Dorf hatte nicht mehr und rechnete nicht mehr bloß von der Hand ins Maul; auch der Arme hatte izt Vorrat und Eigentum, und darum war ihnen allen Ordnung und Sicherheit wichtig; ein jeder, und auch der Ärmste sah, daß er seine Kinder mit Sitzen und Spinnen weiter bringe als mit Strolchenmut und Räuberordnung.

Die erste Quelle des Diebstahls, der Gewalt der Reichen, die in der Unordnung des unwirtschaftlichen Volks, den Frevel zu ihrem Morgenbrot, und den Diebstahl zu ihrem Abendessen machten, war gehoben; die Leute hatten weniger Grund und weniger Anlaß zu stehlen; und viele, die es ehedem selber getan, sagten nunmehr, es müßte izt einer ein Narr sein, wenn er es tun würde. Arner ließ niemanden am Notwendigen Mangel leiden, und niemanden durch unvorgesehene Bedürfnisse in Verwirrung kommen.

Die Einsicht, die er in alle Teile der Dorfhaushaltung hatte, und die Ordnung und das Licht, das er in ihre Verwaltung hineinbrachte, setzte ihn in den Stand, so vieles leisten zu können.

Er gab bei überhandnehmendem Holzmangel ihnen die Freiheit, in seinen Waldungen die alten Stöcke auszugraben; schaffte ihnen große starke Ausstockungsinstrumente an; und damit sie der Ärmste wie der Reiche genieße, mußten sie die Vorgesetzten der Reihe nach den Haushaltungen zu diesem Gebrauch zustellen. Ebenso mußten die Gassenaufseher von Haus zu Haus untersuchen, ob die Feuerstätte zur Ersparung des Holzes gut eingerichtet; ob die Mauern, Wände, Dielen ihrer Stuben die Wärme halten? Den Vermöglichen, die etwas hieran mangeln ließen, schlug er das Gnadenholz ab, den Unvermöglichen half er zur Notdurft selbst darzu; aber dann ahndete er den Holzfrevel in dem Grade streng, als dem wahren Bedürfnis des Volks hierin ein Genügen geschah, und es überhaupt den Reiz zum Räuberleben minderte. Er strafte den Holzfrevel wie Diebstahl, und das nächtliche Rauben desselben; das Umhauen junger Stämme mit kleinen Sägen, das Umbinden der dickern mit Seilern, den Ton des Schlagens zu hemmen, und das Wachtstehen an den Grenzen des Walds, während des Frevels, wie Einbruch und Feldraub.

Je weiter die Vernachlässigung einer Sache eine Haushaltung führen konnte, desto mehr Sorgfalt wandte er darauf, alle Jahr alle Häuser untersuchen zu lassen, ob und wie weit sie baufällig seien, und einem jeden Eigentümer durch seinen Baumeister Bericht abzustatten, wiewiet er ohne Gefahr größern Schadens mit einer jeden Ausbesserung noch warten könne oder nicht, was für und wieviel Baumaterialien er dazu brauche, und wie er sie mit den wenigsten Kösten und am kommlichsten zur Hand bringen könne. Er tat das gleiche mit ihren Schwellen, Wasserrünzen usw. um in allen Teilen ihrer Wirtschaft mit Sorgfalt zu verhüten, daß sie nicht von unerwarteten größern Ausgaben schnell überfallen würden.

Das machte einen Unterschied; die Leute baueten zur rechten Zeit, und ums Halbe wohlfeiler und besser; und er wußte bei seiner guten Ordnung von einem jeden, der etwas verwahrlosete, oder zugrund gehen ließ, wie wenn er an seiner Tür zu wohnte, und ließ es nie zu weit kommen.

So bog er durch die Kraft einer ordnungsvollen und dadurch wahrhaft weisen Verwaltung aller Verwirrung ihrer äußern Umständen, die sie zu Dieben machen könnte, vor; aber er wußte dabei, daß auch dieses nichts helfen würde, wenn sie nicht von früher Jugend auf zu einem ordentlichen bürgerlichen Beruf, und zu einem sichern Erwerb ihres Brots wohl angezogen würden.

Er stellte desnahen nicht einem jeden Narrenvater und einer jeden Narrenmutter frei, ob sie aus ihren Kindern etwas oder nichts machen wollen, und sagte geradezu: er wisse nicht, was eine Obrigkeit im Land nütze, wenn alles Lumpenvolk das Recht habe, seine Kinder so aufwachsen zu lassen, und so zu verwahrlosen, daß sie zu keiner Art bürgerlichen Berufs und Broterwerbs recht tüchtig, nicht anderst können, als ihre Naturbedürfnisse außert dem Gleis der bürgerlichen Ordnung befriedigen zu suchen, und also soviel als notwendig ein Lumpen- und Schelmenvolk abgeben müssen. Er wollte es nicht so; er ließ sich von allen Hausvätern, sobald ihre Kinder 7 Jahr erreicht haben, Antwort geben, was sie aus ihnen machen wollen; und der Dorfrat mußte jährlich Erläuterung geben, wie die Erziehung eines jeden Kindes dem Endzwecke, den seine Eltern mit ihm haben, entspreche oder nicht? Das Licht und die Heiterkeit, die er in die Hausumstände seiner Bonnaler hineingebracht, hinderte dann den Diebstahl mit Kraft. Es sah izt ein jeder in allen Teilen richtiger ein, was seine Umstände erleiden mögen, und was sie nicht erleiden mögen. Und die unvernünftige Hoffart der Armen, sich in Kleidung, Essen und Trinken den Reichen gleichzustellen, nahm sichtbar ab; man schämte sich das zu scheinen, was jedermann wußte, daß man es nicht war; man ward darob ausgelacht; denn die Kinder machten in der Schule sich nichts daraus, dem ersten besten, das also Hoffart spiegelte, zu sagen: du hättest dein Geld leicht an etwas Bessers anwenden können, als an dergleichen Narrenzeug; und er hatte im Dorf unter allen Leuten das Sprüchwort aufbringen können: Seine Kinder wohl setzen, sei die beste Hoffart.

So griff er der Quelle des Diebstahls, der Unordnung, der Rechnungslosigkeit und Liederlichkeit von allen Seiten ans Herz.

Wer seine Wirtschaft nicht wohl verwaltete – wer keinen täglichen Verdienst hatte, und sich einrichtete, daß man ihm vorrechnen konnte, daß er mehr ausgebe, als er einnahm; wer sich in Händel mischte, die ihn nichts angingen, wer fremden Leuten Unterschlauf gab, wer bei verschlossenen Türen spielte, kurz, wer sich durch erwiesene Handlungen verdächtig und gefährlich erzeigte, der ward auch von Obrigkeits wegen für gefährlich und verdächtig geachtet; und wenn er auf gedoppelte Warnung in seinem Fehler fortfuhr, dem Dorfrat zu besonderm Aufsehen empfohlen, und dann dorfte der Harschier bei Tag und bei Nacht zu jeder Stund in seinem Haus erscheinen, und bei ihm aussuchen was er wollte.

Auch nahm der Junker allem fremden Gesindel, das unter der alten Dorfregierung als abgedankte Schloßschuhputzer, Kammerdiener, Kammermägde, Perückenmacher und dergleichen, mit dem ganzen Gefolg von Töchtern, Mägden, in seinen Dörfern eingenistet, die Bewilligung, sich in der Herrschaft aufzuhalten; gab ihnen sämtlich einen Laufpaß bis auf die nächste Stadt, und den Dörfern auf der Stelle einen Freiheitsbrief und das Recht, zu ewigen Zeiten nicht schuldig zu sein, einem Herrschaftsherrn eine fremde Manns- oder Weibsperson wider ihren Willen abzunehmen, und auf ihren Dörfern sitzen zu lassen.

Auch die Lumpenwächter, mit den roten Nasen und rostigen Spießen, hob er auf; setzte aber an den Grenzen der Herrschaft allenthalben Hütten, bei denen er Tag und Nacht fünf bis sechs Männern abwechselnd Arbeit gab, mit Kohlenbrennen, Holzsagen und -spalten, die dann zugleich Wachtdienst tun mußten. Ebenso mußten die Schloßwachten mit ihren alten roten Röcken ihm ab den Augen. Er konnte Menschen, die an Leib und Seel so unnatürlich verlähmet waren, wie diese Überreste von verfauleten Müßiggängern, nicht vor Augen leiden, er sorgte aber für ihr Maul, solang sie noch herumkriechen würden; sie dankten ihm untertänig, und waren nicht mehr Wächter. –

Unter diesen Vorsorgen konnte es nicht anderst sein, das Stehlen mußte abnehmen, und der Junker machte den Abscheu dagegen, so wie gegen alle Arten von Liederlichkeit und Unbrauchbarkeit auf alle Weise rege; und ein Kind, das in der Schule nur einen Apfel, oder ein Mundvoll Brot einem andern genommen, oder auf der Weid nur eine Erdapfelstaude ausgerissen, entging einer öffentlichen Auslacherstrafe nicht. Bei dem kleinsten Diebstahl kam das ganze Dorf in Bewegung; die Gassenaufseher kamen zusammen, die geringsten verdächtigen Umstände mußten verantwortet, die Möglichkeit, der Sache auf die Spur zu kommen, von allen Seiten erforscht, und alle Sorgfaltsanstalten für die öffentliche Sicherheit von neuem geprüft und in Tätigkeit gesetzt werden; und wenn ein Diebstahl entdeckt war, so war gesetzlich befohlen, daß das Dorfgericht keinen Umstand unerforscht lasse, wie die Person zu dieser landsgefährlichen Gewohnheit gekommen, welche in dem Fall betreten worden, wie weit ihre Erziehung daran schuld, und wie lang sie den Fehler getrieben, wie sie jede einzelne Tat vor den Aufsehern, vor den Hausleuten, und Nachbarn habe verbergen können, wer den eint oder andern Fehler mehr oder minder notwendig hätte merken sollen, und nicht gemerkt? Ferner, inwieweit die Liederlichkeit und Unordnung des Bestohlnen, oder seiner Hausleute, Gelegenheit zum Diebstahl gegeben? Ebenso, wieweit er verführt, und durch die oder diese Umstände zu den Fehlern, die ihn überhaupt zum Diebe gemacht, oder auch zu der besondern Diebshandlung verleitet worden? Diesem allem ward mit drückender Umständlichkeit gesetzlich von Gerichts wegen nachgeforscht.

Und wenn es sich fand, daß einer den Diebstahl notwendig hätte merken sollen, und ihn nur durch seine Liederlichkeit, Nachlässigkeit, und Unaufmerksamkeit nicht gemerkt, so ward er vor offenem Gericht ermahnet, in Zukunft seine fünf Sinnen zur öffentlichen Sicherheit also zu brauchen, wie er wünschen werde, daß seine Mitbürger selbige zu der seinigen brauchen.

Fand sich, daß einer den Diebstahl durch wirkliche Fehler von einem unordentlichen, liederlichen Leben möglich gemacht, so ward er vor offenem Gericht, als Mitursächer des Diebstahls, verurteilt, einen Teil der Schande mit dem Gefangenen zu teilen, ihm in seiner Gefangenschaft abzuwarten, und so ihm auch einen Teil seiner Leiden zu erleichtern, wie er ihm einen Teil seines Diebs- und Schelmenlebens erleichtert.

Fand sich aber gar, daß einen solchen bestimmte Verführungshandlungen zu einem Dieben gebildet, und ihn einer zu gottlosen, ehrvergessenen Handlungen, entweder in seinen Dienst mißbraucht, oder ihn um Geld dazu gedungen, oder ihm mit Wissen Vorschub dazu getan, so ward der gesetzlich verurteilt, für die Gefahr, welcher die menschliche Gesellschaft von einem solchen notorisch verführten Menschen ausgesetzt ist, zu haften, und nach Maßgebung der Umstände der Obrigkeit zu helfen, daß er versorgt, und die Gesellschaft vor ihm sichergestellt werde.

Überhaupt aber bestimmte er die Strafe des Diebstahls nichts weniger, als nach dem Geldwert des Gestohlenen, der meistens zufällig ist; sondern hauptsächlich nach dem Grad des Lumpen- und Tagdiebenlebens, dessen der Dieb schuldig erfunden worden.

Es ist nicht sowohl der Raub eines elenden Stück Geldes, als das Austreten aus dem Gleis der bürgerlichen Ordnung, was den Menschen eigentlich entehrt; darum brauchte er weder Strick noch Schwert gegen sein Volk nach der Schatzung der Pfennigen, sondern suchte es vielmehr auch bei der Bestrafung des Diebstahls auffallend zu machen, daß nicht die einzelne Handlung des Dieben, sondern ein ungewerbsames, verdienst-ordnung-regelmäßigkeit- und ehrloses Leben der eigentliche Grund des Rechts sei, vermöge dessen ein Mensch aus der bürgerlichen Gesellschaft ausgestoßen, oder darin angebunden werden muß.

Desnahen auch die kleinen Anfänge des Diebstahls der Gesellschaft ebenso wichtig sind, als die spätern größern Ausbrüche desselben; und Arner hielt die Gesetze, die gegen die Anfänge dieses Lasters schwach, und gegen die spätern Ausbrüche desselben hart, sowie diejenige, die die Strafe des Fehlers bloß von dem zufälligen

Geldwert des Gestohlenen abhängig machen, für widersprechend mit allen Regeln einer wahren Menschenführung, und sagte, eines Bauern Frau schämt sich, ein Kind, das über 7 Jahr alt ist, vor den Leuten wegen seiner Ungezogenheit abzustrafen, sie fühlt, daß seine Ungezogenheit auf sie zurückfällt; aber die erste Tochter des Himmels, die Gesetzgebung, schämt sich nicht, tausend bürgerliche Abscheulichkeiten öffentlich zu bestrafen, wovon keine einzige möglich wär, wenn die Herren Vögte dieser Himmelstöchter, und ihre nachgesetzten Verwalter, den Detail der Volksordnung so gut besorgten, als eine brave Bauersfrau den Detail ihres Hauses besorgen muß, wenn sie nicht Schande davon haben will.

Es ist eine Schande, man läßt alles Unkraut wachsen, bis es erstarket; dann wühlet man mit der öffentlichen Gerechtigkeit unter dem verheerten Volk wie die wilde Säu im Korn, und meint noch, mit dieser Schnörrenarbeit die höchste Weisheit der bürgerlichen Gesetzgebung erreicht zu haben. Man läßt es an allem, was zur Erziehung einer wahren bürgerlichen Ordnung in der Tiefe des Volks notwendig wäre, ermangeln, und wundert sich dann, warum man mit keinen Galeeren und Zuchthäusern sowenig als mit dem alten Galgen dahin komme, wohin, solang die Welt steht, keine Obrigkeit ohne gute und allgemeine Einrichtungen für die Bildung des Volks niemals gekommen ist, und niemals kommen wird*.

Aber ich fahre fort. – Die Menschen mögen sich selber schänden, mein Buch soll keine Schmähschrift auf sie sein, so schwer es ist, keine über sie zu schreiben.

§ 55
Seine Gesetzgebung wider den Geschlechtstrieb

Beides, Scham und Vernunft, sind Folgen des Eigentums, und des auf demselben ruhenden Vorschritts der Ausbildung unserer Natur. Der Mensch, in seinem wilden Zustand ebensowohl als in seiner

---

* *Anmerkung:* – Wer verzeiht es dem Menschen nicht, wenn er im Gefühl der Verwahrlosung seines Geschlechts die Sprache der Verzweiflung redt? – sagte ich, da die Stickelbergerin und der Pfarrer redeten, als sie für das Leben Arners keine Hoffnung mehr hatten; und izt – muß ich dich fragen, Leser! Willt du mir es nicht verzeihen, wenn ich die öffentliche Gerechtigkeit, die es an allem, was zur Erziehung einer wahren bürgerlichen Bildung in der Tiefe des Volks notwendig ist, ermangeln läßt, im Unmut meiner Erfahrung, mit dem Wühlen der Wildsau vergleiche, und ihre Arbeit und ihr Maulwaschen – Schnorrenarbeit heiße? – Ich hoffe, du verzeihest Leser! –

bürgerlichen Verwilderung, zeiget kaum leichte Spuren dieser in ihm liegenden Vorzügen seiner Natur.

Nicht das, was der Mensch weißt, macht ihn vernünftig; es ist sein fester, kalter Fels im Kopf, seine Übung im Zählen, Wägen, Messen, Forschen, und die Richtung seines Geistes nicht zu reden, nicht zu urteilen, viel weniger zu handeln, bis er erwogen, ermessen, erforscht, und berechnet, das ist's, was ihn unter seinen Mitmenschen vernünftig darstellt.

Ebenso besteht eine wahre Scham in seiner Sorgfalt in dem, was er redt, urteilt, handelt, und leidet, darauf zu achten, daß es nicht unüberlegt, unbedacht, und unerwogen scheine.

Beides, Vernunft und Scham, finden als Kinder des Eigentums ihre erste, beste und reinste Nahrung an der Brust ihrer Mutter; und sowohl der Übergang von den Fehlern des Naturlebens, als die Verhütung der Verwilderung des Menschen in der Gesellschaft, ist im allgemeinen durch nichts sicherer zu erzielen, als durch eine weise Bildung desselben zur guten Besorgung seines Eigentums, indem er durch nichts besser, als durch Einlenkung seiner Kräften auf diesen Punkt, zu derjenigen Bedächtlichkeit, Vorsicht, Überlegung und Ordnung gebracht werden kann, ohne welche weder wahre Vernunft, noch wahre Scham, im bürgerlichen Leben Platz haben kann.

Desnahen ruhen die Regeln einer weisen Gesetzgebung für die Erhaltung und Bildung der wahren Schamhaftigkeit auf den gleichen Grundsätzen, auf denen auch diejenigen gegen den Diebstahl ruhen. Auch schlug Arner vollends den gleichen Weg ein, gegen die Fehler des Geschlechtstriebs zu wirken, welchen er mit so vielem Erfolg gegen die Fehler des Diebstahls gebraucht; und die allgemeine Bildung der Aufmerksamkeit auf alle Arten der Tagsarbeit, feste Übung in allen Teilen des Fleißes und der Ordnung, sorgfältige Achtsamkeit auf das Urteil seiner Mitmenschen in allen Stücken der täglichen Tätigkeit, das waren die ersten Fundamente seiner Keuschheits-Gesetzgebung.

So geliebt und besorgt das Kind in der Wiege war, so mußte es sich dennoch an feste Regelmäßigkeit in seiner Besorgung gewöhnen, und in den ersten Tagen seines Daseins lernen, sich überwinden und schweigen, bis nach der harten bürgerlichen unbiegsamen Zeitrechnung ihm die Stunde für eine jede Sache in ihrer Ordnung anrückt.

Und da es aus der Wiege in die Schule kam, so warteten seiner auch da die gleichen Bande des bürgerlichen Zwanges, ohne welche die gute Besorgung des Eigentums, worauf die innern Kräfte der bürgerlichen Einrichtungen ruhen, unmöglich ist; es war in derselben in einer täglichen Übung für seine Ehre aufmerksam zu sein; es ward für jede Unordnung, für jede Nachlässigkeit beschämt: unter der Hand des Lieutenants erröteten die Kinder ob jedem kleinen Flekken Tinten, der ihnen auf die Schrift fiel; es waren darunter, die, weil sie unordentliche Mütter hatten, am Samstag die halbe Nacht durch auf waren, zu waschen und zu flicken, daß sie am Montag mit Ehren wieder in die Schule gehen dörfen; und es hätte sich keines unterstanden ihm zu sagen, es könne etwas, wenn es noch ein Wörtchen daran gefehlt, oder ihm einen Buchstaben in der Schrift als recht vorzuweisen, zu dem es nicht alle Sorgfalt getragen, ihn recht zu machen; sie waren daran gewöhnt, das Langweilige wie das Kurzweilige, mit der Feder wie mit der Nadel, zehen- und zwanzigmal zu probieren, bis es recht war. –

Die Schande, seinen Feierabend nicht zu haben, die Notwendigkeit, das Versäumte vor dem Schlafengehen nachzumachen, die Ehre, in jedem anbefohlnen und vertrauten Geschäft sich keinen Fehler, keine Ungeschicklichkeit vorwerfen zu lassen, die Aufmerksamkeit in allem, bis auf Kleidung und Gerät, tadelfrei zu erscheinen, mit einem Wort, das Wesentliche der wahren Berufsbildung und Hausweisheit, legte den Grund der Kräfte der Schamhaftigkeit, auf welche Arner seine Gesetzgebung gegen die Verwirrungen des Geschlechtstriebs, vom Liebäugeln hinauf bis zum Kindermord gründete, indem er der Gewaltsamkeit dieses Triebs durch Übung in Bedächtlichkeit und Ordnung entgegenarbeitete, ehe er da war – kam er dann, so fand er sein Haus bürgerlich gewischt und geziert; und der Herr des Hauses hatte Kräfte, den bösen Geist an die reinliche Ordnung, die einmal in seinem Haus Übung war, zu gewöhnen, und ihn allfällig, wenn er poltern wollte, an die Ketten zu legen.

Sowenig, als gegen den Diebstahl, wühlete er bloß im Sumpf; er legte seine Wasser tiefer, und gab ihnen sichern Ablauf. Er erneuerte wieder die alten Dorfsitten, die der Unschuld und dem späten Reifen der Kinder so nützlich waren.

Therese redete mit den bescheidensten Frauen, wie schädlich die neumodischen Geheimnismachereien, und das Verbergen des Saugens in der Wohnstube der Kinder sei, und wieviel unschuldiger sie aufwachsen, wenn die Mütter hierüber ohne Scheu ihre Pflicht tun; auch brachte sie es dahin, daß eben diese Mütter, mit einem ganzen Kreis erwachsener Töchter des Dorfs, die Ehrenfestigkeitsregeln verabredeten, nach welchen eine brave Tochter den Knaben, der sie in Ehren sucht, Schritt für Schritt näher kommen lassen dörfte – wie den neueingerissenen Frechheiten mit Wein und Geschenken auf einmal, durch eine allgemeine Abrede, abzuhelfen sei. – Die Töchter lachten, und den Knaben ward es ganz recht, daß einmal eine Ordnung in ihr Weibersuchen hineinkomme; sie fanden selber, die wilde Schweinordnung, die so oft Tod- und Mordschlag veranlasset, mache sie zu ehrlosen Leuten. Und durch diese Abrede veranlasset, verbanden sich die jungen Leute auf beiden Seiten zu einem Ehrenstand, und wurden, indem sich die Gefühle ihres Alters von Mut und Ehre unter diesen Umständen in ihnen immer mehr entwickeln mußten, sich selber, in Absicht auf den Geschlechtstrieb, die besten Wächter untereinander.

So leicht Arner ihnen im Gleis der bürgerlichen Ordnung die Ehe machte, so fest band er sie an dieselbe. Von Jugend auf erlernten sie die Begriffe, sie müssen die Ehe verdienen wie ihr Brot. Im Schulbuch ihrer Kindheit lernten sie schon, was eine Haushaltung koste, und was sie in gesunden und kranken Tagen für ein großes Maul habe? Aber nicht minder, wie ein jeder Mensch von seinem siebenten Jahr an zu diesen notwendigen Ausgaben sich vorbereiten, und wieviel er bis in sein zwanzigstes Jahr dazu ersparen und beiseits legen könne, wenn er es recht anstelle. Schon im vierten Jahr spielten die Mädchen in Bonnal mit ihren Puppen, und später mit ihren kleinern Geschwisterten auf der Gasse und in der Stube die Hausmütter, und der Knaben erstes Spiel war der Hausvater, der seinen Buben sagte, wie er ein rechter Bub sein müsse, und ein rechter Mann werden könne! Wenn ein Kind 7 Jahr alt war, fingen alle Ehrenmütter schon an, ihm an seinem Aussteuerzeug vorzuarbeiten, und im vierzehenten Jahr zeigten sie es ihnen das erstemal auf eine feierliche Art, gewöhnlich am Abend eines heiligen Fests, und zugleich die Rechnung, was sie selber in ihrem Leben vorgespart. Der Pfarrer mußte an einem solchen Tage selber da sein, und redete dann mit dem Kind in Gegenwart seiner Eltern, über die Notwendigkeit in diesem Alter, mit besonderer Sorgfalt auf sich selber achtzugeben, bat dann Gott um seinen Segen zu diesem Anfang eines ehrlichen braven Hauswesens, und übergab dem Kind in dieser Stunde ein kleines Buch, das den Titel hatte, „Der abgemalte Christenweg zu einem glücklichen Ehestand, und der abgemalte Jammer des wilden Heidenlebens."

Das Buch war ein Erfahrungsbuch, darinnen ihnen, nicht übertrieben, aber deutlich vor Augen gemalt waren, die Freuden eines ordentlichen Hauslebens, von den Jugendjahren an bis ins höchste Alter, die fromme Sorgfalt, vom vierzehnten bis ins zwanzigste Jahr nicht verführt zu werden, und das Glück der Menschen, im reifen Alter durch das lange Tal des Lebens mit unbescholtenem Haupte einherzugehen, und im Greisenalter im Angesichte seiner Kindeskinder keines seiner grauen Haare mit Schande befleckt zu haben, und am Rande des Grabs mit frohem Herzen auf die Nachwelt zurücksehen zu dörfen, und keines seiner von Gott vertrauten Kindern durch seine Torheit und seine Lebensfehler an Leib und Seel verderbt und unglücklich zu wissen – und dann im Gegenteil das Bild, der vom vierzehnten bis ins zwanzigste Jahr verlorenen Ehre und Scham einer Bauerstochter und eines Bauernknaben mit ihren Folgen auf Leib und Seel, auf Haus und Hof, auf Kind und Kindskinder, in allen Umständen des Wohlstands und der Armut, und in allen Zeitpunkten des Lebens, vom zwanzigsten bis ins siebenzigste Jahr, ebenso kanntlich abgemalt.

Berechnet Leser! die Wirkung dieses Buchs – es war recht gemacht – nicht einzig – ihr müßt es in Bonnal in Verbindung mit allem Übrigen, was Arner für sein Volk tat, berechnen, und glaubet mir, seine Wirkung war groß; es war dem jungen Volk über diesen Punkt zufoderst im Maul, es müßte einer unglaublich unvernünftig sein, so er sich, wie die Sachen izt seien, mit diesem Fehler in Gefahr begeben würde, das ganze Glück seines Lebens in die Schanz zu schlagen. Das junge Volk in Bonnal war mit dem Geschlechtstrieb gar nicht mehr vollends da zu Hause, wo das Jauner- und Bettlervolk, das die Schande seines diesfälligen Heidenlebens damit entschuldiget, sie haben sonst nichts Gutes in der Welt. –

Ein jedes legte von Jugend auf sich selber mit seiner eigenen Handarbeit den Grundstein zu einem ehrenhaften, unabhangenden Leben; sie sahen mit jedem Jahr den kleinen Pfenning, mit dem sie ihren Sparhafen anfingen, größer werden, und das Geld, das ihnen vom siebenten Jahr an manche saure Stunde, und manche rastlose Nacht gekostet, war ihnen im zwanzigsten Jahr sowenig, als ihre Ehre so leicht für eine Gaukelnacht feil; ihre gebildete Bedächtlichkeit machte sie auch hierin rechnen, und lächeln, wenn jemand viel für wenig von ihnen wollte. –

Arner hielt ihnen in diesem Alter den Kopf über diesen Punkt immer offen. Jünglinge und Töchter des Dorfs kamen alle Vierteljahr zusammen, und das einzige Gesetz dieses Ehr- und Freudentags war dieses, keinen Schandbuben und keine Schandtochter unter sich zu leiden. Sie machten das so: Sie hatten ein Spiel, und jagten sie fort; sie verbanden einander die Augen, standen in einen Kreis, dann rief eins mit verstellter Stimme – Schandleute – Schandleute – sind

Schandleute da? Auf den Ruf antworteten die beiden Kreise, ein jeder besonder, entweder, es sind keine da – oder es sind da. – Wenn alle sagten, es sind keine da, so nahmen die Verbundenen die Binde vom Auge, und der Reihentanz ging an: wenn sie aber riefen, es sind da – so sagte der Meister vom Spiel, nennet sie mit Namen! Dann nannte wer wollte, mit verstellter Stimme den Namen; und der Meister vom Spiel rief wieder, ist's wahr? saget alle, ist's wahr? – Wenn dann es ringsum tönte, ja, ja! so mußte der Genannte fliehen, da war keine Gnade – wenn's aber laut ertönte, nein, nein! und der Haufen ringsum sagte, Kläger du lügst! so durfte der Genannte bleiben, und machte zur Schadloshaltung den ersten Tanz. – So wirkte Arner mit den Spielen des Volks, wie mit dem Ernst seiner Vorsorge. Die Aufseher jeder Gasse mußten bei der geringsten Spur eines unehrenfesten abwechselnden Einzugs von jungen Leuten im Haus einer erwachsenen Person, ihrer Verwandtschaft die Unordnung und Unehrenfestigkeit ihrer Aufführung anzeigen, und sie von Obrigkeits wegen auffodern, Sorge zu tragen, daß sie keine Unehre erleben.

Er kam auf alle Weise der Gedankenlosigkeit und dem Leichtsinn des Geschlechts in diesem Punkte vor, und reizte ihre Aufmerksamkeit auf Ehre und Schande dadurch, daß er beides ihnen lebhaft und oft vor Augen stellte.

Das erste Kind einer jeden Ehe hatte seine Ehrentaufe mit vielen Zeremonien – der ganze Haufen von Jünglingen und Töchtern umringten den Taufstein in ihren Ehrenkleidern; aber sie zählten richtig die Tage seit der Hochzeit, und es dorften nicht gar viele, ich weiß nicht recht wieviel, fehlen, so kamen sie nicht: auch die alten Rechte der Kränzchen wurden wieder erneuert.

Hingegen bestimmte er dem unehlichen Beischlaf keine Strafe. – Er war Volksschande – Wer ist klug, und will mehr aus ihm machen? Arner wollte es nicht, aber er hemmte auch den Ausdruck des Volksgefühls über seine Schande nicht. Die Knaben des Dorfs durften einer Schandtochter vier Wochen nach der Kindbett einen Zigeunertanz tanzen; sie bauten ihr vor dem Haus eine Heidenhütte von Tannästen, und Stroh darin und Mies zu einem Lager wohl für ihrer drei oder vier; wenn sie hineinwollten, spielten sie mit ihrer Zigeunertrommel dreimal nacheinander um die Hütte herum einen Heidentanz, und die unordentliche Kindsmutter mußte diese Hütte sechs Wochen drei Tage vor ihrer Tür dulden, sonst durften die Knaben ihr eine neue bauen, und wieder trommeln und tanzen; aber das war nicht so fast sie zu strafen, als vielmehr die andern zu warnen, daß keine eine Mutter werde – wie eine Närrin – oder wie eine Heidentochter.

Glaubet mir, es ist keine Buß an Geld oder Leib, die das wirkt, was dieser Tanz. – Der liebste Bub, der bei einer Bonnalerin zu mutwillig war, bekam zur Antwort, was willt du? – Mag keinen Heidentanz. – Es behagte vielen Männern und vielen Knaben nicht ganz, daß dieses Sprüchwort den Töchtern in Bonnal so gar ins Maul gewachsen. –

§ 56

Der Einfluß seiner Gesetzgebung auf die Liebe zur Freude, und den Hang zur Ruhe und zur Ehre

So band er jeden Grundtrieb unserer Natur an den Zwang des bürgerlichen Verdiensts, und an die Regelmäßigkeit der bürgerlichen Ordnung. –

So ihre Freuden. – Die Abendspiele der Kinder hingen fest mit dem recht zugebrachten Tag, und mit dem vollendeten Feierabend zusammen.

Als die erste Lehre ihrer Kindheit, prägte ihnen der Lieutenant die Wahrheit ein, daß nur verdiente Freuden wahre Freuden, und hingegen alle Freuden in den Tag hinein genossen, zur Zigeunerordnung gehören, die sich für das Wald- und Bruderleben, aber nicht für ein braves Haus in einem ehrlichen Dorf schicken.

Es hatten alle Stände, und alle Alter im Dorf ihren Freudentag. Die Jünglinge und Töchtern hatten, wie ihr wißt, viere im Jahr. – Er trug zu diesem Alter besonders Sorge, und glaubte, man könne ihm fast nicht genug Freude machen. Er ließ sie in dieser Zeit auch in der Religion unterrichten, tat sonst was er konnte, die Kräfte ihres Geists und ihres Leibs in diesem Zeitpunkt in reger Tätigkeit zu erhalten.

Alle andere Stände hatten im Jahr einen solchen Freudentag. Die Kinder mußten von den Eltern und Schulmeistern Zeugnisse aufweisen, daß sie den Freudentag das Jahr über verdienet, sonst wurden sie ausgeschlossen von der Lust des Tages, und durften nicht mit den andern ins Schloß kommen, um mit ihrem ihnen so lieben Junker Vater vom frühen Morgen bis am späten Abend Freude zu haben.

Das einzige Gesetz dieses Tags für alle Stände war, ihn vernünftig anzufangen. Sie saßen in ihren Kreisen, unterredeten sich von den

Freuden ihres Stands und ihres Alters, wie sie alle, oder doch ihrer viele, mehr dergleichen haben könnten: was ihnen diese Freuden verbittere, und wie sie demselben abhelfen können; und nahmen dann jährlich einen guten Vorsatz, in diesem oder jenem Stück für die Freuden ihres Lebens vernünftige Sorge zu tragen.

An einem solchen Tage erkannten die jungen Leute die alte Bauerntracht wieder zu ihrer Hoffartstracht zu machen.

Ein andermal erkannten sie, den Witwen im Dorf in der Ernte ihre Äcker zu schneiden.

Wieder ein andermal ihren Großvätern, und jedem grauen Mann, und jeder grauen Frau, mehrere Kennzeichen der Ehrerbietung zu geben, als bisher die Übung war, und sie niemals mehr in der Kirche beim Herausgehen so ins Gedräng kommen zu lassen, sondern alle miteinander, wie eine Mauer, stillstehen zu bleiben, bis die schwankenden Greise, und die zitternde Großmütter, außert der Türe heraus seien.

Es ist nicht zu sagen, wie sehr das die Alten gefreuet hat.

Ebenso bog er ihren Hang zur Ruhe ins Joch der gleichen Ordnung; reizte von allen Seiten den Fleiß; trat der Trägheit mit aller Kraft seines Fußtritts auf den Nacken. Die Freuden der Ruhe wurden durch seine Gesetzgebung Lohn der Arbeit, Folgen der Ordnung, und Genuß von Erholung nach mühsam angestrengten Kräften. Das Kind fand sie nicht, bis es sein Tagwerk vollendet; und Männer und Weiber, die das Werk ihres Lebens in irgendeinem Stück nachlässig taten, verfolgte das Treiben der alles jagenden Rechnung; und die Schande, die auf jede Nachlässigkeit unerbittlich wartete, brachte den Hang zur Ruhe in diejenigen Schranken, in die er in der bürgerlichen Gesellschaft hineinmuß; aber dennoch befriedigte er auch diesen Trieb unserer Natur.

Wer Ruhe verdiente, fand sie sicher, und konnte sie ungestört und ohne Kränkung genießen.

Die Regelmäßigkeit seiner Verwaltung entfernte die Unruh der häuslichen Verwirrung, und die schweren Leiden des Unrechts, der Lohn des Verdienstes, war jedem Arbeiter gewiß; und bei der immer steigenden Anstelligkeit des Dorfs, war die Mühe der guten Besorgung der Last nicht mehr zu vergleichen, unter welcher die Menschen in der alten Zeit und in der Verwirrung ihrer gedankenlosen Notarbeit erlegen, und an Leib und Seel verwildert und verlahmet. Er lenkte den Hang zur Ruh zum Ziel, sicherte ihn am festesten am Ende der Laufbahn; und machte seine Bonnaler selber dahin streben, in ihren alten Tagen des friedlichen Genusses ihrer ungestörten Erquickung, nach dem wohl vollbrachten Werk ihres Lebens gewiß zu sein.

So schuf er auch diesen Hang der Natur, der im wilden und unverwilderten Leben, die Quelle der Trägheit und der Erschlappung der menschlichen Kräften, zu einem edeln Trieb seiner Tätigkeit und der Anstrengung derselben um.

Nicht weniger befriedigte er den Hang zur Ehre auch beim armen Mann, der unter dem zerrissenen Strohdach in Lumpen gehüllt lebt. Er ist ein Mensch; und jeder Trieb der Natur, welchen du ihm befriedigest, macht ihn vollkommner – und jeder Trieb seiner Natur, den du ihm nicht befriedigst, läßt ihn unvollkommner – und – Gesetzgeber! was du ihm nicht gibst, das hast du nicht von ihm. – Merk dir das – und rechne – nicht für ihn – rechne nur für dich, und du wirst ihm geben, soviel du kannst, damit du ihn so vollkommen brauchen könnest, als du ihn machen kannst.

Arner mangelte seinem Volk auch in diesem Stück nicht. Er reizte die Ehrliebe des Niedrigsten wie des Obersten, und band sie ebenso fest, als die übrigen Grundtriebe, an das bürgerliche Verdienst.

Auf die einfachste Art genoß ein jeder durch die offene Rechnungen seiner Wirtschaftsbücher Lob, Ehre, und Unterscheidung in allen Stücken, bestimmt nach dem Maße seines Verdiensts. – Nicht bloß seine Wirtschaft allein, die gute Erziehung seiner Kinder, der untadelhafte Frieden mit seinen Nachbarn, die großmütige Sorgfalt für Arme, Kranke, Leidende, kurz, jede gute Tat, brachte dem Mann, der sie tat, Lob und Ehre; denn Arner hatte eine Ordnung, daß ihm keine derselben entging.

Und er ließ keine unbelohnt.

Der schönste Lohn, den er einem gab, war vielleicht der, den der Lienhart erhielt. – Der gute Mensch wagte sein Leben für den Friedrich, seinen Mauergesellen – als dieser von einem wankenden Gerüst glitschte, und mit dem halben Leib schon unter das Gerüst herabhing, und schwebte, sprang der Lienhart auf die wankenden Balken, bog sich zwischen weichenden Hölzern hinab gegen den schwebenden Mann, klemmte sich an ihn an, und hielt ihn mit wundgequetschtem Arm fest, bis eine angestellte Leiter sie beide rettete.

Er war verwundet, und konnte 4 Wochen nicht arbeiten. Als er in der fünften zur Kirche kam, waren drei neue Stühle im Chor gerade dem Junker zu; in der Mitte von allen stunden mit großen Buchstaben die Worte, ,,Diese Stühle sind für Männer, die ihr Leben für ihren Nächsten gewagt! –

Und als es verläutet, und der Pfarrer und alles schon in der Kirche war, winkte der Junker dem Vorsinger, daß er noch nicht singe; dann ging der Untervogt aus seinem Stuhl die Kirche hinunter zu dem Lienhart, der in dem hintersten Stuhle saß, nahm ihn mit sich an der Hand durch alle Leute hindurch herfür zum Junker ins Chor – der Junker stund auf, zeigte ihm seinen Platz, und dann kam (der Junker hatte es ihm im Geheim befohlen) auch der Friedrich hervor, und dankte ihm vor dem ganzen Volk, daß er ihm sein Leben gerettet.

Selber die Ehre der Toten bei ihrem Grab war an ihre Verdienste gebunden; mit der einfachsten Wahrheit ließ er noch über ihren Sarg, im Kreis der Ihrigen, aus seinen Büchern vorlesen, wieviel Kinder sie erzogen, was sie aus ihnen gemacht, wie sie in ihren Umständen vorwärtsgerückt, wie sie ihr väterliches Erbgut verbessert, wie sie ihren Kindern Vorteile hinterlassen, die sie in dieser Welt nicht genossen, und überall, was sie für vorzüglich gute Handlungen getan.

Durch diese Festknüpfung der Ehre an das Verdienst war, indem er den Trieb der Ehre seines Volks genugsam befriediget, dennoch auch die Anmaßungssucht des verdienstlosen Stolzes, und die tropfköpfige Bauerneinbildung auf das Abstammen von Vätern und Großvätern, die viel Ochsen im Stall, und viel Schulden im Buch, überdas noch Mäntel und Eide am Halse und am Rücken tragen, gehemmt, und bekam oft und viel tödliche Beängstigungen durch die Vorzüge des wirklichen Verdiensts.

Das ist der Inbegriff der Gesetzgebung Arners, durch welche er sein Volk in Bonnal von Verwilderung eines ungezähmten Lebens, und von den Verirrungen der Grundtrieben der menschlichen Natur zu heilen gesucht, um sie auf der Bahn einer guten bürgerlichen Bildung durch weise Besorgung des Ihrigen zu glückseligern Menschen zu machen, als sie ohne die Vorsorge seiner Gesetzgebung nicht hätten werden können.

§ 57
Religion

Und nun steige ich zu dir empor, *Dienerin* Gottes und der Menschen! das Werk seiner Gesetzgebung in deinem Heiligtum zu vollenden.

Wie ein Morgennebel dem Sonnenstrahl weicht, wenn er vom unbewölkten windstillen Himmel auf ihn herabfällt, so weicht der wilde Schwarm der trüben Trieben unserer unerleuchteten Natur

§ 57

dem Strahl deines Heiligtums, wann du vom unbewölkten windstillen Himmel auf ihn herabfällst. –

Geliebte Gottes! Seitdem die Erde gegründet, und der Mensch auf derselben sein nichtiges Werk treibt, warst du die erste Siegerin der wilden Triebe des ungebändigten Geschlechts. –

Herrscherin der Erden! Auf hunderttausend Altären opfert die Menschheit, seitdem sie lebt, dir ihr Opfer; dann seitdem sie lebt, befriedigt der Glaube an Gott das Innerste ihrer Natur, und alle Geschlechter der Erden stammeln kniefällig vor dir ihre Bitten und ihren Dank; sie verehren jeden Schatten des Bilds deines Gottes, und beten jeden Fußstapfen seiner Wege selbst im trüglichsten Kot an. Der Fels im Meer bricht die Wellen des Sturms, sie strömen in hohen Wogen brausend gegen ihn an, reißen an ihm mitten entzwei – und wirbeln schäumend in ihrem Tode um seine unerschütternde Kraft – so zerreißest du das Rasen der Macht; und wie ein Feuerstrom, der unter dem Berge glühet, erschütterst du den unermeßlichen Boden des Reichtums, wie einen Haufen nichtigen Staubs.

Herrscherin über den Sinn des Volks! Du bezwingst den Herrscher der *deiner* nichts will.

Unter den Trümmern der Erde, und unter den Wellen des Meers, lobet der Mensch seinen Schöpfer; er erhebt sich über den Trotz seiner Natur; und unter dem Fußtritt der Geschöpfen, und in der Auflösung seines Staubs, nennet er Gott seinen Retter, und lebt im Augenblick seiner Zernichtung jenseits des Grabs.

O Geheiligte Gottes! Du zeigest dem Gewaltigen in seinem Sklaven das Kind des Ewigen. – Du zwingst den Tyrannen sein Auge wegzuwenden vom Blut seines Knechts. – Du machst sein Eingeweide zittern vor dem Recht des Armen und vor den Tränen des Waislins.

Du setzest der Wut der Menschen und ihrem Unsinn ein Ziel.

Du segnest ihre Myriaden in der Furcht Gottes durch die Bande des Friedens, und durch deinen sanften heiligen Geist.

Du erhebest den Menschen über das Unrecht, und machst deine Anbeter die Hartherzigkeit der Toren mit Seelengröße ertragen.

Du gibst dem Menschen Weisheit in seinem Tun, und erhebst ihn über das Werk seiner Händen. Du stillest das Wallen des Bluts und das Schlagen des brustzersprengenden Herzens.

Du zeigest deinem Anbeter in der Notwendigkeit – Gott – im drückenden Leiden die Liebe des Vaters! Du beruhigest den Sinn des Erschlagenen in seinem Blut. –

Durch dich vollendet der Gesetzgeber sein unermeßliches Werk.

Wie ein gebändigter Löwe an der Hand des Führers sicher einhergeht – so geht der Mensch an der Hand deiner Anbetung mit reinem Herzen einher, als wär er nicht der Sohn der Freiheit und der König des Raubs.

Warum sollte ich ihn nicht so nennen bei der Unermeßlichkeit der Ansprachen seiner Natur, beim unauslöschlichen Gewalt seiner Triebe für Freiheit und Raub? –

Geheiligte Gottes! Ohne dich bändiget kein Gesetzgeber den Sohn der Freiheit und den König des Raubs. –

In den Banden der Macht wird der Löwe zur Schlange, die jeder Fessel entschlüpft; er windet sich unter dem Boden der Türmen und durch der Mauern vermooste Ritzen hindurch, und bleibt in ihren Banden, heiligest du sie nicht, was er vorher war – der Sohn der Freiheit, und der König des Raubs, aber mit giftigerer Zunge. –

Im Innersten des Menschen tobet ein ewiger Aufruhr gegen Notwendigkeit und Pflicht – aber die Kraft deiner Anbetung beruhiget das Toben des ewigen Aufruhrs; und, verbunden mit weiser Bildung des Staats, kommt der Mensch an deiner Hand dahin, daß er sein will, was er sein muß. – Er erhebt sich in deiner Liebe, daß er sich opfert, und im Überwinden seiner tobenden Triebe seine Vollkommenheit findet.

Allmächtige! Darum vollendet kein Gesetzgeber sein Werk ohne dich; und darum steigt Arner empor, und nähert sich deinem Altar.

Er kommt zu dir, Geheiligte Gottes! Aber nicht wie deine Gewaltige und deine Streiter, angetan mit dem Harnisch seiner Meinungen – er kommt zu dir wie ein Armer, und bringt in der stillen Stunde seines demütigen Diensts ein heiliges Opfer, das Bild der Ordnung und der Ewigkeit.

Nimm es gnädig auf, Dienerin Gottes! Und lehre die Menschen immer mehr Zeit und Ewigkeit in eins verbinden, und Gott und dem Staat auf gleichen Altären dienen.

Arner sah die Übereinstimmung der Endzwecken einer wahrhaft weisen Gesetzgebung mit den Endzwecken einer wahrhaft weisen Religion – und die innere Gleichheit der Mittel, unser Geschlecht durch eine gute bürgerliche Bildung zu veredeln, mit den Mitteln, dasselbe durch den Dienst des Allerhöchsten zu vervollkommnen. –

§ 58

Aberglauben und Abgötterei

Aber er kannte auch den Geist der Pfaffheit* – und namenlose Dienerin des Aberglaubens; er achtete dich nicht als wärest du Gott –!

Er leckte den Staub nicht von deinen Füßen Knecht aller Knechten! Er sah wem du dienst. –

Trügerin! Solang die Welt steht, mißbrauchst du den Glauben an Gott, die Menschen zu der Torheit und zu dem Sinn eines abgöttischen Sinns zu lenken. –

Du füllest ihre Gedanken mit Bildern von Gott; und du machst das Spintisieren deiner heißen Stunden zu Offenbarungen des Allmächtigen.

Du lösest den Gürtel auf der die Erde verbindet – er ist Liebe Gottes – und du bindest deine Haufen mit den Stricken deiner Meinungen. –

Du setzest den Menschen mit dem Schlangengerippe verfänglicher Worte, im Namen Gottes, das Schwert an die Kehle; und trittst mit deinem Buchstabendienst die Menschen in Staub, die anders denken als du. –

Du schleichst den Fürsten nach, um desto besser Gott also zu ehren; du brauchst die Schwäche der Könige, und die Heuchelei der Höfen, deinem Glauben aufzuhelfen.

Du bringst der ewigen Weisheit die Dummheit der Gewaltigen,

---

* *Anmerkung:* Muß ich hier widerrufen? Verzeihet! Ich werde bald müde. Ao. 1520–30 machte man wenige Komplimente mit dem Aberglauben und der ihn begünstigenden Seelenstimmung, und ihn nährenden Form des Gottesdiensts. Der Mißbrauch der bürgerlichen Gewalt heißt in der Volkssprache Tyrannei, und die Näherung der Seelenstimmung zu diesem Mißbrauch tyrannischer Sinn. – Aber in der Volkssprache ist kein Ausdruck, den Mißbrauch der kirchlichen Gewalt, und die Näherung der Seelenstimmung zu diesem Mißbrauch zu bezeichnen. – Merk dir's Volk! Du hast kein Wort in deiner Sprache, den Unwillen gegen die Bande der Seelen und die Knechtschaft des Geistes auszudrücken, wie du deinen Unwillen gegen den Mißbrauch der bürgerlichen Gewalt ausdrückst – und nimm, wenn du kein bessers weißest, die Wörter Pfaffheit und Pfaffensinn in deine Sprache auf, wie du die Worte Tyrannei und Tyrannensinn darin aufgenommen – dies ist meine Entschuldigung. – Fodert ihr mehr Schonung als Fürsten – so redet! Gott braucht keine Schonung und ihr – dörfet nicht mehr fodern, als mit der bürgerlichen Sicherheit der Menschen bestehen kann – Priester des Gottesdiensts –! –

und des Ewigen Liebe die bösen Gewissen der Mächtigen zum Opfer.

Du nimmst die Menschen in der Stunde ihrer Anbetung gefangen. –

Du entmannest die Söhne des Staats, und machst den Priester zum König. –

Seitdem die Welt steht, hast du die Erde erschüttert. –

Seitdem die Welt steht, hast du den Königen Ketten gegeben wider die Menschen, und den Menschen Schwerter wider die Könige. –

Wie in stillen Meeren ein sicheres Schiff an unsichtbaren Felsen scheitert, so scheitert die Menschheit an unsichtbaren Klippen. –

Wie in den Eingeweiden der Bergen und Hügeln erkalteter Aschen ein Feuerstrom lebet und glühet, so lebet und glühet Unreine! in der Nacht deines unergründlichen Diensts das Feuer der wilden Natur. –

An den Ketten des Aberglaubens stirbt nicht der Leidenschaften Gewalt – und der Sohn der Freiheit, und der König des Raubs, wird an den Altären der Dummheit nicht reines Herzens – und der Lastern inneres Rasen hebt keine geheimnisreiche Weihe. –

Der Pfaffheit gebundener Sinn nähret das Laster – und des Götzendiensts sinnenbehagliche Feier ist wie Minnengesang jedem Naturtrieb. –

Trügerin! Du fragst das Waislin, kennst du *meinen* Gott? Und den Unterdrückten, kannst du meinen Glauben auswendig?

Auch deine Liebe ist an deinen Götzen gebunden. Du zerreißest die Bande des Friedens ob einem einzigen Wort. –

Du bindest die Sicherheit und den Wohlstand des Staats, wie das Almosen des Bettlers, mit Gefährde an deiner Meinungen Dienst. –

Du verunglimpfest außer ihm alle Quellen der Weisheit, und des häuslichen und bürgerlichen Wohls, und nennest deinen Glauben den alleinseligmachenden. –

Heuchlerin! Du sagst, du verdammest nicht! Was sollen denn die andern, wenn nicht selig machen?

Wann du redst, so hast du Vorbehalt in deiner Seele (Reservatio mentalis.)

Du wehest die Fahnen des Mords, als wären sie Fahnen der Liebe. –

Kennerin des Elends –! Du rufest die Verwahrloseten zu deinem truglichen Trost – du lobest sie in ihrer Not, und rufst sie mit der Stimme der armen verwaiseten Küchlein unter deine eiserne Flügel; und wann der Mörder Weih über ihrem Haupt fliegt, folgen sie in der Angst gern und kopflos deiner Stimme, und werden erdrückt. –

Der Sohn der Freiheit, und der König des Raubs, ist dein Getreuer; und du nutzest die Verwirrung des Staats, und die Schulden der Großen, und den Bettel der Armen zu deinem Dienst. –

Selbst der fromme Sinn der Tugend wird dein Knecht. Wem du den Kopf nimmst, der dienet dir; wenn du dem verwahrloseten Volk, das wie ein Rohr vom Wind getrieben wird, und wie ein Schiffbrüchiger, der nach jeder Staude langt, deine Hand darstreckst, so hast du es gefangen. –

Du bist den Menschen kaum ein wenig minder worden als Gott; und dein Dienst geht den Völkern der Erde über den Dienst des Allerhöchsten. –

Du schwingst dich, Giftige! dem Gesetzgeber an den Busen – und gibst ihm den Tod, wenn du fühlst, daß sein Innerstes nicht für dich, und der Sitz in seinem Schoß dir nicht sicher sein sollte. –

Das hast du immer getan!

§ 59

Wodurch Arner das Volk vor dem Aberglauben bewahrt

Arner kannte diesen Sinn der Pfaffheit – und sönderte den Endzweck der Kopfsbildung von dem Endzweck des Religionsunterrichts. –

Er fand, der letzte sei nun einmal lang genug zu dem mißbraucht worden, wozu er nicht taugt.

Er trennte die Gottsgelehrtheit vom Volksunterricht, insofern er Kopfübung und bürgerliche Geistesbildung sein soll, und wollte sein gutes Volk durch den Katechismuskram, über die Lehrsätze der schwierigsten aller Wissenschaften, nicht zum Dienst der Pfaffheit so dumm und anmaßlich machen, als alle Völker der Erde, vom Strande des Indus bis zu den beiden Polen, zum Dienst der Pfaffheit anmaßlich und dumm werden müssen, wenn man die Grundlage ihrer Kopfbildung und Geistesrichtung durch die Erklärung ihrer Religionslehre erzielen will. –

Alles Wissentschaftliche in der Religion ist menschlich, und eine eigentliche Kunstsache. Kenner sind Richter – und es ist Gefährde und Versuch zum Aufruhr, wider die Rechte der Wahrheit, das Wissentschaftliche in der Religion vor das Volk zu bringen, und vor ihm, als wär es der *Richter*, darüber zu plaidieren; so gut als es Tyrannei ist, das Urteil über dieses Wissentschaftliche in der Religion der bürgerlichen Macht zu unterwerfen.

Der Dienst des Allerhöchsten ist von wissenschaftlichen Meinungen über Religionssachen unabhangend; und das Volk soll vom Altar weg nicht behelliget werden mit irgendeiner Streitigkeit der Priester.

Läßt man es zu – so gibt man den Kopf des Volks in die Hand des Priesters – und verzeihet mir ihr Fürsten! aber ich glaube, wer den Kopf des Volks in seiner Hand hat, der ist auch seines Kopfgelds sicher wenn er will; die Sache hat nicht kleinen Reiz aus ihren Wirkungen zu schließen.

Menschheit! Auf allen Blättern ruft die Geschichte, du tötest eher die Tiere der Erde, und vertilgest eher die Fische im Meer, als die Macht der Priester und den Sinn ihrer Pfaffheit, wenn du das Wissentschaftliche ihres Religionsunterrichts zur Grundlegung der Kopfbildung des Volks machst.

Die Kopfbildung des Volks ist die Sache seiner häuslichen und bürgerlichen Sicherheit, und also Staatssache – und als solche muß sie notwendig unabhangend vom Religionsunterricht erzielt, und in diesem Gesichtspunkt mit Festigkeit von demselben getrennt werden.

Noch einmal: Der Glaube an Gott, und die Lehre seines Diensts, ist nicht zur Vernunftlehre bestimmt, und nicht dazu gut.

Der Glaube an Gott, und die Lehre von seinem Dienst, ist für das Volk nicht die Sache seines Kopfs, sondern seines Herzens. – Gemütsruhe im Dunkel seiner Nacht – Ergebenheit in den Willen Gottes im Tal von Tränen, und ein kindliches Aufsehen auf den Herzogen und Vollender des Lebens – das ist die Bestimmung des Glaubens, aber nicht Kopfübung fürs Volk.

Die ganze Bibel, von Anfang des ersten Buch Moses bis zur Offenbarung Johannes – und bis zum „Heilig, heilig, heilig ist das Lamm, das geschlachtet ist", ist nicht zur Kopfübung des Volks bestimmt, und taugt nicht dazu.*

– Mag es Maulchristen empören – ich achte es nicht – dieses Geschlecht empört alles, was kalt und was warm ist. – Darum hat aber auch der, so die sieben Leuchter hat, den Engel seiner großen Gemeinde aus seinem Munde ausgespeit, und ihn hingeworfen zu zertreten, für jedermann, der vorbeigeht – was soll mir also sein Ärger? –

Der Aberglaube findet in den Umständen der Zeit unermeßliche

---

* *Anmerkung:* Ich rede bestimmt vom Volk. Der Gelehrte mag in der Bibel freilich Stoff zur Kopfübung finden, ich wende nichts dawider ein.

Nahrung. – Die Seelenstimmung der Menschen wird täglich mehr schwankend und träumend. – Das Fundament eines vernünftigen Gottesdiensts – die Vernunft des Volks – und eine feste, ruhige, biedere, gleichmütige und bedächtliche Geistesrichtung, schwindet vor unsern Augen. –

Sei's Zufall oder Hinterlist – ich weiß es nicht, und untersuche es nicht – aber wahr ist's – die Seelenstimmung der Menschheit neigt sich zu der Schwäche des Aberglaubens.

Der Mißbrauch der Bibel und der Glaubenslehre, zu dem, wozu beides nicht taugt, wird lebhafter als er je war.

Die Hinlenkung der Volksstimmung zu Begünstigung eines überwiegenden Einflusses der Kräften der Einbildung gegen die Kräfte des Verstandes –

– Die allgemeine Reizung des poetischen Sinns, und auf diesen poetischen Sinn gebaute Kopffüllung der Menschen mit bildreichen Religionslehren, und die Hinlenkung ihres Geistes, solche Meinungen als Vorschritt in wissenschaftlicher Erleuchtung – und als Gegenstand ihres Nachdenkens, ihrer Untersuchung und ihres Forschens im Kopf herumzutragen –

Das alles – wenn es schon freilich nicht den geraden Weg zu abergläubischen kirchlichen Lehrsätzen führt – führt dennoch sicher zu einer Seelenstimmung, die das Innere der Abgötterei und des Aberglaubens begünstigt, und das Volk einem jeden Religionsverführer in die Hände spielt, der imstand ist, dasselbe zu einem schwärmerischen Glauben an seine Lehre, und zu einer fantastischen Anhänglichkeit an seine Person zu verleiten. –

Noch einmal: Ich weiß nicht, ob es wahr ist, was man sagt, daß dem Volk wirklich planmäßige und gefährdvolle Glaubensschlingen gelegt werden; aber das weiß ich, daß eine Seelenstimmung begünstigt wird, die es, wenn ihm solche Schlingen gelegt würden, scharenweis dareinzuspringen, sicher verleiten würde. –

Das weiß ich. – Aber ich verarge es denen nicht einmal, die es tun, und die wenigsten wissen was sie tun, und taglöhnen meistens am Werk der Frommkeit mit ehrlichem Sinn, ohne weder zu ahnden, noch zu verstehen, wohin die Seelenstimmung, welche die Art und Weise ihrer Glaubensform beim Volk hervorbringen, dasselbe führen könnte. –

Das Geheimnis der Abgötterei sitzt auf einem heiligen Dreifuß, und mitten, indem es den Menschen für alles, was es ihm entreißt, stockblind macht, gibt es ihm Luchsaugen für das was er sehen muß, um anhänglich zu bleiben, und schließt sich immer von allen Seiten an viel Auffallendes, dem Menschensinn und dem Volksgefühl Auffallendes, Wahres und Gutes an – und es liegt in unserer Natur, die verwahrlosete und leidende, so wie die träumende Menschheit, wirft sich so lange in die Arme der gegen die Leidenden immer teilnehmend, gegen die Verwahrloseten immer sorgfältig erscheinenden Abgötterei, solang ihr nicht entgegengesetzt wird, was mehr Realität hat, als eine zwar so geheißene vernünftige Religionslehre, die aber nichts weiter leistet, als daß sie mit großem Gepränge eine mehrere Richtigkeit in den Ausdrücken über Glaubensmeinungen, die das Volk richtig oder unrichtig gleich nicht versteht, zum Wesen der gottesdienstlichen Verehrung macht, und indessen durch das schwerfällige Schleppen des Heerwagens dieser Worterklärungen den Priestern dieses neuen Diensts, Zeit, Aufmerksamkeit und Seelenstimmung raubt, den wesentlichen Pflichten des wahren Gottesdiensts mit Erfolg obzuliegen, der Verwahrlosung der Menschen vorzukommen, die Qualen der Leiden abzulenken, und den Träumersinn ihres Lebens durch weisen Einfluß auf ihr bürgerliches Leben zu entkräften. –

Solang es so ist, und das Volk beim schwärmerischen, unerleuchteten Priester für sich mehr findet, als bei dem, der ihm beweisen kann, daß der andere schwärmt, so bleibt das Volk natürlich auf der Seiten des letztern. – Auch lassen die Priester des Aberglaubens die guten Männer, die nach Weisheit fragen, mit sichtbarer Verachtung reden, wie sie nur wollen, und bleiben indessen Meister des Volks, und derer, die sie zu ihrem Volk machen. –

So ist es – die Männer, die nach Weisheit fragen, verstehen sich nicht das Volk zu führen, und ihren Reformationsgeist ansteckend zu machen, wie der Aberglaube, und das ist ein großer Fehler. –

1520 war es nicht so; der Reformationsgeist war damals anstekkender als der Aberglaube, weil er wohltätiger war als dieser, und die einzelnen Menschen im Lande auffallend an Leib und Seele weiter brachte, als sie unter der Mönchs Hut nicht kommen konnten.

Der damalige Reformationsgeist belebte die Kräfte des Verstands, er erhöhete das Streben nach leiblicher und geistlicher Sicherheit, Unabhängigkeit und Freiheit; er pflanzte eine allgemeine Aufmerksamkeit der Menschen auf sich selber, eine allgemeine Sorgfalt derselben für die Ihrigen und das Ihrige; er verband den Sinn der Liebe mit tätigem Bestreben nach den Mitteln wirklich helfen zu können, und ward so die Quelle einer Industrie, die, verbunden mit dem Sinn der Frommkeit dieser Zeit, eine Sparsamkeit und Hausordnung hervorbrachte, deren Folgen die bürgerliche Verfassung Europas wesentlicher änderte, als die Meinungen der Reformatoren den Kirchenzustand dieses Weltteils veränderten. –

Ich bin weitläufiger als gewohnt, weil in diesem Gesichtspunkt die echten Mittel gegen die Hindernisse des Vorschritts, die der wahren Erleuchtung und Veredlung des Menschengeschlechts in den Weg gelegt werden, auffallen.

Es ist Bedürfnis der Zeit, daß der echte Geist einer wahrhaft weisen und gefahrdlosen Führung des Volks tief und mit Sorgfalt erforscht –

Daß der Kopf des Menschen nicht hintangesetzt –

Daß der Trieb der Selbsterhaltung, mit Kenntnis von Mitteln, und mit Übung von Fertigkeiten gepaaret werden, die den Menschen in der Ordnung des bürgerlichen Lebens sicherstellen und beruhigen –

Daß den Quellen ihrer ersten Naturfehler, namentlich ihres Leichtsinns, ihrer Gedankenlosigkeit, und allen Folgen seines unordentlichen und ungebildeten Zustands vielseitig und mit Weisheit und Kraft entgegengearbeitet werde.

Daß in Absicht auf die Bildung des Menschen, auf ihren Kopf, auf ihre Hände und Füße, und nicht auf ihr Herz abgestellt werde.

Daß der Wohlstand der bürgerlichen Häuser nicht an ihren Glauben, noch weniger an die nichtigen Menschenwerke seiner äußern Hülle gebunden, und dadurch vom Priester abhängig werde –

Daß die Geistesrichtung des Volks, und seine innerste Stimmung bedächtlich, kaltblütig, vorsichtig, und auf einen merklichen Grad mißtrauisch gemacht werde.

Daß alle Arten von Träumerstimmung, insonderheit die Lebhaftigkeit des Mischmasch-Gefühls von Elend und Glückseligkeit, in welchen die Menschen in einer Stunde bis zur Erhabenheit dichterisch und bis zum Schrecken gichterisch erscheinen, durch den Ton und die Sitten der Zeit Hindernisse in ihrer Ansteckung finden. –

Mit einem Wort, daß die Bildung und Erhebung aller wahren Kräften unserer Natur begünstigt, und ihre Abschwächung, so wie ihre Verwilderung, verhütet werde. –

Arner suchte diesem Bedürfnis der Zeit Genügen zu tun, indem er die bürgerliche Führung und die Kopfsbildung seiner Bonnaler ganz von ihrem Glaubensunterricht sönderte; dem ersten ganz unabhängend vom letzten, durch die Kraft seiner Gesetzgebung, ein Genügen leistete. –

§ 60
Ein Wort über das Bedürfnis des Gottesdiensts zur wahren Volksaufklärung

Aber so wie er der Schwärmerei, und dem sich unter das Joch der Abgötterei schmiegenden Aberglauben entgegenarbeitete, so kannte er auch die Unvollkommenheit und Ungenügsamkeit einer bloß bürgerlichen Bildung.

Er wußte und sagte, keine gesetzgeberische Weisheit hebt die Quelle des ewigen Elends der Erde ganz auf, und die beste bürgerliche Stimmung ist nicht genug, den Sinn des Menschen zu derjenigen Veredlung zu erheben, deren er bedarf, um real beruhiget zu sein. – Das bloße Anbinden desselben an die Notbedürfnisse der Erde erdrückt sein Herz. Im Schweiß seines Angesichts, und im Gewühl seines Staubs, erhebt er sich nicht über sich selbst, noch weit weniger über das Unrecht, und im Werk seiner Händen vergraben, stirbt er als ein Taglöhner des Kots. –

Arner fühlte das Bedürfnis, die Veredlung des schwachen, trägen, und so leicht sinkenden, und so gern an der Erde klebenden Menschen durch den Dienst des Allerhöchsten zu erzielen, zu vollenden – versäumte desnahen nicht, mitten, indem er alles tat, den Geist der Abgötterei, und eines gefährdvollen Einflusses der Geistlichkeit auf die Kopfsbildung des Volks und seine bürgerliche Sicherheit und Rechte zu hindern, ebenso sorgfältig sein geliebtes Volk durch den Segensgenuß der reinen Anbetung Gottes, durch rege Dankbarkeit gegen seinen erhabenen Sohn, durch Treu und kindliches Bestreben nach den Gaben seines sanften reinen heiligen Geistes, zu derjenigen Vollkommenheit zu erheben, deren die Menschheit fähig, wenn sie in Verbindung einer festen, weisen, bürgerlichen Bildung noch die Segensstimmung edler, reiner und ungefälschter Anbetung Gottes genießet. –

So machte er die Religionslehre zum Schlußstein des Werks seiner Gesetzgebung, die er auf das Fundament der festen und vollendeten Mauern einer weisen bürgerlichen Bildung gebauet. Er hatte aber auch den Pfarrer dazu, sein Werk also zu beschließen. –

Bonnal sah diesen Edeln, in der Mitternachstunde am Todbette der Menschen – vor Aufgang der Sonnen auf den Wegen zu den zerstreuten fernen Berghütten seines Dorfs – in der Mittagstunde bei der hungernden Witwe – am Abend im Kreis der Kinder des Dorfs – in jeder Stunde des Tags am Ort, wo ihn seine Pflicht hinrief, und der leiseste Wunsch eines Menschen in seinem Dorf war ihm Ruf seiner Pflicht, sobald er ihn ahndete. – Und auf diesem Gottesdienst seines Lebens ruhete und gründete sich der Dienst seiner öffentlichen Lehre, die meistens in einfachen, aber seelerhebenden Lobpreisungen und Danksagungen für die Wohltaten Gottes bestunde, und durch ihre, das Innere unserer Natur erhebende und veredlende Wirkung, das Bedürfnis nach Worterklärungen und großen Reden über Pflicht und Meinungen bei seinen Bonnalern immer mehr verminderte. Er dachte und sagte hierüber die Worte Christi: „Wenn dein Auge heiter ist, so ist auch dein ganzer Leib heiter", und redete wenig mit dem Volk, und redete viel lieber und viel mehr mit einem jeden allein; und tat er es, so tat er es nichts weniger als ununterbrochen, sondern wandte sich mitten in seinen einfachen Volksreden bald an diesen, bald an jenen, trat mit ihm auf die natürlichste Art ins Gespräch ein, wie ein Hausvater, wann er mit seinen Hausgenossen redet. – Er stellte Männer auf, die in Feld oder Vieh Unglück gehabt – Mütter, deren Kinder, und Kinder, deren Mütter gestorben – Mit einem Wort, er nützte die Vorfälle der Zeit, und die Umstände, die Eindruck auf einzelne Menschen in der Gemeinde gemacht. Diese Eindrücke zu berichtigen, zu veredeln und gemein zu machen, Weisheit, Gottesfurcht, und Gottes Ergebenheit, durch die Kraft derselben in seinem Volk immer mehr auszubreiten.

Er meinte nichts weniger, als daß es etwas Feierliches und Großes sei, auf der Kanzel allein zu reden; es dünkte ihn vielmehr, es sei unnatürlich, und zeige viel weniger Verstand, als wenn man imstand sei, das, so man sagt, dem Volk so anzubringen, daß es im Augenblick selber ins Gespräch eintrete, und dem Lehrer Schritt für Schritt in dem, was er mit ihm redt, Fuß halten kann. Er glaubte, das sei das Siegel und Zeichen der wahren Kräften eines Volkslehrers, und das echte Fundament aller wahren Volkserbauung. –

Nachmittag war sein Gottesdienst gänzlich nichts, als eine Unterredung mit dem Volk. Er stund im Kreis seiner Dorfkinder, denen diese Volksunterredungen zu ihrem Religionsunterricht dienen mußten. Die ganze Gemeinde war in sechsundzwanzig Abteilungen abgeteilt; alle Gemeindsgenossen mußten jährlich zweimal nach der Ordnung dieser Abteilungen, vom ältesten Greisen an bis zun siebenjährigen Kindern, zum Altar herfür; er redete dann mit ihnen im Kreis dieser Dorfkinder, nach der Form eines von ihm und dem Lieutenant aufgesetzten natürlichen Volks- und Dorfsunterrichts, von Gott, den Pflichten und den Umständen des Lebens. Er trat izt in die Umstände der Leuten, die er genau kannte, hinein; machte

Alte und Junge jede nützliche Erfahrung, die sie in ihrem Kreis gemacht, erzählen, ließ dann die andern mit ihnen ins Gespräch eintreten, wie auch sie an ihrem Platz die Erfahrungen benutzen, oder wie auch sie in ihren Kreisen ähnliche Erfahrungen gemacht haben. –

Es war ihm nichts zu klein. Ein Kind, das gegen eine Geiß, die ihns gestoßen, vernünftig oder unvernünftig gehandelt, war ebensogut, als eins, das das schönste Loblied auf Gott auswendig gelernt, ein Gegenstand seines Religionsunterrichts, und mußte so gut von seiner Geiß und seiner Aufführung gegen sie mit ihm reden, als eines, das seinem kranken Großvater abwartete, von seiner Krankheit mit ihm reden mußte.

So band er durch die Art seines Religionsunterrichts jede Weisheit des Lebens an die Kraft seiner gottesdienstlichen Lehre, und zeigte von allen Seiten den Zusammenhang des Einflusses einer durch gute Staatseinrichtungen den Menschen versicherten Hausweisheit, auf die Realität seiner Gottesfurcht und seiner Menschenliebe. Auch dankte er in seiner Kirche öffentlich Gott für die Einrichtungen, Gesetze und Anstalten Arners, durch welche sie auf eine ihrer Natur so angemessene Art, zur wahren Erkenntnis ihrer selbst, zu realer, wirksamer und tätiger Liebe ihres Nächsten, und zu einer ungeheuchelten Anbetung Gottes erhebt und tüchtig gemacht werden.

§ 61

Seine Festform ruhet ebenso auf Bauerngeist und Bauernordnung, als sie die Endzwecke eines weisen Gesetzgebers, und diejenige eines frommen Religionslehrers vereinigt, und auf die eigentliche Individuallage derjenigen Menschen gebauet ist, welche das Fest feiern

So wie dieser gute Pfarrer in seinem täglichen Tun, und in der stündlichen Erfüllung seiner Stands- und Berufspflichten, dem Leichtsinn und der Gedankenlosigkeit, als den ersten Quellen ihrer Fehler und Schwächen, und den ersten Hindernissen ihrer wahren Veredlung, durch den Geist und die Kraft seiner gottesdienstlichen Führung entgegenarbeitete, so tat er dieses besonders an den heiligen Festen.

Am stillen Abend, vor der Feier eines heiligen Tages, versammelte sich das Volk seiner Gemeinde vor der Kirchen auf dem Kirchhof, ein jedes bei der Ruhestätte der Seinigen; dann kam auch er, kniete auf das Grab seines Vorfahrs, und sagte zum Volk: „Erinnert euch derer, die vor euch gelebt, und höret die Worte der Wahrheit, die sie mit euch geredt haben aus ihren Gräbern!" – Dann läuteten alle Glocken; das Volk und der Pfarrer blieben eine Viertelstunde auf den Gräbern ihrer Vordern in ihrer Andacht; dann ging die Gemeinde in die Kirche; alle Eltern führten ihre Kinder zu ihm hin, zum Altar. Nachdem der ganze Kreis der Kinder um ihn her gestellt war, sagte er inmitten dieser Kinder zu der Gemeinde: „Erinnert euch derer, die nach euch kommen werden, und bittet Gott, daß ihr nichts an ihnen versäumet"! Dann bog er sich nieder, betete im Kreis der um ihn her knienden Kinder laut für die Nachwelt des Dorfs, deren Führung und Bildung der liebe Gott in ihre Hände gelegt; die ganze Gemeinde kniete mit ihm, und betete ihm nach für ihre Kinder, und wann er endete, so sprach alles Volk ihm nach das Wort Amen; dann nahmen die Eltern ihre Kinder vom Altar weg an ihre Hand, führten sie bis außert die Kirchen, und ließen sie heimgehen; sie aber blieben noch in der Kirche, und der Pfarrer fing dann die Prüfungsstunde dieses Abends an.

Die Ordnung dieser Prüfungsstunde ist diese: Zuerst betete der Pfarrer niedergebogen vor dem Kreuz Jesu Christi still; dann stund er auf, las mit lauter Stimm: Das ist die Prüfung eines Pfarrers am Feste des Herrn! ob er in der Liebe wandle vor dem Herrn seinem Gott, und vor seinem Volk? – Mangelt jemand deines Rats? – Kennst du die Ordnung deines Volks? – Hanget die Jugend an deinem Herzen? – Bist du der Alten Trost? – und der Leidenden Heil? Stehest du in der Verwirrung des Volks wie ein Fels? – Und wer in der Welt Schiffbruch leidet, findet er bei dir Trost, wenn ihn die Wellen der See an dein Ufer tragen? – Wandelst du in der Kraft des Herrn deines Gottes einher, und in seiner Liebe? –

So las er; – dann bog er sich wieder tief zur Erde, und sagte: Herr sei mir gnädig in meiner Schwachheit, denn ich bin ein Mensch, und habe viel über mich genommen, in deinem Namen und vor deinem Volk –! Dann las er fort, öffentlich vor der ganzen Gemeinde, die Pflichten und den Beruf eines christlichen Pfarrers, und das Gemälde des Guten, das er durch seine Sorgfalt, Weisheit, Ordnung und Amtstreu im Dorf, und zum Segen desselben, auf Kind und Kindskinder hinab stiften und festgründen könne – dann auch das Gemälde des großen Unsegens und Unglücks, das einer durch Mangel von Sorgfalt, Ordnung, Einsichten und Amtstreue ebenso, wie durch ein ungöttliches, sorg- und pflichtloses Leben in einem Dorf anrichten, und auf Kind und Kindskinder hinunter fortpflanzen könne. In diesem Volksgemälde über die Pfarrer und ihren Dienst, war der erste dargestellt als ein Diener Gottes, und ein Vater des Volks, der andere hingegen als eine völlige Überlast der Gesellschaft, und als ein Mann, der ohne Ehre im Leib, auf Rechnung und Zehrung der Religion, und auf Unkosten des Staats, unverdientes Brot esse, und dafür großen Schaden stifte. Dieses doppelte Bild des guten und des schlechten Pfarrers, und das Glück der wahren Volksvorsorge unter dem ersten, und der Verwahrlosung desselben unter dem andern, las er laut vor allem Volk vor. –

Dann traten die Vorgesetzten vor den Altar, knieten nieder – dann las der Pfarrer –

Das ist die Prüfung eines Vorgesetzten zur Vorbereitung am Feste des Herrn! –

Ist Ordnung und Licht in allem was dir übergeben worden? – Besorgst du die Sachen des Dorfs wie deine eigene? – Legt dich die Not der Witwen und der Mangel des Waisleins ungeschlafen? – Ist keinem Unschuldigen und Armen angst, wann du um den Weg bist? – Und wann du in die Häuser des Dorfs hineinkommst, fürchtet das Weib des Armen, und sein Kind nichts Böses von dir? – Gehet es denen Kindern auf, deren Vogt du bist? – Und wann dein Haus und deine Habe besorgt würde, wie das Haus und die Habe deiner Vogtanvertrauten, würdest du nicht sagen, daß Gott erbarm? – Und würde kein Waislein, dessen Gut du unter den Händen hast, wenn es alles wüßte was du tust, seufzen, daß Gott erbarm? – Wann du Gutes willst, und Gutes tust, tust du es dem Armen wie deinem Kind? – Oder tust du es mit der Geißel in der Hand? – Würgst du dem Menschen, dem du Brot gibst, das Herz ab? – Kannst du standhaft, anhaltend, geduldig und nachsichtig helfen, wo ohne Standhaftigkeit, Geduld und Nachsicht unmöglich zu helfen ist? –

So las der Pfarrer; und der Älteste der Vorgesetzten antwortete ihm mit lauter Stimme vor allem Volk: – Diener des Allerhöchsten! Wir sind ein schwaches Geschlecht, und vergeßlos wie unsere Väter, die vor uns gelebt; – aber werde nicht müde, uns den Spiegel unserer Pflichten immer vor Augen zu halten, damit wir in der Furcht Gottes bleiben, und unsere Pflichten je länger je weniger vergessen! – Dann las der Pfarrer auch ihnen das Bild eines guten und eines schlechten Dorfvorgesetzten öffentlich vor allem Volk vor. – Das Bild war auf keiner Seite übertrieben; aber es setzte deutlich und vielseitig ins Licht, wie ein guter Vorgesetzter auf Kind und Kindskinder hinunter Wohlstand und Segen, der andere hingegen Verwirrung und Unglück veranlassen und fast notwendig machen könne. – Und alles, so in ihrer Sprache, und so auf die Fälle ihrer täglichen Erfahrung eingerichtet, daß ein jedes Kind bei dem Vorlesen dieser Bilder denken konnte, wenn der Vorgesetzte mit meinem Vater, oder mit meiner Mutter, izt so und so handelt, so ist es just wie es dasteht. –

Auf diese kamen die alten grauen Männer und Weiber – und der Pfarrer las –

Das ist die Prüfung des grauen Alters für den Festtag des Herrn! – Ist dein Sinn deinem Alter angemessen? – Hangest du nicht mehr an der Erde, als die Tage wert sind, die du noch zu leben hast? – Bist du denen, die nach dir kommen, was du ihnen sein sollst? – Kannst du den Berg, der hinter dir ist, ansehen, als ob er dich nichts mehr angehe? – Kannst du liegen lassen, was niemand mehr von dir fodert, was andere izt besser machen als du? – Plagest du niemand mit deiner Schwäche? – Gönnest du der Jugend die Freuden ihrer Stärke? – Hast du keinen Samen der Unruhe ausgesäet, der hinter deinem Grab keimen könnte? – Kannst du aus den Erfahrungen deines Lebens nicht mehr Nutzen ziehen für dich, die Deinigen, und für alle Menschen? – Nimmst du nichts mit dir unter den Boden, das jemand nützen konnte, wenn du es ihm zeigtest oder sagtest? – Solltest du keiner Wahrheit Zeugnis geben, die verdreht werden kann, wenn du nicht mehr da bist? – Kannst du nicht mehr tun als du tust, vor deinem Ende sicher zu werden, daß keines der Deinigen dem andern Unrecht tun könne? – Siehest du mit Ruhe über das Grab? Und werden deine Enkel Gott loben, wenn sie deinen Namen hören und von dir sagen, er war wahrlich unser Vater – sie war wahrlich unsere Mutter?

Dann antwortete einer der Alten –

Diener Gottes! Unsere Stärke ist dahin, und unsere Kraft ist vergangen, wir sind worden wie die Blätter eines Baums, die den Winter über am leeren Ast hangen geblieben. – Sei der Stab unsers Alters, Diener Gottes! Führe uns an deiner Hand zu allem was wir noch tun können, damit keiner unserer wenigen Tagen mehr verloren gehe – es sind ihrer genug verloren. –

Dann las er ihnen mit kurzen Worten das Bild alter Leute vor, die in ihrer Schwäche noch der Segen der Nachwelt, und bis ans Grab die Freude der Ihrigen sind. –

Aber das Bild der Fehlern und Schwächen des grauen Alters las er ihnen vor der Gemeinde nicht vor. Er wußte daß der Mensch in der späten Neige seiner Tage nicht mehr zu ändern ist, und daß alten Leuten Vorwürfe mehr, als alle Last des Lebens wehe tun. Er kannte die Pflicht, das heilige Alter nicht zu kränken, und wollte darum ihren Nachkommen und Hausgenossen mit dem Bild ihrer Fehler nicht Anlaß geben ungeduldiger mit ihnen zu werden, und unfreundlicher mit ihnen zu handeln. Hingegen das Bild des Guten, das sie noch in der Welt ausrichten, und die Umstände und Anlässe, bei denen sie ihre Erfahrungen brauchen konnten, die Menschen, die hinter ihnen aufwachsen, auf diejenigen Sachen aufmerksam zu machen, die ihnen vorzüglich zum Nutzen oder Schaden gereichen könnten, und besonders, wie sie hinter ihrem Grab Streit und Unruh, Eifer und Neid, unter ihren Nachkommen vorbiegen könnten –

Das alles las er ihnen in liebreichen, sorgfältigen, und ihr Alter ehrenden Ausdrücken vor; und erquickte ihr Herz mit der Liebe, mit der er sich ihnen anbot, an ihrer Statt alles zu tun, was ihnen in ihrem Alter und in ihrer Schwäche zu schwer fallen würde, wenn sie es ihm nur sagen, und machen, daß nichts versäumt werde, und sie ruhig ihrem nahen Fortgang aus dieser Erde entgegensehen können.

Die Alten knieten nicht vor dem Altar, sie saßen auf Bänken.

Nach ihnen kamen die Hausväter und Hausmütter, und er sagte zu ihnen – seid ihr wie ein guter Baum, der dasteht voll reifer Früchten? – Dann las er: Das ist die Prüfung eines Vaters und einer Mutter, ob sie in der Liebe wandeln vor dem Herrn ihrem Gott –! –

Wendest du die Kräfte deines Leibs und deiner Seele an, daß es deinen Kindern in Zeit und Ewigkeit wohlgehe? – Weißest du, daß deine Kinder das Ebenbild Gottes ihres Schöpfers in ihrem Innersten herumtragen? Und heiligest du sie zu einem Tempel der Herrlichkeit Gottes die in ihnen wohnt? – Oder ist deine Liebe zu ihnen bloß die Liebe des Tiers das seinen Jungen anhanget? – Kennest du die Bedürfnisse der Seele, und den Segen des Friedens, und die Ruhe des Herzens? – Bist du ebenso geschäftig ihren Seelen Nahrung zu schaffen, und ihren Geist zu bekleiden als ihren Leib? – Weißest du, daß wenn du ihre Seelen verschmachten, und bloß und unbekleidet aufwachsen läßest, sie verwildern, und wie die Tiere der Felder werden, wie die wilden Tiere, die man abtun und ausrotten muß von der Erde, damit das Leben und das Eigentum des Menschen vor ihnen sicher sei? – Weißest du, daß deine Hausordnung das meiste dazu beiträgt, ihre Seelen gut zu bilden, und sie vor allem Bösen zu bewahren? – Wachest du in diesem Gesichtspunkt desto sorgfältiger über alle Teile deines Hauses? – Betest du mit ihnen? – Weisest du sie in den Überwindungen des Lebens auf Gott hin? daß sie ruhig bleiben bei der Last des Lebens in ihrem Herzen. – Tust du ihnen nichts, als wahrhaft Gutes? – Lässest du sie an Leib und Seele in nichts schwach und krumm werden? – Bringst du den Segen deiner Eltern zum sichern Zeichen deiner Liebe und Treu ungeschwächt auf sie herab? – Gehet das Gut deiner Eltern in deiner Hand nicht für sie verloren? – Und werden deine Kinder hinter dir nicht seufzen und klagen, mein Vater und meine Mutter haben mir Unrecht getan, und ich bin um der Fehler ihres Lebens willen elender geworden, als keine Waise? –

Ihm antwortete der erste der Hausväter: – Auch wir sind ein schwaches Geschlecht, und die Seele unserer Kinder ist oft und viel so wenig in unserer Hand, als ihr zeitliches Glück; dennoch aber lehre uns unsere Kinder bewahren, wie unsern Augapfel, Diener des Allerhöchsten! –

Dann las er ihnen das Bild eines schlechten und eines guten Hausvaters, und dasjenige einer schlechten und einer guten Hausmutter vor, und malte mit wahren und starken Farben die Hauptsachen einer guten Hausordnung, so wie die Hauptfehler einer schlechten Hausordnung und einer schlechten Kindererziehung deutlich ab, mit Darstellung der vielerlei Folgen, die beides auf Eltern und Kinder bis auf das Todbett der ersten, und auf die Nachkommenschaft der andern habe, und haben müsse.

Nach ihnen kam die reife Jugend des Dorfs; feierlicher noch als die andern wurden sie von ihren Eltern und Großeltern herfür zum Altar geführt; und wann sie knieten, stund der Kreis ihrer Eltern und Großeltern rings um sie herum, und falteten die Hände vor der Gemeinde, dann sagte der Pfarrer –

Söhne der Väter! und Töchter der Mütter, die euch zum Altar Gottes bringen! Was seid ihr? – Was werdet ihr werden? – Warum kommet ihr hieher? –

Ein Augenblick darauf –

Du unsere Hoffnung und unser Stolz, blühende Jugend! Du bist wie ein Garten in seiner Pracht; aber wisse, die Erde nähret sich von den Früchten des Felds, nicht von der Zierde der Gärten, rüste dich auf die Tage, wo du ohne Zierde und ohne Schmuck das Werk deines Lebens wirst verrichten müssen. Aber die Tage entscheiden über die Frucht des Weinbergs und der Bäume, und der Gebrauch der Stunden deiner itzigen Zeit, entscheidet über den Wert deines Lebens. Im Sommer deines Lebens, und im Herbst deiner Tage, wirst du umsonst dann Weisheit suchen, wann du sie izt nicht suchest, vergebens die Kräfte wünschen, die du izt nicht übest. Was du izt verlierst, wirst du nie wiederfinden; und was du versäumst, wird dir versäumt sein, bis an dein Grab. –

Dann las er ferners –

Das ist deine Prüfung, blühende Jugend! ob du in der Liebe wandelst vor dem Herrn deinem Gott?

Nimmst du zu in allem Fleiß? – In aller Ordnung, in allen Kenntnissen des Lebens, und in allen Vorzügen der Seele? – Wachsest du auf zum sichern Trost deiner Eltern – Sind ihre Bemühungen an dir nicht verloren? – Macht deine Liebe, und dein Dank, ihnen ihr Leben leicht? – Und sorgst du für dich selber, wie ein Mensch in deinem Alter, der mit Ehren zu grauen Haaren kommen will, tun muß? – Kennest du die Bestimmung und die Gefahren des Lebens, und die Schreckensabgründe der Wege in deinen Jahren? – Fliehest du den Schein des Übels, damit dich das Übel nicht selber ergreife? – Kennest du die Schwächen deines Geschlechts? – Und lässest du dich warnen vor der Menge der Menschen, die sich in Gefahr begeben, und vor deinen Augen darin umkommen? – Kennest du den Schatz, den du in dir selber herumträgst, die Tage deines Lebens zu schmücken? – Und die Stunde deines Absterbens zu erheitern? –

Söhne und Töchter meines Volks! Ihr prüfet euch vor dem Altar unsers Gottes, ob ihr in der Liebe wandelt? Ich aber frage euch, ist keiner unter euch der Mörder des andern? – Denn wisset, wer einen Menschen verderbt mit seiner Sünde, der ist ein Mörder. – Du, unsere Hoffnung unser Stolz! Blühende Jugend! Niedergebückt vor dem Altar Gottes, an der Seiten deiner Eltern und vor der ganzen Gemeinde, muß ich dir sagen, es sind Söhne der Erden, die die Töchter des Landes wie Raubvögel die Unschuld einer Taube würgen, und sie dann liegenlassen in ihrem Elend wie ein Aas in dem Wald. Wisse, o du Hoffnung unsers Volks, und du unser Stolz! Es sind Töchter auf Erden, die den Knaben Schlingen legen auf Leben und Tod, und die Söhne des Lands mit dem Gift ihrer Wut töten, und die Frucht ihres Leibs ersticken, wie kein Vieh auf der Erde die Frucht seines Leibs erstickt.

Beuge dich nieder, Krone unsers Haupts! vor dem Altar der Liebe, und frage dich selbst, ist keiner des andern Mörder? Und erkenne die Schwächen deines Geschlechts, und die Gefahren deines Alters –!

Dann antwortete ihm der älteste der Jünglinge –

Es ist wahr, wer immer seinen Nebenmenschen in der Sünde verdirbt, der ist sein Mörder, Diener des Allerhöchsten! Werde nicht müde, uns ferner die Schwächen unsers Geschlechts, und die Gefahren unsers Alters zu lehren! –

Dann las er auch ihnen das Bild ihrer Tagen, und das junge Volk hörte kniend der Leidenschaften Gefahren, und die Schreckensgeschichte der Wollust, vom Anfang der Schamhaftigkeit bis an die Grenzen der Selbstverheerung, und die Abgründe des Kindermords, und dann auch die Mittel der Weisheit und Gottesfurcht, gegen dieses Verderben der Schwäche unserer Natur. –

Nach diesem wandte er sich an ihre Eltern, und sagte: Nehmet von ihnen das heilige Versprechen, daß keines das andere unglücklich machen wolle! –

Dann gingen die Reihe der Söhne und die Reihe der Töchter zu ihren Vätern und Großvätern, die hinter ihnen stunden, versprachen ihnen, ihre Hände in die Hände ihrer Eltern gelegt, daß sie zueinander Sorge tragen, und einander nicht unglücklich machen wollen. –

Nach ihnen kamen die Witwen und Waisen; dann stund die ganze Gemeinde auf, und der Pfarrer redete mit der Gemeinde, als mit den wahren Eltern und Pflegvätern der Witwen und Waisen; dann las er auch die Prüfung der Witwen und Waisen, und das Bild ihres Zustands. –

So endete sich die Prüfungsstunde des Volks in Bonnal am Abend vor den heiligen Festen. –

Den folgenden Tag, als am Feste selber, wiederholte der Pfarrer fast mit ähnlichen Worten einer jeden Klasse seiner Pfarrkinder das Wesentliche dieser Prüfung, in dem Augenblick vor dem Genuß des Mahls der Liebe, und nach dieser heiligen Handlung sagte er zum Volk –

Irret euch nicht! – Die Liebe bestehet nicht in Einbildungen und Worten, sondern in der Kraft der Menschen, die Last der Erden zu tragen, ihr Elend zu mindern, und ihren Jammer zu heben. –

Der Gott der Liebe hat die Liebe an die Ordnung der Erde gebunden, und wer für das, was er in der Welt sein soll, nicht in der Ordnung ist, der ist auch für die Liebe Gottes und des Nächsten in der Welt nicht in der Ordnung. Wer immer nicht ist, was er sein soll, nicht kann, was seine Pflicht ist, und zu dem nicht taugt, was ihm obliegt, dem mangelt die erste Kraft der reinen Liebe Gottes und des Nächsten. –

Sie ist nicht ein Traum, und nicht wie das Säuseln des Windes, das sanft in deinen Adern schlägt, und nicht wie das Wiegen eines Kinds, das unter dem Singen der tändelnden Amme entschläft.

Alle Liebe der Menschen, die ohne Kraft und ohne Wirkung ist, ist soviel als keine. Ohne Lebensweisheit, ohne Lebensstärke, ohne Überwindungskräfte, ohne Hausordnung, ohne eine vorsichtige, bedächtliche, und die Grundfesten des menschlichen Wohlstands, festhaltende Seelenstimmung, ist sie nichts anders, als die gleiche tierische Teilnehmung, die fast ein jedes Tier beim Leiden eines andern seiner Art zeiget; aber diese Art bloßer Tierliebe ist im bürgerlichen

Leben nichts und minder als nichts wert, sie ist gänzlich verdienstleer und wirkungslos – Sie hilft niemanden, sie bringt niemanden in Ordnung; was sie will, das kann sie nicht: was sie verspricht, das haltet sie nicht; was sie anfängt, das geratet ihr nicht – sie macht den Hungrigen nicht satt – sie hat dem Durstigen nichts zu trinken – sie macht den Frierenden nicht warm – sie läßt den Sinkenden im Kot – kurz, sie betrügt, ihre Hoffnungen sind leerer Schein – sie nimmt dem Menschen was er hat, und gibt ihm nichts wieder, und tut niemanden darmit wohl. – Der Mensch ist nur insoweit wahrer wirksamer Liebe fähig, als er den Naturfehlern seines Geschlechts Meister, den Leichtsinn, die Gedankenlosigkeit, die Trägheit, die Unwissenheit, die Unbedachtsamkeit, die Leichtglaubigkeit, den Starrsinn, die Tollkühnheit und Gewalttätigkeit des wilden Naturlebens besiegen gelernt, und für seinen Beruf, und für seine Umstände zuverlässig, arbeitsam, bedächtlich, überlegend, anstellig gebildet, und als er zu einem ebenso gutmütigen als weisen Betragen gegen alle seine Nebenmenschen geschickt gemacht worden.

So eng band er die Grundsätze seiner bürgerlichen Volksbildung an die Religionsbegriffe, und an die Andachtshandlungen desselben; hielt besonders dafür, alle gottesdienstliche Versprechen müssen soviel als möglich ihre bürgerliche Kraft haben, und der Wortbruch gegen gottesdienstliche Versprechen müsse notwendig auch bürgerlich entehren. Er brachte darum eine solche Deutlichkeit, Bestimmtheit, Offenheit, und Feierlichkeit in dieselben, und arbeitete mit ebender Sorgfalt, mit der er im bürgerlichen Leben dem Leichtsinn, der Gedankenlosigkeit, und der wortbrüchigen Untreu entgegenarbeitete, ebenso diesen Fehlern in allen Religionshandlungen entgegen, indem er es für das Fundament des reinen wahren Gottesdiensts achtete, daß der Mensch mit dem Werk seiner Andacht weder sich selbst betrüge, noch dem lieben Gott ein Blendwerk damit für die Augen machen wolle. Er tat das besonders in Absicht auf die so auffallend und allgemein mißbrauchte Versprechen bei den Taufhandlungen, und hob die alte Form, Gevatterleute zu erbitten, gänzlich auf; und verordnete dagegen, daß ein jeder Vater den Personen, die er zu Taufzeugen seines Kindes suche, seinen Wunsch durch den Pfarrer des Orts müsse anzeigen lassen; welcher dann eine bestimmte Antwort von denselben zu fodern habe, ob sie sich in der Lage befinden, und mit gutem freiem Willen bereit seien, dem Wunsch des Vaters in seiner ganzen Ausdehnung mit allem Ernst, und mit Rücksicht auf die Folgen, welche ein solches Versprechen auf sie haben könnte, zu entsprechen? Die Angefragten waren völlig frei, diese Bitte abzuschlagen; wenn sie sie aber annahmen, so mußten sie ihr Versprechen bei dem Pfarrer schriftlich niederlegen, der es nicht dem Vater zustellte, sondern zuhanden der Gemeinde, und zu ihrer allfälligen Sicherheit aufbehielt. So wie auf der andern Seite der Vater ebenso bestimmt dem Pfarrer zuhanden der Gemeinde schriftlich geben mußte, daß er die erbetenen Taufzeugen seines Kinds wirklich für fähig, geneigt, und imstand halte, ihm in Absicht auf dasselbe an die Hand zu gehen, und daß er selbige um deswillen zu diesem Endzweck für diesen Christendienst angesprochen. – Wer niemanden fand, der eine so ernsthafte Verpflichtung für sein Kind auf sich nehmen wollte, dem mußte die Gemeinde, das ist, die Kirche, die Patenstelle vertreten; die Vorgesetzten übernahmen die Pflichten dieser heiligen Verbindlichkeit, und bei Arners Ordnung mangelten sie nicht, dieselbe zu erfüllen.

Auch die heuchlerischen Taufzedel, in denen Scharen verlassener Würmchen von ihren Taufzeugen dem lieben Heiland übergeben werden, wie der Joseph von seinen Brüdern den Arabern, damit er nicht umkomme, aber ihnen doch aus den Augen – verbot er. Die Pfarrer, sagte er, sollen Taufscheine machen, und das sei genug. – Der Mißbrauch dieser Heuchlerzedel empörte ihn äußerst. In der Zeit, da er hierin diese Änderung traf, sagte er mehrmalen, wann er die Stube auf- und abging, zu sich selber, Gottesdienst! Gottesdienst! Was machst du aus den Menschen? wenn deine Handlungen keine bürgerlichen Verbindlichkeiten haben, und bloß auf dem schwankenden Sinn einer Gutmütigkeit ruhen, die jeder Wind wehet, wohin er will! – Arner wollte es nicht so; er bauete den Gottesdienst auf den Einfluß seiner gesetzgeberischen Volksbildung, die den Geist seiner Bonnaler in allen Sachen auf das Wesentliche derselben aufmerksam, und für dasselbe real betriebsam machte.

Daß das Kind in der Wiegen versorget, daß das Alter am Rande des Grabes beruhiget, daß die Wange der Witwe, und das Auge der Waisen tränenlos sei, daß das Herz des Knechts nicht verhärtet, und die Unschuld der Magd nicht verschmähet, und ein jedes im treuen Dienst seines Lebens Befriedigung finde, das war das Ziel seiner gottesdienstlichen Lehre; und er baute die Mittel, zu diesem Ziel zu gelangen, auf diejenige Seelenstimmung des Volks, welche zu aller Weisheit, zu allem Recht, und zu aller Ordnung des bürgerlichen Lebens die allervorzüglichste ist. –

§ 62

Dahin zielte ich von Anfang – Und wenn du nein sagst Leser! so mußt du zurückgreifen, und zu vielem Vorhergehenden nein sagen

Auf dieser Bahn, nämlich durch die Festhaltung der Grundsätze seiner gesetzgeberischen Volksbildung, kam er dahin, den wahren und einzigen Weg zu entdecken, auf welchem die höhere Endzwecke einer weisen Staatsgesetzgebung zu erzielen, namentlich –

Erstlich: Die Vereinfachung der Abgaben des Staats.

Zweitens: Die Sicherstellung des wirklichen Genusses bürgerlicher Rechte für die niedere Menschheit.

Drittens: Die Befreiung des Volks von dem Druck der Knechtschaft, die auf dem Landeigentum ruhet.

Viertens: Die Sicherstellung niederer Menschen vor den ruinierenden Folgen, welche die Feuersbrünste, Wasserschäden, Hagelwetter und Viehpresten auf sie haben.

Fünftens: Die Möglichkeit den Militairdienst für die Sitten, die Bevölkerung und den Wohlstand des Volks minder schädlich zu machen.

Sechstens: Die außerordentliche Staatsabgaben ohne verheerenden Druck auf das niedere Volk zu bestreiten, und

Siebentens: Überhaupt einen merklichen allgemeinen Vorschritt in dem Wohlstand und der Bevölkerung des Lands mit zuverlässiger Sicherheit auf Kind und Kindeskinder herunterzubringen.

Achtens: Und endlich das Schwert der Gerechtigkeit in der Scheide wahrhaft menschlicher Grundsätze halten, und die andern Menschen mit so gefährlicher Schärfe nicht unschuldig zu verletzen.

In diesem allem fand Arner in der einfachen Aufmerksamkeit auf die bürgerliche Bildung seines Dorfs gebahnte Wege. –

Leser! Es ist kein Traum, die gute Bildung des Volks zur Industrie ist die einzige mögliche Bahn zu allen diesen Endzwecken. – Und Gesetzgeber! Gesetzmacher! und Fürsten! wollt ihr diese nicht, so findet ihr – keine – und kommt in keinem einzigen von allen höhern Endzwecken einer weisen Gesetzgebung auf tausend Schritte nicht, auch nur zu einem Anschein eines vernünftigen Ziels – doch ich rede ja nicht mit Fürsten, und hätte wirklich ohne diese Anmerkung fortfahren können.

Es war nun Jahr und Tag verstrichen seit seiner Krankheit, die Räder seines Werks gingen alle ihren stillen Gang fort, und alle Anstöße wurden mit jedem Tag schwächer.

Wo der Grund und Boden gerüstet, da wachsen die Früchte des Feldes, und die Pflanzen des Gartens heben sich von der Erde empor, wenn die Hand des Gärtners ihnen nie mangelt – sie mangelte in Bonnal der kleinsten Pflanze so wenig als dem ersten Baum des Gartens – die feste und gute Ordnung, die in allem war, hob den Geist des Menschen höher empor, als er da emporsteigen kann, wo keine Ordnung ist, und der Leiter, die man ihm zum Steigen darstellt, nichts mangelt als alle Sprossen.

Der neue Vogt, der den Einfluß der immer größer werdenden Geldmenge, die in der Welt in Umlauf gebracht wird, auf die gänzliche Veränderung der Umstände des Volks tief kannte, und einsah, wie alle Fundamente seiner bürgerlichen Sicherheit und seines häuslichen Glücks von dieser Geldmasse, und von der mehr und mindern Sorgfalt die der Mensch für denjenigen Anteil, der ihm davon zukommt, hat, gänzlich abhange – tat izt einen Schritt, der Arnern und den Lieutenant selber in Erstaunen setzte.

Er trug nämlich der versammelten Gemeinde vor, es sei möglich, durch Einrichtungen und Ersparnissen, die ihnen gar nicht schwer fallen werden, innert 25 Jahren zu einem Kapital zu gelangen, welches vollkommen genugsam sei, die herrschaftlichen Gefälle und die Abgaben, die samt und sonders auf ihrem Land, wie durch einen ewigen Zins haften, von diesem Kapital also zu bestreiten, daß sie dannzumalen alle diese Fälle soviel als getilget, und ihre Güter und Personen von herrschaftlichen Abgaben insoweit als befreit ansehen könnten.

Er bewies ihnen zuerst mit den amtlichen Rechnungen, daß die ganze wirkliche Einnahme, welche die Herrschaft von allen Gefällen aus ihrem Dorf ziehe, noch in keinem Jahr vollends auf die Summe von 1200 Gulden gekommen; daß folglich, um der Herrschaft zu allen Zeiten den Wert ihrer Einnahme sicherzustellen, und auch noch dem Wert, den die Verbesserung der Güter möglich machen könnte, gewachsen zu sein, nicht mehr als 40000 Gulden Kapital erfodert werde: dieses festgesetzt, bewies er dann mit der Kreide in der Hand, und mit der großen Bauernzahl auf dem Gemeindtisch, um den sich alles was rechnen konnte, und alles, was zur Sache auch ohne Rechnen immer ein Wort redte, herumdrängte, daß wenn sie sich entschließen wollen –

1) Anderthalb Kreuzer von jeder Garbe, die einer schneide, jährlich für den Steuerfond beiseits zu legen und zu bezahlen.

2) Alle noch übrige Weiden dem Höchstbietenden solang zu gänzlich freier Benutzung zu überlassen.

3) Die vom Junker ausgeteilten Weiden, sowohl die, so zu Bündten, als die so zu Matten gelegt worden, für so viele Jahr mit dem halben Zins ihres gegenwärtigen Zinses zu belegen, also daß einer, dessen Stück Land 100 Gl. wert wär, solang jährlich davon 2 Gl. an den Steuerfond bezahlen müßte; und endlich

4) Die Einnahme und Besorgung dieser Gelder ohne alle Kösten, was Namens sie auch haben würden, besorgt werden müßte –

so wolle er mit Hab und Gut davor stehen, dieses Kapital müsse innert 25 Jahren beieinander sein. Dann bemerkte er noch, was er anbringe, sage er nicht als Vogt, sondern als Bürger, auch nicht um des Junkers willen und zu seinem Dienst, sondern um der Gemeinde, und ihrer und seiner eigenen Nachkommenschaft willen. Das freute die Bauern besonders; und der Vogt ließ noch ein paar Worte fallen, wieviel leichter es dann ihren Kindern sein werde, auf einen grünen Zweig zu kommen – und kam dann auch dem Einwurf vor, daß anderthalb Kreuzer viel gerechnet sei auf eine Garbe, indem er ihnen zeigte, daß sie die Summe, die diese Schatzung einem jeden betrage, nicht eigentlich nach dem Wert der Garben berechnen, sondern vom Ganzen ihres Jahreinkommens abziehen müßten – ging dann mit ihnen in die Umstände ihrer Ausgaben und ihrer Einnahmen hinein, und zeigte ihnen, immer mit der Kreide in der Hand, völlig mit ihrer Bauernzahl und Ordnung, wieviel jährlich unnötigerweise von ihnen verbraucht werde, und wieviel sie ohne Mühe ersparen können, wenn sie sich darnach einrichteten. Es kam sonnenklar hinaus, daß sie den Steuerfond, wie er gesagt, zusammenbringen können, wenn sie nur wollten. Er brachte einen jeden Einwurf in Anschlag; er blieb keinem einzigen ein Wort schuldig; war auch gegen den Dümmsten, der ihm widersprach, geduldig; und hatte so wenig, als vor 40 Jahren, da er noch bettelte, den gewöhnlichen Vorgesetztenton, der immer alles, was die Bauern selber machen, und selber wollen sollten, verdirbt. Zuletzt sagte er, ich weiß, es ist keiner da, der nicht lieber seinen Kindern sein Land, bodenzins- zehnten- und steuerfrei hinterlassen wollte, um doppelt so viel Gut als er besitzt, und keiner, der nicht erkennt, es wäre auf die erste Manier besser für sie gesorgt, als auf die letzte; und dann auch, daß keiner dasitzt, der nicht überzeugt ist, daß wir diese Summe zusammenbringen können, wenn wir nur wollen. –

Wer die Bauern kennt, der weiß, daß sie sich dafür fast hängen lassen würden, ihr Land zehnten- bodenzins- und steuerfrei zu bekommen. Stelle dir also vor Leser! was dieser Vortrag auf sie für einen Eindruck gemacht! Ein Heide ist nicht so lüstern nach dem Raub, als sie nach der Zehntenfreiheit waren; sie stützten ihre Bakken, kratzten im Haar, und taten viel anders das zeigte, wie gern sie möchten, aber auch, wie sehr sie nicht trauten. Ihrer etliche sagten ihm, du machst uns das Maul verflucht wässerig – aber –

Was aber? sagte der Vogt. – Und sie – Du weißt wohl, der Teufel ist ein Schelm; wir können 25 Jahr zusammenlegen, und dann könnte einer das Geld an einem Regentag in seinen Sack schieben, und wegtragen, wie wenn es sein wär. –

Vogt: Diesem müsset ihr vorbiegen. –
Bauern: Können wir das? –
Vogt: Ja freilich. –
Bauern: Das ist bald gesagt, aber nicht bald bewiesen. –
Vogt: Ihr wißt doch, daß ein jeder Herr sein Geld sicher anlegen kann, wenn er will. –
Bauern: Das wissen wir freilich. –
Vogt: Aber warum sollten wir das gleiche nicht auch können? –
Bauern: Weil wir Bauern sind, und die Herren mit unserm Geld nicht so viele Komplimente machen als mit Herrengeld; und denn verstehen wir das auch nicht so wie sie. –
Vogt: Ihr saget zwei Gründe; gebt izt Achtung; ich will euch auf beide antworten: Erstlich saget ihr, ihr verstehet es nicht mit dem Geldanlegen, das mag für euch wahr sein, für mich ist es nicht wahr, ich verstehe das Geldanlegen, und kann euch dienen; aber ich begehre gar nicht, daß ihr mir trauet; im Gegenteil, ich anerbiete euch für jeden Heller, den ich euch anzulegen raten werde, kanzleiische Sicherheit auf mich selbst, und alles was ich besitze, aber mit diesem hoffe ich dann, werde dieser Einwurf gehoben sein.

Dann saget ihr ferner, die Herrschaften machen gar wenig Komplimente mit dem Bauerngeld, das ist wahr; aber ich muß euch doch sagen, es ist auch hierin nicht mehr wie vor alters, und es wird alle Tage, auch für die größten Herren immer mehr eine kitzliche Sache, Gewalt gegen anderer Leuten ihr Geld zu gebrauchen; aber wir müssen gleichwohl gegen die Herrschaft hierin so zu Werk gehen, als wenn man das Schlimmste von ihr zu befürchten hätte, und wann wir so etwas zustand bringen würden, so müßten wir höhern Orts als nur bei Arner unsere Sicherheit suchen.

Bauern: Aber dürften wir ihm zeigen, daß wir ihm nicht trauen? –
Vogt: Ja freilich! Es dürfen Käsehändler und Uhrenkrämer vom

König in Frankreich Sicherheit fodern, wann sie ihm Geld liehen. – Man macht in der ganzen Welt hierüber keine Komplimente mehr miteinander, es ist auch kein König der izt mehr fodert, daß man ihm blind traue.

Bauern: Also meinest du, wir könnten das Geld anbinden, daß es sicher angebunden wäre? –

Der Vogt versicherte sie noch einmal, daß sie es gewiß können, und daß er ihnen gut dafür stehen wolle.

Wenn's so ist, sagten die Bauern, so ist es was anders, und es läßt sich der Sache nachsinnen –

Er redete noch eine Weile mit ihnen, zeigte ihnen in allem, wie, wo, und wann; sagte ihnen auch noch das, wer gar nichts setzt, kann auch nichts gewinnen; ließ sie dann heimgehen, und den folgenden Tag, nach übernächtigem Rat, nahmen sie seinen Vorschlag in allen Teilen an, beschlossen mit dem neuen Jahr den ersten Beitrag an diesen Steuerfond zu leisten, und dann in zwei oder drei Jahren zu sehen, wie es mit der Sicherheit für dieses Geld einzurichten. –

Wie gesagt, der Junker und der Lieutenant erstaunten über diesen Entschluß. Man ist in den Geschäften nur Narren gegen die Donnersbauern, wenn sie einmal einer Sache recht auf der Spur sind, sagte der Lieutenant – und der Junker – ich habe noch nichts gesehen, das diesem Entschluß ähnlich ist – und machte eilends den Vogt ins Schloß kommen.

Dieser glaubte, sein Schritt habe mißfallen, aber sein Entschluß war genommen, will man das nicht, so will ich nicht Vogt sein. Er sagte den geraden Weg, entweder muß der Zustand des Volks auf einen festen Fuß gesetzt werden, und es muß einem Dorf, als Dorf, und im Großen so gut freigestellt werden, aus seinen guten Umständen, ohne Nachteil und zum Nutzen der Herrschaft für seine Nachkommen, wahre und wesentliche Vorteile zu suchen, als es einem jeden einzelnen Menschen erlaubt ist, dieses zu tun, oder es kommt nichts heraus. Er murrete bei sich selber, es wäre ja, wenn man dieses nicht erlauben wollte, vollends, wie wenn man einem sagte, du darfst in einem Haus so viel schöne Zimmer machen als du willt, aber die 4 Hauptwände des Hauses darfst du nicht instand stellen, daß sie nicht zusammenfallen. Und er kam wie ein Jud, der auf dem Weg zu einem Markt immer mit sich selber rechnet, den Kopf immer schüttelt, und das Maul nie still hält, – diesmal ins Schloß.

Arner bat ihn, ihm zu zeigen, wie es möglich, daß das Dorf eine Summe von dieser Größe zusammenbringen könnte! – Der Lieutenant setzte sich neben den Vogt hin, rechnete Satz für Satz nach was er angab – eine Viertelstunde ging vorüber, und der Ausspruch ward: die Sache sei möglich! – Der Junker und der Lieutenant stunden eine Weile erstaunt bei der so lang mißkannten und ungenutzten ersten Quelle des menschlichen Wohlstands. –

Es war nun am Tag, ein Dorf, das mit seiner Landwirtschaft eine gut geleitete Gewerbsamkeit verbindet, und das, was es ersparen kann, so gut zu Rat zieht, als wohl regierte Städte, und gut geführte bürgerliche Häuser dieses mit ihren Esparnissen tun, kann ein Kapital anlegen, dessen Zins ihm alle Lasten, die auf seinem Land liegen, bezahlt. – Und ein Dorf, das dies kann, kann auch ohne Maß mehr. – Der Vogt machte kein Geheimnis daraus, und der Lieutenant und der Junker sahen es ein; ein Dorf, das imstand ist, auf den ersten Streich in 25 Jahren 40000 Gl. zusammenzubringen, ist sicher auch instand, in den nächstfolgenden Jahren auf 100000 Gl. zu kommen. – Es fiel auf, daß durch diesen Plan –

Die Kräfte des Staats ohne Maß erhöhet, die Simplifikation aller Staatsauflagen erzielet –

Die Rechte der Menschheit dem niedern Volk versichert –

Eine dem Bedürfnis der Industrie und des steigenden Wohlstands angemessene Volkserziehung allgemein erstritten –

Die zufällige Unglücksfälle einzelner Familien von der Gesellschaft erleichtert, oder vergütet –

Die Landesbevölkerung ohne Maß und mit Sicherheit erweitert –

Der Militärdienst durch den Überfluß von Geld und Volk dem Land minder drückend gemacht; außerordentliche Staatsausgaben ohne die geringste Volksbedrückung erhoben: mit einem Wort, die höhern Endzwecke einer wahrhaft weisen Staatsgesetzgebung erzielet werden können. –

Es fiel auf, daß der einzige mögliche Weg etwas Reales zur Veredlung der Menschheit im großen beizutragen, auf einer weisen Bildung des Volks zur Industrie ruhet; und der Lieutenant sagte am Ende des Gesprächs, es ist wahr, Weisheit in Erwerbung und Anwendung des Gelds, ist das Fundament des Menschen, und aller Einfluß des Staats, der nicht auf dieses Fundament gebaut, ist, richtet zum wirklichen Wohl der menschlichen Gesellschaft nichts Solides und Allgemeines aus. –

Der Schluß war kurz: Arner versprach dem Vogt eine Ehrensäule, wenn er zustand bringe, worauf er angetragen; und versicherte ihn zuhanden des Dorfs, ihnen für jeden Heller ihrer Esparnissen, die sie zu diesem Endzwecke zusammenlegen werden, die höchstmöglichste Sicherheit, die irgendein Kapital im Lande haben könne, von seiten des Landsstände zu erteilen. –

Der Vogt erwiderte dem Junker, die Ehrensäule die er suche, sei die Sicherheit, daß er für seine Kinder und Kindeskinder nicht vergebens gearbeitet, und sie nicht in Lagen und Umstände kommen, in denen bis izt soviel als alle Dorfleute seien, daß ihr Zustand ganz unzuverlässig, und alle Augenblicke von einem jeden Wind abhange, der über sie wehe; dieses aber könne in der Welt nicht anderst kommen, bis alle Grundherrenrechte nach ihrem realen Geldwert angeschlagen, und den Untertanen der Weg gebahnet werde, zu ihrem und der Grundherren beiderseitigen Vorteil, und zur Sicherstellung und Festsetzung des Wohlstands des Volks auf Kinder und Kindskinder hinab, ihre Schuldigkeiten durch vernünftigen Gebrauch ihrer Ersparnisse, und durch Kapitalien, die sie aus denselben zusammenlegen können, zu entrichten. – Wenn Arner ihm, und dem Dorf, zu diesem helfe, so brauche er dann keines Steins zu seinem Angedenken, er hoffe, es werde dann sonst bleiben. – Hingegen das Anerbieten, dem Dorf von seiten der Landsständen Sicherheit für diejenigen Summen, die sie zu diesem Endzwecke zusammenlegen werden, zu verschaffen, nehme er mit höchstem Dank an, und bitte ihn sogar von seiten des Dorfs für diese Wohltat, welche zur Ausführung dieses Vorschlags äußerst wichtig sei. –

§ 63

Er schafft den Galgen ab, bauet ein Spital, und stellt den Henker zufrieden

Arner erkannte die Wahrheit dieses Systems, trat in alle Gesichtspunkte des Manns, der die Mittel und Wege die Umstände der niedern Menschen solid zu verbessern durch Erfahrung erkennen gelernt hatte, ein. Er fand seine Begriffe völlig übereinstimmend mit der Richtung, welche der Zustand der Welt durch den immer mehr steigenden Geldverkehr der Menschen in allen Klassen und Ständen genommen. – Die kleine Erfahrung, die sie in ihrem Dorf hatten, bestätigte es ihnen auffallend, wie weit die Aufmerksamkeit auf Ersparnisse, so sie mit Hang und Aussichten für Freiheit und versicherten Wohlstand verbunden, auch den niedrigsten Menschen bringen und emporheben könne.

Und der Einwurf, daß das Volk, das mit Geld sich von jeder Kette loskaufen könnte, allen Lastern sich ergeben, und man seiner nicht mehr würde Meister werden; dieser Einwurf, der so viel gesagt wird – so wenig Menschenkenntnis zeigt – und so wenig Erfahrung voraussetzt, wie eine vernünftige Stimmung zum Geldersparen den Menschen bilde – schien ihnen, wie er's ist, in Tag hineingeredt. –

Ein Volk, das sich durch Tätigkeit in gute Umstände setzt, und den Gesichtspunkt fest hat, seine Kinder und Kindskinder darin zu erhalten, ist an der besten Kette gegen alle Verbrechen, und vielleicht an der einzig realen; aber so es die Früchte seiner Tätigkeit ohne Aussicht auf wahre Verbesserung seiner Umstände, und ohne Rücksicht auf die Nachkommenschaft nur auffrißt, durchbringt, oder sich stehlen läßt, so ist es just da, wo man es nicht im Zaum halten, und mit keiner Gewalt dem Ausbruch seiner Verbrechen, mehr als zum Schein, steuern kann. – Die Erfahrung zeigte ihnen in ihrem kleinen Dorf, daß die Verbrechen in demselben in dem Maß abnähmen, als darin die Leute sparen gelernt; sie wurden dadurch sichtbar und allgemein minder ansteckend – Und da Arner wußte, daß das untrügliche Kennzeichen der Zeit und des Orts, wo und wann die öffentliche Gerechtigkeit menschlicher werden könne, dieses sei, wenn die Verbrechen nicht mehr ansteckend sind, so schaffte er, sobald er von der sichtbaren Verminderung derselben und ihrer Ansteckung sicher war, den Galgen ab, und erklärte feierlich an der Gemeinde, so lange kein Blutgericht in Bonnal mehr halten zu lassen, als sich in der Gemeinde nicht 3 Menschen fänden, die nach der alten Art die Verbrechen zu behandeln, das Leben verwirkt hätten. –

Es war an eben der Gemeinde, an welcher er den Entschluß ihre Ersparnisse, zur Befreiung ihres Lands anzuwenden, lobte, und ihnen noch einmal Sicherheit von der Seite der Landsständen versprach. – Wo die Menschen in eine Ordnung gebracht, und in einer Ordnung gehalten werden, daß man nicht alle Augenblicke von ihnen fürchten muß, sie jagen einander das Messer in den Leib, oder sie zünden einander die Häuser an, da gehören die Verbrecher nicht mehr an den Galgen, sondern in den Spital, sagte er an eben dieser Gemeinde, und schenkte ihnen und seiner Herrschaft ein altes Jagdschloß mit Wall und Mauer, darin 15–20 Juchart Land eingeschlossen, zu einem solchen Spital für die Verbrecher. – Das Tor am Schloß war von den Steinen des abgebrochenen Galgens aufgeführt, und das Äußere des Spitals so schauerlich und abschreckend gemacht, als das Innere desselben ordentlich, regelmäßig und schonend, die armen Leute in eine bessere, vernünftigere, und für das bürgerliche Leben brauchbarere Seelenstimmung zu bringen, geschickt, und mit äußerster Sorgfalt, vieler Psychologie, und noch mehrerer Volkskenntnis dazu angelegt war.

Aber er mußte noch mit dem Henker abschaffen, daß er dieses getan habe. Am Tag darauf stund er ihm vor der Tür, brachte die untertänige Vorstellung ein, „daß er einmal Henker sei, und kein Brot habe, so der edelfeste Junker den Galgen abschaffe, und auch den Pranger nicht mehr gebrauche, wie es die Zeit her geschehen." –

Arner dachte wohl, er könnte ihm sagen, er sei noch jung und stark, und könnte noch wohl etwas anders lernen, als Menschen hängen und auspeitschen; aber er wußte, was das in der Welt für Schwierigkeiten habe, fand es wirklich billig, wenn die Gesellschaft jemanden in ihrem Dienst zu etwas mache, daß er fast nicht mehr anders werden könne, so müsse sie ihn dann auch erhalten, wie er sei. Er fragte ihn, wieviel ihm sein Dienst eingetragen, da er noch nichts zu klagen gehabt? Und auf seine Antwort, bot er ihm das Doppelte an; und im Heimgehen wünschte dieser herzlich, daß auf diese Weise alle Galgen in der Welt abgingen. –

Aber der Junker mußte noch mit mehreren Leuten, als nur mit dem Henker, abschaffen, die durch die gute Ordnung dienst- und brotlos wurden. Ich mag sie nicht nennen. –

Am Ort, wo der Galgen gestanden, richtete er eine Säule auf, mit der Überschrift: „Das Hochgericht abgeschafft durch gute Ordnung 1786." Nun ließ er auch die Urkunden seines Volksfests öffnen, und der Gemeinde vorlesen; bestimmte den Maien künftigen Jahrs zur ersten Feier desselben; und mit diesem Schritt hielt er sein ganzes Unternehmen, in Absicht auf dieses Dorf, in allen seinen Teilen nun vollendet, oder damit ich mich richtiger ausdrücke, vollkommen angefangen. –

§ 64

Ein Bild der Welt – im Wirrwarr von Irrtum und Trugschlüssen

Indessen vernahmen sie in Bonnal die ganze Zeit nichts vom Herzog. Bylifsky schrieb zwar immer an Arner, foderte forthin Nachrichten vom Fortgang der Sachen, billigte Schritt für Schritt was sie vornahmen, lobte und ermunterte in jedem Brief den Lieutenant, aber vom Herzog nie keine Silbe. Arner fand es selber sonderbar, und sagte den geraden Weg, es mache ihm Mühe. Der Lieutenant hingegen widersprach allemal, wenn davon die Rede war, und behauptete, das ändere im ganzen nichts, und man könne gleich auf ihn zählen wie Gold, er habe ihm schon in Bonnal den Wink gegeben, daß es so kommen könnte, da er beim Pfarrhaus die Worte zu ihm gesagt, deren er sich noch gar wohl erinnere: „Er solle vollends handeln, wie wenn er ihn nicht kennte, und wie wenn er nicht in der Welt wäre." –

Er hatte recht; seitdem Bylifsky den Entschluß genommen, den Dickhals in seiner Arbeit, den Herzog über das Bonnalerwesen erkalten zu machen, nicht zu stören, bis es Zeit sei, konnte er ihnen auch nichts weiters sagen, als er wirklich tat.

Es war ein Meisterstück der treuen Ehrlichkeit, und der sichergehenden Unschuld gegen den höchsten Flug des feinsten und schlauesten Gegnermuts.

Er ließ Helidor vollkommen siegen. Der ganze Hof sang sein Lied. Der Herzog selber sagte: es sei mit dem Bonnaler Wesen ein Traum, und nichts anders; und jedermann glaubte, Bylifsky lasse es gelten, und schäme sich izt selber, daß er so viel daraus gemacht. –

Niemand als der Dickhals sah was wahr war, daß der Feind sich nur zurückgezogen, und daß er ihn nichts weniger als geschlagen, sondern viel mehr ganz sicher noch einen Kampf mit ihm zu bestehen haben werde; er fühlte auch, daß die Siegerstellung, in der er zu stehen schien, nichts weniger als vorteilhaft für den Angriff, der ihm bevorstehen könnte, sei; aber es war zu spät; der Ton war gegeben, und er konnte izt nichts mehr machen, als die Umstände abwarten, und Bylifsky beobachten, welches langweilig und schwer war, weil dieser nichts tat – (versteht sich in diesem Stück) – und es ist Steintragerarbeit, passen und lauren, wo sich nichts regt; und dazu machte er Bylifsky mit seinem Lauren noch Vergnügen: das Bollaug konnte nicht anderst, als sich auftun, wenn dieser um den Weg war; sosehr sein Meister sonst sein Gesicht und seine Falten in seiner Gewalt hatte, und so gern er gegen jedermann tat, als ob er niemanden achte, so konnte er es izt nicht mehr gegen Bylifsky. –

Aber es war lange nicht so; sehr lange glaubte er, er habe das Feld wirklich behauptet; und der Eindruck, den er mit dem Wort, „Die Welt ist ein Narrenhaus", mit seiner Terne und Quaterne, und mit vielem andern, diesfalls auf den Herzog gemacht, habe Bylifsky mit seiner Träumerprotektion gänzlich zum Schweigen gebracht. –

Der Herzog war soviel als ganz abgelenkt; es tat ihm freilich manchmal noch weh, das schöne Ding für nichts zu achten, und ganz aus dem Kopf zu schlagen; aber Helidor wußte immer alle seine Launen zufriedenzustellen, und ihn vergessen zu machen, was er wollte, daß er vergesse. Bylifsky tat seine Geschäfte, und ließ kein

Wort mehr davon fallen. Ein einziges Mal sagte der Herzog zu ihm: Es ist schade, daß auch dieses nichts ist, und es tut mir weh; aber es ist wahr, die Menschen sind nicht in der Welt, die darin sein müßten, wenn man so etwas als eine Staatsache ausführen wollte. Ihr Durchlaucht! erwiderte Bylifsky, der Mensch ist ein sehr gelehriges Tier*, aber man muß ihm alles zeigen, was er nicht kann, und ihn zu allem anführen, was er sein muß, und so ist es auch mit diesem, man muß ihn dazu anführen. –

Ach Gott! sagte der Fürst, das ist nicht möglich, und brach das Gespräch ab. Der ganze Hof meinte, er habe alles aus dem Sinn geschlagen; und Sylvia, die auch wieder da war, und ihren Metzgerhund völlig wieder vergessen, streckte den Hals wieder wie vor und ehe, und wie sie ihn wieder streckte, wuchs in ihrem alten lahmen Seelchen der einzige Mut, der darin Platz hatte, der Mut, sich zu rächen; sie glaubte, es sei itzt die rechte Zeit, und erzählte die Bettlergeschichte des verloffenen Lieutenants, und den Brotmangel des armen Manns, der zum Schulmeisterhandwerk gezwungen, wo sie konnte und mochte; und so, wie die Karten lagen, gab es Herren und Damen recht viele, die das gern hörten, und was sie nur wußte, und noch mehr dazu, erzählte sie von diesem Landstreicher, der ihren guten Vetter mit seinen Dorfkindern bis in des Herzogs Stuben hineinbringen können, wo er itzt noch hange, aber vielleicht nicht lange mehr hangen werde, wenigstens unter keinem Titel hinpasse. Das ist wohl wahr, sagte einer, der den Herzog recht gut kannte, und es nimmt mich wunder, wenn er ihn nicht einmal verbrennt, oder zum Fenster hinauswirft – und erzählte, wie er den Bauernbuben die Haare abschneide, wie er sie Schönschreiben und Feldmessen lehre, indessen der blinde arme Vetter seinen eigenen Buben in der größesten Unwissenheit aufwachsen, und zu einem Bauerntölpel werden lasse, daß weit und breit wohl kein größerer herumlaufe; vergaß auch die schöne Frau nicht, die dem Herrn Lieutenant sein Glück gemacht, und ihm die ganze saubere Schulordnung eingerichtet, und was das für ein Mustermensch sei, und wie es mit seinen Kindern umgehe, wenn etwa einem ein Wort entrinne, das dem Hrn. Lieutenant und Kompagnie nicht anstehe, wenn es schon wahr sei.

Das gab dem Müßiggängervolk, das vom Helidor schon auf diesen Ton gestimmt war, Stoff, darüber sein Gespött zu treiben; und da

---

* *Anmerkung:* Muß ich auch hier wiederholen? Ich sage nicht, der Mensch ist ein Tier – ich sage nur, der Minister Bylifsky hat gesagt, der Mensch ist ein gelehriges Tier. –

sie meinten, der Minister achte es nicht, und dem Liebling sei es Weihrauch, so tat's jeder; man spöttelte am Spieltisch, man lächelte an der Tafel, man bemitleidete in der Gesellschaft, man höhnte laut unter vier Augen; die tiefste Niederträchtigkeit rühmte die Engelseele des Junkers, der sich zu solchen Narrheiten verleiten lasse. Ein Geistlicher sagte, im Himmel, im Himmel! da sehen wir den heiligen Engeln dann gleich; aber auf Erden, setzte der Priester hinzu, gehört der Bauer ins Kot, und die Obrigkeit hat das Recht zu fischen und zu jagen. Ein Philosoph meinte, es könnte nicht anderst sein, es müßte kommen wie in der verkehrten Welt, wo der Esel dem Herrn den Bart putzt – Baronen und Grafen, wenn sie lümpelen, müßten so Bauern werden; und Bauern, und Grafen, die schakkerten, könnten Baronen und Grafen werden, und man könnte dann keine Dienst mehr finden.

Es ist dumm, sagte ein anderer, das ist ja, wie wenn das Menschengeschlecht in der Welt zu spinnen und zu weben wäre, es ist viel zu edel dafür. –

Just umgekehrt, sagte ein anderer, wenn das Menschengeschlecht edel wär, so könnte man wohl so etwas mit ihm probieren, aber Gott behüte uns vor seinem Adel – die Quelle alles dieses Narrenprobierens ist just, daß man das glaubt, und das natürliche Verderben der Menschen nicht erkennen will; aber man gehe nur aufs Dorf, setzte er hinzu, und probiere, wer einem danke, wenn man ihm etwas Gutes raten will, ich habe es erfahren, ich habe auch Projekte gemacht, und es gewiß gut gemeint – aber der Mensch ist im Grund verderbt, und nimmt das Gute nicht einmal an, wenn man ihm es noch so deutlich sagt, und sozureden, umsonst zeigen will.

Selig wer für sich selber sorgt, sagte ein Raucher, und blies dem andern, der vor ihm zu stund, den Knaster ins Gesicht.

So war es izt. – Selbst der Fürst hörte hie und da ein Wort von diesem Unfug; aber er zeigte, daß er keinen Gefallen daran habe, und wich es aus mit jemand davon zu reden.

Es gab immer noch Augenblicke, da ihm das Wasser in die Augen kam, wenn er vor Arner und seinen Kindern zu stund, aber das war ihm auch nicht recht. – Daß ich doch so ein Narr bin, und mich immer mit meinen Träumen plagen muß, sagte er einmal, da ihm seine Augen so zur Unzeit darüber naß wurden, zu sich selber, sein Herz schlug ihm da er's sagte. – Er blieb noch einen Augenblick vor dem Gemälde stehen, sah es starr an – sagte dann wieder – Nein, es ist doch nichts als Traum –! – Und einen Augenblick darauf – es betrügt und plagt mich. – Mit dem Wort warf er einen Marmor, der auf seinen Papieren ihm an der Hand lag, gegen das Gemälde hin, der ging durch, machte mitten durch Arners Kopf einen Riß – wie es gewöhnlich geht, wenn Fürsten einem Menschen im Mißmut das an Kopf schmeißen, was sie in Händen haben.

Aber der Herzog schämte sich, sobald Arner das Loch im Kopf hatte, und nahm das Gemälde mit eigener hoher Hand von der Wand herunter, tat es hinter den Schlüssel, wo niemand so leicht hinkommt, und sah es noch, ehe er die Tür beschloß, mit einer Art von Wehmut, die ihn wieder weinen machte, an; sagte dann zu sich selber – er hat doch das nicht verdient! – Aber es war nun einmal so; es war von der grauen Wand hinunter, der Dickhals hing wieder allein da wie vorher, doch wußte kein Mensch wie es gekommen, und der Herzog sagte auch dem Helidor nicht was begegnet; aber das Affenvolk von der Aufwart glaubte es dennoch zu wissen, hielt es für ein untrügliches Zeichen der allerhöchsten Ungnade, und diese Notables des Herzogtums, die in den Gemächern des Fürsten aus- und eingehen, trieben izt die Unverschämtheit über den Arner und sein Wesen zu reden aufs Äußerste, so, daß Helidor selber anfing zu widersprechen wenn es zu bunt ging; es machte ihm wirklich bang, ihr wisset warum, aber er konnte izt nicht mehr helfen; er hatte den Bach anlaufen lassen, und nun war es umsonst, dem Wasser zu sagen, wie weit er gern hätte, daß es naß mache. –

Der arme General saß bei Hof wie auf Nadeln. Er war gekommen, und meinte sein Vetter wär oben am Brett, und der Herzog werde sicher mit ihm von ihm reden – izt war es so, der Herzog hatte noch kein Wort mit ihm gesprochen. Bylifsky wich ihn aus; und der Hof spottete, wenn von ihm die Rede war. Das einzige liebreiche und billige Wort, das er über den Vetter gehört, war von Helidor; auch schrieb er ihm in den ersten 8 Tagen folgenden Brief –

Armer Vetter!
„Du bist betrogen! Der Minister, der Dir aufs Dorf hinaus so freundlich schreibt, tut hier, als wenn Du nicht in der Welt wärest; ich habe ihn so vielmal gesehen, und noch kein einziges Mal gehört nur Deinen Namen aussprechen: es scheint, Deine Sachen müssen dem Herzog auf einer Seite vorgestellt worden sein, daß sie ihm mißfallen. Izt läßt es Bylifsky gelten, und schweigt von allem: Auch Dein Gemälde ist, wie ich es mir aber vorher eingebildet, aus dem Kabinett fort, und Helidor hängt wieder allein darin. Meine Ehrlichkeit fodert, daß ich Dir das alles sage, Du hast keinen Menschen hier, der sich Deiner annimmt; und so ist doch zuletzt alles wahr,

was ich Dir im Anfang gesagt, daß Du Dich umsonst plagest; Du wirst es nicht glauben, aber wenn jemand noch hier ist, der es gut mit Dir meint, so ist es Helidor; es möchte mir das Herz zersprengen, daß der andere izt so gegen Dich ist, wie ich ihn izt erfahren." –

So schrieb der General, und meinte, daß das, was er schrieb, so wahr als das Wort Gottes. – Er hatte ja alles mit seinen Augen gesehen, und mit seinen Ohren gehört, und es fehlte ihm gar nichts, als die Ursachen und der Zusammenhang davon. –

§ 65
Das Gewäsch über Arners Wesen, das in Tag hinein so laut tönte, wird denn wohl enden

Der Hof vernahm jeden Schritt, den Arner weiters tat. Aber die Nachricht von der Abschaffung des Galgens, und vom Zusammenlegen der 40000 Gulden, schien unglaublich; man zog Nachrichten ein; die Sache bestätigte sich; der ganze Hof staunte; und der Herzog sagte auch bei diesem Anlaß, der Traum ist Himmel schön; aber je weiter er ihn treibt, je deutlicher fällt es auf, daß die Ausführung im großen unmöglich. –

Man hat's ja in B** und O** erfahren, daß es mit dem Galgen nicht so angeht, sagte das Hofvolk –

Aber es ist doch erstaunlich, daß es ihm angeht, sagten einander einige Weiber – dennoch spottete man izt mehr so; man hielt das Wesen nunmehr für eine Rarität und für einen Guckkasten, und es wurden Parteien abgeredt, auf den künftigen Sommer das Wesen in Bonnal zu schauen, wie man Parteien abredt, den Gletscher zu sehen, und vor kurzem auch den Micheli von Langnau. Dieser Gang der Dingen aber gefiel dem Helidor gar nicht, er fing an darüber sehr ernsthaft zu werden; das unabänderliche Schweigen Bylifsky bei seiner ebenso ununterbrochenen Aufmerksamkeit auf diesen Gegenstand lästete ihn, wie ihn noch nichts lästete; es ahndete ihm, was ihm bevorstund, und er verhehlte es sich nicht, es nähere ein Sturm, der ihm seinen Sieg entreißen könnte. Dieser Mensch, sagte er zu sich selber, zieht mich durch die Stille, mit der er seinen Karren anhaltend fortschleppt, in Grund. Er wußte, daß Bylifsky seinen Briefwechsel mit Arnern beständig unterhielt, und daß er seit ein paar Monat alle Wochen zwei Abende regelmäßig mit Endorf, der an der Spitze der Finanz, und Nelkron, der an der Spitze der Justiz stund, ganz allein zubringe; wußte, daß diese zwei alte Diener des

Herzogs, seit Anfang seiner Regierung, allen Projekten desselben entgegen gewesen, und ohne Widerred, in Absicht auf den Zustand der Verwaltung des Lands und die Quellen seines Wohlstands entscheidende und äußerst ausgebreitete Kenntnisse hatten. Diese beiden Männer schwiegen izt über Arners Tun, wie Bylifsky; Helidor kam nicht dazu, ihnen ein Wort zu entlocken, wie sie darüber denken. Er fühlte, daß das Wetter von dieser Seite gegen ihn anrücke, und war äußerst betroffen; da er sonst mit seiner weiten Nase alles schnell roch, hatte er doch dieses lange nicht gerochen, und es ließ sich vor wenigen Wochen nicht von ferne träumen, daß Bylifsky in dieser Sache mit diesen Männern einstimmig werden würde, aber es war nun so – sie hatten es monatelang überlegt, aber nunmehr sich bestimmt erklärt, die ehemalige Projekte des Herzogs seien alle dahinaus gelaufen, man solle trauen und geben; von diesem hingegen bestehe das Wesentliche darin, zu machen, daß man trauen müsse, und vom Geben sei gar keine Rede. – Auch habe man bei den andern Projekten immer alles Gute, das schon da gewesen, wie nichts fortfliegen, und wie die Goldmacher das Gold im Rauch aufgehen lassen. Arner hingegen suche mit der tätigsten Sorgfalt ein jedes auch noch so kleines Gute, das schon da sei, zu erhalten, zunutz zu ziehen, und höher zu treiben; auch passe er alles Alte seiner Manier an, und er überflügle dadurch diese Freßtiere wie ein Adler eine Fledermaus. Sie erkannten selber, er binde den Faden der Justiz und Finanz da wieder an, wo bis izt alle Weisheit der Kabinetter sein Abschneiden nicht hindern konnte, und wirke bestimmt auf diejenige Stellen, und nach denjenigen Gesichtspunkten, die theoretisch schon längst allgemein als die Hauptstellen und Hauptgesichtspunkte, auf welche, und nach welchem man bei aller wahren Menschenführung wirken soll, anerkannt seien, indessen aber niemalen durch praktische Versuche, mit richtiger Übersicht des Ganzen, also erprobet worden, wie er es getan. –

Sie gestunden, die Finanz, wie sie gegenwärtig betrieben werde, halte sich fast vollends nur bei der Ausbeute auf; er hingegen steige bis in das Innere des Bergs, und mache bei den Quellen der Ausbeute Ordnung, wo fast noch gar nie eine gewesen.

Ebenso bekannten sie, der wahre Vorteil der Landsgerechtigkeit hange ganz von dieser Sorgfalt für die Quellen der Finanz ab.

Nelkron sagte deutsch, die Finanz des Staats bleibt ein ewiger Meerstrudel, der alles, was sich ihm nähert, in seinen Abgrund verschlingt, und nie nichts wiedergibt; und die Gerechtigkeit ist wie die Pest, die öffentlich tötet, was sie im Finstern ansteckt, solange die

Menschen nicht zu dem gemacht werden, was sie sein sollen, und die Leitung, Führung und Bildung der Menschen nicht einerseits mit ihren Umständen überhaupt, anderseits mit den Bedürfnissen der Finanz, und den Foderungen der Gerechtigkeit in Harmonie gebracht werden – und fand einstimmig die gute Bildung des Menschen zur Industrie, das ist, zur Hervorbringung und zu Rathaltung des Hervorgebrachten, oder zum Verdienst und zur Sorgfalt für das Erworbene, sei das einzige wahre Mittel, zu diesem Ziel zu gelangen, und dadurch auch der endlichen Erreichung der höhern Endzwekken der Staatsgesetzgebung entgegenzurücken, und namentlich die Vereinfachung der Finanzoperationen dahin möglich zu machen, daß der Beitrag der einzeln Menschen zu den öffentlichen Abgaben zwischen den Belasteten in ein billiges Ebenmaß gebracht, und ihre Enthebung nicht weiter durch die volksbedrückenden Umstände, mit denen sie begleitet, der Quelle aller Staatsressource ohne Maß mehr schade, als der Betrag des Beitrags von seiten der zerrütteten niedern Ständen ihm wert sein kann – anderseits den Quellen der Verbrechen zu steuern, die so sichtbar und so allgemein von dem Mangel der Bildung der Menschen für die Befriedigung der in der Welt immer wachsenden Staatsbedürfnisse herrühren.

Sie machten keine Schwierigkeit mit Bylifsky einzutreten, dem Herzog als eine Staatsangelegenheit vorzutragen, Arners Volksbildung in ihren Grundsätzen genau und mit dem Endzweck zu untersuchen, den Mitteln nachzuforschen, ihre Ausführung allgemein zu machen.

Auch fanden sie zum voraus, dieser so weit gehende Vorsatz fodere keine andere Einmischung des Staats, als erstlich einen öffentlichen Lehrstuhl über die Wissenschaft der Volksführung nach Arners Grundsätzen, um besonders den jungen Adel auf sein großes Interesse in dieser Sache aufmerksam zu machen: zweitens, die Errichtung einer Staatskommission, die mit dem Wesentlichen dieser Grundsätzen, so, wie mit den Lokalbedürfnissen und Lagen der verschiedenen Teilen des Reichs bekannt, mit den einzelnen Personen, die mehr oder weniger auf dies System zu arbeiten sich entschließen würden, in Verbindung treten müßte, um sie mit ihrem Rat und ihren Einsichten zu unterstützen, mit dem Erfolg sowohl, als mit den Schwierigkeiten ähnlicher Versuchen bekanntzumachen, und indessen selbst genaue Tabellen von dem allseitigen Fortgang der Sache aufzunehmen, und sich so des wahren Zustands eines jeden einzelnen Versuchs in allen seinen Teilen zu versichern hätte, um die Mittel zur Hand zu bringen, den allseitigen Fortgang der Sache von Staats wegen zu befördern, und das bestimmte Maß des Einflusses dieser verschiedenen Versuchen auf das Ganze so richtig beurteilen als leiten zu können; wobei indessen niemandem im Land zugemutet würde, weder mittelbar, noch unmittelbar, mit dieser Staatskommission in Verbindung zu treten, wenn er nicht wollte. – Das war ihr Plan. – Sie rechneten in demselben gar nicht auf die Tugend der Menschen, sondern bloß auf ihre Gierigkeit; aber sie wußten, daß ihre Tugend wie ein Pfropfreis auf dem wilden Stamm dieser Gierigkeit kann gezweiget werden, und auf demselben so feine Früchte zu tragen imstande ist, als ihre Natur jemals hervorgebracht hat. –

Nelkron sagte, wenn die Ausführung dieser Grundsätze sich durch nichts erproben würde, so fiel sie dadurch auf, daß die ersten Menschenfresser dieser Erde, den Schafpelz dieser Grundsätze anziehen mußten, um dadurch zu ihrem Fraß zu gelangen, wie zu lesen in den Lobpreisungen des Fleißes, der Betriebsamkeit, und der häuslichen Glückseligkeit, als den ersten Stützen des Staats, in Kabinettsordern und motivierten Befehlen bestohlner Fürsten an ausgesogene Völker. –

Auch das fanden sie, Arner wäre nicht dahin gekommen, den Galgen abzuschaffen, und in einem Dorf einen Steuerfond entstehen zu sehen, wenn er auf diese bestimmte Endzwecke hingearbeitet hätte; sondern sei eigentlich dadurch dahin gekommen, weil er nichts gesucht, als jeden einzeln Menschen in seinem Dorf für sich selber, und für das Seinige in Ordnung zu bringen; und die weitern allgemeinen Gesichtspunkte seiner Dorfregierung nicht anderst, und durch keine besondere Anstalten allein betrieben; sondern sie bloß als Folgen seiner Aufmerksamkeit auf den Vorschritt seiner Dorfleute in ihrer Privatweisheit, Privatordnung, Privatwohlstand angesehen, abgewartet, und benutzt.

Und diese Bemerkung schien sie auf eine einfache und sichere Art zu dem Grundsatz zu führen, daß die größern Gesichtspunkte der Staatsweisheit bei einem Volk auf eben diese Art müssen erzielet werden, und daß ihre Erreichung ebenfalls darauf ruhe, daß die Regierung in ihren größern Kreisen ihre Aufmerksamkeit und ihren Einfluß ebenso dahin lenke, daß ein jedes Glied der Gesellschaft für sich selbst, und für das Seinige, in eine gute Ordnung gebracht und darin erhalten werde; und denn auch das übrige, nämlich die größern Staatsendzwecke, als die Verbesserung der Finanz und Justiz, als natürliche Folgen des allgemeinen Vorschritts der Menschen, in seinen versicherten, und fest auf häusliche Weisheit und Ordnung gegründeten Privatwohlstand ansehe, abwarte, und benutze.

Sie betrachteten in diesem Gesichtspunkt einen ganzen Abend den Einfluß der Reformationsepoche auf Europa, und erstaunten ab der Bemerkung, wie wenig es zur allgemeinen Erheiterung der Regierungen, über die echten Grundsätze, die Menschheit weiterzubringen, beigetragen, daß alle Länder, in denen durch die Reformation die Aufmerksamkeit der einzeln Menschen, auf ihre geistliche und zeitliche Wohlfahrt und Sicherheit allgemein rege gemacht worden, einen so auffallenden Vorsprung gegen die katholischen Länder, in denen diese Aufmerksamkeit der einzeln Menschen auf ihre Wohlfahrt und Sicherheit damals durch nichts so lebhaft rege gemacht worden, genommen haben. –

Und wie es dann geht, sie kamen in diesem Gespräch auf das neue Märchen, daß Europa eine Religionsveränderung zugerüstet werde. –

Nelkron, der alte Feind der Pfaffen und ihres Einflusses, behauptete die einzige Bemerkung von dem auffallenden Unterschied des Finanzzustands der reformierten und der katholischen Länder, in dem zwei Jahrhundert sich beiderseitige Lande, in Absicht auf den Vorschritt, in allen Kräften des Staats, und des Vorschritts des Wohlstands der Einwohner noch itzt befinden, müsse ein jedes Kabinett von Europa gegen den Gedanken einer solchen Seelenvereinigung der Menschen empören. – Wenn je etwas wahr ist, setzte er hinzu, so ist es dieses: Die Stärke des Staats ruhet darauf, daß seine Glieder Raum und Spielkraft und Reiz finden, an Leib und Seel für sich selber zu sorgen, und eine solche Vereinigung würde diesen Raum und diese Spielkraft, und diesen bildenden Reiz im Menschen erschlaffen, wie weiche Betten die Glieder eines Kämpfers – und mit Eifer setzte er hinzu, Geschichte und Erfahrung beweisen, daß die Kräfte des Menschen und ganzer Geschlechter von Menschen schwinden, wenn sie dahin gebracht werden zu glauben, es sorge jemand ohne ihr Zutun an Leib und Seel vor sie, hieße er dann wie er wolle, König oder Priester. –

Es ist dann noch ein Unterschied, ob der König oder Priester gemeint sei; es sind dem Menschen für den König seine fünf Sinnen nicht halb so feil als für den Priester, sagte Bylifsky.

Da haben Sie recht, erwiderte Endorf, es ist als wenn er seiner Natur nach nicht anderst könnte, als für die Sache seiner gottesdienstlichen Lehre blind sein; er ist es sicher nicht den zehnten so stark und so gern für das System seines Königs in der Verwaltung des Lands. – Aber überall und in allem, setzte er hinzu, hört der Mensch auf die Ohren zu spitzen, und die Augen offenzuhalten, sobald er sich vereinigt und sicher glaubt; im Gegenteil macht ihn nichts so Augen und Ohren brauchen, und auf seiner Hut zu sein, als das rege Bewußtsein der Unsicherheit und Trennung; und wenn etwas auffallend wahr ist, so ist es dieses: Das Aufgeben dieses regegemachten Gefühls der Unsicherheit in Religionssachen könnte eine unabsehbare schädliche Wirkung zur Abschwächung der dem Menschengeschlecht so allgemein und dringend notwendigen Vorsichtigkeits- und Sorgfaltskräften hervorbringen.

Das ist richtig, erwiderte Bylifsky, es könnte unmöglich anders sein, als der Glaube, es sei mit der Religion alles in Ordnung, müßte die Menschheit notwendig über diesen Punkt blind und sorglos machen; und ebenso notwendig müßten die in seinem Innersten begünstigte Schwäche und Sorglosigkeit sich auf das Ganze seines Zustands und seiner Stimmung ausbreiten – und doch wäre dieser Glauben, es sei dann mit der Religion alles in Ordnung, das öffentliche Ziel einer solchen Vereinigung. –

Endorf aber meinte, die Welt sei zu stark vorgeschritten, als daß sie izt noch etwas von einer Schlinge zu befahren hätte, die ihr von dieser Seite gelegt werden könnte.

Aber Nelkron sagte, der Mensch legt sich mit Leib und Seele so gern auf die faule Haut, und es kommt darauf an, wieweit die Urheber eines solchen Vereinigungsplans einen mehr oder minder klugen Gebrauch von dieser Menschenschwäche, die unsere Tage dennoch so ganz besonders auszeichnen, machen würden. – Wenn sie z. Ex. den ersten Becher dieses Seelenopiums Fürsten austrinken machen würden, so bin ich sicher, daß ganze Völker nach ihnen den Hepfen dieses Schlaftranks hinunterschlucken, wie einen Göttertrank. –

Der Grad unserer Aufklärung macht das unmöglich, meinte Endorf.

Schweig doch mit deiner Aufklärung, erwiderte Nelkron; wenn ich das Wort höre, so fällt mir der Stadtratsherr ein, der ob seinem Glauben an diese Aufklärung eine Wette mit einem Schauspieler verlor: er behauptete, seine (nämlich des Ratsherrn seine Stadt) sei zu aufgeklärt, als daß sie ein schlechtes Theaterstück nicht auspfeifen würde. Der Schauspieler erwiderte, die dümmste Harlikinade müsse der Stadt gut genug sein, und mehr gefallen, als alles, was sie bisher gesehen. –

Der Herr Ratsherr ließ sich in seiner Stadt gegen den Fremden so weit hinab, daß er mit ihm wettete, das sei nicht möglich; und dieser, mit der Zuversicht eines Manns, der in seinem Leben schon durch gar viele Tore hineingegangen, nahm des Ratsherrn Wette an, spielte zwei Stück, und die gute Stadt klatschte dem Narrenstück, und gähnte beim guten – soviel ist sich auf ein solches Ratsherrenvertrauen auf die Aufklärung ihrer Städten und Landen zu verlassen! – Einen Augenblick darauf sagte er noch: Die Geschichte der großen Welt, oder vielmehr der großen Städten, beweiset nichts auffallender, als daß dieses Phantom unserer Zeit, so einseitig als sein Vorschrift gelassen wird, so sonderbar als es sich an falsche Begriffe von natürlicher Einheit ankettet, und bei dem sichtbaren Mangel dasselbe auf den wahren Wohlstand des Volks, auf gute, häusliche Sitten, und bürgerliche Weisheit zu bauen, unter diesen Umständen leicht eine Wendung nehmen kann, den Menschen in eine seinem wilden Zustand sich nähernde Vervieherung (abrutissement) hinabzustürzen, in welcher die religiose Schwärmerei denn wirklich gegen diese Aufklärung wie ein Himmelslicht, das mitten im Rauch und Dampf eines fürchterlichen Erdbrands leuchtet, erscheinen könnte. –

Gott bewahre uns vor beidem! vor dem Dampf des Erdbrands, und vor der Lufterscheinung, die mitten im Erdbrand wie ein Himmelslicht leuchtet, sagte Endorf.

§ 66
Ein Schurkenversuch, der aber mehr als halb mißlingt

Aber was würden Sie tun, wenn auch Nelkron und Endorf anbringen würden, das Raritätendorf in Bonnal verdiene die Aufmerksamkeit der Regierung? – So sagte der Liebling dieser Tagen zum Fürsten, als dieser unter Scherz und Tand mit ihm das Schach zog.

Du willt mich das Spiel verlieren machen, mit dieser dummen Frage, sagte der Fürst. –

O! Ich will Ihre Antwort gern erst dann, wenn Sie Ihren Zug getan haben, versetzte Helidor. –

Da steht er, sagte der Fürst – tat den Zug – und wiederholte, eine dümmere Frage konntest du nicht wohl erdenken. –

Helidor: Aber warum das Ihr Durchlaucht?

Fürst: Es sind im Land nicht zwei Männer, vor denen du sicherer sein kannst, daß sie in ihrem Leben nie in kein Projekt hineingehen werden, als diese. –

Helidor: Ich glaube es auch; aber doch nimmt mich wunder, was Ihr Durchlaucht tun würden, wenn sie Ihnen izt mit einem kämen. –

Fürst: Genau das, was ich tun würde, wenn der Mond auf die Erde herunterfiel – vorher niemandem kein Wort davon sagen. –

Helidor: Sie halten es also für ganz unmöglich?
Fürst: Ganz sicher – Schach dem König –
Helidor: Zieht –
Fürst: Der war gut –
Helidor: Aber es ist sicher nicht unmöglich, daß Nelkron und Endorf mit dem Bonnaler Wesen, und mit Projekten, die sich darauf gründen, einkommen werden.
Fürst: Hast du deinen Kopf verloren, daß du anfängst also zu träumen? Sie haben in ihrem Leben noch zu keinem Projekt ja gesagt, und dadurch in 20 Jahren den Ruhm behalten, sich selber, und mich hierin nie betrogen zu haben; und diesen werden sie gewiß nicht verlieren wollen.
Helidor: Das alles weiß ich; doch halte ich es für mehr als wahrscheinlich, sie gehen mit Bylifsky in Bonnaler Projekte. –
Fürst: Dieser redt ja selber kein Wort mehr davon. –
Helidor: Das wird schon kommen; er schweigt genau, um dann desto sicherer mit Erfolg davon zu reden. –
Der Fürst lehnt sich hinter sich – hört auf zu spielen, sagt, was ist das? Was setzest du mir in Kopf? Was weißest du?
Helidor: Ihr Durchlaucht! Über Jahr und Tag läuft eine regelmäßige Korrespondenz zwischen ihm und Arner; und bei der Menge seiner Geschäften, bei der Vernachlässigung aller seiner übrigen Korrespondenz, sendet er immer Briefe von sichtbarer Weitläufigkeit und Schwere dahin – empfängt noch gar viel größere, und monatlich ganze Rollen Papiere von dort her – Von allem dem sehen weder Ihr Durchlaucht, noch kein Mensch am Hof ein Wort; hingegen kommen Nelkron und Endorf, seit Monaten, alle Donstag und Samstag abends zusammen, das weiß ich gewiß; die Papiere von Arner liegen dannzumal auf dem Tisch, und die vorige Woche haben sie alle drei eine Schrift unterzeichnet, die mitten unter Arners Papieren dalag – das ist eins. – Denn ist die Abschaffung des Galgens, und das Projekt mit dem Steuerfond, das sind beides nicht Sachen, von denen man glauben kann, sie seien ohne Rücksicht auf größere Gesichtspunkte von dem guten Arner bloß zum Nutzen und Frommen seines Dorfs ausgeheckt worden. – Er schwieg izt, und sah den Eindruck, den es auf den Herzog machte. – Dieser saß staunend da, stoßte seine Lippen vorwärts, nahm sie dann wieder zurück unter die Zähne, sagte dann – wenn du dich nicht irrest, so ist das die sonderbarste Sache, die mir in meinem Leben begegnet. –
Helidor: Ich irre mich gewiß nicht – und auf alle Umstände, die ich erzählt, können Sie bauen. –

§ 66

Fürst: Bei allem dem scheint mir die Sache noch unglaublich. –
Helidor: Sie ist aber sicher, und sie werden Ihnen gewiß mit einem Menschlichkeitsprojekt kommen.
Fürst: Ich will sehen was es gibt. –
Helidor: Werden Sie ihnen Gehör geben? –
Fürst: (Nach einigem Staunen) – Das weiß ich nicht. –
Helidor: Aber ich weiß es, Sie werden es tun. –
Fürst: Träumest du noch einmal in einer Stunde?
Helidor: Nein – ich weiß es, Sie werden es tun – die ganze Kraft ihres Lebens vermag nicht, Sie von ihrer Krankheit zu heilen; und Sie werden sich mit der Lufterscheinung ihrer Menschlichkeitsidee plagen lassen bis ins Grab.
Fürst: Laß mich – izt plagst mich du, und nicht die Menschlichkeitsidee. –
Helidor: Es ist wahr – ich bin dem süßen Traum entgegen. –
Fürst: Laß mich – auch wenn diese kommen, werde ich der Sache nicht geneigt sein. –
Helidor: Aber anhören werden Sie dieselben?
Fürst: Und denn – wenn ich sie höre?
Helidor: Ihr geneigt werden? –
Fürst: Das will ich nicht – ich bin aller Projekten zu sehr müde, als daß ich nicht auf meiner Hut sein werde.
Helidor: Sie nicht anzuhören, wär die beste Hut, und vielleicht die einzige, die Sie rettet.
Fürst: Das könnte ich nicht –
Helidor: Warum das? –
Fürst: Wenn diese drei einstimmig sind, so würde mir mein Kopf und mein Herz voll von dem was sie wollten, wenn ich auch kein Wort mit ihnen redte. –
Helidor: Das könnte so kommen, wenn Sie einmal eintreten würden, aber Sie müssen den Anfängen hüten.
Fürst: Die Anfänge davon liegen in mir selber –
Helidor: Bylifsky wird den Umstand benutzen?
Fürst: Das ist möglich. –
Helidor: Sie sollten sie nicht hören.
Fürst: Das kann ich nicht. –
Helidor: Soll ich machen, daß Sie es können?
Fürst: Das kannst du nicht. –
Helidor: Vielleicht – wenn wir izt nicht mehr davon reden, kann ich doch etwas.
Fürst: Nein Helidor, das kann kein Mensch – Du weißt, ich setzte

alles darauf, vom Gedanken loszuwerden, es sei den Menschen zu helfen, es ging ein halbes Menschenalter, ehe ich dieser Plage in meinem Innern los wurde. Was mich am meisten dahin brachte Ruhe zu finden, war mein Glaube an Nelkron und Endorf, und die Erfahrung, daß sie alle meine Projekte mit Recht vor untauglich erklärten. – Auf sie gestützt, nahm ich den Entschluß, kein Menschlichkeitsprojekt mehr anzuhören, bis sie einmal zu einem ja sagen – und izt wenn sie kommen und sagen würden, Arners Projekt ist gut; urteile selber, ob du – ob jemand in der Welt mich abhalten könnte, sie anzuhören? –

Helidor sah, daß er ihn nicht weiters bringe – lenkte ein, und sagte, wir wollen dann miteinander wieder sehen, was es gibt. –

§ 67

Arners Trost – und ein Gespräch, welches man doch wohl überschreiben dürfte: Siehe, welch ein Fürst!

Indessen war Arner in der größten Verlegenheit, was er endlich dem General antworten wollte, der ihn mit einem Brief um den andern bestürmte, daß er doch einmal aufhöre, sich dem Hof und der ganzen Welt zum Gespött zu machen, und was er dergleichen Zeug mehr sagte. – Therese lag ihm in den Ohren, er müsse ihm doch einmal antworten; und er saß eben an einem Brief, den er gerne fertig gehabt, und nicht anfangen konnte, als er plötzlich aus dieser Verlegenheit gerissen wurde. – Bylifsky, der anderthalb Jahr nichts mehr geschrieben hatte, woraus man Trostgründe für den guten alten Onkle hernehmen könnte, sandte ihm izt just zu rechter Zeit einen Brief, mit dem er ihn wieder einmal ins Paradies setzen konnte. – Der Minister meldete ihm nämlich, „die Sachen seien nun einmal dahin reif, daß er sich izt in der Lage sehe, auch das Seinige tun zu können, wie Sie das Ihrige bis izt redlich getan haben; er werde auch innert den nächsten zweimal 24 Stunden dem Herzog es dahin antragen, seine Dorfeinrichtungen in der Absicht untersuchen zu lassen, wie es möglich sei, dieselben möglich zu machen. Endorf und Nelkron seien von der Möglichkeit der Ausführung der Sache überzeugt wie er, und sie werden ihn in allen Teilen unterstützen. – Auch zähle er bei seinen weitern Absichten auf seinen Lieutenant und auf seinen Vogt, und werde wahrscheinlich beide mit der Landskommission, die er vorzuschlagen gedenke, in Verbindung bringen." – Wer war so froh als Arner, daß er izt den Onkle wieder zufriedenstellen konnte. – Er dachte beim Anfang des Briefs nicht an das Herzogtum, so froh war er, daß er der Not seines Briefs los war; und sandte dem General, der izt aber auch nicht mehr bei Hof war, den Brief in eben der Stunde, in der er ihn bekam, im Original, mit der einzigen Bitte, izt noch nicht zu viel der Sylvia davon zu sagen.

Es war vielleicht um die gleiche Stunde, daß Bylifsky den Herzog um eine Privataudienz bat, die ihm derselbe in dem Augenblick gab, in welchem er darum anfragen ließ. – Ahndend was er wollte, und bereitet auf seinen Vortrag, nahm er ihn bei der Hand, setzte sich mit ihm an das Kamin unten an die leere Stelle, wo vor ein paar Monaten noch Menzows Arner Bylifskys Herz erquickte. Der Herzog sah sein Auge mit Wehmut an dieser Stelle vorbeiblicken. – In dem Augenblick, in welchem er anfing ihm an das Entzücken zu erinnern, das der erste Eindruck von Arners Bemühungen auf ihn gehabt, erzählte er ihm dann mit Bestimmtheit und Kürze den Gang dieser Sachen seit Jahren und Tagen, entwickelte ihm die Natur der Mittel, die Arner gebraucht, zu seinem Endzweck zu gelangen; zeigte, worin das Wesentliche ihrer Kräfte bestehe, und wie ihre Übereinstimmung mit den ersten Bedürfnissen der menschlichen Natur, den Erfolg den sie gehabt, soviel als notwendig gemacht; und legte dann in ununterbrochenem Fortreden ihm ein richtiges Bild, vom Zustand seines Volks, vor Augen; zeigte mit Deutlichkeit den Unterschied des Zustands aller seiner Volkseinrichtungen im großen gegen diejenige dieses Dorfs im kleinen; und sagte – die Millionen der Staatseinkünfte fressen sich in der Verwirrung der Verwaltung selber auf – die Quelle der Millionen versiegt im Sumpf des Schadens, den das Volk von der Unordnung nimmt, in der es gelassen wird; und die Landesgerechtigkeit schlägt bei allgemeiner Verwahrlosung desselben mit dem Weiberarm ihrer Blindheit auf Geratewohl aufs Volk zu, und kennet keine Mittelstraße zwischen der Tyranneigewalt der Ketten, und der noch größern, der Eidsverfänglichkeiten, und der Rechtslangwierigkeiten; selber der anscheinende allgemeine Wohlstand des Lands, und der steigende Verdienst des Volks, und die wachsenden Summen der Finanzeinkünfte, sind ein trügender Tand, wenn der Quelle derselben nicht Vorsehung getan, und der Wohlstand der Menschen in den niedern Hütten dem Staat nicht durch einen festen Einfluß auf ihre allgemein gute, zweckmäßige, und zuverlässige Bildung versichert wird. –

Sie wissen, unterbrach ihn der Fürst, Bylifsky! wie sehr ich dieses alles fühle; aber ebensosehr bin ich überzeugt, daß es unmöglich ist zu helfen. –

Bylifsky erwiderte, Ihr Durchlaucht erlauben, ich widerspreche nicht, daß schwer ist zu helfen, auch daß der Endzweck zu tausend Abwegen führt, die oft schlimmer sind als das Übel; aber dennoch bin ich izt überzeugt, daß ein Mittel da ist, real zu helfen, und zwar ein einziges –

Und dieses wäre? – sagte der Herzog.

Ein bedächtlicher und mit abgemessenen Schritten eingelenkter Regierungseinfluß in die Bildung des Volks zur Industrie. Von dieser, sonst von nichts auf Erden, ist zu erwarten, daß sie es einst den Fürsten möglich machen werde, die Finanzoperationen zu vereinfachen, das Drückende ihrer Last zu heben, und die Jammergerechtigkeit des Landes, die in der Lage der Verwirrung in Ewigkeit Unrecht tun muß, in Ordnung zu bringen, – daß wir, was ihre zahllose Foderungen, mit denen sie ohne alle Seelenkunde das Menschengeschlecht wie einen Laimschollen zu modeln beginnt, auseinandersetzen ausmustern, was auszumustern ist, und das übrige der menschlichen Natur angemessen darstellen – den Reiz der Umstände, Sitten und Gewohnheiten den Gesetzen entgegenzuhandeln, zu vermindern, und die Kräfte des Volks, ihnen gemäß zu handeln, zu erhöhen, und den innersten Willen der Menschen selber mit denselben übereinstimmend zu machen. –

Fürst: Wie Sie träumen Bylifsky! – Sie bringen mich ganz in meine Jugendjahre zurück. –

Bylifsky: Ihr Durchlaucht! Ich habe diesmal die heitere Erfahrung für mich, ohne diese würde ich nicht so reden.

Fürst: Auch diese trügt, Bylifsky! und oft stärker als sonst alles andere, wenn man sich ihrer vollkommenen Richtigkeit und Truglosigkeit nicht ganz versichert. – Nicht wahr –? Sie denken, wenn alle Dörfer wären wie Arners Bonnal, so wäre es denn, wie Sie sagen, so, und ich bin mit Ihnen vollends einstimmig; aber die große Frage ist, wie's so machen? –

Bylifsky: Und auf die Untersuchung dieser Frage ist es, worauf ich bei Eu. Durchlaucht antrage. –

Fürst: Es wird nichts herauskommen, Bylifsky! – Die Welt ist ein Narrenhaus. –

Bylifsky: Ihr Durchlaucht! In diesem Narrenhaus sind einige Zimmer besser in Ordnung als andere. –

Fürst: Das ist wahr. –

Bylifsky: Es ist ein himmelweiter Unterschied zwischen Menschen die wohl versorgt, und denen, die es nicht sind. –

Fürst: Auch das ist wahr – Aber es ist ein Los in der Lotterie, unter

Zehntausenden ist hie und da eines so glücklich, und wird wohl besorgt. –

Bylifsky: Ihr Durchlaucht! Das ist nicht völlig so: es sind unter dem Volk für das, was sie sein sollen, eine Menge Menschen wohl in der Ordnung – aber es könnten es freilich unendlich mehrere sein, und eben diese Überzeugung ist was mich zwingt, Eur. Durchl. meine Wünsche vorzutragen.

Fürst: Ich wollte wohl gern, ich könnte mein Volk in Ordnung bringen; aber Sie wissen, wie sehr ich's erfahren, daß nichts zu machen ist. – Sichtbare Wehmut war bei diesem Wort im Auge des Fürsten. –

Bylfifsky schwieg eine Weile; denn sagte der Fürst wieder – reden Sie nur fort! –

Nein, Ihr Durchlaucht! fuhr Bylifsky fort, die gute Ordnung unter den Menschen ist kein Los in der Lotterie, es stehet in der Hand des Staats, durch weisen Einfluß auf seine Bildung ihn wohl zu versorgen, und den ersten Quellen seines Elends mit Erfolg entgegenzuwirken. –

Fürst: Was wird imstande sein, dem Greuel aller Nothandlungen der Gerechtigkeit, und dem millionenfachen Druck der Finanzbedürfnisse abzuhelfen? Womit werdet Ihr selber das Triebrad der Gewerbsamkeit, auf das Ihr so baut, die alles vergiftende Geldwut der Menschen im Zaum halten? –

Bylifsky: Mit einem festen Einfluß der Regierung auf eine unserer Natur und den Umständen angemessene Stimmung und Bildung des Volks. –

Fürst: Ist eine solche möglich –?

Bylifsky: Das sollte der Erfolg, den Arners Versuche gemacht, wenigstens wahrscheinlich machen.

Fürst: Kann Euch der Unterschied zwischen der Regierung eines ganzen Volks, und dem Partikulareinfluß, den ein Edelmann auf seinem Dorfe hat, entgehen? –

Bylifsky: Mir nicht entgehen, wo er wirklich ist; aber ebensowenig soll mir entgehen, daß das Wesentliche der Mitteln, durch welche Arner auf seinem Dorf dahin gekommen ist, wo er ist, vollkommen so sicher und verhältnismäßig für das Allgemeine mit gleicher Kraft in der Hand Sr. Durchlaucht liegt, als es für sein Dorf in der Hand meines Freundes lag.

Fürst: Ich wollte, Sie könnten mir diese Meinung verbürgen. –

Bylifsky: Wer würde Ihr Durchlaucht gut genug sein für diese Bürgschaft? –

Der Fürst verstund ihn, und sagte halblächelnd niemand! –

Bylifsky merkte aber noch nichts, und sagte, ich dächte, wenn Ihnen niemand für ein Menschlichkeitsprojekt gut sein dürfte, so würden es Nelkron und Endorf sein. –

(Der Fürst ihn steif ansehend) Es ist also wahr! – Dann staunte er einen Augenblick – sagte wieder: Ich weiß es – schwieg dann wieder – war in sichtbarer Bewegung – und sagte dann – Nein – auch sie sollen mir das letzte Viertel meines Lebens nicht zugrund richten, wie mir die drei übrigen zugrund gegangen.

Erstaunt und erblaßt sagte Bylifsky, Ihr Durchlaucht! Wer sollte das tun? –

Fürst: Was wollet ihr denn? Wollet ihr Geld?

Bylifsky: Nein –

Fürst: Sonderbar, was wollet ihr dann? –

Bylifsky: Von seiten des Staats untersuchen, wie weit die Grundsätze Arners in seiner Volksführung im allgemeinen anwendbar sind. –

Fürst: Und denn weiters? –

Bylifsky: Sicher nichts versuchen, als was mit Sicherheit zum Wohl des Landes kann ausgeführt werden. –

Fürst: Tut was ihr wollt; aber fodert nicht, daß ich glaube, bis ich sehe.

Bylifsky: Also billigen Ihr Durchlaucht unsern Vorsatz, die Sache zu prüfen? –

Fürst: Ich werde ihn sogar fodern, nur mein Glaube daran ist was ich mir vorbehalte.

Bylifsky: Dieses wird der Untersuchung noch dienlicher sein. –

Fürst: Ich sehe voraus, Bylifsky, die Untersuchung wird zu einem Plan führen, der von unermeßlichem Umfang, aber auch von einer alles Gewicht übersteigenden Last sein wird; und muß auch sagen, es ist mir nicht anderst, als ihr wollet euch gegen den Schutt eines zusammenfallenden Berges stemmen, um darunter begraben zu werden.

Bylifsky: Ihr Durchlaucht! wir haben die Sache geprüft, und sehen keine andere Last, die dadurch auf den Staat fallen kann, voraus, als die Errichtung eines neuen Lehrstuhls, um ihre Edelleute mit den Grundsätzen einer bessern Volksführung bekanntzumachen, und einer Landeskommission, um jedermann der Neigung zeigte, mehr oder weniger von diesen Grundsätzen auszuführen, mit Rat und Leitung an die Hand zu gehen.

Fürst: Sonderbar – sehr sonderbar – braucht ihr kein Geld? keine Gebäude? keine Anstalten? Nichts dergleichen? –
Bylifsky: Nichts dergleichen; als einige Dutzend Rechnungsbücher.
Fürst: Wozu die? –
Bylifsky: Um alles was von den Leuten, die mit dieser Kommission in Verbindung stehen würden, versucht und getan würde, so heiter und klar vor Augen zu haben, als ein Kaufmann die Rechnungen und den Zustand aller deren, mit denen er in Verbindung steht, vor Augen hat.
Fürst: So etwas hat mir noch niemand vorgeschlagen.
Bylifsky: Es ist aber das Fundament von allem worin man solid zu Werk gehen will; es sollte nie jemand einem Fürsten etwas vorschlagen, ohne dasselbe auf dieses Fundament zu gründen.

Der Fürst saß izt eine Weile in sich selbst gekehrt, wie wenn niemand bei ihm wäre; dann sagte er, Bylifsky! der Versuch Ihres Freunds riß mich im Anfang hin, wie ein Kind, ich hätte seinen Schulmeister in den ersten Stunden zum Staatsminister gemacht; nach und nach machte mich die Erinnerung alles dessen, was mir fehlgeschlagen, wieder kälter. Indessen setzt mich der Erfolg seiner Sachen in Erstaunen, und noch viel mehr izt die Natur eures Antrags. Ihr wollet das Volk ohne Gewalt, ohne Zudringlichkeit, und ohne anmaßliche willkürliche Einmischung, durch den bloßen Einfluß einer gutmütigen Leitung, in ihrem häuslichen Glück weiterbringen, bloß dadurch das Drückende der Finanz und der Justiz, das Gefährliche der allgemeinen Geldjagd mindern, und eben dadurch die Wege anbahnen, die Verwaltung des Staats in allen ihren Teilen mit den Bedürfnissen der menschlichen Natur in Übereinstimmung zu bringen, das ist Ihr Plan –! Was soll ich Ihnen sagen, Bylifsky? Ist es möglich, ich wollte Steine tragen ihn zu erzielen; ist es aber unmöglich, so wollte ich auch die ewige Plage, immer unnütz an solche Sachen zu denken, hätte einmal ein Ende. Ich bin alt, die Sachen fangen an, mich mehr zu belasten als in meinen jungen Tagen, kommen Sie, ich will Ihnen etwas zeigen –! Mit diesem Wort stund er auf, öffnete einen Schrank, zeigte ihm Arners zerrissenes Gemäld – sehen Sie, wie schwach bin ich! wohin mich mein Unmut bringt? Ich stund, es mag 3 Monat seither sein, vor ihm zu, es kämpfte noch in mir, ob ich seinen Träumen mein Herz geben wolle? Aber ich konnte es nicht, und warf im Unmut da diesen Stein gegen ihn über. – Bylifsky nahm das schöne zerrissene Stück mit Wärme in seine Hand, und sagte, gottlob, daß du lieber Arner also von dieser Wand weggekommen, und nicht anders! – Der Fürst sagte, ich darf ihn, wie er ist, nicht wieder hinhängen, sonst würd ich es tun – aber Sie sind izt auch der einzige Mensch, der weiß, wie er weggekommen. –

Bylifsky: Darf ich eine Gnade bitten, Ihr Durchlaucht?
Fürst: Nun welche?
Bylifsky: Dieses auch Arner sagen zu dürfen?
Fürst: O ja! Schreiben Sie es ihm – aber kommen Sie, wir sind noch nicht fertig. Mit diesem setzte er sich, und sagte, ich will, ehe Sie weitergehen, einer Kommission auftragen, ihnen die Gründe vorzulegen, welche die Schwierigkeiten einer allgemeinen Ausführung der Grundsätzen Arners ins Licht setzen, dann werden Sie mir ihre Antwort einsenden. – Mit diesem entließ er Bylifsky: und da er fort war, nahm er den weitern Entschluß, er mag izt recht haben oder unrecht, so will ich unparteiisch sein, und Helidor muß mit ihm offen fechten. Mit dem setzte er sich hin, sandte dem Liebling ein Handbillet, des Inhalts: „Er solle, wen er immer tüchtig finde, die Unmöglichkeit der allgemeinen Ausführung der Bonnaler Grundsätzen in behöriges Licht zu setzen, von seinetwegen dazu befehlen, und machen, daß dieses mit möglichster Beförderung sowohl, als mit möglicher Deutlichkeit geschehe, Bylifsky werde dannzumal solches zu beantworten haben; er aber selber wolle inzwischen mündlich mit niemand mehr kein Wort darüber verlieren."

Wie ein Donner in den Bergen rollt, so rollte die Zeile, „er wolle mündlich mit niemand mehr kein Wort mehr darüber verlieren" durch den Schädel des Lieblings; und wann der Feind in das Herz der Linien eingedrungen, ist es einem General nicht so bang, als es izt Helidor war; er sah keinen Ausweg, als bestimmt zu tun, was der Fürst befohlen, und eilte zusammenzutreiben, wen er immer konnte, um Einwürfe gegen Arners Grundsätze zu machen. Am dritten Morgen war fertig, was er mit seinen Helfern dagegen zusammenbringen konnte; sie protestierten aber am Ende, daß die Sache selber sich viel besser in der Natur und auf den Dörfern, als auf dem Papier widerlege.

Noch viel geschwinder, bloß ein paar Stunden darauf, hatte der Herzog Bylifskys Antwort. Er protestierte aber auch fast mit gleichen Worten, daß die Sache viel besser in der Natur selber, und auf den Dörfern sich zeigen und beweisen lasse, als auf dem Papier.

Das Wesentliche dieser beiden Schriften ist mit kurzem dieses –

§ 68

Mene Mene Tekel, Upharsin

Einwürfe:

1. Es streite wider alle Erfahrung, daß man ein Volk in der Welt so weit bringen könne, als man sage, daß Arner seine Bauern in Bonnal bringen wolle.

2. Alle Anstalten fürs Volk, so gut man es meine, und so gut man sie mache, arten immer aus, und werden oft schneller als der Wind wehet, aus Volksanstalten bloß Pfründe für die Mantelträger und Schattenbilder der Versorger, die man dem Volk geben wolle.

3. Es mangle den Landedelleuten allgemein an derjenigen Betriebsamkeit, und an demjenigen Ton, der hiezu erfodert werde, wenn man so etwas von ihnen erwarten sollte.

Antworten:

1. Die Geschichte der Alten zeige wenigstens, daß man ein Volk weit bringen könne, und zu versorgen sei man es schuldig.

2. Das sei wahr, aber sie wollen zum voraus erklären, daß sie auf keine Anstalten antragen werden, die zu Pfründen für die Mantelträger und Schattenbilder der Volksversorger ausarten könnten. Im Gegenteil sei das Wesen dessen, so sie anzutragen Lust haben, von einer Natur, daß es vielen solchen Mantelträgern ihre Mäntel recht schwer machen würde.

3. Die Edelleute seien Menschen wie andere; ihre Betriebsamkeit und ihr Ton hange von den Umständen ab, mehr als ein Sohn vom König in England, Georg dem Zweiten lerne Seedienste tun; viele Prinzen dienen sogar denen Myne Herren in Holland, es sei aber auch nicht die Rede davon, die Edelleute in ihrem Ton, und in ihrer Unbetriebsamkeit zu genieren, oder ihnen im geringsten etwas zuzumuten, das ihren Geschmack stoßen könnte. Alles, was man in Sinn hätte, wäre ihnen ein

paar Spiegel zuzuschicken, sie sehen zu machen, wo sie zu Haus sind, und wo sie hinkommen könnten, wenn sie wollten mit völliger Freiheit für einen jeden sich in nichts raten, will geschweigen befehlen zu lassen, bis es eines jeden seiner Gnaden auffallen würde, daß es die andern besser haben, die sich raten lassen.

4. Sie seien zu träg, launig und ungeduldig, und haben gar nicht den Geist, und die Stimmung, die sie zu so etwas haben müssen.

4. Sie werden nicht durch eine Konspiration ebensowenig durch einen ihrem Stand anklebenden Naturfehler träg, launig und ungeduldig sein; und wenn sie diese Fehler nur wie andere Menschen haben, so werden sie auch wie andere Menschen davon zu heilen sein.

5. Mit den Pfarrern sei es ebendas, sie seien weder äußerlich noch innerlich, was sie sein müßten, wenn man so etwas mit ihnen ausrichten sollte.

5. Man wolle das gar nicht widersprechen, aber es sei wieder die gleiche Sache, wie mit den Edelleuten, auch die Pfarrer werden nicht durch eine Konspiration, und nicht durch besondere ihrem Stand anklebende Naturfehler ganz anderst gestimmt sein, als sie für das, was sie sind, sein sollen.

6. Es werde am Volk selber fehlen, daß es sich nicht werde helfen lassen.

6. Es fehle am Volk nie, daß es sich nicht helfen lasse, wenn man wisse mit ihm umzugehen, es steige ein jeder gern die Leiter hinauf, wenn er sehe, daß er mit Sicherheit hinaufsteigen könne.

7. Man könne auf 100 Stund weit nicht 6 bis 7 Personen zusammenbringen, wie der Zufall Arnern ein halb Dutzend Leute zugeschneit habe, die zu seinem Spiel gut seien. – Das sei von seinem Schulmeister an bis auf die Frau, die den Kindern die Strümpfe binde, wahr.

7. Man könne Leute zusammenstellen, wenn sie auch der Zufall nicht zusammenschneie. Es sei freilich wahr, um Arners Ordnung im ganzen zuerst einzurichten, brauche es eine Art Schnee, wie es vielleicht in 100 Jahren kaum einen lege, aber nachdem sie einmal eingerichtet, und in der Ordnung dastehe, so brauche es zum Nachmachen kaum mehr den Zehenten vom Kopf, den es brauchte, es einzurichten; es seien für alle Teile dieses Werks Tabellen, Vorschriften, Wegweisungen eingerichtet, daß Edelleute, Schulmeister, Pfarrer, Kaufleute, Dorfrichter, ein jeder seinen deutlichen und sichern Leitfaden finde, an dem er sich halten kann; und die Hausväter, die Hausmütter, bis auf das Schulkind hinunter, finden die Wege gebahnt nach diesem Plan sich weiterzubringen. Übrigens fall' es auf, daß es sowenig als beim Soldatenstand darum zu tun sei, daß die Mittelspersonen das Ganze übersehen, sondern nur, daß sie für ihre Stelle und für ihren Posten in Ordnung kommen.

8. Mit solchen großen Volksaussichten und Staatsgesichtspunkten mache man die Menschen nur zu politischen Kannengießern, und veranlasse 100 und 100 unvorhergesehene Anmaßungen und Unordnungen.

8. Arners Plan führe den Menschen zu seinem Herd, und lenke die ganze Kraft seiner Aufmerksamkeit auf diesen hin, so daß, wenn irgend etwas dem politischen Kannengießergeist des Volks, und überhaupt seinen

9. Arner untergrabe den einzigen Grund, und das einzige Fundament aller wahren bürgerlichen Ordnung, die Religionslehre. –

9. Die Religionslehre sei sowenig der einzige Grund und das einzige Fundament aller bürgerlichen Ordnung, als sie der einzige Grund, und das einzige Fundament des Schneider- und Schuhmachershandwerks sei. Die Religion soll sein ohne allen Widerspruch göttlich, und die Furcht Gottes ohne Widerred zu allen Dingen nutz; aber ihre Lehre gehe durch Menschenhände und Menschenmäuler, und werde nicht selten unrein. Unrein desnahen müsse man das menschliche der Religionslehre immer wohl von der Religion selber söndern. Ihr selber, und der Liebe und dem Zutrauen zu Gott, den Dankempfindungen des Menschen gegen seinen Schöpfer, usw. könne man nicht besser aufhelfen, als wenn man ihre Hausordnung, ihre Fähigkeit sich selber und die Ihrigen vor aller Verwirrung, vor allem Unglück zu bewahren, und durch Bedächtlichkeit, Sorgfalt, die Kräfte ihrer Hilfsbegierde und ihrer Neigung ihren Mitgeschöpfen wohlzutun festgründe, und sicher mache.

Anmaßungen und Unordnungen entgegenwirken könne, so sei es dieses.

10. Ein solcher Grad von Wohlstand wie Arner ihn träume, würde das Volk frech,

10. Not, Unsicherheit, Unordnung, macht den Menschen frech. Kein Volkswohl-

und selber die Regierung gefährlich machen.	stand, der auf Arbeit, Fleiß, und Hausordnung ruhet, wird der Regierung gefährlich.
11. Mit einem Wort, die Sache sei nicht ausführbar.	11. Mit einem Wort das sei zu untersuchen.

§ 69
Ihr kennet das Spiel – Meine Mülli gaht (geht); deine Mülli bstaht (steht)

Das war der Inhalt von Helidors Einwürfen, und von den Antworten Bylifskys. Der Fürst erstaunte, als er sie las, und sagte zu sich selber, entweder müssen sie ihre Sachen nicht verstehen, oder Bylifsky ist darin begründeter als ich es vermutet. – Er las es wieder – und noch einmal – konnte nicht begreifen, daß etwas so Schwaches von Helidor an ihn gelange; doch kam ihm auch zu Sinn, dieser lasse sich in nichts hinein, das geschrieben wird; aber es stärkte den Fürsten um so viel mehr in seinem Vorsatz, unparteiisch zu sein, und der Sache ihren natürlichen Gang zu lassen, auf welche Seite sie auch hinschlagen werde. Er ließ auch am gleichen Abend Bylifsky zu sich kommen, sagte ihm, wenn er an Ort und Stelle Meister werde, wie er auf dem Papier Meister worden, so werde er in seinen alten Tagen von ihm lernen, was er in seinen jungen Jahren so gern gelernt hätte, aber keinen Menschen dazu fand. –

Helidor brachte alles in Bewegung, den Streich abzulenken, und ihn noch dahin zu bringen, daß er die Sache liegen lasse. Von allen Seiten strömten Leute zu, die lächelten, und von diesem Träumerwesen redten; selber die Religion, die Helidor in seinem Leben zu nichts gebraucht hatte, schien ihm izt gut genug, ihm hierin einen Dienst zu leisten.

Ein Geistlicher, der, ich weiß nicht wie, Zugang zum Fürsten hatte, bog sich vor dem Herzog, wie die Patres von der Aufwart vor ihrem Herrn Abt; und da er nach geduldigem Warten den Augenblick ersah, da er reden durfte, verunglimpfte er Arnern, und winkte mit bescheidenen Worten, er raube den armen Menschen, die sonst nichts in der Welt haben, als ihren Gott und ihren Jesum, den einzigen Trost ihres Lebens; und wenn es schon hart schiene, so sei es doch wahr: er verschmähe die Erkenntnis Gottes und seines Worts, und sei wahrlich einer aus denen, die den Herrn der Herrlichkeit

Gottes verleugnen und kreuzigen. – Das war zu rund – Der Fürst warf den Kopf hintersich, sah den Pfaff an, und sagte, was ist das? was tut er dann? –

Demütig und gebückt, erwiderte der Priester, er meint – – –

Ich frage nicht, was er meine? Ich frage, was hat er getan?

Die Frage verwirrte den Geistlichen; er wollte von dem reden was er meine, und nicht von dem was er tue; dennoch erholte er sich, und sagte, Ihr Durchlaucht! er hat die Christenlehre kürzer gemacht. –

Fürst: Das mag nicht übel sein. –

Priester: Und sein Pfarrer predigt wenn er will, und wenn er nicht will, so läßt er es gelten.

Fürst: Nun – wenn er es nur dann gut macht! –

Priester: Es ist doch keine Ordnung, Ihr Durchlaucht! so wenig, als daß er während der Predigt mit seinen Leuten redt, und sie fragt, ob alles daheim gesund sei? und der Großvater und die Großmutter diese Nacht wohl geschlafen haben? –

Der Fürst lachte, und sagte, aber das ist doch nicht den Herrn der Herrlichkeit gekreuziget? –

Priester: Ja – ich vergaß mich fast, Ihr Durchlaucht! man hört die Hauptlehren des Christentums, und das Wort Jesus und Heiland manchmal in einer ganzen Predigt, kein einziges Mal aus seinem Munde. –

Fürst: Das tut ja nicht er, sondern sein Pfarrer – und auch das ist nicht den Herrn der Herlichkeit gekreuziget. –

Hier wollte der Priester desserrieren, aber der Herzog sagte ihm, er solle schweigen, das Übertriebene sei bei keiner Klage gut, und mit dem, was er gehört habe, kreuzige der Pfarrer in Bonnal den lieben Heiland so wenig, als er seine 85jährige Tante damit ins Grab gebracht habe, daß er nicht so geschraubet bei seinem A B C Buch habe sitzen können, als seine Französin es gern gesehen; sie habe ihm freilich wohl hundertmal gesagt, er bringe sie mit seinem Nichtstillsitzen ins Grab, dann könne sie ihm keine Bonbon mehr geben. –

Mit diesem mußte der Pfarrer gehen, und es wär Helidor fast etwas Schlimmes begegnet, als er ihm diese Geschichte erzählte.

Es geschah noch gar viel anders, und wurde noch gar viel mehr geredt in diesen Tagen, aber es würde mich ab dem Heimweg führen, wenn ich allem diesem nachlaufen wollte; und es gelüstet mich wahrlich bald zu Hause zu sein, wie du mir es wohl ansehen wirst, lieber Leser! –

Durch alles hindurch blieb der Fürst bei dem Entschluß, der Untersuchung dieser Sache ihren Lauf zu lassen, und sich durch keine

Privateinmischungen weder links noch rechts davon abwendig zu machen, und gab Bylifsky das nächstemal, da er ihn sah, folgende Nota in die Hand –

– Zu untersuchen ist –

1. Ob Arner wirklich in Absicht auf die Finanz, Justiz und den Erwerb da sei, wo wir itzt voraussetzen.

2. Wenn er wirklich in allen diesen Stücken da ist, durch was für Mittel er dazu gelangt?

3. Ob die Mittel, die er dazu gebraucht, im Großen eines Reichs anwendbar? Und im ausgedehntern Gebrauch auf die Finanz, Justiz und den Erwerb, eben die Wirkung hervorbringen werden, die sie in diesem Dorf hervorgebracht?

4. Und endlich, wenn man alles dieses möglich finden würde, auf was Art und Weise man zu diesem Ziel vorschreiten müßte? –

Bylifsky las diese Nota, überlegte sie, und sagte dann: In Absicht auf den dritten Punkt, kann das *Ob* nicht entschieden werden, bis untersucht ist, *Wie* – und es scheint mir, es komme eigentlich in die Frage: Kann man die Einrichtungen, die Arner auf seinem Dorf gemacht, auf 10, 20 und 100 Dörfern auch machen? Und denn, wenn es geschehen würde, sollte es nach dem Verhältnis der Anzahl dieser Dörfer nicht auf das Ganze des Reichs, in Absicht auf Finanz, Justiz und Erwerb, den gleichen Einfluß haben, den es in Bonnal hat? –

Der Fürst nahm die Nota zurück, änderte den dritten Punkt, strich den vierten durch, sagte dann, weil ich so weit gehe, so will ich keine Seite der Sache unerforscht lassen, und mich gänzlich nicht der Unannehmlichkeit aussetzen, daß hintennach sich Schwierigkeiten zeigen, an die niemand gedacht; es müssen Rechtsgelehrte, Beamtete von der Finanz, Herrschaftsherren, Kaufleute, Geistliche, Unterbeamtete ab dem Land, Schulmeister und Ärzte dabeisein, und von den meisten Ständen will ich noch Frauen dabei haben, um auch mit Weiberaugen der Sache nachzusehen, und sicher zu sein, daß nichts Romanenhaftes darhinterstecke. Aber nicht wahr, setzte er lächelnd hinzu, darvor muß ich lauter Unglaubige zur Untersuchung nehmen? –

Nehmen Sie doch, sagte Bylifsky, weder Glaubige noch Unglaubige, sondern für jedes Fach den erfahrensten Mann, den Sie dazu auftreiben können –

Ich nehme ihrer für jedes Fach zwei, und wie gesagt, auch noch einige erfahrne Weiber – ihr Herren, ihr habt mich schon so manchmal betrogen! –

Helidor war aufs Äußerste getrieben; der Fürst erklärte sich noch einmal, er wolle mit Unparteilichkeit die Sache erforschen, und auch ihn zur Untersuchung ziehen, aber er solle sich ein Fach wählen, um dasselbe in der Ordnung zu beurteilen, und dann dem übrigen seinen natürlichen Gang lassen. Das behagte dem Liebling nicht; er wollte, ohne für etwas sich zu bestimmen, mitkommen und sehen; aber der Fürst sagte ihm bestimmt, er wolle keine andere Einmischung, als eine regelmäßige Untersuchung der Sache; Helidor zog es vor, wenn es so sei, lieber dem Spiel in der Ferne zuzusehen; alles was ihm übrigblieb Staub in die Milch zu werfen, war dieses, daß er am Abend, ehe der Herzog verreiste, noch zu ihm sagte, er solle Arner, den Lieutenant und den Pfarrer während der Untersuchung entfernen. – Diese Herren, sagte er, wissen izt, daß Sie kommen, und ihre Uhr ist aufgezogen, daß sie während ihrem Dasein gut gehet; aber so sie die drei ersten Räder davon eine Weile stillstehen, so ist die Stunde vielleicht so gut, daß Sie dahin kommen die Schwäche des Werks, die mir sicher ist, einzusehen, ohne dieses aber gewiß nicht. –

Nun verreiste der Herzog, und das ganze Personale der Untersuchung hatte Befehl, in den ersten Tagen, und so lang bis ein jeder in seinem Fach dem Herzog Bericht abgestattet, kein Urteil darüber zu fällen, sich auch gegen niemand verlauten zu lassen, was ihre wahre Urteile darüber seien – Das war gut, aber nicht um deswillen warum es der Fürst glaubte – Er meinte nämlich – der erste Eindruck der Sache werde sie einnehmen, daß sie alsobald mit einem Trompetenstoß zum Vorteil davon herausrücken, und denn nicht mehr zurückstimmen können. Es war das Gegenteil; da sie das Ganze sahen, schwindelte es den Herren und Frauen, sie meinten nichts anders, als dieses allgemein auszuführen übersteige alle Menschen Kräfte, und sei gänzlich unmöglich. Sie hätten auch in den ersten Stunden dies alles mit einem Mund rundheraus gesagt, wenn sie nicht diesen Befehl gehabt hätten zu schweigen.

Aber als sie an ihre Arbeit mußten, und ein jeder in dem besondern Fach, das er zu beurteilen hatte, näher forschte, was eigentlich da sei, und wie Arner darzu gekommen, den bestimmten Vorschritt dieses Fachs so hoch hinaufzutreiben als sie ihn sahen, verging ihnen nach und nach der Schwindel, der sie beim ersten Anblick dieses blendenden Werks übernommen, und sie kamen Tag für Tag mehr dahin, die Mittel, die Arner zu diesem Zweck gebraucht, nichts weniger als unnachahmlich zu finden; sonder im Gegenteil, sie stimmten am sechsten Tage, da der Herzog ihren ersten Bericht abnahm, einmütig für die Möglichkeit der allgemeinern Ausführung der Sache im Großen. –

§ 70

Der Autor rezensiert sein Buch – Und die Herren von der Kommission erstatten dem Fürsten Bericht

Die zwei Justizräte urteilten:

1. Es sei wahr, es seien bei den Einrichtungen, die Arner gemacht, unter zehn Dorfstreitigkeiten, neune geradezu unmöglich; und sein Rechtsgang habe die Fehler der gewohnten Rechtsform, über welche man allenthalben so laut und allgemein klage, gänzlich nicht; er untergrabe die Gutmütigkeit, Billigkeit und Gemütsruhe des Volks nicht; er verderbe den Sinn der Nation weder durch Verfänglichkeit noch Gewalttätigkeit, und schütze und erhalte übrigens seine Leute auf eine Art bei dem Ihrigen, daß sie nichts sehen, das hierin mangle. – Im Kriminale sei es das gleiche; bei seinen Einrichtungen seien wieder unter zehn Kriminalfällen neune geradezu unmöglich; und er sei wirklich vollkommen da, daß er ohne die geringste Blöße zu geben, den Galgen mit allen Ehren für dieses Dorf habe abschaffen können, indem die Verbrechen beim Ganzen seiner Einrichtungen unmöglich mehr den ansteckenden Reiz haben können, um dessentwillen der Gebrauch des Galgens einzig und allein vor Gott und Menschen zu entschuldigen ist. –

2. Die Mittel, durch die er dahin gekommen, seine Gerechtigkeit auf einen so guten Fuß zu setzen, seien nichts anders, als die Festigkeit eines regelmäßigen Einflusses seiner Dorfregierung auf den häuslichen Zustand seiner Leute, die ihn sicherstelle, daß ein jeder einzelner Mensch in allen Teilen seiner Bedürfnissen, und für alle Ordnungen seines Lebens, Rat, Leitung und Bildung finde.

3. Sie können auf der einen Seite nichts finden, warum es nicht einem jeden Edelmann, dem der gute Zustand seiner Dorfleute im Ernst angelegen wäre, ebensowohl als Arnern möglich sein sollte, in seinen Dörfern mehr oder minder ebendiejenige Einrichtungen zu machen; aber denn müssen sie auf der andern Seite auch sagen, daß ebendieses, nämlich eine übereinstimmende Bemühung vieler Partikularen zu diesem Ziel, der einzige Weg sei, durch welchen die Justizform Arners im großen ausführbar sein würde; das aber setze zum voraus, daß sowohl die Kenntnisse der Edelleute, in Absicht auf die Führung und Bildung des Volks, als auch ihre Neigung für den Wohlstand desselben, ihre Tätigkeit zu verwenden, erhöhet werden muß. In diesem Fall nämlich, bei fester und allgemeiner Ausbreitung der Kenntnissen von der Volksführung bei den Edelleuten, und beim

Allgemein bei denselben rege gemachten Interesse für diesen Gegenstand, könnte es nicht anderst sein, als daß nach Maßgebung der Ausdehnung solcher Privateinrichtungen, die Justiz des Landes im ganzen mit den Einrichtungen Arners harmonisch werden müßte.

Dann bemerkten sie noch, Arners Rechtsgang lasse sich noch mehr vereinfachen, und sagten, er schiene bei der Schwerfälligkeit des Zeremoniells in seinen Rechtsschritten nicht genug Rücksicht auf den Zustand genommen zu haben, in welchen sein Volk durch den fortgesetzten Genuß seiner Einrichtungen notwendig kommen müsse. – Im rohen Zustand des Landvolks, und in der dasselbe verwildernden Verwirrung in der es lebt, auch noch in den Anfängen einer bessern Führung, ist diese drückende Schwerfälligkeit des Zeremoniells in den Rechtsschritten von wesentlichem Nutzen – aber nach Maßgebung daß ein Volk seine Rohheit verliert, und in eine ehrenfeste sittliche Ordnung gebracht wird, wird auch das schwerfällige Zeremoniell bei der Rechtsform bei ihm überflüssig – das wird aber Arner bei der Erfahrung im Augenblick finden. –

Die Finanzräte gingen mit dem Bleistift in der Hand in mehr als 15 Häuser, ließen sich von den Hausvätern mit ebensoviel Genauheit als Umständlichkeit vorrechnen, was die neuen Einrichtungen des Dorfs für einen bestimmten Einfluß auf ihr Hauswesen gehabt, und was für einen Unterschied sie sowohl in Absicht auf den Kapitalwert ihres Eigentums, als auf den Jahrgenuß ihrer Wirtschaft gezeigt hätten.

Das Samtliche dieser genau aufgenommenen Untersuchungen bewies, daß Arners Einrichtungen wirklich sowohl den Kapitalwert des Eigentums seiner Bonnaler, als ihren Jahrvorschlag verdoppeln, und ihnen Ersparnisse möglich machen, die zu so wichtigen Staatsendzwecken hinführen könnten, als ihr angefangener Steuerfond, wenn er in einer großen Anzahl von Dörfern errichtet würde, erzielen könnte.

Sie bemerkten dabei, es wäre Arner ohne den Baumwollen-Meyer unmöglich gewesen, dieses zu leisten; und sagten, der Detail dieser Rechnungen zeige, daß zwei Drittel von einem Vorschlag des Dorfs von der Handarbeit, und kaum ein Drittel vom Abtrag ihrer Landbesitzungen herrühre; indessen sei dieser Gewünst (Gewinn) unter der Regierung des alten Arners vollends draufgegangen, ohne daß ein Mensch einen Heller beiseits gelegt, und allenthalben wo die Gewerbsleute für ihre Arbeiter nicht eine solche Sorgfalt tragen, wie der Baumwollen-Meyer, und von der Regierung weder Aufmunterung noch Handbietung hierzu genießen, zeiget die Erfahrung, daß aller dieser Gewinst verlorengeht, und der Endzweck, das Volk durch die Industrie immer mehr zu heben, und es in Lagen zu setzen, einen merklichen Vorschritt in seinem Wohlstand zu tun, und für seine Nachkommenschaft auf eine zuverlässige und beruhigende Art zu sorgen, oder sogar Ersparnisse zu machen, um sich von den Bedürfnissen der öffentlichen Finanz, und dem verwirrenden Druck der Landeslasten wie in Bonnal ledig zu machen, setze offenbar voraus, daß die Edelleute den kaufmännischen Stand auf eine sehr sorgfältige Art in ihr Interesse ziehen – indem der Kaufmann izt die Brotquellen des Volks in seinem Portefeuille herumtrage, wie ehedem der Edelmann in seinem Stiefel, und gewöhnlich von seinem herausfließenden Einfluß auf den Zustand des Volks einen auf seinen wahren Wohlstand ebensowenig aufmerksamen Gebrauch mache, als ehedem die Edelleute von dem Recht ihres Sporens – der Staat aber könne dieses nicht länger dem Zufall überlassen, und müsse, wenn er den Zustand seiner Einwohner nicht gänzlich hintansetzen wolle, unumgänglich einmal anfangen, jedermann, der mit seiner Gewerbsamkeit Menschen im Land, wenn es auch nur 20 wären, beschäftigte, zu verpflichten, der Regierung Rechenschaft zu geben, wer diese Arbeiter seien, was sie wöchentlich gewinnen, was sie gewinnen könnten, wenn sie ihre Arbeit besser verstünden und fleißiger wären? Was sie für einen Gebrauch von ihrem Verdienst machen? Durch was für Mittel er glaube daß es möglich wäre sie dazu zu bringen, sie weiterzubringen? –

Auf diese Art würde der Staat in allen Fächern des gemeinen Verdiensts Nachrichten erhalten, durch die er von Leuten, die des Details kundig, auf die Spur bringen könnte, durch was für Mittel das Volk in diesen wichtigen Gesichtspunkten in allen Ecken des Landes weiters zu bringen wäre? –

§ 71
Der Autor weiß zum voraus, daß der Schlendrian der Geistlichkeit nicht für ihn stimmt*

Die Herren von der Untersuchungskommission konnten alle rechnen. Bylifsky bat den Fürsten, daß er keine unordentliche Haushalter, und keine Leute, die sich aus dem Rechnen nichts machen, dazu-

---

* *Anmerkung:* Er weiß dieses auch vom Schlendrian anderer Ständen, und ist hingegen der Beistimmung erleuchteter Geistlicher in vielen Punkten sehr sicher. Da aber die Sache mit den andern Ständen durchs Rechnen muß erör-

ziehe. Der Fürst konnte ihm dieses nicht abschlagen, und sah bei ihrer Wahl allgemein darauf; bei den Geistlichen allein kam ihm nicht zu Sinn, daß er auch hierauf Rücksicht nehmen sollte. Es ging nicht gut, da alle andere Stände im Einsmaleins und in der Erfahrung ihre Handhebe hatten, woran sie sich hielten, so hatten diese Herren keine, und wußten nicht recht was sie sagen wollten.

Es war ihnen nicht genug ein wohlversorgtes Volk, mit ruhigem Gemüt, voller Kräften, zu weiser häuslicher Glückseligkeit, und zu wirksamer Menschenliebe gebildet vor ihren Augen zu sehen; nicht genug, bei ihnen ein ernsthaft frohes, bedächtliches Vertrauen auf Gott, und eine Dankbarkeit gegen ihn, die sich durch allgemeine Sorgfalt für ihre erste Lebenspflichten als real erprobte, und eine Menschenführung zu finden, die den Quellen der größesten und traurigsten Menschenleiden, und den vorzüglichsten Reizen zu den meisten Bosheiten und Sünden mehr und allgemeiner entgegenwirkte, und ihre Gemütsruhe, und jede gute Kraft der Seele weit mehr und allgemeiner beförderte, als sie es noch nie gesehen. Sie meinten dennoch, erstlich: der Pfarrer unterrichte die Leute nicht genug in der Religionslehre; zweitens, er erwärme sie nicht genug mit den Heiligtümern des Glaubens; drittens, er setze einen zu großen Wert auf irdische Dinge; und viertens, er binde ihr Vertrauen auf Gott an das gefährliche Strohhalm ihrer eigenen Sorgfalt.

Die Antworten des Pfarrers und des Lieutenants über diese Punkte bestunden darin –

1. Der wissenschaftliche Unterricht über die Religion sei eine Menschenfoderung, und werde von der Bibel auf keine Weise als ein Bedingnis der Seligkeit gefodert, nicht einmal als ein Mittel zu derselben empfohlen. – Das Volk im ganzen sei unfähig irgend einen wissenschaftlichen Unterricht anderst zu fassen, als es die armseligsten Blendwerke des trugvollsten Aberglaubens auch fassen würde. – Die Bibel fodere vom Menschen nicht Religions-Wissenschaft, sondern Religions-Ausübung. – Alle Versuche, die Religion zu erklären, bringen das Volk von der einfältigen, geraden, sich in nichts Fremdes, und in nichts das ob der Hand ist mischenden Seelenstimmung ab, und mache es dadurch sehr vieles verlieren. –

tert werden, so braucht es einerseits weniger Redens gegen ihren Schlendrian, und anderseits ist's wirklich zu erwarten, daß ihr Nutzen und Schaden sie allgemein früher zu richtigen Grundsätzen in der Volksführung erheben werde, als daß der große Teil der Geistlichkeit, unter den Umständen darin er lebt, dahin gelangen möchte.

2. Er erwärme seine Leute nicht mit Religionswörtern, und nicht mit irgendeinem Bild, weder dessen was daroben ist, noch dessen was auf Erden ist, noch dessen was unter der Erden ist; aber mit einer Seelenstimmung, die der Ausübung der Religionspflichten angemessen.

3. Das Zeitliche und Irdische sei, seitdem die Erde geschaffen, und die Welt gegründet worden, das reinste, sicherste und untrüglichste Fundament der wahren Volksreligion gewesen; die Dörner und Disteln, die der Herr des Himmels zur Übung unserer Kräfte auf Erden wachsen läßt, seien noch izt wie vor 6000 Jahren, das was den Menschen am besten lehre Gott erkennen, und er müsse darum recht zum Irdischen erzogen werden, weil sonst die Reize zu allem Bösen ohne Maß größer, und die Kräfte zu allem Guten ohne Maß kleiner in ihm werden, und er dadurch, daß er zu seinem Standpunkt nicht wohl erzogen wird, soviel als notwendig in Lagen und Verwicklungen kommen muß, darin das Vernünftige in der Religion keinen Eindruck mehr auf ihn machen kann, und er notwendig gegen die Gewalt seines leidenschaftlichen Zustands, bei einer so leicht zum Unsinn aller Schwärmerei hinführenden Anspannung seiner Einbildungskraft Hilfe suchen muß.

Aber wehe dem, sagte der Lieutenant, der mit Verstand nicht zu Gott kommen kann – und lieber seine Einbildungskraft braucht – zur Rettung seiner Seele. –

4. Daß Arners Sorgfalt auf Kind und Kindeskinder hinunter dem wahren Vertrauen auf Gott schädlich, und das Christentum einer solchen Sorge für den morndrigen Tag entgegen – darüber sagte der Lieutenant – ist es wahr, daß das Christentum der festen genauen Sorgfalt, die die Fürsten für ihre Sukzession haben, entgegen?

Das wollten die Geistlichen nicht behaupten – Also wäre es diesem Grad von Sorgfalt nur bei gemeinen Leuten entgegen? sagte der Lieutenant.

Aber sie wollten ihm das auch nicht gelten lassen, und sich mit der großen Wichtigkeit der fürstlichen Sukzession heraushelfen – aber der Lieutenant sagte ihnen, als Christen müssen sie wissen, das Kind des Fürsten sei vor Gott nicht mehr als das Kind seines Knechts, und er brauche zu seiner Vorsehung über ihns, und über den Staubhaufen seines Reichs sowenig eine überflüssige Menschensorgfalt zur Hilfe, als über den Staubhaufen der Bettlerhütte des andern – Und als Bürger muß ich ihnen sagen, die Sorgfalt für die Sukzession des Volks ist im Ganzen der Menschheit wichtiger, als die Sorgfalt für die Sukzession des Fürsten, und vielleicht das einzige reale Mittel für die Sukzession des Fürsten zuverlässig zu sorgen. –

Der Lieutenant wurde über diesen Punkt lebhaft, und sagte, man könne denselben unmöglich im Dunkeln lassen, er entscheide gänzlich, ob man links oder rechts mit der Volksführung hinlenken müsse; ein einziger Schritt auf die unrechte Seite sei hierin in den Folgen unabsehbar. –

Entweder, sagte er, ist das Christentum für einen Glauben, bei dem man die natürlichen Mittel der Sorgfalt für sich und die Seinigen auf Gott hin vernachlässigen darf, ohne dabei für sich und seine Nachkommen zu gefahren. In diesem Fall sind tägliche Wunder unumgänglich nötig, oder das Christentum müßte seiner Natur nach das offene Grab des Menschengeschlechts werden; aber die Kraft unserer Natur und des schlichten Menschenverstands wirket auch hierin den Verirrungen seines Kunstsystems entgegen, wie sie den Verirrungen aller menschlichen Kunst und Systemen durch Gottes Vorsehung zur Rettung des Menschengeschlechts entgegengewirkt hat.

Ist es aber nicht, ist das Christentum für einen Glauben, bei dem man die natürlichen Mittel der Selbsterhaltung und Sorgfalt für die Seinigen auf Gott hin nicht vernachlässigen darf, und ist es seine offene, unzweideutige, und allgemeine Meinung, es sei Gott versucht, die Hände in den Schoß zu legen, und die natürlichen Mittel der Selbsterhaltung und Vorsorge nicht mit aller nötigen Aufmerksamkeit, Sorgfalt und Tätigkeit zu gebrauchen; so kann es auf der anderen Seite die Bemühungen des Staats, das Volk im Ganzen seiner Bildung, in einem solchen Grad auf das Irdische aufmerksam zu machen, als es zur Erzielung der Kräften, die dem Menschen zur Selbsterhaltung und Vorsorge in seiner bestimmten Lage erforderlich sind, notwendig ist, nicht mißbilligen.

Aber es ist unmöglich, den Schlendrian der Geistlichkeit über diesen Punkt zu festen, heitern, praktisch sichern Begriffen emporzuheben. Es liegen in ihren Umständen und in ihrer Bildung zu viele Reize, ihre Aufmerksamkeit von dem Grad der Kraft für das Irdische, welche in die innerste Stimmung des Volks muß hineingebracht werden, abzulenken, wenn dasselbe in den ersten Bedürfnissen des Lebens, auf deren Befriedigung im Allgemeinen alles andere ruhet, nicht verwahrloset sein soll.

Es war umsonst, der eine Geistliche konnte nicht rechnen, hingegen unendlich reden; er hatte in seinem Leben noch nie nachgegeben, wenn er etwas behauptete, und sagte izt hinter allem diesem noch, eine solche für das Irdische aufmerksame Volksstimmung könnte nicht anderst als der Religion gefährlich sein.

Wohlehrwürdiger Herr! erwiderte der Lieutenant, die Erfahrung zeigt, daß nichts so sehr die Menschen von Gott und allem Guten wegbringt, als wenn sie sich selbst und die Ihrigen nicht versorgen können.

Das macht nichts, sagte der Geistliche, wenn man die Begriffe der Religion auseinandersetzt, so sieht man es deutlich und klar, daß eine solche Volksstimmung der Religion Gefahr bringen müsse.

Aber wohlehrwürdiger Herr! erwiderte dieser nochmals, die Erfahrung setzt mir diese Begriffe gegen Sie so heiter auseinander, daß mir bei diesem Einwurf ist, ich höre in einer Hungersnot mitten im Klaggeschrei von Tausenden, die nach Brot rufen, einen Menschen behaupten, das Brot sei nicht gesund zu essen. –

Das sei nicht geredt, sagte der Geistliche.

Und der Lieutenant – man denke bei dem Wort „es sei etwas für die Religion gefährlich" so oft weder an Gott noch an die Menschen, und brauche es unzählichemal so in Tag hinein.

Wie ein benachbarter Pfarrer, der vor vor etlichen Monaten, da der Strahl ein steinern Kreuz am Weg zerschmettert, auch behauptete, es sei der Religion gefährlich, wenn man die zerschmetterte Stücken Steine dem Volk lang vor den Augen lasse, man müsse geschwind wieder ein neues machen – das ist bloß lächerlich – aber wenn man die Sorgfalt des Staats für des Volks erste Notdurft, und für sein Brot und für die Nachkommenschaft, die ohne feste Richtung seines Geists auf das Irdische nie zuverlässig ist, als der Religion gefährlich erklären wollte, denn wär es etwas – anders, als bloß lächerlich. –

Aber der gleiche Geistliche war dann noch imstande, hinter diesem zu sagen, der Lieutenant und der Pfarrer haben weder Physik noch Landbaukenntnis, die sie in Stand setzen, das Volk real auch nur hierin weiterzubringen, sie haben nicht einmal Kenntnis der neuern Hilfsmittel der Volksaufklärung. –

Herr! antwortete der Lieutenant, Ihr kennet das Volk nicht, und versteht nicht, was es heißt, es zu führen, und was es braucht, es weiters zu bringen; und trat dann in diese Materie hinein, und sagte: Es ist gar nicht, daß einer, der das Volk führen will, in allem den Detail verstehen müsse, was er will daß es lerne. Die Kunst ist, daß er es lehre angreifen was es muß, und denken, worüber es ihm nötig zu denken ist, alles übrige gibt sich dann von selber; wenn man wolle die Bauern dadurch, daß man ihre Sachen im Detail selber studiere, und einfältig und deutlich mit ihnen rede, und ihnen Büchelchen, die so klar als Brunnenwasser seien, machen könne, weiters bringen, so gehe man an den Wänden, man bringe den Bauer nicht weiter, außer man ziehe ihn, daß er des Denkens gewohnt werde, und bringt seine Vorurteile nicht aus ihm heraus, außer man bilde seinen Wahrheitssinn mit einer Kraft, die diesen Vorurteilen angemessen; und einzelne ökonomische, physikalische und moralische Wahrheiten, ohne sie auf das Fundament einer solchen Bildung zu gründen, und alle Versuche, die mit Vorbeigang eines festen Einflusses auf das Ganze seiner Stimmung, allerlei Kunst und Wissenschaften in das Volk werfen wollen, seien Schlösser in die Luft, und Arbeit in den Wind.

Ist einer imstand das Volk ordentlich, anstellig, bedächtlich und tätig zu machen, so muß er es weder eggen noch pflügen lehren, kann er aber das nicht, so arbeitet er umsonst es eggen und pflügen zu lehren; es ist umsonst daß er zum Schwein sage, es solle nicht im Kot wühlen, und zum Bauer, der in seiner innersten Bildung für Ordnung und Tätigkeit zurück ist, er soll auf Physik und Arzneikunst gegründete Regeln der Selbsterhaltung und des Feldbaues anwenden.

Er sagte fort, ich verstehe von allem Bauernwesen im Detail gar nichts*; aber meine Kinder müssen mir den Kleebau dennoch wie die Spitze machen, das Wolleweben wie das Rübenhacken, und wenn es nötig ist, das Uhrenmachen so gut als das Mistverzetteln wohl lernen. – Auch deshalb blieb der Geistliche bei seiner Meinung, und behauptete, es würde doch nichts schaden, wenn das Volk etwas von der Physik und Arzneikunst verstünde. –

Als wenn Zerstreuung und Halbwissen, und das Ablenken seines Kopfs von der einfachen Richtung auf das Notwendigste nicht der größeste Schaden wäre, den man ihm tun könnte, sagte mit Eifer der Lieutenant – setzte hinzu – Nein, nein, diese Art Aufklärung, die uns Romanenbauern machen könnte, wie wir Romanenbürger haben, ist nichts nutz, und die Fassungskraft des Volkes durch festen Einfluß auf seine Berufsbildung zu erweitern, ist das einzige wahre Mittel zu seiner rechten Aufklärung.

In der Fülle seiner Wissenschaft vergraben, und für alles, was der

---

* *Anmerkung:* Das ist bestimmt der Fall des Verfassers, und der Geist des Buchs, es enthältet kein einziges Rezept für irgend einigen Detailumstand von den Millionen einzelnen Bedürfnissen des Volks, dennoch soll es den Bauern in diesen einzelnen Bedürfnissen dienen können, und indem es auf die Richtung ihres Kopfs und ihres Herzens Einfluß hat, sie selber auf die Spur der Detailrezepten, die sie nötig haben, führen. –

andere sagt, immer eine Antwort finden, machte er endlich den Lieutenant müde, daß er schwieg.

Den ersten verdroß es, daß der Lieutenant geschwiegen, eh die Sache, wie er meinte, wäre ausgemacht worden, und ergab sich hernach auch allgemach.

Aber hingegen der andere Geistliche, der fast nichts redete, kam wirklich unter diesem Gespräch dahin, zu fühlen, daß die äußere Form der Christenlehre, in Rücksicht auf den Einfluß, den ihr wissenschaftlicher Zuschnitt auf die Volksstimmung habe, einer allgemeinen Revision bedürfe; sondierte nach seiner Art das Volk in Bonnal wie ein Spion, ob es auch wirklich an den Heiland glaube, oder nur diesen Herren anhange – die es im Zeitlichen versorgen? Und fragte, seiner Meinung zum voraus sicher, neben dem Lieutenant zu ein Kind in der Schule, ob ihm der Heiland mehr lieb sei als der Schulmeister? –

Ja freilich, sagte das Kind.

Warum doch das? sagte der Mann, und meinte es könnte nun izt nichts mehr antworten, und wäre froh gewesen, denn seine Antwort war ihm schon zum voraus gerüstet – siehest du, gutes Kind! Du weißt nicht so viel vom lieben Heiland als vom Hr. Schulmeister, darum kann er dir auch nicht so lieb sein, wenn du es schon sagst und es vielleicht meinst. –

Aber der Seitensprung zur Ehre des Heilands geriet ihm nicht. – Das Kind antwortete –

Wenn der Herr Schulmeister noch so gut ist, er ließe sich doch keinen Nagel durch die Hand schlagen um ander Leute willen. –

Es war dem Priester leid, daß die Unschuld so wider ihn zeugte – und er glaubte doch nicht. –

§ 72
Die andern Stände fahren fort für ihn zu stimmen, bis zu Ende der Rezension seines Buchs*

Die Kaufleute gingen wie die Finanzräte in die Stuben des Volks, und sahen die Arbeit dieser Leute und ihre Ordnung mit Genauheit, untersuchten die Ursachen dieses Vorschritts in ihrem Verdienst sowohl, als in ihrer Arbeitsfähigkeit, und erklärten sich, nachdem sie alles dieses genau gesehen, bestimmt, die Einrichtungen Arners füh-

---

* *Anmerkung:* Verstehet sich nach seiner Meinung, und ebenso daß diese Meinung noch zu untersuchen ist.

ren zu einer solchen Totalveränderung in den Umständen des Volks, und geben ihm einen solchen Grad von Erwerbskräften, daß sie, wenn sie allgemein auf den Dörfern eingeführt würden, in Absicht der Festgründung und Ausdehnung der Handlung eines Reichs unübersehbar große Folgen haben müßten.

Dieses, dem Fürsten heiter zu machen, erklärten sie.

Die Hauptschwierigkeiten, die der Errichtung aller neuen Gewerbsbranches im Weg stehen, sei die Rohheit, Unordnung, Unanstelligkeit des gemeinen Volks. Alles, was solche Leute in die Hand nehmen, gehe zugrund, was sie gerad machen sollen, machen sie krumm, und da sie weder Kenntnis noch Erfahrung im Geldgebrauch haben, so gehe es unter ihren Händen zugrund wie nichts, je mehr sie verdienen, je mehr vertun sie wieder, das erniedrige sie zu falschen, untreuen, gefährlichen Menschen, und alle diese Umstände bringen den meisten Anfängern von neuen Gewerbsbranches einen ihnen unerschwinglichen Verlust, auch sehe man sie alltäglich unter solchen Händen dahinschwinden, wie Frühlingsmücken bei einem Winterfrost.

Wenn hingegen der Staat durch solche Dorfeinrichtungen solchen Unternehmern, darin an die Hand gehen würde, daß sie seines festen Einflusses in die Bildung des Volks zur Anstelligkeit, Reinlichkeit, Ordnungsliebe, Genauheit und Sparsamkeit zum voraus versichert sein könnten, so würde der erste Stein des Anstoßes gehoben sein, an welchem die nach allen Arten von Handlungsetablissements so dürstende Gierigkeit aller Reichen so lang anstoßen wird, bis ihre Gesetzgeber erkennen, daß sie in dieser Sache auf Fundamente arbeiten, und mit Geduld durch vorhergehende Einrichtungen zur zweckmäßigen Bildung des Volks die Möglichkeit eines allgemeinen Handlungs- und Gewerbsgeists vorbereiten, und abwarten müssen, eh sie ihn genießen können.

Denn, sagten sie, besonders in Rücksicht auf den Zustand Seiner Durchlaucht, wo das Volk wohlfeil Brot habe, da sei die Etablierung einer allgemeinen Gewerbsamkeit doppelt schwierig, alle Industrie gedeihe am besten in dürren brotlosen Bergen und auf hartem unfruchtbaren Boden, wo der Druck der Not die Menschen lehre ihre Kräfte anspannen, und so hoch treiben als möglich, um Brot zu finden. Im platten Land und in fruchtreichen Tälern könne man das Volk unmöglich zur gleichen Anstrengung im Kunstfleiß emporheben, wenn man nicht durch festen Einfluß in seine Nationalbildung sie durch die Beweggründe der Ehre, und die Reize sichererer und glücklicherer Umstände zu der Tätigkeit erhebt, zu welcher sie die

Not nicht zwingt; aber wenn man dieses tun würde, und durch Einrichtungen wie in Bonnal bei diesen glücklichern Gegenden, diesem Ziel entgegenstreben würde, so würden dieselben am Ende, denn auch sicher hierin den Vorzug behaupten, den ihnen die Natur allgemein verliehen. –

Ebenso würde eine solche Bildung des Volks auf die einzeln Menschen, die bei der Industrie Verdienst finden, eine ganz andere Wirkung hervorbringen, und auch in der Tiefe des Volks, und beim niedersten Arbeiter die Grundlag solider Umständen, und eines den Fähigkeiten, dem Fleiß, der Anstelligkeit eines jeden Menschen proportionierten Vorschritts in seinen Vermögensumständen möglich machen, und dann würde die ganze Massa dieses erhöheten und sichergestellten Landesverdiensts allgemein auf die Fundamente des menschlichen Wohlstands wirken, und wirken müssen, so daß man dannzumal die Wirkungen der Handlung nicht mehr so gar im Pomp trüglicher Pälästen als im Flor eines untrüglichen allgemeinen Volkswohlstands bewundern, und lebhafter als izt erkennen würde, daß hundert Millionen auf hunderttausend Menschen verteilt, dem Staat unendlich mehr wert sind, als zwei- und dreihundert Millionen auf wenigen Köpfen, – und daß es dem Staat weit wichtiger ist, daß der Pfenning in der Hand von hunderttausend wuchere, als daß Millionen in der Hand eines einzigen ohne Rücksicht auf den Pfenning der hunderttausend, oder gar zu ihrem Ruin sich häufen, und durch jede Laune eines schwierigen Erben dem Staat entrissen, und mit seinem Handzug in ein fremdes Land geworfen werden.

Sie sagten beide, das erste Kennzeichen wahrhaft solider und den Staat sicherstellenden Handlungsgrundsätzen sei dieses, wenn ein Haus im ökomomischen Vorschritt aller Menschen mit denen es im Verkehr stehet, sein wahres Interesse kennet und findet, wie im Gegenteil es ebenso das Kennzeichen einer beschränkten, unsichern, dem Land gefährlichen Handlungsmanier ist, wenn ein Kaufmann alles braucht, was ihm zur Stund dienet, und inmitten unter sich häufendem Menschenelend von jedem zieht, was er kann, und noch froh ist, wenn die Menschenhaufen, die er beschäftigt, den Verdienst, den er ihnen zuwirft, geschwind wieder zugrund richten, damit sie ihm immer desto wohlfeiler an der Ketten bleiben, und also desto leichter ohne viel Mühe und Sorgen beim Anschwellen seiner Geldhaufen aufdümsen, wie er aufdumset.

Es gibt viele Leute in der Welt, sagten sie, die mit allem Geld, das sie besitzen, ihrem Lande nicht den zehnten von dem Schaden wieder vergüten könnten, den sie ihm durch eine solche Handlungsweise getan haben.

Aber davon ist izt nicht die Rede; hingegen muß ich noch sagen, daß die beide Kaufleute geurteilt haben, Arners Einrichtungen würden ein jedes Land vor dieser Klippen sicherstellen.

Auch seine Edelleute konnten zum Glück rechnen, und gestunden, wenn sie etwas auf die wahren Vorteile ihres Stands aufmerksam machen, und ihnen darin Licht geben könne, so seien es die Versuche Arners, und ihr Erfolg; sie verhehlten nicht in Gegenwart des Fürsten, es sei hohe Zeit, daß sie für ihren Stand, nach den veränderten Umständen, ganz neue und diesen gemäße Entschließungen nehmen, und bei dem Einfluß den der immer mehr steigende Geldverkehr auf den Zustand der Welt habe, nicht länger gedankenlos auf ihrem Herde sitzen, und mit Vernachlässigung von Einrichtungen durch die sie ihrer Familie und ihren Untertanen zugleich Vorsehung tun können, sich durch dumme Anhänglichkeit an die äußere Form abgestorbener Eitelkeitsrechten, bei denen sie und ihre Untertanen immer mehr zugleich zu kurz kommen, von einem realen Vorschritt in ihren Umständen zurückbinden lassen.

Sie gestunden ohne Zurückhalt, daß Einrichtungen im Land, die es den Bauern möglich machen würden, den Betrag ihrer Schuldigkeiten durch niedergelegte Kapitalien zu versichern, den Wert ihrer Herrschaften erhöhen, ihre Einkünfte solider machen, sie von sehr wichtigen Ausgaben und Risque befreien, eine Menge Schwierigkeiten, die das Verhältnis zwischen ihnen und ihren Untertanen so oft unangenehm und lästig machen, aus dem Wege räumen, und die Rechte und Genießungen ihres Standes mit dem Wohlstand der Einwohner ihrer Dörfer, und mit dem allgemeinen Interesse des Staats in eine für sich selbst vorteilhafte Übereinstimmung bringen würden.

Ebenso erklärten sie sich, sie wüßten gar nicht warum nicht eine große Anzahl Edelleute mit Freuden eine Laufbahn ergreifen sollten, die so ehrenvoll vor sie, und so vorteilhaft für ihre Häuser sein müßte, wenn der Staat eine solche Laufbahn begünstigen würde.

Zwei Ärzte, die den gleichen Weg der freien Nachforschung gingen, hatten eine Menge Krankheiten aufgezeichnet, die, seitdem Arner Ordnung ins Dorf gebracht, nachgelassen. Die Rütz (Krätze) war allgemein im Dorf, und ist fast völlig fort. – Ebenso haben sich die Kinderkrankheiten fast völlig verloren, seitdem man ihnen Rat antun kann, und Rat antun muß. – Sie fanden auch, der Fabrikverdienst schade diesen Kindern an ihrer Gesundheit gar viel weniger als anderswo, und der Grund davon sei, weil sie mit Ordnung dazu gezogen, auf ihre Gesundheit selbst aufmerksam gemacht, ihren Verdienst nicht wie hungerige Tiere einen gefundenen Fraß mit wildem Unsinn immer nur auf der Stell verschlingen, und ihre Hausarbeit mit einem ihrer Gesundheit sehr vorteilhaften kleinen Feldbau verbinden. – Sie machten auch über den Vorschritt dieser Leute folgende Bemerkung. –

Es haben schon mehrere Eltern ihren Kindern die Blattern einpfropfen lassen. –

Der Gebrauch unbekannter Ärzte, und unsicherer Arzneien habe sich beinahe gänzlich verloren, und seitdem gar viele Leute durch eine bessere Ordnung ihre Krankheiten von sich selber verloren, auch das Zutrauen zu den Ärzten selber habe dadurch abgenommen, wovon aber der Schaden um so weniger groß sei, weil eben noch kein recht guter in der Nähe wohne.

Die Hexerei und Lachsnerglauben habe weit und breit keinen solchen Stoß erlitten, sie heißen izt dergleichen Sachen nur Hummelsglauben, und das Wort habe mehr Narrensachen aus ihrem Kopf herausgetrieben, als man durch ein halbes Menschenalter durch noch so vernünftige Vorstellungen aus dem Kopf heraustreiben konnte. Sie machten bei dem Anlaß die Bemerkung, wieviel man mit einem solchen Wort beim Volk ausrichten könne, wenn man ihm dasselbe zum Sprüchwort machen könne.

Das Urteil zweier Dorfschulmeister war diese. –

Sie haben im Anfang geglaubt, sie könnten eher lernen Meß lesen, als die Kinder also lehren, aber es sei ihnen izt nicht mehr so, sie wollen, sobald sie wieder heimkommen, es auch anfangen und probieren, wieweit sie es können. –

Der Fürst sagte ihnen, das sei brav – und sie erwiderten, wenn sie dürften, so wollen sie es von Ihro Durchlaucht zur Gnade ausbitten, sie noch einen Monat hierzulassen; – der Herr Lieutenant habe ihnen versprochen, er wolle sie in dieser Zeit völlig in der Ordnung seiner Schule unterrichten, und wenn er das tue, und sie es recht begreifen können, so wünschten sie daheim keinen bessern Dienst, als ihren Schuldienst. –

Ob das einen Unterschied in ihrem Schuldienst machen würde, fragte der Fürst? –

Es würde ihnen, antworteten sie, jedermann die Hände unter die Füße legen, wenn sie eine solche Schule einrichten könnten. –

Aber auch mehr Lohn geben? fragte der Fürst. –

Gewiß soviel sie fodern dürften, erwiderten die Männer, und

setzten hinzu, wenn sie ihre Kinder so weit bringen könnten, wie
es die hier gebracht und so alles zum Nutzen; die Eltern würden alles
auftreiben, ihnen für einen solchen Dienst recht zu danken.

Vielleicht ist das wichtigste Urteil von allen dasjenige eines sehr
alten Landmanns, der nämlich sagte, es seie vor hundert und mehr
Jahren, so wie ihn die Alten berichtet, von der Zeit der Reformation
an, bis auf seinen Vater selig, beinahe eine gleiche Ordnung gewesen,
wie izt Arner eine einführen wolle; die Pfarrer haben fast auf eben
diese Art Rödel gehabt, darein sie genau aufgeschrieben, was sie von
Haus zu Haus von einem jeden ihrer Pfarrkinder zu wissen notwendig gehabt, um mit Rat und Tat ihnen an die Hand zu gehen. Sie haben nicht, wie es izt üblich sei, es bloß bei ihrem Predigen, Kinderlehrhalten, und den Sterbenden vorbeten gelten lassen, sondern ihre
Sorgfalt fürs Volk viel weiter getrieben, und Jahr für Jahr, Haus für
Haus nachgesehen, ob sie bei irgend jemand etwas helfen und nützen
können, da wo ihre Kanzelarbeit umsonst sei, auch haben es die
Dorfleute bis auf die Schulkinder hinunter alle wohl gewußt, daß
ihre Pfarrer an dem Zustand ihrer Hausordnung, Kinderzucht, und
auch an ihren Feldern und Matten die Probe machen, ob ihr Christentum und ihr Aufsagen in der Kirche mehr als nichts sei. Es sei
überall mehr in der Übung gewesen, auf die Menschen achtzugeben,
sie zu leiten, und an der Hand zu halten, daß sie nicht zu stark verirren, und jedermann habe das für eine ausgemachte Sache angesehen,
daß ein jeder Mensch für andere Menschen, die ihm anvertraut sind,
mehr als für irgendeine zeitliche Sache aufrichtig und redlich zu sorgen schuldig seie, so daß wenn einer das nicht getan, oder gar Ursach
gewesen, daß dergleichen ihm anvertraute Leute an Leib und Seel
Schaden gelitten, so habe ihm das Volk dieses so gut, als wenn er gestohlen, oder eine Mordtat getan, zur Sünde gerechnet, und so ein
Mensch habe darauf zählen können, daß er im Land verachtet, und
für ein Unchrist, und Unmensch gehalten worden sei, habe er dann
Junker geheißen, oder Pfarrer, oder Ehegaumer, oder auch nur
Hebamme. – Auch nur kein Meister und keine Meisterin habe ihren
Knecht, oder ihre Magd wie izt in allem was nicht den Dienst anbetrifft, sich selber überlassen, und sich nicht darum bekümmert, ob
sie an Leib und Seel für sich selber sorgen oder nicht. – Solang du
bei mir bist, und mein Brot issest, so hab ich dich zu verantworten. –
Wenn du denn nicht mehr bei mir bist, so tue denn in Gottes Namen
was du willst, dann geht's mich nichts mehr an, – das sei das Land
hinauf, und das Land hinab die Sprache der Meisterleuten gegen ihre
Dienste gewesen. –

Auch das sei vor gar altem ungefähr so gewesen, wie es Arner izt wieder einrichten will, daß die Junkern alle Jahr durch alle Zelgen geritten, und sich vom Herrschaftsweibel einen jeden Acker, der besonders schön, oder besonders schlecht gewesen, aufschreiben lassen; denn hernach im Gemeindhaus mit den Bauern darüber geredt, und bei einem jeden den Ursachen nachgefragt, warum er in diesem Zustand sei?

Ebenso haben die Schulkinder jährlich zwei Freudentäg gehabt, und die Osterbrötchen kommen noch von diesen Tagen her, aber freilich sei von ihrer Freud dem Volk nichts mehr übriggeblieben, als ein Pfund Brot auf den Kopf von einem jeden Kind, wie ich eben gesagt habe, auf die Ostern.

So meinte der Mann, im Grund sei alles alt, was der Junker machen wolle, aber es sei nichts desto schlimmer, die Prob sei dann schon da gewesen, daß es gut sei.

Sein Urteil hatte viel Ähnliches mit dem, was zwo Frauen von Edelleuten und eine Pfarrersfrau darüber sagten, nämlich das zugleich Lernen und Arbeiten sei nichts anders, als was wenigstens in gemeinen Bürgershäusern vielfältig ausgeübt wurde, daß die Mütter und Töchter miteinander um einen Tisch herumsitzen, in allem Ernst darauf losarbeiten, und doch zugleich etwas auswendig lernen, sich im Französischlesen üben, und wirklich auch rechnen; es sei nicht daran zu zweifeln, daß ein Mann wie der Lieutenant eine Ordnung und Einrichtung könne angeben, bei der man diesen alten Hausvorteil bei vielen Töchtern, die nicht gar reich seien, und doch auch hinkommen möchten, noch gar viel weiters treiben könnte. Indessen werde es auch izt schon in vielen Pensions- und Lehranstalten für die gemeinen Stände getrieben, daß man den Kindern bei ihrer Arbeit zugleich auch noch den Kopf beschäftige, und in den Bergen in dem Neuenburgischen sei es bis auf die gemeinste Spitzmacherin herunter ein Gewohntes, daß sie bei ihrer Arbeit beieinander etwas lesen und lernen. – Auch das sagten diese Frauen, die Kinder in Bonnal haben eine völlig bürgerliche Erziehung, mit der sie das Gesunde, Gute und Natürliche vom Bauernstand verbinden; und die zwo ersten sagten, es habe sie noch nie gefreut Herrschaften haben, und die andere eine Pfarrerin zu sein, wie izt. Die ersten setzten hinzu, sie wollen die größesten Freuden, die Menschen haben können, gewiß nicht mehr über Sachen die wie Kartenhäuschen für Kinder seien, versäumen, und es müsse ihnen nicht mehr sein, daß ihre Ställe besser in der Ordnung, als ihre Schul seien. Und die Frau Pfarrerin sagte, sie seie ihres Obstdörrens, und ihrer Schütte, und ihres Kellers auch gewiß noch nie so müde gewesen, und wolle auch nicht mehr für dieses allein Pfarrerin sein. –

Zwei Vorgesetzte antworteten dem Fürsten auf die Frage, ob sie imstand seien die Rödel über die Menschen, über ihre Gesundheit, Ordnung, ihren Fleiß, und ihren Verdienst auch zu machen, wie sie in Bonnal gemacht werden? Sie haben dergleichen Rödel schon mehrmal über Pferd und Hornvieh, und Schaf machen müssen, wenn etwas Unrechtes unter ihnen gewesen, über die Menschen noch nie, aber sie meinten, sie würden es ebensowohl lernen, als über das Vieh, wenn es sein müßte, und sie die Formen und Einrichtungen, die der Junker den Vorgesetzten in Bonnal gemacht, auch hätten. –

§ 73
Das ist wieder langweilig für Leute, die nicht fürs Allgemeine denken, und dieser sind viel

Der Fürst saß wie im Traum da. Was er tief verworren glaubte, fand er unverwickelt vor seinen Augen. Wo er unübersteigliche Schwierigkeiten ahndete, fand er nichts als gemeinen Fleiß, und gemeinen Menschenverstand, wie in allen Sachen auf der Welt notwendig. –

In einer Art von Betäubung sagte er – aber, wenn izt alles so wäre, was müßte ich denn tun, so geschwind als möglich zu diesem Ziel zu kommen? – Er hatte seine Augen auf den Lieutenant geworfen, da er das sagte. – Und dieser, mit dem Feuer des Menschen, der jahrelang auf den Anlaß gewartet, zu reden, wo er sicher war, es nicht ohne Erfolg zu tun, und mit Bylifsky über die Schritte zu ihrem Ziel zu gehen einig, drang auf einen öffentlichen Lehrstuhl über die Natur der Volksführung in allen Teilen, auf die Landskommission, die ihr kennet.

Dann, sagte er zum Fürsten, auch die Waisen- und Findelhäuser, sowie die Gefangenschaft- und Zuchthäuser sind in ihrer Hand wichtige und weitführende Mittel, die Nationalbildung nach den Gesichtspunkten, die Arner auf seinem Dorf hat, zu leiten.

Der Fürst wollte, daß er sich über beides näher erläuterte. – Der Lieutenant zeigte umständlich, wie natürlich und leicht, und sogar mit wenigen Unkosten mit der Auferziehung der Waisen und Findelkinder eine vorzügliche gute Bildung derselben zu verbinden möglich sei, und wie denn diese Kinder in fortdaurender Verbindung mit ihrem Erziehungshaus, als ein sicherer Samen zur allgemeinen Volksbildung für die Industrie könnten benutzt werden.

Aber der Abschaum der Gefangenen, und der Auswurf der Menschen in den Zuchthäusern, – – was soll ich hiezu mit diesen? sagte der Fürst.

Erlauben Ihr Durchlaucht! erwiderte der Lieutenant, der Mensch in der Tiefe wird so unsinnig verwahrloset, und so gewaltsam vertreten, daß die besten Anlagen seiner Natur, das Gefühl seines Werts, die bestimmten Vorzüge seiner Kräften, und das dringende Bedürfnis der Anwendung seiner Anlagen ihn in unendlich vielen Fällen fast notwendig zum Verbrecher machen.

Auch findet man in Zuchthäusern und Gefängnissen beständig eine Menge Menschen, die ein besseres Schicksal verdient hätten, und die auch izt noch, was sie unter andern Umständen weit mehr gewesen wären, der menschlichen Gesellschaft von wesentlichem Nutzen sein können, wenn man imstand ist, sie dazu zu gebrauchen. – Diese Leute besitzen einen solchen Grad von Lokalkenntnissen im Land, und Fertigkeiten sich an Ort und Stelle Einfluß zu verschaffen, – sie kennen so genau den Zustand des Volks, und die nächsten Quellen ihrer Verbrechen, die ersten Hindernisse des Guten, – sie wissen so wie niemand, was alles dem guten Willen der Regierung in der Tiefe des Volks entgegenstehet, an Ort und Stelle an den Fingern abzuzählen, und was sie bei der untersten Hefen des Menschengeschlechts imstand sind auszurichten, das bessere Menschen bei ihnen nie ausrichten werden. Man lehre sie in ihren Stockhäusern eine Branche von Industrie, und setze ihnen ihre Freiheit zum Preis bei einer Anzahl von Gefangenen, die zu einer bestimmten Vollkommenheit in einer Erwerbsbranche gebracht. Man gebrauche ihre Freiheit durch beständige Verbindung mit dem Gefangenschaftshaus, ihrer Tätigkeit durch Ausbreitung ihrer Arbeitskenntnissen Raum zu verschaffen, und man wird finden, daß durch viele von ihnen im Land Sachen erzielet werden können, die durch niemand anders zu erzielen möglich. –

Auch das schiene dem Fürsten nicht unwahrscheinlich. Hingegen fand er im allgemeinen, eine solche Volksumschaffung zur Industrie würde zu einer Bevölkerung führen, die das Verhältnis des Landabtrags bei weitem übersteigen, die Einwohner des Lands ganz von ihrem Handverdienst abhänglich, und ihren Unterhalt bei teuren Zeiten, und bei Stockung des Gewerbs mißlich machen könnte. –

Der Lieutenant antwortete ihm, die diesfällige Sicherheit der Menschen ruhe unter diesen Umständen

1. Auf ihren Ersparnissen.

2. Auf ihrer Fertigkeit, bei Stockung einer Art von Gewerb, auf eine andere zu lenken.
3. Auf ihrer Übung im Sparen Abteilen, und überhaupt auf ihrer mehr ausgebildeten Fertigkeiten sich nach den Umständen zu richten. –

Und setzte hinzu, er wünschte, daß Ihr Durchlaucht über diesen Punkt sowohl, als über denjenigen, wie die Waisenkinder zur allgemeinen Ausbreitung der Industrie im Land zu gebrauchen wären, mit dem Baumwollen Meyer reden möchten. –

Und der Herzog ging mit ihm und Arner und dem Pfarrer in das Haus des Meyers. –

Dieser sagte ihm über den ersten Punkt, es sei sehr wichtig, daß die Kinder, deren Brot von ihrem Hausverdienst abhange, in ihrer Jugend gleichsam den Katechismus lernen, wie sie sich einzurichten haben, um bei Stockung der Gewerbsamkeit, und in teuren Zeiten nicht in Verwicklung zu kommen. Das sei ein wesentlicher Grund, warum eine jede Obrigkeit Rechenschaft von den Untertanen über die Anwendung ihres Fabrikverdiensts fodere, und sie gewöhnen sollte, von Kindesbeinen auf alles Mögliche, was sie ersparen können, beiseits zu legen. Übrigens aber führe der Gewinst einer gut geleiteten Gewerbsamkeit so weit, daß einem jeden Dorf, dessen Bevölkerung durch die Gewerbsamkeit also zunehmen würde, eben dadurch auch so viel Mittel zufließen müßten, genugsame Einrichtungen zu seiner Sicherheit mit Leichtigkeit zu machen. – Und es komme hierin nur auf den Gebrauch an, der im Dorf von diesen Umständen gemacht werde, und auf die Obrigkeit, zu was für einem Gebrauch ihrer Umstände sie das Volk führe und anhalte. –

Über das andere: Wie die Waisenkinder als eine Pflanzschule die Gewerbsamkeit im Volk allgemein zu machen, zu gebrauchen wär? – sagte er, man müsse einen Unterschied machen zwischen bloßen Arbeitern, die nur wieder andere Arbeiter nachzuziehen hätten, und denen die in Stand kommen sollten, irgendeine Art Gewerb an einem Ort selber anzulegen. Für die erstern erfodere es nichts, als daß sie ihre Handgriffe vollkommen lernen und fleißig seien – aber die andern müssen, wenn sie die Handgriffe vollends gelernt, aus einem solchen Erziehungshause weg, und zu Leuten getan werden, die diesen Gewerb selber treiben, um ihnen alle Arten Vorsichtigkeitsregeln geläufig zu machen, die es in der Welt braucht, wenn man den Menschen auch noch so wenig anvertrauen muß; und dann auch zu lernen, sich die Menschen an die Hand zu bringen, und an der Hand zu halten, oder wie man sich unter den Bauern ausdrücke, den Mäusen zu pfeifen. Hingegen könnten sie in solchen Erziehungshäusern darin einen großen Vorteil genießen, wenn sie in denselben wohl rechnen, schreiben, und die Handlungsbücher führen lernten, welches alles er aus sich selber habe lernen müssen, und also erfahren, wieviel es ihm hinderlich gewesen. –

Ebenso bestätigte er, daß in den Gefangenschaften und Zuchthäusern zu diesen Endzwecken sehr brauchbare Menschen zugrund gehen, und daß man wichtige Vorteile von ihnen ziehen könne, wenn man die Manier kennen würde, dieses Geschäft recht anzugreifen, und auch das sei sicher, daß man diese Manier bei niemand als bei den Züchtlingen selber erforschen müsse.

Dann sah der Fürst auch noch die Gertrud, und die Kinder des Hübel-Rudis, die vor Jahr und Tagen noch im Elend fast verfaulet keine Arbeit verstunden, und von diesem Weib so in Ordnung gebracht worden. Der Lieutenant sagte dem Fürsten vor ihr, sie hatte meine Schule in ihrer Stube, ehe ich noch daran dachte, ohne sie hätte ich meine Einrichtungen nicht in diese Ordnung gebracht.

Denn hat sie viel getan, sagte der Fürst, sah sie steif an; und bald darauf – ich will noch mehr mit ihr reden – aber izt war er wie in einem Sturm – Gedanken drängten sich über Gedanken – sein Herz schlug – er fühlte daß seine ganze Stimmung ihn nicht mehr ruhig urteilen lasse – er entfernte sich einige Augenblick, stund an des Rudis Matten, an der Zäunung, gegen die untergehende Sonne, suchte Luft für sein klopfendes Herz – Nein – es ist zuviel – sagte er da an des Rudis Zaun – wenn es weniger wär, ich wollte ihnen glauben, aber so viel kann und will ich nicht glauben – Eine Weile darauf – er hat recht – ich muß noch die drei Räder still stellen, wenn ich die Wahrheit sehen will, mit dem ging er wieder zu Arner, sagte ihm, der bei ihm stund, ihr müsset mir alle 4 nach Sklavenheim, ich will euch da 3 Tage allein lassen, aber am Samstag bin ich auch dort, so lang untersuchet in dieser Zeit an Ort und Stelle, sowohl mit den Waisenkindern als mit den Züchtlingen, was ihr von dem, was ihr saget, ausführbar findet. Indessen will ich hier noch die Gegenstände, die ich izt wie in einem Traum sehe, ein wenig kaltblütiger ins Auge zu fassen suchen. –

§ 74

Der Lieutenant zeigt noch wie im Flug, was er in einer höhern Sphäre sein würde. – Und der Autor beschließt sein Werk

So schickte er sie fort. – Der Lieutenant merkte es, und sagte, da sie morgens darauf miteinander im Wagen saßen, er setzt uns für hie und da auf die Probe: die andern stutzten; er aber sagte, es macht nichts – er will nicht betrogen sein, und darin hat er recht. – Wir wollen ihm aber um deswillen doch auch nicht minder zeigen, als was wahr ist. –

Dann rief er dem Postknecht, daß er davonjage was immer möglich; und sagte zu den Herren, diese drei Tage entscheiden izt – bringen wir in Sklavenheim etwas Wirkliches zustand, so ist er gewonnen; kommen wir ihm nur mit Worten, so sind wir in dieser Sache nicht weiter, als wir vor zwei Jahren waren. Die Herren sagte ihm alle, er solle von ihnen fodern, was er begehre, und wenn sie 3 Tage kein Auge zutun müssen, so wollen sie ihm helfen zu tun was möglich. – Der Postknecht jagte, sie waren in der halben Zeit dort, und in der ersten Stunde hatte der Lieutenant schon 12 Kinder aus der Waisenstube ausgesucht, sie einer Spinnerin übergeben, an ihre Räder gesetzt, und fing nun an mit einem nach dem andern zu reden, dann mit allen, dann ihnen etwas vorzusprechen, das sie ihm nachsagen mußten. Am gleichen Abend brachte er sie noch dahin, einige Zahlenreihen bis auf 50 – zu 3 – und zu 4 – und zu 5 – hoch zurück und vorwärts zu zählen – und das alles bei ihrem Spinnen – das aber freilich im Anfang nicht ganz ordentlich gehen wollte. – In der gleichen Stunde suchte der Baumwollen-Meyer im Zuchthaus 10 Männer aus, von denen er glaubte, sie seien imstande weben zu lernen; er fand zwei vollkommene Weber, die als Contrebandiers aus dem benachbarten Fürstentum mit verbotener Tuchware ergriffen, eingesetzt worden; diese beredte er bald, mit ihm Hand ans Werk zu legen, und die zehn Männer, die auf ihren Stühlen vor Hoffnung der Erlösung zitterten, das Handwerk zu lernen. – Sie fanden im Dorf, und zum Teil im Zuchthaus selber, Stühle, Geschirr, Zettel, und Spuler genug – vor Abend war das alles in Ordnung.

Ebensobald fing Arner an, die Geschichte der Gefangenen aufzunehmen, und hauptsächlich aufzuzeichnen, was sie gelernt – wodurch sie glaubten, ihr Brot verdienen zu können – und denn, wodurch sie unglücklich geworden – wie stark ihre Fehler in ihrem Land und ihrem Dorf eingerissen – was und wer daran schuldig –

wie sie glaubten, daß diesen Fehlern am besten gesteuert werden könnte – ob sie glaubten, wenn sie in der Freiheit wären, selber etwas dazu beitragen zu können – und überhaupt, womit sie im Land etwas Nützliches anzufangen sich imstand glaubten – und endlich, ob sie nicht gern in der Gefangenschaft selber sich anstrengen, und etwas lernen wollten, das sie in Stand setzen könnte, mit Nutzen für sich selber und für ihren Nebenmenschen in der Welt zu leben? Sie fielen fast vor ihm auf die Knie, jammerten, daß sie das Unmögliche tun wollten, diesem Elend zu entkommen. Ihrer viele sagten, sie müßten an Leib und Seele fast verfaulen und die Leute seien Kinder von Unschuld, wann sie in diese Örter hineingebracht werden, gegen den Zustand, in welchem sie sich befinden, wann sie wieder herauskommen.

Er war am dritten Abend mit der Geschichte und Aussage dieser Leute fertig; ebenso der Pfarrer mit der Beschreibung des Zustands von 70 Kindern, die in diesem Hause an Krätze, Blässe, Dummheit und Unanstelligkeit bewiesen, daß ihre Verwalter Diebe, und die Obern dieser Verwalter etwas anders zu tun haben, als nach ihnen zu sehen. –

Und auch der Lieutenant war mit seinen Kindern so weit, daß sie seine Ordnung kannten wie die in Bonnal; und die Züchtlinge des Meyers kamen in diesen Tagen mit ihrem Weben weiters als man es möglich geglaubt hätte.

Indessen hatte der Herzog mit Luchsaugen ausgespäht, ob es in Bonnal einen Unterschied mache, daß er diese drei Räder stillgestellt – Er fand keinen – vielmehr sagten ihm verschiedene von den Herren seiner Kommission, die Sache sei so tief gegründet, daß sie, wenn diese sämtlichen Anfänger sterben würden, um deswillen nicht zugrund gehen müsse. –

Nunmehr stieg eine ruhige Hoffnung, daß doch wenigstens etwas, wo nicht alles, von diesen Versuchen ausführbar, in dem Herzog empor. Er nahm am vierten Tage Theresen mit sich auf Sklavenheim; aber er ahndete von fernem nicht, was er da antraf.

Er fand Bonnals Schule mit zwölf Waisenkindern angefangen.

Er sah den Vorschritt, den der Meyer mit dem Gebrauch der Züchtlinge in diesen Tagen möglich gemacht.

Er las in der Geschichte der Gefangenen den Zustand seines Reichs, in der Schilderung der 70 Waisenkinder den Zustand seiner Anstalten fürs Volk. –

Staunte über das Werk dreier Tagen; und ward von einem Geräusch unterbrochen. Die Schar der Gefangenen, und die Menge seiner Kinder lag zu seinen Füßen, sie baten um Väter und Versorger wie diese vier Herren.

Stehet auf, sagte er, Gefangene! Stehet auf meine Kinder, euer Schicksal ist in ihrer Hand! –

Ich bin überzeugt; er konnte nicht mehr – die Kinder blieben auf den Knien – es umgab ihn eine heilige Stille, und der Ahndungen größte hob sich in aller Herzen empor.

ANHANG

Nachwort

von Manfred Windfuhr

Ende der siebziger Jahre des 18. Jahrhunderts vollzieht sich Pestalozzis Durchbruch als Schriftsteller. Der neue Autor, aus einer Familie norditalienischer Herkunft stammend, die schon seit mehreren Generationen in Zürich heimisch geworden war, hatte bereits mehrere Anläufe zu anderen Berufen hinter sich und war infolgedessen nicht mehr der Jüngste (geb. 1746). Zwar gab es schon einige verstreute Veröffentlichungen von ihm in Schweizer und süddeutschen Zeitschriften, aber dabei handelte es sich um Stilübungen und Gelegenheitsarbeiten ohne erkennbares literarisches Profil. Der junge Zürcher beteiligte sich an zeitgenössischen Modethemen, die ihn wie andere Altersgenossen interessierten und zu denen er beiläufig auch ein Wort beitragen wollte. Die anspruchsvolle deutschsprachige Literatur machte in jenem Jahrzehnt eine stürmische Phase durch. Die Aufklärung war in ihre revolutionäre Stufe eingetreten und setzte sich mit ihrer Umwelt in zunehmend kritischer Weise auseinander, teils auf dem Weg historischer Analogien wie in Goethes und Schillers Jugenddramen, teils durch direkte Konfrontation mit Zeitschwächen wie bei J. M. R. Lenz oder dem gesellschaftskritischen Roman von F. Nicolai, J. K. A. Musäus u. a. In Frankreich hatten Roman und Drama schon einige Zeit vorher die gleiche kritische Schärfe erreicht, bei Voltaire, Marmontel und Rousseau. In diesen Versuchen ging es darum, die Irrwege der zeitgenössischen Gesellschaft zu enthüllen und – seltener – eigene positive Gegenbilder zu entwerfen.

Das Werk, mit dem Pestalozzi der selbständige Eintritt in die Literatur gelang, war der vierteilige Roman *Lienhard und Gertrud*, in erster Fassung 1781–87 erschienen. Nach kurzem anfänglichen Schwanken, welche Gattung er wählen und ob er den Stoff mehr theoretisch oder mehr praktisch behandeln sollte, entschied sich der Autor für die anschaulichere Form des Romans, die in der Aufklärung erstmals auch von den Ästhetikern als kunstfähige Gattung proklamiert worden war. Pestalozzi erkannte rasch, daß man mit „Geschichten und Bildern" eine ungleich größere Wirkung erzielen kann als mit bloßer Theorie. Der Verfasser war sich weiter darüber im klaren, daß er sich nicht mit lukullischen Gegenständen in die Literatur einführen wollte, sondern, dem skizzierten Entwicklungsstand entsprechend, mit kritischer Kost aus dem alltäglichen Leben. In § 30 des ersten Teils seines Romans wendet er sich ausdrücklich gegen Dichtungen, die nur „Bilder des Müßiggangs" entwerfen und nichts von „Berufs- und Geschäftssachen" schreiben. Solche Texte gab es natürlich neben den gesellschaftskritischen Arbeiten damals auch noch in genügender Zahl, besonders in der eleganten Rokokoliteratur. Eine dritte Entscheidung fiel bei dem Autor mit der Absicht, ein „Volksbuch" zu schreiben und damit nicht die höheren und gebildeten Gesellschaftsschichten, sondern den einfachen Leser anzusprechen. „Ein Buch für das Volk" lautet der ursprüngliche Untertitel seines Werks und bezeichnet den eigentlichen Adressaten, wenn auch mit unterschiedlicher Akzentuierung in den vier Teilen.

Mit diesen drei Vorentscheidungen war der Ausgangspunkt für den umfangreichen Roman festgelegt. Die „Berufs- und Geschäftssachen" beziehen sich im Fall von *Lienhard und Gertrud* auf die Alltagsvorgänge im Schweizer Dorf Bonnal, im Prinzip ein fiktiver Ort, im Detail allerdings mit manchen empirischen Beobachtungen Pestalozzis über Personen, Orte und Sachverhalte seiner damaligen Umgebung angereichert. In Bonnal herrscht zu Anfang der Geschichte nicht der kraft feudaler Ordnung zuständige Landadelige Arner, sondern sein korrupter Vogt Hummel. Als Inhaber des Schankrechts und einer beträchtlichen Portion an erworbener Raffinesse hat er die meisten Dorfbewohner von sich abhängig und aus Bonnal einen höchst liederlichen Ort mit Intrigen, Mißwirtschaft und Unglück gemacht. Selbst in der an sich redlichen Familie von Lienhard und Gertrud hat Hummel seine Spuren hinterlassen, da auch der Maurer Lienhard anfangs zur Trunksucht neigt. Die Gegenhandlung kommt dadurch in Gang, daß Gertrud den Großgrundbesitzer Arner couragiert an seine Pflichten erinnert und seine Verantwortlichkeit für das von ihm abhängige Dorf weckt. Arner verbündet sich mit der Handwerkerfamilie und drängt den Einfluß des Vogts schrittweise zurück.

Dies geschieht in einem sehr langwierigen und mit vielen Rückschlägen verbundenen Prozeß. Zunächst dominieren die praktischen Gegenmaßnahmen. Die Reparatur der Kirche wird nicht dem Vogt, sondern Lienhard übertragen und damit den Tagelöhnern des Dorfs eine neue sinnvolle Beschäftigungsmöglichkeit gegeben. Auch die

Einführung der Baumwollspinnerei in Heimindustrie schafft neue Arbeitsplätze. Während die Männer handwerklich oder landwirtschaftlich arbeiten, sorgt Gertrud für den Haushalt und besonders für die vorschulische Erziehung eigener und fremder Kinder. Diese Maßnahmen bringen das Dorf aus dem Gröbsten heraus und ermöglichen einen neuen Anfang. Am Ende des zweiten Teils ist die Macht des ungerechten Vogts gebrochen und Arners Superiorität wenigstens formal wiederhergestellt. Damit ist aber erst die Hälfte des Wegs zurückgelegt. Denn die Abstellung von Unrecht und Mißwirtschaft bedeutet noch nicht die Einführung und Stabilisierung einer neuen Ordnung. Es gibt zunächst noch zahlreiche weitere Widerstände im Dorf außer Hummel. Die reichen Bauern, die „Dickbäuche", verfolgen das Bündnis Arners mit den Handwerkern und Tagelöhnern argwöhnisch und versuchen auch für ihre Gruppe Vorteile herauszuschlagen. Die neuen Arbeitsplätze schaffen neue Probleme, z. B. fordern sie ein neues schulisches Konzept für die heranwachsenden Kinder. Gertruds häusliche Erziehung reichte für Bauernkinder, aber nicht für ganzjährig zu unterrichtende Kinder von Heimarbeitern. Das neue polytechnische Schulkonzept entwickelt der ehemalige Leutnant Glüphi, indem er den persönlichen, gefühlsbetonten Erziehungsstil durch einen mehr funktionalen und rationalen ersetzt.

Auch die ökonomische Lage erfordert neue generelle Lösungen. Die Heimarbeit bringt mehr Geld ins Dorf als früher die rein agrarische Tätigkeit. Um die Gefahr der Verschwendungssucht oder planlosen Verwendung zu vermindern, führt Arner bzw. der „Baumwollen-Meyer", der neue Dorfvogt, eine Reihe von Regelungen ein, angefangen von einem Dorfwirtschaftsbuch über Sparprojekte bis hin zur Bildung von eigenem lehnsfreien Grundeigentum. Arner erkennt auch, daß weitere Bereiche wie Sittlichkeit, Kriminalität und Religiosität neu geordnet werden müssen. Er verfaßt ausführliche gesetzartige Richtlinien, die für jedes Gebiet optimale Regelungen schaffen sollen. Noch ist aber ein letzter Widerstand nicht überwunden, die Skepsis der Regierung und des Hochadels gegenüber seinem Bonnaler Modell. Im vierten Teil des Romans muß das Experiment auch gegen diese Seite abgesichert und durchgesetzt werden, wobei Vorurteile und Mißverständnisse hier nicht geringer sind als zuvor bei der Landbevölkerung. Arner ist aber schließlich erfolgreich und erreicht mit gutachterlicher Unterstützung, daß das neue Bonnal als Musterdorf anerkannt wird. Pestalozzi kann nach sechshundert Seiten erleichtert erklären: „Ich fing bei der Hütte einer gedrückten

Frau und mit dem Bild der größten Zerrüttung des Dorfes an und ende mit seiner Ordnung."

Spätestens im vierten Teil wird dem aufmerksamen Leser klar, daß es dem Autor aber nicht nur um ein spezielles Dorf und seine Probleme geht, sondern um die Voraussetzungen und Möglichkeiten eines geordneten Zusammenlebens und einer menschenwürdigen Entwicklung aller Bürger überhaupt. Pestalozzi will am Beispiel dieses Dorfes zeigen, wie leicht ein Gemeinwesen in die Irre gelangen kann und wie schwer es ist, es aus der Zerrüttung wieder zu humanen Lebensformen herauszuführen. Der ländliche Schauplatz steht für allgemeinmenschliche Erfahrungen. Pestalozzi gelingt es, in seinen Hauptpersonen und Hauptstrukturen über die präzise Erfassung der lokalen und zeitgeschichtlichen Bezüge hinaus überzeitliche Konflikte und Konfliktlösungen sichtbar zu machen, wie sie sich auch unter anderen gesellschaftlichen Bedingungen ergeben können. Bonnal gibt es überall und immer wieder, unabhängig vom ursprünglichen Zeit- und Romanzusammenhang.

Freilich muß man dazu vom vollständigen Roman und am besten von seiner ersten, imaginativsten Fassung ausgehen. *Lienhard und Gertrud* hat wie andere umfängliche Werke das Schicksal gehabt, meist nur partiell aufgenommen zu werden. Zunächst machte man es sich bequem und beschränkte sich auf den am meisten erzählerischen Teil I, der schon nach seinem ersten Erscheinen bevorzugt begrüßt und bis heute oft separat nachgedruckt wurde, allenfalls mit einigen unabdingbaren Ergänzungen aus den folgenden Teilen, besonders aus dem wieder erzählerischen Anfang des vierten Teils. Man begnügte sich gewissermaßen mit der für den Lesegenuß angenehmen Vor- und Nachspeise und überschlug das etwas trockene Hauptgericht, die vielschichtige und zum Teil theoretische Lösung des Problems. Eine andere, damit zusammenhängende Beschränkung der Perspektive besteht darin, das Werk als Gertrud-Roman und damit als pädagogische Idylle mißzuverstehen. Es ist richtig, daß Gertrud die erste ist, die der Bonnaler Misere entgegentritt und durch ihre Mütterlichkeit und pädagogische Urbegabung die Grundlage für die Wiedergesundung des Dorfs legt. Aber vom zweiten Teil an tritt sie zurück und wird von anderen Leitfiguren abgelöst, die die für die neuen Stufen nötigen Voraussetzungen schaffen oder mitbringen. *Lienhard und Gertrud* ist ein Stufenroman, in dem einzelne Entwicklungsstufen bestimmten Personen zugeordnet werden. Pestalozzi hat auch später immer wieder die Häuslichkeit, die „Wohnstube", als erste Voraussetzung für optimale Menschenbildung gefordert und gefeiert, aber im Sinn von zeitlich erster Bedingung im Lebensgang eines Menschen. Im Roman selbst folgen der unreflektierten Stufe von Gertruds Mütterlichkeit die männliche Funktionsethik und -pädagogik Glüphis und die ökonomische Vernunft des Baumwollen-Meyers, bis Arner mit seiner idealen Staatsutopie die umfassendste Ebene einführt. Jede Stufe hat zum jeweiligen Zeitpunkt ihr Recht und ihre Bedeutung, ihre Verabsolutierung ist aber unzulässig. Es kann hier unerörtert bleiben, wieweit Pestalozzi diese Stufung von Anfang an plante und wieweit erst im Lauf der neunjährigen Entstehungsgeschichte ausarbeitete, wobei einige innere Ungenauigkeiten auftraten.

Mit solchen Stufenmodellen und sowohl pädagogischen als auch staatswissenschaftlichen Utopien stellte man sich im endenden 18. Jahrhundert natürlich in die Nachfolge Jean Jacques Rousseaus. Der Genfer hatte 1762 mit seinem Erziehungsroman *Emile* und dem *Contrat social* in beiden Bereichen bedeutende und einflußreiche Konzeptionen entwickelt. Pestalozzi war diesen Schriften etwa ein Jahrzehnt vor dem Beginn der Arbeit an *Lienhard und Gertrud* begegnet und nachweislich stark von ihnen beeindruckt worden. Unmittelbare Spuren von Rousseaus Gedanken lassen sich in seinen verstreuten frühen Niederschriften wie dem *Tagebuch* über seinen Sohn finden, und man kann davon ausgehen, daß die Faszination auch noch anhielt, als Pestalozzi im Todesjahr seines Vorgängers daran ging, selbst verwandte Themen in Romanform darzustellen. In gewisser Weise ist *Lienhard und Gertrud* die Verbindung von *Emile* und *Contrat social*, d. h. von Erziehungsbuch und Staatslehre. Die Frage nach der Verbesserungsfähigkeit eines Gemeinwesens und sei es auch nur eines Dorfs oder nach der Entwicklungsfähigkeit der darin lebenden Menschen war schon deutlich genug von Rousseau gestellt und beantwortet worden. Aber die Antworten der beiden großen Pädagogen und Schriftsteller waren nicht die gleichen. Bei genauem Vergleich reduzieren sich die Übereinstimmungen in den Hauptwerken auf allgemeine aufklärerische Überzeugungen, wie eben die Veränderbarkeit von Mensch und Gesellschaft, das notwendige stufenweise Vorgehen bei allen pädagogischen Prozessen oder die mehrstufige Entwicklung der menschlichen Gesellschaft im ganzen. Im übrigen bildet Pestalozzi – von Schwankungen innerhalb seines Gesamtwerks abgesehen – andere Grundvorstellungen und setzt auch die Akzente anders.

Zu den wichtigsten Abweichungen gehört seine Ansicht, daß der Mensch nicht wie der *Emile* nur außerhalb der Gesellschaft in der

Abgeschiedenheit der Natur von einem Erzieher bzw. Hofmeister zu höchstmöglicher Perfektibilität herangebildet werden kann, sondern nur innerhalb des Gesellschaftszusammenhangs. Das kleine Kollektiv der Familie, durchaus Teil und Keimzelle der Gesellschaft, bildet für Pestalozzi die erste Stufe und die Schule als weiteres Kollektiv die nächste. Glüphi wendet sich ausdrücklich dagegen, einzelne Glieder „von der Kette" abzunehmen und an ihnen zu „künsteln <...> wie wenn sie allein wären". Im Gegenteil, „das Erziehen der Menschen seie nichts anders als das Ausfeilen des einzeln Glieds an der großen Kette, durch welche die ganze Menschheit unter sich verbunden, ein Ganzes ausmache" (Teil III, § 67). Pestalozzi sperrt sich gegen die aristokratische Individuation im Erziehungsgang und fordert die republikanisch-gleiche Ausbildung aller zum Besten der Gesellschaft. Konsequenterweise geht es in seinem Roman auch nicht um die Erziehung eines Einzelhelden, sondern um das Schicksal einer ganzen Gemeinschaft. Die Einzelentwicklung erfolgt innerhalb eines sozialen Erziehungsraums. Damit zusammenhängend findet sich eine verschiedene Bewertung von Natur und Gesellschaft bei beiden Autoren. Rousseau hatte bekanntlich einen überaus positiven Naturbegriff als Reaktion auf die korrupte Gesellschaft seiner Zeit und entwickelte von daher die Vorstellung vom „bon sauvage". Da der Mensch im Naturzustand über alle wichtigen ethischen und biologischen Kräfte verfüge, erscheint ihm dieser Zustand als das höchste Erziehungsziel. Bei Pestalozzi dagegen nimmt der Glaube an die Güte der Natur zunehmend ab. Kann man noch Gertruds Aufgeschlossenheit gegenüber ihren Kindern als das Aufwecken ihrer prinzipiell positiven Natur verstehen, so geht Glüphi von einem weitaus kritischeren Naturbegriff aus. In Teil IV, § 41 findet sich sein unmißverständliches Diktum: „Der Mensch <...> ist von Natur, wenn er sich selbst überlassen wild aufwächst, träg, unwissend, unvorsichtig, unbedachtsam, leichtsinnig, leichtgläubig, furchtsam, und ohne Grenzen gierig." Man glaubt eine direkte Entgegnung auf Rousseau zu hören, wenn Pestalozzi dem „Wilden" keineswegs mehr eine idealtypische Rolle zuweist. Auch an anderen Stellen in den späteren Teilen des Romans erhält die Bezeichnung „wild" eine eindeutig negative Bewertung. Es wird als Ziel von Arners Gesetzgebung bezeichnet, „den Hang zum freien, wilden, unverdienten Lebensgenuß von allen Seiten" zu beschränken. Er „band die Befriedigung ihrer Naturtrieben in allen ihren Teilen an den Zwang des bürgerlichen Verdiensts, und an die Regelmäßigkeit der gesellschaftlichen Ordnung" (IV, § 53). Oder:

die Tugend müsse wie ein „Pfropfreis auf den wilden Stamm dieser Gierigkeit" gepflanzt werden (IV, § 65). Da der menschlichen Natur letztlich kein Zutrauen entgegengebracht werden kann, müssen strenge, allgemeinverbindiche Gesetze und muß zusätzlich ein rigides Arbeitsethos für die Zähmung der Wildheit sorgen. Als Ergebnis der Arbeit darf dann aber Eigentum gebildet und auch genossen werden, eine Vorstellung, der wiederum Rousseau ablehnend gegenüberstand.

An der Selbständigkeit der in *Lienhard und Gertrud* gefundenen Antworten auf die aufklärerischen Grundfragen sind demnach Zweifel kaum angebracht. Pestalozzi findet in diesem Werk einen eigenen Weg und weiß ihn mit bemerkenswerter Eigenwilligkeit auch sprachlich zu beschreiben. Schon den Zeitgenossen gefiel der „Volkston" des Romans, seine kernige und lebendige Sprache. Pestalozzi beherrscht die Sprechweise seiner ländlichen Figuren und bleibt auch in dieser Hinsicht innerhalb des selbst gesetzten Ziels des „Volksbuches". Sein Instrumentarium sind Sprichwörter, regionale Redewendungen und Wortbildungen, kräftige Bilder, rasche Dialoge, Simplizität der Situationen, eine gewaltige Beredsamkeit, wo es um Hauptanliegen seiner Vorstellungswelt geht, aber auch zurückhaltende Einfühlsamkeit, wo Herzensfragen berührt werden. Einmal hören wir den Lehrer, ein anderes Mal den Prediger, gelegentlich auch – wie angedeutet – den Theoretiker. Solche Passagen sind in der Tat stilistisch weniger ansprechend. Sie sprengen aber letztlich nicht den Rahmen, den das Thema des Romans und die aufklärerische Romanpoetik auszufüllen erlaubte. Der Autor entwikkelt so abseits von der Literatursprache der sog. Klassiker eine Volkssprache, die wesentlich dazu beigetragen hat, daß das Buch auf die Dauer seine Adressaten erreichen konnte. Gattungsgeschichtlich gesehen schafft Pestalozzi das Paradigma des deutschen Volksromans mit kollektiven Konflikten und utopischen Lösungen und stellt damit dem von Rousseau, Wieland und Goethe bevorzugten individuellen Entwicklungsroman einen Gegenentwurf gegenüber. Fortan gibt es in der deutschsprachigen Romanliteratur zwei getrennte Paradigmen mit jeweils unterschiedlicher Nachwirkung, den intellektuellen Einzelheldroman (Hauptbeispiel „Wilhelm Meisters Lehrjahre") und den populären Gruppenroman. Das von Pestalozzi begründete Vorbild führt über Gotthelf und Immermann bis in die Gegenwart zu Strittmatter und Innerhofer. Wenn dieser Romanstrang zeitweise zum trivialen und ideologischen Bauernroman absank, so ist dies nicht dem Initiator anzulasten.

Pestalozzi hatte mit *Lienhard und Gertrud* im für ihn neuen Medium von Roman und Literatur Fuß gefaßt und konnte sich mit Recht veranlaßt sehen, darin weitere Schritte zu unternehmen. Aus dem literarischen Debut wurde eine Dauerbeschäftigung, zunächst bis Ende des Jahrhunderts ausschließlich – immerhin zwanzig Jahre reine Schriftstellertätigkeit –, dann nach der Jahrhundertwende weiter als Nebentätigkeit neben der praktischen Pädagogik. Mit einer erstaunlichen Arbeitsdisziplin, die er nicht nur von anderen verlangte, sondern auch selbst zu realisieren bereit war, baute Pestalozzi das neue Terrain aus und erweiterte seinen Themen- und Formenbereich in die verschiedensten Richtungen. Manches davon wurde zu Lebzeit nicht veröffentlicht, blieb Entwurf oder war nur für den Tagesbedarf bestimmt; vieles aber kam als Buch oder Zeitschriftenbeitrag heraus und erregte schon damals lebhafte Kontroversen. Der Schriftsteller Pestalozzi verfaßte schließlich ein Gesamtoeuvre im Umfang von dreißig Bänden, geht man von der maßgeblichen kritischen Gesamtausgabe 1927ff. aus. Hinzu kam eine weitverzweigte, intensive Korrespondenz, die heute in der vorzüglichen dreizehnbändigen Briefausgabe des Pestalozzianums und der Zentralbibliothek Zürich gesammelt vorliegt und über 6000 Schreiben des Autors umfaßt, darunter viele, die mehr als flüchtigen Briefcharakter haben und ihrerseits als Abhandlungen anzusehen sind. Es versteht sich, daß ein Gesamtwerk dieses Ausmaßes im Folgenden nur annäherungsweise charakterisiert werden kann.

Pestalozzis Schriftstellertätigkeit blieb noch eine beträchtliche Zeitlang direkt oder indirekt auf *Lienhard und Gertrud* bezogen. Als erfolgloser Umweg erwies sich der Versuch, ein zweites Volksbuch zu schreiben, noch bevor das erste abgeschlossen war. Pestalozzi nahm die lebhafte Resonanz, die Teil I nach seinem Erscheinen 1781 erhielt, erfreut zur Kenntnis, fühlte sich aber in seinen Hauptabsichten nicht richtig verstanden. Viele Leser und besonders die eigentlichen Adressaten wurden nicht zu eigener moralischerer Aktivität veranlaßt, sondern fanden es angenehm, daß Pestalozzi mit der Figur Hummels den Schuldigen für die Mißstände im Land gefunden, also die Dorfgewaltigen zu den „Landessündenböcken" erklärt hatte. Damit glaubte das Gros der Landbevölkerung von jeder Verantwortung frei zu sein. Statt die notwendige Erklärung und Erweiterung durch eine rasche Fortsetzung des Romans nachzuliefern, schrieb Pestalozzi zunächst *Christoph und Else,* erschienen 1782. Darin tritt wieder ein Paar auf, diesmal ein Bauernpaar, aber nicht in der Funktion als Selbsthelfer in einer praktischen Notsituation, sondern als Leser und Kommentatoren von *Lienhard und Gertrud,* Teil I. Zusammen mit ihrem Gesinde sprechen die Bauersleute die einzelnen Szenen, Figuren und Reflexionen des Romananfangs durch und geben ihre Erklärungen dazu. So sehr es den heutigen intellektuellen Leser des Romans interessieren mag, was Pestalozzi selbst dazu gedacht und gemeint hat, für den aktuellen Bedarf und die anvisierte Leserschaft des endenden 18. Jahrhunderts war diese Methode gänzlich ungeeignet. Der Autor hatte offenbar vorübergehend seine Maxime vergessen, das Volk mit „Geschichten und Bildern" anzusprechen und war in eine überdrehte Reflexionsebene geraten.

Als wenig sinnvoll erwies sich auch Pestalozzis Versuch, *Lienhard und Gertrud,* wenige Jahre nachdem der Roman vollständig erschienen war, noch einmal vorzunehmen und umzuschreiben. Der Verfasser wendete sich jetzt gegen sein eigenes Werk und lastete ihm bestimmte fehlende oder falsche Reaktionen an, die in Wirklichkeit auf andere Ursachen zurückzuführen waren. Er verstärkte die Selbsterklärungen und auch das aristokratische Element und verkehrte so wichtige ursprüngliche Zielsetzungen in ihr Gegenteil. Entsprechend fiel auch in der Neuauflage von 1790–92 der Untertitel „Ein Buch für das Volk" fort und wurde durch die belehrende Erläuterung ersetzt: „Ein Versuch, die Grundsätze der Volksbildung zu vereinfachen. Ganz umgearbeitet." Auch mit dieser Fassung war Pestalozzi noch nicht zufrieden, denn er machte dreißig Jahre später einen dritten Anlauf zur Veränderung des Textes. Für die erste Gesamtausgabe bei dem berühmten Verlag Cotta in Stuttgart und Tübingen griff er seit 1818 noch erheblicher in die Romansubstanz ein und baute die pädagogischen und philosophischen Ansätze umfangreich aus. Der Roman sollte die schriftstellerische Summa seines Lebens werden, was er aber von seiner Gattung her in keiner Weise leisten konnte. Die erste Fassung erweist sich nach wie vor als die beste. Wir haben hier ein nicht seltenes Beispiel dafür vor uns, daß bedeutende Werke manchmal gegen ihre eigenen Autoren in Schutz genommen werden müssen.

Da war es angebrachter, den Ausbau des schriftstellerischen Werks in andere Richtungen voranzutreiben, auch wenn dabei teilweise auf literarische Einkleidungen verzichtet und vom reinen Traktatstil Gebrauch gemacht wurde. Jedenfalls erwies sich die zu starke Mischung von „Geschichten" und Theorie eher als Fehlweg. Mit der Abhandlung *Über Gesetzgebung und Kindermord* (erschienen 1783) griff Pestalozzi in eine Diskussion ein, die damals wie heute die Gemüter außerordentlich bewegte, die Frage nach den Ursachen und Folgen unehelicher Schwangerschaften und die anzuwendende Therapie für diesen Komplex. Durch die zeitgenössische Rechtssprechung und öffentliche Diskriminierung wurden zahlreiche Frauen und Mädchen zur Tötung ihrer unehelich geborenen Kinder veranlaßt, worauf die Justiz mit noch härteren Mitteln reagierte und die Betroffenen nicht selten zum Tode verurteilte. In der Literatur der Zeit finden sich vielfache Spuren dieser Vorgänge, von Abhandlungen pro und contra bis zu Dramen hohen und höchsten Stils. Am bekanntesten ist die Verwendung des Motivs in Goethes *Faust* I und H. L. Wagners *Die Kindermörderin*. In beiden Fällen wurden Mädchen einfacher Herkunft durch besser situierte Männer verführt, ihrem Schicksal überlassen und zum Kindsmord getrieben. In Pestalozzis Beitrag zu diesem Thema geht es weniger um das Standesproblem, denn seine Verführer sind nicht Professoren oder Offiziere, sondern Bauern und Bauernknechte. Auch erlaubt ihm die gewählte Form der Abhandlung eine mehr analytische und praktische Behandlung. Aber das zur Debatte stehende Problem ist selbstverständlich das gleiche. Pestalozzi geht davon aus, daß mit Verboten und einer Abschreckungsjustiz in diesen Bereichen nichts zu bewirken ist. Das puritanische Verbot von Tanz und vor- oder außerehelichem Beischlaf ist ebenso unwirksam wie die angedrohte oder durchgeführte Todesstrafe nach vollzogener Kindstötung. Auch in diesem Bereich hofft der Autor auf die Macht der Vernunft und die regulierende Kraft praktischer Reformmaßnahmen. Nicht die verführten Frauen sind für ihn die Hauptschuldigen, sondern die Verführer, Gesetzgeber und die öffentliche Meinung. Er empfiehlt eine bessere Aufklärung über Motive und Folgen des behandelten Faktums, die Abschaffung der Todesstrafe, die Gleichstellung unehelicher Kinder und die Einrichtung von Beratungsstellen für Schwangere. Dort sollen „Gewissensräte" den einzelnen Fall umsichtig, verschwiegen und wohlwollend behandeln und einen friedlichen Ausweg suchen. Die betroffenen Frauen sollen auch Schutzrechte erhalten, indem z. B. kein Bauer oder Grundherr mehr eine schwangere Magd nur aus diesem Grund entlassen darf.

In der Schrift *Über Gesetzgebung und Kindermord* spricht der erfahrene Volksbeobachter, der sich in den psychologischen, rechtlichen und gewohnheitsrechtlichen Verhältnissen der Landbevölkerung besser als die meisten Zeitgenossen auskennt und die Reichweite öffentlicher Maßnahmen einschätzen kann. Zwar handelte es sich um ein Spezialproblem, das der Verfasser aber in allen seinen Dimensionen auszuleuchten weiß. Hier war er wieder in seinem Element, der scharfsinnigen und humanitären Analyse ländlicher Krisenbereiche. Aber der Autor war ehrgeiziger und wollte nach seinen Anfangserfolgen als Volksschriftsteller auch zu den allgemeinsten philosophischen Fragen Stellung nehmen. Er glaubte, aus seiner Kenntnis gegenwärtiger Prozesse auf die Entwicklungsgeschichte der Menschheit Rückschlüsse ziehen und einen Beitrag zur Geschichtsphilosophie leisten zu können, in der bereits bedeutende Werke von Montesquieu, Rousseau, Lessing und Herder vorlagen. Das Ergebnis jahrelanger, quälerischer Bemühungen waren *Meine Nachforschungen über den Gang der Natur in der Entwicklung des Menschengeschlechts,* hauptsächlich von 1792-95 entstanden und 1797 publiziert. Pestalozzi trägt hier ein triadisches Entwicklungsschema vor, wonach Naturzustand, gesellschaftlicher Zustand und sittlicher Zustand einander ablösen. Im Naturzustand ist der Mensch ein tierisches Wesen, das ganz von seinen Trieben und Sinnen beherrscht wird; im folgenden Gesellschaftszustand setzt sich der Kampf aller gegen alle fort und wird durch Gesetze nur mühsam und gewaltsam eingedämmt. Erst in der letzten Phase findet der Mensch kraft eigener Entschlüsse zu sich selbst und einer freien Sittlichkeit. In dieser Stufe und nur in ihr hat die Erziehung eine echte Einflußmöglichkeit. Pestalozzi wendet dieses Schema sowohl auf die Geschichte des einzelnen Menschen als auch auf die Menschheitsentwicklung im allgemeinen an.

Im Vergleich zu den genannten Vorgängern ist die Selbständigkeit dieses Werkes, was die Grundstruktur angeht, nicht allzu hoch einzuschätzen und auch die logische Stringenz innerhalb seines eigenen Denkens anfechtbar. Aus der vorangehenden Geschichtsphilosophie übernimmt Pestalozzi wesentliche Komplexe von Lessings dreistufigem religionspädagogischen Modell in der *Erziehung des Menschengeschlechts* (1780) und nicht zuletzt von Rousseau. Zwar bewertet er auch in dieser Arbeit wieder den Naturzustand negativ und grenzt sich jetzt auch in der Bewertung des Gesellschaftszustands und der gesetzlichen Regelungen merklich von Rousseau ab. Aber eben dadurch gerät er in Widerspruch zu sich selbst und vielen vorher und nachher gemachten eigenen Aussagen. Wir erinnern uns, daß er im letzten Teil von *Lienhard und Gertrud* ein recht positives Bild vom reformierten Staats- und Gesellschaftssystem entworfen hatte. Kurze Zeit nach dem Erscheinen der *Nachforschungen* stellte sich Pestalozzi dem Schweizer Revolutionsstaat, der Helvetik, uneingeschränkt zur Verfügung und war selbst daran beteiligt, neue gerechte und wirksame Gesetzregelungen zu entwerfen, wie wir noch hören werden. Weniger die Sprunghaftigkeit, terminologische Ungenauigkeit und Neigung zur Wiederholung schwächen das Werk, wie die bisherige Kritik öfter betont hat, als die Abstraktheit und mangelnde Differenziertheit der Analyse. Pestalozzi gibt wieder der Neigung nach, eine überhöhte Reflexionsstufe erreichen zu wollen und damit auf weiten Strecken den Kontakt mit der ihn immer inspirierenden Empirie zu verlieren. Damit soll der Wert einzelner glänzend beobachteter Partien über menschliches Verhalten nicht eingeschränkt werden. Bezeichnend ist auch, daß er in den wenige Jahre später geschriebenen *Epochen* (1802/3) überraschend von fünf Perioden ausgeht. Sein Geschichtsschema war also keineswegs stabil und in den einzelnen Gliedern auch bewertungsmäßig bedenklich variabel.

Pestalozzi muß die Schwächen seines Werks selbst bemerkt haben, denn ungefähr gleichzeitig, wenn auch mit einer längeren Vorgeschichte, konzipierte er seine Fabelsammlung als populäres Gegenbuch. Hier sollten ähnliche Sachverhalte in der leicht eingängigen Form von Fabeln und Parabeln mitgeteilt werden. Aus einem Brief erfahren wir in diesem Zusammenhang: „Ich sehe eine Möglichkeit, die ganze Philosophie der Staatskunst oder wenigstens die wesentlichsten Gesichtspunkte derselben durch Erregung von Gefühlen, die den gewöhnlichen Grundsätzen a diametro entgegen sind, den Menschen näher ans Herz zu bringen, als es die kalte Philosophie unserer Zeit nie wird tun können." Die Sammlung, vom Verfasser *Figuren zu meinem ABC-Buch* genannt, erschien im gleichen Jahr wie die *Nachforschungen* und signalisierte schon von daher den Zusammenhang. Die Entsprechungen liegen auf der Hand, besonders zwischen den Phasen I und II, der tierischen und der gesellschaftlichen Stufe. Denn die Tierfabel ermöglicht bekanntlich in besonders einprägsamer Form, Parallelen zwischen Menschen- und Tierwelt aufzuzeigen. Um es in Pestalozzis eigenen Worten auszudrücken: „Auch hierin zeigt sich die Wahrheit, daß die tierische Menschennatur alle Schwächen und Einseitigkeiten aller Tierarten in sich selber vereinige und im einzelnen Menschen in den Eigenheiten aller Tierarten und darin in allen Gestalten, von den Kräften des Löwen bis zu den Schwächen des Faultiers und der Mäusegeschlechter hinunter, Beispiele aufstelle, die mit den Schwächen und Eigenheiten der verschiedenen Tiere die auffallendste Ähnlichkeit haben" (später Zusatz zu Fabel Nr. 191).

Auf diesem Weg war es möglich, die Anschaulichkeit mitzuliefern, die den *Nachforschungen* fehlte, und wieder durch „Geschichten und Bilder" zu wirken. In den über 200 Stücken der Sammlung begegnet uns ein überaus lebendiges und abwechslungsreiches Panoptikum von menschlichen Tieren und tierischen Menschen. Die bekannten Figuren der Fabelwelt begegnen uns ausnahmslos wieder: Löwen, Füchse, Vögel, Stiere, Elefanten, Mäuse, – aber durchweg in neuen Situationen und neuer Beleuchtung. Der Löwe ist zwar immer noch das stärkste Tier, aber nicht mehr König. Denn ein König, der gegebenenfalls seine sämtlichen Untertanen auffrißt, ist ein schlechter Herrscher. An seine Stelle tritt der Elefant, der weise, sanft und trotzdem repräsentativ ist und daher den Vorzug verdient. Oft begegnet uns der Gegensatz von Wald- oder Landleben und Stadt- oder Gesellschaftsleben. Die Fabel Nr. 189, „Die Philosophie meines Buchs" überschrieben, erläutert diese Antithese und bekräftigt so ihre leitmotivische Bedeutung. Entgegen der Theorie bringt Pestalozzi den Tieren bzw. Menschen der freien Natur mehr Sympathie entgegen als den verzärtelten, verkünstelten Zivilisationswesen. In anderen Fabeln variiert er verschmitzt das Linnésche System und teilt sämtliche Tiere in „Krautfresser" und „Fleischfresser" ein. Hier wird der Gegensatz von Land und Stadt ins Soziale gewendet, denn natürlich hat die arme Landbevölkerung selten Fleisch im Topf. Ebenso erfindungsreich ist Pestalozzi auch außerhalb der Tierfabel. In den zahlreichen Fabeln oder Parabeln aus dem landwirtschaftlichen Bereich mit sprechenden Bäumen, Brunnen, Bächen, Geräten und anderen Requisiten erkennen wir den Kenner der Landwirtschaft.

Auf diese Weise gelang es Pestalozzi, diesen für die Aufklärungsliteratur ja nicht neuen Bereich überaus originell weiterzuentwickeln und der Fabel einen bis dahin so nicht vorhandenen gesellschaftlichen und politischen Bezug zu verschaffen. Seine *Figuren* wurden unverhofft das zweite Volksbuch, das er zunächst vergeblich zu schreiben hoffte. Sie wurden viel gelesen und zu Pestalozzis Lebzeit noch zweimal gedruckt. Eine Teilübersetzung ins Französische war ebenfalls erfolgreich. In späterer Zeit sind die Fabeln aber zunehmend weniger beachtet worden und haben im Schatten anderer, anspruchsvollerer Werke gestanden. Wie im Fall von *Lienhard und Gertrud* gilt diese Charakteristik nur für die Erstfassung, denn auch hier hat Pestalozzi im Alter eine zwar nicht uninteressante, aber den eigentlichen Fabelcharakter entstellende Selbstinterpretation hinzugefügt.

Ein Jahr nach dem Erscheinen der *Nachforschungen* und der Fabelsammlung kam es zum Ausbruch der Revolution in der Schweiz und der Bildung der helvetischen Republik. Pestalozzi zögerte keinen Augenblick, bot dem Direktorium sofort seine Mithilfe an und wurde offiziell Sprecher der Revolutionsregierung. Eine Zeitlang redigierte er auch die regierungsamtliche Zeitung, das „Helvetische Volksblatt". Der Autor schrieb eine Serie von Flugblättern, Artikeln und Broschüren, in denen er die Einführung der neuen Bürgerrechte von Freiheit und Gleichheit leidenschaftlich verteidigte, die Maßnahmen der Regierung rechtfertigte und die öffentliche Meinung für das neue System zu gewinnen suchte. 1802 wählten ihn einige Städte und Gemeinden zu ihrem Deputierten für die Verfassungsverhandlungen in Paris, wo er sich einige Monate aufhielt. Aus dem Schriftsteller war ein Politiker geworden, der nicht nur mit dem Wort, sondern auch mit Aktionen für die Ablösung der Feudalordnung durch die Republik eintrat.

Von seiner bisherigen Entwicklung her war diese Phase nicht so überraschend, wie sie manchen Kritikern bis heute erscheinen mag. Pestalozzi war von frühester Jugend an politisch interessiert und hatte sich bereits vor 1798 oft genug zu öffentlichen Fragen entschieden geäußert. Schon mit 18 Jahren trat er in seiner Heimatstadt der „Historisch-Politischen Gesellschaft", auch „Patrioten-Bund" genannt, bei und schrieb 1779 die Rede *Von der Freiheit meiner Vaterstadt*, einen patriotischen Hymnus auf die politischen Einrichtungen Zürichs und ihre Entwicklungsmöglichkeiten zu noch größerer „Freiheitsfähigkeit". Von seinen Volksbüchern und der Schrift über *Gesetzgebung und Kindermord* wissen wir, in welchem Maße sich Pestalozzi für die Interessen des Volkes und eine gerechte politische und juristische Ordnung einsetzte. Die zeitgenössischen Stimmen hatten also recht, die sein Eintreten für die Helvetik eine konsequente Fortsetzung seiner bisherigen Haltung nannten. So lesen wir in damaligen Schweizer Zeitungen, der Verfasser von *Lienhard und Gertrud* sei ein „bekannter warmer Freiheits- und Volksfreund" und daher kompetent, sich jetzt auch zu den neuen politischen Fragen zu äußern. Er habe schon oft mit Geschick zu den „ungelehrteren Mitbürgern" gesprochen, werde aber auch von den Gebildetsten gern gehört.

Freilich bewegte sich Pestalozzi zunächst und lange Zeit auf der Ebene reformerischer Bemühungen. Es ging ihm darum, das bestehende Regime von innen her weiterzuentwickeln und die in ihm liegenden Chancen zu größerer Gerechtigkeit auszunutzen. So sind seine Worte zu verstehen, er habe sich in seinem ersten Volksbuch bemüht, Volk und Herren einander nahezubringen und zwar „durch richtige Kenntnisse der gegenseitigen Wahrheit" (Vorrede zu Teil IV). Damit folgte er der primären Absicht der Aufklärung, durch besseres gegenseitiges Verständnis bessernd zu wirken. Es konnte aber dem aufmerksamen Beobachter seiner Umwelt nicht verborgen bleiben, daß alles aufklärende Zureden und Ermahnen auf die Dauer nur wenig Erfolg hatte. Im Lauf der Jahre verstärkte sich daher bei Pestalozzi das republikanische Engagement, von gelegentlichen Abweichungen in der anderen Richtung abgesehen. Eine nicht unwesentliche Ermunterung in diesem Prozeß bedeutete für ihn die Verleihung der französischen Ehrenbürgerschaft 1792. Der Nationalkonvent zeichnete Pestalozzi zusammen mit anderen progressiven Schriftstellern der Zeit wie Schiller und Klopstock auf diesem Weg aus. Der Autor nahm die Ehrung dankbar an und versuchte bei einer ersten Parisreise Kontakte mit der französischen Republik herzustellen. In Werk und Leben mehren sich jetzt die Anzeichen einer entschiedeneren Parteinahme für republikanische Interessen. 1792/93 nimmt er in der damals unveröffentlicht gebliebenen Schrift *Ja oder Nein* zur französischen Revolution und zu der kontroversen Argumentation von Aristokraten und Demokraten Stellung und entscheidet sich klar für eine Seite: „Ich denunziere mich selbst als parteiisch fürs Volk". Zu einer praktischen Bewährungsprobe kam es, als 1795 die Landgemeinden am Zürcher See erstmals gegen die Übermacht der Stadt Zürich rebellierten und im Gegenzug gewaltsam niedergeworfen wurden. Pestalozzi nahm in diesem als „Stäfner Handel" bezeichneten Konflikt eindeutig für die Landgemeinden Partei, was ihm bittere Kritik und Verdächtigungen der Stadtaristokraten eintrug.

In den kleinen Revolutionsschriften von 1798–1803 während der Zeit der Helvetik erreicht diese Entwicklung ihren Höhepunkt und eine qualitativ neue Stufe. Pestalozzi hat jeden Gedanken an eine Reformpolitik aufgegeben und argumentiert offen und uneingeschränkt für revolutionäre Veränderungen. Zu den vordringlichsten Aufgaben gehörte die Abschaffung des Zehnten. Dieses aus der Feudalzeit stammende Adelsprivileg traf in erster Linie die Landbevölkerung und bürdete ihr die Finanzierung der Adels- und Staatsausgaben auf. Pestalozzi machte diese Frage zum Thema auf Bauernversammlungen und forderte gleiche Besteuerung für alle. In seiner Broschüre *Über den Zehnten* faßte er seine Einwände auch schriftlich in klarer Argumentation zusammen. Er findet es z. B. höchst ungerecht, daß die Bauern für ihre Kultivierungsleistung nicht belohnt, sondern bestraft werden, indem sie bei steigenden Erträgen auch höhere Zehnten abliefern müssen. Meist haben sie das Land vor Generationen in völlig unwirtlichem Zustand übernommen. Zu den verschiedenen Verfassungsberatungen formulierte Pestalozzi eigene Vorschläge, in denen er den utopischen Stil früherer Entwürfe verließ und stattdessen nüchtern die faktischen Voraussetzungen in den Bereichen Volksbildung, Rechtspflege, Militär und Finanzen prüfte, um daraus Schlüsse für den gesetzlichen Rahmen zu ziehen. Die Revolutionsschriften verwenden die uns schon bekannten sprachlichen Mittel, d. h. auch hier arbeitet der Verfasser mit Dialogen, Gleichnissen und anderen volkssprachlichen Elementen zur Steigerung der Anschaulichkeit und Lebendigkeit. Dies sicherte ihnen ihre Wirkung, wenn auch keineswegs alle Vorschläge des Verfassers Wirklichkeit wurden. Manche seiner alten Freunde waren über die Konsequenz und Radikalität Pestalozzis schockiert und distanzierten sich von ihm. So stellte sich Johann Kaspar Lavater, jahrelanger Förderer und Vertrauter des Autors, in der Zehntfrage öffentlich auf die Gegenseite. Es war klar, daß der notwendige Übergang von der alten aristokratischen zur neuen bürgerlichen Ordnung die Affekte freisetzte und manche Vorurteile gegen Pestalozzi hervorrief, die sein späteres Bild verdunkelten.

Es war aber kaum diese Kritik, die den Autor nach dem Abbruch der Helvetik 1803 veranlaßte, in politischen Fragen zurückhaltender zu werden. Ebenso wie die Kurve politischen Engagements zur Revolutionszeit hin ansteigt, so flacht sie nachher erneut ab. Pestalozzi äußert sich wieder seltener direkt zur aktuellen Tagespolitik. Er beschränkt sich auf gelegentliche Rückblicke auf das Erreichte, wie in dem interessanten *Gespräch über Volksaufklärung und Volksbildung* von 1806. Die Gründe für solche Zurückhaltung sind eher in der Veränderung der allgemeinen und persönlichen Situation zu suchen. Auch die öffentliche politische Diskussion ging nach 1803 merklich zurück, nachdem das Erreichbare durchgesetzt worden war und weitere Anstrengungen nach Einführung der Mediationsakte keine Erfolgsaussichten mehr hatten. Im persönlichen Leben Pestalozzis hatte sich 1799 mit der Einrichtung des Stanser Waisenhauses eine einschneidende Änderung ergeben, die die gesamte Folgezeit bestimmen sollte. Der Autor konzentrierte sich auf die Entwicklung seiner pädagogischen Methode und sozialreformerischen Arbeit und war auch von daher für die Tagespolitik weniger ansprechbar. Doch beweist seine Reaktion auf die napoleonischen Kriege und den Beginn der Restaurationszeit, daß sein politisches

Interesse sofort wieder reaktiviert wurde, sobald draußen wichtige große Ereignisse eintraten. 1814 schrieb er seine *Vision Napoleons* und 1815 nach Einsetzung einer neuen Verfassung seine letzte umfangreiche politische Schrift *An die Unschuld, den Ernst und den Edelmut meines Zeitalters und meines Vaterlandes*.

In diesen späten Äußerungen ist aus dem ehemaligen Revolutionär kein Reaktionär geworden. Zwar ist er bereit, auf bestimmte Begriffe wie „Volksaufklärung" zu verzichten, wenn sie zu Reizworten geworden sind und der Sache mehr schaden als nutzen. Auch sein Napoleonbild ist skeptischer geworden, nachdem der französische Kaiser gestürzt ist und nicht mehr für die Ausbreitung der Menschenrechte eintreten kann. Sein politisches Interesse hat sich im ganzen insofern verinnerlicht, als es in der Spätphase ebenfalls noch näher auf die Pädagogik bezogen wird: es geht nicht mehr um selbständige politische Tätigkeit, sondern um Einflußnahme auf die Politik durch die Erziehung, ein indirekter und sicherlich sehr viel langwierigerer Weg. Pestalozzi hofft, durch methodische Erziehung die Spannung zwischen dem individuellen und gesellschaftlich-politischen Leben überwinden zu können. Das ist sein letztes Wort zu diesem Thema.

Die Verlagerung von Pestalozzis Haupttätigkeit auf die Pädagogik, wie sie sich seit der Stanser Zeit vollzog, hatte bekanntlich eine Vorgeschichte im Neuhof-Projekt 1769–79. Der Autor war Pädagoge, ehe er reiner Schriftsteller wurde, und er war es auch wieder nach dieser Zeit. Im Bewußtsein der Öffentlichkeit ist Pestalozzi zweifellos nach wie vor mehr der väterliche Erzieher von Kindern und jungen Menschen und der Urheber der daraus entwickelten „Methode" als der Verfasser von zahlreichen stattlichen Büchern, die ihm einen angesehenen Platz in der Literaturgeschichte sichern. Auf Abbildungen sieht man ihn meist im Kreis seiner Schüler oder mit einem Kind im Arm, im Gesicht eine streng belehrende oder wohlwollend begütigende Miene. In der Tat kann man bei dem Versuch, sich Pestalozzi in den Hauptzügen zu vergegenwärtigen, nicht von seiner praktischen Erziehungsarbeit abstrahieren, so eindrucksvoll sein schriftstellerisches Werk auch sein mag. Sein Praxisbezug unterscheidet ihn noch deutlicher als Abweichungen in der Theorie von seinem großen Vorgänger Rousseau. Dieser blieb während seines ganzen Lebens ein Mann des Wortes und enthielt sich jeder Anwendung seiner Gedanken in praktischen Versuchen. In Rousseaus Biographie ist einer der überraschendsten Punkte, daß er seine fünf Kinder nicht selbst erzog, sondern der öffentlichen Fürsorge in Findelhäusern übergab. Wenn dieses auch im damaligen Paris nichts Ungewöhnliches war und hauptsächlich aus Rousseaus Armut zu erklären ist, so wäre doch das gleiche Verhalten bei Pestalozzi unvorstellbar. Unser Autor wendet große Sorgfalt auf die Erziehung seines Sohnes, wie sein *Tagebuch* von 1774 bezeugt, und sorgte sich ebenso um die vielen Hundert Kinder und Jugendliche, die seit dem Neuhof von ihm und seinen Mitarbeitern betreut wurden.

Schon Pestalozzis schriftstellerisches Werk ließ den besonderen Praxisbezug erkennen und erreichte ein eigenes Profil eben auch nur dort, wo es sich nicht zu weit von der empirischen Erfahrung entfernte. Es muß wohl nicht noch einmal betont werden, in welchem Umfang bereits die Veröffentlichungen pädagogische Gedanken und Vorstellungen enthielten. Nach Abschluß der theoretischen Aufklärung verkörpert Pestalozzi die Phase der überwiegend praktischen Aufklärung, d. h. es geht bei ihm um den Versuch, die Realisierbarkeit des bisher nur Gedachten sogleich zu erproben. Dieses spezielle Anliegen und sein besonderer Stellenwert in seiner Lebensarbeit führten nun allerdings zu den zahlreichen Krisen und Fehlschlägen, die Pestalozzis pädagogische Einrichtungen und Experimente begleiteten und die die Interpreten bis heute verwirren. Seit dem gescheiterten Neuhof-Projekt gibt es bei ihm kein Unternehmen, das nicht in der einen oder anderen Weise tiefgreifende, fast unlösbare wirtschaftliche, persönliche oder institutionelle Probleme mit sich brachte. Die Folge war, daß Pestalozzi über weite Strecken in dem Bewußtsein lebte, ein vom Unglück verfolgter Mann zu sein, wie es die Briefe und Schriften ausweisen. Der erste und übergeordnete Grund für dieses lebenslängliche Phänomen wurde schon genannt und liegt im Praxisbezug selbst. Wenn eine Theorie scheitert, merkt man das in aller Regel erst später, während die Schwächen eines praktizierten Reformmodells sofort sichtbar und spürbar werden. Ein Überblick über die wichtigsten Stationen von Pestalozzis Weg als pädagogischer Praktiker und Sozialreformer kann diese These verdeutlichen.

Das Neuhof-Projekt, der erste Versuch, geht ursprünglich auf die aufklärerische Idee von „philosophischen Bauern" zurück, wie sie damals besonders in der Schweiz mit großer Leidenschaft durchdacht und angewandt wurde. Gemeint ist die Führung eines landwirtschaftlichen Musterbetriebs nach den neuesten agrarischen Erkenntnissen und ökonomischen Methoden und die gleichzeitige mündliche oder schriftliche Reflexion darüber, – als Beweis für die Macht der Vernunft auch in diesem Bereich. Der 23jährige Pestalozzi folgte einigen berühmten Anregern, u. a. Kleinjogg, als er 1769 auf dem Birrfeld im Kanton Bern ein größeres Landstück kaufte, nach und nach kultivierte, mit einem Steingebäude (Neuhof) versah und dann auch zu sozialreformerischen Zwecken einsetzte. Er gliederte nämlich 1773/74 eine Spinnerei und Weberei an und beschäftigte dort verwahrloste Armenkinder, woraus sich in der Folge eine Armenerziehungsanstalt mit maximal vierzig Kindern entwickelte. Sein pädagogisches Ziel war, wie in *Lienhard und Gertrud,* durch Kombination von Schule und Arbeit seine Schüler an ein diszipliniertes, mit den elementaren Wissensgebieten vertrautes Leben heranzuführen. Nach einigen Jahren mit recht bewegten Einzelepisoden mußte Pestalozzi 1779 die Anstalt auflösen.

Die Einzelgründe für den ersten Fehlschlag sind vielfältig und führen in manche biographischen und zeitgeschichtlichen Zusammenhänge. Die wichtigsten Ursachen bestehen darin, daß Pestalozzi einerseits über kein eigenes Anfangskapital verfügte, um die großen Investitionen ohne erhebliche Schuldenaufnahme leisten zu können, und andererseits durch die Angliederung der Armenanstalt eine große zusätzliche Belastung übernahm. Ausbau und Führung eines landwirtschaftlichen Betriebs und Schuldenabtrag wären ihm wohl auf die Dauer gelungen, obwohl er als Unbegüterter einen wesentlich schlechteren Start hatte als andere „philosophische Bauern", die ihr Experiment vom ererbten Hof aus unternahmen. Es zeugt von großem Idealismus, wenn sich Pestalozzi in dieser Situation unbekümmert als Armenpfleger großen Stils betätigte. Denn seine „Zöglinge" kosteten insgesamt weit mehr als sie einbrachten, rechnet man Wohnung, Verpflegung und Lehrkräfte zusammen. Ein Großgrundbesitzer hätte sich philanthropische Neigungen dieser Art leisten können, ohne in existenzielle Gefahr zu geraten. Beim jungen Pestalozzi reichten aber die geldlichen Voraussetzungen nicht aus, obwohl er einzelne private Hilfe erhielt. Immerhin hatte der Mißerfolg auf dem Neuhof sofort eine positive Wirkung: er setzte die beschriebene Wendung zur literarischen Tätigkeit in Gang und bereicherte die deutschsprachige Literatur um einen ihrer bedeutenden Schriftsteller.

Pestalozzi schloß im übrigen aus seinen Erfahrungen, daß das von ihm angestrebte Erziehungsziel und speziell die Armenerziehung ohne öffentliche Förderung nicht zu erreichen war. Die Regierungen mußten ihren Auftrag auf diesem Gebiet anerkennen und für einen besseren Ausbau des Erziehungswesens und der Armenpflege sorgen. Keineswegs war die Schulpflicht bereits in allen Gebieten durchgeführt und garantierte noch nicht ohne weiteres gutes Schulniveau. Die Armenfürsorge war noch weitgehend Angelegenheit privater, lokaler oder kirchlicher Kreise. Pestalozzi proklamiert daher das Recht auf Bildung als allgemeines Menschenrecht und nennt es die Voraussetzung für alle weiteren Schritte (*Ansichten über die Gegenstände*). Während seiner ausschließlichen Schriftstellertätigkeit bemühte er sich zunächst bei einer Reihe europäischer Fürsten oder deren Mitarbeitern um Verständnis für seine Forderungen und Ideen, in der Hoffnung, eine entsprechende Anstellung zu finden oder auf anderem Weg an seine Versuche auf dem Neuhof anknüpfen zu können. Die intensive publizistische Arbeit von 1779–1797 läßt sich zu einem guten Teil daraus erklären, seine Gedanken zu verbreiten und in Europa die Voraussetzungen für eine allgemeine bürgerliche Bildungsreform zu schaffen. Doch erwiesen sich die Aristokratie und das Feudalsystem als unfähig, Pestalozzis Grundgedanken tatkräftig zu unterstützen, obwohl ihnen der Autor zeitweise bedenkliche verbale Zugeständnisse machte. Er erhielt nur gnädige Handschreiben lobenden Inhalts.

Eine positive Wende brachte erst die Revolutionszeit und Pestalozzis Bündnis mit der helvetischen Regierung. Hier gab es im Grundsatz sofort Übereinstimmung, denn die Durchsetzung der Menschenrechte gehörte zu ihrem Programm. Pestalozzi hatte zudem in Minister Stapfer einen besonders aufgeschlossenen Partner. Auch im Volk wurde das Bildungsinteresse lebhafter. In einer handschriftlichen Variante zu den *Ansichten über die Gegenstände* spricht Pestalozzi von dem „durch die Revolution allgemein im Lande rege gewordenen größeren Interesse für einen bessern Unterricht ihrer Kinder". Damit waren von beiden Seiten die Voraussetzungen gegeben, um ein staatlich gefördertes Institut einzurichten und Pestalozzi mit der Leitung zu betrauen. Anfang 1799 übernahm er in Stans in der Nähe des Vierwaldstätter Sees etwa achtzig durch die Unruhen obdachlos gewordene Waisen und brachte sie in einem ehemaligen Kloster unter. Jetzt konnte Pestalozzi wieder an die so lange unterbrochene praktische Erziehertätigkeit anknüpfen und auf neuer Basis in methodischer Form weiterentwickeln. Der Autor erkannte im Rückblick selbst, daß dies eine der wesentlichsten Zäsuren in seinem Leben war.

Doch war damit keinesfalls das goldene Zeitalter angebrochen. Die helvetische Regierung verfügte über keinen großen Etat und konnte Pestalozzi nur mit beschränkten und zeitlich jeweils begrenzten Summen beistehen. Außerdem waren die innenpolitischen

Verhältnisse recht labil und wiederholt von kriegerischen Auseinandersetzungen bestimmt, so daß er mit seinem Institut mehrfach umziehen bzw. ganz neu anfangen mußte. Schon ein halbes Jahr nach der Eröffnung war er genötigt, das Stanser Haus wieder zu schließen, da es als Lazarett gebraucht wurde. Minister Stapfer verschaffte ihm eine Übergangsbeschäftigung an Burgdorfer Schulen, bis er ein Jahr später im dortigen Schloß mit dem Neuaufbau eines mehrgliedrigen Instituts beginnen konnte. Immerhin war er in der Lage, hier vier Jahre zu arbeiten und neben der schriftlichen Ausarbeitung seiner Methode auch einen stabileren Mitarbeiterstab zu bilden. In Burgdorf standen zeitweise etwa hundert Personen unter seiner Leitung, davon drei Viertel Kinder und Jugendliche und ein Viertel Lehrer und sonstige Mitarbeiter. Neue Hindernisse traten ein, als durch die Mediationsakte 1803 die helvetische Zentralregierung wieder durch eine Föderativverfassung abgelöst wurde und das Burgdorfer Schloß in die Zuständigkeit des Berner Kantons zurückfiel. Staatliche Zuschüsse waren jetzt nur durch Zustimmung von allen zweiundzwanzig Einzelkantonen zu erhalten, was die Prozedur natürlich wesentlich verlangsamte und schließlich zum Ausbleiben öffentlicher Zuschüsse führte. Pestalozzi mußte 1804 das Burgdorfer Schloß verlassen, weil es erneut zum Sitz des Amtmanns bestimmt wurde. Als Ersatz erhielt er für ein Jahr das Schloß Münchenbuchsee bei Bern zugewiesen. Erst der vierte Ort erwies sich als fester Standplatz: Iferten (Yverdon) am Neuenburger See. Hier konnte Pestalozzi 1805 die Mitarbeiter konzentrieren und für zwanzig Jahre seine praktische und theoretische Erziehungsarbeit mit maximal 166 Schülern, davon mehr als die Hälfte Nichtschweizern, durchführen.

Bei der „Methode", wie sie seit der Stanser Zeit möglich und nötig war, ging es darum, allgemein gültige pädagogische Prinzipien zu formulieren und außerdem für die einzelnen Altersstufen und Fächer *Elementarbücher* auszuarbeiten, mit denen der Unterricht durchgeführt werden konnte. Die allgemeinen Prinzipien hatte Pestalozzi im Grunde schon in *Lienhard und Gertrud* implizit oder explizit entwickelt und mußte sie jetzt nur zusammenfassen und pädagogisch absichern. Er tat das in populärer Form in dem Buch *Wie Gertrud ihre Kinder lehrt* (1801) und wissenschaftlich-begrifflicher in der *Denkschrift an die Pariser Freunde über Wesen und Zweck der Methode* (1802) und anderen Beiträgen. Ausgangspunkt aller Erziehungsarbeit bleibt nach wie vor das dem Kind Nächste und Vertrauteste, im Begriff der „Anschauung" zusammengefaßt.

Wie die Mutter für das Kind die erste und nächste Bezugsperson ist, so ist es auch seine häusliche Umwelt. Der Erzieher muß von der Anschauungswelt der Kinder ausgehen und von daher allmählich zum Begrifflichen und Fremden voranschreiten. Wenn er ihnen z. B. die Tierklassen beibringen will, so bezieht er sich zunächst auf die dem Kind bekannten Haustiere wie Hunde, Katzen und Kühe und entwickelt daran die Charakteristika der jeweiligen Arten. Sobald das Kind solche Grundkenntnisse begriffen hat, ist es auch in der Lage, ihm bisher fremde Tiere den bekannten Arten zuzuordnen oder das Schema gegebenenfalls zu erweitern. Dasselbe gilt für den geometrischen Bereich, wo Pestalozzi vom Quadrat als der anschaulichsten Urform ausgeht und daraus kompliziertere Maßverhältnisse ableitet, sowie für die übrigen Wissensbereiche, für die er jeweils die ursprünglichen Ausgangsvorstellungen festlegt.

Auf diesem Weg entstehen die *Elementarbücher*, zunächst für die häusliche und Grundschulerziehung, später auch für weitere Wissensgebiete bis hin zur Sprachschulung und Altphilologie. Pestalozzi stellte für den gesamten schulischen Bereich einen kompletten Satz von Lehrbüchern bereit, so daß seine Methode auch außerhalb der eigenen Institute angewandt werden konnte. Die intellektuelle Erziehung war aber nur ein Bereich der Gesamtpädagogik. Pestalozzi benannte als gleichberechtigte weitere Erziehungsfelder die „physische" und „sittliche Elementarbildung". Die physische Erziehung zielt auf die harmonische Ausbildung der eigenen Körperkräfte durch Gymnastik, Arbeit und Sport und die sittliche Erziehung auf die Aneignung ethischer Kategorien wie Liebe Dankbarkeit, Vertrauen und Wahrhaftigkeit als natürlich anwendbare Verhaltensweisen. „Der Mensch muß nicht nur wissen, was wahr ist, er muß auch noch können und wollen, was recht ist", heißt es in der *Denkschrift an die Pariser Freunde*. Auch über die Bereiche der physischen und sittlichen Erziehung äußerte sich Pestalozzi in der Folgezeit noch in spezielleren Schriften. Das ganze so ausgefaltete Erziehungsprogramm war ausdrücklich für Kinder aller Gesellschaftsklassen bestimmt, also für alle Bürger und nicht für eine einzelne Schicht. In Pestalozzis Instituten seit 1800 befanden sich infolgedessen auch Schüler von unterschiedlichster Herkunft. Er behielt sich aber vor, die der Erziehung besonders bedürftige „niederste Klasse von Bauern und Fabrikarbeitern" noch einmal in einem eigenen Institut auszubilden (*Antwort auf neun Fragen Herbarts*). Pestalozzis Erziehungsprogramm hatte schließlich einen weiten Weg zurückgelegt, von der noch unter Rousseaus Einfluß stehenden Einzelerziehung seines Sohnes bis zum Modell einer kollektiven Elementarschule, wie sie dann das europäische Schulsystem des 19. und 20. Jahrhunderts maßgeblich beeinflußt hat.

Doch blieben Pestalozzis eigene Institute weiterhin außerordentlich krisenanfällig. Natürlich war das skizzierte Arbeitsprogramm von einem Einzelnen allein nicht zu bewerkstelligen, weder die wirtschaftliche und schulische Durchführung der Institutsarbeit selbst noch die rasche schriftliche Ausarbeitung der *Elementarbücher* und ihrer Folgeschriften. Pestalozzi benötigte und beanspruchte dafür zahlreiche Mitarbeiter, von denen in der *Selbstschilderung* (1802) und anderen autobiographischen Schriften bis hin zu den *Lebensschicksalen* von 1826 die meisten genannt und charakterisiert werden. Neben Perioden eines vorbildlichen Arbeitsklimas gab es Zeiten starker innerer Spannungen und Rivalitäten, die sofort nach außen drangen, weil Pestalozzis Unternehmen unter genauer öffentlicher Kontrolle und Beobachtung standen. Die erste größere Auseinandersetzung hatte wirtschaftliche Gründe und bezog sich auf die Leitung von Münchenbuchsee 1804/05. Dort hatte der Mitarbeiter Ph. E. v. Fellenberg die Aufsicht über den Finanzsektor dazu benutzt, den Institutscharakter selbst in eine von Pestalozzi nicht befürwortete Richtung zu entwickeln. Darüber kam es zu Differenzen und schließlich (als zusätzliches Motiv) zur Übersiedlung nach Iferten. Pestalozzi wurde intern und öffentlich wieder wie in der Neuhofer Zeit als wirtschaftlicher Dilettant verspottet.

Später folgten noch tiefergreifende und folgenschwerere Auseinandersetzungen, besonders um intellektuell-pädagogische Grundfragen, die 1816 mit dem Auszug von insgesamt sechzehn Mitarbeitern ihren Höhepunkt erreichten. Einige der Beiträger zu den *Elementarbüchern* und anderen Zweckschriften hielten ihren Anteil für größer, als er wirklich war, und versuchten in unangemessenem Umfang Einfluß auf die Weiterentwicklung des Instituts in Iferten und der pädagogischen Schriften zu gewinnen. So sollte Pestalozzi z. B. für die geplante erste Gesamtausgabe seiner Schriften bestimmte Bereiche ausarbeiten, an denen er aber gar nicht interessiert war. Schließlich legte man ihm nahe, die Gesamtleitung in jüngere Hände zu legen. Pestalozzi hatte erhebliche Mühe, seine Position als Gründer und geistiger Führer des Instituts zu behaupten. In Wirklichkeit hatte schon die Mitarbeit fremder Autoren an den *Elementarbüchern* usw. abträgliche Nebenwirkungen. Dadurch waren nämlich Textteile und Vorstellungen unter Pestalozzis Namen veröffentlicht worden, die seine Methode als mechanistisch und seelenlos-kalt erscheinen ließen, etwa die pedantische Aufzählung von Körperteilen im *Buch der Mütter,* als Folge eines mißverstandenen Anschauungsbegriffs. Die Differenzen mußten aber im Interesse des Gesamtinstituts durchgestanden werden.

Schwierigkeiten gab es auch weiterhin im finanziellen Bereich, besonders durch die napoleonischen Kriege und ihre Folgen. So sehr es für die Institutsarbeit von Vorteil war, wenn die Schüler mehr und mehr aus ganz Europa und aus zahlungsfähigen Familien kamen, umso stärker wurde sie 1812 und in den folgenden Jahren durch den Rückgang ausländischer Mitglieder betroffen. Die Einnahmen gingen rapide zurück und stellten ganze Arbeitsbereiche in Frage. Auch durch die Selbstherrlichkeit bestimmter Mitarbeiter wurde die ohnehin immer knappe finanzielle Grundlage des Instituts bedroht, etwa durch die überflüssige Einrichtung einer eigenen Setzerei und Druckerei. Pestalozzi mußte viele Jahre seinen Plan einer erneuten Armenerziehungsanstalt zurückstellen. Erst als er durch die in eigener Regie betriebene Subskription seiner Gesamtausgabe bei Cotta eine größere zusätzliche Summe erwirtschaftete, konnte er 1818 ein neues Haus in Clindy gründen und bald darauf nach Iferten überführen. So war es ihm am Lebensende möglich, noch einmal an frühere Versuche anzuschließen und seine „Lieblingsidee" doch noch auf sicherer Grundlage durchzusetzen. 1825 gab er im Alter von 79 Jahren das Institut in Iferten auf und zog sich für die verbleibenden letzten Jahre seines Lebens auf den Neuhof zurück. Es wurde aber kein Ruhestand, und die letzte Neuhofer Zeit dauerte auch nur knapp zwei Jahre. Noch immer rastlos literarisch tätig und in Nachwirkungen des Lehrer- und Nachfolgestreits verwickelt, starb Pestalozzi am 17. Februar 1827.

Die aus Anlaß des 150. Todestags veranstaltete zweibändige Auswahlausgabe versucht einen Einblick in die wichtigsten Arbeitsgebiete, Themen und Formen unseres Autors zu geben. Im Mittelpunkt stehen die Werke der schriftstellerischen Periode, also der Roman *Lienhard und Gertrud* und die Fabeln in der ersten Fassung, *Gesetzgebung und Kindermord* und eine größere Zahl von Revolutionsschriften. Aber auch die übrigen Perioden sind durch repräsentative und noch heute lesbare Texte vertreten. Es ist ein Vorteil, daß Pestalozzi die gleichen Themen oft in mehrfacher Form und verschiedenem Umfang dargestellt hat. Dadurch war es möglich, den jeweils kürzeren Text zu wählen, ohne die gedankliche Substanz des betroffenen Gebiets anzutasten. Freilich müssen angesichts eines so umfangreichen Gesamtwerks einige Wünsche unerfüllt bleiben. Die

NACHWORT 853

Herausgeber haben besonders ungern auf den *Schwanengesang* (1826) verzichtet, Pestalozzis bedeutendste Schrift aus der Spätzeit mit dem interessanten autobiographischen Mittelteil. Soweit wie möglich wurde er aber für den ausführlichen Kommentar herangezogen, der die jeweiligen besonderen Entstehungsumstände und Zusammenhänge auch zu den nicht abgedruckten Arbeiten deutlich machen möchte. Auf diese Weise hoffen wir trotz des knappen Raums ein Resumé des ganzen Autors zu vermitteln und ihm über seine bisherigen Kenner hinaus neue engagierte Interessenten und Liebhaber zu gewinnen.

Zeittafel

I. Zürcher Herkunft und patriotische Anfänge

1746 Am 12. Januar wird Johann Heinrich Pestalozzi in Zürich geboren. Die Familie, die im 16. Jh. aus Italien zugezogen ist, gehört zum Zürcher Stadtpatriziat.

1751 Tod des Vaters, des Wundarztes Johann Baptist Pestalozzi. Die Mutter, Susanna Pestalozzi, geb. Hotze, übernimmt die Erziehung, unterstützt vor allem durch ihre im Zürichgebiet ansässige gebildete und angesehene Familie.
P. beginnt den drei Jahre dauernden Besuch der Elementarschule.

1754 Beginn der Ausbildung auf der Lateinschule Schola Abbatissana.

1757 Wechsel auf die Schola Carolina.

1761 Beginn der zweijährigen Vorbereitungszeit für den Eintritt in die erste philologische Klasse des Collegium Carolinum.

1763 Im Collegium Carolinum erste Begegnung mit aufklärerischem Gedankengut durch die über die Schweiz hinaus bekannten Professoren J. Jakob Bodmer und J. Jakob Breitinger. P. verläßt das Collegium mit Teilabschlüssen in den Bereichen Philologie und Philosophie, verzichtet aber auf die theologische Weiterbildung.

1764 Aufnahme in die „Historische-Politische Gesellschaft", eine Vorform der „Helvetischen Gesellschaft zur Gerwe". Damit Rezeption Montesquieus und Rousseaus und Vertretung patriotischer Gedanken.

1766 Die ersten Veröffentlichungen sind geprägt vom Geist der „Hist.-Polit. Gesellschaft." In ihnen werden unselbständig literarische Vorbilder übernommen.
Agis; Wünsche.

1767 Mit der Affäre um Ch. H. Müllers „Bauren-Gespräch" finden die Aktivitäten der Zürcher Patrioten ihren Höhepunkt und ihr Ende. P. wird für einige Tage festgesetzt, den Patrioten bei weiteren Angriffen gegen die Zürcher Regierungsmacht die Verbannung angedroht. P.'s Aussichten auf eine Anstellung im öffentlichen Dienst schwinden.

II. Landwirt und Armenpfleger

1767 Erfahrung der politischen und wirtschaftlichen Schwierigkeiten des Landlebens hatte P. durch Aufenthalte bei seinem Großvater, dem

Pfarrer Andreas Pestalozzi in Höngg. Weitere Motivation für seine landwirtschaftliche Laufbahn erhielt er durch die physiokratischen Ideen der „Helvetischen Gesellschaft", die Kenntnis über die Erfolge zeittypischer landwirtschaftlicher Musterbetriebe und die Unterstützung der Freunde Lavater und Füßli. P. beginnt eine landwirtschaftliche Lehre bei Johann Rudolf Tschiffeli in Kirchberg, Kanton Bern, die er nach zwei Jahren abbricht.

1769 P. wird Landwirt in Müllingen bei Brugg.
Am 3. September heiratet er nach etlichen Schwierigkeiten mit der Familie die reiche Zürcher Kaufmannstochter Anna Schultheß. Nach ausgiebigen Landkäufen wird mit dem Bau des Neuhofes bei Birr begonnen.

1770 Am 13. August wird der Sohn Hans Jakob geboren.

1771 Im Februar ist der Neuhof bezugsfertig. P. befindet sich schon jetzt in finanziellen Schwierigkeiten, nachdem wichtige Kredite zurückgezogen wurden.

1773 Nach Mißernten und Mißwirtschaft häufen sich die wirtschaftlichen Sorgen. P. beginnt mit Baumwollverarbeitung als Heimindustrie und nimmt zu diesem Zweck arme Kinder aus der Umgebung als Arbeiter auf. Versuch, Industrie und Erziehung zu verbinden.

1774 P. tritt in die „Helvetische Gesellschaft" ein. Bei der Erziehung seines Sohnes versucht er Rousseau zu folgen und führt darüber ein < Tagebuch>.

1775 P. wendet sich um Unterstützung seiner Armenerziehungsanstalt an seine Freunde.
Eine Bitte an Menschenfreunde und Gönner.

1777 Zweifel an der Existenzfähigkeit des Unternehmens versucht P. auszuräumen, etwa durch Briefe an den Landvogt Tscharner. Sie erscheinen in den „Ephemeriden der Menschheit", der aufklärerischen Zeitschrift des väterlichen Freundes Isaak Iselin aus Basel.
Herrn Pestalotz' Briefe an Herrn N. E. T. über die Erziehung der armen Landjugend.

1778 Trotz weiterer öffentlicher Aufrufe und Bekenntnisse ist der Zusammenbruch der Anstalt nicht aufzuhalten.
Bruchstücke aus der Geschichte der niedrigsten Menschheit; Zuverlässige Nachricht von der Erziehungsanstalt armer Kinder.

1779/ Das Neuhof-Projekt scheitert endgültig. Für P. beginnt eine Phase
80 schriftstellerischer Arbeit, während der er meist einsam auf dem Neuhof lebt.

1780 Auf Anraten seiner Freunde, vor allem Isaak Iselin, baut P. schriftstellerische Ansätze von 1778/79 aus.
Der Wert der Landessitten; Wenn ist der Zustand in der Sozietät besser als der im Wald; Von der Freiheit meiner Vaterstadt.

III. Schriftsteller und Revolutionär

1780 Als erste Programmschrift erscheint in den „Ephemeriden" *Die Abendstunde eines Einsiedlers*.

1781 Der erste Teil des in Ansätzen bereits 1778 begonnenen Erziehungsromans erscheint: *Lienhard und Gertrud*, Teil I.
Mit dem Eintritt in die schweizerische Tochtergesellschaft des Illuminatenbundes knüpft P. wichtige gesellschaftliche Beziehungen.

1782 P.'s Interesse an den politischen und gesellschaftlichen Zuständen der Schweiz und seine schriftstellerischen Ambitionen treffen sich in der Herausgabe von *Ein Schweizerblatt*.
Als Aufarbeitung der Hauptansichten von LuG I erscheint der Roman *Christoph und Else*.

1783 Die zunächst als Antwort auf eine Preisfrage konzipierte Schrift zur Kriminalgesetzgebung erscheint. *Über Gesetzgebung und Kindermord*.
Der zweite Teil des Erziehungsromans erscheint. *Lienhard und Gertrud*, Teil II.
P. hofft in dieser Zeit auf eine Anstellung im außerschweizerischen Raum, vorerst in Österreich. Helfen soll ihm die Protektion seiner Briefpartner Graf Sigismund von Hohenwart und Graf Carl von Zinzendorf. Trotz des positiven Urteils von Großherzog Leopold von Toskana, eines Bruders Josephs II. und dessen Nachfolger auf dem österreichischen Kaiserthron erfüllt sich P.'s Hoffnung nicht.

1785 Der dritte Teil des Erziehungsromans erscheint. *Lienhard und Gertrud*, Teil III.

1787 Der vierte Teil des Erziehungsromans erscheint. *Lienhard und Gertrud*, Teil IV.

1790 P. beginnt mit der Bearbeitung einer 2. Fassung des Erziehungsromans *Lienhard und Gertrud*. Sie ist 1792 abgeschlossen.

1791 P. versucht Rückhalt für seine Ideen in Deutschland zu finden, vor allem aber auch eine Anstellung; Briefwechsel mit Nicolovius, dem späteren Staatsrat im preußischen Unterrichtsministerium, mit Klopstock, Wieland, Herder und Jacobi.

1792 P. reist wegen Erbschaftsangelegenheiten nach Leipzig. Die französische Nationalversammlung verleiht ihm mit anderen Autoren der Zeit (Klopstock, Schiller) das französische Ehrenbürgerrecht. Da in Deutschland keine Aussicht auf Anstellung besteht, bietet er Ende des Jahres Frankreich seine Dienste „im Fach der Volksbildung" an.

1793 P.'s erstes schriftstellerisches Bekenntnis „als parteiisch fürs Volk" erscheint. *Ja oder Nein*.
P. verwaltet in dieser Zeit das Haus des Vetters Hotze in Richterswil und führt prägende Gespräche mit dem dort weilenden Fichte.

1794 Mit einem Flugblatt äußert sich P. zu den wirtschaftlichen Schwierigkeiten in Frankreich.
<*Aufruf zum Kartoffelbau*>.
P. reist nach Paris, um der franz. Republik seine Dienste anzubieten.

1795 Als Folge der französischen Revolution erste Unruhen in der Schweiz. P. stellt sich in kleineren Schriften auf die Seite der Landbevölkerung, die in einem Memorial die Wiederherstellung ihrer alten Rechte gefordert hatte.
<*Schriften zur Stäfner Volksbewegung*>.

1797 Die seit Anfang der 80er Jahre entstandenen Fabeln beschreiben Mensch und Gesellschaft in einer besonders beliebten Aufklärungsgattung:

1797 *Figuren zu meinem ABC-Buch oder zu den Anfangsgründen meines Denkens.*
P. vollendet eine geschichtsphilosophisch orientierte „Theorie der echten Menschenbildung", die Basis seines weiteren gesellschaftlichen Handelns wird:
Meine Nachforschungen über den Gang der Natur in der Entwicklung des Menschengeschlechts.
In den Ende des Jahres beginnenden revolutionären Unruhen steht P. auf seiten der Helvetischen Revolution.

1798 Zu Beginn des Jahres wird die Helvetische Republik proklamiert. P. plädiert für eine entschädigungslose Aufhebung aller Feudallasten in
<*Erstes Zehntenblatt*>.
In mehreren Schriften äußert er sich zur aktuellen Lage und entspricht damit der Aufforderung der neuen Regierung zur Unterstützung.
<*Schriften zur helvetischen Revolution*>.
P. führt für kurze Zeit die Redaktion der Regierungszeitung *Helvetisches Volksblatt*.
Er erhält den Auftrag der Regierung zur Übernahme eines Waisenhauses in Stans. Damit werden Pläne zur Eröffnung einer Armenanstalt im Aargau abgelöst. Mit der Übernahme des Erziehungsauftrags verändert sich P.'s Selbstverständnis als Politiker. Seine weiteren politischen Schriften und Aktivitäten kommen aus der Perspektive und dem Interesse des Pädagogen.

IV. Erzieher und Institutsleiter

1799 Im August wird das Stanser Waisenhaus geschlossen, nachdem die Kämpfe in Unterwalden wieder aufgeflammt sind. P.'s Wiederbegegnung mit der aktiven Pädagogik finden ihren Niederschlag im
<*Stanzer Brief*>.
Schon bald setzt P. seine pädagogischen Bemühungen fort. Er erhält eine Genehmigung des Direktoriums der Helvetischen Republik und erteilt in der Gemeinde Burgdorf Elementarunterricht.

1800 P. wird gefördert durch die „Gesellschaft von Freunden des Erziehungswesens", deren positiver Bericht ihm die weitere Unterstützung der republikanischen Regierung sichert. Mit Hermann Krüsi, Johann Georg Tobler und Johann Christoph Buß gewinnt P. gute Mitarbeiter. Am 24. Oktober kündigt er die Eröffnung einer Erziehungsanstalt und eines Lehrerseminars im Burgdorfer Schloß an und beginnt damit seine Laufbahn als Institutsleiter. Trotz privater Schicksalsschläge – am 15. August stirbt der Sohn Hans Jakob nach langer Krankheit – und mancher Rückschläge beginnt für P. die Zeit seiner größten Wirkung.

1801 P. verfaßt die populäre Grundlegung seiner Methode in einer Reihe von Briefen an den Verleger Heinrich Geßner, die dieser noch im gleichen Jahr publiziert:
Wie Gertrud ihre Kinder lehrt.

1802 Im Zusammenhang mit dem Zusammenbruch der Helvetik greift P. noch einmal in die politischen Vorgänge ein. Es entstehen weitere Grundzüge einer Geschichtsphilosophie.
P. an sein Zeitalter <Epochen>.
Im Zusammenhang mit den Verfassungsplänen Napoleons publiziert er seine Vorstellungen über den Aufbau eines schweizerischen Gemeinwesens:
Ansichten über die Gegenstände.
P. nimmt als schweizerischer Delegierter an der Konsulta in Paris teil. Zur Verbreitung seiner Methode in Frankreich verfaßt er dort seine *<Denkschrift an die Pariser Freunde>*.
Einen Beitrag zur Analyse der schweizerischen Zustände leistet er durch die im Dezember erscheinende *Denkschrift über die Lage und die Verfassung des Kantons Zürich.*

1803 Mit Inkrafttreten der Mediationsakte vom 3. März setzen sich die Föderalisten endgültig durch. Der Unitarier P. gerät mit seinem in der Verfügungsgewalt der Zentralregierung stehenden Burgdorfer Institut in Schwierigkeiten. Die Aussichten auf politischen Einfluß schwinden. Die personelle Basis für den großzügigen Ausbau der Methode wird gelegt. P. gewinnt die Lehrer Johannes von Muralt, Joseph Schmid und Johannes Niederer für die Mitarbeit. Die ersten praktischen Ergebnisse der Methode sind in Form der Elementarbücher abgeschlossen:
Anschauungslehre der Maßverhältnisse; Das Buch der Mütter; Anschauungslehre der Zahlenverhältnisse.
P.'s Methode erregt internationales Aufsehen und beschäftigt maßgeblich die pädagogische Diskussion der Zeit. Sein ausgiebiger Briefwechsel dient nicht zuletzt dem Ziel, Mißverständnisse über das Wesen der Methode auszuräumen, etwa in *<Antwort auf neun Fragen Herbarts>; <An die Gräfin Charlotte Schimmelmann>.*
Zu den schärferen Kontroversen, die ihn in dieser Zeit beschäftigen,

gehören die Auseinandersetzungen mit J. R. Steinmüller und Ernst Tillich.

1804 P. muß das Burgdorfer Schloß räumen. Die Berner Kantonsregierung weist ihm vorerst für ein Jahr das Schloß Münchenbuchsee als Domizil für sein Institut zu. Noch im gleichen Jahr nimmt P. ein Angebot der Stadt Iferten im französischsprachigen Waadt an und eröffnet im dortigen Schloß ein zweites Institut. Die ökonomische Leitung der Anstalt Münchenbuchsee übernimmt Philipp Emanuel Fellenberg.
Zirkularschreiben.
Die Methode wird auf weitere Bereiche ausgedehnt.
Über den Sinn des Gehörs; < *Weltweib und Mutter*>.
Die fachlichen Auseinandersetzungen gehen weiter, so mit Friedrich Johannsen, Theodor Ziemssen, Rektor B. M. Snethlage und im folgenden Jahr mit dem Pfarrer Karl Witte.

1805 Nach Auseinandersetzungen mit Fellenberg wird am 6. Juli Münchenbuchsee aufgelöst und mit Iferten zusammengelegt.
Gegen den Vorwurf, die Methode berücksichtige nur intellektuelle Fähigkeiten, wendet sich P. in *Geist und Herz in der Methode.*

1806 Nach Abschluß der Elementarbücher beschäftigen P. zunehmend Probleme der Armenerziehung und Volksbildung.
Über Volksbildung und Industrie; < *Ein Gespräch über Volksaufklärung*>.
In Iferten wird als Pendant zum Knabeninstitut eine Töchteranstalt gegründet.
Grundzüge der Töchteranstalt.

1807 P. beginnt mit der Herausgabe einer Zeitschrift *Journal für die Erziehung*, die jedoch nicht über die erste Lieferung hinauskommt. Erfolgreicher und dem Zweck dienlicher, die Methode weiter bekanntzumachen, ist die von Niederer herausgegebene „Wochenschrift für Menschenbildung", in der die Methode ausgeweitet wird, so in der Abhandlung *Über Körperbildung.*
Neben seiner Tätigkeit als Institutsleiter verfolgt P. Pläne zur Errichtung einer Armenerziehungsanstalt. Geplante Projekte im Aargau und in Neuenburg lassen sich nicht verwirklichen. Es bleibt bei einem *Mémoire über Armenversorgung.*

1808 Das Ifertener Institut ist weithin bekannt und erfolgreich. Die Methode faßt vor allem in Preußen Fuß. Preußische Lehrerstudenten befinden sich zum Studium der Pestalozzischen Methode in Iferten. P. rechtfertigt sich gegenüber den Eltern der Zöglinge im *Bericht an die Eltern.*
P. gründet zur Verbreitung seiner Erziehungsabsichten die „Schweizerische Gesellschaft der Erziehung".

1809 P. wird Präsident der Erziehungsgesellschaft und äußert sich grundlegend zur Elementarbildung in seiner < *Lenzburger Rede*>.

	Der Streit um die Methode wird fortgesetzt in der Auseinandersetzung mit Rektor Evers.
1810	Der negative Prüfungsbericht einer regierungsamtlichen Kommission läßt interne Spannung im Institut zum Ausbruch kommen. Schmid verläßt mit einer Gruppe von Lehrern, darunter Friedrich Fröbel, der ab 1808 in Iferten war, das Institut.
1812	Das Institut ist sehr geschwächt und P. hat sich vor allem gegen innerschweizerische Angriffe – etwa Karl Ludwig von Haller und den Zürcher Chorherrn Bremi – zu wehren. P. veröffentlicht, in der hauseigenen Druckerei gedruckt, *Einige meiner Reden an mein Haus.*
	P. erkrankt schwer.
	Der kranke P. an das gesunde Publikum.
1813	Das Töchterinstitut wird wegen finanzieller Schwierigkeiten an Rosette Kasthofer, die seit 1809 das Institut leitete, abgegeben.
1814	Joseph Schmid kommt nach Iferten zurück und hält durch sein straffes Regiment den weiteren Niedergang der Anstalt auf. Das Ende Napoleons beschäftigt P. in < *Vision Napoleons* >.
1815	Nach dem Ende der Mediationszeit und der „Langen Tagsatzung" wird die neue Verfassung der Schweiz verabschiedet. Zur gleichen Zeit erscheint P.'s politische Spätschrift *An die Unschuld, den Ernst und den Edelmut meines Zeitalters.*
	Am 11. Dezember stirbt P.'s Frau, Anna Pestalozzi.
1816	Nachdem Schmid das Institut wirtschaftlich saniert hat, pädagogische Prinzipien dabei aber oft übersah, kommt es zum großen Lehrerstreit in Iferten, bei dem auch Fragen der Nachfolge eine Rolle spielen. Der Niedergang der Anstalt beginnt mit dem Auszug von 16 Lehrern im Sommer des Jahres.
1817	Für P. beginnt noch einmal eine Phase persönlichen Erfolgs nach dem Abschluß eines Vertrages mit Cotta über die Herausgabe der gesammelten Schriften.
	< *Schriften zum Subskriptionsplan* >.
	Preußen ist weiter an der Durchsetzung der Methode interessiert und schickt Lehrerstudenten nach Iferten. Im Oktober verleiht die Universität Breslau P. die Ehrendoktorwürde.
1818	Das durch die Gesamtausgabe eingekommene Geld investiert P. in das Projekt einer Armenerziehungsanstalt in Clindy. Clindy wird jedoch schon bald mit Iferten zusammengelegt. P. ist mit der Zusammenstellung seiner Schriften für die Gesamtausgabe beschäftigt. Viele Schriften werden überarbeitet, so *Ansichten über Industrie; Lienhard und Gertrud,* 3. Fassung.
1819	Die zu den verschiedensten Anlässen, vornehmlich Neujahr, Weihnachten und Geburtstag gehaltenen Reden werden zusammengestellt als *Reden an mein Haus.*
	Während der kommenden Jahre wird die Auseinandersetzung mit

	Niederer, der 1817 das Institut verlassen hatte, zur dauernden psychischen Belastung.
1825	Nachdem P.'s Ruf im In- und Ausland durch die Streitigkeiten sehr gelitten hat und Schmid vom Kanton Waadt als Ausländer abgeschoben wurde, sieht sich P. zur Schließung des Instituts gezwungen. P. bezieht mit Schmid und einigen restlichen Zöglingen den Neuhof. Gesellschaftliche Rehabilitation erfährt er durch die „Helvetische Gesellschaft", die ihn am 4. Mai zu ihrem Präsidenten wählt. P. schließt seine Autobiographie ab. In ihr verbinden sich biographische Anteile mit theoretischen Ausführungen: *Schwanengesang*.
1826	Der Verlag Cotta lehnt große Teile der Autobiographie wegen ihres polemischen Charakters ab. P. macht daraus eine eigene Schrift und läßt sie in einem Leipziger Verlag erscheinen: *Meine Lebensschicksale als Vorsteher meiner Erziehungsinstitute in Burgdorf und Iferten*. Auf der Jahrestagung der „Helvetischen Gesellschaft" in Langenthal wird P.'s Dankesrede verlesen, in der er zur Erneuerung altschweizerischer Zustände und zur Regeneration des anspruchslosen Geistes des schweizerischen Volks aufruft: <*Langenthaler Rede*>.
1827	Am 17. Februar stirbt P. in Brugg.

Zur Textredaktion der Bände

Die Grundlage für die vorliegende Auswahl von P.-Texten bilden in der Regel die Erstdrucke, wie sie entweder vom Autor oder seinen späteren Herausgebern veranstaltet wurden. Nur in besonders begründeten Ausnahmefällen wurde eine spätere Fassung gewählt (vgl. D). Die Texte werden hier bis auf textkritisch notwendige Eingriffe im originalen Wortlaut wiedergegeben, d. h. ohne die bei anderen P.-Ausgaben zu beobachtende „Kosmetik" bei grammatischen Eigenheiten oder Fehlern bzw. sonstigen rustikalen Eigentümlichkeiten. Die Herausgeber gehen davon aus, daß der volkssprachliche Duktus unbedingt erhalten werden muß und nicht einer ihm fremden Literatursprache angepaßt werden darf. Auf dieser Grundlage konnte dann eine begrenzte Modernisierung der Textgestalt vorgenommen werden, um eine leichtere Lesbarkeit zu erreichen und damit dem Autor neue Leser hinzuzugewinnen.

Die umfangreichsten Eingriffe fallen dabei in den Bereich der Orthographie. Hier ging es darum, die seit der Duden-Reform erfolgten Vereinheitlichungen im Vokal- und Konsonantenbereich in folgenden Fällen durchzusetzen.

862 ANHANG

Vokalbereich:

a	– aa	*Sall*	– *Saal*
aa	– a	*Haag*	– *Hag*
ai	– ei	*wainte*	– *weinte*
ä	– e	*Stäg*	– *Steg*
ee	– e	*Heerd*	– *Herd*
e	– ä	*Geberde*	– *Gebärde*
ie	– i	*gieng*	– *ging*
i	– ie	*Papir*	– *Papier*
i	– j	*ietzt*	– *jetzt*
j	– i	*Annelj*	– *Anneli*
y	– i	*bey*	– *bei*
y	– ei	*syn*	– *sein*
i	– y	*Tirann*	– *Tyrann*
oo	– o	*Loos*	– *Los*
Zusatz eines Dehnungs-h		*wol*	– *wohl*
Tilgung eines Dehnungs-h		*verliehren*	– *verlieren*
Versetzung eines Dehnungs-h		*geth*	– *geht*
Umlaut-Regulierung		*aüßerst*	– *äußerst*
		heütige	– *heutige*
		Uebel	– *Übel*

Konsonantenbereich:

ff	– f	*Straffe*	– *Strafe*
f	– ff	*Hofnung*	– *Hoffnung*
f	– v	*braf*	– *brav*
v	– f	*vest*	– *fest*
gg	– g	*ringgelte*	– *ringelte*
g	– gg	*gagen*	– *gaggen*
k	– ck	*Stük*	– *Stück*
kk	– ck	*Zwekk*	– *Zweck*
ck	– k	*erschrack*	– *erschrak*
c	– k	*concurriren*	– *konkurrieren*
k	– ch	*Karakter*	– *Charakter*
c	– ch	*Carakter*	– *Charakter*
q	– qu	*Delinqenten*	– *Delinquenten*
qu	– k	*Fabriquen*	– *Fabriken*
c	– z	*Civilstand*	– *Zivilstand*
ll	– l	*wiederhollte*	– *wiederholte*
l	– ll	*solten*	– *sollten*
mm	– m	*gleichsamm*	– *gleichsam*
m	– mm	*Kamer*	– *Kammer*
nn	– n	*darinn*	– *darin*

n	– nn	*kanst*	– *kannst*
p	– pp	*ertaptest*	– *ertapptest*
pp	– p	*Kappuciner*	– *Kapuziner*
r	– rr	*Unsericht*	– *Unterricht*
rr	– r	*schwirrig*	– *schwierig*
s	– ss	*veranlasete*	– *veranlassete*
s	– ß	*must*	– *mußt*
ß	– s	*Verzeichniß*	– *Verzeichnis*
ß	– ss	*nachläßig*	– *nachlässig*
ss	– ß	*stossen*	– *stoßen*
ßs	– ß	*weißst*	– *weißt*
st	– tzt	*leste*	– *letzte*
tt	– t	*Botte*	– *Bote*
t	– tt	*Mitwoch*	– *Mittwoch*
th	– t	*bethen*	– *beten*
th	– tt	*Beth*	– *Bett*
dt	– t	*Schwerdt*	– *Schwert*
dt	– d	*todtblass*	– *todblaß*
t	– d	*Gedult*	– *Geduld*
d	– t	*Brod*	– *Brot*
tz	– z	*reitzen*	– *reizen*
z	– tz(t)	*jez*	– *jetzt*
zz	– tz	*Tazzen*	– *Tatzen*
z	– s	*grinzte*	– *grinste*
s	– z	*Pils*	– *Pilz*

Zum überwiegenden Teil handelt es sich reziprok entweder um Einführung oder Tilgung von Verdoppelungen bzw. Dehnungen und um Regelungen der einfachen Konsonanten- und Vokalschreibungen. Die dadurch gewonnene Modernisierung des Schriftbildes findet allerdings an verschiedenen Punkten ihre Grenze. Einmal wurde soweit wie möglich vermieden, den Lautstand zu verändern, besonders dort, wo regionale oder historische Wortbildungen zu wahren waren, etwa *Zedel* (Zettel), *Mentschen*, *fodern* (fordern) und bei der Vielzahl noch eindeutigerer idiomatischer Varianten. Das kleine Wörterbuch am Ende von P.s Fabelsammlung in Band II enthält entsprechende Beispiele. Dann bleibt die Schreibung von fremdsprachigen Textelementen unangepaßt, um die Zahl von Mischschreibungen nicht unnötig zu erhöhen. Dies betrifft vor allem französische und lateinische Wörter wie *Soldatesque, Compilateurs, Codices, Sansculotten*. Die Eingriffe beschränken sich im übrigen auf die obige Äquivalenzliste, d. h. in Fällen, wo P. an anderen Stellen Buchstaben einführt oder ausläßt und sich dabei innerhalb des regional oder historisch Möglichen hält, sahen die Herausgeber keinen Anlaß einzugreifen. Jeder einzelne Eingriff soll nämlich nachprüfbar bleiben und nach Wunsch auch rückgängig gemacht werden können.

Im Bereich der Rechtschreibung wurden noch folgende Änderungen durchgeführt: Modernisierung der Groß- und Kleinschreibung, der Getrennt- und Zusammenschreibung und der Apostrophierung. Die Zahl der hier nötigen Eingriffe ist geringer als man annehmen möchte. Wieder wurde von den genannten Regeln bei volkssprachlich-regionalen Gegebenheiten abgewichen. So sind Ellisionen bei Substantiven und Verben in unseren Texten so verbreitet – *Sach, Aug, Aussag* usw.-, daß eine Anpassung an die Normen der heutigen Normalsprache zu unangemessenen Konsequenzen führen würde. Auch läßt sich bei Komposita keine einheitliche Regelung durchführen, wie bezüglich der Zusammenschreibung oder Verwendung des Bindestrichs zu verfahren ist. Hier wurden beide Möglichkeiten zugelassen und eine Schreibung mit Bindestrich dort bevorzugt, wo das betreffende Doppelwort nicht in den allgemeinen Sprachgebrauch eingegangen ist *(Bären-Aufklärung, Löwen-Gerechtigkeit).*

Noch zurückhaltender erfolgten die Eingriffe im Bereich der Interpunktion. Hier haben wir es im endenden 18. und beginnenden 19. Jh. bekanntlich noch mit einer von unserem System gänzlich abweichenden rhetorisch bestimmten Zeichensetzung zu tun. Sie geht nicht von der grammatischen Satzstruktur, sondern vom Sprechtakt und Sprechakt aus. Die Satzzeichen haben außerdem z. T. noch eine andere Funktion als heute. So können Gedankenstriche noch andere Zeichen wie Punkt oder Doppelpunkt ersetzen. Auch die Verwendung der Anführungszeichen oder Semikola entspricht nicht unserem heutigen Gebrauch, weder im Einzelfall noch in der Struktur. Man würde einen eigenen Organismus zerstören, würde man hier mehr als punktuelle Verbesserungen durchführen. Jeder Einzeleingriff, so sehr er vom eiligen Leser erwünscht sein mag, würde zahlreiche korrespondierende Änderungen erfordern. Wir haben daher nur in folgenden Fällen eingegriffen:

1. Nach Personenangaben im Dialog steht grundsätzlich Doppelpunkt.
2. Änderungen von Semikolon in Punkt bei nachfolgender Großschreibung.
3. Wegfall des Punktes nach Text- und Zahlenüberschriften und Zahlen im Text (außer Ordnungszahlen).
4. Wegfall der am Zeilenanfang regelmäßig wiederholten Anführungszeichen bei direkter Rede oder Zitaten.

Diese differenzierte Anwendung modernisierender Regeln zerstört nicht den originalen Sprachduktus und läßt die volks- und fremdsprachlichen Textelemente, weil nicht verändert, gegenüber der Umgebung eher noch stärker und erkennbarer hervortreten. Die vom Autor intendierte populäre Sprache bleibt mit vielen ihrer Unregelmäßigkeiten erhalten.

Im Bereich der Typographie wurde P.s Eigenart erhalten, zahlreiche Satzteile hervorzuheben, – ebenfalls ein Element seiner rhetorischen Verfahrensweise. Allerdings verwenden wir nicht den unschönen Sperrsatz, sondern die Kursive. Auf einige andere Auszeichnungen wie Wechsel der Schriftgrößen und -arten wurde verzichtet, da sie nicht in gleichem Maße strukturbestimmend sind. Winkelklammern zeigen Texterganzungen durch die Herausgeber an und werden verwendet, wo Titel ergänzt, Streichungen aufgehoben und in seltenen Fällen textkritisch notwendige Textergänzungen vorgenommen werden mußten. Die hier mitgeteilten Regeln wurden im allgemeinen auch im Anmerkungsteil angewandt, mit Ausnahme der Titelwiedergabe von Erstdrucken, die buchstaben- und zeichengenau erfolgte. Zum speziellen Textbefund der einzelnen ausgewählten Werke P.s sei auf die Abschnitte D und K verwiesen.

Bibliographie (Auswahl)

1. Bibliographien:

Israel, August	Pestalozzi – Bibliographie, in: Monumenta Germaniae Paedagogica, hrsg. v. Karl Kehrbach, Bde. 25, 29, 31, Berlin 1903/04 Nachdruck mit Nachträgen von Willibald Klinke, Hildesheim 1970 (Pestalozzi – Literatur bis 1923)
Klink, J. G. und L.	Bibliographie Johann Heinrich Pestalozzi, Weinheim 1968

2. Werke und Briefe:

Pestalozzi, Johann Heinrich	Sämtliche Werke, hrsg. von A. Buchenau, E. Spranger und H. Stettbacher, Berlin und Leipzig 1927ff., seit 1958 Zürich
ders.	Pestalozzi's sämmtliche Schriften, 15 Bde., Stuttgart und Tübingen 1819–1826
ders.	Pestalozzis sämtliche Werke, hrsg. von L. W. Seyffarth, 12 Bde., Liegnitz 1890–1902
ders.	Werke in acht Bänden. Gedenkausgabe zu seinem zweihundertsten Geburtstage, hrsg. von P. Baumgartner, Zürich 1945–1949
ders.	Sämtliche Briefe, hrsg. vom Pestalozzianum und von der Zentralbibliothek in Zürich, Zürich 1946–1971

3. Sekundärliteratur:

Barth, Hans	Pestalozzis Philosophie der Politik, Erlenbach-Zürich 1956
Dejung, Emanuel	Pestalozzi im Lichte zweier Zeitgenossen: Henning und Niederer, Zürich 1944
ders.	Pestalozzi im Lichte zweier Zeitgenossen: Krüsi und Niederer, Zürich 1961
Delekat, Friedrich	Johann Heinrich Pestalozzi. Der Mensch – Der Philosoph und der Erzieher, 3. erweiterte und neubearbeitete Auflage, Heidelberg 1969
Friedrich, Leonhard	Eigentum und Erziehung bei Pestalozzi. Geistes-

	und realgeschichtliche Voraussetzungen, Bern und Frankfurt 1972
Hager, Fritz-Peter	Pestalozzi und Rousseau. Pestalozzi als Vollender und Gegner Rousseaus, Bern und Stuttgart 1975
Heubaum, Alfred	Johann Heinrich Pestalozzi, 3. Auflage, Leipzig 1929
Klafki, Wolfgang	Pestalozzis „Stanser Brief" – Eine Interpretation, Weinheim 1959
Klinke, Wilhelm	Begegnungen mit Pestalozzi. Ausgewählte zeitgenössische Berichte, Basel 1945
Konzelmann, Max	Pestalozzi. Ein Versuch, Zürich 1926
Liedtke, Max	Johann Heinrich Pestalozzi in Selbstzeugnissen und Bilddokumenten, Reinbek bei Hamburg 1968 (roro-Monographien 138)
Morf, H.	Zur Biographie Pestalozzis. Ein Beitrag zur Geschichte der Volkserziehung, 4 Bde., Winterthur 1868–1889; Neudruck Osnabrück 1966
Natorp, Paul	Pestalozzi. Sein Leben und seine Ideen, 2. Auflage, Leipzig 1912
Rang, Adalbert	Der politische Pestalozzi, Frankfurt 1967 (Frankfurter Beiträge zur Soziologie 18)
Rufer, Alfred	Pestalozzi, die französische Revolution und die Helvetik, Bern 1928
Schönebaum, Herbert	Pestalozzi – Wesen und Werk, Berlin 1954

Weitere Literatur s. Kommentar zu *Lienhard und Gertrud*, *Über Gesetzgebung und Kindermord* und *Figuren zu meinem ABC-Buch*.

Abkürzungen

KA	Pestalozzi, Sämtliche Werke, hg. von A. Buchenau, E. Spranger, H. Stettbacher, Berlin 1927ff.
Sämtliche Briefe	Pestalozzi, Johann Heinrich: Sämtliche Briefe, hg. vom Pestalozzianum und von der Zentralbibliothek in Zürich, Zürich 1946ff.
Cotta	Pestalozzi's sämmtliche Schriften. Stuttgart und Tübingen, in der J. G. Cotta'schen Buchhandlung, 1819–1826, 15 Bde.
LuG	*Lienhard und Gertrud*
E	Entstehung
D	Erstdruck
K	Korrigenda
A	Anmerkungen

Kommentar

Lienhard und Gertrud

E: Der erste Plan zu LuG begegnet Ende 1778 in einem Brief an den Baseler Ratsschreiber Isaak Iselin. Am 28. Dezember 1778 schreibt P. kurz nach einem Treffen in Basel: „Ich bin sint meiner Rückkomft von Basel mit meinem Plan eines kleinen Buchs, welches dem niedersten Volk die wichtigsten, ihns angehenden Wahrheiten in seiner Sprach, in den Bildren seiner Lag und Umstände erheitert, aber warm vorlegen sollte, beschäftigt" (Sämtliche Briefe, Bd. III, 71). Die Niederschrift von Teil I ist auf die erste Hälfte 1780 zu datieren, die Korrektur und Druckherstellung auf die Zeit von Ende September desselben Jahrs bis Mitte April des folgenden. Er erschien bei dem Verlag George Jakob Decker, Berlin und Leipzig, in zwei Drucken (vgl. D). Für Teil II lagen Ende September 1780 bereits fertige Abschnitte vor, die im wesentlichen bis Herbst 1781 vervollständigt wurden. Daß der zweite Teil erst zwei Jahre später herauskam, hatte seinen Grund in Auseinandersetzungen mit dem Verleger Decker. Band II erschien dann ohne Verlagsangabe 1783 in Frankfurt und Leipzig. Damit brach die Arbeit an LuG zunächst ab. Über eine Fortsetzung bestanden zu diesem Zeitpunkt nur vage Vorstellungen.

Zu den wichtigsten Quellen für die Entstehungsgeschichte der ersten beiden Teile zählen neben dem Briefwechsel mit Iselin P.s Nachruf auf ihn in seinem *Schweizerblatt* und der autobiographische Mittelteil im *Schwanengesang*. Über Anregung und Anteil von außen her enthalten sie abweichende Aussagen. Im *Schwanengesang* (1826) bezeichnete P. den Maler Heinrich Füßli als entscheidenden Anreger. Er habe ihm einen Ausweg aus der Niedergeschlagenheit und wirtschaftlichen Notsituation nach dem Scheitern des Neuhof-Projektes gezeigt (vgl. Bd. II, E zu *Aufsätze über die Armenanstalt*) und ihn, anknüpfend an einige seiner kleineren literarischen Versuche, auf sein Talent aufmerksam gemacht, „auf eine Art zu schreiben, die in dem Zeitpunkt, in dem wir leben, ganz gewiß Interesse erregen wird". P. beschreibt den eigentlichen Durchbruch seiner schriftstellerischen Arbeit aus dem Abstand eines halben Jahrhunderts folgendermaßen: „Ich hatte mich im Drange meiner Schicksale kulturhalber so vernachlässigt, daß ich bald keine Zeile mehr schreiben konnte, ohne Sprachfehler darin zu begehen, und glaubte, was Füßli auch immer sagte, mich dazu gänzlich unfähig. Doch die Not, von der man sonst so oft sagt, sie sei ein böser Ratgeber, war mir jetzt ein guter. Marmontels Contes moraux lagen eben, als ich heim kam, auf meinem Tische; ich nahm sie sogleich mit der bestimmten Frage, ob es vielleicht möglich sei, daß ich auch so etwas machen könne, in die Hand, und nachdem ich ein Paar dieser Erzählungen gelesen und wieder gelesen, schien es mir doch, das sollte nicht ganz unmöglich sein. Ich versuchte fünf oder sechs dergleichen kleine Erzählungen, von denen ich nichts mehr weiß, als daß mich keine von ihnen ansprach; die letzte war Lienhard und Gertrud, deren Geschichte mir, ich weiß nicht wie, aus der Feder floß, und sich von sich selbst entfaltete, ohne daß ich den geringsten Plan davon im Kopf hatte, oder auch nur einem solchen nachdachte. Das Buch stand in wenigen Wochen da, ohne daß ich eigentlich nur wußte, wie ich dazu gekommen. Ich fühlte seinen Wert, aber doch nur wie ein Mensch, der im Schlafe den Wert eines Glücks fühlt, von dem er eben träumt. Ich wußte kaum, daß ich wachte; doch fing ein erneuerter Funke von Hoffnung an, sich in mir zu regen, daß es möglich sein möchte, meine ökonomische Lage auf dieser Bahn zu bessern und den Meinigen erträglicher zu machen."

Im *Schwanengesang* wird zwar auch Iselin als Mithelfer genannt, doch reduziert P. seine Bedeutung auf redaktionelle Unterstützung und Mithilfe bei der Herausgabe, und zwar zeitlich erst nach der Fertigstellung des ersten Teils und nachdem er sich angeblich schon anderweitig um einen Redaktor bemüht hatte. In dieser Schilderung scheint es, als sei Iselin von der Vorlage des fertigen Romans überrascht worden. „Der Eindruck, den es auf ihn machte, war ganz außerordentlich. Er sprach geradezu aus: „Es hat in seiner Art noch keines seinesgleichen, und die Ansichten, die darin herrschen, sind dringendes Bedürfnis unserer Zeit; dem Mangel orthographischer Richtigkeit, setzte er hinzu, ist leicht abzuhelfen", und übernahm die Sorge hiefür, sowie diejenige, für die Ausgabe desselben und für ein anständiges Honorar, das mir dafür gebühre, sogleich selber" (Cotta, Bd. XIII, 271 ff.).

Tatsächlich aber hatte Iselin an der Entstehung der ersten Teile sehr viel kontinuierlicher und direkter Anteil, indem er die ihm vorgelegten Abschnitte fortlaufend korrigierte und P. auch für die Weiterführung thematisch anleitete. Im *Schweizerblatt* hat P. Iselins Anteil bereits 1782 im wesentlichen richtig vermerkt, wenn er im Nachruf auf den toten Freund und Mentor am 15. August schreibt: „und wenn ich es je in meinem Leben sagen will, wie ich zu meinen zwei Volksbüchern <gemeint sind LuG und *Christoph und Else*> gekommen, so ist es recht, daß ich es jetzo sage, da ich auch in dieser Absicht meinem verstorbenen Freund so vieles schuldig." Dann heißt es weiter unter Betonung der wirtschaftlichen Zusammenhänge: „Und es lag Iselin und F... <Füßli> am Herzen, daß ich nach langen mich selbst verzehrenden Jahren endlich einmal Brot fände – und sie lenkten mich trotz allem, was sich in meinem Herzen dagegen empörte, dahin, daß ich mich überwand, so zu schreiben, wie ich damals auch Perüquen gestrählt haben würde, wenn ich damit Hilf und Trost für mein Weib und Kind hätte finden können. – So entstund mein erstes Volksbuch, und ein paar kleinere Aufsätze, die ich in einer solchen Lag schrieb, daß ich, um nicht Papier kaufen zu müssen, die drolligen Piecen zwischen die Linien alter überschriebener Rechnungsbücher, und zusammen gestochener Conti <...> hineinschrieb" (KA, Bd. VIII, 242 ff.).

Zugleich wird aber deutlich, daß nicht nur ökonomische Interessen und der Versuch, etwas Neues anzufangen, zur Entstehung des Romans führten, sondern auch Entdeckung und Erprobung der literarischen Form als Möglichkeit der Volkserziehung. Im selben *Schweizerblatt* schreibt P. dazu: „Iselin weckte den Gedanken, daß ich in meiner Lag notwendig habe Erfahrungen machen müssen, die mich in Stand stellen könnten, als Schriftsteller für das Landvolk zu arbeiten, zuerst in mir auf, und ich unterhielt mich sint langem oft mit ihm über die Natur des besten Volksunterrichts. Ich versuchte auch sint langem verschiedene Formen, aber lange befriedigte mich keine, ich fühlte, daß das Volk vor allem aus zuerst dahin geführt werden muß, sich selbst und seine Lag besser zu kennen <...> Ich sah, daß Geschichte und Bilder der einzige wirksame Stoff aller Volkslehre sein mußte, und ich dachte es seie möglich durch die Grundlagen einer für das Volk durch aus intressanten Geschichte dasselbe zu allen den Gesichtspünkten vorzubereiten, welche man ihm denn hernach mit aller Einfalt bestimmter und fest gesetzter Grundsätze vortragen könnte, und so entstand der Plan meiner 2 Volksbücher." Bei dem zweiten Volksbuch handelte es sich um *Christoph und Else*, mit dem P. die Hauptansichten von LuG, Teil I durch direktere Aussage und Diskussion verdeutlichen wollte. Er schrieb es anschließend an den ersten Teil des Romans. Dieses zweite *Volksbuch* wurde aber ein Mißerfolg, so daß P. sich wieder der Arbeit an LuG zuwandte. Im *Schwanengesang* heißt es dazu: „In diesem Zeitpunkt entfaltete sich in mir der Gedanke, ich könne die Gesichtspunkte, die, so wie ich sie in Christoph und Else darzustellen gesucht habe, so sehr mißfielen, durch einen Versuch der geschichtlichen Fortsetzung von Lienhard und Gertrud selber besser erreichen. Die drei spätern Teile von diesem Buche sind als eine bestimmte Folge dieses Vorsatzes, und in dieser Rücksicht, in Verbindung mit dem ersten Teil als eigentlich für die kultivierten Stände geschrieben anzusehen, da hingegen der erste Teil an sich von mir immer als ein von den andern gesöndertes, in die Hand der gemeinen Haushaltungen gehörendes Volksbuch betrachtet und behandelt worden ist" (Cotta, Bd. XIII, 280).

Iselin erlebte das Erscheinen von Band II nicht mehr, hat aber wesentlich die Richtung mitbestimmt, die dieser Erziehungs- und Gesellschaftsroman nahm. Einmal kritisierte er das Fehlen von Handlung in *Christoph und Else* und machte P. die Funktion literarischer Handlungen sowie die Notwendigkeit eines lebhaften Stils klar. Zum anderen verwies er den Autor auf die ökonomischen Probleme der Landbevölkerung. Im April 1781 reagierte P. darauf und schrieb zurück: „Das Wirtschaftliche des Baurenstands, welches Sie in Lienhard und Gertrud mangeln, soll Ihnen im zweiten Teil meines Versuchs nicht fehlen. Sowohl Lienhardts als des Humels Lebensart und besonders die von Arner veranstaltete Untersuchung, mit wem der Humel in Rechnung stehe, geben überflüssig Anlaß, diesen Gegenstand von verschiedenen Seiten anzuschauen und zu behandlen. Ich habe das Ganze meines zweiten Teils in eine gänzliche Umschmelzung gebracht, um es zur müglichsten Einfalt herabzustimmen, und werde Ihnen nächstens Proben einsenden"

(Sämtliche Briefe, Bd. III, 114f.). Für die Revision der Textgestalt fiel der Helfer allerdings schon beim zweiten und erst recht bei den folgenden Teilen aus, so daß sie in dieser Hinsicht merklich gegen den Eröffnungsband abfallen (vgl. K).

Nach einer Unterbrechung von mehr als zwei Jahren nahm P. Anfang 1784 die Arbeit an LuG wieder auf und erweiterte den Roman in den folgenden Jahren auf vier Teile. Ende Februar 1784 berichtete er dem Fabeldichter G. K. Pfeffel: „Vom dritten Teil von Lienhard und Gertrud ist der erste Entwurf fertig" (Sämtliche Briefe, Bd. III, 196). Der gedruckte Band III lag im Frühsommer 1785 vor. Die äußere Lage P.s hatte sich nicht verändert, denn er lebte weiter auf dem Neuhof und charakterisierte die Entstehungsumstände in der Vorrede mit der Bemerkung: „Geschrieben in meiner Einsamkeit". Über die mit der Fortsetzung verbundenen Absichten erfahren wir mehr aus P.s Briefen an den Grafen Carl von Zinzendorf, einem hohen Finanzbeamten am Wiener Hof. P. wollte der Romanhandlung nun doch noch eine stärkere theoretische Basis geben, andererseits aber auch andere Gesellschaftsschichten als die unteren Schichten einbeziehen. Am 1. Juni 1785 erklärte er Zinzendorf bei der Übersendung des neuen Teils, er trete „in selbigem nunmehr aus dem Kreis des häuslichen Lebens" heraus und fasse „die Grundsätze der Volksführung und Bildung im allgemeinen ins Aug", indem er die „Grundsätze der Schulen und der Religionslehr" entwickele. Für den letzten Teil nimmt sich P. vor, „auch die Gesetzgebung und Justiz in gleichen Gesichtspunkten ins Aug <zu> fassen und zu zeigen <zu> trachten, wie auch diese Seiten der Volksführung, insofern sie nicht den ersten Bedürfnissen des allgemeinen häuslichen Wohlstands untergeordnet sind, umüglich real simplificirt und wohltätig werden" können (Sämtliche Briefe, Bd. III, 215). Die Arbeit ging aber nur langsam voran, zumal wieder andere Buchpläne dazwischen traten. Erst im Frühjahr 1787 lag auch der Abschlußband gedruckt vor.

P. hatte die Hoffnung, durch die Einbeziehung verfassungsrechtlicher, politischer und höfischer Aspekte in den beiden letzten Teilen hochgestellte Leser und Gönner, besonders am Wiener Hof, zu finden. Sein Ruf als Schriftsteller war zwar in der Zwischenzeit gestiegen, doch fehlte es an einer praktischen Aufgabe und besonders finanzieller Unterstützung, um seine Einsichten in die Realität umzusetzen. Wie viele Zeitgenossen setzte er große Hoffnungen auf das aufgeklärte Fürstentum und appellierte an dessen Mitverantwortung bei der Reform der Schul- und Menschenbildung. Gegenüber Zinzendorf und anderen adeligen Persönlichkeiten erläuterte P. daher seinen Roman auch mit dem Zweck, eine direkte Verbindung zu Fürstenhöfen herzustellen und dort eine Anstellung oder wenigstens finanzielle Hilfe zu erhalten. Doch außer wohlmeinenden verbalen Reaktionen kam keine Zusammenarbeit zustande.

Außer den genannten persönlichen Bezügen bei der Entstehungsgeschichte des Romans LuG darf seine Einbettung in den europäischen Aufklärungsroman nicht unerwähnt bleiben. P.s Werk ist ohne den seit 1760 einsetzenden gesellschaftskritischen Roman in Frankreich und Deutschland nicht denkbar. Neben den schon erwähnten „Contes moraux" von J. F. Marmontel (1761) sind hier vor allem Rousseaus „Emile" (1762) und die deutschsprachigen Versuche der siebziger Jahre von F. Nicolai und J. K. A. Musäus zu nennen. Sie schufen erst den gattungsmäßigen und kritisch-reformerischen Horizont, aus dem heraus P. seinen Roman schreiben konnte. Wenn auch darüber vom Verfasser selbst wenig Aussagen vorliegen, ist doch der literarhistorische Zusammenhang in der Rückschau klar auszumachen. Freilich leistete P. einen durchaus eigenen Beitrag, indem er die bisher vorgestellten sozialen Bereiche um die Sphäre bäuerlichen und handwerklichen Lebens erweiterte und dabei seine eigenen Erfahrungen einbrachte. Den beschriebenen Lebensbereich befreite er zudem von der schäferlichen Überhöhung und Stilisierung, in dem er bis dahin gesehen worden war (vgl. noch das Fragment *Der kranke Pestalozzi an das gesunde Publikum* in Bd. II dieser Ausgabe).

D: *Lienhard und Gertrud. Ein Buch für das Volk*. Berlin und Leipzig, bey George Jakob Decker, 1781. (Teil I) *Lienhard und Gertrud. Ein Buch für's Volk. Zweyter Theil.* 1783. Frankfurt und Leipzig. (Teil II) *Lienhard und Gertrud. Ein Buch für's Volk. Dritter Theil.* 1785. Frankfurt und Leipzig. (Teil III) *Lienhard und Gertrud. Ein Buch für's Volk. Vierter und lezter Theil.* (Teil IV, Inhaltsverzeichnis fehlt)

Der Roman LuG ist in drei Fassungen überliefert, der vorliegenden von 1781–87, einer mittleren von 1790–92 und einer späten von 1818–20. Während die erste aus vier Teilen besteht, ist die Fassung von 1790–92 dreiteilig (zu einem vierten Teil liegen nur Entwürfe vor). Die letzte Version ist im Druck wieder vierteilig, endet aber inhaltlich mit dem Schluß des dritten Teils der Erstausgabe. P. hat noch erhebliche Vorarbeiten für einen 5. und 6. Teil der Fassung von 1818–20 durchgeführt. Die Manuskripte sind aber sechzehn Jahre nach seinem Tod verlorengegangen. Die letzte Version blieb ein Fragment. Die Herausgeber entschieden sich für den Wiederabdruck der Erstfassung, weil sie die folgenden Ausgaben an dichterischer Imaginationskraft, Ursprünglichkeit der Diktion und kritischer Schärfe übertrifft. Die Spätfassung mag in pädagogischer und philosophischer Hinsicht reifer und vielschichtiger sein, aber verstärkt gerade jene Züge des Werks, die ihren Romancharakter zunehmend in Frage stellen, nämlich die theoretisch-reflektierenden Teile, und schwächt demgegenüber die Figurenkonstellation und Plastik des Handlungsablaufs. Außerdem macht sich gerade hier das Fehlen der abschließenden Teile V und VI einschränkend bemerkbar, weil erst durch sie das Erziehungskonzept von LuG in einem systematischen Sinne zu Ende gebracht worden wäre.

Die mittlere Fassung leidet daran, daß sie allzu unverhüllt auf den praktischen Zweck abgestellt war, eine Anstellung bzw. Unterstützung des Wiener Hofs zu erreichen, und zwar nicht nur durch begleitende briefliche Interpretationen, sondern im veränderten Text selbst. 1790 war P.s Briefpartner Leopold, vorher Großherzog von Toskana, Nachfolger seines Bruders auf dem Wiener Kaiserthron geworden, so daß in der Tat eine reelle Chance für die weitgesteckten Pläne des Autors zu bestehen schien. P. verstärkte das aristokratisch-feudalistische Element des Romans, indem er das Volk von Hauptfiguren wie Arner als veränderungsunfähig und gefährlich erklären und den Hochadel zur Konterrevolution aufrufen läßt. „Es ist Zeit, daß Fürsten und Edle den Kampf beginnen, zu dem die Völker der Erde ihnen so allgemein den Handschuh darwerfen" (KA, Bd. IV, 464). Der peinliche Annäherungsversuch blieb erfolglos, sicherlich zum Vorteil P.'s. Am 16. November 1792 stellte er selbst resigniert fest: „Indessen wird „Lienhard und Gertrud" ein ewiges Denkmal sein, daß ich meine Kräfte erschöpft, den reinen Aristocratisme zu retten; aber meine Bemühung fand nichts als Undank zum Lohn, so weit, daß der gute Leopold noch in seinen letzten Tagen von mir als von einem guten Abbé St. Pierre redte. Kurz, wer sich nicht selbst helfen will, dem kann niemand helfen" (Sämtliche Briefe, Bd. III, 285).

Bei Teil I der Erstfassung kam es, wie bereits unter E angedeutet, zu zwei abweichenden Drucken beim gleichen Verlag Decker. Veranlassung war wohl P.'s Kritik an der Titelvignette des ersten Drucks, gestochen von dem bekannten Maler und Zeichner Daniel N. Chodowiecki. P. nahm Anstoß daran, daß die im Kupferstich dargestellte Szene – Rudelis Beichte seines Kartoffeldiebstahls am Totenbett der Großmutter – mit seiner Textschilderung nicht exakt übereinstimmte und nach seiner Ansicht auch nicht zum Haupttitel paßte. Der Verlag ersetzte daraufhin bei einem Zweitdruck das beanstandete Bild durch einen einfachen allegorischen Holzschnitt. Gleichzeitig wurden Druck- und Textfehler getilgt und in einer Reihe von Fällen Verbesserungen eingeführt, die vom Verfasser selbst stammen müssen. Jedenfalls hat P. diese ebenfalls 1781 erschienene Version von Teil I für seine weiteren Auflagen und Bearbeitungen benutzt. In unserer Ausgabe wird sie erstmalig wieder zugrunde gelegt, unter Benutzung eines Exemplars aus dem Pestalozzianum, Zürich. Obwohl ihr der seltene Druck ebenfalls bekannt und von ihr als der bessere anerkannt war, verfuhr die kritische Ausgabe unverständlicherweise umgekehrt und verwies die besseren Varianten in den Apparat (vgl. KA, Bd. II, 426ff.).

Für die folgenden drei Teile stand weder die bessernde Hand des pedantischen Ratsschreibers noch die Chance eines direkten Zweitdrucks zur Verfügung. So ging die Text- und Druckqualität auf der oberen Ebene der Sprachrichtigkeit bergab, und zwar in zunehmend fallender Kurve. Teils durch Druck-, Lese- und Textfehler, teils durch P.'s grammatische und stilistische Sorglosigkeit sind im Erstdruck von Teil II–IV zahlreiche Errata zu verzeichnen. Es handelt sich um Wortausfälle und -verdoppelungen, falsche Genera und Numera und eine Vielzahl von nicht systematisch zu erfassenden Fehlern anderer Art. Die folgende Liste beschränkt sich ausdrücklich auf Korrigenda unseres Texts gegenüber den Vorlagen. Für die Abgrenzung der als korrekturbedürftig anzusehenden Stellen wurden einerseits P.'s eigene Verbesserungsarbeit in den späteren Auflagen, anderseits die textkritisch üblichen Kriterien der Wort- und Satzrichtigkeit auf Grund immanenter Sinnprüfung und der Analogie innerhalb des vorliegenden Gesamttextes berücksichtigt und angewandt. Im allgemeinen ließen die angewandten Kriterien schlüssige Entscheidungen zu. Bei einem so regional und historisch bestimmten Text gibt es aber nicht wenig Fälle, in denen sich die Grenze zwischen Autorintention und Fehlerhaftigkeit nicht eindeutig ziehen läßt und wo wie bei den orthographischen Modernisierungen die Eigenart der Vorlagen erhalten wurde. Bei den Teilen II–IV wurde die Ausgabe aus der Fürstenberg-Bibliothek, UB Münster herangezogen. Dabei handelt es sich ebenfalls um einen abweichenden Druck gegenüber der von der kritischen Ausgabe verwendeten Vorlage (a-Ausgabe) mit meist bessernden Textabweichungen zahlenmäßig kleinen Umfangs. In diesem Fall handelt es sich mit großer Wahrscheinlichkeit um ein Exemplar mit sog. Preßkorrekturen, also mit noch während des Druckvorgangs vorgenommenen Verbesserungen im Satz. Dadurch können Exemplare derselben Auflage einen verschiedenen Textbestand aufweisen, ohne daß der Autor an diesem Vorgang selbst beteiligt war. Soweit die Ausgabe der Fürstenberg-Bibliothek bereits den besseren Text hat, brauchten wir nicht mehr bessernd einzugreifen und also auch keine Korrigenda zu verzeichnen. Auf die Aufnahme von echten Varianten aus den späteren Drucken und Handschriften wurde grundsätzlich verzichtet.

Literatur: Becker, Eva D.: Der deutsche Roman um 1780, Stuttgart 1964. – Gudjons, Herbert: Gesellschaft und Erziehung in Pestalozzis Roman „Lienhard und Gertrud", Weinheim 1971 (u. a. mit Fassungsvergleich der drei Ausgaben, S. 190–262). – Cepl-Kaufmann, G. / Windfuhr, M.: Aufklärerische Sozialpädagogik und Sozialpolitik. Zu Pestalozzis Erziehungsroman „Lienhard und Gertrud", in Internationales Archiv für Sozialgeschichte der deutschen Literatur II, 1977. – Maurer, G. L. v.: Geschichte der Dorfverfassung in Deutschland, Aalen 1961 (Neudruck).

Teil I

K: 19, 28 *fleißig* : *fleißg* 36, 30 *mehr* : *mehrere* 44, 2 *Lust!* : *Lust?* 50, 11 *reiner* : *reines* 59, 33 *flüssig* : *stüssig* 60, 21 *den* : *dem* 66, 16 *Marx* : *Marxt* 74, 28 *Marx* : *Marxt* 83, 28 *leider* : *leiden* 84, 15 *schwerers* : *schweres* 86, 28 *Fortsetzung* : *Frrtsetzung* 87, 2 *listig* : *lustig* 113, 37 *vor* : *von* 129, 30 *Maul auf* : *Maul* 142, 2 *Abschweifung* : *Ausschweifung* 144, 34 *Samstag* : *Sonntag* 148, 1 *so* : *s o* 158, 27 *Gesträuche* : *Geräusche* 159, 35 *klopften* : *klopfen* 171, 18 *Kindern* : *Kinder*

Teil II

203, 25 *einen Fluch* : *ein Fluch* 203, 34 *in gleicher Nacht* : *an gleicher Nacht* 205, 14 *von Bonnal* : *nach Bonnal* 214, 5 *So arm sie ist, so sollte* : *So arm man* ist, so sollte 223, 14 *so einer wie der Vogt ist etwas sage* : *so einer etwas wie der Vogt ist sage* 230, 36 *den Glauben* : *der Glaube* 233, 18 *einsmals* : *einmals* 239, 33 *eine, die sich* : *eine, die sie sich* 244, 26 *kannte* : *kennte* 245, 10 § 25 versehentlich doppelte Kapitelzählung 256, 5 *und solltest nicht noch ob etwas* : *und nicht noch ob etwas* 256, 6 *umgehen,* : *umgehen solltest*, 265, 10 *es ist mir, wie das letzte Jahr* : *es ist wie das lezte Jahr* 275, 33, § 42 : § 32 286, 4 *sie sind hier* : *sie sie sind hier* 287, 22 *Meineidaussage* : *Meyeid-Aussage* 291, 25 *von Wylau* : *von Wylan* 318, 32 *daß es heraufgekommen* : *daß er heraufgekommen* 319, 38 *das Wichtigste, das* : *das wichtigste, daß* 325, 1 *Über acht Tage* : *Uber acht Tage* 326, 12 *ihrer Frommkeit* : *ihre Frommkeit* 335, 40 *zu sehen."* : *zu sehen:"* 336, 20 *auf den Junker vermochte* : *auf dem Junker vermochte* 337, 29 *die erste Ursache, des vielen* : *die erste, des vielen* 338, 13 *daß er ihr abgestohlen* : *daß sie ihr abgestohlen* 338, 24 *das Mehr gehen (die Stimmen sammeln) ließ* : *das Mehr (die Stimmen sammeln) ließ* 339, 36 *nicht viel von ihnen reden* : *nicht viel von ihm reden* 349, 15 *mit diesen doppelt gut* : *mit diesem doppelt gut* 350, 29 *entrüstete* : *entrüsteten* 355, 12 *machen könnte* : *machen konnte* 356, 13 *machen könnten* : *machen konnten* 359, 41 *so müßte ich* : *so mußte ich* 362, 32 *der Schreiber von* : *der Schreiber mit ihm von* 363, 17 *glücklich* : *glüulich* 368, 33 *hat dem Vogt* : *hat den Vogt* 369, 34 *reinern und bessern Licht* : *reinen und bessern Licht*

Teil III

386, 5 *wert sei* : *werth sey?* 388, 5 *Gruß* : *Haus* 392, 30 *unter dem Pflasterkorb* : *unter den Pflasterkorb* 393, 7 *ihm denselben* : *ihm demselben* 395, 8 *sprang dann* : *sprang daun* 397, 36 *in der Ordnung* : *in der Ordnung* 399, 19 *viel Anken (Butter) gebe* : *viel Anken (Butter) sie gebe* 400, 21 *und ein Haar* : *und im Haar* 404, 2 u. 8 u. 19 *Rollenberger* : *Stollenberger* 405, 25 *das Mensch* : *daß Mensch* 413, 25 *lang vorgepredigt* : *lahm vorgepredigt* 413, 26 *jenes, daraus* : *jenes daraus, daraus* 413, 31 *wie einem Gaudieb* : *wie ein Gaudieb* 415, 2 *oder wenn* : *oder wenu* 420, 23 *wolle mir helfen* : *wolle mir helfen;* 421, 31 *Batzen danken.* : *Bazen danken:* 423, 1 *so schöne Batzen* : *so schön Bazen* 425, 6 § 22: versehentlich doppelte Kapitelzählung 428, 9 *dann dem armen Kind noch* : *dann dem armen Kind dann noch* 432, 17 *wie jedes* : *wir jedes* 436, 25 *Arnheims End.* : *Arnheims End?* 437, 13 *vom schlesischen Kommandeur* : *vom Schleisischen Kommandeur* 439, 6 *Meinungen* : *Meyuungen* 439, 11 *Dingen hatte* : *Dingen hatten* 440, 29 *herab, als* : *herab, und als* 440, 32 § 26: erneut doppelte Kapitelzählung 445, 17 *im Dorf brennte* : *im Dorf brannte* 446, 27 *kein Sinn* : *keinen Sinn* 447, 10 *wohl ist, wenn* : *wohl ist; wenn* 449, 38 *will geschweigen* : *weil geschweigen* 450, 12 *denk ich kein* : *denk kein* 451, 16 *Meinung* : *Meynung* 453, 34 *zuviel von ihm* : *zu viel an ihm* 456, 6 *schlafen konnte* : *schlafen könnte* 456, 11 *Lebensverheerung* : *Lebensverheernng* 458, 9 *zu sehen* : *zusehen* (öfters solche Zusammenschreibungen) 459, 4 *ordentlich* : *ordeutlich* 459, 34 *daß er es vergessen* : *daß er er vergessen* 460, 11 *dann* : *danu* 463, 14 *brennten* : *bernnten* 464, 8 *Har-*

schier : Haschier 472, 7 ich hab nichts : Ich hab nichs 472, 28 sehe ihn meiner Lebtag : sehe in meiner Lebtag 474, 18 auf dieses Gespräch hin : auf dieses Gespräch hier 476, 4 Wort, das : Wort, daß 479, 34 bald nach Mittag : bald Nachmittag 480, 31 daß es sich abschwächt : das sich abschwächt 484, 16 § 49 : § 48 487, 13 antworteten sie : antwortete sie 492, 36 Kindern? : Kindern. 501, 41 meinen Kindern ihren Vater : meiner Kindern ihrem Vater 508, 22 küssest doch : küssest doch doch 508, 28 fragte ihn wieder : fragte ihr wieder, 511, 20 was du uns. : was du uns? 511, 37 meinen lieben Junker, und meinen lieben : mein lieber Junker, und mein lieber 512, 4 für wen : für wenn 512, 28 so würde : so wurde 512, 35 vorgetragen werden : vorgetragen werde 515, 12 zeigte in denselben : zeigte in demselben 519, 12 den Nachmittag : denn Nachmittag 521, 9 Not und Armut : Noth und Armuh 527, 27 Angstschweiß : Anstschweiß 530, 15 Zahlenverhältnisse : Zahlenverhältniß 533, 6 Lieutenant : Lieutenaut 533, 8 gibt's nichts : giebt nichts 533, 24 ihre Strafe : ihre Srafe 534, 30 antreffen würde : antreffen wurde 537, 35 er sei am : es sey am 553, 20 Hübelrudi : Hubelrudj 557, 28 aber jetzt : aber jeh 561, 2 werde – : werde. – 572, 40 dem mehreren Wert : dem mehrerem Werth 578, 2 Torheit, die Lehre : Thorheit. Die Lehre 579, 14 dem Menschen : den Menschen 582, 21 dein Vater : dein Bater

Teil IV

587, 24 mußten berührt : müßten berührt 587, 32 Endzwecke : Enzwecke 589, 11 unserm Menzow : unsern Menzow 591, 38 einigem Staunen : einigen Staunen 597, 16 Bylifskys Briefe : Bylifskys Brief 599, 14 das Joggeli : des Joggeli 601, 8 Jäger hätte : Jäger hatte 601, 16 einer Komödie : eine Komödie 604, 23 einer Ordnung : eein Ordnung 606, 23 Niggelspitz : Näggelspitz 610, 21 sie würden : sie wurden 611, 35 gute Nacht : gutes Nacht 614, 23 Leiter Bylifskys : Leiter Bylifsky (fehlendes Genitiv-s öfters) 624, 8 von des Arners : von von des Arners 629, 36 Heute hätte : Heute hatte 635, 34 nicht wieder : nicht wie, der 635, 41 aufzuwiegeln. – : aufzuwiegeln – 637, 31 reiner Vorteil : reinen Vortheil 638, 19 in Menschen mit Gott, und in Menschen ohne Gott : im Menschen mit Gott, und im Menschen ohne Gott 658, 29 nachzurufen : nachgerufen 659, 22 Und die Strafe : Und der Strafe 661, 10 seit einiger Zeit mehr : seit einiger mehr 662, 39 Glück des Menschen : Glück der Menschen 667, 22 brüstete : drüstete 669, 25 Bürgerlichkeitsmodels : Bürgerlichkeitsmodel 669, 33 ungehemmt : ungehemm- 670, 10 wozu ihn alle : wozu ihm alle 670, 17 gelangen zu können : gelangen können 670, 40 zu bedächtlichen : zu einem bedächtlichen 671, 3 Menschen zu machen sind : Menschen zu machen 671, 13 und wie : nnd wie 671, 27 und im Gegenteil : Und im Gegentheil 675, 8 Schloßeifer mit ihnen : Schloßeifer mit ihm 676, 29 es ist keine Sünde : es ist Sünde 678, 10 da kommen : da können 678, 35 hineinbringen : hineinbringe 681, 9 so habe sie auch : so haben sie auch 681, 11 so gehe sie dann : so gehe dann 688, 6 nicht wahr : nicht wuhr 696, 13 Türennagel : Thürenangel 698, 16 wenn sie nur gut : wenn Sie mir *gut* 699, 1 *Itte: Ita* 699, 34 *also niedergebogen : als niedergebogen* 707, 7 *Betbuch : beste Buch* 708, 22 *Arner versucht, sein Volk : Arner sein Volk* 710, 12 *den kleinsten : dem kleinsten* 711, 31 *Geduld anderen : Geduld anderer* 719, 21 *ihrer Rechtsamen : ihrer Recht amen* 720, 2 *als unmöglich machen : als möglich machen* 722, 20 *er müsse das : es müsse das* 722, 39 *Eigentumsrechts : Eigenthumsrecht* 723, 41 *um sich die : um sich der* 725, 10 *künftigem Streit : künftigen Streit* 729, 30 *Billigkeitsgefühls : Billigkeitsgefühl* 730, 13 *Rechtsgangs : Rechtgangs* 730, 30 *ob der Ursache : ob die Ursache* 730, 33 *Vorbeugungsmittels : Vorbeugungsmittel* 731, 19 *Verhütungsmittel bei den : Verhütungsmittel den* 732, 24 *der Gewalt : des Gewalts* 733, 8 *als dem wahren : als es dem wahren* 733, 9 *und es überhaupt : und überhaupt* 736, 38 *Ausbrüche desselben : Ausbrüche derselben* 737, 19 *Galeeren : Galeen* 738, 3 *es ist sein : es ists sein* 744, 27 *in diejenigen Schranken : in derjenigen Schranken* 745, 4 *der Erschlappung : die Erschlappung* 745, 34 *wundgequetschtem Arm : wundgequetschten Arm* 746, 3 *nahm ihn mit : nahm ihm mit* 746, 9 *Verdienste : Verstienste* 747, 13 *Wogen brausend : Wogen rausend* 747, 41 *Durch dich : Dnrch dich* 748, 36 *vervollkommnen : vervollkommen* 749, 26 *und der ihn : und die ihn* 750, 3 *die Menschen : den Menschen* 750, 9 *wider die Menschen : wider den Menschen* 750, 36 *die Fahnen : die Fahne* 754, 19 *beim schwärmerischen : beym schwärrischen* 755, 3 *veränderten : veränderte* 755, 13 *den Menschen : den Menschrn* 757, 17 *Mütter, deren : Mutter, deren* 757, 30 *aller wahren : aller wahre* 757, 40 *Dorfsunterrichts : Dorfs-Unterricht* 758, 11 *abwartete, von : abwartete, und von* 758, 30 *Erfüllung seiner : Erfüllung seines* 758, 34 *entgegenarbeitete : entgegen arbeite* 758, 36 *der Kirchen : den Kirchen* 759, 20 *Prüfung eines Pfarrers am : Prüfung eines am* 760, 20 *das Haus und die Habe : das und die Habe* 760, 21 u. 23 *daß Gott : das Gott* (zweimal) 763, 13 *Hausordnung : Hausorduung* 765, 4 *Versprechen, daß : Versprechen, das* 766, 5 *dem Durstigen : den Durstigen* 766, 15 *und als er zu : und als zu* 766, 38 *dem Wunsch : den Wunsch* 766, 41 *haben könnte : haben könnten* 767, 24 *auf dem : auf den* 767, 29 *betriebsam machte : betriebsam machten* 768, 3 *zu vielem Vorhergehenden : zu vielen vorhergehenden* 768, 14 *niederer Menschen : niedern Menschen* 769, 28 *amtlichen Rechnungen : Amtlichen-Rechnungen* 770, 35 *bodenzins- zehnten- und steuerfrei : Bodenzins, Zehnden- und Steuerfrey* 772, 14 *übernächtigem : übernächtigen* 772, 19 *ist in den Geschäften : ist den Geschäften* 772, 21 *gesehen, das : gesehen, daß* 772, 27 *einem Dorf, als Dorf : Dorf, als Dorf* 772, 31 *jeden einzelnen : jedem einzelnem* 774, 12 *des Wohlstands : des Wohlstand* 774, 35 *verbunden : verbanden* 775, 26 *ihre Ersparnisse : ihrer Ersparnisse* 775, 37 *das Äußere des Spitals : das Aeußerste des Spitals* 776, 9 *etwas anders : etwas andens* 778, 21 *hineinbringen : hieinbringen* 780, 6 *mit eigener hoher Hand : mit eigener hohen Hand* 781, 8 *der Zusammenhang : den Zusammenhang* 781, 13 *Zusammenlegen : Zusammlegen* 781, 30 *lästete : lastete* 782, 25 *hindern konnte : hindern konnten* 784, 8 *Pfropfreis : Propfreiß* 784, 14 *anziehen mußten : anziehen müßten* 785, 16 *behauptete : behaupte* 785, 33 *ob der : obs der* 786, 10 *müßte die Menschheit : mußte die Meschheit* 786, 12 *müßten die* : *mußten die* 787, 33 *sicherer sein* : *sicher seyn* 788, 16 *wird schon* : *wird schon schon* 791, 6 *den Herzog* : *dem Herzog* 791, 16 *seit Jahren* : *seit Jahre* 792, 17 *darstellen* : *darzustellen* 793, 21 *das Triebrad* : *dem Triebrad* 795, 11 *noch niemand* : *doch Niemand* 796, 19 *daß dieses* : *daß diese* 797, 2 *Upharsin* : *Uphrasin* 797, 4 *Es streite* : *Er streite* 798, 6 *will geschweigen* : *weil geschweigen* 798, 15 *die sie zu so etwas* : *die zu so etwas* 799, 25 *nach diesem Plan* : *nach diesen Plan* 800, 29 *die Ihrigen* : *den ihrigen* 806, 10 *dasselbe verwildernden Verwirrung in* : *dasselbe verwilderten Verwirrung in* 807, 12 *Volks einen* : *Volks einer* 808, 34 *bringen das* : *bringe das* 809, 22 *und lieber* (vermutlich zu ergänzen) *seine Einbildungskraft braucht* : *und lieber braucht* 809, 41 *Sukzession* : *Sceßsion* 810, 21 *hin nicht vernachlässigen* : *hin vernachläßigen* 813, 1 *machte er endlich* : *machte endlich* 813, 9 *einer* : *einee* 814, 16 *Verlust* : *Verlurst* 814, 35 *die Menschen* : *den Menschen* 814, 40 *sicherer und glücklicherer* : *sicherer und unglücklicher* 815, 21 *wuchere* : *Wuchern* 815, 25 *geworfen werden* : *geworfen werde* 815, 29 *im ökonomischen Vorschritt aller Menschen* : *in ökonomischen Vorschritt, alle Menschen* 815, 33 *inmitten unter sich häufendem Menschenelend* : *im mitten unter sich häufenden Menschen Elend* 816, 14 *Vernachlässigung* : *Vernachlässigungen* 816, 31 *sie wüßten* : *sie wußten* 816, 34 *müßte* : *müßten* 817, 29 *brav –* : *brav. –* 818, 1 *könnten, wie es* : *könnten, es* 818, 5 *es seie* : *es seyen* 818, 26 *schuldig seie* : *schuldig seyen* 819, 9 *noch von* : *noch vor* 819, 39 *ihre Ställe* : *ihr Ställe* 820, 8 *wenn etwas* : *wenn et-* 821, 40 *Umständen* : *Umständen.* 825, 34 *Bonnals Schule* : *Bonnalsschule*

Teil I

A: Titel *Lienhard und Gertrud*: Der Titel ist auf die ersten beiden Teile des Romans zugeschnitten. Für die Schlußteile trifft er nicht mehr zu, wurde aber wegen der Kontinuität von Handlung, Ort und Zeit vom Autor beibehalten. Als Urbild Gertruds gilt Elisabeth Näf (1762–1836), die langjährige und umsichtige Haushälterin P.'s seit der Neuhofer Zeit.

5 *Die heilige Schrift*: freie Wiedergabe eines Zitats aus M. Luthers „Vorrede auf den Psalter". – *Es waren unter den Völkern*: das Rabbinerwort ist eine Erfindung P.'s, worauf er in einem Brief an Iselin selbst hinweist (Sämtliche Briefe, Bd. III, 101).

6 *Hornung*: Februar.

9 *ein alter angesehener Einwohner von Bonnal*: taucht entgegen der hier geäußerten Erzählerkonzeption nur noch dreimal auf (Teil I, § 61 und II, §§ 1 und 63). – *verschupft*: hin- und hergestoßen. – *Mittwochen vor der letzten Ostern*: Aus verschiedenen Zeitangaben läßt sich als Handlungszeit für Teil I die Zeit von Mittwoch, 15. März, bis Dienstag, 21. März 1780 ermitteln. Sie entspricht dem tatsächlichen Kalender.

12 *Arner*: neben Vincenz Bernhard Tscharner (1728–1778), einem Freund Bodmers, regte Niklaus Emanuel Tscharner (1727–1794) P. zu dieser Figur an (man beachte den Namensanklang). Beide waren durch die gemeinsame Mitgliedschaft in der Berner Ökonomischen Gesellschaft mit P. bekannt. Während Niklaus Emanuel Tscharner P. durch seine Erfolge in der praktischen Landreform – er verwaltete 1767/73 die nahe dem Neuhof gelegene Landvogtei Schenkenberg – vorbildhaft schien, lag der Einfluß seines Bruders hauptsächlich in dessen nationalökonomischen und agronomischen Publikationen; vgl. etwa sein Lehrgedicht „Von der Wässerung" (1761) mit ähnlichen Bemühungen Arners, Teil II, § 25. – *Hummel*: als Anregung für den ersten Vogt des Romans gilt der Metzger und Wirt Heinrich Märki (1723–1784), mit dem P. vergleichbare Erfahrungen machte wie die Bonnaler Bauern. Er wird hier als Vogt, genauer als Untervogt bezeichnet, da sich seine Herrschaft nur auf ein Dorf bezieht. Eine genauere Funktionsbeschreibung des Untervogtamtes fehlt hier. Der Untervogt wurde vom Landvogt bzw. Obervogt, hier Arner, eingesetzt, wie auch die weitere Handlung zeigt.

17 *Vorgesetzten*: Es handelt sich um Angehörige des Kirchengemeinderats, die seit der Zwinglianischen Reform für kirchliche und weltliche Dorfangelegenheiten zuständig waren. Wegen ihres besonderen Platzes in der Kirche wurden sie auch Chorrichter, wegen der Angewohnheit, nach dem Gottesdienst mit dem Pfarrer zu Besprechungen zusammenzustehen, auch Stillstänter, wegen des alljährlich zu wiederholenden Amtseides auch Geschworene, wegen ihrer Aufsicht über Ehezucht auch Ehegaumer, wegen ihrer allgemeinen Kompetenzen im Bereich des Familienschutzes, des Schul- und Fürsorgewesens auch Sittenrichter genannt, vereinfacht auch Richter oder Dorfmeister.

20 *Gemeind*: Versammlung des Gemeinderats, dessen Funktion in den ersten beiden Teilen von LuG sehr gering ist.
22 *Weinkäufen*: Umtrunk nach abgeschlossenem Geschäft.
24 *den Schild in der Herrschaft*: Ursprünglich gehörte das Wirtsrecht zu den Freiheiten der Dorfmarkgenossenschaft, fiel aber mit zunehmender grundherrlicher Macht an den Großgrundbesitzer. Nach Teil II, §§ 57 und 69 kaufte Hummel das Wirtsrecht. Hier kündigt sich der Rückfall des Rechts an Arner an.
25 *Barthaus*: Friseur. – *Saublatter*: Schweinsblase. – *dreimal geschwefelten*: besonders schlechter Wein, der durch Schwefelung von der fälligen Gärung abgehalten wird.
26 *von allen Zwölfen*: in Abweichung vom klassischen Dekalog die zwölf Gebote. In der reformierten Kirche der Schweiz galt das Bilderverbot als zweites Gebot, wie im nachfolgenden Gespräch deutlich wird. – *Der erste Artikel seines Glaubens*: in Anlehnung an das 1. Gebot: Ich bin der Herr dein Gott.
27 *Weibel*: ursprünglich untergeordneter Gemeindedienst als Bote (Vorladungen, Vollzug der Gemeindebeschlüsse). Entspricht dem Büttel bzw. Schergen außerhalb der Schweiz. Sie wurden in der Regel von der Gemeinde gewählt, hier allerdings vom Grundherrn bestimmt. Die Funktion konnte zur Machtposition im Dorf ausgebaut werden, wie das Verhalten Hummels als Weibel beweist (vgl. Teil II, § 69). – *Vikari*: Pfarrhelfer, noch aus der Zeit des Vorgängers von Pfarrer Ernst.
28 *Audienz*: Gerichtstermin beim Grundherrn Arner. – *auf Michaelis*: 29. September.
29 „*Es klagte und jammerte*: eine der von P. selbst stammenden Fabeln (vgl. dazu Bd. II, *Figuren zu meinem ABC-Buch*).
30 *Tuch mit den zwo Farben*: die Amtstracht des Vogts, ein zweifarbiger Mantel in den Kantonsfarben (vgl. Teil I, § 57).
31 *zween hinab*: Mit den nach unten gestreckten Fingern glaubt man den Eid wieder aufheben zu können. – *Spitzhosen*: die unter dem Knie gebundenen Hosen der Städter im Gegensatz zu den weiten Bauernhosen (vgl. P.'s Anm. in § 11).
32 *abgeschlagen*: im Preis heruntergegangen. – *Meister Urias*: Bezeichnung für Hummel, entweder nach dem Teufel Urian oder dem hinterlistigen Uriasbrief in 2. Samuel 11, Vers 14 ff. (vgl. Teil I, § 28 und Teil II, § 69).
33 *Kalfakter*: Schmeichler, Nichtstuer.
34 *Und wär er noch so hoch am Brett*: an hoher Stelle in der sozialen Hierarchie.
35 *Hinderhut*: Nachhut.
36 *Umgeld*: alte indirekte Steuer auf Korn, Vieh und andere Waren, auf Märkten erhoben.
39 *Bestich*: Verputz.
40 *Schwendibruch*: Steinbruch auf einer abfallenden Wiese.
43 *Der du von dem Himmel bist*: „Wanderers Nachtlied" von J. W. von

Goethe mit einigen Textabweichungen. Komposition von Ph. Chr. Kayser mit dem nicht mehr gebräuchlichen Diskantschlüssel.
45 *Drutscheli*: Koseform für Gertrud.
47 *Kreuzer*: 1 Kreuzer = 4 Pfennig zu je 2 Hellern.
49 *Hafen*: Topf.
50 *im Schachen*: im Flußtal. – *Mattenbühl*: zwischen Wiesen liegender länglicher Höhenzug. – *des Siegristen Sohnsfrau*: verwandtschaftliche Verhältnisse widersprechen sich in diesem Fall. Eine Unstimmigkeit auch in bezug auf Grittes Vater. Siegrist = Küster.
52 *Harschierer*: Gendarm.
53 *Brunnenmatte*: Wiese mit Quelle.
57 *Anken*: Butter.
58 *Ich weiß, daß mein Erlöser lebt*: Hiob 19, Vers 25–27.
59 *die zwei Betbücher*: Widerspruch, bisher war nur von einem Gebetbuch die Rede.
60 *Fürtücher*: Schürzen. – *flüssig*: eitriger Hautausschlag am Kopf. – *Strehlen*: kämmen.
66 *Kunkel*: Teil des Spinnrads. – *Batzen*: Silbermünze im Wert von 4 Kreuzern. Hier im allgemeinen Sinn als Geld gebraucht.
71 *Mit den Pietisten im Dorf*: Der Pietismus setzte sich in der Schweiz im 18. Jahrhundert nur langsam durch, so daß die Pietisten hier noch als Sondergruppe im Dorf erscheinen.
72 *Bühne*: Dachboden zur Heulagerung.
73 *Josephstag*: 19. März, hier gleichzeitig Palmsonntag.
75 *Karst*: Hacke. – *verganet*: finanziell ruiniert, gepfändet.
76 *von einer frommen Fresseten*: von einem Essen bei frommen Leuten.
77 *Israelit*: mit pharisäerhaftem Wesen. – *Wochenbrot*: Brot, das die Armen der Gemeinde einmal wöchentlich zugeteilt erhielten. Armenpflege war Pflicht der Gemeinde, seit die Reformation sie den Klöstern als allein Zuständigen abgesprochen hatte (Beschluß von Baden/Schweiz 1551/63). – *Dingpfenning*: Handgeld bei der Einstellung. – *nähig*: näherte sich der Entbindung. – *Haftgeld*: synonym mit Dingpfennig.
78 *Gotten*: Patin.
80 *Heuet*: Heuernte.
81 *es ist heiliger Abend*: Gemeint ist hier der Abend vor Palmsonntag.
85 *Halseisen*: eiserner Halsring zur Durchführung der Prangerstrafe. – *Mamelucken*: zur Herrschaft gelangte ehemalige türkische Sklaven, die sich oft durch ihren verleumderischen, verräterischen Charakter auszeichneten. – *Rodel*: Liste, Verzeichnis. In der Schweiz gewinnen sie besondere Bedeutung zur Fixierung von Rechtsnormen und individuellen Pflichten der Bauern. Sie tauchen in LuG in Form von Bußlisten, Gemeindelisten und Geschäftsbüchern auf.
86 *eine Garbe vom Zehenten für die Maß*: Die Bonnaler wollen vom Zehnten, den sie an Arner abführen müssen, so viel Getreidegarben zurückbehalten, wie sie von Hummel Weinmaße ausgeschenkt bekommen.

90 *Hogarth*: William Hogarth (1697–1764), englischer gesellschaftskritischer Maler und Zeichner. – *Grabstichel*: Werkzeug zum Gravieren und Kupferstechen. – *Bildern des Müßiggangs*: In der Literatur des 18. Jahrhunderts war außerhalb des aufklärerischen Romans die Darstellung des Berufslebens noch nicht üblich.
 99 *juckt jetzt vom Ort auf*: springt auf.
105 *O Mensch! bewein'*: evangelisches Kirchenlied von Sebald Heyden (1494–1561), noch jetzt im ev. Kirchengesangbuch (Nr. 54).
106 *serbet*: kränkelt.
110 *dienete zu*: Die Assistenz beim Abendmahl gehörte zu den Amtspflichten des Vogts und der Vorgesetzten. In Teil IV, § 44 dient die Ausweitung dieses Rechtes auf die unwürdigen Glieder der Gemeinde zur Beschreibung des gesellschaftlichen Niedergangs.
111 *Einst einem Annas*: Apg. 5, Vers 1–10 (der richtige Name lautet Ananias).
112 *Lichtstubeten*: spätabendliche Treffen der unverheirateten Dorfjugend zum Unterhalten oder Spinnen. – *Hexe von Endor*: vgl. 1. Sam. 28, Vers 7 ff. – *Stiergefechten in Mastricht*: wohl Madrid gemeint.
114 *Wassermatten*: im Gegensatz zur Brunnenmatte künstlich bewässerte Wiesen. – *Gillenbehälter*: Jauchefässer.
115 *Fronfasten*: vierteljährlicher kirchlicher Fasttag, an dem auch die Fron, die Abgabe, fällig war (siehe auch Teil I, § 66 und Teil III, § 71).
116 *Pfarrer*: Das Vorbild für Pfarrer Ernst ist der Pfarrer Johannes Fröhlich (1714–1784), der zehn Jahre in unmittelbarer Nachbarschaft von P. während der Neuhofzeit amtierte und mit ihm befreundet war (einfache Umkehr des Namenssinnes: Fröhlich/Ernst).
119 *Abigailsrat*: vgl. 1. Sam. 25. – *Jastpulver*: Mittel gegen starke Erregungszustände.
122 *Kamisolsack*: Jackentasche. – *obrigkeitliche Markstein*: Abgrenzung zum Gebiet des Herzogs, in dem der Besitz Arners liegt.
129 *Heireli*: erweist sich erst in Teil III, § 11 als eines der Kinder des Rudi. Insgesamt sehr verwirrende und teilweise widersprüchliche Bezeichnung der Kinder Rudis. Im Teil I wird von 4 Kindern, in Teil III von 7 Kindern gesprochen. Auch über die Namen schien P. keine exakten Vorstellungen gehabt zu haben.
136 *polnischen Bären*: Tanzbär, beliebte Jahrmarktserscheinung.
141 *Mietlinge*: müde, geplagte Menschen. – *das Ordinari*: gewohnte Portion Fressen.
150 *Irte*: Rechnung, Zeche.
154 *Gewaltsschein*: Hausdurchsuchungsbefehl.
156 *ungesönderten Sorten*: verschiedenartige Geldsorten. Im Roman selbst kommen verschiedene Münzsysteme vor; das entsprach der damaligen mangelnden Einheitlichkeit der Währung in bezug auf Herkunft und Prägung.
158 *Scheinholz*: phosphorisierendes faulendes Holz.

159 *frisch Brot*: galt als Schutzmittel gegen den Teufel.
160 *Windlicht*: hier und in den nachfolgenden Berichten ist unterschiedlich von nur einem oder mehreren Windlichtern die Rede. – *Harzer*: Harzsammler.
176 *Aspe*: Espe. – *an die Gemeinde zu läuten*: zur Gemeindeversammlung läuten.
179 *Präsumptionen*: Anmaßungen.
187 *Gemeindeweide*: synonym mit Allmend. Die Gemeindeweide war im Besitz der Gemeinde und wurde anfangs von den begüterten Bauern auf Grund von Absprachen gemeinsam genutzt. Mit der Verteilung der Allmend an die Besitzlosen des Dorfes folgt Arner einem Zug der Zeit zu größerer Gleichmäßigkeit des Besitzes (Einfluß der Berner Ökonomischen Gesellschaft und der Publikationen von Vincenz Bernhard Tscharner auf P.). Die Besitzstruktur verändert sich vom genossenschaftlichen zum individuellen Besitz.
190 *Möchten die Steine*: vgl. 1. Könige 18.
191 *den kleinen Zehnten*: galt für Obst und Gartengewächse im Unterschied zum großen Zehnten, der vom Korn abgeführt wurde. Der kleine Zehnte war bisher gegen eine Pauschalsumme verpachtet.
192 *am Freitag gestorben*: tatsächlich am Samstag.
194 *Pfrundstall*: Stall, der zum Pfarrhaus, der Pfrund, gehört.

Teil II

201 *Dem Schatten Iselins*: Isaak Iselin (1728–1782), Baseler Ratsschreiber und Autor historischer und philosophischer Schriften hatte P. maßgeblich gefördert. Gegen eine Widmung des ersten Teils hatte sich Iselin verwahrt (vgl. E).
203 *am gleichen Abend*: 21. März 1780, Dienstag nach Palmsonntag.
205 *Juheienvolk*: leichtlebiges Volk.
206 *Tobel*: Waldschlucht.
210 *Richter am Stab*: Stab als altes Rechtssymbol.
211 *Bettstück*: Oberbett.
212 *dicken Bäuch*: Die reichen Bauern im Dorf würden eine Möglichkeit suchen, alles verborgen zu halten. – *Hauptwörter des Christentums*: Gemeint sind die wichtigsten Glaubenssätze aus der Theologie, die zur Kontrolle des Pfarrers mitgezählt werden.
214 *Schoders*: Schwiegereltern Rudis.
217 *Feirabend. Feirabend*: nicht identifizierbarer Text. Könnte P.'s Praxis entsprechend selbstverfaßt sein. – *Ringen*: Schnalle.
218 *Katzenschwanz*: Kinderspiel, wobei die Teilnehmer einem Anführer über alle Hindernisse folgen müssen.
220 *hauslichen*: geizigen.
221 *zwischen Feuer und Licht*: in der Dämmerung, wenn das Herdfeuer er-

KOMMENTAR 885

loschen ist und die Lampen noch nicht angezündet sind. – *Kilchhöri*: Kirchengemeinde.
223 *Krone*: 25 Batzen. – *Gauch*: Narr.
224 *Kühreien*: Lied beim Austreiben der Herde. – *Läden zu Flintenschäften*: Holz für Gewehre.
225 *Nachbauren*: Nachbarn.
227 *Tagloch*: Dachluke. – *hinkender Bot*: schlechte Nachricht.
228 *hudelten*: schimpften aus.
229 *Doktor Treufaug*: kein unmittelbarer Anreger feststellbar, aber als Typ des Kurpfuschers für die Lage der Medizin im 18. Jahrhundert bezeichnend. – *einen so großen Brauch*: so viel Hausrat. – *Doublonen*: spanische Goldmünze im Wert von 2 Louisdor. – *papierenen Gutsche*: briefliche Todesanzeige.
230 *Kapuziner*: damals beliebte Teufelsbeschwörer.
231 *spuhlte*: schnurrte.
232 *raumte*: raunte.
234 *Mein Mann heißt Nabal*: vgl. 1. Sam. 25, Vers 25.
235 *besitze dich*: beherrsche dich.
236 *Fürfell*: Handwerkerschürze. – *Heutille*: Heuboden.
240 *Verteilung des Weidgangs*: vgl. Anm. zu Teil I, 187.
243 *O Gott! du frommer Gott*: Lied von Johannes Heermann (1585–1647), barocker Kirchenlieddichter.
244 *Die Arbeit Arners*: Bewässerungsfragen spielten in der damaligen Literatur eine wichtige Rolle, vgl. außer Tscharners Lehrgedicht „Von der Wässerung" auch H. K. Hirzels Schrift „Die Wirtschaft eines philosophischen Bauers" (1761). – *Bachpungen*: Sumpfdotterblumen.
245 *Daubrose*: Pfingstrose.
252 *Pfiff*: Krankheitsursache.
254 *Jobs bot*: Hiobsbote, vgl. Hiob 1, Vers 14.
257 *Tause*: Bottich.
261 *Riestern*: hinter der Pflugschar befestigtes Brett zum Umlegen der Erdschollen.
265 *Emd*: zweite Heuernte.
266 *hinterstellig*: zurückgestellt.
271 *sturm*: schwindlig. – *Ried der Gemeind <...> Frondienste*: Die Vorgesetzten manipulieren die Gemeindeabrechnung, indem sie Frondienste und Unkosten eintragen. – *Taunern*: Tagelöhner, sozial unterste Schicht im Dorf.
275 *Waagkengel*: Balken der Waage.
278 *die Vorgesetzten alle*: Arner beruft aus den Mitgliedern des Kirchengemeinderats und den begüterten Bauern eine 17köpfige Gemeindeversammlung.
281 *Bännen*: Karre. – *Kirchmeier*: Verwalter der Kirchen- und Schulklasse, Mitglied des Kirchengemeinderats. – *Saum*: Flüssigkeitsmaß.
290 *Schuh*: Längenmaß.

291 *Kilchgaß*: Gasse zur Kirche.

293 *Der Geschworne*: Die hier mitgeteilte Liste der Schuldigen weicht von derjenigen am Ende von § 46 in Details und Namensformen ab. P. zitiert sich nicht genau und führt neue Namen für dieselben Personen im Roman ein (Morlauer statt Moosbauer).

294 *ins Kaiserliche*: Österreich.

299 *fl.*: Abkürzung für Florin = Gulden. – *Juchart*: Joch = ca. 1 Morgen. – *bz.*: Abkürzung für Batzen.

301 *Mann auf dem Brunnenstock*: Brunnenfigur bei der Kirche, Teil IV, § 44 ein „Harnischmann".

302 *zog izt die Tür auf*: Tür ohne Außenklinke, wird durch Drahtzug vom 1. Stock aus geöffnet.

313 *Wenn euere Gerechtigkeit*: vgl. Matth. 5, Vers 20.

315 *Weilen doch über den*: freie Bearbeitung der vierten und fünften Strophe des „Abendgesangs" von J. W. Simler (1605–1672), Schweizer Autor von geistlicher und didaktischer Literatur.

316 *trölerisches*: prozeßanstiftend.

318 *Lachsnen*: zaubern.

320 *Das zerkleckte Rohr*: vgl. Matth. 12, Vers 20. – *Heumonat*: Juli.

322 *Schlangentreter*: P. übernimmt die messianische Umdeutung von Genesis 3, Vers 15, die auch für die ev. Auslegungstradition bekannt ist. – *schmürzten*: verbrannt riechen.

323 *Schullohn*: Der Lehrer war Angestellter der Gemeinde und wurde durch sie und durch Abgaben der Schüler bzw. der Eltern entlohnt. – *Stoßbahre*: Schubkarre.

326 *Schloßholzes*: zum Schloß gehörender Wald. – *Nachtschneiden*: nächtliches Mähen und Ernten, teils zum Vorteil, teils zum Schaden der Besitzer, wie zuvor beschrieben. – *Amtsuntervogt*: rechtlich gesehen sind die Bezeichnungen Amtsuntervogt und Untervogt gleich. Der Zusatz „Amts" verweist auf die Abhängigkeit des Vogts vom Grundherrn.

327 *Scharlachwams und Sammetbändel*: Durchbrechung der üblichen Kleiderordnungen (vgl. Teil IV, § 44).

328 *Ding du z'Krieg*: sich in ein Söldnerheer anwerben lassen.

329 *Totenwecker*: Gott im jüngsten Gericht. – *zum Gegensatz*: als Gegenwert.

331 *Igel im Hag*: entspricht dem Sprichwort: Hase im Pfeffer.

332 *Gant*: Versteigerung.

334 *Bußenrödeln*: Straflisten, die Arner als Gerichtsherr führt.

335 *Kundsame*: Kundschaft.

337 *Zehentverleihung*: war eine offizielle Handlung, in der der Grundherr den ihm zustehenden kleinen Zehnten gegen eine Abfindungssumme verpachtete (siehe Anm. zu Teil I, 191).

338 *Holz*: Vollmitglieder der Gemeinde hatten das Recht, das notwendige Bau- und Brennholz im Gemeindewald zu schlagen, allerdings nur mit

KOMMENTAR

Zustimmung der Gemeinde. Diesem Vorgang unterlag auch der Vogt.
– *Zeugsame*: Zeugnis, schriftliche Bestätigung.

339 *offener Gemeind*: Hintertreiben der Gemeindebeschlüsse durch den Vogt Hummel.

341 *verbotenem Tanz*: die Aufsicht gehörte in den Kompetenzbereich der Ehegaumer (vgl. Anm. z. Teil I, 17).

342 *Uriasbrief*: vgl. 2. Sam. 11, Vers 14ff. (vgl. Anm. z. Teil I, 32). – *sich verfellt*: sich verfangen.

343 *Übelhauser*: schlechter Haushälter.

345 *Oberamt*: Ableitung von der wenig gebrauchten Form „Obervogt" bzw. „Oberamtmann" für den Junker.

347 *Graseinschläge*: Umzäunung von Grasflächen zur Gewinnung von Dürrfutter. – *Zelgen*: Ackerstreifen in der Dreifelderwirtschaft, außerhalb des Dorfes gelegen. – *Hangwesen*: Hummel betrügt seine Gläubiger durch eine Reihe von Tricks, etwa durch Manipulation der Schuldnotierungen, und hält sie so in Abhängigkeit.

348 *auf Gefehrd*: in hinterlistiger Absicht.

351 *den 16ten Brachmonat 6 Jahr*: am 16. Juni vor sechs Jahren. – *Tal Josaphats*: vgl. Joel 4, Vers 2.

355 *Wolkenbruch*: Einzelheiten der beschriebenen Unwetterkatastrophe entsprechen einer belegten Überschwemmung bei Küßnacht am Zürichsee von 1779. – *Vorderdörflersteg*: Brücke des vorderen Dorfs.

356 *Feuerläufer*: Feuerwehr. – *Es stand eine einige eicheneStud noch im Grien*: Nur ein Eichenbalken stand noch im Boden.

357 *eine recht große Steuer*: Als Vogt steht Hummel pro Jahr eine persönliche Abgabe zu, deren Ertrag er durch die beschriebenen Tricks zu erhöhen und zu einer Zwangssteuer zu machen versucht.

359 *Kreditoren*: Gläubiger.

371 *den 18. Herbstmonat*: 18. September 1779, Tag, an dem Arner nach dem Tod des Großvaters die Herrschaft übernahm, wie sich aus verschiedenen Bemerkungen rekonstruieren läßt.

Teil III

378 *Er*: Gemeint ist der *Baumwollen-Meyer*, späterer dritter Vogt Bonnals und tatkräftiger Mithelfer bei der Reform. Als empirische Vorbilder kommen zwei mit Textilien befaßte Träger des Namens Meyer in Betracht: Johann Rudolf Meyer (1739–1813) aus Aarau und Heinrich Meyer aus Rufenach. Der Erstgenannte arbeitete sich aus armen Verhältnissen zu einem erfolgreichen Tuchhändler und Mäzen empor und war mit P. persönlich bekannt. Bei Heinrich Meyer handelte es sich um einen Baumwollfabrikanten und Philanthropen. Eine persönliche Beziehung läßt sich vermuten, da er wie P. Mitglied der Helvetischen Gesellschaft war.

381 *Pünten*: Wiesen.
382 *Ausspizen*: berechnen. – *Quintli*: ca. 4 Gramm, allgemein kleine Menge.
385 *an der Wösch*: bei der Wäsche. Sie wurde an einer zentralen Brunnenstelle im Dorf durchgeführt.
386 *Nidel*: Sahne.
387 *Hauen*: Hacke.
389 *in Kaisers Landen*: die Geschichte Bambergers, der in Österreich starb (vgl. Teil II, § 51).
390 *es möge sich nicht erleiden*: es sei nicht wichtig.
391 *mit den Gesellen aber die fremd*: erster Hinweis, daß Lienhard auch Nicht-Bonnaler beschäftigte. Vorher wurde der einzige Fremde, Joseph, sogar entlassen. Im 18. Jh. kam es zu einer scharfen Abgrenzung zwischen einheimischen Bürgern bzw. Gemeindemitgliedern und Fremden (vgl. Teil IV, § 54). – *Pflaster*: Mörtel. – *Ägyptischen Treiber*: vgl. 2. Mose 1, Vers 11 ff.
392 *sperbern*: scharf beobachten (wie ein Sperber).
394 *Laim*: Lehm (auch *Leim*). – *Bleimaß, das Richtscheit*: Lot und Wasserwaage als Maurerwerkzeuge.
396 *Pfuker*: Knirps.
397 *Treiber*: Antriebskurbel am Spinnrad. – *Flocken*: Flachsrocken.
398 *kr.*: Abkürzung für Kreuzer. – *Nepomuk*: böhmischer Schutzheiliger. – *Kaiser Joseph II*: Deutscher Kaiser (1741–1790), auf den die Aufklärer größte Hoffnungen setzten (vgl. E).
399 *Geleck*: Zusatzfutter für Kühe.
402 *er ist wie die liebe Stund*: er ist sanftmütig.
403 *Glüphi*: Diese Figur des Pädagogen hat die meiste Verwandtschaft mit dem Autor selbst. Den Hinweis gibt P. selbst in Teil IV, § 41: *Die Philosophie meines Lieutenants; und diejenige meines Buchs.*
405 *Heinimuch*: Heimlichtuer, Duckmäuser.
406 *Brennts*: Branntwein. – *Türkengarn*: türkisch-rot gefärbtes Garn.
409 *zogen sie ihm den Speck durchs Maul*: redeten sie ihm nach dem Mund.
413 *Gaudieb*: Gauner, sprachlich zuerst im Barock belegt. – *Profosen*: Verwalter der Gerichtsbarkeit im älteren Heerwesen.
414 *G'hinder* <...> *G'hönig*: Versuch der phonetischen Wiedergabe sächsischer Amtssprache. – *äufnen*: fördern, sammeln.
415 *Herd stoßen*: Erde mit der Schubkarre wegfahren.
418 *Lezgen*: Lektion. – *Wie schön, wie herrlich*: das 120. Lied aus J. C. Lavaters „Christliche Lieder. Zweytes Hundert", Zürich 1780.
419 *Ein Werber aus Preußen*: Anspielung auf die Werbungsmethoden, die seit der Zeit Friedrich Wilhelms I. von Preußen für die Garderegimenter, die „langen Kerls", angewandt wurden.
421 *Radbank*: Spinnerbank.
422 *schnakete*: kroch.
423 *Türennagel*: alter Holzverschluß für Türen.
425 *Karl*: Der Name ist vermutlich eine Referenz an Carl Victor von Bon-

stetten (1745–1832), ein von P. hochgeschätzter Erziehungsreformer, dessen Schwester die Frau von V. B. Tscharner war.
427 *Forenholz*: Kiefernwald.
434 *Bahren*: Futterkrippe.
435 *Ätti*: Väter. – *Schorherd*: zusammengetragene Erde.
436 *Grasmotten*: abgehobene Rasenstücke. – *verdörnt*: durch dornige Zweige gegen kleinere Tiere geschützt.
437 *Schlesischen Kommandeur*: Glüphi diente offensichtlich früher im preußischen Heer.
438 *im ersten Buch Mosis im 1. Kap.*: Tatsächlich steht das folgende Zitat im 3. Kap., Vers 19.
443 *Großhans im Schloß*: Gemeint ist Arner.
445 *Bachen und Mahlen abgeschlagen*: Da Patenschaften vor allem in Hilfeleistungen und Geschenken bestanden, bedeutet die Reaktion der Frau des Geschworenen Aebi – kein Backen, Mehlmahlen, keine Neujahrsgeschenke usw. – eine deutlichere Minderung der Existenzchancen.
457 *aus des Vogts Hausbuch den Rodel*: In Teil I, § 85 waren die Geschäftsbücher des Vogts sichergestellt worden.
464 *Basler Totentanz*: bekannte Todesallegorien in Basel, zunächst am Frauenkloster, später an der Friedhofsmauer des Predigerklosters. Der Gendarm führt die Barbel wie der Tod ab.
470 *chinesischer*: Abwertung des Chinesischen wie in Teil IV, § 23, im Unterschied zur sonst zu beobachtenden Aufwertung Chinas im Zusammenhang mit der aufklärerischen Konfuzius-Rezeption.
473 *Schwester*: tatsächlich Schwägerin.
477 *Bächteli – (Neujahrs)Tag*: Der Bertholdstag (2. Januar) wird in der Nord- und Westschweiz festlich begangen. Kinder bringen dabei den anläßlich von Jahresversammlungen tagenden Gesellschaften Geschenke der Eltern.
481 *Gottenschäppeli*: ein bei Patenschaften getragener goldflitterverzierter Kranz auf dem Kopf.
482 *Schnoren*: Schnauze.
483 *Rikenbergerin*: Namensänderung. Der Gehenkte hieß bisher Stichelberger (Teil II, § 69).
484 *Frühmessern*: Geistliche, die die erste Messe lesen.
487 *Judenroß*: entsprechend dem negativen Judenbild, besonders des jüdischen Händlers, gilt ein „Judenroß" als Betrugsobjekt.
492 *Krüsch*: Kleie.
500 *Lezkopf*: Dickkopf.
502 *maygeten*: meckern („mäggen").
507 *fäschete*: wickelte.
517 *Spitzdrucken*: Klöppellade zur Anfertigung von Spitzen. – *Grapppflanzen*: Aus Grapp-(Krapp)Wurzeln wurde bis zum 19. Jh. die Färberröte gewonnen. Auch P. hatte Krapp angebaut, war aber mit diesem Projekt anders als sein Lehrmeister Tschiffeli gescheitert.

518 *Schuleinrichtungen*: § 64 verwertet P. Erfahrungen mit der Armenschule auf dem Neuhof. – *Margreth*: Als Anregung zu dieser Figur gilt das Spinner-Anneli, eine junge Frau, die die Kinder auf dem Neuhof im Baumwollspinnen unterrichtete.

524 *die ehr- und notfeste Frag*: Es handelt sich um die erbitterten Auseinandersetzungen zwischen Reformierten und Katholiken um die 80. Frage des Heidelberger Katechismus, wonach das Meßopfer als Abgötterei verdammt wurde. Opfer des konkreten Streites vor zwei Jahren war nach § 71 Michel Juk. (Ausführlicher in der 3. Fassung von LuG, Teil IV, § 27)

525 *ferndrigen Schnee*: firniger Schnee vom vergangenen Winter. – „*wenn ihr aber betet*": vgl. Matth. 6, Vers 5 ff.

531 *Kengelgaß*: Weg über einen Bach und Graben.

533 *Narrenholz*: Prügelstock. – *Schützenmauer*: Mauer als Zielscheibe. Glüphi versucht das Schützenwesen zu aktivieren bzw. zu reaktivieren und dabei zu Gemeinschaftsspielen anzuregen. – *Sandriesi*: sandiger Bergabhang.

534 *Stud*: Balken, Pfeiler. – *schwangern Berg in der Fabel*: nach der Fabel des Aesop ein Berg, der eine Maus zur Welt bringt; zur Darstellung des Mißverhältnisses von Aufwand und Ergebnis. – *hülpete*: humpelte.

535 *Geldwechslern*: vgl. Matth. 21, Vers 12 ff. – *Kaffeephantasten*: gegen die höfischen und städtischen Zivilisationserscheinungen. Kaffee war erst seit den Türkenkriegen in Europa bekannt.

536 *hinterfür*: verrückt.

538 *Fünfbätzler*: Fünfbatzenstück = 20 Kreuzer.

539 *mit deines Manns Beinen Nusse hinabbengeln*: mit den Knochen des verstorbenen Mannes Nüsse vom Baum schlagen.

541 *jung Güggel*: Küken.

550 *Oberland*: Berner Oberland. – *Lüren*: fades Getränk.

553 *Gichter*: Krämpfe.

555 *vom Räuchli und vom Feuerli*: kein Rauch ohne Feuer.

556 *Meitli*: junge Mädchen.

561 *drei Sonnen*: optische Himmelserscheinung, wobei die Sonne mit zwei Nebensonnen erscheint.

563 *mit dem Sack geschlagen sein*: ein Esel sein. – *krummer Humbel*: krummer Teufel.

566 *Klapf*: Schlag.

570 *Akkord*: Lehrvertrag.

571 *Zwilch*: derber Leinen- oder Baumwollstoff. – *Schoß*: Schößling.

582 *Burgerdienste*: Frondienste in der Gemeinde. *Burgerholz*: der jedem vollen Gemeindemitglied zugewiesene Holzanteil aus dem Gemeindewald. – *sieben arme alte Männer so fronungsfrei*: Einzelanwendung der Armenpflege (vgl. Teil I, § 26).

Teil IV

586 *Herrn Felix Battier Sohn*: der Baseler Kaufmann Felix Battier-Thurneysen (1748–1801), Gönner und Freund P.'s, besonders in der Neuhofzeit.

589 *Herzog*: Geht man davon aus, daß Bonnal im Kanton Zürich zu lokalisieren ist, besteht historisch-geographisch kein Zusammenhang mit einem Herzogtum. Auf Schweizer Gebiet lag nur das Fürstentum Neuenburg, damals in preußischem Besitz. Die Erweiterung des Schauplatzes auf die Ebene eines Feudalstaates muß im Zusammenhang mit P.'s damaligen Versuchen gesehen werden, an europäischen Höfen Fuß zu fassen (vgl. E.). – *Bylifski*: Durch Namensanklang, wie von P. gewöhnlich zur Andeutung einer von ihm zum Vorbild genommenen Figur praktiziert, läßt sich keine eindeutige Beziehung herstellen. Von der Funktion her – Bylifski fungiert als Verbindungsmann und gönnerischer Fürsprecher am herzoglichen Hof – bestehen Beziehungen zum Grafen Karl von Zinzendorf (vgl. E und Anm. zu S. 781) und dem Grafen Sigismund Anton von Hohenwart, einem Fürsprecher P.'s am Hof des Großherzogs Leopold von Toskana, bei dem sich P. ernsthafte „Aussichten zu einer praktischen Anstellung für meine Zwecke" *(Schwanengesang)* erhoffte. – *Füeßli*: Der Maler Heinrich Füßli (1741–1825) wird von P. als Entdecker seines schriftstellerischen Talents bezeichnet (vgl. E). – *Lavaters Physiognomie*: „Physiognomische Fragmente zur Beförderung der Menschenkenntnis und Menschenliebe", Leipzig/Winterthur 1775/78. Caspar Lavater (1741–1801), der vieldiskutierte Physiognomiker, war Jugendfreund P.'s. – *Helidor*: neben Sylvia hauptsächlicher höfischer Gegner der Bonnaler Reform. Geht auf den österreichischen Hofrat Joseph von Sonnenfels (1733–1817), einen Gegner P.'s am Wiener Hof, zurück (Namensbestandteil ‚Sonne' für ‚Helidor').

590 *General von Arnburg*: Verwandter Arners ohne konkretes Vorbild. Durch sein Auftreten wird das Feudalismusproblem stärker konturiert.

591 *so französisch <...> absäßen*: breitspurig sitzen.

592 *hinterste Zugabe*: geringstes Zugeständnis.

595 *Selzer*: Selterswasser.

597 *wörtleten*: stritten.

602 *der Donquischotte Bub*: in Abwandlung von Cervantes' Romanfigur übertriebene Philanthropie. – *Vorrain*: Weg vor dem Aufstieg zum Schloß.

603 *Petschaften*: Siegel, Wappen.

608 *Michel*: P. beachtet nicht, daß Michel bereits ins Schloß gebracht worden ist.

612 *Judaspfennig*: vgl. Matth. 26, Vers 14–16.

615 *Papierverbrennen*: 1767 wurden eine pazifistische Broschüre und ein Lästerbrief auf dem Züricher Rathausplatz verbrannt, nach einem Prozeß, in den auch der junge P. – unbegründet – verwickelt wurde.

622 *Mist*: Füllstoff bei einer künstlich aufgetürmten Frisur.

623 *die Krankheit*: Gemeint ist die Tollwut, in deren Anfangsstadium Wasserscheu auftritt.

624 *Teufel Asmodi*: vgl. Tobias 3, Vers 8: böser Geist, der die sieben Männer Saras tötete (auch im Talmud). – *Hofgriggi*: vertrottelter Hofschranze. – *Pasquillen*: polemische Schriften. – *Finanzen*: Nach merkantilistischer Auffassung ist damit Politik allgemein gemeint.

625 *Schaffner*: Verwalter.

632 *Vierer*: Berner Münze (¹/₂ Kreuzer).

633 *Häpfengeschlecht der Städter*: von Hefe, Hinweis auf negativ gewertete städtische Zustände.

634 *Rentes viageres*: Leibrenten. – *des Hautgouts in unsern Meinungen*: bildlicher Gebrauch der Wortbedeutung ‚nicht mehr frisches Fleisch‘, Anrüchigkeit. – *Gewalt geheimer Verbindungen*: Im 18. Jh. wurden zahlreiche geheime Männerverbindungen mit starkem, oft schwer durchschaubarem Einfluß gegründet, z. B. Freimaurer, Illuminaten, zu denen P. ab 1782 gehörte, und Rosenkreuzer (vgl. Sämtliche Briefe, Bd. III, 183). – *den vergabten Bauern*: zinspflichtige Bauern.

635 *Vergabebedingnis*: vertraglich zugesicherte Rechte. – *wie Lots gesalzenes Weib*: 1. Mose 19, Vers 26.

638 *der Wurm der Zeit das Nichtige seiner Meinungen*: Die Passage ist wohl eine Parodie auf Lavaters Stil, wie er besonders in den „Aussichten in die Ewigkeit", Markbreit 1775, emphatisch-umständlich entwickelt wird.

640 *das Krosseln vieler Krebse in einem Kratten*: das Geräusch vieler sich bewegender Krebse in einem engen Korb.

643 *Anschicksmänner*: Heiratsvermittler.

645 *Haspel*: Garnwinde. – *Bollen*: Kügelchen.

647 *es ist izt aus <...> Katz und Maus*: Schlußformel im Märchen. – *Haupt Johannes des Täufers*: vgl. Matth. 14, Vers 1ff.

667 *Ambe <...> Terne oder Quaterne*: Zahlenkombinationen im Lottospiel (Ambe: Verbindung von zwei Nrn., Terne: drei Nrn., Quaterne: vier Nrn.). Anspielung auf den Zufallscharakter der Veränderung in Bonnal.

672 *Kommlichkeit*: Bequemlichkeit.

673 *ad referendum*: Angewohnheit der Provinzialstände bei den niederländischen Generalständen, durch Berichterstattung nach Hause – ad referendum – schwierige Entscheidungen aufzuschieben.

675 *Zehentknechte und Gefälleintreibern*: Angestellte Arners zum Eintreiben der Abgaben.

677 *Blutgerichte*: höchste Gerichtsbarkeit mit Einschluß von Todesurteilen.

678 *Landtracht*: Im 18. Jh. bestanden noch feste Kleiderordnungen für die einzelnen sozialen Schichten. Hier mehr im moralischen Sinn.

679 *Viehpresten*: Viehseuche.

680 *die alten Lieder über die Vögte*: Tellsage nach Tschudi. Baumgarten erschlägt den Vogt von Wolfenschießen im Bad mit der Axt.

684 *Bündten*: umzäunte Hausäcker.
688 *Angster*: ½ Rappen. – *Rappen*: 1 Gulden = 160 Rappen (Kupfermünze).
689 *Torfgruben*: vgl. Teil III, § 73.
693 *wie eine Eli-Mutter*: vgl. Samuel 2, Vers 11 ff.
694 *Samen der Schlange*: 1. Mose 3, Vers 15. – *Geschichte neuerer Streitigkeiten*: Auseinandersetzung zwischen Aufklärung = „Verstandspest" und Pietismus = „Herzenspest". – *Strahlstreichen*: Blitze.
695 *Räße*: Würzkraft.
704 *Säukraut*: Spinatart.
714 *Gemeindlade*: Archivtruhe der Gemeinde. – *Hinterlag*: Pfand.
717 *Necker*: Jacques Necker, 1771/81 und 1788/90 französischer Finanzminister unter Louis XVI. Seine erste Amtszeit endete mit seiner Entlassung, weil er die katastrophale Finanzsituation Frankreichs bekannt machte.
718 *meine liebe N.*: Gemeint ist Anna (Nanette), P.'s Frau, die aktiv an der Arbeit an LuG teilnahm, u. a. durch Abschrift des Manuskripts.
720 *die Anstößer*: angrenzende Nachbarn. – *Marchen*: Grenzen. – *kein hölzernes Haus*: Das Bürgerrecht in einer Stadt mit ausschließlich Steinhäusern war damals noch etwas Besonderes.
722 *Nachtkappen-Gerechtigkeit*: eine inkonsequente und energielose Gesetzgebung (Nachtkappe = Schlafmütze).
724 *Bären anzubinden*: keine Schulden zu machen.
725 *Gülten*: Schuldbriefe. – *Brunnenrecht, Wegrecht, Marchen*: Teile der Gemeindeordnung, die die Benutzung der angesprochenen Einrichtungen regelten. – *bei offener Gerichtsstelle*: in öffentlicher Verhandlung.
727 *Besitzung der rechtlichen Freundlichkeit*: Versöhnungstermin.
731 *hinter dem Gebet für Kranke*: feststehende Gebetsordnung.
732 *Ausstockungsinstrumente*: Geräte zum Ausroden von Baumwurzeln.
733 *Gnadenholz*: Holzanteil, der auf ausdrückliche Genehmigung Arners geschlagen werden durfte. Ende des 18. Jahrhunderts traten Verschärfungen der Holzordnung ein (Holzordnung von 1786). – *Wasserrünzen*: Wasserabzugsgräben.
735 *Freiheitsbrief*: Arner entspricht der zeitgenössischen Fremdengesetzgebung. – *Lumpenwächter*: abwertend für die bisher üblichen Grenz- und Nachtwächter.
742 *Rechte der Kränzchen*: Das sexuelle Verhalten der Braut vor der Ehe wird bei der Trauung angezeigt.
752 *„Heilig, heilig, heilig"*: Offenbarung Joh. 3, Vers 14–16.
753 *heiligen Dreifuß*: Die Pythia des Delphischen Orakels sitzt auf einem Dreifuß.
757 *„Wenn dein Auge heiter"*: Matth. 6, Vers 22–23.
767 *Joseph*: 1. Mose 37.
770 *gegenwärtigen Zinses*: war in Teil II, § 54 festgelegt worden. Außer dem

Bodenzins soll ein Betrag in der Höhe der Hälfte dieses Zinses an den Steuerfonds abgeleitet werden. – *bodenzins- zehnten- und steuerfrei*: die verschiedenen damaligen Arten der direkten und indirekten Besteuerung.

774 *Landsstände*: Körperschaften der einzelnen Landesherrschaften seit dem 13. Jh., Entsprechung zu den deutschen Reichsständen. In dieser Zeit stark im Rückgang befindlich.

780 *Affenvolk von der Aufwart*: niedere Chargen am Hof. – *Notables des Herzogtums*: ursprünglich gebildete und angesehene Oberschicht, jetzt degeneriert.

781 *Micheli von Langnau*: Michael Schüppach zu Langnau im Emmental war als „Wasserdoktor" bekannt. – *Endorf*: Namensanklang und Funktion am Hof deuten auf Karl Graf von Zinzendorf (1739–1819), hoher Finanzbeamter am Wiener Hof und Förderer P.'s (vgl. E). Karl v. Z. war Neffe des Gründers der Herrnhuter. – *Nelkron*: auch in diesem Fall Anspielung auf eine Figur des Wiener Hofes, und zwar Franz Xaver Graf von Rosenberg-Orsini (1723–1796). Der Name Nelkron kommt wohl über die Kombination Rose-Nelke zustande, ein für P. bezeichnendes Namensspiel. Rosenberg war P. ebenfalls wohlgesonnen (vgl. Sämtliche Briefe, Bd. III, 251).

797 *Mene Mene Tekel, Upharsin*: Daniel 5, Vers 24–28. – *Mantelträger und Schattenbilder der Versorger*: siehe Teil I, Anm. zu S. 30. – *Georg dem Zweiten*: Englischer König und Kurfürst von Hannover (1727–1760), ließ seinen Sohn einen bürgerlichen Beruf erlernen – Beispiel für aufgeklärtes Fürstenverhalten. – *viele Prinzen*: Peter der Große (1682–1725) erlernte in den Niederlanden den Schiffsbau.

799 *zu politischen Kannengießern*: politischer Schwätzer nach Holbergs Lustspiel „Der politische Kannegießer" (1722).

801 *Meine Mülli gaht*: Schweizer Fingerspiel.

802 *desserrieren*: entweder ausweichen oder zu einer langen Ausführung ansetzen (disserieren). – *Französin*: An damaligen Fürstenhöfen waren französische Erzieherinnen die Regel.

806 *Jahresvorschlag*: Jahresertrag.

807 *Kaufmann izt die Brotquellen des Volks*: Hinweis auf die wachsende Rolle des bürgerlichen Kaufmannsstandes im 18. Jh.

811 *neuern Hilfsmittel der Volksaufklärung*: Wissenschaftliche, didaktische und technische Kenntnisse ersetzen während der Aufklärung vorwissenschaftliche Methoden.

815 *Handzug*: Unterschrift, gemeint sind die Staatsverträge, die oft zum Schaden des eigenen Volks abgeschlossen wurden. – *aufdümsen*: anschwellen.

817 *die Blattern einpfropfen lassen*: gegen Pocken impfen lassen.

819 *Neuenburgischen*: Der Schweizer Kanton Neuenburg war von 1707–1806 preußisch und konnte die entsprechenden bildungspolitischen Reformen aufweisen. – *Spitzmacherin*: Spitzenklöpplerin.

821 *Stockhäusern*: Gefängnisse – nach Art der Strafe am „Stock" mit Händen und Füßen angekettet zu sein.
824 *Contrebandiers*: Schmuggler. – *Stühle, Geschirr, Zettel, und Spuler*: Webstuhlgestelle, die zum Webstuhl gehörenden beweglichen Teile, Ketten und Spulen.

Korrigenda zu diesem Band

S. 60, Z. 21   *stüssig* lies: *flüssig*
S. 159, Z. 27 *Geräusche* lies: *Gesträuche*
S. 256, Z. 5   *und nicht* lies: *und solltest nicht*
S. 256, Z. 6   *mit mir umgehen solltest* lies: *mit mir umgehen*

INHALT

Vorrede 5
Erster Teil 7

§ 1 Ein herzensguter Mann, der aber doch Weib und Kind höchst unglücklich macht 9
§ 2 Eine Frau, die Entschlüsse nimmt, ausführt, und einen Herrn findet, der ein Vaterherz hat – 12
§ 3 Ein Unmensch erscheint 16
§ 4 Er ist bei seinesgleichen; und da ist's wo man Schelmen kennenlernt – 18
§ 5 Er findet seinen Meister 21
§ 6 Wahrhafte Bauerngespräche 24
§ 7 Er fängt eine Vogtsarbeit an 30
§ 8 Wenn man die Räder schmiert, so geht der Wagen 32
§ 9 Von den Rechten im Land 34
§ 10 Des Scherers Hund sauft Wasser zur Unzeit, und verderbt dem Herrn Untervogt ein Spiel, das recht gut stand 36
§ 11 Wohlüberlegte Schelmenprojekte 39
§ 12 Haushaltungsfreuden 43
§ 13 Beweis, daß Gertrud ihrem Manne lieb war 45
§ 14 Niedriger Eigennutz 50
§ 15 Der klugen Gans entfällt ein Ei; oder eine Dummheit, die ein Glas Wein kostet 52
§ 16 Zieht den Hut ab, Kinder! Es folgt ein Sterbbett 54
§ 17 Die kranke Frau handelt vortrefflich 57
§ 18 Ein armer Knab bittet ab, daß er Erdäpfel gestohlen hat, und die Kranke stirbt 61
§ 19 Guter Mut tröstet, heitert auf und hilft; Kummerhaftigkeit aber plagt nur 63
§ 20 Dummer, zeitverderbender Vorwitz, hat den Mann zum Müßiggang verführt 65
§ 21 Undank und Neid 66
§ 22 Die Qualen des Meineids lassen sich nicht mit spitzfündigen Künsten ersticken 67
§ 23 Ein Heuchler, und eine leidende Frau 71
§ 24 Ein reines, fröhliches und dankbares Herz 73
§ 25 Wie Schelmen miteinander reden 74
§ 26 Hochmut in Armut und Elend führt zu den unnatürlichsten abscheulichsten Taten 75
§ 27 Fleiß und Arbeitsamkeit, ohne ein dankbares und mitleidiges Herz 77

§ 28	Der Abend vor einem Festtage in eines Vogts Hause, der wirtet	80
§ 29	Fortsetzung, wie Schelmen miteinander reden und handeln ...	83
§ 30	Fortsetzung, wie Schelmen miteinander reden und handeln, auf eine andere Manier	86
§ 31	Der Abend vor einem Festtage im Hause einer rechtschaffenen Mutter	91
§ 32	Die Freuden der Gebetsstunde	92
§ 33	Die Ernsthaftigkeit der Gebetsstunde	93
§ 34	So ein Unterricht wird verstanden und geht ans Herz, aber es gibt ihn eine Mutter	94
§ 35	Ein Samstagsabendgebet	96
§ 36	Noch mehr Mutterlehren. Reine Andacht und Emporhebung der Seele zu Gott	99
§ 37	Sie bringen einem armen Mann eine Erbsbrühe	101
§ 38	Die reine stille Größe eines wohltätigen Herzens	103
§ 39	Eine Predigt	105
§ 40	Ein Beweis, daß die Predigt gut war. Item, vom Wissen und Irrtum; und von dem, was heiße, den Armen drücken	110
§ 41	Der Ehegaumer zeigt dem Pfarrer Unfug an	116
§ 42	Zugabe zur Morgenpredigt	117
§ 43	Die Bauern im Wirtshause werden beunruhigt	118
§ 44	Geschichte eines Menschenherzens, während dem Nachtmahle	120
§ 45	Die Frau sagt ihrem Manne große Wahrheiten; aber viele Jahre zu spät	121
§ 46	Selbstgespräch eines Mannes, der mit seinem Nachdenken unglücklich weit kömmt	122
§ 47	Häusliche Sonntagsfreuden	124
§ 48	Etwas von der Sünde	127
§ 49	Kindercharakter und Kinderlehren	127
§ 50	Unarten und böse Gewohnheiten verderben dem Menschen auch die angenehmen Stunden, in denen er etwas Gutes tut	131
§ 51	Es kann keinem Menschen in Sinn kommen, was für gute Folgen auch die kleinste gute Handlung haben kann	133
§ 52	Am Morgen sehr früh ist viel zu spät für das, was man am Abend vorher hätte tun sollen	133
§ 53	Je mehr der Mensch fehlerhaft ist, je unverschämter begegnet er denen, die auch fehlen	134
§ 54	Armer Leute unnötige Arbeit	135
§ 55	Ein Heuchler macht sich einen Schelmen zum Freund	136
§ 56	Es wird ernst; der Vogt muß nicht mehr Wirt sein	138
§ 57	Wie er sich gebärdet	139
§ 58	Wer bei ihm war	141
§ 59	Auflösung eines Zweifels	141
§ 60	Eine Abschweifung	142
§ 61	Der alte Mann leert sein Herz aus	143

INHALT

§ 62	Das Entsetzen der Gewissensunruhe	144
§ 63	Daß man mit Liebe und mit Teilnehmung der gänzlichen Kopfsverwirrung angstvoller Menschen vorkommen könne	145
§ 64	Ein Pfarrer, der eine Gewissenssache behandelt	146
§ 65	Daß es auch beim niedrigsten Volk eine Delikatesse gebe, selbst bei der Annahme von Wohltaten, um die sie bitten	148
§ 66	Ein Förster, der keine Gespenster glaubt	149
§ 67	Ein Mann, den es gelüstet, einen Markstein zu versetzen, möchte auch gern die Gespenster nicht glauben, und er darf nicht	151
§ 68	Die untergehende Sonne und ein verlorner armer Tropf	152
§ 69	Wie man sein muß, wenn man mit den Leuten etwas ausrichten will	152
§ 70	Ein Mann, der ein Schelm ist und ein Dieb, handelt edelmütig, und des Mäurers Frau ist weise	153
§ 71	Die Hauptauftritte nähern sich	155
§ 72	Die letzte Hoffnung verläßt den Vogt	157
§ 73	Er macht sich an den Markstein	158
§ 74	Die Nacht betrügt Besoffene und Schelmen, die in der Angst sind, am stärksten	158
§ 75	Das Dorf kömmt in Bewegung	159
§ 76	Der Pfarrer kömmt ins Wirtshaus	161
§ 77	Seelsorgerarbeit	162
§ 78	Zween Briefe vom Pfarrer, an Arner	
	Erster Brief	166
	Zweiter Brief	167
§ 79	Des Hühnerträgers Bericht	168
§ 80	Des Junkers Antwortschreiben an den Pfarrer	170
§ 81	Ein guter Küher	171
§ 82	Ein Gutscher, dem seines Junkers Sohn lieb ist	172
§ 83	Ein Edelmann bei seinen Arbeitsleuten	173
§ 84	Ein Junker und ein Pfarrer, die beide ein gleich gutes Herz haben, kommen zusammen	174
§ 85	Des Junkers Herz gegen seinen fehlenden Vogt	175
§ 86	Der Pfarrer zeigt abermal sein gutes Herz	176
§ 87	Vom guten Mut und von Gespenstern	176
§ 88	Von Gespenstern, in einem andern Ton	181
§ 89	Ein Urteil	182
§ 90	Vortrag Hartknopfs, des Ehegaumers	184
§ 91	Des Junkers Antwort	185
§ 92	Rede des Hühnerträgers an die Gemeinde	188
§ 93	Daß die Armen bei diesem Lustspiel gewinnen	189
§ 94	Der Junker dankt dem Pfarrer	191
§ 95	Der Junker bittet einen armen Mann, dem sein Großvater Unrecht getan hatte, um Verzeihung	192
§ 96	Reine Herzensgüte eines armen Manns, gegen seinen Feind	193

§ 97	Seine Dankbarkeit gegen seinen edeln Herrn	195
§ 98	Auftritte, die ans Herz gehen sollen	195
§ 99	Eine angenehme Aussicht	198
§100	Des Hühnerträgers Lohn	198

Zweiter Teil 199
Vorrede 202

§ 1	Der Vogt spaziert wieder zum Markstein	203
§ 2	Der Pfarrer mischet sich ins Spiel	203
§ 3	Adam und Eva	205
§ 4	Der Pfarrer stellt Leute zur Kirche hinaus	207
§ 5	Aus seiner Predigt	207
§ 6	Wenn so ein Pfarrer in die Gefängnisse und Zuchthäuser eines Reichs Einfluß hätte, er würde die Grundsätze mit den Gefangnen umzugehen, in ein Licht setzen, das himmelrein leuchtete	209
§ 7	Menschlichkeit und Gerechtigkeit beieinander	210
§ 8	Baurengespräch und Baurenempfindung	211
§ 9	Hausordnung und Hausunordnung	213
§ 10	Das Herz leicht machen ist das rechte Mittel, dem Menschen das Maul aufzutun	218
§ 11	Seltsame Wirkungen des bösen Gewissens	220
§ 12	Die Ungleichheit dieser Wirkungen des bösen Gewissens bei geschäftserfahrnen Leuten	221
§ 13	Ein Bauern-Rat	222
§ 14	Bauern-Wahl	223
§ 15	Des Kalberleders Versuch, den Sachen zu helfen, und sein übler Ausschlag	224
§ 16	Die Dorfmeister suchen in ihrer Angst beim Teufel und seiner Großmutter Hülfe	228
§ 17	Die Fahne dreht sich	232
§ 18	Wie lang werden die Weiber noch denken und sagen: Mein Mann heißt Nabal, und Narrheit ist in ihm?	234
§ 19	Zu gut – ist dumm	237
§ 20	Der Hühnerträger findet keine Güggel und Tauben feil	238
§ 21	Art und Weise, die Obrigkeit zu berichten, und dahin zu lenken, wohin man sie gern führt	240
§ 22	Erziehungs- und Haushaltungsgrundsätze	242
§ 23	Ein Stück aus einer Leichenpredigt	243
§ 24	Ein Frauenbild, aber nicht zu allgemeinem Gebrauch	244
§ 25	Die Arbeit Arners	244
	Der Lohn seiner Arbeit	245
§ 26	Leid und Freud in einer Stund	246
§ 27	Ein Gespräch voll Güte auf der einen = und voll Angst auf der andern Seite	247
§ 28	Die Himmelstropfen	251

§ 29 Ein Gespräch von zween Menschen, die in zehn Tagen vieles gelernt, so sie vorher nicht konnten – und vieles erfahren, so sie vorher nicht wußten 252
§ 30 Hundstreu, die eine Menschenempfindung veranlaßt 258
§ 31 Lips Hüni – ein Wächter 259
§ 32 Es ist wohl so, wie sie sagen: Aber wo die Hirten sich schlagen, da werden die Schafe gefressen 260
§ 33 In welch hohem Grad ein Verbrecher Mensch bleiben – und seine geistliche und weltliche Herrschaft interessieren kann 260
§ 34 Weil er Vater von allen, so hält er zuerst und am stärksten seinen ältesten Buben im Zaum 263
§ 35 Der neue Vogt neben seinen Bauren 266
§ 36 Er wieder neben des Weibels Töchterli 267
§ 37 Er wieder ins Kienholzen Stuben – und auf der Gaß beim Weibel, der auf dem Roß sitzt 268
§ 38 Renold ein braver Mann trittet auf 270
§ 39 Die Morgenstunde Arners, an einem Gerichtstag neben seinem Pfarrer 271
§ 40 Arner fangt seine Tagsarbeit an 273
§ 41 Bauren, die von ihrem Herrn reden 274
§ 42 Arner tut die Tür zu 275
§ 43 Sie werden izt bald aufhören ratschlagen wider ihren Herrn, und wider ihr Heil 276
§ 44 Der alte Trümpi bringt eine böse Nachricht 277
§ 45 Es fangt an ernst zu werden 278
§ 46 Der Unverstand der Gewaltigen pflanzet die Lugen des Volks – Aber ihre Weisheit macht die Menschen wahrhaft 280
§ 47 Ein Siegerist und ein Schulmeister, zween Brüder dem Leib nach und auch der Seele 283
§ 48 Er versteht das Fragen besser, als sie das Lügen 285
§ 49 Jakob Christof Friedrich Hartknopf, der Ehgaumer und Stillständer von Bonnal wird fuchswild gemacht 290
§ 50 Arners Urteil über die armen Sünder 292
§ 51 Es war seine Speise, daß er höre und tue den Willen seines Vaters im Himmel 294
§ 52 Wohin bringt den Menschen sein armes Herz, wenn er für dasselbe keinen Zaum hat 296
§ 53 Izt gar eine Ohnmacht um des armen zaumlosen Herzens willen 297
§ 54 Die wahre Regierungsweisheit wohnt in Menschen, die also handeln 299
§ 55 Ein Kläger, dem die Sonne scheint 299
§ 56 Ein Doktor in der Perucke, auf einer Tragbahren, und im Bette 301
§ 57 Ein aufgelöstes Rätsel, und Arners Urteil über einen privilegierten Mörder 303
§ 58 Arner genießt wieder den Lohn seiner Arbeit 304

§ 59 Es nahet ein Todbette 304
§ 60 Wer von Herzen gut ist, richtet mit den Leuten aus, was er will, und bringt sie, wozu er will 306
§ 61 Die Menschen sind so gerne gut, und werden so gerne wieder gut 309
§ 62 Worte einer Sterbenden 310
§ 63 Hier ist wahrhaftig ein Hause Gottes, und eine Pforte des Himmels 312
§ 64 Wenn euere Gerechtigkeit nicht weit übertreffen wird die Gerechtigkeit der Schriftgelehrten und Pharisäer, so werdet ihr nicht ins Reich der Himmel eingehen 313
§ 65 Weilen doch über den himmlischen Bogen 315
§ 66 Auch neben dem Treufaug ist er weise 317
§ 67 Zu beweisen, daß die Menschen das werden, was man aus ihnen macht 318
§ 68 Zu einem guten Ziel kommen, ist besser, als viel Wahrheiten sagen 319
§ 69 Die Predigt des Pfarrers in Bonnal, am Tag, als er den Hummel seiner Gemeinde vorstellen mußte 320

Dritter Teil 373
Vorrede 375

§ 1 Über das Predigen, aber nicht viel 377
§ 2 Baurenordnung und Menschensinn 378
§ 3 Ein schönes Zeugnis, daß das Mareyli ein braves Mensch ist .. 383
§ 4 Des Menschen Herz in drei verschiednen aber gleich schlechten Modeln 385
§ 5 Weiberjammer und ein Mutterirrtum 387
§ 6 Überzeugung und Mutwillen in einem Mund 388
§ 7 Der Feuerherd und ein gutes Weiberwort 389
§ 8 Ein Reihen schlechter Gesichter 391
§ 9 Vater-Freuden 394
§ 10 Folgen der Erziehung 395
§ 11 Eine Art Wiedergeburt 397
§ 12 Weiberkünste gegen ein Weib 398
§ 13 Ein Lieutenant wird Dorfschulmeister; und einer schönen Frau wird ohnmächtig 403
§ 14 Ein Großmuttergemäld 406
§ 15 Das Menschenherz; und ein Hans, der gut und bös ist 408
§ 16 Ein Wort darüber, was die Bauren sind – wie und wo und wann sie zeigen, was sie sind – und was sie nicht sein dörfen 410
§ 17 Dieses Gemäld ist nichts weniger als Spaß, sondern ganz nach der Natur 412
§ 18 Worauf eine gute Schule sich gründe 414
§ 19 Das Fundament einer guten Schul ist das gleiche mit dem Fundament alles Menschenglücks: und nichts anders als wahre Weisheit des Lebens 416

§ 20 Ein Werberstuck 419
§ 21 Danken müssen, tut alten Leuten allemal wehe; aber den Kindern ist es eine Freude 421
§ 22 Eine Bruderliebe um die ich, wenn ich Schwester wäre, nicht einen Pfifferling geben würde 423
§ 23 Der Junker tut Väterwerke und macht Geißhirten-Hütenordnungen 428
§ 24 Von Jugend auf zwei Batzen sparen. Ein Mittel wider den Ursprung der Verbrechen, gegen die man sonst Galgen und Rad braucht 432
§ 25 Der Mensch verglichen mit der schönen Natur 435
§ 26 Was ist Wahrheit, – wenn es nicht die Natur ist 437
§ 27 Das erste Hindernis des Wohlstands und der besten Erziehung der armen Kinder, – ihre eigene Mütter – oder schlechte Weiber . . 442
§ 28 Das zweite Hindernis der gleichen Sach; der Neid der Reichen 443
§ 29 Die Geschichte der Erlösung dieser Kinder aus der Hand ihrer Feinde, und aus der Hand ihrer Mütter 444
§ 30 Ein gutes Naturmensch, und ein auf die rechte Art geschuletes, nebeneinander, und hinter ihnen das Schicksal der Meisterkatzen, und ihrer Männer Notarbeit 446
§ 31 Es ist in allem ein Unterschied 449
§ 32 Wenn die Milch kochet, und überlaufen will, so schütten die Weiber nur ein paar Tropfen kalten Wassers darein 451
§ 33 Eine sonderbare Heiratsanfrage 453
§ 34 Wie sich der Mensch an Seel und Leib krümmt und windet – wenn er etwas will, und meint – er wolle es nicht 455
§ 35 Die Mitternachtstunde eines Vaters und eines Sohns 456
§ 36 Der Anfang der Morgenangst 457
§ 37 Ein Schaf unter viel Böcken 459
§ 38 Das reine landesväterliche Herz meines Manns 460
§ 39 Seine Kraft wider das freche Laster 462
§ 40 Betschwesterarbeit wird mit Hexenarbeit verglichen 463
§ 41 Wider die Hoffart und wider Volkskomödien vor dem Halseisen, (Pranger) 465
§ 42 Wie, und wie weit Lumpenvolk, wenn es sich im Vorteil spürt, das Maul braucht 467
§ 43 Zwei Weiber messen ihr Maul miteinander, und die Kleine wird Meister 470
§ 44 Die Überwundene meistert jetzt ihren Mann 474
§ 45 Folgen der Armut, – und die Ungleichheit drei gleich guter Weiber 476
§ 46 Das Kind eines Manns, der sich selbst erhenkt; – und ein Ausfall wider das Tändeln 478
§ 47 Noch einmal das Kind des Erhenkten 481
§ 48 Wie ein Hund dem Zug das Geleit gibt, und sich tapfer haltet . 482
§ 49 Wahre Empfindsamkeit ist auf Seelenstärke gegründet 484

§ 50 Der Mittelpunkt dessen, was Arner ist. Sein Vatersinn, ohne den alles, was er tut nichts anders als Romanenheldenstreich sein, und in unserer Welt nicht angehen würde 486
§ 51 Wer Kräfte hat, wird Meister 487
§ 52 Es ist im Kleinen, wie im Großen 489
§ 53 Goldapfel, – Milchsuppe, – Dankbarkeit, – und Erziehungsregeln 490
§ 54 Der Namenstag eines alten Junkers 492
§ 55 Der Vatername 495
§ 56 Auch hierin sind Grundsätze der wahren Volkserziehung 496
§ 57 Falschheit zerreißt alle Bande der Erde 499
§ 58 Man setzt Bäume 502
§ 59 Von Volksfesten, und vom Holzmangel 504
§ 60 Man muß im Innern hohen Adel haben, um ohne Gefahr Baurenleut so nahe an sich zu absitzen lassen zu dörfen 506
§ 61 Szenen beim Mondschein die sich malen lassen; – und ein blutiges Übernachtbeten 510
§ 62 Der alte Junker will in kein Hornissennest hineingreifen 512
§ 63 Der neunzigste Psalm, und hintendarein ein Schulmeister der stolz ist 515
§ 64 Schuleinrichtungen 518
§ 65 Fortsetzung der Schuleinrichtung 520
§ 66 Gottes Wort ist die Wahrheit 523
§ 67 Um so gut zu sein als menschenmöglich, muß man bös scheinen 525
§ 68 Wer Rechnungsgeist und Wahrheitssinn trennet, der trennet was Gott zusammengefügt 527
§ 69 Ein bewährtes Mittel wider böse lügenhafte Nachreden 530
§ 70 Narrenwort und Schulstrafen 532
§ 71 Das Elend und die Leiden dieses Narren 534
§ 72 Allerlei wunderliche Wirkungen die vom Dürsten herkommen können 536
§ 73 Hauptsachen für Leute, die sich einfallen lassen, sie könnten ein Dorf regieren 539
§ 74 Fortsetzung ähnlicher Hauptsachen für die gleichen Leute 541
§ 75 Ein Schritt zur Volkserleuchtung, die auf Fundament ruht ... 544
§ 76 Vom Ändern alter Maschinen, und vom Aufwecken von den Toten 548
§ 77 Glück und Arbeit wider Teufelskünste 553
§ 78 Vom Raten, Helfen, und Almosengeben 557
§ 79 Von der Wahrheit und vom Irrtum 559
§ 80 Allerlei Narrenlohn 563
§ 81 Erziehung, und nichts anders, ist das Ziel der Schul 567

Vierter und letzter Teil 585
An Herrn Felix Battier Sohn in Basel 586
§ 1 Anfangs Sonnenschein 589
§ 2 Folget Regen 590

§ 3 Von der adelichen Erziehung. Von den adelichen Rechten. Und auch etwas von Bauernrechten 592
§ 4 Die Spinne arbeitet fleißig an ihrem Gewebe 594
§ 5 Die Spinne glaubt ihn wie eine Mücke im Netz; aber die Mücke fallt durch, und zerreißt ihr das Garn 596
§ 6 Das Herz gibt allem, was der Mensch sieht und hört, und weißt, die Farbe 599
§ 7 Ein Mann, ein Weib, ein Hund, und ein Kind 600
§ 8 Die Weisheit der Alten, und das Maul der Neuen 603
§ 9 Was mich zum Schweigen bringt 604
§ 10 Glaubet mir, ein solcher Mann ist brauchbar – aber glaubet mir auch, es kann ihn nicht jeder brauchen 606
§ 11 Der Sünde Sold ist wohl der Tod; aber der Sichelmann nimmt immer den eigentlichen Sünder 608
§ 12 Knechtengröße ist auch Menschengröße 609
§ 13 Es gibt eine Seelenstimmung, die dem Menschen zu einem Kropf helfen kann 613
§ 14 Vom Papierverbrennen, und vom Wieder-zu-sich-selbst-Kommen 614
§ 15 Der Alte ist gut, – darum fallen seine Fehler vor den Augen des Kindes weg 617
§ 16 Ihr kennet die Tiere, die meistens paarweis aus einem Trog essen, und hier findet ihr etwas dergleichen 618
§ 17 Dünkt's dich lustig Nachbar? Gut! Aber behaupte nicht, daß gar kein Hang zur Grausamkeit in der menschlichen Natur liege! – 620
§ 18 Von Volksausdrücken, und von seinem wahren Vorteil 623
§ 19 Volksgefühl in Frevelsachen, und seine Folgen auf die Justiz .. 625
§ 20 Herzensrührung, und Bekehrungsgedanken 626
§ 21 Unter den Vögeln ist der Nachtigall Klageton der schönste; aber unter den Menschen ist wohl ein jeder andere Ton besser 628
§ 22 Wie verschieden die Äußerungen gleicher Eindrücke bei den Menschen sind 630
§ 23 Unsterblichkeit und Wahrheit, Deutschland und Asien 632
§ 24 Der christliche Junker; eine Klostergeschichte aus der Ritterzeit 634
§ 25 Grundsätze zur Bildung des Adels 636
§ 26 Viele Menschen wünschen Arner den Tod 639
§ 27 Was die Meyerin zur Braut macht 642
§ 28 Ein Mißverständnis 644
§ 29 Die Brautstunde einer Stiefmutter 645
§ 30 Schleck Salz – so dürstet's dich – 646
§ 31 Zwei Schulmeisterherzen 647
§ 32 Es fängt sich an zu zeigen, daß der Baum Wurzeln hat 648
§ 33 Ein Phantast, der auf eine Religionswahrheit kommt – und ein Pfarrer, der sich auf der Kanzel vergißt, und nur wie ein Mensch redt 651

§ 34 Ein Staatsminister auf dem Dorf 653
§ 35 Eine Dienstmagd begehrt Abscheid und Rekommendationsbriefe von der gnädigen Herrschaft 654
§ 36 Der Staatsminister in der Schule und bei dem Schulmeister 656
§ 37 Äußerungen der Freude und Freundschaft – Und die Strafe eines Verleumders – 659
§ 38 Leidensgeschichte eines herzguten Menschen, der aber das Handwerk, das er treiben sollte, nicht gut gelernet hatte 661
§ 39 Grundsätze des Dickhalses, der dem Teufel in der Lavaterischen Physiognomik gleichsieht 664
§ 40 Ein zweifacher Unterschied zwischen Sache und zwischen Menschen 666
§ 41 Die Philosophie meines Lieutenants; und diejenige meines Buchs 667
§ 42 Übereinstimmung der Philosophie meines Lieutenants mit der Philosophie des Volks 673
§ 43 Volksbegriffe über das Stehlen 676
§ 44 Volksphilosophie über den Geschlechtstrieb 679
§ 45 Wenn ihr nicht werdet wie eines dieser Kleinen, so werdet ihr nicht eingehen in das Reich der Himmeln 684
§ 46 Der Kopf und das Herz hat mit den Menschen gleich sein Spiel, wenn man nicht beiden wohl auf den Eisen ist 689
§ 47 Wer bloß gut ist, muß nicht regieren, und niemals und niemands Vogt sein wollen 695
§ 48 Arners Fest 698
§ 49 Hochzeitwahrheiten für Bettlerleute und für Gesetzgeber 701
§ 50 Hummels Tod 705
§ 51 Arners Gesetzgebung 708
§ 52 Arner fährt fort mit seinen Grundsätzen, an den Lieblingsfehler unserer Zeit – an die Trägheit, anzustoßen 719
§ 53 Arners Prozeßform für sein niederes Gericht in Bonnal, darin auf Bauerngeist, Bauernordnung, und Art, und Dorfbedürfnisse, in Verbindung mit den Hauptendzwecken der Dorfregierung, Rücksicht genommen wird 726
§ 54 Seine Gesetzgebung wider den Diebstahl 732
§ 55 Seine Gesetzgebung wider den Geschlechtstrieb 737
§ 56 Der Einfluß seiner Gesetzgebung auf die Liebe zur Freude, und den Hang zur Ruhe und zur Ehre 743
§ 57 Religion 746
§ 58 Aberglauben und Abgötterei 749
§ 59 Wodurch Arner das Volk vor dem Aberglauben bewahrt 751
§ 60 Ein Wort über das Bedürfnis des Gottesdienstes zur wahren Volksaufklärung 756
§ 61 Seine Festform ruhet ebenso auf Bauerngeist und Bauernordnung, als sie die Endzwecke eines weisen Gesetzgebers, und diejenige eines frommen Religionslehrers vereinigt, und auf die eigentliche

	Individuallage derjenigen Menschen gebauet ist, welche das Fest feiern	758
§ 62	Dahin zielte ich von Anfang – Und wenn du nein sagst Leser! so mußt du zurückgreifen, und zu vielem Vorhergehenden nein sagen	768
§ 63	Er schafft den Galgen ab, bauet ein Spital, und stellt den Henker zufrieden	774
§ 64	Ein Bild der Welt – im Wirrwarr von Irrtum und Trugschlüssen	776
§ 65	Das Gewäsch über Arners Wesen, das in Tag hinein so laut tönte, wird denn wohl enden	781
§ 66	Ein Schurkenversuch, der aber mehr als halb mißlingt	787
§ 67	Arners Trost – und ein Gespräch, welches man doch wohl überschreiben dürfte: Siehe, welch ein Fürst!	790
§ 68	Mene Mene Tekel, Upharsin	797
§ 69	Ihr kennet das Spiel – Meine Mülli gaht (geht); deine Mülli bstaht (steht)	801
§ 70	Der Autor rezensiert sein Buch – Und die Herren von der Kommission erstatten dem Fürsten Bericht	805
§ 71	Der Autor weiß zum voraus, daß der Schlendrian der Geistlichkeit nicht für ihn stimmt	807
§ 72	Die andern Stände fahren fort für ihn zu stimmen, bis zu Ende der Rezension seines Buchs	813
§ 73	Das ist wieder langweilig für Leute, die nicht fürs Allgemeine denken, und dieser sind viel	820
§ 74	Der Lieutenant zeigt noch wie im Flug, was er in einer höhern Sphäre sein würde. – Und der Autor beschließt sein Werk	824

ANHANG

Nachwort	829
Zeittafel	854
Zur Textredaktion der Bände	861
Bibliographie	866
Abkürzungen	868
Kommentar	869

Alle Rechte, einschließlich derjenigen des auszugsweisen Abdrucks und der photomechanischen Wiedergabe, vorbehalten. Verlegt 1977 im Winkler Verlag, München. Gesamtherstellung: Friedrich Pustet, Graphischer Großbetrieb, Regensburg. Gedruckt auf Persia-Bibeldruckpapier der Papierfabrik Schoeller & Hoesch, Gernsbach/Baden.
Printed in Germany